作家名から引ける
世界文学全集案内
第Ⅲ期

日外アソシエーツ

Author Index to the Contents of The Collections of World Literature

III

Compiled by
Nichigai Associates, Inc.

©2019 by Nichigai Associates, Inc.
Printed in Japan

> 本書はディジタルデータでご利用いただくことができます。詳細はお問い合わせください。

●編集担当● 児山 政彦 / 新西 陽菜

刊行にあたって

　古今の代表作家・代表作品が集められた文学全集は、文学作品に親しむ時の基本資料として、図書館、家庭で広く利用されてきた。近年では、数十巻におよぶ総合的な文学全集は少なくなり、時代や地域あるいはテーマ別に編集した全集・アンソロジーが多くなった。文庫サイズや軽装版で刊行されるシリーズも多い。これらの全集類は、多彩な文学作品を手軽に読むことができる一方、特定の作品を読もうとした時、どの全集のどの巻に収録されているかを網羅的に調べるのはインターネットが普及した現在でも容易ではない。

　小社では、多種多様な文学全集の内容を通覧し、また作品名や作家名から収載全集を調べられるツールとして「現代日本文学綜覧」「世界文学綜覧」の各シリーズを刊行してきた。また、コンパクトな１冊にまとめたツール「作家名から引ける世界文学全集案内」（1992年刊）、「同　第Ⅱ期」（2004年刊）は、作家研究の基本資料・定本として図書館や文学研究者などに好評をいただいている。

　本書は「作家名から引ける世界文学全集案内」の第Ⅲ期にあたる。1997〜2016年の20年間に刊行された世界文学全集・アンソロジーを収録対象とした。ある作家の作品がどの全集・アンソロジーに収載されているか一目でわかるガイドとして、本書が前版とあわせて、広く利用されることを願っている。

　　2019年5月　　　　　　　　　　　　　　　　日外アソシエーツ

凡　　例

1. 本書の内容
　　本書は、国内で刊行された世界文学に関する全集・アンソロジーの収載作品を、作家名から引ける索引である。

2. 収録対象
　（1）1997（平成9）年〜2016（平成28）年に刊行が完結した全集、および刊行中のもので全巻構成が判明している全集、小説・戯曲のアンソロジーに収載された作品を収録した。
　（2）固有題名のない作品、解説・解題・年譜・参考文献等は収録しなかった。
　（3）収録点数は、全集・アンソロジー627種1,453冊に収載された、3,757人の作家とその作品のべ9,441点である。

3. 作家名見出し
　（1）原則としてそれぞれの作品の作家名を採用した。
　（2）西洋人名は片仮名で表記し、一般的に用いられている表記形に統一した。適宜、採用しなかった表記からの「を見よ」参照を立てた。
　（3）東洋人名（漢字圏）は漢字で表記し、読みを平仮名で示した。民族読みを片仮名で示した。
　（4）作家名には、判明する限りで原綴、生（没）年、国名を付記した。

4. 作家名見出しの排列
　（1）姓・名をそれぞれ一単位とし、その読みの五十音順に排列した。
　（2）濁音・半濁音は清音、拗促音は直音とみなし、音引きは無視した。

5. 作品名
   （1）記載形式
      1）作品名、全集名などは原本記載の通りに記載したが、使用漢字は原則として、常用漢字、新字体に統一した。仮名遣いは原本通りとした。
      2）頭書、角書、冠称等、および原本のルビ等は、小さな文字で表示した。
   （2）記載項目
      作品名／（共著等の作家名）
      ◇訳者名「収載図書名・巻次・各巻書名」／出版者／出版年／（叢書名）／原本記載（開始）頁
   （3）作品名の排列
      現代仮名遣いによる読みの五十音順とし、濁音・半濁音は清音、ヂ→シ、ヅ→スとみなした。拗促音は直音とみなし、音引きは無視した。欧文や記号類で始まるものは、五十音順の末尾にまとめた。同一作品の収載全集・アンソロジーが複数ある場合は、出版年順とした。

6. 収録全集・アンソロジー一覧（巻頭）
   本書に収録した全集・アンソロジーを書名の五十音順に排列し、その書誌事項を示した。

7. 作家名目次（巻頭）
   作家名見出しとその掲載ページを示した。

8. 作家名原綴索引（巻末）
   （1）作家名のアルファベット表記が判明したものについて、その片仮名表記と掲載ページを示した。
   （2）排列は、姓・名をそれぞれ一単位とし、そのアルファベット順とした。

収録全集・アンソロジー一覧

【あ】

「愛が燃える砂漠―サマー・シズラー2011」 ハーレクイン 2011
「愛書狂」 生田耕作編訳 平凡社（平凡社ライブラリー） 2014
「愛と絆の季節―クリスマス・ストーリー2008」 ハーレクイン 2008
「愛と狂熱のサマー・ラブ」 ハーレクイン（サマーシズラーVB） 2014
「愛と祝福の魔法―クリスマス・ストーリー2016」 ハーパーコリンズ・ジャパン 2016
「愛の殺人」 オットー・ペンズラー編 早川書房（ハヤカワ・ミステリ文庫） 1997
「愛は永遠に―ウエディング・ストーリー」 '98 ハーレクイン, 洋販（発売） 1998
「愛は永遠に―ウエディング・ストーリー」 '99 ハーレクイン 1999
「愛は永遠に―ウエディング・ストーリー」 2000 ハーレクイン 2000
「愛は永遠に―ウエディング・ストーリー」 2001 ハーレクイン 2001
「愛は永遠に―ウエディング・ストーリー」 2002 ハーレクイン 2002
「愛は永遠に―ウエディング・ストーリー」 2003 ハーレクイン 2003
「愛は永遠に―ウエディング・ストーリー」 2004 ハーレクイン 2004
「愛は永遠に―ウエディング・ストーリー」 2005 ハーレクイン 2005
「愛は永遠に―ウエディング・ストーリー」 2006 ハーレクイン 2006
「愛は永遠に―ウエディング・ストーリー」 2007 ハーレクイン 2007
「愛は永遠に―ウエディング・ストーリー」 2008 ハーレクイン 2008
「愛は永遠に―ウエディング・ストーリー」 2009 ハーレクイン 2009
「愛は永遠に―ウエディング・ストーリー」 2010 ハーレクイン 2010
「愛は永遠に―ウエディング・ストーリー」 2011 ハーレクイン 2011
「愛は永遠に―ウエディング・ストーリー」 2012 ハーレクイン 2012
「愛は永遠に―ウエディング・ストーリー」 2013 ハーレクイン 2013
「愛は永遠に―ウエディング・ストーリー」 2014 ハーレクイン 2014
「愛は永遠に―ウエディング・ストーリー」 2015 ハーレクイン 2015
「赤ずきんの手には拳銃」 エド・ゴーマン, マーティン・H.グリーンバーグ編 原書房 1999
「アジア本格リーグ」 全6巻 島田荘司選 講談社 2009〜2010
「アダムとイヴ／至福郷」 ミハイル・ブルガーコフ著, 石原公道訳 群像社（群像社ライブラリー） 2011
「新しいアメリカの小説」 全14巻 白水社 1995〜1996
「新しいイギリスの小説」 全11巻 白水社 1991〜1995
「新しい〈世界文学〉シリーズ」 全11巻 平凡社 1997〜1998
「新しい台湾の文学」 全12巻 藤井省三, 山口守, 黄英哲編 国書刊行会 1999〜2008

収録全集・アンソロジー一覧

「『新しいドイツの文学』シリーズ」 9〜14 同学社 1988〜2004
「新しいフランスの小説」 全8巻 白水社 1994〜1995
「アップ・ザ・ラダー／レイディアンス」 ロジャー・ベネット, ルイス・ナウラ著, 佐和田敬司訳 オセアニア出版社（オーストラリア演劇叢書） 2003
「あの犬この犬そんな犬—11の物語」 務台夏子訳 東京創元社 1998
「あの夏の恋のきらめき—サマー・シズラー2016」 ハーパーコリンズ・ジャパン 2016
「アフリカ文学叢書」 全11巻, 別巻1巻 福島富士男編 スリーエーネットワーク 1994〜1999
「甘やかな祝祭—恋愛小説アンソロジー」 小池真理子, 藤田宜永選, 日本ペンクラブ編 光文社（光文社文庫） 2004
「アメリカ新進作家傑作選」 2003 ジョイス・キャロル・オーツ編 DHC 2004
「アメリカ新進作家傑作選」 2004 ジョン・ケイシー編 DHC 2005
「アメリカ新進作家傑作選」 2005 フランシン・プローズ編 DHC 2006
「アメリカ新進作家傑作選」 2006 ジェーン・スマイリー編, ジョン・クルカ, ナタリー・ダンフォード シリーズ・エディター DHC 2007
「アメリカ新進作家傑作選」 2007 スウ・ミラー編, ジョン・クルカ, ナタリー・ダンフォード シリーズ・エディター DHC 2008
「アメリカ新進作家傑作選」 2008 リチャード・ボーシュ, ジョン・クルカ, ナタリー・ダンフォード編 DHC 2009
「アメリカ短編小説傑作選」 2001 エィミ・タン, カタリナ・ケニソン編 DHC（アメリカ文芸「年間」傑作選） 2001
「アメリカ短編ベスト10」 平石貴樹編訳 松柏社 2016
「アメリカ文学ライブラリー」 全8巻 本の友社 1997〜1998
「アメリカミステリ傑作選」 2001 エド・マクベイン, オットー・ペンズラー編 DHC（アメリカ文芸「年間」傑作選） 2001
「アメリカミステリ傑作選」 2002 ドナルド・E.ウェストレイク, オットー・ペンズラー編 DHC（アメリカ文芸「年間」傑作選） 2002
「アメリカミステリ傑作選」 2003 ローレンス・ブロック, オットー・ペンズラー編 DHC（アメリカ文芸「年間」傑作選） 2003
「アメリカン・マスターピース」 古典篇 柴田元幸編訳 スイッチ・パブリッシング（SWITCH LIBRARY） 2013
「綾辻行人と有栖川有栖のミステリ・ジョッキー」 1〜3 講談社 2008〜2012
「洗い屋稼業」 モーリス・パニッチ著, 吉原豊司訳 彩流社（カナダ現代戯曲選） 2011
「有栖川有栖の鉄道ミステリ・ライブラリー」 有栖川有栖編 角川書店（角川文庫） 2004
「有栖川有栖の本格ミステリ・ライブラリー」 有栖川有栖編 角川書店（角川文庫） 2001
「アレクサンドル・プーシキン／バトゥーム」 ミハイル・ブルガーコフ著, 石原公道訳 群像社（群像社ライブラリー） 2009
「アンデスの風叢書」 全12巻 桑名一博, 篠田一士, 清水徹, 鼓直編 書肆風の薔薇, 水声社 1982〜1994
「怒りと響き」 今福龍太, 沼野充義, 四方田犬彦編 岩波書店（世界文学のフロンティア） 1997
「イギリス恐怖小説傑作選」 南條竹則編訳 筑摩書房（ちくま文庫） 2005
「イギリス名作短編集」 平戸喜文訳 近代文芸社 2003

収録全集・アンソロジー一覧

「イギリス・ルネサンス演劇集」 全2巻 大井邦雄監修 早稲田大学出版部 2002
「生ける屍／闇の力」 トルストイ著, 宮原晃一郎訳 ゆまに書房(昭和初期世界名作翻訳全集) 2006
「居心地の悪い部屋」 岸本佐知子編訳 角川書店 2012
「居心地の悪い部屋」 岸本佐知子編訳 河出書房新社(河出文庫) 2015
「異色作家短篇集」 全20巻 早川書房 2005〜2007
「いずれは死ぬ身」 柴田元幸編訳 河出書房新社 2009
「イタリア叢書」 全9巻 松籟社 1981〜1992
「五つの愛の物語―クリスマス・ストーリー2015」 ハーパーコリンズ・ジャパン 2015
「五つの小さな物語―フランス短篇集」 あやこの図書館編訳 彩流社 2011
「いまどきの老人」 柴田元幸編 朝日新聞社 1998
「いま、私たちの隣りに誰がいるのか―Korean short stories」 安宇植編訳 作品社 2007
「厭な物語」 文藝春秋(文春文庫) 2013
「インスマス年代記」 上, 下 スティーヴァン・ジョーンズ編, 大瀧啓裕訳 学習研究社(学研M文庫) 2001
「ヴィクトリア朝幽霊物語―短篇集」 松岡光治編訳 アティーナ・プレス 2013
「ウイルヘルム・テル」 シラー著, 秦豊吉訳 ゆまに書房(昭和初期世界名作翻訳全集) 2007
「ヴィンテージ・ミステリ」 全2巻 加瀬義雄, 小林晋, 塚田善人, 土屋政一監修 ハッピー・フュー・プレス 1992〜1993
「ヴァンパイア・コレクション」 ピーター・ヘイニング編 角川書店(角川文庫) 1999
「ウェスト・サイド・ストーリー―ジェローム・ロビンズの原案に基づく」 アーサー・ローレンツ台本, 勝田安彦訳 カモミール社(勝田安彦ドラマシアターシリーズ) 2006
「美しい恋の物語」 筑摩書房(ちくま文学の森) 2010
「美しい子ども」 松家仁之編 新潮社(CREST BOOKS) 2013
「ウーマンズ・ケース」 上, 下 サラ・パレツキー編 早川書房(ハヤカワ・ミステリ文庫) 1998
「エドガー賞全集―1990〜2007」 早川書房(ハヤカワ・ミステリ文庫) 2008
「エドワード・ゴーリーが愛する12の怪談―憑かれた鏡」 E.ゴーリー編, 柴田元幸他訳 河出書房新社(河出文庫) 2012
「エラリー・クイーンの災難」 論創社(論創海外ミステリ) 2012
「エリザベス朝悲劇・四拍子による新訳三編―タムバレイン大王、マクベス、白い悪魔」 川﨑淳之助訳 英光社 2010
「王陵と駐屯軍―朝鮮戦争と韓国の戦後派文学」 朴暲恩, 真野保久編訳 凱風社 2014
「狼女物語―美しくも妖しい短編傑作選」 ウェルズ恵子編・解説, 大貫昌子訳 工作舎 2011
「おかしい話」 筑摩書房(ちくま文学の森) 2010
「贈る物語Terror」 宮部みゆき編 光文社 2002
「贈る物語Mystery」 綾辻行人編 光文社 2002
「贈る物語Wonder」 瀬名秀明編 光文社 2002
「教えたくなる名短篇」 筑摩書房(ちくま文庫) 2014
「恐ろしい話」 筑摩書房(ちくま文学の森) 2011
「思いがけない話」 筑摩書房(ちくま文学の森) 2010
「思ひ出」 マイヤーヘルステル著, 木村謹治訳 ゆまに書房(昭和初期世界名作翻訳全集) 2008

【か】

「海外戯曲アンソロジー―海外現代戯曲翻訳集〈国際演劇交流セミナー記録〉」 全3巻 日本演出者協会編 日本演出者協会, れんが書房新社(発売) 2007〜2009
「海外ミステリ Gem Collection」 全16巻 長崎出版 2006〜2010
「海外ライブラリー」 全4巻 王国社 1996〜1998
「怪奇・幻想・綺想文学集―種村季弘翻訳集成」 種村季弘訳 国書刊行会 2012
「怪奇小説傑作集新版」 全5巻 東京創元社(創元推理文庫) 2006
「怪奇小説精華」 東雅夫編 筑摩書房(ちくま文庫) 2012
「怪奇小説日和―黄金時代傑作選」 西崎憲編訳 筑摩書房(ちくま文庫) 2013
「怪奇文学大山脈―西洋近代名作選」 全3巻 荒俣宏編纂 東京創元社 2014
「怪奇礼讃」 中野善夫, 吉村満美子編訳 東京創元社(創元推理文庫) 2004
「怪獣文学大全」 東雅夫編 河出書房新社(河出文庫) 1998
「怪樹の腕―〈ウィアード・テールズ〉戦前邦訳傑選選」 会津信吾, 藤元直樹編 東京創元社 2013
「輝きのとき―ウエディング・ストーリー」 2016 ハーパーコリンズ・ジャパン 2016
「革命婦人」 ワイルド著, 内田魯庵訳 ゆまに書房(昭和初期世界名作翻訳全集) 2004
「影が行く―ホラーSF傑作選」 中村融編訳 東京創元社(創元SF文庫) 2000
「賭けと人生」 筑摩書房(ちくま文学の森) 2011
「火星ノンストップ」 山本弘編 早川書房(ヴィンテージSFセレクション) 2005
「郭公の故郷―韓国現代短編小説集」 加藤建二訳 風媒社 2003
「かもめ／伯父ワーニャ」 チエホフ著, 中村白葉訳 ゆまに書房(昭和初期世界名作翻訳全集) 2008
「かもめ―四幕の喜劇」 チェーホフ著, 堀江新二訳 群像社(ロシア名作ライブラリー) 2002
「から騒ぎ」 シェークスピヤ著, 坪内逍遥訳 ゆまに書房(昭和初期世界名作翻訳全集) 2004
「硝子の家」 鮎川哲也編 光文社(光文社文庫) 1997
「韓国近現代戯曲選―1930-1960年代」 柳致眞, 咸世徳, 呉泳鎭, 車凡錫, 李根三著, 明眞淑, 朴泰圭, 石川樹里訳 論創社 2011
「韓国現代戯曲集」 1〜4 日韓演劇交流センター編 日韓演劇交流センター 2002〜2009
「韓国古典文学の愉しみ」 全2巻 仲村修編, オリニ翻訳会訳 白水社 2010
「韓国女性作家短編選」 朴杓禮訳 穂高書店(アジア文化叢書) 2004
「韓国文学名作選」 全4巻 講談社 1999
「感じて。息づかいを。―恋愛小説アンソロジー」 川上弘美選, 日本ペンクラブ編 光文社(光文社文庫) 2005
「記憶に残っていること―新潮クレスト・ブックス短篇小説ベスト・コレクション」 堀江敏幸編 新潮社(Crest books) 2008
「機械破壊者」 エルンスト・トラア著, 田村俊夫訳 ゆまに書房(昭和初期世界名作翻訳全集) 2006
「キス・キス・キス―サプライズパーティの夜に」 ヴィレッジブックス(ヴィレッジブックス) 2008

収録全集・アンソロジー一覧

「キス・キス・キス―素直になれなくて」　ヴィレッジブックス（ヴィレッジブックス）2008
「キス・キス・キス―聖夜に、あと一度だけ」　ヴィレッジブックス（ヴィレッジブックス）2007
「キス・キス・キス―抱きしめるほどせつなくて」　ヴィレッジブックス（ヴィレッジブックス）2009
「キス・キス・キス―チェリーな気持ちで」　ヴィレッジブックス（ヴィレッジブックス）2009
「キス・キス・キス―土曜日はタキシードに恋して」　ヴィレッジブックス（ヴィレッジブックス）2008
「奇想コレクション」　全20巻　河出書房新社　2003～2013
「北村薫の本格ミステリ・ライブラリー」　北村薫編　角川書店（角川文庫）2001
「北村薫のミステリー館」　北村薫編　新潮社（新潮文庫）2005
「キャバレー―ジョン・ヴァン・ドルーテンの戯曲とクリストファー・イシャーウッドの短編集に基づく」　ジョー・マスタロフ台本、勝田安彦訳　カモミール社（勝田安彦ドラマシアターシリーズ）2006
「吸血鬼伝説―ドラキュラの末裔たち」　仁賀克雄編　原書房　1997
「吸血妖鬼譚―ゴシック名訳集成」　学習研究社（学研M文庫）2008
「90年代SF傑作選」　上，下　山岸真編　早川書房（ハヤカワ文庫）2002
「9人の隣人たちの声―中国新鋭作家短編小説選」　桑島道夫編　勉誠出版　2012
「教科書に載った小説」　ポプラ社　2008
「教科書に載った小説」　ポプラ社（ポプラ文庫）2012
「教科書名短篇　少年時代」　中央公論新社（中公文庫）2016
「きょうも上天気―SF短編傑作選」　角川書店（角川文庫）2010
「恐竜文学大全」　東雅夫編　河出書房新社（河出文庫）1998
「極短小説」　スティーヴ・モス、ジョン・M.ダニエル編、浅倉久志選訳　新潮社（新潮文庫）2004
「巨匠の選択」　ローレンス・ブロック編　早川書房（ハヤカワ・ミステリ）2001
「ギョッツ」　ゲーテ著、森鷗外訳　ゆまに書房（昭和初期世界名作翻訳全集）2004
「ギリシア喜劇全集」　全9巻、別巻1巻　久保田忠夫、中務哲郎編　岩波書店　2008～2012
「クィア短編小説集―名づけえぬ欲望の物語」　大橋洋一監訳　平凡社（平凡社ライブラリー）2016
「クトゥルー」　10～13　大瀧啓裕編　青心社（暗黒神話大系シリーズ）1997～2005
「クトゥルフ神話への招待―遊星からの物体X」　扶桑社（扶桑社ミステリー）2012
「グラックの卵」　浅倉久志編訳　国書刊行会（未来の文学）2006
「グラン=ギニョル傑作選―ベル・エポックの恐怖演劇」　真野倫平編・訳　水声社　2010
「黒い破壊者―宇宙生命SF傑作選」　中村融編　東京創元社（創元SF文庫）2014
「黒いユーモア選集」　全2巻　アンドレ・ブルトン著　河出書房新社（河出文庫）2007
「黒髪に恨みは深く―髪の毛ホラー傑作選」　東雅夫編　角川書店（角川ホラー文庫）2006
「ゲイ短編小説集」　大橋洋一監訳　平凡社（平凡社ライブラリー）1999
「啓蒙のユートピア」　2～3　野沢協、植田祐次監修　法政大学出版局　1997～2008
「月光浴―ハイチ短篇集」　立花英裕、星埜守之編　国書刊行会（Contemporary writers）2003
「結婚、結婚、結婚！―1幕戯曲選」　チェーホフ著、牧原純、福田善之共訳　群像社（ロシア名作ライブラリー）2006
「ゲノヴェーヴァ」　ヘッベル著、吹田順助訳　ゆまに書房（昭和初期世界名作翻訳全集）2008
「検察官」　ゴーゴリー著、熊澤復六訳　ゆまに書房（昭和初期世界名作翻訳全集）2008

収録全集・アンソロジー一覧

「幻想小説神髄」 東雅夫編 筑摩書房（ちくま文庫）2012
「幻想と怪奇―宇宙怪獣現わる」 仁賀克雄編 早川書房（ハヤカワ文庫）2005
「幻想と怪奇―おれの夢の女」 仁賀克雄編 早川書房（ハヤカワ文庫）2005
「幻想と怪奇―ポオ蒐集家」 仁賀克雄編 早川書房（ハヤカワ文庫）2005
「幻想の犬たち」 ジャック・ダン, ガードナー・ドゾワ編 扶桑社（扶桑社ミステリー）1999
「幻想の坩堝―ベルギー・フランス語幻想短編集」 岩本和子, 三田順編訳 松籟社 2016
「現代アイルランド演劇」 第5巻 新水社 2001
「現代アイルランド女性作家短編集」 風呂本武敏監訳 新水社 2016
「現代アメリカ文学叢書」 10～11 彩流社 1998
「現代インド文学選集」 6～7 めこん 1999～2016
「現代ウィーン・ミステリー・シリーズ」 全9巻 水声社 2001～2002
「現代ウクライナ短編集」 藤井悦子, オリガ・ホメンコ編訳 群像社（群像社ライブラリー）2005
「現代韓国短篇選」 上, 下 岩波書店 2002
「現代カンボジア短編集」 岡田知子編訳 大同生命国際文化基金（アジアの現代文芸）2001
「現代スイス短篇集」 スイス文学研究会編訳 鳥影社・ロゴス企画部 2003
「現代スペイン演劇選集」 全3巻 田尻陽一監修 カモミール社 2014～2016
「現代タイのポストモダン短編集」 宇戸清治編訳 大同生命国際文化基金（アジアの現代文芸）2012
「現代中国青年作家秀作選」 桑島道夫編 鼎書房 2010
「現代中国の小説」 全4巻 村松暎監修 新潮社 1997
「現代トルコ文学選」 第2巻 林佳世子, 菫日向子編 東京外国語大学外国語学部トルコ語専攻研究室（TUFS Middle Eastern studies）2012
「現代フランス戯曲名作選」 全2巻 和田誠一訳, 花柳伊寿穂編 カモミール社 2008～2012
「現代ミステリーの至宝」 全2巻 エド・ゴーマン編 扶桑社（扶桑社ミステリー）1997
「恋しくて―Ten Selected Love Stories」 中央公論新社 2013
「恋しくて―Ten Selected Love Stories」 中央公論新社（中公文庫）2016
「恋のたわむれ―ゲーム・オブ・ラヴ」 トム・ジョーンズ台本・詞, アルトゥア・シュニツラー原作, 勝田安彦訳 カモミール社（勝田安彦ドラマシアターシリーズ）2007
「恋人たちの夏物語」 ハーレクイン（サマー・シズラー・ベリーベスト）2010
「ここがウィネトカなら、きみはジュディ―時間SF傑作選 SFマガジン創刊50周年記念アンソロジー」 大森望編 早川書房（ハヤカワ文庫 SF）2010
「心洗われる話」 筑摩書房（ちくま文学の森）2010
「古今英米幽霊事情」 全2巻 山内照子編 新風舎 1998～1999
「コシ／ゴールデン・エイジ」 ルイス・ナウラ著, 佐和田敬司訳 オセアニア出版社（オーストラリア演劇叢書）2006
「ゴシック短編小説集」 クリス・ボルディック選, 石塚則子, 大沼由布, 金谷益道, 下楠昌哉, 藤井光編訳 春風社 2012
「51番目の密室―世界短篇傑作集」 早川書房編集部編 早川書房（Hayakawa pocket mystery books）2010
「ゴースト・ストーリー傑作選―英米女性作家8短篇」 川本静子, 佐藤宏子編訳 みすず書房 2009
「古典BL小説集」 平凡社（平凡社ライブラリー）2015

「コドモノセカイ」 岸本佐知子編訳 河出書房新社 2015
「子猫探偵ニックとノラ―The Cat Has Nine Mysterious Tales」 木村仁良編 光文社（光文社文庫） 2004
「この愛のゆくえ―ポケットアンソロジー」 岩波書店（岩波文庫別冊） 2011
「コリアン・ミステリー韓国推理小説傑作選」 バベル・プレス 2002
「ご臨終」 モーリス・パニッチ著, 吉原豊司訳 彩流社（カナダ現代戯曲選） 2014
「これが密室だ！」 ロバート・エイディー、森英俊編, 森英俊訳 新樹社 1997
「コレクション現代フランス語圏演劇」 全16巻 日仏演劇協会編、東京日仏学院企画 れんが書房新社 2010～2013
「コレクション中国同時代小説」 全10巻 勉誠出版 2012
「殺さずにはいられない」 1～2 オットー・ペンズラー編 早川書房（ハヤカワ・ミステリ文庫） 2002
「殺しが二人を別つまで」 ハーラン・コーベン編 早川書房（ハヤカワ・ミステリ文庫） 2007
「殺しのグレイテスト・ヒッツ」 ロバート・J.ランディージ編 早川書房（ハヤカワ・ミステリ文庫） 2007
「こわい部屋」 筑摩書房（ちくま文庫） 2012

【 さ 】

「債鬼―外四篇」 ストリンドベルグ著, 森鷗外訳 ゆまに書房（昭和初期世界名作翻訳全集） 2004
「サイコ―ホラー・アンソロジー」 ロバート・ブロック編 祥伝社（祥伝社文庫） 1998
「サイレント・パートナー／フューリアス」 ダニエル・キーン、マイケル・ガウ著, 佐和田敬司訳 オセアニア出版社（オーストラリア演劇叢書） 2003
「さくらんぼ畑―四幕の喜劇」 チェーホフ著, 堀江新二、ニーナ・アナーリナ訳 群像社（ロシア名作ライブラリー） 2011
「ざくろの実―アメリカ女流作家怪奇小説選」 梅田正彦訳 鳥影社 2008
「雑話集―ロシア短編集」 「雑話集」の会編 「雑話集」の会 2005
「雑話集―ロシア短編集」 第2巻 「雑話集」の会編 「雑話集」の会 2009
「雑話集―ロシア短編集」 第3巻 ロシア文学翻訳グループクーチカ編 ロシア文学翻訳グループクーチカ 2014
「残響―英・米・アイルランド短編小説集」 小田稔訳 九州大学出版会 2011
「三国劇翻訳集」 井上泰山訳 関西大学出版部 2002
「30の神品―ショートショート傑作選」 扶桑社（扶桑社文庫） 2016
「三人姉妹／桜の園」 チエホフ著, 中村白葉訳 ゆまに書房（昭和初期世界名作翻訳全集） 2008
「三人姉妹―四幕のドラマ」 チェーホフ著, 安達紀子訳 群像社（ロシア名作ライブラリー） 2004
「栞子さんの本棚―ビブリア古書堂セレクトブック」 角川書店（角川文庫） 2013
「時間はだれも待ってくれない―21世紀東欧SF・ファンタスチカ傑作集」 高野史緒編 東京創元社 2011
「地獄―英国怪談中篇傑作集」 南條竹則編、南條竹則、坂本あおい訳 メディアファクトリー（幽books） 2008
「シーザーとクレオパトラ」 ショー著, 楠山正雄訳 ゆまに書房（昭和初期世界名作翻訳全集）

収録全集・アンソロジー一覧

2004
「シーズン・フォー・ラヴァーズ―クリスマス短編集」 ハーレクイン（Mira文庫）2005
「死せる案山子の冒険―聴取者への挑戦2」 エラリー・クイーン著, 飯城勇三訳 論創社（論創海外ミステリ）2009
「シックスストーリーズ―現代韓国女性作家短編」 安宇植編訳 集英社 2002
「淑やかな悪夢―英米女流怪談集」 倉阪鬼一郎, 南條竹則, 西崎憲編訳 東京創元社 2000
「死のドライブ」 ピーター・ヘイニング編, 野村芳夫訳 文藝春秋（文春文庫）2001
「澁澤龍彥訳暗黒怪奇短篇集」 澁澤龍彥訳 河出書房新社（河出文庫）2013
「澁澤龍彥訳幻想怪奇短篇集」 澁澤龍彥訳 河出書房新社（河出文庫）2013
「しみじみ読むアメリカ文学―現代文学短編作品集」 平石貴樹編, 畔柳和代, 舌津智之, 橋本安央, 堀内正規, 本城誠二訳 松柏社 2007
「しみじみ読むイギリス・アイルランド文学―現代文学短編作品集」 阿部公彦編, 岩田美喜, 遠藤不比人, 片山亜紀, 田尻芳樹, 田村斉敏訳 松柏社 2007
「じゃがいも―中国現代文学短編集」 金子わこ訳 小学館スクウェア 2007
「じゃがいも―中国現代文学短編集」 金子わこ訳 鼎書房 2012
「灼熱の恋人たち―サマー・シズラー2008」 ハーレクイン 2008
「シャーロック・ホームズ アメリカの冒険」 日暮雅通訳 原書房 2012
「シャーロック・ホームズ アンダーショーの冒険」 デイヴィッド・マーカム編, 日暮雅通訳 原書房 2016
「シャーロック・ホームズ クリスマスの依頼人」 ジョン・レレンバーグ編, 日暮雅通訳 原書房 1998
「シャーロック・ホームズとヴィクトリア朝の怪人たち」 1〜2 ジョージ・マン編, 尾之上浩司訳 扶桑社（扶桑社ミステリー）2015
「シャーロック・ホームズの栄冠」 北原尚彦編訳 論創社（論創海外ミステリ）2007
「シャーロック・ホームズのSF大冒険―短篇集」 上, 下 M.レズニック, M.H.グリーンバーグ編, 日暮雅通監訳 河出書房新社（河出文庫）2006
「シャーロック・ホームズの大冒険」 上, 下 マイク・アシュレイ編, 日暮雅通訳 原書房 2009
「シャーロック・ホームズ ベイカー街の殺人」 日暮雅通訳 原書房 2002
「シャーロック・ホームズ 四人目の賢者―クリスマスの依頼人」 2 ジョン・L.レレンバーグ編, 日暮雅通訳 原書房 1999
「シャーロック・ホームズ ワトソンの災厄」 日暮雅通訳 原書房 2003
「ジャンナ―2幕」 アレクサンドル・ガーリン著, 堀江新二訳 群像社（群像社ライブラリー）2006
「上海のシャーロック・ホームズ」 樽本照雄編・訳 国書刊行会（ホームズ万国博覧会）2016
「十の罪業」 Black エド・マクベイン編, 白石朗, 田口俊樹訳 東京創元社（創元推理文庫）2009
「十の罪業」 Red エド・マクベイン編, 木村二郎, 田口俊樹, 中川聖訳 東京創元社（創元推理文庫）2009
「18の罪―現代ミステリ傑作選」 エド・ゴーマン, マーティン・H.グリーンバーグ編 ヴィレッジブックス（ヴィレッジブックス）2012
「十夜」 ランダムハウス講談社編 ランダムハウス講談社 2006
「十話」 ランダムハウス講談社編 ランダムハウス講談社 2006
「シュガー＆スパイス」 ヴィレッジブックス（ヴィレッジブックス）2007

収録全集・アンソロジー一覧

「主婦に捧げる犯罪―書下ろしミステリ傑作選」 クリスティン・マシューズ編, 田口俊樹訳 武田ランダムハウスジャパン(RHブックス+プラス) 2012
「狩猟文学マスターピース」 みすず書房(大人の本棚) 2011
「小学校・全員参加の楽しい学級劇・学年劇脚本集」 高学年 小川信夫, 滝井純監修, 日本児童劇作の会編著 黎明書房 2007
「小説家仇甫氏の一日―ほか十三編 短編小説集」 大村益夫, 布袋敏博編 平凡社(朝鮮近代文学選集) 2006
「掌中のエスプリ―フランス文学短篇名作集」 日仏言語文化協会「エチュード月曜クラス」編訳 弘学社 2013
「少年の眼―大人になる前の物語」 川本三郎選, 日本ペンクラブ編 光文社(光文社文庫) 1997
「晶文社アフロディーテ双書」 全3巻 晶文社 2003
「諸国物語―stories from the world」 ポプラ社 2008
「書物愛」 海外篇 紀田順一郎編 晶文社 2005
「書物愛」 海外篇 紀田順一郎編 東京創元社(創元ライブラリー) 2014
「ジョン・ガブリエルと呼ばれた男」 イプセン原著, 笹部博司著 メジャーリーグ, 星雲社(発売) (笹部博司の演劇コレクション) 2008
「ジョン・ガブリエル・ボルクマン」 イプセン著, 森鷗外訳 ゆまに書房(昭和初期世界名作翻訳全集) 2004
「ジョーンズ&シュミット ミュージカル戯曲集」 ジョーンズ台本・詞, 勝田安彦訳・訳詞 カモミール社(勝田安彦ドラマシアターシリーズ) 2007
「ジョーンズ&シュミット ミュージカル戯曲集」 第2巻 ジョーンズ台本・詞, 勝田安彦訳・訳詞 カモミール社(勝田安彦ドラマシアターシリーズ) 2011
「白雪姫、殺したのはあなた」 エド・ゴーマン, マーティン・H.グリーンバーグ編 原書房 1999
「シリーズ・永遠のアメリカ文学」 全5巻 東京書籍 1989〜1991
「シリーズ【越境の文学/文学の越境】」 全7巻 現代企画室 1994〜1999
「シリーズ現代ドイツ文学」 全5巻 早稲田大学出版部 1991〜1993
「シリーズ百年の物語」 全6巻 トパーズプレス 1996
「死霊たちの宴」 上, 下 ジョン・スキップ, クレイグ・スペクター編, 夏来健次訳 東京創元社(創元推理文庫) 1998
「シルヴァー・スクリーム」 上, 下 デイヴィッド・J.スカウ編 東京創元社(創元推理文庫) 2013
「新ギリシア悲劇物語」 9〜20 佐藤彰著 講談社出版サービスセンター(製作) 2003〜2008
「新編 真ク・リトル・リトル神話大系」 全7巻 国書刊行会 2007〜2009
「新・幻想と怪奇」 仁賀克雄編・訳 早川書房(Hayakawa pocket mystery books) 2009
「信仰の悲劇」 ロマン・ロラン著, 新城和一訳 ゆまに書房(昭和初期世界名作翻訳全集) 2006
「シンデレラ」 竹書房(竹書房文庫) 2015
「新本格猛虎会の冒険」 東京創元社 2003
「〈新訳・世界の古典〉シリーズ―The Originals of Great Operas and Ballets」 全8巻 新書館 1997〜1999
「推理探偵小説文学館」 全2巻 勉誠社 1996
「スウィート・サマー・ラブ」 ハーパーコリンズ・ジャパン(サマーシズラーVB) 2015
「スティーヴ・フィーヴァー―ポストヒューマンSF傑作選 SFマガジン創刊50周年記念アンソロジー」 山岸真編 早川書房(ハヤカワ文庫SF) 2010

「スペイン黄金世紀演劇集」 牛島信明編訳 名古屋大学出版会 2003
「成城・学校劇脚本集―成城学園初等学校劇の会150回記念」 成城学園初等学校出版部（成城学園初等学校研究双書）2002
「青銅の騎士―小さな悲劇」 プーシキン著, 郡伸哉訳 群像社（ロシア名作ライブラリー）2002
「生の深みを覗く―ポケットアンソロジー」 岩波書店（岩波文庫別冊）2010
「西洋伝奇物語―ゴシック名訳集成」 東雅夫編 学習研究社（学研M文庫）2004
「西和リブロス」 全13巻 西和書林 1984〜1993
「世界怪談名作集」 上, 下 岡本綺堂編訳 河出書房新社（河出文庫）2002
「世界古典文学全集」 全50巻 筑摩書房 1964〜2004
「世界探偵小説全集」 全45巻 国書刊行会 1994〜2007
「世界堂書店」 文藝春秋（文春文庫）2014
「世界100物語」 4〜8 サマセット・モーム編 河出書房新社 1997
「世界文学全集」 全30巻 池澤夏樹個人編集 河出書房新社 2007〜2011
「千の脚を持つ男―怪物ホラー傑作選」 中村融編 東京創元社（創元推理文庫）2007
「創刊一〇〇年三田文学名作選」 三田文学会 2010
「双生児―EQMM90年代ベスト・ミステリー」 ジャネット・ハッチングズ編 扶桑社（扶桑社ミステリー）2000
「ゾエトロープ」 Biz アドリエンヌ・ブロデュール, サマンサ・シュニー編, ウィリアム N.伊藤訳 角川書店（Bookplus）2001
「ゾエトロープ」 Blanc アドリエンヌ・ブロデュール, サマンサ・シュニー編, 小原亜美訳 角川書店（Bookplus）2003
「ゾエトロープ」 Noir アドリエンヌ・ブロデュール, サマンサ・シュニー編, 小原亜美訳 角川書店（Bookplus）2003
「ゾエトロープ」 Pop アドリエンヌ・ブロデュール, サマンサ・シュニー編, ウィリアム N.伊藤訳 角川書店（Bookplus）2001
「それでも三月は、また」 講談社 2012

【た】

「タイの大地の上で―現代作家・詩人選集」 吉岡みね子編訳 大同生命国際文化基金（アジアの現代文芸）1999
「ダイヤモンド・ドッグ―《多文化を映す》現代オーストラリア短編小説集」 ケイト・ダリアン＝スミス, 有満保江編 現代企画室 2008
「太陽系無宿／お祖母ちゃんと宇宙海賊―スペース・オペラ名作選」 野田昌宏編訳 東京創元社（創元SF文庫）2013
「台湾郷土文学選集」 全5巻 研文出版 2014
「台湾原住民文学選」 全10巻 下村作次郎ほか編 草風館 2002〜
「台湾セクシュアル・マイノリティ文学」 全4巻 黄英哲, 白水紀子, 垂水千恵編 作品社 2008〜2009
「台湾熱帯文学」 全4巻 人文書院 2010〜2011
「ダーク・ファンタジー・コレクション」 全10巻 論創社 2006〜2009

収録全集・アンソロジー一覧

「ただならぬ午睡―恋愛小説アンソロジー」　江國香織選, 日本ペンクラブ編　光文社（光文社文庫）2004
「楽しい夜」　岸本佐知子編訳　講談社　2016
「探偵稼業はやめられない―女探偵vs.男探偵」　光文社（光文社文庫）2003
「短篇小説日和―英国異色傑作選」　西崎憲編訳　筑摩書房（ちくま文庫）2013
「短編 女性文学 近代 続」　渡邊澄子編　おうふう　2002
「短篇で読むシチリア」　武谷なおみ編訳　みすず書房（大人の本棚）2011
「地球の静止する日」　南山宏, 尾之上浩司訳　角川書店（角川文庫）2008
「地球の静止する日―SF映画原作傑作選」　中村融編　東京創元社（創元SF文庫）2006
「ちっちゃなエイヨルフ」　イプセン原著, 笹部博司著　メジャーリーグ, 星雲社（発売）（笹部博司の演劇コレクション）2008
「血と薔薇の誘う夜に―吸血鬼ホラー傑作選」　東雅夫編　角川書店（角川ホラー文庫）2005
「血の報復―「在満」中国人作家短篇集」　岡田英樹訳編　ゆまに書房　2016
「中国現代戯曲集」　5〜9　話劇人社中国現代戯曲集編集委員会編　晩成書房　2004〜2009
「中国現代文学選集」　全6巻　東アジア文学フォーラム日本委員会編　トランスビュー　2010
「中国古典小説選」　全12巻　竹田晃, 黒田真美子編　明治書院　2005〜2009
「中世英国ロマンス集」　全4巻　中世英国ロマンス研究会訳　篠崎書林　1983〜2001
「超短編アンソロジー」　本間祐編　筑摩書房（ちくま文庫）2002
「沈鐘」　ハウプトマン著, 楠山正雄訳　ゆまに書房（昭和初期世界名作翻訳全集）2004
「憑かれた鏡―エドワード・ゴーリーが愛する12の怪談」　エドワード・ゴーリー編　河出書房新社　2006
「椿姫―デュマ・フィスより」　デュマ・フィス原作, 笹部博司著　メジャーリーグ, 星雲社（発売）（笹部博司の演劇コレクション）2008
「翼を愛した男たち」　フレデリック・フォーサイス編　原書房　1997
「冷たい方程式」　伊藤典夫編・訳　早川書房（ハヤカワ文庫SF）2011
「吊るされた男」　井上雅彦編　角川書店（角川ホラー文庫）2001
「ディスコ2000」　サラ・チャンピオン編　アーティストハウス　1999
「ディスコ・ビスケッツ」　サラ・チャンピオン編　早川書房　1998
「ティータイム・ストーリーズ」　全2巻　花風社　1999
「ディナーで殺人を」　上, 下　ピーター・ヘイニング編　東京創元社（創元推理文庫）1998
「鉄路に咲く物語―鉄道小説アンソロジー」　西村京太郎選, 日本ペンクラブ編　光文社（光文社文庫）2005
「天外消失―世界短篇傑作集 Off the face of the earth and other stories」　早川書房編集部編　早川書房（ハヤカワ・ミステリ）2008
「天空の家―イラン女性作家選」　藤元優子編訳　段々社（現代アジアの女性作家秀作シリーズ）2014
「天国の風―アジア短篇ベスト・セレクション」　高樹のぶ子編　新潮社　2011
「天使が微笑んだら―クリスマス・ストーリー2008」　ハーレクイン　2008
「天使だけが聞いている12の物語」　ニック・ホーンビィ編　ソニー・マガジンズ　2001
「ファンタジイの殿堂 伝説は永遠（とわ）に」　全3巻　ロバート・シルヴァーバーグ編　早川書房（ハヤカワ文庫FT）2000

収録全集・アンソロジー一覧

「独逸怪奇小説集成」 竹内節編, 前川道介訳 国書刊行会 2001
「ドイツ幻想小説傑作選—ロマン派の森から」 今泉文子編訳 筑摩書房（ちくま文庫） 2010
「ドイツ現代戯曲選30」 全30巻 論創社 2005〜2008
「ドイツ・ナチズム文学集成」 第1巻 柏書房 2001
「ドイツ文学セレクション」 全8巻 三修社 1996〜1997
「東欧の文学」 全34巻 恒文社 1966〜1988
「同時代の中国文学—ミステリー・イン・チャイナ」 釜屋修監修 東方書店 2006
「童貞小説集」 筑摩書房（ちくま文庫） 2007
「塔の物語」 井上雅彦編 角川書店（角川ホラー文庫） 2000
「時を生きる種族—ファンタスティック時間SF傑作選」 中村融編 東京創元社（創元SF文庫） 2013
「時の娘—ロマンティック時間SF傑作選」 中村融編 東京創元社（創元SF文庫） 2009
「どこにもない国—現代アメリカ幻想小説集」 柴田元幸編訳 松柏社 2006
「トスカ—ヴィクトリアン・サルドゥーより」 ヴィクトリアン・サルドゥー原作, 笹部博司著 メジャーリーグ, 星雲社（発売）（笹部博司の演劇コレクション） 2008
「とっておきの話」 筑摩書房（ちくま文学の森） 2011
「「飛び石プロジェクト」戯曲集—血の婚礼／Stepping stones エイブルアート・オンステージ国際交流プログラム」 「飛び石プロジェクト」戯曲集制作委員会編, 吉野さつき監修 フィルムアート社 2010
「鳥になった男」 中村ふじゑ, 坂本志げ子訳 研文出版（研文選書） 1998
「ドリーマーズ／ノー・シュガー」 ジャック・デーヴィス著, 佐和田敬司訳 オセアニア出版社（オーストラリア演劇叢書） 2006
「トロイア叢書」 全5巻 国文社 2001〜2011
「どん底」 ゴーリキー著, 小山内薫訳 ゆまに書房（昭和初期世界名作翻訳全集） 2004

【 な 】

「999（ナインナインナイン）—狂犬の夏」 アル・サラントニオ編 東京創元社（創元推理文庫） 2000
「999（ナインナインナイン）—聖金曜日」 アル・サラントニオ編 東京創元社（創元推理文庫） 2000
「999（ナインナインナイン）—妖女たち」 アル・サラントニオ編 東京創元社（創元推理文庫） 2000
「謎のギャラリー——愛の部屋」 北村薫編 新潮社（新潮文庫） 2002
「謎のギャラリー——こわい部屋」 北村薫編 新潮社（新潮文庫） 2002
「謎のギャラリー——謎の部屋」 北村薫編 新潮社（新潮文庫） 2002
「謎の部屋」 筑摩書房（ちくま文庫） 2012
「謎の物語」 紀田順一郎編 筑摩書房（ちくま文庫） 2012
「夏色の恋の誘惑」 ハーレクイン（サマー・シズラーVB） 2013
「夏に恋したシンデレラ」 ハーパーコリンズ・ジャパン（サマーシズラーVB） 2016
「ナポレオンの剃刀の冒険—シナリオ・コレクション」 エラリー・クイーン著, 飯城勇三訳 論創

社（論創海外ミステリ）2008
「怠けものの話」　筑摩書房（ちくま文学の森）2011
「南欧怪談三題」　西本晃二編訳　未來社（転換期を読む）2011
「二時間目国語」　宝島社（宝島社文庫）2008
「20世紀イギリス小説個性派セレクション」　全5巻　横山茂雄，佐々木徹責任編集　新人物往来社　2010〜2012
「20世紀英国モダニズム小説集成」　全3巻　風濤社　2014
「20世紀SF」　全6巻　中村融，山岸真編　河出書房新社（河出文庫）2000〜2001
「20世紀民衆の世界文学」　全9巻　三友社出版　1986〜1992
「二十一世紀ミャンマー作品集」　南田みどり編訳　大同生命国際文化基金（アジアの現代文芸）2015
「人魚—mermaid & merman」　皓星社（紙礫）2016
「人形座脚本集」　人形座再発見の会編　晩成書房　2005
「猫好きに捧げるショート・ストーリーズ」　M.J.ローゼン編　国書刊行会　1997
「猫は九回生きる—とっておきの猫の話」　月村澄枝訳　心交社　1997
「狙われた女」　扶桑社（扶桑社ミステリー）2014
「野鴨」　イプセン原著，笹部博司著　メジャーリーグ，星雲社（発売）（笹部博司の演劇コレクション）2008
「ノストラダムス秘録」　シンシア・スターノウ，マーティン・H.グリーンバーグ編　扶桑社（扶桑社ミステリー）1999
「ノラ」　イプセン著，森鷗外訳　ゆまに書房（昭和初期世界名作翻訳全集）2004
「法月綸太郎の本格ミステリ・アンソロジー」　法月綸太郎編　角川書店（角川文庫）2005

【は】

「バースデイ・ストーリーズ」　村上春樹編訳　中央公論新社　2002
「バースデー・ボックス」　金原瑞人監訳　メタローグ　2004
「ハッカー／13の事件」　ジャック・ダン，ガードナー・ドゾワ編　扶桑社（扶桑社ミステリー）2000
「バッド・バッド・ボーイズ」　早川書房（ハヤカワ文庫）2011
「パプア・ニューギニア小説集」　マイク・グレイカス編，塚本晃久訳，グレイヴァ・オーラ イラスト　三重大学出版会　2008
「バベルの図書館」　全30巻　ホルヘ・ルイス・ボルヘス編纂・序文　国書刊行会　1988〜1992
「新編 バベルの図書館」　全6巻　ホルヘ・ルイス・ボルヘス編纂・序文　国書刊行会　2012〜2013
「SFの殿堂 遙かなる地平」　全2巻　ロバート・シルヴァーバーグ編　早川書房（ハヤカワ文庫SF）2000
「犯罪は詩人の楽しみ—詩人ミステリ集成」　エラリー・クイーン編，柳瀬尚紀訳　東京創元社（創元推理文庫）2012
「ハーン・ザ・ラストハンター—アメリカン・オタク小説集」　ブラッドレー・ボンド編，本兌有，杉ライカ訳　筑摩書房　2016
「ヒー・イズ・レジェンド」　クリストファー・コンロン編　小学館（小学館文庫）2010
「人恋しい雨の夜に—せつない小説アンソロジー」　浅田次郎選，日本ペンクラブ編　光文社（光文

収録全集・アンソロジー一覧

「ひとにぎりの異形」　光文社（光文社文庫）　2007
「百年文庫」　全100巻　ポプラ社　2010～2011
「氷河の滴―現代スイス女性作家作品集」　スイス文学研究会編訳　鳥影社・ロゴス企画　2007
「ヒロインの時代」　全7巻，別巻1巻　川本静子，北条文緒責任編集　国書刊行会　1988～1989
「ファイン／キュート素敵かわいい作品選」　筑摩書房（ちくま文庫）　2015
「ファウスト」　第1部，第2部　ヨハーン・ヴォルフガング・ゲーテ著，池内紀訳　集英社（集英社文庫ヘリテージシリーズ）　2004
「フィリップ・マーロウの事件」　早川書房（ハヤカワ・ミステリ文庫）　2007
「フェイスオフ対決」　デイヴィッド・バルダッチ編，田口俊樹訳　集英社（集英社文庫）　2015
「フェードル―ラシーヌより」　ラシーヌ原作，笹部博司著　メジャーリーグ，星雲社（発売）（笹部博司の演劇コレクション）　2008
「復讐の殺人」　オットー・ペンズラー編　早川書房（ハヤカワ・ミステリ文庫）　2001
「不思議な猫たち」　ジャック・ダン，ガードナー・ドゾワ編　扶桑社（扶桑社ミステリー）　1999
「不思議の扉」　時間がいっぱい　角川書店（角川文庫）　2010
「不思議の扉」　時をかける恋　角川書店（角川文庫）　2010
「不思議の扉」　ありえない恋　角川書店（角川文庫）　2011
「不思議の扉」　午後の教室　角川書店（角川文庫）　2011
「不死鳥の剣―剣と魔法の物語傑作選」　中村融編　河出書房新社（河出文庫）　2003
「ぶどう酒色の海―イタリア中短篇小説集」　吉本奈緒子，香川真澄編訳　イタリア文藝叢書刊行委員会（イタリア文藝叢書）　2013
「フランス式クリスマス・プレゼント」　水声社　2000
「フランス十七世紀演劇集―喜劇」　鈴木康司，伊藤洋，冨田高嗣訳　中央大学出版部（中央大学人文科学研究所翻訳叢書）　2010
「フランス十七世紀演劇集―悲劇」　「十七世紀演劇を読む」研究チーム訳　中央大学出版部（中央大学人文科学研究所翻訳叢書）　2011
「フランダースの声―現代ベルギー小説アンソロジー」　フランダースセンター編　松籟社　2013
「ブリティッシュ＆アイリッシュ・マスターピース」　柴田元幸編訳　スイッチ・パブリッシング（SWITCH LIBRARY）　2015
「古きものたちの墓―クトゥルフ神話への招待」　扶桑社（扶桑社ミステリー）　2013
「ブルー・ボゥ・シリーズ」　全10巻　青弓社　1992～1997
「フローリアン・ガイエル」　ハウプトマン著，大間知篤三訳　ゆまに書房（昭和初期世界名作翻訳全集）　2008
「ブロンテ姉妹エッセイ全集」　スー・ロノフ編，中岡洋，芦沢久江訳　彩流社　2016
「ブロンテ姉妹集」　全5巻　田中晏男訳　京都修学社　2001～2002
「文学」　2010　講談社　2010
「文学の贈物―東中欧文学アンソロジー」　小原雅俊編　未知谷　2000
「文豪てのひら怪談」　ポプラ社（ポプラ文庫）　2009
「文士の意地―車谷長吉撰短篇小説輯」　上巻　車谷長吉編　作品社　2005
「壁画の中の顔―こわい話気味のわるい話 3」　平井呈一編　沖積舎　2012
「ベスト・アメリカン・短編ミステリ」　ジェフリー・ディーヴァー，オットー・ペンズラー編

DHC 2010
「ベスト・アメリカン・短編ミステリ」 2012 ハーラン・コーベン編, オットー・ペンズラー シリーズ・エディター DHC 2012
「ベスト・アメリカン・短編ミステリ」 2014 リザ・スコットライン編, オットー・ペンズラー シリーズ・エディター DHC 2015
「ベスト・アメリカン・ミステリ クラック・コカイン・ダイエット」 スコット・トゥロー, オットー・ペンズラー編 早川書房(ハヤカワ・ミステリ) 2007
「ベスト・アメリカン・ミステリ ジュークボックス・キング」 マイクル・コナリー, オットー・ペンズラー編 早川書房(ハヤカワ・ミステリ) 2005
「ベスト・アメリカン・ミステリ スネーク・アイズ」 ネルソン・デミル, オットー・ペンズラー編 早川書房(ハヤカワ・ミステリ) 2005
「ベスト・アメリカン・ミステリ ハーレム・ノクターン」 ジェイムズ・エルロイ, オットー・ペンズラー編 早川書房(ハヤカワ・ミステリ) 2005
「ベスト・ストーリーズ」 1〜3 若島正編 早川書房 2015〜2016
「ベスト・プレイズ―西洋古典戯曲12選」 日本演劇学会分科会西洋比較演劇研究会編 論創社 2011
「ベータ2のバラッド」 若島正編訳 国書刊行会(未来の文学) 2006
「ヘッダ・ガブラー」 イプセン原著, 笹部博司訳 メジャーリーグ, 星雲社(発売)(笹部博司の劇コレクション) 2008
「ベトナム現代短編集」 第2巻 加藤栄編訳 大同生命国際文化基金(アジアの現代文芸) 2005
「ベルリンの東」 ハナ・モスコヴィッチ著, 吉原豊司訳 彩流社(カナダ現代戯曲選) 2015
「ベルリン・ノワール」 小津薫訳 扶桑社 2000
「変愛小説集」 岸本佐知子編訳 講談社 2008
「変愛小説集」 2 岸本佐知子編訳 講談社 2010
「変愛小説集」 岸本佐知子編訳 講談社(講談社文庫) 2014
「変身のロマン」 澁澤龍彦編 学習研究社(学研M文庫) 2003
「変身ものがたり」 筑摩書房(ちくま文学の森) 2010
「吼えろ支那」 トレチヤコフ著, 大隈俊雄訳 ゆまに書房(昭和初期世界名作翻訳全集) 2008
「ポーカーはやめられない―ポーカー・ミステリ書下ろし傑作選」 オットー・ペンズラー編 ランダムハウス講談社 2010
「僕の恋、僕の傘」 柴田元幸編訳 角川書店 1999
「ポケットのなかの東欧文学―ルネッサンスから現代まで」 飯島周, 小原雅俊編 成文社 2006
「ポケットマスターピース」 全13巻 集英社(集英社文庫ヘリテージシリーズ) 2015〜2016
「ポーに捧げる20の物語」 スチュアート・M.カミンスキー編 早川書房(Hayakawa pocket mystery books) 2009
「ボロゴーヴはミムジイ―伊藤典夫翻訳SF傑作選」 高橋良平編, 伊藤典夫訳 早川書房(ハヤカワ文庫SF) 2016
「ホロスコープは死を招く」 アン・ペリー編, 山本やよい訳 ソニー・マガジンズ(ヴィレッジブックス) 2006
「ホワイトハウスのペット探偵」 キャロル・N.ダグラス著・編, 青木多香子訳 講談社(講談社文庫) 2009
「本の殺人事件簿―ミステリ傑作20選」 1〜2 シンシア・マンソン編, 曽田和子監訳 バベル・プ

収録全集・アンソロジー一覧

レス 2001

【ま】

「マイ・バレンタイン―愛の贈りもの」 '97 ハーレクイン, 洋販（発売） 1997
「マイ・バレンタイン―愛の贈りもの」 '98 ハーレクイン, 洋販（発売） 1998
「マイ・バレンタイン―愛の贈りもの」 '99 ハーレクイン 1999
「マイ・バレンタイン―愛の贈りもの」 2000 ハーレクイン 2000
「マイ・バレンタイン―愛の贈りもの」 2001 ハーレクイン 2001
「マイ・バレンタイン―愛の贈りもの」 2002 ハーレクイン 2002
「マイ・バレンタイン―愛の贈りもの」 2003 ハーレクイン 2003
「マイ・バレンタイン―愛の贈りもの」 2004 ハーレクイン 2004
「マイ・バレンタイン―愛の贈りもの」 2005 ハーレクイン 2005
「マイ・バレンタイン―愛の贈りもの」 2006 ハーレクイン 2006
「マイ・バレンタイン―愛の贈りもの」 2007 ハーレクイン 2007
「マイ・バレンタイン―愛の贈りもの」 2008 ハーレクイン 2008
「マイ・バレンタイン―愛の贈りもの」 2009 ハーレクイン 2009
「マイ・バレンタイン―愛の贈りもの」 2010 ハーレクイン 2010
「マイ・バレンタイン―愛の贈りもの」 2011 ハーレクイン 2011
「マイ・バレンタイン―愛の贈りもの」 2012 ハーレクイン 2012
「マイ・バレンタイン―愛の贈りもの」 2015 ハーレクイン 2015
「マイ・バレンタイン―愛の贈りもの」 2016 ハーパーコリンズ・ジャパン 2016
「マクベス」 シェークスピヤ著, 坪内逍遥訳 ゆまに書房（昭和初期世界名作翻訳全集） 2004
「魔術師」 井上雅彦編 角川書店（角川ホラー文庫） 2001
「魔女たちの饗宴―現代ロシア女性作家選」 沼野恭子訳 新潮社 1998
「マシン・オブ・デス」 ライアン・ノース, マシュー・ベナルド, デーヴィッド・マルキ！ 編, 旦紀子訳 アルファポリス（アルファポリス文庫） 2013
「マシン・オブ・デス―A Collection of Stories about People who Know How They Will DIE」 ライアン・ノース, マシュー・ベナルド, デーヴィッド・マルキ！ 編, 旦紀子訳 アルファポリス 2012
「まちがひつゞき」 シェークスピヤ著, 坪内逍遥訳 ゆまに書房（昭和初期世界名作翻訳全集） 2004
「間違ってもいい、やってみたら―想いがはじける28の物語」 サンドラ・マーツ編, 吉田利子訳 講談社 1998
「街角の書店―18の奇妙な物語」 中村融編 東京創元社（創元推理文庫） 2015
「魔地図」 井上雅彦監修 光文社（光文社文庫） 2005
「街の子―外一篇」 シユミットボン著, 森鷗外訳 ゆまに書房（昭和初期世界名作翻訳全集） 2007
「真夏の恋の物語―サマー・シズラー」 '98 上木治子, 谷垣暁美, 平江まゆみ訳 ハーレクイン, 洋販（発売） 1998
「真夏の恋の物語―サマー・シズラー」 '99 ハーレクイン 1999
「真夏の恋の物語―サマー・シズラー」 2000 ハーレクイン 2000

収録全集・アンソロジー一覧

「真夏の恋の物語―サマー・シズラー」 2001 ハーレクイン 2001
「真夏の恋の物語―サマー・シズラー」 2002 ハーレクイン 2002
「真夏の恋の物語―サマー・シズラー」 2003 ハーレクイン 2003
「真夏の恋の物語―サマー・シズラー」 2004 ハーレクイン 2004
「真夏の恋の物語―サマー・シズラー」 2005 ハーレクイン 2005
「真夏の恋の物語―サマー・シズラー」 2006 ハーレクイン 2006
「真夏の恋の物語―サマー・シズラー」 2007 ハーレクイン 2007
「真夏の恋の物語―サマー・シズラー」 2009 ハーレクイン 2009
「真夏の恋の物語―サマー・シズラー」 2010 ハーレクイン 2010
「真夏の恋の物語―サマー・シズラー」 2012 ハーレクイン 2012
「真夏の恋の物語―サマー・シズラー」 2013 ハーレクイン 2013
「真夏の恋の物語―サマー・シズラー」 2014 ハーレクイン 2014
「真夏のシンデレラ・ストーリー――サマー・シズラー2015」 ハーパーコリンズ・ジャパン 2015
「魔猫」 エレン・ダトロウ編 早川書房 1999
「魔法使いになる14の方法」 ピーター・ヘイニング編, 大友香奈子訳 東京創元社（創元推理文庫） 2003
「魔法の猫」 ジャック・ダン, ガードナー・ドゾワ編 扶桑社（扶桑社ミステリー） 1998
「魔法の本棚」 全6巻 国書刊行会 1996～1999
「幻を追う男―シナリオ・コレクション」 ジョン・ディクスン・カー著, 森英俊訳 論創社（論創海外ミステリ） 2006
「マリア・マグダレーネ」 ヘッベル著, 吹田順助訳 ゆまに書房（昭和初期世界名作翻訳全集） 2007
「マルフィ公夫人」 ジョン・ウェブスター著, 萩谷健彦訳 ゆまに書房（昭和初期世界名作翻訳全集） 2006
「マンハッタン物語」 ローレンス・ブロック編, 田口俊樹, 高山真由美訳 二見書房（二見文庫） 2008
「ミステリアス・クリスマス」 パロル舎 1999
「ミステリアス・ショーケース」 早川書房編集部編 早川書房（Hayakawa pocket mystery books） 2012
「ミステリの女王の冒険―視聴者への挑戦」 エラリー・クイーン原案, 飯城勇三編 論創社（論創海外ミステリ） 2010
「ミステリーの本棚」 全6巻 国書刊行会 2000～2001
「ミステリマガジン700―創刊700号記念アンソロジー」 海外篇 杉江松恋編 早川書房（ハヤカワ・ミステリ文庫） 2014
「ミステリ・リーグ傑作選」 上, 下 飯城勇三編 論創社（論創海外ミステリ） 2007
「ミセス・ヴィールの幽霊―こわい話気味のわるい話1」 平井呈一編 沖積舎 2011
「密室殺人傑作選」 H.S.サンテッスン編 早川書房（ハヤカワ・ミステリ文庫） 2003
「密室殺人コレクション」 二階堂黎人, 森英俊共編 原書房 2001
「密室殺人大百科」 上, 下 二階堂黎人編 原書房 2000
「ミニ・ミステリ100」 アイザック・アシモフ他編 早川書房（ハヤカワ・ミステリ文庫） 2005
「ミャンマー現代女性短編集」 南田みどり編訳 大同生命国際文化基金（アジアの現代文芸） 2001

収録全集・アンソロジー一覧

「ミャンマー現代短編集」　第2巻　南田みどり編訳　大同生命国際文化基金（アジアの現代文芸）1998
「民衆の敵」　イプセン原著, 笹部博司著　メジャーリーグ, 星雲社（発売）（笹部博司の演劇コレクション）2008
「明治の翻訳ミステリー──翻訳編」　1～2　川戸道昭, 榊原貴教編　五月書房（明治文学復刻叢書）2001
「メグ・アウル」　パロル舎（ミステリアス・クリスマス）2002
「めぐり逢う四季（きせつ）」　嵯峨静江訳　二見書房（二見文庫）2009
「メディア──エウリピデスより」　エウリピデス原作, 笹部博司著　メジャーリーグ, 星雲社（発売）（笹部博司の演劇コレクション）2008
「もう一度読みたい教科書の泣ける名作」　学研教育出版　2013
「もう一度読みたい教科書の泣ける名作」　再び　学研教育出版　2014
「盲目の女神──20世紀欧米戯曲拾遺」　E.トラー, G.カイザー, C.オデッツ, W.インジ, Л.アンドレーエフ, L.アラゴン, R.デスノス, T.ウィリアムズ著, 小笠原豊樹訳　みすず書房　2011
「燃える天使」　柴田元幸編訳　角川書店（角川文庫）2009
「もっと厭な物語」　文藝春秋（文春文庫）2014
「モーフィー時計の午前零時──チェス小説アンソロジー」　若島正編　国書刊行会　2009
「モロッコ幻想物語」　ポール・ボウルズ編, 越川芳明訳　岩波書店　2013
「モンゴル近現代短編小説選」　G.アヨルザナ, L.ウルズィートゥグス編, 柴内秀司訳　パブリック・ブレイン　2013
「モンスターズ──現代アメリカ傑作短篇集」　B.J.ホラーズ編, 古屋美登里訳　白水社　2014

【 や 】

「安らかに眠りたまえ──英米文学短編集」　清水武雄監訳　海苑社　1998
「やとわれ仕事」　フランク・モハー著, 吉原豊司訳　彩流社（カナダ現代戯曲選）2011
「病短編小説集」　石塚久郎監訳　平凡社（平凡社ライブラリー）2016
「山口雅也の本格ミステリ・アンソロジー」　角川書店（角川文庫）2007
「闇の展覧会」　霧　カービー・マッコーリー編　早川書房（ハヤカワ文庫）2005
「闇の展覧会」　敵　カービー・マッコーリー編　早川書房（ハヤカワ文庫）2005
「闇の展覧会」　罠　カービー・マッコーリー編　早川書房（ハヤカワ文庫）2005
「幽霊」　イプセン著, 森鷗外訳　ゆまに書房（昭和初期世界名作翻訳全集）2004
「幽霊船──今日泊亜蘭翻訳怪奇小説コレクション」　今日泊亜蘭訳, 小野純一, 善渡爾宗衛編　我刊我書房（盛林堂ミステリアス文庫）2015
「ユーディット」　ヘッベル著, 吹田順助訳　ゆまに書房（昭和初期世界名作翻訳全集）2007
「夢のかけら」　今福龍太, 沼野充義, 四方田犬彦編　岩波書店（世界文学のフロンティア）1997
「夢の文学館」　全6巻　早川書房　1995
「夜明けのフロスト」　木村仁良編　光文社（光文社文庫）2005
「夜汽車はバビロンへ──EQMM90年代ベスト・ミステリー」　ジャネット・ハッチングズ編　扶桑社（扶桑社ミステリー）2000
「四つの愛の物語──クリスマス・ストーリー」　'97　ハーレクイン　1997

「四つの愛の物語—クリスマス・ストーリー」 '98 ハーレクイン 1998
「四つの愛の物語—クリスマス・ストーリー」 '99 ハーレクイン 1999
「四つの愛の物語—クリスマス・ストーリー」 2000 ハーレクイン 2000
「四つの愛の物語—クリスマス・ストーリー」 2001 ハーレクイン 2001
「四つの愛の物語—クリスマス・ストーリー」 2002 ハーレクイン 2002
「四つの愛の物語—クリスマス・ストーリー」 2003 ハーレクイン 2003
「四つの愛の物語—クリスマス・ストーリー 恋と魔法の季節」 2004 ハーレクイン 2004
「四つの愛の物語—クリスマス・ストーリー 十九世紀の聖夜」 2004 ハーレクイン 2004
「四つの愛の物語—クリスマス・ストーリー イブの星に願いを」 2005 ハーレクイン 2005
「四つの愛の物語—クリスマス・ストーリー 情熱の贈り物」 2005 ハーレクイン 2005
「四つの愛の物語—クリスマス・ストーリー」 2007 ハーレクイン 2007
「四つの愛の物語—クリスマス・ストーリー」 2009 ハーレクイン 2009
「四つの愛の物語—クリスマス・ストーリー」 2010 ハーレクイン 2010
「四つの愛の物語—クリスマス・ストーリー」 2011 ハーレクイン 2011
「四つの愛の物語—クリスマス・ストーリー」 2012 ハーレクイン 2012
「四つの愛の物語—クリスマス・ストーリー」 2013 ハーレクイン 2013
「四つの愛の物語—クリスマス・ストーリー」 2014 ハーレクイン 2014
「読まずにいられぬ名短篇」 筑摩書房(ちくま文庫) 2014
「読んで演じたくなるゲキの本」 小学生版 冨川元文本文&カバー・イラスト 幻冬舎 2006
「読んで演じたくなるゲキの本」 中学生版 冨川元文本文&カバー・イラスト 幻冬舎 2006
「読んで演じたくなるゲキの本」 高校生版 冨川元文本文&カバー・イラスト 幻冬舎 2006

【ら】

「ライターズX」 全7巻 白水社 1994〜1995
「ラオス現代文学選集」 二元裕子編訳 大同生命国際文化基金(アジアの現代文芸) 2013
「楽園追放rewired—サイバーパンクSF傑作選」 早川書房(ハヤカワ文庫 JA) 2014
「ラテンアメリカ五人集」 集英社(集英社文庫) 2011
「ラテンアメリカ傑作短編集—中南米スペイン語圏文学史を辿る」 野々山真輝帆編 彩流社 2014
「ラテンアメリカ現代演劇集」 佐竹謙一訳 水声社 2005
「ラテンアメリカ短編集—モデルニズモから魔術的レアリズモまで」 野々山真輝帆編 彩流社 2001
「ラテンアメリカ文学選集」 第15巻 鼓直,木村榮一編 現代企画室 1996
「ラヴクラフトの遺産」 R.E.ワインバーグ,M.H.グリーンバーグ編 東京創元社(創元推理文庫) 2000
「ラブ・チャイルド／アウェイ」 ジョアンナ・マレースミス,マイケル・ガウ著,佐和田敬司訳 オセアニア出版社(オーストラリア演劇叢書) 2006
「爛酔」 ストリンドベルグ著,舟木重信訳 ゆまに書房(昭和初期世界名作翻訳全集) 2008
「ラント夫人—こわい話気味のわるい話 2」 平井呈一編 沖積舎 2012
「乱歩が選ぶ黄金時代ミステリーBEST10」 全10巻 集英社(集英社文庫) 1998〜1999

収録全集・アンソロジー一覧

「乱歩の選んだベスト・ホラー」 森英俊, 野村宏平編 筑摩書房（ちくま文庫）2000
「リターン／ダーウィンへの最後のタクシー」 レグ・クリップ著, 佐和田敬司訳 オセアニア出版社（オーストラリア演劇叢書）2007
「留学生文学賞作品集」 2006 留学生文学賞委員会 2007
「令嬢と召使」 ストリンドベリ原著, 笹部博司著 メジャーリーグ, 星雲社（発売）（笹部博司の演劇コレクション）2008
「レズビアン短編小説集―女たちの時間」 利根川真紀編訳 平凡社（平凡社ライブラリー）2015
「恋愛三昧―外三篇」 シュニッツラー著, 森鷗外訳 ゆまに書房（昭和初期世界名作翻訳全集）2004
「ろうそくの炎がささやく言葉」 勁草書房 2011
「朗読劇台本集」 4～5 岡田陽編, 鈴木惇絵 玉川大学出版部 2002
「ロシアSF短編集」 西周成編訳 アルトアーツ 2016
「ロシア幻想短編集」 西周成編訳 アルトアーツ 2016
「ロシア幻想短編集」 第2巻 西周成編訳 アルトアーツ 2016
「ロシアのクリスマス物語」 田辺佐保子訳 群像社 1997
「ロスメルスホルム」 イプセン原著, 笹部博司著 メジャーリーグ, 星雲社（発売）（笹部博司の演劇コレクション）2008
「ロボット・オペラ―An Anthology of Robot Fiction and Robot Culture」 瀬名秀明編 光文社 2004
「ローマ喜劇集」 4～5 プラウトゥス著, 高橋宏幸ほか訳 京都大学学術出版会（西洋古典叢書）2002
「〈ロマン・ノワール〉シリーズ」 全5巻 草思社 1995
「ロンドン・ノワール」 マキシム・ジャクボヴスキー編, 田口俊樹訳 扶桑社（扶桑社ミステリー）2003

【 わ 】

「ワイオミング生まれの宇宙飛行士―宇宙開発SF傑作選 SFマガジン創刊50周年記念アンソロジー」 中村融編 早川書房（ハヤカワ文庫SF）2010
「ワイン通の復讐―美酒にまつわるミステリー選集」 心交社 1998
「わかれの船―Anthology」 宮本輝編 光文社 1998
「私の謎」 今福龍太, 沼野充義, 四方田犬彦編 岩波書店（世界文学のフロンティア）1997
「わたしは女の子だから」 角田光代訳 英治出版 2012
「悪いやつの物語」 筑摩書房（ちくま文学の森）2011
「我らが祖国のために―トーマス・キニーリーの小説「プレイメイカー」に基づく」 ティンバーレイク・ワーテンベイカー作, 勝田安彦訳 カモミール社（勝田安彦ドラマシアターシリーズ）2006

【 ABC 】

「BIBLIO MYSTERIES」 1～3 ディスカヴァー・トゥエンティワン 2014

収録全集・アンソロジー一覧

「GOD」 井上雅彦監修 廣済堂出版（廣済堂文庫） 1999
「KAWADE MYSTERY」 全11巻 河出書房新社 2006〜2008
「Modern & Classic」 全22巻 河出書房新社 2003〜2008
「MYSTERY & ADVENTURE」 全4巻 至誠堂 1993〜1995
「SFマガジン700―創刊700号記念アンソロジー」 海外篇 山岸真編 早川書房（ハヤカワ文庫 SF） 2014
「STORY REMIX」 全3巻 大栄出版 1996
「THE FUTURE IS JAPANESE」 早川書房（ハヤカワSFシリーズJコレクション） 2012
「VOICES OVERSEAS」 全6巻 講談社 1995〜1997

作家名目次

【ア】

阿来 ………………………… 1
アイアランド, I.A. ………… 1
アイヴァス, ミハル ………… 1
アイゼンライヒ, ヘルベルト ……………………… 1
アイソポス ⇒ イソップ を見よ
アイヒェンドルフ, ヨーゼフ・フォン …………… 1
アイリッシュ, ウィリアム ……………………… 1
アーヴィング, ワシントン ……………………… 1
アウヴィニ・カドリスガン ⇒ アオヴィニ・カドゥスガヌ を見よ
アヴェルチェンコ ………… 1
アウグスティヌス ………… 1
アウンチェイン …………… 1
アオヴィニ・カドゥスガヌ ……………………… 1
アーガーイー, ファルホンデ ……………………… 2
アクーニン ………………… 2
アーサー, ロバート ……… 2
アザマ, ミシェル ………… 2
アシモフ, アイザック …… 2
アシュウィン, ケリー …… 2
アシュケナージ, ルドヴィーク …………………… 2
アシン・パラシオス, M. … 2
アズウェル, ジェラルド … 2
アスキス, シンシア ……… 2
アースキン, バーバラ …… 2
アストゥリアス, ミゲル・アンヘル …………… 3
アスリノー, シャルル …… 3
アセベド・デ・サルドゥンビデ, リタ …………… 3
アタウ・バラフ …………… 3

アタナジオ, A.A. ………… 3
アダムズ, アリス ………… 3
アダムズ, キャロル ……… 3
アダムス, ブロック ……… 3
アダムズ, S.H. …………… 3
アーチャー, ジェフリー … 3
アッカー, キャシー ……… 3
アッシリ・タマチョート … 3
アッタール ………………… 3
アップダイク, ジョン …… 3
アデア, チェリー ………… 4
アーディ, チャールズ ⇒ アルダイ, チャールズ を見よ
アディーチェ, チママンダ・ンゴズィ …………… 4
アトウェル, メアリー・スチュアート …………… 4
アトゥルガン, ユスフ …… 4
アナダナ, エンリケ・S. … 4
アナーヤ, ルドルフォ …… 4
安妮 宝貝 ………………… 4
アノーダル, サンジャースレンギーン …………… 4
アーノルド, ジュディス … 4
アーノルド, マーク ……… 4
アハターンブッシュ, ヘルベルト ………………… 4
アビョン …………………… 4
アフォード, マックス …… 5
アブリク, レオン ………… 5
アベイトゥア, マシュー・デ ……………… 5
アペリ, ヤン ……………… 5
アペル, ベンジャミン …… 5
アボット, ジェフ ………… 5
アボット, パトリシア …… 5
アポリネール, ギヨーム … 5
アマンスハウザー, マルティン ……………………… 5
アミーア, アネット ……… 5
アミエル, フレデリック … 6

アームストロング, シャーロット ………………… 6
アームストロング, マーティン ……………………… 6
アームストロング, リンゼイ ……………………… 6
アーモンド, スティーヴ … 6
アヨルザナ, グンアージャビン ……………………… 6
アラゴン, ルイ …………… 6
アラストゥーイー, シーヴァー …………………… 6
アラバール, フェルナンド ……………………… 6
アラル, インジ …………… 6
アラルコン, ペドロ・アントニオ・デ …………… 6
アラン, マージャリー …… 6
アラン, A.J. ……………… 6
アリ, ラフミ ……………… 6
アリストパネース ………… 7
アリン, ダグ ……………… 8
アリンガム, マージェリー ……………………… 9
アリントン, エイドリアン ……………………… 9
アルゲダス, ホセ・マリア … 9
アルセーニエフ, ウラジミール …………………… 9
アルダイ, チャールズ …… 9
アルツィバーシェフ, ミハイル …………………… 9
アルディ, アレクサンドル ……………………… 9
アルデン, W.L. …………… 9
アルテンブルク, マティアス …………………… 9
アルトシュル, アンドリュー・フォスター …… 9
アルトマン, H.C. ………… 9
アルニム, アヒム・フォン ……………………… 10
アルヌー, アレクサンドル ……………………… 10

アルプ, ハンス 10	アンロー, ジャック 13	イシャウッド, クリスト ファー 18
アルベス, ヤクプ 10		イスラス, アルトゥーロ ... 18
アル・ヤマニ, タウス 10	【イ】	イソップ 18
アレー, アルフォンス 10		イッサラー・アマンタク ン 18
アレオラ, ファン・ホセ ... 10	李 垠 13	イティ・タオス 18
アレクサ, カミール 10	李 鈺 13	イネス, マイケル 18
アレクサンダー, キャ リー 10	李 康白 13	井上 泰山 19
アレーナス, レイナルド ... 10	李 箕永 13	イノック, ウェズリー 19
アレナル, ウンベルト 10	李 根三 13	イ・バン 20
アレン, ウディ 10	李 祥雨 13	イプセン, ヘンリック 20
アレン, ルイーズ 10	李 相和 13	林 紗羅 20
アーロンスン, マーク 11	李 秀光 14	林 哲佑 20
アロンソ・デ・サント ス, ホセ・ルイス 11	李 勝寧 14	林 和 20
安 龍湾 11	李 善熙 14	イラーセク, アロイス 20
安 龍湾 ⇒ 安龍湾(アン・ヨ ンマン)を見よ	李 滄東 14	イーリイ, デイヴィッド ... 20
アングリスト, ミーシャ ... 11	李 孝石 14	イリフ, イリヤ ⇒ イリフ= ペトロフ を見よ
アンジェイェフスキ, イェージイ 11	李 鉉和 14	イリフ=ペトロフ 20
アンスティー, F. 11	李 北鳴 14	イレーツキイ 20
アンソニー, ジェシカ 11	李 ヘジェ 14	イレリ, セリム 20
アンソニー, R. 11	李 海朝 14	イワーノフ 20
アンダースン, ケント 11	李 浩哲 14	殷 芸 20
アンダースン, ジェニ ファー 11	李 範宣 14	尹 崑崗 ⇒ 尹崑崗(ユン・ゴ ンガン)を見よ
アンダースン, フレデ リック・アーヴィング .. 11	李 万喜 14	尹 東柱 ⇒ 尹東柱(ユン・ド ンジュ)を見よ
アンダースン, ポール 11	李 文烈 14	インインヌ 21
アンダーソン, シャー ウッド 12	李 陸史 14	イングランダー, ネイサ ン 21
アンダーソン, ナタリー ... 12	李 潤沢 16	イングリッシュ, ロッテ ... 21
アンデルシュ, アルフ レート 12	李 庸岳 16	インジ, ウィリアム 21
アンデルセン, ハンス・ クリスチャン 12	イヴァシュキェヴィッ チ, ヤロスワフ 16	インディアナ, ゲイリー ... 21
アンデルレ, ヘルガ 12	イヴァノヴィッチ, ジャ ネット 16	インヘニエロス, デリア ... 21
アンドリッチ, イヴォ 12	イェイツ, ウィリアム・ バトラー 16	インベル 21
アンドリュース, デイ ル・C. 13	イエーシャン 16	
アンドルーズ, エイミー ... 13	イエーツ, メイシー 17	【ウ】
アンドルーズ, ダン 13	イェニー, ゾエ 17	
アンドレーエフ, レオ ニード 13	イェホシュア, アブラハ ム・B. 17	呉 継文 ⇒ 呉継文(ご・けい ぶん)を見よ
アンブラー, エリック 13	イェリネク, エルフリー デ 17	呉 錦発 ⇒ 呉錦発(ご・きん はつ)を見よ
	イエルシルド, P.C. 17	ヴァイス, ブラッド 21
	イェンス, ヴァルター 17	ヴァイス, ペーター・ウ ルリッヒ 22
	イーガン, グレッグ 17	
	イーガン, ジェニファー ... 18	
	イシグロ, カズオ 18	

ヴァイネル, リハルト 22
ヴァイラオホ, ヴォルフガング 22
ヴァイル, イージー 22
ヴァヴラ, カート 22
ヴァクス, アンドリュー ... 22
ヴァーグナー, ヴィルヘルム・リヒャルト ⇒ ワーグナー, リヒャルト を見よ
ヴァシェ, ジャック 22
ヴァーゾフ, イワン 22
ヴァック 22
ヴァッサーマン, ヤーコプ 22
ヴァフィー, ファリーバー 22
ヴァーリイ, ジョン 22
ヴァルザー, マルティーン 22
ヴァレンテ, キャサリン・M. 22
ヴァン・ヴォークト, A. E. 22
ヴァンス, ジャック 23
ヴァン・ダイン, S.S. 23
ヴァン・ダー・ヴィア, スチュワート 23
ヴァンデンバーグ, ローラ 23
ヴァン・ドーレン, マーク 23
ウィ・ギチョル 23
ヴィヴァーンテ, アーテューロ 23
ヴィオースト, ジュディス 23
ヴィカーズ, ロイ 23
ヴィガースハウス, レナーテ 23
ウィグノール, ケヴィン ... 23
ヴィクラム, イェルク 23
ヴィース, ロール 23
ウィズダム, リンダ・R. ... 23
ウィスマン, ルース 24
ヴィダル, ゴア 24
ヴィダル, ジル 24
ウィッカム, ジョン 24

ウィッグス, スーザン 24
ウィットモア, ジェフリー 24
ヴィットリーニ, エリオ ... 24
ウィート, キャロリン 24
ウイドブロ, ビセンテ 24
ヴィナヴェール, ミシェル 24
ヴィーニンガー, ペーター・R. 25
ウィーバー, トマシーナ ... 25
ヴィーヒェルト, エルンスト 25
ウイリアムズ, アーサー ... 25
ウイリアムズ, ウォルター・ジョン 25
ウイリアムズ, キャシー ... 25
ウイリアムズ, ショーン ... 25
ウイリアムズ, タッド 25
ウイリアムズ, ティモシー 25
ウイリアムズ, テネシー ... 25
ウイリアムスン, ジャック 25
ウイリアムスン, チェット 25
ウイリアムスン, J.N. 25
ウイリアムソン, ケヴィン 25
ヴィリエ・ド・リラダン, オーギュスト・ド ... 25
ウィリス, コニー 26
ヴィルカー, ゲルトルート 26
ウィルキンズ, ジーナ 26
ウィルキンズ=フリーマン, メアリ・E. 26
ウィルスン, アラン 26
ウィルスン, アンガス 27
ウィルスン, ゲイアン 27
ウィルスン, バーバラ 27
ウィルスン, リチャード ... 27
ウィルスン, ロバート・チャールズ 27
ウィルスン, F.ポール 27
ウィルソン, エドマンド ... 27
ウィルソン, ケヴィン 27

ウィルソン, コリン 27
ウィルソン, ジャクリーン 27
ウィルソン, シントラ 27
ウィルソン, デイヴィッド・ニール 27
ウィルソン, デリク 27
ウィルソン, ロバート・アントン 27
ウィルソン, ロブリー, Jr. 27
ウィルドゲン, ミシェル ... 28
ウィルフォード, チャールズ 28
ウィルヘルム, ケイト 28
ヴィレ, カール 28
ウィンウォード, ウォルター 28
ウイングフィールド, R. D. 28
ウィンゲイト, アン 28
ウィンゲルン=シュテルンベルク, アレクサンダー・フォン 28
ウィンズロー, ザイラ・サムター 28
ウィンズロウ, ドン 28
ウィンター, ダグラス・E. 28
ウィンターズ, レベッカ ... 28
ウィンターソン, ジャネット 29
ウィンダム, ジョン 29
ウィントン, ティム 29
ヴィンニチューク, ユーリイ 29
ウェー 29
ウェア, モニカ 29
ウェイ, マーガレット 29
ウェイクフィールド, ハーバート・ラッセル .. 29
ヴェイジー, グレン 30
ウェイド, ジェイムズ 30
ウェイド, スーザン 30
ウェイド, ヘンリー 30
ヴェイリン, ジョナサン ... 30
ウェイン, ジョン 30

ウェインライト, ジュリア 30
ヴェーケマン, クリストフ 30
ウェザーヘッド, レスリー・D. 30
ウェスターバーグ, メラニー 31
ウェスト, ジョン・アンソニー 31
ウェスト, チャールズ 31
ウェスト, レベッカ 31
ウェストレイク, ドナルド・E. 31
ウェッツェル, ジョージ 31
ウェドル, ニコール 31
ヴェナブル, リン・A. 31
ウェバー, メレディス 31
ウェブスター, ジョン 31
ヴェリフ, ヤン 31
ヴェルガ, ジョヴァンニ 31
ヴェルガン, ポール 31
ウェルシュ, アーヴィン 31
ウェルズ, キャロリン 32
ウェルズ, ジェフリー 32
ウェルズ, ジョン・ジェイ 32
ウェルズ, H.G. 32
ウェルティ, ユードラ 32
ウェルドン, フェイ 32
ヴェルフェル, フランツ 33
ヴェルベーケ, アンネリース 33
ウェルマン, マンリー・ウェイド 33
ヴェレ 33
ウェレン, エドワード 33
ウォー, イーヴリン 33
ヴォイドフスキ, ボグダン 33
ウォーカー, ケイト 33
ヴォスコヴェツ, イジー 33
ヴォスコボイニコフ 33
ウォーターマン, ダニエル 33
ウォーターマン, フレデリック 33

ヴォー・ティ・スアン・ハー 33
ヴォー・ティ・ハーオ 33
ウォデル, M.S. 34
ウォード, ライザ 34
ウォード, J.R. 34
ヴォートラン, ジャン 34
ウォートン, イーディス 34
ウォートン, デーヴィッド・マイケル 34
ウォーナー, アラン 34
ウォーナー, シルヴィア・タウンゼンド 34
ヴォネガット, カート 34
ヴォーマン, ガブリエーレ 34
ウォルヴン, スコット 35
ヴォルケル, イジー 35
ウォルシュ, アン 35
ウォルシュ, トマス 35
ウォルシュ, マイケル 35
ウォルシュ, D.J. 35
ウォルシュ, M.O. 35
ウォルソン, モートン 35
ヴォルテール 35
ウォルハイム, ドナルド・A. 36
ウォルパウ, ネイサン 36
ウォルフ, エゴン 36
ウォルフ, クリスタ 36
ウォルフォース, ティム 36
ヴォルフスキント, ペーター・ダニエル 36
ヴォルポーニ, パオロ 36
ウォルポール, ヒュー 36
ウォルポール, ホレス 37
ヴォルマン, ウィリアム・T. 37
ウォールマン, ジェフリイ 38
ウォーレス, エドガー 38
ウォーレス, シャーロット 38
ウォーレス, デイヴィッド・フォスター 38
ウォーレス, ブルース・J. 38
ウォーレス, ペネロピー 38

ウォレン, サミュエル 39
ウォレン, ナンシー 39
ウォレン, ロバート・ペン 39
ヴォロディーヌ, アントワーヌ 39
ヴクサヴィッチ, レイ 39
ウー・スエー 39
ウスラル・ピエトリ, アルトゥーロ 39
ウッズ, シェリル 39
ウッチェーニ 39
ウッド, モニカ 39
ウッドハウス 39
ウティット・ヘーマムーン 39
ウナムーノ, ミゲル・デ 39
ヴー・バーオ 40
ウパディアイ, サムラット 40
ウーヤン・ユー 40
ウリツカヤ, リュドミラ 40
ウル, エミン 40
ウルズィートゥグス, ロブサンドルジーン 40
ウルピウス, ウルスーラ 40
ウルフ, ヴァージニア 40
ウルフ, ジーン 40
ウルフ, トバイアス 41
ウルムズ 41
ウールリッチ, コーネル 41
ウレア, ルイス・アルベルト 41
殷 熙耕 41
ウンセット, S. 41
ウンバ, ベンジャミン 41

【エ】

エアーズ, N.J. 41
エイキン, アンナ・レイティティア 41
エイキン, ジョーン 41
エイクマン, ロバート 41
エイケン, コンラッド 42

エイジー, ジェイムズ …… 42
エイディー, ロバート …… 42
エイミス, マーティン …… 42
エイメ, マルセル ⇒ エー
　メ, マルセル を見よ
エイレット, スティーヴ …… 42
エインズワース, ウィリ
　アム・ハリソン …… 42
エインフェルス, ヤーニ
　ヒ …… 42
エーヴェルス, ハンス・
　ハインツ …… 42
エウリピデス …… 42
エヴンソン, ブライアン …… 42
エガーズ, デイヴ …… 43
エクス, エクス＝プライ
　ヴェート …… 43
エジャートン, レスリー …… 43
エシュノーズ, ジャン …… 43
エスパルベック …… 43
S.マラ・Gd …… 43
エスルマン, ローレン・
　D. …… 43
エセンダル, メムドゥ
　フ・シェヴケット …… 43
エチェベリーア, エステ
　バン …… 43
エチスン, デニス …… 43
エドゥジアン, エシ …… 43
エドギュ, フェリト …… 44
エドワーズ, アミーリア …… 44
エドワーズ, マーティン …… 44
エニス, ショーン …… 44
エバンズ, パトリシア・
　G. …… 44
エフィンジャー, ジョー
　ジ・アレック …… 44
エフゲン, ライアン …… 44
エマソン, ラルフ・ウォ
　ルドー …… 44
エマニエル, ドクトル …… 44
エムシュウィラー, キャ
　ロル …… 44
エーメ, マルセル …… 44
エモン, ルイ …… 45
エモンド, マーティン …… 45
エライ, ナズル …… 45

エラン, シャルル …… 45
エリアン, アリシア …… 45
エリオット, ジョージ・
　フィールディング …… 45
エリオット, スティーブ …… 45
エリオット, T.S. …… 45
エリス, リオ・R. …… 45
エリス, C.ハミルトン …… 45
エリスン, ハーラン …… 45
エリソンド, サルバドー
　ル …… 45
エリン, スタンリイ …… 45
エルキンズ, キンバリー …… 46
エルクマン, エミール ⇒ エ
　ルクマン＝シャトリアン
　を見よ
エルクマン＝シャトリ
　アン …… 46
エルジンチリオール, ザ
　カリア …… 46
エルスン, ハル …… 46
エルデーシュ・ラース
　ロー …… 46
エルデネ, センディーン …… 46
L.デ・C. …… 46
エルベン, カレル・ヤロ
　ミール …… 46
エルペンベック, ジェ
　ニー …… 47
エルロッド, P.N. …… 47
エレンス, フランス …… 47
エロ, ウジェーヌ …… 47
エロ, エルネスト …… 47
エロシェンコ, ワシー
　リー …… 47
袁郊 …… 47
袁犀 …… 47
袁枚 …… 47
エングストローム, エリ
　ザベス …… 47
エンゲル, ハワード …… 47
エンジェル, ロジャー …… 47
エンドレース, エリーザ
　ベト …… 47
エンフボルド, ドルジゾ
　ブディン …… 47
エンライト, アン …… 47

エンライト, チャールズ …… 47

【オ】

呉泰錫 …… 48
呉泰栄 …… 48
呉泳鎮 …… 48
オイレンブルク, カー
　ル・ツー …… 48
王 安憶 …… 48
王 琰 …… 48
王 應棠 …… 48
王 嘉 …… 48
王 士禎 …… 48
王 秋螢 …… 48
王 小波 …… 48
王 拓 …… 48
王 禎和 …… 48
王 度 …… 48
王 浮 …… 48
王 蒙 …… 49
オウィディウス …… 49
オーウェル, ジョージ …… 49
オーウェン, トーマス …… 49
オー・ウダーコーン …… 49
オーウチ, ミエコ …… 49
岡 三郎 …… 49
オカ・ルスミニ …… 49
オカンポ, シルビーナ …… 49
オキャラハン, マクシン …… 49
オクジャワ …… 49
オクリ, ベン …… 49
オコナー, フラナリー …… 49
オコナー, フランク …… 49
オコネル, ジャック …… 50
オサリバン, ブライアン …… 50
オジック, シンシア …… 50
オースター, ポール …… 50
オースティン, スーザン …… 50
オースティン, ロブ …… 50
オースティン, F.ブリト
　ン …… 50
オステール, クリスチャ
　ン …… 50
オースベル, ラモーナ …… 50

オズボーン, ロイド……… 50
オーツ, ジョイス・キャロル ………………… 50
オーティス, メアリー…… 51
オデッツ, クリフォード… 51
オーデン, W.H. ………… 51
オドエフスキー, ウラジーミル ……………… 51
オニオンズ, オリヴァー… 51
オネッティ, ファン・カルロス ………………… 52
オハラ, ジョン…………… 52
オファレル, ジョン……… 52
オフェイロン, ジュリア… 52
オブライアン, エドナ…… 52
オブライエン, ティム…… 52
オブライエン, フィッツ=ジェイムズ ……… 52
オフラハティ, リーアム… 52
オブレテノフ, ニコラ…… 52
O.ヘンリー ……………… 52
厳 興燮 ………………… 52
オリヴァー, チャド……… 53
オリヴィエ, エミール…… 53
オリファント, マーガレット ………………… 53
オーリン, アリックス…… 53
オルガ, イルファン……… 53
オルグレン, ネルソン・T. ……………………… 53
オルスン, ドロシー・G. .. 53
オルソン, ドナルド……… 53
オールター, ロバート・エドモンド …………… 53
オルツィ, エムスカ……… 53
オールディス, ブライアン・W. …………………… 53
オールディントン, リチャード ………………… 53
オールド, ニコラス……… 53
オレシュニック, A.F. …… 53
オロスコ, ダニエル……… 53
温 祥英 ………………… 53
温 庭筠 ………………… 54

【カ】

カー, キャロル…………… 54
河 瑾燦 ………………… 54
過 士行 ………………… 54
賀 淑芳 ………………… 54
カー, ジョン・ディクスン ……………………… 54
カー, テリー……………… 54
カー, フィリス・アン…… 54
カー, A.H.Z. …………… 54
カイザー, ゲオルク……… 55
ガイザー, ゲルト………… 55
カイム, ニック…………… 55
カイル, エリン…………… 55
ガウ, マイケル…………… 55
カーヴァー, レイモンド… 55
カヴァリット, エンリケ… 55
カヴァン, アンナ………… 55
ガーヴェイ, エイミー…… 55
カウパー, リチャード…… 55
カウフマン, ドナ………… 55
カウルズ, フレデリック… 55
カウンセルマン, メアリー・エリザベス …… 55
郭 季産 ………………… 56
郭 箏 …………………… 56
格 非 …………………… 56
カーク, ラッセル………… 56
郭 氏 …………………… 56
楽 史 …………………… 56
カークホフ, マイケル…… 56
カークランド, ラリッサ… 56
カザンザキス, ニコス…… 56
カーシュ, ジェラルド…… 56
カスティーリョ, アナ…… 56
カストロ, アダム=トロイ ……………………… 56
ガストン, ダイアン……… 57
カズンズ, ジェイムズ・グールド ……………… 57
カセック, P.D. …………… 57
カセレス・ララ, ビクトル ……………………… 57
カゾット, ジャック……… 57
カーター, アンジェラ…… 57
カーター, フリッツ……… 57
カーター, リン…………… 57
カタレフ, ワレンチン…… 57
ガーダム, ジェーン……… 57
カダレ, イスマイル……… 57
葛 洪 …………………… 58
葛 亮 …………………… 58
カッチャー, ベン………… 58
ガッチョーネ, アンジェロ ……………………… 58
カットナー, ヘンリー…… 58
カーティス, ロバート・H. ……………………… 58
カーティス, W.A. ……… 58
カーティン, ジェレマイア ……………………… 58
カデツキー, エリザベス… 59
カテルリ, ニーナ………… 59
カード, オースン・スコット ………………… 59
ガードナー, クレイグ・ショー ………………… 59
ガードナー, ジェイムズ・アラン ……………… 59
ガードナー, ジョン……… 59
ガードナー, リサ………… 59
ガードナー, レナード…… 59
カドハタ, シンシア……… 59
ガトロー, ティム………… 59
ガートン, レイ…………… 59
ガーナー, ジュディス…… 59
ガーネット, デイヴィッド ……………………… 59
カノックポン・ソンソムパン ………………… 59
カパー, ベイザル………… 59
ガーバー, メリル・ジョーン ………………… 59
カバリェーロ, フェルナン ……………………… 60
カプアーナ, ルイージ…… 60
カフカ, フランツ………… 60
カプラン, ジェイムズ…… 63
カプラン, ヘスター……… 63

カブレラ=インファンテ, G. ... 63
カーペンター, ハンフリー ... 63
カーペンター, リザベス ... 63
カポーティ, トルーマン ... 63
カポビアンコ, マイケル ... 63
カミ, ピエール=アンリ ... 63
カミュ, アルベール ... 63
カミングス, ジョセフ ... 63
カミンスキー, スチュアート・M. ... 63
カム・パカー ... 63
カムマー, フレデリック・A., Jr. ... 63
カラトケヴィチ, ヴラジミル ... 64
ガーランド, アレックス ... 64
カリー, エレン ... 64
ガリー, ロマン ... 64
カリャー ... 64
ガーリン, アレクサンドル ... 64
カリンティ・フェレンツ ... 64
カリントン, レオノーラ ⇒ キャリントン, レオノーラ を見よ
カル, アルフォンス ... 64
カール, リリアン・スチュワート ... 64
カルヴィーノ, イタロ ... 64
カルカテラ, ロレンゾ ... 65
カルサダ・ペレス, マヌエル ... 65
ガルサン, チナギーン ... 65
ガルシア・パボン, フランシスコ ... 65
ガルシア・マソ, D.サンティアゴ・ホセ ... 65
ガルシア=マルケス, ガブリエル ... 65
ガルシラソ・デ・ラ・ベーガ ... 65
ガルシン, V.M. ... 65
カールスン, P.M. ... 65
カールソン, ロン ... 66
カルチフ, カメン ... 66

カルデロン・デ・ラ・バルカ, ペドロ ... 66
カルネジス, パノス ... 66
カルパナ・スワミナタン ... 66
カルバリィード, エミリオ ... 66
カルファス, ケン ... 66
カルペンティエル, アレホ ... 66
ガルマー, ドルジーン ... 66
カレール, エマニュエル ... 66
カワード, マット ... 66
韓 少功 ... 66
甘 昭文 ... 66
韓 雪野 ⇒ 韓雪野(ハン・ソルヤ)を見よ
韓 東 ... 66
干 宝 ... 67
韓 愈 ... 67
カーン, ラジーア・サルタナ ... 68
韓 龍雲 ⇒ 韓龍雲(ハン・ヨンウン)を見よ
カンシラ, ドミニク ... 68
カンセーラ, アルトゥーロ ... 68
カンター, マッキンリー ... 68
邯鄲 淳 ... 68
カントゥ, チェーザレ ... 68
カントナー, ロブ ... 68
カンバーランド, リチャード ... 68
カンボ, フランソワ ... 68

【 キ 】

魏 貽君 ... 68
紀 昀 ... 68
紀 大偉 ... 68
疑 遅 ... 68
魏 微 ... 69
キエスーラ, ファブリツィオ ... 69
キーガン, リンダ ... 69
キシュ, ダニロ ... 69
ギシュラー, ヴィクター ... 69

ギースン, スーザン ... 69
ギッシング, ジョージ ... 69
キップリング, ラドヤード ... 69
キーティング, H.R.F. ... 70
キトゥアイ, オーガスト ... 70
ギバルギーゾフ ... 70
キーフォーバー, ジョン・D. ... 70
ギブスン, ウィリアム ... 70
ギブラン, カーリル ... 70
キプリング, ラドヤード ⇒ キップリング, ラドヤード を見よ
ギボン, エドワード ... 70
ギボン, ルイス・グラシック ... 70
キム, アナトーリイ ... 70
キム・インスク ... 70
金 義卿 ... 70
金 光林 ... 70
金 光植 ... 70
金 珖燮 ... 70
金 尚憲 ... 70
金 芝河 ... 70
金 素月 ... 70
金 昭葉 ... 71
金 聖鐘 ... 71
金 昌述 ... 71
キム・チョンガン ... 71
金 南一 ... 71
金 楠 ... 71
キム・ヒョンギョング ... 71
金 明和 ... 71
金 裕貞 ... 71
金 容相 ... 71
金 英夏 ... 71
金 永顕 ... 71
金 永郎 ... 71
ギモント, C.E. ... 71
キャヴェル, ベンジャミン ... 71
ギャグリアーニ, ウィリアム・D. ... 71
キャザー, ウィラ ... 71
キャザーウッド, メアリー・ハートウェル ... 72

ギャスケル, エリザベス … 72
キャスパー, スーザン …… 72
キャッスル, モート ……… 72
キャップ, コリン ………… 72
キャップス, タッカー …… 72
キャディガン, パット …… 72
キャネル, J.C. …………… 72
キャバナー, ディーン …… 72
キャラハン, モーリー …… 72
ギャリコ, ポール ………… 72
ギャリス, ミック ………… 72
ギャリティ, シェーノン・K. ………………… 72
キャリントン, レオノーラ ……………………… 73
ギャレット, ケイミーン … 73
ギャレット, ランドル …… 73
キャロル, ウィリアム・J., Jr. ………………… 73
キャロル, ジョナサン …… 73
キャロル, マリサ ………… 73
キャロル, ルイス ………… 73
キャロル, レノーア ……… 73
キャンフィールド, サンドラ ……………………… 73
キャンベル, ギルバート … 73
キャンベル, コリン ……… 74
キャンベル, ジョン.W., Jr. …………………… 74
キャンベル, ボニー・ジョー ……………………… 74
キャンベル, ラムゼイ …… 74
邱 華棟 …………………… 74
邱 貴芬 …………………… 74
牛 蘭 ……………………… 75
牛 僧孺 …………………… 75
邱 妙津 …………………… 75
ギーヨ, ポール …………… 75
許 佑生 …………………… 75
龔 萬輝 …………………… 75
ギヨタ, ピエール ………… 75
キラ=クーチ, アーサー … 75
ギラード, タマラ ………… 75
ギリス, リュー …………… 75
キルシュ, ザーラ ………… 75
ギルバート, アントニイ … 75

ギルバート, エリザベス … 75
ギルバート, ポール ……… 75
ギルバート, マイケル …… 75
ギルバート, W.S. ………… 76
ギルフォード, C.B. ……… 76
キルマー, ジョイス ……… 76
ギルマン, シャーロット・パーキンズ ………… 76
ギルモア, アンソニイ …… 76
ギルラス, スーザン ……… 76
キルワース, ギャリー …… 76
キローガ, オラシオ ……… 76
金 永郎 ⇒ 金永郎(キム・ヨンラン)を見よ
金 珖燮 ⇒ 金珖燮(キム・グヮンソプ)を見よ
キーン, ジェイミー ……… 77
金 勲 ……………………… 77
金 昌述 ⇒ 金昌述(キム・チャンスル)を見よ
金 昭葉 ⇒ 金昭葉(キム・ソヨプ)を見よ
金 素月 ⇒ 金素月(キム・ソウォル)を見よ
キーン, ダニエル ………… 77
金 明和 ⇒ 金明和(キム・ミョンファ)を見よ
キング, エドワード・L. … 77
キング, ジョナソン ……… 77
キング, スティーヴン …… 77
キング, C.デイリー ……… 78
キンケイド, ジャメイカ … 78
キンスエーウー …………… 78
キンパンフニン …………… 78
キンフニンウー …………… 78
キンミャズイン …………… 78

【ク】

瞿 宗吉 …………………… 78
瞿 佑 ……………………… 78
クアク・コフィ・バリリ … 79
クアリア, ロベルト ……… 79
クイーン, エラリー ……… 79
クイン, シーバリー ……… 80

クイーン, スティーヴン … 81
クイン, タラ・T. ………… 81
グイン, ワイマン ………… 81
クインラン, ブライアン … 81
クーヴァー, ロバート …… 81
グウェン, ヴィエト・タン ……………………… 81
グエーズィンヨーウー …… 81
グエン・ゴック・トゥ …… 81
グエン・ディラン・タイ … 81
クェンティン, パトリック ……………………… 81
郭 箏 ⇒ 郭箏(かく・そう)を見よ
グオ・シャオルー ………… 81
クォーターマス, ブライアン ……………………… 81
クークーク, ハンス・L. … 81
クザン, フィリップ ……… 81
クサンスリス, ヤニス …… 82
グージ, エリザベス ……… 82
クズワヨ, エレン ………… 82
クセノファネス・デ・コロフォン ………………… 82
クーゼンベルク, クルト … 82
クチョク, ヴォイチェフ … 82
クッカルト, ユーディット ……………………… 82
クック, クリストファー … 82
クック, ジョン・ペイトン ……………………… 82
クック, トマス・H. ……… 82
クッツェー, J.M. ………… 82
グッド, アプトン・O. …… 82
グッドウィン, ジョン・B.L. ……………………… 83
グッドカインド, テリー … 83
グティエレス・ナヘラ, マヌエル ………………… 83
クナイフル, エーディト … 83
グーナン, キャスリン・アン ……………………… 83
クニリェ, リュイサ ……… 83
クノー, レーモン ………… 83
クーパー, ジーン・B. …… 83
クビーン, アルフレート … 83

クープランド, ダグラス … 83
クプリーン, アレクサンドル …………………… 83
グミリョーフ, ニコライ … 83
グラアーリ＝アレリスキー ………………………… 83
クライスト, ハインリヒ・フォン …………… 83
クライダー, ビル ………… 84
グライリー, ケイト ……… 84
クライン, T.E.D. ………… 84
クラヴァン, アルチュール ……………………… 84
クラヴァン, アンドリュー …………………… 84
クラウザー, ピーター …… 84
クラウス, ヒューホ ……… 84
クラウン, ビル …………… 84
クラーク, アーサー・C. .. 84
クラーク, カート ………… 85
クラーク, キャロル・ヒギンズ …………………… 85
クラーク, サイモン ……… 85
クラーク, ジョージ・マカナ …………………… 85
クラーク, メアリ・ヒギンズ …………………… 85
クラシツキ, イグナツィ … 85
クラスゴー, エレン ……… 85
クラッサナイ・プローチャート ………………… 85
グラップ, デイヴィス …… 85
グラッベ, クリスチャン＝ディートリッヒ … 85
クラッベ, ティム ………… 85
グーラート, ロン ………… 85
クラハト, クリスティアン ……………………… 85
グラファム, エルシン・アン …………………… 86
クラブトゥリー, マリル … 86
グラフトン, C.W. ………… 86
クラム, ラルフ・アダムス ………………………… 86
クラムリー, ジェイムズ … 86
グラーロ, ウィリアム …… 86

グラント, チャールズ・L. ……………………… 86
クーランド, マイクル …… 86
グラント, リンダ ………… 86
クーリー, レイモンド …… 86
グリア, アンドルー・ショーン …………………… 86
クリアリー, ビヴァリー … 86
クリスチャンスン, ディーン ………………… 86
クリスティ, アガサ ……… 87
クリスト, ゲイリー ……… 87
クリストファー, ショーン ……………………… 87
クリストファー, ジョン … 87
クリストマイエル ………… 87
クリスピン, エドマンド … 87
クリック, バーソロミュー …………………… 87
クリップ, レグ …………… 87
グリナー, ポール ………… 87
グリーナウェイ, ピーター ………………………… 87
グリフェン, クレア ……… 88
クリーマ, イヴァン ……… 88
グリム兄弟 ……………… 88
グリーン, アレクサンドル ………………………… 88
グリーン, グレアム ……… 88
グリーン, デイヴィッド … 88
グリーン, A.K. …………… 88
グリーン, R.M., Jr. ……… 89
グリーン, S. ……………… 89
グリーンウッド, L.B. …… 89
クリンガーマン, ミルドレッド ………………… 89
グリーンバーグ, ロランス ………………………… 89
グリンリー, ソーニャ …… 89
クルイロフ, イヴァン …… 89
クルーガー, ウィリアム・ケント ………………… 89
クルージー, ジェニファー ………………………… 89
クルーズ, ケイトリン …… 89
クルッケンデン, アイザック …………………… 89

グールモン, レミ・ド …… 89
クルーン, レーナ ………… 89
グレアム, トマス ………… 89
グレアム, ヘザー ………… 89
グレアム, ベン …………… 90
グレアム, リン …………… 90
グレイ, エリザベス ……… 90
クレイ, ヒラリー ………… 90
グレイヴス, ロバート …… 90
クレイジャズ, エレン …… 90
クレイスン, クライド・B. ………………………… 90
グレイディ, ジェイムズ … 90
クレイリング, テッサ …… 90
クレイン, スティーヴン … 90
クレイン, テレサ ………… 90
グレヴィッチ, フィリップ ………………………… 90
グレーザー, エルンスト … 90
クレス, ナンシー ………… 90
クレッグ, ダグラス ……… 91
グレッシュ, ロイス・H. .. 91
クレッセ, ドド …………… 91
クレッツ, フランツ・クサーファー ……………… 91
グレノン, ポール ………… 91
グレープ, ジャン ………… 91
クレーベルク, ミヒャエル ……………………… 91
グレンジャー, アン ……… 91
クレーンズ, デヴィッド … 91
クレンツ, ジェイン・アン ……………………… 91
グレンドン, スティーヴン ……………………… 91
クロウ, キャサリン ……… 91
クロウリー, ジョン ……… 91
クロショー, ベン・"ヤーツィー" ………………… 91
クロス, アマンダ ………… 92
クロス, シャルル ………… 92
クロス, ジョン・キア …… 92
クロス, ジリアン ………… 92
グロスマン, ヴァシリー … 92
クロスランド, デイヴィッド …………………… 92

クローニン, ジェイムズ・E. 92
グロフ, ローレン 92
クロフォード, F.マリオン 92
クロフツ, F.W. 92
グロホヴィヤク, スタニスワフ 92
グロホラ, カタジナ 92
クワユレ, コフィ 93
クン・スルン 93
クーンツ, ディーン・R. 93
グンテブスーレン・オユンビレグ 93
クーンミュンク 93

【ケ】

ケアリー, エドワード 93
ケアリー, ピーター 93
ゲイ, ウイリアム 93
ケイ, マーガリート 93
ケイヴ, ヒュー・B. 93
ゲイツ, デイヴィッド・エジャリー 93
ケイニン, イーサン 93
ゲイマン, ニール 94
ゲイル, ゾナ 94
ケシ・イムレ 94
ケッセインキン 94
ケッセル, ジョゼフ 94
ゲッセン, キース 94
ケッチャム, ジャック 94
ゲッツ, ライナルト 94
ゲッデズ, シンディ 94
ゲッベルス, ヨーゼフ 94
ケッマー 94
ゲーテ, ヨハン・ヴォルフガング 94
ゲティング, ローラ 95
ケニー, スザン 95
ケーニヒスドルフ, ヘルガ 95
ケネディ, ミルワード 95

ケベード, フランシスコ・ゴメス・デ 95
ケマル, オルハン 95
ケラー, デイヴィッド・H. 95
ケラー, テッド 95
ケラーマン, ジョナサン 95
ケラーマン, フェイ 95
ケリー, メイヴ 95
ケリー, レスリー 95
ケール, ポーリーン 95
ケルテース・アーコシュ 95
ゲルドロード, ミシェル・ド 95
ケルナー, テオドール 96
ケルマン, ジュディス 96
ケレット, エトガル 96
阮 慶岳 96
厳 興變 ⇒ 厳興變(オム・フンソプ)を見よ
元 稹 96
玄 鎭健 ⇒ 玄鎭健(ヒョン・ジンゴン)を見よ
ケンドリック, シャロン 96
ケンドリック, ベイナード 96

【コ】

呉 均 96
呉 錦発 96
呉 継文 96
コー, ダニエル 96
賈 平凹 96
高 蓮玉 96
ゴアズ, ジョー 96
ゴイケ, フランク 97
小泉 八雲 ⇒ ハーン, ラフカディオ を見よ
江 盈科 97
黄 錦樹 97
黄 春明 97
耿 定向 97
侯 白 97
黄 凡 98

洪 邁 98
コウヴィル, ブルース 98
コヴェンチューク 98
孔氏 98
コウ・ニェイン 98
河野 宗一郎 98
皇甫 枚 98
皇甫氏 98
コーエン, ポーラ 98
コーエン, マーク 98
格非 ⇒ 格非(かく・ひ)を見よ
コグスウェル, シオドア 98
コクトー, ジャン 98
ゴーゴリ, ニコライ 98
コージャ, キャシー 99
コズコ, アレクサンダー 99
コステル, セルジュ 99
コズマ, リン 99
ゴダール, ジャン=リュック 99
ゴーチエ, テオフィル ⇒ ゴーティエ, テオフィル を見よ
コーチス, アンドレ 99
コーツ, アーサー・W. 99
コツウィンクル, ウィリアム 99
コックス, クリス 99
コットレル, C.L. 99
コッパー, ベイジル 99
コッパード, A.E. 99
コッペ, フランソワ 100
ゴッボ, ロレッタ 100
コッホ, T. 100
ゴデ, ロラン 100
古丁 100
コディ, リザ 100
ゴーティエ, テオフィル 100
ゴーディマー, ナディン 100
ゴトー, エドワード・E. 100
ゴドウィン, トム 100
コドレスク, アンドレイ 100

ゴトロー, ティム............101	コリンズ, マックス・アラン 105	コンラッド, ジョゼフ......108
ゴードン, デイヴィッド 101	コリンズ, W.チズウェル 105	コンラッド, バーナビー 108
ゴードン, ルーシー........101	コール, エイドリアン......105	コンラード・ジェルジュ 108
コナー, ジョーン............101	コルウィン, ローリー......105	コンロイ, ジャック........108
コナー, レベッカ・L.......101	ゴールズワージー, ジョン 105	コンロイ, フランク........108
コナリー, ジョン............101	コルター, エリ...............105	
コナリー, マイケル........101	コルタサル, フリオ........105	【サ】
コーニア, ヴィンセント 101	ゴールド, マイケル........106	
コーニイ, マイケル・G. 101	コールドウェル, アースキン 106	蔡 金智 108
コーニック, ニコラ........101	ゴルトシュミット, ジョルジュ＝アルチュール 106	崔 曙海 ⇒ 崔曙海（チェ・ソヘ）を見よ
コーニッツ, ウィリアム・J. 101		在 呈 108
コニントン, J.J. 101		西 渡 109
コネスキ, ブラジェ........102	ゴールドスミス, オリヴァー 106	蔡 萬植 ⇒ 蔡萬植（チェ・マンシク）を見よ
コネル, エヴァン・S.（ジュニア）..............102	ゴールドマン, ケン......106	崔 曼莉 109
コノネンコ, エウヘーニャ 102	ゴールドリック, エマ......106	ザイデル, ヴィリ............109
コーバー, アーサー........102	コルネイユ, トマ............106	サイト・ファイク............109
コパー, ベイジル ⇒ コッパー, ベイジル を見よ	コルビエール, トリスタン 106	サイモン, ロジャー・L. ..109
	コルマン, エンゾ............106	サイラー, ジェニー........109
コハノフスキ, ヤン........102	コルマン, リード・ファレル 106	サヴィニオ, アルベルト 109
ゴフスタイン, M.B. 102		サヴェージ, トム............109
コーベット, デイヴィッド 102	コルモンダリー, メアリ 106	サヴェージ, フェリシティ 109
コーベン, ハーラン........102	コールリッジ, サミュエル・テイラー 106	サウンウィンラッ........109
ゴーマン, エド...............102		サキ..............................109
コムロフ, マニュエル......102	コロンネ, グイド・デッレ 107	サキヌ 110
ゴメス・デ・ラ・セルナ, ラモン 102	コン・ジョング 107	サクソン, マラカイ........110
	孔 善玉 107	サコー, ルース...............110
コモルニツカ, マリア......103	コンウェイ, H. 107	笹部 博司 111
コーラー, シーラ............103	ゴンザレス, ケビン・A. 107	サシ, ル・メートル・ド..111
ゴラン, ジャン＝ピエール 103	コンスタンティン, ストーム 107	サージェント, パメラ......111
ゴーリー, エドワード......103	コンデ, マリーズ............107	サストレ, アルフォンソ 111
コリア, ジョン...............103	コントスキー, ヴィクター 107	サター, ジェームズ・L. ..111
ゴーリキー, マクシム......104	コンドン, マシュー........107	サタイヤ, J.P. 111
コリツォーフ, ミハイル・エフィーモヴィチ 104	コンフィアン, ラファエル 107	サッカー, キャシー・G. 111
	コーンブルース, C.M. ...107	サックス, フィリップ・ド 111
コリンズ, ウィルキー......104	ゴンブロヴィッチ, ヴィトルド 108	サッコウ, ルース............111
コリンズ, ナンシー・A. 105		サットン, デイヴィット 111
コリンズ, バーバラ........105		

サド, マルキ・ド………111
佐藤 彰………………112
サドゥール, ニーナ……112
サーバー, ジェイムズ……112
サーフ, ベネット………113
サフー, ミノティ………113
サボー・マグダ………113
サマーズ, ジェフ………113
ザミャーチン, エヴゲーニー………113
サラ, シャロン…………113
サラントニオ, アル………114
サリヴァン, C.J.…………114
サリス, エヴァ…………114
サーリング, ロッド………114
サルドゥ, ヴィクトリアン………114
ザレスキー, P.…………114
サレミ, オーガスト………114
サローヤン, ウィリアム………114
サンスター, ジミー………114
残雪……………………114
サンソム, ウィリアム……114
サンソル, アルフレッド……114
サンダーズ, グレンダ……114
サンタヤナ, ジョージ……114
サンチス・シニステーラ, ホセ…………114
山丁……………………114
サンド, ジョルジュ………115
サンドバーグ, エリック………115
サンドフォード, ジョン………115

【シ】

シー, シュー……………115
石 舒清 ⇒ 石舒清(せき・じょせい)を見よ
施 叔青………………115
施 叔青 ⇒ 施叔青(し・しゅくせい)を見よ

シアストン, トレヴァー………115
ジヴコヴィチ, ゾラン……115
シェーアバルト, パウル………115
ジェイクス, ジョン………115
シェイクスピア, ウィリアム………115
ジェイコブズ, ハーヴェイ………115
ジェイコブス, ルース・ハリエット……………115
ジェイコブズ, W.W.………116
シェイファー, スーザン・フロムバーグ……116
ジェイムズ, アドビー……116
ジェイムズ, アル………116
ジェイムズ, ジュリア……116
ジェイムズ, ピーター……116
ジェイムズ, ビル………116
ジェイムズ, ヘンリー……116
ジェイムズ, メリッサ……117
ジェイムズ, M.R.………117
ジェイムズ, P.D.…………117
シェイン, ジャネット……117
シェイン, マギー………117
シェクリー, ジェイ………117
シェクリイ, ロバート……117
ジェニングス, ゲリー……118
シェーヌ, ピエール………118
シェパード, ジム………118
シェパード, ジーン………118
シェパード, ルーシャス………118
ジェームズ, ダリウス……118
ジェラス, アデーレ………118
シェリー, メアリ………118
シェルネガ, ジョン………118
シェルブルク＝ザレンビーナ, エヴァ………118
シェロシェフスキ, ヴァツワフ…………………118
ジェロルド, デイヴィッド………118
ジェン, ギッシュ………119

シェンキェヴィチ, ヘンリク………………119
ジェンズ, ティナ・L.……119
シオミ, リック…………119
シーガー, アラン………119
シクスー, エレーヌ………119
シコーリャック…………119
ジステル, エラ…………119
シズニージュウスキー, マイク………………119
ジッド, アンドレ………119
シップリー, ジョーゼフ・T.………………119
ジッリ, アルベルト………119
シーディ, E.C.…………119
シトロ, ジョゼフ・A.……119
シートン, アーネスト・トンプソン………………119
シナン, ロヘリオ………119
シナン・シュムクン………119
ジーバーベルク, ハンス＝ユルゲン………119
シーブライト, イドリス………119
ジブラン, カリール………119
シボナ, サルヴァトーレ………………………120
シマック, クリフォード・D.………………120
沈 熏…………………120
ジムコヴァー, ミルカ……120
シムナー, ジャニ・リー…120
シムノン, ジョルジュ……120
シメリョフ, イワン・セルゲーヴィチ…………120
シメル, ローレンス………120
シモンズ, ジュリアン……120
シモンズ, ダン…………120
シモンズ, デボラ………121
ジャイルズ, モリー………121
シャーキー, ジャック……121
爵 青……………………121
ジャクイン, リー…………121
ジャクスン, シャーリイ………………………121
ジャクスン, デイシー・スクロギンズ………122

ジャクソン, チャールズ ……………………122	朱 偉誠 ……………125	シュナイダー, ピーター ……………………127
ジャクソン, マージ……122	朱 天心 ……………125	シュナイダー, フランツ・ヨーゼフ ……127
ジャクボウスキー, マキシム ……………………122	朱 天文 ……………125	シュニーダー, クリスティン・T. ………127
ジャコビ, カール………122	ジュアンドー, マルセル ……………………125	シュニッツラー, アルトゥーア …………127
シャーシャ, レオナルド ……………………122	許 佑生 ⇒ 許佑生(きょ・ゆうせい)を見よ	シュヌレ, ヴォルフディートリヒ ……128
ジャスティス, ジュリア ……………………122	水天一色 ⇒ 水天一色(すいてんいっしき)を見よ	シュペルヴィエル, ジュール ……………128
シャトーブリアン, フランソワ＝ルネ・ド …123	周 嘉寧 ……………125	シュミッツ, ジェイムズ・H. …………128
シャトリアン, アレクサンドル ⇒ エルクマン＝シャトリアンを見よ	シュヴァイケルト, ルート ………………125	シュミットボン, ウィルヘルム ………128
シャバフ, ペトル ………123	シュヴァイツァー, ブリット ……………125	ジュライ, ミランダ……128
シャフ, ジェニファー……123	シュヴァープ, ヴェルナー ………………125	ジュラヴィッツ, ハイディ ………………128
シャープ, マージェリー ……………………123	シュヴァルツェンバッハ, アンネマリー …126	シュリンク, ベルンハルト ………………128
シャープ, リチャード……123	シュウォップ, マルセル ……………………126	シュルツ, チャールズ・M. ……………128
シャファク, エリフ………123	シュウォルバーグ, キャロル ………………126	シュルツ, ブルーノ……128
ジャブロコフ, アレクサンダー ……………………123	ジュエット, セアラ・オーン ………………126	シュールバーグ, バッド ……………………129
シャーマン, ジョジーファ ………………123	シュクヴォレツキー, ヨゼフ ………………126	シュレイハル, ヨゼフ・カレル …………129
シャマン・ラポガン ……123	シュタイナー, ルドルフ ……………………126	シュレーフ, アイナー…129
ジャミソン, レスリー……123	シュタインガート, ゲイリー ………………126	シュレフラー, フィリップ・A. …………129
シャミッソー, アーデルベルト・フォン …123	シュタインミュラー, アンゲラ ……………126	ジュワフスキ, ミロスワフ ………………129
ジャム, フランシス……123	シュタインミュラー, カールハインツ ……126	荀氏 ………………129
シャモワゾー, パトリック ……………………123	シュタム, ペーター……127	ショー, アーウィン……129
ジャリ, アルフレッド……124	シュッツ, ベンジャミン・M. ……………127	舒 柯 ……………129
シャーリー, ジョン……124	シュティフター, アーダルベルト …………127	ショー, ジョージ・バーナード ……………129
シャリュック, パウル……124	シュテファン, ヴェレーナ ………………127	徐 則臣 ……………129
シャルヴィス, ジル……124	シュトラウス, ボート…127	ジョイス, ジェイムズ……129
ジャレット, ミランダ……124	シュトルック, カーリン ……………………127	蕭 吉 ……………129
ジャレット, ローラ……124	シュトルム, テオドール ……………………127	小 黒 ……………129
シャーレッド, T.L. ……124	シュトローブル, カール・ハンス …………127	葉 石濤 ……………130
ジャンセン, ミュリエル ……………………124		鍾 肇政 ……………130
シャーンタ・フェレンツ ……………………125		ショー, デイヴィッド・J. ………………130
ジャンビーン・ダシドンドグ ………………125		鍾 鉄民 ……………130
ジャンプ, シャーリー……125		商 晩筠 ……………130
シャンポー, スーザン・キャプレット ……125		

シヨウ

蔣防 ……………… 130
ショウ, ボブ ……… 130
鍾理和 ……………… 130
ジョウナ, オレクサンドル ……………… 131
ジョウナス, ゲイリー … 131
ショクリー, ムハンマド ……………… 131
ジョージ, エリザベス … 131
ジョージ, キャサリン … 131
ジョーズ, ニコラス …… 131
ジョーゾー ……………… 131
ジョーダン, ペニー …… 131
ジョーダン, ロバート … 132
ショパン, ケイト ……… 132
ジョリッセント, ジョイ ……………… 132
ジョルダク, ボフダン … 132
鄭泳文 ……………… 132
ジョーンズ, コートニー ……………… 132
ジョーンズ, サイアン・M. ……………… 132
ジョーンズ, ダイアナ・ウィン ……………… 132
ジョーンズ, トム ……… 132
ジョーンズ, レイモンド・F. ……………… 132
ジョーンズ, R. ………… 132
ジョンズ, W.E. ………… 132
ジョンストン, ジェニファー ……………… 133
ジョンストン, ジョーン ……………… 133
ジョンスン, ロバート・バーバー ……………… 133
ジョンソン, アダム …… 133
ジョンソン, ダイアン … 133
ジョンソン, デニス …… 133
ジョンソン, パメラ・ハンスフォード …… 133
ジョンソン, プレイディ ……………… 133
ジョンソン, ロジャー … 133
ジョンソン, T.ジェロニモ ……………… 133
ジョン・パルマー＋カンパニー ……………… 133

シラー, フリードリヒ・フォン ……………… 133
シーライト, リチャード・F. ……………… 134
シラス, ウィルマー・H. ……………… 134
ジラーディ, ロバート … 134
シリセナ, ハサンシカ … 134
シリング, アストリッド ……………… 134
シール, ジャン・エプトン ……………… 134
シール, M.P. …………… 134
シルヴァ, デイヴィッド・B. ……………… 134
シルヴァー, レイ ……… 134
シルヴァスタイン, シェル ……………… 134
シルヴァーバーグ, ロバート ……………… 134
シルヴィス, ランドール ……………… 135
シルレシチョヴァ, パラシケヴァ・K. ……… 135
シーレイ, ジェニー …… 135
ジレージウス, アンゲルス ……………… 135
沈既済 ……………… 135
申京淑 ……………… 135
沈熏 ⇒ 沈熏(シム・フン)を見よ
沈虹光 ……………… 135
申采浩 ⇒ 申采浩(シン・チェホ)を見よ
金勲 ⇒ 金勲(きん・しょう)を見よ
申采浩 ……………… 135
ジン, ハ ……………… 135
任昉 ……………… 135
ジン・リーファン …… 135
金仁順 ……………… 135
シンガー, アイザック・バシェヴィス …… 135
シング, ジョン＝ミリントン ……………… 136
シンクレア, クライヴ … 136
シンクレア, メイ ……… 136
シンニェインメェ …… 136

シンボルスカ, ヴィスワヴァ ……………… 136
シンメルプフェニヒ, ローラント ……… 136

【ス】

蘇徳 ⇒ 蘇徳(そ・とく)を見よ
蘇童 ⇒ 蘇童(そ・どう)を見よ
スイック, マルリー …… 136
水天一色 ……………… 136
スイーニイ, C.L. ……… 136
スウィート, ジェフ …… 136
スウィフト, グレアム … 136
スウィフト, ジョナサン ……………… 136
スウィンデルズ, ロバート ……………… 137
スウィンバーン, A.C. … 137
スウェアリンジェン, ジェイク ……… 137
ズヴェーヴォ, イタロ … 137
スウェデンボルイ, エマヌエル ……… 137
スウェデンボルイ(偽) … 137
スヴェンソン, マイケル ……………… 137
スウォヴァツキ, ユリウシュ ……………… 137
スエーイエーリン …… 137
スーカイサー, ミリュエル ……………… 137
スカウ, デイヴィッド・J. ……………… 137
スカーツェル, ヤン …… 137
スカロン, ポール ……… 137
スキップ, ジョン ……… 137
スキーン, ディック …… 138
スクリアル, モアシル … 138
スコイク, ロバート・ヴァン ……………… 138
スコット, ウィル ……… 138
スコット, ウォルター … 138
スコット, カヴァン …… 138

スコット, キム……………138
スコット, ジャスティン……………138
スコット, ジョアンナ……138
スコット, ティム………138
スコラー, M.…………138
スーター, ジョン・F.……138
スタイグ, ウイリアム……138
スタイン, ガートルード……………138
スタイン, R.L.…………138
スタインベック, ジョン……………139
スタウツ, ジェフ………139
スタウト, レックス……139
スタシャワー, ダニエル……………139
スタシュク, アンジェイ……………139
スタージョン, シオドア……………139
スタップリイ, リチャード……………141
スタニスワフ・レシチンスキ……………141
スターネフ, エミリヤン……………141
スタフーラ, エドヴァルト……………141
スターリング, ブルース……………141
スターン, スティーヴ……141
スターン, G.B.…………141
スタンク, ザハリア……141
スタンダール…………141
スタントン, ウィル……141
スタンパー, W.J.………141
スタンリー, ドナルド……141
スチャリトクル, ソムトウ……………141
スチュアート, アン……141
スティーヴンス, スーザン……………142
スティーヴンスン, ニール……………142
スティーヴンソン, ファニー・ヴァン・デ・グリフト……………142

スティーヴンソン, ロバート・ルイス………142
スティーグラー, マーク……………143
スティバー, レイモンド……………143
スティブルフォード, ブライアン……………143
スティール, アレン……143
ステースル, ジョン……143
ステーチキン, セルゲイ……………143
ステッフォーラ, トム……143
ステューマカー, アダム……………143
ステンボック, エリック……………143
ストゥドニャレク, ミハウ……………143
ストーカー, ブラム……143
ストークス, クリストファー……………144
ストックトン, フランク・R.……………144
ストーニア, G.W.………144
ストラウド, ベン………144
ストラウブ, ピーター……144
ストラザー, ジャン……144
ストリックランド, ブラッドリイ……………144
ストリブリング, T.S.……144
ストリンドベリ, ヨハン・アウグスト………145
ストレイド, シェリル……145
ストロス, チャールズ……145
ストロング, レオナルド……………145
ストーン, リン…………145
スナイダー, スコット……145
スノウ, ウォルター……145
スパーク, ミュリエル……145
スピード, ジェーン……145
スプレイン, ミッキー……146
スーフゲツ……………146
スプライル, スティーヴン……………146

スプリッグ, クリストファー・セント・ジョン……………146
スプリンガー, ナンシー……………146
スプルーイル, スティーブン……………146
スペイン, クリス………146
スペクター, クレイグ……146
スペンサー, ウィリアム・ブラウニング……146
スペンサー, ジェームズ……………146
スペンダー, スティーブン……………146
スマレ, マッシモ………146
スミアウン…………146
スミス, アーノルド……146
スミス, アリ……………146
スミス, アリソン………146
スミス, アンドレア……146
スミス, エミリー・R.……147
スミス, ガイ・N.………147
スミス, クラーク・アシュトン……………147
スミス, ケイ・ノルティ……147
スミス, ケン……………147
スミス, コードウェイナー……………147
スミス, ジャイルズ……147
スミス, ジュリー………147
スミス, スタンフォード……………147
スミス, ゼイディー……147
スミス, ディーン・ウェズリー……………147
スミス, デニス・O.……147
スミス, デレック………147
スミス, パトリシア……148
スミス, ピーター・ムーア……………148
スミス, マイケル・マーシャル……………148
スミス, ラクラン………148
スミス, D.R.……………148
スミス, L.E.……………148
スミス, R.T.……………148

スモル　　　　　　　　　作家名目次

スモール, ラス……………148
スュレナ, エルシー………148
スライマン, フジル………148
スラヴィン, ジュリア……148
スラッシャー, L.L.………148
スラデック, ジョン………148
スリーター, ウィリアム
　………………………………149
スレーター, エレイン……149
スレッサー, ヘンリー……149
スレート, E.V.……………151
スロボダ, ルドルフ………151
スワースキー, レイチェ
　ル………………………………151
スワーゼク, マリリー……151
スワンウィック, マイケ
　ル………………………………151

【セ】

星 竹………………………151
セイフェッティン, オメ
　ル………………………………151
セイヤー, マンディ………151
セイヤーズ, ドロシー・
　L.………………………………151
セイラー, ジェニファー
　…………………………………151
ゼイン, キャロリン………151
セインズベリー, ス
　ティーヴ ……………………151
ゼーガース, アンナ………151
セカラン, シャンティ……152
セガレン, ヴィクトル……152
石 舒清……………………152
関 沫南……………………152
セクソン, リンダ…………152
セシル, ヘンリ……………152
セゼール, エメ……………152
薛 調………………………152
薛 用弱……………………152
セッチ, リア………………152
セディア, エカテリーナ
　…………………………………152
セネデッラ, ロバート……152

ゼーマン, アンジェラ……152
ゼーヤーリン………………152
セラー, ゴード……………152
セラーズ, アレキサンド
　ラ………………………………152
セラーズ, コニー…………152
ゼラズニイ, ロジャー……153
セラネラ, バーバラ………153
ゼーリング, ハンス・ユ
　ルゲン…………………………153
セール, ジョージ…………153
セルウス, マルヴィーナ
　…………………………………153
セルク, カート……………153
セルツァー, ジョーン……153
ゼルデス, リーア・A.…153
セルバンテス, ミゲル・
　デ………………………………153
セルフ, ウィル……………153
セロー, ポール……………154
セローテ, モンガーン……154
ゼンダー, メアリー………154
センデール, ラモン………154
セーンマニー, ブンスー
　ン………………………………154

【ソ】

蘇 軾………………………154
祖 沖之……………………154
蘇 童………………………154
蘇 徳………………………154
徐 永恩……………………155
宋 影　⇒　宋影（ソン・ヨン）
　を見よ
曹 禺………………………155
曹 廣華　⇒　曹廣華（チョ・ガ
　ンファ）を見よ
曹 雪芹……………………155
宋 沢莱……………………155
曹 毘………………………155
曹 丕………………………155
曹 麗娟……………………155
曾 翎龍……………………155
荘 子………………………155

ソウヤー, ロバート・J.…156
ゾーシチェンコ, ミハイ
　ル………………………………156
ソス, L.……………………157
ゾズーリャ, エフィム……157
ソット・ポーリン…………157
ソティー……………………157
ソフォクレス………………157
ソムサイポン, ブンタ
　ノーン…………………………157
ソームズ, E.………………157
ソーヤー, メリル…………157
ゾラ, エミール……………157
ソール, ジェリイ…………157
ソルター, ジェームズ……157
ソルター, ジョン…………158
ソルダーノ, カルメロ……158
ゾルバヤル, バースティ
　ン………………………………158
ソロー, ヘンリー・デイ
　ヴィド…………………………158
ソローキン, ウラジーミ
　ル………………………………158
ソログープ, フョードル
　…………………………………158
ソロルサノ, カルロス……158
ソン・ギス…………………158
宋 基淑……………………158
成 碩済……………………158
孫 大川……………………158
宋 沢萃　⇒　宋沢萃（そう・た
　くすい）を見よ
宋 東兩……………………159
宋 影………………………159
ソング・キョンガ…………159
ソーンダーズ, ジョージ
　…………………………………159
ゾンバルト, ニコラウス
　…………………………………159

【タ】

戴 祚………………………159
戴 孚………………………159
乃 赘………………………159

ダイアモンド, ジャックリーン ……………159
ダイアリス, ニッツィン ……………………159
ダイゴン, ルース ………159
ダイズ, ウェイン ………159
タイトル, エリーズ ……160
タイナン, キャサリン……160
ダイベック, スチュアート ………………………160
タイボ, パコ・イグナシオ（2世）………………160
ダイメント, クリフォード ………………………160
ダウスン, アーネスト……160
ダウンズ, マイケル ……160
ダグラス, キャロル・ネルソン ……………160
ダグラス, スチュアート ………………………160
タゴール, ラビンドラナート ……………160
ダーシー, エマ …………160
ダシゼベグ, ジャンチブドルジーン …………160
ダシドーロブ, ソルモーニルシーン …………160
ダシニャム, ロブサンダムビィン ……………161
タ・ズイ・アィン ………161
タッカー, ポール ………161
ダッドマン, ベントリー ………………………161
タート, ドナ ……………161
タトル, リサ ……………161
ダナー, アレクサンダー ………………………161
ターナー, マーク ………161
ダニエル, ジョン・M.…161
ダニエルズ, レス ………161
ダニヒー, ギアリー ……161
ダニレンコ, ヴォロディーミル …………161
ダネー, フレデリック ⇒ クイーン, エラリー を見よ
ダーネシュヴァル, スィーミーン ………161

ターヒューン, アルバート・ペイスン …………161
タブカシュヴィリ, ラシャ ………………………161
タボーリ, ジョージ……161
ダマート, バーバラ ……161
タマーロ, スザンナ ……162
ダムス, ジーン・M. …162
ダーモント, アンバー……162
タラッキー, ゴリー ……162
ダリ, サルヴァドール……162
タリー, マーシャ ………162
ダリオ, ルベン …………162
ダール, ロアルド ………162
ダルヴァシ, ラースロー ………………………163
タルボット, ヘイク ……163
ダルマール, アウグスト ………………………163
タルマン・デ・レオー, G. ………………………163
ダルレ, エマニュエル……163
ダレサンドロ, ジャッキー ………………163
ダーレス（フリュギア人） ………………………163
ダーレス, オーガスト……163
ターレフ, ディミートル ………………………164
タワー, ウェルズ ………164
ダン, ジャック …………164
段 成式 …………………164
ダン, ダグラス …………164
段 成式 ⇒ 段成式（だん・せいしき）を見よ
但 娣 ……………………165
ダンカン, アンディ ……165
ダンカン, ロナルド ……165
ダンクス, デニス ………165
ダンセイニ卿 ……………165
ダンティカ, エドウィージ ………………………166
ダンヌンツィオ, ガブリエーレ ……………166
タンミンアウン …………166
ダンラップ, スーザン……166

【チ】

遅 子建 …………………166
遅 子建 ⇒ 遅子建（ち・しけん）を見よ
チーヴァー, ジョン ……166
崔 仁浩 …………………166
崔 鐘澈 …………………166
崔 貞煕 …………………166
崔 曙海 …………………166
蔡 萬植 …………………167
チェウ・フアン …………167
チェスター, トマス ……167
チェスタトン, G.K.…167
チェスプロ, ジョージ・C. ………………………167
チェットウィンド＝ヘイズ, R. ………………167
チェーホフ, アントン……168
陳雪 ⇒ 陳雪（ちん・せつ）を見よ
チェンバース, ロバート・W. …………………168
チェンバリン, アン ……168
チーゾーエー ……………169
チッテンデン, マーガレット ……………169
チブルカ, アルフ・フォン ………………………169
チマーマン, ブルース……169
車 賢淑 …………………169
車 凡錫 …………………169
チャイルズ, モーガン……169
チャイルド, モーリーン ………………………169
チャイルド, リー ………169
チャイルド, リンカーン ………………………169
チャスト, ロズ …………169
チャッタワーラック ……169
チャップマン, アーサー ………………………169
チャペック, カレル ……169
チャペック, ヨゼフ ……169
チャポンダ, ダリーゾ……169
チャム・フォン …………170

張 系国 ⇒ 張系国(ちょう・けいこく)を見よ
張 鎮 ……………………170
張 大春 ⇒ 張大春(ちょう・たいしゅん)を見よ
チャン, テッド……………170
チャン, ブー……………170
チャン・トゥイ・マイ…170
チャンドラー, レイモンド……………170
チャンバース, クリストファー……………170
朱 天文 ⇒ 朱天文(しゅ・てんぶん)を見よ
朱 天心 ⇒ 朱天心(しゅ・てんしん)を見よ
チューチューティン……170
チューニッ……………170
チュン, チュー・チャン…170
曹 廣華 ……………………170
趙 京蘭 ……………………170
趙 碧岩 ……………………170
趙 明熙 ……………………170
チョイ, エリック ……………171
チョーイマン ……………171
張 悦然 ……………………171
張 演 ……………………171
張 華 ……………………171
張 貴興 ……………………171
趙 京蘭 ⇒ 趙京蘭(チョ・ギョンラン)を見よ
張 錦忠 ……………………171
張 系国 ……………………171
張 志維 ……………………172
チョウ・シキン ……………172
張 小虹 ……………………172
張 鷹 ……………………172
張 大春 ……………………172
張 読 ……………………172
趙 南星 ……………………172
張 文成 ……………………172
趙 碧岩 ⇒ 趙碧岩(チョ・ヒョクアム)を見よ
趙 明熙 ⇒ 趙明熙(チョ・ミョンヒ)を見よ
チョーサー, ジェフリー……………172
チョーズワーテッ ………172

チョッケ, マティアス……172
チョピッチ, ブランコ……172
チョールヌイ, サーシャ……………172
全 鏡隣 ……………………172
全 光鏞 ……………………173
鍾 肇政 ⇒ 鍾肇政(しょう・ちょうせい)を見よ
鍾 鉄民 ⇒ 鍾鉄民(しょう・てつみん)を見よ
鄭 福根 ……………………173
鍾 理和 ⇒ 鍾理和(しょう・りわ)を見よ
陳 雨嵐 ……………………173
陳 永洯 ……………………173
陳 英雄 ……………………173
陳 玄祐 ……………………173
陳 鴻祖 ……………………173
陳 劭 ……………………173
陳 昭瑛 ……………………173
陳 政欣 ……………………173
陳 雪 ……………………173

【ツ】

蔡 文原 ……………………173
曹 麗娟 ⇒ 曹麗娟(そう・れいえん)を見よ
ツィオルコフスキー, コンスタンチン・エドアルドヴィチ……………173
ツィペルデューク, イワン……………173
ツヴァイク, アルノルト……………173
ツヴァイク, シュテファン……………173
ツェリンノルブ ……………174
ツェンカー, ヘルムート……………174
ツェンドジャヴ, ドルゴリン……………174
ツルゲーネフ, イワン……174

【テ】

デアンドリア, ウィリアム・L.……………174
鄭 還古 ……………………174
デイ, バリー ……………174
ディアズ, ジュノ ……………174
ディアマン, ナディーヌ……………174
ディーヴァー, ジェフリー……………174
ディヴァカルニー, チットラ……………175
デイヴィス, アジッコ……175
デイヴィーズ, デイヴィッド・スチュアート……………175
デイヴィス, ドロシー・ソールズベリ ……………175
デイヴィス, リース………175
デイヴィス, リチャード……………175
デイヴィス, ロバートソン……………175
デイヴィッドスン, アヴラム……………175
デイヴィッドソン, ジョン……………176
デイヴィッドソン, ヒラリー……………176
デイヴィッド＝ニール, アレクサンドラ ………176
デイヴォス, デイヴィッド……………176
鉄 凝 ⇒ 鉄凝(てつ・ぎょう)を見よ
ディオム, ファトゥ……176
ディ・キャンプ, L.スプレイグ……………176
ディキンソン, エミリー……………176
ティーク, ルートヴィヒ……………179
ディクスン, カーター……179
ディクスン, ゴードン・R. ……………179

ディクソン, スティーヴン 179
ディクテュス（クレタの） 179
ディケンズ, チャールズ 179
ディック, フィリップ・K. 180
ティッサーニー 181
ディッシュ, トーマス・M. 181
ディートリッヒ, ミシェル・レガラード 181
ディドロ, ドニ 181
デイトン, レン 181
ディニック, リチャード 181
ディーネセン, イサク 181
ディーハン, リチャード 181
ディ・フィリポ, ポール .. 181
ティフェーニュ・ド・ラ・ロシュ, シャルル＝フランソワ 181
ディフォード, ミリアム・アレン 181
ティプトリー, ジェイムズ, Jr. 181
ティム, ウーヴェ 181
ティムリン, マーク 181
ディーモフ, ディミートル 181
テイラー, アンドリュー 182
テイラー, エドワード 182
テイラー, エリザベス 182
テイラー, サミュエル・W. 182
テイラー, サム・S. 182
テイラー, ジェニファー 182
テイラー, ジェレミー 182
テイラー, ピーター 182
テイラー, マイケル・W. 182
テイラー, ルーシー 182
デイリー, エリザベス 182
ティリー, マルセル 182

ディルク夫人 182
ディルツ, タイラー 183
ティルトン, エミリー 183
ティルトン, テリー・L. ..183
ティルマン, クリスティー 183
ティルマン, リン 183
ディレイニー, サミュエル・R. 183
ティーレット, ダーウィン・L. 183
デイン, キャサリン 183
ディーン, シェイマス 183
ディーン, ジェラルド 183
ティンダー, ジェレミー 183
ティンティ, ハンナ 183
ティンティンウー 183
ティンティンター 183
ティンパリー, ローズマリー 183
テヴィス, ウォルター・S. 183
デーヴィス, ジャック 184
デヴィッドソン, メアリジャニス 184
デヴィデ, ヴラディミール 184
デ・カストロ, A. 184
デクスター, コリン 184
デクスター, ピート 184
デサイ, アニータ 184
デジェー, モノスローイ 184
テージャスウィ, K.P. プールナ・チャンドラ 184
デシャン, ドン 184
デストク, ポル 184
デスノス, ロベール 184
デチャンシー, ジョン 184
鉄凝 184
テッフィ 184
テトゥ, ランディーン 184
テトリック, バイロン 184
デナンクス, ディディエ 185

テナント, エマ 185
テニスン, アルフレッド 185
デニソン, ジャネール 185
デネービ, マルコ 185
デ・ノー, オニール 185
デパロー, アンナ 185
デ・フィレンツェ, リーナ 185
デフォー, ダニエル 185
テープ・マハーパオラヤ 185
デ・マーケン, アン 185
デマレ・ド・サン＝ソルラン, ジャン 185
デミル, ネルソン 185
デミング, リチャード 185
テム, スティーヴ・ラスニック 186
デモス, ジョイス 186
デュコーネイ, リッキー 186
デュシャン, マルセル 186
デュッフェル, ジョン・フォン 186
デュプレー, ジャン＝ピエール 186
デュボイズ, ブレンダン 186
デュボスク, ジュール 186
デュマ, アレクサンドル 186
デュマ, アレクサンドル（フィス） 186
デュ・モーリア, ダフネ ..186
デュモント, エド 187
デュレンマット, フリードリヒ 187
デラフィールド, E.M. 187
デ・ラ・メア, ウォルター 187
デーリ・ティボル 187
テリエス, フェルナンド 187
デリベス, ミゲル 187
テル, ジョナサン 187
デール, セプチマス 187

デル・ストーン・ジュニ
　ア ……………………188
テルツ, アブラム …………188
デルフォス, オリアン・
　ガブリエル ………………188
デル・リー, レスター ……188
デレッダ, グラツィア ……188
テレンティウス ……………188
デ・ロベルト ………………188
テン, ウィリアム …………188
田 牛 …………………………188
田 沁鑫 ………………………188
田 兵 …………………………188
デーンアラン・セーン
　トーン ……………………188
天笑 …………………………189
デントン, ジェイミー ……189
デーンビライ, フンアル
　ン …………………………189

【ト】

杜 光庭 ………………………189
杜 国清 ………………………189
ドーア, アンソニー ………189
ドイッチュ, A.J. …………189
ドイル, アーサー・コナ
　ン …………………………189
ドイル, マイケル …………189
ドイル, ロディ ……………190
杜 国清 ⇒ 杜国清 (と・こく
　せい) を見よ
董 恕明 ………………………190
陶 潜 …………………………190
唐 臨 …………………………190
ドゥアンサワン, チャン
　ティー ……………………190
トゥーイ, ロバート ………190
ドゥヴィル, パトリック
　……………………………190
トウェイン, マーク ………190
トゥカメインライン ………191
ドゥーガン, マイク ………191
ドゥギー, ミシェル ………191
東西 …………………………191
トゥーザースエー …………191
トゥーサン, ジャン＝
　フィリップ ………………191
ドゥティ, マーク …………191
トゥナー, エリカ …………191
東陽 無疑 ……………………191
トゥラーニ, ジュゼッペ
　……………………………191
ドゥリアン, ヴォルフ ……191
トゥリーニ, ペーター ……192
トゥール, F.X. ……………192
トゥーレ ……………………192
ドゥレー, フロランス ……192
トゥンフニンエイン ………192
トカルチュク, オルガ ……192
トーカレワ, ヴィクトリ
　ヤ …………………………192
ド・クインシー, トマス …192
ドークケート ………………192
ド・クーシー, ジョン ……192
ドグミド, バルジリン ……192
ドクワイラー, H. …………192
ドーシイ, キャンダス・
　ジェイン …………………192
ドストエフスキー,
　フョードル・ミハイロ
　ヴィチ ……………………192
ドゾワ, ガードナー ………193
ドーソン, ジャネット ……193
トッド, チャールズ ………193
トッド, ピーター …………193
トッド, レネ・L. …………193
ドーデ, アルフォンス ……193
ドーデラー, ハイミー
　ト・フォン ………………193
ドノソ, ホセ ………………194
ドノヒュー, エマ …………194
トーバー, レイフェル ……194
トパス・タナピマ …………194
トビー, フレッド・S. ……194
トビーノ, マリオ …………194
ドビンズ, スティーヴン
　……………………………194
トマ, ロベール ……………194
トマージ・ディ・ランペ
　ドゥーザ, ジュゼッペ
　……………………………194
トマス, ウィル ……………195
トマス, エドワード ………195
トーマス, シオドア・L. …195
トマス, ディラン …………195
トマス・アクィナス ………195
トムスン, フランシス ……195
トムスン, ベイジル ………195
トムスン, C.ホール ………195
トムセン, ブライアン・
　M. …………………………195
トラー, エルンスト ………195
ドライヴァー, マイケル
　……………………………195
ドライサー, セオドア ……195
ドライヤー, アイリーン
　……………………………195
ドライヤー, スタン ………195
トラークル, ゲオルク ……195
ドラグンスキイ ……………196
ドラフォルス, サラ ………196
ドラモンド, ビル …………196
トリアーナ, ホセ …………196
ドリットル, ショーン ……196
トリート, ローレンス ……196
トルイヨ, リオネル ………196
ドルジゴトブ, ツェン
　ディーン …………………196
トルスタヤ, タチヤーナ
　……………………………196
トルスターヤ, N. …………196
ドルスト, タンクレート
　……………………………196
トルストイ, アレクセ
　イ・コンスタンチノ
　ヴィチ ……………………196
トルストイ, アレクセ
　イ・ニコラエヴィチ …196
トルストイ, レフ …………196
ドルン, テア ………………197
トレイ, パトリック・S. …197
ドレイク, D. ………………197
トレヴァー, ウィリアム
　……………………………197
トーレス, ホープ・A. ……197
トレチヤコフ, セルゲイ
　……………………………197
ドレーメ, トリスタン ……197
トレメイン, ピーター ……197

トロッキ, アレグザンダー……198
トロワイヤ, アンリ………198
ドワンチャンパー ………198
ドンチェフ, アントン……198
トンプキンズ, ロバート ………198
トンプスン, ヴィクトリア ………198
トンプスン, レナード……198
トンプソン, ヴィッキー・L.………198
トンプソン, トッド………199
トンプソン, C.H.………199
ドンブロフスカ, マリア ………199

【ナ】

ナイト, デーモン………199
ナイト, マイケル………199
ナイトリー, ロバート……199
ナヴァロ, イヴォンヌ……199
ナウコフスカ, ゾフィア ………199
ナウラ, ルイス………199
ナース, アラン・E.………199
ナスバウム, アル………199
ナツァグドルジ, ダシドルジーン ………200
ナッシュ, オグデン………200
ナッティング, アリッサ ………200
ナットマン, フィリップ ………200
ナッムー ………200
ナドルニー, シュテン……200
ナバートニコワ, タチヤーナ ………200
ナボコフ, ウラジミール ………200
ナムスライ, ダムバダルジャーギーン ………200
ナムダグ, ドンロビィン ………200
ナラヤナン, ヴィヴェック ………200

ナルスジャック, トマ ⇒ ボアロー・ナルスジャックを見よ
ナールビコワ, ワレーリヤ ………200
ナンセン, フリッチョフ ………200

【ニ】

ニーヴァイ, ルチア………200
ニーヴン, ラリイ………200
ニェヴジェンダ, クシシュトフ ………201
ニェムツォヴァー, ボジェナ ………201
ニクソン, コーネリア……201
ニコライ, アルド………201
ニコルズ, ジョン………201
ニコルズ, ファン………201
ニゾン, パウル………201
ニーチェ, フリードリヒ ………201
ニープレー ………201
ニマーシャイム, ジャック ………201
ニーミンニョウ ………201
ニャムドルジ, グルジャビン ………201
ニューエル, ブライアン ………201
ニューマン ………201
ニューマン, キム………201
ニョウケッチョー ………201
ニョウニョウティンフラ ………201
ニョウピャーワイン ………201
ニール, ナイジェル………202
ニールズ, ベティ………202
ニールセン, ヘレン………202

【ヌ】

ヌーヴォー, ジェルマン ………202

ヌーン, ジェフ……………202

【ネ】

ネイ, ジャネット…………202
ネイヴィン, ジャクリーン ………202
ネイサン, マイカ…………202
ネヴィンズ, フランシス・M., Jr.………202
ネヴェーロフ, アレクサンドル ………202
ネクロ, クラウディア……203
ネコッ・ソクルマン……203
ネザマフィ, シリン……203
ネスィン, アズィズ……203
ネズヴァル, ヴィーチェスラフ ………203
ネズビット, イーディス ………203
ネーピア, スーザン……203
ネミロフスキー, イレーヌ ………203
ネルヴァル, ジェラールド・ド ………203
ネルスン, ケント……203
ネルソン, ジョン……204
ネルソン, リチャード……204
ネルボ, アマード……204

【ノ】

魯元 ………204
ノイズ, アルフレッド……204
ノイマン, ローベルト……204
ノヴァーリス ………204
ノヴァリナ, ヴァレール ………204
ノヴォトニイ, ジョン……204
ノエル, キャサリン………204
ノース, ライアン………204
ノースコート, エイミアス ………204

ノックス, ロナルド・A. ……204
ノックス, E.V. ……205
ノディエ, シャルル ……205
ノバス・カルボ, リノ ……205
ノーブル, ケイト ……205
ノーラン, ウィリアム・F. ……205
ノリス, フランク ……205
ノル, ディーター ……205
ノルヴィット, ツィプリアン ……205
ノールデン, ミシェル ……205
ノロブ, ダルハーギーン ……205

【ハ】

バー, スティーヴン ……205
河 成蘭 ……205
バー, ネヴァダ ……206
バー, ロバート ……206
裴 鋼 ……206
白 先勇 ⇒ 白先勇(はく・せんゆう)を見よ
バイアー, マルセル ……206
バイアット, A.S. ……206
ハイウェイ, トムソン ……206
バイエ=チャールトン, ファビエンヌ ……206
バイク, スー ……206
ハイスミス, パトリシア ……206
ハイゼ, パウル ……207
ハイセンビュッテル, ヘルムート ……207
バイタル, ジム ……207
バイツ・ムクナナ ……207
ハイデンフェルト, W. ……207
ハイド, マイケル ……207
ハイトフ, ニコライ ……207
ハイネ, ハインリヒ ……208
バイパー, H.ビーム ……208
ハイメス・フレイレ, リカルド ……208

ハイランド, スタンリー ……208
バイロン, ジョージ・ゴードン ……208
ハインライン, ロバート・A. ……208
パーヴ, ヴァレリー ……208
バウア, ロウダ ……208
バウアージーマ, イーゴル ……208
ハーヴィー, W.F. ……208
ハーヴェイ, ジョン ……209
パヴェーゼ, チェーザレ ……209
パヴェル, オタ ……209
パウエル, ギャリー・クレイグ ……209
パウエル, ジェイムズ ……209
パウエル, シャーリー ……209
パウエル, タルマッジ ……209
パウエル, パジェット ……209
パウストフスキイ ……209
ハウスマン, クレメンス ……210
バウチャー, アントニー ……210
ハウバイン, ロロ ……210
ハウフ, ヴィルヘルム ……210
ハウプトマン, ゲアハルト ……210
パウル, ジャン ……210
パウンド, ロッド ……210
バーカー, クライヴ ……210
バカ, ジミー・サンティアゴ ……211
パーカー, ドロシー ……211
パーカー, ニコラ ……211
パーカー, ニュージェント ……211
バーガー, ノックス ……211
パーカー, ロバート・B. ……211
パーカー, T.ジェファーソン ……211
バカン, ジョン ……211
パーキンス, エミリー ……211
朴 芽枝 ……211
パーク, アラフェア ……211

朴 泰遠 ……211
朴 根亨 ……211
莫 言 ……211
白 行簡 ……211
朴 相禹 ……211
バーク, ジェイムズ・リー ……212
朴 祚烈 ……212
バーク, ジョン ……212
白 信愛 ⇒ 白信愛(ベク・シネ)を見よ
白 石 ⇒ 白石(ベク・ソク)を見よ
白 先勇 ……212
朴 晟源 ……212
朴 趾源 ……212
バーク, トマス ……212
朴 花城 ……213
パーク, リチャード ……213
朴 婉緒 ……213
パークス, リチャード ……213
バクスター, スティーヴン ……213
バクスター, チャールズ ……213
ハクスリー, エルスペス ……213
ハクスリー, オルダス ……213
パークター, ジョシュ ……213
パクナー, エリック ……213
バークマン, チャールズ ……213
パークランド, ドリス ……214
バークリー, アントニイ ……214
バークレー, スザーン ……214
バークレイ, リンウッド ……214
バザン, ルネ ……214
パーシー, ベンジャミン ……214
ハシェク, ヤロスラフ ……214
バージェス, アントニー ……214
パジェット, ルイス ……214
ハーシュマン, モリス ……214
バジーレ, ジャンバティスタ ……214

ハース, ヴォルフ......214	バード, ヴァージニア......218	ハーフォード, デイヴィッド・K.......221
パス, オクタビオ......214	ハート, キャロリン・G.......218	バーフォード, パメラ......221
ハス, ヘンリー......215	ハート, ジェシカ......218	バブコック, ハヴィラー......222
バス, リック......215	ハート, ブレット......218	バーベリ, イサーク......222
バスケス, マリア・エステル......215	ハートウィグ, ティム......218	ハーボル, ワシーリ......222
バスケス・モンタルバン, マヌエル......215	ハードウィック, エリザベス......219	パーマー, ジェシカ......222
バスト, ロン......215	ハートウェル, ディクスン......219	パーマー, ステュアート......222
ハストヴェット, シリ......215	バトスン, ビリー......219	パーマー, ダイアナ......222
バズビイ, F.M.......215	バドニッツ, ジュディ......219	ハーマー, ブルース......222
ハスラー, エヴェリーン......215	バトホヤグ, プレブフーギーン......219	ハミルトン, ウォーカー......222
ハスレット, アダム......215	バトラー, サミュエル......219	ハミルトン, エドモンド......222
ハーセ, ヘンリイ......215	バトラー, ロバート・オレン......219	ハミルトン, スティーヴ......223
バーセルミ, ドナルド......215	ハートリー, L.P.......219	ハミルトン, ダイアナ......223
パゾリーニ, ピエル・パオロ......217	バドリス, アルジス......220	ハミルトン, パトリック......223
パーソンズ, ロス......217	パトリック, Q.......220	ハミルトン, ピーター......223
バタイ......217	パトリン, ロン......220	ハミルトン, ヒューゴー......223
バダミ, スニル......217	ハトル, ロバート・F.......220	咸 世徳......223
バダムサムボー, ゲンデンジャムツィン......217	バートン, ウィリアム......220	バヤルサイハン, プレブジャビン......223
パチェーコ, ホセ・エミリオ......217	バートン, ビヴァリー......220	ハーラー, ジョージ......223
バチガルピ, パオロ......217	バートン, リチャード・フランシス......220	バラード, J.G.......223
バック, キャロル......217	パナス, ヘンリック......220	バランスカヤ, ナタリヤ......223
バック, ジャネット......217	バニスター, マンリー......220	バリー, レベッカ......223
バック, リチャード......217	パニッチ, モーリス......220	バリェ＝インクラン, ラモン・デル......224
バックストローム, カーステン......217	パニッツァ, オスカル......220	ハリス, ジョアン......224
バックハウス, ビーラ......217	バニヤン, ジョン......220	ハリス, ジョン・ベイノン......224
バックハウス, ヘルムート・M.......217	ハネイ, バーバラ......220	ハリス, リン・レイ......224
バッサーニ, ジョルジョ......217	ハーネス, チャールズ・L.......220	ハリス, ロバート......224
ハッシュマイヤー, オーティス......217	バーネット, ジル......221	ハリスン, ウイリアム......224
ハッセ, H.......217	バーネット, デイヴィッド......221	ハリスン, ハリー......224
ハッダム, ジェーン......218	バーネット, L.J.......221	パリッシュ, P.J.......224
パッチ, ハワード・ロリン......218	パパゾグロウ, オレイニア ⇒ ハッダム, ジェーン を見よ	ハリデイ, ブレット......224
パーディ, ジェームズ......218	ハバード, L.ロン......221	ハリデイ, マグス・L.......224
ハーディ, トマス......218	バヘェーア, イングリット......221	ハリファックス卿......224
パディー, マシュー......218	パピーニ, ジョヴァンニ......221	ハリントン, ジョイス......224
ハーディ, メリッサ......218		
バーディン, トム......218		

ハリントン, パトリック ……224
パール, マシュー ……224
バルガス=リョサ, マリオ ……224
バルカン, デヴィッド・H. ……225
バルケ, ベアベル ……225
バルザック, オノレ・ド ……225
ハルトヴィック, ユリア ……225
バルベエ・ドルヴィリ, J. ……225
パルマ, クレメンテ ……225
パレイ, マリーナ ……225
バレイジ, A.M. ……225
パレツキー, サラ ……225
バレット, ラファエル ……225
バレット, リン ……226
ハーロウ, ジョセフ=フランソワ ……226
バーロウ, トム ……226
バロウズ, アニー ……226
バロウズ, ウィリアム・S. ……226
バロウズ, エドガー・ライス ……226
バログ, メアリ ……226
パワーズ, サラ ……226
パワーズ, ティム ……226
パワーズ, ポール・S. ……226
ハワード, クラーク ……226
ハワード, リンダ ……226
ハワード, ロバート・E. ……227
潘 雨桐 ……227
パン, オースティン ……227
ハーン, キャンディス ……227
パン, シアンリー ……227
韓 雪野 ……227
韓 東 ⇒ 韓東(かん・とう)を見よ
ハーン, マルギット ……227
韓 末淑 ……228
韓 龍雲 ……228
ハーン, ラフカディオ ……231
バンヴィル, ジョン ……232
バンク, メリッサ ……232

バンクス, ラッセル ……232
バンクス, リアン ……232
パンケーク, ブリース・D'J. ……232
ハンシッカー, ハリー ……232
バーンズ, エリック ……232
バーンズ, ジュリアン ……232
バーンズ, デューナ ……232
バーンズ, リンダ ……232
ハンセン, ジョゼフ ……232
ハンチントン, シドニー ……232
ハント, アンドルー・E. ……232
ハント, ヴァイオレット ……233
ハント, L.G. ……233
バンドヴィーユ神父 ……233
ハントケ, ペーター ……233
バーンハイマー, ケイト ……233
バーンハート, ウィリアム ……233
バーンフォード, シーラ ……233

【ヒ】

ビアス, アンブローズ ……233
ピアスン, リドリー ……234
ビアード, スティーヴ ……234
ビアボーム, マックス ……234
ビーアマン, ピーケ ……234
ビアンチン, ヘレン ……234
ピィ, オリヴィエ ……234
ピエール, ジョゼ ……234
ビオイ=カサレス, アドルフォ ……234
ピカソ, パブロ ……234
ピカード, ナンシー ……234
ピカビア, フランシス ……235
ピカール, エドモン ……235
ピクシリリー, トム ……235
ピクスビイ, ジェローム ……235
ピクセル, ペーター ……235

ビゲネット, ジョン ……235
ピサルニク, アレハンドラ ……235
ビショップ, ゼリア ……235
ビショップ, マイクル ……235
ピース, デイヴィッド ……235
ヒースコック, アラン ……235
ビーソン, ジェーン ……235
ピーターズ, エリス ……235
ピーターソン, オードリー ……235
ヒチェンズ, ロバート ……236
ピチグリッリ ……236
ビーチクロフト, トーマス ……236
畢 飛宇 ……236
ピッカム, ジャック・M. ……236
ビッスン, テリー ……236
ビッセル, トム ……236
ピッソラット, ニック ……237
ヒッチコック, アルフレッド ……237
ビーティ, アン ……237
ピーティー, イーリア・ウィルキンソン ……237
ビーティ, デイヴィッド ……237
ヒーニー, シェイマス ……237
ピニェーラ, ビルヒリオ ……237
ピム, バーバラ ……237
ヒメーネス, フワン・ラモン ……237
ヒューイット, ケイト ……237
ビュキート, メルヴィン・ジュールズ ……237
ヒューズ, トマス・パトリック ……237
ヒューズ, ドロシー・B. ……237
ヒューストン, パム ……237
ビューヒナー, ゲオルク ……237
ビューヒナー, バルバラ ……237
ピューモン ……237

ビュルガー, ゴットフリート・アウグスト …238
ビョルンソン, ビョルンスチェルネ …………238
玄 相允 ……………………238
玄 鎭健 ……………………238
ヒラーマン, トニイ ……238
ピランデッロ, ルイジ……238
ヒーリイ, ジェレマイア
 ………………………………238
ピリニャーク, ボリス……238
ヒル, サム ………………238
ヒル, ジョー ……………238
ピール, デヴィッド………239
ヒル, ボニー・ハーン……239
ピール, リディア ………239
ヒル, レジナルド ………239
ピールカロ, スヴィトラーナ ………………239
ピールザード, ゾヤ ……239
ヒルズ, ギャヴィン ……239
ヒールド, H. ……………239
ヒルビッヒ, ヴォルフガング ………………………239
ビルマン, ジョン ………239
ピンカートン, ダン ……239
ビンガム, テイラー ……239
ビンズ, アーチー ………239
ヒンターベルガー, エルンスト …………………239
ヒントン, チャールズ・ハワード ………………239
ビンヤザル, アドナン……240
ビンラー・サンカーラーキーリー ………………240
平路 ⇒ 平路(へいろ)を見よ

【フ】

蒲 松齢 ⇒ 蒲松齢(ほ・しょうれい)を見よ
傳 大為 …………………240
ファイフィールド, フランセス …………………240

ファイラー, バート・K.
 ………………………………240
ファウラー, カレン・ジョイ ………………240
ファウラー, クリストファー ………………240
ファース, コリン ………240
ファスビンダー, ライナー・ヴェルナー……240
フアナ・イネス・デ・ラ・クルス, ソル………240
ファーバー, エドナ ……240
ファーマー, フィリップ・ホセ ……………240
ファーマー, ペネローピ
 ………………………………240
ファーリー, ラルフ・ミルン ………………240
ファリス, グレゴリー……241
ファリス, ジョン ………241
ファルコ, エドワード……241
ファレール, クロード……241
黄 世鳶 …………………241
黄 美英 …………………241
ファンテ, ダン …………241
方方 ⇒ 方方(ほうほう)を見よ
フィースト, レイモンド・E. …………………241
フィツォフスキ, イェジー ………………………241
フィック, アルヴィン・S. …………………………241
フィッシャー, ピーター・S. …………………241
フィッシュ, ロバート・L. …………………………241
フィッツジェラルド, F.スコット ………………241
フィニー, アーネスト・J. …………………………242
フィニー, ベティー………242
フィニイ, ジャック………242
フィニョレ, ジャン＝クロード …………………242
フィリップ, シャルル＝ルイ …………………242

フィリップス, カーリー
 ………………………………242
フィリップス, ジェイン・アン ……………243
フィリップス, スコット
 ………………………………243
フィリップス, マリー……243
フィールディング, ヘレン ………………………243
フィールディング, リズ
 ………………………………243
フィルポッツ, イーデン
 ………………………………243
フィン, パトリック・マイケル …………………243
フィンガーズ, トゥー……243
フィンク, クリスチャン
 ………………………………243
フィンダー, ジョゼフ……243
馮 夢龍 …………………243
ブウテ, F. ………………243
フェアスタイン, リンダ
 ………………………………243
フェイ, リンジー ………244
フェイェシ・エンドレ …244
フェインライト, ルース
 ………………………………244
フェーダーシュピール, ユルク …………………244
フェーダーマン, ラインハルト …………………244
フェダマン, レイモンド
 ………………………………244
フェデレンカ, アンドレイ ………………………244
フェニコフスキ, フランチシェク ……………244
フェネリー, ベス・アン …244
フェノラバート, フレデリカ ……………………244
フェヒナー, グスタフ・テオドル ………………244
フェラーズ, エリザベス
 ………………………………244
フェラレーラ, マリー……244
フェリー, ジャン ………244
フェリクス, ミヌシオ……244
フェリス, ジョシュア……244

フェルナン・ゴメス, フェルナンド 245
フェルナンデス, ハイメ 245
フェルバー, クリスティアン 245
フェルプス, アントニー 245
フェルフルスト, ディミトリ 245
フエンテス, カルロス 245
フォアマン, ジェームズ 245
フォークト, ヴァルター 245
フォークナー, ウィリアム 245
フォーサイス, フレデリック 245
フォス, リナルト 245
フォスター, アラン・ディーン 245
フォースター, スザンヌ 245
フォスター, ローリー 245
フォースター, E.M. 246
フォックス, スーザン 246
フォード, コーリー 246
フォード, ジョン・M. 246
フォード, トム 246
フォード, フォード・マドックス 246
フォード, リチャード 246
フォールク, E.カール, Jr. 246
フォルサム, アラン 246
フォルヌレ, グザヴィエ 246
ブキャナン, エドナ 246
ブクン・イシマハサン・イシリトアン 246
ブコウスキー, チャールズ 247
ブーサン, L.ド・ラ・ヴァレ 247
プーシキン, アレクサンドル 247
フジッリ, ジム 247

プシブィシェフスキ, スタニスワフ 247
ブース, アンジェラ 247
ブース, チャールズ・G. 247
ブース, マシュー 247
フスリツァ, シチェファン 247
ブッシュ, ジェフリー 247
ブッソン, パウル 247
ブッチャー, グレイス 247
ブッチャー, ティム 247
ブッツァーティ, ディーノ 248
フッド, T. 248
フットレル, ジャック 248
ブトゥラーメント, イェジー 248
ブニュエル, ルイス 248
ブーニン, イワン・アレクセーエヴィチ 248
フニンウェーニェイン ...248
フーバー, ミシェル 248
ブーフ, ハンス・クリストファー 248
フーフ, リカルダ・オクターヴィア 248
フブダ, アブ・トゥドバ・イムラヒム・b. 248
フラー, ジョン 248
フラー, ティモシー 248
ブライアー, ジョシュ 248
ブライアン, リン 248
ブライアント, ウィリアム・カレン 248
ブライアント, エドワード 249
ブライシュ, アブドゥッサラーム 249
ブライス, スーザン 249
ブライス, E.ホフマン 249
ブライト, ポピー・Z. 249
ブラウトゥス 249
ブラウニング, ロバート 249
ブラウン, エリック 249

ブラウン, ステファニー 249
ブラウン, フォルカー 249
ブラウン, フレドリック 250
ブラウン, モリー 250
ブラウン, リリアン・ジャクスン 250
ブラウン, レベッカ 250
ブラウンズ, アクセル 250
ブラウンベック, ゲイリー・A. 250
ブラクタ, ダニー 251
ブラシノス, ジゼール 251
ブラス, シルヴィア 251
ブラスキー, ジャック 251
ブラチェット, テリー 251
ブラック, マイケル・A. 251
ブラッグ, マーゴ 251
ブラックウッド, アルジャーノン 251
ブラックマン, サラ 251
ブラックマン, デニース・M. 251
ブラッシュ, トーマス 251
ブラッシンゲーム, ワイアット 251
ブラッティ, ウィリアム・ピーター 251
ブラット, フレッチャー 251
ブラッドストリート, アン 252
ブラッドフォード, メアリ 252
ブラッドベリ, レイ 252
ブラッドリー, マリオン・ジマー 253
ブラッドン, メアリ・エリザベス 253
ブラートーヴィッチ, ミオドラグ 253
プラトーノフ, アンドレイ・プラトーノヴィチ 253
プラトン 253
ブラナー, ジョン 254

フラナガン, トマス……254	フリードマン, フィリップ……257	ブルンク, ジークリト……260
ブラナック, マイケル……254	フリノー, フィリップ……257	ブルンク, ハンス……260
フラバル, ボフミル……254	フリーマン, アリス……257	ブルンチェアヌ, ロクサーナ……260
ブラハルツ, クルト……254	フリーマン, メアリー・ウィルキンズ……257	ブルンナー, クリスティーナ……260
ブラムライン, マイケル……254	フリーマン, R.オースティン……257	ブレイク, ジェニファー……260
ブランカーティ……254	ブリヤンテス, グレゴリオ・C.……257	ブレイク, ニコラス……260
フランク, ブルーノ……254	ブリーン, ジョン・L.……257	フレイザー, アントニア……260
フランク, レーオンハルト……254	ブリン, デイヴィッド……258	フレイジャー, イアン……260
フランクリン, トム……255	フリン, ブライアン……258	プレヴェール, ジャック……260
フランケチエンヌ……255	ブリンコウ, ニコラス……258	プレヴォー, アベ……260
フランコ, ホルヘ……255	プリンチャード, I.C.……258	プレヴォー, マルセル……260
フランコ, ラファ……255	ブルー, アニー……258	フレッチャー, ジョン……260
フランシス, トム……255	プール, ロメオ……258	ブレット, サイモン……260
フランス, アナトール……255	ブルアン・ワンナシー……258	ブレット, リリー……261
フランゼン, ジョナサン……255	ブルィチョフ……258	ブレナン, ジョゼフ・ペイン……261
ブランチ, パミラ……255	ブルーエン, ケン……258	ブレナン, モーヴ……261
フランツ, オナ……255	ブルガー, ヘルマン……258	フレニケン, トルーディー……261
プランツ, マーク……255	ブルガーコフ, ミハイル……258	フレーブ, イアン・デイヴィッド……261
ブランデル, ウィリアム・E.……255	ブルカルト, エーリカ……259	プレプ, サンジーン……261
ブランド, エレナー・テイラー……256	フルーク, ジョアン……259	プレプスレン, プレプジャビン……261
ブランド, クリスチアナ……256	ブルク, パウル・H.……259	フレミング, ピーター……261
ブランド, フィオナ……256	ブルジャッド, ピエール……259	フレムリン, シリア……261
ブランド, マックス……256	ブルース, コリン……259	プレモンズ, グレゴリー……261
ブランドナー, ゲイリイ……256	ブルース, レオ……259	ブレンチリー, チャズ……261
ブランドン, ジェイ……256	プルースト, マルセル……259	プレンティス, フランセス……261
ブランハム, R.V.……256	ブルック, ジョナサン……259	ブレンド, ギャヴィン……261
フーリエ, シャルル……256	ブルック, ルーパート……259	ブレンナー, ハンス・ゲオルク……261
プリースト, クリストファー……256	ブルックス, ドロシー・ハウ……259	フロイド, リンダ・ケネディ……261
フリーズナー, エスター・M.……256	ブルックス, ヘレン……259	プロヴォースト, アンネ……261
プリチェット, V.S.……256	ブルテン, ウィリアム……259	プローズ, フランシーヌ……261
ブリッジ, アン……256	ブルトン, アンドレ……259	フロスト, ジョージ・ローリング……261
ブリッシュ, ジェイムズ……257	ブルネット, マルタ……259	プロチノス……262
フリッシュムート, バーバラ……257	ブルマン, フィリップ……259	
ブリッセ, ジャン=ピエール……257	ブルーム, エイミー……259	
フリードソン, マット……257	ブルーム, リチャード……260	
	ブルリッチ=マジュラニッチ, イヴァーナ……260	
	ブルワー=リットン, エドワード……260	

ブロック, ロバート 262
ブロック, ローレンス 263
ブロックマン, ローレンス・G. 264
ブロッツ, チャールズ・M. 264
ブローディ, キャスリン 264
ブローティガン, リチャード 264
ブロデリック, ダミアン 264
ブロート, マックス 264
ブロドキー, ハロルド 264
ブロードリック, アネット 264
フローベール, ギュスターヴ 265
フローラ, フレッチャー 267
フローロフ 267
ブロワ, レオン 268
ブロンジーニ, ビル 268
フロンスキー, ヨゼフ・ツィーゲル 269
ブロンテ, アン 269
ブロンテ, エミリー 269
ブロンテ, シャーロット 270
フワン, フランシス 271

【ヘ】

ベア, グレッグ 271
ヘアー, シリル 271
ベアリング゠グールド, S. 271
ヘイウッド, トマス 271
ベイカー, アリソン 271
ベイカー, ジェフ 271
ベイカー, ジェフリー・スコット 271
ベイカー, ニコルソン 271
ヘイズ, ダニエル 271
ヘイズ, M.M.M. 272
ヘイズリット, アダム 272

ヘイター, スパークル 272
ベイツ, ハリー 272
ベイツ, H.E. 272
ヘイデン, G.ミキ 272
ヘイドゥク, ブロニスワフ 272
ヘイニング, ピーター 272
ヘイバー, カレン 272
ベイリー, バリントン・J. 272
ベイリー, H.C. 272
ヘイル, ケリー 272
平路 272
ペイロウ, マヌエル 272
ヘインズワース, スティーヴン 273
ペインター, パメラ 273
ベインブリッジ, ベリル 273
ヘインミャッゾー 273
ベーガ, ロペ・デ 273
白 信愛 273
白 石 273
ヘクスト, ハリントン 273
ヘクト, ベン 273
ベサント, ウォルター 273
ヘス, ジョーン 273
ペスコフ, ゲオルギー 273
ベスター, アルフレッド 273
ベストン, ヘンリー 274
ベズモーズギス, デイヴィッド 274
ペソア, フェルナンド 274
ベタンコート, ジョン・グレゴリー 274
ペチュシカ, エドゥアルド 274
ベックフォード, ウィリアム 274
ベッケル, グスタボ・アドルフォ 274
ヘッセ, ヘルマン 274
ベッソン, パトリック 274
ベッツ, ハイディ 274
ヘッド, ベッシー 274

ヘッベル, フリードリヒ 275
ベティ, モンゴ 275
ペーテル, エステルハージ 275
ベドナール, アルフォンス 275
ペトルシェフスカヤ, リュドミラ 276
ペドレッティ, エリカ 276
ペドレロ, パロマ 276
ペトロフ, イヴァイロ 276
ペトロフ, エフゲーニー ⇒ イリフ゠ペトロフを見よ
ペナック, ダニエル 276
ベナボウラ, アメル 276
ベナルド, マシュー 276
ペニー, ルーパート 276
ベニオフ, デイヴィッド 276
ベネ, スティーヴン・ヴィンセント 276
ヘネシー, メアリー・ペス 276
ベネット, アーノルド 276
ベネット, ジル 276
ベネット, ロジャー 276
ベネディクト, ピンクニー 277
ヘネピン, ポール 277
ヘーベル, ヨーハン・ペーター 277
ペマン, ホセ・マリーヤ .. 277
ペーミン 277
ヘミングウェイ, アーネスト 277
ヘミングス, カウイ・ハート 277
ヘムリ, ロビン 277
ヘモン, A. 278
ペリー, アン 278
ペリー, クラーク 278
ベリー, ジェディディア 278
ベリー, スティーブ 278
ヘリオット, ジェイムス 278

ベリオールト, ジーナ……278
ベリスフォード, エリザベス……278
ベリズフォード, J.D.……278
ベリドール, ジョルジュ……278
ヘリントン, パトリック……279
ベル, ハインリヒ……279
ベルゴー, ルイ……279
ベルコヴィシ, コンラッド……279
ヘルコヴィッツ, アンナ……279
ベルコム, エド・ヴァン……279
ヘルタイ・イェネー……279
ベルツァー, フェデリコ……279
ペルッツ, レーオ……279
ベルティーノ, マリー=ヘレン……279
ヘルド, ジョン, Jr.……279
ベルナベ, ジャン……279
ベルナルダン・ド・サン=ピエール, ジャック・アンリ……280
ベルビン, デイヴィド……280
ヘルファース, ジョン……280
ヘルプリン, マーク……280
ベルベース, サブハドラ……280
ヘルマン, ユーディット……280
ベルリン, ルシア……280
ベルンハルト, トーマス……280
ペレ, バンジャマン……280
ペレグリマス, マーカス……280
ペレケーノス, ジョージ・P.……280
ベレスフォード, J.D. ⇒ ベリズフォード, J.D. を見よ
ペレマイヤー, シェリー……281
ペレミアー, シェリー……281
ペレム, ロバート・レスリー……281

ペレメイヤー, シェリー……281
ペレルマン, S.J.……281
ペロー, シャルル……281
ベロウ, ノーマン……281
ペロウン, B.……281
ペロタード……281
ヘロン, E.……281
ヘロン, H.……281
ベンヴェヌーティ, ユルゲン……281
ベン・ジェルーン, タハール……281
ベンジャミン, キャロル・リー……281
ヘンズリー, ジョー・L.……281
ベンスン, E.F.……281
ヘンゼル, ゲオルク……282
ベンソン, ステラ……282
ベンソン, マイク……282
ベンソン, R.ヒュー……282
ベンダー, エイミー……282
ベンダー, カレン・E.……282
ヘンダースン, ゼナ……282
ヘンダースン, ディオン……283
ベンチリー, ロバート……283
ペントコースト, ヒュー……283
ベントリー, チャールズ・E., Ⅲ……283
ベントリー, E.C.……283
ヘンドリクス, ジェイムズ・B.……283
ヘンドリックス, ヴィッキー……283
ベンニ, ステーファノ……283
ベンフォード, グレゴリイ……283
ペンフォールド, ニタ……284
ヘンペル, エイミー……284
ヘンリー, チャーリー……284

【ホ】

ポー, エドガー・アラン……284
蒲 松齢……286
浦 忠成……289
ボアロー, ピエール ⇒ ボアロー・ナルスジャック を見よ
ボアロー＝ナルスジャック……289
ボイエット, スティーヴン・R.……289
ホイケンカンプ, ウルズラ……289
ポイサント, デイヴィッド・ジェームズ……289
ボイス, T.F.……289
ホイットマン, ウォルト……289
ホイート, キャロライン……290
ボイラン, クレア……290
ボイル, ケイ……290
彭 小妍……290
彭 瑞金……290
ホウィティカー, アーサー……290
ホーヴェ, チェンジェライ……290
ボウエン, エリザベス……290
ボウエン, マージョリー……291
方方……291
ボウマン, ジェフリー・ロバート……291
ボウモント, チャールズ ⇒ ボーモント, チャールズ を見よ
ボウルズ, ジェイン……291
ボウルズ, ポール……291
ボカージ, ポール……291
ホーガン, チャック……291
朴 芽枝 ⇒ 朴芽枝（パク・アジ）を見よ
朴 花城 ⇒ 朴花城（パク・ファソン）を見よ

ボーク, ゲイリー............291	ボードレール, シャルル 295	ホール, チャーリー........299
朴 趾源 ⇒ 朴趾源(パク・チウォン)を見よ	ホートン, ハル............295	ホール, パーネル............299
ボグダーノフ, アレクサンドル 291	ホートン, ビル............295	ポール, バーバラ............299
ボグナー, ジョン............291	ボナヴェントゥラ........295	ポール, フレデリック......299
ポクロフスキイ............291	ホーニグ, ドナルド........295	ホール, ラドクリフ........299
ポージス, アーサー........291	ポノマレンコ, リュボーフ 295	ポール, ルイス............299
ホジスン, ウィリアム・ホープ 292	ホーバン, ラッセル........295	ポール, ロバート............299
ポシフィャトフスカ, ハリナ 292	ボビス, マーリンダ........295	ボルガー, アルフレーテ 299
ボーシュ, アンリ............292	ホープ, ウォレン............295	ボルガル, ボヤン............299
ボーシュ, リチャード......292	ポープ, ダン............296	ホルスト, スペンサー......300
ホーズ, ダグ............292	ホプキンズ, ブラッド・D. 296	ホールダー, ナンシー......300
ボズウェル, ジェームズ 292	ホフマン, ケイト............296	ポルチャク, ワシーリ......300
ボスク, ファレル・デュ...292	ホフマン, デイヴィッド 296	ボールディ, ブライアン 300
ポースト, メルヴィル・デイヴィスン 292	ホフマン, ニーナ・キリキ 296	ホールディング, ジェイムズ 300
ボストン, ブルース........292	ホフマン, E.T.A. 296	ボルト, ボブ............300
ポスムイシ, ゾフィア......292	ホーフマンスタール, フーゴー・フォン......296	ホルト, T.E.............300
ホスルマン・ヴァヴァ...293	ボヘンスキ, ヤツェック 296	ボールドウィン, ジェイムズ 300
ホーソーン, ジュリアン 293	ポポワ, エレーナ............296	ホールドマン, ジョー......300
ホーソーン, ナサニエル 293	ボーマルシェ, ピエール=オギュスタン・カロン・ド 296	ホールバーグ, ガース・リスク 300
ポーター, キャサリン・アン 293	ホームズ, ルパート........296	ボルヘス, ホルヘ・ルイス 300
ポーター, ジェイン........293	ホームズ, ロン............297	ポールマン, キャサリン 302
ホダー, マーク............293	ホームズ, A.M.............297	ホルム, クリス・F.........302
ホータラ, リック............293	ポムラ, ジョエル............297	ホルムズ, エモリー(2世) 302
ボッカッチョ, ジョヴァンニ 294	ホメロス............297	ポレシュ, ルネ............302
ホック, エドワード・D. 294	ボーモント, チャールズ 297	ボレル, ペトリュス........302
ホッグ, ジェイムズ........294	ホーラー, フランツ........298	ホワイト, エドマンド......302
ボッグス, ベル............295	ポラーチェク, カレル.....298	ホワイト, エドワード・ルーカス 303
ボックス, C.J. 295	ポーラン, ジャン............298	ホワイト, E.B. 303
ホッケンスミス, スティーヴ 295	ボーランド, イーヴァン 298	ホワイトヒル, ヘンリー・W. 303
ホッジ, ブライアン........295	ホーリー, チャド............298	ホワイトヘッド, H.S......303
ボッシュ, フアン............295	ホーリー, ローラ............298	黄 春明 ⇒ 黄春明(こう・しゅんめい)を見よ
ホッディス, ヤコブ・ヴァン 295	ポリゾッティ, マーク......298	黄 凡 ⇒ 黄凡(こう・ぽん)を見よ
ポートリー, フラン........295	ポリドリ, ジョン............299	洪 元基............303
	ポール, エリオット........299	彭 小妍 ⇒ 彭小妍(ほう・しょうけん)を見よ
	ホール, ジェイムズ・W. 299	

ボーン, マーク 303
洪 凌 303
ホンゴー, ギャレット 303
ボーンステル, ジェイ 303
ホーンズビー, ウェンディ 303
ボンテンペルリ, マッシモ 303
ボンド, ステファニー 303
ボンド, ネルスン 304
ボンドパッダエ, タラションコル 304
ボンバル, マリア・ルイサ 304
ホーンビィ, ニック 304

【マ】

マ・イ 304
麦 家 304
マイアー, ヘレン 304
マイエンブルク, マリウス・フォン 304
マイケル, ボニー 304
マイケルズ, ケイシー 304
マイケルズ, ファーン 304
マイケルズ, レナード 304
マイ・ソン・ソティアリー 305
マイノット, スーザン 305
マイヤー, クレメンス 305
マイヤーズ, アネット 305
マイヤーズ, エイミー 305
マイヤーズ, マアン 305
マイヤーズ, マーティン 305
マイヤース, G. 305
マイヤー＝フェルスター 305
マイリンク, グスタフ 305
マイルズ, トレヴォー・S. 306
マインキー, ピーター 306
マ・ウィン 306
マーヴェル, ジョン 306

マウ・ソムナーン 306
マウン・ティンカイン ...306
マウン・ティンスィン ...306
マウン・トゥエーチュン 306
マウントフォード, ピーター 306
マウン・ニョウピャー ...306
マウン・ピエミン 306
マウン・ピーラー 306
マーカス, ダニエル 306
マーカム, デイヴィッド 306
マーカム, マリオン・M. 307
マカリスター, ヘザー 307
マギー, ジェームズ 307
マーキス, ドン 307
マキナニー, ラルフ 307
マキャフリイ, アン 307
マキャモン, ロバート・R. 307
マクガハン, ジョン 307
マクギネス, フランク 307
マクシェーン, マーク 307
マークス, ジェフリー 307
マクダーミッド, ヒュー 307
マクダーミド, ヴァル 307
マクデヴィット, ジャック 307
マクドナルド, アン＝マリー 308
マクドナルド, イアン 308
マクドナルド, ジョージ 308
マクドナルド, ジョン・D. 308
マクドナルド, フィリップ 308
マクドナルド, ラック 308
マクドナルド, ロス 308
マクナイト, ジョン・P. ..308
マクナリー, ジョン 308
マクニーリー, トーマス・H. 308
マクノートン, ブライアン 308

マクピー, チャールズ 308
マクヒュー, モーリーン・F. 308
マクファデン, デニス 308
マクブライド, ジュール 309
マクベイン, エド 309
マクマハン, リック 309
マクマリン, ジョーダン 309
マクマーン, バーバラ 309
マグラア, パトリック 309
マクラウド, アリステア 310
マクラウド, イアン・R. 310
マクラウド, シャーロット 310
マクラウド, フィオナ 310
マクラッチー, J.D. 310
マクラム, シャーリン 310
マクラリー, ドロシー 310
マクリーン, マイク 310
マグルス, ポール 310
マクレディ, R.G. 310
マグレーン, トム 310
マクロイ, ヘレン 310
マクロフラン, アルフ 310
マクローリー, モイ 311
マケイブ, キャメロン 311
マコークル, ジル 311
マコーマック, エリック 311
マコーリイ, ポール・J. ..311
マーゴリン, フィリップ 311
マコンネル, チャン 311
マサオ・アキ 311
マ・サンダー 311
マシスン, シオドア 311
マシスン, リチャード 311
マシスン, リチャード・クリスチャン 312
マーシャル, アリス・J. ..313
マーシャル, ペイトン 313
マーシャル, ポーラ 313
マーシュ, ナイオ 313

マーシュ, リチャード……313
マシューズ, クリスティーン……313
マシューズ, パトリシア・A.……313
マシューズ, ハリー……313
マシューズ, バリー……313
マスア, ハロルド・Q.……313
マスタートン, グレアム……313
マスタロフ, ジョー……313
マステロワー, ワレンティーナ……313
マーストン, エドワード……313
マセ, ジェラール……314
マ・チューピン……314
マッカーシー, エリン……314
マッカーシー, ジョアン……314
マ・ティーダー……314
マドックス, トム……314
マートン, サンドラ……314
マーナ, ダーヴィデ……314
マナーズ, マーガレット……314
マーハ, カレル=ヒネク……314
マーバー, パトリック……314
マーフィー, パット……314
マフフーズ, ナギーブ……314
マブリ, ガブリエル・ボノ・ド……314
マーマー, マイク……314
ママタス, ニック……314
マメット, デーヴィット……314
マヨルガ, フアン……314
マラー, マーシャ……315
マライーニ, ダーチャ……315
マラパルテ, クルツイオ……315
マラマッド, バーナード……315
マラルメ, ステファヌ……315
マリアス, ハヴィエル……315

マリヴォー, ピエール・カルル・ド・シャンブレン・ド……315
マリェア, エドゥアルド……315
マリーク, ヤン……315
マリー・ド・フランス……315
マリーニー, ティム……315
マリネッリ, キャロル……315
マリヤット, フレデリック……315
マリ・L.……316
マルキ, デーヴィッド……316
マルキエル, マリア・ローサ・リダ・デ……316
マルギット, カフカ……316
マルケス, レネー……316
マルシャーク, サムイル……316
マルス, ケトリ……316
マルセク, デイヴィッド……316
マルツ, アルバート……316
マルツバーグ, バリー・N.……316
マルティニ, スティーヴ……316
マルティネス, アルバート・E.……316
マルティネス, リズ……316
マルティンス, ユーリア……317
マルナ, アフリザル……317
マルヒヴィッツァ, ハンス……317
マルーフ, デイヴィッド……317
マルホランド, ローザ……317
マレー, ジョン……317
マレースミス, ジョアンナ……317
マレリー, スーザン……317
マレル, デイヴィッド……317
マーロウ, クリストファ……317
マロック, ダイナ……317
マローン, マイケル……317
マロン, マーガレット……318

マン, ジョージ……318
マン, トーマス……318
マン, ハインリヒ……318
マンスフィールド, キャサリン……318
マンゾー, フレッド・W.……318
マンチェスター, ローズマリー……318
マンツォーニ, カルロ……318
マンディアルグ, アンドレ・ピエール……318
マンディス, ジェロルド・J.……318
マンデヴィル, ジョン……318
マンデル, エミリー・セイント・ジョン……319
マンナ, フラン……319
マンフッド, H.A.……319
マンリー, ドリス・ヴァンダーリップ……319
マンロー, アリス……319
マンロー, ランダル……319

【ミ】

ミウォシュ, チェスワフ……319
ミェーモンルィン……319
ミストレル, ジャン……319
ミチャンウェー……319
ミチンスキ, タデウシュ……319
ミツキェーヴィチ, アダム……319
ミッチェル, グラディス……319
ミトラ, ケヤ……320
ミドルトン, トマス……320
ミドルトン, リチャード……320
ミトロヴィチ, スルバ……320
ミーナ, デニーズ……320
ミャタンティン……320
ミャッ……321

ミュッセ, アルフレッ
　ド・ド 321
ミュノーナ 321
ミューヘイム, ハリイ......321
ミュラー, インゲ............321
ミュラー, ハイナー.........321
ミュラー, ヘルタ 321
ミュラー, マーシャ 321
ミラー, カムロン............321
ミラー, マーガレット......321
ミラー, マーティン.........321
ミラー, リンダ・ラエル ..321
ミラー, C.フランクリン
　..................................322
ミラー, P.スカイラー 322
ミラ・デ・アメスクア,
　アントニオ 322
ミラーニ, ミレーナ 322
ミル, ジョン・スチュ
　アート 322
ミルヴォワ, シャルル・
　フベール......................322
ミルトン, ジョン............322
ミルハウザー, スティー
　ヴン 322
ミルバーン, ティナ 322
ミルボー, オクターヴ.....322
ミルン, A.A. 322
ミレット, ラリー............322
ミンウェーヒン 322
ミーンズ, デイヴィッド
　..................................322
ミントリング, プリシア
　..................................323
ミンヌエーソウ 323
ミンヤナ, フィリップ......323

【ム】

ムーア, ウォード............323
ムーア, ジョージ............323
ムーア, マーガレット......323
ムーア, ローリー............323
ムーア, C.L. 324
ムアコック, マイケル.....324

ムアワッド, ワジディ 325
ムシル, ローベルト.........325
ムーディ, リック............325
ムーニイ, ブライアン......325
ムヒカ=ライネス, マヌ
　エル 325
ムラヴョーワ, イリーナ
　..................................325
ムラベ, モハメッド.........325
ムラーベト, ムハンマド
　..................................325
ムレーナ, エクトル・ア
　ルベルト 325
ムロージェク, スワ
　ヴォーミル 325
ムンカダ, ジェズス.........325
ムンガン, ムラトハン.....325
ムンゴシ, チャールズ......325

【メ】

メーア, マリエラ............326
メーアマン, レナーテ 326
メイ, シャロン 326
メイク, ヴィヴィアン......326
メイス, フランク............326
メイスフィールド, ジョ
　ン.................................326
メイスン, A.E.W. 326
メイソン, ボビー・アン ..326
メイヤー, F.M. 326
メイヤーズ, キャロル......326
メイヤーズ, デイヴィッ
　ド・W. 326
メイヨー, ウェンデル......326
メカス, ジョナス............326
メークナー, クリスト
　ファー..........................327
メーセイ・ミクローシュ
　..................................327
メータ, ギータ...............327
メッシーナ, マリア.........327
メーテルリンク, モーリ
　ス.................................327
メトカーフ, ジョン.........327

メナール, ドミニク.........327
メナンドロス 327
メーニェイン 331
メノ, ジョー 331
メヒテル, アンゲリカ 331
メヘラ, デビカ 331
メーマウン 331
メリック, レナード.........331
メリット, エイブラム 331
メリメ, プロスペル.........331
メリル, クリスティン......331
メルヴィル, ハーマン 331
メルキオー, イブ............331
メルキオ, ファブリス......332
メルシエ, マリオ............332
メルシエ, ルイ・セバス
　チャン 332
メルトン, フレッド.........332
メレ, シャルル 332
メロイ, マイリー............332

【モ】

莫言 ⇒ 莫言(ばく・げん)
　を見よ
モウウェー 332
モウザーマン, ビリー・
　スー 332
モウゾー 332
モウティッウェー 332
モウテッハン 332
モガー, デボラ 332
モーガン, サラ 332
モーガン, サリー............332
モーガン, バセット.........332
モーション, アンド
　リュー..........................332
モス, H.W. 333
モスカレーツィイ, コス
　チャンティン 333
モスコヴィッチ, ハナ 333
モズリイ, ウォルター 333
モーティマー, キャロル
　..................................333
モーティマー, ジョン......334

モートリチ, カテリーナ ……334
モーナノン ……334
モナハン, ブレント ……334
モハー, フランク ……334
モーパッサン, ギ・ド ……334
モファット, グウェン ……335
モフィット, J. ……335
モフェット, クリーヴランド ……335
モフェット, マーサ ……335
モーム, サマセット ……335
モラン, ポール ……335
モーラン, A.R. ……335
モーリ, トリッシュ ……335
モリエール ……336
モリス, ウィリアム ……336
モリス, デイヴィッド ……336
モリス, ライト ……336
モリスン, グラント ……336
モリスン, トニ ……336
モリッシー, メアリー ……336
モリーナ, ティルソ・デ ……336
モルクナー, イルムトラウト ……336
モールズ, デイヴィッド ……336
モールデン, R.H. ……336
モルナール・フェレンツ ……336
モレー, マクス ……336
モレ, A. ……336
モレリ ……336
モロー, W.C. ……336
モンゴメリー, L.M. ……337
モンテルオーニ, トマス・F. ……337
モンテローソ, アウグスト ……337
モンマース, ヘルムート・W. ……337
モンロー, ルーシー ……337

【ヤ】

ヤアクービー, アフマド ……337
ヤグネマ, カール ……337
ヤーコープ ……337
ヤコブセン, シェリ ……337
ヤコブセン, J.P. ……337
ヤシチク, タデウシ ……337
ヤシーヌ, カテブ ……337
ヤーダヴ, ラージェンドラ ……337
ヤーテッパン ……337
ヤマシタ, カレン・テイ ……337
梁 貴子 ……338
梁 柱東 ……338
ヤーン, ハンス・ヘニー ……338
ヤンガー, デーモン ……338
ヤング, メアリー ……338
ヤング, ロバート・F. ……338
ヤンチューク, ヴォロディーミル ……338

【ユ】

柳 禹提 ……339
喩 栄軍 ……339
柳 基洙 ……339
柳 致眞 ……339
柳 栄 ……339
ユアグロー, バリー ……339
ユーアート, トム ……339
ユイスマンス, ジョリス＝カルル ……339
ユーゴー, ヴィクトル ……339
ユザンヌ, オクターヴ ……339
ユッソン, アルベール ……339
ユパス・ナウキヒ ……339
ユーラ, エリザベス ……339
ユルスナール, マルグリット ……339
尹 崑崗 ……339
伊 大星 ……340

尹 大寧 ……340
尹 東柱 ……340
尹 厚明 ……340
ユン, プラープダー ……340
ユング, カール・グスタフ ……340

【ヨ】

余 象斗 ……340
余 心樂 ……340
楊 翠 ……340
楊 渡 ……340
楊 南郡 ……340
葉 弥 ……340
ヨウヴィル, ジャック ……340
ヨーク, レベッカ ……340
ヨナ, キット ……340
ヨネ, ジャック ……340
ヨハンゼン, ハンナ ……340
ヨーレン, ジェイン ……340

【ラ】

羅 稲香 ……341
羅 燁 ……341
ライアンズ, メアリー ……341
ライ・ヴァン・ロン ……341
ライヴリー, ペネロピ ……341
ライオンズ, ダニエル ……341
ライス, アン ……341
ライス, クレイグ ……341
ライス, ジェイムズ ……341
ライス, ベン ……341
ライト, シーウェル・ピースリー ……341
ライト, ベティ・レン ……341
ライト, マーク ……341
ライトフット, フリーダ ……342
ライナー, ウルリケ ……342
ライニヒ, クリスタ ……342
ライバー, フリッツ ……342
ライヒー, ケヴィン ……343

ライマー, ジェームズ・
　マルコム ················343
ライマン, ジェフ ·········343
ライヤーシー, ラルビー
　··································343
磊磊生 ·························343
ラインスター, マレイ ·····343
ラウ, ハイナー ············343
ラウ, マシュー ············343
ラヴァーニープール, モ
　ニールー ···················343
ラヴァリー, バーバラ ····343
ラヴォー, サミュエル ····343
ラヴクラフト, H.P. ········343
ラヴグローヴ, ジェイム
　ズ ·····························344
ラヴゼイ, ピーター ·······344
ラウプ, ドロレス ··········344
ラエ, ブリジット ··········344
ラエルティオス, ディオ
　ゲネス ·······················344
ラエンズ, ヤニック ······344
ラガルス, ジャン＝
　リュック ···················344
ラーキン, フィリップ ····345
ラクーエ, リーイン ······345
ラクーザ, イルマ ·········345
ラクルテル ··················345
ラクレア, デイ ············345
ラグワ, ジャグダリン ···345
ラーゲルレーヴ, セルマ
　··································345
ラサー, カティンカ ······345
ラシード, ファーティマ
　··································345
ラシーヌ, ジャン ·········345
ラシュコフ, ダグラス ···345
ラシュディ, サルマン ···345
ラシルド ·····················346
ラス, ジョアンナ ·········346
ラスヴィッツ, クルト ····346
ラス・カサス神父 ········346
ラスキ, マーガニタ ······346
ラスジェン, カール・ヘ
　ンリイ ·······················346
ラストベーダー, エリッ
　ク・ヴァン ················346

ラスネール, ピエール＝
　フランソワ ···············346
ラズボーン, ジュリアン
　··································346
ラスボーン, ベイジル ····346
ラーセン, トム ············346
ラッカー, ルーディ ······346
ラッシュ, クリスティ
　ン・キャスリン ········347
ラッセ ························347
ラッセル, エリック・フ
　ランク ·······················347
ラッセル, カレン ·········347
ラッセル, バートランド
　··································347
ラッセル, レイ ············347
ラッセル, ロリ ············348
ラッツ, ジョン ············348
ラディゲ, レーモン ······348
ラードヴィッチ, ドゥ
　シャン ·······················348
ラドクリフ, T.J. ···········348
ラードナー, リング ······348
ラドニック, ポール ······348
ラナガン, マーゴ ·········348
ラニアン, デイモン ······349
ラノワ, トム ···············349
ラピエール, ジャネット
　··································349
ラヒリ, ジュンパ ·········349
ラーピン, ローシェル ···349
ラブ, マーゴ ···············349
ラ・ファージ, オリ
　ヴァー ·······················349
ラファティ, R.A. ·········349
ラフェーヴ, ダーリーン
　··································349
ラ・フォンテーヌ ········350
ラブチャルンサプ, ラタ
　ウット ·······················350
ラブレース, マリーン ···350
ラボトー, エミリー ······350
ラーマン, ロリー・S. ····350
ラム, チャールズ ·········350
ラムジー, D.レイ ·········350
ラムレイ, ブライアン ···350

ラモス＝ペレア, ロベル
　ト ·····························350
ラモン・フェルナンデ
　ス, ホセ ····················350
藍霄 ···························350
ランガン, ルース ·········351
ランキン, イアン ·········351
ラング, アンドルー ······351
ラング, リチャード ······351
ラングフォード, デイ
　ヴィッド ···················351
ランコウ, パヴォル ······351
ランジュラン, ジョル
　ジュ ··························351
ランズデール, ジョー・
　R. ·····························351
ランディージ, ロバー
　ト・J. ·······················352
ランディス, ジェフ
　リー・A. ···················352
ランド, トリシア ·········352
ランド, ハンス ············352
ランドルフィ, トンマー
　ゾ ·····························352
ランピット, ダイナ ······352
ランボー, アルチュール
　··································352

【リ】

李昂 ⇒ 李昂(リ・コウ)を
　見よ
リー, アンドレア ·········352
リー, イーユン ············352
リー, ヴァーノン ·········352
リー, ウィリアム・M. ····352
李鋭 ···························353
李永松 ·······················353
李永平 ·······················353
リー, エドワード ·········353
李海朝 ⇒ 李海朝(イ・ヘ
　ジョ)を見よ
李箕永 ⇒ 李箕永(イ・ギヨ
　ン)を見よ
李喬 ···························353

李 鈺 ⇒ 李鈺（イ・オク）を見よ
李 垠 ⇒ 李垠（イ・ウン）を見よ
李 景亮 ·················353
李 元 ···················354
李 玫 ···················354
李 昂 ···················354
李 浩 ···················354
李 公佐 ·················354
李 孝石 ⇒ 李孝石（イ・ヒョソク）を見よ
李 修文 ·················354
李 壬癸 ·················354
李 相和 ⇒ 李相和（イ・サンファ）を見よ
リー, タニス ············354
李 喬 ⇒ 李喬（り・きょう）を見よ
李 朝威 ·················354
リー, テンポ ············355
リー, ナム ··············355
李 復言 ·················355
李 文烈 ⇒ 李文烈（イ・ムニョル）を見よ
李 北鳴 ⇒ 李北鳴（イ・ブクミョン）を見よ
リー, マンフレッド・B. ⇒ クイーン, エラリー を見よ
リー, ミランダ ··········355
リー, メアリ・スーン ····355
李 庸岳 ⇒ 李庸岳（イ・ヨンアク）を見よ
リー, ヨナス ············355
李 陸史 ⇒ 李陸史（イ・ユクサ）を見よ
李 鋭 ⇒ 李鋭（り・えい）を見よ
李, レベッカ ············355
李 六乙 ·················355
リア, ノーマン ··········355
リア, ベン ··············356
リアムエーン ···········356
リーイ, ジョン・マーティン
リヴァー, マイケル ······356

リヴィタン, モーティマー
 ·······················356
リエル, デュ ············356
リオ, ミシェル ··········356
リカラッ・アウー ········356
陸 昊 ···················357
陸 氏 ···················357
リクター, ステイシー ····357
リゲット, バイロン ······357
リゴー, ジャック ········357
リゴッティ, トマス ······357
リゴーニ・ステルン, マーリオ ···············357
リコンダ, アンドリュー
 ·······················357
リージ, ニコラ ··········357
リシュタンベルジェ, アンドレ
リース, ジーン ··········357
リチャーズ, デイヴィッド
 ·······················357
リチャードソン, ヘンリー・ヘンデル ········357
リッチ, エリザヴィエッタ
 ·······················357
リッチー, ジャック ······357
リッチ, H.トンプソン ····359
リットマン, エレン ······359
リットン, エドワード・ブルワー ⇒ ブルワー＝リットン, エドワード を見よ
リップ, J. ··············359
リップマン, ローラ ······359
リデル, シャーロット ····359
リデル, ロバート ········359
リデル夫人 ·············359
リード, キット ··········359
リード, ミシェル ········359
リード, ロバート ········359
リトク, ラール・J. ·····359
リドリー, エイブラハム
 ·······················360
リトル, ベントリー ······360
リパルダ, ホアン・マルティネス・デ ········360
リヒター, ハンス・ヴェルナー ···············360

リヒター, ハンス・ペーター ··················360
リヒター, ファルク ······360
リヒテンベルク, ゲオルク・クリストフ ······360
リープマン, ウェンディ
 ·······················360
リベッカ, スザンヌ ······360
リボイ, ライラ ··········360
リマー, クリスティン ····360
リムイ・アキ ············360
リャオ, プイティン ······360
リャブチューク, ミコラ
 ·······················360
リューイン, マイクル・Z.
 ·······················361
柳 栄 ⇒ 柳栄（ユ・ヨン）を見よ
劉 恒 ···················361
劉 義慶 ·················361
柳 基洙 ⇒ 柳基洙（ユ・キス）を見よ
劉 敬叔 ·················361
劉 慶邦 ·················361
リュウ, ケン ············361
劉 索拉 ·················361
劉 深 ···················361
劉 索拉 ⇒ 劉索拉（りゅう・さくら）を見よ
柳 致眞 ⇒ 柳致眞（ユ・チジン）を見よ
劉 慶邦 ⇒ 劉慶邦（りゅう・けいほう）を見よ
劉 亮雅 ·················361
リュウ・ソン・ミン ······361
廖 咸浩 ·················362
梁 暁声 ·················362
梁 柱東 ⇒ 梁柱東（ヤン・ジュドン）を見よ
梁 放 ···················362
廖 勇超 ·················362
リョウワーリン, ウィン
 ·······················362
リラダン ⇒ ヴィリエ・ド・リラダン, オーギュスト・ド を見よ
リーリエンクローン, デートレフ・フォン ···362

リリョ, バルドメロ……362
リール, ヴィルヘルム・ハインリヒ……362
リルケ, ライナー・マリア・K.……362
林 海音……362
林 俊明……363
林 白 ⇒ 林白(りん・はく)を見よ
林 海音 ⇒ 林海音(りん・かいおん)を見よ
林 白……363
林 和 ⇒ 林和(イム・ファ)を見よ
リンク, ケリー……363
リンゲルナッツ, ヨアヒム……363
リンスコット, ギリアン……363
リンズゴールド, ジェイ……363
リンゼイ, イヴォンヌ……363
リンタイ……363
リンチ, トマス……363
リンチェン, ビャムビン……363
リンド, エルビラ……363

【ル】

ルイシェハ, オレフ……363
ルイス, アンソニー・R.……363
ルイス, サイモン……364
ルイス, ジム……364
ルイス, パーシー・ウィンダム……364
ルイス, ピエール……364
ルーイス, D.F.……364
ルイトヘウ……364
ルイバコフ……364
盧 文麗 ⇒ 盧文麗(ろ・ぶんれい)を見よ
ルヴェル, モーリス……364
ルーカス, ジェニー……364
ルーカス, バーバラ……364

ルキアノス……364
ルキーン, E.……364
ルキーン, L.……364
ル=グウィン, アーシュラ・K.……364
ルグロ……365
ルゴーネス, レオポルド……365
ルサレータ, ピラール・デ……366
ルーサン……366
ルシュディ, サルマン ⇒ ラシュディ, サルマンを見よ
魯迅 ⇒ 魯迅(ろじん)を見よ
ルース, ゲイリー・アラン……366
ルスティク, アルノシト……366
ルーセル, レイモン……366
ルナール, ジュール……366
ルニャール, ジャン=フランソワ……366
ルノー, メアリー……366
ルノアール, ラウル……366
ルノード, ノエル……367
ルバイン, ポール……367
ルヘイン, デニス……367
ルポフ, リチャード・A.……367
ルーリー, アリソン……367
ルーリー, ベン……367
ルルー, ガストン……367
ルルフォ, ファン……367

【レ】

黎 紫書……368
レイ, ジャン……368
レイヴァー, ジェイムズ……368
冷血……368
レイシー, エド……368
レイニー, スティーヴン・M.……368
レイノヴァ, ヴァニヤ……368

レイモン, リチャード……368
レイモンド, デレク……368
レイン, ジョエル……369
レヴィ=クワンツ, ステファン……369
レヴィーン, ステイシー……369
レヴィンスン, ロバート・S.……369
レオ, エニッド・デ……369
レオニ, レオ……369
レオーネ, ダン……369
レオポルド, トム……369
レオン・ユット・モイ……369
レグラ, カトリン……369
レシミャン, ボレスワフ……369
レスクワ, ジョン……369
レスコ, ダヴィッド……369
レスコフ, ニコライ・セミョーノヴィチ……369
レズニック, マイク……369
レズニック, ローラ……370
レセム, ジョナサン……370
レッサー, ウェンディ……370
列子……370
レッシング, ドリス……370
レッタウ, ラインハルト……370
レット, キャシー……370
レッドフォード, ジョン……370
レッドベター, スーザン……370
レティフ・ド・ラ・ブルトンヌ, ニコラ・エドム……370
レディング, サンドラ……370
レドモンド, クリストファー……370
レトワール, クロード・ド……370
レナード, エルモア……370
レナルズ, アレステア……371
レナルズ, マック……371
レニエ, アンリ・ド……371
レノックス, マリオン……371

レノン, ジョン............371
レ・ファニュ, シェリダン............371
レフコート, ピーター......371
レフラー, シェリル・L...371
レプリャーヌ, リビウ......371
レヘイン, デニス............371
レーマン, ルート............371
レミゾフ, アレクセイ......371
レ・ミン・クエ............371
レム, スタニスワフ........371
レーラー, クラウス........371
レルネット=ホレーニア, アレクサンダー......372
レルミット, トリスタン............372
レールモントフ............372
レレンバーグ, ジョン・L.............372
レーン, アンドリュー......372
レーン, ダグラス・J......372
任 徳耀............372
レンツ, ジークフリート............372
レンデル, ルース........372

【ロ】

魯 敏............372
盧 文麗............372
魯 羊............372
ローアー, デーア........373
ロア・バストス, アウグスト............373
阮 慶岳 ⇒ 阮慶岳(げん・けいがく)を見よ
ロイテンエッガー, ゲルトルート............373
ロイド, デニス............373
ロイル, ニコラス............373
ロウ, ジャニス............373
ローウェンタール, マイケル............373
ロウグレン, カーン......373
老子............373

ロウンデズ, ロバート・W.............373
ロクティ, ディック........373
ロゲ・リボク............373
ローザイ, ペーター........373
ローザン, S.J.............373
ロジャーズ, ジョエル・タウンズリー............374
魯迅............374
ローズ, エミリー............374
ロス, ジョアン............374
ローズ, ダン............374
ロス, マリリン............375
ロス, リリアン............375
ローズ, ロイド............375
ローズ, M.J.............375
ロズノー, ウェンディ......375
ロスマン, エレーン......375
ロースン, クレイトン......375
ロセッティ, クリスティナ............376
ロセッティ, ダンテ・ゲイブリエル............376
ローゼンドルファー, ヘルベルト............376
ロックリー, スティーヴ............376
ロッゲム, マヌエル・ヴァン............376
ロット, ブレット............376
ローデン, バーバラ......376
ローデンバック, ジョルジュ............376
ロード, オードリー........376
ロード, ジョナサン......376
ロード, ジョン............376
ロート, ヨーゼフ............376
ロート=アヴィレス, ネーナ............376
ロートマン, ラルフ......376
ロトルー, ジャン............376
ロートレアモン............376
ロード・ワトスン......377
ロハス, マヌエル............377
ロバーツ, キース............377
ロバーツ, ギリアン......377

ロバーツ, ネイサン........377
ロバーツ, ノーラ............377
ロバーツ, バリー............377
ロバーツ, ミシェル........377
ロバーツ, モーリー........377
ロバーツ, ラルフ............377
ロバーツ, レス............377
ロバーツ, S.C.............377
ロビンズ, グレンヴィル............377
ロビンソン, ピーター......377
ロビンソン, フランク・M.............377
ロビンスン, ロクサーナ............378
ロビンソン, ルイス........378
ロブサンツェレン, ペレンレイン............378
ロペイト, フィリップ......378
ロペス・ポルティーリョ・イ・ロハス, ホセ............378
ローベル, アーノルド......378
ローマー, サックス........378
ロマーノフ, パンテレイモン............378
ローマン, アイザック......378
ロモンド............378
ローラー, パトリック......378
ロラック, E.C.R.............378
ロラン, オリヴィエ........378
ロラン, ジャン............378
ロラン, ロマン............378
ローリーニ, ミリアム......379
ロリンズ, ジェームズ......379
ロールズ, エリザベス......379
ロールストン, W.R.S.......379
ロルド, アンドレ・ド......379
ローレンス, アンドレア............379
ローレンス, キム............379
ローレンス, ステファニー............379
ロレンス, D.H.............379
ローレンス, K.M.............379
ローレンツ, アーサー......379

ロロフソン, クリスティン ································· 379
ローワン, ヴィクター ····· 380
ローン, ランディ ··········· 380
ロング, ダグ ················· 380
ロング, フランク・ベルナップ ····················· 380
ロングフェロー, ヘンリー・ワズワース ······ 380
ローンズ, R.A.W. ··········· 380
ロンドン, ケイト ··········· 380
ロンドン, ジャック ········ 380
ロンム ························ 381

【ワ】

ワイナー, スティーヴ ····· 381
ワイルド, オスカー ········ 381
ワイルド, キャサリン ····· 381
ワイルド, パーシヴァル ································· 382
ワインバーグ, ロバート ································· 382
若者 ···························· 382
ワグナー, カール・エドワード ····················· 382
ワーグナー, リヒャルト ································· 382
ワグネル ······················ 382
ワグネル, ニコライ・ペトローヴィチ ··········· 382
ワシレンコ, スヴェトラーナ ······················· 382
ワーズワース, ウィリアム ··························· 382
ワダム, J. ····················· 383
ワット＝エヴァンズ, ローレンス ················· 383
ワーテンベイカー, ティンバーレイク ··········· 383
ワトキンス, モーリーン・ダラス ················· 383
ワトスン ······················ 383
ワトスン, イアン ··········· 383
ワトソン, ジョン・H. ···· 383
ワトソン, ブラッド ········ 383

ワーナー, F.T.C. ············ 383
ワーネス, M.S. ·············· 383
ワリス・ノカン ············· 383
王 安憶 ⇒ 王安憶（おう・あんおく）を見よ
王 小波 ⇒ 王小波（おう・しょうは）を見よ
王 禎和 ⇒ 王禎和（おう・ていわ）を見よ
王 拓 ⇒ 王拓（おう・たく）を見よ
ワンドレイ, D. ············· 385

【ン】

ンディアイ, マリー ········ 385
ンデベレ, ジャブロ・S. ·· 385

【ア】

阿来　あ・らい（1959〜　中国）
空山―風と火のチベット
◇山口守訳「コレクション中国同時代小説 1」勉誠出版 2012 p1

アイアランド, I.A.
球形の未来
◇内田吉彦訳「アンデスの風叢書　天国・地獄百科」書肆風の薔薇 1982 p53

アイヴァス, ミハル
もうひとつの街
◇阿部賢一訳「時間はだれも待ってくれない―21世紀東欧SF・ファンタスチカ傑作集」東京創元社 2011 p97

アイゼンライヒ, ヘルベルト　Eisenreich, Herbert（1925〜　オーストリア）
悪い美しい世界
◇中野京子訳「シリーズ現代ドイツ文学 4」早稲田大学出版部 1993 p128

アイソポス
⇒イソップ を見よ

アイヒェンドルフ, ヨーゼフ・フォン
大理石像
◇小泉文子編訳「ドイツ幻想小説傑作選―ロマン派の森から」筑摩書房 2010（ちくま文庫）p121

アイリッシュ, ウィリアム　Irish, William（1903〜1968　アメリカ）
高架殺人
◇村上博基訳「有栖川有栖の鉄道ミステリ・ライブラリー」角川書店 2004（角川文庫）p95
爪
◇阿部主計訳「恐ろしい話」筑摩書房 2011（ちくま文学の森）p59

アーヴィング, ワシントン　Irving, Washington（1783〜1859　アメリカ）
アラビア人占星術師のはなし
◇江間章子訳「とっておきの話」筑摩書房 2011（ちくま文学の森）p137
首吊り島から来た客
◇田口俊樹訳「ディナーで殺人を　上」東京創元社 1998（創元推理文庫）p319
村の誇り
◇馬上紗矢香訳「病短編小説集」平凡社 2016（平凡社ライブラリー）p11
幽霊花婿
◇吉田甲子太郎訳「百年文庫 71」ポプラ社 2011 p61
リップ・ヴァン・ウィンクル
◇斎藤光訳「怠けものの話」筑摩書房 2011（ちくま文学の森）p117

アウヴィニ・カドリスガン
⇒アオヴィニ・カドゥスガヌ を見よ

アヴェルチェンコ
黄金時代
◇中村栄子訳「雑話集―ロシア短編集 3」ロシア文学翻訳グループクーチカ 2014 p18

アウグスティヌス　Augustinus, Aurelius（354〜430　ローマ）
地獄と永遠の罰の性質について
◇斎藤博士訳「アンデスの風叢書　天国・地獄百科」書肆風の薔薇 1982 p151
正確なる位置
◇斎藤博士訳「アンデスの風叢書　天国・地獄百科」書肆風の薔薇 1982 p109

アウンチェイン
木曜ごとに
◇南田みどり編訳「二十一世紀ミャンマー作品集」大同生命国際文化基金 2015（アジアの現代文芸）p117

アオヴィニ・カドゥスガヌ（1945〜　台湾）
雲豹の伝人〈ルカイ〉
◇柳本通彦訳「台湾原住民文学選 4」草風館 2004 p104
親愛なる日本の読者の友へ
◇下村作次郎訳「台湾原住民文学選 7」草風館 2009 p4
野のユリの歌
◇下村作次郎訳「台湾原住民文学選 7」草風館 2009 p105

アーガーイー, ファルホンデ
小さな秘密
◇藤元優子訳「天空の家―イラン女性作家選」段々社 2014（現代アジアの女性作家秀作シリーズ）p91

アクーニン
東と西
◇木村恭子訳「雑話集―ロシア短編集 3」ロシア文学翻訳グループクーチカ 2014 p70

アーサー, ロバート　Arthur, Robert（1909～1969　アメリカ）
ガラスの橋
◇田中潤司訳「北村薫の本格ミステリ・ライブラリー」角川書店 2001（角川文庫）p105
◇上野元美訳「密室殺人コレクション」原書房 2001 p223

51番目の密室
◇宇野利泰訳「51番目の密室―世界短篇傑作集」早川書房 2010（Hayakawa pocket mystery books）p165

五十一番目の密室
◇宇野利泰訳「有栖川有栖の本格ミステリ・ライブラリー」角川書店 2001（角川文庫）p123

たったひとりの目撃者
◇林充美訳「ブルー・ボウ・シリーズ 殺人コレクション」青弓社 1992 p65

マニング氏の金のなる木
◇秋津知子訳「ミステリマガジン700―創刊700号記念アンソロジー 海外篇」早川書房 2014（ハヤカワ・ミステリ文庫）p109

アザマ, ミシェル　Azama, Michel（1947～　フランス）
隔室
◇佐藤康訳「海外戯曲アンソロジー―海外現代戯曲翻訳集〈国際演劇交流セミナー記録〉3」日本演出者協会 2009 p157

十字軍
◇佐藤康訳「コレクション現代フランス語圏演劇 5」れんが書房新社 2010 p7

夜の動物園
◇佐藤康訳「コレクション現代フランス語圏演劇 5」れんが書房新社 2010 p113

アシモフ, アイザック　Asimov, Isaac（1920～1992　アメリカ）
うそつき
◇小尾芙佐訳「ロボット・オペラ―An Anthology of Robot Fiction and Robot Culture」光文社 2004 p122

かわいい子猫ちゃん
◇田中一江訳「不思議な猫たち」扶桑社 1999（扶桑社ミステリー）p101

真鍮色の密室
◇島田三蔵訳「山口雅也の本格ミステリ・アンソロジー」角川書店 2007（角川文庫）p415

信念
◇伊藤典夫編・訳「冷たい方程式」早川書房 2011（ハヤカワ文庫 SF）p85

ちょっとしたこと
◇山本俊子訳「ミニ・ミステリ100」早川書房 2005（ハヤカワ・ミステリ文庫）p17

不滅の詩人
◇伊藤典夫訳「30の神品―ショートショート傑作選」扶桑社 2016（扶桑社文庫）p273

AL76号失踪す
◇小尾芙佐訳「20世紀SF 1」河出書房新社 2000（河出文庫）p75

アシュウィン, ケリー
ふつうでないこと
◇加賀山卓朗訳「18の罪―現代ミステリ傑作選」ヴィレッジブックス 2012（ヴィレッジブックス）p221

アシュケナージ, ルドヴィーク
子供のエチュード
◇保川亜矢子訳「ポケットのなかの東欧文学―ルネッサンスから現代まで」成文社 2006 p228

アシン・パラシオス, M.　Asín Palacios, Miguel（1871～1944　スペイン）
ルビーの線
◇内田吉彦訳「アンデスの風叢書 天国・地獄百科」書肆風の薔薇 1982 p52

アズウェル, ジェラルド
蠅
◇白須清美訳「ミステリ・リーグ傑選 上」論創社 2007（論創海外ミステリ）p254

アスキス, シンシア
追われる女
◇西崎憲訳「淑やかな悪夢―英米女流怪談集」東京創元社 2000 p5

角店
◇平井呈一編「壁画の中の顔―こわい話気味のわるい話 3」沖積舎 2012 p107

アースキン, バーバラ　Erskine, Barbara（1671～1692　イギリス）
おもちゃの兵隊さん
◇沢木あさみ訳「ティータイム・ストーリーズ 微笑みを忘れずに」花風社 1999 p27

キャベツのアラカルト

◇沢木あさみ訳「ティータイム・ストーリーズ 微笑みを忘れずに」花風社 1999 p69
子どもじゃあるまいし
　◇沢木あさみ訳「ティータイム・ストーリーズ 微笑みを忘れずに」花風社 1999 p125
幸せの予感
　◇沢木あさみ訳「ティータイム・ストーリーズ 微笑みを忘れずに」花風社 1999 p143
デスティニー
　◇沢木あさみ訳「ティータイム・ストーリーズ 微笑みを忘れずに」花風社 1999 p55
時のない館
　◇沢木あさみ訳「ティータイム・ストーリーズ 微笑みを忘れずに」花風社 1999 p87
微笑みを忘れずに
　◇沢木あさみ訳「ティータイム・ストーリーズ 微笑みを忘れずに」花風社 1999 p7

アストゥリアス, ミゲル・アンヘル Asturias, Miguel Àngel（1899～1974　グアテマラ）
グアテマラ伝説集
　◇牛島信明訳「ラテンアメリカ五人集」集英社 2011（集英社文庫）p187

アスリノー, シャルル Asselineau, Charles（1820～1874　フランス）
愛書家地獄
　◇生田耕作訳「愛書狂」平凡社 2014（平凡社ライブラリー）p83

アセベド・デ・サルドゥンビデ, リタ
私の天職
　◇斎藤博士訳「アンデスの風叢書 天国・地獄百科」書肆風の薔薇 1982 p161

アタウ・バラフ（台湾）
パンノキ〈アミ〉
　◇柳本通彦訳「台湾原住民文学選 4」草風館 2004 p20

アタナジオ, A.A. Attanasio, Alfred Angero（アメリカ）
不知火
　◇堀内静子訳「新編 真ク・リトル・リトル神話大系 6」国書刊行会 2009 p69

アダムズ, アリス
猫が消えた
　◇岸本佐和子訳「猫好きに捧げるショート・ストーリーズ」国書刊行会 1997 p73

アダムズ, キャロル
約束
　◇浅倉久志選訳「極短小説」新潮社 2004（新潮文庫）p273

アダムズ, ブロック
大胆不敵
　◇竹内要江訳「ベスト・アメリカン・短編ミステリ 2012」DHC 2012 p17

アダムズ, S.H. Adams, Samuel Hopkins（1871～1958　アメリカ）
テーブルを前にした死骸
　◇宇野利泰訳「怪奇小説傑作集新版 2」東京創元社 2006（創元推理文庫）p243
飛んできた死―三つの文書と一本の電報による物語
　◇白須清美訳「密室殺人コレクション」原書房 2001 p267

アーチャー, ジェフリー
高速道路で絶対に停車するな
　◇野村芳夫訳「死のドライブ」文藝春秋 2001（文春文庫）p209

アッカー, キャシー Acker, Kathy（1948～ アメリカ）
ドン・キホーテ―それは夢だった
　◇渡辺佐智江訳「ライターズX ドン・キホーテ」白水社 1994 p1

アッシリ・タマチョート
過去は過去
　◇吉岡みね子編訳「タイの大地の上で―現代作家・詩人選集」大同生命国際文化基金 1999（アジアの現代文芸）p157
始発バス
　◇吉岡みね子編訳「タイの大地の上で―現代作家・詩人選集」大同生命国際文化基金 1999（アジアの現代文芸）p173

アッタール Attār（1142頃～1220　ペルシア）
ある聖女の祈り
　◇牛島信明訳「アンデスの風叢書 天国・地獄百科」書肆風の薔薇 1982 p11

アップダイク, ジョン Updike, John（1932～2009　アメリカ）
ある「ハンセン病患者」の日記から
　◇土屋陽子訳「病短編小説集」平凡社 2016（平凡社ライブラリー）p281
ベック・ノワール

アテア

◇井伊順彦訳「アメリカミステリ傑作選 2001」DHC 2001（アメリカ文芸「年間」傑作選）p543

満杯
◇森慎一郎訳「ベスト・ストーリーズ 3」早川書房 2016 p247

アデア, チェリー
悪魔とダンスを
◇美琴あまね訳「マイ・バレンタイン―愛の贈りもの 2008」ハーレクイン 2008 p5

アーディ, チャールズ
⇒アルダイ, チャールズ を見よ

アディーチェ, チママンダ・ンゴズィ
Adichie, Chimamanda Ngozi（1970〜　ナイジェリア）

新しい夫
◇くぼたのぞみ訳「Modern & Classic アメリカにいる、きみ」河出書房新社 2007 p143

アメリカ大使館
◇くぼたのぞみ訳「Modern & Classic アメリカにいる、きみ」河出書房新社 2007 p23

アメリカにいる、きみ
◇くぼたのぞみ訳「Modern & Classic アメリカにいる、きみ」河出書房新社 2007 p5

イミテーション
◇くぼたのぞみ訳「Modern & Classic アメリカにいる、きみ」河出書房新社 2007 p169

ここでは女の人がバスを運転する
◇くぼたのぞみ訳「Modern & Classic アメリカにいる、きみ」河出書房新社 2007 p197

ゴースト
◇くぼたのぞみ訳「Modern & Classic アメリカにいる、きみ」河出書房新社 2007 p119

スカーフ―ひそかな経験
◇くぼたのぞみ訳「Modern & Classic アメリカにいる、きみ」河出書房新社 2007 p69

半分のぼった黄色い太陽
◇くぼたのぞみ訳「Modern & Classic アメリカにいる、きみ」河出書房新社 2007 p89

ママ・ンクウの神さま
◇くぼたのぞみ訳「Modern & Classic アメリカにいる、きみ」河出書房新社 2007 p211

見知らぬ人の深い悲しみ
◇くぼたのぞみ訳「Modern & Classic アメリカにいる、きみ」河出書房新社 2007 p41

アトウェル, メアリー・スチュアート
青い夜、クローバーレイクで
◇小田原智美訳「アメリカ新進作家傑作選 2004」DHC 2005 p255

アトゥルガン, ユスフ
家にあるもの
◇加藤江美訳「現代トルコ文学選 2」東京外国語大学外国語学部トルコ語専攻研究室 2012（TUFS Middle Eastern studies）p239

アナダナ, エンリケ・S.
タイムアップ
◇浅倉久志選訳「極短小説」新潮社 2004（新潮文庫）p340

アナーヤ, ルドルフォ　Anaya, Rudolfo（1937〜　アメリカ）
トルトゥーガ
◇管啓次郎訳「新しい〈世界文学〉シリーズ トルトゥーガ」平凡社 1997 p1

安妮 宝貝　アニー・ベイビー
五つの小品―随筆
◇桑島道夫訳「現代中国青年作家秀作選」鼎書房 2010 p189

アノーダル, サンジャースレンギーン
すべて
◇柴内秀司訳「モンゴル近現代短編小説選」パブリック・ブレイン 2013 p494

アーノルド, ジュディス
お金持ちと恋するには
◇上木治子訳「真夏の恋の物語」ハーレクイン 1998（サマー・シズラー）p15

ともしびは永遠に
◇光崎杏訳「天使が微笑んだら―クリスマス・ストーリー2008」ハーレクイン 2008 p305

アーノルド, マーク
映魔の殿堂
◇夏来健次訳「シルヴァー・スクリーム 下」東京創元社 2013（創元推理文庫）p299

アハターンブッシュ, ヘルベルト
Achternbusch, Herbert（1938〜　ドイツ）
長靴と靴下
◇高橋文子訳「ドイツ現代戯曲選30 20」論創社 2006 p7

アビヨン（1983〜　台湾）
回遊〈タロコ〉

◇魚住悦子訳「台湾原住民文学選 6」草風館 2008 p368

アフォード, マックス　Afford, Max（1906〜1954）
消失の密室
　◇横山啓明訳「密室殺人コレクション」原書房 2001 p155
謎の毒殺
　◇森英俊訳「これが密室だ！」新樹社 1997 p319
魔法人形
　◇霜島義明訳「世界探偵小説全集 45」国書刊行会 2003 p9

アブリク, レオン
未亡人（エロ, ウジェーヌ）
　◇真野倫平訳「グラン＝ギニョル傑作選—ベル・エポックの恐怖演劇」水声社 2010 p109

アベイトゥア, マシュー・デ
中間地帯
　◇渡辺佐智江訳「ディスコ・ビスケッツ」早川書房 1998 p273

アペリ, ヤン　Apperry, Yann
ファラゴ
　◇大浦康介訳「Modern & Classic ファラゴ」河出書房新社 2008 p1

アペル, ベンジャミン
ソーセージ売り殺し
　◇渋谷正子訳「巨匠の選択」早川書房 2001 （ハヤカワ・ミステリ）p311

アボット, ジェフ
赤に賭けろ
　◇上條ひろみ訳「ベスト・アメリカン・ミステリ スネーク・アイズ」早川書房 2005 （ハヤカワ・ミステリ）p15
カルマはドグマを撃つ
　◇佐藤耕士訳「殺しのグレイテスト・ヒッツ」早川書房 2007 （ハヤカワ・ミステリ文庫）p287
ちょっとした修理
　◇佐藤耕士訳「殺しが二人を別つまで」早川書房 2007 （ハヤカワ・ミステリ文庫）p345

アボット, パトリシア
救い
　◇濱野大道訳「18の罪—現代ミステリ傑作選」ヴィレッジブックス 2012 （ヴィレッジブックス）p171

アポリネール, ギヨーム　Apollinaire, Guillaume（1880〜1918　フランス）
青い眼
　◇日仏言語文化協会「エチュード月曜クラス」訳「掌中のエスプリ—フランス文学短篇名作集」弘学社 2013 p7
アムステルダムの水夫
　◇堀口大學訳「思いがけない話」筑摩書房 2010 （ちくま文学の森）p255
オノレ・シュブラックの失踪
　◇川口篤訳「変身のロマン」学習研究社 2003 （学研M文庫）p233
　◇川口篤訳「変身ものがたり」筑摩書房 2010 （ちくま文学の森）p23
オノレ・シュブラックの消滅
　◇青柳瑞穂訳「怪奇小説傑作集新版 4」東京創元社 2006 （創元推理文庫）p423
ギヨーム・アポリネール
　◇窪田般弥訳「黒いユーモア選集 2」河出書房新社 2007 （河出文庫）p127
混成賭博クラブでのめぐり会い—シャペーロン博士に
　◇窪田般弥訳「賭けと人生」筑摩書房 2011 （ちくま文学の森）p111
死後の婚約者
　◇日仏言語文化協会「エチュード月曜クラス」訳「掌中のエスプリ—フランス文学短篇名作集」弘学社 2013 p15
詩人のナプキン
　◇堀口大學訳「恐ろしい話」筑摩書房 2011 （ちくま文学の森）p11
月の王
　◇窪田般弥訳「幻想小説神髄」筑摩書房 2012 （ちくま文庫）p459
ミラボー橋
　◇堀口大學訳「とっておきの話」筑摩書房 2011 （ちくま文学の森）p8

アマンスハウザー, マルティン　Amanshauser, Martin（1968〜　オーストリア）
病んだハイエナの胃のなかで
　◇須藤正美訳「現代ウィーン・ミステリー・シリーズ 8」水声社 2002 p9

アミーア, アネット
あの世の仲人
　◇浅倉久志選訳「極短小説」新潮社 2004 （新潮文庫）p79

アミエル, フレデリック
アミエルの日記（抄）
◇「童貞小説集」筑摩書房 2007（ちくま文庫）p199

アームストロング, シャーロット　Armstrong, Charlotte（1905〜1969　アメリカ）
アリバイさがし
◇宇野輝雄訳「ミステリマガジン700―創刊700号記念アンソロジー 海外篇」早川書房 2014（ハヤカワ・ミステリ文庫）p35

魔女の館
◇近藤麻里子訳「シリーズ百年の物語 6」トパーズプレス 1996 p3

アームストロング, マーティン
ミセス・ヴォードレーの旅行
◇西崎憲編訳「短篇小説日和―英国異色傑作選」筑摩書房 2013（ちくま文庫）p23

メアリー・アンセル
◇吉村満美子訳「怪奇礼讃」東京創元社 2004（創元推理文庫）p107

アームストロング, リンゼイ
聖夜の晩餐
◇千秋葉子訳「四つの愛の物語―クリスマス・ストーリー '99」ハーレクイン 1999 p227

アーモンド, スティーヴ
邪悪なB.B.チャウ
◇小原亜美訳「ゾエトロープ Blanc」角川書店 2003（Bookplus）p41

アヨルザナ, グンアージャビン
時の形容詞
◇柴内秀司訳「モンゴル近現代短編小説選」パブリック・ブレイン 2013 p451

猫人種の影
◇柴内秀司訳「モンゴル近現代短編小説選」パブリック・ブレイン 2013 p456

アラゴン, ルイ　Aragon, Louis（1897〜1982　フランス）
ある晩、鏡付きの衣裳箪笥が……
◇小笠原豊樹訳「盲目の女神―20世紀欧米戯曲拾遺」みすず書房 2011 p391

バーゼルの鐘
◇稲田三吉訳「20世紀民衆の世界文学 3」三友社出版 1987 p1

アラストゥーイー, シーヴァー
アトラス
◇藤元優子編訳「天空の家―イラン女性作家選」段々社 2014（現代アジアの女性作家秀作シリーズ）p197

アラバール, フェルナンド　Arrabal, Fernando（1932〜　スペイン）
愛の手紙―中国風殉教
◇田尻陽一訳「現代スペイン演劇選集 2」カモミール社 2015 p5

アラル, インジ
私の魂にキスを
◇内山直子訳「現代トルコ文学選 2」東京外国語大学外国語学部トルコ語専攻研究室 2012（TUFS Middle Eastern studies）p26

アラルコン, ペドロ・アントニオ・デ　Alarcón y Ariza, Pedro Antonio de（1833〜1891　スペイン）
死神の友達―幻想物語
◇桑名一博訳「バベルの図書館 28」国書刊行会 1991 p15
◇桑名一博訳「新編 バベルの図書館 5」国書刊行会 2013 p435

背の高い女
◇堀内研二訳「怪奇小説精華」筑摩書房 2012（ちくま文庫）p376

背の高い女―怪談
◇桑名一博, 菅愛子訳「バベルの図書館 28」国書刊行会 1991 p149
◇桑名一博, 菅愛子訳「新編 バベルの図書館 5」国書刊行会 2013 p527

割符帳
◇会田由訳「百年文庫 93」ポプラ社 2011 p57

アラン, マージャリー
エリナーの肖像
◇井上勇訳「謎のギャラリー―謎の部屋」新潮社 2002（新潮文庫）p331
◇井上勇訳「謎の部屋」筑摩書房 2012（ちくま文庫）p331

アラン, A.J.
髪
◇吉村満美子訳「怪奇礼讃」東京創元社 2004（創元推理文庫）p229

ジャーミン街奇譚
◇平井呈一編「壁画の中の顔―こわい話気味のわるい話 3」沖積舎 2012 p261

アリ, ラフミ　（トルコ）
アイとギュネシュ

◇脇西琢己訳「現代トルコ文学選 2」東京外国語大学外国語学部トルコ語専攻研究室 2012（TUFS Middle Eastern studies）p209

スズカケノキの悲しみ
　◇脇西琢己訳「現代トルコ文学選 2」東京外国語大学外国語学部トルコ語専攻研究室 2012（TUFS Middle Eastern studies）p213

動物のいない国
　◇脇西琢己訳「現代トルコ文学選 2」東京外国語大学外国語学部トルコ語専攻研究室 2012（TUFS Middle Eastern studies）p214

勇敢な漁師と9人の盗賊
　◇脇西琢己訳「現代トルコ文学選 2」東京外国語大学外国語学部トルコ語専攻研究室 2012（TUFS Middle Eastern studies）p217

アリストパネース　Aristophanes（前445頃～前385頃　ギリシア）

『アイオロシコーン』第一、第二
　◇久保田忠利, 野津寛, 脇本由佳訳「ギリシア喜劇全集 4」岩波書店 2009 p244

アカルナイの人々
　◇野津寛訳「ギリシア喜劇全集 1」岩波書店 2008 p1

『アナギュロス』
　◇久保田忠利, 野津寛, 脇本由佳訳「ギリシア喜劇全集 4」岩波書店 2009 p255

アリストパネース断片
　◇久保田忠利, 野津寛, 脇本由佳訳「ギリシア喜劇全集 4」岩波書店 2009 p191

『アンピアラーオス』
　◇久保田忠利, 野津寛, 脇本由佳訳「ギリシア喜劇全集 4」岩波書店 2009 p249

『オドマ］ントプレス［ベイス（？）』
　◇久保田忠利, 野津寛, 脇本由佳訳「ギリシア喜劇全集 4」岩波書店 2009 p336

女の議会
　◇西村賀子訳「ギリシア喜劇全集 4」岩波書店 2009 p1

女の平和
　◇戸部順一訳「ベスト・プレイズ―西洋古典戯曲12選」論創社 2011 p43

蛙（かわず）
　◇内田次信訳「ギリシア喜劇全集 3」岩波書店 2009 p199

騎士
　◇平田松吾訳「ギリシア喜劇全集 1」岩波書店 2008 p105

雲
　◇橋本隆夫訳「ギリシア喜劇全集 1」岩波書店 2008 p209

『雲』第一
　◇久保田忠利, 野津寛, 脇本由佳訳「ギリシア喜劇全集 4」岩波書店 2009 p332

『ゲオールゴイ（農夫たち）』
　◇久保田忠利, 野津寛, 脇本由佳訳「ギリシア喜劇全集 4」岩波書店 2009 p267

『ゲーラス（老い）』
　◇久保田忠利, 野津寛, 脇本由佳訳「ギリシア喜劇全集 4」岩波書店 2009 p272

『ゲーリュタデース』
　◇久保田忠利, 野津寛, 脇本由佳訳「ギリシア喜劇全集 4」岩波書店 2009 p278

『コーカロス』
　◇久保田忠利, 野津寛, 脇本由佳訳「ギリシア喜劇全集 4」岩波書店 2009 p324

作品名不詳断片
　◇久保田忠利, 野津寛, 脇本由佳訳「ギリシア喜劇全集 4」岩波書店 2009 p374

証言
　◇久保田忠利, 野津寛, 脇本由佳訳「ギリシア喜劇全集 4」岩波書店 2009 p195

『スケーナース・カタランバヌーサイ（テントを占拠する女たち）』
　◇久保田忠利, 野津寛, 脇本由佳訳「ギリシア喜劇全集 4」岩波書店 2009 p351

存疑断片
　◇久保田忠利, 野津寛, 脇本由佳訳「ギリシア喜劇全集 4」岩波書店 2009 p418

『ダイタレース（宴の人々）』
　◇久保田忠利, 野津寛, 脇本由佳訳「ギリシア喜劇全集 4」岩波書店 2009 p289

『ダイダロス』
　◇久保田忠利, 野津寛, 脇本由佳訳「ギリシア喜劇全集 4」岩波書店 2009 p286

『タゲーニスタイ』
　◇久保田忠利, 野津寛, 脇本由佳訳「ギリシア喜劇全集 4」岩波書店 2009 p354

『ダナイデス（ダナオスの娘たち）』
　◇久保田忠利, 野津寛, 脇本由佳訳「ギリシア喜劇全集 4」岩波書店 2009 p301

『ディオニューソス・ナウアーゴス（難破したディオニューソス）』
　◇久保田忠利, 野津寛, 脇本由佳訳「ギリシア喜劇全集 4」岩波書店 2009 p305

アリン

テスモポリア祭を営む女たち
　◇荒井直訳「ギリシア喜劇全集 3」岩波書店 2009 p103

『テスモポリア祭を営む女たち』第二
　◇久保田忠利, 野津寛, 脇本由佳訳「ギリシア喜劇全集 4」岩波書店 2009 p317

『テレメーッセース（テレメーッソス人たち）』
　◇久保田忠利, 野津寛, 脇本由佳訳「ギリシア喜劇全集 4」岩波書店 2009 p362

『ドラーマタ（劇作品）』
　◇久保田忠利, 野津寛, 脇本由佳訳「ギリシア喜劇全集 4」岩波書店 2009 p310

『ドラーマタ（劇作品）』第一、第二
　◇久保田忠利, 野津寛, 脇本由佳訳「ギリシア喜劇全集 4」岩波書店 2009 p306

『ドラーマタ（劇作品）』第一または『ケンタウルス』
　◇久保田忠利, 野津寛, 脇本由佳訳「ギリシア喜劇全集 4」岩波書店 2009 p306

『ドラーマタ（劇作品）』第二または『（羊毛を運ぶ）ニオボス』
　◇久保田忠利, 野津寛, 脇本由佳訳「ギリシア喜劇全集 4」岩波書店 2009 p308

鳥
　◇久保田忠利訳「ギリシア喜劇全集 2」岩波書店 2008 p205

『トリパレース』
　◇久保田忠利, 野津寛, 脇本由佳訳「ギリシア喜劇全集 4」岩波書店 2009 p365

『ネーソイ（島々）』
　◇久保田忠利, 野津寛, 脇本由佳訳「ギリシア喜劇全集 4」岩波書店 2009 p333

蜂
　◇中務哲郎訳「ギリシア喜劇全集 2」岩波書店 2008 p1

『バビュローニオイ（バビュローニア人）』
　◇久保田忠利, 野津寛, 脇本由佳訳「ギリシア喜劇全集 4」岩波書店 2009 p260

プルートス
　◇安村典子訳「ギリシア喜劇全集 4」岩波書店 2009 p91

『プルートス』第一
　◇久保田忠利, 野津寛, 脇本由佳訳「ギリシア喜劇全集 4」岩波書店 2009 p345

『プロアゴーン（前披露）』
　◇久保田忠利, 野津寛, 脇本由佳訳「ギリシア喜劇全集 4」岩波書店 2009 p348

平和
　◇佐野好則訳「ギリシア喜劇全集 2」岩波書店 2008 p107

『平和』第二
　◇久保田忠利, 野津寛, 脇本由佳訳「ギリシア喜劇全集 4」岩波書店 2009 p311

『ペラルゴイ（シュバシコウ）』
　◇久保田忠利, 野津寛, 脇本由佳訳「ギリシア喜劇全集 4」岩波書店 2009 p341

『ヘーローエス（英雄たち）』
　◇久保田忠利, 野津寛, 脇本由佳訳「ギリシア喜劇全集 4」岩波書店 2009 p313

『ポイエーシス（詩作）』
　◇久保田忠利, 野津寛, 脇本由佳訳「ギリシア喜劇全集 4」岩波書店 2009 p346

『ポイニッサイ（フェニキアの女たち）』
　◇久保田忠利, 野津寛, 脇本由佳訳「ギリシア喜劇全集 4」岩波書店 2009 p368

『ホーライ（四季）』
　◇久保田忠利, 野津寛, 脇本由佳訳「ギリシア喜劇全集 4」岩波書店 2009 p371

『ポリュイードス』
　◇久保田忠利, 野津寛, 脇本由佳訳「ギリシア喜劇全集 4」岩波書店 2009 p347

『ホルカデス（商船たち）』
　◇久保田忠利, 野津寛, 脇本由佳訳「ギリシア喜劇全集 4」岩波書店 2009 p337

リューシストラテー
　◇丹下和彦訳「ギリシア喜劇全集 3」岩波書店 2009 p1

『レームニアイ（レームノス島の女たち）』
　◇久保田忠利, 野津寛, 脇本由佳訳「ギリシア喜劇全集 4」岩波書店 2009 p327

アリン, ダグ　Allyn, Doug（1942～　アメリカ）

あの子は誰なの？
　◇中井京子訳「夜明けのフロスト」光文社 2005（光文社文庫）p69

イズラフェル
　◇三角和代訳「ポーに捧げる20の物語」早川書房 2009（Hayakawa pocket mystery books）p19

犬ほどにも命をなくして
　◇田口俊樹訳「18の罪―現代ミステリ傑作選」ヴィレッジブックス 2012（ヴィレッジブックス）p229

奇跡は起きる！
　◇七搦理美子訳「アメリカミステリ傑作選 2002」DHC 2002（アメリカ文芸「年間」傑作選）p19
ジュークボックス・キング
　◇古沢嘉通訳「ベスト・アメリカン・ミステリ ジュークボックス・キング」早川書房 2005（ハヤカワ・ミステリ）p19
千匹皮をフェイクで
　◇市川里恵訳「白雪姫、殺したのはあなた」原書房 1999 p99
ダンシング・ベア
　◇田口俊樹訳「エドガー賞全集—1990〜2007」早川書房 2008（ハヤカワ・ミステリ文庫）p183
ヒマラヤヤスギの野人
　◇田口俊樹訳「双生児—EQMM90年代ベスト・ミステリー」扶桑社 2000（扶桑社ミステリー）p169
フランケン・キャット
　◇山本光伸訳「子猫探偵ニックとノラー The Cat Has Nine Mysterious Tales」光文社 2004（光文社文庫）p123
ライラックの香り
　◇富永和子訳「ミステリアス・ショーケース」早川書房 2012（Hayakawa pocket mystery books）p187

アリンガム, マージェリー Allingham, Margery（1904〜1966　イギリス）
家屋敷にご用心
　◇中勢津子訳「20世紀英国モダニズム小説集成 自分の同類を愛した男」風濤社 2014 p241
屍衣の流行
　◇小林晋訳「世界探偵小説全集 40」国書刊行会 2006 p7

アリントン, エイドリアン
溺れた婦人
　◇中野善夫訳「怪奇礼讃」東京創元社 2004（創元推理文庫）p245

アルゲダス, ホセ・マリア Arguedas, José María（1911〜1969　ペルー）
ヤワル・フィエスタ（血の祭り）
　◇杉山晃訳「シリーズ【越境の文学／文学の越境】ヤワル・フィエスタ（血の祭り）」現代企画室 1998 p5

アルセーニエフ, ウラジミール
デルスー運命の射撃
　◇長谷川四郎訳「狩猟文学マスターピース」みすず書房 2011（大人の本棚）p177

アルダイ, チャールズ Ardai, Charles（1969〜　アメリカ）
銃後の守り
　◇羽地和世訳「殺しが二人を別つまで」早川書房 2007（ハヤカワ・ミステリ文庫）p51
　◇羽地和世訳「エドガー賞全集—1990〜2007」早川書房 2008（ハヤカワ・ミステリ文庫）p605
善きサマリヤ人
　◇田口俊樹, 高山真由美訳「マンハッタン物語」二見書房 2008（二見文庫）p73

アルツィバーシェフ, ミハイル Artsybashev, Mikhail Petrovich（1878〜1927　ロシア）
死
　◇森鷗外訳「百年文庫 56」ポプラ社 2010 p99
深夜の幻影
　◇原卓也訳「怪奇小説傑作集新版 5」東京創元社 2006（創元推理文庫）p163

アルディ, アレクサンドル
セダーズ、または汚された歓待
　◇伊藤洋, 友谷知己訳「フランス十七世紀演劇集—悲劇」中央大学出版部 2011（中央大学人文科学研究所翻訳叢書）p73

アルデン, W.L.
専売特許大統領
　◇横溝正史訳「乱歩の選んだベスト・ホラー」筑摩書房 2000（ちくま文庫）p335
モダン吸血鬼
　◇横溝正史訳「吸血妖鬼譚—ゴシック名訳集成」学習研究社 2008（学研M文庫）p487

アルテンブルク, マティアス Altenburg, Matthias（1958〜　ドイツ）
南仏ラロックの旅人
　◇飯吉光夫訳「VOICES OVERSEAS 南仏ラロックの旅人」講談社 1995 p1

アルトシュル, アンドリュー・フォスター
新たな引力
　◇中尾千奈美訳「アメリカ新進作家傑作選 2006」DHC 2007 p75

アルトマン, H.C.
ドラキュラ・ドラキュラ
　◇種村季弘訳「怪奇・幻想・綺想文学集—種村季弘翻訳集成」国書刊行会 2012 p313

アルニム, アヒム・フォン　Arnim, Achim von
（1781～1831　ドイツ）
　アラビアの女予言者メリュック・マリア・ブランヴィル
　　◇今泉文子編訳「ドイツ幻想小説傑作選―ロマン派の森から」筑摩書房 2010（ちくま文庫）p61
　ド・サヴェルヌ夫人
　　◇種村季弘訳「怪奇・幻想・綺想文学集―種村季弘翻訳集成」国書刊行会 2012 p73

アルヌー, アレクサンドル
　ちゃんころ
　　◇河盛好蔵訳「世界100物語 6」河出書房新社 1997 p80

アルプ, ハンス　Arp, Hans（1887～1966　フランス）
　一本足で
　　◇種村季弘訳「怪奇・幻想・綺想文学集―種村季弘翻訳集成」国書刊行会 2012 p551
　深夜城の庭師（ウイドブロ, ビセンテ）
　　◇種村季弘訳「怪奇・幻想・綺想文学集―種村季弘翻訳集成」国書刊行会 2012 p461
　ハンス・アルプ
　　◇小海永二訳「黒いユーモア選集 2」河出書房新社 2007（河出文庫）p207

アルベス, ヤクプ
　ネボジーゼクの思い出
　　◇大井美和訳「ポケットのなかの東欧文学―ルネッサンスから現代まで」成文社 2006 p99

アル・ヤマニ, タウス
　灼熱の天使
　　◇内田吉彦訳「アンデスの風叢書 天国・地獄百科」書肆風の薔薇 1982 p67

アレー, アルフォンス　Allais, Alphonse（1854～1905　フランス）
　アルフォンス・アレー
　　◇片山正樹訳「黒いユーモア選集 1」河出書房新社 2007（河出文庫）p339
　奇妙な死
　　◇澁澤龍彦訳「怪奇小説傑作選新版 4」東京創元社 2006（創元推理文庫）p373
　　◇澁澤龍彦訳「澁澤龍彦訳幻想怪奇短篇集」河出書房新社 2013（河出文庫）p189
　親切な恋人
　　◇山田稔訳「思いがけない話」筑摩書房 2010（ちくま文学の森）p283

　夏の愉しみ
　　◇山田稔訳「悪いやつの物語」筑摩書房 2011（ちくま文学の森）p131

アレオラ, ファン・ホセ
　ポイント操作係
　　◇柳川美智子訳「ラテンアメリカ短編集―モデルニズモから魔術的レアリズモまで」彩流社 2001 p203

アレクサ, カミール
　燃えるマシュマロ
　　◇旦紀子訳「マシン・オブ・デス―A Collection of Stories about People who Know How They Will DIE」アルファポリス 2012 p14
　　◇旦紀子訳「マシン・オブ・デス」アルファポリス 2013（アルファポリス文庫）p39

アレクサンダー, キャリー
　愛人と呼ばないで
　　◇雨宮幸子訳「真夏の恋の物語―サマー・シズラー '99」ハーレクイン 1999 p127

アレーナス, レイナルド
　物語の終り
　　◇杉浦勉訳「私の謎」岩波書店 1997（世界文学のフロンティア）p265

アレナル, ウンベルト
　カバジェーロ・チャールス
　　◇栗原昌子訳「ラテンアメリカ傑作短編集―中南米スペイン語圏文学史を辿る」彩流社 2014 p323

アレン, ウディ　Allen, Woody（1935～　アメリカ）
　ゴセッジ＝ヴァーデビディアン往復書簡
　　◇伊浦典夫訳「モーフィー時計の午前零時―チェス小説アンソロジー」国書刊行会 2009 p221
　ドラキュラ伯爵
　　◇浅倉久志訳「ヴァンパイア・コレクション」角川書店 1999（角川文庫）p419
　ミスター・ビッグ―Mr.Big
　　◇伊浦典夫訳「法月綸太郎の本格ミステリ・アンソロジー」角川書店 2005（角川文庫）p12

アレン, ルイーズ
　覆面の恋泥棒
　　◇古沢絵里訳「真夏の恋の物語―サマー・シズラー 2010」ハーレクイン 2010 p331
　魅惑の舞踏会
　　◇苅谷京子訳「四つの愛の物語―クリスマス・

ストーリー 2009」ハーレクイン 2009 p237

アーロンスン, マーク
第二のスカーフ
◇堤朝子訳「シャーロック・ホームズのSF大冒険―短篇集 上」河出書房新社 2006（河出文庫）p162

アロンソ・デ・サントス, ホセ・ルイス　Alonso de Santos, José Luis（1942～　スペイン）
一晩の出会い
◇田尻陽一訳「現代スペイン演劇選集 1」カモミール社 2014 p265
モロッコの甘く危険な香り
◇古屋雄一郎訳「現代スペイン演劇選集 1」カモミール社 2014 p177

安 龍湾　アン・ヨンマン（朝鮮）
江束の懐―生活の河、荒川よ
◇金炳三, 李春穆, 金潤訳「20世紀民衆の世界文学 7」三友社出版 1990 p197

安 龍湾　あん・りょうわん
⇒安龍湾（アン・ヨンマン）を見よ

アングリスト, ミーシャ
なおさら結構だ
◇竹中晃実訳「アメリカ新進作家傑作選 2004」DHC 2005 p17

アンジェイェフスキ, イェージイ　Andrzejewski, Jerzy（1909～1983　ポーランド）
聖週間
◇吉上昭三訳「東欧の文学 パサジェルカ〈女船客〉他」恒文社 1966 p27
天国の門
◇米川和夫訳「東欧の文学 天国の門」恒文社 1985 p5

アンスティー, F.　Anstey, F.（1856～1934　イギリス）
小さな吹雪の国の冒険
◇西崎憲編訳「短篇小説日和―英国異色傑作選」筑摩書房 2013（ちくま文庫）p231

アンソニー, ジェシカ
さび止め
◇小脇奈賀子訳「アメリカ新進作家傑作選 2006」DHC 2007 p105

アンソニー, R.
寄生手―バーンストラム博士の日記

◇栄訳「怪樹の腕―〈ウィアード・テールズ〉戦前邦訳傑作選」東京創元社 2013 p45

アンダースン, ケント
押し込み強盗
◇菊池よしみ訳「殺さずにはいられない 1」早川書房 2002（ハヤカワ・ミステリ文庫）p13

アンダースン, ジェニファー
胸の鼓動を速めるもの
◇佐藤絵里訳「アメリカミステリ傑作選 2003」DHC 2003（アメリカ文芸「年間」傑作選）p19

アンダースン, フレデリック・アーヴィング　Anderson, Frederick Irving（1877～1947　アメリカ）
怪盗ゴダールの冒険
◇駒瀬裕子訳「ミステリーの本棚 怪盗ゴダールの冒険」国書刊行会 2001
隠された旋律
◇駒瀬裕子訳「ミステリーの本棚 怪盗ゴダールの冒険」国書刊行会 2001 p139
五本めの管
◇駒瀬裕子訳「ミステリーの本棚 怪盗ゴダールの冒険」国書刊行会 2001 p169
スター総出演
◇駒瀬裕子訳「ミステリーの本棚 怪盗ゴダールの冒険」国書刊行会 2001 p201
千人の盗賊の夜
◇駒瀬裕子訳「ミステリーの本棚 怪盗ゴダールの冒険」国書刊行会 2001 p101
百発百中のゴダール
◇駒瀬裕子訳「ミステリーの本棚 怪盗ゴダールの冒険」国書刊行会 2001 p9
目隠し遊び
◇駒瀬裕子訳「ミステリーの本棚 怪盗ゴダールの冒険」国書刊行会 2001 p69

アンダースン, ポール　Anderson, Poul William（1926～　アメリカ）
火星のダイヤモンド
◇福島正実訳「天外消失―世界短篇傑作集 Off the face of the earth and other stories」早川書房 2008（ハヤカワ・ミステリ）p267
キリエ
◇浅倉久志訳「黒い破壊者―宇宙生命SF傑作選」東京創元社 2014（創元SF文庫）p131
サム・ホール
◇広田耕三訳「20世紀SF 2」河出書房新社

2000（河出文庫）p423
ドン・キホーテと風車
◇金子浩訳「ロボット・オペラ―An Anthology of Robot Fiction and Robot Culture」光文社 2004 p216
わが名はジョー
◇浅倉久志訳「火星ノンストップ」早川書房 2005（ヴィンテージSFセレクション）p203

アンダーソン, シャーウッド Anderson, Sherwood（1876〜1941 アメリカ）
悲しいホルン吹きたち
◇橋本福夫訳「百年文庫 9」ポプラ社 2010 p67
種子
◇小島信夫訳「世界100物語 5」河出書房新社 1997 p188
手
◇坂本美枝訳「ゲイ短編小説集」平凡社 1999（平凡社ライブラリー）p271
とうもろこしの種まき
◇中村邦生訳「この愛のゆくえ―ポケットアンソロジー」岩波書店 2011（岩波文庫別冊）p393
別の女
◇小島信夫訳「世界100物語 5」河出書房新社 1997 p199

アンダーソン, ナタリー
恋に落ちた十二月
◇山口絵夢訳「四つの愛の物語―クリスマス・ストーリー 2010」ハーレクイン 2010 p269

アンデルシュ, アルフレート Andersch, Alfred（1914〜1980 ドイツ）
霊と人
◇中野京子訳「シリーズ現代ドイツ文学 4」早稲田大学出版部 1993 p49

アンデルセン, ハンス・クリスチャン Andersen, Hans Christian（1805〜1875 デンマーク）
王様の新しい服
◇立花万起子訳「朗読劇台本集 5」玉川大学出版部 2002 p155
さやからとび出た五つのエンドウ豆
◇大畑末吉訳「朗読劇台本集 4」玉川大学出版部 2002 p107
第十七夜
◇大畑末吉訳「超短編アンソロジー」筑摩書房 2002（ちくま文庫）p105
人魚物語
◇高須梅渓意訳「人魚―mermaid & merman」皓星社 2016（紙礫）p72
野の白鳥
◇大畑末吉訳「変身のロマン」学習研究社 2003（学研M文庫）p299
バラの花の精
◇大畑末吉訳「この愛のゆくえ―ポケットアンソロジー」岩波書店 2011（岩波文庫別冊）p169
ひとり者のナイトキャップ
◇高橋健二訳「百年文庫 51」ポプラ社 2010 p5
柳の木の下で
◇大畑末吉訳「美しい恋の物語」筑摩書房 2010（ちくま文学の森）p41
AN UGLY BABY DUCK―みにくいアヒルの子(橋本喜代次〔脚色〕)
◇黒江千尋英訳「小学校・全員参加の楽しい学級劇・学年劇脚本集 高学年」黎明書房 2007 p225

アンデルレ, ヘルガ Anderle, Helga（オーストリア）
聞き込み
◇須藤直子訳「現代ウィーン・ミステリー・シリーズ 9」水声社 2002 p275
サタデー・ナイト・フィーバー
◇菅沼裕乃訳「ウーマンズ・ケース 下」早川書房 1998（ハヤカワ・ミステリ文庫）p135

アンドリッチ, イヴォ Andrić, Ivo（1892〜1975 ユーゴスラビア）
オルヤツィ村
◇栗原成郎訳「東欧の文学 呪われた中庭」恒文社 1983 p295
囲い者マーラ
◇栗原成郎訳「東欧の文学 呪われた中庭」恒文社 1983 p199
さかずき
◇栗原成郎訳「東欧の文学 呪われた中庭」恒文社 1983 p175
サムサラの旅籠屋の茶番劇
◇栗原成郎訳「東欧の文学 呪われた中庭」恒文社 1983 p145
サラエボの女
◇田中一生訳「東欧の文学 サラエボの女」恒文社 1982 p3
水車小屋のなか
◇栗原成郎訳「東欧の文学 呪われた中庭」恒文

社 1983 p189
胴体
　◇栗原成郎訳「東欧の文学 呪われた中庭」恒文社 1983 p125
ドリナの橋
　◇松谷健二訳「東欧の文学 ドリナの橋」恒文社 1966 p27
呪われた中庭
　◇栗原成郎訳「東欧の文学 呪われた中庭」恒文社 1983 p5
ボスニア物語
　◇岡崎慶興訳「東欧の文学 ボスニア物語」恒文社 1972 p3

アンドリュース, デイル・C.
本の事件（セルク, カート）
　◇飯城勇三編訳「エラリー・クイーンの災難」論創社 2012（論創海外ミステリ）p143

アンドルーズ, エイミー
無垢なキューピッド
　◇琴葉かいら訳「真夏の恋の物語―サマー・シズラー 2014」ハーレクイン 2014 p227

アンドルーズ, ダン
絶体絶命
　◇浅倉久志選訳「極短小説」新潮社 2004（新潮文庫）p93

アンドレーエフ, レオニード　Andreev, Leonid Nikolaevich（1871〜1919　ロシア）
ラザルス
　◇岡本綺堂編訳「世界怪談名作集 下」河出書房新社 2002（河出文庫）p201
ラザロ
　◇金澤美知子訳「バベルの図書館 16」国書刊行会 1989 p97
　◇金沢美知子訳「新編 バベルの図書館 5」国書刊行会 2013 p148
レクイエム
　◇小笠原豊樹訳「盲目の女神―20世紀欧米戯曲拾遺」みすず書房 2011 p367

アンブラー, エリック
エメラルド色の空
　◇小泉喜美子訳「天外消失―世界短篇傑作集 Off the face of the earth and other stories」早川書房 2008（ハヤカワ・ミステリ）p89

アンロー, ジャック
銃殺隊
　◇旦紀子訳「マシン・オブ・デス―A Collection of Stories about People who Know How They Will DIE」アルファポリス 2012 p151
　◇旦紀子訳「マシン・オブ・デス」アルファポリス 2013（アルファポリス文庫）p131

【イ】

李 垠　イ・ウン（韓国）
美術館の鼠
　◇きむふな訳「アジア本格リーグ 3（韓国）」講談社 2009 p5

李 鈺　イ・オク（韓国）
鬼神はおるのかおらぬのか―崔生員伝
　◇張詰文現代語訳, きたがわともこ訳「韓国古典文学の愉しみ 下」白水社 2010 p157
沈生（シムセン）の恋―沈生伝
　◇張詰文現代語訳, 梁玉順訳「韓国古典文学の愉しみ 下」白水社 2010 p181
天下の詐欺師―李泓伝
　◇張詰文現代語訳, 金敬子訳「韓国古典文学の愉しみ 下」白水社 2010 p168

李 康白　イ・ガンペク
『真如極楽―こころとかたち』
　◇津川泉訳「韓国現代戯曲集 2」日韓演劇交流センター 2005 p185
野原にて
　◇津川泉訳「読んで演じたくなるゲキの本 中学生版」幻冬舎 2006 p231

李 箕永　イ・ギヨン（1895〜1984　朝鮮）
青鷺
　◇李春穆訳「20世紀民衆の世界文学 7」三友社出版 1990 p287

李 根三　イ・グンサム
甘い汁ございます
　◇明眞淑, 朴泰圭, 石川樹里訳「韓国近現代戯曲選―1930-1960年代」論創社 2011 p171

李 祥雨　イ・サンウ（韓国）
地獄への道行き
　◇李清一訳「コリアン・ミステリー―韓国推理小説傑作選」バベル・プレス 2002 p207

李 相和　イ・サンファ（1901〜1943　朝鮮）
奪われた野にも春はくるか
　◇金炳三, 李春穆, 金潤訳「20世紀民衆の世界文

イ

学 7」三友社出版 1990 p187

李 秀光　イ・スグァン
月夜の物語
◇李良文訳「コリアン・ミステリー韓国推理小説傑作選」バベル・プレス 2002 p297

李 勝寧　イ・スンヨン
隠しカメラ
◇李慶姫訳「コリアン・ミステリー韓国推理小説傑作選」バベル・プレス 2002 p229

李 善熙　イ・ソニ
計算書
◇山田佳子訳「小説家仇甫氏の一日—ほか十三編 短編小説集」平凡社 2006（朝鮮近代文学選集）p305

李 滄東　イ・チャンドン（韓国）
焼紙
◇筒井真樹子訳「現代韓国短篇選 下」岩波書店 2002 p31

李 孝石　イ・ヒョソク（1907〜1942　朝鮮）
そばの花咲く頃
◇長璋吉訳「百年文庫 100」ポプラ社 2011 p39
都市と幽霊
◇波田野節子訳「小説家仇甫氏の一日—ほか十三編 短編小説集」平凡社 2006（朝鮮近代文学選集）p113

李 鉉和　イ・ヒョナ
0.917
◇鄭大成訳「韓国現代戯曲集 3」日韓演劇交流センター 2007 p111

李 北鳴　イ・プクミョン（1908〜　朝鮮）
午前三時
◇崔碩義訳「20世紀民衆の世界文学 7」三友社出版 1990 p227
関甫の生活表
◇熊木勉訳「小説家仇甫氏の一日—ほか十三編 短編小説集」平凡社 2006（朝鮮近代文学選集）p273

李 ヘジェ　イ・ヘジェ
凶家
◇木村典子訳「韓国現代戯曲集 4」日韓演劇交流センター 2009 p5

李 海朝　イ・ヘジョ（1869〜1927　朝鮮）
自由鍾
◇任展慧訳「20世紀民衆の世界文学 7」三友社出版 1990 p21

李 浩哲　イ・ホチョル
脱郷
◇朴暻恩, 真野保久編訳「王陵と駐屯軍—朝鮮戦争と韓国の戦後派文学」凱風社 2014 p137
南から来た人々
◇朴暻恩, 真野保久編訳「王陵と駐屯軍—朝鮮戦争と韓国の戦後派文学」凱風社 2014 p159

李 範宣　イ・ボムソン
カモメ
◇朴暻恩, 真野保久編訳「王陵と駐屯軍—朝鮮戦争と韓国の戦後派文学」凱風社 2014 p120
誤発弾
◇朴暻恩, 真野保久編訳「王陵と駐屯軍—朝鮮戦争と韓国の戦後派文学」凱風社 2014 p56
鶴村の人々
◇朴暻恩, 真野保久編訳「王陵と駐屯軍—朝鮮戦争と韓国の戦後派文学」凱風社 2014 p95

李 万喜　イ・マニ
豚とオートバイ
◇熊谷対世志訳「韓国現代戯曲集 2」日韓演劇交流センター 2005 p87

李 文烈　イ・ムニョル（1948〜　韓国）
あとがき〔皇帝のために〕
◇安宇植（アンウーシク）訳「韓国文学名作選 皇帝のために」講談社 1999 p441
皇帝のために
◇安宇植（アンウーシク）訳「韓国文学名作選 皇帝のために」講談社 1999 p5

李 陸史　イ・ユクサ（1904〜1944　朝鮮）
青葡萄
◇安宇植（アンウーシク）訳「韓国文学名作選 李陸史詩集」講談社 1999 p14
鴉片（あへん）
◇安宇植（アンウーシク）訳「韓国文学名作選 李陸史詩集」講談社 1999 p36
馬
◇安宇植（アンウーシク）訳「韓国文学名作選 李陸史詩集」講談社 1999 p63
海の心
◇安宇植（アンウーシク）訳「韓国文学名作選 李陸史詩集」講談社 1999 p49
海潮の詞（ことば）
◇安宇植（アンウーシク）訳「韓国文学名作選 李陸史詩集」講談社 1999 p50
娥眉—雲の伯爵夫人
◇安宇植（アンウーシク）訳「韓国文学名作選 李陸

イ

川を渡っていった歌
　◇安宇植(アンウーシク)訳「韓国文学名作選 李陸史詩集」講談社 1999 p11
季節の五行
　◇安宇植(アンウーシク)訳「韓国文学名作選 李陸史詩集」講談社 1999 p132
季節の表情
　◇安宇植(アンウーシク)訳「韓国文学名作選 李陸史詩集」講談社 1999 p92
狂気の太陽
　◇安宇植(アンウーシク)訳「韓国文学名作選 李陸史詩集」講談社 1999 p60
喬木
　◇安宇植(アンウーシク)訳「韓国文学名作選 李陸史詩集」講談社 1999 p32
謹賀石庭先生六旬
　◇安宇植(アンウーシク)訳「韓国文学名作選 李陸史詩集」講談社 1999 p62
玄酒・冷光―わが代用品
　◇安宇植(アンウーシク)訳「韓国文学名作選 李陸史詩集」講談社 1999 p102
蝙蝠
　◇安宇植(アンウーシク)訳「韓国文学名作選 李陸史詩集」講談社 1999 p42
曠野
　◇金炳三、李春穆、金潤訳「20世紀民衆の世界文学 7」三友社出版 1990 p189
　◇安宇植(アンウーシク)訳「韓国文学名作選 李陸史詩集」講談社 1999 p13
崔貞熙女史へのはがき
　◇安宇植(アンウーシク)訳「韓国文学名作選 李陸史詩集」講談社 1999 p131
災難
　◇安宇植(アンウーシク)訳「韓国文学名作選 李陸史詩集」講談社 1999 p75
小夜曲
　◇安宇植(アンウーシク)訳「韓国文学名作選 李陸史詩集」講談社 1999 p31
失題
　◇安宇植(アンウーシク)訳「韓国文学名作選 李陸史詩集」講談社 1999 p58
嫉妬の叛軍城
　◇安宇植(アンウーシク)訳「韓国文学名作選 李陸史詩集」講談社 1999 p127
酒暖興余
　◇安宇植(アンウーシク)訳「韓国文学名作選 李陸史詩集」講談社 1999 p60
少年に
　◇安宇植(アンウーシク)訳「韓国文学名作選 李陸史詩集」講談社 1999 p26
青蘭夢
　◇安宇植(アンウーシク)訳「韓国文学名作選 李陸史詩集」講談社 1999 p80
絶頂
　◇安宇植(アンウーシク)訳「韓国文学名作選 李陸史詩集」講談社 1999 p35
草家
　◇安宇植(アンウーシク)訳「韓国文学名作選 李陸史詩集」講談社 1999 p56
ソウル
　◇安宇植(アンウーシク)訳「韓国文学名作選 李陸史詩集」講談社 1999 p45
黄昏
　◇安宇植(アンウーシク)訳「韓国文学名作選 李陸史詩集」講談社 1999 p23
小さな公園
　◇安宇植(アンウーシク)訳「韓国文学名作選 李陸史詩集」講談社 1999 p54
爪を剪(き)るの記
　◇安宇植(アンウーシク)訳「韓国文学名作選 李陸史詩集」講談社 1999 p105
独白
　◇安宇植(アンウーシク)訳「韓国文学名作選 李陸史詩集」講談社 1999 p28
南漢山城
　◇安宇植(アンウーシク)訳「韓国文学名作選 李陸史詩集」講談社 1999 p53
西風
　◇安宇植(アンウーシク)訳「韓国文学名作選 李陸史詩集」講談社 1999 p48
日蝕
　◇安宇植(アンウーシク)訳「韓国文学名作選 李陸史詩集」講談社 1999 p19
年譜
　◇安宇植(アンウーシク)訳「韓国文学名作選 李陸史詩集」講談社 1999 p65
年輪
　◇安宇植(アンウーシク)訳「韓国文学名作選 李陸史詩集」講談社 1999 p110
芭蕉
　◇安宇植(アンウーシク)訳「韓国文学名作選 李陸史詩集」講談社 1999 p16
花

イ

　◇安宇植（アンウーシク）訳「韓国文学名作選 李陸史詩集」講談社 1999 p8

春の愁い三題
　◇安宇植（アンウーシク）訳「韓国文学名作選 李陸史詩集」講談社 1999 p46

晩登東山
　◇安宇植（アンウーシク）訳「韓国文学名作選 李陸史詩集」講談社 1999 p64

一つの星をうたおう
　◇安宇植（アンウーシク）訳「韓国文学名作選 李陸史詩集」講談社 1999 p40

舞姫朴外仙の春を訪ねて
　◇安宇植（アンウーシク）訳「韓国文学名作選 李陸史詩集」講談社 1999 p116

斑猫（まだらねこ）
　◇安宇植（アンウーシク）訳「韓国文学名作選 李陸史詩集」講談社 1999 p34

湖
　◇安宇植（アンウーシク）訳「韓国文学名作選 李陸史詩集」講談社 1999 p30

邂逅（めぐりあい）
　◇安宇植（アンウーシク）訳「韓国文学名作選 李陸史詩集」講談社 1999 p9

山寺の記
　◇安宇植（アンウーシク）訳「韓国文学名作選 李陸史詩集」講談社 1999 p68

尹崑崗の詩集『氷華』その他
　◇安宇植（アンウーシク）訳「韓国文学名作選 李陸史詩集」講談社 1999 p153

恋印記
　◇安宇植（アンウーシク）訳「韓国文学名作選 李陸史詩集」講談社 1999 p84

路程の記
　◇安宇植（アンウーシク）訳「韓国文学名作選 李陸史詩集」講談社 1999 p25

わが生命を育んで休みない日々よ
　◇安宇植（アンウーシク）訳「韓国文学名作選 李陸史詩集」講談社 1999 p7

わがミューズ
　◇安宇植（アンウーシク）訳「韓国文学名作選 李陸史詩集」講談社 1999 p17

李 潤沢　イ・ユンテク
パボカクシ―愛の儀式
　◇金成輪訳「韓国現代戯曲集 1」日韓演劇交流センター 2002 p5

李 庸岳　イ・ヨンアク（1914～1971　朝鮮）
豆満江（トウマンコウ）おまえわれらが江（かわ）よ
　◇金炳三, 李春穆, 金潤訳「20世紀民衆の世界文学 7」三友社出版 1990 p201

イヴァシュキェヴィッチ, ヤロスワフ
　Iwaszkiewicz, Jaroslaw（1894～1980　ポーランド）
新しい恋
　◇小原いせ子訳「文学の贈物―東中欧文学アンソロジー」未知谷 2000 p74

ウトラタの水車小屋
　◇木村彰一訳「東欧の文学 尼僧ヨアンナ 他」恒文社 1967 p159

スカリシェフの教会
　◇木村彰一, 吉上昭三訳「東欧の文学 尼僧ヨアンナ 他」恒文社 1967 p345

セジムア平原の戦い
　◇阪東宏訳「東欧の文学 尼僧ヨアンナ 他」恒文社 1967 p319

台所の太陽
　◇吉上昭三訳「東欧の文学 尼僧ヨアンナ 他」恒文社 1967 p237

尼僧ヨアンナ
　◇福岡星児訳「東欧の文学 尼僧ヨアンナ 他」恒文社 1967 p27

八月の思い出
　◇石井晃士朗訳「ポケットのなかの東欧文学―ルネッサンスから現代まで」成文社 2006 p253

イヴァノヴィッチ, ジャネット　Evanovich, Janet（アメリカ）
消えた死体
　◇中井京子訳「探偵稼業はやめられない―女探偵vs.男探偵」光文社 2003（光文社文庫）p385

イェイツ, ウィリアム・バトラー　Yeats, William Butler（1865～1939　アイルランド）
声
　◇井村君江訳「超短編アンソロジー」筑摩書房 2002（ちくま文庫）p142

宿無しの磔刑
　◇柳瀬尚紀訳「犯罪は詩人の楽しみ―詩人ミステリ集成」東京創元社 2012（創元推理文庫）p168

イエーシャン
腹は主張する
　◇南田みどり編訳「ミャンマー現代短編集 2」大同生命国際文化基金 1998（アジアの現代

文芸）p135

イエーツ, メイシー
　消せない情火
　　◇松村和紀子訳「愛と祝福の魔法—クリスマス・ストーリー2016」ハーパーコリンズ・ジャパン 2016 p59
　砂漠の一夜の代償
　　◇高木晶子訳「あの夏の恋のきらめき—サマー・シズラー2016」ハーパーコリンズ・ジャパン 2016 p53
　ボスと秘書だけの聖夜
　　◇秋庭葉瑠訳「五つの愛の物語—クリスマス・ストーリー2015」ハーパーコリンズ・ジャパン 2015 p153

イェニー, ゾエ
　かえで—モノローグ
　　◇大串紀代子訳「氷河の滴—現代スイス女性作家作品集」鳥影社・ロゴス企画 2007 p149

イェホシュア, アブラハム・B. Yehoshua, Abraham B.（1936～　イスラエル）
　エルサレムの秋
　　◇母袋夏生訳「Modern & Classic エルサレムの秋」河出書房新社 2006 p69
　詩人の、絶え間なき沈黙
　　◇母袋夏生訳「Modern & Classic エルサレムの秋」河出書房新社 2006 p5

イェリネク, エルフリーデ Jelinek, Elfriede（1946～　オーストリア）
　作者あとがき〔汝、気にすることなかれ〕
　　◇谷川道子訳「ドイツ現代戯曲選30 9」論創社 2006 p123
　さすらい人
　　◇谷川道子訳「ドイツ現代戯曲選30 9」論創社 2006 p62
　死と乙女
　　◇谷川道子訳「ドイツ現代戯曲選30 9」論創社 2006 p43
　汝、気にすることなかれ—シューベルトの歌曲にちなむ死の小三部作
　　◇谷川道子訳「ドイツ現代戯曲選30 9」論創社 2006 p7
　魔王
　　◇谷川道子訳「ドイツ現代戯曲選30 9」論創社 2006 p8
　レストハウス、あるいは女はみんなこうしたもの—喜劇

　　◇谷川道子訳「ドイツ現代戯曲選30 28」論創社 2007 p7

イエルシルド, P.C.
　モビール
　　◇種村季弘訳「怪奇・幻想・綺想文学集—種村季弘翻訳集成」国書刊行会 2012 p531

イェンス, ヴァルター Jens, Walter（1923～　ドイツ）
　年をとりたくなかった男
　　◇中野京子訳「シリーズ現代ドイツ文学 4」早稲田大学出版部 1993 p151

イーガン, グレッグ Egan, Greg（1961～　オーストラリア）
　悪魔の移住
　　◇山岸真編訳「奇想コレクション TAP」河出書房新社 2008 p93
　銀炎
　　◇山岸真編訳「奇想コレクション TAP」河出書房新社 2008 p145
　散骨
　　◇山岸真編訳「奇想コレクション TAP」河出書房新社 2008 p123
　しあわせの理由
　　◇山岸真編訳「20世紀SF 6」河出書房新社 2001（河出文庫）p177
　視覚
　　◇山岸真編訳「奇想コレクション TAP」河出書房新社 2008 p35
　自警団
　　◇山岸真編訳「奇想コレクション TAP」河出書房新社 2008 p203
　新・口笛テスト
　　◇山岸真編訳「奇想コレクション TAP」河出書房新社 2008 p7
　対称（シンメトリー）
　　◇山岸真訳「SFマガジン700—創刊700号記念アンソロジー　海外篇」早川書房 2014（ハヤカワ文庫 SF）p267
　スティーヴ・フィーヴァー
　　◇山岸真訳「スティーヴ・フィーヴァー—ポストヒューマンSF傑作選 SFマガジン創刊50周年記念アンソロジー」早川書房 2010（ハヤカワ文庫 SF）p249
　血をわけた姉妹
　　◇山岸真訳「ハッカー／13の事件」扶桑社 2000（扶桑社ミステリー）p91
　森の奥

イカン

◇山岸真編訳「奇想コレクション TAP」河出書房新社 2008 p259

誘拐
◇山岸真訳「ロボット・オペラ―An Anthology of Robot Fiction and Robot Culture」光文社 2004 p658

ユージーン
◇山岸真編訳「奇想コレクション TAP」河出書房新社 2008 p65

要塞
◇山岸真編訳「奇想コレクション TAP」河出書房新社 2008 p235

ルミナス
◇山岸真訳「90年代SF傑作選 下」早川書房 2002（ハヤカワ文庫）p287

TAP
◇山岸真編訳「奇想コレクション TAP」河出書房新社 2008 p283

イーガン, ジェニファー　Egan, Jennifer（1962～　アメリカ）

さようなら、僕の愛しいひと
◇小原亜美訳「ゾエトロープ Blanc」角川書店 2003（Bookplus）p75

イシグロ, カズオ　Ishiguro, Kazuo（1954～　イギリス）

ある家族の夕餉―ニッポンしみじみ
◇田尻芳樹訳「しみじみ読むイギリス・アイルランド文学―現代文学短編作品集」松柏社 2007 p175

イシャウッド, クリストファー　Isherwood, Christopher（1904～1986　イギリス）

ノヴァック家の人々
◇中野好夫訳「世界100物語 8」河出書房新社 1997 p287

イスラス, アルトゥーロ

雨に踊る人
◇今福龍太訳「私の謎」岩波書店 1997（世界文学のフロンティア）p31

イソップ　Æsop（前620頃～前564？　ギリシア）

造船所のイソップ
◇中務哲郎訳「超短編アンソロジー」筑摩書房 2002（ちくま文庫）p137

薔薇色の靴の乙女
◇和佐田道子編訳「シンデレラ」竹書房 2015（竹書房文庫）p99

イッサラー・アマンタクン

それぞれの神
◇吉岡みね子編訳「タイの大地の上で―現代作家・詩人選集」大同生命国際文化基金 1999（アジアの現代文芸）p85

イティ・タオス（1951～　台湾）

雨染み〈サイシャット〉
◇松本さち子訳「台湾原住民文学選 6」草風館 2008 p378

聖地へ〈サイシャット〉
◇松本さち子訳「台湾原住民文学選 4」草風館 2004 p273

イネス, マイケル　Innes, Michael（1906～1994　イギリス）

アップルビィの最初の事件
◇森一訳「推理探偵小説文学館 1」勉誠社 1996 p7

アラライテのアプルビイ
◇今本渉訳「KAWADE MYSTERY アラライテのアプルビイ」河出書房新社 2006 p1

アリントン邸の怪事件
◇井伊順彦訳「海外ミステリ Gem Collection 5」長崎出版 2007 p1

ウィリアム征服王
◇森一訳「推理探偵小説文学館 1」勉誠社 1996 p81

ウッドパイルの秘密
◇熊谷公妙訳「本の殺人事件簿―ミステリ傑作20選 1」バベル・プレス 2001 p179

附録 崖の上の家
◇森一訳「推理探偵小説文学館 1」勉誠社 1996 p117

獅子と一角獣
◇森一訳「推理探偵小説文学館 1」勉誠社 1996 p95

証拠は語る
◇今井直子訳「海外ミステリ Gem Collection 1」長崎出版 2006 p1

ストップ・プレス
◇富塚由美訳「世界探偵小説全集 38」国書刊行会 2005 p7

タイムの砂浜
◇森一訳「推理探偵小説文学館 1」勉誠社 1996 p57

ハムレット復讐せよ
◇滝口達也訳「世界探偵小説全集 16」国書刊行

会 1997 p7
ビレアリアスの洞窟
　◇森一訳「推理探偵小説文学館 1」勉誠社 1996 p41
復讐の女神島
　◇森一訳「推理探偵小説文学館 1」勉誠社 1996 p21
ロンバード卿の蔵書
　◇大久保康雄訳「書物愛 海外篇」晶文社 2005 p325
　◇大久保康雄訳「書物愛 海外篇」東京創元社 2014（創元ライブラリ）p335

井上 泰山　いのうえ・たいざん（日本）
莽(がさつ)な張飛、大いに石榴園を閙がす（石榴園）
　◇井上泰山訳「三国劇翻訳集」関西大学出版部 2002 p289
関雲長、一刀にて四人の寇を劈る（単刀劈四寇）
　◇井上泰山訳「三国劇翻訳集」関西大学出版部 2002 p207
関雲長、大いに蚩尤(しゅう)を破る（大破蚩尤）
　◇井上泰山訳「三国劇翻訳集」関西大学出版部 2002 p789
関雲長、義勇もて金を辞(ことわ)る（義勇辞金）
　◇井上泰山訳「三国劇翻訳集」関西大学出版部 2002 p355
関雲長、千里の道を独り行く（千里独行）
　◇井上泰山訳「三国劇翻訳集」関西大学出版部 2002 p317
錦雲堂美女連環記（連環記）
　◇井上泰山訳「三国劇翻訳集」関西大学出版部 2002 p161
虎牢関にて、三兄弟、呂布と戦う（三戦呂布）
　◇井上泰山訳「三国劇翻訳集」関西大学出版部 2002 p59
周公瑾、志を得て小喬を娶る（娶小喬）
　◇井上泰山訳「三国劇翻訳集」関西大学出版部 2002 p589
十様の錦にて、諸葛、功を論ずる（諸葛論功）
　◇井上泰山訳「三国劇翻訳集」関西大学出版部 2002 p815
壽亭侯、怒って関平を斬らんとす（怒斬関平）
　◇井上泰山訳「三国劇翻訳集」関西大学出版部 2002 p757
諸葛亮、博望にて屯(とりで)を焼く（博望焼屯）
　◇井上泰山訳「三国劇翻訳集」関西大学出版部 2002 p421
曹操、夜、陳倉路に走れる（陳倉路）
　◇井上泰山訳「三国劇翻訳集」関西大学出版部 2002 p619
単刀会（単刀会）
　◇井上泰山訳「三国劇翻訳集」関西大学出版部 2002 p729
張翼徳、大いに杏林荘を破る（杏林荘）
　◇井上泰山訳「三国劇翻訳集」関西大学出版部 2002 p33
張翼徳、単(ひと)り呂布と戦う（単戦呂布）
　◇井上泰山訳「三国劇翻訳集」関西大学出版部 2002 p115
[張翼徳、三たび小沛を出る]（三出小沛）
　◇井上泰山訳「三国劇翻訳集」関西大学出版部 2002 p261
鳳雛を走がし、龐統、四郡を掠め取る（龐掠四郡）
　◇井上泰山訳「三国劇翻訳集」関西大学出版部 2002 p693
陽平関にて、五馬、曹操を破る（五馬破曹）
　◇井上泰山訳「三国劇翻訳集」関西大学出版部 2002 p653
酔って故郷を思い、王粲、楼(たかどの)に登る（王粲登楼）
　◇井上泰山訳「三国劇翻訳集」関西大学出版部 2002 p465
劉玄徳、独(ひと)り襄陽会に赴く（襄陽会）
　◇井上泰山訳「三国劇翻訳集」関西大学出版部 2002 p385
劉玄徳、酔って黄鶴楼から走れる（黄鶴楼）
　◇井上泰山訳「三国劇翻訳集」関西大学出版部 2002 p505
劉備・関羽・張飛、桃園にて義を結ぶ（桃園三結義）
　◇井上泰山訳「三国劇翻訳集」関西大学出版部 2002 p1
両軍師、江(かわ)を隔てて智を闘わす（隔江闘智）
　◇井上泰山訳「三国劇翻訳集」関西大学出版部 2002 p543

イノック, ウェズリー
ブラック・メディア

イハン

- ◇佐和田敬司訳「海外戯曲アンソロジー——海外現代戯曲翻訳集〈国際演劇交流セミナー記録〉3」日本演出者協会 2009 p133

イ・バン　Y Ban（1961〜　ベトナム）
村娘ティー
- ◇加藤栄編訳「ベトナム現代短編集 2」大同生命国際文化基金 2005（アジアの現代文芸）p65

イプセン, ヘンリック　Ibsen, Henrik Johan（1828〜1906　ノルウェー）
ジョン・ガブリエルと呼ばれた男（笹部博司〔著〕）
- ◇「ジョン・ガブリエルと呼ばれた男」メジャーリーグ 2008（笹部博司の演劇コレクション）p9

ジョン・ガブリエル・ボルクマン
- ◇森鷗外訳「ジョン・ガブリエル・ボルクマン」ゆまに書房 2004（昭和初期世界名作翻訳全集）p1

ちっちゃなエイヨルフ（笹部博司〔著〕）
- ◇「ちっちゃなエイヨルフ」メジャーリーグ 2008（笹部博司の演劇コレクション）p5

人形の家
- ◇毛利三弥訳「ベスト・プレイズ——西洋古典戯曲12選」論創社 2011 p605

野鴨（笹部博司〔著〕）
- ◇「野鴨」メジャーリーグ 2008（笹部博司の演劇コレクション）p5

ノラ
- ◇森鷗外訳「ノラ」ゆまに書房 2004（昭和初期世界名作翻訳全集）p1

ヘッダ・ガブラー（笹部博司〔著〕）
- ◇「ヘッダ・ガブラー」メジャーリーグ 2008（笹部博司の演劇コレクション）p9

民衆の敵（笹部博司〔著〕）
- ◇「民衆の敵」メジャーリーグ 2008（笹部博司の演劇コレクション）p5

幽霊
- ◇森鷗外訳「幽霊」ゆまに書房 2004（昭和初期世界名作翻訳全集）p1

ロスメルスホルム（笹部博司〔著〕）
- ◇「ロスメルスホルム」メジャーリーグ 2008（笹部博司の演劇コレクション）p5

林 紗羅　イム・サラ
標的
- ◇李慶姫訳「コリアン・ミステリー——韓国推理小説傑作選」バベル・プレス 2002 p241

林 哲佑　イム・チョルウ（韓国）
父の地
- ◇筒井真樹子訳「現代韓国短篇選 下」岩波書店 2002 p1

林 和　イム・ファ（1908〜1953　朝鮮）
玄海灘
- ◇金炳三, 李春穆, 金潤訳「20世紀民衆の世界文学 7」三友社出版 1990 p191

イラーセク, アロイス
ヤン様
- ◇種村季弘訳「怪奇・幻想・綺想文学集——種村季弘翻訳集成」国書刊行会 2012 p387

イーリイ, デイヴィッド　Ely, David（1927〜　アメリカ）
裁きの庭
- ◇高見浩訳「幻想と怪奇——宇宙怪獣現わる」早川書房 2005（ハヤカワ文庫）p273

イリフ, イリヤ
⇒イリフ＝ペトロフを見よ

イリフ＝ペトロフ　Il'f-Petrov（ロシア）
コロンブスの上陸
- ◇林朋子訳「雑話集——ロシア短編集 3」ロシア文学翻訳グループクーチカ 2014 p5

イレーツキイ
蜜蜂
- ◇米川正夫訳「世界100物語 4」河出書房新社 1997 p264

イレリ, セリム
毎夜、ボドゥルム——第1章
- ◇丸山礼訳「現代トルコ文学選 2」東京外国語大学外国語学部トルコ語専攻研究室 2012（TUFS Middle Eastern studies）p243

イワーノフ　Ivanov, Vsevolod Vyacheslavovich（1895〜1963　ロシア）
乳のみ児
- ◇和久利誓一訳「世界100物語 4」河出書房新社 1997 p396

殷 芸　イン・ウン（中国）
小説
- ◇佐野誠子著「中国古典小説選 2（六朝 1）」明治書院 2006

尹 崑崗　いん・こうこう
⇒尹崑崗（ユン・ゴンガン）を見よ

尹 東柱　いん・とうちゅう
　⇒尹東柱（ユン・ドンジュ）を見よ

インインヌ
　比類なき花
　　◇南田みどり編訳「ミャンマー現代女性短編集」大同生命国際文化基金 2001（アジアの現代文芸）p142

イングランダー, ネイサン
　曲芸師
　　◇青木信子訳「アメリカ短編小説傑作選 2001」DHC 2001（アメリカ文芸「年間」傑作選）p119
　若い寡婦たちには果物をただで
　　◇小竹由美子訳「美しい子ども」新潮社 2013（CREST BOOKS）p169

イングリッシュ, ロッテ　Ingrisch, Lotte
　（1930〜　オーストリア）
　ベスト記念柱
　　◇城田千鶴子訳「現代ウィーン・ミステリー・シリーズ 2」水声社 2001 p5

インジ, ウィリアム
　当然の気持
　　◇小笠原豊樹訳「盲目の女神―20世紀欧米戯曲拾遺」みすず書房 2011 p291

インディアナ, ゲイリー　Indiana, Gary（1950〜　アメリカ）
　あたしはキャンディ・ジョーンズ
　　◇越川芳明訳「ライターズX マリアの死」白水社 1995 p11
　アメリカン・エクスプレス
　　◇越川芳明訳「ライターズX マリアの死」白水社 1995 p45
　あんただけしかいなかった
　　◇越川芳明訳「ライターズX マリアの死」白水社 1995 p105
　生き返った男の話
　　◇越川芳明訳「ライターズX マリアの死」白水社 1995 p61
　芸術は長し, されど……
　　◇越川芳明訳「ライターズX マリアの死」白水社 1995 p159
　上海
　　◇越川芳明訳「ライターズX マリアの死」白水社 1995 p29
　スカー・ティッシュー（さまざまなゲームより）
　　◇越川芳明訳「ライターズX マリアの死」白水社 1995 p129
　世界革命におけるわが家の役割
　　◇越川芳明訳「ライターズX マリアの死」白水社 1995 p117
　ソドミー
　　◇越川芳明訳「ライターズX マリアの死」白水社 1995 p89
　テレビより愛をこめて
　　◇越川芳明訳「ライターズX マリアの死」白水社 1995 p77
　ベッドの上での会話
　　◇越川芳明訳「ライターズX マリアの死」白水社 1995 p139
　マリアの死
　　◇越川芳明訳「ライターズX マリアの死」白水社 1995 p189
　〈ミッキー・マウス・クラブ〉万歳
　　◇越川芳明訳「ライターズX マリアの死」白水社 1995 p165

インヘニエロス, デリア
　幻影の炎（ボルヘス, ホルヘ・ルイス）
　　◇内田吉彦訳「アンデスの風叢書 天国・地獄百科」書肆風の薔薇 1982 p68
　好戦的な天国（ボルヘス, ホルヘ・ルイス）
　　◇牛島信明訳「アンデスの風叢書 天国・地獄百科」書肆風の薔薇 1982 p17

インベル　Inber, Vera Mikhailovna（1890〜1972　ロシア）
　ロマンス
　　◇小野協一訳「世界100物語 4」河出書房新社 1997 p372

【ウ】

呉 継文　ウー・チーウェン
　⇒呉継文（ご・けいぶん）を見よ

呉 錦発　ウー・チンファー
　⇒呉錦発（ご・きんはつ）を見よ

ヴァイス, ブラッド
　チキンスネーク
　　◇内田薫訳「アメリカ新進作家傑作選 2003」DHC 2004 p103

ヴァイス, ペーター・ウルリッヒ
郵便屋シュヴァルの大いなる夢
◇種村季弘訳「怪奇・幻想・綺想文学集—種村季弘翻訳集成」国書刊行会 2012 p241

ヴァイネル, リハルト　Weiner, Richard（1884～1937　チェコ）
均衡
◇阿部賢一訳「文学の贈物—東中欧文学アンソロジー」未知谷 2000 p191

ヴァイラオホ, ヴォルフガング　Weyrauch, Wolfgang（1904～1980　ドイツ）
壁を突き抜ける頭
◇中野京子訳「シリーズ現代ドイツ文学 4」早稲田大学出版部 1993 p234

ヴァイル, イージー　Weil, Jiři（1900～1959　チェコスロバキア）
星のある生活
◇栗栖継訳「東欧の文学 星のある生活 他」恒文社 1967 p27

ヴァウラ, カート
犬権GOGO
◇浅倉久志選訳「極短小説」新潮社 2004（新潮文庫）p349
時の過ぎゆくままに
◇浅倉久志選訳「極短小説」新潮社 2004（新潮文庫）p359

ヴァクス, アンドリュー　Vachss, Andrew（1942～　アメリカ）
引きまわし
◇佐々田雅子訳「夜汽車はバビロンへ—EQMM90年代ベスト・ミステリー」扶桑社 2000（扶桑社ミステリー）p33

ヴァーグナー, ヴィルヘルム・リヒャルト
⇒ワーグナー, リヒャルト を見よ

ヴァシェ, ジャック　Vaché, Jacques（1895～1919　フランス）
ジャック・ヴァシェ
◇波木居純一訳「黒いユーモア選集 2」河出書房新社 2007（河出文庫）p231

ヴァーゾフ, イワン　Vazov, Ivan（1850～1921　ブルガリア）
軛（くびき）の下で
◇松永緑彌訳「東欧の文学 軛の下で」恒文社 1973 p9
桎梏の下で
◇松永緑弥訳「東欧の文学 桎梏の下で」恒文社 1972 p9

ヴアツク（台湾）
紅点〈パイワン〉
◇柳本通彦訳「台湾原住民文学選 4」草風館 2004 p230

ヴァッサーマン, ヤーコプ　Wassermann, Jakob（1873～1934　ドイツ）
お守り
◇伊藤利男訳「世界100物語 5」河出書房新社 1997 p137
◇山崎恒裕訳「百年文庫 21」ポプラ社 2010 p49

ヴァフィー, ファリーバー
見渡す限り
◇藤元優子編訳「天空の家—イラン女性作家選」段々社 2014（現代アジアの女性作家秀作シリーズ）p167

ヴァーリイ, ジョン　Varley, John（1947～　アメリカ）
逆行の夏
◇大野万紀訳「20世紀SF 4」河出書房新社 2001（河出文庫）p149

ヴァルザー, マルティーン　Walser, Martin（1927～　ドイツ）
家の上の飛行機
◇中野京子訳「シリーズ現代ドイツ文学 4」早稲田大学出版部 1993 p188

ヴァレンテ, キャサリン・M.
ひとつ息をして、ひと筆書く
◇田辺千幸訳「THE FUTURE IS JAPANESE」早川書房 2012（ハヤカワSFシリーズJコレクション）p201

ヴァン・ヴォークト, A.E.　Van Vogt, Alfred Elton（1912～2000　アメリカ）
黒い破壊者
◇中村融訳「黒い破壊者—宇宙生命SF傑作選」東京創元社 2014（創元SF文庫）p337
消されし時を求めて
◇伊藤典夫訳「20世紀SF 1」河出書房新社 2000（河出文庫）p277
聖域
◇大木達哉訳「吸血鬼伝説—ドラキュラの末裔たち」原書房 1997 p287
野獣の地下室
◇小笠原豊樹訳「火星ノンストップ」早川書房

2005（ヴィンテージSFセレクション）p265

ヴァンス, ジャック Vance, Jack（1920〜　アメリカ）
アルフレッドの方舟
　◇中村融訳「街角の書店―18の奇妙な物語」東京創元社 2015（創元推理文庫）p85
五つの月が昇るとき
　◇中村融編訳「影が行く―ホラーSF傑作選」東京創元社 2000（創元SF文庫）p323
海への贈り物
　◇浅倉久志訳「黒い破壊者―宇宙生命SF傑作選」東京創元社 2014（創元SF文庫）p239
月の蛾
　◇浅倉久志訳「20世紀SF 3」河出書房新社 2001（河出文庫）p421
天界の眼
　◇中村融訳「不死鳥の剣―剣と魔法の物語傑作選」河出書房新社 2003（河出文庫）p263

ヴァン・ダイン, S.S. Van Dine, S.S.（1888〜1939　アメリカ）
推理小説作法の二十則
　◇井上勇訳「綾辻行人と有栖川有栖のミステリ・ジョッキー 3」講談社 2012 p231
僧正殺人事件
　◇日暮雅通訳「乱歩が選ぶ黄金時代ミステリーBEST10 3」集英社 1999（集英社文庫）p7
探偵小説作法二十則
　◇前田絢子訳「硝子の家」光文社 1997（光文社文庫）p395

ヴァン・ダー・ヴィア, スチュワート
足枷の花嫁
　◇内海雄翻案「怪樹の腕―〈ウィアード・テールズ〉戦前邦訳傑作選」東京創元社 2013 p239

ヴァンデンバーグ, ローラ
わたしたちがいるべき場所
　◇古屋美登里訳「モンスターズ―現代アメリカ傑作短篇集」白水社 2014 p251

ヴァン・ドーレン, マーク
死後の証言
　◇柳瀬尚紀訳「犯罪は詩人の楽しみ―詩人ミステリ集成」東京創元社 2012（創元推理文庫）p239

ウィ・ギチョル（1961〜　韓国）
あとがき〔9歳の人生〕
　◇清水由希子訳「Modern & Classic 9歳の人生」河出書房新社 2004 p234
改訂版に寄せて〔9歳の人生〕
　◇清水由希子訳「Modern & Classic 9歳の人生」河出書房新社 2004 p236
9歳の人生
　◇清水由希子訳「Modern & Classic 9歳の人生」河出書房新社 2004 p5

ヴィヴァーンテ, アーテューロ
つれあい
　◇亀井よし子訳「猫好きに捧げるショート・ストーリーズ」国書刊行会 1997 p167

ヴィオースト, ジュディス
ザ・サウスポー
　◇金原瑞人訳「バースデー・ボックス」メタローグ 2004 p5

ヴィカーズ, ロイ Vickers, Roy（1888？〜1965　イギリス）
百万に一つの偶然
　◇宇野利泰訳「51番目の密室―世界短篇傑作集」早川書房 2010（Hayakawa pocket mystery books）p109
ふたりで夕食を
　◇田口俊樹訳「ディナーで殺人を 下」東京創元社 1998（創元推理文庫）p159

ヴィガースハウス, レナーテ Wiggershaus, Renate（ドイツ）
西ドイツ、オーストリア、スイスにおける文学の新しい傾向
　◇西谷頼子訳「シリーズ現代ドイツ文学 3」早稲田大学出版部 1991 p35

ウィグノール, ケヴィン
回顧展
　◇猪俣美江子訳「殺しのグレイテスト・ヒッツ」早川書房 2007（ハヤカワ・ミステリ文庫）p369

ヴィクラム, イェルク
目を覚まして眠っていた百姓のこと
　◇名古屋初期新高ドイツ語研究会訳「超短編アンソロジー」筑摩書房 2002（ちくま文庫）p58

ヴィース, ロール
テラス
　◇五十嵐豊訳「氷河の滴―現代スイス女性作家作品集」鳥影社・ロゴス企画 2007 p129

ウィズダム, リンダ・R.
二月十四日のジンクス

ウイス

◇麻生りえ訳「マイ・バレンタイン―愛の贈りもの 2003」ハーレクイン 2003 p143

ウィスマン, ルース
マチネー
◇佐々田雅子訳「ミニ・ミステリ100」早川書房 2005（ハヤカワ・ミステリ文庫）p613

ヴィダル, ゴア　Vidal, Gore（1925～　アメリカ）
あとがき〔リンカーン〕
◇中村紘一訳「アメリカ文学ライブラリー リンカーン 下巻」本の友社 1998 p291
こまどり
◇仁賀克雄編・訳「新・幻想と怪奇」早川書房 2009（Hayakawa pocket mystery books）p73
都市と柱
◇本合陽訳「アメリカ文学ライブラリー 都市と柱」本の友社 1998 p1
リンカーン 第一部（一～二十）
◇中村紘一訳「アメリカ文学ライブラリー リンカーン 上巻」本の友社 1998 p5
リンカーン 第二部（一～十二）
◇中村紘一訳「アメリカ文学ライブラリー リンカーン 中巻」本の友社 1998 p5
リンカーン 第三部（一～十二）
◇中村紘一訳「アメリカ文学ライブラリー リンカーン 下巻」本の友社 1998 p5

ヴィダル, ジル
サビーヌ
◇大磯仁志訳「フランス式クリスマス・プレゼント」水声社 2000 p135

ウィッカム, ジョン
ミルクマーケットの出会い
◇小田稔訳「残響―英・米・アイルランド短編小説集」九州大学出版会 2011 p145

ウィッグス, スーザン
愛に満ちた時間
◇津791藤子訳「真夏の恋の物語―サマー・シズラー 2007」ハーレクイン 2007 p107
花嫁の帰る場所
◇皆川孝子訳「愛は永遠に―ウエディング・ストーリー 2010」ハーレクイン 2010 p107
ミスター・シンデレラ
◇杉山志保訳「四つの愛の物語―クリスマス・ストーリー '97」ハーレクイン 1997 p5

ウィットモア, ジェフリー
寝物語
◇浅倉久志選訳「極短小説」新潮社 2004（新潮文庫）p17

ヴィットリーニ, エリオ　Vittolini, Elio（1908～1966　イタリア）
原作者註記（一九四五年ボンピアーニ版より）〔人間と人間にあらざるものと〕
◇脇功, 武谷なおみ, 多田俊一, 和田忠彦, 伊田久美子訳「イタリア叢書 2」松籟社 1981 p303
生への疑問
◇武谷なおみ編訳「短篇で読むシチリア」みすず書房 2011（大人の本棚）p106
奴隷のような人間
◇武谷なおみ編訳「短篇で読むシチリア」みすず書房 2011（大人の本棚）p110
人間と人間にあらざるものと
◇脇功, 武谷なおみ, 多田俊一, 和田忠彦, 伊田久美子訳「イタリア叢書 2」松籟社 1981 p1

ウィート, キャロリン　Wheat, Carolyn（1946～　アメリカ）
王女様とピックル
◇青木多香子訳「ホワイトハウスのペット探偵」講談社 2009（講談社文庫）p189
ゴースト・ステーション
◇堀内静子訳「現代ミステリーの至宝 1」扶桑社 1997（扶桑社ミステリー）p411
女王蜂のライバル事件
◇日暮雅通訳「シャーロック・ホームズ アメリカの冒険」原書房 2012 p347
世にも稀なる鳥の冒険
◇日暮雅通訳「シャーロック・ホームズ ワトソンの災厄」原書房 2003 p123
賄賂
◇山本やよい訳「子猫探偵ニックとノラ―The Cat Has Nine Mysterious Tales」光文社 2004（光文社文庫）p175

ウイドブロ, ビセンテ
深夜城の庭師（アルプ, ハンス）
◇種村季弘訳「怪奇・幻想・綺想文学集―種村季弘翻訳集成」国書刊行会 2012 p461

ヴィナヴェール, ミシェル　Vinaver, Michel（1927～　フランス）
いつもの食事―七つの断片からなる戯曲
◇佐藤康訳「コレクション現代フランス語圏演劇 2」れんが書房新社 2010 p7

2001年9月11日
　◇高橋勇夫, 根岸徹郎訳「コレクション現代フランス語圏演劇 2」れんが書房新社 2010 p149

ヴィーニンガー, ペーター・R. Wieninger, Peter R.（1966〜　オーストリア）
『ケルズの書』のもとに
　◇松村國隆訳「現代ウィーン・ミステリー・シリーズ 1」水声社 2002 p4

ウィーバー, トマシーナ
果てしなき探索
　◇佐々雅子訳「ミニ・ミステリ100」早川書房 2005（ハヤカワ・ミステリ文庫）p510
一つ編んで、二つ編んで…
　◇田村義進訳「ミニ・ミステリ100」早川書房 2005（ハヤカワ・ミステリ文庫）p335

ヴィーヒェルト, エルンスト Wiechert, Ernst Emil（1887〜1950　ドイツ）
母
　◇鈴木仁子訳「百年文庫 86」ポプラ社 2011 p5

ウイリアムズ, アーサー
この手で人を殺してから
　◇都筑道夫訳「天外消失―世界短篇傑作集 Off the face of the earth and other stories」早川書房 2008（ハヤカワ・ミステリ）p155

ウィリアムズ, ウォルター・ジョン Williams, Walter Jon（1953〜　アメリカ）
パンツァーボーイ
　◇酒井昭伸訳「楽園追放rewired―サイバーパンクSF傑作選」早川書房 2014（ハヤカワ文庫JA）p167

ウィリアムズ, キャシー Williams, Cathy
熱い誘惑
　◇竹原麗訳「真夏の恋の物語―サマー・シズラー 2006」ハーレクイン 2006 p113
嘘と秘密と再会と
　◇山口絵夢訳「愛は永遠に―ウエディング・ストーリー 2013」ハーレクイン 2013 p203

ウィリアムズ, ショーン Williams, Sean（1967〜　オーストラリア）
バーナス鉱山全景図
　◇嶋田洋一訳「90年代SF傑作選 上」早川書房 2002（ハヤカワ文庫）p211

ウィリアムズ, タッド Williams, Tad（アメリカ）
オステン・アード・サーガ
　◇金子司訳「ファンタジイの殿堂 伝説は永遠に 3」早川書房 2000（ハヤカワ文庫FT）p297
灼けゆく男
　◇金子司訳「ファンタジイの殿堂 伝説は永遠に 3」早川書房 2000（ハヤカワ文庫FT）p303

ウィリアムズ, ティモシー Williams, Timothy（1946〜　イギリス）
テディのこと
　◇吉田薫訳「ベスト・アメリカン・ミステリ スネーク・アイズ」早川書房 2005（ハヤカワ・ミステリ）p471

ウィリアムズ, テネシー Williams, Tennessee（1911〜1983　アメリカ）
チョークの粉
　◇小笠原豊樹訳「盲目の女神―20世紀欧米戯曲拾遺」みすず書房 2011 p459

ウィリアムスン, ジャック Williamson, Jack（1908〜2006　アメリカ）
火星ノンストップ
　◇風見潤訳「火星ノンストップ」早川書房 2005（ヴィンテージSFセレクション）p9

ウィリアムスン, チェット
議事録とヘンリー・ワトスン・フェアファクスの日記よりの抜粋
　◇田中一江訳「999（ナインナインナイン）―妖女たち」東京創元社 2000（創元推理文庫）p283
<彗星座>復活
　◇夏来健次訳「シルヴァー・スクリーム 上」東京創元社 2013（創元推理文庫）p375
ヘルムート・ヘッケルの日記と書簡
　◇夏来健二訳「ラヴクラフトの遺産」東京創元社 2000（創元推理文庫）p283

ウィリアムスン, J.N.
十ケ月間の不首尾
　◇飯城勇三編訳「エラリー・クイーンの災難」論創社 2012（論創海外ミステリ）p207

ウィリアムソン, ケヴィン
ベースの心臓
　◇渡辺佐智江訳「ディスコ・ビスケッツ」早川書房 1998 p133

ヴィリエ・ド・リラダン, オーギュスト・ド Villiers de L'Isle-Adam, Auguste de（1838〜1889　フランス）
ヴィリエ・ド・リラダン
　◇斎藤磯雄訳「黒いユーモア選集 1」河出書房

ウイリ

新社 2007（河出文庫）p231

ヴェラ
- ◇井上輝夫訳「バベルの図書館 29」国書刊行会 1992 p141
- ◇斎藤磯雄訳「幻想小説神髄」筑摩書房 2012（ちくま文庫）p236
- ◇井上輝夫訳「新編 バベルの図書館 4」国書刊行会 2012 p270
- ◇日仏言語文化協会「エチュード月曜クラス」訳「掌中のエスプリ フランス文学短篇名作集」弘学社 2013 p115

王妃イザボー
- ◇釜山健訳「バベルの図書館 29」国書刊行会 1992 p59
- ◇釜山健訳「新編 バベルの図書館 4」国書刊行会 2012 p218

賭金
- ◇井上輝夫訳「バベルの図書館 29」国書刊行会 1992 p45
- ◇井上輝夫訳「新編 バベルの図書館 4」国書刊行会 2012 p209

希望
- ◇釜山健訳「バベルの図書館 29」国書刊行会 1992 p15
- ◇釜山健訳「新編 バベルの図書館 4」国書刊行会 2012 p191

暗い話、語り手はなおも暗くて
- ◇釜山健訳「バベルの図書館 29」国書刊行会 1992 p121
- ◇釜山健訳「新編 バベルの図書館 4」国書刊行会 2012 p258

最後の宴の客
- ◇井上輝夫訳「バベルの図書館 29」国書刊行会 1992 p75
- ◇井上輝夫訳「新編 バベルの図書館 4」国書刊行会 2012 p227

断頭台の秘密
- ◇渡辺一夫訳「恐ろしい話」筑摩書房 2011（ちくま文学の森）p215
- ◇渡辺一夫訳「百年文庫 64」ポプラ社 2011 p49

ツェ・イ・ラの冒険
- ◇井上輝夫訳「バベルの図書館 29」国書刊行会 1992 p29
- ◇井上輝夫訳「新編 バベルの図書館 4」国書刊行会 2012 p199

ウィリス, コニー　Willis, Connie（1945～　アメリカ）

最後のウィネベーゴ
- ◇大森望編訳「奇想コレクション 最後のウィネベーゴ」河出書房新社 2006 p273

女王様でも
- ◇大森望編訳「奇想コレクション 最後のウィネベーゴ」河出書房新社 2006 p7

スパイス・ポグロム
- ◇大森望編訳「奇想コレクション 最後のウィネベーゴ」河出書房新社 2006 p129

タイムアウト
- ◇大森望編訳「奇想コレクション 最後のウィネベーゴ」河出書房新社 2006 p43

魂はみずからの社会を選ぶ―侵略と撃退：エミリー・ディキンスンの詩二篇の執筆年代再考：ウェルズ的視点
- ◇大森望「90年代SF傑作選 上」早川書房 2002（ハヤカワ文庫）p187

ドゥームズデイ・ブック
- ◇大森望「夢の文学館 4」早川書房 1995 p1

ポータルズ・ノンストップ
- ◇大森望「SFマガジン700―創刊700号記念アンソロジー 海外篇」早川書房 2014（ハヤカワ文庫 SF）p359

リアルト・ホテルで
- ◇安野玲訳「20世紀SF 5」河出書房新社 2001（河出文庫）p297

ヴィルカー, ゲルトルート

パウラ・モーダーゾーン＝ベッカーに関する最終楽章
- ◇山下剛訳「氷河の滴―現代スイス女性作家作品集」鳥影社・ロゴス企画 2007 p229

富嶽十二景
- ◇山下剛訳「氷河の滴―現代スイス女性作家作品集」鳥影社・ロゴス企画 2007 p236

ウィルキンズ, ジーナ

ハートをください
- ◇香月銀歩訳「マイ・バレンタイン―愛の贈りもの '97」ハーレクイン 1997 p235

ウィルキンズ＝フリーマン, メアリ・E.

空地
- ◇倉阪鬼一郎訳「淑やかな悪夢―英米女流怪談集」東京創元社 2000 p15

ウィルスン, アラン

疲労した船長の事件

◇北原尚彦編訳「シャーロック・ホームズの栄冠」論創社 2007（論創海外ミステリ）p175

ウィルスン, アンガス Wilson, Sir Angus Frank Johnstone（1913〜1991 イギリス）
ママが救けに
◇高山直之訳「英国短篇小説の愉しみ 3」筑摩書房 1999 p137

ウィルスン, ゲイハン Wilson, Gahan（1935〜 アメリカ）
親友
◇佐々木信雄訳「魔猫」早川書房 1999 p123
ラヴクラフト邸探訪記
◇夏来健二訳「ラヴクラフトの遺産」東京創元社 2000（創元推理文庫）p379
罠
◇広瀬順弘訳「闇の展覧会 罠」早川書房 2005（ハヤカワ文庫）p235

ウィルスン, バーバラ
ベラドンナ
◇猪俣美江子訳「ウーマンズ・ケース 下」早川書房 1998（ハヤカワ・ミステリ文庫）p271

ウィルスン, リチャード
ひとけのない道路
◇仁賀克雄編・訳「新・幻想と怪奇」早川書房 2009（Hayakawa pocket mystery books）p113

ウィルスン, ロバート・チャールズ Wilson, Robert Charles（1953〜 カナダ）
技術の結晶
◇金子浩訳「スティーヴ・フィーヴァー――ポストヒューマンSF傑作選 SFマガジン創刊50周年記念アンソロジー」早川書房 2010（ハヤカワ文庫 SF）p15

ウィルスン, F.ポール Wilson, F.Paul（1946〜 アメリカ）
荒地
◇尾之上浩司訳「ラヴクラフトの遺産」東京創元社 2000（創元推理文庫）p475
忌むべきものの夜（グレアム, ヘザー）
◇田口俊樹訳「フェイスオフ対決」集英社 2015（集英社文庫）p327
顔
◇仁科一志訳「現代ミステリーの至宝 2」扶桑社 1997（扶桑社ミステリー）p275
カット
◇田中一江訳「シルヴァー・スクリーム 上」東京創元社 2013（創元推理文庫）p67
聖金曜日
◇白石朗訳「999（ナインナインナイン）―聖金曜日」東京創元社 2000（創元推理文庫）p9
リコール
◇風間賢二訳「ヒー・イズ・レジェンド」小学館 2010（小学館文庫）p97

ウィルソン, エドマンド
ホームズさん、あれは巨大な犬の足跡でした！
◇佐々木徹訳「ベスト・ストーリーズ 1」早川書房 2015 p117

ウィルソン, ケヴィン
いちばん大切な美徳
◇古屋美登里訳「モンスターズ―現代アメリカ傑作短篇集」白水社 2014 p93

ウィルソン, コリン
古きものたちの墓
◇増田まもる訳「古きものたちの墓―クトゥルフ神話への招待」扶桑社 2013（扶桑社ミステリー）p97

ウィルソン, ジャクリーン Wilson, Jacqueline（1945〜 イギリス）
飛行術入門
◇大友香奈子訳「魔法使いになる14の方法」東京創元社 2003（創元推理文庫）p157

ウィルソン, シントラ
カール B.アンダーソンの譫言 1995–1996
◇ウィリアム N.伊藤訳「ゾエトロープ Biz」角川書店 2001（Bookplus）p309

ウィルソン, デイヴィッド・ニール
非難の余地なし
◇浜野アキオ訳「サイコーホラー・アンソロジー」祥伝社 1998（祥伝社文庫）p345

ウィルソン, デリク
消えたキリスト降誕画
◇日暮雅通訳「シャーロック・ホームズの大冒険 上」原書房 2009 p19

ウィルソン, ロバート・アントン
ダリの時計
◇小川隆訳「ディスコ2000」アーティストハウス 1999 p203

ウイルソン, ロブリー, Jr.
二匹の猫と

ウイル

◇鈴木和子訳「猫好きに捧げるショート・ストーリーズ」国書刊行会 1997 p37

ウィルドゲン, ミシェル
癒し手
◇三好玲子訳「アメリカ新進作家傑作選 2004」DHC 2005 p131

ウィルフォード, チャールズ　Willeford, Charles（1919〜1988　アメリカ）
鶏占い師
◇若島正訳「異色作家短篇集 18」早川書房 2007 p55

ウィルヘルム, ケイト　Wilhelm, Kate（1928〜　アメリカ）
キリストの涙
◇藤村裕美訳「夜汽車はバビロンへ―EQMM90年代ベスト・ミステリー」扶桑社 2000（扶桑社ミステリー）p239

銀の犬
◇安野玲訳「幻想の犬たち」扶桑社 1999（扶桑社ミステリー）p73

遭遇
◇山田順子訳「街角の書店―18の奇妙な物語」東京創元社 2015（創元推理文庫）p169

やっぱりきみは最高だ
◇安野玲訳「20世紀SF 3」河出書房新社 2001（河出文庫）p209

ヴィレ, カール
狂熱
◇小津薫訳「ベルリン・ノワール」扶桑社 2000 p197

ウィンウォード, ウォルター
悪魔の舌への帰還
◇金井美子訳「ダーク・ファンタジー・コレクション 8」論創社 2008 p255

ウィングフィールド, R.D.
夜明けのフロスト
◇芹澤恵訳「夜明けのフロスト」光文社 2005（光文社文庫）p205

ウィンゲイト, アン
「十二人の踊るお姫さま」ふたたび
◇樋口真理訳「赤ずきんの手には拳銃」原書房 1999 p193

ウィンゲルン＝シュテルンベルク, アレクサンダー・フォン
ブレーメン市の参事会員
◇前川道介訳「独逸怪奇小説集成」国書刊行会 2001 p319

ウィンズロー, ザイラ・サムター　Winslow, Thyra Samter（1886〜1961　アメリカ）
オーファント・アニー
◇野崎孝訳「世界100物語 7」河出書房新社 1997 p240

ウィンズロー, ドン　Winslow, Don（1953〜　アメリカ）
ポーとジョーとぼく
◇東江一紀訳「ポーに捧げる20の物語」早川書房 2009（Hayakawa pocket mystery books）p367

ウィンター, ダグラス・E.　Winter, Douglas E.（1950〜　アメリカ）
危険な話、あるいはスプラッタ小事典
◇夏来健次訳「シルヴァー・スクリーム 下」東京創元社 2013（創元推理文庫）p187

レス・ザン・ゾンビ
◇夏来健次訳「死霊たちの宴 下」東京創元社 1998（創元推理文庫）p9

ウィンターズ, レベッカ　Winters, Rebecca（1940〜　アメリカ）
愛が試されるとき
◇井上万里訳「愛は永遠に―ウエディング・ストーリー '99」ハーレクイン 1999 p313

愛のシナリオ
◇仁嶋いずる訳「マイ・バレンタイン―愛の贈りもの 2015」ハーレクイン 2015 p275

アリーの秘密
◇上村悦子訳「四つの愛の物語―クリスマス・ストーリー 2012」ハーレクイン 2012 p161

イヴに天使が舞いおりて
◇大谷真理子訳「四つの愛の物語―クリスマス・ストーリー 2014」ハーレクイン 2014 p105

イヴの口づけ
◇木内重子訳「四つの愛の物語―クリスマス・ストーリー 2007」ハーレクイン 2007 p103

ガラスの丘のプリンセス
◇田村たつ子訳「四つの愛の物語―クリスマス・ストーリー 2013」ハーレクイン 2013 p101

結婚はナポリで
◇高橋美友紀訳「真夏の恋の物語―サマー・シズラー 2010」ハーレクイン 2010 p209

幸せを呼ぶ王子
◇藤村華奈美訳「四つの愛の物語―クリスマス・

ストーリー 恋と魔法の季節 2004」ハーレクイン 2004 p313

競り落とされた想い人
◇松村和紀子訳「マイ・バレンタイン―愛の贈りもの 2016」ハーパーコリンズ・ジャパン 2016 p5

天使に魅せられて
◇木咲リン訳「愛は永遠に―ウエディング・ストーリー 2009」ハーレクイン 2009 p103

遠まわりの恋人たち
◇松村和紀子訳「愛は永遠に―ウエディング・ストーリー 2011」ハーレクイン 2011 p5

プリンスの選択
◇鷹田えりか訳「愛は永遠に―ウエディング・ストーリー 2004」ハーレクイン 2004 p241

ウィンターソン, ジャネット　Winterson, Jeanette（1959～　イギリス）

恋をする躰
◇野中柊訳「VOICES OVERSEAS 恋をする躰」講談社 1997 p1

さくらんぼの性は
◇岸本佐知子訳「新しいイギリスの小説 さくらんぼの性は」白水社 1991 p1

ウィンダム, ジョン　Wyndham, John（1903～1969　イギリス）

お人好し
◇中村融, 原田孝之訳「千の脚を持つ男―怪物ホラー傑作選」東京創元社 2007（創元推理文庫）p275

時間の縫い目
◇浅倉久志訳「異色作家短篇集 19」早川書房 2007 p5

中国からきた卵
◇大友香奈子訳「魔法使いになる14の方法」東京創元社 2003（創元推理文庫）p171

ウィントン, ティム

隣人たち
◇下楠昌哉訳「ダイヤモンド・ドッグ―《多文化を映す》現代オーストラリア短編小説集」現代企画室 2008 p75

ヴィンニチューク, ユーリイ

ミシコとユルコ
◇藤井悦子, オリガ・ホメンコ訳「現代ウクライナ短編集」群像社 2005（群像社ライブラリー）p141

ウェー

雲輝く黄昏
◇南田みどり編訳「二十一世紀ミャンマー作品集」大同生命国際文化基金 2015（アジアの現代文芸）p92

ウェア, モニカ

計算違い
◇浅倉久志選訳「極短小説」新潮社 2004（新潮文庫）p153

ウェイ, マーガレット　Way, Margaret（オーストラリア）

運命のプロポーズ
◇木内重子訳「愛は永遠に―ウエディング・ストーリー 2010」ハーレクイン 2010 p205

たどりついた愛
◇藤倉詩音訳「真夏の恋の物語―サマー・シズラー 2006」ハーレクイン 2006 p215

天使の声を聞かせて
◇茅野久枝訳「四つの愛の物語―クリスマス・ストーリー イブの星に願いを 2005」ハーレクイン 2005 p87

待ちわびた誓い
◇藤倉詩音訳「愛は永遠に―ウエディング・ストーリー 2006」ハーレクイン 2006 p203

ウェイクフィールド, ハーバート・ラッセル　Wakefield, Herbert Russell（1888～1964　イギリス）

赤い館
◇西崎憲訳「魔法の本棚 赤い館」国書刊行会 1996 p15

"彼の者現れて後去るべし"
◇鈴木克昌訳「魔法の本棚 赤い館」国書刊行会 1996 p118

怪奇小説(ゴースト・ストーリィ)を書く理由
◇鈴木克昌訳「魔法の本棚 赤い館」国書刊行会 1996 p7

ゴースト・ハント
◇西崎憲訳「魔法の本棚 赤い館」国書刊行会 1996 p61

最初の一束
◇西崎憲訳「魔法の本棚 赤い館」国書刊行会 1996 p73

防人
◇平井呈一編「ミセス・ヴィールの幽霊―こわい話気味のわるい話 1」沖積舎 2011 p97

さらば怪奇小説(ゴースト・ストーリィ)！

◇鈴木克昌訳「魔法の本棚 赤い館」国書刊行会 1996 p244

死の勝利
◇倉阪鬼一郎訳「魔法の本棚 赤い館」国書刊行会 1996 p90

中古車
◇野村芳夫訳「死のドライブ」文藝春秋 2001（文春文庫）p103

中心人物
◇倉阪鬼一郎訳「魔法の本棚 赤い館」国書刊行会 1996 p185

釣りの話
◇西崎玲平訳「怪奇文学大山脈 2」東京創元社 2014 p337

動物たち
◇三浦玲子訳「ダーク・ファンタジー・コレクション 5」論創社 2007 p319

ばあやの話
◇吉村満美子訳「怪奇礼讃」東京創元社 2004（創元推理文庫）p79

悲哀の湖（うみ）
◇西崎憲訳「魔法の本棚 赤い館」国書刊行会 1996 p166

不死鳥
◇倉阪鬼一郎訳「魔法の本棚 赤い館」国書刊行会 1996 p202

ボーナル博士の見損じ
◇倉阪鬼一郎訳「魔法の本棚 赤い館」国書刊行会 1996 p38

真ん中のひきだし
◇西崎憲訳「怪奇小説日和―黄金時代傑作選」筑摩書房 2013（ちくま文庫）p319

目隠し遊び
◇南條竹則編訳「イギリス恐怖小説傑作選」筑摩書房 2005（ちくま文庫）p19

幽霊ハント
◇吉川昌一訳「贈る物語Terror」光文社 2002 p44

ヴェイジー, グレン

選択
◇夏来健次訳「死霊たちの宴 上」東京創元社 1998（創元推理文庫）p251

ウェイド, ジェイムズ

深きものども
◇東谷真知子訳「クトゥルー 13」青心社 2005（暗黒神話大系シリーズ）p261

ウェイド, スーザン

白のルークと黒のポーン
◇佐々木信雄訳「魔猫」早川書房 1999 p67

ウエイド, ヘンリー　Wade, Henry（1887～1969　イギリス）

塩沢地の霧
◇駒月雅子訳「世界探偵小説全集 37」国書刊行会 2003 p9

完全なる償い
◇駒月雅子訳「ミステリ・リーグ傑作選 上」論創社 2007（論創海外ミステリ）p120

警察官よ汝を守れ
◇鈴木絵美訳「世界探偵小説全集 34」国書刊行会 2001 p9

推定相続人
◇岡照雄訳「世界探偵小説全集 13」国書刊行会 1999 p9

ヴェイリン, ジョナサン

マリブのタッグ・チーム
◇真崎義博訳「フィリップ・マーロウの事件」早川書房 2007（ハヤカワ・ミステリ文庫）p131

ウェイン, ジョン

おやすみ、かわいいデイジー
◇小池滋訳「英国鉄道文学傑作選」筑摩書房 2000（ちくま文庫）p125

モート
◇小田稔訳「残響―英・米・アイルランド短編小説集」九州大学出版会 2011 p33

ウェインライト, ジュリア

ダニエルによる殺害
◇旦紀子訳「マシン・オブ・デス―A Collection of Stories about People who Know How They Will DIE」アルファポリス 2012 p340
◇旦紀子訳「マシン・オブ・デス」アルファポリス 2013（アルファポリス文庫）p265

ヴェーケマン, クリストフ

正真正銘の男
◇鈴木義孝訳「フランダースの声―現代ベルギー小説アンソロジー」松籟社 2013 p87

ウェザーヘッド, レスリー・D.　Weatherhead, Leslie Dixon（1893～1976　イギリス）

苦労多き楽園
◇内田吉彦訳「アンデスの風叢書 天国・地獄百科」書肆風の薔薇 1982 p62

天国と地獄の位置
　◇内田吉彦訳「アンデスの風叢書　天国・地獄百科」書肆風の薔薇　1982　p52

ウェスターバーグ, メラニー
ウォーターマーク
　◇福井美緒子訳「アメリカ新進作家傑作選 2006」DHC　2007　p145

ウェスト, ジョン・アンソニー
肥満翼賛クラブ
　◇宮脇孝雄訳「街角の書店―18の奇妙な物語」東京創元社　2015（創元推理文庫）p9

ウェスト, チャールズ
ジ・エンド
　◇浅倉久志選訳「極短小説」新潮社　2004（新潮文庫）p146

ウェスト, レベッカ
パルテノペ
　◇藤井光訳「ベスト・ストーリーズ 1」早川書房　2015　p355

ウェストレイク, ドナルド・E.　Westlake, Donald Edwin（1933～　アメリカ）
悪党どもが多すぎる
　◇木村仁良訳「巨匠の選択」早川書房　2001（ハヤカワ・ミステリ）p95
　◇木村二郎訳「エドガー賞全集―1990～2007」早川書房　2008（ハヤカワ・ミステリ文庫）p9
金は金なり
　◇木村二郎訳「十の罪業 Red」東京創元社　2009（創元推理文庫）p147

ウェッツェル, ジョージ
カー・シー
　◇三浦玲子訳「ダーク・ファンタジー・コレクション 5」論創社　2007　p343

ウェドル, ニコール
ランデブー
　◇浅倉久志選訳「極短小説」新潮社　2004（新潮文庫）p69

ヴェナブル, リン・A.
廃墟
　◇南山宏, 尾之上浩司訳「地球の静止する日」角川書店　2008（角川文庫）p103

ウェバー, メレディス
おとぎの国のプリンス
　◇堺谷ますみ訳「愛は永遠に―ウエディング・ストーリー 2011」ハーレクイン　2011　p213
砂漠に咲いた愛
　◇原淳子訳「真夏の恋の物語―サマー・シズラー 2009」ハーレクイン　2009　p117
情熱の落としもの
　◇高木晶子訳「真夏の恋の物語―サマー・シズラー 2014」ハーレクイン　2014　p61

ウェブスター, ジョン　Webster, John（1578頃～1638　イギリス）
白い悪魔
　◇川﨑浩之助訳「エリザベス朝悲劇・四拍子による新訳三編―タムバレイン大王、マクベス、白い悪魔」英光社　2010　p131
マルフィ公夫人
　◇萩谷健彦訳「マルフィ公夫人」ゆまに書房　2006（昭和初期世界名作翻訳全集）p33

ヴェリフ, ヤン
賢いホンザ
　◇青木亮子訳「ポケットのなかの東欧文学―ルネッサンスから現代まで」成文社　2006　p345

ヴェルガ, ジョヴァンニ　Verga, Giovanni（1840～1922　イタリア）
金の鍵
　◇武谷なおみ編訳「短篇で読むシチリア」みすず書房　2011（大人の本棚）p26
羊飼イエーリ
　◇河島英昭訳「百年文庫 45」ポプラ社　2010　p5
夢
　◇吉本奈緒子訳「ぶどう酒色の海―イタリア中短編小説集」イタリア文藝叢書刊行委員会　2013（イタリア文藝叢書）p5
ルーパ
　◇武谷なおみ編訳「短篇で読むシチリア」みすず書房　2011（大人の本棚）p34

ヴェルガン, ポール
トムの濡れる靴
　◇にむらじゅんこ訳「フランス式クリスマス・プレゼント」水声社　2000　p31

ウェルシュ, アーヴィン　Welsh, Irvine（1958～　スコットランド）
カトリックの罪（好きなくせに）
　◇近藤隆文訳「天使だけが聞いている12の物語」ソニー・マガジンズ　2001　p269
送金
　◇角田光代訳「わたしは女の子だから」英治出

版 2012 p193
パーティー狂騒曲
◇渡辺健吾訳「ディスコ・ビスケッツ」早川書房 1998 p43

ウェルズ, キャロリン
犯罪者捕獲法奇譚
◇北原尚彦訳「シャーロック・ホームズの栄冠」論創社 2007（論創海外ミステリ）p281

ウェルズ, ジェフリー
ライオンに嚙み裂かれてむさぼり食われる
◇旦紀子訳「マシン・オブ・デス─A Collection of Stories about People who Know How They Will DIE」アルファポリス 2012 p40
◇旦紀子訳「マシン・オブ・デス」アルファポリス 2013（アルファポリス文庫）p110

ウェルズ, ジョン・ジェイ
もうひとつのイヴ物語（ブラッドリー, マリオン・ジマー）
◇利根川真紀訳「古典BL小説集」平凡社 2015（平凡社ライブラリー）p269

ウェルズ, H.G.　Wells, Herbert George（1866～1946　イギリス）
アン・ヴェロニカの冒険
◇土屋倭子訳「ヒロインの時代 アン・ヴェロニカの冒険」国書刊行会 1989 p1
大空の冒険家たち
◇伏見威蕃訳「翼を愛した男たち」原書房 1997 p243
奇跡をおこせる男
◇阿部知二訳「おかしい話」筑摩書房 2010（ちくま文学の森）p285
白壁の緑の扉
◇小野寺健訳「バベルの図書館 8」国書刊行会 1988 p13
◇小野寺健訳「新編 バベルの図書館 2」国書刊行会 2012 p18
水晶の卵
◇小野寺健訳「バベルの図書館 8」国書刊行会 1988 p119
◇小野寺健訳「新編 バベルの図書館 2」国書刊行会 2012 p86
卵形の水晶球
◇宇野利泰訳「怪奇小説傑作集新版 2」東京創元社 2006（創元推理文庫）p315
時の探検家たち
◇浅倉久志訳「ベータ2のバラッド」国書刊行会 2006（未来の文学）p319
亡きエルヴシャム氏の物語
◇小野寺健訳「バベルの図書館 8」国書刊行会 1988 p85
◇小野寺健訳「新編 バベルの図書館 2」国書刊行会 2012 p64
不案内な幽霊
◇南條竹則編訳「イギリス恐怖小説傑作選」筑摩書房 2005（ちくま文庫）p105
プラットナー先生綺譚
◇小野寺健訳「バベルの図書館 8」国書刊行会 1988 p49
◇小野寺健訳「新編 バベルの図書館 2」国書刊行会 2012 p41
塀についたドア
◇阿部知二訳「百年文庫 23」ポプラ社 2010 p5
魔法屋
◇小野寺健訳「バベルの図書館 8」国書刊行会 1988 p151
◇小野寺健訳「新編 バベルの図書館 2」国書刊行会 2012 p106
ミス・ウィンチェルシーの心
◇堀祐二訳「20世紀英国モダニズム小説集成 自分の同類を愛した男」風濤社 2014 p7
わたしの初めての飛行機
◇赤井康子訳「翼を愛した男たち」原書房 1997 p1

ウェルティ, ユードラ
クライティ──一九四一
◇藤井光訳「ゴシック短編小説集」春風社 2012 p489
声はどこから
◇渡辺佐智江訳「ベスト・ストーリーズ 2」早川書房 2016 p15
慈善訪問
◇中村邦生訳「生の深みを覗く─ポケットアンソロジー」岩波書店 2010（岩波文庫別冊）p57

ウェルドン, フェイ　Weldon, Fay（1931～　イギリス）
壊れる！
◇中平洋子訳「古今英米幽霊事情 1」新風舎 1998 p129
誰かが私を見つめてる
◇中平洋子訳「古今英米幽霊事情 2」新風舎 1999 p69

ヴェルフェル, フランツ
悲しみの家
　◇吉田正己訳「世界100物語 7」河出書房新社 1997 p65

ヴェルベーケ, アンネリース
グループでスキップ
　◇井内千紗訳「フランダースの声―現代ベルギー小説アンソロジー」松籟社 2013 p17

ウェルマン, マンリー・ウェイド　Wellman, Manly Wade（1903〜1986　アメリカ）
悪魔を侮るな
　◇仁賀克雄訳「新・幻想と怪奇」早川書房 2009（Hayakawa pocket mystery books）p149
学校奇譚
　◇大友香奈子訳「魔法使いになる14の方法」東京創元社 2003（創元推理文庫）p35
奴隷の歌
　◇中嶋剛訳「安らかに眠りたまえ―英米文学短編集」海苑社 1998 p127
昼、梟の鳴くところ
　◇広瀬順弘訳「闇の展覧会 霧」早川書房 2005（ハヤカワ文庫）p71
魔女と猫
　◇嶋田洋一訳「魔法の猫」扶桑社 1998（扶桑社ミステリー）p315

ヴェレル
オレンジ
　◇佐藤芳子訳「雑話集―ロシア短編集 3」ロシア文学翻訳グループクーチカ 2014 p90
検察官
　◇宮風耕治訳「雑話集―ロシア短編集 2」「雑話集」の会 2009 p76

ウェレン, エドワード
殺人はあばかれる
　◇山本俊子訳「ミニ・ミステリ100」早川書房 2005（ハヤカワ・ミステリ文庫）p107
とらわれびと
　◇佐々田雅子訳「ミニ・ミステリ100」早川書房 2005（ハヤカワ・ミステリ文庫）p726
袋小路の怪
　◇田村義進訳「ミニ・ミステリ100」早川書房 2005（ハヤカワ・ミステリ文庫）p440

ウォー, イーヴリン　Waugh, Evelyn（1903〜1966　イギリス）
卑しい肉体
　◇大久保譲訳「20世紀イギリス小説個性派セレクション 5」新人物往来社 2012 p3
ディケンズを愛した男
　◇中村融訳「街角の書店―18の奇妙な物語」東京創元社 2015（創元推理文庫）p27
ラヴデイ氏の短い休暇
　◇永井淳訳「天外消失―世界短篇傑作集 Off the face of the earth and other stories」早川書房 2008（ハヤカワ・ミステリ）p195

ヴォイドフスキ, ボグダン　Wojdowski, Bogdan（1930〜　ポーランド）
作者から〔死者に投げられたパン〕
　◇小原雅俊訳「東欧の文学 死者に投げられたパン」恒文社 1976 p3
死者に投げられたパン
　◇小原雅俊訳「東欧の文学 死者に投げられたパン」恒文社 1976 p7

ウォーカー, ケイト　Walker, Kate（イギリス）
不機嫌な公爵
　◇秋元美由起訳「マイ・バレンタイン―愛の贈りもの 2003」ハーレクイン 2003 p225

ヴォスコヴェツ, イジー
私のシーシュポス
　◇青木亮子訳「ポケットのなかの東欧文学―ルネッサンスから現代まで」成文社 2006 p353

ヴォスコボイニコフ
みんな全部うまくいくさ
　◇武明弘子訳「雑話集―ロシア短編集 3」ロシア文学翻訳グループクーチカ 2014 p58

ウォーターマン, ダニエル
蝶を殺した男
　◇白須清美訳「ベスト・アメリカン・ミステリ ハーレム・ノクターン」早川書房 2005（ハヤカワ・ミステリ）p549

ウォーターマン, フレデリック
いい男が勝つ
　◇吉井知代子訳「ベスト・アメリカン・ミステリ スネーク・アイズ」早川書房 2005（ハヤカワ・ミステリ）p455

ヴォー・ティ・スアン・ハー
サイカチの花が咲く頃
　◇加藤栄編訳「ベトナム現代短編集 2」大同生命国際文化基金 2005（アジアの現代文芸）p7

ヴォー・ティ・ハーオ
神がかった呪文

◇加藤栄編訳「ベトナム現代短編集 2」大同生命国際文化基金 2005（アジアの現代文芸）p111

ウォデル, M.S.
皮コレクター
　◇金井美子訳「ダーク・ファンタジー・コレクション 8」論創社 2008 p19
私を愛して
　◇金井美子訳「ダーク・ファンタジー・コレクション 8」論創社 2008 p355

ウォード, ライザ
ダンス・レッスン
　◇平野眞美訳「アメリカ新進作家傑作選 2004」DHC 2005 p347

ウォード, J.R.
雪の夜の告白
　◇琴葉かいら訳「愛と祝福の魔法——クリスマス・ストーリー2016」ハーパーコリンズ・ジャパン 2016 p175

ヴォートラン, ジャン　Vautrin, Jean（1933～　フランス）
鏡の中のブラッディ・マリー
　◇高野優訳「〈ロマン・ノワール〉シリーズ 鏡の中のブラッディ・マリー」草思社 1995 p3
パパはビリー・ズ・キックを捕まえられない
　◇高野優訳「〈ロマン・ノワール〉シリーズ パパはビリー・ズ・キックを捕まえられない」草思社 1995 p3

ウォートン, イーディス　Wharton, Edith Newbold（1862～1937　アメリカ）
あとになって
　◇橋本福夫訳「怪奇小説傑作集新版 3」東京創元社 2006（創元推理文庫）p95
ざくろの実
　◇梅田正彦訳「ざくろの実——アメリカ女流作家怪奇小説選」鳥影社 2008 p167
ジェーンの使命
　◇大久保庸子訳「ブルー・ボウ・シリーズ 結婚まで」青弓社 1992 p83
万霊節
　◇山内照子訳「古今英米幽霊事情 2」新風舎 1999 p23
魅入られて
　◇薗田美和子訳「古今英米幽霊事情 1」新風舎 1998 p85
呼び鈴
　◇佐藤宏子訳「ゴースト・ストーリー傑作選——英米女性作家8短篇」みすず書房 2009 p193
ローマ熱
　◇大津栄一郎訳「百年文庫 50」ポプラ社 2010 p95
　◇平石貴樹編訳「アメリカ短編ベスト10」松柏社 2016 p111

ウォートン, デーヴィッド・マイケル
自殺
　◇旦紀子訳「マシン・オブ・デス——A Collection of Stories about People who Know How They Will DIE」アルファポリス 2012 p73
　◇旦紀子訳「マシン・オブ・デス」アルファポリス 2013（アルファポリス文庫）p99

ウォーナー, アラン　Warner, Alan（1964～　スコットランド）
ささやかな掘り出し物
　◇渡辺佐智江訳「ディスコ・ビスケッツ」早川書房 1998 p305

ウォーナー, シルヴィア・タウンゼンド　Warner, Sylvia Townsend（1893～1978　イギリス）
幸先良い出だし
　◇桃尾美佳訳「ベスト・ストーリーズ 2」早川書房 2016 p5
序（一九七八年版）〔フォーチュン氏の楽園〕
　◇中和彩子訳「20世紀イギリス小説個性派セレクション 2」新人物往来社 2010 p225
不死鳥（フェニックス）
　◇青木悦子訳「怪奇文学大山脈 2」東京創元社 2014 p353
フォーチュン氏の楽園
　◇中和彩子訳「20世紀イギリス小説個性派セレクション 2」新人物往来社 2010 p5

ヴォネガット, カート　Vonnegut, Kurt（1922～2007　アメリカ）
明日も明日もその明日も
　◇浅倉久志訳「きょうも上天気——SF短編傑作選」角川書店 2010（角川文庫）p245
家なき者——みなし児しみじみ
　◇舌津智之訳「しみじみ読むアメリカ文学——現代文学短編作品集」松柏社 2007 p55

ウォーマン, ガブリエーレ　Wohmann, Gabriele（1932～　ドイツ）
ヴェニスの再会
　◇奈倉洋子訳「シリーズ現代ドイツ文学 5」早

稲田大学出版部 1993 p3
ホウボウ（きむずかし屋）式泳法
　◇奈倉洋子訳「シリーズ現代ドイツ文学 5」早稲田大学出版部 1993 p15
約束
　◇中野京子訳「シリーズ現代ドイツ文学 4」早稲田大学出版部 1993 p279

ウォルヴン, スコット　Wolven, Scott（1965～　アメリカ）
エル・レイ
　◇七搦理美子訳「ベスト・アメリカン・ミステリ スネーク・アイズ」早川書房 2005（ハヤカワ・ミステリ）p487
北の銅鉱
　◇七搦理美子訳「ベスト・アメリカン・ミステリ ハーレム・ノクターン」早川書房 2005（ハヤカワ・ミステリ）p573
野焼き
　◇七搦理美子訳「ベスト・アメリカン・ミステリ ジュークボックス・キング」早川書房 2005（ハヤカワ・ミステリ）p447
密告者
　◇七搦理美子訳「ベスト・アメリカン・ミステリ クラック・コカイン・ダイエット」早川書房 2007（ハヤカワ・ミステリ）p497

ウォルケル, イジー　Wolker, Jiří（1900～1924　チェコスロバキア）
愛の歌
　◇飯島周訳「ポケットのなかの東欧文学―ルネッサンスから現代まで」成文社 2006 p198

ウォルシュ, アン
避暑地の出来事
　◇多賀谷弘孝訳「安らかに眠りたまえ―英米文学短編集」海苑社 1998 p173
　◇多賀谷弘孝訳「謎のギャラリー――こわい部屋」新潮社 2002（新潮文庫）p157
　◇多賀谷弘孝訳「こわい部屋」筑摩書房 2012（ちくま文庫）p157

ウォルシュ, トマス
ガネットの銃
　◇水野恵訳「ミステリ・リーグ傑作選 上」論創社 2007（論創海外ミステリ）p190

ウォルシュ, マイケル
モリアーティ、モランほか―正典における反アイルランド的心情
　◇日暮雅通訳「シャーロック・ホームズ アメリカの冒険」原書房 2012 p437

ウォルシュ, D.J.　Walsh, Donald J., Jr.
呪術師（ババロイ）の指環
　◇渡辺健一郎訳「新編 真ク・リトル・リトル神話大系 5」国書刊行会 2008 p285

ウォルシュ, M.O.
フレディたち
　◇江口和美訳「アメリカ新進作家傑作選 2007」DHC 2008 p109

ウォルソン, モートン
ガラスの部屋
　◇森英俊訳「これが密室だ！」新樹社 1997 p121

ヴォルテール　Voltaire（1694～1778　フランス）
地獄
　◇斎藤博士訳「アンデスの風叢書 天国・地獄百科」書肆風の薔薇 1982 p140
白と黒
　◇川口顕弘「バベルの図書館 7」国書刊行会 1988 p99
　◇川口顕弘「新編 バベルの図書館 4」国書刊行会 2012 p71
スカルマンタドの旅行譚―本人直筆の手記
　◇川口顕弘「バベルの図書館 7」国書刊行会 1988 p37
　◇川口顕弘「新編 バベルの図書館 4」国書刊行会 2012 p32
天国
　◇斎藤博士訳「アンデスの風叢書 天国・地獄百科」書肆風の薔薇 1982 p112
慰められた二人
　◇川口顕弘「バベルの図書館 7」国書刊行会 1988 p31
　◇川口顕弘「新編 バベルの図書館 4」国書刊行会 2012 p28
バビロンの王女
　◇川口顕弘「バベルの図書館 7」国書刊行会 1988 p131
　◇川口顕弘「新編 バベルの図書館 4」国書刊行会 2012 p91
ミクロメガス―哲学的物語
　◇川口顕弘「バベルの図書館 7」国書刊行会 1988 p55
　◇川口顕弘「新編 バベルの図書館 4」国書刊行会 2012 p43

メムノン―または人間の知恵
　◇川口顕弘訳「新編 バベルの図書館 4」国書刊行会 2012 p19
メムノン―または人間の智恵
　◇川口顕弘訳「バベルの図書館 7」国書刊行会 1988 p15

ウォルハイム, ドナルド・A.　Wollheim, Donald Allen（1914～1990　アメリカ）
擬態―「ミミック」原作
　◇中村融訳「地球の静止する日―SF映画原作傑作選」東京創元社 2006（創元SF文庫）p199
ク・リトル・リトルの恐怖
　◇渡辺健一郎訳「新編 真ク・リトル・リトル神話大系 5」国書刊行会 2008 p49

ウォルバウ, ネイサン
死の"プッシュ"
　◇市川美佐子訳「アメリカミステリ傑作選 2003」DHC 2003（アメリカ文芸「年間」傑作選）p497

ウォルフ, エゴン
侵入者たち
　◇佐竹謙一編訳「ラテンアメリカ現代演劇集」水声社 2005 p211

ヴォルフ, クリスタ　Wolf, Christa（1929～ドイツ）
クライストの『ペンテジレーア』
　◇奈倉洋子訳「シリーズ現代ドイツ文学 3」早稲田大学出版部 1991 p153
幼年期の構図
　◇保坂一夫訳「東欧の文学 幼年期の構図」恒文社 1981 p7

ウォルフォース, ティム
テレサ
　◇大野尚江訳「殺しが二人を別つまで」早川書房 2007（ハヤカワ・ミステリ文庫）p323

ヴォルフスキント, ペーター・ダニエル
ファウスタの象
　◇前川道介訳「独逸怪奇小説集成」国書刊行会 2001 p96

ヴォルポーニ, パオロ　Volponi, Paolo（1924～1994　イタリア）
怒りの惑星
　◇脇功訳「イタリア叢書 4」松籟社 1985 p1

ウォルポール, ヒュー　Walpole, Hugh Seymour（1884～1941　イギリス）
海辺の恐怖――一瞬の経験
　◇西崎憲訳「怪奇文学大山脈 2」東京創元社 2014 p327
海辺の不気味な出来事
　◇倉阪鬼一郎訳「ミステリーの本棚 銀の仮面」国書刊行会 2001 p179
銀の仮面
　◇倉阪鬼一郎訳「ミステリーの本棚 銀の仮面」国書刊行会 2001 p9
死の恐怖
　◇倉阪鬼一郎訳「ミステリーの本棚 銀の仮面」国書刊行会 2001 p55
白猫
　◇佐々木徹訳「異色作家短篇集 19」早川書房 2007 p93
ターンヘルム
　◇西崎憲、柴﨑みな子訳「怪奇小説日和―黄金時代傑作選」筑摩書房 2013（ちくま文庫）p431
ちいさな幽霊
　◇倉阪鬼一郎訳「ミステリーの本棚 銀の仮面」国書刊行会 2001 p235
小さな幽霊
　◇南條竹則編訳「イギリス恐怖小説傑作選」筑摩書房 2005（ちくま文庫）p33
中国の馬
　◇倉阪鬼一郎訳「ミステリーの本棚 銀の仮面」国書刊行会 2001 p85
敵
　◇倉阪鬼一郎訳「ミステリーの本棚 銀の仮面」国書刊行会 2001 p35
虎
　◇倉阪鬼一郎訳「ミステリーの本棚 銀の仮面」国書刊行会 2001 p189
トーランド家の長老
　◇倉阪鬼一郎訳「ミステリーの本棚 銀の仮面」国書刊行会 2001 p131
　◇倉阪鬼一郎訳「世界堂書店」文藝春秋 2014（文春文庫）p227
版画
　◇平戸喜文訳「イギリス名作短編集」近代文芸社 2003 p99
みずうみ
　◇倉阪鬼一郎訳「ミステリーの本棚 銀の仮面」国書刊行会 2001 p155

ミスター・オディ
　◇奈須麻里子訳「20世紀英国モダニズム小説集成 世を騒がす嘘つき男」風濤社 2014 p195
雪
　◇倉阪鬼一郎訳「ミステリーの本棚 銀の仮面」国書刊行会 2001 p217
ラント夫人
　◇平井呈一訳「百年文庫 84」ポプラ社 2011 p103
　◇平井呈一編「ラント夫人―こわい話気味のわるい話 2」沖積舎 2012 p7
ルビー色のグラス
　◇倉阪鬼一郎訳「ミステリーの本棚 銀の仮面」国書刊行会 2001 p113

ウォルポール, ホレス
　おとらんと城綺譚
　　◇平井呈一訳「西洋伝奇物語―ゴシック名訳集成」学習研究社 2004 （学研M文庫）p69

ヴォルマン, ウィリアム・T. Vollmann, William T.（1959〜　アメリカ）
　女（あいつ）
　　◇迫光訳「VOICES OVERSEAS ハッピー・ガールズ, バッド・ガールズ」講談社 1996 p137
　あるジャガーの墓碑銘（ベリーズ）
　　◇迫光訳「VOICES OVERSEAS ハッピー・ガールズ, バッド・ガールズ」講談社 1996 p145
　失われた物語たちの墓
　　◇柴田元幸編訳「どこにもない国―現代アメリカ幻想小説集」松柏社 2006 p103
　ヴヤチェスラフ・オスチ中尉の墓碑銘（アフガニスタン）
　　◇迫光訳「VOICES OVERSEAS ハッピー・ガールズ, バッド・ガールズ」講談社 1996 p156
　臆病者の墓碑銘（USA）
　　◇迫光訳「VOICES OVERSEAS ハッピー・ガールズ, バッド・ガールズ」講談社 1996 p262
　オマハにて
　　◇迫光訳「VOICES OVERSEAS ハッピー・ガールズ, バッド・ガールズ」講談社 1996 p309
　髪に花を飾って
　　◇迫光訳「VOICES OVERSEAS ハッピー・ガールズ, バッド・ガールズ」講談社 1996 p237
　神のような人
　　◇迫光訳「VOICES OVERSEAS ハッピー・ガールズ, バッド・ガールズ」講談社 1996 p150
　旧友たちの墓碑銘（USA）
　　◇迫光訳「VOICES OVERSEAS ハッピー・ガールズ, バッド・ガールズ」講談社 1996 p293
　ジョン・F.ケネディ大統領の墓碑銘（USA）
　　◇迫光訳「VOICES OVERSEAS ハッピー・ガールズ, バッド・ガールズ」講談社 1996 p320
　磁霊
　　◇迫光訳「VOICES OVERSEAS ハッピー・ガールズ, バッド・ガールズ」講談社 1996 p9
　親切
　　◇迫光訳「VOICES OVERSEAS ハッピー・ガールズ, バッド・ガールズ」講談社 1996 p268
　著者覚書〔ハッピー・ガールズ, バッド・ガールズ〕
　　◇迫光訳「VOICES OVERSEAS ハッピー・ガールズ, バッド・ガールズ」講談社 1996 p8
　手錠のマニュアル
　　◇迫光訳「VOICES OVERSEAS ハッピー・ガールズ, バッド・ガールズ」講談社 1996 p158
　トロピカーナ
　　◇迫光訳「VOICES OVERSEAS ハッピー・ガールズ, バッド・ガールズ」講談社 1996 p321
　亡き物語の墓
　　◇迫光訳「VOICES OVERSEAS ハッピー・ガールズ, バッド・ガールズ」講談社 1996 p352
　バッド・ガール
　　◇迫光訳「VOICES OVERSEAS ハッピー・ガールズ, バッド・ガールズ」講談社 1996 p88
　ハッピー・ガールズ
　　◇迫光訳「VOICES OVERSEAS ハッピー・ガールズ, バッド・ガールズ」講談社 1996 p119
　フォードの墓碑銘（グァテマラ）
　　◇迫光訳「VOICES OVERSEAS ハッピー・ガールズ, バッド・ガールズ」講談社 1996 p345

ウオル

ペギーのヒモの墓碑銘（USA）
　◇迫光訳「VOICES OVERSEAS ハッピー・ガールズ, バッド・ガールズ」講談社 1996 p279
ペギーの墓碑銘（USA）
　◇迫光訳「VOICES OVERSEAS ハッピー・ガールズ, バッド・ガールズ」講談社 1996 p116
弁証法
　◇迫光訳「VOICES OVERSEAS ハッピー・ガールズ, バッド・ガールズ」講談社 1996 p296
マハラジャ宮殿の墓碑銘（インド）
　◇迫光訳「VOICES OVERSEAS ハッピー・ガールズ, バッド・ガールズ」講談社 1996 p235
ミエンの墓碑銘（ヴェトナム）
　◇迫光訳「VOICES OVERSEAS ハッピー・ガールズ, バッド・ガールズ」講談社 1996 p134
ヤミーとケンの墓碑銘（タイ）
　◇迫光訳「VOICES OVERSEAS ハッピー・ガールズ, バッド・ガールズ」講談社 1996 p86
逝ける書物の墓碑銘（様々な土地）
　◇迫光訳「VOICES OVERSEAS ハッピー・ガールズ, バッド・ガールズ」講談社 1996 p376
六十のための墓碑銘（USA）
　◇迫光訳「VOICES OVERSEAS ハッピー・ガールズ, バッド・ガールズ」講談社 1996 p305
我が肖像、我が愛、我が妻
　◇迫光訳「VOICES OVERSEAS ハッピー・ガールズ, バッド・ガールズ」講談社 1996 p280

ウォールマン, ジェフリイ
　複製の店（ブロンジーニ, ビル）
　◇佐々田雅子訳「ミニ・ミステリ100」早川書房 2005（ハヤカワ・ミステリ文庫）p681

ウォーレス, エドガー　Wallace, Edgar（1875～1932 イギリス）
　正義の四人／ロンドン大包囲網
　◇宮崎ひとみ訳「海外ミステリ Gem Collection 7」長崎出版 2007 p1

ウォレス, シャーロット
　ラッキーキャット
　◇月村澄枝訳「猫は九回生きる―とっておきの猫の話」心交社 1997 p5

ウォレス, デイヴィッド・フォスター　Wallace, David Foster（1962～　アメリカ）
　いちめんの緑色
　◇白石朗訳「ライターズX 奇妙な髪の少女」白水社 1994 p255
　永遠に頭上に
　◇村上春樹編訳「バースデイ・ストーリーズ」中央公論新社 2002 p111
　奇妙な髪の少女
　◇白石朗訳「ライターズX 奇妙な髪の少女」白水社 1994 p74
　幸運にも経理課長は心肺機能蘇生法の心得があった
　◇白石朗訳「ライターズX 奇妙な髪の少女」白水社 1994 p64
　こことあそこ
　◇白石朗訳「ライターズX 奇妙な髪の少女」白水社 1994 p162
　セイ・ネバー
　◇白石朗訳「ライターズX 奇妙な髪の少女」白水社 1994 p227
　帝国は西に進路をとる
　◇白石朗訳「ライターズX 奇妙な髪の少女」白水社 1994 p258
　無表情な小動物たち
　◇白石朗訳「ライターズX 奇妙な髪の少女」白水社 1994 p7
　リンドン
　◇白石朗訳「ライターズX 奇妙な髪の少女」白水社 1994 p100
　わが出演
　◇白石朗訳「ライターズX 奇妙な髪の少女」白水社 1994 p190

ウォレス, ブルース・J.
　ジゴク・プリフェクチュア
　◇本兌有, 杉ライカ訳「ハーン・ザ・ラストハンター――アメリカン・オタク小説集」筑摩書房 2016 p185

ウォーレス, ペネロピー
　アルバート伯父と「ホームズ師匠」
　◇坂本希久子訳「本の殺人事件簿―ミステリ傑作20選 2」バベル・プレス 2001 p173
　お祭り日和
　◇佐々田雅子訳「ミニ・ミステリ100」早川書房

ウォレン, サミュエル
　癌 ある内科医の日記から
　　◇石塚久郎訳「病短編小説集」平凡社 2016（平凡社ライブラリー）p263

ウォレン, ナンシー
　セックスとプードルとダイヤモンド
　　◇松井里弥訳「キス・キス・キス―聖夜に、あと一度だけ」ヴィレッジブックス 2007（ヴィレッジブックス）p125
　見知らぬ恋人
　　◇松井里弥訳「キス・キス・キス―サプライズパーティの夜に」ヴィレッジブックス 2008（ヴィレッジブックス）p107
　誘惑には向かない職業
　　◇松井里弥訳「キス・キス・キス―チェリーな気持ちで」ヴィレッジブックス 2009（ヴィレッジブックス）p7

ウォレン, ロバート・ペン　Warren, Robert Penn（1905〜1989　アメリカ）
　南北戦争の遺産
　　◇田中啓史, 堀真理子訳「アメリカ文学ライブラリー　南北戦争の遺産」本の友社 1997 p1

ヴォロディーヌ, アントワーヌ　Volodine, Antoine（1950〜　フランス）
　アルト・ソロ
　　◇塚本昌則訳「新しいフランスの小説 アルト・ソロ」白水社 1995 p1

ヴクサヴィッチ, レイ　Vukcevich, Ray（1946〜　アメリカ）
　最終果実
　　◇岸本佐知子編訳「コドモノセカイ」河出書房新社 2015 p85
　ささやき
　　◇岸本佐知子訳「居心地の悪い部屋」角川書店 2012 p149
　　◇岸本佐知子訳「居心地の悪い部屋」河出書房新社 2015（河出文庫）p125
　セーター
　　◇岸本佐知子編訳「変愛小説集」講談社 2008 p57
　　◇岸本佐知子編訳「変愛小説集」講談社 2014（講談社文庫）p59
　僕らが天王星に着くころ
　　◇岸本佐知子編訳「変愛小説集」講談社 2008 p31

　　◇岸本佐知子編訳「変愛小説集」講談社 2014（講談社文庫）p33

ウー・スエー
　ぼくら、君ら、彼らのこと
　　◇南田みどり編訳「二十一世紀ミャンマー作品集」大同生命国際文化基金 2015（アジアの現代文芸）p48

ウスラル・ピエトリ, アルトゥーロ
　雨
　　◇豊泉博幸訳「ラテンアメリカ傑作短編集―中南米スペイン語圏文学史を辿る」彩流社 2014 p221

ウッズ, シェリル
　永遠が見えなくて
　　◇松村和紀子訳「愛は永遠に―ウエディング・ストーリー 2013」ハーレクイン 2013 p105
　白いドレスの願い
　　◇大森みち花訳「マイ・バレンタイン―愛の贈りもの 2007」ハーレクイン 2007 p5
　空から降る奇跡
　　◇青海まこ訳「四つの愛の物語―クリスマス・ストーリー 恋と魔法の季節 2004」ハーレクイン 2004 p103

ウッチェーニー
　より高く
　　◇吉岡みね子訳「タイの大地の上で―現代作家・詩人選集」大同生命国際文化基金 1999（アジアの現代文芸）p247

ウッド, モニカ
　秋の記憶
　　◇飯干京子訳「ベスト・アメリカン・ミステリ ジュークボックス・キング」早川書房 2005（ハヤカワ・ミステリ）p463

ウッドハウス　Wodehouse, Pelham Grenville（1881〜1975　イギリス）
　フレッド叔父
　　◇大久保康雄訳「世界100物語 5」河出書房新社 1997 p295

ウティット・ヘーマムーン
　旧友の呼び声―あるいは、一つの終着点
　　◇宇戸清治編訳「現代タイのポストモダン短編集」大同生命国際文化基金 2012（アジアの現代文芸）p115

ウナムーノ, ミゲル・デ　Unamuno y Jugo, Miguel de（1864〜1936　スペイン）
　わが天国

ウハオ

◇牛島信明訳「アンデスの風叢書 天国・地獄百科」書肆風の薔薇 1982 p14

ヴー・バーオ
　魂を落とした男
　　◇加藤栄編訳「ベトナム現代短編集 2」大同生命国際文化基金 2005（アジアの現代文芸）p49

ウバディアイ, サムラット
　良き店主
　　◇堤暁実訳「アメリカ短編小説傑作選 2001」DHC 2001（アメリカ文芸「年間」傑作選）p517

ウーヤン・ユー　Ouyang Yu（1955～　オーストラリア）
　北からやってきたウルフ
　　◇有満保江訳「ダイヤモンド・ドッグ―《多文化を映す》現代オーストラリア短編小説集」現代企画室 2008 p83

ウリツカヤ, リュドミラ　Ulitskaia, Liudmila（1943～　ロシア）
　自然現象
　　◇沼野恭子訳「美しい子ども」新潮社 2013（CREST BOOKS）p83

ウル, エミン
　小川に星が流れる
　　◇細谷和代訳「現代トルコ文学選 2」東京外国語大学外国語学部トルコ語専攻研究室 2012（TUFS Middle Eastern studies）p116

ウルズィートゥグス, ロブサンドルジーン
　アクアリウム
　　◇柴内秀司訳「モンゴル近現代短編小説選」パブリック・ブレイン 2013 p480
　女性
　　◇柴内秀司訳「モンゴル近現代短編小説選」パブリック・ブレイン 2013 p464

ウルピウス, ウルスーラ
　第四の天国
　　◇牛島信明訳「アンデスの風叢書 天国・地獄百科」書肆風の薔薇 1982 p37

ウルフ, ヴァージニア　Woolf, Virginia（1882～1941　イギリス）
　遺産
　　◇井伊順彦訳「20世紀英国モダニズム小説集成 自分の同類を愛した男」風濤社 2014 p180
　壁の染み
　　◇西崎憲訳「百年文庫 39」ポプラ社 2010 p85

　自分の同類を愛した男
　　◇井伊順彦訳「20世紀英国モダニズム小説集成 自分の同類を愛した男」風濤社 2014 p170
　外から見た女子学寮
　　◇利根川真紀編訳「レズビアン短編小説集―女たちの時間」平凡社 2015（平凡社ライブラリー）p271
　存在の瞬間
　　◇利根川真紀編訳「レズビアン短編小説集―女たちの時間」平凡社 2015（平凡社ライブラリー）p225
　ともにいて、遠く離れて
　　◇井伊順彦訳「20世紀英国モダニズム小説集成 世を騒がす嘘つき男」風濤社 2014 p148
　まとめてみれば
　　◇井伊順彦訳「20世紀英国モダニズム小説集成 自分の同類を愛した男」風濤社 2014 p194
　ラグトンばあやのカーテン
　　◇中村邦生訳「生の深みを覗く―ポケットアンソロジー」岩波書店 2010（岩波文庫別冊）p9

ウルフ, ジーン　Wolfe, Gene（1931～　アメリカ）
　木は我が帽子
　　◇金子浩訳「999（ナインナインナイン）―聖金曜日」東京創元社 2000（創元推理文庫）p231
　素晴らしき真鍮自動チェス機械
　　◇柳下毅一郎訳「モーフィー時計の午前零時―チェス小説アンソロジー」国書刊行会 2009 p137
　ソーニャとクレーン・ヴェッスルマンとキティー
　　◇柳下毅一郎訳「魔法の猫」扶桑社 1998（扶桑社ミステリー）p305
　探偵、夢を解く
　　◇真野明裕訳「闇の展覧会 敵」早川書房 2005（ハヤカワ文庫）p63
　デス博士の島その他の物語
　　◇伊藤典夫訳「20世紀SF 4」河出書房新社 2001（河出文庫）p81
　黄泉の妖神
　　◇夏来健二訳「ラヴクラフトの遺産」東京創元社 2000（創元推理文庫）p343
　列車に乗って
　　◇若島正訳「ベスト・ストーリーズ 2」早川書房 2016 p325

ウルフ, トバイアス　Wolff, Tobias（1945～　アメリカ）
　いずれは死ぬ身
　　◇柴田元幸編訳「いずれは死ぬ身」河出書房新社　2009　p129
　うたがわしきは罰せず
　　◇小林久美子訳「ベスト・ストーリーズ 3」早川書房　2016　p159
　二人の少年と、一人の少女
　　◇村上春樹編訳「恋しくて―Ten Selected Love Stories」中央公論新社　2013　p65
　　◇村上春樹編訳「恋しくて―Ten Selected Love Stories」中央公論新社　2016（中公文庫）p67

ウルムズ　Urmuz（1883～1923　ルーマニア）
　イスマイルとトルナビト
　　◇住谷春也訳「文学の贈物―東中欧文学アンソロジー」未知谷　2000　p344

ウールリッチ, コーネル　Woolrich, Cornell（1903～1968　アメリカ）
　一滴の血
　　◇稲葉明雄訳「51番目の密室―世界短篇傑作集」早川書房　2010（Hayakawa pocket mystery books）p213

ウレア, ルイス・アルベルト
　誰が俺のモンキーを盗ったのか？（コーベット, デイヴィッド）
　　◇山口祐子訳「ベスト・アメリカン・短編ミステリ 2012」DHC　2012　p103
　チャメトラ
　　◇岸本佐知子編訳「居心地の悪い部屋」角川書店　2012　p19
　　◇岸本佐知子編訳「居心地の悪い部屋」河出書房新社　2015（河出文庫）p19

殷 熙耕　ウン・ヒギョン（韓国）
　妻の箱
　　◇水野健訳「現代韓国短篇選 上」岩波書店　2002　p99

ウンセット, S.　Undset, Sigrid（1882～1949　ノルウェー）
　少女
　　◇尾崎義訳「百年文庫 77」ポプラ社　2011　p53

ウンバ, ベンジャミン
　夜明けの炎
　　◇塚本晃久訳「パプア・ニューギニア小説集」三重大学出版会　2008　p1

【エ】

エアーズ, N.J.
　錆の痕跡
　　◇関口麻里子訳「ベスト・アメリカン・短編ミステリ」DHC　2010　p25

エイキン, アンナ・レイティティア
　サー・バートランド―断片――一七七三
　　◇下楠昌哉訳「ゴシック短編小説集」春風社　2012　p35

エイキン, ジョーン　Aiken, Joan（1924～2004　イギリス）
　さがしものの神様
　　◇大友香奈子訳「魔法使いになる14の方法」東京創元社　2003（創元推理文庫）p115
　ベッキーの人形
　　◇夏目道子訳「ミステリアス・クリスマス」パロル舎　1999　p149
　マーマレードの酒
　　◇西崎憲訳「怪奇小説日和―黄金時代傑作選」筑摩書房　2013（ちくま文庫）p95
　マーマレードワイン
　　◇磯部和子訳「ワイン通の復讐―美酒にまつわるミステリー選集」心交社　1998　p44

エイクマン, ロバート　Aickman, Robert Fordyce（1914～1981　イギリス）
　奥の部屋
　　◇今本渉訳「魔法の本棚 奥の部屋」国書刊行会　1997　p179
　学友
　　◇今本渉訳「魔法の本棚 奥の部屋」国書刊行会　1997　p7
　髪を束ねて
　　◇今本渉訳「魔法の本棚 奥の部屋」国書刊行会　1997　p55
　恍惚
　　◇今本渉訳「魔法の本棚 奥の部屋」国書刊行会　1997　p127
　何と冷たい小さな君の手よ
　　◇今本渉訳「異色作家短篇集 19」早川書房　2007　p147
　花よりもはかなく
　　◇西崎憲編訳「短篇小説日和―英国異色傑作選」

エイケ

筑摩書房 2013（ちくま文庫）p367
マーク・インゲストリー―客の物語
　◇真野明裕訳「闇の展覧会 敵」早川書房 2005（ハヤカワ文庫）p101
待合室
　◇今本渉訳「魔法の本棚 奥の部屋」国書刊行会 1997 p105
列車
　◇今本渉訳「怪奇小説日和―黄金時代傑作選」筑摩書房 2013（ちくま文庫）p347

エイケン, コンラッド Aiken, Conrad（1889～1973 アメリカ）
音もなく降る雪、秘密の雪
　◇野崎孝訳「世界100物語 6」河出書房新社 1997 p324
　◇野崎孝訳「教えたくなる名短篇」筑摩書房 2014（ちくま文庫）p283
スミスとジョーンズ
　◇柳瀬尚紀訳「犯罪は詩人の楽しみ―詩人ミステリ集成」東京創元社 2012（創元推理文庫）p220

エイジー, ジェイムズ Agee, James（1909～1955 アメリカ）
母の話
　◇斎藤英治訳「新しいアメリカの小説 世界の肌ざわり」白水社 1993 p175

エイディー, ロバート
密室ミステリ概論
　◇森英俊訳「密室殺人大百科 上」原書房 2000 p414

エイミス, マーティン Amis, Martin（1949～ イギリス）
サクセス
　◇大熊栄訳「新しいイギリスの小説 サクセス」白水社 1993 p1

エイメ, マルセル
⇒エーメ, マルセル を見よ

エイレット, スティーヴ
繰り返すものたち
　◇渡辺健吾訳「ディスコ・ビスケッツ」早川書房 1998 p319
ジャイガンティック
　◇部谷真奈美訳「ディスコ2000」アーティストハウス 1999 p136

エインズワース, ウィリアム・ハリソン Ainsworth, William Harrison（1805～1882 イギリス）
メアリ・スチュークリ
　◇佐藤良明訳「百年文庫 36」ポプラ社 2010 p53

エインフェルズ, ヤーニス
アスコルディーネの愛―ダウガワ河幻想
　◇黒沢歩訳「時間はだれも待ってくれない―21世紀東欧SF・ファンタスチカ傑作集」東京創元社 2011 p225

エーヴェルス, ハンス・ハインツ Ewers, Hanns Heinz（1871～1943 ドイツ）
蜘蛛
　◇植田敏郎訳「乱歩の選んだベスト・ホラー」筑摩書房 2000（ちくま文庫）p357
　◇植田敏郎訳「吊るされた男」角川書店 2001（角川ホラー文庫）p117
　◇前川道介訳「独逸怪奇小説集成」国書刊行会 2001 p21
　◇植田敏郎訳「怪奇小説傑作集新版 5」東京創元社 2006（創元推理文庫）p25
　◇前川道介訳「怪奇小説精華」筑摩書房 2012（ちくま文庫）p485
琥珀
　◇前川道介訳「独逸怪奇小説集成」国書刊行会 2001 p80
白の乙女
　◇垂野創一郎訳「怪奇文学大山脈 2」東京創元社 2014 p163
ホルスト・ヴェッセル―あるドイツ的運命
　◇池田浩士編訳「ドイツ・ナチズム文学集成 1」柏書房 2001 p173
ミイラの花嫁
　◇前川道介訳「独逸怪奇小説集成」国書刊行会 2001 p358

エウリピデス Eurīpidēs（前485頃～前406 ギリシア）
メディア（笹部博司〔著〕）
　◇「メディアーエウリピデスより」メジャーリーグ 2008（笹部博司の演劇コレクション）p5

エヴンソン, ブライアン
父、まばたきもせず
　◇岸本佐知子編訳「居心地の悪い部屋」角川書店 2012 p85
　◇岸本佐知子編訳「居心地の悪い部屋」河出書房新社 2015（河出文庫）p53

へべはジャリを殺す
　◇岸本佐知子編訳「居心地の悪い部屋」角川書店 2012 p5
　◇岸本佐知子編訳「居心地の悪い部屋」河出書房新社 2015（河出文庫）p7

エガーズ, デイヴ
俺が川に投げ込まれてから溺れるまで
　◇土屋晃訳「天使だけが聞いている12の物語」ソニー・マガジンズ 2001 p181
テオ
　◇岸本佐知子編訳「楽しい夜」講談社 2016 p165

エクス, エクス＝プライヴェート
見た男
　◇南條竹則編訳「イギリス恐怖小説傑作選」筑摩書房 2005（ちくま文庫）p215

エジャートン, レスリー
別の世界に
　◇石田浩子訳「アメリカミステリ傑作選 2003」DHC 2003（アメリカ文芸「年間」傑作選）p109

エシュノーズ, ジャン　Echenoz, Jean（1947〜　フランス）
チェロキー
　◇谷昌親訳「新しいフランスの小説　チェロキー」白水社 1994 p1
持つべきは友
　◇高頭麻子訳「新しいフランスの小説　シュザンヌの日々」白水社 1995 p57

エスパルベック
僕と三人の父
　◇にむらじゅんこ訳「フランス式クリスマス・プレゼント」水声社 2000 p151

S.マラ・Gd　S.Mara Gd（インドネシア）
殺意の架け橋
　◇柏村彰夫訳「アジア本格リーグ 5（インドネシア）」講談社 2010 p3

エスルマン, ローレン・D.　Estleman, Loren D.（1952〜　アメリカ）
アラビアの騎士の冒険
　◇日暮雅通訳「シャーロック・ホームズ ベイカー街の殺人」原書房 2002 p305
"黄金の猿"の謎
　◇日暮雅通訳「シャーロック・ホームズ ワトソンの災厄」原書房 2003 p251

クリスマス最大の贈り物
　◇日暮雅通訳「シャーロック・ホームズ 四人目の賢者―クリスマスの依頼人 2」原書房 1999 p117
三人の幽霊
　◇日暮雅通訳「シャーロック・ホームズ クリスマスの依頼人」原書房 1998 p265
咳こむ歯医者の事件
　◇日暮雅通訳「シャーロック・ホームズ アメリカの冒険」原書房 2012 p135
南部の労働者
　◇池央耿訳「探偵稼業はやめられない―女探偵vs.男探偵」光文社 2003（光文社文庫）p361
ハイエナのこともある
　◇森本信子訳「ベスト・アメリカン・短編ミステリ 2012」DHC 2012 p159
ブック・クラブ殺人事件
　◇杉江松恋訳「BIBLIO MYSTERIES 2」ディスカヴァー・トゥエンティワン 2014 p167
冒瀆の天使
　◇森嶋マリ訳「18の罪―現代ミステリ傑作選」ヴィレッジブックス 2012（ヴィレッジブックス）p335
ボディガードという仕事
　◇玉木亨訳「現代ミステリーの至宝 1」扶桑社 1997（扶桑社ミステリー）p41
レッドネック
　◇中谷友紀子訳「アメリカミステリ傑作選 2001」DHC 2001（アメリカ文芸「年間」傑作選）p193

エセンダル, メムドゥフ・シェヴケット
二度の訪問
　◇倉田杏実訳「現代トルコ文学選 2」東京外国語大学外国語学部トルコ語専攻研究室 2012（TUFS Middle Eastern studies）p142

エチェベリーア, エステバン
屠場
　◇相良勝訳「ラテンアメリカ傑作短編集―中南米スペイン語圏文学史を辿る」彩流社 2014 p5

エチスン, デニス　Etchison, Dennis（1943〜　アメリカ）
遅番
　◇真野明裕訳「闇の展覧会　霧」早川書房 2005（ハヤカワ文庫）p7

エドゥジアン, エシ
妻はローズオイルの味をのこして

◇斎藤裕子訳「アメリカ新進作家傑作選 2003」DHC 2004 p41

エドギュ, フェリト
チャクルの物語
◇南澤沙織訳「現代トルコ文学選 2」東京外国語大学外国語学部トルコ語専攻研究室 2012 （TUFS Middle Eastern studies） p9

エドワーズ, アミーリア　Edwards, Amelia Ann Blanford（1831～1892　イギリス）
告解室にて
◇倉阪鬼一郎訳「淑やかな悪夢—英米女流怪談集」東京創元社 2000 p39
鉄道員の復讐
◇松岡光治編訳「ヴィクトリア朝幽霊物語—短篇集」アティーナ・プレス 2013 p77
幽霊駅馬車
◇平井呈一編「壁画の中の顔—こわい話気味のわるい話 3」沖積舎 2012 p285
4時15分発急行列車
◇泉川紘雄訳「有栖川有栖の鉄道ミステリ・ライブラリー」角川書店 2004 （角川文庫） p125

エドワーズ, マーティン
自殺願望の弁護士
◇日暮雅通訳「シャーロック・ホームズの大冒険 下」原書房 2009 p241

エニス, ショーン
ラブリーを追って
◇山田友子訳「アメリカ新進作家傑作選 2006」DHC 2007 p325

エバンズ, パトリシア・G.
遠回りのメリー・クリスマス
◇西江璃子訳「四つの愛の物語—クリスマス・ストーリー '97」ハーレクイン 1997 p299

エフィンジャー, ジョージ・アレック
Effinger, George Alec（1947～2002　アメリカ）
時の鳥
◇浅倉久志訳「ここがウィネトカなら、きみはジュディー時間SF傑作選 SFマガジン創刊50周年記念アンソロジー」早川書房 2010 （ハヤカワ文庫SF） p165
マスグレーヴの手記
◇吉嶺英美訳「シャーロック・ホームズのSF大冒険—短篇集 上」河出書房新社 2006 （河出文庫） p19

エフゲン, ライアン
大切であるとされている人たちの不適切な行為
◇髙田綾子訳「アメリカ新進作家傑作選 2007」DHC 2008 p285

エマソン, ラルフ・ウォルドー　Emerson, Ralph Waldo（1803～1882　アメリカ）
ロドーラ
◇渡辺信二訳「アメリカ文学ライブラリー　アメリカ名詩選」本の友社 1997 p116

エマニエル, ドクトル
怪の物
◇黒岩涙香訳「西洋伝奇物語—ゴシック名訳集成」学習研究社 2004 （学研M文庫） p279

エムシュウィラー, キャロル　Emshwiller, Carol（1921～　アメリカ）
私はあなたと暮らしているけれど、あなたはそれを知らない
◇畔柳和代訳「世界堂書店」文藝春秋 2014 （文春文庫） p165

エーメ, マルセル　Aymé, Marcel（1902～1967　フランス）
カード
◇中村真一郎訳「異色作家短篇集 17」早川書房 2007 p21
壁抜け男
◇中村真一郎訳「異色作家短篇集 17」早川書房 2007 p7
◇中村真一郎訳「変身ものがたり」筑摩書房 2010 （ちくま文学の森） p33
サビーヌたち
◇中村真一郎訳「異色作家短篇集 17」早川書房 2007 p171
七里の靴
◇中村真一郎訳「異色作家短篇集 17」早川書房 2007 p225
死んでいる時間
◇江口清訳「おかしい話」筑摩書房 2010 （ちくま文学の森） p23
パリ横断
◇中村真一郎訳「異色作家短篇集 17」早川書房 2007 p115
パリのぶどう酒
◇中村真一郎訳「異色作家短篇集 17」早川書房 2007 p209
よい絵

◇中村真一郎訳「異色作家短篇集 17」早川書房 2007 p43

エモン, ルイ
ウィンスロップ＝スミス嬢の運命
◇斉藤瑞恵訳「五つの小さな物語—フランス短篇集」彩流社 2011 p55

エモンド, マーティン
Day And Night Do Not Love Each Other—太陽の昼、月の夜
◇佐藤咲子訳「GOD」廣済堂出版 1999（廣済堂文庫）p479

エライ, ナズル
海辺の日曜日—第1章
◇大門志織訳「現代トルコ文学選 2」東京外国語大学外国語学部トルコ語専攻研究室 2012（TUFS Middle Eastern studies）p231

幸せ
◇榎本有紗訳「現代トルコ文学選 2」東京外国語大学外国語学部トルコ語専攻研究室 2012（TUFS Middle Eastern studies）p223

エラン, シャルル
怪物を作る男（デストク、ポル／モレー、マクス）
◇真野倫平訳「グラン＝ギニョル傑作選—ベル・エポックの恐怖演劇」水声社 2010 p201

エリアン, アリシア
You
◇小原亜美訳「ゾエトロープ Noir」角川書店 2003（Bookplus）p13

エリオット, ジョージ・フィールディング
銅の鋺
◇仁賀克雄編・訳「新・幻想と怪奇」早川書房 2009（Hayakawa pocket mystery books）p57

エリオット, スティーブ
拷問王
◇浅倉久志選訳「極短小説」新潮社 2004（新潮文庫）p313

エリオット, T.S.
鉄道猫スキンブルシャンクス
◇池田雅之訳「英国鉄道文学傑作選」筑摩書房 2000（ちくま文庫）p236

エリス, リオ・R.
役者の花道
◇田村義進訳「ミニ・ミステリ100」早川書房 2005（ハヤカワ・ミステリ文庫）p483

エリス, C.ハミルトン
わたしが愛した列車
◇小池滋訳「英国鉄道文学傑作選」筑摩書房 2000（ちくま文庫）p35

エリスン, ハーラン　Ellison, Harlan（1934〜　アメリカ）
「悔い改めよ、ハーレクイン！」とチクタクマンはいった
◇伊藤典夫訳「20世紀SF 3」河出書房新社 2001（河出文庫）p77

くたびれた老人—コーネル・ウールリッチへのオマージュ
◇渋谷正子訳「巨匠の選択」早川書房 2001（ハヤカワ・ミステリ）p125

景色のよいルートで
◇野村芳夫訳「死のドライブ」文藝春秋 2001（文春文庫）p363

38世紀から来た兵士
◇南山宏、尾之上浩司訳「地球の静止する日」角川書店 2008（角川文庫）p261

少年と犬
◇伊藤典夫訳「幻想の犬たち」扶桑社 1999（扶桑社ミステリー）p431
◇伊藤典夫訳「感じて。息づかいを。—恋愛小説アンソロジー」光文社 2005（光文社文庫）p143

どんぞこ列車
◇若島正訳「異色作家短篇集 18」早川書房 2007 p79

プリティー・マギー・マネーアイズ
◇伊藤典夫訳「ベータ2のバラッド」国書刊行会 2006（未来の文学）p237

エリソンド, サルバドール　Elizondo, Salvador（1932〜　メキシコ）
ファラベウフ
◇田澤耕訳「アンデスの風叢書 ファラベウフ」水声社 1991 p5

エリン, スタンリイ　Ellin, Stanley（1916〜1986　アメリカ）
アブルビー氏の乱れなき世界
◇田中融二訳「異色作家短篇集 11」早川書房 2006 p91

お先棒かつぎ
◇田中融二訳「異色作家短篇集 11」早川書房 2006 p47

壁をへだてた目撃者

◇田中融二訳「異色作家短篇集 11」早川書房 2006 p175
君にそっくり
◇田中融二訳「異色作家短篇集 11」早川書房 2006 p147
クリスマス・イヴの凶事
◇田中融二訳「異色作家短篇集 11」早川書房 2006 p75
決断の時
◇田中融二訳「異色作家短篇集 11」早川書房 2006 p253
好敵手
◇田中融二訳「異色作家短篇集 11」早川書房 2006 p121
最後の一瓶
◇小坂和子訳「ワイン通の復讐―美酒にまつわるミステリー選集」心交社 1998 p247
専用列車
◇田中融二訳「異色作家短篇集 11」早川書房 2006 p233
特別料理
◇田口俊樹訳「ディナーで殺人を 上」東京創元社 1998 (創元推理文庫) p17
◇田中融二訳「異色作家短篇集 11」早川書房 2006 p15
パーティーの夜
◇田中融二訳「異色作家短篇集 11」早川書房 2006 p203
ロバート
◇永井淳訳「もっと厭な物語」文藝春秋 2014 (文春文庫) p83

エルキンズ, キンバリー
目に見えるもの
◇田中美佳子訳「アメリカ新進作家傑作選 2004」DHC 2005 p79

エルクマン, エミール
⇒エルクマン＝シャトリアン を見よ

エルクマン＝シャトリアン　Erckmann-Chatrian（フランス）
人殺しのヴァイオリン
◇南條竹則編訳「イギリス恐怖小説傑作選」筑摩書房 2005 (ちくま文庫) p137
ふくろうの耳
◇藤田真利子訳「怪奇文学大山脈 1」東京創元社 2014 p367
見えない眼
◇平井呈一編「ミセス・ヴィールの幽霊―こわい話気味のわるい話 1」沖積舎 2011 p167

エルジンチリオール, ザカリア
ブルガリア外交官の事件
◇日暮雅通訳「シャーロック・ホームズの大冒険 下」原書房 2009 p319

エルスン, ハル　Ellson, Hal（1910～1994　アメリカ）
かばんの中身をたしかめろ
◇糟谷泰子訳「ブルー・ボウ・シリーズ 死体のささやき」青弓社 1993 p173
最後の答
◇田中小実昌訳「山口雅也の本格ミステリ・アンソロジー」角川書店 2007 (角川文庫) p289

エルデーシュ・ラースロー　Erdős László（1913～1996　ハンガリー）
私の解放された日々
◇羽仁協子訳「東欧の文学 ブダペストに春がきた 他」恒文社 1966 p363

エルデネ, センディーン（モンゴル）
老いた鳥
◇柴内秀司訳「モンゴル近現代短編小説選」パブリック・ブレイン 2013 p84
家畜の土埃
◇柴内秀司訳「モンゴル近現代短編小説選」パブリック・ブレイン 2013 p76
極楽行きの装置
◇柴内秀司訳「モンゴル近現代短編小説選」パブリック・ブレイン 2013 p73
太陽の鶴
◇柴内秀司訳「モンゴル近現代短編小説選」パブリック・ブレイン 2013 p92
ホランとツァムバ
◇柴内秀司訳「モンゴル近現代短編小説選」パブリック・ブレイン 2013 p67
ホランとわたし
◇柴内秀司訳「モンゴル近現代短編小説選」パブリック・ブレイン 2013 p57

L.デ・C.
ただひとりの住人
◇斎藤博士訳「アンデスの風叢書 天国・地獄百科」書肆風の薔薇 1982 p159

エルベン, カレル・ヤロミール
婚礼のシャツ（幽霊の花嫁）
◇橋本聡訳「文学の贈物―東中欧文学アンソロ

ジー」未知谷 2000 p214

エルペンベック, ジェニー　Erpenbeck, Jenny
（1967～　ドイツ）
年老いた子どもの話
　◇松永美穂訳「Modern & Classic 年老いた子どもの話」河出書房新社 2004 p3

エルロッド, P.N.
イジーの大あたり
　◇青木多香子訳「ホワイトハウスのペット探偵」講談社 2009（講談社文庫）p319
殺しの依頼は占星術で
　◇山本やよい訳「ホロスコープは死を招く」ソニー・マガジンズ 2006（ヴィレッジブックス）p455

エレンス, フランス
分身
　◇三田順訳「幻想の坩堝—ベルギー・フランス語幻想短編集」松籟社 2016 p117

エロ, ウジェーヌ
未亡人（アブリク, レオン）
　◇真野倫平訳「グラン＝ギニョル傑作選—ベル・エポックの恐怖演劇」水声社 2010 p109

エロ, エルネスト　Hello, Ernest（1828～1885　フランス）
勇み肌の男
　◇澁澤龍彦訳「怪奇小説傑作集新版 4」東京創元社 2006（創元推理文庫）p329
　◇澁澤龍彦訳「澁澤龍彦訳幻想怪奇短篇集」河出書房新社 2013（河出文庫）p157

エロシェンコ, ワシーリー　Eroshenko, Vasilii
（1890～1952　ロシア）
ある孤独な魂—モスクワ第一盲学校の思い出
　◇高杉一郎訳「百年文庫 62」ポプラ社 2011 p52
魚の悲しみ
　◇高杉一郎訳「百年文庫 62」ポプラ社 2011 p135
せまい檻
　◇高杉一郎訳「百年文庫 62」ポプラ社 2011 p84
沼のほとり
　◇高杉一郎訳「百年文庫 62」ポプラ社 2011 p122

袁郊　えん・こう（中国）
紅綫伝（こうせんでん）

　◇黒田真美子著「中国古典小説選 5（唐代 2）」明治書院 2006 p416

袁犀　えん・さい
十日譚
　◇岡田英樹訳「血の報復—「在満」中国人作家短篇集」ゆまに書房 2016 p241

袁枚　えん・ばい（1716～1797　中国）
子不語（しふご）
　◇黒田真美子, 福田素子著「中国古典小説選 11（清代 3）」明治書院 2008 p179
続子不語（ぞくしふご）
　◇黒田真美子, 福田素子著「中国古典小説選 11（清代 3）」明治書院 2008 p357

エングストローム, エリザベス
おかしの家に囚われて
　◇戸川早紀訳「赤ずきんの手には拳銃」原書房 1999 p5

エンゲル, ハワード
州境のタンポポ事件
　◇日暮雅通訳「シャーロック・ホームズ ベイカー街の殺人」原書房 2002 p167

エンジェル, ロジャー
野球の織り糸
　◇森慎一郎訳「ベスト・ストーリーズ 2」早川書房 2016 p249

エンドレース, エリーザベト　Endres, Elisabeth（1934～）
アデナウアー時代の文学
　◇神崎巌, 中野京子, 守山晃訳「シリーズ現代ドイツ文学 1」早稲田大学出版部 1991

エンフボルド, ドルジゾブディン
ジャルガルマー
　◇柴内秀司訳「モンゴル近現代短編小説選」パブリック・ブレイン 2013 p428

エンライト, アン
建築家のラヴストーリーの家
　◇今村啓子訳「現代アイルランド女性作家短編集」新水社 2016 p253
ポータブル・ヴァージン
　◇今村啓子訳「現代アイルランド女性作家短編集」新水社 2016 p244

エンライト, チャールズ
姿なき帰宅
　◇浅倉久志選訳「極短小説」新潮社 2004（新潮

文庫）p335

【オ】

呉 泰錫　オ・テソク
自転車
◇木村典子訳「韓国現代戯曲集 2」日韓演劇交流センター 2005 p5

呉 泰栄　オ・テヨン
統一エクスプレス
◇津川泉訳「韓国現代戯曲集 4」日韓演劇交流センター 2009 p119

呉 泳鎮　オ・ヨンシン
生きている李重生閣下
◇明眞淑、朴泰圭、石川樹里訳「韓国近現代戯曲選—1930–1960年代」論創社 2011 p77

オイレンブルク, カール・ツー　Eulenburg, Kari zu
ラトゥクーあるグロテスク
◇垂野創一郎訳「怪奇文学大山脈 3」東京創元社 2014 p173

王 安憶　おう・あんおく（1954〜　中国）
暗い路地
◇宮入いずみ訳「コレクション中国同時代小説 6」勉誠出版 2012 p361
姉妹行
◇宮入いずみ訳「コレクション中国同時代小説 6」勉誠出版 2012 p315
酔客
◇宮入いずみ訳「コレクション中国同時代小説 6」勉誠出版 2012 p279
富萍(フーピン)—上海に生きる
◇飯塚容訳「コレクション中国同時代小説 6」勉誠出版 2012 p1

王 琰　おう・えん（中国）
冥祥記(めいしょうき)
◇佐野誠子著「中国古典小説選 2(六朝 1)」明治書院 2006

王 應棠　おう・おうとう（台湾）
言語、生命経験、文学創作—試論・アウヴィニの『雲豹の伝人』から『野百合の歌』までの心の歴程
◇下村作次郎訳「台湾原住民文学選 9」草風館 2007 p292

王 嘉　おう・か（中国）
拾遺記(しゅういき)
◇佐野誠子著「中国古典小説選 2(六朝 1)」明治書院 2006

王 士禎　おう・してい
張巡の妾
◇岡本綺堂訳「文豪てのひら怪談」ポプラ社 2009（ポプラ文庫）p72

王 秋蛍　おう・しゅうけい
血の報復
◇岡田英樹訳「血の報復—「在満」中国人作家短篇集」ゆまに書房 2016 p13

王 小波　おう・しょうは（1952〜1997　中国）
黄金時代
◇桜庭ゆみ子訳「コレクション中国同時代小説 2」勉誠出版 2012 p1
三十而立
◇桜庭ゆみ子訳「コレクション中国同時代小説 2」勉誠出版 2012 p91
流れゆく時の中で
◇桜庭ゆみ子訳「コレクション中国同時代小説 2」勉誠出版 2012 p191
白銀時代
◇桜庭ゆみ子訳「コレクション中国同時代小説 2」勉誠出版 2012 p313

王 拓　おう・たく（1944〜　台湾）
金水嬸(チンシュイシェン)
◇三木直大訳「新しい台湾の文学 鹿港からきた男」国書刊行会 2001 p129

王 禎和　おう・ていわ（台湾）
シャングリラ
◇池上貞子訳「新しい台湾の文学 鹿港からきた男」国書刊行会 2001 p267
鹿港(ルーカン)からきた男
◇池上貞子訳「新しい台湾の文学 鹿港からきた男」国書刊行会 2001 p309

王 度　おう・ど（中国）
古鏡記(こきょうき)
◇成瀬哲生著「中国古典小説選 4(唐代 1)」明治書院 2005 p1

王 浮　おう・ふ（中国）
神異記(しんいき)
◇佐野誠子著「中国古典小説選 2(六朝 1)」明治書院 2006

王蒙　おう・もう
玄思小説
　◇釜屋修訳「同時代の中国文学―ミステリー・イン・チャイナ」東方書店 2006 p239

オウィディウス　Ovidius Naso, Publius（前43～後18　ローマ）
美少年ナルキッススとエコ―転身物語より
　◇田中秀央、前田敬作訳「変身のロマン」学習研究社 2003（学研M文庫）p213

オーウェル, ジョージ　Orwell, George（1903～1950　イギリス）
象を撃つ
　◇柴田元幸編訳「ブリティッシュ&アイリッシュ・マスターピース」スイッチ・パブリッシング 2015（SWITCH LIBRARY）p225
象を射つ
　◇高畠文夫訳「百年文庫 47」ポプラ社 2010 p5

オーウェン, トーマス
不起訴
　◇岡本夢子訳「幻想の坩堝―ベルギー・フランス語幻想短編集」松籟社 2016 p183

オー・ウダーコーン
死体病棟
　◇吉岡みね子編訳「タイの大地の上で―現代作家・詩人選集」大同生命国際文化基金 1999（アジアの現代文芸）p105
タイの大地の上で
　◇吉岡みね子編訳「タイの大地の上で―現代作家・詩人選集」大同生命国際文化基金 1999（アジアの現代文芸）p127

オーウチ, ミエコ　Ouchi, Mieko（カナダ）
赤毛の司祭―ヴィヴァルディ、最後の恋
　◇吉原豊司訳「海外戯曲アンソロジー――海外現代戯曲翻訳集（国際演劇交流セミナー記録）2」日本演出者協会 2008 p137

岡 三郎　おか・さぶろう（1929～　日本）
阿刀田高『新トロイア物語』を読む
　◇「トロイア叢書 5」国文社 2011 p7
あとがき〔阿刀田高『新トロイア物語』を読む〕
　◇「トロイア叢書 5」国文社 2011 p322

オカ・ルスミニ（インドネシア）
時を彫る男
　◇森山幹弘訳「天国の風―アジア短篇ベスト・セレクション」新潮社 2011 p131

オカンポ, シルビーナ　Ocampo, Silvina（1906～1993　アルゼンチン）
歌う悪魔
　◇斎藤博士訳「アンデスの叢書 天国・地獄百科」書肆風の薔薇 1982 p135
天国と地獄に関する報告
　◇内田吉彦訳「アンデスの叢書 天国・地獄百科」書肆風の薔薇 1982 p84
物
　◇内田吉彦訳「バベルの図書館 20」国書刊行会 1990 p123
　◇内田吉彦訳「新編 バベルの図書館 6」国書刊行会 2013 p88

オキャラハン, マクシン
ちっぽけな犯罪
　◇山本俊子訳「ミニ・ミステリ100」早川書房 2005（ハヤカワ・ミステリ文庫）p109

オクジャワ　Okudzhava, Bulat Shalvovich（1924～　ロシア）
人生の教訓
　◇瀬野晴子訳「雑話集―ロシア短編集 2」「雑話集」の会 2009 p40

オクリ, ベン　Okri, Ben（1959～　ナイジェリア）
満たされぬ道（上）
　◇金原瑞人訳「新しい〈世界文学〉シリーズ 満たされぬ道（上）」平凡社 1997 p1
満たされぬ道（下）
　◇金原瑞人訳「新しい〈世界文学〉シリーズ 満たされぬ道（下）」平凡社 1997 p1

オコナー, フラナリー　O'Connor, Flannery（1925～1964　アメリカ）
聖霊の神殿
　◇大久保庸子訳「ブルー・ボウ・シリーズ レイチェルの夏」青弓社 1994 p105
善人はそういない
　◇佐々田雅子訳「厭な物語」文藝春秋 2013（文春文庫）p225

オコナー, フランク　O'Connor, Frank（1903～1966　アイルランド）
国賓
　◇阿部公彦訳「この愛のゆくえ―ポケットアンソロジー」岩波書店 2011（岩波文庫別冊）p141
飲んだくれ
　◇桃尾美佳訳「ベスト・ストーリーズ 1」早川

書房 2015 p129
はじめての懺悔―告白しみじみ
◇阿部公彦訳「しみじみ読むイギリス・アイルランド文学―現代文学短編作品集」松柏社 2007 p203

オコネル, ジャック　O'Connell, Jack（1959～　アメリカ）
ドク・ホーソーンの家から盗む
◇松下祥子訳「ベスト・アメリカン・ミステリ スネーク・アイズ」早川書房 2005（ハヤカワ・ミステリ）p425

オサリバン, ブライアン
お父ちゃん似
◇高橋泰邦訳「謎のギャラリー――こわい部屋」新潮社 2002（新潮文庫）p127
◇高橋泰邦訳「こわい部屋」筑摩書房 2012（ちくま文庫）p127

オジック, シンシア　Ozick, Cynthia（1928～　アメリカ）
T.S.エリオット不朽の名作をめぐる知られざる真実（完全版書誌に向けてのノート）
◇柴田元幸訳「新しいアメリカの小説 世界の肌ざわり」白水社 1993 p159

オースター, ポール　Auster, Paul（1947～　アメリカ）
鍵のかかった部屋
◇柴田元幸訳「新しいアメリカの小説 鍵のかかった部屋」白水社 1989 p3
ブラックアウツ
◇柴田元幸編訳「いずれは死ぬ身」河出書房新社 2009 p175

オースティン, スーザン
セリーロにて
◇清水真一訳「アメリカ新進作家傑作選 2003」DHC 2004 p61

オースティン, ロブ
見ざる聞かざる
◇浅倉久志選訳「極短小説」新潮社 2004（新潮文庫）p343
遺言
◇浅倉久志選訳「極短小説」新潮社 2004（新潮文庫）p267

オースティン, F.ブリトン
偵察飛行士
◇白幡憲之訳「翼を愛した男たち」原書房 1997 p317

オステール, クリスチャン　Oster, Christian（1949～　フランス）
待ち合わせ
◇宮林寛訳「Modern & Classic 待ち合わせ」河出書房新社 2005 p1

オースベル, ラモーナ
安全航海
◇岸本佐知子編訳「楽しい夜」講談社 2016 p205

オズボーン, ロイド　Osbourne, Lloyd（1868～1947　アメリカ）
箱ちがい（スティーヴンソン, ロバート・ルイス）
◇千葉康樹訳「ミステリーの本棚 箱ちがい」国書刊行会 2000 p5

オーツ, ジョイス・キャロル　Oates, Joyce Carol（1938～　アメリカ）
愛する夫へ
◇法井ひろえ訳「ベスト・アメリカン・短編ミステリ」DHC 2010 p367
いつでもどんな時でもそばにいるよ
◇日向りょう訳「ベスト・アメリカン・短編ミステリ 2014」DHC 2015 p335
ヴァンパイア
◇小尾芙佐訳「殺さずにはいられない 2」早川書房 2002（ハヤカワ・ミステリ文庫）p221
カボチャ頭
◇谷崎由依訳「ベスト・ストーリーズ 3」早川書房 2016 p271
酷暑のバレンタイン
◇高山真由美訳「18の罪―現代ミステリ傑作選」ヴィレッジブックス 2012（ヴィレッジブックス）p455
コントラカールの廃墟
◇渡辺庸子訳「999（ナインナインナイン）―妖女たち」東京創元社 2000（創元推理文庫）p63
玉蜀黍の乙女（コーンメイデン）―ある愛の物語
◇白石朗, 田口俊樹訳「十の罪業 Black」東京創元社 2009（創元推理文庫）p281
頭蓋骨
◇井伊順彦訳「ベスト・アメリカン・ミステリ ジュークボックス・キング」早川書房 2005（ハヤカワ・ミステリ）p319
ストリップ・ポーカー
◇田口俊樹訳「ポーカーはやめられない―ポーカー・ミステリ書下ろし傑作選」ランダムハウス講談社 2010 p209
ぜったいほんとなんだから

◇井伊順彦訳「ベスト・アメリカン・ミステリ　クラック・コカイン・ダイエット」早川書房　2007（ハヤカワ・ミステリ）p375

双生児
　　◇小尾芙佐訳「双生児―EQMM90年代ベスト・ミステリー」扶桑社　2000（扶桑社ミステリー）p41

第二級殺人
　　◇小尾芙佐訳「復讐の殺人」早川書房　2001（ハヤカワ・ミステリ文庫）p331
　　◇小尾芙佐訳「巨匠の選択」早川書房　2001（ハヤカワ・ミステリ）p33

誰もおれの名前を知らない
　　◇嶋田洋一訳「魔猫」早川書房　1999　p319

追跡
　　◇岸本佐知子編訳「コドモノセカイ」河出書房新社　2015　p113

どこへ行くの、どこ行ってたの？
　　◇柴田元幸訳「どこにもない国―現代アメリカ幻想小説集」松柏社　2006　p61

ドール―ミシシッピ川の情事
　　◇井伊順彦訳「ベスト・アメリカン・ミステリ　スネーク・アイズ」早川書房　2005（ハヤカワ・ミステリ）p397

ハイスクール・スウィートハート
　　◇井伊順彦訳「ベスト・アメリカン・ミステリ　ハーレム・ノクターン」早川書房　2005（ハヤカワ・ミステリ）p463

パラダイス・モーテルにて
　　◇小尾芙佐訳「愛の殺人」早川書房　1997（ハヤカワ・ミステリ文庫）p399
　　◇小尾芙佐訳「贈る物語Terror」光文社　2002　p402

ひっそかに、ひっそりと
　　◇近公和美訳「アメリカミステリ傑作選　2001」DHC　2001（アメリカ文芸「年間」傑作選）p437

ビンゴ・マスター
　　◇真野明裕訳「闇の展覧会　罠」早川書房　2005（ハヤカワ文庫）p81

フルーツセラー
　　◇高山真由美訳「ミステリマガジン700―創刊700号記念アンソロジー　海外篇」早川書房　2014（ハヤカワ・ミステリ文庫）p441

目にあざのある少女
　　◇水谷由美訳「アメリカミステリ傑作選　2003」DHC　2003（アメリカ文芸「年間」傑作選）p357

やあ！　やってるかい！
　　◇岸本佐知子編訳「居心地の悪い部屋」角川書店　2012　p137
　　◇岸本佐知子編訳「居心地の悪い部屋」河出書房新社　2015（河出文庫）p115

ヤギ少女
　　◇牧野佳子訳「安らかに眠りたまえ―英米文学短編集」海苑社　1998　p163

ヤギ少女観察記録――一九八八
　　◇藤井光訳「ゴシック短編小説集」春風社　2012　p547

オーティス, メアリー
　人生の五分間
　　◇西川久美子訳「アメリカ新進作家傑作選　2004」DHC　2005　p153

オデッツ, クリフォード
　夜ごとの衝突
　　◇小笠原豊樹訳「盲目の女神―20世紀欧米戯曲拾遺」みすず書房　2011　p173

オーデン, W.H.
　夜行郵便列車―ロンドン郵便本局制作の映画につけたナレーション
　　◇沢崎順之助訳「英国鉄道文学傑作選」筑摩書房　2000（ちくま文庫）p242

オドエフスキー, ウラジーミル
　オルゴールの中の街
　　◇西周成編訳「ロシア幻想短編集」アルトアーツ　2016　p5
　地球の生涯の二日
　　◇西周成編訳「ロシアSF短編集」アルトアーツ　2016　p5
　名前のない街
　　◇西周成編訳「ロシア幻想短編集 2」アルトアーツ　2016　p62

オニオンズ, オリヴァー　Onions, Oliver
　（1873～1961　イギリス）
　「ジョン・グラドウィンが言うには」
　　◇中野善夫訳「怪奇礼讃」東京創元社　2004（創元推理文庫）p255
　手招く美女
　　◇平井呈一編「ラント夫人―こわい話気味のわるい話 2」沖積舎　2012　p193
　ふたつのたあいない話
　　◇西崎憲訳「怪奇文学大山脈 2」東京創元社　2014　p269

オネッティ, ファン・カルロス
夢がかなう
◇水町尚子訳「ラテンアメリカ短編集―モデルニズモから魔術的レアリズモまで」彩流社 2001 p181

オハラ, ジョン O'Hara, John（1905～1970 アメリカ）
いかにもいかめしく
◇片岡義男訳「ベスト・ストーリーズ 1」早川書房 2015 p55
木立の中で
◇田口俊樹訳「巨匠の選択」早川書房 2001（ハヤカワ・ミステリ）p367

オファレル, ジョン
逆風をついて
◇亀井よし子訳「天使だけが聞いている12の物語」ソニー・マガジンズ 2001 p299

オフェイロン, ジュリア O'Faolain, Julia（1932～　アイルランド）
受難の娘たち
◇団倉恵美子訳「現代アイルランド女性作家短編集」新水社 2016 p116
マッド・マルガ
◇団倉恵美子訳「現代アイルランド女性作家短編集」新水社 2016 p154

オブライアン, エドナ
幻燈スライド
◇吉村育子訳「現代アイルランド女性作家短編集」新水社 2016 p24
敷物―母親の苦労しみじみ
◇遠藤不比人訳「しみじみ読むイギリス・アイルランド文学―現代文学短編作品集」松柏社 2007 p19

オブライエン, ティム O'Brien, Tim（1946～　アメリカ）
僕が戦場で死んだら
◇中野圭二訳「新しいアメリカの小説　僕が戦場で死んだら」白水社 1990 p1

オブライエン, フィッツ＝ジェイムズ O'Brien, Fitz-James（1828～1862　アメリカ）
あれは何だったか？
◇橋本福夫訳「怪奇小説傑作集新版 3」東京創元社 2006（創元推理文庫）p157
鐘突きジューバル
◇南條竹則訳「怪奇文学大山脈 1」東京創元社 2014 p255

墓を愛した少年
◇西崎憲訳「怪奇小説日和―黄金時代傑作選」筑摩書房 2013（ちくま文庫）p7
◇西崎憲訳「世界堂書店」文藝春秋 2014（文春文庫）p355
真夜中の訪問者
◇大橋知枝訳「ブルー・ボウ・シリーズ 死体のささやき」青弓社 1993 p151

オフラハティ, リーアム
傷ついた海鵜
◇小田稔訳「残響―英・米・アイルランド短編小説集」九州大学出版会 2011 p25

オブレテノフ, ニコラ
回想（抄）
◇寺島憲治訳「文学の贈物―東中欧文学アンソロジー」未知谷 2000 p360

O.ヘンリー O.Henry（1862～1910　アメリカ）
オー・ヘンリー
◇平野幸仁訳「黒いユーモア選集 2」河出書房新社 2007（河出文庫）p29
改心
◇大津栄一郎訳「思いがけない話」筑摩書房 2010（ちくま文学の森）p11
警官と讃美歌
◇大津栄一郎訳「怠けものの話」筑摩書房 2011（ちくま文学の森）p9
賢者の贈りもの
◇大久保康雄訳「30の神品―ショートショート傑作選」扶桑社 2016（扶桑社文庫）p143
賢者の贈り物
◇柴田元幸編訳「アメリカン・マスターピース 古典篇」スイッチ・パブリッシング 2013（SWITCH LIBRARY）p211
最後の一葉
◇大津栄一郎訳「心洗われる話」筑摩書房 2010（ちくま文学の森）p55
◇小沼丹訳「百年文庫 21」ポプラ社 2010 p29
脈を拝見
◇土屋陽子訳「病短編小説集」平凡社 2016（平凡社ライブラリー）p163
指貫きゲーム
◇紀田順一郎訳「謎の物語」筑摩書房 2012（ちくま文庫）p223

厳　興燮　オム・フンソプ（1906～?　朝鮮）
お父さんの消息
◇尹正淑訳「20世紀民衆の世界文学 7」三友社

出版 1990 p251
流された村
◇熊木勉訳「小説家仇甫氏の一日―ほか十三編短編小説集」平凡社 2006（朝鮮近代文学選集）p135

オリヴァー, チャド
お隣の男の子
◇中村融訳「街角の書店―18の奇妙な物語」東京創元社 2015（創元推理文庫）p255

オリヴィエ, エミール
ほら、ライオンを見てごらん
◇星埜守之訳「月光浴―ハイチ短篇集」国書刊行会 2003（Contemporary writers）p5

オリファント, マーガレット
廃屋の霊魂
◇羽田詩津子訳「乱歩の選んだベスト・ホラー」筑摩書房 2000（ちくま文庫）p161

オーリン, アリックス
テープ起こし
◇中村佐千江訳「アメリカ新進作家傑作選2004」DHC 2005 p191

オルガ, イルファン
あるトルコの一家の物語―第5章「変化する秩序」
◇池永大駿訳「現代トルコ文学選 2」東京外国語大学外国語学部トルコ語専攻研究室 2012（TUFS Middle Eastern studies）p133

オルグレン, ネルソン・T.　Algren, Nelson（1909～1981　アメリカ）
別れの日
◇吉田千鶴子訳「ブルー・ボウ・シリーズ レイチェルの夏」青弓社 1994 p33

オルスン, ドロシー・G.
勝利者
◇浅倉久志選訳「極短小説」新潮社 2004（新潮文庫）p209

オルソン, ドナルド
ウィリー最後の旅
◇熊谷公妙訳「本の殺人事件簿―ミステリ傑作20選 2」バベル・プレス 2001 p55

オールター, ロバート・エドモンド
お喋り野郎
◇佐々木雅子訳「ミニ・ミステリ100」早川書房 2005（ハヤカワ・ミステリ文庫）p625

オルツィ, エムスカ　Orczy, Emmuska Barstow, Baroness（1865～1947　イギリス）
赤いカーネーション
◇肥留川尚子訳「20世紀英国モダニズム小説集成 世を騒がす嘘つき男」風濤社 2014 p7

オールディス, ブライアン・W.　Aldiss, Brian W.（1925～　イギリス）
讃美歌百番
◇浅倉久志訳「20世紀SF 3」河出書房新社 2001（河出文庫）p397
世界も涙
◇小尾芙佐訳「ロボット・オペラ―An Anthology of Robot Fiction and Robot Culture」光文社 2004 p265
唖の樹
◇中村融編訳「影が行く―ホラーSF傑作選」東京創元社 2000（創元SF文庫）p389
見せかけの生命
◇浅倉久志訳「スティーヴ・フィーヴァー―ポストヒューマンSF傑作選 SFマガジン創刊50周年記念アンソロジー」早川書房 2010（ハヤカワ文庫 SF）p449

オールディントン, リチャード
地下鉄で
◇沢崎順之助訳「英国鉄道文学傑作集」筑摩書房 2000（ちくま文庫）p202

オールド, ニコラス
見えない凶器
◇森英俊訳「これが密室だ！」新樹社 1997 p257

オレシュニック, A.F.
狩り場
◇佐々木雅子訳「ミニ・ミステリ100」早川書房 2005（ハヤカワ・ミステリ文庫）p488
最高の場所
◇山本俊子訳「ミニ・ミステリ100」早川書房 2005（ハヤカワ・ミステリ文庫）p173

オロズコ, ダニエル
オリエンテーション
◇岸本佐知子編訳「居心地の悪い部屋」河出書房新社 2015（河出文庫）p69

温 祥英　おん・しょうえい（1940～）
清教徒
◇今泉秀人訳「台湾熱帯文学 4」人文書院 2011 p81

温 庭筠　おん・ていいん（812～?　　中国）
　王諸（おうしょ）
　　◇黒田真美子著「中国古典小説選 5（唐代 2）」
　　　明治書院 2006 p389
　華州参軍（かしゅうさんぐん）
　　◇黒田真美子著「中国古典小説選 5（唐代 2）」
　　　明治書院 2006 p400
　陳義郎（ちんぎろう）
　　◇黒田真美子著「中国古典小説選 5（唐代 2）」
　　　明治書院 2006 p378

【 カ 】

カー, キャロル
　生まれつきの猫もいる（カー, テリー）
　　◇浅倉久志訳「魔法の猫」扶桑社 1998（扶桑社ミステリー）p211

河 瑾燦　か・きんさん
　王陵と駐屯軍
　　◇朴暻恩, 真野保久編訳「王陵と駐屯軍―朝鮮戦争と韓国の戦後派文学」凱風社 2014 p222
　受難二代
　　◇朴暻恩, 真野保久編訳「王陵と駐屯軍―朝鮮戦争と韓国の戦後派文学」凱風社 2014 p250

過 士行　か・しこう
　カエル
　　◇菱沼彬晁訳「中国現代戯曲集 第6集（過士行作品集）」晩成書房 2007 p185
　再見・火葬場
　　◇菱沼彬晁訳「中国現代戯曲集 第6集（過士行作品集）」晩成書房 2007 p105
　ニイハオ・トイレ
　　◇菱沼彬晁訳「中国現代戯曲集 第6集（過士行作品集）」晩成書房 2007 p5
　遺言
　　◇菱沼彬晁訳「中国現代戯曲集 第6集（過士行作品集）」晩成書房 2007 p247

賀 淑芳　が・しゅくほう（1970～）
　思い出してはならない
　　◇豊田周子訳「台湾熱帯文学 4」人文書院 2011 p325

カー, ジョン・ディクスン　Carr, John Dickson（1906～1977　アメリカ）
　あずまやの悪魔（オリジナル版）
　　◇森英俊訳「幻を追う男―シナリオ・コレクション」論創社 2006（論創海外ミステリ）p105
　ある密室
　　◇宇野利泰訳「密室殺人傑作選」早川書房 2003（ハヤカワ・ミステリ文庫）p15
　ささやく影
　　◇森英俊訳「これが密室だ！」新樹社 1997 p373
　死が二人をわかつまで
　　◇仁賀克雄訳「世界探偵小説全集 11」国書刊行会 1996 p5
　新透明人間
　　◇宇野利泰訳「綾辻行人と有栖川有栖のミステリ・ジョッキー 1」講談社 2008 p135
　だれがマシュー・コービンを殺したか？
　　◇森英俊訳「幻を追う男―シナリオ・コレクション」論創社 2006（論創海外ミステリ）p1
　デヴィルフィッシュの罠
　　◇白須清美訳「密室殺人大百科 上」原書房 2000 p508
　帽子収集狂事件
　　◇森英俊訳「乱歩が選ぶ黄金時代ミステリーBEST10 7」集英社 1999（集英社文庫）p7
　幻を追う男
　　◇森英俊訳「幻を追う男―シナリオ・コレクション」論創社 2006（論創海外ミステリ）p161
　妖魔の森の家
　　◇宇野利泰訳「贈る物語Mystery」光文社 2002 p131
　四つの黄金律
　　◇宇野利泰, 永井淳訳「綾辻行人と有栖川有栖のミステリ・ジョッキー 3」講談社 2012 p247

カー, テリー
　生まれつきの猫もいる（カー, テリー）
　　◇浅倉久志訳「魔法の猫」扶桑社 1998（扶桑社ミステリー）p211
　試金石
　　◇中村融訳「街角の書店―18の奇妙な物語」東京創元社 2015（創元推理文庫）p229

カー, フィリス・アン
　ハルヘ
　　◇佐々田雅子訳「ミニ・ミステリ100」早川書房 2005（ハヤカワ・ミステリ文庫）p523

カー, A.H.Z.
　決定的なひとひねり
　　◇小笠原豊樹訳「ミステリマガジン700―創刊

700号記念アンソロジー 海外篇」早川書房 2014（ハヤカワ・ミステリ文庫）p7

カイザー, ゲオルク
ロザムンデ・フローリス
◇小笠原豊樹訳「盲目の女神――20世紀欧米戯曲拾遺」みすず書房 2011 p85

ガイザー, ゲルト
私が艶した男
◇種村季弘訳「怪奇・幻想・綺想文学集―種村季弘翻訳集成」国書刊行会 2012 p229

カイム, ニック
シャーロック・ホームズ対フランケンシュタインの怪物
◇尾之上浩司訳「シャーロック・ホームズとヴィクトリア朝の怪人たち 1」扶桑社 2015（扶桑社ミステリー）p131

カイル, エリン
花嫁たち
◇小金輝彦訳「アメリカ新進作家傑作選 2005」DHC 2006 p243

ガウ, マイケル
アウェイ
◇佐和田敬司訳「ラブ・チャイルド／アウェイ」オセアニア出版社 2006（オーストラリア演劇叢書）p71
フューリアス
◇佐和田敬司訳「サイレント・パートナー／フューリアス」オセアニア出版社 2003（オーストラリア演劇叢書）p157

カーヴァー, レイモンド　Carver, Raymond
（1938～1988　アメリカ）
シェフの家
◇平石貴樹編訳「アメリカ短編ベスト10」松柏社 2016 p299
風呂
◇村上春樹編訳「バースデイ・ストーリーズ」中央公論新社 2002 p195

カヴァリット, エンリケ
はじまり
◇浅倉久志選訳「極短小説」新潮社 2004（新潮文庫）p217

カヴァン, アンナ　Kavan, Anna（1901～1968　イギリス）
あざ
◇岸本佐知子編訳「居心地の悪い部屋」角川書店 2012 p29
◇岸本佐知子編訳「居心地の悪い部屋」河出書房新社 2015（河出文庫）p27
輝く草地
◇西崎憲訳「英国短篇小説の愉しみ 3」筑摩書房 1999 p7
◇西崎憲編訳「短篇小説日和―英国異色傑作選」筑摩書房 2013（ちくま文庫）p411
ジュリアとバズーカ
◇千葉薫訳「栞子さんの本棚―ビブリア古書堂セレクトブック」角川書店 2013（角川文庫）p23

ガーヴェイ, エイミー
秘密
◇石原未奈子訳「キス・キス・キス―サプライズパーティの夜に」ヴィレッジブックス 2008（ヴィレッジブックス）p7

カウパー, リチャード　Cowper, Richard
（1926～　イギリス）
ハートフォード手稿
◇若島正訳「ベータ2のバラッド」国書刊行会 2006（未来の文学）p271
パラダイス・ビーチ
◇若島正訳「異色作家短篇集 19」早川書房 2007 p265

カウフマン, ドナ
25階からの同乗者
◇松井里弥訳「キス・キス・キス―土曜日はタキシードに恋して」ヴィレッジブックス 2008（ヴィレッジブックス）p7
楽園で焦がされて
◇石原未奈子訳「キス・キス・キス―聖夜に、あと一度だけ」ヴィレッジブックス 2007（ヴィレッジブックス）p7

カウルズ, フレデリック
カルデンシュタインの吸血鬼――一九三八
◇金谷益道訳「ゴシック短編小説集」春風社 2012 p465

カウンセルマン, メアリー・エリザベス　Counselman, Mary Elizabeth（1911～1995　アメリカ）
七子
◇野村芳夫訳「怪奇文学大山脈 3」東京創元社 2014 p451
ハーグレイヴの前小口
◇三浦玲子訳「ダーク・ファンタジー・コレ

ション 5」論創社 2007 p71

夜間法廷
◇野村芳夫訳「死のドライブ」文藝春秋 2001（文春文庫）p235

郭季産　かく・きさん（中国）

集異記（しゅういき）
◇佐野誠子著「中国古典小説選 2（六朝 1）」明治書院 2006

郭箏　かく・そう（1955〜　台湾）

学校をサボった日
◇坂本志げ子訳「鳥になった男」研文出版 1998（研文選書）p157

格非　かく・ひ（1964〜　中国）

オルガン
◇関根謙訳「現代中国の小説　時間を渡る鳥たち」新潮社 1997 p81

愚か者の詩
◇関根謙訳「現代中国の小説　時間を渡る鳥たち」新潮社 1997 p15

時間を渡る鳥たち
◇関根謙訳「現代中国の小説　時間を渡る鳥たち」新潮社 1997 p159

夜郎にて
◇関根謙訳「現代中国の小説　時間を渡る鳥たち」新潮社 1997 p119

カーク, ラッセル　Kirk, Russell（1918〜1994　アメリカ）

ゲロンチョン
◇広瀬順弘訳「闇の展覧会　罠」早川書房 2005（ハヤカワ文庫）p145

郭氏　かくし（中国）

玄中記（げんちゅうき）
◇佐野誠子著「中国古典小説選 2（六朝 1）」明治書院 2006

楽史　がくし（中国）

楊太真外伝（ようたいしんがいでん）
◇竹田晃, 檜垣馨二著「中国古典小説選 7（宋代）」明治書院 2007 p39

緑珠伝（りょくしゅでん）
◇竹田晃, 檜垣馨二著「中国古典小説選 7（宋代）」明治書院 2007 p9

カークホフ, マイケル

これまでのいきさつ
◇浅倉久志選訳「極短小説」新潮社 2004（新潮文庫）p346

カークランド, ラリッサ

質問
◇浅倉久志選訳「極短小説」新潮社 2004（新潮文庫）p202

カザンザキス, ニコス　Kazantzakes, Nikos（1883〜1957　ギリシア）

キリスト最後のこころみ
◇児玉操訳「東欧の文学　キリスト最後のこころみ」恒文社 1982 p9

序〔キリスト最後のこころみ〕
◇児玉操訳「東欧の文学　キリスト最後のこころみ」恒文社 1982 p1

その男ゾルバ
◇秋山健訳「東欧の文学　その男ゾルバ」恒文社 1967 p27

カーシュ, ジェラルド　Kersh, Gerald（1911〜1968　イギリス）

海への悲しい道
◇三田村裕訳「幻想と怪奇—おれの夢の女」早川書房 2005（ハヤカワ文庫）p143

肝臓色の猫はいりませんか
◇若島正訳「ミステリマガジン700—創刊700号記念アンソロジー　海外篇」早川書房 2014（ハヤカワ・ミステリ文庫）p335

破滅の種子
◇西崎憲訳「世界堂書店」文藝春秋 2014（文春文庫）p25

豚の島の女王
◇西崎憲訳「謎のギャラリー—謎の部屋」新潮社 2002（新潮文庫）p141
◇西崎憲訳「謎の部屋」筑摩書房 2012（ちくま文庫）p141
◇西崎憲編訳「短篇小説日和—英国異色傑作選」筑摩書房 2013（ちくま文庫）p101

水よりも濃し
◇吉野美恵子訳「異色作家短篇集 19」早川書房 2007 p27

カスティーリョ, アナ

『私の父はトルテカ族』より
◇今福龍太選訳「私の謎」岩波書店 1997（世界文学のフロンティア）p209

カストロ, アダム=トロイ

ワイオミング生まれの宇宙飛行士
◇浅倉久志訳「ワイオミング生まれの宇宙飛行士—宇宙開発SF傑作選 SFマガジン創刊50周年記念アンソロジー」早川書房 2010（ハヤ

カワ文庫 SF）p343

ガストン, ダイアン
ウェルボーン館の奇跡
◇さとう史緒訳「愛は永遠に──ウエディング・ストーリー 2015」ハーレクイン 2015 p59

カズンズ, ジェイムズ・グールド
牧師の汚名
◇中村保男訳「書物愛 海外篇」晶文社 2005 p335
◇中村保男訳「書物愛 海外篇」東京創元社 2014（創元ライブラリ）p345

カセック, P.D.
墓
◇田中一江訳「999（ナインナインナイン）─聖金曜日」東京創元社 2000（創元推理文庫）p148

カセレス・ララ, ビクトル
マラリア
◇田中志保子訳「ラテンアメリカ傑作短編集──中南米スペイン語圏文学史を辿る」彩流社 2014 p271

カゾット, ジャック　Cazotte, Jacques（1719～1792　フランス）
悪魔の恋
◇渡辺一夫, 平岡昇訳「バベルの図書館 19」国書刊行会 1990 p15
◇渡辺一夫, 平岡昇訳「変身のロマン」学習研究社 2003（学研M文庫）p225
◇渡辺一夫, 平岡昇訳「新編 バベルの図書館 4」国書刊行会 2012 p401

カーター, アンジェラ　Carter, Angela（1940～1992　イギリス）
愛の館の貴婦人──一九七九
◇藤井光訳「ゴシック短編小説集」春風社 2012 p523
エドガー・アラン・ポーとその身内
◇植松みどり訳「Modern & Classic ブラック・ヴィーナス」河出書房新社 2004 p71
キス
◇植松みどり訳「Modern & Classic ブラック・ヴィーナス」河出書房新社 2004 p33
キッチン・チャイルド
◇植松みどり訳「Modern & Classic ブラック・ヴィーナス」河出書房新社 2004 p135
ピーターと狼
◇植松みどり訳「Modern & Classic ブラック・ヴィーナス」河出書房新社 2004 p117
フォール・リヴァー手斧殺人
◇植松みどり訳「Modern & Classic ブラック・ヴィーナス」河出書房新社 2004 p155
ブラック・ヴィーナス
◇植松みどり訳「Modern & Classic ブラック・ヴィーナス」河出書房新社 2004 p5
『真夏の夜の夢』序曲と付随音楽
◇植松みどり訳「Modern & Classic ブラック・ヴィーナス」河出書房新社 2004 p93
ワイズ・チルドレン
◇太田良子訳「夢の文学館 1」早川書房 1995 p1
わが殺戮の聖女
◇植松みどり訳「Modern & Classic ブラック・ヴィーナス」河出書房新社 2004 p41

カーター, フリッツ　Kater, Fritz（1966～　ドイツ）
愛するとき死ぬとき──ペーテル・ゴダール映画 "time stands still" のモティーフからの自由創作
◇浅井晶子訳「ドイツ現代戯曲選30 12」論創社 2006 p7

カーター, リン　Carter, Linwood（1930～1988　アメリカ）
シャッガイ
◇佐藤嗣二訳「新編 真ク・リトル・リトル神話大系 5」国書刊行会 2008 p155
墳墓の主
◇佐藤嗣二訳「新編 真ク・リトル・リトル神話大系 5」国書刊行会 2008 p135

カタエフ, ワレンチン　Kataev, Valentin Petrovich（1897～1986　ロシア）
ナイフ
◇小野協一訳「世界100物語 4」河出書房新社 1997 p433
◇小野協一訳「賭けと人生」筑摩書房 2011（ちくま文学の森）p19

ガーダム, ジェーン
青いケシ
◇柴田元幸編訳「いずれは死ぬ身」河出書房新社 2009 p45

カダレ, イスマイル
災厄を運ぶ男
◇平岡敦訳「夢のかけら」岩波書店 1997（世界文学のフロンティア）p125

葛 洪　かつ・こう（283〜343　中国）
　神仙伝（しんせんでん）
　　◇佐野誠子著「中国古典小説選 2（六朝 1）」明治書院 2006

葛 亮　かつ・りょう
　尹씨方の泥人形
　　◇星野幸代訳「9人の隣人たちの声―中国新鋭作家短編小説選」勉誠出版 2012 p57
　テレクラ
　　◇後藤典子訳「現代中国青年作家秀作選」鼎書房 2010 p17

カッチャー, ベン
　Cheap Novelties
　　◇柴田元幸編訳「いずれは死ぬ身」河出書房新社 2009 p237

ガッチョーネ, アンジェロ
　至上の愛
　　◇香川真澄訳「ぶどう酒色の海―イタリア中短編小説集」イタリア文藝叢書刊行委員会 2013（イタリア文藝叢書）p87

カットナー, ヘンリー　Kuttner, Henry（1914〜1958　アメリカ）
　暗黒の口づけ（ブロック, R.）
　　◇三宅初江訳「クトゥルー 11」青心社 1998（暗黒神話大系シリーズ）p45
　暗黒の接吻（ブロック, ロバート）
　　◇真島光訳「新編 真ク・リトル・リトル神話大系 3」国書刊行会 2008 p67
　暗黒の砦
　　◇安野玲訳「不死鳥の剣―剣と魔法の物語傑作選」河出書房新社 2003（河出文庫）p195
　蛙
　　◇岩村光博訳「クトゥルー 11」青心社 1998（暗黒神話大系シリーズ）p129
　狩りたてるもの
　　◇東谷真知子訳「クトゥルー 11」青心社 1998（暗黒神話大系シリーズ）p101
　ギャラハー・プラス
　　◇浅倉久志編訳「グラックの卵」国書刊行会 2006（未来の文学）p29
　恐怖の鐘
　　◇東谷真知子訳「クトゥルー 13」青心社 2005（暗黒神話大系シリーズ）p157
　クラーリッツの秘密
　　◇東谷真知子訳「クトゥルー 10」青心社 1997（暗黒神話大系シリーズ）p45

　住宅問題
　　◇飛田妙子訳「ブルー・ボウ・シリーズ 死体のささやき」青弓社 1993 p53
　　◇宇野利泰訳「怪奇小説傑作集新版 2」東京創元社 2006（創元推理文庫）p277
　触手
　　◇小林勇次訳「新編 真ク・リトル・リトル神話大系 3」国書刊行会 2008 p197
　セイレムの怪異
　　◇高木国寿訳「新編 真ク・リトル・リトル神話大系 3」国書刊行会 2008 p7
　その名は悪魔
　　◇伊藤哲訳「幻想と怪奇―宇宙怪獣現わる」早川書房 2005（ハヤカワ文庫）p125
　大作＜破滅の惑星＞撮影始末記
　　◇野田昌宏編訳「太陽系無宿／お祖母ちゃんと宇宙海賊―スペース・オペラ名作選」東京創元社 2013（創元SF文庫）p67
　ねずみ狩り
　　◇高梨正伸訳「謎のギャラリー――こわい部屋」新潮社 2002（新潮文庫）p167
　　◇高梨正伸訳「こわい部屋」筑摩書房 2012（ちくま文庫）p167
　ハイドラ
　　◇加藤遍里訳「新編 真ク・リトル・リトル神話大系 3」国書刊行会 2008 p229
　ハッピー・エンド
　　◇伊藤典夫訳「ボロゴーヴはミムジイ―伊藤典夫翻訳SF傑作選」早川書房 2016（ハヤカワ文庫 SF）p197
　わたしは、吸血鬼
　　◇冨田ひろみ訳「吸血鬼伝説―ドラキュラの末裔たち」原書房 1997 p253

カーティス, ロバート・H.
　プロ
　　◇佐々田雅子訳「ミニ・ミステリ100」早川書房 2005（ハヤカワ・ミステリ文庫）p703

カーティス, W.A.
　湖上の怪物
　　◇佐川春水訳「恐竜文学大全」河出書房新社 1998（河出文庫）p196

カーティン, ジェレマイア
　フェアとブラウン、そしてトレンブリング
　　◇和佐田道子編訳「シンデレラ」竹書房 2015（竹書房文庫）p121

カデツキー, エリザベス
　無敵の男たち
　　◇藤島みさ子訳「アメリカ新進作家傑作選 2008」DHC 2009 p317

カテルリ, ニーナ
　化け物
　　◇沼野恭子訳「魔女たちの饗宴―現代ロシア女性作家選」新潮社 1998 p57

カード, オースン・スコット　Card, Orson Scott（1951～　アメリカ）
　アルヴィン・メイカー
　　◇友枝康子訳「ファンタジイの殿堂 伝説は永遠に 1」早川書房 2000（ハヤカワ文庫FT）p263
　エンダー
　　◇田中一江訳「SFの殿堂 遙かなる地平 1」早川書房 2000（ハヤカワ文庫SF）p187
　投資顧問
　　◇田中一江訳「SFの殿堂 遙かなる地平 1」早川書房 2000（ハヤカワ文庫SF）p193
　肥育園
　　◇大森望訳「20世紀SF 5」河出書房新社 2001（河出文庫）p127
　笑う男
　　◇友枝康子訳「ファンタジイの殿堂 伝説は永遠に 1」早川書房 2000（ハヤカワ文庫FT）p269

ガードナー, クレイグ・ショー　Gardner, Craig Shaw（1949～　アメリカ）
　シャーロック式解決法
　　◇五十嵐加奈子訳「シャーロック・ホームズのSF大冒険―短篇集 下」河出書房新社 2006（河出文庫）p105

ガードナー, ジェイムズ・アラン
　人間の血液に蠢く蛇―その実在に関する三つの聴聞会
　　◇佐田千織訳「90年代SF傑作選 下」早川書房 2002（ハヤカワ文庫）p245

ガードナー, ジョン
　愛の値打ち
　　◇後藤安彦訳「愛の殺人」早川書房 1997（ハヤカワ・ミステリ文庫）p155

ガードナー, リサ
　笑うブッダ（ローズ, M.J.）
　　◇田口俊樹訳「フェイスオフ対決」集英社 2015（集英社文庫）p123

ガードナー, レナード　Gardner, Leonard（アメリカ）
　陽の沈む街へ
　　◇安岡真訳「シリーズ・永遠のアメリカ文学 4」東京書籍 1991 p1

カドハタ, シンシア　Kadohata, Cynthia（1956～　アメリカ）
　ジャックの娘
　　◇山内照子訳「古今英米幽霊事情 2」新風舎 1999 p251

ガトロー, ティム
　ピアノ調律師
　　◇山田千津子訳「アメリカ短編小説傑作選 2001」DHC 2001（アメリカ文芸「年間」傑作選）p151

ガートン, レイ
　罪深きは映画
　　◇田中一江訳「シルヴァー・スクリーム 上」東京創元社 2013（創元推理文庫）p129
　間男
　　◇尾之上浩司訳「ラヴクラフトの遺産」東京創元社 2000（創元推理文庫）p19

ガーナー, ジュディス
　いたずらか, お菓子か
　　◇山本俊子訳「ミニ・ミステリ100」早川書房 2005（ハヤカワ・ミステリ文庫）p43
　いたずらか, ごちそうか
　　◇山本俊子訳「巨匠の選択」早川書房 2001（ハヤカワ・ミステリ）p263

ガーネット, デイヴィッド　Garnett, David（1892～1981　イギリス）
　狐になった夫人
　　◇井上宗次訳「謎のギャラリー―愛の部屋」新潮社 2002（新潮文庫）p127

カノックポン・ソンソムバン
　滝
　　◇宇戸清治編訳「現代タイのポストモダン短編集」大同生命国際文化基金 2012（アジアの現代文芸）p51

カパー, ベイザル
　暗礁の彼方に
　　◇大瀧啓裕訳「インスマス年代記 上」学習研究社 2001（学研M文庫）p135

ガーバー, メリル・ジョーン
　ふれあいは生き物の健康にいい

カハリ

◇斎藤栄治訳「猫好きに捧げるショート・ストーリーズ」国書刊行会 1997 p371

カバリェーロ, フェルナン Caballero, Fernán （1796〜1877 スペイン）

かもめ

◇浅沼澄訳「西和リブロス 12」西和書林 1990 p5

カブアーナ, ルイージ

吸血鬼

◇種村季弘訳「怪奇・幻想・綺想文学集—種村季弘翻訳集成」国書刊行会 2012 p369

カフカ, フランツ Kafka, Franz （1883〜1924 ドイツ）

ある学会報告

◇池内紀訳「バベルの図書館 4」国書刊行会 1988 p91

◇池内紀訳「生の深みを覗く—ポケットアンソロジー」岩波書店 2010（岩波文庫別冊）p237

◇池内紀訳「新編 バベルの図書館 5」国書刊行会 2013 p60

アレクサンドロス大王

◇池内紀訳「超短編アンソロジー」筑摩書房 2002（ちくま文庫）p40

祈る男との会話

◇多和田葉子訳「ポケットマスターピース 1」集英社 2015（集英社文庫ヘリテージシリーズ）p79

歌姫ヨゼフィーネ、あるいは鼠族

◇由比俊行訳「ポケットマスターピース 1」集英社 2015（集英社文庫ヘリテージシリーズ）p277

オスカー・ポラック（ツディレツ近郊オーバーシュトゥデネツ城）宛て〔プラハ、一九〇四年一月二十七日（水）〕

◇川島隆訳「ポケットマスターピース 1」集英社 2015（集英社文庫ヘリテージシリーズ）p672

オスカー・ポラック（プラハ？）宛て〔プラハ、一九〇二年八月二十四日（日）またはそれ以前〕

◇川島隆訳「ポケットマスターピース 1」集英社 2015（集英社文庫ヘリテージシリーズ）p667

オットラ・カフカ（ツューラウ）宛て〔プラハ、一九一七年八月二十九日（水）〕

◇川島隆訳「ポケットマスターピース 1」集英社 2015（集英社文庫ヘリテージシリーズ）p717

オットラ・カフカ（プラハ）宛て〔ヴェルカーセ、一九一四年七月二十一日（火）〕

◇川島隆訳「ポケットマスターピース 1」集英社 2015（集英社文庫ヘリテージシリーズ）p713

オットラ・カフカ（プラハ）宛て［絵ハガキ］〔ドレスデン、一九一三年三月二十五日（火）〕

◇川島隆訳「ポケットマスターピース 1」集英社 2015（集英社文庫ヘリテージシリーズ）p702

オットラ・カフカ（プラハ）宛て［絵ハガキ二枚］〔リーヴァ、一九一三年九月二十四日（水）〕

◇川島隆訳「ポケットマスターピース 1」集英社 2015（集英社文庫ヘリテージシリーズ）p703

オットラ・カフカ（プラハ）宛て〔カールスバート、一九一六年五月十三日（土）〕

◇川島隆訳「ポケットマスターピース 1」集英社 2015（集英社文庫ヘリテージシリーズ）p714

オットラ・カフカ（プラハ）宛て〔プラハ、一九一六年十二月八日（金）〜一九一七年四月中旬〕

◇川島隆訳「ポケットマスターピース 1」集英社 2015（集英社文庫ヘリテージシリーズ）p716

オットラ・カフカ（プラハ）宛て〔マリーエンバート、一九一六年五月十五日（月）〕

◇川島隆訳「ポケットマスターピース 1」集英社 2015（集英社文庫ヘリテージシリーズ）p714

お父さんは心配なんだよ

◇多和田葉子訳「ポケットマスターピース 1」集英社 2015（集英社文庫ヘリテージシリーズ）p201

火夫

◇川島隆訳「ポケットマスターピース 1」集英社 2015（集英社文庫ヘリテージシリーズ）p99

からすと天国

◇内田吉彦訳「アンデスの風叢書 天国・地獄百科」書肆風の薔薇 1982 p42

変身（かわりみ）

◇多和田葉子訳「ポケットマスターピース 1」集英社 2015（集英社文庫ヘリテージシリーズ）p7

グレーテ・ブロッホ（ウィーン）宛て〔プラハ、一九一四年四月十四日（火）〕

◇川島隆訳「ポケットマスターピース 1」集英社 2015（集英社文庫ヘリテージシリーズ）p703

グレーテ・ブロッホ（ウィーン）宛て〔プラハ、一九一四年五月十六日（土）〕

◇川島隆訳「ポケットマスターピース 1」集英社 2015（集英社文庫ヘリテージシリーズ）p706

カフカ

グレーテ・ブロッホ（ウィーン）宛て〔プラハ、一九一四年五月二十四日（日）〕
◇川島隆訳「ポケットマスターピース 1」集英社 2015（集英社文庫ヘリテージシリーズ）p709

公文書選
◇川島隆訳「ポケットマスターピース 1」集英社 2015（集英社文庫ヘリテージシリーズ）p609

こま
◇竹峰義和訳「ポケットマスターピース 1」集英社 2015（集英社文庫ヘリテージシリーズ）p211

最初の悩み
◇池内紀訳「バベルの図書館 4」国書刊行会 1988 p41
◇池内紀訳「新編 バベルの図書館 5」国書刊行会 2013 p34

雑種
◇池内紀訳「バベルの図書館 4」国書刊行会 1988 p49
◇池内紀訳「新編 バベルの図書館 5」国書刊行会 2013 p38
◇池内紀訳「ファイン／キュート素敵かわいい作品選」筑摩書房 2015（ちくま文庫）p196
◇竹峰義和訳「ポケットマスターピース 1」集英社 2015（集英社文庫ヘリテージシリーズ）p205

ジャッカルとアラビア人
◇池内紀訳「バベルの図書館 4」国書刊行会 1988 p67
◇池内紀訳「新編 バベルの図書館 5」国書刊行会 2013 p47

ジャッカルとアラブ人
◇川島隆訳「ポケットマスターピース 1」集英社 2015（集英社文庫ヘリテージシリーズ）p191

十一人の息子
◇池内紀訳「バベルの図書館 4」国書刊行会 1988 p79
◇池内紀訳「新編 バベルの図書館 5」国書刊行会 2013 p54

巣穴
◇由比俊行訳「ポケットマスターピース 1」集英社 2015（集英社文庫ヘリテージシリーズ）p215

〔一九〇九年次報告書より〕木材加工機械の事故防止策
◇川島隆訳「ポケットマスターピース 1」集英社 2015（集英社文庫ヘリテージシリーズ）p611

〔一九一四年次報告書より〕採石業における事故防止
◇川島隆訳「ポケットマスターピース 1」集英社 2015（集英社文庫ヘリテージシリーズ）p623

訴訟
◇川島隆訳「ポケットマスターピース 1」集英社 2015（集英社文庫ヘリテージシリーズ）p311

断食芸人
◇池内紀訳「バベルの図書館 4」国書刊行会 1988 p21
◇山下肇訳「変身のロマン」学習研究社 2003（学研M文庫）p281
◇山下肇, 山下万里訳「百年文庫 11」ポプラ社 2010 p5
◇池内紀訳「新編 バベルの図書館 5」国書刊行会 2013 p22

小さな寓話
◇池内紀訳「超短編アンソロジー」筑摩書房 2002（ちくま文庫）p139

父の気がかり
◇池内紀訳「幻想小説神髄」筑摩書房 2012（ちくま文庫）p512

パウル・キッシュ（プラハ）宛て［絵ハガキ］〔ドレスデン近郊、一九〇三年八月二十三日（日）〕
◇川島隆訳「ポケットマスターピース 1」集英社 2015（集英社文庫ヘリテージシリーズ）p672

パウル・キッシュ（ミュンヘン）宛て［絵ハガキ］〔プラハ、一九〇二年十一月五日（水）〕
◇川島隆訳「ポケットマスターピース 1」集英社 2015（集英社文庫ヘリテージシリーズ）p671

禿鷹
◇池内紀訳「バベルの図書館 4」国書刊行会 1988 p15
◇池内紀訳「新編 バベルの図書館 5」国書刊行会 2013 p20

判決―ある物語
◇酒寄進一訳「厭な物語」文藝春秋 2013（文春文庫）p155

万里の長城
◇池内紀訳「バベルの図書館 4」国書刊行会 1988 p111
◇池内紀訳「新編 バベルの図書館 5」国書刊行会 2013 p73

フェリーツェ・バウアー（ベルリン）宛て［電報］〔プラハ、一九一二年十一月十八日（月）〕

カフカ

◇川島隆訳「ポケットマスターピース 1」集英社 2015（集英社文庫ヘリテージシリーズ）p696

フェリーツェ・バウアー（ベルリン）宛て〔プラハ、一九一二年十一月一日（金）〕

◇川島隆訳「ポケットマスターピース 1」集英社 2015（集英社文庫ヘリテージシリーズ）p681

フェリーツェ・バウアー（ベルリン）宛て〔プラハ、一九一二年十一月十一日（月）〕

◇川島隆訳「ポケットマスターピース 1」集英社 2015（集英社文庫ヘリテージシリーズ）p686

フェリーツェ・バウアー（ベルリン）宛て〔プラハ、一九一二年十一月十六日（土）〕

◇川島隆訳「ポケットマスターピース 1」集英社 2015（集英社文庫ヘリテージシリーズ）p688

フェリーツェ・バウアー（ベルリン）宛て〔プラハ、一九一二年十一月十七日（日）〕

◇川島隆訳「ポケットマスターピース 1」集英社 2015（集英社文庫ヘリテージシリーズ）p691

フェリーツェ・バウアー（ベルリン）宛て〔プラハ、一九一二年十一月十七／十八日（日／月）〕

◇川島隆訳「ポケットマスターピース 1」集英社 2015（集英社文庫ヘリテージシリーズ）p694

フェリーツェ・バウアー（ベルリン）宛て〔プラハ、一九一二年十一月十九日（火）〕

◇川島隆訳「ポケットマスターピース 1」集英社 2015（集英社文庫ヘリテージシリーズ）p696

フェリーツェ・バウアー（ベルリン）宛て〔労災保険局用箋〕〔プラハ、一九一二年九月二十日（金）〕

◇川島隆訳「ポケットマスターピース 1」集英社 2015（集英社文庫ヘリテージシリーズ）p678

フェリーツェ・バウアー（ベルリン）宛て〔労災保険局用箋〕〔プラハ、一九一二年十一月二十日（木）〕

◇川島隆訳「ポケットマスターピース 1」集英社 2015（集英社文庫ヘリテージシリーズ）p698

フランツ・カフカ

◇神品友子訳「黒いユーモア選集 2」河出書房新社 2007（河出文庫）p163

プロメテウス

◇池内紀訳「バベルの図書館 4」国書刊行会 1988 p59

◇池内紀訳「新編 バベルの図書館 5」国書刊行会 2013 p43

町の紋章

◇池内紀訳「バベルの図書館 4」国書刊行会 1988 p55

◇池内紀訳「新編 バベルの図書館 5」国書刊行会 2013 p41

マックス・ブロート（プラハ）宛て〔プラハ、一九〇四年八月二十八日（日）〕

◇川島隆訳「ポケットマスターピース 1」集英社 2015（集英社文庫ヘリテージシリーズ）p675

マックス・ブロート（プラハ）宛て〔プラハ、一九一二年八月十四日（水）〕

◇川島隆訳「ポケットマスターピース 1」集英社 2015（集英社文庫ヘリテージシリーズ）p677

ミレナ・ポラック（ウィーン）宛て〔プラハ、一九二〇年九月十八／十九／二十日（土／日／月）〕

◇川島隆訳「ポケットマスターピース 1」集英社 2015（集英社文庫ヘリテージシリーズ）p724

ミレナ・ポラック（ウィーン）宛て〔プラハ、一九二二年三月末〕

◇川島隆訳「ポケットマスターピース 1」集英社 2015（集英社文庫ヘリテージシリーズ）p727

ミレナ・ポラック（ウィーン）宛て〔メラーノ＝ウンターマイス、ペンション・オットブルク、一九二〇年四月末頃〕

◇川島隆訳「ポケットマスターピース 1」集英社 2015（集英社文庫ヘリテージシリーズ）p720

ミレナ・ポラック（ウィーン）宛て〔メラーノ、一九二〇年六月十二日（土）〕

◇川島隆訳「ポケットマスターピース 1」集英社 2015（集英社文庫ヘリテージシリーズ）p721

よくある混乱

◇池内紀訳「バベルの図書館 4」国書刊行会 1988 p63

◇池内紀訳「新編 バベルの図書館 5」国書刊行会 2013 p45

酔っぱらった男との会話

◇多和田葉子訳「ポケットマスターピース 1」集英社 2015（集英社文庫ヘリテージシリーズ）p91

流刑地にて

◇竹峰義和訳「ポケットマスターピース 1」集英社 2015（集英社文庫ヘリテージシリーズ）p145

労災保険局オイゲン・プフォール（プラハ）宛て〔名刺〕〔プラハ、一九一二年九月二十三日（月）〕

◇川島隆訳「ポケットマスターピース 1」集英社 2015（集英社文庫ヘリテージシリーズ）p680

カプラン, ジェイムズ
　去年の冬、マイアミで
　　◇若島正訳「モーフィー時計の午前零時―チェス小説アンソロジー」国書刊行会 2009 p331

カプラン, ヘスター
　キングサイズの人生
　　◇武富雅子訳「アメリカ短編小説傑作選 2001」DHC 2001（アメリカ文芸「年間」傑作選）p309

カブレラ＝インファンテ, G.　Cabrera Infante, Guillermo（1929～2005　キューバ）
　エソルド座の怪人
　　◇若島正訳「異色作家短篇集 20」早川書房 2007 p219

カーペンター, ハンフリー
　ワルプルギスの夜
　　◇大友香奈子訳「魔法使いになる14の方法」東京創元社 2003（創元推理文庫）p65

カーペンター, リザベス
　ひそやかな暮らし
　　◇吉田利子訳「間違ってもいい、やってみたら―想いがはじける28の物語」講談社 1998 p25

カポーティ, トルーマン　Capote, Truman（1924～1984　アメリカ）
　感謝祭のお客
　　◇川本三郎訳「少年の眼―大人になる前の物語」光文社 1997（光文社文庫）p341
　ミリアム
　　◇川本三郎訳「人恋しい雨の夜に―せつない小説アンソロジー」光文社 2006（光文社文庫）p9
　夜の樹
　　◇浅尾敦則訳「百年文庫 9」ポプラ社 2010 p5

カポビアンコ, マイケル　Capobianco, Michael（1950～　アメリカ）
　ロシアの墓標（バートン, ウィリアム）
　　◇太田久美子訳「シャーロック・ホームズのSF大冒険―短篇集 上」河出書房新社 2006（河出文庫）p56

カミ, ピエール＝アンリ　Cami, Pierre-Henri（1884～1958　フランス）
　怪盗と名探偵（抄）
　　◇吉村正一郎訳「おかしい話」筑摩書房 2010（ちくま文学の森）p207

カミュ, アルベール　Camus, Albert（1913～1960　フランス）
　ヨナ
　　◇大久保敏彦訳「百年文庫 76」ポプラ社 2011 p5

カミングス, ジョセフ　Commings, Joseph（1913～1992　アメリカ）
　悪魔のひじ
　　◇森英俊訳「これが密室だ！」新樹社 1997 p173
　海児魂
　　◇山本俊子訳「密室殺人傑作選」早川書房 2003（ハヤカワ・ミステリ文庫）p449
　カスタネット、カナリア、それと殺人
　　◇武藤崇恵訳「密室殺人コレクション」原書房 2001 p193
　湖の伝説
　　◇森英俊訳「これが密室だ！」新樹社 1997 p157

カミンスキー, スチュアート・M.　Kaminsky, Stuart M.（1934～2009　アメリカ）
　うまくいかない時もある
　　◇上條ひろみ訳「ベスト・アメリカン・ミステリ ハーレム・ノクターン」早川書房 2005（ハヤカワ・ミステリ）p337
　音をたてる歯
　　◇三浦玲子訳「ポーに捧げる20の物語」早川書房 2009（Hayakawa pocket mystery books）p247
　ケープタウンから来た男
　　◇日暮雅通訳「シャーロック・ホームズ ベイカー街の殺人」原書房 2002 p99
　苦いレモン
　　◇木村二郎訳「フィリップ・マーロウの事件」早川書房 2007（ハヤカワ・ミステリ文庫）p351

カム・パカー
　ぼくと妻
　　◇宇戸清治訳「天国の風―アジア短篇ベスト・セレクション」新潮社 2011 p41
　女神
　　◇宇戸清治訳「天国の風―アジア短篇ベスト・セレクション」新潮社 2011 p50

カムマー, フレデリック・A., Jr.
　サルガッソー小惑星
　　◇野田昌宏編訳「太陽系無宿／お祖母ちゃんと

カラト

宇宙海賊―スペース・オペラ名作選」東京創元社 2013（創元SF文庫）p337

カラトケヴィチ, ヴラジミル
紺青と黄金の一日
◇越野剛訳「ポケットのなかの東欧文学―ルネッサンスから現代まで」成文社 2006 p293

ガーランド, アレックス　Garland, Alex（1970～　イギリス）
そのまばたきが命取り
◇渡辺佐智江訳「ディスコ・ビスケッツ」早川書房 1998 p263

カリー, エレン
強盗に遭った
◇柴田元幸編訳「いずれは死ぬ身」河出書房新社 2009 p163

ハムナイフであんたたちのお父さんを刺したのは私じゃありませんよ
◇畔柳和代訳「いまどきの老人」朝日新聞社 1998 p137

ガリー, ロマン　Gary, Romain（1914～1980　フランス）
終わらない悪夢
◇金井美子訳「ダーク・ファンタジー・コレクション 8」論創社 2008 p3

地球の住人たち
◇須藤哲生訳「この愛のゆくえ―ポケットアンソロジー」岩波書店 2011（岩波文庫別冊）p403

カリャー
こちらから見れば白あちらから見れば黒
◇南田みどり編訳「ミャンマー現代女性短編集」大同生命国際文化基金 2001（アジアの現代文芸）p199

ガーリン, アレクサンドル　Galin, Alexander（1947～　ロシア）
ジャンナ
◇堀江新二訳「ジャンナ―2幕」群像社 2006（群像社ライブラリー）p7

カリンティ・フェレンツ　Karinthy Ferenc（1921～1992　ハンガリー）
エペペ
◇池田雅之訳「東欧の文学 エペペ」恒文社 1978 p3

ブダペストに春がきた
◇上村ユキ子訳「東欧の文学 ブダペストに春がきた 他」恒文社 1966 p169

カリントン, レオノーラ
⇒キャリントン, レオノーラ を見よ

カル, アルフォンス　Karr, Alphonse
フルートとハープ
◇青柳瑞穂訳「怪奇小説傑作集新版 4」東京創元社 2006（創元推理文庫）p321

カール, リリアン・スチュワート　Carl, Lillian Stewart（1949～　アメリカ）
美は見る者の目に…
◇山本やよい訳「ホロスコープは死を招く」ソニー・マガジンズ 2006（ヴィレッジブックス）p155

マネシツグミの模倣
◇青木多香子訳「ホワイトハウスのペット探偵」講談社 2009（講談社文庫）p39

カルヴィーノ, イタロ　Calvino, Italo（1923～1985　イタリア）
カルヴィーノから読者へ〔パロマー〕
◇和田忠彦訳「イタリア叢書 6」松籟社 1988 p4

空想の決算報告
◇脇訳「イタリア叢書 5」松籟社 1988 p169

視線の範囲
◇脇訳「イタリア叢書 5」松籟社 1988 p117

砂のコレクション
◇脇訳「イタリア叢書 5」松籟社 1988

月の距離
◇米川良夫訳「とっておきの話」筑摩書房 2011（ちくま文学の森）p93

テラスのパロマー氏
◇和田忠彦訳「イタリア叢書 6」松籟社 1988 p69

展覧・探検
◇脇訳「イタリア叢書 5」松籟社 1988 p41

遠ざかる家―建築投機
◇和田忠彦訳「イタリア叢書 3」松籟社 1985 p1

時の形―日本
◇脇訳「イタリア叢書 5」松籟社 1988 p5

パロマー
◇和田忠彦訳「イタリア叢書 6」松籟社 1988

パロマー氏の休暇
◇和田忠彦訳「イタリア叢書 6」松籟社 1988 p5

パロマー氏の沈黙

◇和田忠彦訳「イタリア叢書 6」松籟社 1988 p121
不在の騎士
◇脇功訳「イタリア叢書 8」松籟社 1989 p1
冬の夜ひとりの旅人が
◇脇功訳「イタリア叢書 1」松籟社 1981
魔法の庭
◇和田忠彦訳「この愛のゆくえ―ポケットアンソロジー」岩波書店 2011（岩波文庫別冊）p9

カルカテラ, ロレンゾ
朝のバスに乗りそこねて
◇田口俊樹訳「ポーカーはやめられない―ポーカー・ミステリ書下ろし傑作選」ランダムハウス講談社 2010 p521

カルサダ・ペレス, マヌエル　Calzada Pérez, Manuel（1972〜　スペイン）
王の言葉
◇矢野明紘訳「現代スペイン演劇選集 3」カモミール社 2016 p507
辞書
◇田尻陽一訳「現代スペイン演劇選集 3」カモミール社 2016 p429

ガルサン, チナギーン
天の娘
◇柴内秀司訳「モンゴル近現代短編小説選」パブリック・ブレイン 2013 p262
役割
◇柴内秀司訳「モンゴル近現代短編小説選」パブリック・ブレイン 2013 p241

ガルシア・パボン, フランシスコ　García Pavón, Francisco（1919〜1989　スペイン）
雨の七日間―スペインの推理小説
◇中平紀子, 高井清仁訳「西和リブロス 2」西和書林 1984 p3

ガルシア・マソ, D.サンティアゴ・ホセ
最後の休息地
◇内田吉彦訳「アンデスの風叢書 天国・地獄百科」書肆風の薔薇 1982 p41

ガルシア＝マルケス, ガブリエル　García Márquez, Gabriel（1928〜　コロンビア）
ある遭難者の物語
◇堀内研二訳「アンデスの風叢書 ある遭難者の物語」書肆風の薔薇 1982 p5
海岸のテクスト
◇旦敬介訳「夢のかけら」岩波書店 1997（世界文学のフロンティア）p55
この物語について〔ある遭難者の物語〕
◇堀内研二訳「アンデスの風叢書 ある遭難者の物語」書肆風の薔薇 1982 p127

ガルシラソ・デ・ラ・ベーガ　Garcilasso de la Vega（1501頃〜1536　スペイン）
『哀歌』　第一番〜第二番
◇本田誠二訳「西和リブロス 13」西和書林 1993 p164
『カンシオン』　第一番〜第五番
◇本田誠二訳「西和リブロス 13」西和書林 1993 p47
『コプラ』　第一番〜第八番
◇本田誠二訳「西和リブロス 13」西和書林 1993 p183
スペイン宮廷恋愛詩集
◇本田誠二訳「西和リブロス 13」西和書林 1993 p5
『ソネット』　第一番〜第四〇番
◇本田誠二訳「西和リブロス 13」西和書林 1993 p7
『手紙』　第一番〜第三番
◇本田誠二訳「西和リブロス 13」西和書林 1993 p199
『ボスカンへの書簡』
◇本田誠二訳「西和リブロス 13」西和書林 1993 p180
『牧歌』　第一番〜第三番
◇本田誠二訳「西和リブロス 13」西和書林 1993 p66
『遺言書』および『公正証書』
◇本田誠二訳「西和リブロス 13」西和書林 1993 p206
『ラテン頌詩』　第一番〜第三番
◇本田誠二訳「西和リブロス 13」西和書林 1993 p191

ガルシン, V.M.　Garshin, Vsevolod Mikhailovich（1855〜1888　ロシア）
紅い花―イヴァン・セルゲーヴィチ・トゥルゲーネフの記念に
◇神西清訳「百年文庫 66」ポプラ社 2011 p85

カールスン, P.M.
陪審の知らない犯人
◇山本やよい訳「ウーマンズ・ケース 上」早川書房 1998（ハヤカワ・ミステリ文庫）p19

カルソ

カールソン, ロン　Carlson, Ron（アメリカ）
　アット・ザ・ホップ
　　◇柴田元幸訳「新しいアメリカの小説 世界の肌ざわり」白水社 1993 p99
　ビーンボール
　　◇渡辺育子訳「ベスト・アメリカン・短編ミステリ」DHC 2010 p113

カルチフ, カメン　Kalchev, Kamen（1914～1988　ブルガリア）
　愛の終り
　　◇矢代和夫訳「東欧の文学 ノンカの愛 他」恒文社 1971 p235

カルデロン・デ・ラ・バルカ, ペドロ
　Calderón de la Barca, Pedro（1600～1681　スペイン）
　愛に愚弄は禁物
　　◇佐竹謙一訳「スペイン黄金世紀演劇集」名古屋大学出版会 2003 p329
　人生は夢
　　◇田尻陽一訳「ベスト・プレイズ―西洋古典戯曲12選」論創社 2011 p219
　名誉の医師
　　◇古屋雄一郎訳「スペイン黄金世紀演劇集」名古屋大学出版会 2003 p389

カルネジス, パノス　Karnezis, Panos（1967～ギリシア）
　石の葬式
　　◇岩本正恵訳「世界堂書店」文藝春秋 2014（文春文庫）p285

カルパナ・スワミナタン　Kalpana Swaminathan（インド）
　第三面の殺人
　　◇波多野健訳「アジア本格リーグ 6（インド）」講談社 2010 p5

カルバリィード, エミリオ
　バラの解釈
　　◇佐竹謙一編訳「ラテンアメリカ現代演劇集」水声社 2005 p111

カルファス, ケン
　見えないショッピング・モール
　　◇柴田元幸編訳「どこにもない国―現代アメリカ幻想小説集」松柏社 2006 p145
　喜びと哀愁の野球トリビア・クイズ
　　◇岸本佐知子編訳「居心地の悪い部屋」角川書店 2012 p183
　　◇岸本佐知子編訳「居心地の悪い部屋」河出書

房新社 2015（河出文庫）p157

カルペンティエル, アレホ　Carpentier, Alejo（1904～1980　キューバ）
　この世の王国
　　◇木村榮一, 平田渡訳「アンデスの風叢書 この世の王国」水声社 1992 p5
　追跡
　　◇杉浦勉訳「アンデスの風叢書 追跡」水声社 1993 p5
　光の世紀
　　◇杉浦勉訳「アンデスの風叢書 光の世紀」書肆風の薔薇 1990 p3
　ビクトル・ユーグの歴史的真実について
　　◇杉浦勉訳「アンデスの風叢書 光の世紀」書肆風の薔薇 1990 p338

ガルマー, ドルジーン
　狼の巣
　　◇柴内秀司訳「モンゴル近現代短編小説選」パブリック・ブレイン 2013 p141

カレール, エマニュエル　Carrère, Emmanuel（1957～　フランス）
　口ひげを剃る男
　　◇田中千春訳「Modern & Classic 口ひげを剃る男」河出書房新社 2006 p1

カワード, マット　Coward, Mat（アルゼンチン）
　信じる理由
　　◇山本やよい訳「ホロスコープは死を招く」ソニー・マガジンズ 2006（ヴィレッジブックス）p271
　ズルタンじいさん
　　◇村上和久訳「赤ずきんの手には拳銃」原書房 1999 p275

韓 少功　かん・しょうこう
　暗香
　　◇加藤三由紀訳「同時代の中国文学―ミステリー・イン・チャイナ」東方書店 2006 p215

甘 昭文　かん・しょうぶん（1985～　台湾）
　フーガの練習〈アミ〉
　　◇中古苑生訳「台湾原住民文学選 6」草風館 2008 p195

韓 雪野　かん・せつや
　⇒韓雪野（ハン・ソルヤ）を見よ

韓 東　かん・とう（1961～　中国）
　小陶（シャオタオ）一家の農村生活

◇飯塚容訳「コレクション中国同時代小説 3」勉誠出版 2012 p1
部屋と風景
◇石井恵美子訳「同時代の中国文学―ミステリー・イン・チャイナ」東方書店 2006 p7

干 宝 かん・ぽう（？～336 中国）
捜神記(そうじんき)
◇佐野誠子著「中国古典小説選 2（六朝 1）」明治書院 2006

韓 愈 かん・ゆ（768～824 中国）
韓昌黎文集 第十一巻
◇清水茂訳「世界古典文学全集 30 A」筑摩書房 1986 p9
韓昌黎文集 第十二巻
◇清水茂訳「世界古典文学全集 30 A」筑摩書房 1986 p37
韓昌黎文集 第十三巻
◇清水茂訳「世界古典文学全集 30 A」筑摩書房 1986 p63
韓昌黎文集 第十四巻
◇清水茂訳「世界古典文学全集 30 A」筑摩書房 1986 p91
韓昌黎文集 第十五巻
◇清水茂訳「世界古典文学全集 30 A」筑摩書房 1986 p129
韓昌黎文集 第十六巻
◇清水茂訳「世界古典文学全集 30 A」筑摩書房 1986 p145
韓昌黎文集 第十七巻
◇清水茂訳「世界古典文学全集 30 A」筑摩書房 1986 p175
韓昌黎文集 第十八巻
◇清水茂訳「世界古典文学全集 30 A」筑摩書房 1986 p199
韓昌黎文集 第十九巻
◇清水茂訳「世界古典文学全集 30 A」筑摩書房 1986 p219
韓昌黎文集 第二十巻
◇清水茂訳「世界古典文学全集 30 A」筑摩書房 1986 p245
韓昌黎文集 第二十一巻
◇清水茂訳「世界古典文学全集 30 A」筑摩書房 1986 p265
韓昌黎文集 第二十二巻
◇清水茂訳「世界古典文学全集 30 A」筑摩書房 1986 p295
韓昌黎文集 第二十三巻
◇清水茂訳「世界古典文学全集 30 A」筑摩書房 1986 p319
韓昌黎文集 第二十四巻
◇清水茂訳「世界古典文学全集 30 B」筑摩書房 1987 p9
韓昌黎文集 第二十五巻
◇清水茂訳「世界古典文学全集 30 B」筑摩書房 1987 p25
韓昌黎文集 第二十六巻
◇清水茂訳「世界古典文学全集 30 B」筑摩書房 1987 p47
韓昌黎文集 第二十七巻
◇清水茂訳「世界古典文学全集 30 B」筑摩書房 1987 p65
韓昌黎文集 第二十八巻
◇清水茂訳「世界古典文学全集 30 B」筑摩書房 1987 p81
韓昌黎文集 第二十九巻
◇清水茂訳「世界古典文学全集 30 B」筑摩書房 1987 p95
韓昌黎文集 第三十巻
◇清水茂訳「世界古典文学全集 30 B」筑摩書房 1987 p109
韓昌黎文集 第三十一巻
◇清水茂訳「世界古典文学全集 30 B」筑摩書房 1987 p131
韓昌黎文集 第三十二巻
◇清水茂訳「世界古典文学全集 30 B」筑摩書房 1987 p147
韓昌黎文集 第三十三巻
◇清水茂訳「世界古典文学全集 30 B」筑摩書房 1987 p167
韓昌黎文集 第三十四巻
◇清水茂訳「世界古典文学全集 30 B」筑摩書房 1987 p181
韓昌黎文集 第三十五巻
◇清水茂訳「世界古典文学全集 30 B」筑摩書房 1987 p197
韓昌黎文集 第三十六巻
◇清水茂訳「世界古典文学全集 30 B」筑摩書房 1987 p205
韓昌黎文集 第三十七巻
◇清水茂訳「世界古典文学全集 30 B」筑摩書房 1987 p217
韓昌黎文集 第三十八巻
◇清水茂訳「世界古典文学全集 30 B」筑摩書房

1987 p241

韓昌黎文集 第三十九巻
◇清水茂訳「世界古典文学全集 30 B」筑摩書房 1987 p259

韓昌黎文集 第四十巻
◇清水茂訳「世界古典文学全集 30 B」筑摩書房 1987 p289

カーン, ラジーア・サルタナ

施し
◇新谷進訳「アメリカ新進作家傑作選 2008」DHC 2009 p301

韓龍雲 かん・りょううん

⇒韓龍雲(ハン・ヨンウン)を見よ

カンシラ, ドミニク

交点
◇金子浩訳「サイコ・ホラー・アンソロジー」祥伝社 1998(祥伝社文庫)p187

カンセーラ, アルトゥーロ Cancela, Arturo

(1892〜1957 アルゼンチン)

運命の神さまはどじなお方(ルサレータ、ピラール・デ)
◇内田吉彦訳「バベルの図書館 20」国書刊行会 1990 p65
◇内田吉彦訳「新編 バベルの図書館 6」国書刊行会 2013 p52

カンター, マッキンリー

義俠犬ダボコ
◇務台夏子訳「あの犬この犬そんな犬―11の物語」東京創元社 1998 p57

邯鄲 淳 かんたん・じゅん (中国)

笑林(しょうりん)
◇大木康著「中国古典小説選 12(歴代笑話)」明治書院 2008 p1

カントゥ, チェーザレ Cantù, Cesare (1804〜1895 イタリア)

地獄のカタログ
◇内田吉彦訳「アンデスの風叢書 天国・地獄百科」書肆風の薔薇 1982 p72

天国のカタログ
◇斎藤博士訳「アンデスの風叢書 天国・地獄百科」書肆風の薔薇 1982 p99

カントナー, ロブ

ウェンディ・タドホープはいかにして命拾いをしたか
◇田村義進訳「ベスト・アメリカン・ミステリ スネーク・アイズ」早川書房 2005(ハヤカワ・ミステリ)p191

懐かしき青き山なみ
◇渡辺育子訳「ベスト・アメリカン・短編ミステリ」DHC 2010 p291

カンバーランド, リチャード

モントレモスの毒殺者――一七九一
◇藤井光訳「ゴシック短編小説集」春風社 2012 p41

カンポ, フランソワ Campaux, François

(1906〜1983 フランス)

ジゼルと粋な子供たち
◇和田誠一訳「現代フランス戯曲名作選 2」カモミール社 2012 p181

【キ】

魏 貽君 ぎ・いくん (台湾)

アイデンティティの戦闘位置―ワリス・ノカンの場合を例として
◇下村作次郎訳「台湾原住民文学選 9」草風館 2007 p193

紀 昀 き・いん (1724〜1805 中国)

閲微草堂筆記(えつびそうどうひっき)
◇黒田真美子, 福田素子著「中国古典小説選 11(清代 3)」明治書院 2008 p1

紀 大偉 き・たいい (1972〜 台湾)

赤い薔薇が咲くとき
◇白水紀子訳「台湾セクシュアル・マイノリティ文学 2」作品社 2008 p187

儀式
◇白水紀子訳「台湾セクシュアル・マイノリティ文学 2」作品社 2008 p233

台湾小説中の男性同性愛の性と放逐
◇久下景子訳「台湾セクシュアル・マイノリティ文学 4」作品社 2009 p209

朝食
◇白水紀子訳「台湾セクシュアル・マイノリティ文学 2」作品社 2008 p275

膜
◇白水紀子訳「台湾セクシュアル・マイノリティ文学 2」作品社 2008 p9

疑 遅 ぎ・ち

ユスラウメの花

◇岡田英樹訳編「血の報復―「在満」中国人作家短篇集」ゆまに書房 2016 p75

魏 微　ぎ・び
旅路にて
　◇神谷まり子訳「現代中国青年作家秀作選」鼎書房 2010 p61
鄭さんの女
　◇上原かおり訳「同時代の中国文学―ミステリー・イン・チャイナ」東方書店 2006 p53

キエスーラ, ファブリツィオ
出口のない美術館
　◇香川真澄訳「ぶどう酒色の海―イタリア中短編小説集」イタリア文藝叢書刊行委員会 2013（イタリア文藝叢書）p109

キーガン, リンダ
五十歳になった日
　◇吉田利子訳「間違ってもいい、やってみたら―想いがはじける28の物語」講談社 1998 p137

キシュ, ダニロ　Kiš, Danilo（1935～1989　ユーゴスラビア）
死者の百科事典―生涯のすべて
　◇山崎佳代子訳「夢のかけら」岩波書店 1997（世界文学のフロンティア）p25

ギシュラー, ヴィクター　Gischler, Victor（アメリカ）
ルーファスを撃て
　◇加藤俶子訳「アメリカミステリ傑作選 2001」DHC 2001（アメリカ文芸「年間」傑作選）p239

ギースン, スーザン
グリーン・マーダー
　◇安藤由紀子訳「ウーマンズ・ケース 下」早川書房 1998（ハヤカワ・ミステリ文庫）p7

ギッシング, ジョージ　Gissing, George Robert（1857～1903　イギリス）
渦
　◇太田良子訳「ヒロインの時代 渦」国書刊行会 1989 p1
くすり指
　◇小池滋訳「百年文庫 50」ポプラ社 2010 p5
クリストファスン
　◇吉田甲子太郎訳「書物愛 海外篇」晶文社 2005 p143
　◇吉田甲子太郎訳「書物愛 海外篇」東京創元社 2014（創元ライブラリ）p143

めぐりあい
　◇平戸喜文訳「イギリス名作短編集」近代文芸社 2003 p41

キップリング, ラドヤード　Kipling, Joseph Rudyard（1865～1936　イギリス）
アラーの目
　◇土岐知子訳「バベルの図書館 27」国書刊行会 1991 p145
　◇土岐知子訳「新編 バベルの図書館 2」国書刊行会 2012 p558
イムレイの帰還
　◇橋本福夫訳「怪奇小説傑作集新版 3」東京創元社 2006（創元推理文庫）p183
インレイの帰還
　◇柳瀬尚紀訳「犯罪は詩人の楽しみ―詩人ミステリ集成」東京創元社 2012（創元推理文庫）p180
園丁
　◇土岐知子訳「バベルの図書館 27」国書刊行会 1991 p95
　◇土岐知子訳「謎の物語」筑摩書房 2012（ちくま文庫）p331
　◇土岐知子訳「新編 バベルの図書館 2」国書刊行会 2012 p590
王になろうとした男
　◇金原瑞人, 三辺律子訳「諸国物語―stories from the world」ポプラ社 2008 p533
祈願の御堂
　◇土岐恒二訳「バベルの図書館 27」国書刊行会 1991 p15
　◇土岐恒二訳「新編 バベルの図書館 2」国書刊行会 2012 p475
獣の印
　◇橋本槇矩訳「怪奇小説精華」筑摩書房 2012（ちくま文庫）p464
サーヒブの戦争
　◇土岐恒二訳「バベルの図書館 27」国書刊行会 1991 p59
　◇土岐恒二訳「新編 バベルの図書館 2」国書刊行会 2012 p504
塹壕のマドンナ
　◇土岐恒二訳「バベルの図書館 27」国書刊行会 1991 p105
　◇土岐恒二訳「新編 バベルの図書館 2」国書刊行会 2012 p533
幻の人力車
　◇岡本綺堂編訳「世界怪談名作集 下」河出書房

新社 2002（河出文庫）p105
メアリ・ポストゲイト
　◇橋本槙矩訳「百年文庫 86」ポプラ社 2011 p47

キーティング, H.R.F. Keating, Henry Reymond Fitzwalter（1926〜　イギリス）
病める統治者の事件
　◇日暮雅通訳「シャーロック・ホームズの大冒険 下」原書房 2009 p141

キトゥアイ, オーガスト
家出
　◇塚本晃久訳「パプア・ニューギニア小説集」三重大学出版会 2008 p57

ギバルギーゾフ
セリョージャの自転車がほうきになったわけ
　◇武明弘子訳「雑話集—ロシア短編集 2」「雑話集」の会 2009 p34

キーフォーバー, ジョン・D.
冷たい手を重ねて
　◇金井美子訳「ダーク・ファンタジー・コレクション 8」論創社 2008 p167

ギブスン, ウィリアム Gibson, William（1948〜　カナダ）
クローム襲撃
　◇浅倉久志訳「ハッカー／13の事件」扶桑社 2000（扶桑社ミステリー）p15
　◇浅倉久志訳「楽園追放 rewired—サイバーパンクSF傑作選」早川書房 2014（ハヤカワ文庫JA）p9
ドッグファイト（スワンウィック, マイクル）
　◇酒井昭伸訳「ハッカー／13の事件」扶桑社 2000（扶桑社ミステリー）p227
冬のマーケット
　◇浅倉久志訳「20世紀SF 5」河出書房新社 2001（河出文庫）p7

ギブラン, カーリル
夢遊病者
　◇西條八十訳「北村薫の本格ミステリ・ライブラリー」角川書店 2001（角川文庫）p268

キプリング, ラドヤード
　⇒キップリング, ラドヤード を見よ

ギボン, エドワード Gibbon, Edward（1737〜1794　イギリス）
回教徒の天国
　◇斎藤博士訳「アンデスの風叢書　天国・地獄百科」書肆風の薔薇 1982 p121
城壁の反対側
　◇内田吉彦訳「アンデスの風叢書　天国・地獄百科」書肆風の薔薇 1982 p59

ギボン, ルイス・グラシック Gibbon, Lewis Grassic（1901〜1935　イギリス）
夕暮れの歌
　◇久津木俊樹訳「20世紀民衆の世界文学 2」三友社出版 1986 p1

キム, アナトーリイ
コサック・ダヴレート
　◇有賀祐子訳「夢のかけら」岩波書店 1997（世界文学のフロンティア）p219

キム・インスク（1963〜　韓国）
鏡にまつわる物語
　◇安宇植編訳「シックスストーリーズ—現代韓国女性作家短編」集英社 2002 p173

金 義卿　キム・ウィギョン
旅立つ家族
　◇李恵貞訳「韓国現代戯曲集 4」日韓演劇交流センター 2009 p173

金 光林　キム・ガンリム
愛を探して
　◇石川樹里訳「韓国現代戯曲集 1」日韓演劇交流センター 2002 p29

金 光植　キム・グァンシク
213号住宅
　◇朴暻恩, 真野保久編訳「王陵と駐屯軍—朝鮮戦争と韓国の戦後派文学」凱風社 2014 p264

金 珖燮　キム・グヮンソプ
空寞
　◇金炳三, 李春穆, 金潤訳「20世紀民衆の世界文学 7」三友社出版 1990 p196

金 尚憲　キム・サンホン
いとしのシンディ・クロフォード
　◇李良文訳「コリアン・ミステリー—韓国推理小説傑作選」バベル・プレス 2002 p263

金 芝河　キム・ジハ
『大説・南』より
　◇安宇植訳「怒りと響き」岩波書店 1997（世界文学のフロンティア）p77

金 素月　キム・ソウォル（1902〜1934　朝鮮）
願わくばわれらの鋤を入れる土地あらば
　◇金炳三, 李春穆, 金潤訳「20世紀民衆の世界文

学 7」三友社出版 1990 p186

金 昭葉　キム・ソヨブ（朝鮮）
ひとつかみの土くれを握り
◇金炳三, 李春穆, 金潤訳「20世紀民衆の世界文学 7」三友社出版 1990 p203

金 聖鐘　キム・ソンジョン
失踪
◇祖田律男訳「コリアン・ミステリー韓国推理小説傑作選」バベル・プレス 2002 p159

金 昌述　キム・チャンスル（朝鮮）
奪うだけ奪え
◇金炳三, 李春穆, 金潤訳「20世紀民衆の世界文学 7」三友社出版 1990 p189

キム・チョングァン（韓国）
警察署よ、さようなら
◇岸井紀子訳「現代韓国短篇選 上」岩波書店 2002 p143

金 南一　キム・ナミル
確かな春
◇加藤建二訳「郭公の故郷―韓国現代短編小説集」風媒社 2003 p149

霊魂と形式
◇加藤建二訳「郭公の故郷―韓国現代短編小説集」風媒社 2003 p81

金 楠　キム・ナム
訪問者
◇祖田律男訳「コリアン・ミステリー韓国推理小説傑作選」バベル・プレス 2002 p33

キム・ヒョンギョング（1960～　韓国）
緑の木の記憶
◇安宇植編訳「シックスストーリーズ―現代韓国女性作家短編」集英社 2002 p221

金 明和　キム・ミョンファ（1966～　韓国）
チェロとケチャップ
◇木村典子訳「海外戯曲アンソロジー―海外現代戯曲翻訳集〈国際演劇交流セミナー記録〉1」日本演出者協会 2007 p63

鳥たちは横断歩道を渡らない
◇石川樹里訳「韓国現代戯曲集 2」日韓演劇交流センター 2005 p33

金 裕貞　キム・ユジョン
山里
◇白川春子訳「小説家仇甫氏の一日―ほか十三編 短小説集」平凡社 2006（朝鮮近代文学選集）p251

金 容相　キム・ヨンサン
血統
◇祖田律男訳「コリアン・ミステリー韓国推理小説傑作選」バベル・プレス 2002 p107

金 英夏　キム・ヨンハ（韓国）
非常口
◇三枝壽勝訳「現代韓国短篇選 上」岩波書店 2002 p171

金 永顕　キム・ヨンヒョン
蛙
◇加藤建二訳「郭公の故郷―韓国現代短編小説集」風媒社 2003 p183

犬足老人の死
◇加藤建二訳「郭公の故郷―韓国現代短編小説集」風媒社 2003 p115

金 永郎　キム・ヨンラン（1903～1950　朝鮮）
牡丹の花咲くまでは
◇金炳三, 李春穆, 金潤訳「20世紀民衆の世界文学 7」三友社出版 1990 p196

ギモント, C.E.
溺死
◇旦紀子訳「マシン・オブ・デス―A Collection of Stories about People who Know How They Will DIE」アルファポリス 2012 p544

キャヴェル, ベンジャミン
進化
◇青木千鶴訳「ベスト・アメリカン・ミステリ スネーク・アイズ」早川書房 2005（ハヤカワ・ミステリ）p107

ギャグリアーニ, ウィリアム・D.
氷壁
◇玉木亨訳「サイコホラー・アンソロジー」祥伝社 1998（祥伝社文庫）p497

キャザー, ウィラ　Cather, Willa（1873～1947　アメリカ）
彫刻家の葬式
◇利根川真紀訳「クィア短編小説集―名づけえぬ欲望の物語」平凡社 2016（平凡社ライブラリー）p203

トミーに感傷は似合わない
◇利根川真紀編訳「レズビアン短編小説集―女たちの時間」平凡社 2015（平凡社ライブラリー）p71

成り行き
◇梅田正彦訳「ざくろの実―アメリカ女流作家怪奇小説集」鳥影社 2008 p67

ネリー・ディーンの歓び
◇利根川真紀編訳「レズビアン短編小説集―女たちの時間」平凡社 2015（平凡社ライブラリー）p117
ポールの場合―気質の研究
◇利根川真紀訳「クィア短編小説集―名づけえぬ欲望の物語」平凡社 2016（平凡社ライブラリー）p171

キャザーウッド, メアリー・ハートウェル
青い男
◇梅田正彦訳「ざくろの実―アメリカ女流作家怪奇小説選」鳥影社 2008 p149

ギャスケル, エリザベス Gaskell, Elizabeth Cleghorn（1810～1865　イギリス）
異父兄弟
◇松岡光治訳「百年文庫 22」ポプラ社 2010 p5
老いた子守り女の話
◇川本静子訳「ゴースト・ストーリー傑作選―英米女性作家8短篇」みすず書房 2009 p1
婆やの話
◇松岡光治編訳「ヴィクトリア朝幽霊物語―短篇集」アティーナ・プレス 2013 p213

キャスパー, スーザン
思考機械ホームズ
◇篠原良子訳「シャーロック・ホームズのSF大冒険―短篇集 下」河出書房新社 2006（河出文庫）p91

キャッスル, モート
エジプトのバックアイ・ジム
◇山口緑訳「ノストラダムス秘録」扶桑社 1999（扶桑社ミステリー）p183
吾が心臓の秘密
◇夏来健二訳「ラヴクラフトの遺産」東京創元社 2000（創元推理文庫）p51

キャップ, コリン Kapp, Colin（1928～　イギリス）
ラムダ・1
◇浅倉久志訳「火星ノンストップ」早川書房 2005（ヴィンテージSFセレクション）p343

キャップス, タッカー
アリス
◇米山とも子訳「アメリカ新進作家傑作選 2008」DHC 2009 p19

キャディガン, パット Cadigan, Pat（1953～　アメリカ）
世紀末大騒動
◇小川隆訳「ディスコ2000」アーティストハウス 1999 p13
率直に見れば
◇幹遙子訳「THE FUTURE IS JAPANESE」早川書房 2012（ハヤカワSFシリーズJコレクション）p131
ロック・オン
◇小川隆、内田昌之訳「ハッカー／13の事件」扶桑社 2000（扶桑社ミステリー）p127

キャネル, J.C.
フーディーニの秘密
◇白須清美訳「ミステリ・リーグ傑作選 上」論創社 2007（論創海外ミステリ）p48

キャバナー, ディーン
マイル・ハイ・メルトダウン
◇渡辺健吾訳「ディスコ・ビスケッツ」早川書房 1998 p239

キャラハン, モーリー Callaghan, Morley Edward（1903～1990　カナダ）
新妻
◇森茂里訳「ブルー・ボウ・シリーズ 結婚まで」青弓社 1992 p51

ギャリコ, ポール Gallico, Paul William（1897～1976　アメリカ）
最高傑作
◇田口俊樹訳「ディナーで殺人を 上」東京創元社 1998（創元推理文庫）p77
七つの人形の恋物語
◇矢川澄子訳「海外ライブラリー 七つの人形の恋物語」王国社 1997 p9

ギャリス, ミック
映画の子
◇夏来健次訳「シルヴァー・スクリーム 下」東京創元社 2013（創元推理文庫）p149
伝説の誕生
◇田中一江訳「ヒー・イズ・レジェンド」小学館 2010（小学館文庫）p147

ギャリティ, シェーノン・K.
プリズン・ナイフ・ファイト
◇旦紀子訳「マシン・オブ・デス―A Collection of Stories about People who Know How They Will DIE」アルファポリス 2012 p443
◇旦紀子訳「マシン・オブ・デス」アルファポ

リス 2013（アルファポリス文庫）p373

キャリントン, レオノーラ　Carrington, Leonora（1917〜2011　イギリス）

最初の舞踏会
- ◇澁澤龍彦訳「怪奇小説傑作集新版 4」東京創元社 2006（創元推理文庫）p461
- ◇澁澤龍彦訳「澁澤龍彦訳暗黒怪奇短篇集」河出書房新社 2013（河出文庫）p355

レオノーラ・カリントン
- ◇有田忠郎訳「黒いユーモア選集 2」河出書房新社 2007（河出文庫）p307

ギャレット, ケイミーン

節度ある家族
- ◇有枝春訳「アメリカ新進作家傑作選 2007」DHC 2008 p151

トーナメント
- ◇伊藤さよ子訳「アメリカ新進作家傑作選 2003」DHC 2004 p235

ギャレット, ランドル

ささやかな知恵（シルヴァーバーグ, ロバート）
- ◇中村融訳「魔法の猫」扶桑社 1998（扶桑社ミステリー）p361

キャロル, ウィリアム・J., Jr.

汚れのない高み
- ◇関麻衣子訳「ベスト・アメリカン・ミステリ スネーク・アイズ」早川書房 2005（ハヤカワ・ミステリ）p61

キャロル, ジョナサン

最良の友
- ◇佐藤高子訳「幻想の犬たち」扶桑社 1999（扶桑社ミステリー）p377

キャロル, マリサ

カードは誰から？
- ◇麻生蓉訳「マイ・バレンタイン―愛の贈りもの '99」ハーレクイン 1991 p207

キャロル, ルイス　Carroll, Lewis（1832〜1898　イギリス）

運命の杖
- ◇芦田川祐子訳「ポケットマスターピース 11」集英社 2016（集英社文庫ヘリテージシリーズ）p757

鏡の国のアリス
- ◇北村太郎訳「海外ライブラリー 鏡の国のアリス」王国社 1997 p1
- ◇芦田川祐子訳「ポケットマスターピース 11」集英社 2016（集英社文庫ヘリテージシリーズ）p141

驚異的写真術
- ◇芦田川祐子訳「ポケットマスターピース 11」集英社 2016（集英社文庫ヘリテージシリーズ）p749

子ども部屋のアリス
- ◇芦田川祐子訳「ポケットマスターピース 11」集英社 2016（集英社文庫ヘリテージシリーズ）p299

シルヴィーとブルーノ 完結篇 抄
- ◇芦田川祐子訳「ポケットマスターピース 11」集英社 2016（集英社文庫ヘリテージシリーズ）p541

シルヴィーとブルーノ 抄
- ◇芦田川祐子訳「ポケットマスターピース 11」集英社 2016（集英社文庫ヘリテージシリーズ）p331

代名詞の迷宮
- ◇高橋康也訳「超短編アンソロジー」筑摩書房 2002（ちくま文庫）p69

ふしぎの国のアリス
- ◇北村太郎訳「海外ライブラリー ふしぎの国のアリス」王国社 1996 p3

不思議の国のアリス
- ◇うえさきひろこ訳「STORY REMIX 不思議の国のアリス」大栄出版 1996 p1
- ◇芦田川祐子訳「ポケットマスターピース 11」集英社 2016（集英社文庫ヘリテージシリーズ）p9

ルイス・キャロル
- ◇村上光彦訳「黒いユーモア選集 1」河出書房新社 2007（河出文庫）p209

キャロル, レノーア

"冒険"の始まる前
- ◇日暮雅通訳「シャーロック・ホームズ ワトソンの災厄」原書房 2003 p311

キャンフィールド, サンドラ

愛の契約
- ◇秋元美由起訳「愛は永遠に―ウエディング・ストーリー '99」ハーレクイン 1999 p7

キャンベル, ギルバート

コストプチンの白狼
- ◇大貫昌子訳「狼女物語―美しくも妖しい短編傑作選」工作舎 2011 p103

キャンベル, コリン
全体像
◇浅倉久志選訳「極短小説」新潮社 2004（新潮文庫）p130

キャンベル, ジョン.W., Jr.　Campbell, John Wood, Jr.（1910～1971　アメリカ）
影が行く
◇中村融編訳「影が行く―ホラーSF傑作選」東京創元社 2000（創元SF文庫）p137
遊星からの物体X
◇増田まもる訳「クトゥルフ神話への招待―遊星からの物体X」扶桑社 2012（扶桑社ミステリー）p7

キャンベル, ボニー・ジョー
ゴリラ・ガール
◇古屋美登里訳「モンスターズ―現代アメリカ傑作短篇集」白水社 2014 p72

キャンベル, ラムゼイ　Campbell, Ramsey（1946～　イギリス）
暗黒星の陥穽
◇福岡洋一訳「新編 真ク・リトル・リトル神話大系 4」国書刊行会 2008 p315
異次元通信機
◇岩井孝訳「新編 真ク・リトル・リトル神話大系 4」国書刊行会 2008 p291
ヴェールを破るもの
◇尾之上浩司訳「クトゥルフ神話への招待―遊星からの物体X」扶桑社 2012（扶桑社ミステリー）p133
唄え、されば救われん
◇夏来健次訳「死霊たちの宴 上」東京創元社 1998（創元推理文庫）p83
恐怖の橋
◇尾之上浩司訳「クトゥルフ神話への招待―遊星からの物体X」扶桑社 2012（扶桑社ミステリー）p223
湖畔の住人
◇尾之上浩司訳「古きものたちの墓―クトゥルフ神話への招待」扶桑社 2013（扶桑社ミステリー）p35
ザ・エンターテインメント
◇渡辺庸子訳「999（ナインナインナイン）―聖金曜日」東京創元社 2000（創元推理文庫）p81
事故多発区間
◇野村芳夫訳「死のドライブ」文藝春秋 2001（文春文庫）p265
序
◇福岡洋一訳「新編 真ク・リトル・リトル神話大系 6」国書刊行会 2009 p9
スタンリー・ブルックの遺志
◇尾之上浩司訳「クトゥルフ神話への招待―遊星からの物体X」扶桑社 2012（扶桑社ミステリー）p207
呪われた石碑
◇尾之上浩司訳「クトゥルフ神話への招待―遊星からの物体X」扶桑社 2012（扶桑社ミステリー）p181
廃劇場の怪
◇夏来健次訳「シルヴァー・スクリーム 下」東京創元社 2013（創元推理文庫）p245
ハイ・ストリートの教会
◇大瀧啓裕訳「インスマス年代記 上」学習研究社 2001（学研M文庫）p355
ハイストリートの教会
◇三浦玲子訳「ダーク・ファンタジー・コレクション 5」論創社 2007 p51
パイン・デューンズの顔
◇高橋三恵訳「新編 真ク・リトル・リトル神話大系 7」国書刊行会 2009 p147
魔女の帰還
◇尾之上浩司訳「クトゥルフ神話への招待―遊星からの物体X」扶桑社 2012（扶桑社ミステリー）p157
ムーン・レンズ
◇尾之上浩司訳「古きものたちの墓―クトゥルフ神話への招待」扶桑社 2013（扶桑社ミステリー）p7
闇の孕子
◇広瀬順弘訳「闇の展覧会 敵」早川書房 2005（ハヤカワ文庫）p145
妖虫
◇山中清子訳「新編 真ク・リトル・リトル神話大系 4」国書刊行会 2008 p251

邱 華棟　きゅう・かとう
大エルティシ川
◇金子わこ訳「じゃがいも―中国現代文学短編集」小学館スクウェア 2007 p79
◇金子わこ訳「じゃがいも―中国現代文学短編集」鼎書房 2012 p79

邱 貴芬　きゅう・きふん（台湾）
原住民は文学「創作」を必要としているか
◇魚住悦子訳「台湾原住民文学選 9」草風館 2007 p319

牛粛　ぎゅう・しゅく（中国）
　紀聞（きぶん）（抄）
　　◇溝部良恵著「中国古典小説選 6（唐代 3）」明治書院 2008 p32

牛僧孺　ぎゅう・そうじゅ（779〜847　中国）
　玄怪録（げんかいろく）（抄）
　　◇溝部良恵著「中国古典小説選 6（唐代 3）」明治書院 2008 p181

邱妙津　きゅう・みょうしん（1969〜1995　台湾）
　ある鰐の手記
　　◇垂水千恵訳「台湾セクシュアル・マイノリティ文学 1」作品社 2008 p5

ギーヨ, ポール
　契約完了
　　◇澁谷正子訳「殺しのグレイテスト・ヒッツ」早川書房 2007（ハヤカワ・ミステリ文庫）p489

許佑生　きょ・ゆうせい（台湾）
　新郎新"夫"
　　◇池上貞子訳「台湾セクシュアル・マイノリティ文学 3」作品社 2009 p7

龔萬輝　きょう・ばんき（1975〜）
　隠れ身の術
　　◇豊田周子訳「台湾熱帯文学 4」人文書院 2011 p291

ギヨタ, ピエール
　『売淫』より
　　◇鈴村和成, 四方田犬彦訳「怒りと響き」岩波書店 1997（世界文学のフロンティア）p147

キラ＝クーチ, アーサー　Quiller-Couch, Sir Arthur（1863〜1944　イギリス）
　一対の手
　　◇平井呈一訳「ファイン／キュート素敵かわいい作品選」筑摩書房 2015（ちくま文庫）p202
　一対の手―ある老嬢の怪談
　　◇平井呈一編「壁画の中の顔―こわい話気味のわるい話 3」沖積舎 2012 p45
　世界河
　　◇西崎憲訳「英国短篇小説の愉しみ 3」筑摩書房 1999 p173
　蜂の巣箱
　　◇南條竹則編訳「イギリス恐怖小説傑作選」筑摩書房 2005（ちくま文庫）p67

ギラード, タマラ
　犬の血を継ぐ者
　　◇寺坂由美子訳「アメリカ新進作家傑作選 2005」DHC 2006 p353

ギリス, リュー
　六つの言葉
　　◇山本俊子訳「ミニ・ミステリ 100」早川書房 2005（ハヤカワ・ミステリ文庫）p13

キルシュ, ザーラ　Kirsch, Sarah（1935〜　ドイツ）
　晴天の霹靂
　　◇松永知子訳「シリーズ現代ドイツ文学 5」早稲田大学出版部 1993 p47

ギルバート, アントニイ　Gilbert, Anthony（1899〜1973　イギリス）
　薪小屋の秘密
　　◇高田朔訳「世界探偵小説全集 20」国書刊行会 1997 p5

ギルバート, エリザベス　Gilbert, Elizabeth（1969〜　アメリカ）
　エルクの言葉
　　◇岩本正恵訳「記憶に残っていること―新潮クレスト・ブックス短篇小説ベスト・コレクション」新潮社 2008（Crest books）p39
　デニー・ブラウン（十五歳）の知らなかったこと
　　◇岩本正恵訳「十話」ランダムハウス講談社 2006 p13

ギルバート, ポール
　地下鉄の乗客
　　◇日暮雅通訳「シャーロック・ホームズ アンダーショーの冒険」原書房 2016 p265

ギルバート, マイケル　Gilbert, Michael Francis（1912〜2006　イギリス）
　所得税の謎
　　◇江川仲子訳「ワイン通の復讐―美酒にまつわるミステリー選集」心交社 1998 p106
　大聖堂の殺人
　　◇今井直子訳「海外ミステリ Gem Collection 9」長崎出版 2007 p1
　地下室の隅
　　◇佐々田雅子訳「ミニ・ミステリ 100」早川書房 2005（ハヤカワ・ミステリ文庫）p689
　ニシンのジャム事件
　　◇田口俊樹訳「ディナーで殺人を 下」東京創元社 1998（創元推理文庫）p197

ギルバート, W.S.

弁護士初舞台
◇柳瀬尚紀訳「犯罪は詩人の楽しみ―詩人ミステリ集成」東京創元社 2012（創元推理文庫）p117

ギルフォード, C.B.　Gilford, Charles Bernard（1920～　アメリカ）

女、女、また女
◇下園淳子訳「ブルー・ボウ・シリーズ 死体のささやき」青弓社 1993 p27

探偵作家は天国へ行ける
◇宇野利泰訳「天外消失―世界短篇傑作集 Off the face of the earth and other stories」早川書房 2008（ハヤカワ・ミステリ）p209

キルマー, ジョイス

恐喝の倫理
◇柳瀬尚紀訳「犯罪は詩人の楽しみ―詩人ミステリ集成」東京創元社 2012（創元推理文庫）p207

ギルマン, シャーロット・パーキンズ　Gilman, Charlotte Perkins（1860～1935　アメリカ）

黄色い壁紙
◇西崎憲訳「淑やかな悪夢―英米女流怪談集」東京創元社 2000 p65
◇小山太一訳「もっと厭な物語」文藝春秋 2014（文春文庫）p37
◇馬上紗矢香訳「病短編小説集」平凡社 2016（平凡社ライブラリー）p133

黄色い壁紙―一八九二
◇石塚則子訳「ゴシック短編小説集」春風社 2012 p331

黄色の壁紙
◇岡島誠一郎訳「安らかに眠りたまえ―英米文学短編集」海苑社 1998 p71

藤の大樹
◇佐藤宏子訳「ゴースト・ストーリー傑作選―英米女性作家8短篇」みすず書房 2009 p141

揺り椅子
◇梅田正彦訳「ざくろの実―アメリカ女流作家怪奇小説選」鳥影社 2008 p3

ギルモア, アンソニイ

太陽系無宿
◇野田昌宏編訳「太陽系無宿／お祖母ちゃんと宇宙海賊―スペース・オペラ名作選」東京創元社 2013（創元SF文庫）p169

ギルラス, スーザン　Gilruth, Susan（1911～　イギリス）

蛇は嗤う
◇文月なな訳「海外ミステリ Gem Collection 6」長崎出版 2007 p1

キルワース, ギャリー　Kilworth, Garry（1941～　イギリス）

狩人の館
◇和田禮523訳「ミステリアス・クリスマス」パロル舎 1999 p129

メグ・アウル
◇高橋朱美訳「メグ・アウル」パロル舎 2002（ミステリアス・クリスマス）p39

キローガ, オラシオ　Quiroga, Horacio（1878～1937　ウルグアイ）

アナコンダ還る
◇荒沢千賀子訳「ラテンアメリカ傑作短編集―中南米スペイン語圏文学史を辿る」彩流社 2014 p125

オレンジ・ブランデーをつくる男たち
◇松本健二訳「異色作家短篇集 20」早川書房 2007 p83

流されて
◇田中志保子訳「ラテンアメリカ短編集―モデルニズモから魔術的レアリズモまで」彩流社 2001 p143
◇田中志保子訳「百年文庫 45」ポプラ社 2010 p89

日射病
◇田中志保子訳「ラテンアメリカ短編集―モデルニズモから魔術的レアリズモまで」彩流社 2001 p149

羽根まくら
◇甕由己夫訳「怪奇小説精華」筑摩書房 2012（ちくま文庫）p523

息子
◇野替みさ子訳「ラテンアメリカ短編集―モデルニズモから魔術的レアリズモまで」彩流社 2001 p135
◇野替みさ子訳「北村薫のミステリー館」新潮社 2005（新潮文庫）p101

金 永郎　きん・えいろう
⇒金永郎（キム・ヨンラン）を見よ

金 珖燮　きん・こうしょう
⇒金珖燮（キム・グヮンソプ）を見よ

キーン, ジェイミー
　アリスの家
　　◇中尾千奈美訳「アメリカ新進作家傑作選 2006」DHC 2007 p191

金 勲　きん・しょう（1955〜　中国）
　喜怒哀楽
　　◇時松史子訳「中国現代文学選集 4」トランスビュー 2010 p1

金 昌述　きん・しょうじゅつ
　　⇒金昌述（キム・チャンスル）を見よ

金 昭葉　きん・しょうよう
　　⇒金昭葉（キム・ソヨプ）を見よ

金 素月　きん・そげつ
　　⇒金素月（キム・ソウォル）を見よ

キーン, ダニエル　Keene, Daniel（1955〜　オーストラリア）
　サイレント・パートナー
　　◇佐和田敬司訳「サイレント・パートナー／フューリアス」オセアニア出版社 2003（オーストラリア演劇叢書）p7
　ハサミ、紙、石（じゃんけんぽん）
　　◇佐和田敬司訳「海外戯曲アンソロジー――海外現代戯曲翻訳集〈国際演劇交流セミナー記録〉1」日本演出者協会 2007 p143
　皆々さまへ
　　◇佐和田敬司訳「海外戯曲アンソロジー 1」日本演出者協会 2007 p175

金 明和　きん・めいわ
　　⇒金明和（キム・ミョンファ）を見よ

キング, エドワード・L.
　神々のビー玉
　　◇浅倉久志選訳「極短小説」新潮社 2004（新潮文庫）p320

キング, ジョナソン
　スネーク・アイズ
　　◇青木千鶴訳「ベスト・アメリカン・ミステリ スネーク・アイズ」早川書房 2005（ハヤカワ・ミステリ）p223

キング, スティーヴン　King, Stephen（1947〜　アメリカ）
　暗黒の塔
　　◇風間賢二訳「ファンタジイの殿堂 伝説は永遠に 1」早川書房 2000（ハヤカワ文庫FT）p19
　ウエディング・ギグ
　　◇山本光伸訳「巨匠の選択」早川書房 2001（ハヤカワ・ミステリ）p15
　エルーリアの修道女
　　◇風間賢二訳「ファンタジイの殿堂 伝説は永遠に 1」早川書房 2000（ハヤカワ文庫FT）p25
　彼らが残したもの
　　◇白石朗, 田口俊樹訳「十の罪業 Black」東京創元社 2009（創元推理文庫）p221
　霧
　　◇矢野浩三郎訳「闇の展覧会 霧」早川書房 2005（ハヤカワ文庫）p127
　クラウチ・エンドの怪
　　◇福岡洋一訳「新編 真ク・リトル・リトル神話大系 6」国書刊行会 2009 p15
　新・死霊伝説―〈ジェルサレムズ・ロット〉の怪
　　◇高畠文夫訳「ヴァンパイア・コレクション」角川書店 1999（角川文庫）p343
　スロットル（ヒル, ジョー）
　　◇白石朗訳「ヒー・イズ・レジェンド」小学館 2010（小学館文庫）p17
　第四解剖室
　　◇白石朗訳「サイコーホラー・アンソロジー」祥伝社 1998（祥伝社文庫）p11
　道路ウイルスは北にむかう
　　◇白石朗訳「999（ナインナインナイン）―妖女たち」東京創元社 2000（創元推理文庫）p187
　トラック
　　◇野村芳夫訳「死のドライブ」文藝春秋 2001（文春文庫）p19
　猫と殺し屋
　　◇冬川亘訳「魔猫」早川書房 1999 p257
　ハーヴィーの夢
　　◇深町眞理子訳「ベスト・アメリカン・ミステリ スネーク・アイズ」早川書房 2005（ハヤカワ・ミステリ）p249
　プレミアム・ハーモニー
　　◇藤井光訳「ベスト・ストーリーズ 3」早川書房 2016 p321
　ホーム・デリヴァリー
　　◇夏来健次訳「死霊たちの宴 上」東京創元社 1998（創元推理文庫）p101
　魔性の猫
　　◇白石朗訳「魔法の猫」扶桑社 1998（扶桑社ミステリー）p67

キング, C.デイリー　King, Charles Daly
（1895～1963　アメリカ）
消えた美人スター——Last Star
　◇名和立行訳「法月綸太郎の本格ミステリ・アンソロジー」角川書店 2005（角川文庫）p66
危険なタリスマン
　◇森英俊訳「これが密室だ！」新樹社 1997 p341
空のオベリスト
　◇富塚由美訳「世界探偵小説全集 21」国書刊行会 1997 p7

キンケイド, ジャメイカ　Kincaid, Jamaica
（1949～）
家からの手紙
　◇管啓次郎訳「新しい〈世界文学〉シリーズ 川底に」平凡社 1997 p77
川底に
　◇管啓次郎訳「新しい〈世界文学〉シリーズ 川底に」平凡社 1997 p125
休暇
　◇管啓次郎訳「新しい〈世界文学〉シリーズ 川底に」平凡社 1997 p61
黒さ
　◇管啓次郎訳「新しい〈世界文学〉シリーズ 川底に」平凡社 1997 p93
少女
　◇管啓次郎訳「新しい〈世界文学〉シリーズ 川底に」平凡社 1997 p9
小さな場所
　◇旦敬介訳「新しい〈世界文学〉シリーズ 小さな場所」平凡社 1997 p3
ついに
　◇管啓次郎訳「新しい〈世界文学〉シリーズ 川底に」平凡社 1997 p31
翼なく
　◇管啓次郎訳「新しい〈世界文学〉シリーズ 川底に」平凡社 1997 p45
母
　◇管啓次郎訳「新しい〈世界文学〉シリーズ 川底に」平凡社 1997 p107
夜の中を
　◇管啓次郎訳「新しい〈世界文学〉シリーズ 川底に」平凡社 1997 p17
わたしは最近どうしているか
　◇管啓次郎訳「新しい〈世界文学〉シリーズ 川底に」平凡社 1997 p83

キンスエーウー
小さなエーチャンの告白
　◇南田みどり編訳「ミャンマー現代短編集 2」大同生命国際文化基金 1998（アジアの現代文芸）p59

キンパンフニン
摂氏零度
　◇南田みどり編訳「ミャンマー現代短編集 2」大同生命国際文化基金 1998（アジアの現代文芸）p23

キンフニンウー
つかの間の夢が見たい
　◇南田みどり編訳「ミャンマー現代女性短編集」大同生命国際文化基金 2001（アジアの現代文芸）p255

キンミャズィン
僻地歌
　◇南田みどり編訳「ミャンマー現代短編集 2」大同生命国際文化基金 1998（アジアの現代文芸）p70

【ク】

瞿 宗吉　く・そうきつ（1341～1427　中国）
牡丹燈記
　◇岡本綺堂編訳「世界怪談名作集 下」河出書房新社 2002（河出文庫）p321

瞿 佑　く・ゆう（1341～1427　中国）
渭塘の奇縁（渭塘奇遇記）
　◇竹田晃, 小塚由博, 仙石知子著「中国古典小説選 8（明代）」明治書院 2008 p183
華亭で出会った旧友（華亭逢故人記）
　◇竹田晃, 小塚由博, 仙石知子著「中国古典小説選 8（明代）」明治書院 2008 p50
妓女愛卿の物語（愛卿伝）
　◇竹田晃, 小塚由博, 仙石知子著「中国古典小説選 8（明代）」明治書院 2008 p249
古廟の大蛇（永州野廟記）
　◇竹田晃, 小塚由博, 仙石知子著「中国古典小説選 8（明代）」明治書院 2008 p219
三山の仙界（三山福地志）
　◇竹田晃, 小塚由博, 仙石知子著「中国古典小説選 8（明代）」明治書院 2008 p30
聚景園の美女（滕穆酔遊聚景園記）
　◇竹田晃, 小塚由博, 仙石知子著「中国古典小説

織女の頼み事(鑑湖夜泛記)
◇竹田晃, 小塚由博, 仙石知子著「中国古典小説選 8(明代)」明治書院 2008 p367

申陽洞の大猿(申陽洞記)
◇竹田晃, 小塚由博, 仙石知子著「中国古典小説選 8(明代)」明治書院 2008 p232

翠翠の物語(翠翠伝)
◇竹田晃, 小塚由博, 仙石知子著「中国古典小説選 8(明代)」明治書院 2008 p274

剪灯新話(せんとうしんわ)
◇竹田晃, 小塚由博, 仙石知子著「中国古典小説選 8(明代)」明治書院 2008 p1

天台山の別天地(天台訪隠録)
◇竹田晃, 小塚由博, 仙石知子著「中国古典小説選 8(明代)」明治書院 2008 p116

化け物にされてからあの世で冤罪を晴らした男(太虚司法伝)
◇竹田晃, 小塚由博, 仙石知子著「中国古典小説選 8(明代)」明治書院 2008 p337

富貴出世の神(富貴発跡司志)
◇竹田晃, 小塚由博, 仙石知子著「中国古典小説選 8(明代)」明治書院 2008 p204

鳳凰の金かんざしの縁(金鳳釵記)
◇竹田晃, 小塚由博, 仙石知子著「中国古典小説選 8(明代)」明治書院 2008 p62

牡丹灯籠(牡丹灯記)
◇竹田晃, 小塚由博, 仙石知子著「中国古典小説選 8(明代)」明治書院 2008 p161

冥土の重職を得た男(修文舎人伝)
◇竹田晃, 小塚由博, 仙石知子著「中国古典小説選 8(明代)」明治書院 2008 p353

夢の中の地獄めぐり(令狐生冥夢録)
◇竹田晃, 小塚由博, 仙石知子著「中国古典小説選 8(明代)」明治書院 2008 p100

竜王堂の賓客(竜堂霊会録)
◇竹田晃, 小塚由博, 仙石知子著「中国古典小説選 8(明代)」明治書院 2008 p306

竜宮に招かれた男(水宮慶会録)
◇竹田晃, 小塚由博, 仙石知子著「中国古典小説選 8(明代)」明治書院 2008 p8

緑衣の佳人(緑衣人伝)
◇竹田晃, 小塚由博, 仙石知子著「中国古典小説選 8(明代)」明治書院 2008 p386

聯芳楼の恋歌(聯芳楼記)
◇竹田晃, 小塚由博, 仙石知子著「中国古典小説選 8(明代)」明治書院 2008 p81

クアク・コフィ・バリリ (コートジボワール)
…の鳴き声、…の泣き声
◇「留学生文学賞作品集 2006」留学生文学賞委員会 2007 p31

バルバラへ
◇「留学生文学賞作品集 2006」留学生文学賞委員会 2007 p33

無罪の少年
◇「留学生文学賞作品集 2006」留学生文学賞委員会 2007 p30

クアリア, ロベルト
彼らの生涯の最愛の時(ワトスン, イアン)
◇大森望訳「ここがウィネトカなら、きみはジュディ―時間SF傑作選 SFマガジン創刊50周年記念アンソロジー」早川書房 2010 (ハヤカワ文庫 SF) p101

クイーン, エラリー　Queen, Ellery (アメリカ)
悪を呼ぶ少年の冒険
◇飯田勇三訳「ナポレオンの剃刀の冒険―シナリオ・コレクション」論創社 2008 (論創海外ミステリ) p95

暗黒の館の冒険
◇鎌田三平訳「贈る物語Mystery」光文社 2002 p17

ガラスの丸天井付き時計の冒険
◇井上勇訳「綾辻行人と有栖川有栖のミステリ・ジョッキー 1」講談社 2008 p291

クイーン好み―第1回
◇「ミステリ・リーグ傑作選 上」論創社 2007 (論創海外ミステリ) p73

クイーン好み―第2回
◇「ミステリ・リーグ傑作選 上」論創社 2007 (論創海外ミステリ) p149

クイーン好み―第3回
◇「ミステリ・リーグ傑作選 上」論創社 2007 (論創海外ミステリ) p261

◇飯城勇三編「ミステリ・リーグ傑作選 下」論創社 2007 (論創海外ミステリ) p3

クイーン好み―第4回
◇飯城勇三編「ミステリ・リーグ傑作選 下」論創社 2007 (論創海外ミステリ) p343

クリスマスと人形
◇宇野利泰訳「密室殺人傑作選」早川書房 2003 (ハヤカワ・ミステリ文庫) p53

黒衣の女の冒険
◇飯城勇三訳「死せる案山子の冒険―聴取者への挑戦 2」論創社 2009 (論創海外ミステリ)

クイン

p149
殺された蛾の冒険
　◇飯城勇三訳「ナポレオンの剃刀の冒険―シナリオ・コレクション」論創社 2008（論創海外ミステリ）p237
三人マクリンの事件
　◇飯城勇三訳「ナポレオンの剃刀の冒険―シナリオ・コレクション」論創社 2008（論創海外ミステリ）p335
死を招くマーチの冒険
　◇飯城勇三訳「死せる案山子の冒険―聴取者への挑戦 2」論創社 2009（論創海外ミステリ）p59
死せる案山子の冒険
　◇飯城勇三訳「死せる案山子の冒険―聴取者への挑戦 2」論創社 2009（論創海外ミステリ）p241
ショート氏とロング氏の冒険
　◇飯城勇三訳「ナポレオンの剃刀の冒険―シナリオ・コレクション」論創社 2008（論創海外ミステリ）p151
姿を消した少女の冒険
　◇飯城勇三訳「死せる案山子の冒険―聴取者への挑戦 2」論創社 2009（論創海外ミステリ）p301
姿見を通して―第1回
　◇「ミステリ・リーグ傑作選 上」論創社 2007（論創海外ミステリ）p2
姿見を通して―第2回
　◇「ミステリ・リーグ傑作選 上」論創社 2007（論創海外ミステリ）p114
姿見を通して―第3回
　◇「ミステリ・リーグ傑作選 上」論創社 2007（論創海外ミステリ）p186
姿見を通して―第4回
　◇「ミステリ・リーグ傑作選 下」論創社 2007（論創海外ミステリ）p308
ダイヤを二倍にする男の冒険
　◇飯城勇三訳「死せる案山子の冒険―聴取者への挑戦 2」論創社 2009（論創海外ミステリ）p119
〈暗雲（ダーク・クラウド）〉号の冒険
　◇飯城勇三訳「ナポレオンの剃刀の冒険―シナリオ・コレクション」論創社 2008（論創海外ミステリ）p63
読者への再公開状〔Yの悲劇〕
　◇鎌田三平訳「乱歩が選ぶ黄金時代ミステリーBEST10 4」集英社 1998（集英社文庫）p9
ナポレオンの剃刀の冒険
　◇飯城勇三訳「ナポレオンの剃刀の冒険―シナリオ・コレクション」論創社 2008（論創海外ミステリ）p9
ニック・ザ・ナイフ―THE ADVENTURE of the "Nick the knife"
　◇黒田昌一訳「法月綸太郎の本格ミステリ・アンソロジー」角川書店 2005（角川文庫）p176
呪われた洞窟の冒険
　◇飯城勇三訳「ナポレオンの剃刀の冒険―シナリオ・コレクション」論創社 2008（論創海外ミステリ）p181
ブラック・シークレットの冒険
　◇飯城勇三訳「ナポレオンの剃刀の冒険―シナリオ・コレクション」論創社 2008（論創海外ミステリ）p271
〈生き残り（ラストマン）クラブ〉の冒険
　◇飯城勇三訳「死せる案山子の冒険―聴取者への挑戦 2」論創社 2009（論創海外ミステリ）p1
Yの悲劇
　◇鎌田三平訳「乱歩が選ぶ黄金時代ミステリーBEST10 4」集英社 1998（集英社文庫）p11
忘れられた男たちの冒険
　◇飯城勇三訳「死せる案山子の冒険―聴取者への挑戦 2」論創社 2009（論創海外ミステリ）p207

クイン, シーバリー　Quinn, Seabury（1889～1969　アメリカ）
ウォーバーグ・タンタヴァルの悪戯
　◇熊井ひろ美訳「ダーク・ファンタジー・コレクション 4」論創社 2007 p115
ウバスティの子どもたち
　◇熊井ひろ美訳「ダーク・ファンタジー・コレクション 4」論創社 2007 p67
影のない男
　◇鈴木絵美訳「吸血鬼伝説―ドラキュラの末裔たち」原書房 1997 p155
銀の伯爵夫人
　◇熊井ひろ美訳「ダーク・ファンタジー・コレクション 4」論創社 2007 p337
グランダンの怪奇事件簿
　◇熊井ひろ美訳「ダーク・ファンタジー・コレクション 4」論創社 2007
ゴルフリンクの恐怖
　◇熊井ひろ美訳「ダーク・ファンタジー・コレクション 4」論創社 2007 p7

サン・ボノの狼
　◇熊井ひろ美訳「ダーク・ファンタジー・コレクション 4」論創社 2007 p233
死体を操る者
　◇熊井ひろ美訳「ダーク・ファンタジー・コレクション 4」論創社 2007 p163
死人の手
　◇熊井ひろ美訳「ダーク・ファンタジー・コレクション 4」論創社 2007 p45
序文〔グランダンの怪奇事件簿〕
　◇熊井ひろ美訳「ダーク・ファンタジー・コレクション 4」論創社 2007 p5
眠れぬ魂
　◇熊井ひろ美訳「ダーク・ファンタジー・コレクション 4」論創社 2007 p283
フィップス家の悲運
　◇熊井ひろ美訳「ダーク・ファンタジー・コレクション 4」論創社 2007 p381
ポルターガイスト
　◇熊井ひろ美訳「ダーク・ファンタジー・コレクション 4」論創社 2007 p197

クイーン, スティーヴン
　ドルリー
　　◇飯城勇三編訳「エラリー・クイーンの災難」論創社 2012（創元海外ミステリ）p371

クイン, タラ・T.
　愛してると言えなくて
　　◇青山梢訳「マイ・バレンタイン—愛の贈りもの 2001」ハーレクイン 2001 p95
　思い出のバレンタイン
　　◇中野恵訳「マイ・バレンタイン—愛の贈りもの 2012」ハーレクイン 2012 p193

グイン, ワイマン
　空飛ぶヴォルプラ
　　◇浅倉久志訳「きょうも上天気—SF短編傑作選」角川書店 2010（角川文庫）p201

クインラン, ブライアン
　死の機械の針によるHIV感染
　　◇旦紀子訳「マシン・オブ・デス—A Collection of Stories about People who Know How They Will DIE」アルファポリス 2012 p192
　　◇旦紀子訳「マシン・オブ・デス」アルファポリス 2013（アルファポリス文庫）p170

クーヴァー, ロバート　Coover, Robert（1932～　アメリカ）
　ベビーシッター
　　◇柳下毅一郎訳「異色作家短篇集 18」早川書房 2007 p93

グウェン, ヴィエト・タン
　清く正しい生活
　　◇大﨑美佐子訳「アメリカ新進作家傑作選 2007」DHC 2008 p129

グエーズィンヨーウー
　車内
　　◇南田みどり編訳「二十一世紀ミャンマー作品集」大同生命国際文化基金 2015（アジアの現代文芸）p156

グエン・ゴック・トゥ
　楽しい映画作り
　　◇加藤栄編訳「ベトナム現代短編集 2」大同生命国際文化基金 2005（アジアの現代文芸）p153

グエン・ディラン・タイ
　平和
　　◇宇田川信生訳「アメリカ新進作家傑作選 2003」DHC 2004 p171

クェンティン, パトリック　Quentin, Patrick（1912〜1987　アメリカ）
　ルーシーの初恋
　　◇中田耕治訳「ブルー・ボウ・シリーズ　殺人コレクション」青弓社 1992 p217

郭箏　グオ・チョン
　⇒郭箏（かく・そう）を見よ

グオ・シャオルー
　あるカンボジア人の歌
　　◇角田光代訳「わたしは女の子だから」英治出版 2012 p115

クォーターマス, ブライアン
　死を捜す犬
　　◇濱野大道訳「18の罪—現代ミステリ傑作選」ヴィレッジブックス 2012（ヴィレッジブックス）p195

クークーク, ハンス・L.
　極秘文書
　　◇前川道介訳「独逸怪奇小説集成」国書刊行会 2001 p172

クザン, フィリップ
　レディ・ゴディヴァ、独身者宅にて大胯びらき
　　◇にむらじゅんこ訳「フランス式クリスマス・プレゼント」水声社 2000 p45

クサンスリス, ヤニス　Xanthoulis, Yannis
（1947〜　ギリシア）
さくらんぼのお酒
◇福田千津子訳「VOICES OVERSEAS さくらんぼのお酒」講談社 1997 p3
著者あとがき〔さくらんぼのお酒〕
◇福田千津子訳「VOICES OVERSEAS さくらんぼのお酒」講談社 1997 p220

グージ, エリザベス　Goudge, Elizabeth（1900〜1984　イギリス）
羊飼いとその恋人
◇西崎憲編訳「短篇小説日和―英国異色傑作選」筑摩書房 2013（ちくま文庫）p181

クズワヨ, エレン　Kuzwayo, Ellen（1914〜2006　南アフリカ）
さあ、すわってお聞きなさい
◇佐藤杏子訳「アフリカ文学叢書 さあ、すわってお聞きなさい」スリーエーネットワーク 1996 p1

クセノファネス・デ・コロフォン
Xenophanēs（前570頃〜前475頃　ギリシア）
我と我が身に似せて
◇内田吉彦訳「アンデスの風叢書 天国・地獄百科」書肆風の薔薇 1982 p51

クーゼンベルク, クルト
どなた？
◇竹内節訳「謎のギャラリー―謎の部屋」新潮社 2002（新潮文庫）p165
◇竹内節訳「謎の部屋」筑摩書房 2012（ちくま文庫）p165

クチョク, ヴォイチェフ
幻影
◇高橋佳代訳「ポケットのなかの東欧文学―ルネッサンスから現代まで」成文社 2006 p535

クッカルト, ユーディット　Kuckart, Judith
（1959〜　ドイツ）
カーティアの選択
◇中島裕昭訳「ドイツ文学セレクション カーティアの選択」三修社 1997 p1

クック, クリストファー
掏摸日記
◇三角和代訳「ベスト・アメリカン・ミステリ ジュークボックス・キング」早川書房 2005（ハヤカワ・ミステリ）p73

クック, ジョン・ペイトン
君去りしのち
◇古沢嘉通訳「ベスト・アメリカン・ミステリ ジュークボックス・キング」早川書房 2005（ハヤカワ・ミステリ）p91

クック, トマス・H.　Cook, Thomas H.（1947〜　アメリカ）
雨
◇田口俊樹, 高山真由美訳「マンハッタン物語」二見書房 2008（二見文庫）p117
彼女がくれたもの
◇府川由美恵訳「ミステリアス・ショーケース」早川書房 2012（Hayakawa pocket mystery books）p165
父親の重荷
◇鴻巣友季子訳「復讐の殺人」早川書房 2001（ハヤカワ・ミステリ文庫）p109
◇鴻巣友季子訳「アメリカミステリ傑作選2001」DHC 2001（アメリカ文芸「年間」傑作選）p113
ネヴァーモア
◇高山真由美訳「ポーに捧げる20の物語」早川書房 2009（Hayakawa pocket mystery books）p99
八百長試合
◇鴻巣友季子訳「ベスト・アメリカン・ミステリ ハーレム・ノクターン」早川書房 2005（ハヤカワ・ミステリ）p73

クッツェー, J.M.　Coetzee, John Maxwell
（1940〜　南アフリカ）
石の女
◇村田靖子訳「アフリカ文学叢書 石の女」スリーエーネットワーク 1997 p1
ダスクランド
◇赤岩隆訳「アフリカ文学叢書 ダスクランド」スリーエーネットワーク 1994 p1
敵あるいはフォー
◇本橋哲也訳「新しいイギリスの小説 敵あるいはフォー」白水社 1992 p1
ペテルブルグの文豪（マスター）
◇本橋たまき訳「新しい〈世界文学〉シリーズ ペテルブルグの文豪」平凡社 1997 p5

グッド, アプトン・O.
続編の時間
◇浅倉久志選訳「極短小説」新潮社 2004（新潮文庫）p179

グッドウィン, ジョン・**B.L.**
繭
◇矢野浩三郎訳「幻想と怪奇―ポオ蒐集家」早川書房 2005（ハヤカワ文庫）p161

グッドカインド, テリー　Goodkind, Terry（1949～　アメリカ）
真実の剣
◇佐田千織訳「ファンタジイの殿堂 伝説は永遠に 2」早川書房 2000（ハヤカワ文庫FT）p9
骨の負債
◇佐田千織訳「ファンタジイの殿堂 伝説は永遠に 2」早川書房 2000（ハヤカワ文庫FT）p17

グティエレス・ナヘラ, マヌエル
レースの後で
◇川村菜生訳「ラテンアメリカ傑作短編集―中南米スペイン語圏文学史を辿る」彩流社 2014 p33

クナイフル, エーディト　Kneifl, Edith（1954～　オーストリア）
母なるドナウ
◇伊藤直子訳「現代ウィーン・ミステリー・シリーズ 9」水声社 2002 p65

グーナン, キャスリン・アン
ひまわり
◇小野田和子訳「スティーヴ・フィーヴァー―ポストヒューマンSF傑作選 SFマガジン創刊50周年記念アンソロジー」早川書房 2010（ハヤカワ文庫SF）p205

クニリェ, リュイサ　Cunillé, Lluïsa（1961～　スペイン）
あの無限の風
◇小阪知弘訳「現代スペイン演劇選集 3」カモミール社 2016 p127
八十年から九十年にかけての雑談集
◇小阪知弘訳「現代スペイン演劇選集 3」カモミール社 2016 p187

クノー, レーモン　Queneau, Raymond（1903～1976　フランス）
トロイの馬
◇塩塚秀一郎訳「異色作家短篇集 20」早川書房 2007 p105

クーパー, ジーン・**B.**
判事の相続人
◇羽田詩津子訳「エドガー賞全集―1990～2007」早川書房 2008（ハヤカワ・ミステリ文庫）p221

クビーン, アルフレート
吸血鬼狩り
◇前川道介訳「独逸怪奇小説集成」国書刊行会 2001 p44

クープランド, ダグラス
アティヴァン工場の火事
◇村井智之訳「ディスコ2000」アーティストハウス 1999 p222

クプリーン, アレクサンドル　Kuprin, Aleksandr Ivanovich（1870～1938　ロシア）
王の庭園
◇西周成編訳「ロシアSF短編集」アルトアーツ 2016 p53
乾杯
◇西周成編訳「ロシア幻想短編集 2」アルトアーツ 2016 p94
車両長―これぞまことのクリスマス物語
◇田辺佐保子訳「ロシアのクリスマス物語」群像社 1997 p141
夢
◇西周成編訳「ロシア幻想短編集」アルトアーツ 2016 p66
ルィブニコフ二等大尉
◇和久利誓一訳「世界100物語 4」河出書房新社 1997 p211

グミリョーフ, ニコライ
ザラ王女
◇西周成編訳「ロシア幻想短編集 2」アルトアーツ 2016 p86
ストラディヴァリウスのヴァイオリン
◇西周成編訳「ロシア幻想短編集」アルトアーツ 2016 p91

グラアーリ＝アレリスキー
火星に行った男
◇西周成編訳「ロシアSF短編集」アルトアーツ 2016 p84

クライスト, ハインリヒ・フォン　Kleist, Heinrich von（1777～1811　ドイツ）
拾い子
◇中田美喜訳「百年文庫 64」ポプラ社 2011 p5
ロカルノの女乞食
◇植田敏郎訳「怪奇小説傑作集 新版 5」東京創元社 2006（創元推理文庫）p11
●種村季弘訳「恐ろしい話」筑摩書房 2011（ちくま文学の森）p139

クライ

◇種村季弘訳「怪奇小説精華」筑摩書房 2012（ちくま文庫）p73

クライダー, ビル　Crider, Bill（1941〜2018　アメリカ）

アリゲーターの涙
◇青木多香子訳「ホワイトハウスのペット探偵」講談社 2009（講談社文庫）p85

狼の場合
◇門野集訳「白雪姫、殺したのはあなた」原書房 1999 p51

吸血鬼の嚙み痕事件
◇日暮雅通訳「シャーロック・ホームズ ベイカー街の殺人」原書房 2002 p205

クリスマスの幽霊事件
◇日暮雅通訳「シャーロック・ホームズ クリスマスの依頼人」原書房 1998 p137

クリスマス・ベアの冒険
◇日暮雅通訳「シャーロック・ホームズ 四人目の賢者—クリスマスの依頼人 2」原書房 1999 p225

獅子座の女
◇山本やよい訳「ホロスコープは死を招く」ソニー・マガジンズ 2006（ヴィレッジブックス）p197

ホワイト・シティの冒険
◇日暮雅通訳「シャーロック・ホームズ アメリカの冒険」原書房 2012 p225

無政府主義者の爆弾
◇日暮雅通訳「シャーロック・ホームズ アンダーショーの冒険」原書房 2016 p161

『若き英国兵士』の冒険
◇日暮雅通訳「シャーロック・ホームズ ワトソンの災厄」原書房 2003 p39

グライリー, ケイト

ファラとビュローズ・ミンデの幽霊
◇青木多香子訳「ホワイトハウスのペット探偵」講談社 2009（講談社文庫）p365

クライン, T.E.D.　Klein, T.E.D.（1947〜　アメリカ）

王国の子ら
◇広瀬順弘訳「闇の展覧会 罠」早川書房 2005（ハヤカワ文庫）p251

増殖
◇夏来健次訳「999（ナインナインナイン）—妖女たち」東京創元社 2000（創元推理文庫）p271

角笛をもつ影
◇福岡洋一訳「新編 真ク・リトル・リトル神話大系 7」国書刊行会 2009 p7

クラヴァン, アルチュール　Cravan, Arthur（1881〜1920）

アルチュール・クラヴァン
◇鈴木孝訳「黒いユーモア選集 2」河出書房新社 2007（河出文庫）p149

クラヴァン, アンドリュー　Klavan, Andrew（1954〜　アメリカ）

彼女の面影
◇田口俊樹訳「ロンドン・ノワール」扶桑社 2003（扶桑社ミステリー）p371

彼女のご主人さま
◇羽田詩津子訳「ベスト・アメリカン・ミステリ クラック・コカイン・ダイエット」早川書房 2007（ハヤカワ・ミステリ）p231

クラウザー, ピーター

神の手
◇日暮雅通訳「シャーロック・ホームズの大冒険 下」原書房 2009 p65

ブレーメンのジャズカルテット
◇米山裕紀訳「白雪姫、殺したのはあなた」原書房 1999 p239

クラウス, ヒューホ

茂みの中の家
◇三田順訳「フランダースの声—現代ベルギー小説アンソロジー」松籟社 2013 p45

クラウン, ビル

クローン・ハンター
◇浅倉久志選訳「極短小説」新潮社 2004（新潮文庫）p302

ここに題名を記入せよ
◇浅倉久志選訳「極短小説」新潮社 2004（新潮文庫）p360

クラーク, アーサー・C.　Clarke, Arthur C.（1917〜2008　イギリス）

遭難者
◇小隅黎訳「SFマガジン700—創刊700号記念アンソロジー 海外篇」早川書房 2014（ハヤカワ文庫 SF）p7

太陽系最後の日
◇宇野利泰訳「贈る物語Wonder」光文社 2002 p355

時の矢
◇酒井昭伸訳「20世紀SF 1」河出書房新社 2000（河出文庫）p47

メイルシュトレーム II
　◇酒井昭伸訳「20世紀SF 3」河出書房新社 2001（河出文庫）p141
電送(ワイア)連続体（バクスター, スティーヴン）
　◇中村融訳「ワイオミング生まれの宇宙飛行士―宇宙開発SF傑作選 SFマガジン創刊50周年記念アンソロジー」早川書房 2010（ハヤカワ文庫 SF）p143

クラーク, カート
ナックルズ
　◇中村融訳「街角の書店―18の奇妙な物語」東京創元社 2015（創元推理文庫）p213

クラーク, キャロル・ヒギンズ
誰がために発信音は鳴る
　◇岡田葉子訳「愛の殺人」早川書房 1997（ハヤカワ・ミステリ文庫）p39

クラーク, サイモン
さあ、斧を持ってきておくれ
　◇村山和久訳「赤ずきんの手には拳銃」原書房 1999 p51
流れ星事件
　◇日暮雅通訳「シャーロック・ホームズの大冒険 上」原書房 2009 p307

クラーク, ジョージ・マカナ
レパード団
　◇ウィリアム N.伊藤訳「ゾエトロープ Pop」角川書店 2001（Bookplus）p109

クラーク, メアリ・ヒギンズ　Clark, Mary Higgins（1927～　アメリカ）
激情としか言いようのない犯罪
　◇深町眞理子訳「愛の殺人」早川書房 1997（ハヤカワ・ミステリ文庫）p63
告げ口ごろごろ
　◇宇佐川晶子訳「ポーに捧げる20の物語」早川書房 2009（Hayakawa pocket mystery books）p87
パワープレイ
　◇宇佐川晶子訳「復讐の殺人」早川書房 2001（ハヤカワ・ミステリ文庫）p59

クラシツキ, イグナツィ　Krasicki, Ignacy（1735～1801　ポーランド）
『寓話集』より
　◇沼野充義訳「文学の贈物―東中欧文学アンソロジー」未知谷 2000 p171

グラスゴー, エレン
幻覚のような
　◇梅田正彦訳「ざくろの実―アメリカ女流作家怪奇小説選」鳥影社 2008 p111
ジョーダンズ・エンド―一九二三
　◇石塚則子訳「ゴシック短編小説集」春風社 2012 p387

クラッサナイ・プローチャート
厚い足の裏、薄い顔面
　◇吉岡みね子編訳「タイの大地の上で―現代作家・詩人選集」大同生命国際文化基金 1999（アジアの現代文芸）p29

グラッブ, デイヴィス　Grubb, Davis（1919～1980　アメリカ）
あたしを信じて
　◇宇野輝雄訳「幻想と怪奇―ポオ蒐集家」早川書房 2005（ハヤカワ文庫）p229
狩人の夜
　◇宮脇裕子訳「シリーズ百年の物語 5」トパーズプレス 1996 p4
三六年の最高水位点
　◇真野明裕訳「闇の展覧会 霧」早川書房 2005（ハヤカワ文庫）p101

グラッベ, クリスチャン＝ディートリッヒ　Grabbe, Christian Dietrich（1801～1836　ドイツ）
クリスチャン＝ディートリッヒ・グラッベ
　◇水田喜一郎訳「黒いユーモア選集 1」河出書房新社 2007（河出文庫）p135

クラッペ, ティム
マスター・ヤコブソン
　◇原啓介訳「モーフィー時計の午前零時―チェス小説アンソロジー」国書刊行会 2009 p278

グーラート, ロン　Goulart, Ron（1933～　アメリカ）
グルーチョ
　◇浅倉久志訳「魔法の猫」扶桑社 1998（扶桑社ミステリー）p139
ただいま追跡中
　◇浅倉久志編訳「グラックの卵」国書刊行会 2006（未来の文学）p159

クラハト, クリスティアン　Kracht, Christian（1966～　ドイツ）
ファーザーラント
　◇越智和弘訳「ドイツ文学セレクション ファーザーラント」三修社 1996 p1

グラファム, エルシン・アン　Graffam, Elsin Ann

あるべき姿
◇山本俊子訳「ミニ・ミステリ100」早川書房 2005（ハヤカワ・ミステリ文庫）p81

往診
◇田村義進訳「ミニ・ミステリ100」早川書房 2005（ハヤカワ・ミステリ文庫）p434

男ばかりの一夜
◇山本俊子訳「ミニ・ミステリ100」早川書房 2005（ハヤカワ・ミステリ文庫）p122

ビッグ・トリップ
◇佐々田雅子訳「ミニ・ミステリ100」早川書房 2005（ハヤカワ・ミステリ文庫）p497

ひとり過ごす夜
◇佐々田雅子訳「ミニ・ミステリ100」早川書房 2005（ハヤカワ・ミステリ文庫）p747

二つの小壜
◇佐々田雅子訳「ミニ・ミステリ100」早川書房 2005（ハヤカワ・ミステリ文庫）p567

クラブトゥリー, マリル

五年後
◇吉田利子訳「間違ってもいい、やってみたら──想いがはじける28の物語」講談社 1998 p12

グラフトン, C.W.　Grafton, Cornelius Warren（1909～1982　アメリカ）

真実の問題
◇高田朔訳「世界探偵小説全集 33」国書刊行会 2001 p9

クラム, ラルフ・アダムス　Cram, Ralph Adams（1863～1942　アメリカ）

王太子通り（リュ・ムッシュー・ル・プランス）二五二番地
◇青木悦子訳「怪奇文学大山脈 1」東京創元社 2014 p297

クラムリー, ジェイムズ　Crumley, James（1939～　アメリカ）

人質
◇松下祥子訳「ベスト・アメリカン・ミステリ ジュークボックス・キング」早川書房 2005（ハヤカワ・ミステリ）p115

ホット・スプリングズ
◇田口俊樹訳「愛の殺人」早川書房 1997（ハヤカワ・ミステリ文庫）p121

メキシコの牝ブタと山賊
◇小鷹信光訳「殺さずにはいられない 1」早川書房 2002（ハヤカワ・ミステリ文庫）p227

我ひとり永遠（とわ）に行進す
◇植草郷士訳「シリーズ・永遠のアメリカ文学 1」東京書籍 1989 p7

グラーロ, ウィリアム

長い年月ののち安らかな寝顔を浮かべたまま、呼吸停止する
◇旦紀子訳「マシン・オブ・デス──A Collection of Stories about People who Know How They Will DIE」アルファポリス 2012 p326
◇旦紀子訳「マシン・オブ・デス」アルファポリス 2013（アルファポリス文庫）p248

グラント, チャールズ・L.

赤黒い薔薇の庭
◇広瀬順弘訳「闇の展覧会 敵」早川書房 2005（ハヤカワ文庫）p251

とり憑かれて
◇玉木亨訳「サイコ―ホラー・アンソロジー」祥伝社 1998（祥伝社文庫）p57

クーランド, マイクル

夜明け
◇山本俊子訳「ミニ・ミステリ100」早川書房 2005（ハヤカワ・ミステリ文庫）p140

グラント, リンダ　Grant, Linda

最後の儀式
◇茅律子訳「現代ミステリーの至宝 1」扶桑社 1997（扶桑社ミステリー）p227

ハムレットのジレンマ
◇茅律子訳「ウーマンズ・ケース 下」早川書房 1998（ハヤカワ・ミステリ文庫）p203

クーリー, レイモンド

短い休憩（バークレイ, リンウッド）
◇田口俊樹訳「フェイスオフ対決」集英社 2015（集英社文庫）p375

グリア, アンドルー・ショーン

フリン家の未来
◇柴田元幸編訳「いずれは死ぬ身」河出書房新社 2009 p271

クリアリー, ビヴァリー　Cleary, Beverly（1916～　アメリカ）

フィフティーン
◇堀内貴和訳「シリーズ・永遠のアメリカ文学 2」東京書籍 1990 p1

クリスチャンスン, ディーン

十二月の物語

◇浅倉久志選訳「極短小説」新潮社 2004（新潮文庫）p116
一〇〇万年宇宙の旅
　◇浅倉久志選訳「極短小説」新潮社 2004（新潮文庫）p126
ぶっつけ本番
　◇浅倉久志選訳「極短小説」新潮社 2004（新潮文庫）p97

クリスティ, アガサ　Christie, Agatha（1891～1976　イギリス）
アクロイド殺害事件
　◇雨沢泰訳「乱歩が選ぶ黄金時代ミステリーBEST10 6」集英社 1998（集英社文庫）p7
崖っぷち
　◇中村妙子訳「厭な物語」文藝春秋 2013（文春文庫）p9
二十四羽の黒ツグミ
　◇宇野利泰訳「ディナーで殺人を 下」東京創元社 1998（創元推理文庫）p49

クリスト, ゲイリー
裸足のヒッチハイカー
　◇豊田成子訳「アメリカミステリ傑作選 2001」DHC 2001（アメリカ文芸「年間」傑作選）p397

クリストファー, ショーン
家具のようになじんで
　◇浅倉久志選訳「極短小説」新潮社 2004（新潮文庫）p228
時計の奇跡
　◇浅倉久志選訳「極短小説」新潮社 2004（新潮文庫）p329

クリストファー, ジョン
同類たち
　◇中原尚哉訳「幻想の犬たち」扶桑社 1999（扶桑社ミステリー）p207
はやぶさの孤島
　◇村社伸訳「幻想と怪奇―ポオ蒐集家」早川書房 2005（ハヤカワ文庫）p303
ランデブー
　◇伊藤典夫編・訳「冷たい方程式」早川書房 2011（ハヤカワ文庫SF）p59

クリストマイエル
楊牙兒奇獄（ヨンゲルキゴク）
　◇神田孝平訳「明治の翻訳ミステリー―翻訳編第1巻」五月書房 2001（明治文学復刻叢書）p77

楊牙兒ノ奇獄（ヨンゲルノキゴク）
　◇神田孝平訳「明治の翻訳ミステリー―翻訳編第1巻」五月書房 2001（明治文学復刻叢書）p7

クリスピン, エドマンド　Crispin, Edmund（1921～1978　イギリス）
愛は血を流して横たわる
　◇滝口達也訳「世界探偵小説全集 5」国書刊行会 1995 p9
大聖堂は大騒ぎ
　◇滝口達也訳「世界探偵小説全集 39」国書刊行会 2004 p9
誰がベイカーを殺したか？―Who killed Baker？（ブッシュ, ジェフリー）
　◇望月和彦訳「法月綸太郎の本格ミステリ・アンソロジー」角川書店 2005（角川文庫）p209
白鳥の歌
　◇滝口達也訳「世界探偵小説全集 29」国書刊行会 2000 p7

クリック, バーソロミュー
狙撃兵による射殺
　◇旦紀子訳「マシン・オブ・デス―A Collection of Stories about People who Know How They Will DIE」アルファポリス 2012 p504
　◇旦紀子訳「マシン・オブ・デス」アルファポリス 2013（アルファポリス文庫）p88

クリップ, レグ
ダーウィンへの最後のタクシー
　◇佐和田敬司訳「リターン／ダーウィンへの最後のタクシー」オセアニア出版社 2007（オーストラリア演劇叢書）p55
リターン
　◇佐和田敬司訳「リターン／ダーウィンへの最後のタクシー」オセアニア出版社 2007（オーストラリア演劇叢書）p5

グリナー, ポール
ノースウッド
　◇ウィリアム N.伊藤訳「ゾエトロープ Biz」角川書店 2001（Bookplus）p255

グリーナウェイ, ピーター
挿絵つきテキストの105年間
　◇小原亜美訳「ゾエトロープ Blanc」角川書店 2003（Bookplus）p251
猥褻動物収容所
　◇柴田元幸訳「怒りと響き」岩波書店 1997（世界文学のフロンティア）p25

クリフ

グリフェン, クレア

アバネッティ一家の恐るべき事件
　◇日暮雅通訳「シャーロック・ホームズの大冒険 上」原書房 2009 p83

クリーマ, イヴァン Klíma, Ivan（1931〜 チェコ）

ミリアム
　◇坂倉千鶴訳「文学の贈物―東中欧文学アンソロジー」未知谷 2000 p279

グリム兄弟 Brüder Grimm（ドイツ）

ゾッとしたくて旅に出た若者の話
　◇池内紀訳「おかしい話」筑摩書房 2010（ちくま文学の森）p223

盗賊の花むこ
　◇池内紀訳「恐ろしい話」筑摩書房 2011（ちくま文学の森）p129

灰まみれの少女 アッシェンプッテル
　◇和佐田道子編訳「シンデレラ」竹書房 2015（竹書房文庫）p20

グリーン, アレクサンドル Grin, Aleksandr（1880〜1932 ロシア）

犬通りの出来事
　◇岩本和久訳「魔法の本棚 消えた太陽」国書刊行会 1999 p17

オーガスト・エズボーンの結婚
　◇岩本和久訳「魔法の本棚 消えた太陽」国書刊行会 1999 p143

おしゃべりな家の精
　◇岩本和久訳「魔法の本棚 消えた太陽」国書刊行会 1999 p69

消えた太陽
　◇沼野充義訳「魔法の本棚 消えた太陽」国書刊行会 1999 p5

荒野の心
　◇沼野充義訳「魔法の本棚 消えた太陽」国書刊行会 1999 p81

十四フィート
　◇沼野充義訳「魔法の本棚 消えた太陽」国書刊行会 1999 p115

水彩画
　◇岩本和久訳「魔法の本棚 消えた太陽」国書刊行会 1999 p169

世界一周
　◇沼野充義訳「魔法の本棚 消えた太陽」国書刊行会 1999 p45

空の精
　◇沼野充義訳「魔法の本棚 消えた太陽」国書刊行会 1999 p101

父と娘の新年の祝日
　◇田辺佐保子訳「ロシアのクリスマス物語」群像社 1997 p129

火と水
　◇岩本和久訳「魔法の本棚 消えた太陽」国書刊行会 1999 p29

蛇
　◇沼野充義訳「魔法の本棚 消えた太陽」国書刊行会 1999 p157

冒険家
　◇岩本和久訳「魔法の本棚 消えた太陽」国書刊行会 1999 p207

魔法の不名誉
　◇西周成編訳「ロシア幻想短編集」アルトアーツ 2016 p102

緑のランプ
　◇岩本和久訳「魔法の本棚 消えた太陽」国書刊行会 1999 p195

森の泥棒
　◇岩本和久訳「魔法の本棚 消えた太陽」国書刊行会 1999 p181

六本のマッチ
　◇岩本和久訳「魔法の本棚 消えた太陽」国書刊行会 1999 p127

グリーン, グレアム Greene, Graham（1904〜1991 イギリス）

八人の見えない日本人
　◇西崎憲編訳「短篇小説日和―英国異色傑作選」筑摩書房 2013（ちくま文庫）p89

グリーン, デイヴィッド

隅田川オレンジライト
　◇本兌有, 杉ライカ訳「ハーン・ザ・ラストハンター―アメリカン・オタク小説集」筑摩書房 2016 p235

隅田川ゲイシャナイト
　◇本兌有, 杉ライカ訳「ハーン・ザ・ラストハンター―アメリカン・オタク小説集」筑摩書房 2016 p249

グリーン, A.K.

贋貨つかひ
　◇坪内逍遙訳「明治の翻訳ミステリー―翻訳編 第1巻」五月書房 2001（明治文学復刻叢書）p110

グリーン, R.M., Jr.
インキーに詫びる
◇中村融訳「時の娘―ロマンティック時間SF傑作選」東京創元社 2009（創元SF文庫）p291

グリーン, S.　Green, Sonia
妖魔の爪
◇那智史郎訳「新編 真ク・リトル・リトル神話大系 1」国書刊行会 2007 p31

グリーンウッド, L.B.
暗黒の黄金
◇日暮雅通訳「シャーロック・ホームズ ベイカー街の殺人」原書房 2002 p9
クリスマスの音楽
◇日暮雅通訳「シャーロック・ホームズ 四人目の賢者―クリスマスの依頼人 2」原書房 1999 p195
最後の闘い
◇日暮雅通訳「シャーロック・ホームズの大冒険 下」原書房 2009 p403

クリンガーマン, ミルドレッド
赤い心臓と青い薔薇
◇山田順子訳「街角の書店―18の奇妙な物語」東京創元社 2015（創元推理文庫）p107
緑のベルベットの外套を買った日
◇中村融訳「時を生きる種族―ファンタスティック時間SF傑作選」東京創元社 2013（創元SF文庫）p237

グリーンバーグ, ロランス
暗黒の炎
◇大瀧啓裕訳「ノストラダムス秘録」扶桑社 1999（扶桑社ミステリー）p289

グリンリー, ソーニャ　Greenlee, Sonja（フランス）
祈りましょう
◇古頭麻子訳「新しいフランスの小説 シュザンヌの日々」白水社 1995 p81

クルイロフ, イヴァン　Krylov, Ivan Andreevich（1769〜1844　ロシア）
漁師
◇内海周平訳「超短編アンソロジー」筑摩書房 2002（ちくま文庫）p180

クルーガー, ウィリアム・ケント
遠雷
◇澄木柚訳「殺しが二人を別つまで」早川書房 2007（ハヤカワ・ミステリ文庫）p171

クルージー, ジェニファー
熱いふたり
◇高田映実訳「真夏の恋の物語―サマー・シズラー '99」ハーレクイン 1999 p7

クルーズ, ケイトリン
疑われた花嫁
◇高橋美友訳「四つの愛の物語―クリスマス・ストーリー 2013」ハーレクイン 2013 p153
脅されたプリンセス
◇霜月桂訳「真夏の恋の物語―サマー・シズラー 2012」ハーレクイン 2012 p217

クルッケンデン, アイザック
復讐の僧あるいは運命の指輪――一八〇二
◇下楠昌哉訳「ゴシック短編小説集」春風社 2012 p107

グールモン, レミ・ド　Gourmont, Remy de（1858〜1915　フランス）
雪
◇堀口大學訳「創刊一〇〇年三田文学名作選」三田文学会 2010 p571

クルーン, レーナ　Krohn, Leena（1947〜　フィンランド）
いっぷう変わった人々
◇末延弘子訳「世界堂書店」文藝春秋 2014（文春文庫）p189

グレアム, トマス
暁の決闘
◇浅倉久志選訳「極短小説」新潮社 2004（新潮文庫）p323

グレアム, ヘザー　Graham, Heather（アメリカ）
忌むべきものの夜（ウィルソン, F.ポール）
◇田口俊樹訳「フェイスオフ対決」集英社 2015（集英社文庫）p327
風の中の誓い
◇瀧川紫乃訳「灼熱の恋人たち―サマー・シズラー2008」ハーレクイン 2008 p5
聖夜のウェディング・ベル
◇矢吹由梨子訳「シーズン・フォー・ラヴァーズ―クリスマス短編集」ハーレクイン 2005（Mira文庫）p157
ともしびをかかげて
◇井上碧訳「四つの愛の物語―クリスマス・ストーリー 十九世紀の聖夜 2004」ハーレクイン 2004 p201

クレア

パラダイスの一夜
◇辻早苗訳「真夏の恋の物語――サマー・シズラー 2004」ハーレクイン 2004 p109
◇辻早苗訳「恋人たちの夏物語」ハーレクイン 2010（サマー・シズラー・ベリーベスト）p201

グレアム, ベン

ウィークデイ・サーヴィス
◇渡辺健吾訳「ディスコ・ビスケッツ」早川書房 1998 p189

グレアム, リン　Graham, Lynne（イギリス）

過去をなくした天使
◇山田有里訳「四つの愛の物語――クリスマス・ストーリー 2001」ハーレクイン 2001 p5

ティンカーベルの告白
◇漆原麗訳「マイ・バレンタイン――愛の贈りもの 2005」ハーレクイン 2005 p5

届かなかったプロポーズ
◇井野上悦子訳「四つの愛の物語――クリスマス・ストーリー 2002」ハーレクイン 2002 p99

グレイ, エリザベス

骸骨伯爵――あるいは女吸血鬼
◇浜野アキオ訳「ヴァンパイア・コレクション」角川書店 1999（角川文庫）p17

クレイ, ヒラリー

夜の驚き
◇浅倉久志選訳「極短小説」新潮社 2004（新潮文庫）p175

グレイヴス, ロバート

シュタインピルツ方式
◇柳瀬尚紀訳「犯罪は詩人の楽しみ――詩人ミステリ集成」東京創元社 2012（創元推理文庫）p254

クレイジャズ, エレン

三角形
◇岸本佐知子編訳「楽しい夜」講談社 2016 p181

七人の司書の館
◇岸本佐知子編訳「コドモノセカイ」河出書房新社 2015 p147

クレイスン, クライド・B.　Clason, Clyde B.（1903〜1987　アメリカ）

チベットから来た男
◇門倉洸太郎訳「世界探偵小説全集 22」国書刊行会 1997 p15

グレイディ, ジェイムズ　Grady, James（1949〜　アメリカ）

悪魔の遊び場
◇木村二郎訳「フィリップ・マーロウの事件」早川書房 2007（ハヤカワ・ミステリ文庫）p453

運命の街
◇富山浩昌訳「ベスト・アメリカン・短編ミステリ 2012」DHC 2012 p245

幻のチャンピオン
◇澁谷正子訳「ベスト・アメリカン・ミステリ ハーレム・ノクターン」早川書房 2005（ハヤカワ・ミステリ）p243

クレイリング, テッサ

クリスマスの訪問者
◇西村醇子訳「メグ・アウル」パロル舎 2002（ミステリアス・クリスマス）p109

クレイン, スティーヴン　Crane, Stephen（1871〜1900　アメリカ）

青いホテル
◇藤田佳澄訳「巨匠の選択」早川書房 2001（ハヤカワ・ミステリ）p207

枷をはめられて
◇青木悦子訳「怪奇文学大山脈 3」東京創元社 2014 p83

クレイン, テレサ

憎いあいつ
◇月村澄枝訳「猫は九回生きる――とっておきの猫の話」心交社 1997 p173

グレヴィッチ, フィリップ

生存確認
◇ウィリアム N.伊藤訳「ゾエトロープ Pop」角川書店 2001（Bookplus）p221

グレーザー, エルンスト　Gläser, Ernst（1902〜1963　ドイツ）

さくらんぼ祭
◇中田美喜訳「世界100物語 8」河出書房新社 1997 p141

クレス, ナンシー　Kress, Nancy（1948〜　アメリカ）

進化
◇佐田千織訳「20世紀SF 6」河出書房新社 2001（河出文庫）p99

ダンシング・オン・エア
◇田中一江訳「90年代SF傑作選 下」早川書房 2002（ハヤカワ文庫）p375

眠る犬
◇山岸真訳「SFの殿堂 遙かなる地平 1」早川書房 2000（ハヤカワ文庫SF）p435

マリーゴールド・アウトレット
◇嶋田洋一訳「魔猫」早川書房 1999 p37

無眠人
◇山岸真訳「SFの殿堂 遙かなる地平 1」早川書房 2000（ハヤカワ文庫SF）p429

クレッグ, ダグラス
五匹
◇嶋田洋一訳「魔猫」早川書房 1999 p177

クレッシュ, ロイス・H.
パリのジェントルマン（ワインバーグ, ロバート）
◇日暮雅通訳「シャーロック・ホームズの大冒険 下」原書房 2009 p7

クレッセ, ドド（オーストリア）
いとしの君
◇伊藤直子訳「現代ウィーン・ミステリー・シリーズ 9」水声社 2002 p83

クレッツ, フランツ・クサーファー　Kroetz, Franz Xaver（1946〜　ドイツ）
衝動—三幕の民衆劇
◇三輪玲子訳「ドイツ現代戯曲選30 14」論創社 2006 p7

グレノン, ポール
どう眠った？
◇岸本佐知子編訳「居心地の悪い部屋」角川書店 2012 p67
◇岸本佐知子編訳「居心地の悪い部屋」河出書房新社 2015（河出文庫）p37

マネキン
◇岸本佐知子編訳「変愛小説集 2」講談社 2010 p221

グレープ, ジャン　Grape, Jan
子猫探偵ニックとノラ
◇中井京子訳「子猫探偵ニックとノラ—The Cat Has Nine Mysterious Tales」光文社 2004（光文社文庫）p247

スカーレット・フィーバー
◇矢口誠訳「探偵稼業はやめられない—女探偵vs.男探偵」光文社 2003（光文社文庫）p75

タビーは言わない
◇青木多香子訳「ホワイトハウスのペット探偵」講談社 2009（講談社文庫）p143

ペーコス川西岸の無法地帯
◇山本やよい訳「子猫探偵ニックとノラ—The Cat Has Nine Mysterious Tales」光文社 2004（光文社文庫）p59

クレーベルク, ミヒャエル　Kleeberg, Michael（1959〜　ドイツ）
裸足
◇越智和弘訳「ドイツ文学セレクション 裸足」三修社 1997 p1

グレンジャー, アン
暖炉の精
◇月村澄枝訳「猫は九回生きる—とっておきの猫の話」心交社 1997 p23

クレーンズ, デヴィッド
テレサ
◇村上春樹編訳「恋しくて—Ten Selected Love Stories」中央公論新社 2013 p47
◇村上春樹編訳「恋しくて—Ten Selected Love Stories」中央公論新社 2016（中公文庫）p49

クレンツ, ジェイン・アン
波の数だけ愛して
◇仁嶋いずる訳「スウィート・サマー・ラブ」ハーパーコリンズ・ジャパン 2015（サマーシズラーVB）p195

グレンドン, スティーヴン
ミス・エスパーソン
◇三浦玲子訳「ダーク・ファンタジー・コレクション 5」論創社 2007 p97

クロウ, キャサリン　Crowe, Catherine Anne（イギリス）
イタリア人の話
◇青木悦子訳「怪奇文学大山脈 1」東京創元社 2014 p147

狼女物語
◇大貫昌子訳「狼女物語—美しくも妖しい短編傑作選」工作舎 2011 p157

クロウリー, ジョン　Crowley, John（1942〜　アメリカ）
古代の遺物
◇柴田元幸訳「魔法の猫」扶桑社 1998（扶桑社ミステリー）p345

クロショー, ベン・"ヤーツィー"
未成年者とのセックスによる疲労
◇旦紀子訳「マシン・オブ・デス—A Collection of Stories about People who Know How

They Will DIE」アルファポリス 2012 p310
◇旦紀子訳「マシン・オブ・デス」アルファポリス 2013（アルファポリス文庫）p20

クロス, アマンダ
男爵婦人
◇宇佐川晶子訳「ウーマンズ・ケース 下」早川書房 1998（ハヤカワ・ミステリ文庫）p39
二銃身の銃
◇神納照子訳「殺さずにはいられない 1」早川書房 2002（ハヤカワ・ミステリ文庫）p71

クロス, シャルル　Cros, Charles（1842〜1888）
シャルル・クロス
◇渋沢孝輔訳「黒いユーモア選集 1」河出書房新社 2007（河出文庫）p241
恋愛の科学
◇澁澤龍彥訳「怪奇小説傑作集新版 4」東京創元社 2006（創元推理文庫）p347
◇澁澤龍彥訳「澁澤龍彥訳幻想怪奇短篇集」河出書房新社 2013（河出文庫）p177

クロス, ジョン・キア　Cross, John Keir（1914〜1967 イギリス）
ペトロネラ・パン―幻想物語
◇吉野美恵子訳「異色作家短篇集 19」早川書房 2007 p79

クロス, ジリアン
悪魔の校長
◇大友香奈子訳「魔法使いになる14の方法」東京創元社 2003（創元推理文庫）p55
クリスマス・プレゼント
◇安藤紀子訳「メグ・アウル」パロル舎 2002（ミステリアス・クリスマス）p5
スナップドラゴン
◇安藤紀子訳「ミステリアス・クリスマス」パロル舎 1999 p7

グロスマン, ヴァシーリー　Grossman, Vassili（1905〜1964 ロシア）
ベルデーチェフの町にて
◇小野協一訳「世界100物語 4」河出書房新社 1997 p331

クロスランド, デイヴィッド
意外な犯人
◇浅倉久志選訳「極短小説」新潮社 2004（新潮文庫）p294
余波
◇浅倉久志選訳「極短小説」新潮社 2004（新潮文庫）p219

クローニン, ジェイムズ・E.　Cronin, James E.
金をひろった男
◇平間あや訳「ブルー・ボウ・シリーズ キスの代償」青弓社 1994 p109

グロフ, ローレン
L-デバードとアリエット―愛の物語
◇村上春樹編訳「恋しくて―Ten Selected Love Stories」中央公論新社 2013 p129
◇村上春樹編訳「恋しくて―Ten Selected Love Stories」中央公論新社 2016（中公文庫）p131
浮上
◇織田祐規子訳「アメリカ新進作家傑作選 2008」DHC 2009 p223

クロフォード, F.マリオン　Crawford, Francis Marion（1854〜1909 アメリカ）
上床
◇岡本綺堂編訳「世界怪談名作集 下」河出書房新社 2002（河出文庫）p155
甲板の男
◇圷香織訳「怪奇文学大山脈 2」東京創元社 2014 p63
泣きさけぶどくろ
◇宇野利泰訳「怪奇小説傑作集新版 2」東京創元社 2006（創元推理文庫）p139

クロフツ, F.W.　Crofts, Freeman Wills（1879〜1957 イギリス）
樽
◇二宮磬訳「乱歩が選ぶ黄金時代ミステリーBEST10 9」集英社 1999（集英社文庫）p9
フローテ公園の殺人
◇橋本福夫訳「栞子さんの本棚―ビブリア古書堂セレクトブック」角川書店 2013（角川文庫）p245

グロホヴィヤク, スタニスワフ　Grochowiak, Stanislaw（1934〜1976 ポーランド）
牙関緊急〈親衛隊員の手記〉
◇川上洸訳「東欧の文学 パサジェルカ〈女船客〉他」恒文社 1966 p163

グロホラ, カタジナ
向こう岸
◇田村和子訳「ポケットのなかの東欧文学―ルネッサンスから現代まで」成文社 2006 p504

クワユレ, コフィ　Kwahulé, Koffi（1956〜）
　ザット・オールド・ブラック・マジック
　　◇八木雅訳「コレクション現代フランス語圏演劇 9」れんが書房新社 2012 p7
　ブルー・ス・キャット
　　◇八木雅訳「コレクション現代フランス語圏演劇 9」れんが書房新社 2012 p127

クン・スルン（カンボジア）
　いなびかり
　　◇岡田知子編訳「現代カンボジア短編集」大同生命国際文化基金 2001（アジアの現代文芸）p75
　男嫌い
　　◇岡田知子編訳「現代カンボジア短編集」大同生命国際文化基金 2001（アジアの現代文芸）p82
　学校
　　◇岡田知子編訳「現代カンボジア短編集」大同生命国際文化基金 2001（アジアの現代文芸）p122
　ソックの家
　　◇岡田知子編訳「現代カンボジア短編集」大同生命国際文化基金 2001（アジアの現代文芸）p93

クーンツ, ディーン・R.
　悪夢団
　　◇中村融編訳「影が行く―ホラーSF傑作選」東京創元社 2000（創元SF文庫）p33

グンテブスーレン・オユンビレグ（モンゴル）
　偏見
　　◇「留学生文学賞作品集 2006」留学生文学賞委員会 2007 p35

クーンミュンク
　福者の著しき誤解
　　◇斎藤博士訳「アンデスの風叢書 天国・地獄百科」書肆風の薔薇 1982 p138

【ケ】

ケアリー, エドワード
　私の仕事の邪魔をする隣人たちに関する報告書
　　◇古屋美登里訳「もっと厭な物語」文藝春秋 2014（文春文庫）p15

ケアリー, ピーター　Carey, Peter（1943〜オーストラリア）
　イリワッカー（上）
　　◇小川高義訳「新しいイギリスの小説 イリワッカー（上）」白水社 1995 p1
　イリワッカー（下）
　　◇小川高義訳「新しいイギリスの小説 イリワッカー（下）」白水社 1995 p1
　影製造産業に関する報告
　　◇柴田元幸編訳「燃える天使」角川書店 2009（角川文庫）p163
　"Do you love me？"
　　◇柴田元幸編訳「どこにもない国―現代アメリカ幻想小説集」松柏社 2006 p35

ゲイ, ウイリアム
　内装職人
　　◇神崎康子訳「アメリカミステリ傑作選 2003」DHC 2003（アメリカ文芸「年間」傑作選）p129

ケイ, マーガリート
　シークの愛の奴隷
　　◇泉智子訳「愛は永遠に―ウエディング・ストーリー 2015」ハーレクイン 2015 p175
　ハイランドの聖夜
　　◇高木晶子訳「愛と祝福の魔法―クリスマス・ストーリー2016」ハーパーコリンズ・ジャパン 2016 p5

ケイヴ, ヒュー・B.
　血の島
　　◇夏来健二訳「ラヴクラフトの遺産」東京創元社 2000（創元推理文庫）p203

ゲイツ, デイヴィッド・エジャリー
　青い鏡
　　◇北野寿美枝訳「ベスト・アメリカン・ミステリ ハーレム・ノクターン」早川書房 2005（ハヤカワ・ミステリ）p171
　後日の災い
　　◇小澤緑訳「ベスト・アメリカン・短編ミステリ 2014」DHC 2015 p109
　コンパス・ローズ
　　◇巴妙子訳「アメリカミステリ傑作選 2002」DHC 2002（アメリカ文芸「年間」傑作選）p305

ケイニン, イーサン
　慈悲の天使, 怒りの天使
　　◇村上春樹編訳「バースデイ・ストーリーズ」

中央公論新社 2002 p135

ゲイマン, ニール Gaiman, Neil（1960～ イギリス）

形見と宝：ある愛の詩
◇梶元靖子訳「999（ナインナインナイン）―妖女たち」東京創元社 2000（創元推理文庫）p235

世界の終わり
◇大瀧啓裕訳「インスマス年代記 下」学習研究社 2001（学研M文庫）p331

ゲイル, ゾナ Gale, Zona（1874～1938 アメリカ）

危機
◇藤田佳澄訳「ブルー・ボウ・シリーズ 結婚まで」青弓社 1992 p163

新婚の池
◇梅田正彦訳「ざくろの実―アメリカ女流作家怪の小説選」鳥影社 2008 p55

ケシ・イムレ Keszi Imre（1910～1974 ハンガリー）

エリジウムの子供たち
◇桑島カタリン訳「東欧の文学 エリジウムの子供たち」恒文社 1967 p23

ケッセインキン

草たち
◇南田みどり編訳「ミャンマー現代女性短編集」大同生命国際文化基金 2001（アジアの現代文芸）p192

ケッセル, ジョゼフ Kessel, Joseph（1898～1979 フランス）

人形
◇田辺貞之助訳「世界100物語 8」河出書房新社 1997 p59

懶惰の賦
◇堀口大學訳「怠けものの話」筑摩書房 2011（ちくま文学の森）p169

ゲッセン, キース

ヴァーツラフのごとく
◇小金輝彦訳「アメリカ新進作家傑作選 2005」DHC 2006 p121

ケッチャム, ジャック Ketchum, Jack（1946～ アメリカ）

シープメドウ・ストーリー
◇金子浩訳「狙われた女」扶桑社 2014（扶桑社ミステリー）p7

ゲッツ, ライナルト Goetz, Rainald（1954～ ドイツ）

ジェフ・クーンズ
◇初見基訳「ドイツ現代戯曲選30 23」論創社 2006 p7

ゲッデズ, シンディ

残響
◇浜野アキオ訳「サイコ・ホラー・アンソロジー」祥伝社 1998（祥伝社文庫）p303

ゲッベルス, ヨーゼフ Goebbels, Joseph（ドイツ）

ミヒャエル―日記が語るあるドイツ的運命
◇池田浩士編訳「ドイツ・ナチズム文学集成 1」柏書房 2001 p9

ケッマー

小説にあらず
◇南田みどり編訳「ミャンマー現代女性短編集」大同生命国際文化基金 2001（アジアの現代文芸）p239

ゲーテ, ヨハン・ヴォルフガング Goethe, Johann Wolfgang von（1749～1832 ドイツ）

骸骨踊り
◇手塚富雄訳「塔の物語」角川書店 2000（角川ホラー文庫）p137

ギョッツ
◇森鷗外訳「ギョッツ」ゆまに書房 2004（昭和初期世界名作翻訳全集）p13

新メルジーネ
◇垂野創一郎訳「怪奇文学大山脈 1」東京創元社 2014 p57

親和力 第二部
◇松井尚興訳「ポケットマスターピース 2」集英社 2015（集英社文庫ヘリテージシリーズ）p201

ノヴェレ
◇小牧健夫訳「百年文庫 57」ポプラ社 2010 p99

ファウスト 第一部
◇池内紀訳「ファウスト 第1部」集英社 2004（集英社文庫ヘリテージシリーズ）p7

ファウスト 第二部
◇池内紀訳「ファウスト 第2部」集英社 2004（集英社文庫ヘリテージシリーズ）

ファウスト 第二部 抄
◇粂川麻里生訳「ポケットマスターピース 2」集英社 2015（集英社文庫ヘリテージシリー

ズ）p423
若きヴェルターの悩み
◇大宮勘一郎訳「ポケットマスターピース 2」集英社 2015（集英社文庫ヘリテージシリーズ）p7

ゲティング, ローラ
週末は予約済み
◇浅倉久志選訳「極短小説」新潮社 2004（新潮文庫）p257

ケニー, スザン　Kenney, Susan（1941〜　アメリカ）
ゆがんだ花びら
◇中村ふじみ訳「MYSTERY & ADVENTURE ゆがんだ花びら」至誠堂 1995 p1

ケーニヒスドルフ, ヘルガ　Königsdorf, Helga
ショルシュについての真実
◇浅岡泰子訳「シリーズ現代ドイツ文学 5」早稲田大学出版部 1993 p127

ケネディ, ミルワード　Kennedy, Milward（1894〜1968　イギリス）
アントニイ・バークリー殿
◇横山啓明訳「世界探偵小説全集 30」国書刊行会 2000 p5
救いの死
◇横山啓明訳「世界探偵小説全集 30」国書刊行会 2000 p11

ケベード, フランシスコ・ゴメス・デ　Quevedo y Villegas, Francisco Gómez de（1580〜1645　スペイン）
地獄のような後悔
◇牛島信明訳「アンデスの風叢書 天国・地獄百科」書肆風の薔薇 1982 p32

ケマル, オルハン　Kemal, Orhan（1914〜1970　トルコ）
アイシェとファトマ
◇井口睦美訳「現代トルコ文学選 2」東京外国語大学外国語学部トルコ語専攻研究室 2012（TUFS Middle Eastern studies）p58
洗濯屋の娘
◇井口睦美訳「現代トルコ文学選 2」東京外国語大学外国語学部トルコ語専攻研究室 2012（TUFS Middle Eastern studies）p51

ケラー, デイヴィッド・H.　Keller, David Henry（1880〜1966　アメリカ）
思い出
◇三浦玲子訳「ダーク・ファンタジー・コレクション 5」論創社 2007 p223
妖虫
◇中村融訳「千の脚を持つ男―怪物ホラー傑作選」東京創元社 2007（創元推理文庫）p49

ケラー, テッド
ヒップスター
◇吉田千鶴子訳「ブルー・ボウ・シリーズ キスの代償」青弓社 1994 p35

ケラーマン, ジョナサン　Kellerman, Jonathan（1949〜　アメリカ）
愛あればこそ
◇佐藤耕士訳「愛の殺人」早川書房 1997（ハヤカワ・ミステリ文庫）p213

ケラーマン, フェイ　Kellerman, Faye（1952〜　アメリカ）
しつけのいい犬
◇高橋恭美子訳「現代ミステリーの至宝 2」扶桑社 1997（扶桑社ミステリー）p75
ストーカー
◇高橋恭美子訳「愛の殺人」早川書房 1997（ハヤカワ・ミステリ文庫）p187

ケリー, メイヴ
愛ゆえに
◇平敷亮子訳「現代アイルランド女性作家短編集」新水社 2016 p87
人生は彼女のもの
◇平敷亮子訳「現代アイルランド女性作家短編集」新水社 2016 p68

ケリー, レスリー
セクシーな秘密
◇藤森玲香訳「マイ・バレンタイン―愛の贈りもの 2004」ハーレクイン 2004 p257

ケール, ポーリーン
『俺たちに明日はない』
◇佐々木徹訳「ベスト・ストーリーズ 2」早川書房 2016 p27

ケルテース・アーコシュ　Kertész Ákos（1932〜　ハンガリー）
マクラ
◇宮坂いち子訳「東欧の文学 マクラ」恒文社 1988 p3

ゲルドロード, ミシェル・ド　Ghelderode, Michel de（1898〜1962　ベルギー）
エスコリアル
◇小林亜美訳「幻想の坩堝―ベルギー・フラン

ス語幻想短編集」松籟社 2016 p129
魔術
◇小林亜美訳「幻想の坩堝―ベルギー・フランス語幻想短編集」松籟社 2016 p153

ケルナー, テオドール　Körner, Theodor
（1873〜1957　オーストリア）
たてごと
◇植田敏郎訳「怪奇小説傑作集新版 5」東京創元社 2006（創元推理文庫）p17

ケルマン, ジュディス
恐ろしい男を消し去れ
◇智田貴子訳「復讐の殺人」早川書房 2001（ハヤカワ・ミステリ文庫）p183

ケレット, エトガル
靴
◇岸本佐知子編訳「コドモノセカイ」河出書房新社 2015 p129
ブタを割る
◇岸本佐知子編訳「コドモノセカイ」河出書房新社 2015 p49

阮 慶岳　げん・けいがく（1957〜　台湾）
ハノイのハンサムボーイ
◇三木直大訳「台湾セクシュアル・マイノリティ文学 3」作品社 2009 p153

厳 興燮　げん・こうしょう
⇒厳興燮（オム・フンソプ）を見よ

元 稹　げん・じん（779〜831　中国）
鶯鶯伝（おうおうでん）
◇黒田真美子著「中国古典小説選 5（唐代 2）」明治書院 2006 p284

玄 鎮健　げん・ちんけん
⇒玄鎮健（ヒョン・ジンゴン）を見よ

ケンドリック, シャロン　Kendrick, Sharon
（イギリス）
クリスマスに間に合えば
◇霜月桂訳「四つの愛の物語―クリスマス・ストーリー 2011」ハーレクイン 2011 p5
始まりはラストダンス
◇竹生淑子訳「四つの愛の物語―クリスマス・ストーリー 恋と魔法の季節 2004」ハーレクイン 2004 p225
初恋のシーク
◇千草ひとみ訳「愛は永遠に―ウエディング・ストーリー 2003」ハーレクイン 2003 p111
フィアンセを演じて

◇小池桂訳「愛は永遠に―ウエディング・ストーリー 2008」ハーレクイン 2008 p55

ケンドリック, ベイナード　Kendrick, Baynard
（1894〜1977　アメリカ）
どもりの六分儀の事件（ローズン, クレイトン）
◇飯城勇三訳「エラリー・クイーンの災難」論創社 2012（論創海外ミステリ）p303

【コ】

呉 均　ご・きん（中国）
続斉諧記（ぞくせいかいき）
◇佐野誠子著「中国古典小説選 2（六朝 1）」明治書院 2006

呉 錦発　ご・きんはつ（1954〜　台湾）
鳥になった男
◇中村ふじゑ訳「鳥になった男」研文出版 1998（研文選書）p1
燈籠花（ハイビスカス）
◇渡辺浩平訳「新しい台湾の文学 客家の女たち」国書刊行会 2002 p135

呉 継文　ご・けいぶん（1955〜　台湾）
天河撩乱―薔薇は復活の過去形
◇佐藤普美子訳「台湾セクシュアル・マイノリティ文学 3」作品社 2009 p123

コー, ダニエル　Coe, Daniel
キスの代償
◇籠味緑訳「ブルー・ボウ・シリーズ キスの代償」青弓社 1994 p7

賈 平凹　こ・へいおう
太白山記（抄）
◇塩旗伸一郎訳「同時代の中国文学―ミステリー・イン・チャイナ」東方書店 2006 p91

高 蓮玉　こ・よのく
人類最初のキス
◇山野内扶訳「韓国現代戯曲集 3」日韓演劇交流センター 2007 p69

ゴアズ, ジョー　Gores, Joe（1931〜　アメリカ）
さらば故郷
◇大井良純訳「巨匠の選択」早川書房 2001（ハヤカワ・ミステリ）p337
サン・クエンティンでキック
◇沢川進訳「現代ミステリーの至宝 2」扶桑社

1997（扶桑社ミステリー）p193
デトロイトから来た殺し屋
　◇木村二郎訳「ベスト・アメリカン・ミステリ　ハーレム・ノクターン」早川書房 2005（ハヤカワ・ミステリ）p223

ゴイケ, フランク
ガードマンと娘
　◇小津薫訳「ベルリン・ノワール」扶桑社 2000 p57

小泉 八雲　こいずみ・やくも
　⇒ハーン, ラフカディオ を見よ

江 盈科　こう・えいか（中国）
雪濤諧史（せっとうかいし）
　◇大木康著「中国古典小説選 12（歴代笑話）」明治書院 2008 p139

黄 錦樹　こう・きんじゅ（1967〜　台湾）
アッラーの御意志
　◇濱田麻矢訳「台湾熱帯文学 3」人文書院 2011 p337
雨の降る街
　◇羽田朝子訳「台湾熱帯文学 3」人文書院 2011 p111
雄鶏
　◇濱田麻矢訳「台湾熱帯文学 3」人文書院 2011 p269
蛙
　◇森美千代訳「台湾熱帯文学 3」人文書院 2011 p159
華人
　◇「台湾熱帯文学 3」人文書院 2011 p181
記憶
　◇「台湾熱帯文学 3」人文書院 2011 p109
帰郷
　◇「台湾熱帯文学 3」人文書院 2011 p13
刻まれた背中
　◇濱田麻矢訳「台湾熱帯文学 3」人文書院 2011 p229
旧家の火
　◇大東和重訳「台湾熱帯文学 3」人文書院 2011 p37
国民
　◇「台湾熱帯文学 3」人文書院 2011 p277
魚の骨
　◇羽田朝子訳「台湾熱帯文学 3」人文書院 2011 p183

錯誤
　◇大東和重訳「台湾熱帯文学 3」人文書院 2011 p147
猿の尻、火、そして危険物
　◇濱田麻矢訳「台湾熱帯文学 3」人文書院 2011 p313
第四人称
　◇羽田朝子訳「台湾熱帯文学 3」人文書院 2011 p81
中国行きのスローボート
　◇森美千代訳「台湾熱帯文学 3」人文書院 2011 p205
天国の裏門
　◇森美千代訳「台湾熱帯文学 3」人文書院 2011 p279
南方に死す
　◇大東和重訳「台湾熱帯文学 3」人文書院 2011 p161
花ざかりの森
　◇森美千代訳「台湾熱帯文学 3」人文書院 2011 p127
火と土
　◇大東和重訳「台湾熱帯文学 3」人文書院 2011 p15
夢と豚と黎明
　◇大東和重訳「台湾熱帯文学 3」人文書院 2011 p63
我らがアブドラ
　◇森美千代訳「台湾熱帯文学 3」人文書院 2011 p297

黄 春明　こう・しゅんめい（1935〜　台湾）
銅鑼
　◇垂水千恵訳「新しい台湾の文学 鹿港からきた男」国書刊行会 2001 p5
放生
　◇中村ふじゑ訳「鳥になった男」研文出版 1998（研文選書）p41
坊やの人形
　◇山口守訳「新しい台湾の文学 鹿港からきた男」国書刊行会 2001 p97

耿 定向　こう・ていこう（中国）
権子（けんし）
　◇大木康著「中国古典小説選 12（歴代笑話）」明治書院 2008 p121

侯 白　こう・はく（中国）
啓顔録（けいがんろく）

コウ

◇大木康著「中国古典小説選 12（歴代笑話）」明治書院 2008 p43

旌異記（せいいき）
◇佐野誠子著「中国古典小説選 2（六朝 1）」明治書院 2006

黄 凡 こう・ぼん（1950〜 台湾）
総統の自動販売機
　◇渡辺浩平訳「新しい台湾の文学 台北ストーリー」国書刊行会 1999 p115
頼索氏の困惑
　◇中村ふじゑ訳「鳥になった男」研文出版 1998（研文選書）p105

洪 邁 こう・まい（中国）
夷堅志（いけんし）
　◇竹田晃, 檜垣馨二著「中国古典小説選 7（宋代）」明治書院 2007 p179

コウヴィル, ブルース
人生の秘密
　◇井上千里訳「バースデー・ボックス」メタローグ 2004 p15

コヴェンチューク
かもめ
　◇片山ふえ訳「雑話集—ロシア短編集 3」ロシア文学翻訳グループクーチカ 2014 p122

孔氏 こうし（中国）
志怪
　◇佐野誠子訳「中国古典小説選 2（六朝 1）」明治書院 2006

コウ・ニェイン
次の世界のためのもうひとつの創世歌
　◇南田みどり編訳「二十一世紀ミャンマー作品集」大同生命国際文化基金 2015（アジアの現代文芸）p192

河野 宗一郎 こうの・そういちろう（日本）
世界がきれいになったわけ（ローベル, アーノルド）
　◇河野宗一郎脚色「成城・学校劇脚本集—成城学園初等学校劇の会150回記念」成城学園初等学校出版部 2002（成城学園初等学校研究双書）p22

皇甫 枚 こうほ・まい（中国）
三水小牘（さんすいしょうとく）（抄）
　◇溝部良恵著「中国古典小説選 6（唐代 3）」明治書院 2008 p410
歩飛烟（ほひえん）

◇黒田真美子著「中国古典小説選 5（唐代 2）」明治書院 2006 p470

皇甫氏 こうほし（中国）
原化記（げんかき）（抄）
　◇溝部良恵著「中国古典小説選 6（唐代 3）」明治書院 2008 p239

コーエン, ポーラ
甦った男
　◇日暮雅通訳「シャーロック・ホームズ アメリカの冒険」原書房 2012 p251

コーエン, マーク
五時二十五分発の電車
　◇浅倉久志選訳「極短小説」新潮社 2004（新潮文庫）p89
事故つづき
　◇浅倉久志選訳「極短小説」新潮社 2004（新潮文庫）p19

格非 ゴオ・フェイ
　⇒格非（かく・ひ）を見よ

コグスウェル, シオドア
スーパーマンはつらい
　◇浅倉久志編訳「グラックの卵」国書刊行会 2006（未来の文学）p101

コクトー, ジャン Cocteau, Jean（1889〜1963 フランス）
マルセイユのまほろし
　◇清水徹訳「変身ものがたり」筑摩書房 2010（ちくま文学の森）p329

ゴーゴリ, ニコライ Gogol', Nikolai Vasil'evich（1809〜1852 ロシア）
ヴィイ
　◇小平武訳「怪奇小説精華」筑摩書房 2012（ちくま文庫）p269
妖女（ヴィイ）
　◇原卓也訳「怪奇小説傑作集新版 5」東京創元社 2006（創元推理文庫）p217
外套
　◇平井肇訳「思いがけない話」筑摩書房 2010（ちくま文学の森）p71
検察官
　◇熊澤復六訳「検察官」ゆまに書房 2008（昭和初期世界名作翻訳全集）p1
鼻
　◇平井肇訳「変身ものがたり」筑摩書房 2010（ちくま文学の森）p51

幌馬車
　◇横田瑞穂訳「百年文庫 88」ポプラ社 2011 p69

コージャ, キャシー
　習慣への回帰(マルツバーグ, バリー・N.)
　◇嶋田洋一訳「魔猫」早川書房 1999 p165

コズコ, アレクサンダー
　十二の月たち―あるスラヴの伝説
　◇和佐田道子編訳「シンデレラ」竹書房 2015 (竹書房文庫) p106

コステル, セルジュ
　ノエルの降誕祭
　◇大磯仁志訳「フランス式クリスマス・プレゼント」水声社 2000 p103

コズマ, リン
　わたしは明日…
　◇吉田利子訳「間違ってもいい、やってみたら―想いがはじける28の物語」講談社 1998 p128

ゴダール, ジャン＝リュック　Godard, Jean-Luc (1930～　フランス)
　ある映像についての調査(ゴラン, ジャン＝ピエール)
　◇奥村昭夫訳「怒りと響き」岩波書店 1997 (世界文学のフロンティア) p201

ゴーチエ, テオフィル
　⇒ゴーティエ, テオフィル を見よ

コーチス, アンドレ
　越境
　◇境原塊太訳「ベスト・アメリカン・短編ミステリ 2014」DHC 2015 p195

コーツ, アーサー・W.
　終わりなき愛
　◇浅倉久志選訳「極短小説」新潮社 2004 (新潮文庫) p287

コツウィンクル, ウィリアム　Kotzwinkle, William (1938～　アメリカ)
　象が列車に体当たり
　◇若島正訳「異色作家短篇集 18」早川書房 2007 p135

コックス, クリス
　野菜
　◇旦紀子訳「マシン・オブ・デス―A Collection of Stories about People who Know How They Will DIE」アルファポリス 2012 p172
　◇旦紀子訳「マシン・オブ・デス」アルファポリス 2013 (アルファポリス文庫) p156

コットレル, C.L.
　危険！ 幼児逃亡中
　◇伊藤典夫・訳「冷たい方程式」早川書房 2011 (ハヤカワ文庫 SF) p247

コッパー, ベイジル　Copper, Basil (1924～　イギリス)
　シャフト・ナンバー247
　◇永井広克訳「新編 真ク・リトル・リトル神話大系 6」国書刊行会 2009 p213
　読者よ、わたしは彼を埋めた！
　◇玉木亨訳「ヴァンパイア・コレクション」角川書店 1999 (角川文庫) p533
　悩める画家の事件
　◇日暮雅通訳「シャーロック・ホームズの大冒険 下」原書房 2009 p101
　レンズの中の迷宮
　◇金井美子訳「ダーク・ファンタジー・コレクション 8」論創社 2008 p35

コッパード, A.E.　Coppard, Alfred Edgar (1878～1957　イギリス)
　アダムとイヴ
　◇橋本福夫訳「怪奇小説傑作集新版 3」東京創元社 2006 (創元推理文庫) p207
　うすのろサイモン
　◇西崎憲訳「魔法の本棚 郵便局と蛇」国書刊行会 1996 p43
　王女と太鼓
　◇西崎憲訳「魔法の本棚 郵便局と蛇」国書刊行会 1996 p137
　幼子は迷いけり
　◇西崎憲訳「魔法の本棚 郵便局と蛇」国書刊行会 1996 p163
　辛子の野原
　◇西崎憲訳「魔法の本棚 郵便局と蛇」国書刊行会 1996 p81
　消えちゃった
　◇平井呈一編「ミセス・ヴィールの幽霊―こわい話気味のわるい話 1」沖積舎 2011 p33
　銀色のサーカス
　◇西崎憲訳「魔法の本棚 郵便局と蛇」国書刊行会 1996 p7
　シオンへの行進
　◇西崎憲訳「魔法の本棚 郵便局と蛇」国書刊行会 1996 p181

シルヴァ・サアカス
　◇平井呈一訳「怪奇文学大山脈 2」東京創元社　2014　p191
虎
　◇吉野美恵子訳「異色作家短篇集 19」早川書房　2007　p179
ポリー・モーガン
　◇西崎憲訳「魔法の本棚　郵便局と蛇」国書刊行会　1996　p103
郵便局と蛇
　◇西崎憲訳「魔法の本棚　郵便局と蛇」国書刊行会　1996　p33
若く美しい柳
　◇西崎憲訳「魔法の本棚　郵便局と蛇」国書刊行会　1996　p63

コッペ, フランソワ
獅子の爪
　◇内藤濯訳「謎のギャラリー——愛の部屋」新潮社　2002（新潮文庫）p111
黄楊の香り
　◇日仏言語文化協会「エチュード月曜クラス」訳「掌中のエスプリ—フランス文学短篇名作集」弘学社　2013　p79

ゴッボ, ロレッタ　Ngcobo, Lauretta（1932〜　南アフリカ）
女たちの絆
　◇堀内由木訳「アフリカ文学叢書　女たちの絆」スリーエーネットワーク　1998　p1

コッホ, T.
栄光のかなた
　◇斎藤博士訳「アンデスの風叢書　天国・地獄百科」書肆風の薔薇　1982　p159

ゴデ, ロラン　Gaudé, Laurent（1972〜　フランス）
スコルタの太陽
　◇新島進訳「Modern & Classic　スコルタの太陽」河出書房新社　2008　p3

古丁　こてい（1914〜1964　中国）
山海外経
　◇岡田英樹訳「血の報復—「在満」中国人作家短篇集」ゆまに書房　2016　p109

コディ, リザ
再現捜査
　◇田口俊樹訳「ロンドン・ノワール」扶桑社　2003（扶桑社ミステリー）p103

太陽のにきび
　◇堀内静子訳「ウーマンズ・ケース 上」早川書房　1998（ハヤカワ・ミステリ文庫）p95

ゴーティエ, テオフィル　Gautier, Théophile（1811〜1872　フランス）
クラリモンド
　◇岡本綺堂編訳「世界怪談名作集 上」河出書房新社　2002（河出文庫）p131
　◇芥川龍之介訳「吸血妖鬼譚—ゴシック名訳集成」学習研究社　2008（学研M文庫）p267
　◇芥川龍之介訳「怪奇小説精華」筑摩書房　2012（ちくま文庫）p331
死女の恋
　◇青柳瑞穂訳「怪奇小説傑作集新版 4」東京創元社　2006（創元推理文庫）p179
死霊の恋
　◇田辺貞之助訳「変身ものがたり」筑摩書房　2010（ちくま文学の森）p273
ポンペイ夜話
　◇田辺貞之助訳「百年文庫 54」ポプラ社　2010　p65

ゴーディマー, ナディン　Gordimer, Nadine（1923〜　南アフリカ）
この国の六フィート
　◇中村和恵訳「ベスト・ストーリーズ 1」早川書房　2015　p241
ブルジョワ世界の終わりに
　◇福島富士男訳「アフリカ文学叢書　ブルジョワ世界の終わりに」スリーエーネットワーク　1994　p1
マイ・サンズ・ストーリー
　◇赤岩隆訳「アフリカ文学叢書　マイ・サンズ・ストーリー」スリーエーネットワーク　1997　p1

ゴトー, エドワード・E.
永遠の浜辺
　◇浅倉久志選訳「極短小説」新潮社　2004（新潮文庫）p67

ゴドウィン, トム　Godwin, Tom（1915〜1980　アメリカ）
冷たい方程式
　◇伊藤典夫編・訳「冷たい方程式」早川書房　2011（ハヤカワ文庫SF）p151

コドレスク, アンドレイ
写真に抗して
　◇管啓次郎訳「私の謎」岩波書店　1997（世界文

学のフロンティア）p239

ゴトロー, ティム
片腕の女と踊りながら
◇ウィリアム N.伊藤訳「ゾエトロープ Biz」角川書店 2001（Bookplus）p173

ゴードン, デイヴィッド
クイーンズのヴァンパイア
◇青木千鶴訳「ミステリアス・ショーケース」早川書房 2012（Hayakawa pocket mystery books）p31
ぼくがしようとしてきたこと
◇青木千鶴訳「ミステリアス・ショーケース」早川書房 2012（Hayakawa pocket mystery books）p9

ゴードン, ルーシー　Gordon, Lucy（イギリス）
愛はベネチアで
◇八坂よしみ訳「愛と狂熱のサマー・ラブ」ハーレクイン 2014（サマーシズラーVB）p119
億万長者とクリスマス
◇高橋美友紀訳「愛と絆の季節―クリスマス・ストーリー2008」ハーレクイン 2008 p119
恋に落ちたマリア
◇槇由子訳「四つの愛の物語 イブの星に願いを―クリスマス・ストーリー 2005」ハーレクイン 2005 p193
国王陛下のラブレター
◇江美れい訳「愛は永遠に―ウエディング・ストーリー 2003」ハーレクイン 2003 p219

コナー, ジョーン
自分への嘘
◇吉田利子訳「間違ってもいい、やってみたら―想いがはじける28の物語」講談社 1998 p51

コナー, レベッカ・L.
デザートだけ
◇浅倉久志選訳「極短小説」新潮社 2004（新潮文庫）p72

コナリー, ジョン
カクストン私設図書館
◇杉江松恋訳「BIBLIO MYSTERIES 3」ディスカヴァー・トゥエンティワン 2014 p19

コナリー, マイケル　Connelly, Michael（1956～　アメリカ）
一ドルのジャックポット
◇田口俊樹訳「ポーカーはやめられない―ポーカー・ミステリ書下ろし傑作選」ランダムハウス講談社 2010 p141
細かな赤い霧
◇日向りょう訳「ベスト・アメリカン・短編ミステリ 2014」DHC 2015 p41
空の青
◇宮脇孝雄訳「探偵稼業はやめられない―女探偵vs.男探偵」光文社 2003（光文社文庫）p47
父の日
◇山下麻貴訳「ベスト・アメリカン・短編ミステリ」DHC 2010 p173
二塁打
◇古沢嘉通訳「ベスト・アメリカン・ミステリ ハーレム・ノクターン」早川書房 2005（ハヤカワ・ミステリ）p49
マルホランド・ダイブ
◇古沢嘉通訳「18の罪―現代ミステリ傑作選」ヴィレッジブックス 2012（ヴィレッジブックス）p57
レッド・アイ（レヘイン, デニス）
◇田口俊樹訳「フェイスオフ対決」集英社 2015（集英社文庫）p15

コーニア, ヴィンセント
メッキの百合
◇森英俊訳「これが密室だ！」新樹社 1997 p271

コーニイ, マイクル・G.
グリーンのクリーム
◇山岸真訳「スティーヴ・フィーヴァー―ポストヒューマンSF傑作選 SFマガジン創刊50周年記念アンソロジー」早川書房 2010（ハヤカワ文庫 SF）p37

コーニック, ニコラ
海賊のキス
◇仁木めぐみ訳「愛と絆の季節―クリスマス・ストーリー2008」ハーレクイン 2008 p287
レディ・ラブレスを探して
◇古沢絵里訳「四つの愛の物語―クリスマス・ストーリー 2010」ハーレクイン 2010 p5

コーニッツ, ウィリアム・J.
死にいたる時間
◇黒原敏行訳「愛の殺人」早川書房 1997（ハヤカワ・ミステリ文庫）p13

コニントン, J.J.　Connington, J.J.（1880～1947）
或る豪邸主の死
◇田中富佐子訳「海外ミステリ Gem Collection

12」長崎出版 2008 p1

コネスキ, ブラジェ
マケドニアの三つの情景
◇中島由美訳「ポケットのなかの東欧文学―ルネッサンスから現代まで」成文社 2006 p392

コネル, エヴァン・S.(ジュニア) Connell, Evan Shelby, Jr.（アメリカ）
レイプ犯の日記
◇田栗美奈子訳「ブルー・ボウ・シリーズ レイプ犯の日記」青弓社 1994 p3

コノネンコ, エウヘーニャ
新しいストッキング
◇藤井悦子, オリガ・ホメンコ訳「現代ウクライナ短編集」群像社 2005（群像社ライブラリー）p11

コーバー, アーサー Cover, Arthur Byron（1950～　アメリカ）
おだやかな団らん
◇犬飼みずほ訳「ブルー・ボウ・シリーズ 結婚まで」青弓社 1992 p61

コパー, ベイジル
⇒コッパー, ベイジル を見よ

コハノフスキ, ヤン
挽歌
◇関口時正訳「文学の贈物―東中欧文学アンソロジー」未知谷 2000 p30
◇関口時正訳「ポケットのなかの東欧文学―ルネッサンスから現代まで」成文社 2006 p7

ゴフスタイン, M.B.
私のノアの箱舟
◇落合恵子訳「謎のギャラリー――謎の部屋」新潮社 2002（新潮文庫）p399
◇落合恵子訳「謎の部屋」筑摩書房 2012（ちくま文庫）p399

コーベット, デイヴィッド
かわいいパラサイト
◇法井ひろえ訳「ベスト・アメリカン・短編ミステリ」DHC 2010 p195
誰が俺のモンキーを盗ったのか？（ウレア, ルイス・アルベルト）
◇山口祐子訳「ベスト・アメリカン・短編ミステリ 2012」DHC 2012 p103

コーベン, ハーラン Coben, Harlan（1962～　アメリカ）
罠に落ちて
◇山本やよい訳「殺しが二人を別つまで」早川書房 2007（ハヤカワ・ミステリ文庫）p511

ゴーマン, エド Gorman, Ed（1941～　アメリカ）
アンジー
◇金子浩訳「999（ナインナインナイン）―聖金曜日」東京創元社 2000（創元推理文庫）p201
怒りの帰郷
◇木村二郎訳「殺しのグレイテスト・ヒッツ」早川書房 2007（ハヤカワ・ミステリ文庫）p145
狼と狐は霧のなかから
◇花田知恵訳「白雪姫、殺したのはあなた」原書房 1999 p269
クリスマスの子猫
◇山本光伸訳「子猫探偵ニックとノラ―The Cat Has Nine Mysterious Tales」光文社 2004（光文社文庫）p9
血脈
◇池央耿訳「巨匠の選択」早川書房 2001（ハヤカワ・ミステリ）p197
邪教の魔力
◇夏来健二訳「ラヴクラフトの遺産」東京創元社 2000（創元推理文庫）p443
単独飛行
◇曽根寛樹訳「ベスト・アメリカン・短編ミステリ 2012」DHC 2012 p219
つぎはお前だ
◇木戸淳子訳「双生児―EQMM90年代ベスト・ミステリー」扶桑社 2000（扶桑社ミステリー）p257
闇に潜む狂気
◇浜野アキオ訳「サイコーホラー・アンソロジー」祥伝社 1998（祥伝社文庫）p77
◇浜野アキオ訳「アメリカミステリ傑作選 2001」DHC 2001（アメリカ文芸「年間」傑作選）p255

コムロフ, マニュエル Komroff, Manuel（1890～？　アメリカ）
彼女の犬
◇務台夏子訳「あの犬この犬そんな犬―11の物語」東京創元社 1998 p19

ゴメス・デ・ラ・セルナ, ラモン Gómez de la Serna, Ramón（1888～1963　スペイン）
地獄
◇内田吉彦訳「アンデスの風叢書 天国・地獄百科」書肆風の薔薇 1982 p43

コモルニツカ, マリア
　相棒
　　◇西野常夫訳「ポケットのなかの東欧文学——ルネッサンスから現代まで」成文社 2006 p135

コーラー, シーラ
　アフリカンズ
　　◇堤暁実訳「アメリカ短編小説傑作選 2001」DHC 2001（アメリカ文芸「年間」傑作選）p349

ゴラン, ジャン＝ピエール
　ある映像についての調査（ゴダール, ジャン＝リュック）
　　◇奥村昭夫訳「怒りと響き」岩波書店 1997（世界文学のフロンティア）p201

ゴーリー, エドワード
　莫迦げた思いつき
　　◇広瀬順弘訳「闇の展覧会 罠」早川書房 2005（ハヤカワ文庫）p127

コリア, ジョン　Collier, John（1901〜1980　イギリス）
　ああ, 大学
　　◇村上啓夫訳「異色作家短篇集 7」早川書房 2006 p175
　悪魔に憑かれたアンジェラ
　　◇吉村満美子訳「KAWADE MYSTERY ナツメグの味」河出書房新社 2007 p183
　葦毛の馬の美女
　　◇吉村満美子訳「KAWADE MYSTERY ナツメグの味」河出書房新社 2007 p145
　雨の土曜日
　　◇村上啓夫訳「異色作家短篇集 7」早川書房 2006 p151
　ある湖の出来事
　　◇村上啓夫訳「異色作家短篇集 7」早川書房 2006 p53
　異説アメリカの悲劇
　　◇和爾桃子訳「KAWADE MYSTERY ナツメグの味」河出書房新社 2007 p51
　異本「アメリカの悲劇」
　　◇中西秀男訳「悪いやつの物語」筑摩書房 2011（ちくま文学の森）p155
　遅すぎた来訪
　　◇吉村満美子訳「KAWADE MYSTERY ナツメグの味」河出書房新社 2007 p137
　カード占い
　　◇村上啓夫訳「異色作家短篇集 7」早川書房 2006 p141
　記念日の贈物
　　◇村上啓夫訳「異色作家短篇集 7」早川書房 2006 p19
　ギャヴィン・オリアリー
　　◇村上啓夫訳「異色作家短篇集 7」早川書房 2006 p195
　旧友
　　◇村上啓夫訳「異色作家短篇集 7」早川書房 2006 p63
　霧の季節
　　◇村上啓夫訳「異色作家短篇集 7」早川書房 2006 p211
　クリスマスに帰る
　　◇村上啓夫訳「異色作家短篇集 7」早川書房 2006 p107
　鋼鉄の猫
　　◇村上啓夫訳「異色作家短篇集 7」早川書房 2006 p127
　ささやかな記念品
　　◇村上啓夫訳「異色作家短篇集 7」早川書房 2006 p43
　地獄行き途中下車
　　◇小池滋訳「KAWADE MYSTERY ナツメグの味」河出書房新社 2007 p193
　死者の悪口を言うな
　　◇村上啓夫訳「異色作家短篇集 7」早川書房 2006 p225
　死の天使
　　◇村上啓夫訳「異色作家短篇集 7」早川書房 2006 p183
　少女
　　◇村上啓夫訳「異色作家短篇集 7」早川書房 2006 p267
　スプリング熱
　　◇村上啓夫訳「異色作家短篇集 7」早川書房 2006 p93
　だから、ビールジーなんていないんだ
　　◇和爾桃子訳「KAWADE MYSTERY ナツメグの味」河出書房新社 2007 p97
　多言無用
　　◇伊藤典夫訳「不思議な猫たち」扶桑社 1999（扶桑社ミステリー）p281
　頼みの綱
　　◇垂野創一郎訳「KAWADE MYSTERY ナツメグの味」河出書房新社 2007 p173
　特別配達

コリキ

◇村上啓夫訳「幻想と怪奇―おれの夢の女」早川書房 2005（ハヤカワ文庫）p217
◇和爾桃子訳「KAWADE MYSTERY ナツメグの味」河出書房新社 2007 p23

ナツメグの味
◇矢島浩三郎訳「謎のギャラリー――こわい部屋」新潮社 2002（新潮文庫）p225
◇吉村満美子訳「KAWADE MYSTERY ナツメグの味」河出書房新社 2007 p7
◇矢島浩三郎訳「こわい部屋」筑摩書房 2012（ちくま文庫）p225
◇矢島浩三郎訳「30の神品――ショートショート傑作選」扶桑社 2016（扶桑社文庫）p371

破風荘の怪事件
◇若島正訳「ベスト・ストーリーズ 1」早川書房 2015 p37

ひめやかに甲虫は歩む
◇垂野創一郎訳「KAWADE MYSTERY ナツメグの味」河出書房新社 2007 p233

壜詰めパーティ
◇和爾桃子訳「KAWADE MYSTERY ナツメグの味」河出書房新社 2007 p159

船から落ちた男
◇中村融、井上知訳「千の脚を持つ男―怪物ホラー傑作選」東京創元社 2007（創元推理文庫）p205
◇垂野創一郎訳「KAWADE MYSTERY ナツメグの味」河出書房新社 2007 p251

保険のかけ過ぎ
◇村上啓夫訳「異色作家短篇集 7」早川書房 2006 p165

炎のなかの絵
◇村上啓夫訳「異色作家短篇集 7」早川書房 2006 p239

魔王とジョージとロージー
◇垂野創一郎訳「KAWADE MYSTERY ナツメグの味」河出書房新社 2007 p205

魔女の金
◇垂野創一郎訳「KAWADE MYSTERY ナツメグの味」河出書房新社 2007 p63

マドモアゼル・キキ
◇村上啓夫訳「異色作家短篇集 7」早川書房 2006 p77

みどりの想い
◇宇野利泰訳「変身のロマン」学習研究社 2003（学研M文庫）p243
◇宇野利泰訳「怪奇小説傑作集新版 2」東京創元社 2006（創元推理文庫）p31

緑の想い
◇金井美子訳「ダーク・ファンタジー・コレクション 8」論創社 2008 p141

猛禽
◇吉村満美子訳「KAWADE MYSTERY ナツメグの味」河出書房新社 2007 p83

夢判断
◇村上啓夫訳「異色作家短篇集 7」早川書房 2006 p7

宵待草
◇垂野創一郎訳「KAWADE MYSTERY ナツメグの味」河出書房新社 2007 p107

夜だ！ 青春だ！ パリだ！ 見ろ、月も出てる！
◇和爾桃子訳「KAWADE MYSTERY ナツメグの味」河出書房新社 2007 p127

ロマンスはすたれない
◇村上啓夫訳「異色作家短篇集 7」早川書房 2006 p119

ゴーリキー, マクシム　Gor'kii, Maksim（1868～1936　ロシア）

どん底
◇小山内薫訳「どん底」ゆまに書房 2004（昭和初期世界名作翻訳全集）p1

二十六人とひとり
◇木村彰一訳「百年文庫 11」ポプラ社 2010 p101

二十六人の男と一人の娘
◇和久利誓一訳「世界100物語 4」河出書房新社 1997 p178

コリツォーフ, ミハイル・エフィーモヴィッチ　Koltsov, Mihail（1898～1942　ロシア）

スペイン日記
◇小野理子訳「20世紀民衆の世界文学 4」三友社出版 1987 p1

コリンズ, ウィルキー　Collins, William Wilkie（1824～1889　イギリス）

黒い小屋
◇中島賢二訳「百年文庫 93」ポプラ社 2011 p5

ザント夫人と幽霊
◇村上和久訳「乱歩の選んだベスト・ホラー」筑摩書房 2000（ちくま文庫）p233

牧師の告白
◇松岡光治編訳「ヴィクトリア朝幽霊物語―短篇集」アティーナ・プレス 2013 p117

名作妖異譚 蠟いろの顔（ディケンズ, チャールズ）
◇今日泊亜蘭訳「幽霊船—今日泊亜蘭翻訳怪奇小説コレクション」我刊我書房 2015（盛林堂ミステリアス文庫）p69

夢の女
◇柴田元幸訳「憑かれた鏡—エドワード・ゴーリーが愛する12の怪談」河出書房新社 2006 p237
◇柴田元幸訳「エドワード・ゴーリーが愛する12の怪談—憑かれた鏡」河出書房新社 2012（河出文庫）p267

夢のなかの女
◇橋本福夫訳「怪奇小説傑作集新版 3」東京創元社 2006（創元推理文庫）p231

コリンズ, ナンシー・A.

ナマズ娘のブルース
◇田中一江訳「999（ナインナインナイン）—聖金曜日」東京創元社 2000（創元推理文庫）p59

地獄の家（ヘルハウス）にもう一度
◇幹遙子訳「ヒー・イズ・レジェンド」小学館 2010（小学館文庫）p305

コリンズ, バーバラ　Collins, Barbara

トレーラー・ビフォー＆アフター
◇田口俊樹訳「主婦に捧げる犯罪—書下ろしミステリ傑作選」武田ランダムハウスジャパン 2012（RHブックス＋プラス）p259

コリンズ, マックス・アラン　Collins, Max Allan（1948〜　アメリカ）

完全犯罪
◇田口俊樹訳「フィリップ・マーロウの事件」早川書房 2007（ハヤカワ・ミステリ文庫）p7

クォリーの運
◇田口俊樹訳「殺しのグレイテスト・ヒッツ」早川書房 2007（ハヤカワ・ミステリ文庫）p95

死んだはずの男（スピレイン, ミッキー）
◇森本信子訳「ベスト・アメリカン・短編ミステリ 2012」DHC 2012 p555

コリンズ, W.チズウェル

アフリカの恐怖
◇小幡昌甫翻案「怪樹の腕—〈ウィアード・テールズ〉戦前邦訳傑作選」東京創元社 2013 p309

コール, エイドリアン

横断
◇大瀧啓裕訳「インスマス年代記 上」学習研究社 2001（学研M文庫）p315

コルウィン, ローリー　Colwin, Laurie（1944〜1992　アメリカ）

砂漠の聖アントニウス—愛人しみじみ
◇畔柳和代訳「しみじみ読むアメリカ文学—現代文学短編作品集」松柏社 2007 p299

パーカー先生
◇松野玲子訳「ブルー・ボウ・シリーズ レイチェルの夏」青弓社 1994 p127

ゴールズワージー, ジョン　Galsworthy, John（1867〜1933　イギリス）

財産家—フォーサイト家の物語
◇臼田昭訳「ヒロインの時代 財産家」国書刊行会 1988 p1

遠き日の出来事
◇今村楯夫訳「20世紀英国モダニズム小説集成 自分の同類を愛した男」風濤社 2014 p63

フォーサイト家の宝
◇平戸喜文訳「イギリス名作短編集」近代文芸社 2003 p67

もう一度
◇増谷外世嗣訳「賭けと人生」筑摩書房 2011（ちくま文学の森）p433

コルター, エリ

白手の黒奴
◇「怪樹の腕—〈ウィアード・テールズ〉戦前邦訳傑作選」東京創元社 2013 p97

コルタサル, フリオ　Cartázar, Julio（1914〜1984　アルゼンチン）

合流
◇木村榮一訳「アンデスの叢書 すべての火は火」水声社 1993 p73

コーラ看護婦
◇木村榮一訳「アンデス の叢書 すべての火は火」水声社 1993 p97

正午の島
◇木村榮一訳「アンデス の叢書 すべての火は火」水声社 1993 p133

ジョン・ハウエルへの指示
◇木村榮一訳「アンデス の叢書 すべての火は火」水声社 1993 p147

すべての火は火
◇木村榮一訳「アンデス の叢書 すべての火は火」水声社 1993 p191

占拠された家
◇内田吉彦訳「バベルの図書館 20」国書刊行会 1990 p97

◇内田吉彦訳「新編 バベルの図書館 6」国書刊行会 2013 p73

占拠された屋敷
◇木村榮一訳「怪奇小説精華」筑摩書房 2012（ちくま文庫）p595

南部高速道路
◇木村榮一訳「アンデスの風叢書 すべての火は火」水声社 1993 p7

バッカスの巫女たち
◇木村榮一訳「生の深みを覗く─ポケットアンソロジー」岩波書店 2010（岩波文庫別冊）p215

病人たちの健康
◇木村榮一訳「アンデスの風叢書 すべての火は火」水声社 1993 p45

もう一つの空
◇木村榮一訳「アンデスの風叢書 すべての火は火」水声社 1993 p191

ゴールド, マイケル Gold, Michael（1896頃〜1967　アメリカ）

インタナショナル・パブリッシャーズ版に寄せる序文〔金のないユダヤ人〕
◇坂本肇訳「20世紀民衆の世界文学 9」三友社出版 1992 p3

金のないユダヤ人
◇坂本肇訳「20世紀民衆の世界文学 9」三友社出版 1992 p1

コールドウェル, アースキン Caldwell, Erskine Preston（1903〜1987　アメリカ）

苺の季節
◇「童貞小説集」筑摩書房 2007（ちくま文庫）p279

小春日和
◇「童貞小説集」筑摩書房 2007（ちくま文庫）p251

最後の記念日─二〇年しみじみ
◇舌津智之訳「しみじみ読むアメリカ文学─現代文学短編作品集」松柏社 2007 p323

昇る朝日にひざまずけ
◇守屋陽一訳「世界100物語 8」河出書房新社 1997 p249

ゴルトシュミット, ジョルジュ＝アルチュール Goldschmidt, Georges–Arthur（1928〜）

隔離の風景
◇富重与志生訳「『新しいドイツの文学』シリーズ 10」同学社 1999 p5

ゴールドスミス, オリヴァー Goldsmith, Oliver（1728〜1774　イギリス）

ウェイクフィールドの牧師馬を売ること
◇柳瀬尚紀訳「犯罪は詩人の楽しみ─詩人ミステリ集成」東京創元社 2012（創元推理文庫）p26

ゴールドマン, ケン

一代記
◇浅倉久志選訳「極短小説」新潮社 2004（新潮文庫）p290

ゴールドリック, エマ

サファイアの誓い
◇杉本ユミ訳「愛は永遠に─ウエディング・ストーリー 2000」ハーレクイン 2000 p281

コルネイユ, トマ

ティモクラート
◇皆吉郷平, 千川哲生訳「フランス十七世紀演劇集─悲劇」中央大学出版部 2011（中央大学人文科学研究所翻訳叢書）p451

コルビエール, トリスタン Corbière, Tristan（1845〜1875　フランス）

トリスタン・コルビエール
◇平田文也訳「黒いユーモア選集 1」河出書房新社 2007（河出文庫）p305

コルマン, エンゾ Cormann, Enzo（1953〜　フランス）

ギブアンドテイク
◇北垣潔訳「コレクション現代フランス語圏演劇 7」れんが書房新社 2013 p91

天使達の叛逆
◇北垣潔訳「コレクション現代フランス語圏演劇 7」れんが書房新社 2013 p7

コールマン, リード・ファレル

亡霊たちの書
◇杉江松恋訳「BIBLIO MYSTERIES 3」ディスカヴァー・トゥエンティワン 2014 p111

コルモンダリー, メアリ

死は共に在り
◇吉村満美子訳「怪奇礼讃」東京創元社 2004（創元推理文庫）p347

コールリッジ, サミュエル・テイラー Coleridge, Samuel Taylor（1772〜1834　イギリス）

クリスタベル姫
◇大和資雄訳「吸血妖鬼譚─ゴシック名訳集成」

学習研究社 2008（学研M文庫）p11
証拠
　◇牛島信明訳「アンデスの風叢書 天国・地獄百科」書肆風の薔薇 1982 p36

コロンネ, グイド・デッレ　Colonne, Guido delle
トロイア滅亡史
　◇岡三郎訳「トロイア叢書 2」国文社 2003 p7

コン・ジヨング（1963〜　韓国）
人間に対する礼儀
　◇安宇植編訳「シックスストーリーズ―現代韓国女性作家短編」集英社 2002 p117

孔 善玉　コン・ソノク（韓国）
かあちゃんはシングルマザー
　◇岸井紀子訳「現代韓国短篇選 上」岩波書店 2002 p37

コンウェイ, H.
法廷の美人
　◇黒岩涙香訳「明治の翻訳ミステリー―翻訳編第2巻」五月書房 2001（明治文学復刻叢書）p7

ゴンザレス, ケビン・A.
航跡
　◇大﨑美佐子訳「アメリカ新進作家傑作選 2007」DHC 2008 p209

コンスタンティン, ストーム
ある猫の肖像
　◇冬川亘訳「魔猫」早川書房 1999 p213

コンデ, マリーズ　Condé, Maryse（1937〜）
生命の樹―あるカリブの家系の物語
　◇管啓次郎訳「新しい〈世界文学〉シリーズ 生命の樹」平凡社 1998 p1

コントスキー, ヴィクトル
必殺の新戦法
　◇若島正訳「モーフィー時計の午前零時―チェス小説アンソロジー」国書刊行会 2009 p211

コンドン, マシュー
息をするアンバー
　◇湊圭史訳「ダイヤモンド・ドッグ―《多文化を映す》現代オーストラリア短編小説集」現代企画室 2008 p185

コンフィアン, ラファエル　Confiant, Raphaël（1951〜　フランス）
実存(エクジスタンス)の主題系（ベルナベ, ジャン／シャモワゾー, パトリック）
　◇恒川邦夫訳「新しい〈世界文学〉シリーズ クレオール礼賛」平凡社 1997 p58
口承(オラル)に根をおろす（ベルナベ, ジャン／シャモワゾー, パトリック）
　◇恒川邦夫訳「新しい〈世界文学〉シリーズ クレオール礼賛」平凡社 1997 p51
クレオール性（ベルナベ, ジャン／シャモワゾー, パトリック）
　◇恒川邦夫訳「新しい〈世界文学〉シリーズ クレオール礼賛」平凡社 1997 p37
クレオール性と政治（ベルナベ, ジャン／シャモワゾー, パトリック）
　◇恒川邦夫訳「新しい〈世界文学〉シリーズ クレオール礼賛」平凡社 1997 p89
クレオール礼賛（ベルナベ, ジャン／シャモワゾー, パトリック）
　◇恒川邦夫訳「新しい〈世界文学〉シリーズ クレオール礼賛」平凡社 1997 p9
言葉の選択（ベルナベ, ジャン／シャモワゾー, パトリック）
　◇恒川邦夫訳「新しい〈世界文学〉シリーズ クレオール礼賛」平凡社 1997 p66
真の記憶の現在化（ベルナベ, ジャン／シャモワゾー, パトリック）
　◇恒川邦夫訳「新しい〈世界文学〉シリーズ クレオール礼賛」平凡社 1997 p56
内観と自己容認へ向けて（ベルナベ, ジャン／シャモワゾー, パトリック）
　◇恒川邦夫訳「新しい〈世界文学〉シリーズ クレオール礼賛」平凡社 1997 p17
不断のダイナミスム（ベルナベ, ジャン／シャモワゾー, パトリック）
　◇恒川邦夫訳「新しい〈世界文学〉シリーズ クレオール礼賛」平凡社 1997 p79
序言(プロローグ)〔クレオール礼賛〕（ベルナベ, ジャン／シャモワゾー, パトリック）
　◇恒川邦夫訳「新しい〈世界文学〉シリーズ クレオール礼賛」平凡社 1997 p11
モデルニテへの突入（ベルナベ, ジャン／シャモワゾー, パトリック）
　◇恒川邦夫訳「新しい〈世界文学〉シリーズ クレオール礼賛」平凡社 1997 p64

コーンブルース, C.M.　Kornbluth, Cyril M.（1923〜1958　アメリカ）
心中の虫

コンフ

◇武藤崇恵訳「吸血鬼伝説―ドラキュラの末裔たち」原書房 1997 p83
真夜中の祭壇
◇白石朗訳「20世紀SF 2」河出書房新社 2000（河出文庫）p231

ゴンブロヴィッチ, ヴィトルド Gombrowicz, Witold（1905～1969 ポーランド）
コスモス
◇工藤幸雄訳「東欧の文学 コスモス 他」恒文社 1967 p185

コンラッド, ジョゼフ Conrad, Joseph（1857～1924 イギリス）
進歩の前哨基地
◇田中昌太郎訳「百年文庫 7」ポプラ社 2010 p5
秘密の共有者
◇宇田川優子訳「諸国物語―stories from the world」ポプラ社 2008 p799
秘密の共有者―沿岸の一エピソード
◇柴田元幸編訳「ブリティッシュ＆アイリッシュ・マスターピース」スイッチ・パブリッシング 2015（SWITCH LIBRARY）p119

コンラッド, バーナビー
病院にて
◇浅倉久志選訳「極短小説」新潮社 2004（新潮文庫）p246

コンラード・ジェルジュ Konrád György（1933～ ハンガリー）
完全消毒
◇岩崎悦子訳「東欧の文学 ケース・ワーカー」恒文社 1982 p98
ケース・ワーカー
◇岩崎悦子訳「東欧の文学 ケース・ワーカー」恒文社 1982 p3
自殺者
◇岩崎悦子訳「東欧の文学 ケース・ワーカー」恒文社 1982 p25
招待
◇岩崎悦子訳「東欧の文学 ケース・ワーカー」恒文社 1982 p212
人工スキー場
◇岩崎悦子訳「東欧の文学 ケース・ワーカー」恒文社 1982 p127
全ては実に単純だ
◇岩崎悦子訳「東欧の文学 ケース・ワーカー」恒文社 1982 p181

精薄児から学ぼう
◇岩崎悦子訳「東欧の文学 ケース・ワーカー」恒文社 1982 p82
占領
◇岩崎悦子訳「東欧の文学 ケース・ワーカー」恒文社 1982 p69
地域学
◇岩崎悦子訳「東欧の文学 ケース・ワーカー」恒文社 1982 p56
匿名者の集まり
◇岩崎悦子訳「東欧の文学 ケース・ワーカー」恒文社 1982 p195
変身
◇岩崎悦子訳「東欧の文学 ケース・ワーカー」恒文社 1982 p144
法制化
◇岩崎悦子訳「東欧の文学 ケース・ワーカー」恒文社 1982 p5

コンロイ, ジャック Conroy, Jack（1898～1990 アメリカ）
原著者が日本語版へ寄せた序文〔文無しラリー〕
◇村山淳彦訳「20世紀民衆の世界文学 1」三友社出版 1986 p3
文無しラリー
◇村山淳彦訳「20世紀民衆の世界文学 1」三友社出版 1986 p1

コンロイ, フランク
中空―父親しみじみ
◇橋本安央訳「しみじみ読むアメリカ文学―現代文学短編作品集」松柏社 2007 p137

【サ】

蔡 金智 さい・きんち（台湾）
花痕〈タロコ〉
◇柳本通彦訳「台湾原住民文学選 4」草風館 2004 p67

崔 曙海 さい・しょかい
⇒崔曙海（チェ・ソヘ）を見よ

在 呈 ざい・てい
おいで、ベイビー（乃夢／陳永涓／田牛）
◇中山文訳「中国現代戯曲集 第7集」晩成書房 2008 p153

西渡　さい・と
　ある時計職人の記憶―ほか四篇
　　◇佐藤普美子訳「同時代の中国文学―ミステリー・イン・チャイナ」東方書店 2006 p195

蔡 萬植　さい・まんしょく
　⇒蔡萬植（チェ・マンシク）を見よ

崔 曼莉　さい・まんり
　山中日記
　　◇河村昌子訳「現代中国青年作家秀作選」鼎書房 2010 p117

ザイデル, ヴィリ
　幻妖
　　◇前川道介訳「独逸怪奇小説集成」国書刊行会 2001 p262

サイト・ファイク　Sait Faik Abasiyanik（1907～1954　トルコ）
　雨中の物語
　　◇髙橋健太郎訳「現代トルコ文学選 2」東京外国語大学外国語学部トルコ語専攻研究室 2012（TUFS Middle Eastern studies）p253
　のっぽのオメル
　　◇菱山湧人訳「現代トルコ文学選 2」東京外国語大学外国語学部トルコ語専攻研究室 2012（TUFS Middle Eastern studies）p205
　歯と歯の痛みが何か分からない男
　　◇菱山湧人訳「現代トルコ文学選 2」東京外国語大学外国語学部トルコ語専攻研究室 2012（TUFS Middle Eastern studies）p202
　ふろしき
　　◇菱山湧人訳「現代トルコ文学選 2」東京外国語大学外国語学部トルコ語専攻研究室 2012（TUFS Middle Eastern studies）p199

サイモン, ロジャー・L.
　街はジャングル
　　◇木村二郎訳「フィリップ・マーロウの事件」早川書房 2007（ハヤカワ・ミステリ文庫）p281

サイラー, ジェニー　Siler, Jenny（アメリカ）
　売出中
　　◇安藤由紀子訳「殺しのグレイテスト・ヒッツ」早川書房 2007（ハヤカワ・ミステリ文庫）p453

サヴィニオ, アルベルト　Savinio, Alberto（1891～1952　イタリア）
　アルベルト・サビニオ
　　◇森乾訳「黒いユーモア選集 2」河出書房新社 2007（河出文庫）p217
　「人生」という名の家
　　◇竹山博英訳「百年文庫 76」ポプラ社 2011 p101

サヴェージ, トム　Savage, Tom（アメリカ）
　サイバーデート
　　◇奥村章子訳「殺しが二人を別つまで」早川書房 2007（ハヤカワ・ミステリ文庫）p273

サヴェージ, フェリシティ
　別れの音
　　◇鈴木潤訳「THE FUTURE IS JAPANESE」早川書房 2012（ハヤカワSFシリーズJコレクション）p35

サウンウィンラッ
　縁の水滴
　　◇南田みどり編訳「ミャンマー現代短編集 2」大同生命国際文化基金 1998（アジアの現代文芸）p191

サキ　Saki（1870～1916　イギリス）
　開いた窓
　　◇中村能三訳「十夜」ランダムハウス講談社 2006 p221
　　◇中村能三訳「30の神品―ショートショート傑作選」扶桑社 2016（扶桑社文庫）p193
　あけたままの窓
　　◇中西秀男訳「バベルの図書館 2」国書刊行会 1988 p143
　　◇中西秀男訳「思いがけない話」筑摩書房 2010（ちくま文学の森）p195
　　◇中西秀男訳「新編 バベルの図書館 2」国書刊行会 2012 p320
　ウズラの餌
　　◇中西秀男訳「バベルの図書館 2」国書刊行会 1988 p127
　　◇中西秀男訳「新編 バベルの図書館 2」国書刊行会 2012 p311
　運命の女神
　　◇辻谷実貴子訳「20世紀英国モダニズム小説集成 世を騒がす嘘つき男」風濤社 2014 p46
　運命の猟犬
　　◇柴田元幸編訳「ブリティッシュ＆アイリッシュ・マスターピース」スイッチ・パブリッシング 2015（SWITCH LIBRARY）p189
　エイドリアン
　　◇奈須麻里子訳「20世紀英国モダニズム小説集成 自分の同類を愛した男」風濤社 2014 p39

サキヌ

お話の上手な男
◇中西秀男訳「バベルの図書館 2」国書刊行会 1988 p25
◇中西秀男訳「新編 バベルの図書館 2」国書刊行会 2012 p252

ガブリエル・アーネスト
◇浅尾敦則訳「百年文庫 84」ポプラ社 2011 p83

ゲイブリエル—アーネスト
◇中西秀男訳「バベルの図書館 2」国書刊行会 1988 p53
◇和田唯訳「ゲイ短編小説集」平凡社 1999（平凡社ライブラリー）p207
◇中西秀男訳「新編 バベルの図書館 2」国書刊行会 2012 p268

捜す
◇辻谷実貴子訳「20世紀英国モダニズム小説集成 自分の同類を愛した男」風濤社 2014 p46

邪魔立てするもの
◇中西秀男訳「バベルの図書館 2」国書刊行会 1988 p165
◇中西秀男訳「新編 バベルの図書館 2」国書刊行会 2012 p332

スレドニ・ヴァシュター
◇中西秀男訳「バベルの図書館 2」国書刊行会 1988 p153
◇中西秀男訳「新編 バベルの図書館 2」国書刊行会 2012 p325

スレドニ・ヴァシュタール
◇宇野利泰訳「怪奇小説傑作集新版 2」東京創元社 2006（創元推理文庫）p195

罪のあがない
◇中西秀男訳「恐ろしい話」筑摩書房 2011（ちくま文学の森）p353

トーバモリー
◇中西秀男訳「バベルの図書館 2」国書刊行会 1988 p69
◇中西秀男訳「新編 バベルの図書館 2」国書刊行会 2012 p277

納戸部屋
◇中西秀男訳「バベルの図書館 2」国書刊行会 1988 p39
◇中西秀男訳「新編 バベルの図書館 2」国書刊行会 2012 p260

人間動物園
◇辻谷実貴子訳「20世紀英国モダニズム小説集成 世を騒がす嘘つき男」風濤社 2014 p38

非安静療法
◇中西秀男訳「バベルの図書館 2」国書刊行会 1988 p95
◇中西秀男訳「新編 バベルの図書館 2」国書刊行会 2012 p292

フィルボイド・スタッジ—ネズミの恩返しのお話
◇奈須麻里子訳「20世紀英国モダニズム小説集成 自分の同類を愛した男」風濤社 2014 p56

無口になったアン夫人
◇中西秀男訳「バベルの図書館 2」国書刊行会 1988 p15
◇中西秀男訳「新編 バベルの図書館 2」国書刊行会 2012 p247

名画の額ぶち
◇中西秀男訳「バベルの図書館 2」国書刊行会 1988 p87
◇中西秀男訳「新編 バベルの図書館 2」国書刊行会 2012 p288

やすらぎの里モーズル・バートン
◇中西秀男訳「バベルの図書館 2」国書刊行会 1988 p111
◇中西秀男訳「新編 バベルの図書館 2」国書刊行会 2012 p302

宵やみ
◇中西秀男訳「謎の物語」筑摩書房 2012（ちくま文庫）p321

和解の供物
◇渡辺育子訳「20世紀英国モダニズム小説集成 世を騒がす嘘つき男」風濤社 2014 p29

サキヌ（1972～ 台湾）

風の人〈パイワン〉
◇柳本通彦訳「台湾原住民文学選 6」草風館 2008 p357

ムササビ大学〈パイワン〉
◇柳本通彦訳「台湾原住民文学選 4」草風館 2004 p159

サクソン, マラカイ

ハイランドの虚報事件（ペリー, アン）
◇日暮雅通訳「シャーロック・ホームズ ワトソンの災厄」原書房 2003 p207

サコー, ルース

人生の門出
◇野崎孝訳「世界100物語 7」河出書房新社 1997 p149

笹部 博司 ささべ・ひろし（日本）
ジョン・ガブリエルと呼ばれた男（イプセン, ヘンリック〔原著〕）
◇「ジョン・ガブリエルと呼ばれた男」メジャーリーグ 2008（笹部博司の演劇コレクション）p9
ちっちゃなエイヨルフ（イプセン, ヘンリック〔原著〕）
◇「ちっちゃなエイヨルフ」メジャーリーグ 2008（笹部博司の演劇コレクション）p5
椿姫（デュマ・フィス〔原作〕）
◇「椿姫―デュマ・フィスより」メジャーリーグ 2008（笹部博司の演劇コレクション）p9
トスカ（サルドゥ, ヴィクトリアン〔原作〕）
◇「トスカ―ヴィクトリアン・サルドゥーより」メジャーリーグ 2008（笹部博司の演劇コレクション）p5
野鴨（イプセン, ヘンリック〔原著〕）
◇「野鴨」メジャーリーグ 2008（笹部博司の演劇コレクション）p5
フェードル（ラシーヌ, ジャン〔原作〕）
◇「フェードル―ラシーヌより」メジャーリーグ 2008（笹部博司の演劇コレクション）p9
ヘッダ・ガブラー（イプセン, ヘンリック〔原著〕）
◇「ヘッダ・ガブラー」メジャーリーグ 2008（笹部博司の演劇コレクション）p9
民衆の敵（イプセン, ヘンリック〔原著〕）
◇「民衆の敵」メジャーリーグ 2008（笹部博司の演劇コレクション）p5
メディア（エウリピデス〔原作〕）
◇「メディア―エウリピデスより」メジャーリーグ 2008（笹部博司の演劇コレクション）p5
令嬢と召使（ストリンドベリ, ヨーハン・アウグスト〔原著〕）
◇「令嬢と召使」メジャーリーグ 2008（笹部博司の演劇コレクション）p11
ロスメルスホルム（イプセン, ヘンリック〔原著〕）
◇「ロスメルスホルム」メジャーリーグ 2008（笹部博司の演劇コレクション）p5

サシ, ル・メートル・ド Sacy, Isaac Le Maistre de（1613～1684　フランス）
期待されるもの
◇内田吉彦訳「アンデスの風叢書　天国・地獄百科」書肆風の薔薇 1982 p69

サージェント, パメラ Sargent, Pamela（1948～　アメリカ）
硝子の檻
◇黒田直見訳「不思議な猫たち」扶桑社 1999（扶桑社ミステリー）p217
猫は知っている
◇阿尾正子訳「魔法の猫」扶桑社 1998（扶桑社ミステリー）p97

サストレ, アルフォンソ Sastre, Alfonso（1926～　スペイン）
どこにいるのだ、ウラルメ、どこだ
◇矢野明紘訳「現代スペイン演劇選集 1」カモミール社 2014 p277

サター, ジェームズ・L.
流産
◇旦紀子訳「マシン・オブ・デス―A Collection of Stories about People who Know How They Will DIE」アルファポリス 2012 p492

サタイヤ, J.P.
フーダニット
◇飯城勇三編訳「エラリー・クイーンの災難」論創社 2012（論創海外ミステリ）p267

サッカー, キャシー・G.
今度こそ結婚！
◇響遼子訳「愛は永遠に―ウエディング・ストーリー '98」ハーレクイン 1998 p7

サックス, フィリップ・ド
マリー＝ノエル
◇大磯仁志訳「フランス式クリスマス・プレゼント」水声社 2000 p211

サッコウ, ルース Suckow, Ruth（1892～1960　アメリカ）
ふたりぼっち
◇金子絵美訳「ブルー・ボウ・シリーズ 結婚まで」青弓社 1992 p67

サットン, デイヴィット
インスマスの黄金
◇大瀧啓裕訳「インスマス年代記 上」学習研究社 2001（学研M文庫）p381

サド, マルキ・ド Sade, Marquis de（1740～1814　フランス）
呪縛の塔
◇澁澤龍彦訳「澁澤龍彦訳幻想怪奇短篇集」河出書房新社 2013（河出文庫）p9
ファクスランジュ

◇澁澤龍彦訳「百年文庫 32」ポプラ社 2010 p89

ロドリゴあるいは呪縛の塔
◇澁澤龍彦訳「怪奇小説傑作集新版 4」東京創元社 2006 (創元推理文庫) p9

D=A=F・ド・サド
◇窪田般弥訳「黒いユーモア選集 1」河出書房新社 2007 (河出文庫) p55

佐藤 彰 さとう・あきら (日本)

アリオンと海豚
◇「新ギリシア悲劇物語 第9巻・第10巻・第11巻」講談社出版サービスセンター (製作) 2003 p69

イドメネウスの誓い
◇「新ギリシア悲劇物語 第12巻・第13巻・第14巻」講談社出版サービスセンター (製作) 2005 p7

老いたるオイネウス
◇「新ギリシア悲劇物語 第15巻・第16巻・第17巻」講談社出版サービスセンター (製作) 2007 p47

オイノネの薬草
◇「新ギリシア悲劇物語 第15巻・第16巻・第17巻」講談社出版サービスセンター (製作) 2007 p151

乙女座となったエリゴネ
◇「新ギリシア悲劇物語 第15巻・第16巻・第17巻」講談社出版サービスセンター (製作) 2007 p7

オルペウスの竪琴
◇「新ギリシア悲劇物語 第18巻・第19巻・第20巻」講談社出版サービスセンター (製作) 2008 p7

海賊と間違えられたクレタ王
◇「新ギリシア悲劇物語 第18巻・第19巻・第20巻」講談社出版サービスセンター (製作) 2008 p91

七将の子供たち
◇「新ギリシア悲劇物語 第12巻・第13巻・第14巻」講談社出版サービスセンター (製作) 2005 p109

ヘラクレスとイオレ
◇「新ギリシア悲劇物語 第12巻・第13巻・第14巻」講談社出版サービスセンター (製作) 2005 p53

ヘラクレスの母
◇「新ギリシア悲劇物語 第9巻・第10巻・第11巻」講談社出版サービスセンター (製作) 2003 p7

娘を買ったマルクマイオン
◇「新ギリシア悲劇物語 第9巻・第10巻・第11巻」講談社出版サービスセンター (製作) 2003 p115

予言者カサンドラ
◇「新ギリシア悲劇物語 第18巻・第19巻・第20巻」講談社出版サービスセンター (製作) 2008 p41

サドゥール, ニーナ

魔女の涙
◇沼野恭子訳「魔女たちの饗宴―現代ロシア女性作家選」新潮社 1998 p33

サーバー, ジェイムズ Thurber, James (1894～1961 アメリカ)

愛犬物語
◇鳴海四郎訳「異色作家短篇集 14」早川書房 2006 p133

一種の天才
◇鳴海四郎訳「異色作家短篇集 14」早川書房 2006 p261

ウィルマおばさんの勘定
◇鳴海四郎訳「異色作家短篇集 14」早川書房 2006 p235

ウォルター・ミティの秘められた生活
◇西田実, 鳴海四郎訳「十夜」ランダムハウス講談社 2006 p147

オバケの出た夜
◇鳴海四郎訳「異色作家短篇集 14」早川書房 2006 p205

カフスボタンの謎
◇鳴海四郎訳「異色作家短篇集 14」早川書房 2006 p41

機械に弱い男
◇鳴海四郎訳「異色作家短篇集 14」早川書房 2006 p157

クイズあそび
◇鳴海四郎訳「異色作家短篇集 14」早川書房 2006 p117

決闘
◇鳴海四郎訳「異色作家短篇集 14」早川書房 2006 p165

訣別
◇鳴海四郎訳「異色作家短篇集 14」早川書房 2006 p225

序文―ジェイムズ・サーバーと五十年を共にして

◇鳴海四郎訳「異色作家短篇集 14」早川書房 2006 p3
寝台さわぎ
　◇鳴海四郎訳「異色作家短篇集 14」早川書房 2006 p187
世界最大の英雄
　◇鳴海四郎訳「異色作家短篇集 14」早川書房 2006 p21
先生のお気に入り
　◇柴田元幸訳「ベスト・ストーリーズ 1」早川書房 2015 p147
空の歩道
　◇鳴海四郎訳「異色作家短篇集 14」早川書房 2006 p33
大衝突
　◇鳴海四郎訳「異色作家短篇集 14」早川書房 2006 p69
ダム決壊の日
　◇鳴海四郎訳「異色作家短篇集 14」早川書房 2006 p195
ツグミの巣ごもり
　◇鳴海四郎訳「異色作家短篇集 14」早川書房 2006 p93
妻を処分する男
　◇鳴海四郎訳「異色作家短篇集 14」早川書房 2006 p109
虹をつかむ男
　◇鳴海四郎訳「異色作家短篇集 14」早川書房 2006 p9
人間のはいる箱
　◇鳴海四郎訳「異色作家短篇集 14」早川書房 2006 p181
ビドウェル氏の私生活
　◇鳴海四郎訳「異色作家短篇集 14」早川書房 2006 p125
　◇鳴海四郎訳「怠けものの話」筑摩書房 2011（ちくま文学の森）p107
142列車の女
　◇鳴海四郎訳「異色作家短篇集 14」早川書房 2006 p81
ブルール氏異聞
　◇鳴海四郎訳「異色作家短篇集 14」早川書房 2006 p47
ホテル・メトロポール午前二時
　◇鳴海四郎訳「異色作家短篇集 14」早川書房 2006 p249
本箱の上の女性
　◇鳴海四郎訳「異色作家短篇集 14」早川書房 2006 p283
マクベス殺人事件
　◇鳴海四郎訳「異色作家短篇集 14」早川書房 2006 p59
マクベスの謎
　◇馬場彰子訳「本の殺人事件簿―ミステリ傑作20選 1」バベル・プレス 2001 p89
虫のしらせ
　◇鳴海四郎訳「異色作家短篇集 14」早川書房 2006 p215

サーフ, ベネット　Cerf, Bennett Alfred（1898～1971　アメリカ）
近頃蒐（あつ）めたゴースト・ストーリー
　◇西崎憲訳「怪奇文学大山脈 2」東京創元社 2014 p361

サフー, ミノティ
死はふたりにお似合い
　◇浅倉久志選訳「極短小説」新潮社 2004（新潮文庫）p269

サボー・マグダ　Szabó Magda（1917～2007　ハンガリー）
鹿―ある舞台女優の告白
　◇桑島カタリン訳「東欧の文学 鹿」恒文社 1976 p3

サマーズ, ジェフ
釣り銭稼業
　◇操上恭子訳「ベスト・アメリカン・ミステリ クラック・コカイン・ダイエット」早川書房 2007（ハヤカワ・ミステリ）p479

ザミャーチン, エヴゲーニー
洞窟
　◇川端香男里訳「幻想小説神髄」筑摩書房 2012（ちくま文庫）p527

サラ, シャロン
小さな約束
　◇平江まゆみ訳「愛は永遠に―ウエディング・ストーリー 2010」ハーレクイン 2010 p5
初恋を取り戻して
　◇仁嶋いずる訳「愛は永遠に―ウエディング・ストーリー 2014」ハーレクイン 2014 p5
優しさに包まれるとき
　◇青山梢訳「マイ・バレンタイン―愛の贈りもの 2011」ハーレクイン 2011 p5

サラントニオ, アル
ロープ・モンスター
◇金子浩訳「999（ナインナインナイン）―妖女たち」東京創元社 2000（創元推理文庫）p311

サリヴァン, C.J.
最終ラウンド
◇田口俊樹, 高山真由美訳「マンハッタン物語」二見書房 2008（二見文庫）p331

サリス, エヴァ
カンガルー
◇下楠昌哉訳「ダイヤモンド・ドッグ―《多文化を映す》現代オーストラリア短編小説集」現代企画室 2008 p25

サーリング, ロッド　Serling, Rod（1924～75　アメリカ）
魔法の砂
◇矢野浩三郎, 村松潔訳「吊るされた男」角川書店 2001（角川ホラー文庫）p339

幻の砂丘
◇南山宏, 尾之上浩司訳「地球の静止する日」角川書店 2008（角川文庫）p115

サルドゥ, ヴィクトリアン
トスカ（笹部博司〔著〕）
◇「トスカ―ヴィクトリアン・サルドゥーより」メジャーリーグ 2008（笹部博司の演劇コレクション）p5

ザレスキー, P.
ファクシミリ
◇斎藤博士訳「アンデスの風叢書　天国・地獄百科」書肆風の薔薇 1982 p161

サレミ, オーガスト
新しい生活
◇浅倉久志選訳「極短小説」新潮社 2004（新潮文庫）p125

現代医学
◇浅倉久志選訳「極短小説」新潮社 2004（新潮文庫）p337

サローヤン, ウィリアム　Saroyan, William（1908～1981　アメリカ）
笑い虫のサム
◇吉田ルイ子訳「少年の眼―大人になる前の物語」光文社 1997（光文社文庫）p389

サンスター, ジミー
兇人ドラキュラ
◇風間賢二訳「ヴァンパイア・コレクション」角川書店 1999（角川文庫）p291

残雪　ざんせつ（1953～　中国）
かつて描かれたことのない境地
◇近藤直子訳「夢のかけら」岩波書店 1997（世界文学のフロンティア）p207

サンソム, ウィリアム　Sansom, William（1912～1976　イギリス）
美しい色
◇金井美子訳「ダーク・ファンタジー・コレクション 8」論創社 2008 p131

壁
◇若島正訳「異色作家短篇集 19」早川書房 2007 p197

サンソル, アルフレド　Sanzol, Alfredo（1972～　スペイン）
月の世界で
◇田尻陽一訳「現代スペイン演劇選集 3」カモミール社 2016 p305

裸のナチ女子同盟
◇田尻陽一訳「現代スペイン演劇選集 3」カモミール社 2016 p417

サンダーズ, グレンダ
駈け落ちウエディング
◇大島ともこ訳「愛は永遠に―ウエディング・ストーリー '98」ハーレクイン 1998 p97

サンタヤナ, ジョージ　Santayana, George（1863～1952　アメリカ）
変える勿れ
◇斎藤博士訳「アンデスの風叢書　天国・地獄百科」書肆風の薔薇 1982 p157

サンチス・シニステーラ, ホセ　Sanchis Sinisterra, José（1940～　スペイン）
歌姫カルメーラ―二幕とエピローグからなる内戦の哀歌
◇古屋雄一郎訳「現代スペイン演劇選集 1」カモミール社 2014 p357

扉
◇田尻陽一訳「現代スペイン演劇選集 1」カモミール社 2014 p455

山丁　さんてい
臭い排気ガスのなかで
◇岡田英樹訳編「血の報復―「在満」中国人作家短篇集」ゆまに書房 2016 p143

荒野を開拓した人たち
◇岡田英樹訳編「血の報復―「在満」中国人作

家短篇集」ゆまに書房 2016 p165

サンド, ジョルジュ　Sand, George（1804〜1876　フランス）
　花のささやき
　　◇小椋順子訳「百年文庫 18」ポプラ社 2010 p115

サンドバーグ, エリック
　自殺者の遺書
　　◇浅倉久志選訳「極短小説」新潮社 2004（新潮文庫）p282

サンドフォード, ジョン　Sandford, John（1944〜　アメリカ）
　リンカーン・ライムと獲物（ディーヴァー, ジェフリー）
　　◇田口俊樹訳「フェイスオフ対決」集英社 2015（集英社文庫）p225

【シ】

シー, シュー
　オードリー・ヘプバーンの思い出に寄せて
　　◇田口俊樹, 高山真由美訳「マンハッタン物語」二見書房 2008（二見文庫）p351

石 舒清　シー・シュウチン
　⇒石舒清（せき・じょせい）を見よ

施 叔青　し・しゅくせい（1949〜　台湾）
　ヴィクトリア倶楽部
　　◇藤井省三訳「新しい台湾の文学　ヴィクトリア倶楽部」国書刊行会 2002 p1

施 叔青　シー・シューチン
　⇒施叔青（し・しゅくせい）を見よ

シアストン, トレヴァー
　アリガト
　　◇湊ます史訳「ダイヤモンド・ドッグ—《多文化を映す》現代オーストラリア短編小説集」現代企画室 2008 p97

ジヴコヴィチ, ゾラン
　列車
　　◇山崎信一訳「時間はだれも待ってくれない—21世紀東欧SF・ファンタスチカ傑作集」東京創元社 2011 p267

シェーアバルト, パウル
　億万長者ラコックス
　　◇前川道介訳「独逸怪奇小説集成」国書刊行会 2001 p149

ジェイクス, ジョン　Jakes, John（1932〜　アメリカ）
　映画に出たかった男
　　◇三浦玲子訳「ダーク・ファンタジー・コレクション 5」論創社 2007 p211

シェイクスピア, ウィリアム　Shakespeare, William（1564〜1616　イギリス）
　ヴェニスの商人
　　◇平井正子訳「ベスト・プレイズ—西洋古典戯曲12選」論創社 2011 p83
　から騒ぎ
　　◇坪内逍遥訳「から騒ぎ」ゆまに書房 2004（昭和初期世界名作翻訳全集）p11
　ハムレット
　　◇小菅隼人訳「ベスト・プレイズ—西洋古典戯曲12選」論創社 2011 p137
　二人の貴公子（フレッチャー, ジョン）
　　◇大井邦雄訳「イギリス・ルネサンス演劇集 2」早稲田大学出版部 2002 p1
　マクベス
　　◇坪内逍遥訳「マクベス」ゆまに書房 2004（昭和初期世界名作翻訳全集）p13
　　◇川崎淳之助訳「エリザベス朝悲劇・四拍子による新訳三編—タムバレイン大王、マクベス、白い悪魔」英光社 2010 p63
　間違つづり
　　◇坪内逍遥訳「まちがひつゞき」ゆまに書房 2004（昭和初期世界名作翻訳全集）p11

ジェイコブズ, ハーヴェイ　Jacobs, Harvey（1930〜2017　アメリカ）
　おもちゃ
　　◇中村融訳「街角の書店—18の奇妙な物語」東京創元社 2015（創元推理文庫）p99
　グラックの卵
　　◇浅倉久志編訳「グラックの卵」国書刊行会 2006（未来の文学）p283
　猫からの贈り物
　　◇佐田千織訳「魔猫」早川書房 1999 p339

ジェイコブズ, ルース・ハリエット
　自分のことは一番最後
　　◇吉田利子訳「間違ってもいい、やってみたら—想いがはじける28の物語」講談社 1998 p103

シエイ

ジェイコブズ, W.W. Jacobs, William Wymark（1863〜1943 イギリス）

失われた船
- ◇西崎憲訳「怪奇小説日和―黄金時代傑作選」筑摩書房 2013（ちくま文庫）p463

猿の手
- ◇倉阪鬼一郎訳「乱歩の選んだベスト・ホラー」筑摩書房 2000（ちくま文庫）p63
- ◇平井呈一訳「贈る物語Terror」光文社 2002 p21
- ◇平井呈一訳「怪奇小説傑作集新版 1」東京創元社 2006（創元推理文庫）p165
- ◇柴田元幸訳「憑かれた鏡―エドワード・ゴーリーが愛する12の怪談」河出書房新社 2006 p217
- ◇柴田元幸訳「エドワード・ゴーリーが愛する12の怪談―憑かれた鏡」河出書房新社 2012（河出文庫）p245
- ◇倉阪鬼一郎訳「怪奇小説精華」筑摩書房 2012（ちくま文庫）p446
- ◇柴田元幸編訳「ブリティッシュ&アイリッシュ・マスターピース」スイッチ・パブリッシング 2015（SWITCH LIBRARY）p87
- ◇平井呈一訳「30の神品―ショートショート傑作選」扶桑社 2016（扶桑社文庫）p289

徴税所
- ◇平井呈一編「壁画の中の顔―こわい話気味のわるい話 3」沖積舎 2012 p79

シェイファー, スーザン・フロムバーグ Schaeffer, Susan Fromberg（1941〜 アメリカ）

シカゴとフィガロ
- ◇大社淑子訳「猫好きに捧げるショート・ストーリーズ」国書刊行会 1997 p105

ジェイムズ, アドービ

暗闇に続く道
- ◇金井美子訳「ダーク・ファンタジー・コレクション 8」論創社 2008 p295

人形使い
- ◇金井美子訳「ダーク・ファンタジー・コレクション 8」論創社 2008 p101

ジェイムズ, アル

白いカーペットの上のごほうび
- ◇小鷹信光訳「天外消失―世界短篇傑作集 Off the face of the earth and other stories」早川書房 2008（ハヤカワ・ミステリ）p255

ジェイムズ, ジュリア

愛人の秘密
- ◇小池桂訳「愛は永遠に―ウエディング・ストーリー 2008」ハーレクイン 2008 p5

ふたたびのカリブ海
- ◇橋由美訳「マイ・バレンタイン―愛の贈りもの 2010」ハーレクイン 2010 p5

ジェイムズ, ピーター James, Peter（1948〜 イギリス）

すんでのところで（ランキン, イアン）
- ◇田口俊樹訳「フェイスオフ対決」集英社 2015（集英社文庫）p59

ジェイムズ, ビル

ボディ・ランゲージ
- ◇中村安子訳「本の殺人事件簿―ミステリ傑作20選 1」バベル・プレス 2001 p9

ジェイムズ, ヘンリー James, Henry（1843〜1916 アメリカ）

エドマンド・オーム卿
- ◇平井呈一訳「怪奇小説傑作集新版 1」東京創元社 2006（創元推理文庫）p83

オウエン・ウィングレイヴの悲劇
- ◇林節雄訳「バベルの図書館 14」国書刊行会 1989 p93
- ◇林節雄訳「新編 バベルの図書館 1」国書刊行会 2012 p369

荒涼のベンチ
- ◇大津栄一郎訳「教えたくなる名短篇」筑摩書房 2014（ちくま文庫）p161

私的生活
- ◇大津栄一郎訳「バベルの図書館 14」国書刊行会 1989 p15
- ◇大津栄一郎訳「新編 バベルの図書館 1」国書刊行会 2012 p317

友だちの友だち
- ◇林節雄訳「バベルの図書館 14」国書刊行会 1989 p175
- ◇林節雄訳「新編 バベルの図書館 1」国書刊行会 2012 p422

にぎやかな街角
- ◇大津栄一郎訳「百年文庫 80」ポプラ社 2011 p41

ノースモア卿夫妻の転落
- ◇大津栄一郎訳「バベルの図書館 14」国書刊行会 1989 p239
- ◇大津栄一郎訳「新編 バベルの図書館 1」国書

刊行会 2012 p464
本当に正しいこと
◇鈴木和子訳「古今英米幽霊事情 2」新風舎 1999 p193
ほんもの
◇行方昭夫訳「教えたくなる名短篇」筑摩書房 2014 （ちくま文庫）p107
本物
◇柴田元幸編訳「アメリカン・マスターピース 古典」スイッチ・パブリッシング 2013 （SWITCH LIBRARY）p163
密林の野獣
◇北原妙子訳「ゲイ短編小説集」平凡社 1999 （平凡社ライブラリー）p113
幽霊の家賃
◇鈴木和子訳「古今英米幽霊事情 1」新風舎 1998 p159

ジェイムズ, メリッサ
ウエディングは逃避行
◇村上あずさ訳「愛は永遠に―ウエディング・ストーリー 2009」ハーレクイン 2009 p211

ジェイムズ, M.R.　James, Montague Rhodes
（1862〜1936　イギリス）
古代文字の秘法
◇宮本朋子訳「憑かれた鏡―エドワード・ゴーリーが愛する12の怪談」河出書房新社 2006 p273
◇宮本朋子訳「エドワード・ゴーリーが愛する12の怪談―憑かれた鏡」河出書房新社 2012 （河出文庫）p307
ポインター氏の日録
◇平井呈一訳「怪奇小説傑作集新版 1」東京創元社 2006 （創元推理文庫）p143
ポインター氏の日記帳
◇紀田順一郎訳「書物愛 海外篇」晶文社 2005 p173
◇紀田順一郎訳「書物愛 海外篇」東京創元社 2014 （創元ライブラリ）p173

ジェイムズ, P.D.
いともありふれた殺人
◇深町眞理子訳「ディナーで殺人を 上」東京創元社 1998 （創元推理文庫）p231
大叔母さんの蠅取り紙
◇真野明裕訳「山口雅也の本格ミステリ・アンソロジー」角川書店 2007 （角川文庫）p99

シェイン, ジャネット
水晶のきらめき
◇片山亜紀抄訳「古典BL小説集」平凡社 2015 （平凡社ライブラリー）p99

シェイン, マギー
光を取り戻すとき
◇戸森蓉子訳「天使が微笑んだら―クリスマス・ストーリー2008」ハーレクイン 2008 p207

シェクリー, ジェイ
バーゲン・シネマ
◇田中一江訳「シルヴァー・スクリーム 下」東京創元社 2013 （創元推理文庫）p91

シェクリイ, ロバート　Sheckley, Robert（1928〜2005　アメリカ）
愛の語学
◇仁嶋いずる訳「マイ・バレンタイン―愛の贈りもの 2006」ハーレクイン 2006 p113
◇宇野利泰訳「異色作家短篇集 9」早川書房 2006 p321
暁の侵略者
◇宇野利泰訳「異色作家短篇集 9」早川書房 2006 p303
一夜明けて
◇宇野利泰訳「異色作家短篇集 9」早川書房 2006 p117
風起こる
◇宇野利泰訳「異色作家短篇集 9」早川書房 2006 p89
監視鳥
◇宇野利泰訳「異色作家短篇集 9」早川書房 2006 p57
危険の報酬
◇中村融訳「SFマガジン700―創刊700号記念アンソロジー 海外篇」早川書房 2014 （ハヤカワ文庫 SF）p21
給餌の時間
◇宇野利泰訳「異色作家短篇集 9」早川書房 2006 p195
グレイのフラノを身につけて
◇宇野利泰訳「異色作家短篇集 9」早川書房 2006 p5
思考の匂い
◇仁賀克雄編・訳「新・幻想と怪奇」早川書房 2009 （Hayakawa pocket mystery books）p35
乗船拒否

◇宇野利泰訳「異色作家短篇集 9」早川書房 2006 p281
先住民問題
　◇宇野利泰訳「異色作家短篇集 9」早川書房 2006 p155
徘徊許可証
　◇伊藤典夫編・訳「冷たい方程式」早川書房 2011（ハヤカワ文庫 SF）p7
倍額保険
　◇宇野利泰訳「異色作家短篇集 9」早川書房 2006 p227
パラダイス第2
　◇宇野利泰訳「異色作家短篇集 9」早川書房 2006 p203
ひる
　◇浅倉久志訳「20世紀SF 2」河出書房新社 2000（河出文庫）p19
　◇宇野利泰訳「異色作家短篇集 9」早川書房 2006 p27
　◇浅倉久志訳「きょうも上天気―SF短編傑作選」角川書店 2010（角川文庫）p53
無限がいっぱい
　◇宇野利泰訳「異色作家短篇集 9」早川書房 2006
夢売ります
　◇仁賀克雄訳「幻想と怪奇―ポオ蒐集家」早川書房 2005（ハヤカワ文庫）p145

ジェニングス, ゲリー
トム・キャット
　◇新藤純子訳「魔法の猫」扶桑社 1998（扶桑社ミステリー）p279

シェーヌ, ピエール
責苦の園
　◇真野倫平訳「グラン＝ギニョル傑作選―ベル・エポックの恐怖演劇」水声社 2010 p155

シェパード, ジム
恋と水素
　◇村上春樹編訳「恋しくて―Ten Selected Love Stories」中央公論新社 2013 p241
　◇村上春樹編訳「恋しくて―Ten Selected Love Stories」中央公論新社 2016（中公文庫）p243

シェパード, ジーン　Shepherd, Jean（1921～　アメリカ）
スカット・ファーカスと魔性のマライア
　◇浅倉久志訳「異色作家短篇集 18」早川書房 2007 p143

シェパード, ルーシャス　Shepard, Lucius（1950～　アメリカ）
ジャガー・ハンター
　◇小川隆訳「不思議な猫たち」扶桑社 1999（扶桑社ミステリー）p157

ジェームズ, ダリウス　James, Darius（アメリカ）
謝辞〔ニグロフォビア〕
　◇山形浩生訳「ライターズX　ニグロフォビア」白水社 1995 p251
ニグロフォビア―都会的寓話
　◇山形浩生訳「ライターズX　ニグロフォビア」白水社 1995 p1

ジェラス, アデーレ
思い出は炎のなかに
　◇嶋田のぞみ訳「ミステリアス・クリスマス」バロル舎 1999 p177

シェリー, メアリ　Shelley, Mary（1797～1851　イギリス）
死すべき不死の者
　◇柴田元幸編訳「ブリティッシュ＆アイリッシュ・マスターピース」スイッチ・パブリッシング 2015（SWITCH LIBRARY）p21
新造物者
　◇瓢箪舎主人訳「吸血妖鬼譚―ゴシック名訳集成」学習研究社 2008（学研M文庫）p59

シェルネガ, ジョン
アーモンド
　◇旦紀子訳「マシン・オブ・デス―A Collection of Stories about People who Know How They Will DIE」アルファポリス 2012 p82

シェルブルク＝ザレンビーナ, エヴァ
三月の雨
　◇田村和子訳「文学の贈物―東中欧文学アンソロジー」未知谷 2000 p115

シェロシェフスキ, ヴァツワフ
和解
　◇土谷直人訳「ポケットのなかの東欧文学―ルネッサンスから現代まで」成文社 2006 p149

ジェロルド, デイヴィッド　Gerrold, David（1944～　アメリカ）
自分を造った男
　◇細谷葵訳「シャーロック・ホームズのSF大冒険―短編集 下」河出書房新社 2006（河出文庫）p124

ジェン, ギッシュ
白いアンブレラ―アジア系しみじみ
　◇平石貴樹訳「しみじみ読むアメリカ文学―現代文学短編作品集」松柏社　2007　p241

シェンキェヴィチ, ヘンリク　Sienkiewicz, Henryk（1846〜1916　ポーランド）
燈台守
　◇吉上昭三訳「百年文庫 48」ポプラ社　2010　p113

ジェンズ, ティナ・L.
STOP–NOS
　◇佐脇洋平訳「ノストラダムス秘録」扶桑社　1999　（扶桑社ミステリー）　p93

シオミ, リック　Shiomi, Rick（カナダ）
ローズィーの食堂
　◇吉原豊司訳「海外戯曲アンソロジー 2」日本演出者協会　2008　p81

シーガー, アラン　Seager, Allan（1906〜1968　アメリカ）
プロ・アルテ
　◇丘えりか訳「ブルー・ボウ・シリーズ　レイチェルの夏」青弓社　1994　p155

シクスー, エレーヌ　Cixous, Hélène（1937〜　フランス）
偽証の都市、あるいは復讐の女神たちの甦り
　◇高橋信良, 佐伯隆幸訳「コレクション現代フランス語圏演劇 3」れんが書房新社　2012　p1

シコーリャック
みんなの友だちグレーゴル・ブラウン
　◇柴田元幸編訳「いずれは死ぬ身」河出書房新社　2009　p125

ジステル, エラ
ミルドレッド
　◇月村澄枝訳「猫は九回生きる―とっておきの猫の話」心交社　1997　p197

シズニージュウスキー, マイク
フランケンシュタイン、ミイラに会う
　◇古屋美登里訳「モンスターズ―現代アメリカ傑作短篇集」白水社　2014　p227

ジッド, アンドレ　Gide, André（1869〜1951　フランス）
アンドレ・ジッド
　◇宗左近訳「黒いユーモア選集 2」河出書房新社　2007　（河出文庫）　p43
放蕩息子の帰宅
　◇若林真訳「百年文庫 78」ポプラ社　2011　p111

シップリー, ジョーゼフ・T.
イザベル
　◇山本悦子訳「ブルー・ボウ・シリーズ　レイチェルの夏」青弓社　1994　p57

ジッリ, アルベルト
天が下に
　◇斎藤博士訳「アンデスの風叢書　天国・地獄百科」書肆風の薔薇　1982　p110

シーディ, E.C.　Sheedy, Edna C.（アメリカ）
欲望の夜が明けても
　◇高樹薫訳「バッド・バッド・ボーイズ」早川書房　2011　（ハヤカワ文庫）　p211

シトロ, ジョゼフ・A.
霊魂の番人
　◇夏来健二訳「ラヴクラフトの遺産」東京創元社　2000　（創元推理文庫）　p257

シートン, アーネスト・トンプソン　Seton, Ernest Thompson（1860〜1946　イギリス）
スラムの猫
　◇月村澄枝訳「猫は九回生きる―とっておきの猫の話」心交社　1997　p139

シナン, ロヘリオ
赤いベレー
　◇鈴木宏吉訳「ラテンアメリカ傑作短編集―中南米スペイン語圏文学史を辿る」彩流社　2014　p291

シナン・シュムクン（台湾）
マカラン〈タオ〉
　◇柳本通彦訳「台湾原住民文学選 4」草風館　2004　p319

ジーバーベルク, ハンス=ユルゲン
『悦びなき社会』より
　◇細見和之訳「怒りと響き」岩波書店　1997　（世界文学のフロンティア）　p245

シーブライト, イドリス
胸の中の短絡
　◇安野玲訳「ロボット・オペラ―An Anthology of Robot Fiction and Robot Culture」光文社　2004　p245

ジブラン, カリール　Gibran, Kahlil（1883〜1931　レバノン）
賢い王
　◇小森健太郎訳「謎のギャラリー―謎の部屋」

シホナ

新潮社 2002（新潮文庫）p134
◇小森健太郎訳「謎の部屋」筑摩書房 2012（ちくま文庫）p134

柘榴
◇小森健太郎訳「謎のギャラリー――謎の部屋」新潮社 2002（新潮文庫）p136
◇小森健太郎訳「謎の部屋」筑摩書房 2012（ちくま文庫）p136

諸王朝
◇小森健太郎訳「謎のギャラリー――謎の部屋」新潮社 2002（新潮文庫）p137
◇小森健太郎訳「謎の部屋」筑摩書房 2012（ちくま文庫）p138

シボナ, サルヴァトーレ
プラットフォーム
◇青木徹夫訳「アメリカ新進作家傑作選 2004」DHC 2005 p207

シマック, クリフォード・D.　Simak, Clifford Donald（1904〜1988　アメリカ）
異星獣を追え！
◇南山宏, 尾之上浩司訳「地球の静止する日」角川書店 2008（角川文庫）p181

逃亡者
◇福島正実訳「幻想の犬たち」扶桑社 1999（扶桑社ミステリー）p279

ハウ＝２
◇伊藤典夫編・訳「冷たい方程式」早川書房 2011（ハヤカワ文庫SF）p317

笛吹く古井戸
◇広瀬順弘訳「闇の展覧会　敵」早川書房 2005（ハヤカワ文庫）p195

埃まみれのゼブラ
◇小尾芙佐訳「幻想と怪奇――宇宙怪獣現わる」早川書房 2005（ハヤカワ文庫）p179

隣人
◇小尾芙佐訳「20世紀SF 2」河出書房新社 2000（河出文庫）p139

沈 薫　シム・フン（1901〜1936　朝鮮）
その日が来たら
◇金炳三, 李春穆, 金潤訳「20世紀民衆の世界文学 7」三友社出版 1990 p199

ジムコヴァー, ミルカ
家路
◇長興進訳「ポケットのなかの東欧文学――ルネッサンスから現代まで」成文社 2006 p386

天国への入場券
◇長興進訳「ポケットのなかの東欧文学――ルネッサンスから現代まで」成文社 2006 p375

シムナー, ジャニ・リー
幻影
◇日暮雅通訳「シャーロック・ホームズのSF大冒険――短篇集 下」河出書房新社 2006（河出文庫）p319

シムノン, ジョルジュ　Simenon, Georges（1903〜1989　フランス）
競売前夜
◇芦真璃子訳「ワイン通の復讐――美酒にまつわるミステリー選集」心交社 1998 p213

競売の前夜
◇越前敏弥訳「ディナーで殺人を　下」東京創元社 1998（創元推理文庫）p261

殺し屋
◇長島良三訳「天外消失――世界短篇傑作集 Off the face of the earth and other stories」早川書房 2008（ハヤカワ・ミステリ）p51

シメリョフ, イワン・セルゲーエヴィチ
クリスマス
◇田辺佐保子訳「ロシアのクリスマス物語」群像社 1997 p9

シメル, ローレンス
消化的なことさ, ワトスン君
◇日暮雅通訳「シャーロック・ホームズのSF大冒険――短篇集 下」河出書房新社 2006（河出文庫）p42

シモンズ, ジュリアン　Symons, Julian Gustave（1912〜1994　イギリス）
消えた婚約者
◇佐藤明子訳「推理探偵小説文学館 2」勉誠社 1996 p139

ブルーベルの森で
◇三村明子訳「本の殺人事件簿――ミステリ傑作20選」バベル・プレス 2001 p29

シモンズ, ダン　Simmons, Dan（1948〜　アメリカ）
ケリー・ダールを探して
◇嶋田洋一訳「奇想コレクション　夜更けのエントロピー」河出書房新社 2003 p157

ケンタウルスの死
◇酒井昭伸訳「20世紀SF 6」河出書房新社 2001（河出文庫）p317

最後のクラス写真
◇嶋田洋一訳「奇想コレクション　夜更けのエン

トロピー」河出書房新社 2003 p233
ドラキュラの子供たち
　◇嶋田洋一訳「奇想コレクション　夜更けのエントロピー」河出書房新社 2003 p63
ハイペリオン
　◇酒井昭伸訳「SFの殿堂　遙かなる地平 2」早川書房 2000（ハヤカワ文庫SF）p7
バンコクに死す
　◇嶋田洋一訳「奇想コレクション　夜更けのエントロピー」河出書房新社 2003 p271
フラッシュバック
　◇嶋田洋一訳「90年代SF傑作選　上」早川書房 2002（ハヤカワ文庫）p103
ベトナムランド優待券
　◇嶋田洋一訳「奇想コレクション　夜更けのエントロピー」河出書房新社 2003 p29
ヘリックスの孤児
　◇酒井昭伸訳「SFの殿堂　遙かなる地平 2」早川書房 2000（ハヤカワ文庫SF）p17
夜更けのエントロピー
　◇嶋田洋一訳「奇想コレクション　夜更けのエントロピー」河出書房新社 2003 p103
黄泉の川が逆流する
　◇嶋田洋一訳「奇想コレクション　夜更けのエントロピー」河出書房新社 2003 p7

シモンズ, デボラ
幸せの約束
　◇古川倫子訳「四つの愛の物語―クリスマス・ストーリー 2000」ハーレクイン 2000 p355
伯爵の憂鬱
　◇高田恵子訳「愛は永遠に―ウエディング・ストーリー 2002」ハーレクイン 2002 p7
不良公爵の賭
　◇江田さだえ訳「愛は永遠に―ウエディング・ストーリー 2003」ハーレクイン 2003 p7

ジャイルズ, モリー
危機
　◇亀井よし子訳「猫好きに捧げるショート・ストーリーズ」国書刊行会 1997 p55

シャーキー, ジャック
ドラキュラ―真実の物語
　◇風間賢二訳「ヴァンパイア・コレクション」角川書店 1999（角川文庫）p577

爵　青　しゃく・せい
香妃
　◇岡田英樹訳編「血の報復―「在満」中国人作家短篇集」ゆまに書房 2016 p321

ジャクイン, リー
ミスター・スクラッチの指輪
　◇下園淳子訳「ブルー・ボウ・シリーズ　キスの代償」青弓社 1994 p19

ジャクスン, シャーリイ　Jackson, Shirley
（1919～1965　アメリカ）
曖昧の七つの型
　◇深町眞理子訳「異色作家短篇集 6」早川書房 2006 p187
アイルランドにきて踊れ
　◇深町眞理子訳「異色作家短篇集 6」早川書房 2006 p199
麻服の午後
　◇深町眞理子訳「異色作家短篇集 6」早川書房 2006 p135
ヴィレッジの住人
　◇深町眞理子訳「異色作家短篇集 6」早川書房 2006 p73
エピローグ〔くじ〕
　◇深町眞理子訳「異色作家短篇集 6」早川書房 2006 p315
大きな靴の男たち
　◇深町眞理子訳「異色作家短篇集 6」早川書房 2006 p249
お告げ
　◇深町眞理子訳「街角の書店―18の奇妙な物語」東京創元社 2015（創元推理文庫）p53
おばあちゃんと猫たち
　◇柴田元幸訳「いまどきの老人」朝日新聞社 1998 p7
おふくろの味
　◇深町眞理子訳「異色作家短篇集 6」早川書房 2006 p45
くじ
　◇深町眞理子訳「贈る物語Terror」光文社 2002 p384
　◇深町眞理子訳「異色作家短篇集 6」早川書房 2006 p299
　◇深町眞理子訳「厭な物語」文藝春秋 2013（文春文庫）p115
決闘裁判
　◇深町眞理子訳「異色作家短篇集 6」早川書房 2006 p61
これが人生だ

シヤク

◇大山功訳「謎のギャラリー――愛の部屋」新潮社 2002（新潮文庫）p39

塩の柱
◇深町眞理子訳「異色作家短篇集 6」早川書房 2006 p223

ジミーからの手紙
◇深町眞理子訳「異色作家短篇集 6」早川書房 2006 p293

世界が闇に包まれたとき
◇谷崎由依訳「ベスト・ストーリーズ 1」早川書房 2015 p105

対話
◇深町眞理子訳「異色作家短篇集 6」早川書房 2006 p159

チャールズ
◇深町眞理子訳「異色作家短篇集 6」早川書房 2006 p125

伝統あるりっぱな会社
◇深町眞理子訳「異色作家短篇集 6」早川書房 2006 p165

どうぞお先に、アルフォンズ殿
◇深町眞理子訳「異色作家短篇集 6」早川書房 2006 p117

ドロシーと祖母と水兵たち
◇深町眞理子訳「異色作家短篇集 6」早川書房 2006 p145

人形と腹話術師
◇深町眞理子訳「異色作家短篇集 6」早川書房 2006 p173

歯
◇深町眞理子訳「異色作家短篇集 6」早川書房 2006 p265

背教者
◇深町眞理子訳「異色作家短篇集 6」早川書房 2006 p95

魔女
◇深町眞理子訳「異色作家短篇集 6」早川書房 2006 p87

魔性の恋人
◇深町眞理子訳「異色作家短篇集 6」早川書房 2006 p19

もちろん
◇深町眞理子訳「異色作家短篇集 6」早川書房 2006 p213

酔い痴れて
◇深町眞理子訳「異色作家短篇集 6」早川書房 2006 p9

ジャクスン, ダイシー・スクロギンズ

夢のわが家
◇安house由紀子訳「ウーマンズ・ケース 下」早川書房 1998（ハヤカワ・ミステリ文庫）p153

ジャクソン, チャールズ　Jackson, Charles （1903～1968　アメリカ）

レイチェルの夏
◇佐々木志緒訳「ブルー・ボウ・シリーズ レイチェルの夏」青弓社 1994 p7

ジャクソン, マージ

拝啓、クイーン編集長さま
◇飯城勇三編訳「エラリー・クイーンの災難」論創社 2012（論創海外ミステリ）p337

ジャクボヴスキー, マキシム

チャリング・クロス街71-73
◇田口俊樹訳「ロンドン・ノワール」扶桑社 2003（扶桑社ミステリー）p221

ジャコビ, カール　Jacobi, Carl （1908～1997　アメリカ）

カーバー・ハウスの怪
◇三浦玲子訳「ダーク・ファンタジー・コレクション 5」論創社 2007 p187

黒の啓示
◇仁賀克雄訳「吸血鬼伝説――ドラキュラの末裔たち」原書房 1997 p5

水槽
◇中村能三訳「幻想と怪奇――ポオ蒐集家」早川書房 2005（ハヤカワ文庫）p329

シャーシャ, レオナルド　Sciascia, Leonardo （1921～1989　イタリア）

言語学
◇武谷なおみ編訳「短篇で読むシチリア」みすず書房 2011（大人の本棚）p175

室内ゲーム
◇武谷なおみ編訳「短篇で読むシチリア」みすず書房 2011（大人の本棚）p187

撤去
◇武谷なおみ編訳「短篇で読むシチリア」みすず書房 2011（大人の本棚）p159

ぶどう酒色の海
◇香川真澄訳「ぶどう酒色の海――イタリア中短編小説集」イタリア文藝叢書刊行委員会 2013（イタリア文藝叢書）p113

ジャスティス, ジュリア

君にすべてを捧ぐ

◇伊坂奈々訳「愛は永遠に―ウエディング・ストーリー 2002」ハーレクイン 2002 p197

三度目の求婚
◇大谷真理子訳「マイ・バレンタイン―愛の贈りもの 2010」ハーレクイン 2010 p237

シャトーブリアン, フランソワ＝ルネ・ド
Chateaubriand, François-René de（1768～1848　フランス）

天国の若さと老化
◇牛島信明訳「アンデスの風叢書　天国・地獄百科」書肆風の薔薇 1982 p39

ユードリュス（ブロンテ, シャーロット〔書き取り〕）
◇中岡洋, 芦沢久江訳「ブロンテ姉妹エッセイ全集」彩流社 2016 p224

シャトリアン, アレクサンドル
⇒エルクマン＝シャトリアン を見よ

シャバフ, ペトル
美しき風景
◇伊藤涼子訳「ポケットのなかの東欧文学―ルネッサンスから現代まで」成文社 2006 p417

シャフ, ジェニファー
休職期間
◇仲嶋雅子訳「アメリカ新進作家傑作選 2006」DHC 2007 p23

シャープ, マージェリー　Sharp, Margery
（1905～1991　イングランド）

紫水晶の猫
◇月村澄枝訳「猫は九回生きる―とっておきの猫の話」心交社 1997 p61

シャープ, リチャード
グルメ
◇浅倉久志選訳「極短小説」新潮社 2004（新潮文庫）p251

シャファク, エリフ
愛―序章と第1章「エラ, ボストン2008年5月17日」
◇吉И春菜訳「現代トルコ文学選 2」東京外国語大学外国語学部トルコ語専攻研究室 2012（TUFS Middle Eastern studies）p37

ジャブロコフ, アレクサンダー
死ぬ権利
◇中村融訳「ハッカー／13の事件」扶桑社 2000（扶桑社ミステリー）p189

シャーマン, ジョジーファ
シュルロック族の遺物
◇日暮雅通訳「シャーロック・ホームズのSF大冒険―短篇集 下」河出書房新社 2006（河出文庫）p236

シャマン・ラポガン（1957～　台湾）
海浪心語（波のことば）
◇魚住悦子訳「台湾原住民文学選 7」草風館 2009 p1

神様の若い天使
◇魚住悦子訳「天国の風―アジア短篇ベスト・セレクション」新潮社 2011 p85

漁夫の誕生
◇魚住悦子訳「台湾原住民文学選 7」草風館 2009 p55

黒い胸びれ
◇魚住悦子編訳「台湾原住民文学選 2」草風館 2003 p157

天使の父親
◇魚住悦子訳「天国の風―アジア短篇ベスト・セレクション」新潮社 2011 p92

海人（ハイレン）
◇魚住悦子訳「台湾原住民文学選 7」草風館 2009 p15

ジャミソン, レスリー
物言わぬ男たち
◇大河原圭子訳「アメリカ新進作家傑作選 2008」DHC 2009 p131

シャミッソー, アーデルベルト・フォン
アーデルベルトの寓話
◇今泉文子編訳「ドイツ幻想小説傑作選―ロマン派の森から」筑摩書房 2010（ちくま文庫）p47

ジャム, フランシス　Jammes, Francis（1868～1938　フランス）
私が驢馬と連れ立つて天国へ行く為の祈り
◇堀口大學訳「創刊一〇〇年三田文学名作選」三田文学会 2010 p573

シャモワゾー, パトリック　Chamoiseau, Patrick（1953～　フランス）
実存（エクジスタンス）の主題系（ベルナベ, ジャン／コンフィアン, ラファエル）
◇恒川邦夫訳「新しい〈世界文学〉シリーズ　クレオール礼賛」平凡社 1997 p58

口承（オラル）に根をおろす（ベルナベ, ジャン／コンフィアン, ラファエル）

シャリ

◇恒川邦夫訳「新しい〈世界文学〉シリーズ クレオール礼賛」平凡社 1997 p51
クレオール性(ベルナベ, ジャン／コンフィアン, ラファエル)
◇恒川邦夫訳「新しい〈世界文学〉シリーズ クレオール礼賛」平凡社 1997 p37
クレオール性と政治(ベルナベ, ジャン／コンフィアン, ラファエル)
◇恒川邦夫訳「新しい〈世界文学〉シリーズ クレオール礼賛」平凡社 1997 p89
クレオール礼賛(ベルナベ, ジャン／コンフィアン, ラファエル)
◇恒川邦夫訳「新しい〈世界文学〉シリーズ クレオール礼賛」平凡社 1997 p9
言葉の選択(ベルナベ, ジャン／コンフィアン, ラファエル)
◇恒川邦夫訳「新しい〈世界文学〉シリーズ クレオール礼賛」平凡社 1997 p66
真の記憶の現在化(ベルナベ, ジャン／コンフィアン, ラファエル)
◇恒川邦夫訳「新しい〈世界文学〉シリーズ クレオール礼賛」平凡社 1997 p56
テキサコ(上)
◇星埜守之訳「新しい〈世界文学〉シリーズ テキサコ(上)」平凡社 1997 p7
テキサコ(下)
◇星埜守之訳「新しい〈世界文学〉シリーズ テキサコ(下)」平凡社 1997 p5
内観と自己容認へ向けて(ベルナベ, ジャン／コンフィアン, ラファエル)
◇恒川邦夫訳「新しい〈世界文学〉シリーズ クレオール礼賛」平凡社 1997 p17
不断のダイナミズム(ベルナベ, ジャン／コンフィアン, ラファエル)
◇恒川邦夫訳「新しい〈世界文学〉シリーズ クレオール礼賛」平凡社 1997 p79
序言(プロローグ)〔クレオール礼賛〕(ベルナベ, ジャン／コンフィアン, ラファエル)
◇恒川邦夫訳「新しい〈世界文学〉シリーズ クレオール礼賛」平凡社 1997 p11
モデルニテへの突入(ベルナベ, ジャン／コンフィアン, ラファエル)
◇恒川邦夫訳「新しい〈世界文学〉シリーズ クレオール礼賛」平凡社 1997 p64

ジャリ, アルフレッド　Jarry, Alfred (1873～1907　フランス)
アルフレッド・ジャリ
◇宮川明子訳「黒いユーモア選集 2」河出書房新社 2007（河出文庫）p67
フジヤマ
◇伊藤守男訳「超短編アンソロジー」筑摩書房 2002（ちくま文庫）p126

シャーリー, ジョン
OK牧場の真実
◇田中一江訳「ヒー・イズ・レジェンド」小学館 2010（小学館文庫）p171

シャリュック, パウル　Schallück, Paul (1922～　ドイツ)
ある中毒者のモノローグ
◇中野京子訳「シリーズ現代ドイツ文学 4」早稲田大学出版部 1993 p162

シャルヴィス, ジル
誰も知らない夜
◇みすみあき訳「キス・キス・キス—素直になれなくて」ヴィレッジブックス 2008（ヴィレッジブックス）p125

ジャレット, ミランダ
イブの告白
◇津田藤子訳「四つの愛の物語—クリスマス・ストーリー '98」ハーレクイン 1998 p327

ジャレット, ローラ
一族中の生存者に告ぐ
◇浅倉久志選訳「極短小説」新潮社 2004（新潮文庫）p333

シャーレッド, T.L.
努力
◇中村融訳「時を生きる種族—ファンタスティック時間SF傑作選」東京創元社 2013（創元SF文庫）p259

ジャンセン, ミュリエル
葉巻とダイヤモンド
◇谷垣暁美訳「真夏の恋の物語」ハーレクイン 1998（サマー・シズラー）p119
プレゼントは鍵
◇大島幸子訳「マイ・バレンタイン—愛の贈りもの '98」ハーレクイン 1998 p109
私とあなたの宝物
◇翔野祐梨訳「愛は永遠に—ウエディング・ストーリー '99」ハーレクイン 1999 p117

シャーンタ・フェレンツ　Sánta Ferenc（1927
　～2008　ハンガリー）
　二十時間
　　◇羽仁協子訳「東欧の文学　ニキ〈ある犬の物語〉」恒文社　1969　p227
　ミュラー一家の死
　　◇羽仁協子訳「東欧の文学　ニキ〈ある犬の物語〉」恒文社　1969　p347

ジャンビーン・ダシドンドグ
　男の三つのお話
　　◇津田紀子訳「天国の風―アジア短篇ベスト・セレクション」新潮社　2011　p107

ジャンプ, シャーリー
　秘密のサンタ
　　◇島村浩子訳「シュガー＆スパイス」ヴィレッジブックス　2007（ヴィレッジブックス）p301

シャンポー, スーザン・キャプレット
　会合
　　◇浅倉久志選訳「極短小説」新潮社　2004（新潮文庫）p49

朱　偉誠　しゅ・いせい（台湾）
　父なる中国、母（クィア）なる台湾？―同志白先勇のファミリー・ロマンスと国家想像
　　◇山口守訳「台湾セクシュアル・マイノリティ文学　4」作品社　2009　p7

朱　天心　しゅ・てんしん（1958～　台湾）
　ヴェニスに死す
　　◇清水賢一郎訳「新しい台湾の文学　古都」国書刊行会　2000　p277
　記憶のなかで
　　◇三木直大訳「新しい台湾の文学　台北ストーリー」国書刊行会　1999　p35
　古都
　　◇清水賢一郎訳「新しい台湾の文学　古都」国書刊行会　2000　p9
　ティファニーで朝食を
　　◇清水賢一郎訳「新しい台湾の文学　古都」国書刊行会　2000　p215
　ハンガリー水
　　◇清水賢一郎訳「新しい台湾の文学　古都」国書刊行会　2000　p147
　日出る処に致す書―日本語版刊行によせて
　　◇清水賢一郎訳「新しい台湾の文学　古都」国書刊行会　2000　p1
　ラ・マンチャの騎士
　　◇清水賢一郎訳「新しい台湾の文学　古都」国書刊行会　2000　p257

朱　天文　しゅ・てんぶん（1956～　台湾）
　エデンはもはや
　　◇池上貞子訳「新しい台湾の文学　台北ストーリー」国書刊行会　1999　p171
　荒人手記
　　◇池上貞子訳「新しい台湾の文学　荒人手記」国書刊行会　2006　p7
　日本語版への序〔荒人手記〕
　　◇池上貞子訳「新しい台湾の文学　荒人手記」国書刊行会　2006　p1

ジュアンドー, マルセル　Jouhandeau, Marcel
　（1888～1979　フランス）
　地獄の鏡
　　◇内田吉彦訳「アンデスの風叢書　天国・地獄百科」書肆風の薔薇　1982　p60
　人間のなせる業（わざ）
　　◇内田吉彦訳「アンデスの風叢書　天国・地獄百科」書肆風の薔薇　1982　p63
　呪われた者の思いあがり
　　◇内田吉彦訳「アンデスの風叢書　天国・地獄百科」書肆風の薔薇　1982　p61

許　佑生　シュイ・ヨウション
　⇒許佑生（きょ・ゆうせい）を見よ

水天一色　シュイティエンイースー
　⇒水天一色（すいてんいっしき）を見よ

周　嘉寧　しゅう・かねい
　幻覚
　　◇河村昌子訳「9人の隣人たちの声―中国新鋭作家短編小説選」勉誠出版　2012　p41

シュヴァイケルト, ルート
　落花生
　　◇若林恵訳「氷河の滴―現代スイス女性作家作品集」鳥影社・ロゴス企画　2007　p173

シュヴァイツァー, ブリット
　旅の途中で
　　◇中村融訳「街角の書店―18の奇妙な物語」東京創元社　2015（創元推理文庫）p357

シュヴァープ, ヴェルナー　Schwab, Werner
　（1958～1993　オーストリア）
　魅惑的なアルトゥール・シュニッツラー氏の劇作による魅惑的な輪舞
　　◇寺尾格訳「ドイツ現代戯曲選30　24」論創社　2006　p7

シュヴァルツェンバッハ, アンネマリー
ベルンハルトをめぐる友人たち
◇小松原由理抄訳「古典BL小説集」平凡社 2015（平凡社ライブラリー）p55

シュウォッブ, マルセル　Schwob, Marcel
（1867〜1905　フランス）

阿片の扉
◇多田智満子訳「海外ライブラリー 少年十字軍」王国社 1998 p91

黄金仮面の王
◇多田智満子訳「海外ライブラリー 少年十字軍」王国社 1998 p7

吸血鬼
◇矢野目源一訳「吸血妖鬼譚—ゴシック名訳集成」学習研究社 2008（学研M文庫）p477

吸血鳥
◇種村季弘訳「怪奇・幻想・綺想文学集—種村季弘翻訳集成」国書刊行会 2012 p453

少年十字軍
◇多田智満子訳「海外ライブラリー 少年十字軍」王国社 1998 p119

〇八一号列車
◇多田智満子訳「海外ライブラリー 少年十字軍」王国社 1998 p67

大地炎上
◇多田智満子訳「海外ライブラリー 少年十字軍」王国社 1998 p33
◇多田智満子訳「幻想小説神髄」筑摩書房 2012（ちくま文庫）p412

卵物語
◇多田智満子訳「海外ライブラリー 少年十字軍」王国社 1998 p103

血まみれブランシュ——八九二
◇大沼由布訳「ゴシック短編小説集」春風社 2012 p325

眠れる都市（まち）
◇多田智満子訳「海外ライブラリー 少年十字軍」王国社 1998 p55

ペスト
◇多田智満子訳「海外ライブラリー 少年十字軍」王国社 1998 p43

リリス
◇多田智満子訳「海外ライブラリー 少年十字軍」王国社 1998 p79

列車〇八一
◇青柳瑞穂訳「怪奇小説傑作集 新版 4」東京創元社 2006（創元推理文庫）p401

シュウォルバーグ, キャロル
人生でいちばんの一瞬
◇吉田利子訳「間違ってもいい、やってみたら—想いがはじける28の物語」講談社 1998 p30

ジュエット, セアラ・オーン
ウィリアムの結婚式
◇平石貴樹編訳「アメリカ短編ベスト10」松柏社 2016 p89

シラサギ
◇利根川真紀編訳「レズビアン短編小説集—女たちの時間」平凡社 2015（平凡社ライブラリー）p91

マーサの愛しい女主人
◇利根川真紀編訳「レズビアン短編小説集—女たちの時間」平凡社 2015（平凡社ライブラリー）p9

シュクヴォレツキー, ヨゼフ　Škvorecký, Josef
（1924〜　チェコ）

奇妙な考古学
◇石川達夫訳「異色作家短篇集 20」早川書房 2007 p23

チェコ社会の生活から
◇村上健太訳「ポケットのなかの東欧文学—ルネッサンスから現代まで」成文社 2006 p439

どのように私はドイツ語と英語を学んだか
◇石川達夫訳「文学の贈物—東中欧文学アンソロジー」未知谷 2000 p296

シュタイナー, ルドルフ　Steiner, Rudolf
（1861〜1925　ドイツ）

人生の逆転
◇内田吉彦訳「アンデスの風叢書 天国・地獄百科」書肆風の薔薇 1982 p51

シュタインガート, ゲイリー
レニー♡ユーニス
◇吉田恭子訳「ベスト・ストーリーズ 3」早川書房 2016 p341

シュタインミュラー, アンゲラ
労働者階級の手にあるインターネット（シュタインミュラー, カールハインツ）
◇西塔玲司訳「時間はだれも待ってくれない—21世紀東欧SF・ファンタスチカ傑作集」東京創元社 2011 p179

シュタインミュラー, カールハインツ
労働者階級の手にあるインターネット（シュタインミュラー, アンゲラ）

◇西塔玲司訳「時間はだれも待ってくれない―21世紀東欧SF・ファンタスチカ傑作集」東京創元社 2011 p179

シュタム, ペーター
甘い夢を
◇村上春樹編訳「恋しくて―Ten Selected Love Stories」中央公論新社 2013 p99
◇村上春樹編訳「恋しくて―Ten Selected Love Stories」中央公論新社 2016（中公文庫）p99

シュッツ, ベンジャミン・M.
黒い瞳のブロンド
◇木村二郎訳「フィリップ・マーロウの事件」早川書房 2007（ハヤカワ・ミステリ文庫）p57
メアリー、メアリー、ドアを閉めて
◇対馬妙訳「エドガー賞全集―1990～2007」早川書房 2008（ハヤカワ・ミステリ文庫）p87

シュティフター, アーダルベルト　Stifter, Adalbert（1805～1868　オーストリア）
水晶
◇手塚富雄訳「諸国物語―stories from the world」ポプラ社 2008 p333
みかげ石
◇藤村宏訳「百年文庫 43」ポプラ社 2010 p115

シュテファン, ヴェレーナ
それは豊かだった
◇小島康男訳「氷河の滴―現代スイス女性作家作品集」鳥影社・ロゴス企画 2007 p27

シュトラウス, ボート　Strauss, Botho（1944～　ドイツ）
脅威の理論
◇藤井啓司訳「『新しいドイツの文学』シリーズ 14」同学社 2004 p59
公園
◇寺尾格訳「ドイツ現代戯曲選30 19」論創社 2006 p7
終合唱
◇初見基訳「ドイツ現代戯曲選30 27」論創社 2007 p7
マルレーネの姉
◇藤井啓司訳「『新しいドイツの文学』シリーズ 14」同学社 2004 p5

シュトルック, カーリン　Struck, Karin（1947～　ドイツ）
ユーディット―『母』より
◇関根協子訳「シリーズ現代ドイツ文学 5」早稲田大学出版部 1993 p140

シュトルム, テーオドール　Storm, Theodor（1817～1888　ドイツ）
マルテと時計
◇立原道造訳「この愛のゆくえ―ポケットアンソロジー」岩波書店 2011（岩波文庫別冊）p201
レナ・ヴィース
◇関泰祐訳「百年文庫 21」ポプラ社 2010 p5

シュトローブル, カール・ハンス　Strobl, Karl Hans（1877～1946　オーストリア）
首
◇前川道介訳「独逸怪奇小説集成」国書刊行会 2001 p386
刺絡
◇前川道介訳「独逸怪奇小説集成」国書刊行会 2001 p5
舞踏会の夜
◇垂野創一郎訳「怪奇文学大山脈 3」東京創元社 2014 p153
ペール・ラシェーズの墓地
◇前川道介訳「独逸怪奇小説集成」国書刊行会 2001 p326
ヨーナス・バルクとの冒険
◇前川道介訳「独逸怪奇小説集成」国書刊行会 2001 p301

シュナイダー, ピーター
紛う方なき愚行
◇金子浩訳「999（ナインナインナイン）―聖金曜日」東京創元社 2000（創元推理文庫）p193

シュナイダー, フランツ・ヨーゼフ　Schneider, Franz Joseph（1912～1984　ドイツ）
ブローシャーの庭でアーモンドがみのる
◇神崎巌訳「シリーズ現代ドイツ文学 4」早稲田大学出版部 1993 p112

シュニーダー, クリスティン・T.
姉妹
◇松鵜功記訳「氷河の滴―現代スイス女性作家作品集」鳥影社・ロゴス企画 2007 p157

シュニッツラー, アルトゥーア　Schnitzler, Arthur（1862～1931　オーストリア）
死人に口なし
◇岩淵達治訳「賭けと人生」筑摩書房 2011（ちくま文学の森）p397
短劔を持ちたる女
◇森鷗外訳「恋愛三昧―外三篇」ゆまに書房

シユヌ

　　　2004（昭和初期世界名作翻訳全集）p31
盲目のジェロニモとその兄
　◇山本有三訳「諸国物語―stories from the world」ポプラ社 2008 p47
　◇山本有三訳「心洗われる話」筑摩書房 2010（ちくま文学の森）p141
猛者
　◇森鷗外訳「恋愛三昧―外三篇」ゆまに書房 2004（昭和初期世界名作翻訳全集）p3
耶蘇降誕祭の買入
　◇森鷗外訳「恋愛三昧―外三篇」ゆまに書房 2004（昭和初期世界名作翻訳全集）p62
戀愛三昧
　◇森鷗外訳「恋愛三昧―外三篇」ゆまに書房 2004（昭和初期世界名作翻訳全集）p82
わかれ
　◇山本有三訳「百年文庫 23」ポプラ社 2010 p63

シュヌレ, ヴォルフディートリヒ　Schnurre, Wolfdietrich（1920〜1989　ドイツ）
埋葬
　◇神崎巌訳「シリーズ現代ドイツ文学 4」早稲田大学出版部 1993 p1

シュペルヴィエル, ジュール　Supervielle, Jules Louis（1884〜1960　フランス）
沖の小娘
　◇堀口大學訳「幻想小説神髄」筑摩書房 2012（ちくま文庫）p515
バイオリンの声の少女
　◇永田千奈訳「世界堂書店」文藝春秋 2014（文春文庫）p157
ひとさらい
　◇澁澤龍彦訳「澁澤龍彦訳暗黒怪奇短篇集」河出書房新社 2013（河出文庫）p125

シュミッツ, ジェイムズ・H.
おじいちゃん
　◇中村融訳「黒い破壊者―宇宙生命SF傑作選」東京創元社 2014（創元SF文庫）p87

シュミットボン, ウィルヘルム　Schmidtbonn, Wilhelm（1876〜1952　ドイツ）
ヂオゲネスの誘惑
　◇森鷗外訳「街の子―外一篇」ゆまに書房 2007（昭和初期世界名作翻訳全集）p3
街の子
　◇森鷗外訳「街の子―外一篇」ゆまに書房 2007（昭和初期世界名作翻訳全集）p33

ジュライ, ミランダ　July, Miranda（1974〜　アメリカ）
妹
　◇岸本佐知子編訳「変愛小説集 2」講談社 2010 p69
階段の男
　◇岸本佐知子訳「美しい子ども」新潮社 2013（CREST BOOKS）p111
水泳チーム
　◇岸本佐知子訳「美しい子ども」新潮社 2013（CREST BOOKS）p103
　◇岸本佐知子編訳「ファイン／キュート素敵かわいい作品選」筑摩書房 2015（ちくま文庫）p304
ロイ・スパイヴィ
　◇岸本佐知子編訳「楽しい夜」講談社 2016 p53

ジュラヴィッツ, ハイディ
最初に申し込んでくれた人と結婚しなさい―シャイディガー、クルプニク両家の結婚式アルバムに載らなかった写真
　◇今井直子訳「アメリカ短編小説傑作選 2001」DHC 2001（アメリカ文芸「年間」傑作選）p285

シュリンク, ベルンハルト　Schlink, Bernhard（1944〜　ドイツ）
息子
　◇松永美穂訳「記憶に残っていること―新潮クレスト・ブックス短篇小説ベスト・コレクション」新潮社 2008（Crest books）p201
リューゲン島のヨハン・セバスティアン・バッハ
　◇松永美穂訳「美しい子ども」新潮社 2013（CREST BOOKS）p193

シュルツ, チャールズ・M.
暗い嵐の夜だった…
　◇浅倉久志選訳「極短小説」新潮社 2004（新潮文庫）p252

シュルツ, ブルーノ　Schulz, Bruno（1892〜1942　ポーランド）
クレプシドラ・サナトリウム
　◇工藤幸雄訳「東欧の文学 コスモス 他」恒文社 1967 p119
　◇工藤幸雄訳「幻想小説神髄」筑摩書房 2012（ちくま文庫）p545
肉桂色の店
　◇工藤幸雄訳「東欧の文学 コスモス 他」恒文

社 1967 p27

シュールバーグ, バッド　Schulberg, Budd
（1914〜2009　アメリカ）
白い鹿
　◇小田稔訳「残響―英・米・アイルランド短編小説集」九州大学出版会 2011 p121
長い小説の短いダイジェスト
　◇中田耕治訳「ブルー・ボウ・シリーズ レイチェルの夏」青弓社 1994 p177

シュレイハル, ヨゼフ・カレル
自然と社会の印象
　◇平野清美訳「ポケットのなかの東欧文学―ルネッサンスから現代まで」成文社 2006 p83

シュレーフ, アイナー　Schleef, Einar（1944〜2001　ドイツ）
ニーチェ 三部作
　◇平田栄一朗訳「ドイツ現代戯曲選30 11」論創社 2006 p7

シュレフラー, フィリップ・A.
ホームズとワトスン―頭脳と心
　◇日暮雅通訳「シャーロック・ホームズ ワトスンの災厄」原書房 2003 p341

ジュワフスキ, ミロスワフ
すぐり
　◇高橋佳代訳「文学の贈物―東中欧文学アンソロジー」未知谷 2000 p127

荀氏　じゅんし（中国）
霊鬼志（れいきし）
　◇佐野誠子著「中国古典小説選 2（六朝 1）」明治書院 2006

ショー, アーウィン　Shaw, Irwin（1913〜1984　アメリカ）
救命具
　◇佐々木徹訳「ベスト・ストーリーズ 1」早川書房 2015 p265
サマードレスの女たち
　◇中田耕治訳「ブルー・ボウ・シリーズ 結婚まで」青弓社 1992 p199
八〇ヤード独走―アメフトしみじみ
　◇平石貴樹訳「しみじみ読むアメリカ文学―現代文学短編作品集」松柏社 2007 p1

舒柯　じょ・か
本のはなし
　◇岡田英樹訳編「血の報復―「在満」中国人作家短篇集」ゆまに書房 2016 p51

ショー, ジョージ・バーナード　Shaw, George Bernard（1856〜1950　イギリス）
地獄・天国そして現世
　◇斎藤博士訳「アンデスの風叢書 天国・地獄百科」書肆風の薔薇 1982 p135
シーザーとクレオパトラ
　◇楠山正雄訳「シーザーとクレオパトラ」ゆまに書房 2004（昭和初期世界名作翻訳全集）p1
天国の誘惑
　◇牛島信明訳「アンデスの風叢書 天国・地獄百科」書肆風の薔薇 1982 p11

徐 則臣　じょ・そくしん
屋上にて
　◇和田知久訳「現代中国青年作家秀作選」鼎書房 2010 p133
この数年僕はずっと旅している
　◇大橋義武訳「9人の隣人たちの声―中国新鋭作家短編小説選」勉誠出版 2012 p1

ジョイス, ジェイムズ　Joyce, James（1882〜1941　アイルランド）
アラビー
　◇柴田元幸編訳「ブリティッシュ＆アイリッシュ・マスターピース」スイッチ・パブリッシング 2015（SWITCH LIBRARY）p203
エヴリン
　◇柴田元幸編訳「ブリティッシュ＆アイリッシュ・マスターピース」スイッチ・パブリッシング 2015（SWITCH LIBRARY）p215
下宿屋
　◇安藤一郎訳「百年文庫 52」ポプラ社 2010 p41
死せる人々
　◇安藤一郎訳「諸国物語―stories from the world」ポプラ社 2008 p905
相似
　◇安藤一郎訳「世界100物語 5」河出書房新社 1997 p375

蕭 吉　しょう・きつ（中国）
五行記（ごぎょうき）
　◇佐野誠子著「中国古典小説選 2（六朝 1）」明治書院 2006

小黒　しょう・こく（1951〜）
小ぬか雨やまず
　◇今泉秀人訳「台湾熱帯文学 4」人文書院 2011 p167

葉 石濤　しょう・せきとう（1925〜2008　台湾）
　ある医者の物語
　　◇中島利郎訳「台湾郷土文学選集 4」研文出版　2014 p131
　壁
　　◇中島利郎訳「台湾郷土文学選集 4」研文出版　2014 p175
　獄中記
　　◇中島利郎訳「台湾郷土文学選集 4」研文出版　2014 p93
　春怨―我が師に　付録二
　　◇中島利郎訳「台湾郷土文学選集 4」研文出版　2014 p215
　シラヤ族の末裔
　　◇中島利郎訳「台湾郷土文学選集 4」研文出版　2014 p7
　野菊の花
　　◇中島利郎訳「台湾郷土文学選集 4」研文出版　2014 p31
　潘銀花（パンインホア）と義姉妹たち
　　◇中島利郎訳「台湾郷土文学選集 4」研文出版　2014 p77
　潘銀花（パンインホア）の五番目の男
　　◇中島利郎訳「台湾郷土文学選集 4」研文出版　2014 p61
　福祐宮焼香記
　　◇中島利郎訳「台湾郷土文学選集 4」研文出版　2014 p185
　葫蘆巷（フルシィァン）の春夢
　　◇中島利郎訳「台湾郷土文学選集 4」研文出版　2014 p155
　米機敗走―辻小説　付録三
　　◇中島利郎訳「台湾郷土文学選集 4」研文出版　2014 p225
　林からの手紙　付録一
　　◇中島利郎訳「台湾郷土文学選集 4」研文出版　2014 p205
　黎明の別れ
　　◇中島利郎訳「台湾郷土文学選集 4」研文出版　2014 p47

鍾 肇政　しょう・ちょうせい（1925〜　台湾）
　阿枝（アチー）とその女房
　　◇松浦恆雄訳「新しい台湾の文学 客家の女たち」国書刊行会　2002 p207
　永遠のルピナス―魯冰花
　　◇中島利郎訳「台湾郷土文学選集 1」研文出版　2014 p7
　「台湾郷土文学選集」序
　　◇中島利郎訳「台湾郷土文学選集 1」研文出版　2014 p3
　「台湾郷土文学選集・怒濤」序
　　◇澤井律之訳「台湾郷土文学選集 2」研文出版　2014 p3
　怒濤
　　◇澤井律之訳「台湾郷土文学選集 2」研文出版　2014 p7

ショウ, デイヴィッド・J.
　聖ジェリー教団vsウォームボーイ
　　◇夏来健次訳「死霊たちの宴 下」東京創元社　1998（創元推理文庫）p279

鍾 鉄民　しょう・てつみん（台湾）
　伯母の墓碑銘
　　◇澤井律之訳「新しい台湾の文学 客家の女たち」国書刊行会　2002 p163
　大根女房
　　◇澤井律之訳「新しい台湾の文学 客家の女たち」国書刊行会　2002 p185

商 晩筠　しょう・ばんいん（1952〜）
　七色花水
　　◇西村正男訳「台湾熱帯文学 4」人文書院　2011 p153
　掘立小屋のインド人
　　◇西村正男訳「台湾熱帯文学 4」人文書院　2011 p117

蔣 防　しょう・ぼう（中国）
　霍小玉伝（かくしょうぎょくでん）
　　◇黒田真美子著「中国古典小説選 5（唐代 2）」明治書院　2006 p125

ショウ, ボブ
　去りにし日々の光
　　◇浅倉久志訳「ここがウィネトカなら、きみはジュディ―時間SF傑作選 SFマガジン創刊50周年記念アンソロジー」早川書房　2010（ハヤカワ文庫 SF）p145

鍾 理和　しょう・りわ（1915〜1960　台湾）
　阿煌（アーホァン）おじさん―「故郷」三
　　◇野間信幸訳「台湾郷土文学選集 3」研文出版　2014 p59
　雨
　　◇野間信幸訳「台湾郷土文学選集 3」研文出版　2014 p97

義兄と山歌―「故郷」四
　◇野間信幸訳「台湾郷土文学選集 3」研文出版 2014 p71
祖母の想い出
　◇澤井律之訳「新しい台湾の文学 客家の女たち」国書刊行会 2002 p29
たばこ小屋
　◇野間信幸訳「台湾郷土文学選集 3」研文出版 2014 p85
竹頭庄（チュートウチョアン）―「故郷」一
　◇野間信幸訳「台湾郷土文学選集 3」研文出版 2014 p29
同姓結婚
　◇野間信幸訳「台湾郷土文学選集 3」研文出版 2014 p5
野茫茫―立民の墓前で
　◇野間信幸訳「台湾郷土文学選集 3」研文出版 2014 p19
貧しい夫婦
　◇澤井律之訳「新しい台湾の文学 客家の女たち」国書刊行会 2002 p7
山火事―「故郷」二
　◇野間信幸訳「台湾郷土文学選集 3」研文出版 2014 p45

ジョウナ, オレクサンドル
トンボ
　◇藤井悦子, オリガ・ホメンコ訳「現代ウクライナ短編集」群像社 2005（群像社ライブラリー）p27

ジョウナス, ゲイリー
じゃあ、きみは殺し屋になりたいんだね
　◇玉木亨訳「サイコ―ホラー・アンソロジー」祥伝社 1998（祥伝社文庫）p427

ショクリー, ムハンマド
裸足のパン
　◇奴田原睦明訳「私の謎」岩波書店 1997（世界文学のフロンティア）p215

ジョージ, エリザベス　George, Elizabeth
（1949～　アメリカ）
生涯最大の驚き
　◇茅律子訳「ウーマンズ・ケース 上」早川書房 1998（ハヤカワ・ミステリ文庫）p219
リチャードの遺言
　◇天野淑子訳「殺さずにはいられない 1」早川書房 2002（ハヤカワ・ミステリ文庫）p157

ジョージ, キャサリン　George, Catherine（イギリス）
嵐の夜の奇跡
　◇瀧川紫乃訳「四つの愛の物語―クリスマス・ストーリー 2012」ハーレクイン 2012 p307
王子様と聖夜を
　◇橘由美訳「四つの愛の物語―クリスマス・ストーリー 2009」ハーレクイン 2009 p111
キャンドルナイトの誘惑
　◇上村悦子訳「四つの愛の物語―クリスマス・ストーリー 2011」ハーレクイン 2011 p313
ふたつめの贈り物
　◇星野舞訳「四つの愛の物語―クリスマス・ストーリー 2001」ハーレクイン 2001 p289

ジョーズ, ニコラス
ダイヤモンド・ドッグ
　◇佐藤渉訳「ダイヤモンド・ドッグ―《多文化を映す》現代オーストラリア短編小説集」現代企画室 2008 p5

ジョーゾー
天は蓋　土は中
　◇南田みどり編訳「二十一世紀ミャンマー作品集」大同生命国際文化基金 2015（アジアの現代文芸）p147

ジョーダン, ペニー　Jordan, Penny（イギリス）
運命の招待状
　◇寺尾なつ子訳「愛は永遠に―ウエディング・ストーリー 2001」ハーレクイン 2001 p7
薬指の契約
　◇佐野雅子訳「愛は永遠に―ウエディング・ストーリー 2005」ハーレクイン 2005 p5
恋するダイアリー
　◇藤森玲香訳「愛は永遠に―ウエディング・ストーリー 2004」ハーレクイン 2004 p119
恋に落ちた天使
　◇黒木三世訳「四つの愛の物語―クリスマス・ストーリー 2002」ハーレクイン 2002 p5
プディングの中は…
　◇緒川さら訳「四つの愛の物語―クリスマス・ストーリー '99」ハーレクイン 1999 p5
　◇緒川さら訳「シーズン・フォー・ラヴァーズ―クリスマス短編集」ハーレクイン 2005（Mira文庫）p289

シヨタ

ジョーダン, ロバート Jordan, Robert（1948～ アメリカ）
新たなる春
◇斉藤伯好訳「ファンタジイの殿堂 伝説は永遠に 3」早川書房 2000（ハヤカワ文庫FT）p17
時の車輪
◇斉藤伯好訳「ファンタジイの殿堂 伝説は永遠に 3」早川書房 2000（ハヤカワ文庫FT）p9

ショパン, ケイト
一時間の物語
◇馬上紗矢香訳「病短編小説集」平凡社 2016（平凡社ライブラリー）p273
手紙
◇佐藤宏子訳「ゴースト・ストーリー傑作選―英米女性作家8短篇」みすず書房 2009 p157
ライラックの花
◇利根川真紀編訳「レズビアン短編小説集―女たちの時間」平凡社 2015（平凡社ライブラリー）p45

ジョリッセント, ジョイ
ダンス
◇浅倉久志選訳「極短小説」新潮社 2004（新潮文庫）p71

ジョルダク, ボフダン
田舎っぺ
◇藤井悦子, オリガ・ホメンコ訳「現代ウクライナ短編集」群像社 2005（群像社ライブラリー）p201

鄭 泳文 ジョン・ヨンムン
蝸牛
◇安宇植編訳「いま、私たちの隣に誰がいるのか―Korean short stories」作品社 2007 p241
微笑
◇安宇植編訳「いま、私たちの隣に誰がいるのか―Korean short stories」作品社 2007 p223

ジョーンズ, コートニー
イレギュラリティ
◇栃尾有砂訳「アメリカ新進作家傑作選 2004」DHC 2005 p303

ジョーンズ, サイアン・M.
パイロット
◇腰塚ゆう子訳「アメリカ新進作家傑作選 2006」DHC 2007 p345

ジョーンズ, ダイアナ・ウィン Jones, Diana Wynne（1934～ イギリス）
キャロル・オニールの百番目の夢
◇大友香奈子訳「魔法使いになる14の方法」東京創元社 2003（創元推理文庫）p265

ジョーンズ, トム Jones, Tom（1928～ アメリカ）
恋のたわむれ―ゲーム・オブ・ラヴ
◇勝田安彦訳「恋のたわむれ―ゲーム・オブ・ラヴ」カモミール社 2007（勝田安彦ドラマシアターシリーズ）p1
コレット・コラージュ―コレットをめぐる二つのミュージカル
◇勝田安彦訳・訳詞「ジョーンズ＆シュミット ミュージカル戯曲集」カモミール社 2007（勝田安彦ドラマシアターシリーズ）p273
スリ
◇柴田元幸編訳「いずれは死ぬ身」河出書房新社 2009 p71
セレブレーション～儀式的ミュージカル
◇勝田安彦訳・訳詞「ジョーンズ＆シュミット ミュージカル戯曲集 2」カモミール社 2011（勝田安彦ドラマシアターシリーズ）p3
フィレモン
◇勝田安彦訳・訳詞「ジョーンズ＆シュミット ミュージカル戯曲集」カモミール社 2007（勝田安彦ドラマシアターシリーズ）p135
ミレット
◇勝田安彦訳・訳詞「ジョーンズ＆シュミット ミュージカル戯曲集 2」カモミール社 2011（勝田安彦ドラマシアターシリーズ）p147
Ｉdo！Ｉdo！―結婚についてのミュージカル
◇勝田安彦訳・訳詞「ジョーンズ＆シュミット ミュージカル戯曲集」カモミール社 2007（勝田安彦ドラマシアターシリーズ）p3

ジョーンズ, レイモンド・F. Jones, Raymond F.（1915～1994 アメリカ）
子どもの部屋
◇伊藤典夫訳「ボロゴーヴはミムジイ―伊藤典夫翻訳SF傑作選」早川書房 2016（ハヤカワ文庫 SF）p75

ジョーンズ, R. Jones, Ray
窖（あな）
◇黒崎隆功訳「新編 真ク・リトル・リトル神話大系 5」国書刊行会 2008 p113

ジョンズ, W.E.
スパッドとシュパンダウ

◇熊谷千寿訳「翼を愛した男たち」原書房 1997 p93

ジョンストン, ジェニファー　Johnston, Jennifer（Prudence）（1930〜　アイルランド）
トリオ
　◇風呂本武敏訳「現代アイルランド女性作家短編集」新水社 2016 p104

ジョンストン, ジョーン
心からのプロポーズ
　◇山田沙羅訳「四つの愛の物語—クリスマス・ストーリー '98」ハーレクイン 1998 p203

ジョンスン, ロバート・バーバー
遙かな地底で
　◇大瀧啓裕訳「クトゥルー 13」青心社 2005（暗黒神話大系シリーズ）p43

ジョンソン, アダム　Johnson, Adam（1967〜　アメリカ）
アカプルコの断崖の神さま
　◇金原瑞人, 大谷真弓訳「Modern & Classic トラウマ・プレート」河出書房新社 2005 p145
大酒飲みのベルリン
　◇金原瑞人, 大谷真弓訳「Modern & Classic トラウマ・プレート」河出書房新社 2005 p187
カナダノート
　◇金原瑞人, 大谷真弓訳「Modern & Classic トラウマ・プレート」河出書房新社 2005 p247
ガンの進行過程
　◇金原瑞人, 大谷真弓訳「Modern & Classic トラウマ・プレート」河出書房新社 2005 p229
死の衛星カッシーニ
　◇金原瑞人, 大谷真弓訳「Modern & Classic トラウマ・プレート」河出書房新社 2005 p89
ティーン・スナイパー
　◇金原瑞人, 大谷真弓訳「Modern & Classic トラウマ・プレート」河出書房新社 2005 p5
トラウマ・プレート
　◇金原瑞人, 大谷真弓訳「Modern & Classic トラウマ・プレート」河出書房新社 2005 p119
八番目の海
　◇金原瑞人, 大谷真弓訳「Modern & Classic トラウマ・プレート」河出書房新社 2005 p301
みんなの裏庭
　◇金原瑞人, 大谷真弓訳「Modern & Classic トラウマ・プレート」河出書房新社 2005 p51

ジョンソン, ダイアン　Johnson, Diane（1934〜　アメリカ）
影は知っている
　◇斎藤英治訳「新しいアメリカの小説 影は知っている」白水社 1991 p1

ジョンソン, デニス　Johnson, Denis（1949〜　アメリカ）
緊急
　◇柴田元幸編訳「僕の恋、僕の傘」角川書店 1999 p97
ダンダン
　◇村上春樹編訳「バースデイ・ストーリーズ」中央公論新社 2002 p29

ジョンソン, パメラ・ハンスフォード
名誉の幽霊
　◇南條竹則訳「淑やかな悪夢—英米女流怪談集」東京創元社 2000 p97

ジョンソン, ブレイディ
ミシガン人、1979年
　◇春日和代訳「アメリカ新進作家傑作選 2004」DHC 2005 p327

ジョンソン, ロジャー
聖杯をめぐる冒険
　◇日暮雅通訳「シャーロック・ホームズの大冒険 下」原書房 2009 p191

ジョンソン, T.ジェロニモ
冬は去らず
　◇髙田綾子訳「アメリカ新進作家傑作選 2007」DHC 2008 p345

ジョン・バルマー＋カンパニー
Stepping Stones
　◇「「飛び石プロジェクト」戯曲集—血の婚礼／Stepping stones エイブルアート・オンステージ国際交流プログラム」フィルムアート社 2010 p83

シラー, フリードリヒ・フォン　Schiller, Johann Christoph Friedrich von（1759〜1805　ドイツ）
ウイルヘルム・テル
　◇秦豊吉訳「ウイルヘルム・テル」ゆまに書房 2007（昭和初期世界名作翻訳全集）p1
群盗
　◇宮下啓三訳「ベスト・プレイズ—西洋古典戯曲12選」論創社 2011 p355
誇りを汚された犯罪者

シライ

◇浜田正秀訳「百年文庫 70」ポプラ社 2011 p79

シーライト, リチャード・F. Searight, Richard Franklyn（1902〜1975 アメリカ）

暗恨
◇白糸利忠訳「新編 真ク・リトル・リトル神話大系 2」国書刊行会 2007 p177

知識を守るもの
◇東谷真知子訳「クトゥルー 11」青心社 1998（暗黒神話大系シリーズ）p23

シラス, ウィルマー・H.

かえりみれば
◇中村融訳「時の娘—ロマンティック時間SF傑作選」東京創元社 2009（創元SF文庫）p99

ジラーディ, ロバート

アバ・シドの転落
◇庄司弘子訳「アメリカミステリ傑作選 2002」DHC 2002（アメリカ文芸「年間」傑作選）p337

シリセナ, ハサンシカ

樅の木
◇木村幸子訳「アメリカ新進作家傑作選 2005」DHC 2006 p223

シリング, アストリッド

悦びの季節
◇大磯仁志訳「フランス式クリスマス・プレゼント」水声社 2000 p121

シール, ジャン・エプトン

手紙
◇吉田利子訳「間違ってもいい、やってみたら—想いがはじける28の物語」講談社 1998 p15

シール, M.P. Shiel, Matthew Phipps（1865〜1947 イギリス）

ゼリューシャ
◇三浦玲子訳「ダーク・ファンタジー・コレクション 5」論創社 2007 p301

花嫁
◇西崎憲訳「怪奇小説日和—黄金時代傑作選」筑摩書房 2013（ちくま文庫）p281

ヘンリとロウィーナの物語
◇南條竹則編訳「イギリス恐怖小説傑作選」筑摩書房 2005（ちくま文庫）p189

ユグナンの妻
◇西崎憲訳「英国短篇小説の愉しみ 3」筑摩書房 1999 p151

◇西崎憲編訳「短篇小説日和—英国異色傑作選」筑摩書房 2013（ちくま文庫）p343

シルヴァ, デイヴィッド・B.

ウィスキーが尽きて
◇近谷和美訳「アメリカミステリ傑作選 2001」DHC 2001（アメリカ文芸「年間」傑作選）p503

シルヴァー, レイ

いま
◇浅倉久志選訳「極短小説」新潮社 2004（新潮文庫）p81

シルヴァスタイン, シェル Silverstein, Shel（1932〜1999 アメリカ）

真犯人
◇大谷豪見訳「殺さずにはいられない 2」早川書房 2002（ハヤカワ・ミステリ文庫）p325

◇大野万紀訳「アメリカミステリ傑作選 2002」DHC 2002（アメリカ文芸「年間」傑作選）p633

そのために女は殺される
◇倉橋由美子訳「愛の殺人」早川書房 1997（ハヤカワ・ミステリ文庫）p475

敵
◇大谷豪見訳「復讐の殺人」早川書房 2001（ハヤカワ・ミステリ文庫）p375

シルヴァーバーグ, ロバート Silverberg, Robert（1935〜 アメリカ）

永遠なるローマ
◇友枝康子訳「SFの殿堂 遙かなる地平 1」早川書房 2000（ハヤカワ文庫SF）p369

クトゥルーの眷属
◇三宅初江訳「クトゥルー 10」青心社 1997（暗黒神話大系シリーズ）p59

ささやかな知恵（ギャレット, ランドル）
◇中村融訳「魔法の猫」扶桑社 1998（扶桑社ミステリー）p361

世界の終わりを見にいったとき
◇大森望訳「ここがウィネトカなら、きみはジュディ—時間SF傑作選 SFマガジン創刊50周年記念アンソロジー」早川書房 2010（ハヤカワ文庫 SF）p215

第七の神殿
◇森下弓子訳「ファンタジイの殿堂 伝説は永遠に 1」早川書房 2000（ハヤカワ文庫FT）p143

太陽踊り
◇浅倉久志訳「20世紀SF 3」河出書房新社 2001（河出文庫）p361

マグワンプ4
　◇浅倉久志訳「時を生きる種族―ファンタスティック時間SF傑作選」東京創元社 2013（創元SF文庫）p177
マジプール
　◇森下弓子訳「ファンタジイの殿堂 伝説は永遠に 1」早川書房 2000（ハヤカワ文庫FT）p135
免罪師の物語
　◇佐脇洋平訳「ハッカー／13の事件」扶桑社 2000（扶桑社ミステリー）p145
竜帝の姿がわかってきて
　◇友枝康子訳「SFの殿堂 遙かなる地平 1」早川書房 2000（ハヤカワ文庫SF）p375

シルヴィス, ランドール
　インディアン
　◇境原塊太訳「ベスト・アメリカン・短編ミステリ 2014」DHC 2015 p439

シルレシチョヴァ, パラシケヴァ・K.
　ブルガリア民話選
　◇寺島憲治訳「ポケットのなかの東欧文学―ルネッサンスから現代まで」成文社 2006 p115

シーレイ, ジェニー
　血の婚礼
　◇「「飛び石プロジェクト」戯曲集―血の婚礼／Stepping stones エイブルアート・オンステージ国際交流プログラム」フィルムアート社 2010 p5

ジレージウス, アンゲルス　Silesius, Angelus（1624～1677　ドイツ）
　天使のようなさすらい人
　◇斎藤博士訳「アンデスの風叢書 天国・地獄百科」書肆風の薔薇 1982 p163

沈 既済　しん・きせい（750～800頃　中国）
　任氏伝（じんしでん）
　◇黒田真美子著「中国古典小説選 5（唐代 2）」明治書院 2006 p26
　枕中記（ちんちゅうき）
　◇黒田真美子著「中国古典小説選 5（唐代 2）」明治書院 2006 p10

申 京淑　シン・ギョンスク（韓国）
　いま、私たちの隣に誰がいるのか
　◇安宇植編訳「いま、私たちの隣に誰がいるのか―Korean short stories」作品社 2007 p5
　よりそう灯り
　◇岸井紀子訳「現代韓国短篇選 上」岩波書店 2002 p1

沈 熏　しん・くん
　⇒沈熏（シム・フン）を見よ

沈 虹光　しん・こうこう
　長江・病院行進曲
　◇菱沼彬晃訳「中国現代戯曲集 第5集」晩成書房 2004 p189

申 采浩　しん・さいこう
　⇒申采浩（シン・チェホ）を見よ

金 勲　ジン・シュン
　⇒金勲（きん・しょう）を見よ

申 采浩　シン・チェホ（1880～1936　朝鮮）
　龍と龍の大激戦
　◇李春穆訳「20世紀民衆の世界文学 7」三友社出版 1990 p119

ジン, ハ　Jin, Ha（1956～　アメリカ）
　シャオナの秘密
　◇高木由紀子訳「アメリカ短編小説傑作選 2001」DHC 2001（アメリカ文芸「年間」傑作選）p271

任 昉　じん・ぼう（中国）
　述異記
　◇佐野誠子著「中国古典小説選 2（六朝 1）」明治書院 2006

ジン・リーファン（中国）
　独
　◇「留学生文学賞作品集 2006」留学生文学賞委員会 2007 p53

金 仁順　ジン・レンシュン
　トラジ―桔梗謡
　◇水野衛子訳「9人の隣人たちの声―中国新鋭作家短編小説選」勉誠出版 2012 p207

シンガー, アイザック・バシェヴィス　Singer, Isaac Bashevis（1904～1991）
　シーダとクジーバ
　◇西成彦訳「文学の贈物―東中欧文学アンソロジー」未知谷 2000 p149
　死んだバイオリン弾き
　◇大崎ふみ子訳「異色作家短篇集 20」早川書房 2007 p119
　手紙を書く人
　◇木原善彦訳「ベスト・ストーリーズ 2」早川書房 2016 p65
　敵
　◇真野明裕訳「闇の展覧会 敵」早川書房 2005（ハヤカワ文庫）p175

シンク

シング, ジョン=ミリントン　Synge, John Millington（1871〜1909　アイルランド）
ジョン=ミリントン・シング
◇小浜俊郎訳「黒いユーモア選集 2」河出書房新社 2007（河出文庫）p55

シンクレア, クライヴ　Sinclair, Clive（1948〜　イギリス）
ヴラド伯父さん
◇風間賢二訳「ヴァンパイア・コレクション」角川書店 1999（角川文庫）p395

シンクレア, メイ
希望荘
◇平井呈一編「ミセス・ヴィールの幽霊―こわい話気味のわるい話 1」沖積舎 2011 p63
証拠の性質
◇南條竹則訳「淑やかな悪夢―英米女流怪談集」東京創元社 2000 p111
水晶の瑕
◇南條竹則, 坂本あおい訳「地獄―英国怪談中篇傑作集」メディアファクトリー 2008（幽books）p61

シンニェインメエ
母さん…許して
◇南田みどり編訳「ミャンマー現代女性短編集」大同生命国際文化基金 2001（アジアの現代文芸）p42

シンボルスカ, ヴィスワヴァ　Szymborska, Wisława（1923〜　ポーランド）
玉葱
◇つかだみちこ訳「文学の贈物―東中欧文学アンソロジー」未知谷 2000 p39
ユートピア／奇跡の市
◇沼野充義訳「夢のかけら」岩波書店 1997（世界文学のフロンティア）p167

シンメルプフェニヒ, ローラント　Schimmelpfennig, Roland（1967〜　ドイツ）
前と後
◇大塚直訳「ドイツ現代戯曲選30 18」論創社 2006 p7

【 ス 】

蘇徳　スー・トォ
⇒蘇徳（そ・とく）を見よ

蘇童　スー・トン
⇒蘇童（そ・どう）を見よ

スイック, マルリー
ハート
◇ふなとよし子訳「バースデー・ボックス」メタローグ 2004 p109

水天一色　すいてんいっしき（1981〜　中国）
あとがき〔蝶の夢〕
◇大沢理子訳「アジア本格リーグ 4（中国）」講談社 2009 p370
蝶の夢―乱神館記
◇大沢理子訳「アジア本格リーグ 4（中国）」講談社 2009 p3

スイーニイ, C.L.
価値の問題
◇田中小実昌訳「こわい部屋」筑摩書房 2012（ちくま文庫）p421

スウィート, ジェフ
現実の境界線
◇山本俊子訳「ミニ・ミステリ100」早川書房 2005（ハヤカワ・ミステリ文庫）p232

スウィフト, グレアム　Swift, Graham（1949〜　イギリス）
この世界を逃れて
◇高橋和久訳「新しいイギリスの小説 この世界を逃れて」白水社 1992 p1
戴冠式記念ビール秘史
◇山内照子訳「古今英米幽霊事情 1」新風舎 1998 p251
トンネル―駆け落ちしみじみ
◇片山亜紀訳「しみじみ読むイギリス・アイルランド文学―現代文学短編作品集」松柏社 2007 p127

スウィフト, ジョナサン　Swift, Jonathan（1667〜1745　イギリス）
アイルランド貧民の子が両親や国の重荷となるを防ぎ、公共の益となるためのささやかな提案
◇柴田元幸編訳「ブリティッシュ＆アイリッシュ・マスターピース」スイッチ・パブリッシング 2015（SWITCH LIBRARY）p7
ジョナサン・スウィフト
◇平井照敏訳「黒いユーモア選集 1」河出書房新社 2007（河出文庫）p25
貧家の子女がその両親並びに祖国にとっての

重荷となることを防止し、かつ社会に対して有用ならしめんとする方法についての私案
◇深町弘三訳「恐ろしい話」筑摩書房 2011（ちくま文学の森）p439

スウィンデルス, ロバート
暗い雲におおわれて
◇高橋朱美訳「ミステリアス・クリスマス」パロル舎 1999 p99

スウィンバーン, A.C. Swinburne, Algernon Charles (1837～1909 イギリス)
フロッシー
◇江藤潔訳「晶文社アフロディーテ双書 フロッシー」晶文社 2003 p7

スウェアリンジェン, ジェイク
ゾンビ日記
◇古屋美登里訳「モンスターズ―現代アメリカ傑作短篇集」白水社 2014 p219

ズヴェーヴォ, イタロ
母親
◇吉本奈緒子訳「ぶどう酒色の海―イタリア中短編小説集」イタリア文藝叢書刊行委員会 2013（イタリア文藝叢書）p49

スウェデンボルイ, エマヌエル Swedenborg, Emanuel (1688～1772 スウェーデン)
地獄の姿
◇内田吉彦訳「アンデスの風叢書 天国・地獄百科」書肆風の薔薇 1982 p49
神秘なる対応
◇牛島信明訳「アンデスの風叢書 天国・地獄百科」書肆風の薔薇 1982 p28
堕地獄者のメッセージ
◇牛島信明訳「アンデスの風叢書 天国・地獄百科」書肆風の薔薇 1982 p33
天国における富者
◇斎藤博士訳「アンデスの風叢書 天国・地獄百科」書肆風の薔薇 1982 p127
人間はみずからの永遠を選びとる
◇牛島信明訳「アンデスの風叢書 天国・地獄百科」書肆風の薔薇 1982 p36
人間は野獣よりもっと悪い
◇高橋和夫訳「超短編アンソロジー」筑摩書房 2002（ちくま文庫）p192
破滅的な地獄
◇内田吉彦訳「アンデスの風叢書 天国・地獄百科」書肆風の薔薇 1982 p50
見捨てられた人々が天国に行くと
◇斎藤博士訳「アンデスの風叢書 天国・地獄百科」書肆風の薔薇 1982 p140

スウェデンボルイ（偽）
完全への道
◇斎藤博士訳「アンデスの風叢書 天国・地獄百科」書肆風の薔薇 1982 p159

スヴェンソン, マイケル
ようこそ、ウィルヘルム！
◇本兄有, 杉ライカ訳「ハーン・ザ・ラストハンター――アメリカン・オタク小説集」筑摩書房 2016 p259

スウォヴァツキ, ユリウシュ
スウォヴァツキ選
◇土谷直人訳「ポケットのなかの東欧文学―ルネッサンスから現代まで」成文社 2006 p36

スエーイエーリン
海の中の小さな帆舟たち
◇南田みどり編訳「ミャンマー現代女性短編集」大同生命国際文化基金 2001（アジアの現代文芸）p175

スーカイサー, ミリュエル
仲間
◇柳瀬尚紀訳「犯罪は詩人の楽しみ―詩人ミステリ集成」東京創元社 2012（創元推理文庫）p293

スカウ, デイヴィッド・J. Schow, David J. (1955～ ドイツ)
とどめの一劇（エンドスティック）
◇尾之上浩司訳「シルヴァー・スクリーム 下」東京創元社 2013（創元推理文庫）p381

スカーツェル, ヤン
13番目の黒い馬
◇保川亜矢子訳「文学の贈物―東中欧文学アンソロジー」未知谷 2000 p235

スカロン, ポール
ドン・ジャフェ・ダルメニー
◇冨田高嗣訳「フランス十七世紀演劇集―喜劇」中央大学出版部 2010（中央大学人文科学研究所翻訳叢書）p359

スキップ, ジョン Skipp, John (1957～ アメリカ)
スター誕生
◇夏来健次訳「シルヴァー・スクリーム 下」東京創元社 2013（創元推理文庫）p209

スキーン, ディック
空前絶後のパーティー
- ◇浅倉久志選訳「極短小説」新潮社 2004（新潮文庫）p95

夜は更けゆく
- ◇浅倉久志選訳「極短小説」新潮社 2004（新潮文庫）p31

スクリアル, モアシル
燃える天使 謎めいた目
- ◇柴田元幸編訳「燃える天使」角川書店 2009（角川文庫）p181

スコイク, ロバート・ヴァン
黄金のこま犬の冒険
- ◇飯城勇三編「ミステリの女王の冒険―視聴者への挑戦」論創社 2010（論創海外ミステリ）p69

スコット, ウィル　Scott, Will（1894～1964　イギリス）
消え失せた家
- ◇森英俊訳「これが密室だ！」新樹社 1997 p227

スコット, ウォルター　Scott, Walter（1771～1832　スコットランド）
ふたりの牛追い
- ◇柳瀬尚紀訳「犯罪は詩人の楽しみ―詩人ミステリ集成」東京創元社 2012（創元推理文庫）p41

スコット, カヴァン
セヴン・シスターズの切り裂き魔
- ◇尾之上浩司訳「シャーロック・ホームズとヴィクトリア朝の怪たち 1」扶桑社 2015（扶桑社ミステリー）p91

スコット, キム
捕獲
- ◇下楠昌哉訳「ダイヤモンド・ドッグ―《多文化を映す》現代オーストラリア短編小説集」現代企画室 2008 p135

スコット, ジャスティン　Scott, Justin（1944～　アメリカ）
ニューヨークで一番美しいアパートメント
- ◇田口俊樹, 高山真由美訳「マンハッタン物語」二見書房 2008（二見文庫）p305

スコット, ジョアンナ
You Must Relax！
- ◇畔柳和代訳「いまどきの老人」朝日新聞社 1998 p67

スコット, ティム
第一歩
- ◇浅倉久志選訳「極短小説」新潮社 2004（新潮文庫）p132

スコラー, M.　Schorer, Mark（1908～1977　アメリカ）
湖底の恐怖（ダーレス, オーガスト）
- ◇岩村光博訳「クトゥルー 12」青心社 2002（暗黒神話大系シリーズ）p139

納骨堂綺談（ダーレス, オーガスト）
- ◇渋谷比佐子訳「新編 真ク・リトル・リトル神話大系 2」国書刊行会 2007 p7

モスケンの大渦巻き（ダーレス, オーガスト）
- ◇岩村光博訳「クトゥルー 12」青心社 2002（暗黒神話大系シリーズ）p183

羅睺星魔洞（ダーレス, オーガスト）
- ◇江口之隆訳「新編 真ク・リトル・リトル神話大系 2」国書刊行会 2007 p109

スーター, ジョン・F.
医者の指示
- ◇佐々田雅子訳「ミニ・ミステリ100」早川書房 2005（ハヤカワ・ミステリ文庫）p591

スタイグ, ウイリアム
きいろとピンク
- ◇おがわえつこ訳「北村薫のミステリー館」新潮社 2005（新潮文庫）p11

スタイン, ガートルード　Stein, Gertrude（1874～1946　アメリカ）
エイダ
- ◇利根川真紀編訳「レズビアン短編小説集―女たちの時間」平凡社 2015（平凡社ライブラリー）p181

ミス・ファーとミス・スキーン
- ◇利根川真紀編訳「レズビアン短編小説集―女たちの時間」平凡社 2015（平凡社ライブラリー）p241

スタイン, R.L.
愛妻
- ◇青木千鶴訳「殺しが二人を別つまで」早川書房 2007（ハヤカワ・ミステリ文庫）p439

ガスライト（チャイルド, リンカーン）
- ◇田口俊樹訳「フェイスオフ対決」集英社 2015（集英社文庫）p89

スタインベック, ジョン　Steinbeck, John
（1902〜1968　アメリカ）
　M街七番地の出来事
　　◇深町眞理子訳「街角の書店—18の奇妙な物語」東京創元社 2015（創元推理文庫）p281
　白いウズラ
　　◇伊藤義生訳「百年文庫 15」ポプラ社 2010 p25

スタウツ, ジェフ
　失血
　　◇旦紀子訳「マシン・オブ・デス—A Collection of Stories about People who Know How They Will DIE」アルファポリス 2012 p430
　　◇旦紀子訳「マシン・オブ・デス」アルファポリス 2013（アルファポリス文庫）p358

スタウト, レックス　Stout, Rex（1886〜1975　アメリカ）
　ポイズン・ア・ラ・カルト
　　◇小尾芙佐訳「ディナーで殺人を 下」東京創元社 1998（創元推理文庫）p287

スタシャワー, ダニエル　Stashower, Daniel
（1960〜　アメリカ）
　うろたえる女優の事件
　　◇日暮雅通訳「シャーロック・ホームズ ワトソンの災厄」原書房 2003 p171
　　◇日暮正通訳「ベスト・アメリカン・ミステリ ジュークボックス・キング」早川書房 2005（ハヤカワ・ミステリ）p391
　シャーロッキアン・ライブラリ（レレンバーグ, ジョン・L.）
　　◇日暮雅通訳「シャーロック・ホームズ ワトソンの災厄」原書房 2003 p377
　第二のヴァイオレット
　　◇日暮雅通訳「シャーロック・ホームズ 四人目の賢者—クリスマスの依頼人 2」原書房 1999 p269
　チャレンジャー
　　◇日暮雅通訳「ポーに捧げる20の物語」早川書房 2009（Hayakawa pocket mystery books）p353
　七つのクルミ
　　◇日暮雅通訳「シャーロック・ホームズ アメリカの冒険」原書房 2012 p281

スタシュク, アンジェイ
　場所
　　◇加藤有子訳「ポケットのなかの東欧文学—ルネッサンスから現代まで」成文社 2006 p460

スタージョン, シオドア　Sturgeon, Theodore
（1918〜1985　アメリカ）
　雷と薔薇
　　◇白石朗訳「奇想コレクション 不思議のひと触れ」河出書房新社 2003 p249
　一角獣・多角獣
　　◇小笠原豊樹訳「異色作家短篇集 3」早川書房 2005
　一角獣の泉
　　◇小笠原豊樹訳「異色作家短篇集 3」早川書房 2005 p5
　［ウィジェット］と［ワジェット］とボフ
　　◇若島正訳「奇想コレクション ［ウィジェット］と［ワジェット］とボフ」河出書房新社 2007 p209
　裏庭の神様
　　◇大森望訳「奇想コレクション 不思議のひと触れ」河出書房新社 2003 p63
　解除反応
　　◇霜島義明訳「奇想コレクション ［ウィジェット］と［ワジェット］とボフ」河出書房新社 2007 p139
　帰り道
　　◇若島正訳「奇想コレクション ［ウィジェット］と［ワジェット］とボフ」河出書房新社 2007 p7
　輝く断片
　　◇伊藤典夫訳「奇想コレクション 輝く断片」河出書房新社 2005 p319
　影よ、影よ、影の国
　　◇白石朗訳「奇想コレクション 不思議のひと触れ」河出書房新社 2003 p43
　火星人と脳なし
　　◇霜島義明訳「奇想コレクション ［ウィジェット］と［ワジェット］とボフ」河出書房新社 2007 p163
　考え方
　　◇小笠原豊樹訳「異色作家短篇集 3」早川書房 2005 p253
　監房ともだち
　　◇小笠原豊樹訳「異色作家短篇集 3」早川書房 2005 p233
　昨日は月曜日だった
　　◇大森望訳「20世紀SF 1」河出書房新社 2000（河出文庫）p369
　　◇大森望訳「ここがウィネトカなら、きみはジュディ—時間SF傑作選 SFマガジン創刊50周年記念アンソロジー」早川書房 2010（ハ

スタシ

ヤカワ文庫 SF）p235
君微笑めば
　◇大森望訳「奇想コレクション　輝く断片」河出書房新社　2005　p119
熊人形
　◇小笠原豊樹訳「異色作家短篇集 3」早川書房　2005　p33
高額保険
　◇大森望訳「奇想コレクション　不思議のひと触れ」河出書房新社　2003　p7
孤独の円盤
　◇白石朗訳「奇想コレクション　不思議のひと触れ」河出書房新社　2003　p299
　◇小笠原豊樹訳「異色作家短篇集 3」早川書房　2005　p65
午砲
　◇小鷹信光訳「奇想コレクション　［ウィジェット］と［ワジェット］とボフ」河出書房新社　2007　p21
殺人ブルドーザー――「殺人ブルドーザー」原作
　◇市田泉訳「地球の静止する日―SF映画原作傑作選」東京創元社　2006　（創元SF文庫）p81
死ね, 名演奏家, 死ね
　◇小笠原豊樹訳「異色作家短篇集 3」早川書房　2005　p183
ショトル・ボップ
　◇籠味縁訳「ブルー・ボウ・シリーズ　死体のささやき」青弓社　1993　p81
それ
　◇丸本聰明訳「幻想と怪奇―宇宙怪獣現わる」早川書房　2005　（ハヤカワ文庫）p57
　◇中村融訳「千の脚を持つ男―怪物ホラー傑作選」東京創元社　2007　（創元推理文庫）p97
たとえ世界を失っても
　◇大森望訳「20世紀SF 2」河出書房新社　2000　（河出文庫）p385
旅する巌
　◇大森望訳「奇想コレクション　輝く断片」河出書房新社　2005　p61
タンディの物語
　◇大森望訳「奇想コレクション　不思議のひと触れ」河出書房新社　2003　p151
取り替え子
　◇大森望訳「奇想コレクション　輝く断片」河出書房新社　2005　p7
ニュースの時間です
　◇大森望訳「奇想コレクション　輝く断片」河出書房新社　2005　p171
反対側のセックス
　◇小笠原豊樹訳「異色作家短篇集 3」早川書房　2005　p143
ビアンカの手
　◇小笠原豊樹訳「異色作家短篇集 3」早川書房　2005　p51
必要
　◇宮脇孝雄訳「奇想コレクション　［ウィジェット］と［ワジェット］とボフ」河出書房新社　2007　p47
復讐するは…
　◇広瀬順弘訳「闇の展覧会　罠」早川書房　2005　（ハヤカワ文庫）p7
不思議のひと触れ
　◇大森望訳「奇想コレクション　不思議のひと触れ」河出書房新社　2003　p101
　◇大森望訳「不思議の扉　ありえない恋」角川書店　2011　（角川文庫）p81
ふわふわちゃん
　◇小笠原豊樹訳「異色作家短篇集 3」早川書房　2005　p129
ぶわん・ばっ！
　◇大森望訳「奇想コレクション　不思議のひと触れ」河出書房新社　2003　p125
閉所愛好症
　◇大森望訳「奇想コレクション　不思議のひと触れ」河出書房新社　2003　p191
マエストロを殺せ
　◇柳下毅一郎訳「奇想コレクション　輝く断片」河出書房新社　2005　p207
ミドリザルとの情事
　◇大森望訳「奇想コレクション　輝く断片」河出書房新社　2005　p39
めぐりあい
　◇小笠原豊樹訳「異色作家短篇集 3」早川書房　2005　p87
もうひとりのシーリア
　◇大森望訳「奇想コレクション　不思議のひと触れ」河出書房新社　2003　p13
闇の間近で
　◇樋口真理訳「ヴァンパイア・コレクション」角川書店　1999　（角川文庫）p455
ルウェリンの犯罪
　◇柳下毅一郎訳「奇想コレクション　輝く断片」河出書房新社　2005　p267

スタップリイ, リチャード
基地
◇金井美子訳「ダーク・ファンタジー・コレクション 8」論創社 2008 p371

スタニスワフ・レシチンスキ Stanisław Leszczyński
ヨーロッパ人とデュモカラ王国人の対談
◇菅谷暁訳「啓蒙のユートピア 2」法政大学出版局 2008 p75

スターネフ, エミリヤン Stanev, Emilian
（1907〜1979　ブルガリア）
桃泥棒
◇松永緑弥訳「東欧の文学 ノンカの愛 他」恒文社 1971 p429

スタフーラ, エドヴァルト
朝
◇長谷見一雄訳「文学の贈物―東中欧文学アンソロジー」未知谷 2000 p140

スターリング, ブルース Sterling, Bruce
（1954〜　アメリカ）
江戸の花
◇小川隆訳「SFマガジン700―創刊700号記念アンソロジー 海外篇」早川書房 2014（ハヤカワ文庫 SF）p129
間諜
◇小川隆訳「楽園追放rewired―サイバーパンクSF傑作選」早川書房 2014（ハヤカワ文庫JA）p49
慈悲観音
◇小川隆訳「THE FUTURE IS JAPANESE」早川書房 2012（ハヤカワSFシリーズJコレクション）p251
80年代サイバーパンク終結宣言
◇金子浩訳「90年代SF傑作選 上」早川書房 2002（ハヤカワ文庫）p477
美と崇高
◇小川隆訳「20世紀SF 5」河出書房新社 2001（河出文庫）p49
ボヘミアの岸辺
◇嶋田洋一訳「ロボット・オペラ―An Anthology of Robot Fiction and Robot Culture」光文社 2004 p620
われらが神経チェルノブイリ
◇小川隆訳「ハッカー／13の事件」扶桑社 2000（扶桑社ミステリー）p273

スターン, スティーヴ Stern, Steve（1947〜　アメリカ）
ラザール・マルキン、天国へ行く
◇柴田元幸訳「新しいアメリカの小説 世界の肌ざわり」白水社 1993 p7

スターン, G.B.
唐辛子の味がわからなかった男
◇田口俊樹訳「ディナーで殺人を 下」東京創元社 1998（創元推理文庫）p11

スタンク, ザハリア Stancu, Zaharia（1902〜1974　ルーマニア）
はだしのダリエ
◇直野敦訳「東欧の文学 はだしのダリエ」恒文社 1967 p27

スタンダール Stendhal（1783〜1842　フランス）
ほれぐすり
◇桑原武夫訳「美しい恋の物語」筑摩書房 2010（ちくま文学の森）p325
◇桑原武夫訳「百年文庫 71」ポプラ社 2011 p101

スタントン, ウィル
ガムドロップ・キング
◇浅倉久志編訳「グラックの卵」国書刊行会 2006（未来の文学）p147

スタンパー, W.J.
死人の唇
◇「怪樹の腕―〈ウィアード・テールズ〉戦前邦訳傑作選」東京創元社 2013 p277

スタンリー, ドナルド
シャーロック・ホームズ対007
◇北原尚彦訳「シャーロック・ホームズの栄冠」論創社 2007（論創海外ミステリ）p269

スチャリトクル, ソムトウ
しばし天の祝福より遠ざかり…
◇伊藤典夫訳「ここがウィネトカなら、きみはジュディ―時間SF傑作選 SFマガジン創刊50周年記念アンソロジー」早川書房 2010（ハヤカワ文庫 SF）p367

スチュアート, アン Stuart, Anne Kristine（1948〜　アメリカ）
危険なチョコレート
◇響遼子訳「マイ・バレンタイン―愛の贈りもの '99」ハーレクイン 1991 p5
奇跡のバレンタイン

ステイ

◇愛甲玲訳「マイ・バレンタイン―愛の贈りもの 2008」ハーレクイン 2008 p105

キャンドルに願いを
◇田中淳子訳「天使が微笑んだら―クリスマス・ストーリー2008」ハーレクイン 2008 p111

堕天使の誘惑
◇茅野久枝訳「マイ・バレンタイン―愛の贈りもの 2005」ハーレクイン 2005 p109

真夜中の奇跡
◇松田和紀子訳「五つの愛の物語―クリスマス・ストーリー2015」ハーパーコリンズ・ジャパン 2015 p299

女神におまかせ！
◇長田乃莉子訳「マイ・バレンタイン―愛の贈りもの 2001」ハーレクイン 2001 p5

スティーヴンス, スーザン

誘惑のイスタンブール
◇藤村華奈美訳「四つの愛の物語―クリスマス・ストーリー 情熱の贈り物 2005」ハーレクイン 2005 p235

スティーヴンスン, ニール　Stephenson, Neal
（1959～　アメリカ）

クランチ
◇村井智之訳「ディスコ2000」アーティストハウス 1999 p196

サモリオンとジェリービーンズ
◇日暮雅通訳「90年代SF傑作選 上」早川書房 2002（ハヤカワ文庫）p7

スピュー
◇柴田元幸訳「ハッカー／13の事件」扶桑社 2000（扶桑社ミステリー）p373

スティーヴンソン, ファニー・ヴァン・デ・グリフト

ハーフ・ホワイト
◇大久保譲訳「病短編小説集」平凡社 2016（平凡社ライブラリー）p87

スティーヴンソン, ロバート・ルイス
Stevenson, Robert Louis Balfour（1850～1894　イギリス）

ある古謡
◇中和彩子訳「ポケットマスターピース 8」集英社 2016（集英社文庫ヘリテージシリーズ）p293

医師とアヘン中毒患者
◇山本俊子訳「ミニ・ミステリ100」早川書房 2005（ハヤカワ・ミステリ文庫）p224

嘘の顛末
◇大久保譲訳「ポケットマスターピース 8」集英社 2016（集英社文庫ヘリテージシリーズ）p207

オララ――一八八五
◇金谷益道訳「ゴシック短編小説集」春風社 2012 p227

汽車の窓から
◇沢崎順之助訳「英国鉄道文学傑作選」筑摩書房 2000（ちくま文庫）p197

寓話 抄
◇大久保譲訳「ポケットマスターピース 8」集英社 2016（集英社文庫ヘリテージシリーズ）p605

声たちの島
◇高松雄一, 高松禎子訳「バベルの図書館 17」国書刊行会 1989 p15
◇高松雄一, 高松禎子訳「新編 バベルの図書館 3」国書刊行会 2013 p19

声の島
◇中和彩子訳「ポケットマスターピース 8」集英社 2016（集英社文庫ヘリテージシリーズ）p461

ジーキル博士とハイド氏
◇大久保譲訳「ポケットマスターピース 8」集英社 2016（集英社文庫ヘリテージシリーズ）p9

自殺クラブ
◇大久保譲訳「ポケットマスターピース 8」集英社 2016（集英社文庫ヘリテージシリーズ）p105

死体泥棒
◇柴田元幸訳「憑かれた鏡―エドワード・ゴーリーが愛する12の怪談」河出書房新社 2006 p117
◇柴田元幸訳「エドワード・ゴーリーが愛する12の怪談―憑かれた鏡」河出書房新社 2012（河出文庫）p129
◇吉野由起訳「ポケットマスターピース 8」集英社 2016（集英社文庫ヘリテージシリーズ）p351

天国に抗して
◇内田吉彦訳「アンデスの風叢書 天国・地獄百科」書肆風の薔薇 1982 p63

七二一／XY二五八
◇佐々田雅子訳「ミニ・ミステリ100」早川書房 2005（ハヤカワ・ミステリ文庫）p637

ねじれ首のジャネット
◇高松雄一, 高松禎子訳「バベルの図書館 17」

国書刊行会 1989 p149
　◇高松雄一、高松禎子訳「新編 バベルの図書館 3」国書刊行会 2013 p104
箱ちがい（オズボーン、ロイド）
　◇千葉康樹訳「ミステリーの本棚 箱ちがい」国書刊行会 2000 p5
壊の小鬼
　◇高松雄一、高松禎子訳「バベルの図書館 17」国書刊行会 1989 p55
　◇高松雄一、高松禎子訳「新編 バベルの図書館 3」国書刊行会 2013 p44
ファレサーの浜
　◇中和彩子訳「ポケットマスターピース 8」集英社 2016（集英社文庫ヘリテージシリーズ）p493
マーカイム
　◇高松雄一、高松禎子訳「バベルの図書館 17」国書刊行会 1989 p113
　◇高松雄一、高松禎子訳「新編 バベルの図書館 3」国書刊行会 2013 p82
マークハイム
　◇池央耿訳「百年文庫 36」ポプラ社 2010 p5
メリー・メン
　◇中和彩子訳「ポケットマスターピース 8」集英社 2016（集英社文庫ヘリテージシリーズ）p385
驢馬との旅
　◇中和彩子訳「ポケットマスターピース 8」集英社 2016（集英社文庫ヘリテージシリーズ）p619

スティーグラー, マーク Stiegler, Marc（1954〜 アメリカ）
やさしき誘惑
　◇中村融訳「20世紀SF 5」河出書房新社 2001（河出文庫）p253

ステイバー, レイモンド
メキシカン・ギャツビー
　◇東野さやか訳「エドガー賞全集―1990〜2007」早川書房 2008（ハヤカワ・ミステリ文庫）p515

スティブルフォード, ブライアン
インスマスの遺産
　◇大瀧啓裕訳「インスマス年代記 下」学習研究社 2001（学研M文庫）p113

スティール, アレン Steele, Allen M.（1958〜 アメリカ）
羊飼い衛星
　◇中原尚哉訳「90年代SF傑作選 上」早川書房 2002（ハヤカワ文庫）p463
マジンラ世紀末最終大決戦
　◇山岸真訳「20世紀SF 6」河出書房新社 2001（河出文庫）p71

ステースル, ジョン
クリスマス・シーズンの出来事
　◇日暮雅通訳「シャーロック・ホームズ クリスマスの依頼人」原書房 1998 p165

ステーチキン, セルゲイ
吸血鬼
　◇西周成編訳「ロシア幻想短編集 2」アルトアーツ 2016 p50
祖先達
　◇西周成編訳「ロシアSF短編集」アルトアーツ 2016 p32

ステッフォーラ, トム
最後の依頼
　◇浅倉久志選訳「極短小説」新潮社 2004（新潮文庫）p319

ステューマカー, アダム
ネオン砂漠
　◇小木曽圭介訳「アメリカ新進作家傑作選 2008」DHC 2009 p413

ステンボック, エリック
向こう岸の青い花―ブルターニュ伝説
　◇大貫昌子訳「狼女物語―美しくも妖しい短編傑作選」工作舎 2011 p85

ストゥドニャレク, ミハウ
時間はだれも待ってくれない
　◇小椋彩訳「時間はだれも待ってくれない―21世紀東欧SF・ファンタスチカ傑作集」東京創元社 2011 p145

ストーカー, ブラム Stoker, Bram（1847〜1912 アイルランド）
猫の復讐
　◇仁賀克雄訳「乱歩の選んだベスト・ホラー」筑摩書房 2000（ちくま文庫）p83
判事の家
　◇小山太一訳「憑かれた鏡―エドワード・ゴーリーが愛する12の怪談」河出書房新社 2006 p169

ストク

◇小山太一訳「エドワード・ゴーリーが愛する12の怪談—憑かれた鏡」河出書房新社 2012（河出文庫）p183

ストークス, クリストファー

マイケル・ロックフェラーを喰った男
◇柏井優基斗訳「アメリカ新進作家傑作選 2008」DHC 2009 p107

ストックトン, フランク・R.　Stockton, Frank Richard（1834～1902　アメリカ）

女か虎か
◇中村能三訳「山口雅也の本格ミステリ・アンソロジー」角川書店 2007（角川文庫）p209
◇中村能三訳「天外消失—世界短篇傑作集 Off the face of the earth and other stories」早川書房 2008（ハヤカワ・ミステリ）p245
◇紀田順一郎訳「謎の物語」筑摩書房 2012（ちくま文庫）p29
◇紀田順一郎訳「30の神品—ショートショート傑作選」扶桑社 2016（扶桑社文庫）p323

きみならどうする
◇吉田甲子太郎訳「もう一度読みたい教科書の泣ける名作」学研教育出版 2013 p145

三日月刀の促進士
◇中村能三訳「山口雅也の本格ミステリ・アンソロジー」角川書店 2007（角川文庫）p222

三日月刀の督励官
◇紀田順一郎訳「謎の物語」筑摩書房 2012（ちくま文庫）p41

幽霊の移転
◇岡本綺堂編訳「世界怪談名作集 下」河出書房新社 2002（河出文庫）p295

ストーニア, G.W.

ある幽霊の回顧録
◇中野善夫訳「怪奇礼讃」東京創元社 2004（創元推理文庫）p377

ストラウド, ベン

シナモン色の肌の女
◇松本美佳訳「ベスト・アメリカン・短編ミステリ 2014」DHC 2015 p525

ストラウブ, ピーター　Straub, Peter（1943～アメリカ）

ミスター・クラップ＆ミスター・カフ
◇飯田亜子訳「復讐の殺人」早川書房 2001（ハヤカワ・ミステリ文庫）p389

ストラザー, ジャン　Struther, Jan（1901～1953　イギリス）

みにくい妹
◇伊藤典夫編・訳「冷たい方程式」早川書房 2011（ハヤカワ文庫 SF）p199

ストリックランド, ブラッドリイ

墓碑銘
◇千野宣夫訳「幻想と怪奇—おれの夢の女」早川書房 2005（ハヤカワ文庫）p93

ストリブリング, T.S.　Stribling, Thomas Sigismund（1881～1965　アメリカ）

アントゥンの指紋
◇倉阪鬼一郎訳「世界探偵小説全集 15」国書刊行会 1997 p167

海外電報
◇霜島義明訳「KAWADE MYSTERY ポジオリ教授の冒険」河出書房新社 2008 p187

カパイシアンの長官
◇倉阪鬼一郎訳「世界探偵小説全集 15」国書刊行会 1997 p59

カリブ諸島の手がかり
◇倉阪鬼一郎訳「世界探偵小説全集 15」国書刊行会 1997

クリケット
◇倉阪鬼一郎訳「世界探偵小説全集 15」国書刊行会 1997 p225

銃弾
◇霜島義明訳「KAWADE MYSTERY ポジオリ教授の冒険」河出書房新社 2008 p163

新聞
◇霜島義明訳「KAWADE MYSTERY ポジオリ教授の冒険」河出書房新社 2008 p309

チン・リーの復活
◇霜島義明訳「KAWADE MYSTERY ポジオリ教授の冒険」河出書房新社 2008 p133

つきまとう影
◇霜島義明訳「KAWADE MYSTERY ポジオリ教授の冒険」河出書房新社 2008 p31

パンパタールの真珠
◇霜島義明訳「KAWADE MYSTERY ポジオリ教授の冒険」河出書房新社 2008 p7

尾行
◇霜島義明訳「KAWADE MYSTERY ポジオリ教授の冒険」河出書房新社 2008 p281

ピンクの柱廊
◇霜島義明訳「KAWADE MYSTERY ポジオ

リ教授の冒険」河出書房新社 2008 p215
プライベート・ジャングル
　◇霜島義明訳「KAWADE MYSTERY ポジオリ教授の冒険」河出書房新社 2008 p249
ベナレスへの道
　◇倉阪鬼一郎訳「世界探偵小説全集 15」国書刊行会 1997 p303
亡命者たち
　◇倉阪鬼一郎訳「世界探偵小説全集 15」国書刊行会 1997 p9
ポジオリ教授の冒険
　◇霜島義明訳「KAWADE MYSTERY ポジオリ教授の冒険」河出書房新社 2008

ストリンドベリ, ヨハン・アウグスト　Strindberg, Johan August（1849〜1912　スウェーデン）
稲妻
　◇森鷗外訳「債鬼—外四篇」ゆまに書房 2004（昭和初期世界名作翻訳全集）p127
債鬼
　◇森鷗外訳「債鬼—外四篇」ゆまに書房 2004（昭和初期世界名作翻訳全集）p3
パリアス
　◇森鷗外訳「債鬼—外四篇」ゆまに書房 2004（昭和初期世界名作翻訳全集）p85
一人舞台
　◇森鷗外訳「諸国物語—stories from the world」ポプラ社 2008 p431
一人舞臺
　◇森鷗外訳「債鬼—外四篇」ゆまに書房 2004（昭和初期世界名作翻訳全集）p115
ペリカン
　◇森鷗外訳「債鬼—外四篇」ゆまに書房 2004（昭和初期世界名作翻訳全集）p201
爛酔
　◇舟木重信訳「爛酔」ゆまに書房 2008（昭和初期世界名作翻訳全集）p1
令嬢と召使（笹部博司〔著〕）
　◇「令嬢と召使」メジャーリーグ 2008（笹部博司の演劇コレクション）p11

ストレイド, シェリル
グッド
　◇岩志育子訳「アメリカ新進作家傑作選 2003」DHC 2004 p21

ストロス, チャールズ　Stross, Charles（1964〜　イギリス）
ローグ・ファーム
　◇金子浩訳「スティーヴ・フィーヴァー—ポストヒューマンSF傑作選 SFマガジン創刊50周年記念アンソロジー」早川書房 2010（ハヤカワ文庫 SF）p115
ロブスター
　◇酒井昭伸訳「楽園追放rewired—サイバーパンクSF傑作選」早川書房 2014（ハヤカワ文庫 JA）p217

ストロング, レオナルド　Strong, Leonard（1896〜1958　イギリス）
宿題
　◇小野寺健訳「世界100物語 8」河出書房新社 1997 p7

ストーン, リン
聖なる贈り物
　◇美琴あまね訳「四つの愛の物語—クリスマス・ストーリー 2007」ハーレクイン 2007 p321

スナイダー, スコット
ヴードゥー・ハート
　◇岸本佐知子編訳「変愛小説集 2」講談社 2010 p131
ブルー・ヨーデル
　◇岸本佐知子編訳「変愛小説集」講談社 2008 p171
　◇岸本佐知子編訳「変愛小説集」講談社 2014（講談社文庫）p175

スノウ, ウォルター
悪夢の顔
　◇竹本祐子訳「ブルー・ボウ・シリーズ キスの代償」青弓社 1994 p83

スパーク, ミュリエル　Spark, Muriel（1918〜2006　イギリス）
後に残してきた少女
　◇西崎憲編訳「短篇小説日和—英国異色傑作選」筑摩書房 2013（ちくま文庫）p11
棄ててきた女
　◇若島正訳「異色作家短篇集 19」早川書房 2007 p205
百十一年後の運転手
　◇桃尾美佳訳「ベスト・ストーリーズ 3」早川書房 2016 p147

スピード, ジェーン
車輪はまわる

スヒレ
　◇田村義進訳「ミニ・ミステリ100」早川書房 2005（ハヤカワ・ミステリ文庫）p327
復讐のレシピ
　◇田村義進訳「ミニ・ミステリ100」早川書房 2005（ハヤカワ・ミステリ文庫）p380

スピレイン, ミッキー
死んだはずの男（コリンズ，マックス・アラン）
　◇森本信子訳「ベスト・アメリカン・短編ミステリ 2012」DHC 2012 p555

スーフゲイ
燃えた巣
　◇南田みどり編訳「ミャンマー現代短編集 2」大同生命国際文化基金 1998（アジアの現代文芸）p37

スプライル, スティーヴン
ヘモファージ
　◇金子浩訳「999（ナインナインナイン）―狂犬の夏」東京創元社 2000（創元推理文庫）p177

スプリッグ, クリストファー・セント・ジョン
死は八時半に訪れる
　◇森英俊訳「これが密室だ！」新樹社 1997 p295

スプリンガー, ナンシー　Springer, Nancy（1948～　アメリカ）
アメリカンカール
　◇中井京子訳「子猫探偵ニックとノラ―The Cat Has Nine Mysterious Tales」光文社 2004（光文社文庫）p199

スプルーイル, スティーブン
動物愛護について
　◇佐々木信雄訳「魔猫」早川書房 1999 p281

スペイン, クリス
猛獣の夜
　◇ウィリアム N.伊藤訳「ゾエトロープ Biz」角川書店 2001（Bookplus）p117

スペクター, クレイグ　Spector, Craig（1958～　アメリカ）
特殊メイク
　◇夏来健次訳「シルヴァー・スクリーム 下」東京創元社 2013（創元推理文庫）p105

スペンサー, ウィリアム・ブラウニング　Spencer, William Browning（1946～　アメリカ）
真夜中をダウンロード
　◇内田昌之訳「20世紀SF 6」河出書房新社 2001（河出文庫）p241

スペンサー, ジェームズ
ダコイット
　◇飯野真由美訳「アメリカ短編小説傑作選 2001」DHC 2001（アメリカ文芸「年間」傑作選）p491

スペンダー, スティーブン
急行列車
　◇安藤一郎訳「英国鉄道文学傑作選」筑摩書房 2000（ちくま文庫）p248

スマレ, マッシモ
鉄と火から
　◇「ひとにぎりの異形」光文社 2007（光文社文庫）p511

スミアウン
帰宅
　◇南田みどり編訳「二十一世紀ミャンマー作品集」大同生命国際文化基金 2015（アジアの現代文芸）p195

スミス, アーノルド
壁画の中の顔
　◇平井呈一編「壁画の中の顔―こわい話気味のわるい話 3」沖積舎 2012 p7

スミス, アリ　Smith, Ali（1962～　イギリス）
五月
　◇岸本佐知子編訳「変愛小説集」講談社 2008 p7
　◇岸本佐知子編訳「変愛小説集」講談社 2014（講談社文庫）p9
五月―恋情しみじみ
　◇岩田美喜訳「しみじみ読むイギリス・アイルランド文学―現代文学短編作品集」松柏社 2007 p179
子供
　◇岸本佐知子編訳「コドモノセカイ」河出書房新社 2015 p29

スミス, アリソン
スペシャリスト
　◇岸本佐知子編訳「変愛小説集 2」講談社 2010 p33

スミス, アンドレア
殺人の教え
　◇飯泉恵美子訳「ウーマンズ・ケース 上」早川書房 1998（ハヤカワ・ミステリ文庫）p311

スミス, エミリー・R.
エミリー・ウィズ・アイアンドレス――センパイポカリプス・ナウ！
◇本兌有, 杉ライカ訳「ハーン・ザ・ラストハンター――アメリカン・オタク小説集」筑摩書房 2016 p95

スミス, ガイ・N.
インスマスに帰る
◇大瀧啓裕訳「インスマス年代記 上」学習研究社 2001（学研M文庫）p303

スポーツ好きの郷士の事件
◇日暮雅通訳「シャーロック・ホームズの大冒険 上」原書房 2009 p257

スミス, クラーク・アシュトン　Smith, Clark Ashton（1893～1961　アメリカ）
アヴェロワーニュの逢引――九三一
◇下楠昌哉訳「ゴシック短編小説集」春風社 2012 p409

アヴロワーニュの逢引
◇井澤真紀子訳「吸血鬼伝説――ドラキュラの末裔たち」原書房 1997 p191

サタムプラ・ゼイロスの物語
◇大瀧啓裕訳「クトゥルー 12」青心社 2002（暗黒神話大系シリーズ）p15

魔道師の挽歌
◇小林勇次訳「新編 真ク・リトル・リトル神話大系 2」国書刊行会 2007 p35

ヨー・ヴォムビスの地下墓地
◇中村融編訳「影が行く――ホラーSF傑作選」東京創元社 2000（創元SF文庫）p295

スミス, ケイ・ノルティ
買い手が損をする
◇佐々田雅子訳「ミニ・ミステリ100」早川書房 2005（ハヤカワ・ミステリ文庫）p669

スミス, ケン
イモ掘りの日々
◇柴田元幸編訳「いずれは死ぬ身」河出書房新社 2009 p83

スミス, コードウェイナー　Smith, Cordwainer（1913～1966　アメリカ）
鼠と竜のゲーム
◇伊藤典夫訳「魔法の猫」扶桑社 1998（扶桑社ミステリー）p39

燃える脳
◇浅倉久志訳「20世紀SF 2」河出書房新社 2000（河出文庫）p365

スミス, ジャイルズ
最後のリクエスト
◇亀井よし子訳「天使だけが聞いている12の物語」ソニー・マガジンズ 2001 p45

スミス, ジュリー
慰問カウンセラー
◇山本俊子訳「ミニ・ミステリ100」早川書房 2005（ハヤカワ・ミステリ文庫）p166

逃した大魚
◇田口俊樹訳「主婦に捧げる犯罪――書下ろしミステリ傑作選」武田ランダムハウスジャパン 2012（RHブックス＋プラス）p15

レッド・ロック
◇長野きよみ訳「フィリップ・マーロウの事件」早川書房 2007（ハヤカワ・ミステリ文庫）p233

スミス, スタンフォード
ジョージとマーサ
◇浅倉久志選訳「極短小説」新潮社 2004（新潮文庫）p233

スミス, ゼイディー　Smith, Zadie（1975～　イギリス）
それはおれだけさ
◇亀井よし子訳「天使だけが聞いている12の物語」ソニー・マガジンズ 2001 p127

スミス, ディーン・ウェズリー
運命の分かれ道
◇佐藤友紀訳「シャーロック・ホームズのSF大冒険――短篇集 上」河出書房新社 2006（河出文庫）p285

通りで子どもが遊ぶとき
◇山口緑訳「ノストラダムス秘録」扶桑社 1999（扶桑社ミステリー）p339

スミス, デニス・O.
銀のバックル事件
◇日暮雅通訳「シャーロック・ホームズの大冒険 上」原書房 2009 p223

沼地の宿屋の冒険
◇日暮雅通訳「シャーロック・ホームズ アンダーショーの冒険」原書房 2016 p67

スミス, デレック　Smith, Derek Howe（イギリス）
悪魔を呼び起こせ
◇森英俊訳「世界探偵小説全集 25」国書刊行会 1999 p5

スミス, パトリシア
彼らが私たちを捨て去るとき
◇松本三佳訳「ベスト・アメリカン・短編ミステリ 2014」DHC 2015 p503

スミス, ピーター・ムーア　Smith, Peter Moore（1965〜　アメリカ）
忘却の方法
◇加藤恵子訳「アメリカミステリ傑作選 2002」DHC 2002（アメリカ文芸「年間」傑作選）p647

スミス, マイケル・マーシャル　Smith, Michael Marshall（1965〜　イギリス）
海を見る
◇大瀧啓裕訳「インスマス年代記 下」学習研究社 2001（学研M文庫）p201

無理数の話
◇梶元靖子訳「999（ナインナインナイン）―聖金曜日」東京創元社 2000（創元推理文庫）p313

スミス, ラクラン
静寂の空
◇寺坂由美子訳「アメリカ新進作家傑作選 2005」DHC 2006 p211

スミス, D.R.
アルハザードの発狂
◇大瀧啓裕訳「クトゥルー 12」青心社 2002（暗黒神話大系シリーズ）p7

スミス, L.E.　Smith, Eleanor
船を見ぬ島
◇宇野利泰訳「怪奇小説傑作集 新版 2」東京創元社 2006（創元推理文庫）p91

スミス, R.T.
アイリッシュ・クリーク縁起
◇山西美都紀訳「ベスト・アメリカン・ミステリ クラック・コカイン・ダイエット」早川書房 2007（ハヤカワ・ミステリ）p437

スモール, ラス
誘惑の仕方教えます
◇清水ひろこ訳「マイ・バレンタイン―愛の贈りもの 2000」ハーレクイン 2000 p203

スュレナ, エルシー
天のたくらみ
◇管啓次郎訳「月光浴―ハイチ短篇集」国書刊行会 2003（Contemporary writers）p115
はじめてのときめき

◇管啓次郎訳「月光浴―ハイチ短篇集」国書刊行会 2003（Contemporary writers）p123
母が遺したもの
◇管啓次郎訳「月光浴―ハイチ短篇集」国書刊行会 2003（Contemporary writers）p103

スライマン, フジル　Sulaiman, Huzir（マレーシア）
投票日
◇小飯塚真知子訳「海外戯曲アンソロジー―海外現代戯曲翻訳集〈国際演劇交流セミナー記録〉1」日本演出者協会 2007 p189

スラヴィン, ジュリア
歯好症（デンタフィリア）
◇岸本佐知子編訳「変愛小説集 2」講談社 2010 p259
まる呑み
◇岸本佐知子編訳「変愛小説集」講談社 2008 p67
◇岸本佐知子編訳「変愛小説集」講談社 2014（講談社文庫）p69

スラッシャー, L.L.
犠牲
◇飯野眞由美訳「アメリカミステリ傑作選 2001」DHC 2001（アメリカ文芸「年間」傑作選）p521

スラデック, ジョン　Sladek, John（1937〜2000　アメリカ）
アイオワ州ミルグローブの詩人たち
◇伊藤典夫訳「奇想コレクション 蒸気駆動の少年」河出書房新社 2008 p55
悪への鉄槌、またはパスカル・ビジネススクール求職情報
◇若島正訳「奇想コレクション 蒸気駆動の少年」河出書房新社 2008 p127
息を切らして
◇浅倉久志訳「奇想コレクション 蒸気駆動の少年」河出書房新社 2008 p217
おつぎのこびと
◇浅倉久志訳「奇想コレクション 蒸気駆動の少年」河出書房新社 2008 p249
おとんまたち全員集合！
◇浅倉久志訳「奇想コレクション 蒸気駆動の少年」河出書房新社 2008 p401
神々の宇宙靴―考古学はくつがえされた
◇浅倉久志訳「奇想コレクション 蒸気駆動の少年」河出書房新社 2008 p157

教育用書籍の渡りに関する報告書
　◇柳下毅一郎訳「奇想コレクション　蒸気駆動の少年」河出書房新社 2008 p389
高速道路
　◇山形浩生訳「奇想コレクション　蒸気駆動の少年」河出書房新社 2008 p105
小熊座
　◇柳下毅一郎訳「奇想コレクション　蒸気駆動の少年」河出書房新社 2008 p327
最後のクジラバーガー
　◇柳下毅一郎訳「奇想コレクション　蒸気駆動の少年」河出書房新社 2008 p69
蒸気駆動の少年
　◇柳下毅一郎訳「奇想コレクション　蒸気駆動の少年」河出書房新社 2008 p373
ゾイドたちの愛
　◇柳下毅一郎訳「奇想コレクション　蒸気駆動の少年」河出書房新社 2008 p227
血とショウガパン
　◇柳下毅一郎訳「奇想コレクション　蒸気駆動の少年」河出書房新社 2008 p277
超越のサンドイッチ
　◇柳下毅一郎訳「奇想コレクション　蒸気駆動の少年」河出書房新社 2008 p19
月の消失に関する説明
　◇柳下毅一郎訳「奇想コレクション　蒸気駆動の少年」河出書房新社 2008 p145
ピストン式
　◇大森望訳「奇想コレクション　蒸気駆動の少年」河出書房新社 2008 p85
不安検出書（B式）
　◇野口幸夫訳「奇想コレクション　蒸気駆動の少年」河出書房新社 2008 p421
不在の友に
　◇柳下毅一郎訳「奇想コレクション　蒸気駆動の少年」河出書房新社 2008 p311
古カスタードの秘密
　◇柳下毅一郎訳「奇想コレクション　蒸気駆動の少年」河出書房新社 2008 p7
ベストセラー
　◇山形浩生訳「奇想コレクション　蒸気駆動の少年」河出書房新社 2008 p31
他の惑星にも死は存在するのか？
　◇柳下毅一郎訳「異色作家短篇集 18」早川書房 2007 p191
ホワイトハット
　◇酒井昭伸訳「奇想コレクション　蒸気駆動の少年」河出書房新社 2008 p353
マスターソンと社員たち
　◇浅倉久志編訳「グラックの卵」国書刊行会 2006（未来の文学）p177
見えざる手によって
　◇風見潤訳「有栖川有栖の本格ミステリ・ライブラリー」角川書店 2001（角川文庫）p423
　◇風見潤訳「奇想コレクション　蒸気駆動の少年」河出書房新社 2008 p167
密室
　◇大和田始訳「奇想コレクション　蒸気駆動の少年」河出書房新社 2008 p205
密室もうひとつのフェントン・ワース・ミステリー——The Locked Room
　◇越智道雄訳「法月綸太郎の本格ミステリ・アンソロジー」角川書店 2005（角川文庫）p92
ロデリック（抄）
　◇柳下毅一郎訳「ロボット・オペラAn Anthology of Robot Fiction and Robot Culture」光文社 2004 p526

スリーター, ウィリアム　Sleator, William（1945〜　アメリカ）
インターステラ・ピッグ
　◇斎藤倫子訳「シリーズ百年の物語 4」トパーズプレス 1996 p3

スレーター, エレイン
悪夢
　◇田村義進訳「ミニ・ミステリ100」早川書房 2005（ハヤカワ・ミステリ文庫）p375
スーイー・ピル
　◇佐々田雅子訳「ミニ・ミステリ100」早川書房 2005（ハヤカワ・ミステリ文庫）p733
そして、今
　◇田村義進訳「ミニ・ミステリ100」早川書房 2005（ハヤカワ・ミステリ文庫）p260

スレッサー, ヘンリー　Slesar, Henry（1927〜2002　アメリカ）
ある一日
　◇森沢くみ子訳「ダーク・ファンタジー・コレクション 6」論創社 2007 p31
偉大な男の死
　◇森沢くみ子訳「ダーク・ファンタジー・コレクション 6」論創社 2007 p89
奇病
　◇佐々田雅子訳「ミニ・ミステリ100」早川書房 2005（ハヤカワ・ミステリ文庫）p562

スレツ

恐喝者
　◇森沢くみ子訳「ダーク・ファンタジー・コレクション 6」論創社 2007 p43

最期の言葉
　◇森沢くみ子訳「ダーク・ファンタジー・コレクション 6」論創社 2007 p25

最後の微笑
　◇山本俊子訳「ミニ・ミステリ100」早川書房 2005（ハヤカワ・ミステリ文庫）p159
　◇山本俊子訳「30の神品―ショートショート傑作選」扶桑社 2016（扶桑社文庫）p43

処刑の日
　◇高橋泰邦訳「読まずにいられぬ名短篇」筑摩書房 2014（ちくま文庫）p237

診断
　◇森沢くみ子訳「ダーク・ファンタジー・コレクション 6」論創社 2007 p83

大佐の家
　◇森沢くみ子訳「ダーク・ファンタジー・コレクション 6」論創社 2007 p15

ダム通りの家
　◇森沢くみ子訳「ダーク・ファンタジー・コレクション 6」論創社 2007 p247

チェンジ
　◇森沢くみ子訳「ダーク・ファンタジー・コレクション 6」論創社 2007 p119

毒を盛られたポーン
　◇秋津知子訳「モーフィー時計の午前零時―チェス小説アンソロジー」国書刊行会 2009 p65

年寄りはしぶとい
　◇森沢くみ子訳「ダーク・ファンタジー・コレクション 6」論創社 2007 p175

どなたをお望み？
　◇野村光由訳「謎のギャラリー――こわい部屋」新潮社 2002（新潮文庫）p141
　◇野村光由訳「こわい部屋」筑摩書房 2012（ちくま文庫）p141

七年遅れの死
　◇森沢くみ子訳「ダーク・ファンタジー・コレクション 6」論創社 2007 p71

二世の契り
　◇高橋泰邦訳「北村薫のミステリー館」新潮社 2005（新潮文庫）p129

猫の子
　◇野村光由訳「魔法の猫」扶桑社 1998（扶桑社ミステリー）p169

拝啓、ミセス・フェンウィック
　◇森沢くみ子訳「ダーク・ファンタジー・コレクション 6」論創社 2007 p99

花を愛でる警官
　◇山本俊子訳「ミニ・ミステリ100」早川書房 2005（ハヤカワ・ミステリ文庫）p35

被害者は誰だ
　◇森沢くみ子訳「ダーク・ファンタジー・コレクション 6」論創社 2007 p3

ブードゥー人形
　◇萩岡史子訳「ブルー・ボウ・シリーズ 殺人コレクション」青弓社 1992 p93

見覚えありませんか？
　◇田村義進訳「ミニ・ミステリ100」早川書房 2005（ハヤカワ・ミステリ文庫）p457

身代わり
　◇森沢くみ子訳「ダーク・ファンタジー・コレクション 6」論創社 2007 p163

目撃者の選択
　◇森沢くみ子訳「ダーク・ファンタジー・コレクション 6」論創社 2007 p209

唯一の方法
　◇森沢くみ子訳「ダーク・ファンタジー・コレクション 6」論創社 2007 p61

ルースの悩み
　◇森沢くみ子訳「ダーク・ファンタジー・コレクション 6」論創社 2007 p225

ルビイ・マーチンスンと大いなる棺桶犯罪計画
　◇森沢くみ子訳「ダーク・ファンタジー・コレクション 6」論創社 2007 p267

ルビイ・マーチンスンの大いなる毛皮泥棒
　◇森沢くみ子訳「ダーク・ファンタジー・コレクション 6」論創社 2007 p313

ルビイ・マーチンスンの変装
　◇森沢くみ子訳「ダーク・ファンタジー・コレクション 6」論創社 2007 p291

ルビイ・マーチンスン、ノミ屋になる
　◇森沢くみ子訳「ダーク・ファンタジー・コレクション 6」論創社 2007 p337

私の秘密
　◇森沢くみ子訳「ダーク・ファンタジー・コレクション 6」論創社 2007 p139

悪いニュースばっかり
　◇田村義進訳「ミニ・ミステリ100」早川書房 2005（ハヤカワ・ミステリ文庫）p293

スレート, E.V.
満一か月のお祝い
◇甲斐美穂子訳「アメリカ新進作家傑作選 2005」DHC 2006 p105

スロボダ, ルドルフ　Sloboda, Rudolf（1938〜1995　スロヴァキア）
白犬伝
◇長奥進訳「文学の贈物―東中欧文学アンソロジー」未知谷 2000 p328

スワースキー, レイチェル
樹海
◇柿沼瑛子訳「THE FUTURE IS JAPANESE」早川書房 2012（ハヤカワSFシリーズJコレクション）p97

スワーゼク, マリリー
ひとり遊び
◇浅倉久志選訳「極短小説」新潮社 2004（新潮文庫）p182

スワンウィック, マイケル　Swanwick, Michael（1950〜　アメリカ）
シュラフツの昼さがり（ドゾワ, ガードナー／ダン, ジャック）
◇中村融訳「魔法の猫」扶桑社 1998（扶桑社ミステリー）p415
ドッグファイト（ギブスン, ウィリアム）
◇酒井昭伸訳「ハッカー／13の事件」扶桑社 2000（扶桑社ミステリー）p227

【 セ 】

星竹　せい・ちく
花瓶
◇金子わこ訳「じゃがいも―中国現代文学短編集」小学館スクウェア 2007 p149
◇金子わこ訳「じゃがいも―中国現代文学短編集」鼎書房 2012 p149

セイフェッティン, オメル　Seyfettin, Ömer（1884〜1920　トルコ）
潔白
◇田中けやき訳「現代トルコ文学選 2」東京外国語大学外国語学部トルコ語専攻研究室 2012（TUFS Middle Eastern studies）p169
3つの忠告
◇田中けやき訳「現代トルコ文学選 2」東京外国語大学外国語学部トルコ語専攻研究室 2012（TUFS Middle Eastern studies）p161

セイヤー, マンディ
いいひと
◇下楠昌哉訳「ダイヤモンド・ドッグ《多文化を映す》現代オーストラリア短編小説集」現代企画室 2008 p203

セイヤーズ, ドロシー・L.　Sayers, Dorothy Leigh（1893〜1957　イギリス）
朝の殺人
◇中勢津子訳「20世紀英国モダニズム小説集成 自分の同類を愛した男」風濤社 2014 p202
ナイン・テイラーズ
◇門野集訳「乱歩が選ぶ黄金時代ミステリーBEST10 10」集英社 1999（集英社文庫）p7
ビターアーモンド―モンタギュー・エッグの物語
◇中勢津子訳「20世紀英国モダニズム小説集成 世を騒がす嘘つき男」風濤社 2014 p223
一人だけ多すぎる
◇中勢津子訳「20世紀英国モダニズム小説集成 自分の同類を愛した男」風濤社 2014 p221
まえがき〔ナイン・テイラーズ〕
◇門野集訳「乱歩が選ぶ黄金時代ミステリーBEST10 10」集英社 1999（集英社文庫）p11
竜の頭の謎をめぐる知的冒険
◇西沢有里訳「本の殺人事件簿―ミステリ傑作20選 2」バベル・プレス 2001 p69

セイラー, ジェニファー
延滞料
◇浅倉久志選訳「極短小説」新潮社 2004（新潮文庫）p206

ゼイン, キャロリン
世紀のファーストキス
◇槙由子訳「マイ・ヴァレンタイン―愛の贈りもの 2005」ハーレクイン 2005 p199

セインズベリー, スティーヴ
移植手術
◇浅倉久志選訳「極短小説」新潮社 2004（新潮文庫）p317

ゼーガース, アンナ　Seghers, Anna（1900〜1983　ドイツ）
葦
◇小林佳世子訳「シリーズ現代ドイツ文学 5」早稲田大学出版部 1993 p27

セカラン, シャンティ
スターリン
◇渡部裕一訳「アメリカ新進作家傑作選 2004」DHC 2005 p41

セガレン, ヴィクトル　Segalen, Victor（1878～1919　フランス）
〈エグゾティスム〉に関する試論〈多様なるもの〉についての一〈美学〉
◇木下誠訳「シリーズ【越境の文学／文学の越境】〈エグゾティスム〉に関する試論覊旅」現代企画室 1995 p125
覊旅〈現実のもの〉の国への旅
◇木下誠訳「シリーズ【越境の文学／文学の越境】〈エグゾティスム〉に関する試論覊旅」現代企画室 1995 p7

石 舒清　せき・じょせい（1969～　中国）
賀家堡（ハージアーパオ）
◇水野衛子訳「中国現代文学選集 3」トランスビュー 2010 p1
塀を作る
◇水野衛子訳「中国現代文学選集 3」トランスビュー 2010 p12

関 沫南　せき・まつなん
ある街の一夜
◇岡田英樹訳編「血の報復―「在満」中国人作家短篇集」ゆまに書房 2016 p267

セクソン, リンダ
皮膚のない皇帝
◇村上春樹編訳「バースデイ・ストーリーズ」中央公論新社 2002 p87

セシル, ヘンリ
告げ口―「メルトン先生の犯罪学演習」より
◇大西尹明訳「北村薫のミステリー館」新潮社 2005（新潮文庫） p113

セゼール, エメ　Césaire, Aimé（1913～2008 フランス）
クリストフ王の悲劇
◇尾崎文太, 片桐祐, 根岸徹郎訳「コレクション現代フランス語圏演劇 1」れんが書房新社 2013 p5

薛 調　せつ・ちょう（中国）
無双伝（むそうでん）
◇黒田真美子著「中国古典小説選 5（唐代 2）」明治書院 2006 p325

薛 用弱　せつ・ようじゃく（中国）
集異記（しゅういき）（抄）
◇溝部良恵著「中国古典小説選 6（唐代 3）」明治書院 2008 p165

セッチ, リア　Secci, Lia（イタリア）
現実的ユートピアからロマン主義的ユートピアへ―東ドイツの散文の展開
◇奈倉洋子訳「シリーズ現代ドイツ文学 3」早稲田大学出版部 1991 p121

セディア, エカテリーナ
クジラの肉
◇黒沢由美訳「THE FUTURE IS JAPANESE」早川書房 2012（ハヤカワSFシリーズJコレクション） p215

セネデッラ, ロバート
作家とは…
◇木村美絵訳「本の殺人事件簿―ミステリ傑作20選 1」バベル・プレス 2001 p27

ゼーマン, アンジェラ
グリーン・ヒート
◇河野純治訳「ベスト・アメリカン・ミステリ スネーク・アイズ」早川書房 2005（ハヤカワ・ミステリ） p507
モルグ街のノワール
◇高山真由美訳「ポーに捧げる20の物語」早川書房 2009（Hayakawa pocket mystery books） p377

ゼーヤーリン
リサ姐御はライザへ行ったことがあるか
◇南田みどり編訳「二十一世紀ミャンマー作品集」大同生命国際文化基金 2015（アジアの現代文芸） p23

セラー, ゴード
不適切に調理されたフグ
◇旦紀子訳「マシン・オブ・デス―A Collection of Stories about People who Know How They Will DIE」アルファポリス 2012 p235
◇旦紀子訳「マシン・オブ・デス」アルファポリス 2013（アルファポリス文庫） p172

セラーズ, アレキサンドラ
氷のシーク
◇堀みゆき訳「真夏の恋の物語―サマー・シズラー 2003」ハーレクイン 2003 p115

セラーズ, コニー
ねじれた経路

◇森茂里訳「ブルー・ボウ・シリーズ キスの代償」青弓社 1994 p125

ゼラズニイ, ロジャー　Zelazny, Roger（1937～1995　アメリカ）
異端者の火刑
　◇野村芳夫訳「死のドライブ」文藝春秋 2001（文春文庫）p385
吸血機伝説
　◇中村融編訳「影が行く―ホラーSF傑作選」東京創元社 2000（創元SF文庫）p285
最後の晩餐
　◇田口俊樹訳「ディナーで殺人を 下」東京創元社 1998（創元推理文庫）p25
デイ・ブラッド
　◇浜野アキオ訳「ヴァンパイア・コレクション」角川書店 1999（角川文庫）p511
復讐の女神
　◇浅倉久志訳「20世紀SF 3」河出書房新社 2001（河出文庫）p7
フロストとベータ
　◇浅倉久志訳「ロボット・オペラ―An Anthology of Robot Fiction and Robot Culture」光文社 2004 p346
ボルジアの手
　◇中村融訳「街角の書店―18の奇妙な物語」東京創元社 2015（創元推理文庫）p297
ユニコーン・ヴァリエーション
　◇若島正訳「モーフィー時計の午前零時―チェス小説アンソロジー」国書刊行会 2009 p167

セラネラ, バーバラ
ミスディレクション
　◇高山真由美訳「殺しのグレイテスト・ヒッツ」早川書房 2007（ハヤカワ・ミステリ文庫）p165

ゼーリング, ハンス・ユルゲン　Söhring, Hans Jürgen（1908～1960　ドイツ）
去勢
　◇神崎巌訳「シリーズ現代ドイツ文学 4」早稲田大学出版部 1993 p123

セール, ジョージ
天上の時間と地上の時間とは関連性を持たず
　◇斎藤博士訳「アンデスの風叢書 天国・地獄百科」書肆風の薔薇 1982 p137

セルウス, マルヴィーナ
放蕩者に対する懲らしめ
　◇牛島信明訳「アンデスの風叢書 天国・地獄百科」書肆風の薔薇 1982 p35

セルク, カート
本の事件（アンドリュース, デイル・C.）
　◇飯城勇三編訳「エラリー・クイーンの災難」論創社 2012（論創海外ミステリ）p143

セルツァー, ジョーン
違った生き方
　◇吉田利子訳「間違ってもいい、やってみたら―想いがはじける28の物語」講談社 1998 p49

ゼルデス, リーア・A.
サセックスの研究
　◇堤朝子訳「シャーロック・ホームズのSF大冒険―短篇集 上」河出書房新社 2006（河出文庫）p358

セルバンテス, ミゲル・デ　Cervantes Saavedra, Miguel de（1547～1616　スペイン）
美しいヒターノの娘―『模範小説集』より
　◇吉田彩子訳「ポケットマスターピース 13」集英社 2016（集英社文庫ヘリテージシリーズ）p403
嫉妬深いエストレマドゥーラ男―『模範小説集』より
　◇吉田彩子訳「ポケットマスターピース 13」集英社 2016（集英社文庫ヘリテージシリーズ）p567
ドン・キホーテ 抄
　◇野谷文昭訳「ポケットマスターピース 13」集英社 2016（集英社文庫ヘリテージシリーズ）p9
ヌマンシアの包囲
　◇牛島信明訳「スペイン黄金世紀演劇集」名古屋大学出版会 2003 p19
ビードロ学士―『模範小説集』より
　◇吉田彩子訳「ポケットマスターピース 13」集英社 2016（集英社文庫ヘリテージシリーズ）p521

セルフ, ウィル　Self, Will（1961～　イギリス）
愛情と共感
　◇安原和見訳「奇想コレクション 元気なぼくらの元気なおもちゃ」河出書房新社 2006 p121
元気なぼくらの元気なおもちゃ
　◇安原和見訳「奇想コレクション 元気なぼくらの元気なおもちゃ」河出書房新社 2006 p157
ザ・ノンス・プライズ
　◇安原和見訳「奇想コレクション 元気なぼくらの元気なおもちゃ」河出書房新社 2006 p245

ボルボ七六〇ターボの設計上の欠陥について
　◇安原和見訳「奇想コレクション　元気なぼくらの元気なおもちゃ」河出書房新社　2006　p217
虫の園
　◇安原和見訳「奇想コレクション　元気なぼくらの元気なおもちゃ」河出書房新社　2006　p37
やっぱりデイヴ
　◇安原和見訳「奇想コレクション　元気なぼくらの元気なおもちゃ」河出書房新社　2006　p99
ヨーロッパに捧げる物語
　◇安原和見訳「奇想コレクション　元気なぼくらの元気なおもちゃ」河出書房新社　2006　p63
リッツ・ホテルよりでっかいクラック
　◇安原和見訳「奇想コレクション　元気なぼくらの元気なおもちゃ」河出書房新社　2006　p7

セロー, ポール　Theroux, Paul（1941〜　アメリカ）
ダイス・ゲーム
　◇村上春樹編訳「バースデイ・ストーリーズ」中央公論新社　2002　p99

セローテ, モンガーン　Serote, Mongane Wally（1944〜　南アフリカ）
生まれてくるものたちへ
　◇山田裕康訳「アフリカ文学叢書　生まれてくるものたちへ」スリーエーネットワーク　1998　p1

ゼンダー, メアリー
別れても好きな人
　◇浅倉久志選訳「極短小説」新潮社　2004（新潮文庫）p83

センデール, ラモン　Sender, Ramón José（1902〜1982　スペイン）
嵐のマドリード
　◇浜田滋郎訳「西和リブロス 1」西和書林　1984　p3
スペインのある農夫へのレクイエム
　◇浜田滋郎訳「西和リブロス 3」西和書林　1985　p7

セーンマニー, ブンスーン（ラオス）
金持ちの病
　◇二元裕子編訳「ラオス現代文学選集」大同生命国際文化基金　2013（アジアの現代文芸）p140
故郷を離れて
　◇二元裕子編訳「ラオス現代文学選集」大同生命国際文化基金　2013（アジアの現代文芸）p111
少年僧の夢
　◇二元裕子編訳「ラオス現代文学選集」大同生命国際文化基金　2013（アジアの現代文芸）p131
生と死
　◇二元裕子編訳「ラオス現代文学選集」大同生命国際文化基金　2013（アジアの現代文芸）p121

【ソ】

蘇　軾　そ・しょく（1037〜1101　中国）
東坡居士艾子雑説（とうばこじがいしざっせつ）
　◇大木康著「中国古典小説選 12（歴代笑話）」明治書院　2008　p75

祖　沖之　そ・ちゅうし（中国）
述異記（じゅついき）
　◇佐野誠子著「中国古典小説選 2（六朝 1）」明治書院　2006

蘇　童　そ・どう（1963〜　中国）
クワイ
　◇堀内利恵訳「コレクション中国同時代小説 4」勉誠出版　2012　p1
刺青時代
　◇竹内良雄訳「コレクション中国同時代小説 4」勉誠出版　2012　p61
垂楊柳（チュイヤンリウ）にて
　◇堀内利恵訳「コレクション中国同時代小説 4」勉誠出版　2012　p35
女人行路
　◇堀内利恵訳「コレクション中国同時代小説 4」勉誠出版　2012　p123
紅おしろい
　◇竹内良雄訳「コレクション中国同時代小説 4」勉誠出版　2012　p283
もう一つの女人行路
　◇堀内利恵訳「コレクション中国同時代小説 4」勉誠出版　2012　p207
離婚指南
　◇竹内良雄訳「コレクション中国同時代小説 4」勉誠出版　2012　p375

蘇　徳　そ・とく（1981〜　中国）
エマーソンの夜
　◇桑島道夫訳「中国現代文学選集 6」トランス

ビュー 2010 p1
徐 永恩 ソ・ヨンウン
遠いあなた
◇朴杓禮訳「韓国女性作家短編選」穂高書店 2004（アジア文化叢書）p39
宋 影 そう・えい
⇒宋影（ソン・ヨン）を見よ
曹 禺 そう・ぐ
原野
◇飯塚容訳「中国現代戯曲集 第9集」晩成書房 2009 p5
日の出
◇中山文訳「中国現代戯曲集 第8集」晩成書房 2009 p195
北京人
◇内山鶉訳「中国現代戯曲集 第9集」晩成書房 2009 p183
雷雨
◇飯塚容訳「中国現代戯曲集 第8集」晩成書房 2009 p5
曺 廣華 そう・こうか
⇒曺廣華（チョ・ガンファ）を見よ
曹 雪芹 そう・せつきん（1715～1764 中国）
鏡のなかの雲雨
◇中野美代子訳「バベルの図書館 10」国書刊行会 1988 p149
◇中野美代子訳「新編 バベルの図書館 6」国書刊行会 2013 p493
紅楼夢
◇中野美代子訳「バベルの図書館 10」国書刊行会 1988
◇中野美代子訳「新編 バベルの図書館 6」国書刊行会 2013
夢のなかのドッペルゲンゲル
◇中野美代子訳「バベルの図書館 10」国書刊行会 1988 p141
◇中野美代子訳「新編 バベルの図書館 6」国書刊行会 2013 p489
宋 沢莱 そう・たくすい（台湾）
腐乱
◇三木直大訳「新しい台湾の文学 鹿港からきた男」国書刊行会 2001 p201
曹 丕 そう・ひ（中国）
志怪（しかい）
◇佐野誠子著「中国古典小説選 2（六朝 1）」明治書院 2006
曹 丕 そう・ひ（187～226 中国）
列異伝（れついでん）
◇佐野誠子著「中国古典小説選 2（六朝 1）」明治書院 2006
曹 麗娟 そう・れいえん（1960～ 台湾）
童女の舞
◇赤松美和子訳「台湾セクシュアル・マイノリティ文学 3」作品社 2009 p177
曾 翎龍 そう・れいりゅう（1976～）
豚伝奇
◇豊田周子訳「台湾熱帯文学 4」人文書院 2011 p307
荘子 そうし（中国）
応帝王篇第七〔荘子〕
◇福永光司, 興膳宏訳「世界古典文学全集 17」筑摩書房 2004 p168
外物篇第二十六〔荘子〕
◇福永光司, 興膳宏訳「世界古典文学全集 17」筑摩書房 2004 p414
胠篋篇第十〔荘子〕
◇福永光司, 興膳宏訳「世界古典文学全集 17」筑摩書房 2004 p186
漁父篇第三十一〔荘子〕
◇福永光司, 興膳宏訳「世界古典文学全集 17」筑摩書房 2004 p473
寓言篇第二十七〔荘子〕
◇福永光司, 興膳宏訳「世界古典文学全集 17」筑摩書房 2004 p425
庚桑楚篇第二十三〔荘子〕
◇福永光司, 興膳宏訳「世界古典文学全集 17」筑摩書房 2004 p357
刻意篇第十五〔荘子〕
◇福永光司, 興膳宏訳「世界古典文学全集 17」筑摩書房 2004 p258
在宥篇第十一〔荘子〕
◇福永光司, 興膳宏訳「世界古典文学全集 17」筑摩書房 2004 p193
山木篇第二十〔荘子〕
◇福永光司, 興膳宏訳「世界古典文学全集 17」筑摩書房 2004 p307
秋水篇第十七〔荘子〕
◇福永光司, 興膳宏訳「世界古典文学全集 17」筑摩書房 2004 p266
譲王篇第二十八〔荘子〕
◇福永光司, 興膳宏訳「世界古典文学全集 17」

筑摩書房 2004 p432
逍遙遊篇第一〔荘子〕
　◇福永光司, 興膳宏訳「世界古典文学全集 17」筑摩書房 2004 p93
徐無鬼篇第二十四〔荘子〕
　◇福永光司, 興膳宏訳「世界古典文学全集 17」筑摩書房 2004 p373
至楽篇第十八〔荘子〕
　◇福永光司, 興膳宏訳「世界古典文学全集 17」筑摩書房 2004 p282
斉物論篇第二〔荘子〕
　◇福永光司, 興膳宏訳「世界古典文学全集 17」筑摩書房 2004 p102
説剣篇第三十〔荘子〕
　◇福永光司, 興膳宏訳「世界古典文学全集 17」筑摩書房 2004 p467
繕性篇第十六〔荘子〕
　◇福永光司, 興膳宏訳「世界古典文学全集 17」筑摩書房 2004 p262
荘子
　◇福永光司, 興膳宏訳「世界古典文学全集 17」筑摩書房 2004 p91
則陽篇第二十五〔荘子〕
　◇福永光司, 興膳宏訳「世界古典文学全集 17」筑摩書房 2004 p396
大宗師篇第六〔荘子〕
　◇福永光司, 興膳宏訳「世界古典文学全集 17」筑摩書房 2004 p150
田子方篇第二十一〔荘子〕
　◇福永光司, 興膳宏訳「世界古典文学全集 17」筑摩書房 2004 p322
達生篇第十九〔荘子〕
　◇福永光司, 興膳宏訳「世界古典文学全集 17」筑摩書房 2004 p291
知北遊篇第二十二〔荘子〕
　◇福永光司, 興膳宏訳「世界古典文学全集 17」筑摩書房 2004 p337
天運篇第十四〔荘子〕
　◇福永光司, 興膳宏訳「世界古典文学全集 17」筑摩書房 2004 p242
天下篇第三十三〔荘子〕
　◇福永光司, 興膳宏訳「世界古典文学全集 17」筑摩書房 2004 p494
天地篇第十二〔荘子〕
　◇福永光司, 興膳宏訳「世界古典文学全集 17」筑摩書房 2004 p207
天道篇第十三〔荘子〕
　◇福永光司, 興膳宏訳「世界古典文学全集 17」筑摩書房 2004 p228
盗跖篇第二十九〔荘子〕
　◇福永光司, 興膳宏訳「世界古典文学全集 17」筑摩書房 2004 p450
徳充符篇第五〔荘子〕
　◇福永光司, 興膳宏訳「世界古典文学全集 17」筑摩書房 2004 p139
人間世篇第四〔荘子〕
　◇福永光司, 興膳宏訳「世界古典文学全集 17」筑摩書房 2004 p123
馬蹄篇第九〔荘子〕
　◇福永光司, 興膳宏訳「世界古典文学全集 17」筑摩書房 2004 p182
駢拇篇第八〔荘子〕
　◇福永光司, 興膳宏訳「世界古典文学全集 17」筑摩書房 2004 p176
養生主篇第三〔荘子〕
　◇福永光司, 興膳宏訳「世界古典文学全集 17」筑摩書房 2004 p119
列禦寇篇第三十二〔荘子〕
　◇福永光司, 興膳宏訳「世界古典文学全集 17」筑摩書房 2004 p482

ソウヤー, ロバート・J.　Sawyer, Robert J. (1960〜　カナダ)
脱ぎ捨てられた男
　◇内田昌之訳「スティーヴ・フィーヴァー——ポストヒューマンSF傑作選 SFマガジン創刊50周年記念アンソロジー」早川書房 2010（ハヤカワ文庫 SF）p167
爬虫類のごとく…
　◇内田昌之訳「20世紀SF 6」河出書房新社 2001（河出文庫）p47
ホームズ、最後の事件ふたたび
　◇内田昌之訳「90年代SF傑作選 下」早川書房 2002（ハヤカワ文庫）p25
未来からの考察——ホームズ最後の事件
　◇安達真弓訳「シャーロック・ホームズのSF大冒険—短篇集 下」河出書房新社 2006（河出文庫）p285

ゾーシチェンコ, ミハイル　Zoshchenko, Mikhail Mikhailovich（1895〜1958　ロシア）
犬の嗅覚
　◇林朋子, クーチカ訳「雑話集—ロシア短編集 3」ロシア文学翻訳グループクーチカ 2014 p130
カヤはさやいだ

◇林朋子訳「雑話集―ロシア短編集 2」「雑話集」の会 2009 p61
　クリスマス物語
　　◇田辺佐保子訳「ロシアのクリスマス物語」群像社 1997 p59
　さっさとおやすみ
　　◇山下みどり訳「雑話集―ロシア短編集 2」「雑話集」の会 2009 p54
　堂守
　　◇林朋子訳「雑話集―ロシア短編集」「雑話集」の会 2005 p48
ソス, L.
　荒馬に乗る
　　◇浅倉久志選訳「極短小説」新潮社 2004（新潮文庫）p239
ゾズーリャ, エフィム　Zozulya, Efim D.（1891～1941　ロシア）
　アクと人類の物語
　　◇西尾成編訳「ロシアSF短編集」アルトアーツ 2016 p62
　生ける家具
　　◇西尾成編訳「ロシア幻想短編集 2」アルトアーツ 2016 p100
ソット・ポーリン　Soth Polin（1943～　カンボジア）
　おぼしめしのままに
　　◇岡田知子編訳「現代カンボジア短編集」大同生命国際文化基金 2001（アジアの現代文芸）p49
　変わりゆくもの
　　◇岡田知子編訳「現代カンボジア短編集」大同生命国際文化基金 2001（アジアの現代文芸）p38
　ひとづきあい
　　◇岡田知子編訳「現代カンボジア短編集」大同生命国際文化基金 2001（アジアの現代文芸）p9
　僕に命令しておくれ
　　◇岡田知子編訳「現代カンボジア短編集」大同生命国際文化基金 2001（アジアの現代文芸）p25
ソティー
　英雄の像
　　◇岡田知子編訳「現代カンボジア短編集」大同生命国際文化基金 2001（アジアの現代文芸）p211
　退屈な日曜日
　　◇岡田知子編訳「現代カンボジア短編集」大同生命国際文化基金 2001（アジアの現代文芸）p215
ソフォクレス　Sophoklēs（前496頃～前406　ギリシア）
　オイディプス王
　　◇北野雅弘訳「ベスト・プレイズ―西洋古典戯曲12選」論創社 2011 p7
ソムサイポン, ブンタノーン
　骨壺
　　◇二元裕子編訳「ラオス現代文学選集」大同生命国際文化基金 2013（アジアの現代文芸）p100
　放鳥
　　◇二元裕子編訳「ラオス現代文学選集」大同生命国際文化基金 2013（アジアの現代文芸）p79
　墓地の隣の飲み屋
　　◇二元裕子編訳「ラオス現代文学選集」大同生命国際文化基金 2013（アジアの現代文芸）p89
ソームズ, E.　Soames, Enoch
　死の幻覚
　　◇牛島信明訳「アンデスの風叢書 天国・地獄百科」書肆風の薔薇 1982 p38
ソーヤー, メリル
　チョコレート・ファンタジー
　　◇麻生りえ訳「マイ・バレンタイン―愛の贈りもの '97」ハーレクイン 1997 p5
ゾラ, エミール　Zola, Emile Edouard Charles Antoine（1840～1902　フランス）
　引き立て役
　　◇宮下志朗訳「百年文庫 63」ポプラ社 2011 p5
ソール, ジェリイ　Sohl, Jerry（1913～2002　アメリカ）
　アンテオン遊星への道
　　◇南山宏, 尾之上浩司訳「地球の静止する日」角川書店 2008（角川文庫）p155
　見えざる敵
　　◇南山宏, 尾之上浩司訳「地球の静止する日」角川書店 2008（角川文庫）p215
ソルター, ジェームズ
　最後の夜
　　◇岸本佐知子編訳「変愛小説集」講談社 2008 p91
　　◇岸本佐知子編訳「変愛小説集」講談社 2014（講談社文庫）p93

ソルタ

楽しい夜
　◇岸本佐知子編訳「楽しい夜」講談社 2016 p143
ソルター, ジョン
　大牧場
　◇沖本昌郎訳「アメリカミステリ傑作選 2003」DHC 2003（アメリカ文芸「年間」傑作選）p481
ソルダーノ, カルメロ
　安息日
　◇斎藤博士訳「アンデスの風叢書　天国・地獄百科」書肆風の薔薇 1982 p136
ゾルバヤル, バースティン
　まったき
　◇柴内秀司訳「モンゴル近現代短編小説選」パブリック・ブレイン 2013 p531
ソロー, ヘンリー・デイヴィド　Thoreau, Hennry David（1817〜1862　アメリカ）
　警句
　◇渡辺信二訳「アメリカ文学ライブラリー アメリカ名詩選」本の友社 1997 p141
　煙
　◇渡辺信二訳「アメリカ文学ライブラリー アメリカ名詩選」本の友社 1997 p143
　それはぼくの夢ではない
　◇渡辺信二訳「アメリカ文学ライブラリー アメリカ名詩選」本の友社 1997 p142
　鉄道とは何か
　◇渡辺信二訳「アメリカ文学ライブラリー アメリカ名詩選」本の友社 1997 p146
　低くたれこめる雲
　◇渡辺信二訳「アメリカ文学ライブラリー アメリカ名詩選」本の友社 1997 p145
　人は 言う
　◇渡辺信二訳「アメリカ文学ライブラリー アメリカ名詩選」本の友社 1997 p144
ソローキン, ウラジーミル
　シーズンの始まり
　◇亀山郁夫訳「厭な物語」文藝春秋 2013（文春文庫）p135
ソログープ, フョードル　Sologup, Fyodor Kuz'mich（1863〜1927　ロシア）
　生まれてこなかったこどものキス
　◇丸尾美保訳「雑話集―ロシア短編集 2」「雑話集」の会 2009 p129

獣が即位した国
　◇西周成編訳「ロシア幻想短編集」アルトアーツ 2016 p73
花かんむりをかぶった人
　◇丸尾美保訳「雑話集―ロシア短編集」「雑話集」の会 2005 p83
羽根布団
　◇丸尾美保訳「雑話集―ロシア短編集 3」ロシア文学翻訳グループクーチカ 2014 p28
光と影
　◇中山省三郎訳「謎のギャラリー――こわい部屋」新潮社 2002（新潮文庫）p243
　◇中山省三郎訳「こわい部屋」筑摩書房 2012（ちくま文庫）p243
　◇中山省三郎訳「幻想小説神髄」筑摩書房 2012（ちくま文庫）p371
雪娘
　◇田辺佐保子訳「ロシアのクリスマス物語」群像社 1997 p107
輪まわし
　◇丸尾美保訳「雑話集―ロシア短編集」「雑話集」の会 2005 p74
ソロルサノ, カルロス　Solórzano, Carlos（1922〜　グアテマラ）
　神の手
　◇佐竹謙一編訳「ラテンアメリカ現代演劇集」水声社 2005 p159
ソン・ギス
　取り戻した手
　◇津川泉訳「読んで演じたくなるゲキの本　高校生版」幻冬舎 2006 p241
宋 基淑　ソン・ギスク
　道の下で
　◇加藤建二訳「郭公の故郷―韓国現代短編小説集」風媒社 2003 p223
成 碩済　ソン・ソクジェ
　夾竹桃の陰に
　◇安宇植訳「いま、私たちの隣りに誰がいるのか――Korean short stories」作品社 2007 p159
孫 大川　そん・だいせん（1953〜　台湾）
　原住民の文化・歴史と心の世界の描写―試論 原住民文学の可能性
　◇下村作次郎訳「台湾原住民文学選 8」草風館 2006 p15
　原住民文学の苦境―黄昏あるいは黎明
　◇下村作次郎訳「台湾原住民文学選 8」草風館

2006 p56
最後の黄昏のときを共に歩み終えるまで〈プユマ〉
　◇安場淳訳「台湾原住民文学選 6」草風館 2008 p329
山海世界
　◇下村作次郎訳「台湾原住民文学選 8」草風館 2006 p51
序
　◇下村作次郎訳「台湾原住民文学選 9」草風館 2007 p1
精米所の敷居〈プユマ〉
　◇安場淳訳「台湾原住民文学選 6」草風館 2008 p350
高砂義勇隊だった私の叔父たち〈プユマ〉
　◇安場淳訳「台湾原住民文学選 6」草風館 2008 p345
二度と無に帰することのない国語〈プユマ〉
　◇安場淳訳「台湾原住民文学選 6」草風館 2008 p353
母の歴史、歴史の母〈プユマ〉
　◇柳本通彦訳「台湾原住民文学選 4」草風館 2004 p5
ペンでうたう―台湾原住民文学誕生の背景と現況、そして展望
　◇下村作次郎訳「台湾原住民文学選 8」草風館 2006 p80
歴史を生きる―原住民の過去・現在そして未来〈プユマ〉
　◇安場淳訳「台湾原住民文学選 6」草風館 2008 p312

宋 沢萊　ソン・ツォーライ
　⇒宋沢萊（そう・たくすい）を見よ

宋 東兩　ソン・ドンヤン
　増えゆく群れ
　◇布袋敏博訳「小説家仇甫氏の一日―ほか十三編 短編小説集」平凡社 2006（朝鮮近代文学選集）p61

宋 影　ソン・ヨン　（1903～1976　朝鮮）
　石工組合代表
　◇金潤訳「20世紀民衆の世界文学 7」三友社出版 1990 p101

ソング・キョングア　（1971～　韓国）
　性交が二人の人間関係に及ぼす影響に対する文学的考察のうちの事例研究部分引用
　◇安宇植編訳「シックスストーリーズ―現代韓国女性作家短編」集英社 2002 p87

ソーンダーズ, ジョージ　Saunders, George　（1958～　アメリカ）
　赤いリボン
　◇岸本佐知子編訳「楽しい夜」講談社 2016 p71
　シュワルツさんのために
　◇岸本佐知子編訳「変愛小説集 2」講談社 2010 p283

ゾンバルト, ニコラウス　Sombart, Nicolaus　（1923～　ドイツ）
　世代の出会い
　◇中野京子訳「シリーズ現代ドイツ文学 4」早稲田大学出版部 1993 p14

【タ】

戴 祚　たい・そ　（中国）
　甄異伝（しんいでん）
　◇佐野誠子著「中国古典小説選 2（六朝 1）」明治書院 2006

戴 孚　たい・ふ　（8世紀後半　中国）
　広異記（こういき）（抄）
　◇溝部良恵著「中国古典小説選 6（唐代 3）」明治書院 2008 p94

乃 棼　だい・ふん
　おいで、ベイビー（在呈／陳永涓／田牛）
　◇中山文訳「中国現代戯曲集 第7集」晩成書房 2008 p153

ダイアモンド, ジャックリーン
　入れ替わった花婿
　◇橘由美訳「マイ・バレンタイン―愛の贈りもの 2002」ハーレクイン 2002 p171

ダイアリス, ニッツィン
　サファイアの女神
　◇安野玲訳「不死鳥の剣―剣と魔法の物語傑作選」河出書房新社 2003（河出文庫）p79

ダイゴン, ルース
　それだけで充分
　◇吉田利子訳「間違ってもいい、やってみたら―想いがはじける28の物語」講談社 1998 p68

ダイス, ウェイン
　森の中の散歩
　◇浅倉久志選訳「極短小説」新潮社 2004（新潮

タイトル, エリーズ
謎めいた花婿
◇山本瑠美子訳「愛は永遠に――ウエディング・ストーリー '99」ハーレクイン 1999 p211

タイナン, キャサリン
ユーストン駅で
◇沢崎順之助訳「英国鉄道文学傑作選」筑摩書房 2000（ちくま文庫）p233

ダイベック, スチュアート　Dybek, Stuart（1942～　アメリカ）
インフルエンザ
◇柴田元幸訳「ろうそくの炎がささやく言葉」勁草書房 2011 p74

猫女
◇柴田元幸編訳「燃える天使」角川書店 2009（角川文庫）p147

冬のショパン
◇柴田元幸訳「いまどきの老人」朝日新聞社 1998 p157

ペーパー・ランタン
◇柴田元幸編訳「いずれは死ぬ身」河出書房新社 2009 p7

タイボ, パコ・イグナシオ（2世）
国境の南
◇長野きよみ訳「フィリップ・マーロウの事件」早川書房 2007（ハヤカワ・ミステリ文庫）p261

ダイメント, クリフォード
汽車ごっこ
◇小池滋訳「英国鉄道文学傑作選」筑摩書房 2000（ちくま文庫）p9

ダウスン, アーネスト　Dowson, Ernest Christopher（1867～1900　イギリス）
エゴイストの回想
◇南條竹則訳「百年文庫 13」ポプラ社 2010 p129

十日の菊
◇南條竹則訳「この愛のゆくえ――ポケットアンソロジー」岩波書店 2011（岩波文庫別冊）p287

ダウンズ, マイケル
男は妻と二匹の犬を殺した
◇澄木柚訳「ベスト・アメリカン・ミステリ ハーレム・ノクターン」早川書房 2005（ハヤカワ・ミステリ）p121

プリズン・フード
◇近藤桂子訳「アメリカミステリ傑作選 2003」DHC 2003（アメリカ文芸「年間」傑作選）p81

ダグラス, キャロル・ネルソン
サックスとかけがえのない猫
◇青木多香子訳「ホワイトハウスのペット探偵」講談社 2009（講談社文庫）p411

芝生と秩序――ローン＆オーダー
◇田口俊樹訳「主婦に捧げる犯罪――書下ろしミステリ傑作選」武田ランダムハウスジャパン 2012（RHブックス＋プラス）p111

十二夜の盗難
◇日暮雅通訳「シャーロック・ホームズ クリスマスの依頼人」原書房 1998 p293

ダグラス, スチュアート
閉ざされた客室
◇尾之上浩司訳「シャーロック・ホームズとヴィクトリア朝の怪人たち 2」扶桑社 2015（扶桑社ミステリー）p7

タゴール, ラビンドラナート　Tagore, Rabindranāth（1861～1941　インド）
カブリワラ
◇野間宏訳「百年文庫 18」ポプラ社 2010 p139

もっとほんとうのこと
◇内山眞理子訳「諸国物語――stories from the world」ポプラ社 2008 p1037

ダーシー, エマ
裏切りの花束
◇渋沢亜裕美訳「マイ・バレンタイン――愛の贈りもの 2016」ハーパーコリンズ・ジャパン 2016 p225

冷たいボス
◇苅谷京子訳「マイ・バレンタイン――愛の贈りもの 2008」ハーレクイン 2008 p345

ダシゼベグ, ジャンチブドルジーン
花の萎れる夏
◇柴内秀司訳「モンゴル近現代短編小説選」パブリック・ブレイン 2013 p267

ダシドーロブ, ソルモーニルシーン
仮寝の世界
◇柴内秀司訳「モンゴル近現代短編小説選」パブリック・ブレイン 2013 p122

ダシニャム, ロブサンダムビィン
月餅
◇柴内秀司訳「モンゴル近現代短編小説選」パブリック・ブレイン 2013 p229

タ・ズイ・アィン
掟を乗り越えて
◇加藤栄編訳「ベトナム現代短編集 2」大同生命国際文化基金 2005（アジアの現代文芸）p227

タッカー, ポール
エドマンドの発見
◇浅倉久志選訳「極短小説」新潮社 2004（新潮文庫）p129

ダッドマン, ベントリー
アニーの夢
◇安岡恵子訳「アメリカミステリ傑作選 2002」DHC 2002（アメリカ文芸「年間」傑作選）p123

タート, ドナ　Tartt, Donna（1963～　アメリカ）
真実の犯罪
◇吉浦澄子訳「愛の殺人」早川書房 1997（ハヤカワ・ミステリ文庫）p483

タトル, リサ　Tuttle, Lisa（1952～　アメリカ）
石の育つ場所
◇広瀬順弘訳「闇の展覧会　霧」早川書房 2005（ハヤカワ文庫）p43

ダナー, アレクサンダー
動脈瘤
◇旦紀子訳「マシン・オブ・デス—A Collection of Stories about People who Know How They Will DIE」アルファポリス 2012 p292
◇旦紀子訳「マシン・オブ・デス」アルファポリス 2013（アルファポリス文庫）p226

ターナー, マーク
通過儀礼
◇浅倉久志選訳「極短小説」新潮社 2004（新潮文庫）p63
二重人格
◇浅倉久志選訳「極短小説」新潮社 2004（新潮文庫）p38

ダニエル, ジョン・M.
ギター
◇浅倉久志選訳「極短小説」新潮社 2004（新潮文庫）p143

ダニエルズ, レス
おいしいところ
◇夏来健次訳「死霊たちの宴　上」東京創元社 1998（創元推理文庫）p349

ダニヒー, ギアリー
ジムと飛び降りる
◇横尾佐知訳「アメリカミステリ傑作選 2002」DHC 2002（アメリカ文芸「年間」傑作選）p203

ダニレンコ, ヴォロディーミル
キエフの坊ちゃん
◇藤井悦子, オリガ・ホメンコ訳「現代ウクライナ短編集」群像社 2005（群像社ライブラリー）p161

ダネー, フレデリック
⇒クイーン, エラリー を見よ

ダーネシュヴァル, スィーミーン
アニース
◇藤元優子編訳「天空の家—イラン女性作家選」段々社 2014（現代アジアの女性作家秀作シリーズ）p51

ターヒューン, アルバート・ペイスン　Terhune, Albert Payson（1872～1942　アメリカ）
青い手紙
◇各務三郎訳「教えたくなる名短篇」筑摩書房 2014（ちくま文庫）p11
忠犬ウルフ
◇務台夏子訳「あの犬この犬そんな犬—11の物語」東京創元社 1998 p123

タブカシュヴィリ, ラシャ
さらば、貴婦人よ！
◇児島康宏訳「ポケットのなかの東欧文学—ルネッサンスから現代まで」成文社 2006 p334

タボーリ, ジョージ　Tabori, George（1914～2007）
ゴルトベルク変奏曲
◇新野守広訳「ドイツ現代戯曲選30 26」論創社 2006 p7

ダマート, バーバラ
モーテル66
◇平井由起子訳「アメリカミステリ傑作選 2002」DHC 2002（アメリカ文芸「年間」傑作選）p183

タマーロ, スザンナ　Tamaro, Susanna（1957～　イタリア）

コモド島
◇吉本奈緒子訳「ぶどう酒色の海—イタリア中短編小説集」イタリア文藝叢書刊行委員会 2013（イタリア文藝叢書）p179

ダムス, ジーン・M.

メイン号を覚えてる？
◇青木多香子訳「ホワイトハウスのペット探偵」講談社 2009（講談社文庫）p229

ダーモント, アンバー

リンドン
◇和田美樹訳「アメリカ新進作家傑作選 2006」DHC 2007 p51

タラッキー, ゴリー

天空の家
◇藤々優子編訳「天空の家—イラン女性作家選」段々社 2014（現代アジアの女性作家秀作シリーズ）p5

ダリ, サルヴァドール　Dali, Salvador（1904～1989　スペイン）

サルヴァドール・ダリ
◇塩崎宏訳「黒いユーモア選集 2」河出書房新社 2007（河出文庫）p281

タリー, マーシャ　Talley, Marcia Dutton（アメリカ）

魚をとるには
◇山本やよい訳「ホロスコープは死を招く」ソニー・マガジンズ 2006（ヴィレッジブックス）p13

ダリオ, ルベン

降誕祭の宴
◇野替みさ子訳「ラテンアメリカ短編集—モデルニズモから魔術的レアリズモまで」彩流社 2001 p23

聖夜のできごと
◇平井恒子訳「ラテンアメリカ短編集—モデルニズモから魔術的レアリズモまで」彩流社 2001 p35

ルビー
◇平井恒子訳「ラテンアメリカ傑作短編集—中南米スペイン語圏文学史を辿る」彩流社 2014 p41

ダール, ロアルド　Dahl, Roald（1916～1990　イギリス）

ウィリアムとメアリイ
◇開高健訳「異色作家短篇集 1」早川書房 2005 p23

おとなしい凶器
◇田口俊樹訳「ディナーで殺人を 下」東京創元社 1998（創元推理文庫）p391

お願い
◇大友香奈子訳「魔法使いになる14の方法」東京創元社 2003（創元推理文庫）p207

女主人
◇開高健訳「異色作家短篇集 1」早川書房 2005 p7

彼らは永らえず
◇伏見威蕃訳「翼を愛した男たち」原書房 1997 p121

キス・キス
◇開高健訳「異色作家短篇集 1」早川書房 2005

ジョージイ・ポーギイ
◇開高健訳「異色作家短篇集 1」早川書房 2005 p177

誕生と破局—真実の物語
◇開高健訳「異色作家短篇集 1」早川書房 2005 p211

天国への登り道
◇開高健訳「異色作家短篇集 1」早川書房 2005 p61

ビクスビイ夫人と大佐のコート
◇開高健訳「異色作家短篇集 1」早川書房 2005 p115

ヒッチハイカー
◇野村芳夫訳「死のドライブ」文藝春秋 2001（文春文庫）p303

豚
◇開高健訳「異色作家短篇集 1」早川書房 2005 p251

暴君エドワード
◇岩元巌訳「猫好きに捧げるショート・ストーリーズ」国書刊行会 1997 p209

◇開高健訳「異色作家短篇集 1」早川書房 2005 p223

牧師のたのしみ
◇開高健訳「異色作家短篇集 1」早川書房 2005 p81

ほしぶどう作戦
◇開高健訳「異色作家短篇集 1」早川書房 2005 p281

ローヤルゼリー
◇開高健訳「異色作家短篇集 1」早川書房 2005

p139
ワイン通の復讐
　◇渡辺眞理訳「ワイン通の復讐—美酒にまつわるミステリー選集」心交社 1998 p4

ダルヴァシ, ラースロー
　盛雲（シェンユン）、庭園に隠れる者
　◇鵜戸聡訳「時間はだれも待ってくれない—21世紀東欧SF・ファンタスチカ傑作集」東京創元社 2011 p211

タルボット, ヘイク　Talbot, Hake（1900～1986　アメリカ）
　高台の家
　◇森英俊訳「これが密室だ！」新樹社 1997 p61

ダルマール, アウグスト
　田舎暮らし
　◇栗原昌子訳「ラテンアメリカ傑作短編集—中南米スペイン語圏文学史を辿る」彩流社 2014 p73

タルマン・デ・レオー, G.　Tallemant des Réaux, Gédéon（1619～1692　フランス）
　黄金の中庸
　◇牛島信明訳「アンデスの風叢書　天国・地獄百科」書肆風の薔薇 1982 p37

ダルレ, エマニュエル　Darley, Emmanuel（1963～　フランス）
　隠れ家
　◇石井恵訳「コレクション現代フランス語圏演劇 16」れんが書房新社 2012 p7
　火曜日はスーパーへ
　◇石井恵訳「コレクション現代フランス語圏演劇 16」れんが書房新社 2012 p91

ダレサンドロ, ジャッキー
　オンリー・ユー
　◇嵯峨静江訳「めぐり逢う四季（きせつ）」二見書房 2009（二見文庫）p271

ダーレス（フリュギア人）　Daretis
　トロイア滅亡の歴史物語（ヒストリア）
　◇岡三郎訳「トロイア叢書 1」国文社 2001 p149

ダーレス, オーガスト　Derleth, August William（1909～1971　アメリカ）
　開かずの部屋（ラヴクラフト, H.P.）
　◇波津博明訳「新編 真ク・リトル・リトル神話大系 4」国書刊行会 2008 p179
　アルハザードのランプ（ラヴクラフト, H.P.）
　◇東谷真知子訳「クトゥルー 10」青心社 1997（暗黒神話大系シリーズ）p89
　イタカ
　◇岩村光博訳「クトゥルー 12」青心社 2002（暗黒神話大系シリーズ）p49
　イーモラの晩餐
　◇田口俊樹訳「ディナーで殺人を 上」東京創元社 1998（創元推理文庫）p269
　インズマスの影像（ラヴクラフト, H.P.）
　◇茅律子訳「新編 真ク・リトル・リトル神話大系 5」国書刊行会 2008 p201
　エリック・ホウムの死
　◇岩村光博訳「クトゥルー 13」青心社 2005（暗黒神話大系シリーズ）p31
　お客様はどなた？
　◇白須清美訳「吸血鬼伝説—ドラキュラの末裔たち」原書房 1997 p235
　彼方からあらわれたもの
　◇岩村光博訳「クトゥルー 13」青心社 2005（暗黒神話大系シリーズ）p7
　黒の詩人（ハワード, ロバート・E.）
　◇佐藤嗣二訳「新編 真ク・リトル・リトル神話大系 5」国書刊行会 2008 p165
　蝙蝠鐘楼
　◇妹尾アキ夫訳「怪樹の腕—〈ウィアード・テールズ〉戦前邦訳傑作選」東京創元社 2013 p63
　蝙蝠鐘樓
　◇妹尾アキ夫訳「塔の物語」角川書店 2000（角川ホラー文庫）p191
　湖底の恐怖（スコラー, M）
　◇岩村光博訳「クトゥルー 12」青心社 2002（暗黒神話大系シリーズ）p139
　淋しい場所
　◇永井淳訳「贈る物語Terror」光文社 2002 p254
　◇永井淳訳「幻想と怪奇—ポオ蒐集家」早川書房 2005（ハヤカワ文庫）p9
　序文〔漆黒の霊魂〕
　◇三浦玲子訳「ダーク・ファンタジー・コレクション 5」論創社 2007 p3
　調教された鵄の事件
　◇北原尚彦編訳「シャーロック・ホームズの栄冠」論創社 2007（論創海外ミステリ）p205
　奈落より吹く風
　◇黒瀬隆功訳「新編 真ク・リトル・リトル神話大系 2」国書刊行会 2007 p141
　納骨堂綺談（スコラー, M.）

タレフ

◇渋谷比佐子訳「新編 真ク・リトル・リトル神話大系 2」国書刊行会 2007 p7

爬虫類館の相続人（ラヴクラフト，H.P.）
◇那智史郎訳「新編 真ク・リトル・リトル神話大系 4」国書刊行会 2008 p145

ファルコン岬の漁師（ラヴクラフト，H.P.）
◇大瀧啓裕訳「クトゥルー 10」青心社 1997（暗黒神話大系シリーズ）p7

ポーの末裔（ラヴクラフト，H.P.）
◇福岡洋一訳「新編 真ク・リトル・リトル神話大系 4」国書刊行会 2008 p341

魔界へのかけ橋（ラヴクラフト，H.P.）
◇片岡しのぶ訳「新編 真ク・リトル・リトル神話大系 4」国書刊行会 2008 p389

魔女の谷（ラヴクラフト，H.P.）
◇三浦玲子訳「ダーク・ファンタジー・コレクション 5」論創社 2007 p231

もう一人の子供
◇秋津知子訳「幻想と怪奇—おれの夢の女」早川書房 2005（ハヤカワ文庫）p47

モスケンの大渦巻き（スコラー，M）
◇岩村光博訳「クトゥルー 12」青心社 2002（暗黒神話大系シリーズ）p183

幽遠の彼方に
◇渋谷比佐子訳「新編 真ク・リトル・リトル神話大系 3」国書刊行会 2008 p257

羅睺星魔洞（スコラー，M.）
◇江口之隆訳「新編 真ク・リトル・リトル神話大系 2」国書刊行会 2007 p109

ターレフ，ディミートル Talev, Dimitur
（1898〜1966　ブルガリア）

鉄の燈台
◇松永緑彌訳「東欧の文学 鉄の燈台」恒文社 1981 p3

タワー，ウェルズ

ヒョウ
◇藤井光訳「美しい子ども」新潮社 2013（CREST BOOKS）p151

ダン，ジャック

シュラフツの昼さがり（ドゾワ，ガードナー／スワンウィック，マイクル）
◇中村融訳「魔法の猫」扶桑社 1998（扶桑社ミステリー）p415

段 成式　だん・せいしき（803頃〜863頃　中国）
酉陽雑俎（ゆうようざっそ）（抄）

◇溝部良恵著「中国古典小説選 6（唐代 3）」明治書院 2008 p340

ダン，ダグラス　Dunn, Douglas（1942〜　イギリス）

カヌー
◇中野康司訳「新しいイギリスの小説 ひそやかな村」白水社 1992 p54

キルビニン生まれ
◇中野康司訳「新しいイギリスの小説 ひそやかな村」白水社 1992 p143

クラブ・ハーモニカの一夜
◇中野康司訳「新しいイギリスの小説 ひそやかな村」白水社 1992 p218

スタンリーの祖父の写真
◇中野康司訳「新しいイギリスの小説 ひそやかな村」白水社 1992 p133

釣り天狗たち
◇中野康司訳「新しいイギリスの小説 ひそやかな村」白水社 1992 p205

テニスコート
◇中野康司訳「新しいイギリスの小説 ひそやかな村」白水社 1992 p154

慣れっこ
◇中野康司訳「新しいイギリスの小説 ひそやかな村」白水社 1992 p72

南米
◇中野康司訳「新しいイギリスの小説 ひそやかな村」白水社 1992 p7

庭を持たない女たち
◇中野康司訳「新しいイギリスの小説 ひそやかな村」白水社 1992 p168

庭にいる妻たち
◇中野康司訳「新しいイギリスの小説 ひそやかな村」白水社 1992 p37

バグパイプ吹き
◇中野康司訳「新しいイギリスの小説 ひそやかな村」白水社 1992 p117

ひそやかな村
◇中野康司訳「新しいイギリスの小説 ひそやかな村」白水社 1992 p1

ボビーの部屋
◇中野康司訳「新しいイギリスの小説 ひそやかな村」白水社 1992 p92

ロバート君への贈り物
◇中野康司訳「新しいイギリスの小説 ひそやかな村」白水社 1992 p187

段 成式　ダン・チェンシー
　⇒段成式（だん・せいしき）を見よ
但 娣　だん・てい
　風―わが母にささげる
　　◆岡田英樹訳編「血の報復―「在満」中国人作家短篇集」ゆまに書房 2016 p199
　忽瑪河の夜
　　◆岡田英樹訳編「血の報復―「在満」中国人作家短篇集」ゆまに書房 2016 p214
　柴を刈る女―愛する楚珊にささげる
　　◆岡田英樹訳編「血の報復―「在満」中国人作家短篇集」ゆまに書房 2016 p205
ダンカン, アンディ
　主任設計者
　　◆中村融訳「ワイオミング生まれの宇宙飛行士―宇宙開発SF傑作選 SFマガジン創刊50周年記念アンソロジー」早川書房 2010（ハヤカワ文庫 SF）p7
ダンカン, ロナルド
　姉の夫
　　◆山田順子訳「街角の書店―18の奇妙な物語」東京創元社 2015（創元推理文庫）p143
ダンクス, デニス
　右腕
　　◆田口俊樹訳「ロンドン・ノワール」扶桑社 2003（扶桑社ミステリー）p207
ダンセイニ卿　Dunsany, Lord（1878～1957　アイルランド）
　カルカッソーネ
　　◆原葵訳「バベルの図書館 26」国書刊行会 1991 p41
　　◆原葵訳「新編 バベルの図書館 3」国書刊行会 2013 p142
　客
　　◆西條八十訳「北村薫の本格ミステリ・ライブラリー」角川書店 2001（角川文庫）p264
　剣と偶像
　　◆原葵訳「バベルの図書館 26」国書刊行会 1991 p27
　　◆原葵訳「新編 バベルの図書館 3」国書刊行会 2013 p134
　乞食の群れ
　　◆原葵訳「バベルの図書館 26」国書刊行会 1991 p111
　　◆原葵訳「新編 バベルの図書館 3」国書刊行会 2013 p184
　サクノスを除いては破るあたわざる堅砦
　　◆中村融訳「不死鳥の剣―剣と魔法の物語傑作選」河出書房新社 2003（河出文庫）p7
　潮が満ち引きする場所で
　　◆原葵訳「バベルの図書館 26」国書刊行会 1991 p15
　　◆原葵訳「新編 バベルの図書館 3」国書刊行会 2013 p127
　スフィンクスの館
　　◆高山直之訳「英国短篇小説の愉しみ 3」筑摩書房 1999 p103
　谷間の幽霊
　　◆吉村満美子訳「怪奇礼讃」東京創元社 2004（創元推理文庫）p151
　野原
　　◆原葵訳「バベルの図書館 26」国書刊行会 1991 p101
　　◆原葵訳「謎の物語」筑摩書房 2012（ちくま文庫）p313
　　◆原葵訳「新編 バベルの図書館 3」国書刊行会 2013 p179
　旅籠の一夜
　　◆原葵訳「バベルの図書館 26」国書刊行会 1991 p131
　　◆原葵訳「新編 バベルの図書館 3」国書刊行会 2013 p194
　バブルクンドの崩壊
　　◆佐藤正明訳「幻想小説神髄」筑摩書房 2012（ちくま文庫）p441
　不幸交換商会
　　◆原葵訳「バベルの図書館 26」国書刊行会 1991 p121
　　◆原葵訳「新編 バベルの図書館 3」国書刊行会 2013 p189
　二壜のソース
　　◆宇野利泰訳「悪いやつの物語」筑摩書房 2011（ちくま文学の森）p171
　プロブレム
　　◆「モーフィー時計の午前零時―チェス小説アンソロジー」国書刊行会 2009 p371
　ヤン川の舟唄
　　◆原葵訳「バベルの図書館 26」国書刊行会 1991 p67
　　◆原葵訳「新編 バベルの図書館 3」国書刊行会 2013 p158
　妖精族のむすめ
　　◆荒俣宏訳「変身ものがたり」筑摩書房 2010

（ちくま文学の森）p151
倫敦の話
　◇西條八十訳「北村薫の本格ミステリ・ライブラリー」角川書店 2001（角川文庫）p257
災いを交換する店
　◇吉田誠一訳「乱歩の選んだベスト・ホラー」筑摩書房 2000（ちくま文庫）p325

ダンティカ, エドウィージ
葬送歌手
　◇星埜美智子訳「月光浴——ハイチ短篇集」国書刊行会 2003（Contemporary writers）p79

ダンヌンツィオ, ガブリエーレ
処女地
　◇香川真澄訳「ぶどう酒色の海——イタリア中短編小説集」イタリア文藝叢書刊行委員会 2013（イタリア文藝叢書）p25

タンミンアウン
生成流転
　◇南田みどり編訳「ミャンマー現代短編集 2」大同生命国際文化基金 1998（アジアの現代文芸）p167

ダンラップ, スーザン　Dunlap, Susan（1943～）
またご連絡します
　◇山本やよい訳「ウーマンズ・ケース 下」早川書房 1998（ハヤカワ・ミステリ文庫）p97

【チ】

遅 子建　ち・しけん（1964～　中国）
霧の月
　◇下出宜子訳「同時代の中国文学——ミステリー・イン・チャイナ」東方書店 2006 p131
原風景
　◇土屋肇枝訳「コレクション中国同時代小説 7」勉誠出版 2012 p341
今夜の食事をお作りします
　◇竹内良雄訳「コレクション中国同時代小説 7」勉誠出版 2012 p81
じゃがいも
　◇金子わこ訳「じゃがいも——中国現代文学短編集」小学館スクウェア 2007 p5
　◇金子わこ訳「じゃがいも——中国現代文学短編集」鼎書房 2012 p5

ドアの向こうの清掃員
　◇土屋肇枝訳「コレクション中国同時代小説 7」勉誠出版 2012 p289
七十年代の春夏秋冬
　◇土屋肇枝訳「コレクション中国同時代小説 7」勉誠出版 2012 p37
ねえ、雪見に来ない
　◇竹内良雄訳「コレクション中国同時代小説 7」勉誠出版 2012 p321
花びらの晩ごはん
　◇金子わこ訳「じゃがいも——中国現代文学短編集」小学館スクウェア 2007 p171
　◇金子わこ訳「じゃがいも——中国現代文学短編集」鼎書房 2012 p171
プーチラン停車場の十二月八日
　◇土屋肇枝訳「コレクション中国同時代小説 7」勉誠出版 2012 p203
ラードの壺
　◇土屋肇枝訳「コレクション中国同時代小説 7」勉誠出版 2012 p1

遅 子建　チー・ツーチエン
　⇒遅子建（ち・しけん）を見よ

チーヴァー, ジョン
シェイディ・ヒルのこそこそ泥棒
　◇森慎一郎訳「ベスト・ストーリーズ 1」早川書房 2015 p285

崔 仁浩　チェ・イノ（韓国）
深く青い夜
　◇水野健訳「現代韓国短篇選 下」岩波書店 2002 p213

崔 鐘澈　チェ・ジョンチョル
平倉洞の殺人陰謀
　◇祖田律男訳「コリアン・ミステリー——韓国推理小説傑選」バベル・プレス 2002 p57

崔 貞煕　チェ・ジョンヒ
凶家
　◇山田佳子訳「小説家仇甫氏の一日——ほか十三編 短編小説集」平凡社 2006（朝鮮近代文学選集）p325

崔 曙海　チェ・ソヘ（1901～1932　朝鮮）
紅焔
　◇劉光石訳「20世紀民衆の世界文学 7」三友社出版 1990 p81
毛布
　◇熊木勉訳「小説家仇甫氏の一日——ほか十三編

短編小説集」平凡社 2006（朝鮮近代文学選集）p91

蔡 萬植 チェ・マンシク（1904〜1950 朝鮮）
少妄
◇劉光石訳「20世紀民衆の世界文学 7」三友社出版 1990 p271
濁流
◇三枝壽勝訳「韓国文学名作選 濁流」講談社 1999 p11
『濁流』後の桂鳳―私を見て老けたとケチ
◇三枝壽勝訳「韓国文学名作選 濁流」講談社 1999 p471

チェウ・フアン
流れ星の光
◇加藤栄訳「この愛のゆくえ―ポケットアンソロジー」岩波書店 2011（岩波文庫別冊）p97

チェスター, トマス Chestre, Thomas（イギリス）
ローンファル卿
◇中世英国ロマンス研究会訳「中世英国ロマンス集 2」篠崎書林 1986 p65

チェスタトン, G.K. Chesterton, Gilbert Keith（1874〜1936 イギリス）
アポロンの眼
◇富士川義之訳「バベルの図書館 1」国書刊行会 1988 p127
◇富士川義之訳「新編 バベルの図書館 2」国書刊行会 2012 p421
ある無政府主義者の宗旨替え
◇井伊順彦訳「20世紀英国モダニズム小説集成 世を騒がす嘘つき男」風濤社 2014 p97
イズレイル・ガウの名誉
◇富士川義之訳「バベルの図書館 1」国書刊行会 1988 p93
◇富士川義之訳「新編 バベルの図書館 2」国書刊行会 2012 p399
犬のお告げ
◇小倉多加志訳「密室殺人傑作選」早川書房 2003（ハヤカワ・ミステリ文庫）p221
イルシュ博士の決闘
◇富士川義之訳「バベルの図書館 1」国書刊行会 1988 p163
◇富士川義之訳「新編 バベルの図書館 2」国書刊行会 2012 p444
穏和な殺人者
◇西崎憲訳「ミステリーの本棚 四人の申し分なき重罪人」国書刊行会 2001 p25
奇妙な足音
◇富士川義之訳「バベルの図書館 1」国書刊行会 1988 p51
◇富士川義之訳「新編 バベルの図書館 2」国書刊行会 2012 p372
三人の黙示録の騎士
◇富士川義之訳「バベルの図書館 1」国書刊行会 1988 p15
◇富士川義之訳「新編 バベルの図書館 2」国書刊行会 2012 p349
主としての店主について
◇藤沢透訳「20世紀英国モダニズム小説集成 自分の同類を愛した男」風濤社 2014 p135
新聞記者のエピローグ
◇西崎憲訳「ミステリーの本棚 四人の申し分なき重罪人」国書刊行会 2001 p301
新聞記者のプロローグ
◇西崎憲訳「ミステリーの本棚 四人の申し分なき重罪人」国書刊行会 2001 p7
頼もしい藪医者
◇西崎憲訳「ミステリーの本棚 四人の申し分なき重罪人」国書刊行会 2001 p91
忠義な反逆者
◇西崎憲訳「ミステリーの本棚 四人の申し分なき重罪人」国書刊行会 2001 p233
秘密の庭
◇中村保男訳「綾辻行人と有栖川有栖のミステリ・ジョッキー 3」講談社 2012 p89
不注意な泥棒
◇西崎憲訳「ミステリーの本棚 四人の申し分なき重罪人」国書刊行会 2001 p161
四人の申し分なき重罪人
◇西崎憲訳「ミステリーの本棚 四人の申し分なき重罪人」国書刊行会 2001

チェスブロ, ジョージ・C.
名もなき墓
◇雨沢泰訳「夜汽車はバビロンへ―EQMM90年代ベスト・ミステリー」扶桑社 2000（扶桑社ミステリー）p61

チェットウィンド＝ヘイズ, R.
獲物を求めて
◇市田泉訳「千の脚を持つ男―怪物ホラー傑作選」東京創元社 2007（創元推理文庫）p251

チェーホフ, アントン　Chekhov, Anton Pavlovich（1860〜1904　ロシア）
いたずら
　◇松下裕訳「この愛のゆくえ―ポケットアンソロジー」岩波書店 2011（岩波文庫別冊）p17
伯父ワーニャ
　◇中村白葉訳「かもめ／伯父ワーニャ」ゆまに書房 2008（昭和初期世界名作翻訳全集）p103
かけ
　◇原卓也訳「諸国物語―stories from the world」ポプラ社 2008 p11
　◇原卓也訳「賭けと人生」筑摩書房 2011（ちくま文学の森）p95
かもめ
　◇堀江新二訳「かもめ―四幕の喜劇」群像社 2002（ロシア名作ライブラリー）p7
　◇中村白葉訳「かもめ／伯父ワーニャ」ゆまに書房 2008（昭和初期世界名作翻訳全集）p3
カルタ遊び
　◇松下裕訳「教えたくなる名短篇」筑摩書房 2014（ちくま文庫）p61
かわいい女
　◇小笠原豊樹訳「ただならぬ午睡―恋愛小説アンソロジー」光文社 2004（光文社文庫）p199
熊―未亡人の決闘
　◇牧原純訳「結婚、結婚、結婚！―1幕戯曲選」群像社 2006（ロシア名作ライブラリー）p7
クリスマス・シーズンに
　◇田辺佐保子訳「ロシアのクリスマス物語」群像社 1997 p153
結婚披露宴
　◇牧原純訳「結婚、結婚、結婚！―1幕戯曲選」群像社 2006（ロシア名作ライブラリー）p95
結婚申込
　◇牧原純, 福田善之共訳「結婚、結婚、結婚！―1幕戯曲選」群像社 2006（ロシア名作ライブラリー）p53
結婚申込み
　◇米川正夫訳「おかしい話」筑摩書房 2010（ちくま文学の森）p81
恋について
　◇松下裕訳「謎のギャラリー―愛の部屋」新潮社 2002（新潮文庫）p93
黒衣の僧
　◇原卓也訳「怪奇小説傑作集新版 5」東京創元社 2006（創元推理文庫）p293
子供たち
　◇池田健太郎訳「百年文庫 40」ポプラ社 2010 p49
コーラス・ガール
　◇米川正夫訳・編「悪いやつの物語」筑摩書房 2011（ちくま文学の森）p141
桜の園
　◇中村白葉訳「三人姉妹／桜の園」ゆまに書房 2008（昭和初期世界名作翻訳全集）p121
　◇中本信幸訳「ベスト・プレイズ―西洋古典戯曲12選」論創社 2011 p665
さくらんぼ畑
　◇堀江新二, ニーナ・アナーリナ訳「さくらんぼ畑―四幕の喜劇」群像社 2011（ロシア名作ライブラリー）p7
三人姉妹
　◇安達紀子訳「三人姉妹―四幕のドラマ」群像社 2004（ロシア名作ライブラリー）p7
　◇中村白葉訳「三人姉妹／桜の園」ゆまに書房 2008（昭和初期世界名作翻訳全集）p1
煙草の害について
　◇米川正夫訳「思いがけない話」筑摩書房 2010（ちくま文学の森）p131
百姓
　◇中村白葉訳「世界100物語 4」河出書房新社 1997 p130
不幸
　◇松下裕訳「わかれの船―Anthology」光文社 1998 p286
迷い犬カシタンカ
　◇務台夏子訳「あの犬この犬そんな犬―11の物語」東京創元社 1998 p179
酔っ払いと素面の悪魔との会話
　◇西周成編訳「ロシア幻想短編集」アルトアーツ 2016 p61

陳 雪　チェン・シュエ
　⇒陳雪（ちん・せつ）を見よ

チェンバース, ロバート・W.　Chambers, Robert William（1865〜1933　アメリカ）
使者
　◇夏来健次訳「怪奇文学大山脈 1」東京創元社 2014 p317

チェンバリン, アン
押し入れの魔女
　◇佐々田雅子訳「ミニ・ミステリ100」早川書房 2005（ハヤカワ・ミステリ文庫）p543

チーゾーエー
　死んでいった者の罪状
　　◇南田みどり編訳「二十一世紀ミャンマー作品集」大同生命国際文化基金 2015（アジアの現代文芸）p187

チッテンデン, マーガレット
　幻の花嫁
　　◇泉由梨子訳「愛は永遠に―ウエディング・ストーリー '98」ハーレクイン 1998 p193

チブルカ, アルフ・フォン　Czibulka, Alf von（1888〜1969　オーストリア）
　カミーユ・フラマリオンの著名なる『ある彗星の話』の驚くべき後日譚
　　◇垂野創一郎訳「怪奇文学大山脈 3」東京創元社 2014 p165

チマーマン, ブルース　Zimmerman, Bruce（アメリカ）
　迷惑な遺言
　　◇山本光伸訳「MYSTERY & ADVENTURE 迷惑な遺言」至誠堂 1993 p1

車 賢淑　チャ・ヒョンスク
　ソウル、ミレニアムバグ
　　◇朴玧禮訳「韓国女性作家短編選」穂高書店 2004（アジア文化叢書）p73

車 凡錫　チャ・ボムソク
　不毛の地
　　◇明眞淑, 朴泰圭, 石川樹里訳「韓国近現代戯曲選―1930–1960年代」論創社 2011 p131
　山火
　　◇木村典子訳「韓国現代戯曲集 3」日韓演劇交流センター 2007 p5

チャイルズ, モーガン
　キャッチャー・イン・ザ・ナイト
　　◇浅倉久志選訳「極短小説」新潮社 2004（新潮文庫）p230

チャイルド, モーリーン
　あなたに誘惑の罠を
　　◇八坂よしみ訳「真夏の恋の物語―サマー・シズラー 2013」ハーレクイン 2013 p109
　誇り高き結婚
　　◇山田沙羅訳「愛は永遠に―ウエディング・ストーリー 2007」ハーレクイン 2007 p177

チャイルド, リー
　最高に秀逸な計略
　　◇小林宏明訳「殺しのグレイテスト・ヒッツ」早川書房 2007（ハヤカワ・ミステリ文庫）p321
　もう安全
　　◇小林宏明訳「殺しが二人を別つまで」早川書房 2007（ハヤカワ・ミステリ文庫）p27
　有効にして有益な約因（フィンダー, ジョゼフ）
　　◇田口俊樹訳「フェイスオフ対決」集英社 2015（集英社文庫）p503

チャイルド, リンカーン
　ガスライト（スタイン, R.L.）
　　◇田口俊樹訳「フェイスオフ対決」集英社 2015（集英社文庫）p89

チャスト, ロズ
　漫画組曲
　　◇亀井よし子訳「猫好きに捧げるショート・ストーリーズ」国書刊行会 1997 p181

チャッタワーラック　Jattawaalak（タイ）
　二つの時計の謎
　　◇宇戸清治訳「アジア本格リーグ 2（タイ）」講談社 2009 p3

チャップマン, アーサー
　シャーロック・ホームズ対デュパン
　　◇北原尚彦編訳「シャーロック・ホームズの栄冠」論創社 2007（論創海外ミステリ）p253

チャペック, カレル　Čapek, Karel（1890〜1938　チェコ）
　アリクについて
　　◇伴田良輔訳「ファイン／キュート素敵かわいい作品選」筑摩書房 2015（ちくま文庫）p110
　金庫破りと放火犯の話
　　◇栗栖茜訳「悪いやつらの物語」筑摩書房 2011（ちくま文学の森）p69
　城の人々
　　◇石川達夫訳「百年文庫 56」ポプラ社 2010 p43

チャペック, ヨゼフ　Čapek, Josef（1887〜1945　チェコスロバキア）
　私についてのお伽噺
　　◇千野榮一訳「文学の贈物―東中欧文学アンソロジー」未知谷 2000 p205

チャポンダ, ダリーゾ
　だれかを救おうとしているあいだに死ぬ
　　◇旦紀子訳「マシン・オブ・デス―A Collection of Stories about People who Know How They Will DIE」アルファポリス 2012 p458

チヤム

◇旦紀子訳「マシン・オブ・デス」アルファポリス 2013（アルファポリス文庫）p390

チャム・フォン
時間の涙
◇加藤栄編訳「ベトナム現代短編集 2」大同生命国際文化基金 2005（アジアの現代文芸）p129

張 系国　チャン・シークオ
⇒張系国（ちょう・けいこく）を見よ

張 鎮　チャン・ジン
無駄骨
◇青木謙介訳「韓国現代戯曲集 1」日韓演劇交流センター 2002 p171

張 大春　チャン・ターチュン
⇒張大春（ちょう・たいしゅん）を見よ

チャン, テッド
息吹
◇大森望訳「SFマガジン700―創刊700号記念アンソロジー 海外篇」早川書房 2014（ハヤカワ文庫 SF）p423

商人と錬金術師の門
◇大森望訳「ここがウィネトカなら、きみはジュディ―時間SF傑作選 SFマガジン創刊50周年記念アンソロジー」早川書房 2010（ハヤカワ文庫 SF）p7

理解
◇公手成幸訳「90年代SF傑作選 下」早川書房 2002（ハヤカワ文庫）p57

チャン, ブー
砂漠
◇高みづほ訳「ベスト・アメリカン・短編ミステリ」DHC 2010 p521

チャン・トゥイ・マイ
天国の風
◇加藤栄訳「天国の風―アジア短篇ベスト・セレクション」新潮社 2011 p11

チャンドラー, レイモンド　Chandler, Raymond（1888～1959　アメリカ）
マーロウ最後の事件
◇稲葉明雄訳「フィリップ・マーロウの事件」早川書房 2007（ハヤカワ・ミステリ文庫）p495

チャンバース, クリストファー
百科事典
◇北野寿美枝訳「ベスト・アメリカン・ミステリ ジュークボックス・キング」早川書房 2005（ハヤカワ・ミステリ）p53

朱 天文　チュー・ティエンウェン
⇒朱天文（しゅ・てんぶん）を見よ

朱 天心　チュー・ティエンシン
⇒朱天心（しゅ・てんしん）を見よ

チューチューティン
喜悦の影
◇南田みどり編訳「ミャンマー現代女性短編集」大同生命国際文化基金 2001（アジアの現代文芸）p120

チューニツ
バラの尋常ならざる夢
◇南田みどり編訳「二十一世紀ミャンマー作品集」大同生命国際文化基金 2015（アジアの現代文芸）p105

チュン, チュー・チャン
すべてが頼りげなく見える偽の天国
◇斎藤博士訳「アンデスの風叢書 天国・地獄百科」書肆風の薔薇 1982 p125

曺 廣華　チョ・ガンファ（韓国）
狂ったキッス（MAD KISS）―接触への熱望
◇木村典子訳「韓国現代戯曲集 1」日韓演劇交流センター 2002 p121

男子衝動
◇木村典子訳「海外戯曲アンソロジー―海外現代戯曲翻訳集〈国際演劇交流セミナー記録〉3」日本演出者協会 2009 p57

趙 京蘭　チョ・ギョンラン（1969～　韓国）
ちょっとした日々の記録
◇安宇植編訳「シックスストーリーズ―現代韓国女性作家短編」集英社 2002 p41

同時に
◇安宇植編訳「いま、私たちの隣に誰がいるのか―Korean short stories」作品社 2007 p69

趙 碧岩　チョ・ヒョクアム（朝鮮）
暗闇よ去れ
◇金炳三, 李春穆, 金潤訳「20世紀民衆の世界文学 7」三友社出版 1990 p194

趙 明煕　チョ・ミョンヒ（1894～1942　朝鮮）
R君へ
◇李恢成訳「20世紀民衆の世界文学 7」三友社出版 1990 p55

低気圧
◇布袋敏博訳「小説家仇甫氏の一日―ほか十三

チョイ, エリック
　献身
　　◇中村融訳「ワイオミング生まれの宇宙飛行士―宇宙開発SF傑作選 SFマガジン創刊50周年記念アンソロジー」早川書房 2010（ハヤカワ文庫 SF）p289

チョーイマン
　霧晴れ初めし朝
　　◇南田みどり編訳「二十一世紀ミャンマー作品集」大同生命国際文化基金 2015（アジアの現代文芸）p29

張 悦然　ちょう・えつぜん
　家
　　◇杉村安幾子訳「現代中国青年作家秀作選」鼎書房 2010 p161
　狼さんいま何時
　　◇杉村安幾子訳「9人の隣人たちの声―中国新鋭作家短編小説選」勉誠出版 2012 p275

張 演　ちょう・えん（中国）
　続観世音応験記（ぞくかんぜおんおうけんき）
　　◇佐野誠子著「中国古典小説選 2（六朝 1）」明治書院 2006

張 華　ちょう・か（中国）
　博物志（はくぶつし）
　　◇佐野誠子著「中国古典小説選 2（六朝 1）」明治書院 2006

張 貴興　ちょう・きこう（1956～）
　象の群れ
　　◇松浦恒雄訳「台湾熱帯文学 2」人文書院 2010 p7

趙 京蘭　チョウ・キョンラン
　　⇒趙京蘭（チョ・ギョンラン）を見よ

張 錦忠　ちょう・きんちゅう（1956～）
　一九五七年の独立（ムルデカ）
　　◇今泉秀人訳「台湾熱帯文学 4」人文書院 2011 p335

張 系国　ちょう・けいこく（1944～　台湾）
　落とし穴
　　◇三木直大訳「新しい台湾の文学 星雲組曲」国書刊行会 2007 p266
　帰還
　　◇山口守訳「新しい台湾の文学 星雲組曲」国書刊行会 2007 p11
　傾城の恋
　　◇山口守訳「新しい台湾の文学 星雲組曲」国書刊行会 2007 p134
　子どもの将来
　　◇山口守訳「新しい台湾の文学 星雲組曲」国書刊行会 2007 p33
　最初の公務
　　◇三木直大訳「新しい台湾の文学 星雲組曲」国書刊行会 2007 p247
　シャングリラ
　　◇三木直大訳「新しい台湾の文学 星雲組曲」国書刊行会 2007 p204
　スター・ウォーズ勃発前夜
　　◇三木直大訳「新しい台湾の文学 星雲組曲」国書刊行会 2007 p216
　星雲組曲
　　◇山口守訳「新しい台湾の文学 星雲組曲」国書刊行会 2007 p9
　青春の泉
　　◇山口守訳「新しい台湾の文学 星雲組曲」国書刊行会 2007 p105
　星塵組曲
　　◇三木直大訳「新しい台湾の文学 星雲組曲」国書刊行会 2007 p183
　銅像都市
　　◇山口守訳「新しい台湾の文学 星雲組曲」国書刊行会 2007 p95
　虹色の妹
　　◇三木直大訳「新しい台湾の文学 星雲組曲」国書刊行会 2007 p236
　人形の家
　　◇山口守訳「新しい台湾の文学 星雲組曲」国書刊行会 2007 p155
　ノクターン
　　◇山口守訳「新しい台湾の文学 台北ストーリー」国書刊行会 1999 p7
　翻訳の傑作
　　◇山口守訳「新しい台湾の文学 星雲組曲」国書刊行会 2007 p116
　緑の猫
　　◇「新しい台湾の文学 星雲組曲」国書刊行会 2007 p272
　夜曲
　　◇三木直大訳「新しい台湾の文学 星雲組曲」国書刊行会 2007 p185

チョウ

夢の切断者
◇山口守訳「新しい台湾の文学 星雲組曲」国書刊行会 2007 p72

陽羨書生
◇三木直大訳「新しい台湾の文学 星雲組曲」国書刊行会 2007 p220

理不尽な話
◇山口守訳「新しい台湾の文学 星雲組曲」国書刊行会 2007 p56

張 志維　ちょう・しい（台湾）

「仮声借題」から「仮身借体」へ—紀大偉のクィアSF小説
◇西端彩訳「台湾セクシュアル・マイノリティ文学 4」作品社 2009 p167

チョウ・シキン（中国）

言葉
◇「留学生文学賞作品集 2006」留学生文学賞委員会 2007 p59

梅雨—濡れてゆく故郷へ
◇「留学生文学賞作品集 2006」留学生文学賞委員会 2007 p58

焼肉屋合唱曲
◇「留学生文学賞作品集 2006」留学生文学賞委員会 2007 p60

張 小虹　ちょう・しょうこう（台湾）

クィア・ファミリー・ロマンス—『河』の欲望シーンをめぐって
◇三木直大訳「台湾セクシュアル・マイノリティ文学 4」作品社 2009 p37

張 薦　ちょう・せん（中国）

霊怪集（れいかいしゅう）（抄）
◇溝部良恵訳「中国古典小説選 6（唐代 3）」明治書院 2008 p82

張 大春　ちょう・たいしゅん（1957～　台湾）

将軍の記念碑
◇三木直大訳「新しい台湾の文学 台北ストーリー」国書刊行会 1999 p75

張 読　ちょう・とく（中国）

宣室志（せんしつし）（抄）
◇溝部良恵訳「中国古典小説選 6（唐代 3）」明治書院 2008 p354

趙 南星　ちょう・なんせい（中国）

笑賛（しょうさん）
◇大木康著「中国古典小説選 12（歴代笑話）」明治書院 2008 p170

張 文成　ちょう・ぶんせい（中国）

遊仙窟（ゆうせんくつ）
◇成瀬哲生著「中国古典小説選 4（唐代 1）」明治書院 2005 p81

趙 碧岩　ちょう・へきがん
　⇒趙碧岩（チョ・ヒョクアム）を見よ

趙 明熙　ちょう・めいき
　⇒趙明熙（チョ・ミョンヒ）を見よ

チョーサー, ジェフリー　Chaucer, Geoffrey
（1340頃～1400　イギリス）

粉屋の話
◇西脇順三郎編訳「おかしい話」筑摩書房 2010（ちくま文学の森）p51

トロイルス
◇岡三郎訳「トロイア叢書 4」国文社 2005 p5

免罪符売りの話
◇柳瀬尚紀訳「犯罪は詩人の楽しみ—詩人ミステリ集成」東京創元社 2012（創元推理文庫）p16

チョーズワーテツ

新しい町
◇南田みどり編訳「ミャンマー現代短編集 2」大同生命国際文化基金 1998（アジアの現代文芸）p44

チョッケ, マティアス　Zschokke, Matthias
（1954～　ドイツ）

文学盲者たち
◇高橋文子訳「ドイツ現代戯曲選30 16」論創社 2006 p7

チョピッチ, ブランコ

親愛なるジーヤ
◇清水美穂, 田中一生訳「ポケットのなかの東欧文学—ルネッサンスから現代まで」成文社 2006 p358

水底のこども時代
◇清水美穂, 田中一生訳「ポケットのなかの東欧文学—ルネッサンスから現代まで」成文社 2006 p362

チョールヌイ, サーシャ

ヨールカ祭の森の精
◇田辺佐保子訳「ロシアのクリスマス物語」群像社 1997 p81

全 鏡隣　チョン・ギョンリン

メリーゴーラウンド・サーカスの女
◇朴杓禮訳「韓国女性作家短編選」穂高書店

2004（アジア文化叢書）p113

全 光鏞　チョン・グァンヨン
　カピタン李
　　◇朴暎恩, 真野保久編訳「王陵と駐屯軍―朝鮮戦争と韓国の戦後派文学」凱風社 2014 p8
　射手
　　◇朴暎恩, 真野保久編訳「王陵と駐屯軍―朝鮮戦争と韓国の戦後派文学」凱風社 2014 p43

鍾 肇政　チョン・チャオチョン
　⇒鍾肇政（しょう・ちょうせい）を見よ

鍾 鉄民　チョン・ティエミン
　⇒鍾鉄民（しょう・てつみん）を見よ

鄭 福根　チョン・ボックン
　こんな歌
　　◇石川樹里訳「韓国現代戯曲集 4」日韓演劇交流センター 2009 p85

鍾 理和　チョン・リーホー
　⇒鍾理和（しょう・りわ）を見よ

陳 雨嵐　ちん・うらん（台湾）
　出版される台湾原住民―台湾原住民図書発展歴程の初歩的な検討（一九四五年‐二〇〇四年）
　　◇石丸雅邦訳「台湾原住民文学選 9」草風館 2007 p333

陳 永涓　ちん・えいけん
　おいで、ベイビー（在呈／乃夢／田牛）
　　◇中山文訳「中国現代戯曲集 第7集」晩成書房 2008 p153

陳 英雄　ちん・えいゆう（1941～　台湾）
　旋風酋長〈パイワン〉
　　◇中村平訳「台湾原住民文学選 6」草風館 2008 p44

陳 玄祐　ちん・げんゆう（中国）
　離魂記（りこんき）
　　◇黒田真美子著「中国古典小説選 5（唐代 2）」明治書院 2006 p2

陳 鴻祖　ちん・こうそ（中国）
　東城老父伝（とうじょうろうふでん）
　　◇黒田真美子著「中国古典小説選 5（唐代 2）」明治書院 2006 p263

陳 劭　ちん・しょう（中国）
　通幽記（つうゆうき）（抄）
　　◇溝部良恵著「中国古典小説選 6（唐代 3）」明治書院 2008 p143

陳 昭瑛　ちん・しょうえい（台湾）
　文学の原住民と原住民の文学―「他者」から「主体」へ
　　◇松本さち子訳「台湾原住民文学選 9」草風館 2007 p43

陳 政欣　ちん・せいきん（1948～）
　街で最も高い建物
　　◇西村正男訳「台湾熱帯文学 4」人文書院 2011 p101

陳 雪　ちん・せつ（1970～　台湾）
　天使が失くした翼をさがして
　　◇白水紀子訳「台湾セクシュアル・マイノリティ文学 3」作品社 2009 p243

【 ツ 】

蔡 文原　ツァイ・ウェンユアン
　漁師と金の魚
　　◇瀬戸宏訳「読んで演じたくなるゲキの本 小学生版」幻冬舎 2006 p279

曹 麗娟　ツァオ・リージュエン
　⇒曹麗娟（そう・れいえん）を見よ

ツィオルコフスキー, コンスタンチン・エドアルドヴィチ　Tsiolkovskii, Konstantin Eduardovich（1857～1935　ロシア）
　重力が嫌いな人（ちょっとした冗談）―『地球と宇宙の夢想』より
　　◇大野典宏訳「怪奇文学大山脈 1」東京創元社 2014 p381

ツィペルデューク, イワン
　友の葬送
　　◇藤井悦子, オリガ・ホメンコ訳「現代ウクライナ短編集」群像社 2005（群像社ライブラリー）p199

ツヴァイク, アルノルト
　実いまだ熟れず
　　◇中田美喜訳「世界100物語 6」河出書房新社 1997 p177

ツヴァイク, シュテファン　Zweig, Stefan（1881～1942　オーストリア）
　書痴メンデル
　　◇関楠生訳「書物愛 海外篇」晶文社 2005 p281
　　◇関楠生訳「書物愛 海外篇」東京創元社 2014（創元ライブラリ）p289

作家名から引ける世界文学全集案内 第III期

ツエリ

第三の鳩の物語
　◇西義之訳「百年文庫 8」ポプラ社 2010 p5
昔の借りを返す話
　◇長坂聰訳「世界堂書店」文藝春秋 2014（文春文庫）p113
目に見えないコレクション
　◇辻理訳「世界100物語 5」河出書房新社 1997 p273
　◇辻理訳「書物愛 海外篇」晶文社 2005 p253
　◇辻理訳「諸он物語——stories from the world」ポプラ社 2008 p297
目に見えないコレクション——ドイツ、インフレーション時代のエピソード
　◇辻理訳「書物愛 海外篇」東京創元社 2014（創元ライブラリ）p259

ツェリンノルブ　Tsering Norbu（1965～　チベット）
アメリカ
　◇桑島道夫訳「9人の隣人たちの声——中国新鋭作家短編小説選」勉誠出版 2012 p95

ツェンカー, ヘルムート　Zenker, Helmut（1949～　オーストリア）
マン嬢は死にました。彼女からよろしくとのこと
　◇上松美和子訳「現代ウィーン・ミステリー・シリーズ 3」水声社 2002 p15

ツェンドジャヴ, ドルゴリン
黄金薬箋
　◇柴内秀司訳「モンゴル近現代短編小説選」パブリック・ブレイン 2013 p318

ツルゲーネフ, イワン　Turgenev, Ivan Sergeevich（1818～1883　ロシア）
片恋
　◇二葉亭四迷訳「諸国物語——stories from the world」ポプラ社 2008 p1051
勝ち誇る愛の歌
　◇西周成編訳「ロシア幻想短編集」アルトアーツ 2016 p20
ベージンの野
　◇佐々木彰訳「百年文庫 70」ポプラ社 2011 p5

【テ】

デアンドリア, ウィリアム・L.
クリスマス・ツリーの冒険
　◇日暮雅通訳「シャーロック・ホームズ クリスマスの依頼人」原書房 1998 p29
白馬の王子
　◇戸田早紀訳「赤ずきんの手には拳銃」原書房 1999 p243

鄭　還古　てい・かんこ（中国）
博異志（はくいし）（抄）
　◇溝部良恵著「中国古典小説選 6（唐代 3）」明治書院 2008 p246

デイ, バリー
奇妙なカナリアの事件
　◇日暮雅通訳「シャーロック・ホームズ ワトソンの災厄」原書房 2003 p275

ディアズ, ジュノ
太陽と月と星と
　◇加藤俶子訳「アメリカ短編小説傑作選 2001」DHC 2001（アメリカ文芸「年間」傑作選）p59

ディアマン, ナディーヌ
おのぞみの結末
　◇大磯仁志訳「フランス式クリスマス・プレゼント」水声社 2000 p165

ディーヴァー, ジェフリー　Deaver, Jeffery（1950～　アメリカ）
受け入れがたい犠牲
　◇杉江松恋訳「BIBLIO MYSTERIES 1」ディスカヴァー・トゥエンティワン 2014 p19
生まれついての悪人
　◇池田真紀子訳「ベスト・アメリカン・ミステリ クラック・コカイン・ダイエット」早川書房 2007（ハヤカワ・ミステリ）p83
永遠
　◇白石朗, 田口俊樹訳「十の罪業 Black」東京創元社 2009（創元推理文庫）p9
見物するにはいいところ
　◇田口俊樹, 高山真由美訳「マンハッタン物語」二見書房 2008（二見文庫）p15
章と節
　◇池田真紀子訳「殺しのグレイテスト・ヒッツ」

早川書房 2007（ハヤカワ・ミステリ文庫）p541
つぐない
　◇土屋晃訳「18の罪―現代ミステリ傑作選」ヴィレッジブックス 2012（ヴィレッジブックス）p23
突風
　◇田口俊樹訳「ポーカーはやめられない―ポーカー・ミステリ書下ろし傑作選」ランダムハウス講談社 2010 p63
トライアングル
　◇中井京子訳「アメリカミステリ傑作選 2002」DHC 2002（アメリカ文芸「年間」傑作選）p225
まずいときにまずい場所に
　◇大倉貴之訳「アメリカミステリ傑作選 2001」DHC 2001（アメリカ文芸「年間」傑作選）p129
リンカーン・ライムと獲物（サンドフォード、ジョン）
　◇田口俊樹訳「フェイスオフ対決」集英社 2015（集英社文庫）p225

ディヴァカルニー, チットラ
ミセス・ダッタは手紙を書く
　◇渡辺順子訳「アメリカ短編小説傑作選 2001」DHC 2001（アメリカ文芸「年間」傑作選）p81

ディヴィス, アジッコ
流鏑馬な！ 海原ダンク！
　◇本兌有, 杉ライカ訳「ハーン・ザ・ラストハンター――アメリカン・オタク小説集」筑摩書房 2016 p145

デイヴィーズ, デイヴィッド・スチュアート
ダーリントンの替え玉事件
　◇日暮雅通訳「シャーロック・ホームズの大冒険 上」原書房 2009 p147

デイヴィス, ドロシー・ソールズベリ　Davis, Dorothy Salisbury（1916～2014　アメリカ）
エミリーの時代
　◇茅律子訳「ポーに捧げる20の物語」早川書房 2009（Hayakawa pocket mystery books）p123
旅の途中で
　◇茅律子訳「ウーマンズ・ケース 上」早川書房 1998（ハヤカワ・ミステリ文庫）p279

デイヴィス, リース
選ばれた者
　◇工藤政司訳「51番目の密室―世界短篇傑作集」早川書房 2010（Hayakawa pocket mystery books）p259

デイヴィス, リチャード
入院患者
　◇金井美子訳「ダーク・ファンタジー・コレクション 8」論創社 2008 p233

デイヴィス, ロバートソン　Davies, Robertson（1913～1995　カナダ）
トリニティ・カレッジに逃げた猫
　◇今本渉訳「異色作家短篇集 20」早川書房 2007 p67

デイヴィッドスン, アヴラム　Davidson, Avram（1923～1993　アメリカ）
アパートの住人
　◇中村融訳「千の脚を持つ男―怪物ホラー傑作選」東京創元社 2007（創元推理文庫）p189
エステルはどこ？
　◇高梨正伸訳「幻想と怪奇―おれの夢の女」早川書房 2005（ハヤカワ文庫）p65
尾をつながれた王族
　◇浅倉久志訳「奇想コレクション どんがらがん」河出書房新社 2005 p125
クィーン・エステル、おうちはどこさ？
　◇浅倉久志訳「奇想コレクション どんがらがん」河出書房新社 2005 p111
グーバーども
　◇浅倉久志訳「奇想コレクション どんがらがん」河出書房新社 2005 p173
ゴーレム
　◇浅倉久志訳「奇想コレクション どんがらがん」河出書房新社 2005 p13
さあ、みんなで眠ろう
　◇浅倉久志訳「奇想コレクション どんがらがん」河出書房新社 2005 p47
サシェヴラル
　◇若島正訳「奇想コレクション どんがらがん」河出書房新社 2005 p141
さもなくば海は牡蠣でいっぱいに
　◇若島正訳「奇想コレクション どんがらがん」河出書房新社 2005 p71
すべての根っこに宿る力
　◇深町眞理子訳「奇想コレクション どんがらがん」河出書房新社 2005 p237

テイウ

そして赤い薔薇一輪を忘れずに
◇伊藤典夫訳「奇想コレクション　どんがらがん」河出書房新社　2005　p213
どんがらがん
◇深町眞理子訳「奇想コレクション　どんがらがん」河出書房新社　2005　p335
ナイルの水源
◇浅倉久志訳「奇想コレクション　どんがらがん」河出書房新社　2005　p279
眺めのいい静かな部屋
◇若島正訳「奇想コレクション　どんがらがん」河出書房新社　2005　p151
ナポリ
◇浅倉久志訳「奇想コレクション　どんがらがん」河出書房新社　2005　p223
眠れる美女ポリー・チャームズ
◇古屋美登里訳「異色作家短篇集 18」早川書房　2007　p223
パシャルーニー大尉
◇中村融訳「奇想コレクション　どんがらがん」河出書房新社　2005　p191
パスクァレ公の指環
◇浅倉英子訳「不思議な猫たち」扶桑社　1999（扶桑社ミステリー）p289
物は証言できない
◇浅倉久志訳「奇想コレクション　どんがらがん」河出書房新社　2005　p27
ラホール駐屯地での出来事
◇若島正訳「奇想コレクション　どんがらがん」河出書房新社　2005　p89

デイヴィッドソン, ジョン

リヴァプール・ストリート駅
◇沢崎順之助訳「英国鉄道文学傑作選」筑摩書房　2000（ちくま文庫）p208

デイヴィッドソン, ヒラリー

記念日
◇加賀山卓朗訳「18の罪―現代ミステリ傑作選」ヴィレッジブックス　2012（ヴィレッジブックス）p211

デイヴィッド＝ニール, アレクサンドラ
David–Neel, Alexandra（1868～1969　フランス）

象徴としての地獄
◇内田吉彦訳「アンデスの風叢書　天国・地獄百科」書肆風の薔薇　1982　p60

ディヴォス, デイヴィッド

はじまり
◇浅倉久志選訳「極短小説」新潮社　2004（新潮文庫）p55

鉄 凝　ティエ・ニン
⇒鉄凝（てつ・ぎょう）を見よ

ディオム, ファトウ　Diome, Fatou

大西洋の海草のように
◇飛幡祐規訳「Modern & Classic　大西洋の海草のように」河出書房新社　2005　p1

ディ・キャンプ, L.スプレイグ

おいで、パッツィ！（プラット, フレッチャー）
◇安野玲訳「幻想の犬たち」扶桑社　1999（扶桑社ミステリー）p265
恐竜狩り
◇中村融訳「時を生きる種族―ファンタスティック時間SF傑作選」東京創元社　2013（創元SF文庫）p125

ディキンソン, エミリー　Dickinson, Emily Elizabeth（1830～1886　アメリカ）

詩
◇柴田元幸編訳「アメリカン・マスターピース 古典篇」スイッチ・パブリッシング　2013（SWITCH LIBRARY）p141
詩人の世界、詩の時間
◇渡辺信二訳「アメリカ文学ライブラリー　アメリカ名詩選」本の友社　1997　p203
（ひとつの心が…）
◇柴田元幸訳「ろうそくの炎がささやく言葉」勁草書房　2011　p73
49〔詩人の世界、詩の時間〕
◇渡辺信二訳「アメリカ文学ライブラリー　アメリカ名詩選」本の友社　1997　p204
67〔詩人の世界、詩の時間〕
◇渡辺信二訳「アメリカ文学ライブラリー　アメリカ名詩選」本の友社　1997　p205
76〔詩人の世界、詩の時間〕
◇渡辺信二訳「アメリカ文学ライブラリー　アメリカ名詩選」本の友社　1997　p206
77〔詩人の世界、詩の時間〕
◇渡辺信二訳「アメリカ文学ライブラリー　アメリカ名詩選」本の友社　1997　p207
98〔詩人の世界、詩の時間〕
◇渡辺信二訳「アメリカ文学ライブラリー　アメリカ名詩選」本の友社　1997　p208
105〔詩人の世界、詩の時間〕

テイキ

　◇渡辺信二訳「アメリカ文学ライブラリー　アメリカ名詩選」本の友社 1997 p210
125〔詩人の世界、詩の時間〕
　◇渡辺信二訳「アメリカ文学ライブラリー　アメリカ名詩選」本の友社 1997 p211
126〔詩人の世界、詩の時間〕
　◇渡辺信二訳「アメリカ文学ライブラリー　アメリカ名詩選」本の友社 1997 p212
128〔詩人の世界、詩の時間〕
　◇渡辺信二訳「アメリカ文学ライブラリー　アメリカ名詩選」本の友社 1997 p213
130〔詩人の世界、詩の時間〕
　◇渡辺信二訳「アメリカ文学ライブラリー　アメリカ名詩選」本の友社 1997 p215
131〔詩人の世界、詩の時間〕
　◇渡辺信二訳「アメリカ文学ライブラリー　アメリカ名詩選」本の友社 1997 p217
165〔詩人の世界、詩の時間〕
　◇渡辺信二訳「アメリカ文学ライブラリー　アメリカ名詩選」本の友社 1997 p219
170〔詩人の世界、詩の時間〕
　◇渡辺信二訳「アメリカ文学ライブラリー　アメリカ名詩選」本の友社 1997 p220
182〔詩人の世界、詩の時間〕
　◇渡辺信二訳「アメリカ文学ライブラリー　アメリカ名詩選」本の友社 1997 p221
190〔詩人の世界、詩の時間〕
　◇渡辺信二訳「アメリカ文学ライブラリー　アメリカ名詩選」本の友社 1997 p222
193〔詩人の世界、詩の時間〕
　◇渡辺信二訳「アメリカ文学ライブラリー　アメリカ名詩選」本の友社 1997 p223
213〔詩人の世界、詩の時間〕
　◇渡辺信二訳「アメリカ文学ライブラリー　アメリカ名詩選」本の友社 1997 p224
214〔詩人の世界、詩の時間〕
　◇渡辺信二訳「アメリカ文学ライブラリー　アメリカ名詩選」本の友社 1997 p225
219〔詩人の世界、詩の時間〕
　◇渡辺信二訳「アメリカ文学ライブラリー　アメリカ名詩選」本の友社 1997 p227
228〔詩人の世界、詩の時間〕
　◇渡辺信二訳「アメリカ文学ライブラリー　アメリカ名詩選」本の友社 1997 p228
241〔詩人の世界、詩の時間〕
　◇渡辺信二訳「アメリカ文学ライブラリー　アメリカ名詩選」本の友社 1997 p229
249〔詩人の世界、詩の時間〕
　◇渡辺信二訳「アメリカ文学ライブラリー　アメリカ名詩選」本の友社 1997 p230
254〔詩人の世界、詩の時間〕
　◇渡辺信二訳「アメリカ文学ライブラリー　アメリカ名詩選」本の友社 1997 p231
258〔詩人の世界、詩の時間〕
　◇渡辺信二訳「アメリカ文学ライブラリー　アメリカ名詩選」本の友社 1997 p232
276〔詩人の世界、詩の時間〕
　◇渡辺信二訳「アメリカ文学ライブラリー　アメリカ名詩選」本の友社 1997 p234
280〔詩人の世界、詩の時間〕
　◇渡辺信二訳「アメリカ文学ライブラリー　アメリカ名詩選」本の友社 1997 p236
285〔詩人の世界、詩の時間〕
　◇渡辺信二訳「アメリカ文学ライブラリー　アメリカ名詩選」本の友社 1997 p238
290〔詩人の世界、詩の時間〕
　◇渡辺信二訳「アメリカ文学ライブラリー　アメリカ名詩選」本の友社 1997 p240
293〔詩人の世界、詩の時間〕
　◇渡辺信二訳「アメリカ文学ライブラリー　アメリカ名詩選」本の友社 1997 p242
301〔詩人の世界、詩の時間〕
　◇渡辺信二訳「アメリカ文学ライブラリー　アメリカ名詩選」本の友社 1997 p244
303〔詩人の世界、詩の時間〕
　◇渡辺信二訳「アメリカ文学ライブラリー　アメリカ名詩選」本の友社 1997 p245
306〔詩人の世界、詩の時間〕
　◇渡辺信二訳「アメリカ文学ライブラリー　アメリカ名詩選」本の友社 1997 p246
315〔詩人の世界、詩の時間〕
　◇渡辺信二訳「アメリカ文学ライブラリー　アメリカ名詩選」本の友社 1997 p248
319〔詩人の世界、詩の時間〕
　◇渡辺信二訳「アメリカ文学ライブラリー　アメリカ名詩選」本の友社 1997 p249
322〔詩人の世界、詩の時間〕
　◇渡辺信二訳「アメリカ文学ライブラリー　アメリカ名詩選」本の友社 1997 p250
328〔詩人の世界、詩の時間〕
　◇渡辺信二訳「アメリカ文学ライブラリー　アメリカ名詩選」本の友社 1997 p252
341〔詩人の世界、詩の時間〕
　◇渡辺信二訳「アメリカ文学ライブラリー　アメ

テイキ

リカ名詩選」本の友社 1997 p254
362〔詩人の世界、詩の時間〕
　◇渡辺信二訳「アメリカ文学ライブラリー　アメリカ名詩選」本の友社 1997 p255
374〔詩人の世界、詩の時間〕
　◇渡辺信二訳「アメリカ文学ライブラリー　アメリカ名詩選」本の友社 1997 p256
389〔詩人の世界、詩の時間〕
　◇渡辺信二訳「アメリカ文学ライブラリー　アメリカ名詩選」本の友社 1997 p258
420〔詩人の世界、詩の時間〕
　◇渡辺信二訳「アメリカ文学ライブラリー　アメリカ名詩選」本の友社 1997 p260
449〔詩人の世界、詩の時間〕
　◇渡辺信二訳「アメリカ文学ライブラリー　アメリカ名詩選」本の友社 1997 p262
461〔詩人の世界、詩の時間〕
　◇渡辺信二訳「アメリカ文学ライブラリー　アメリカ名詩選」本の友社 1997 p263
465〔詩人の世界、詩の時間〕
　◇渡辺信二訳「アメリカ文学ライブラリー　アメリカ名詩選」本の友社 1997 p264
494〔詩人の世界、詩の時間〕
　◇渡辺信二訳「アメリカ文学ライブラリー　アメリカ名詩選」本の友社 1997 p266
501〔詩人の世界、詩の時間〕
　◇渡辺信二訳「アメリカ文学ライブラリー　アメリカ名詩選」本の友社 1997 p268
511〔詩人の世界、詩の時間〕
　◇渡辺信二訳「アメリカ文学ライブラリー　アメリカ名詩選」本の友社 1997 p270
512〔詩人の世界、詩の時間〕
　◇渡辺信二訳「アメリカ文学ライブラリー　アメリカ名詩選」本の友社 1997 p272
520〔詩人の世界、詩の時間〕
　◇渡辺信二訳「アメリカ文学ライブラリー　アメリカ名詩選」本の友社 1997 p274
585〔詩人の世界、詩の時間〕
　◇渡辺信二訳「アメリカ文学ライブラリー　アメリカ名詩選」本の友社 1997 p276
591〔詩人の世界、詩の時間〕
　◇渡辺信二訳「アメリカ文学ライブラリー　アメリカ名詩選」本の友社 1997 p278
613〔詩人の世界、詩の時間〕
　◇渡辺信二訳「アメリカ文学ライブラリー　アメリカ名詩選」本の友社 1997 p280
636〔詩人の世界、詩の時間〕
　◇渡辺信二訳「アメリカ文学ライブラリー　アメリカ名詩選」本の友社 1997 p281
640〔詩人の世界、詩の時間〕
　◇渡辺信二訳「アメリカ文学ライブラリー　アメリカ名詩選」本の友社 1997 p283
644〔詩人の世界、詩の時間〕
　◇渡辺信二訳「アメリカ文学ライブラリー　アメリカ名詩選」本の友社 1997 p287
650〔詩人の世界、詩の時間〕
　◇渡辺信二訳「アメリカ文学ライブラリー　アメリカ名詩選」本の友社 1997 p288
664〔詩人の世界、詩の時間〕
　◇渡辺信二訳「アメリカ文学ライブラリー　アメリカ名詩選」本の友社 1997 p289
712〔詩人の世界、詩の時間〕
　◇渡辺信二訳「アメリカ文学ライブラリー　アメリカ名詩選」本の友社 1997 p290
754〔詩人の世界、詩の時間〕
　◇渡辺信二訳「アメリカ文学ライブラリー　アメリカ名詩選」本の友社 1997 p292
824〔詩人の世界、詩の時間〕
　◇渡辺信二訳「アメリカ文学ライブラリー　アメリカ名詩選」本の友社 1997 p294
925〔詩人の世界、詩の時間〕
　◇渡辺信二訳「アメリカ文学ライブラリー　アメリカ名詩選」本の友社 1997 p296
974〔詩人の世界、詩の時間〕
　◇渡辺信二訳「アメリカ文学ライブラリー　アメリカ名詩選」本の友社 1997 p298
1128〔詩人の世界、詩の時間〕
　◇渡辺信二訳「アメリカ文学ライブラリー　アメリカ名詩選」本の友社 1997 p299
1129〔詩人の世界、詩の時間〕
　◇渡辺信二訳「アメリカ文学ライブラリー　アメリカ名詩選」本の友社 1997 p300
1150〔詩人の世界、詩の時間〕
　◇渡辺信二訳「アメリカ文学ライブラリー　アメリカ名詩選」本の友社 1997 p301
1172〔詩人の世界、詩の時間〕
　◇渡辺信二訳「アメリカ文学ライブラリー　アメリカ名詩選」本の友社 1997 p302
1173〔詩人の世界、詩の時間〕
　◇渡辺信二訳「アメリカ文学ライブラリー　アメリカ名詩選」本の友社 1997 p303
1233〔詩人の世界、詩の時間〕
　◇渡辺信二訳「アメリカ文学ライブラリー　アメリカ名詩選」本の友社 1997 p304

1247〔詩人の世界、詩の時間〕
◇渡辺信二訳「アメリカ文学ライブラリー　アメリカ名詩選」本の友社　1997　p305
1581〔詩人の世界、詩の時間〕
◇渡辺信二訳「アメリカ文学ライブラリー　アメリカ名詩選」本の友社　1997　p306
1649〔詩人の世界、詩の時間〕
◇渡辺信二訳「アメリカ文学ライブラリー　アメリカ名詩選」本の友社　1997　p308
1670〔詩人の世界、詩の時間〕
◇渡辺信二訳「アメリカ文学ライブラリー　アメリカ名詩選」本の友社　1997　p309
1732〔詩人の世界、詩の時間〕
◇渡辺信二訳「アメリカ文学ライブラリー　アメリカ名詩選」本の友社　1997　p312

ティーク, ルートヴィヒ　Tieck, Ludwig（1773～1853　ドイツ）
青い彼方への旅
◇垂野創一郎訳「怪奇文学大山脈 1」東京創元社　2014　p83
金髪のエックベルト
◇今泉文子編訳「ドイツ幻想小説傑作選—ロマン派の森から」筑摩書房　2010（ちくま文庫）p7
◇今泉文子訳「幻想小説神髄」筑摩書房　2012（ちくま文庫）p67

ディクスン, カーター　Dickson, Carter（1906～1977　アメリカ）
一角獣殺人事件
◇田中潤司訳「世界探偵小説全集 4」国書刊行会　1995　p7
九人と死で十人だ
◇駒月雅子訳「世界探偵小説全集 26」国書刊行会　1999　p9
魔の森の家
◇江戸川乱歩訳「51番目の密室—世界短篇傑作集」早川書房　2010（Hayakawa pocket mystery books）p77

ディクスン, ゴードン・R.　Dickson, Gordon Rupert（1923～2001　アメリカ）
イルカの流儀
◇中村融訳「20世紀SF 3」河出書房新社　2001（河出文庫）p291

ディクソン, スティーヴン
道にて
◇岸本佐知子編訳「変愛小説集 2」講談社　2010 p119

ディクテュス（クレタの）　Dictys
トロイア戦争日誌
◇岡三郎訳「トロイア叢書 1」国文社　2001　p7

ディケンズ, チャールズ　Dickens, Charles John Huffam（1812～1870　イギリス）
追いつめられて
◇小池滋訳「百年文庫 58」ポプラ社　2010　p5
骨董屋 抄
◇猪熊恵子訳「ポケットマスターピース 5」集英社　2016（集英社文庫ヘリテージシリーズ）p259
殺人裁判
◇松岡光治編訳「ヴィクトリア朝幽霊物語—短篇集」アティーナ・プレス　2013　p21
殺人大将
◇西崎憲訳「英国短篇小説の愉しみ 3」筑摩書房　1999　p21
◇西崎憲訳「短篇小説日和—英国異色傑作選」筑摩書房　2013（ちくま文庫）p335
信号手
◇小池滋訳「英国鉄道文学傑作選」筑摩書房　2000（ちくま文庫）p67
◇岡本綺堂編訳「世界怪談名作集 上」河出書房新社　2002（河出文庫）p187
◇橋本福夫訳「怪奇小説傑作集新版 3」東京創元社　2006（創元推理文庫）p67
◇柴田元幸訳「憑かれた鏡—エドワード・ゴーリーが愛する12の怪談」河出書房新社　2006　p41
◇小池滋訳「恐ろしい話」筑摩書房　2011（ちくま文学の森）p77
◇柴田元幸訳「エドワード・ゴーリーが愛する12の怪談—憑かれた鏡」河出書房新社　2012（河出文庫）p45
◇柴田元幸編訳「ブリティッシュ＆アイリッシュ・マスターピース」スイッチ・パブリッシング　2015（SWITCH LIBRARY）p45
デイヴィッド・コッパフィールド 抄
◇猪熊恵子訳「ポケットマスターピース 5」集英社　2016（集英社文庫ヘリテージシリーズ）p7
名作妖異譚　蠟いろの顔（コリンズ, ウィルキー）
◇今日泊亜蘭訳「幽霊船—今日泊亜蘭翻訳怪奇小説コレクション」刊我書房　2015（盛林堂ミステリアス文庫）p69

テイツ

我らが共通の友 抄
　◇猪熊恵子訳「ポケットマスターピース 5」集英社 2016（集英社文庫ヘリテージシリーズ）p475

ディック，フィリップ・K.　Dick, Philip K.
（1928〜1982　アメリカ）

ウォー・ヴェテラン
　◇仁賀克雄訳「ダーク・ファンタジー・コレクション 10」論創社 2009 p261

おせっかいやき
　◇仁賀克雄訳「ダーク・ファンタジー・コレクション 1」論創社 2006 p93

火星人襲来
　◇仁賀克雄訳「ダーク・ファンタジー・コレクション 10」論創社 2009 p63

火星探査班
　◇仁賀克雄訳「ダーク・ファンタジー・コレクション 1」論創社 2006 p169

奇妙なエデン
　◇仁賀克雄訳「ダーク・ファンタジー・コレクション 10」論創社 2009 p39

根気のよい蛙
　◇仁賀克雄訳「ダーク・ファンタジー・コレクション 10」論創社 2009 p185

サーヴィス訪問
　◇仁賀克雄訳「ダーク・ファンタジー・コレクション 1」論創社 2006 p191

時間飛行士へのささやかな贈物
　◇浅倉久志訳「きょうも上天気―SF短編傑作選」角川書店 2010（角川文庫）p273

消耗品
　◇仁賀克雄訳「ダーク・ファンタジー・コレクション 10」論創社 2009 p81

植民地
　◇仁賀克雄訳「幻想と怪奇―ポオ蒐集家」早川書房 2005（ハヤカワ文庫）p251
　◇仁賀克雄訳「ダーク・ファンタジー・コレクション 10」論創社 2009 p205

生活必需品
　◇仁賀克雄訳「ダーク・ファンタジー・コレクション 10」論創社 2009 p241

造物主
　◇仁賀克雄訳「ダーク・ファンタジー・コレクション 10」論創社 2009 p149

探検隊帰る
　◇中村融編訳「影が行く―ホラーSF傑作選」東京創元社 2000（創元SF文庫）p241

地図にない町
　◇仁賀克雄訳「有栖川有栖の鉄道ミステリ・ライブラリー」角川書店 2004（角川文庫）p37

展示品
　◇仁賀克雄訳「ダーク・ファンタジー・コレクション 1」論創社 2006 p223

父さんもどき
　◇大森望訳「20世紀SF 2」河出書房新社 2000（河出文庫）p53

髑髏
　◇仁賀克雄訳「ダーク・ファンタジー・コレクション 10」論創社 2009 p3

トニーとかぶと虫
　◇仁賀克雄訳「ダーク・ファンタジー・コレクション 10」論創社 2009 p93

ナニー
　◇仁賀克雄訳「ダーク・ファンタジー・コレクション 1」論創社 2006 p113

にせもの
　◇大森望訳「ロボット・オペラ―An Anthology of Robot Fiction and Robot Culture」光文社 2004 p227

偽者
　◇仁賀克雄訳「ダーク・ファンタジー・コレクション 1」論創社 2006 p143

人間狩り
　◇仁賀克雄訳「ダーク・ファンタジー・コレクション 1」論創社 2006 p249

爬行動物
　◇仁賀克雄訳「ダーク・ファンタジー・コレクション 1」論創社 2006 p51

パパふたり
　◇仁賀克雄訳「ダーク・ファンタジー・コレクション 1」論創社 2006 p3

ハンギング・ストレンジャー
　◇仁賀克雄訳「ダーク・ファンタジー・コレクション 1」論創社 2006 p25

変種第二号
　◇友枝康子訳「贈る物語Terror」光文社 2002 p295

よいカモ
　◇仁賀克雄訳「ダーク・ファンタジー・コレクション 1」論創社 2006 p67

ルーグ
　◇大森望訳「幻想の犬たち」扶桑社 1999（扶桑社ミステリー）p23

矮人の王

◇仁賀克雄訳「ダーク・ファンタジー・コレクション 10」論創社 2009 p115

ティッサーニー
時代
◇南田みどり編訳「二十一世紀ミャンマー作品集」大同生命国際文化基金 2015（アジアの現代文芸）p84

ディッシュ, トーマス・M.　Disch, Thomas Michael（1940～2008　アメリカ）
狼の一族
◇若島正訳「異色作家短篇集 18」早川書房 2007 p207
フクロウと子猫ちゃん
◇田中一江訳「999（ナインナインナイン）―妖女たち」東京創元社 2000（創元推理文庫）p159
リスの檻
◇伊藤典夫訳「20世紀SF 3」河出書房新社 2001（河出文庫）p263

ディートリック, ミシェル・レガラード
逆火
◇和田美樹訳「アメリカ新進作家傑作選 2006」DHC 2007 p267

ディドロ, ドニ　Diderot, Denis（1713～1784　フランス）
ディドロ、ダンテを批判する
◇内田吉彦訳「アンデスの風叢書 天国・地獄百科」書肆風の薔薇 1982 p72

デイトン, レン
ヴィンターの朝
◇伏見威蕃訳「翼を愛した男たち」原書房 1997 p185

ディニック, リチャード
地下鉄のミイラ男
◇尾之上浩司訳「シャーロック・ホームズとヴィクトリア朝の怪人たち 2」扶桑社 2015（扶桑社ミステリー）p105

ディーネセン, イサク
空白のページ
◇利根川真紀編訳「レズビアン短編小説集―女たちの時間」平凡社 2015（平凡社ライブラリー）p327

ディーハン, リチャード
主婦の鑑
◇田口俊樹訳「ディナーで殺人を 上」東京創元社 1998（創元推理文庫）p339

ディ・フィリポ, ポール　Di Filippo, Paul（1954～　アメリカ）
系統発生
◇中原尚哉訳「20世紀SF 5」河出書房新社 2001（河出文庫）p227
パーティ！ パーティ!!パーティ!!!
◇佐竹史子訳「ディスコ2000」アーティストハウス 1999 p102

ティフェーニュ・ド・ラ・ロシュ, シャルル=フランソワ　Tiphaigne de la Roche, Charles-François（1722～1774）
ガリジェーヌ物語またはダンカンの覚書
◇橋本功訳、野沢協訳「啓蒙のユートピア 2」法政大学出版局 2008 p637

ディフォード, ミリアム・アレン
時の網
◇堀田和男訳「密室殺人傑作選」早川書房 2003（ハヤカワ・ミステリ文庫）p359

ティプトリー, ジェイムズ, Jr.　Tiptree, James, Jr.（1916～1987　アメリカ）
いっしょに生きよう
◇伊藤典夫訳「SFマガジン700―創刊700号記念アンソロジー 海外篇」早川書房 2014（ハヤカワ文庫 SF）p175
接続された女
◇浅倉久志訳「20世紀SF 4」河出書房新社 2001（河出文庫）p7

ティム, ウーヴェ　Timm, Uwe（1940～　ドイツ）
カレーソーセージをめぐるレーナの物語
◇浅井晶子訳「Modern & Classic カレーソーセージをめぐるレーナの物語」河出書房新社 2005 p1

ティムリン, マーク　Timlin, Mark
クリスマス（ベイビー・プリーズ・カム・ホーム）
◇田口俊樹訳「ロンドン・ノワール」扶桑社 2003（扶桑社ミステリー）p51

ディーモフ, ディミートル　Dimov, Dimitŭr（1909～1966　ブルガリア）
タバコ（第一部）
◇松永緑彌訳「東欧の文学 タバコ（第一部）」恒文社 1976 p3
タバコ（第二部）
◇松永緑彌訳「東欧の文学 タバコ（第二部）」

恒文社 1977 p3

テイラー，アンドリュー Taylor, Andrew
（1951〜　イギリス）
死者の永いソナタ
◇杉江松恋訳「BIBLIO MYSTERIES 1」ディスカヴァー・トゥエンティワン 2014 p173

テイラー，エドワード Taylor, Edward（1642頃〜1729　アメリカ）
雨に寄せて　魂に呼びかける
◇渡辺信二訳「アメリカ文学ライブラリー　アメリカ名詩選」本の友社 1997 p88
アメリカの救済
◇渡辺信二訳「アメリカ文学ライブラリー　アメリカ名詩選」本の友社 1997 p71
同じ題で
◇渡辺信二訳「アメリカ文学ライブラリー　アメリカ名詩選」本の友社 1997 p97
結婚生活　そして子供たちの死に寄せて
◇渡辺信二訳「アメリカ文学ライブラリー　アメリカ名詩選」本の友社 1997 p98
潮の満ち引き
◇渡辺信二訳「アメリカ文学ライブラリー　アメリカ名詩選」本の友社 1997 p101
主婦仕事
◇渡辺信二訳「アメリカ文学ライブラリー　アメリカ名詩選」本の友社 1997 p95
序
◇渡辺信二訳「アメリカ文学ライブラリー　アメリカ名詩選」本の友社 1997 p80
人類の背教の結果
◇渡辺信二訳「アメリカ文学ライブラリー　アメリカ名詩選」本の友社 1997 p83
蠅を捕まえる蜘蛛について
◇渡辺信二訳「アメリカ文学ライブラリー　アメリカ名詩選」本の友社 1997 p91
プロローグ〔アメリカの救済〕
◇渡辺信二訳「アメリカ文学ライブラリー　アメリカ名詩選」本の友社 1997 p72
瞑想1
◇渡辺信二訳「アメリカ文学ライブラリー　アメリカ名詩選」本の友社 1997 p75
瞑想8
◇渡辺信二訳「アメリカ文学ライブラリー　アメリカ名詩選」本の友社 1997 p77

テイラー，エリザベス
蠅取紙
◇小野寺健訳「読まずにいられぬ名短篇」筑摩書房 2014（ちくま文庫）p221

テイラー，サミュエル・W.
罠
◇森英俊訳「これが密室だ！」新樹社 1997 p141

テイラー，サム・S. Taylor, Sam S.（1895〜1958　アメリカ）
ボーダー
◇中田耕治訳「ブルー・ボウ・シリーズ　死体のささやき」青弓社 1993 p187

テイラー，ジェニファー
愛の謎が解けたら
◇竹原麗訳「マイ・バレンタイン―愛の贈りもの 2007」ハーレクイン 2007 p31

テイラー，ジェレミー Taylor, Jeremy（1613〜1667　イギリス）
無償の愛を求めて
◇牛島信明訳「アンデスの風叢書　天国・地獄百科」書肆風の薔薇 1982 p9

テイラー，ピーター Taylor, Peter（1917〜1994　アメリカ）
大尉の御曹司
◇若島正訳「ベスト・ストーリーズ 2」早川書房 2016 p201

テイラー，マイケル・W.
真実の発見
◇浅倉久志選訳「極短小説」新潮社 2004（新潮文庫）p106

テイラー，ルーシー
壁のなかで
◇佐々木信雄訳「魔猫」早川書房 1999 p237

デイリー，エリザベス Daly, Elizabeth（1878〜1967　アメリカ）
殺人への扉
◇葉戸ひろみ訳「海外ミステリ Gem Collection 15」長崎出版 2008 p2

ティリー，マルセル
劇中劇
◇岩本和子訳「幻想の坩堝―ベルギー・フランス語幻想短編集」松籟社 2016 p255

ディルク夫人
蛇岩（ダガン）
◇西崎憲訳「淑やかな悪夢―英米女流怪談集」

東京創元社 2000 p131

ディルツ, タイラー
悪党―意味不明作用と自我の(脱)構築
　◇三角和代訳「ベスト・アメリカン・ミステリ ジュークボックス・キング」早川書房 2005 （ハヤカワ・ミステリ）p155

ティルトン, エミリー
新しいメード
　◇浅倉久志選訳「極短小説」新潮社 2004 （新潮文庫）p161

ティルトン, テリー・L.
論より証拠
　◇浅倉久志選訳「極短小説」新潮社 2004 （新潮文庫）p43

ティルマン, クリスティー
新婚夫婦
　◇浅倉久志選訳「極短小説」新潮社 2004 （新潮文庫）p123

ティルマン, リン　Tillman, Lynne（1947～ アメリカ）
憑かれた女たち
　◇杉浦悦子訳「ライターズX 憑かれた女たち」白水社 1994 p1

ディレイニー, サミュエル・R.　Delany, Samuel Ray（1942～ アメリカ）
コロナ
　◇酒井昭伸訳「20世紀SF 3」河出書房新社 2001 （河出文庫）p99
ベータ2のバラッド
　◇小野田和子訳「ベータ2のバラッド」国書刊行会 2006 （未来の文学）p5

ティーレット, ダーウィン・L.　Teilhet, Darwin L.
おしゃべり雀の殺人
　◇工藤政司訳「世界探偵小説全集 23」国書刊行会 1999 p7

デイン, キャサリン
星のせいではない
　◇山本やよい訳「ホロスコープは死を招く」ソニー・マガジンズ 2006 （ヴィレッジブックス）p341

ディーン, シェイマス
ケイティの話 1950年10月
　◇柴田元幸編訳「僕の恋、僕の傘」角川書店 1999 p131

ケイティの話 一九五〇年十月
　◇柴田元幸編訳「燃える天使」角川書店 2009 （角川文庫）p99

ディーン, ジェラルド
悪魔の床
　◇大関花子訳「怪樹の腕―〈ウィアード・テールズ〉戦前邦訳傑作選」東京創元社 2013 p155

ティンダー, ジェレミー
モスマン
　◇古屋美登里訳「モンスターズ―現代アメリカ傑作短篇集」白水社 2014 p290

ティンティ, ハンナ
二つ目の弾丸
　◇吉田結訳「ベスト・アメリカン・短編ミステリ 2014」DHC 2015 p547
ホーム・スイート・ホーム
　◇飯干京子訳「ベスト・アメリカン・ミステリ ジュークボックス・キング」早川書房 2005 （ハヤカワ・ミステリ）p419

ティンティンウー
姉さんは空
　◇南田みどり編訳「ミャンマー現代女性短編集」大同生命国際文化基金 2001 （アジアの現代文芸）p228

ティンティンター
マイル標識を立てて
　◇南田みどり編訳「ミャンマー現代女性短編集」大同生命国際文化基金 2001 （アジアの現代文芸）p133

ティンバリー, ローズマリー　Timperley, Rosemary（1920～1988 イギリス）
ハリー
　◇小菅正夫訳「幻想と怪奇―宇宙怪獣現わる」早川書房 2005 （ハヤカワ文庫）p301
マーサの夕食
　◇仁賀克雄編・訳「新・幻想と怪奇」早川書房 2009 （Hayakawa pocket mystery books）p9
レイチェルとサイモン
　◇仁賀克雄編・訳「新・幻想と怪奇」早川書房 2009 （Hayakawa pocket mystery books）p249

テヴィス, ウォルター・S.
ふるさと遠く
　◇伊藤典夫編・訳「冷たい方程式」早川書房 2011 （ハヤカワ文庫 SF）p77

テウイ

デーヴィス, ジャック
　ドリーマーズ
　　◇佐和田敬司訳「ドリーマーズ／ノー・シュガー」オセアニア出版社 2006（オーストラリア演劇叢書）p5
　ノー・シュガー
　　◇佐和田敬司訳「ドリーマーズ／ノー・シュガー」オセアニア出版社 2006（オーストラリア演劇叢書）p77

デヴィッドソン, メアリジャニス
　憎まれっ子、ロマンスにはばかる
　　◇松井里弥訳「キス・キス・キス―抱きしめるほどせつなくて」ヴィレッジブックス 2009（ヴィレッジブックス）p7

デヴィデ, ヴラディミール
　『俳文』抜粋
　　◇本藤恭代, 田中一生訳「ポケットのなかの東欧文学―ルネッサンスから現代まで」成文社 2006 p367

デ・カストロ, A.　de Castro, Adolphe
　電気処刑器
　　◇高木国寿訳「新編 真ク・リトル・リトル神話大系 1」国書刊行会 2007 p165

デクスター, コリン
　ドードーは死んだ
　　◇大庭忠男訳「双生児―EQMM90年代ベスト・ミステリー」扶桑社 2000（扶桑社ミステリー）p239

デクスター, ピート
　宝石商
　　◇真野明裕訳「ベスト・アメリカン・ミステリ ジュークボックス・キング」早川書房 2005（ハヤカワ・ミステリ）p143

デサイ, アニター　Desai, Anita（1937～　インド）
　デリーの詩人
　　◇高橋明訳「現代インド文学選集 6（英語）」めこん 1999 p3

デジェー, モノスローイ
　日本の恋
　　◇橋本ダナ訳「ポケットのなかの東欧文学―ルネッサンスから現代まで」成文社 2006 p401

テージャスヴィ, K.P.プールナ・チャンドラ　Tejasvi, Purna Chandra（1938～　インド）
　マレナード物語

　　◇井上恭子訳「現代インド文学選集 4（カンナダ）」めこん 1994 p3

デシャン, ドン　Deschamps, Don
　道徳考
　　◇野沢協訳「啓蒙のユートピア 3」法政大学出版局 1997 p275

デストク, ポル
　怪物を作る男（エラン, シャルル／モレー, マクス）
　　◇真野倫平訳「グラン＝ギニョル傑作選―ベル・エポックの恐怖演劇」水声社 2010 p201

デスノス, ロベール
　「海星（ひとで）」
　　◇小笠原豊樹訳「盲目の女神―20世紀欧米戯曲拾遺」みすず書房 2011 p453
　海星（ひとで）広場
　　◇小笠原豊樹訳「盲目の女神―20世紀欧米戯曲拾遺」みすず書房 2011 p415

デチャンシー, ジョン
　リッチモンドの謎
　　◇五十嵐加奈子訳「シャーロック・ホームズのSF大冒険―短篇集 上」河出書房新社 2006（河出文庫）p318

鉄 凝　てつ・ぎょう（1957～　中国）
　イリーナの帽子
　　◇飯塚容訳「中国現代文学選集 1」トランスビュー 2010 p1

テッフィ　Teffi（1872～1952　ロシア）
　ザリガニの鳴いたときに―クリスマスの怪談
　　◇田辺佐保子訳「ロシアのクリスマス物語」群像社 1997 p29
　伝説と現実
　　◇吉田差和子訳「雑話集―ロシア短編集 2」「雑話集」の会 2009 p5

テトゥ, ランディーン
　ほんとうの間違い
　　◇吉田利子訳「間違ってもいい、やってみたら―想いがはじける28の物語」講談社 1998 p184

テトリック, バイロン
　未来の計算機
　　◇藤原隆雄訳「シャーロック・ホームズのSF大冒険―短篇集 下」河出書房新社 2006（河出文庫）p50

デナンクス, ディディエ　Daeninckx, Didier
（1949～　フランス）
　記憶のための殺人
　　◇堀茂樹訳「〈ロマン・ノワール〉シリーズ 記憶のための殺人」草思社 1995 p3
　死は誰も忘れない
　　◇高橋啓訳「〈ロマン・ノワール〉シリーズ 死は誰も忘れない」草思社 1995 p3
　未完の巨人人形
　　◇神山朋子訳「〈ロマン・ノワール〉シリーズ 未完の巨人人形」草思社 1995 p3

テナント, エマ　Tennant, Emma（1937～　イギリス）
　ロンドンの二人の女―ミズ・ジキルとミセス・ハイドの不思議な事件
　　◇相原真理子訳「新しいイギリスの小説 ロンドンの二人の女」白水社 1992 p1

テニスン, アルフレッド　Tennyson, Alfred（1809～1892　イギリス）
　息子の居場所
　　◇牛島信明訳「アンデスの風叢書 天国・地獄百科」書肆風の薔薇 1982 p31

デニソン, ジャネール
　ファンタジーは真夜中に
　　◇みすみあき訳「キス・キス・キス―土曜日はタキシードに恋して」ヴィレッジブックス 2008（ヴィレッジブックス）p147
　四日間の恋人
　　◇小原柊子訳「キス・キス・キス―素直になれなくて」ヴィレッジブックス 2008（ヴィレッジブックス）p7

デネービ, マルコ　Denevi, Marco（1922～1998　アルゼンチン）
　秘密の儀式
　　◇江上淳訳「西和リブロス 5」西和書林 1985 p3

デ・ノー, オニール　De Noux, O'Neil（アメリカ）
　嘘をつけば、死
　　◇阿部里美訳「ベスト・アメリカン・ミステリ ジュークボックス・キング」早川書房 2005（ハヤカワ・ミステリ）p125
　重罪隠匿
　　◇ペルチ加代子訳「ベスト・アメリカン・短編ミステリ 2014」DHC 2015 p63

デパロー, アンナ
　真夜中の情熱
　　◇大森みち花訳「愛と絆の季節―クリスマス・ストーリー2008」ハーレクイン 2008 p247

デ・フィレンツェ, リーナ　de'Firenze, Rina
　もう一人のモナリザ
　　◇千種堅訳「ブルー・ボウ・シリーズ もう一人のモナリザ」青弓社 1997 p7

デフォー, ダニエル　Defoe, Daniel（1660～1731　イギリス）
　ヴィール夫人の亡霊
　　◇岡本綺堂編訳「世界怪談名作集 上」河出書房新社 2002（河出文庫）p215
　　◇岡本綺堂訳「怪奇小説精華」筑摩書房 2012（ちくま文庫）p56
　ミセス・ヴィールの幽霊
　　◇平井呈一編「ミセス・ヴィールの幽霊―こわい話気味のわるい話 1」沖積舎 2011 p11

テープ・マハーパオラヤ
　チャムプーン
　　◇吉岡みね子編訳「タイの大地の上で―現代作家・詩人選集」大同生命国際文化基金 1999（アジアの現代文芸）p49

デ・マーケン, アン
　灰
　　◇田畑あや子訳「アメリカ新進作家傑作選 2007」DHC 2008 p239

デマレ・ド・サン=ソルラン, ジャン
　妄想に囚われた人々
　　◇伊藤洋訳「フランス十七世紀演劇集―喜劇」中央大学出版部 2010（中央大学人文科学研究所翻訳叢書）p67

デミル, ネルソン
　本棚殺人事件
　　◇杉江松恋訳「BIBLIO MYSTERIES 2」ディスカヴァー・トゥエンティワン 2014 p19

デミング, リチャード　Deming, Richard（1915～1983　アメリカ）
　あなた、殺されるわよ
　　◇佐々田雅子訳「ミニ・ミステリ100」早川書房 2005（ハヤカワ・ミステリ文庫）p662
　俳優稼業
　　◇山本俊子訳「ミニ・ミステリ100」早川書房 2005（ハヤカワ・ミステリ文庫）p148

テム, スティーヴ・ラスニック
胴体と頭
◇夏来健次訳「死霊たちの宴 上」東京創元社 1998（創元推理文庫）p219

デモス, ジョイス
分配は平等に
◇浅倉久志選訳「極短小説」新潮社 2004（新潮文庫）p330

デュコーネイ, リッキー
分身
◇岸本佐知子編訳「居心地の悪い部屋」角川書店 2012 p97
◇岸本佐知子編訳「居心地の悪い部屋」河出書房新社 2015（河出文庫）p65
まじない
◇岸本佐知子編訳「コドモノセカイ」河出書房新社 2015 p7

デュシャン, マルセル　Duchamp, Marcel （1887〜1968　フランス）
マルセル・デュシャン
◇粟津則雄訳「黒いユーモア選集 2」河出書房新社 2007（河出文庫）p193

デュッフェル, ジョン・フォン　Düffel, John von（1966〜　ドイツ）
バルコニーの情景
◇平田栄一朗訳「ドイツ現代戯曲選30 22」論創社 2006 p7

デュプレー, ジャン＝ピエール　Duprey, Jean–Pierre（1930〜1959　フランス）
ジャン＝ピエール・デュプレー
◇稲田三吉訳「黒いユーモア選集 2」河出書房新社 2007（河出文庫）p327

デュボイズ, ブレンダン　DuBois, Brendan（アメリカ）
キャッスル・アイランドの酒樽
◇三角和代訳「ポーに捧げる20の物語」早川書房 2009（Hayakawa pocket mystery books）p139
最後のフライト
◇三角和代訳「殺しが二人を別つまで」早川書房 2007（ハヤカワ・ミステリ文庫）p93
ネットメール
◇富永和子訳「アメリカミステリ傑作選 2001」DHC 2001（アメリカ文芸「年間」傑作選）p169
パトロール同乗
◇中勢津子訳「ベスト・アメリカン・短編ミステリ 2012」DHC 2012 p137
ファミリー・ゲーム
◇木村二郎訳「ベスト・アメリカン・ミステリ ハーレム・ノクターン」早川書房 2005（ハヤカワ・ミステリ）p141
水瓶座のミッション
◇山本やよい訳「ホロスコープは死を招く」ソニー・マガジンズ 2006（ヴィレッジブックス）p227
最も偉大な犠牲的行為
◇青木多香子訳「ホワイトハウスのペット探偵」講談社 2009（講談社文庫）p117
ラプンツェルの復讐
◇七搦理美子訳「赤ずきんの手には拳銃」原書房 1999 p209
リチャードの末裔
◇三角和代訳「ベスト・アメリカン・ミステリ ジュークボックス・キング」早川書房 2005（ハヤカワ・ミステリ）p193

デュボスク, ジュール
天国の物質
◇斎藤博士訳「アンデスの風叢書　天国・地獄百科」書肆風の薔薇 1982 p126

デュマ, アレクサンドル　Dumas, Alexandre （1802〜1870　フランス）
稀覯本余話
◇生田耕作訳「愛書狂」平凡社 2014（平凡社ライブラリー）p35
蒼白の貴婦人（ボカージュ, ポール）
◇浜野アキオ訳「ヴァンパイア・コレクション」角川書店 1999（角川文庫）p73

デュマ, アレクサンドル（フィス）　Dumas, Alexandre（fils）（1824〜1895　フランス）
椿姫
◇朝比奈弘治訳「〈新訳・世界の古典〉シリーズ 椿姫」新書館 1998 p5
◇「椿姫―デュマ・フィスより」メジャーリーグ 2008（笹部博司の演劇コレクション）p9

デュ・モーリア, ダフネ　Du Maurier, Daphne （1907〜1989　イギリス）
青いレンズ
◇吉田誠一訳「異色作家短篇集 10」早川書房 2006 p59
あおがい
◇吉田誠一訳「異色作家短篇集 10」早川書房 2006 p229

アリバイ
　◇吉田誠一訳「異色作家短篇集 10」早川書房 2006 p5
荒れ野
　◇吉田誠一訳「異色作家短篇集 10」早川書房 2006 p207
皇女
　◇吉田誠一訳「異色作家短篇集 10」早川書房 2006 p157
破局
　◇吉田誠一訳「異色作家短篇集 10」早川書房 2006
美少年
　◇吉田誠一訳「異色作家短篇集 10」早川書房 2006 p107
林檎の木
　◇鈴木和子訳「古今英米幽霊事情 1」新風舎 1998 p7

デュモント, エド
　サーストンさん、ありがとう
　　◇山本俊子訳「ミニ・ミステリ100」早川書房 2005（ハヤカワ・ミステリ文庫）p88

デュレンマット, フリードリヒ　Dürrenmatt, Friedrich（1921〜1990　スイス）
　事故
　　◇種村季弘訳「怪奇・幻想・綺想文学集—種村季弘翻訳集成」国書刊行会 2012 p267
　トンネル
　　◇種村季弘訳「怪奇・幻想・綺想文学集—種村季弘翻訳集成」国書刊行会 2012 p255
　ピラト
　　◇前川道介訳「独逸怪奇小説集成」国書刊行会 2001 p85

デラフィールド, E.M.　Delafield, E.M.（1890〜1943　イギリス）
　帰ってきたソフィ・メイスン
　　◇宇野利泰訳「怪奇小説傑作集 新版 2」東京創元社 2006（創元推理文庫）p65

デ・ラ・メア, ウォルター　De La Mare, Walter John（1873〜1956　イギリス）
　失踪
　　◇平井呈一編「ラント夫人—こわい話気味のわるい話 2」沖積舎 2012 p109
　シートンのおばさん
　　◇大西尹明訳「怪奇小説傑作集 新版 3」東京創元社 2006（創元推理文庫）p389

　◇南條竹則, 坂本あおい訳「地獄—英国怪談中篇傑作集」メディアファクトリー 2008（幽books）p5
遅参の客
　◇圷香織訳「怪奇文学大山脈 2」東京創元社 2014 p237
なぞ
　◇紀田順一郎訳「贈る物語Terror」光文社 2002 p269
　◇紀田順一郎訳「幻想小説神髄」筑摩書房 2012（ちくま文庫）p418
謎
　◇柴田元幸編訳「ブリティッシュ＆アイリッシュ・マスターピース」スイッチ・パブリッシング 2015（SWITCH LIBRARY）p109

デーリ・ティボル　Déry Tibor（1894〜1977　ハンガリー）
　サーカス
　　◇徳永康元訳「東欧の文学　ニキ〈ある犬の物語〉」恒文社 1969 p205
　精算
　　◇片岡啓治訳「東欧の文学　ニキ〈ある犬の物語〉」恒文社 1969 p165
　ニキ〈ある犬の物語〉
　　◇板倉勝正訳「東欧の文学　ニキ〈ある犬の物語〉」恒文社 1969 p27
　陽気な埋葬
　　◇工藤幸雄訳「東欧の文学　ニキ〈ある犬の物語〉」恒文社 1969 p115

テリエス, フェルナンド
　日曜日の授業
　　◇相良勝訳「ラテンアメリカ短編集—モデルニズモから魔術的レアリズモまで」彩流社 2001 p161

デリベス, ミゲル　Delibes, Miguel（1920〜　スペイン）
　好色六十路の恋文
　　◇喜多延鷹訳「西和リブロス 11」西和書林 1989 p5

テル, ジョナサン
　水晶玉
　　◇ゴマル美保訳「ベスト・アメリカン・短編ミステリ」DHC 2010 p497

デール, セプチマス　Dale, Septimus
　パッツの死
　　◇金井美子訳「ダーク・ファンタジー・コレク

許されざる者
◇金井美子訳「ダーク・ファンタジー・コレクション 8」論創社 2008 p89

デル・ストーン・ジュニア　Del Stone Jr.（アメリカ）
死体に火をつけて
◇田中一江訳「サイコーホラー・アンソロジー」祥伝社 1998（祥伝社文庫）p281

テルツ, アブラム
金色のひも
◇沼野充義訳「夢のかけら」岩波書店 1997（世界文学のフロンティア）p257

デルフォス, オリアン・ガブリエル
男と少年
◇吉田晶子訳「アメリカ新進作家傑作選 2008」DHC 2009 p341

デル・リー, レスター　Del Rey, Lester（1915～1993　アメリカ）
愛しのヘレン
◇福島正実訳「ロボット・オペラ—An Anthology of Robot Fiction and Robot Culture」光文社 2004 p85
炎の十字架
◇駒瀬裕子訳「吸血鬼伝説—ドラキュラの末裔たち」原書房 1997 p49

デレッダ, グラツィア　Deledda, Grazia（1871～1936　イタリア）
コロンバ
◇大久保昭男訳「百年文庫 77」ポプラ社 2011 p83
ドリーア城の伝説
◇香川真澄訳「ぶどう酒色の海—イタリア中短編小説集」イタリア文藝叢書刊行委員会 2013（イタリア文藝叢書）p41

テレンティウス　Terentius Afer, Publius（前195頃～前159　ローマ）
アンドロス島の女
◇木村健治訳「ローマ喜劇集 5」京都大学学術出版会 2002（西洋古典叢書）p3
宦官
◇谷栄一郎訳「ローマ喜劇集 5」京都大学学術出版会 2002（西洋古典叢書）p239
義母
◇上村健二訳「ローマ喜劇集 5」京都大学学術出版会 2002（西洋古典叢書）p477
兄弟
◇山下太郎訳「ローマ喜劇集 5」京都大学学術出版会 2002（西洋古典叢書）p563
自虐者
◇城江良和訳「ローマ喜劇集 5」京都大学学術出版会 2002（西洋古典叢書）p117
ポルミオ
◇高橋宏幸訳「ローマ喜劇集 5」京都大学学術出版会 2002（西洋古典叢書）p355

デ・ロベルト
ロザリオ
◇武谷なおみ編訳「短篇で読むシチリア」みすず書房 2011（大人の本棚）p5

テン, ウィリアム　Tenn, William（1920～2010　アメリカ）
生きている家
◇小尾美佐訳「20世紀SF 1」河出書房新社 2000（河出文庫）p241
奇妙なテナント
◇仁賀克雄編・訳「新・幻想と怪奇」早川書房 2009（Hayakawa pocket mystery books）p129
モーニエル・マサウェイの発見
◇浅倉久志編訳「グラックの卵」国書刊行会 2006（未来の文学）p121
夜だけの恋人
◇鈴木絵美訳「吸血鬼伝説—ドラキュラの末裔たち」原書房 1997 p143

田牛　でん・ぎゅう
おいで、ベイビー（在呈／乃梦／陳永涓）
◇中山文訳「中国現代戯曲集 第7集」晩成書房 2008 p153

田沁鑫　でん・しんきん
生死の場—蕭紅の同名小説に拠る
◇飯塚容訳「中国現代戯曲集 第5集」晩成書房 2004 p71

田兵　でん・へい
河面の秋
◇岡田英樹訳編「血の報復—「在満」中国人作家短篇集」ゆまに書房 2016 p289

デーンアラン・セーントーン
毒蛇
◇宇戸清治編訳「現代タイのポストモダン短編集」大同生命国際文化基金 2012（アジアの現代文芸）p213

天笑　てんしょう
隠されたガン事件―上海のシャーロック・ホームズ第四の事件
◇樽本照雄編・訳「上海のシャーロック・ホームズ」国書刊行会 2016（ホームズ万国博覧会）p135
上海のシャーロック・ホームズ第二の事件
◇樽本照雄編・訳「上海のシャーロック・ホームズ」国書刊行会 2016（ホームズ万国博覧会）p15

デントン, ジェイミー
悪女になるためのレッスン
◇鈴木美朋訳「キス・キス・キス―チェリーな気持ちで」ヴィレッジブックス 2009（ヴィレッジブックス）p135

デーンビライ, フンアルン
酒と人々
◇二元裕子編訳「ラオス現代文学選集」大同生命国際文化基金 2013（アジアの現代文芸）p160
古い絹のシン
◇二元裕子編訳「ラオス現代文学選集」大同生命国際文化基金 2013（アジアの現代文芸）p155
用水路の開通
◇二元裕子編訳「ラオス現代文学選集」大同生命国際文化基金 2013（アジアの現代文芸）p165

【ト】

杜　光庭　と・こうてい（850〜933　中国）
虬髯客伝（きゅうぜんかくでん）
◇黒田真美子著「中国古典小説選 5（唐代 2）」明治書院 2006 p352

杜　国清　と・こくせい（台湾）
山海の世界―台湾原住民文学について
◇下村作次郎訳「台湾原住民文学選 9」草風館 2007 p118

ドーア, アンソニー
非武装地帯
◇岩本正恵訳「美しい子ども」新潮社 2013（CREST BOOKS）p5
もつれた糸
◇岩本正恵訳「記憶に残っていること―新潮クレスト・ブックス短篇小説ベスト・コレクション」新潮社 2008（Crest books）p25

ドイッチュ, A.J.
メビウスという名の地下鉄
◇三浦朱門訳「有栖川有栖の鉄道ミステリ・ライブラリー」角川書店 2004（角川文庫）p61

ドイル, アーサー・コナン　Doyle, Sir Arthur Conan（1859〜1930　イギリス）
赤毛連盟
◇大橋洋一訳「クィア短編小説集―名づけえぬ欲望の物語」平凡社 2016（平凡社ライブラリー）p69
アメリカのロマン
◇日暮雅通訳「シャーロック・ホームズ アメリカの冒険」原書房 2012 p465
技師の親指
◇延原謙訳「綾辻行人と有栖川有栖のミステリ・ジョッキー 1」講談社 2008 p15
高空の恐怖物体
◇山田香里訳「翼を愛した男たち」原書房 1997 p71
五十年後
◇延原謙訳「百年文庫 2」ポプラ社 2010 p39
三人のガリデブの冒険
◇大橋洋一訳「クィア短編小説集―名づけえぬ欲望の物語」平凡社 2016（平凡社ライブラリー）p111
シャーロック・ホームズをめぐる思い出
◇日暮雅通訳「シャーロック・ホームズ ベイカー街の殺人」原書房 2002 p331
第三世代
◇大久保譲訳「病短編小説集」平凡社 2016（平凡社ライブラリー）p111
樽工場の怪
◇白須清美訳「乱歩の選んだベスト・ホラー」筑摩書房 2000（ちくま文庫）p129
茶色い手
◇西崎憲訳「怪奇小説日和―黄金時代傑作選」筑摩書房 2013（ちくま文庫）p111
北極星号の船長―医学生ジョン・マリスターレーの奇異なる日記よりの抜萃
◇岡本綺堂編訳「世界怪談名作集 下」河出書房新社 2002（河出文庫）p7

ドイル, マイケル
レイチェル・ハウエルズの遺産
◇日暮雅通訳「シャーロック・ホームズの大冒

険 下」原書房 2009 p273

ドイル, ロディ

人生の奴隷
◇松本剛史訳「天使だけが聞いている12の物語」ソニー・マガジンズ 2001 p223

杜 国清 トゥ・クオチン
⇒杜国清（と・こくせい）を見よ

董 恕明 とう・じょめい（台湾）

ロマンチックな帰郷人―シャーマン・ラポガン
◇魚住悦子訳「台湾原住民文学選 8」草風館 2006 p286

陶 潜 とう・せん（365〜427 中国）

捜神後記（そうじんこうき）
◇佐野誠子著「中国古典小説選 2（六朝 1）」明治書院 2006

唐 臨 とう・りん（中国）

冥報記（めいほうき）（抄）
◇溝部良恵著「中国古典小説選 6（唐代 3）」明治書院 2008 p2

ドゥアンサワン, チャンティー

ノビ大尉の運命
◇二元裕子編訳「ラオス現代文学選集」大同生命国際文化基金 2013（アジアの現代文芸）p64

深い森の中の一夜
◇二元裕子編訳「ラオス現代文学選集」大同生命国際文化基金 2013（アジアの現代文芸）p51

トゥーイ, ロバート Twohy, Robert（1923〜 アメリカ）

家の中の馬
◇山本光伸訳「KAWADE MYSTERY 物しか書けなかった物書き」河出書房新社 2007 p105

いやしい街を…
◇山本光伸訳「KAWADE MYSTERY 物しか書けなかった物書き」河出書房新社 2007 p131

おきまりの捜査
◇清野泉訳「KAWADE MYSTERY 物しか書けなかった物書き」河出書房新社 2007 p7

オーハイで朝食を
◇谷崎由依訳「KAWADE MYSTERY 物しか書けなかった物書き」河出書房新社 2007 p301

階段はこわい
◇清野泉訳「KAWADE MYSTERY 物しか書けなかった物書き」河出書房新社 2007 p19

拳銃つかい
◇清野泉訳「KAWADE MYSTERY 物しか書けなかった物書き」河出書房新社 2007 p67

支払い期日が過ぎて
◇山本光伸訳「KAWADE MYSTERY 物しか書けなかった物書き」河出書房新社 2007 p85

そこは空気も澄んで
◇清野泉訳「KAWADE MYSTERY 物しか書けなかった物書き」河出書房新社 2007 p35

墓場から出て
◇谷崎由依訳「KAWADE MYSTERY 物しか書けなかった物書き」河出書房新社 2007 p191

ハリウッド万歳
◇山本光伸訳「KAWADE MYSTERY 物しか書けなかった物書き」河出書房新社 2007 p159

犯罪の傑作
◇山本光伸訳「KAWADE MYSTERY 物しか書けなかった物書き」河出書房新社 2007 p251

物しか書けなかった物書き
◇小鷹信光訳「KAWADE MYSTERY 物しか書けなかった物書き」河出書房新社 2007 p49

八百長
◇小梨直訳「KAWADE MYSTERY 物しか書けなかった物書き」河出書房新社 2007 p279

予定変更
◇山本光伸訳「KAWADE MYSTERY 物しか書けなかった物書き」河出書房新社 2007 p223

ドゥヴィル, パトリック Deville, Patrick（1957〜 フランス）

手品
◇谷昌親訳「新しいフランスの小説 シュザンヌの日々」白水社 1995 p33

花火
◇野崎歓訳「新しいフランスの小説 花火」白水社 1994 p1

トウェイン, マーク Twain, Mark（1835〜1910 アメリカ）

赤毛布（あかゲット）外遊記 抄
◇柴田元幸訳「ポケットマスターピース 6」集英社 2016（集英社文庫ヘリテージシリーズ）p645

アダムによるイヴの墓碑銘
◇牛島信明訳「アンデスの風叢書 天国・地獄百科」書肆風の薔薇 1982 p31

阿呆たれウィルソン
◇中垣恒太郎訳「ポケットマスターピース 6」集英社 2016（集英社文庫ヘリテージシリーズ）p421

恐ろしき、悲惨きわまる中世のロマンス

◇大久保博訳「謎の物語」筑摩書房 2012（ちくま文庫）p9

ジム・スマイリーと彼の跳び蛙
◇柴田元幸編訳「アメリカン・マスターピース 古典篇」スイッチ・パブリッシング 2013（SWITCH LIBRARY）p151

西部道中七難八苦 抄
◇柴田元幸訳「ポケットマスターピース 6」集英社 2016（集英社文庫ヘリテージシリーズ）p665

戦争の祈り
◇柴田元幸訳「ポケットマスターピース 6」集英社 2016（集英社文庫ヘリテージシリーズ）p681

その名も高きキャラヴェラス郡の跳び蛙
◇野崎孝訳「賭けと人生」筑摩書房 2011（ちくま文学の森）p39

天国での邂逅
◇斎藤博士訳「アンデスの風叢書 天国・地獄百科」書肆風の薔薇 1982 p130

トム・ソーヤーの冒険
◇柴田元幸訳「ポケットマスターピース 6」集英社 2016（集英社文庫ヘリテージシリーズ）p9

盗まれた白象
◇龍口直太郎訳「悪いやつの物語」筑摩書房 2011（ちくま文学の森）p85

ハックルベリー・フィンの冒険 抄
◇柴田元幸訳「ポケットマスターピース 6」集英社 2016（集英社文庫ヘリテージシリーズ）p319

百万ポンド紙幣
◇三浦朱門訳「百年文庫 36」ポプラ社 2010 p91

ミシシッピ川の暮らし 抄
◇柴田元幸訳「ポケットマスターピース 6」集英社 2016（集英社文庫ヘリテージシリーズ）p673

山彦
◇龍口直太郎訳「とっておきの話」筑摩書房 2011（ちくま文学の森）p121

トゥカメインライン
予兆
◇南田みどり編訳「二十一世紀ミャンマー作品集」大同生命国際文化基金 2015（アジアの現代文芸）p16

ドゥーガン, マイク
戦争は死と背中合わせ
◇木村二郎訳「ベスト・アメリカン・ミステリ ジュークボックス・キング」早川書房 2005（ハヤカワ・ミステリ）p167

ドゥギー, ミシェル
マグニチュード
◇西山雄二訳「ろうそくの炎がささやく言葉」勁草書房 2011 p70

東西 とうざい
俺にはなぜ愛人がいないんだろう？
◇金子わこ訳「じゃがいも―中国現代文学短編集」小学館スクウェア 2007 p235
◇金子わこ訳「じゃがいも―中国現代文学短編集」鼎書房 2012 p235

トゥーザースエー
初めての里帰り
◇南田みどり編訳「ミャンマー現代女性短編集」大同生命国際文化基金 2001（アジアの現代文芸）p80

トゥーサン, ジャン=フィリップ　Toussaint, Jean-Philippe（1957〜　フランス）
日本の四季
◇野崎歓訳「ろうそくの炎がささやく言葉」勁草書房 2011 p176

ドゥティ, マーク
アトランティスそのほか―詩でしみじみ
◇堀内正規訳「しみじみ読むアメリカ文学―現代文学短編作品集」松柏社 2007 p261

トゥナー, エリカ　Tunner, Erika（ドイツ）
一九四五年以後の西ドイツ、オーストリア、スイスにおける文学の概観
◇浅岡泰子訳「シリーズ現代ドイツ文学 3」早稲田大学出版部 1991 p1

東陽 無疑　とうよう・むぎ（中国）
斉諧記（せいかいき）
◇佐野誠子著「中国古典小説選 2（六朝 1）」明治書院 2006

トゥラーニ, ジュゼッペ　Turani, Giuseppe（イタリア）
奇跡の経済復興―イタリア経済第二の奇跡
◇間苧谷努訳「イタリア叢書 7」松籟社 1989 p1

ドゥリアン, ヴォルフ
フィッツジェラルド夫人の髪

トウリ

◇前川道介訳「独逸怪奇小説集成」国書刊行会 2001 p351

トゥリーニ, ペーター　Turrini, Peter（1944～オーストリア）

ねずみ狩り
◇寺尾格訳「ドイツ現代戯曲選30 3」論創社 2005 p7

トゥール, F.X.

夜の息抜き
◇東理夫訳「ベスト・アメリカン・ミステリ ハーレム・ノクターン」早川書房 2005（ハヤカワ・ミステリ）p501

トゥーレ　Toulet, Paul–Jean（1867～1920 フランス）

ケンタッキー・フライドソウルズ教会の熱い日々、そしてダディ・ラブ師の華麗なる最後の日曜礼拝
◇小原亜美訳「ゾエトロープ Noir」角川書店 2003（Bookplus）p221

トゥレー, フロランス　Delay, Florence（1941～フランス）

誰のものになるのか
◇千葉文夫訳「新しいフランスの小説 シュザンヌの日々」白水社 1995 p7

トゥンフニンエイン

赤き唇ほほ笑んで
◇南田みどり編訳「ミャンマー現代女性短編集」大同生命国際文化基金 2001（アジアの現代文芸）p210

トカルチュク, オルガ

番号
◇つかだみちこ訳「ポケットのなかの東欧文学—ルネッサンスから現代まで」成文社 2006 p469

トーカレワ, ヴィクトリヤ

重心
◇沼野恭子訳「魔女たちの饗宴—現代ロシア女性作家選」新潮社 1998 p7

ド・クインシー, トマス　De Quincey, Thomas（1785～1859 イギリス）

トマス・ド・クインシー
◇稲田三吉訳「黒いユーモア選集 1」河出書房新社 2007（河出文庫）p117

ドークケート

森の魔力
◇二元裕子編訳「ラオス現代文学選集」大同生命国際文化基金 2013（アジアの現代文芸）p171

ド・クーシー, ジョン

夜は千の眼を持つ
◇野田昌宏編訳「太陽系無宿／お祖母ちゃんと宇宙海賊—スペース・オペラ名作選」東京創元社 2013（創元SF文庫）p289

ドグミド, バルジリン

幽鬼
◇柴内秀司訳「モンゴル近現代短編小説選」パブリック・ブレイン 2013 p272

ドクワイラー, H.

グラーグのマント（ポール, フレデリック／ロウンデズ, ロバート・W.）
◇岩村光博訳「クトゥルー 10」青心社 1997（暗黒神話大系シリーズ）p79

ドーシイ, キャンダス・ジェイン

マシン・セックス 序論
◇細美遙子訳「ハッカー／13の事件」扶桑社 2000（扶桑社ミステリー）p289

ドストエフスキー, フョードル・ミハイロヴィチ　Dostoevskii, Fëdor Mikhailovich（1821～1881 ロシア）

悪霊の刊行されなかった章「チホンのもとで」
◇番場俊訳「ポケットマスターピース 10」集英社 2016（集英社文庫ヘリテージシリーズ）p637

カラマーゾフの兄弟 第2部第5編4章 反逆
◇江川卓訳「ポケットマスターピース 10」集英社 2016（集英社文庫ヘリテージシリーズ）p693

巨大な蜘蛛
◇内田吉彦訳「アンデスの風叢書 天国・地獄百科」書肆風の薔薇 1982 p71

キリストのヨールカ祭に招かれた少年
◇田辺佐保子訳「ロシアのクリスマス物語」群像社 1997 p95

正直な泥棒
◇小沼文彦訳「百年文庫 6」ポプラ社 2010 p5
◇小沼文彦訳「怠けものの話」筑摩書房 2011（ちくま文学の森）p23

書簡でたどるドストエフスキーの生活
◇高橋知之編訳「ポケットマスターピース 10」集英社 2016（集英社文庫ヘリテージシリー

ズ）p719

ステパンチコヴォ村とその住民たち 抄
◇高橋知之訳「ポケットマスターピース 10」集英社 2016（集英社文庫ヘリテージシリーズ）p359

罪と罰 第4部第4章
◇小泉猛訳「ポケットマスターピース 10」集英社 2016（集英社文庫ヘリテージシリーズ）p575

白痴 第4編第11章
◇高橋知之訳「ポケットマスターピース 10」集英社 2016（集英社文庫ヘリテージシリーズ）p610

百姓マレイ
◇米川正夫訳「生の深みを覗く―ポケットアンソロジー」岩波書店 2010（岩波文庫別冊）p421

白夜
◇奈倉有里訳「ポケットマスターピース 10」集英社 2016（集英社文庫ヘリテージシリーズ）p9

未成年 縮約版
◇奈倉有里訳「ポケットマスターピース 10」集英社 2016（集英社文庫ヘリテージシリーズ）p95

鰐
◇米川正夫訳「諸国物語—stories from the world」ポプラ社 2008 p449

鰐―ある異常な出来事、或いはアーケード街の椿事
◇望月哲男訳「新編 バベルの図書館 5」国書刊行会 2013 p95

鰐―ある異常な出来事、或いはアーケード街（パッサージュ）の椿事（パッサージュ）
◇望月哲男訳「バベルの図書館 16」国書刊行会 1989 p15

ドゾワ, ガードナー　Dozois, Gardner（1947～ アメリカ）

シュラフツの昼さがり（ダン, ジャック／スワンウィック, マイクル）
◇中村融訳「魔法の猫」扶桑社 1998（扶桑社ミステリー）p415

調停者
◇内之昌之訳「20世紀SF 5」河出書房新社 2001（河出文庫）p345

ドーソン, ジャネット

青い瞳
◇山本やよい訳「子猫探偵ニックとノラ―The Cat Has Nine Mysterious Tales」光文社 2004（光文社文庫）p93

ダウンタウンのヘンゼルとグレーテル
◇興津礼訳「白雪姫、殺したのはあなた」原書房 1999 p25

トッド, チャールズ　Todd, Charles（アメリカ）

帰郷
◇山本やよい訳「殺しが二人を別つまで」早川書房 2007（ハヤカワ・ミステリ文庫）p303

トッド, ピーター

まだらの手
◇北原尚彦編訳「シャーロック・ホームズの栄冠」論創社 2007（論創海外ミステリ）p149

四十四のサイン
◇北原尚彦編訳「シャーロック・ホームズの栄冠」論創社 2007（論創海外ミステリ）p161

トッド, レネ・L.

ヴィネガー
◇松田奈緒子訳「アメリカ新進作家傑作選 2004」DHC 2005 p59

ドーデ, アルフォンス　Daudet, Alphonse（1840～1897　フランス）

アルルの女
◇日仏言語文化協会「エチュード月曜クラス」訳「掌中のエスプリ―フランス文学短篇名作集」弘学社 2013 p93

最後の授業
◇松田穣訳「二時間目国語」宝島社 2008（宝島社文庫）p91
◇日仏言語文化協会「エチュード月曜クラス」訳「掌中のエスプリ―フランス文学短篇名作集」弘学社 2013 p103

星
◇桜庭佐訳「百年文庫 70」ポプラ社 2011 p65

星―プロヴァンスのある羊飼いの物語
◇桜庭佐訳「この愛のゆくえ―ポケットアンソロジー」岩波書店 2011（岩波文庫別冊）p45

三つの読唱ミサ
◇田口俊樹訳「ディナーで殺人を 上」東京創元社 1998（創元推理文庫）p293

ドーデラー, ハイミート・フォン

陶器でこしらえた女
◇種村季弘訳「怪奇・幻想・綺想文学集―種村季弘翻訳集成」国書刊行会 2012 p209

ドノソ, ホセ　Donoso, José（1924～1996　チリ）
隣りの庭
◇野谷文昭, 野谷良子訳「ラテンアメリカ文学選集 15」現代企画室 1996 p1

ドノヒュー, エマ
対価
◇桑山孝子訳「現代アイルランド女性作家短編集」新水社 2016 p266
手荷物
◇桑山孝子訳「現代アイルランド女性作家短編集」新水社 2016 p282

トーバー, レイフェル
パパの帰宅
◇浅倉久志選訳「極短小説」新潮社 2004（新潮文庫）p119

トパス・タナピマ（1960～　台湾）
怒りと卑屈
◇下村作次郎編訳「台湾原住民文学選 1」草風館 2002 p293
ウーリー婆の末日
◇下村作次郎編訳「台湾原住民文学選 1」草風館 2002 p216
救世主がやってきた
◇下村作次郎編訳「台湾原住民文学選 1」草風館 2002 p278
恋人と娼婦
◇下村作次郎編訳「台湾原住民文学選 1」草風館 2002 p256
小人族
◇下村作次郎編訳「台湾原住民文学選 1」草風館 2002 p107
最後の猟人
◇下村作次郎編訳「台湾原住民文学選 1」草風館 2002 p78
サリトンの娘
◇下村作次郎編訳「台湾原住民文学選 1」草風館 2002 p192
懺悔の死
◇下村作次郎編訳「台湾原住民文学選 1」草風館 2002 p160
トパス・タナピマ
◇下村作次郎編訳「台湾原住民文学選 1」草風館 2002 p49
名前をさがす
◇下村作次郎編訳「台湾原住民文学選 1」草風館 2002 p243
ぬぐいされない記憶
◇下村作次郎編訳「台湾原住民文学選 1」草風館 2002 p231
ひぐらし
◇下村作次郎編訳「台湾原住民文学選 1」草風館 2002 p139
マナン、わかったよ
◇下村作次郎編訳「台湾原住民文学選 1」草風館 2002 p124

トビー, フレッド・S.
旅の子ども
◇佐々田雅子訳「ミニ・ミステリ100」早川書房 2005（ハヤカワ・ミステリ文庫）p535

トビーノ, マリオ
ヴィアレッジョ沖のかれら
◇香川真澄訳「ぶどう酒色の海―イタリア中短編小説集」イタリア文藝叢書刊行委員会 2013（イタリア文藝叢書）p99

ドビンズ, スティーヴン
カンザスの夏
◇愛甲悦子訳「アメリカ短編小説傑作選 2001」DHC 2001（アメリカ文芸「年間」傑作選）p109
幸せな真空状態について
◇井上千里訳「バースデー・ボックス」メタローグ 2004 p147

トマ, ロベール　Thomas, Robert（フランス）
殺人同盟―三幕推理喜劇
◇和田誠一訳「現代フランス戯曲名作選 1」カモミール社 2008 p97
第二の銃声
◇和田誠一訳「現代フランス戯曲名作選 2」カモミール社 2012 p5
八人の女―三幕推理喜劇
◇和田誠一訳「現代フランス戯曲名作選 1」カモミール社 2008 p7

トマージ・ディ・ランペドゥーザ, ジュゼッペ　Tomasi di Lampedusa, Giuseppe（1896～1957　イタリア）
鮫女（セイレン）
◇西本晃二編訳「南欧怪談三題」未來社 2011（転換期を読む）p5
幼年時代の場所
◇武谷なおみ編訳「短篇で読むシチリア」みすず書房 2011（大人の本棚）p136

トマス, ウィル
アーカード屋敷の秘密
◇日暮雅通訳「シャーロック・ホームズ アンダーショーの冒険」原書房 2016 p97

トマス, エドワード
アドルストロップ
◇沢崎順之助訳「英国鉄道文学傑作選」筑摩書房 2000（ちくま文庫）p205

トーマス, シオドア・L.
群体
◇中村融編訳「影が行く―ホラーSF傑作選」東京創元社 2000（創元SF文庫）p49

トマス, ディラン　Thomas, Dylan Marlais（1914～1953　イギリス）
ウェールズの子供のクリスマス
◇柴田元幸編訳「ブリティッシュ＆アイリッシュ・マスターピース」スイッチ・パブリッシング 2015（SWITCH LIBRARY）p239
祖父さんの家で
◇中野善夫訳「怪奇礼讃」東京創元社 2004（創元推理文庫）p95

トマス・アクィナス　Thomas Aquinas（1225～1274　イタリア）
肉の復活
◇斎藤博士訳「アンデスの風叢書 天国・地獄百科」書肆風の薔薇 1982 p129

トムスン, フランシス
闇の桂冠
◇南條竹則編訳「イギリス恐怖小説傑作選」筑摩書房 2005（ちくま文庫）p323

トムスン, ベイジル
フレイザー夫人の消失
◇田中潤司訳「北村薫のミステリー館」新潮社 2005（新潮文庫）p147

トムスン, C.ホール
緑の深淵の落とし子
◇大瀧啓裕訳「クトゥルー 13」青心社 2005（暗黒神話大系シリーズ）p183

トムセン, ブライアン・M.
ネズミと名探偵
◇府川由美恵訳「シャーロック・ホームズのSF大冒険―短篇集 上」河出書房新社 2006（河出文庫）p262

トラー, エルンスト
機械破壊者―英国の機械破壊運動の時代に取材せるドラマ
◇田村俊夫訳「機械破壊者」ゆまに書房 2006（昭和初期世界名作翻訳全集）p1
ヒンケマン
◇田村俊夫訳「機械破壊者」ゆまに書房 2006（昭和初期世界名作翻訳全集）p117
盲目の女神
◇小笠原豊樹訳「盲目の女神―20世紀欧米戯曲拾遺」みすず書房 2011 p1

ドライヴァー, マイケル
新しい知識
◇浅倉久志選訳「極短小説」新潮社 2004（新潮文庫）p199
結末未定
◇浅倉久志選訳「極短小説」新潮社 2004（新潮文庫）p355

ドライサー, セオドア　Dreiser, Theodore Herman Albert（1871～1945　アメリカ）
結婚してみたら
◇千葉卯多子訳「ブルー・ボウ・シリーズ 結婚まで」青弓社 1992 p129
亡き妻フィービー
◇河野一郎訳「百年文庫 66」ポプラ社 2011 p5
ロゴーム老人とその娘テレサ
◇野崎孝訳「世界100物語 5」河出書房新社 1997 p75

ドライヤー, アイリーン
写真の中の水兵
◇鈴木喜美訳「ベスト・アメリカン・短編ミステリ 2014」DHC 2015 p87
母の制裁
◇田口俊樹訳「主婦に捧げる犯罪―書下ろしミステリ傑作選」武田ランダムハウスジャパン 2012（RHブックス＋プラス）p423

ドライヤー, スタン　Dryer, Stan
ほうれん草の最期
◇山岸真訳「20世紀SF 5」河出書房新社 2001（河出文庫）p215

トラークル, ゲオルク　Trakl, Georg（1887～1914　オーストリア）
夢の国
◇中村朝子訳「百年文庫 80」ポプラ社 2011 p29

トラク

ドラグンスキイ　Dragunskii, Viktor IUzefovich
（1913〜1972　ロシア）
隠しごとはできないものだ
◇須佐多恵訳「雑話集―ロシア短編集 2」「雑話集」の会 2009 p28
芸の魔法
◇吉田智代訳「雑話集―ロシア短編集」「雑話集」の会 2005 p5
……好きじゃないもの
◇須佐多恵訳「雑話集―ロシア短編集 2」「雑話集」の会 2009 p26
ボクの好きなもの
◇須佐多恵訳「雑話集―ロシア短編集 2」「雑話集」の会 2009 p23

ドラフォルス, サラ
エレオノーラ
◇にむらじゅんこ訳「フランス式クリスマス・プレゼント」水声社 2000 p191

ドラモンド, ビル
ヤリまくろうぜ―その後のKLF
◇市川京子訳「ディスコ2000」アーティストハウス 1999 p149

トリアーナ, ホセ
親殺したちの夜
◇佐竹謙一編訳「ラテンアメリカ現代演劇集」水声社 2005 p53

ドリットル, ショーン
数学者の災難
◇和爾桃子訳「ベスト・アメリカン・ミステリ ハーレム・ノクターン」早川書房 2005（ハヤカワ・ミステリ）p93

トリート, ローレンス　Treat, Lawrence（1903〜1998　アメリカ）
神の恵み（プロッツ, チャールズ・M.）
◇山本俊子訳「ミニ・ミステリ100」早川書房 2005（ハヤカワ・ミステリ文庫）p63
借り
◇神野志季三江訳「ブルー・ボウ・シリーズ 殺人コレクション」青弓社 1992 p27
二度帰った道
◇山本俊子訳「ミニ・ミステリ100」早川書房 2005（ハヤカワ・ミステリ文庫）p49

トルイヨ, リオネル
島の狂人の言
◇立花英裕訳「月光浴―ハイチ短篇集」国書刊行会 2003（Contemporary writers）p129

ドルジゴトブ, ツェンディーン
犬は家ではおとなしい
◇柴田秀司訳「モンゴル近現代短編小説選」パブリック・ブレイン 2013 p176
わたしはなにを探しているんだ？
◇柴田秀司訳「モンゴル近現代短編小説選」パブリック・ブレイン 2013 p173

トルスタヤ, タチヤーナ
夜
◇沼野恭子訳「魔女たちの饗宴―現代ロシア女性作家選」新潮社 1998 p93

トルスターヤ, N.
国には外貨が必要だ
◇松川直子訳「雑話集―ロシア短編集」「雑話集」の会 2005 p30
女性運動
◇吉田差和子訳「雑話集―ロシア短編集 3」ロシア文学翻訳グループクーチカ 2014 p38

ドルスト, タンクレート　Dorst, Tankred
（1925〜　ドイツ）
私、フォイアーバッハ
◇高橋文子訳「ドイツ現代戯曲選30 5」論創社 2006 p7

トルストイ, アレクセイ・コンスタンチノヴィチ　Tolstoy, Aleksey Konstantinovich
（1817〜1875　ロシア）
ヴルダラクの家族
◇西周成編訳「ロシア幻想短編集 2」アルトアーツ 2016 p5

トルストイ, アレクセイ・ニコラエヴィチ　Tolstoi, Aleksei Nikolaevich（1883〜1945　ロシア）
カリオストロ
◇原卓也訳「怪奇小説傑作集 新版 5」東京創元社 2006（創元推理文庫）p353

トルストイ, レフ　Tolstoi, Lev Nikolaevich
（1828〜1910　ロシア）
イヴァン・イリイチの死
◇川端香男里訳「バベルの図書館 16」国書刊行会 1989 p137
◇川端香男里訳「新編 バベルの図書館 5」国書刊行会 2013 p174
生ける屍
◇宮原晃一郎訳「生ける屍／闇の力」ゆまに書房 2006（昭和初期世界名作翻訳全集）p1

イワン・イリイチの死
　◇中村白葉訳「世界100物語 4」河出書房新社 1997 p7
イワンのばか
　◇覚張シルビア訳「ポケットマスターピース 4」集英社 2016（集英社文庫ヘリテージシリーズ）p421
五月のセヴァストーポリ
　◇乗松亨平訳「ポケットマスターピース 4」集英社 2016（集英社文庫ヘリテージシリーズ）p307
神父セルギイ
　◇工藤精一郎訳「百年文庫 8」ポプラ社 2010 p25
セルギー神父
　◇覚張シルビア訳「ポケットマスターピース 4」集英社 2016（集英社文庫ヘリテージシリーズ）p469
戦争と平和―ダイジェストと抄訳
　◇加賀乙彦ダイジェスト「ポケットマスターピース 4」集英社 2016（集英社文庫ヘリテージシリーズ）p9
壺のアリョーシャ
　◇覚張シルビア訳「ポケットマスターピース 4」集英社 2016（集英社文庫ヘリテージシリーズ）p763
とびこみ
　◇宮川やすえ訳「もう一度読みたい教科書の泣ける名作」学研教育出版 2013 p163
ハジ・ムラート
　◇中村唯史訳「ポケットマスターピース 4」集英社 2016（集英社文庫ヘリテージシリーズ）p545
舞踏会の後で―物語
　◇中村唯史訳「ポケットマスターピース 4」集英社 2016（集英社文庫ヘリテージシリーズ）p743
吹雪
　◇乗松亨平訳「ポケットマスターピース 4」集英社 2016（集英社文庫ヘリテージシリーズ）p373
三つの死
　◇中村白葉訳「諸国物語―stories from the world」ポプラ社 2008 p105

ドルン, テア
　犬を連れたヴィーナス
　　◇小津薫訳「ベルリン・ノワール」扶桑社 2000 p7

トレイ, パトリック・S.
　カメレオンボーイ
　　◇浅倉久志選訳「極短小説」新潮社 2004（新潮文庫）p167
ドレイク, D.　Drake, David
　蠢く密林
　　◇遠藤勘也訳「新編 真ク・リトル・リトル神話大系 7」国書刊行会 2009 p103
トレヴァー, ウィリアム　Trevor, William
　（1928～2016　アイルランド）
　死者とともに
　　◇中野恵津子訳「記憶に残っていること―新潮クレスト・ブックス短篇小説ベスト・コレクション」新潮社 2008（Crest books）p227
　ティモシーの誕生日
　　◇村上春樹編訳「バースデイ・ストーリーズ」中央公論新社 2002 p41
　テーブル
　　◇若島正訳「異色作家短篇集 19」早川書房 2007 p213
　遠い過去
　　◇柴田元幸編訳「いずれは死ぬ身」河出書房新社 2009 p147
　昔の恋人
　　◇宮脇孝雄訳「ベスト・ストーリーズ 3」早川書房 2016 p5
トーレス, ホープ・A.
　庭の中で
　　◇浅倉久志選訳「極短小説」新潮社 2004（新潮文庫）p50
トレチヤコフ, セルゲイ　Tret'yakov, Sergei Mikhailovich（1892～1939　ロシア）
　吼えろ支那
　　◇大隈俊雄訳「吼えろ支那」ゆまに書房 2008（昭和初期世界名作翻訳全集）p3
ドレーム, トリスタン
　パタシュ
　　◇森田英子訳「五つの小さな物語―フランス短篇集」彩流社 2011 p105
　目を貸してあげたパタシュ
　　◇森田英子訳「五つの小さな物語―フランス短篇集」彩流社 2011 p110
トレメイン, ピーター　Tremayne, Peter（イギリス）
　キルデア街クラブ騒動

トロツ

◇日暮雅通訳「シャーロック・ホームズの大冒険 上」原書房 2009 p53

自分の殺害を予言した占星術師―修道女フィデルマのミステリー
◇山本やよい訳「ホロスコープは死を招く」ソニー・マガジンズ 2006（ヴィレッジブックス）p115

セネン・コウブのセイレーン
◇日暮雅通訳「シャーロック・ホームズ ベイカー街の殺人」原書房 2002 p39

ダオイネ・ドムハイン
◇大瀧啓裕訳「インスマス年代記 下」学習研究社 2001（学研M文庫）p5

夜の悪魔
◇玉木亨訳「ヴァンパイア・コレクション」角川書店 1999（角川文庫）p257

トロッキ, アレグザンダー Trocchi, Alexander（1925～1984 イギリス）

ヤング・アダム
◇浜野アキオ訳「Modern & Classic ヤング・アダム」河出書房新社 2005 p1

トロワイヤ, アンリ Troyat, Henri（1911～2007）

共同墓地―ふらんす怪談
◇澁澤龍彦訳「澁澤龍彦訳幻想怪奇短篇集」河出書房新社 2013（河出文庫）p197

恋のカメレオン
◇澁澤龍彦訳「澁澤龍彦訳幻想怪奇短篇集」河出書房新社 2013（河出文庫）p320

黒衣の老婦人
◇澁澤龍彦訳「澁澤龍彦訳幻想怪奇短篇集」河出書房新社 2013（河出文庫）p275

殺人妄想
◇澁澤龍彦訳「澁澤龍彦訳幻想怪奇短篇集」河出書房新社 2013（河出文庫）p198

自転車の怪
◇澁澤龍彦訳「怪奇小説傑作集 新版 4」東京創元社 2006（創元推理文庫）p445
◇澁澤龍彦訳「澁澤龍彦訳幻想怪奇短篇集」河出書房新社 2013（河出文庫）p217

死亡統計学者
◇澁澤龍彦訳「澁澤龍彦訳幻想怪奇短篇集」河出書房新社 2013（河出文庫）p304

むじな
◇澁澤龍彦訳「澁澤龍彦訳幻想怪奇短篇集」河出書房新社 2013（河出文庫）p249

幽霊の死
◇澁澤龍彦訳「澁澤龍彦訳幻想怪奇短篇集」河出書房新社 2013（河出文庫）p232

ドワンチャンバー（ラオス）

価値と価格
◇二元裕子編訳「ラオス現代文学選集」大同生命国際文化基金 2013（アジアの現代文芸）p43

その一言が……
◇二元裕子編訳「ラオス現代文学選集」大同生命国際文化基金 2013（アジアの現代文芸）p9

誰がお金は神様だと言ったのか？
◇二元裕子編訳「ラオス現代文学選集」大同生命国際文化基金 2013（アジアの現代文芸）p29

山の端に沈む太陽
◇二元裕子編訳「ラオス現代文学選集」大同生命国際文化基金 2013（アジアの現代文芸）p18

ドンチェフ, アントン Donchev, Anton（1930～ ブルガリア）

著者まえがき〔別れの時〕
◇松永緑彌訳「東欧の文学 別れの時」恒文社 1988 p1

別れの時
◇松永緑彌訳「東欧の文学 別れの時」恒文社 1988 p7

トンプキンス, ロバート

捜索
◇浅倉久志選訳「極短小説」新潮社 2004（新潮文庫）p345

トンプスン, ヴィクトリア

消えた牧師の娘
◇日暮雅通訳「シャーロック・ホームズ アメリカの冒険」原書房 2012 p165

トンプスン, レナード

酔いどれ弁護士
◇田中潤司訳「北村薫の本格ミステリ・ライブラリー」角川書店 2001（角川文庫）p9

トンプソン, ヴィッキー・L. Thompson, Vicki Lewis（アメリカ）

熱い週末
◇山田信子訳「マイ・バレンタイン―愛の贈りもの 2010」ハーレクイン 2010 p131

素顔のバレンタイン
◇片山真紀訳「マイ・バレンタイン―愛の贈りもの 2004」ハーレクイン 2004 p5

花嫁の決心
◇小池桂訳「愛は永遠に―ウエディング・ス

トーリー 2008」ハーレクイン 2008 p107
秘密のベッドルーム
　◇斉藤薫訳「マイ・バレンタイン―愛の贈りもの '99」ハーレクイン 1991 p95
秘めやかな時間
　◇南和子訳「真夏の恋の物語―サマー・シズラー 2005」ハーレクイン 2005 p107
ミステリー・ラバー
　◇秋元美由起訳「真夏の恋の物語―サマー・シズラー 2002」ハーレクイン 2002 p215

トンプソン, トッド
映画監督の椅子
　◇浅倉久志選訳「極短小説」新潮社 2004（新潮文庫）p352

トンプソン, **C.H.**　Thompson, C.Hall
深淵の王者
　◇高木国寿訳「新編 真ク・リトル・リトル神話大系 4」国書刊行会 2008 p63

ドンブロフスカ, マリア
ワルシャワ巡礼記
　◇佐藤昭裕訳「文学の贈物―東中欧文学アンソロジー」未知谷 2000 p95

【ナ】

ナイト, デーモン　Night, Damon（1922～　アメリカ）
仮面
　◇中村融編訳「影が行く―ホラーSF傑作選」東京創元社 2000（創元SF文庫）p263
私刑宣告
　◇中村融訳「幻想の犬たち」扶桑社 1999（扶桑社ミステリー）p9
むかしをいまに
　◇浅倉久志訳「時の娘―ロマンティック時間SF傑作選」東京創元社 2009（創元SF文庫）p49

ナイト, マイケル
家宅侵入
　◇吉田薫訳「ベスト・アメリカン・ミステリ スネーク・アイズ」早川書房 2005（ハヤカワ・ミステリ）p267

ナイトリー, ロバート
男と同じ給料をもらっているからには
　◇田口俊樹, 高山真由美訳「マンハッタン物語」二見書房 2008（二見文庫）p163

ナヴァロ, イヴォンヌ
生命線
　◇田中一江訳「サイコーホラー・アンソロジー」祥伝社 1998（祥伝社文庫）p329

ナウコフスカ, ゾフィア
シュパンナー教授
　◇小原雅俊訳「文学の贈物―東中欧文学アンソロジー」未知谷 2000 p83

ナウラ, ルイス　Nowra, Louis（1950～　オーストラリア）
コシ
　◇佐和田敬司訳「コシ／ゴールデン・エイジ」オセアニア出版社 2006（オーストラリア演劇叢書）p5
ゴールデン・エイジ
　◇佐和田敬司訳「コシ／ゴールデン・エイジ」オセアニア出版社 2006（オーストラリア演劇叢書）p105
レイディアンス
　◇佐和田敬司訳「アップ・ザ・ラダー／レイディアンス」オセアニア出版社 2003（オーストラリア演劇叢書）p63

ナース, アラン・**E.**　Nourse, Alan E.（1928～1992　アメリカ）
焦熱面横断
　◇伊藤典夫訳「火星ノンストップ」早川書房 2005（ヴィンテージSFセレクション）p307
虎の尾
　◇仁賀克雄編・訳「新・幻想と怪奇」早川書房 2009（Hayakawa pocket mystery books）p91

ナスバウム, アル　Nussbaum, Albert（1934～1996　アメリカ）
あっけない勝利
　◇山本俊子訳「ミニ・ミステリ100」早川書房 2005（ハヤカワ・ミステリ文庫）p56
アルマ
　◇田村義進訳「ミニ・ミステリ100」早川書房 2005（ハヤカワ・ミステリ文庫）p475
無愛想な隣人
　◇田村義進訳「ミニ・ミステリ100」早川書房 2005（ハヤカワ・ミステリ文庫）p444
父性本能
　◇田村義進訳「ミニ・ミステリ100」早川書房 2005（ハヤカワ・ミステリ文庫）p344

ナツァグドルジ, ダシドルジーン
　田舎の景観（アマゾンカ）
　　◇柴内秀司訳「モンゴル近現代短編小説選」パブリック・ブレイン 2013 p29
　暗い岩
　　◇柴内秀司訳「モンゴル近現代短編小説選」パブリック・ブレイン 2013 p17
　上人様の涙
　　◇柴内秀司訳「モンゴル近現代短編小説選」パブリック・ブレイン 2013 p24

ナッシュ, オグデン　Nash, Ogden（1902～1971　アメリカ）
　三無クラブ
　　◇柳瀬尚紀訳「犯罪は詩人の楽しみ―詩人ミステリ集成」東京創元社 2012（創元推理文庫）p286

ナッティング, アリッサ
　アリの巣
　　◇岸本佐知子編訳「楽しい夜」講談社 2016 p95
　ダニエル
　　◇古屋美登里訳「モンスターズ―現代アメリカ傑作短篇集」白水社 2014 p196
　亡骸スモーカー
　　◇岸本佐知子編訳「楽しい夜」講談社 2016 p111

ナットマン, フィリップ
　始末屋
　　◇夏来健次訳「死霊たちの宴 上」東京創元社 1998（創元推理文庫）p149

ナッムー
　スシ
　　◇南田みどり編訳「二十一世紀ミャンマー作品集」大同生命国際文化基金 2015（アジアの現代文芸）p227

ナドルニー, シュテン　Nadolny, Sten（1942～ドイツ）
　僕の旅
　　◇明星聖子訳「『新しいドイツの文学』シリーズ 9」同学社 1998 p7

ナバートニコワ, タチヤーナ
　卒業証書
　　◇沼野恭子訳「魔女たちの饗宴―現代ロシア女性作家選」新潮社 1998 p45

ナボコフ, ウラジミール　Nabokov, Vladimir Vladimirovich（1899～1977　ロシア）
　クリスマス
　　◇田辺佐保子訳「ロシアのクリスマス物語」群像社 1997 p67

ナムスライ, ダムバダルジャーギーン
　徳の罪
　　◇柴内秀司訳「モンゴル近現代短編小説選」パブリック・ブレイン 2013 p289

ナムダグ, ドンロビィン
　ある犬の死
　　◇柴内秀司訳「モンゴル近現代短編小説選」パブリック・ブレイン 2013 p51
　死者を待つ
　　◇柴内秀司訳「モンゴル近現代短編小説選」パブリック・ブレイン 2013 p42

ナラヤナン, ヴィヴェック
　ロージー
　　◇湯谷愛絵訳「アメリカ新進作家傑作選 2005」DHC 2006 p197

ナルスジャック, トマ
　⇒ボアロー・ナルスジャック を見よ

ナールビコワ, ワレーリヤ
　ターニャ
　　◇沼野恭子訳「魔女たちの饗宴―現代ロシア女性作家選」新潮社 1998 p197

ナンセン, フリッチョフ
　クマと陸地
　　◇加納一郎訳「狩猟文学マスターピース」みすず書房 2011（大人の本棚）p97

【 ニ 】

ニーヴァイ, ルチア
　三人の亭主
　　◇ウィリアム N.伊藤訳「ゾエトロープ Pop」角川書店 2001（Bookplus）p207

ニーヴン, ラリイ　Niven, Larry（1938～ アメリカ）
　銀河の〈核〉へ
　　◇小隅黎訳「20世紀SF 3」河出書房新社 2001（河出文庫）p323
　ホール・マン

◇小隅黎訳「SFマガジン700—創刊700号記念アンソロジー　海外篇」早川書房 2014（ハヤカワ文庫 SF）p101

ニェヴジェンダ, クシシュトフ
数える
◇井上暁子訳「ポケットのなかの東欧文学—ルネッサンスから現代まで」成文社 2006 p496

ニェムツォヴァー, ボジェナ
金の星姫
◇中村和博訳「ポケットのなかの東欧文学—ルネッサンスから現代まで」成文社 2006 p46

ニクソン, コーネリア
愛情
◇大社淑子訳「猫好きに捧げるショート・ストーリーズ」国書刊行会 1997 p277

ニコライ, アルド　Nicolaj, Aldo（1920～　フランス）
水族館（ソニエ, ジョルジュ）
◇和田誠一訳「現代フランス戯曲名作選 2」カモミール社 2012 p79

ニコルズ, ジョン
それでも映画はやめられない
◇ウィリアム N.伊藤訳「ゾエトロープ Pop」角川書店 2001（Bookplus）p137

ニコルズ, ファン　Nichols, Fan
エンジェル・フェイス
◇阿部孔子訳「ブルー・ボウ・シリーズ　エンジェル・フェイス」青弓社 1993 p3

ニゾン, パウル
おぼえていますよ、こんにちは！
◇田ノ岡弘子訳「現代スイス短篇集」鳥影社・ロゴス企画部 2003 p81

ニーチェ, フリードリヒ　Nietzsche, Friedrich Wilhelm（1844～1900　ドイツ）
フリードリッヒ・ニーチェ
◇高橋允昭訳「黒いユーモア選集 1」河出書房新社 2007（河出文庫）p259

ニーブレー
蓄音機回しの物語
◇南田みどり編訳「ミャンマー現代短編集 2」大同生命国際文化基金 1998（アジアの現代文芸）p181

ニマーシャイム, ジャック
仮想空間の対決
◇安達眞弓訳「シャーロック・ホームズのSF大冒険—短篇集 下」河出書房新社 2006（河出文庫）p179
問題児（ロバーツ, ラルフ）
◇常田景子訳「ノストラダムス秘録」扶桑社 1999（扶桑社ミステリー）p67

ニーミンニョウ
黒の上下
◇南田みどり編訳「二十一世紀ミャンマー作品集」大同生命国際文化基金 2015（アジアの現代文芸）p216

ニャムドルジ, グルジャビン
孤児の歌
◇柴内秀司訳「モンゴル近現代短編小説選」パブリック・ブレイン 2013 p322

ニューエル, ブライアン
悪魔が欲しがったもの
◇浅倉久志選訳「極短小説」新潮社 2004（新潮文庫）p144

ニューマン
闖入者
◇内田吉彦訳「アンデスの風叢書　天国・地獄百科」書肆風の薔薇 1982 p61

ニューマン, キム　Newman, Kim（1959～　イギリス）
三時十五分前
◇大瀧啓裕訳「インスマス年代記 下」学習研究社 2001（学研M文庫）p45
モスクワのモルグにおける死せるアメリカ人
◇梶元靖子訳「999（ナインナインナイン）—妖女たち」東京創元社 2000（創元推理文庫）p23

ニョウケッチョー
荒野の流れ
◇南田みどり編訳「ミャンマー現代女性短編集」大同生命国際文化基金 2001（アジアの現代文芸）p95

ニョウニョウティンフラ
鬱積
◇南田みどり編訳「ミャンマー現代女性短編集」大同生命国際文化基金 2001（アジアの現代文芸）p8

ニョウピャーワイン
私のバッグの中に一本のナイフがある
◇南田みどり編訳「二十一世紀ミャンマー作品

集」大同生命国際文化基金 2015（アジアの現代文芸）p184

ニール, ナイジェル　Kneale, Thomas Nigel（1922〜　イギリス）
　写真
　　◇西崎憲訳「英国短篇小説の愉しみ 3」筑摩書房 1999 p111
　　◇西崎憲編訳「短篇小説日和―英国異色傑作選」筑摩書房 2013（ちくま文庫）p319

ニールズ, ベティ　Neels, Betty（1910〜2001　イギリス）
　悲しきシンデレラ
　　◇柿原日出子訳「四つの愛の物語―クリスマス・ストーリー 2003」ハーレクイン 2003 p105
　すてきなプロポーズ
　　◇秋庭葉瑠訳「四つの愛の物語―クリスマス・ストーリー 2007」ハーレクイン 2007 p217
　聖夜の訪問者
　　◇栗原百代訳「四つの愛の物語―クリスマス・ストーリー イブの星に願いを 2005」ハーレクイン 2005 p5
　ドクターにキスを
　　◇浜口祐実訳「愛は永遠に―ウエディング・ストーリー 2005」ハーレクイン 2005 p121
　ドクターの花嫁
　　◇竹原麗訳「愛は永遠に―ウエディング・ストーリー 2006」ハーレクイン 2006 p101
　花婿に恋したら
　　◇バベーラ・アキコ訳「四つの愛の物語―クリスマス・ストーリー 2001」ハーレクイン 2001 p173
　プロポーズは慎重に
　　◇伊坂奈々訳「愛は永遠に―ウエディング・ストーリー 2001」ハーレクイン 2001 p101
　魅惑のドクター
　　◇庭植奈穂子訳「四つの愛の物語―クリスマス・ストーリー 2012」ハーレクイン 2012 p5

ニールセン, ヘレン　Nielsen, Helen（1918〜2002　アメリカ）
　七番目の男
　　◇早川麻百合訳「ブルー・ボウ・シリーズ 殺人コレクション」青弓社 1992 p127

【 ヌ 】

ヌーヴォー, ジェルマン　Nouveau, Germain Marie Bernard（1851〜1920　フランス）
　ジェルマン・ヌーヴォー
　　◇嶋岡晨訳「黒いユーモア選集 1」河出書房新社 2007（河出文庫）p315

ヌーン, ジェフ　Noon, Jeff（1957〜　イギリス）
　DJNA
　　◇渡辺健吾訳「ディスコ・ビスケッツ」早川書房 1998 p201

【 ネ 】

ネイ, ジャネット
　マスカラ
　　◇新井雅代訳「ブルー・ボウ・シリーズ レイチェルの夏」青弓社 1994 p139

ネイヴィン, ジャクリーン
　聖夜の誘惑
　　◇遠藤和美訳「四つの愛の物語―クリスマス・ストーリー 2002」ハーレクイン 2002 p327

ネイサン, マイカ
　獲物
　　◇岩田奈々訳「ベスト・アメリカン・短編ミステリ 2014」DHC 2015 p315

ネヴィンズ, フランシス・M., Jr.　Nevins, Francis M., Jr.（1943〜　アメリカ）
　生存者への公開状
　　◇飯城勇三編訳「エラリー・クイーンの災難」論創社 2012（論創海外ミステリ）p11
　葬送行進曲
　　◇山本俊子訳「ミニ・ミステリ100」早川書房 2005（ハヤカワ・ミステリ文庫）p96

ネヴェーロフ, アレクサンドル　Neweroff, Alexander Sergeevich（1886〜1923　ロシア）
　飢え―遠い道
　　◇和久利誓一訳「世界100物語 4」河出書房新社 1997 p353

ネクロ, クラウディア　Nekro, Claudia（1956
　　〜　ドイツ）
　さよなら、ノーマ・ジーン
　　◇田邊玲子訳「ドイツ文学セレクション　さよな
　　　ら、ノーマ・ジーン」三修社 1997 p1
ネコッ・ソクルマン（1975〜　台湾）
　親父と土地〈ブヌン〉
　　◇柳本通彦訳「台湾原住民文学選 6」草風館
　　　2008 p288
　霧の夜〈ブヌン〉
　　◇柳本通彦訳「台湾原住民文学選 4」草風館
　　　2004 p239
　衝突〈ブヌン〉
　　◇柳本通彦訳「台湾原住民文学選 6」草風館
　　　2008 p256
　一九九九年五月七日人生のカーブ〈ブヌン〉
　　◇柳本通彦訳「台湾原住民文学選 6」草風館
　　　2008 p275
ネザマフィ, シリン（イラン）
　サラム
　　◇「留学生文学賞作品集 2006」留学生文学賞委
　　　員会 2007 p5
　白い紙
　　◇「文学 2010」講談社 2010 p175
ネスィン, アズィズ
　走るが勝ち
　　◇清川智美訳「現代トルコ文学選 2」東京外国
　　　語大学外国語学部トルコ語専攻研究室 2012
　　　（TUFS Middle Eastern studies）p178
　酔っ払いが飲み屋の鏡を壊した
　　◇清川智美訳「現代トルコ文学選 2」東京外国
　　　語大学外国語学部トルコ語専攻研究室 2012
　　　（TUFS Middle Eastern studies）p172
　我が愛しの狂人たち―序章と「偉大なるテロ
　　リスト」
　　◇吉澤旅人訳「現代トルコ文学選 2」東京外国
　　　語大学外国語学部トルコ語専攻研究室 2012
　　　（TUFS Middle Eastern studies）p185
ネズヴァル, ヴィーチェスラフ
　自転車に乗ったピエロ
　　◇村田真一訳「ポケットのなかの東欧文学―ル
　　　ネッサンスから現代まで」成文社 2006 p196
ネズビット, イーディス　Nesbit, Edith（1858
　　〜1924　イギリス）
　大理石の軀
　　◇宮本朋子訳「憑かれた鏡―エドワード・ゴー

　　　リーが愛する12の怪談」河出書房新社 2006
　　　p147
　　◇宮本朋子訳「エドワード・ゴーリーが愛する
　　　12の怪談―憑かれた鏡」河出書房新社 2012
　　　（河出文庫）p163
　ドゥ・ララ教授と二ペンスの魔法
　　◇大友香奈子訳「魔法使いになる14の方法」東
　　　京創元社 2003（創元推理文庫）p21
　ハーストコート城のハースト
　　◇南田幸子訳「安らかに眠りたまえ―英米文学
　　　短編集」海苑社 1998 p103
　ハーストコート屋敷のハースト――一八九三
　　◇石塚則子訳「ゴシック短編小説集」春風社
　　　2012 p355
　約束を守った花婿
　　◇松岡光治編訳「ヴィクトリア朝幽霊物語―短
　　　篇集」アティーナ・プレス 2013 p1
　闇の力
　　◇圷香織訳「怪奇文学大山脈 3」東京創元社
　　　2014 p89
ネーピア, スーザン
　愛という名の復讐
　　◇大森みち花訳「愛は永遠に―ウエディング・
　　　ストーリー 2006」ハーレクイン 2006 p5
ネミロフスキー, イレーヌ　Némirovsky, Irène
　　（1903〜1942　フランス）
　舞踏会
　　◇辻邦生訳「世界100物語 8」河出書房新社
　　　1997 p192
ネルヴァル, ジェラール・ド　Nerval, Gérard
　　de（1808〜1855　フランス）
　オクタヴィ
　　◇稲生永訳「百年文庫 61」ポプラ社 2011 p51
　シルヴィ
　　◇入沢康夫訳「諸国物語―stories from the
　　　world」ポプラ社 2008 p223
　緑色の怪物
　　◇澁澤龍彦訳「怪奇小説傑作集新版 4」東京創元
　　　社 2006（創元推理文庫）p125
　　◇澁澤龍彦訳「澁澤龍彦訳幻想怪奇短篇集」河
　　　出書房新社 2013（河出文庫）p115
　緑の物怪
　　◇渡辺一夫訳「恐ろしい話」筑摩書房 2011（ち
　　　くま文学の森）p147
ネルスン, ケント
　潮

◇小佐田愛子訳「アメリカミステリ傑作選 2003」DHC 2003（アメリカ文芸「年間」傑作選）p319

ネルソン, ジョン
大いなる遺産のゆくえ
◇馬場彰子訳「本の殺人事件簿—ミステリ傑作20選 1」バベル・プレス 2001 p149

ネルソン, リチャード
鹿の贈りもの
◇星川淳訳「狩猟文学マスターピース」みすず書房 2011（大人の本棚）p7

ネルボ, アマード
落ちた天使—わが姪、マリア・デ・ロス・アンヘルスにささげるクリスマスのお話
◇豊泉博幸訳「ラテンアメリカ短編集—モデルニズモから魔術的レアリズモまで」彩流社 2001 p43
玉を懐いて
◇日比野和幸訳「ラテンアメリカ短編集—モデルニズモから魔術的レアリズモまで」彩流社 2001 p53

【ノ】

魯元 ノ・ウォン
ブラック・レディ
◇李良文訳「コリアン・ミステリー—韓国推理小説傑作選」バベル・プレス 2002 p283

ノイズ, アルフレッド
深夜急行
◇古屋美登里訳「もっと厭な物語」文藝春秋 2014（文春文庫）p71

ノイマン, ローベルト
文学史
◇種村季弘訳「怪奇・幻想・綺想文学集—種村季弘翻訳集成」国書刊行会 2012 p217

ノヴァーリス Novalis（1772〜1801　ドイツ）
アトランティス物語
◇高橋英夫訳「百年文庫 54」ポプラ社 2010 p5
ザイスの学徒
◇山室静訳「幻想小説神髄」筑摩書房 2012（ちくま文庫）p21

ノヴァリナ, ヴァレール Novarina, Valère（1942〜　フランス）
紅の起源
◇ティエリ・マレ訳「コレクション現代フランス語圏演劇 6」れんが書房新社 2013 p5

ノヴォトニイ, ジョン
バーボン湖
◇浅倉久志編訳「グラックの卵」国書刊行会 2006（未来の文学）p261

ノエル, キャサリン
四月
◇井ヶ田憲子訳「アメリカ新進作家傑作選 2003」DHC 2004 p77

ノース, ライアン
殺人と自殺、それぞれ
◇旦紀子訳「マシン・オブ・デス—A Collection of Stories about People who Know How They Will DIE」アルファポリス 2012 p257

ノースコート, エイミアス Northcote, Amyas（1864〜1932　イギリス）
オリヴァー・カーマイクル氏
◇中野善夫訳「怪奇礼讃」東京創元社 2004（創元推理文庫）p319
ブリケット窪地
◇南條竹則編訳「イギリス恐怖小説傑作選」筑摩書房 2005（ちくま文庫）p79

ノックス, ロナルド・A. Knox, Ronald Arbuthnott（1888〜1957　イギリス）
一等車の秘密
◇北原尚彦編訳「シャーロック・ホームズの栄冠」論創社 2007（論創海外ミステリ）p7
サイロの死体
◇澄木柚訳「世界探偵小説全集 27」国書刊行会 2000 p13
探偵小説十戒
◇前田絢子訳「硝子の家」光文社 1997（光文社文庫）p403
◇宮脇孝雄, 宮脇裕子訳「綾辻行人と有栖川有栖のミステリ・ジョッキー 3」講談社 2012 p230
動機—The Motive
◇深月真理子訳「法月綸太郎の本格ミステリ・アンソロジー」角川書店 2005（角川文庫）p34
密室の行者
◇中村能三訳「贈る物語Mystery」光文社 2002 p109

ノックス, E.V.
トムキンソンの鳥の話
◇森英俊訳「これが密室だ！」新樹社 1997 p135

ノディエ, シャルル　Nodier, Charles（1780～1844　フランス）
青靴下のジャン＝フランソワ
◇篠田知和基訳「百年文庫 66」ポプラ社 2011 p49
ギスモンド城の幽霊
◇澁澤龍彦訳「怪奇小説傑作集新版 4」東京創元社 2006（創元推理文庫）p41
◇澁澤龍彦訳「澁澤龍彦訳幻想怪奇短篇集」河出書房新社 2013（河出文庫）p43
ビブリオマニア
◇生田耕作訳「愛書狂」平凡社 2014（平凡社ライブラリー）p55

ノバス・カルボ, リノ
ラモン・イェンディアの夜
◇相良勝訳「ラテンアメリカ傑作短編集―中南米スペイン語圏文学史を辿る」彩流社 2014 p173

ノーブル, ケイト
官能の島で取引を
◇金井真弓訳「バッド・バッド・ボーイズ」早川書房 2011（ハヤカワ文庫）p345

ノーラン, ウィリアム・F.　Nolan, William Francis（1928～　アメリカ）
違反
◇野村芳夫訳「死のドライブ」文藝春秋 2001（文春文庫）p397
獲物は誰だ？
◇佐々田雅子訳「ミニ・ミステリ100」早川書房 2005（ハヤカワ・ミステリ文庫）p718
死にたい
◇風間賢二訳「ヴァンパイア・コレクション」角川書店 1999（角川文庫）p523
誰も信じてくれない
◇佐々田雅子訳「ミニ・ミステリ100」早川書房 2005（ハヤカワ・ミステリ文庫）p709
わが友ダッチ
◇佐々田雅子訳「ミニ・ミステリ100」早川書房 2005（ハヤカワ・ミステリ文庫）p500
わたしはドリー
◇大友香奈子訳「魔法使いになる14の方法」東京創元社 2003（創元推理文庫）p235

ノリス, フランク
ソーホールの土地のグレッティル
◇玉木亨訳「ヴァンパイア・コレクション」角川書店 1999（角川文庫）p171

ノル, ディーター　Noll, Dieter（1927～　ドイツ）
ヴェルナー・ホルトの冒険―ある青春の物語
◇保坂一夫訳「東欧の文学　ヴェルナー・ホルトの冒険」恒文社 1978 p3

ノルヴィット, ツィプリアン
黒い花々
◇久山宏一訳「ポケットのなかの東欧文学―ルネッサンスから現代まで」成文社 2006 p61

ノールデン, ミシェル
ジェーン・オースティン殺人事件
◇北田絵里子訳「本の殺人事件簿―ミステリ傑作20選 1」バベル・プレス 2001 p69

ノロブ, ダルハーギーン
死場所
◇柴内秀司訳「モンゴル近現代短篇小説選」パブリック・ブレイン 2013 p303

【ハ】

バー, スティーヴン
最後で最高の密室
◇深町眞理子訳「山口雅也の本格ミステリ・アンソロジー」角川書店 2007（角川文庫）p363
◇深町眞理子訳「天外消失―世界短篇傑作集 Off the face of the earth and other stories」早川書房 2008（ハヤカワ・ミステリ）p297

河 成蘭　ハ・ソンラン（1967～　韓国）
嬉しや、救世主のおでましだ
◇安宇植編訳「いま、私たちの隣りに誰がいるのか―Korean short stories」作品社 2007 p37
かびの花
◇山田佳子訳「現代韓国短篇選 上」岩波書店 2002 p71
隣の家の女
◇安宇植編訳「シックスストーリーズ―現代韓国女性作家短編」集英社 2002 p5
ハエ
◇朴杓禮訳「韓国女性作家短編選」穂高書店 2004（アジア文化叢書）p149

ハ

バー, ネヴァダ
マジでむかつく最低最悪耳くそ野郎
◇田口俊樹訳「主婦に捧げる犯罪―書下ろしミステリ傑作選」武田ランダムハウスジャパン 2012（RHブックス＋プラス）p61

ライラック木の下に
◇安藤由紀子訳「ウーマンズ・ケース 上」早川書房 1998（ハヤカワ・ミステリ文庫）p171

バー, ロバート
第二の収穫
◇北原尚彦編訳「シャーロック・ホームズの栄冠」論創社 2007（論創海外ミステリ）p83

チズルリグ卿の遺産
◇落合佳子訳「本の殺人事件簿―ミステリ傑作20選 2」バベル・プレス 2001 p119

裴 鉶　はい・けい（中国）
崑崙奴（こんろんど）
◇黒田真美子著「中国古典小説選 5(唐代 2)」明治書院 2006 p436

聶隠娘（じょういんじょう）
◇黒田真美子著「中国古典小説選 5(唐代 2)」明治書院 2006 p452

伝奇（でんき）（抄）
◇溝部良恵著「中国古典小説選 6(唐代 3)」明治書院 2008 p389

白 先勇　パイ・シェンヨン
⇒白先勇（はく・せんゆう）を見よ

バイアー, マルセル　Beyer, Marcel（1965～　ドイツ）
夜に甦る声
◇長澤崇雄訳「ドイツ文学セレクション 夜に甦る声」三修社 1997 p1

バイアット, A.S.　Byatt, Antonia Susan（1936～　イギリス）
乾いた魔女
◇篠田清美訳「新しいイギリスの小説 シュガー」白水社 1993 p111

気配
◇池田栄一訳「新しいイギリスの小説 シュガー」白水社 1993 p209

七月の幽霊
◇篠田清美訳「新しいイギリスの小説 シュガー」白水社 1993 p55

シュガー
◇篠田清美訳「新しいイギリスの小説 シュガー」白水社 1993 p272

そり返った断崖
◇池田栄一訳「新しいイギリスの小説 シュガー」白水社 1993 p235

隣の部屋
◇篠田清美訳「新しいイギリスの小説 シュガー」白水社 1993 p78
◇山内照子訳「古今英米幽霊事情 2」新風舎 1999 p139

取替え子
◇篠田清美訳「新しいイギリスの小説 シュガー」白水社 1993 p186

バラ色のティーカップ
◇池田栄一訳「新しいイギリスの小説 シュガー」白水社 1993 p47

面目丸つぶれ
◇池田栄一訳「新しいイギリスの小説 シュガー」白水社 1993 p143

ラシーヌとテーブルクロス
◇池田栄一訳「新しいイギリスの小説 シュガー」白水社 1993 p7

E.M.フォースターが死んだ日
◇池田栄一訳「新しいイギリスの小説 シュガー」白水社 1993 p164

ハイウェイ, トムソン（1951～　カナダ）
居留地姉妹
◇常田景子訳「海外戯曲アンソロジー―海外現代戯曲翻訳集〈国際演劇交流セミナー記録〉1」日本演出者協会 2007 p9

バイエ＝チャールトン, ファビエンヌ
ピンク色の質問
◇佐藤渉訳「ダイヤモンド・ドッグ―《多文化を映す》現代オーストラリア短編小説集」現代企画室 2008 p125

パイク, スー
彼女のお宝
◇遠藤真弓訳「ベスト・アメリカン・ミステリ クラック・コカイン・ダイエット」早川書房 2007（ハヤカワ・ミステリ）p413

ハイスミス, パトリシア　Highsmith, Patricia（1921～1995　アメリカ）
かたつむり
◇小倉多加志訳「幻想と怪奇―宇宙怪獣現わる」早川書房 2005（ハヤカワ文庫）p331

クレイヴァリング教授の新発見
◇小倉多加志訳「北村薫のミステリー館」新潮社 2005（新潮文庫）p73

しっぺがえし
◇深町眞理子訳「ディナーで殺人を 上」東京創元社 1998（創元推理文庫）p203

すっぽん
◇吉田誠一訳「幻想と怪奇―ポオ蒐集家」早川書房 2005（ハヤカワ文庫）p77
◇小倉多加志訳「厭な物語」文藝春秋 2013（文春文庫）p45

憎悪の殺人
◇深町眞理子訳「ミステリマガジン700―創刊700号記念アンソロジー 海外篇」早川書房 2014（ハヤカワ・ミステリ文庫）p79

ハイゼ, パウル　Heyse, Paul（1830～1914　ドイツ）

片意地娘
◇関泰祐訳「百年文庫 71」ポプラ社 2011 p5

ハイセンビュッテル, ヘルムート　Heißenbüttel, Helmut（1921～1996　ドイツ）

赤い場所に期待して
◇神崎巌訳「シリーズ現代ドイツ文学 4」早稲田大学出版部 1993 p203

バイタル, ジム

タリ
◇塚本晃久訳「パプア・ニューギニア小説集」三重大学出版会 2008 p137

バイツ・ムクナナ（1942～　台湾）

下駄〈ツォウ〉
◇松本さち子訳「台湾原住民文学選 6」草風館 2008 p295

親愛なるアキイ、どうか怒らないでください〈ツォウ〉
◇松本さち子訳「台湾原住民文学選 4」草風館 2004 p304

炎の中の顔〈ツォウ〉
◇松本さち子訳「台湾原住民文学選 6」草風館 2008 p304

ハイデンフェルト, W.

〈引立て倶楽部〉の不快な事件
◇高見浩訳「有栖川有栖の本格ミステリ・ライブラリー」角川書店 2001（角川文庫）p163

ハイド, マイケル

彼女のハリウッド
◇ウイアー美由紀訳「アメリカミステリ傑作選2003」DHC 2003（アメリカ文芸「年間」傑作選）p251

ハイトフ, ニコライ　Kháitov, Nikolái Aleksándrov（1919～2002　ブルガリア）

あらくれ物語
◇真木三三子訳「東欧の文学 あらくれ物語」恒文社 1983 p5

イヴリャム・アリ
◇真木三三子訳「東欧の文学 あらくれ物語」恒文社 1983 p142

男の時代
◇真木三三子訳「東欧の文学 あらくれ物語」恒文社 1983 p7

機関車の汽笛が聞こえる
◇真木三三子訳「東欧の文学 あらくれ物語」恒文社 1983 p252

恐怖
◇真木三三子訳「東欧の文学 あらくれ物語」恒文社 1983 p57

黒い小鳥
◇真木三三子訳「東欧の文学 あらくれ物語」恒文社 1983 p164

結婚
◇真木三三子訳「東欧の文学 あらくれ物語」恒文社 1983 p209

試練
◇真木三三子訳「東欧の文学 あらくれ物語」恒文社 1983 p223

世間うらはら譚
◇真木三三子訳「東欧の文学 あらくれ物語」恒文社 1983 p105

粗朶〈そだ〉
◇真木三三子訳「東欧の文学 あらくれ物語」恒文社 1983 p267

デルヴィショフの胤〈たね〉
◇真木三三子訳「東欧の文学 あらくれ物語」恒文社 1983 p287

願い
◇真木三三子訳「東欧の文学 あらくれ物語」恒文社 1983 p23

根なし草
◇真木三三子訳「東欧の文学 あらくれ物語」恒文社 1983 p72

裸の良心
◇真木三三子訳「東欧の文学 あらくれ物語」恒文社 1983 p177

人々が半ズボンを脱ぐ時
◇真木三三子訳「東欧の文学 あらくれ物語」恒文社 1983 p39

撫の頭
　◇真木三三子訳「東欧の文学　あらくれ物語」恒文社　1983　p121
道
　◇真木三三子訳「東欧の文学　あらくれ物語」恒文社　1983　p237
森の精
　◇真木三三子訳「東欧の文学　あらくれ物語」恒文社　1983　p90

ハイネ, ハインリヒ　Heine, Heinrich（1797〜1856　ドイツ）

寛容なる天国
　◇斎藤博士訳「アンデスの風叢書　天国・地獄百科」書肆風の薔薇　1982　p118
熊たちの天国
　◇斎藤博士訳「アンデスの風叢書　天国・地獄百科」書肆風の薔薇　1982　p154

パイパー, H.ビーム

いまひとたびの
　◇大森望訳「ここがウィネトカなら、きみはジュディ―時間SF傑作選SFマガジン創刊50周年記念アンソロジー」早川書房　2010（ハヤカワ文庫SF）p303

ハイメス・フレイレ, リカルド

インディオの裁き
　◇辻みさと訳「ラテンアメリカ傑作短編集―中南米スペイン語圏文学史を辿る」彩流社　2014　p63

ハイランド, スタンリー　Hyland, Henry Stanley（1924〜　イギリス）

国会議事堂の死体
　◇小林晋訳「世界探偵小説全集　35」国書刊行会　2000　p9

バイロン, ジョージ・ゴードン　Byron, George Gordon Noel, 6th Baron（1788〜1824　イギリス）

島の花嫁
　◇玉木亨訳「ヴァンパイア・コレクション」角川書店　1999（角川文庫）p219
ダーヴェル
　◇柳瀬尚紀訳「犯罪は詩人の楽しみ―詩人ミステリ集成」東京創元社　2012（創元推理文庫）p81
断章
　◇南條竹則編訳「イギリス恐怖小説傑作選」筑摩書房　2005（ちくま文庫）p175

不信者
　◇小日向定次郎訳「吸血妖鬼譚―ゴシック名訳集成」学習研究社　2008（学研M文庫）p177

ハインライン, ロバート・A.　Heinlein, Robert Anson（1907〜1988　アメリカ）

月世界征服―「月世界征服」原作
　◇中村融訳「地球の静止する日―SF映画原作傑作選」東京創元社　2006（創元SF文庫）p281
鎮魂歌
　◇白石朗訳「20世紀SF 1」河出書房新社　2000（河出文庫）p119

バーヴ, ヴァレリー

新しい関係
　◇沢田純訳「愛は永遠に―ウエディング・ストーリー2000」ハーレクイン　2000　p77

バウア, ロウダ

ジョニキンとキツネのしっぽ
　◇よつだゆきえ訳「朗読劇台本集 5」玉川大学出版部　2002　p93

バウアージーマ, イーゴル　Bauersima, Igor（1964〜）

ノルウェイ.トゥデイ
　◇萩原健訳「ドイツ現代戯曲選30 7」論創社　2006　p7

ハーヴィー, W.F.　Harvey, William Fryer（1885〜1937　イギリス）

アンカーダイン家の信徒席
　◇野村芳夫訳「怪奇文学大山脈 2」東京創元社　2014　p285
炎天
　◇平井呈一訳「怪奇小説傑作集新版 1」東京創元社　2006（創元推理文庫）p371
羊歯
　◇西崎憲編訳「短篇小説日和―英国異色傑作選」筑摩書房　2013（ちくま文庫）p51
ダブラーズ
　◇大友香奈子訳「魔法使いになる14の方法」東京創元社　2003（創元推理文庫）p141
八月の炎暑
　◇宮本朋子訳「憑かれた鏡―エドワード・ゴーリーが愛する12の怪談」河出書房新社　2006　p29
　◇宮本朋子訳「エドワード・ゴーリーが愛する12の怪談―憑かれた鏡」河出書房新社　2012（河出文庫）p33
八月の熱波

◇田口俊樹訳「巨匠の選択」早川書房 2001（ハヤカワ・ミステリ）p289
旅行時計
◇西崎憲訳「怪奇小説日和―黄金時代傑作選」筑摩書房 2013（ちくま文庫）p419

ハーヴェイ, ジョン Harvey, John (1938～ イギリス)
今がそのとき
◇田口俊樹訳「ロンドン・ノワール」扶桑社 2003（扶桑社ミステリー）p327
スノウ、スノウ、スノウ
◇駒月雅子訳「殺しのグレイテスト・ヒッツ」早川書房 2007（ハヤカワ・ミステリ文庫）p203
無宿鳥
◇夏来健次訳「夜汽車はバビロンへ―EQMM90年代ベスト・ミステリー」扶桑社 2000（扶桑社ミステリー）p361

パヴェーゼ, チェーザレ Pavese, Cesare (1908～1950 イタリア)
流刑地
◇河島英昭訳「百年文庫 22」ポプラ社 2010 p45

パヴェル, オタ Pavel, Ota (1930～1973 チェコ)
「ハロー、タクシー！」
◇伊藤涼子訳「文学の贈物―東中欧文学アンソロジー」未知谷 2000 p265

パウエル, ギャリー・クレイグ
カミラとキャンディの王
◇神崎朗子訳「ベスト・アメリカン・短編ミステリ」DHC 2010 p413

パウエル, ジェイムズ Powell, James (1932～ カナダ)
アルトドルフ症候群
◇白須清美訳「KAWADE MYSTERY 道化の町」河出書房新社 2008 p137
オランウータンの王
◇白須清美訳「KAWADE MYSTERY 道化の町」河出書房新社 2008 p55
折り紙のヘラジカ
◇白須清美訳「KAWADE MYSTERY 道化の町」河出書房新社 2008 p229
愚か者のバス
◇白須清美訳「KAWADE MYSTERY 道化の町」河出書房新社 2008 p201
最近のニュース
◇白須清美訳「KAWADE MYSTERY 道化の町」河出書房新社 2008 p7
時間の鍵穴
◇白須清美訳「KAWADE MYSTERY 道化の町」河出書房新社 2008 p117
詩人とロバ
◇白須清美訳「KAWADE MYSTERY 道化の町」河出書房新社 2008 p75
死の不寝番
◇白須清美訳「KAWADE MYSTERY 道化の町」河出書房新社 2008 p169
道化の町
◇宮脇孝雄訳「山口雅也の本格ミステリ・アンソロジー」角川書店 2007（角川文庫）p17
◇宮脇孝雄訳「KAWADE MYSTERY 道化の町」河出書房新社 2008 p261
プードルの暗号
◇白須清美訳「KAWADE MYSTERY 道化の町」河出書房新社 2008 p39
魔法の国の盗人
◇白須清美訳「KAWADE MYSTERY 道化の町」河出書房新社 2008 p97
ミスター・ニュージェントへの遺産
◇白須清美訳「KAWADE MYSTERY 道化の町」河出書房新社 2008 p19

パウエル, シャーリー
グラップルメイヤー
◇浅倉久志選訳「極短小説」新潮社 2004（新潮文庫）p172

パウエル, タルマッジ
ポルターガイスト
◇飛田妙子訳「ブルー・ボウ・シリーズ 殺人コレクション」青弓社 1992 p107

パウエル, パジェット
紳士のC
◇畔柳和代訳「いまどきの老人」朝日新聞社 1998 p95

パウストフスキイ
ウサギの足
◇山下みどり訳「雑話集―ロシア短編集」「雑話集」の会 2005 p36
雪
◇片山ふえ訳「雑話集―ロシア短編集 2」「雑話集」の会 2009 p112

ハウス

ハウスマン, クレメンス　Housman, Clemence
（1861～1955　イギリス）

白マントの女
◇大貫昌子訳「狼女物語―美しくも妖しい短編傑作選」工作舎 2011 p27

人狼
◇野村芳夫訳「怪奇文学大山脈 1」東京創元社 2014 p171

バウチャー, アントニー　Boucher, Anthony
（1911～1968　アメリカ）

悪魔の陥穽
◇白須清美訳「ダーク・ファンタジー・コレクション 3」論創社 2006 p75

おばけオオカミ事件
◇北原尚彦編訳「シャーロック・ホームズの栄冠」論創社 2007（論創海外ミステリ）p39

火星の預言者
◇白須清美訳「ダーク・ファンタジー・コレクション 3」論創社 2006 p165

嚙む
◇白須清美訳「ダーク・ファンタジー・コレクション 3」論創社 2006 p9

ジェリー・マロイの供述
◇仁賀克雄編・訳「新・幻想と怪奇」早川書房 2009（Hayakawa pocket mystery books）p81

書評家を殺せ
◇白須清美訳「ダーク・ファンタジー・コレクション 3」論創社 2006 p189

スナルバグ
◇白須清美訳「ダーク・ファンタジー・コレクション 3」論創社 2006 p237

先駆者
◇白須清美訳「ダーク・ファンタジー・コレクション 3」論創社 2006 p3

タイムマシンの殺人
◇白須清美訳「ダーク・ファンタジー・コレクション 3」論創社 2006 p29

たぐいなき人狼
◇白須清美訳「ダーク・ファンタジー・コレクション 3」論創社 2006 p269

たばこの煙の充満する部屋
◇山本俊子訳「密室殺人傑作選」早川書房 2003（ハヤカワ・ミステリ文庫）p411

人間消失
◇白須清美訳「ダーク・ファンタジー・コレクション 3」論創社 2006 p207

星の花嫁
◇白須清美訳「ダーク・ファンタジー・コレクション 3」論創社 2006 p263

もうひとつの就任式
◇白須清美訳「ダーク・ファンタジー・コレクション 3」論創社 2006 p141

わが家の秘密
◇白須清美訳「ダーク・ファンタジー・コレクション 3」論創社 2006 p129

ハウバイン, ロロ

マーケットの愛
◇湊圭史訳「ダイヤモンド・ドッグ―《多文化を映す》現代オーストラリア短編小説集」現代企画室 2008 p159

ハウフ, ヴィルヘルム　Hauff, Wilhelm（1802～1827　ドイツ）

こうのとりになったカリフ
◇高橋健二訳「変身ものがたり」筑摩書房 2010（ちくま文学の森）p131

ハウプトマン, ゲアハルト　Hauptmann, Gerhart（1862～1946　ドイツ）

沈鐘
◇楠山正雄訳「沈鐘」ゆまに書房 2004（昭和初期世界名作翻訳全集）p1

フローリアン・ガイエル―農民戦争の悲劇
◇大間知篤三訳「フローリアン・ガイエル」ゆまに書房 2008（昭和初期世界名作翻訳全集）p1

パウル, ジャン

天堂より神の不在を告げる死せるキリストの言葉
◇池田信雄訳「幻想小説神髄」筑摩書房 2012（ちくま文庫）p11

パウンド, ロッド

オー！　ゴッド
◇浅倉久志選訳「極短小説」新潮社 2004（新潮文庫）p139

バーカー, クライヴ　Barker, Clive（1952～イギリス）

恐怖の探求
◇大久保寛訳「もっと厭な物語」文藝春秋 2014（文春文庫）p151

セルロイドの息子
◇夏来健次訳「シルヴァー・スクリーム 上」東京創元社 2013（創元推理文庫）p207

バカ, ジミー・サンティアゴ
暗闇にとりくむ
◇佐藤ひろみ, 管啓次郎訳「私の謎」岩波書店 1997（世界文学のフロンティア）p65

パーカー, ドロシー　Parker, Dorothy（1893〜1967　アメリカ）
大柄なブロンド美人
◇小島信夫訳「世界100物語 7」河出書房新社 1997 p205
結婚
◇船越隆子訳「ブルー・ボウ・シリーズ　結婚まで」青弓社 1992 p15
深夜考
◇岸本佐知子訳「ベスト・ストーリーズ 1」早川書房 2015 p17

バーカー, ニコラ
内部情報
◇ウィリアム N.伊藤訳「ゾエトロープ Pop」角川書店 2001（Bookplus）p99

バーカー, ニュージェント　Barker, Nugent（1888〜1955　イギリス）
告知
◇西崎憲編訳「短篇小説日和—英国異色傑作選」筑摩書房 2013（ちくま文庫）p311

バーガー, ノックス
愛猫家
◇佐田千織訳「魔法の猫」扶桑社 1998（扶桑社ミステリー）p235

パーカー, ロバート・B.
ハーレム・ノクターン
◇菊池光訳「ベスト・アメリカン・ミステリ ハーレム・ノクターン」早川書房 2005（ハヤカワ・ミステリ）p489

パーカー, T.ジェファーソン　Parker, T. Jefferson（1953〜　アメリカ）
イージー・ストリート
◇沢万里子訳「アメリカミステリ傑作選 2003」DHC 2003（アメリカ文芸「年間」傑作選）p375

バカン, ジョン　Buchan, John（1875〜1940　イギリス）
アシュトルトの樹林
◇青木悦子訳「怪奇文学大山脈 3」東京創元社 2014 p109
フルサークル

◇渡辺育子訳「20世紀英国モダニズム小説集成 世を騒がす嘘つき男」風濤社 2014 p111
ミスター・スタンドファストは召される
◇熊谷千寿訳「翼を愛した男たち」原書房 1997 p339

パーキンス, エミリー
彼女の新しい生活
◇ウィリアム N.伊藤訳「ゾエトロープ Pop」角川書店 2001（Bookplus）p155

朴 芽枝　パク・アジ（朝鮮）
この地を離れどこへ行けましょうや
◇金炳三, 李春穆, 金潤訳「20世紀民衆の世界文学 7」三友社出版 1990 p190

パーク, アラフェア
勝利
◇本庄宏行訳「ベスト・アメリカン・短編ミステリ」DHC 2010 p73

朴 泰遠　パク・ウォン
小説家仇甫氏の一日
◇山田佳子訳「小説家仇甫氏の一日―ほか十三編 短編小説集」平凡社 2006（朝鮮近代文学選集）p153

朴 根亨　パク・グニョン
代代孫孫
◇熊谷対世志訳「韓国現代戯曲集 1」日韓演劇交流センター 2002 p77

莫 言　ばく・げん（1955〜　中国）
犬への追悼文
◇立松昇一訳「中国現代文学選集 2」トランスビュー 2010 p2
犬への不当なあつかい
◇立松昇一訳「中国現代文学選集 2」トランスビュー 2010 p17
犬についての興趣を添える話
◇立松昇一訳「中国現代文学選集 2」トランスビュー 2010 p25

白 行簡　はく・こうかん（中国）
三夢記（さんむき）
◇黒田真美子著「中国古典小説選 5（唐代 2）」明治書院 2006 p252
李娃伝（りあでん）
◇黒田真美子著「中国古典小説選 5（唐代 2）」明治書院 2006 p212

朴 相禹　パク・サンウ
シャガールの村に降る雪

ハク

◇水野健訳「現代韓国短篇選 下」岩波書店 2002 p67

バーク, ジェイムズ・リー

バグジー・シーゲルがぼくの友だちになったわけ
◇加賀山卓朗訳「ベスト・アメリカン・ミステリ クラック・コカイン・ダイエット」早川書房 2007（ハヤカワ・ミステリ）p65

ビッグ・ミッドナイト・スペシャル
◇山下麻貴訳「ベスト・アメリカン・短編ミステリ」DHC 2010 p87

朴 祚烈　バク・ジョエル

呉将軍の足の爪
◇石川樹里訳「韓国現代戯曲集 3」日韓演劇交流センター 2007 p183

バーク, ジョン

誕生パーティー
◇金井美子訳「ダーク・ファンタジー・コレクション 8」論創社 2008 p69

白 信愛　はく・しんあい

⇒白信愛（ベク・シンエ）を見よ

白 石　はく・せき

⇒白石（ベク・ソク）を見よ

白 先勇　はく・せんゆう（1937〜　台湾）

秋の思い
◇山口守訳「新しい台湾の文学 台北人」国書刊行会 2008 p169

永遠の尹雪艶
◇山口守訳「新しい台湾の文学 台北人」国書刊行会 2008 p5

懐旧
◇山口守訳「新しい台湾の文学 台北人」国書刊行会 2008 p103

孤恋花（クーリエンコー）
◇山口守訳「新しい台湾の文学 台北人」国書刊行会 2008 p131

孽子
◇陳正醍訳「新しい台湾の文学 孽子」国書刊行会 2006 p7

国葬
◇山口守訳「新しい台湾の文学 台北人」国書刊行会 2008 p245

最後の夜
◇山口守訳「新しい台湾の文学 台北ストーリー」国書刊行会 1999 p261

◇山口守訳「新しい台湾の文学 台北人」国書刊行会 2008 p67

除夜
◇山口守訳「新しい台湾の文学 台北人」国書刊行会 2008 p49

血のように赤いつつじの花
◇山口守訳「新しい台湾の文学 台北人」国書刊行会 2008 p87

日本語版に寄せて〔孽子〕
◇陳正醍訳「新しい台湾の文学 孽子」国書刊行会 2006 p1

一束の緑
◇山口守訳「新しい台湾の文学 台北人」国書刊行会 2008 p25

冬の夜
◇山口守訳「新しい台湾の文学 台北人」国書刊行会 2008 p223

花橋栄記（ホワチアオロンチー）
◇山口守訳「新しい台湾の文学 台北人」国書刊行会 2008 p149

満天に輝く星
◇山口守訳「新しい台湾の文学 台北人」国書刊行会 2008 p179

遊園驚夢（ヨウユアンチンモン）
◇山口守訳「新しい台湾の文学 台北人」国書刊行会 2008 p189

梁父山の歌
◇山口守訳「新しい台湾の文学 台北人」国書刊行会 2008 p115

朴 晟源　バク・ソンウォン

デラウェイの窓
◇安宇植編訳「いま、私たちの隣に誰がいるのか――Korean short stories」作品社 2007 p187

朴 趾源　バク・チウォン（韓国）

虎、北郭（ブッカク）先生を叱る――虎叱
◇張喆文現代語訳, 木下豊二郎訳「韓国古典文学の愉しみ 下」白水社 2010 p146

許生（ホセン）、学問を捨てて、立つ――許生伝
◇張喆文現代語訳, 吉仲貴美子訳「韓国古典文学の愉しみ 下」白水社 2010 p126

両班（ヤンバン）とは盗人のことか――両班伝
◇張喆文現代語訳, 原田芽里訳「韓国古典文学の愉しみ 下」白水社 2010 p117

バーク, トマス　Burke, Thomas（1886〜1945　イギリス）

がらんどうの男

◇佐藤弓生訳「怪奇小説日和―黄金時代傑作選」筑摩書房 2013（ちくま文庫）p189

朴 花城　パク・ファソン（1904～1988　韓国）
洪水前後
◇山田佳子訳「小説家仇甫氏の一日―ほか十三編 短編小説集」平凡社 2006（朝鮮近代文学選集）p221
春宵
◇劉石吉訳「20世紀民衆の世界文学 7」三友社出版 1990 p237

パーク, リチャード
ベッドの上の死体
◇大島育子訳「ブルー・ボウ・シリーズ 殺人コレクション」青弓社 1992 p161

朴 婉緒　パク・ワンソ（1931～2011　韓国）
母さんの杭
◇山田佳子訳「現代韓国短篇選 下」岩波書店 2002 p141
出産パガヂ
◇朴利禮訳「韓国女性作家短編選」穂高書店 2004（アジア文化叢書）p3
親切な福姫さん
◇渡辺直紀訳「天国の風―アジア短篇ベスト・セレクション」新潮社 2011 p211

パークス, リチャード
死体屋
◇金子浩訳「サイコ・ホラー・アンソロジー」祥伝社 1998（祥伝社文庫）p407

バクスター, スティーヴン　Baxter, Stephen（1957～　イギリス）
慣性調整装置をめぐる事件
◇日暮雅通訳「シャーロック・ホームズの大冒険 下」原書房 2009 p27
軍用機
◇中村融訳「20世紀SF 6」河出書房新社 2001（河出文庫）p7
コロンビヤード
◇中村融訳「90年代SF傑作選 上」早川書房 2002（ハヤカワ文庫）p35
月その六
◇中村融訳「ワイオミング生まれの宇宙飛行士―宇宙開発SF傑作選 SFマガジン創刊50周年記念アンソロジー」早川書房 2010（ハヤカワ文庫 SF）p217
電送（ワイア）連続体（クラーク, アーサー・C.）
◇中村融訳「ワイオミング生まれの宇宙飛行士―宇宙開発SF傑作選 SFマガジン創刊50周年記念アンソロジー」早川書房 2010（ハヤカワ文庫 SF）p143

バクスター, チャールズ　Baxter, Charles（1947～　アメリカ）
ガーシュウィンのプレリュード第二番
◇田口俊樹訳「生の深みを覗く―ポケットアンソロジー」岩波書店 2010（岩波文庫別冊）p121

ハクスリー, エルスペス　Huxley, Elspeth Joscelin（1907～1997）
サファリ殺人事件
◇小笠原はるの訳「海外ミステリ Gem Collection 10」長崎出版 2007 p1

ハクスリー, オルダス　Huxley, Aldous Leonard（1894～1963　イギリス）
休息所
◇斎藤博士訳「アンデスの風叢書 天国・地獄百科」書肆風の薔薇 1982 p110
肖像画
◇太田稔訳「美しい恋の物語」筑摩書房 2010（ちくま文学の森）p267
ジョコンダの微笑
◇太田稔訳「謎の物語」筑摩書房 2012（ちくま文庫）p247
書店
◇井伊順彦訳「20世紀英国モダニズム小説集成 世を騒がす嘘つき男」風濤社 2014 p138
昼食と尼僧の話
◇土井治訳「世界100物語 7」河出書房新社 1997 p296
天国の二態様
◇斎藤博士訳「アンデスの風叢書 天国・地獄百科」書肆風の薔薇 1982 p109

パークター, ジョシュ
E・Q・グリフェン第二の事件
◇飯城勇三編訳「エラリー・クイーンの災難」論創社 2012（論創海外ミステリ）p345

バクナー, エリック
課題レポートその三『レダと白鳥』
◇馬場敏紀訳「アメリカ新進作家傑作選 2005」DHC 2006 p73

バークマン, チャールズ
同窓会
◇田村義進訳「ミニ・ミステリ100」早川書房 2005（ハヤカワ・ミステリ文庫）p251

バークランド, ドリス
プランB
◇浅倉久志選訳「極短小説」新潮社 2004（新潮文庫）p248

バークリー, アントニイ　Berkeley, Anthony
（1893〜1971　イギリス）
ジャンピング・ジェニイ
◇狩野一郎訳「世界探偵小説全集 31」国書刊行会 2001 p15
第二の銃声
◇西崎憲訳「世界探偵小説全集 2」国書刊行会 1994 p11
地下室の殺人
◇佐藤弓生訳「世界探偵小説全集 12」国書刊行会 1998 p7
ボー・ピープのヒツジ失踪事件
◇北原尚彦編訳「シャーロック・ホームズの栄冠」論創社 2007（論創海外ミステリ）p53
レイトン・コートの謎
◇巴妙子訳「世界探偵小説全集 36」国書刊行会 2002 p9
ロジャー・シェリンガムについて
◇狩野一郎訳「世界探偵小説全集 31」国書刊行会 2001 p7
A.D.ピーターズにて
◇西崎憲訳「世界探偵小説全集 2」国書刊行会 1994 p7

バークレー, スザーン
秘薬の罠
◇山田沙羅訳「四つの愛の物語―クリスマス・ストーリー '99」ハーレクイン 1999 p345

バークレイ, リンウッド
短い休憩（クーリー, レイモンド）
◇田口俊樹訳「フェイスオフ対決」集英社 2015（集英社文庫）p375

バザン, ルネ
風の返事
◇森孝子訳「五つの小さな物語―フランス短篇集」彩流社 2011 p33

バーシー, ベンジャミン
泥人間（マッドマン）
◇古屋美登里訳「モンスターズ―現代アメリカ傑作短篇集」白水社 2014 p184

ハシェク, ヤロスラフ
犯罪者たちのストライキ
◇飯島周訳「文学の贈物―東中欧文学アンソロジー」未知谷 2000 p181

バージェス, アントニー　Burgess, Anthony
（1917〜1993　イギリス）
詩神
◇佐々木徹, 廣田篤彦訳「異色作家短篇集 19」早川書房 2007 p237

バジェット, ルイス
ボロゴーヴはミムジイ
◇伊藤典夫訳「ボロゴーヴはミムジイ―伊藤典夫翻訳SF傑作選」早川書房 2016（ハヤカワ文庫 SF）p7

ハーシュマン, モリス　Hershman, Morris
（1926〜　アメリカ）
死神氏に会う
◇田村義進訳「ミニ・ミステリ100」早川書房 2005（ハヤカワ・ミステリ文庫）p461
囚人が友を求めるとき
◇山本俊子訳「密室殺人傑作選」早川書房 2003（ハヤカワ・ミステリ文庫）p265

バジーレ, ジャンバティスタ
キャット・シンデレラ
◇和佐田道子編訳「シンデレラ」竹書房 2015（竹書房文庫）p83

ハース, ヴォルフ　Haas, Wolf（1960〜　オーストリア）
きたれ, 甘き死よ
◇福本義憲訳「現代ウィーン・ミステリー・シリーズ 4」水声社 2001 p5

パス, オクタビオ　Paz, Octavio（1914〜1998　メキシコ）
青い花束
◇野谷文昭訳「ラテンアメリカ五人集」集英社 2011（集英社文庫）p175
正体不明の二人への手紙
◇野谷文昭訳「ラテンアメリカ五人集」集英社 2011（集英社文庫）p181
緒言〔泥の子供たち〕
◇竹村文彦訳「アンデスの風叢書 泥の子供たち」水声社 1994 p7
白
◇鼓直訳「ラテンアメリカ五人集」集英社 2011（集英社文庫）p149
泥の子供たち
◇竹村文彦訳「アンデスの風叢書 泥の子供たち」水声社 1994 p5

波との生活
　◇野谷文昭訳「生の深みを覗く―ポケットアンソロジー」岩波書店 2010（岩波文庫別冊）p255

ハス, ヘンリー
　宇宙船上の決闘
　◇野田昌宏編訳「太陽系無宿／お祖母ちゃんと宇宙海賊―スペース・オペラ名作選」東京創元社 2013（創元SF文庫）p439

バス, リック　Bass, Rick（1958～　アメリカ）
　隠者物語
　◇工藤惺文訳「アメリカ短編小説傑作選 2001」DHC 2001（アメリカ文芸「年間」傑作選）p41
　オガララ
　◇小原亜美訳「ゾエトロープ Blanc」角川書店 2003（Bookplus）p161
　準備、ほぼ完了
　◇柴田元幸編訳「いずれは死ぬ身」河出書房新社 2009 p257
　見張り
　◇柴田元幸訳「新しいアメリカの小説 世界の肌ざわり」白水社 1993 p47

バスケス, マリア・エステル　Vazquez, Maria Esther（1934～　アルゼンチン）
　選ばれし人
　◇内田吉彦訳「バベルの図書館 20」国書刊行会 1990 p153
　◇内田吉彦訳「新編 バベルの図書館 6」国書刊行会 2013 p105

バスケス・モンタルバン, マヌエル　Vázquez Montalbán, Manuel（1939～　スペイン）
　中央委員会殺人事件
　◇柴田純子訳「西和リブロス 6」西和書林 1985 p9

バスト, ロン
　芸術対ビジネス
　◇浅倉久志選訳「極短小説」新潮社 2004（新潮文庫）p140
　高等教育
　◇浅倉久志選訳「極短小説」新潮社 2004（新潮文庫）p112
　戦場の呼び声
　◇浅倉久志選訳「極短小説」新潮社 2004（新潮文庫）p158

ハストヴェット, シリ　Hustvedt, Siri（1955～　アメリカ）
　フーディーニ
　◇斎藤英治訳「新しいアメリカの小説 世界の肌ざわり」白水社 1993 p206

バズビイ, F.M.
　ここがウィネトカなら、きみはジュディ
　◇室住信子訳「ここがウィネトカなら、きみはジュディ―時間SF傑作選 SFマガジン創刊50周年記念アンソロジー」早川書房 2010（ハヤカワ文庫 SF）p413

ハスラー, エヴェリーン
　翼をもがれた女
　◇小林貴美子訳「氷河の滴―現代スイス女性作家作品集」鳥影社・ロゴス企画 2007 p7

ハスレット, アダム
　わが伝記作家へのメモ
　◇ウィリアム N.伊藤訳「ゾエトロープ Biz」角川書店 2001（Bookplus）p89

ハーセ, ヘンリイ
　本を守護する者
　◇東谷真知子訳「クトゥルー 13」青心社 2005（暗黒神話大系シリーズ）p67

バーセルミ, ドナルド　Barthelme, Donald（1931～1989　アメリカ）
　アマチュアたち
　◇山崎勉, 田島俊雄訳「現代アメリカ文学叢書 10」彩流社 1998 p1
　映画
　◇山崎勉訳「現代アメリカ文学叢書 11」彩流社 1998 p105
　大いなる抱擁
　◇山崎勉, 田島俊雄訳「現代アメリカ文学叢書 10」彩流社 1998 p57
　おれたちの仕事とそれをやるわけ
　◇山崎勉, 田島俊雄訳「現代アメリカ文学叢書 10」彩流社 1998 p9
　学校
　◇山崎勉, 田島俊雄訳「現代アメリカ文学叢書 10」彩流社 1998 p49
　カテキスト
　◇山崎勉訳「現代アメリカ文学叢書 11」彩流社 1998 p165
　哀しみ
　◇山崎勉訳「現代アメリカ文学叢書 11」彩流社 1998 p1

ハセル

機械時代の終わりに
　◇山崎勉, 田島俊雄訳「現代アメリカ文学叢書 10」彩流社 1998 p223

傷
　◇山崎勉, 田島俊雄訳「現代アメリカ文学叢書 10」彩流社 1998 p21

きみはヴィンセント・ヴァン・ゴッホのように勇敢だ
　◇山崎勉, 田島俊雄訳「現代アメリカ文学叢書 10」彩流社 1998 p215

宮殿からの鳩の群れの飛翔
　◇山崎勉訳「現代アメリカ文学叢書 11」彩流社 1998 p179

脅威
　◇柴田元幸訳「ベスト・ストーリーズ 2」早川書房 2016 p285

教育的体験
　◇山崎勉, 田島俊雄訳「現代アメリカ文学叢書 10」彩流社 1998 p163

教会の町
　◇山崎勉訳「現代アメリカ文学叢書 11」彩流社 1998 p73

協定
　◇山崎勉, 田島俊雄訳「現代アメリカ文学叢書 10」彩流社 1998 p79

軍曹
　◇山崎勉, 田島俊雄訳「現代アメリカ文学叢書 10」彩流社 1998 p89

資本主義の興隆
　◇山崎勉訳「現代アメリカ文学叢書 11」彩流社 1998 p193

照会
　◇山崎勉, 田島俊雄訳「現代アメリカ文学叢書 10」彩流社 1998 p191

召喚令状
　◇山崎勉訳「現代アメリカ文学叢書 11」彩流社 1998 p157

新委員
　◇山崎勉, 田島俊雄訳「現代アメリカ文学叢書 10」彩流社 1998 p203

睡魔
　◇山崎勉訳「現代アメリカ文学叢書 11」彩流社 1998 p121

聖アントニウスの誘惑
　◇山崎勉訳「現代アメリカ文学叢書 11」彩流社 1998 p205

それから
　◇山崎勉, 田島俊雄訳「現代アメリカ文学叢書 10」彩流社 1998 p139

大学にやってきたヤマアラシ
　◇山崎勉, 田島俊雄訳「現代アメリカ文学叢書 10」彩流社 1998 p151

つかまえてきた女
　◇山崎勉, 田島俊雄訳「現代アメリカ文学叢書 10」彩流社 1998 p117

次は何をなすべきか
　◇山崎勉, 田島俊雄訳「現代アメリカ文学叢書 10」彩流社 1998 p105

天才
　◇山崎勉訳「現代アメリカ文学叢書 11」彩流社 1998 p37

ドーミエ
　◇山崎勉訳「現代アメリカ文学叢書 11」彩流社 1998 p221

トロイメライ
　◇山崎勉訳「現代アメリカ文学叢書 11」彩流社 1998 p25

日常生活批判
　◇山崎勉訳「現代アメリカ文学叢書 11」彩流社 1998 p9

パウル・クレー工兵、一九一六年三月、ミルベルツホーフェン、カンブレ間で航空機を一機紛失す
　◇山崎勉訳「現代アメリカ文学叢書 11」彩流社 1998 p95

発見
　◇山崎勉, 田島俊雄訳「現代アメリカ文学叢書 10」彩流社 1998 p171

パーティー
　◇山崎勉訳「現代アメリカ文学叢書 11」彩流社 1998 p85

パペチュア
　◇山崎勉訳「現代アメリカ文学叢書 11」彩流社 1998 p55

別離八景
　◇山崎勉訳「現代アメリカ文学叢書 11」彩流社 1998 p139

レベッカ
　◇山崎勉, 田島俊雄訳「現代アメリカ文学叢書 10」彩流社 1998 p181

六一丁目西一一〇番地
　◇山崎勉, 田島俊雄訳「現代アメリカ文学叢書 10」彩流社 1998 p29

わたしは一つの小さな都市を買った

◇山崎勉, 田島俊雄訳「現代アメリカ文学叢書10」彩流社 1998 p65
われわれのうち何人かはわれらが友コルビーを脅かしてきた
◇山崎勉, 田島俊雄訳「現代アメリカ文学叢書10」彩流社 1998 p39

パゾリーニ, ピエル・パオロ
ギニア
◇四方田犬彦訳「怒りと響き」岩波書店 1997（世界文学のフロンティア）p183

パーソンズ, ロス
願望
◇浅倉久志選訳「極短小説」新潮社 2004（新潮文庫）p84

バタイ（1962〜 台湾）
サーチンのヤギの角〈プユマ〉
◇松本さち子訳「台湾原住民文学選 6」草風館 2008 p55
山地眷村〈プユマ〉
◇松本さち子訳「台湾原住民文学選 6」草風館 2008 p130
薑路〈ジンジャー・ロード〉〈プユマ〉
◇松本さち子訳「台湾原住民文学選 4」草風館 2004 p176
母の粟畑〈プユマ〉
◇松本さち子訳「台湾原住民文学選 6」草風館 2008 p120
ビリンのキマメ畑〈プユマ〉
◇松本さち子訳「台湾原住民文学選 6」草風館 2008 p106

バダミ, スニル
沈黙夫婦
◇有満保江訳「ダイヤモンド・ドッグ—《多文化を映す》現代オーストラリア短編小説集」現代企画室 2008 p173

バダムサムボー, ゲンデンジャムツィン
行く
◇柴内秀司訳「モンゴル近現代短編小説選」パブリック・ブレイン 2013 p434

パチェーコ, ホセ・エミリオ　Pacheco, José Emilio（1939〜　メキシコ）
砂漠の戦い
◇安藤哲行訳「ラテンアメリカ五人集」集英社 2011（集英社文庫）p5

バチガルピ, パオロ
小さき供物
◇中原尚哉訳「SFマガジン700—創刊700号記念アンソロジー 海外篇」早川書房 2014（ハヤカワ文庫 SF）p405

バック, キャロル
この夏、花火のように
◇野原房訳「真夏の恋の物語—サマー・シズラー 2000」ハーレクイン 2000 p121

バック, ジャネット
秘密職員
◇青木多香子訳「ホワイトハウスのペット探偵」講談社 2009（講談社文庫）p251

バック, リチャード　Bach, Richard（1936〜　アメリカ）
猫
◇伏見威蕃訳「翼を愛した男たち」原書房 1997 p225

バックストローム, カーステン
瞑想する夜
◇吉田利子訳「間違ってもいい、やってみたら—想いがはじける28の物語」講談社 1998 p216

バックハウス, ビーラ
サンギート
◇木村幸子訳「アメリカ新進作家傑作選 2005」DHC 2006 p307

バックハウス, ヘルムート・M.
眠れる美女
◇前川道介訳「独逸怪奇小説集成」国書刊行会 2001 p69

バッサーニ, ジョルジョ　Bassani, Giorgio（1916〜2000　イタリア）
チーズの中のねずみ
◇香川真澄訳「ぶどう酒色の海—イタリア中短編小説集」イタリア文藝叢書刊行委員会 2013（イタリア文藝叢書）p69

ハッシュマイヤー, オーティス
補給係
◇大間知言訳「アメリカ新進作家傑作選 2003」DHC 2004 p195

ハッセ, H.　Hasse, Henry
探綺書房
◇渡辺健一郎訳「新編 真ク・リトル・リトル神話大系 2」国書刊行会 2007 p287

ハッダム, ジェーン
エーデルワイス
◇堀川志野舞訳「ベスト・アメリカン・ミステリ クラック・コカイン・ダイエット」早川書房 2007（ハヤカワ・ミステリ）p109
ラプンツェルの檻
◇加賀山卓朗訳「白雪姫、殺したのはあなた」原書房 1999 p141

パッチ, ハワード・ロリン　Patch, Howard Rollin
天国からの帰還
◇斎藤博士訳「アンデスの風叢書 天国・地獄百科」書肆風の薔薇 1982 p156

パーディ, ジェームズ
ミスター・イヴニング
◇柴田元幸訳「いまどきの老人」朝日新聞社 1998 p99

ハーディ, トマス　Hardy, Thomas（1840〜1928 イギリス）
恐怖時代の公安委員
◇小田稔訳「残響―英・米・アイルランド短編小説集」九州大学出版会 2011 p87
グリーブ家のバーバラ――八九一
◇金谷益道訳「ゴシック短編小説集」春風社 2012 p283
グレイト・ウェスタン鉄道の夜汽車
◇沢崎順之助訳「英国鉄道文学傑作選」筑摩書房 2000（ちくま文庫）p195
三人の見知らぬ客
◇井出弘之訳「百年文庫 88」ポプラ社 2011 p111
三人のよそ者
◇柳瀬尚紀訳「犯罪は詩人の楽しみ―詩人ミステリ集成」東京創元社 2012（創元推理文庫）p134
初版への序〔日陰者ジュード〕
◇川本静子訳「ヒロインの時代 日陰者ジュード」国書刊行会 1988 p429
追記〔日陰者ジュード〕
◇川本静子訳「ヒロインの時代 日陰者ジュード」国書刊行会 1988 p431
妻ゆえに
◇平戸喜文訳「イギリス名作短編集」近代文芸社 2003 p5
日陰者ジュード
◇川本静子訳「ヒロインの時代 日陰者ジュード」国書刊行会 1988 p1

パディー, マシュー
一日の創造物
◇甲斐美穂子訳「アメリカ新進作家傑作選 2005」DHC 2006 p339

ハーディ, メリッサ
標なき心の湖
◇瀬尾なおみ訳「アメリカ短編小説傑作選 2001」DHC 2001（アメリカ文芸「年間」傑作選）p177

バーディン, トム
春の儀式
◇富永和子訳「アメリカミステリ傑作選 2002」DHC 2002（アメリカ文芸「年間」傑作選）p91

バード, ヴァージニア
ウエディング・ナイト
◇松本秀子訳「ブルー・ボウ・シリーズ 結婚まで」青弓社 1992 p173

ハート, キャロリン・G.
追憶
◇中井京子訳「夜汽車はバビロンへ―EQMM90年代ベスト・ミステリー」扶桑社 2000（扶桑社ミステリー）p167
ほぼ完璧な殺人
◇山本やよい訳「探偵稼業はやめられない―女探偵vs.男探偵」光文社 2003（光文社文庫）p161

ハート, ジェシカ
小さな天使のために
◇松村和紀子訳「愛は永遠に―ウエディング・ストーリー 2014」ハーレクイン 2014 p115
夢に見たキス
◇松村和紀子訳「マイ・バレンタイン―愛の贈りもの 2012」ハーレクイン 2012 p157

ハート, ブレット
セリーナ・セディリアー―八六五
◇下楠昌哉訳「ゴシック短編小説集」春風社 2012 p217

ハートウィグ, ティム
天体望遠鏡
◇浅倉久志選訳「極短小説」新潮社 2004（新潮文庫）p75

ハードウィック, エリザベス
　楢の木と斧
　　◇古屋美登里訳「ベスト・ストーリーズ 1」早川書房 2015 p321

ハートウェル, ディクスン
　盲導犬バディ
　　◇務台夏子訳「あの犬この犬そんな犬──11の物語」東京創元社 1998 p41

バトスン, ビリー
　X線視力
　　◇浅倉久志選訳「極短小説」新潮社 2004（新潮文庫）p223

バドニッツ, ジュディ
　母たちの島
　　◇岸本佐知子編訳「変愛小説集」講談社 2008 p231
　　◇岸本佐知子編訳「変愛小説集」講談社 2014（講談社文庫）p235
　来訪者
　　◇岸本佐知子編訳「居心地の悪い部屋」角川書店 2012 p41

バトホヤグ, プレブフーギーン
　青銅の心臓
　　◇柴内秀司訳「モンゴル近現代短編小説選」パブリック・ブレイン 2013 p526

バトラー, サミュエル　Butler, Samuel（1612～1680　イギリス）
　天国と地獄と世界について
　　◇内田吉彦訳「アンデスの風叢書　天国・地獄百科」書肆風の薔薇 1982 p70
　二つの来世の失敗
　　◇内田吉彦訳「アンデスの風叢書　天国・地獄百科」書肆風の薔薇 1982 p54

バトラー, ロバート・オレン
　落札します
　　◇ウィリアム N.伊藤訳「ゾエトロープ Biz」角川書店 2001（Bookplus）p209

ハートリー, L.P.　Hartley, Leslie Poles（1895～1972　イギリス）
　愛し合う部屋
　　◇今本渉訳「KAWADE MYSTERY ポドロ島」河出書房新社 2008 p279
　合図
　　◇今本渉訳「KAWADE MYSTERY ポドロ島」河出書房新社 2008 p237

　足から先に
　　◇今本渉訳「KAWADE MYSTERY ポドロ島」河出書房新社 2008 p57
　動く棺桶
　　◇今本渉訳「KAWADE MYSTERY ポドロ島」河出書房新社 2008 p23
　エレベーターの人影
　　◇大井良純訳「幻想と怪奇──ポオ蒐集家」早川書房 2005（ハヤカワ文庫）p291
　思いつき
　　◇今本渉訳「KAWADE MYSTERY ポドロ島」河出書房新社 2008 p127
　顔
　　◇古屋美登里訳「異色作家短篇集 19」早川書房 2007 p113
　豪州からの客
　　◇小山太一訳「憑かれた鏡──エドワード・ゴーリーが愛する12の怪談」河出書房新社 2006 p63
　　◇小山太一訳「エドワード・ゴーリーが愛する12の怪談──憑かれた鏡」河出書房新社 2012（河出文庫）p69
　コティヨン
　　◇西崎憲訳「英国短篇小説の愉しみ 3」筑摩書房 1999 p29
　　◇西崎憲編訳「短篇小説日和──英国異色傑作選」筑摩書房 2013（ちくま文庫）p265
　島
　　◇今本渉訳「KAWADE MYSTERY ポドロ島」河出書房新社 2008 p145
　　◇西崎憲「怪奇文学大山脈 2」東京創元社 2014 p207
　週末の客
　　◇田中文雄訳「幻想と怪奇──おれの夢の女」早川書房 2005（ハヤカワ文庫）p117
　ディナーは三人、それとも四人で
　　◇田口俊樹訳「ディナーで殺人を　上」東京創元社 1998（創元推理文庫）p115
　毒壜
　　◇今本渉訳「KAWADE MYSTERY ポドロ島」河出書房新社 2008 p179
　パンパス草の茂み
　　◇今本渉訳「KAWADE MYSTERY ポドロ島」河出書房新社 2008 p261
　ポドロ島
　　◇宇野利泰訳「怪奇小説傑作集新版 2」東京創元社 2006（創元推理文庫）p9

ハトリ

◇今本渉訳「KAWADE MYSTERY ポドロ島」河出書房新社 2008 p7
持ち主の交代
◇今本渉訳「KAWADE MYSTERY ポドロ島」河出書房新社 2008 p107
夜の怪
◇今本渉訳「KAWADE MYSTERY ポドロ島」河出書房新社 2008 p169
W・S
◇今本渉訳「KAWADE MYSTERY ポドロ島」河出書房新社 2008 p243

バドリス, アルジス
猛犬の支配者
◇中村融訳「幻想の犬たち」扶桑社 1999（扶桑社ミステリー）p321

パトリック, Q.
少年の意志
◇北村太郎訳「51番目の密室—世界短篇傑作集」早川書房 2010（Hayakawa pocket mystery books）p141

バトリン, ロン
ドイツから来た子—転校生しみじみ
◇遠藤不比人訳「しみじみ読むイギリス・アイルランド文学—現代文学短編作品集」松柏社 2007 p113

ハトル, ロバート・F.
秋のソナタ
◇浅倉久志選訳「極短小説」新潮社 2004（新潮文庫）p104

バートン, ウィリアム
サターン時代
◇中村融訳「ワイオミング生まれの宇宙飛行士—宇宙開発SF傑作選 SFマガジン創刊50周年記念アンソロジー」早川書房 2010（ハヤカワ文庫 SF）p109
ロシアの墓標（カポビアンコ, マイケル）
◇太田久美子訳「シャーロック・ホームズのSF大冒険—短篇集 上」河出書房新社 2006（河出文庫）p56

バートン, ビヴァリー
ホワイトナイトにキスをして
◇島村浩子訳「シュガー＆スパイス」ヴィレッジブックス 2007（ヴィレッジブックス）p7

バートン, リチャード・フランシス　Burton, Sir Richard Francis（1821〜1890　イギリス）
合一の至福
◇斎藤博士訳「アンデスの風叢書 天国・地獄百科」書肆風の薔薇 1982 p139

パナス, ヘンリック　Panas, Henryk（1912〜1985　ポーランド）
ユダによれば
◇小原雅俊訳「東欧の文学 ユダによれば〈外典〉」恒文社 1978 p3

バニスター, マンリー
イーナ
◇大貫昌子訳「狼女物語—美しくも妖しい短編傑作選」工作舎 2011 p5

パニッチ, モーリス　Panych, Morris（カナダ）
洗い屋家業
◇吉原豊司訳「洗い屋稼業」彩流社 2011（カナダ現代戯曲選）p5
ご臨終
◇吉原豊司訳「ご臨終」彩流社 2014（カナダ現代戯曲選）p5

パニッツァ, オスカル　Panizza, Oskar（1853〜1921　ドイツ）
エラとルイとのあいだのあらゆる時代の精神における愛の対話
◇種村季弘訳「怪奇・幻想・綺想文学集—種村季弘翻訳集成」国書刊行会 2012 p87

バニヤン, ジョン　Bunyan, John（1628〜1688　イギリス）
ある勇者の天国
◇牛島信明訳「アンデスの風叢書 天国・地獄百科」書肆風の薔薇 1982 p12
河
◇斎藤博士訳「アンデスの風叢書 天国・地獄百科」書肆風の薔薇 1982 p134

ハネイ, バーバラ
ひとつの嘘
◇長田乃莉子訳「夏色の恋の誘惑」ハーレクイン 2013（サマー・シズラーVB）p241

ハーネス, チャールズ・L.　Harness, Charles L.（1915〜2005　アメリカ）
現実創造
◇中村融訳「20世紀SF 1」河出書房新社 2000（河出文庫）p403
時の娘

◇浅倉久志訳「時の娘―ロマンティック時間SF傑作選」東京創元社 2009（創元SF文庫）p215

バーネット, ジル
思いがけない夏
　◇津田藤子訳「真夏の恋の物語―サマー・シズラー 2007」ハーレクイン 2007 p203

バーネット, デイヴィッド
ハドソン夫人は大忙し
　◇尾之上浩司訳「シャーロック・ホームズとヴィクトリア朝の怪人たち 2」扶桑社 2015（扶桑社ミステリー）p253

バーネット, L.J.
殺人は広告する
　◇浅倉久志選訳「極短小説」新潮社 2004（新潮文庫）p20

パパゾグロウ, オレイニア
　⇒ハッダム, ジェーン を見よ

ハバード, L.ロン　Hubbard, Lafayette Ronald
（1911〜1986　アメリカ）
猫嫌い
　◇野村芳夫訳「怪奇文学大山脈 3」東京創元社 2014 p429

バヒェーア, イングリット　Bachér, Ingrid
（1930〜　ドイツ）
ジャマイカまでとまらない
　◇中野京子訳「シリーズ現代ドイツ文学 4」早稲田大学出版部 1993 p220

パピーニ, ジョヴァンニ　Papini, Giovanni
（1881〜1956　イタリア）
完全に馬鹿げた物語
　◇河島英昭訳「バベルの図書館 30」国書刊行会 1992 p33
　◇河島英昭訳「新編 バベルの図書館 5」国書刊行会 2013 p333
きみは誰なのか？
　◇河島英昭訳「バベルの図書館 30」国書刊行会 1992 p107
　◇河島英昭訳「新編 バベルの図書館 5」国書刊行会 2013 p377
精神の死
　◇河島英昭訳「バベルの図書館 30」国書刊行会 1992 p49
　◇河島英昭訳「新編 バベルの図書館 5」国書刊行会 2013 p342
泉水のなかの二つの顔
　◇河島英昭訳「バベルの図書館 30」国書刊行会 1992 p15
　◇河島英昭訳「新編 バベルの図書館 5」国書刊行会 2013 p323
魂を乞う者
　◇河島英昭訳「バベルの図書館 30」国書刊行会 1992 p129
　◇河島英昭訳「新編 バベルの図書館 5」国書刊行会 2013 p390
逃げてゆく鏡
　◇河島英昭訳「バベルの図書館 30」国書刊行会 1992 p157
　◇河島英昭訳「新編 バベルの図書館 5」国書刊行会 2013 p407
返済されなかった一日
　◇河島英昭訳「バベルの図書館 30」国書刊行会 1992 p171
　◇河島英昭訳「謎のギャラリー―謎の部屋」新潮社 2002（新潮文庫）p383
　◇河島英昭訳「謎の部屋」筑摩書房 2012（ちくま文庫）p383
　◇河島英昭訳「新編 バベルの図書館 5」国書刊行会 2013 p415
身代わりの自殺
　◇河島英昭訳「バベルの図書館 30」国書刊行会 1992 p141
　◇河島英昭訳「新編 バベルの図書館 5」国書刊行会 2013 p398
もはやいまのままのわたしではいたくない
　◇河島英昭訳「バベルの図書館 30」国書刊行会 1992 p95
　◇河島英昭訳「新編 バベルの図書館 5」国書刊行会 2013 p371
〈病める紳士〉の最後の訪問
　◇河島英昭訳「バベルの図書館 30」国書刊行会 1992 p81
　◇河島英昭訳「新編 バベルの図書館 5」国書刊行会 2013 p362

ハーフォード, デイヴィッド・K.　Harford, David K.（1947〜　アメリカ）
ホーチミン・ルート事件
　◇豊田成子訳「アメリカミステリ傑作選 2001」DHC 2001（アメリカ文芸「年間」傑作選）p339

バーフォード, パメラ
七月のビーチハウス
　◇山口西夏訳「真夏の恋の物語―サマー・シズ

ラー 2001」ハーレクイン 2001 p115
バブコック, ハヴィラー
見習い猟犬ディーコン
◇務台夏子訳「あの犬この犬そんな犬——11の物語」東京創元社 1998 p105

バーベリ, イサーク　Babel', Isaak
Emmanuilovich（1894〜1941　ロシア）
手紙
◇小野協一訳「世界100物語 4」河出書房新社 1997 p390

ハーボル, ワシーリ
未亡人
◇藤井悦子, オリガ・ホメンコ訳「現代ウクライナ短編集」群像社 2005（群像社ライブラリー）p85

パーマー, ジェシカ
満月が昇るとき
◇田口俊樹訳「ロンドン・ノワール」扶桑社 2003（扶桑社ミステリー）p249

パーマー, ステュアート　Palmer, Stuart
（1905〜1968　アメリカ）
狙われた男
◇佐藤明子訳「推理探偵小説文学館 2」勉誠社 1996 p85
ブラスバンドの謎
◇森英俊訳「これが密室だ!」新樹社 1997 p195

パーマー, ダイアナ　Palmer, Diana（1946〜　アメリカ）
運命を紡ぐ花嫁
◇伊坂奈々訳「真夏の恋の物語——サマー・シズラー 2005」ハーレクイン 2005 p7
◇伊坂奈々訳「恋人たちの夏物語」ハーレクイン 2010（サマー・シズラー・ベリーベスト）p5
クリスマスプレゼントは私
◇岡田久実子訳「四つの愛の物語——クリスマス・ストーリー '98」ハーレクイン 1998 p5
汚れなき花嫁
◇真咲理央訳「愛は永遠に——ウエディング・ストーリー 2004」ハーレクイン 2004 p5
恋の花に敬礼!
◇小山マヤ子訳「真夏の恋の物語——サマー・シズラー 2004」ハーレクイン 2004 p7
◇小山マヤ子訳「夏色の恋の誘惑」ハーレクイン 2013（サマー・シズラーVB）p5
トム・ウォーカー——テキサスの恋
◇松村和紀子訳「愛は永遠に——ウエディング・ストーリー 2007」ハーレクイン 2007 p317
初恋にさよなら
◇寺尾なつ子訳「真夏の恋の物語——サマー・シズラー 2001」ハーレクイン 2001 p7
◇寺尾なつ子訳「真夏の恋の物語——サマー・シズラー 2007」ハーレクイン 2007 p337
ポピーの幸せ
◇高円寺みなみ訳「マイ・バレンタイン——愛の贈りもの 2000」ハーレクイン 2000 p5
◇高円寺みなみ訳「マイ・バレンタイン——愛の贈りもの 2007」ハーレクイン 2007 p251
指輪はイブの日に
◇高橋美友紀訳「四つの愛の物語——クリスマス・ストーリー 2009」ハーレクイン 2009 p5

ハーマー, ブルース
日暮れから夜明けまで
◇浅倉久志選訳「極短小説」新潮社 2004（新潮文庫）p23

ハミルトン, ウォーカー　Hamilton, Walker
（1934〜1969　イギリス）
すべての小さきもののために
◇北代美和訳「Modern & Classic すべての小さきもののために」河出書房新社 2004 p3

ハミルトン, エドモンド　Hamilton, Edmond
Moore（1904〜1977　アメリカ）
帰ってきた男
◇中村融編訳「奇想コレクション フェッセンデンの宇宙」河出書房新社 2004 p111
風の子供
◇中村融編訳「奇想コレクション フェッセンデンの宇宙」河出書房新社 2004 p31
吸血鬼の村
◇江本多栄子訳「吸血鬼伝説——ドラキュラの末裔たち」原書房 1997 p63
凶運の彗星
◇中村融編訳「奇想コレクション フェッセンデンの宇宙」河出書房新社 2004 p135
太陽の炎
◇中村融編訳「奇想コレクション フェッセンデンの宇宙」河出書房新社 2004 p249
追放者
◇中村融編訳「奇想コレクション フェッセンデンの宇宙」河出書房新社 2004 p197
翼を持つ男
◇中村融編訳「奇想コレクション フェッセンデ

ンの宇宙」河出書房新社 2004 p207
哲学者たち
　◇北原唯訳「ノストラダムス秘録」扶桑社 1999（扶桑社ミステリー）p45
鉄の神経お許しを
　◇野田昌宏編訳「太陽系無宿／お祖母ちゃんと宇宙海賊―スペース・オペラ名作選」東京創元社 2013（創元SF文庫）p11
フェッセンデンの宇宙
　◇中村融編訳「奇想コレクション　フェッセンデンの宇宙」河出書房新社 2004 p7
ベムがいっぱい
　◇南山宏訳「20世紀SF 1」河出書房新社 2000（河出文庫）p331
向こうはどんなところだい？
　◇中村融編訳「奇想コレクション　フェッセンデンの宇宙」河出書房新社 2004 p67
夢見る者の世界
　◇中村融編訳「奇想コレクション　フェッセンデンの宇宙」河出書房新社 2004 p277

ハミルトン, スティーヴ　Hamilton, Steve（アメリカ）
四人目の空席
　◇越前敏弥訳「ミステリアス・ショーケース」早川書房 2012（Hayakawa pocket mystery books）p147

ハミルトン, ダイアナ
恋人はツリーとともに
　◇藤村華奈美訳「四つの愛の物語―クリスマス・ストーリー 2003」ハーレクイン 2003 p199

ハミルトン, パトリック　Hamilton, Patrick（1904～1962　イギリス）
孤独の部屋
　◇北川依子訳「20世紀イギリス小説個性派セレクション 4」新人物往来社 2011 p1

ハミルトン, ピーター
隕石製造団の秘密
　◇野田昌宏編訳「太陽系無宿／お祖母ちゃんと宇宙海賊―スペース・オペラ名作選」東京創元社 2013（創元SF文庫）p481

ハミルトン, ヒューゴー
ホームシック産業―アイルランドしみじみ
　◇田尻芳樹訳「しみじみ読むイギリス・アイルランド文学―現代文学短編作品集」松柏社 2007 p225

咸 世徳　ハム・セドク
童僧（わらべそう）
　◇明眞淑, 朴泰圭, 石川樹里訳「韓国近現代戯曲選―1930–1960年代」論創社 2011 p45

バヤルサイハン, プレブジャビン
猿は猿
　◇柴内秀司訳「モンゴル近現代短編小説選」パブリック・ブレイン 2013 p395
二百四十二
　◇柴内秀司訳「モンゴル近現代短編小説選」パブリック・ブレイン 2013 p347
百年
　◇柴内秀司訳「モンゴル近現代短編小説選」パブリック・ブレイン 2013 p360

ハーラー, ジョージ　Harrar, George（1949～　アメリカ）
五時二十二分
　◇高木由紀子訳「アメリカ短編小説傑作選 2001」DHC 2001（アメリカ文芸「年間」傑作選）p207

バラード, J.G.　Ballard, James Graham（1930～2009　イギリス）
ウェーク島へ飛ぶ夢
　◇熊谷千寿訳「翼を愛した男たち」原書房 1997 p207
クラッシュ
　◇野村芳夫訳「死のドライブ」文藝春秋 2001（文春文庫）p325
コーラルDの雲の彫刻師
　◇浅倉久志訳「きょうも上天気―SF短編傑作選」角川書店 2010（角川文庫）p19
砂の檻
　◇中村融訳「20世紀SF 3」河出書房新社 2001（河出文庫）p169
マイナス 1
　◇伊藤哲訳「山口雅也の本格ミステリ・アンソロジー」角川書店 2007（角川文庫）p429

バランスカヤ, ナターリヤ
ライネの家
　◇沼野恭子訳「魔女たちの饗宴―現代ロシア女性作家選」新潮社 1998 p71

バリー, レベッカ
スノウ・フィーバー
　◇中村祐子訳「アメリカ新進作家傑作選 2005」DHC 2006 p423

ハリエ

バリェ=インクラン, ラモン・デル Valle–Inclán, Ramón del（1866〜1936　スペイン）
- 秋のソナタ
  - ◇吉田彩子訳「西和リブロス 9」西和書林 1987 p5
- 夏のソナタ
  - ◇吉田彩子訳「西和リブロス 8」西和書林 1986 p5
- 春のソナタ
  - ◇吉田彩子訳「西和リブロス 7」西和書林 1986 p5
- 冬のソナタ
  - ◇吉田彩子訳「西和リブロス 10」西和書林 1988 p5

ハリス, ジョアン Harris, Joanne（1964〜　イギリス）
- 道の歌
  - ◇角田光代訳「わたしは女の子だから」英治出版 2012 p27

ハリス, ジョン・ベイノン
- 孤独な機械
  - ◇金子浩訳「ロボット・オペラ―An Anthology of Robot Fiction and Robot Culture」光文社 2004 p65

ハリス, リン・レイ
- 千の夜をあなたに
  - ◇秋庭葉瑠訳「愛が燃える砂漠―サマー・シズラー2011」ハーレクイン 2011 p267
- 逃避行は地中海で
  - ◇松村和紀子訳「あの夏の恋のきらめき―サマー・シズラー2016」ハーパーコリンズ・ジャパン 2016 p5

ハリス, ロバート Harris, Robert（1957〜　イギリス）
- 首相による、ある個人的な出来事に関する弁明
  - ◇土屋晃訳「天使だけが聞いている12の物語」ソニー・マガジンズ 2001 p5

ハリスン, ウイリアム
- テキサス・ヒート
  - ◇花田美也子訳「ベスト・アメリカン・ミステリ クラック・コカイン・ダイエット」早川書房 2007（ハヤカワ・ミステリ）p135

ハリスン, ハリー
- 大瀑布
  - ◇浅倉久志訳「街角の書店―18の奇妙な物語」東京創元社 2015（創元推理文庫）p341

パリッシュ, P.J. Parrish, P.J.（アメリカ）
- 銃声
  - ◇鳥見真生訳「殺しが二人を別つまで」早川書房 2007（ハヤカワ・ミステリ文庫）p237
- 告げ口ペースメーカー
  - ◇三浦玲子訳「ポーに捧げる20の物語」早川書房 2009（Hayakawa pocket mystery books）p313

ハリデイ, ブレット Halliday, Brett（1904〜1977　アメリカ）
- 死刑前夜
  - ◇都筑道夫訳「天外消失―世界短篇傑作集 Off the face of the earth and other stories」早川書房 2008（ハヤカワ・ミステリ）p31
- 百万ドルの動機
  - ◇阿部孔子訳「ブルー・ボウ・シリーズ 殺人コレクション」青弓社 1992 p187

ハリデイ, マグス・L.
- シャーロック・ホームズと品の悪い未亡人
  - ◇尾之上浩司訳「シャーロック・ホームズとヴィクトリア朝の怪人たち 1」扶桑社 2015（扶桑社ミステリー）p63

ハリファックス卿
- ボルドー行の乗合馬車
  - ◇倉阪鬼一郎訳「怪奇小説日和―黄金時代傑作選」筑摩書房 2013（ちくま文庫）p231

ハリントン, ジョイス
- グレースを探せ
  - ◇嵯峨静江訳「フィリップ・マーロウの事件」早川書房 2007（ハヤカワ・ミステリ文庫）p85

ハリントン, パトリック
- 結婚式前の出会い
  - ◇浅倉久志選訳「極短小説」新潮社 2004（新潮文庫）p311

パール, マシュー Pearl, Matthew（アメリカ）
- ボストンのドローミオ
  - ◇日暮雅通訳「シャーロック・ホームズ アメリカの冒険」原書房 2012 p317

バルガス=リョサ, マリオ Vargas Llosa, Mario（1936〜　ペルー）
- 小犬たち
  - ◇鈴木恵子訳「ラテンアメリカ五人集」集英社 2011（集英社文庫）p63

バルカン, デヴィッド・H.
十二階特急の冒険（フォルサム, アラン）
◇飯城勇三編「ミステリの女王の冒険―視聴者への挑戦」論創社 2010（論創海外ミステリ）p5

バルケ, ベアベル
ブランコ
◇小津薫訳「ベルリン・ノワール」扶桑社 2000 p153

バルザック, オノレ・ド　Balzac, Honoré de（1799～1850　フランス）
浮かれ女(め)盛衰記 第4部―ヴォートラン最後の変身
◇田中未来訳「ポケットマスターピース 3」集英社 2015（集英社文庫ヘリテージシリーズ）p477
海辺の悲劇
◇水野亮訳「百年文庫 20」ポプラ社 2010 p109
恐怖政治下の一挿話
◇日仏言語文化協会「エチュード月曜クラス」訳「掌中のエスプリ―フランス文学短篇名作集」弘学社 2013 p137
幻滅 抄
◇野崎歓訳「ポケットマスターピース 3」集英社 2015（集英社文庫ヘリテージシリーズ）p411
ことづけ
◇水野亮訳「美しい恋の物語」筑摩書房 2010（ちくま文学の森）p357
ゴリオ爺さん
◇博多かおる訳「ポケットマスターピース 3」集英社 2015（集英社文庫ヘリテージシリーズ）p7

ハルトヴィック, ユリア
ハルトヴィック詩選
◇土谷直人訳「ポケットのなかの東欧文学―ルネッサンスから現代まで」成文社 2006 p515

バルベエ・ドルヴィリ, J.　Barbey d'Aurevilly, Jules Amédée（1808～1889　フランス）
罪のなかの幸福
◇澁澤龍彦訳「怪奇小説傑作集 新版 4」東京創元社 2006（創元推理文庫）p233
◇澁澤龍彦訳「澁澤龍彦訳暗黒怪奇短篇集」河出書房新社 2013（河出文庫）p19

パルマ, クレメンテ
「ブランカ農園」―ドニャ・エミリア・パルド・バサンに
◇柴田純子訳「ラテンアメリカ短編集―モデルニズモから魔術的レアリズモまで」彩流社 2001 p109

パレイ, マリーナ
アンデルセンのおとぎ話
◇沼野恭子訳「魔女たちの饗宴―現代ロシア女性作家選」新潮社 1998 p109

バレイジ, A.M.　Burrage, Alfred Mclelland（1889～1956　イギリス）
今日と明日のはざまで
◇中野善夫訳「怪奇礼讃」東京創元社 2004（創元推理文庫）p205
暗闇のかくれんぼ
◇仁賀克雄編・訳「新・幻想と怪奇」早川書房 2009（Hayakawa pocket mystery books）p159
象牙の骨牌
◇平井呈一編「ミセス・ヴィールの幽霊―こわい話気味のわるい話 1」沖積舎 2011 p211

パレツキー, サラ　Paretsky, Sara（1947～　アメリカ）
厳しい試練
◇田口俊樹訳「主婦に捧げる犯罪―書下ろしミステリ傑作選」武田ランダムハウスジャパン 2012（RHブックス＋プラス）p207
傷心の家
◇山本やよい訳「愛の殺人」早川書房 1997（ハヤカワ・ミステリ文庫）p423
スキン・ディープ
◇山本やよい訳「現代ミステリーの至宝 2」扶桑社 1997（扶桑社ミステリー）p27
ディーラーの選択
◇山本やよい訳「フィリップ・マーロウの事件」早川書房 2007（ハヤカワ・ミステリ文庫）p199
売名作戦
◇山本やよい訳「ウーマンズ・ケース 下」早川書房 1998（ハヤカワ・ミステリ文庫）p296
フォト・フィニッシュ
◇山本やよい訳「探偵稼業はやめられない―女探偵vs.男探偵」光文社 2003（光文社文庫）p9

バレット, ラファエル
客人
◇日比野和幸訳「ラテンアメリカ短編集―モデルニズモから魔術的レアリズモまで」彩流社 2001 p105

ハレツ

バレット, リン
エルヴィスは生きている
◇木村二郎訳「エドガー賞全集―1990～2007」早川書房 2008（ハヤカワ・ミステリ文庫）p35

ハーロウ, ジョセフ＝フランソワ
十字軍によるエルサレム奪還（ブロンテ, シャーロット〔書き取り〕）
◇中岡洋, 芦沢久江訳「ブロンテ姉妹エッセイ全集」彩流社 2016 p281

バーロウ, トム
覆い隠された罪
◇岩田奈々訳「ベスト・アメリカン・短編ミステリ 2014」DHC 2015 p21

バロウズ, アニー
子爵が見つけた壁の花
◇瀬莉子訳「真夏のシンデレラ・ストーリー―サマー・シズラー2015」ハーパーコリンズ・ジャパン 2015 p5

子爵の贈り物
◇富永佐知子訳「四つの愛の物語―クリスマス・ストーリー 2013」ハーレクイン 2013 p205

聖夜の贖罪
◇高橋美友紀訳「五つの愛の物語―クリスマス・ストーリー2015」ハーパーコリンズ・ジャパン 2015 p251

バロウズ, ウィリアム・S.
ジャンキーのクリスマス
◇柴田元幸編訳「いずれは死ぬ身」河出書房新社 2009 p31

露助
◇冬川亘訳「魔猫」早川書房 1999 p201

バロウズ, エドガー・ライス
ジャングル探偵ターザン
◇斉藤伯好訳「天外消失―世界短篇傑作集 Off the face of the earth and other stories」早川書房 2008（ハヤカワ・ミステリ）p9

バログ, メアリ
金の星に願いを
◇辻早苗訳「四つの愛の物語―クリスマス・ストーリー 十九世紀の聖夜 2004」ハーレクイン 2004 p305

魅せられて
◇嵯峨静江訳「めぐり逢う四季（きせつ）」二見書房 2009（二見文庫）p143

パワーズ, サラ
ソフィーとルイス
◇ウィリアム N.伊藤訳「ゾエトロープ Biz」角川書店 2001（Bookplus）p13

パワーズ, ティム
遍歴
◇梶元靖子訳「999（ナインナインナイン）―妖女たち」東京創元社 2000（創元推理文庫）p325

パワーズ, ポール・S.
洞窟の妖魔
◇小幡昌甫翻案「怪樹の腕―〈ウィアード・テールズ〉戦前邦訳傑作選」東京創元社 2013 p335

離魂術
◇甲賀三郎翻案「怪樹の腕―〈ウィアード・テールズ〉戦前邦訳傑作選」東京創元社 2013 p119

ハワード, クラーク　Howard, Clark（1934～　アメリカ）
狂熱のマニラ
◇関口麻里子訳「ベスト・アメリカン・短編ミステリ」DHC 2010 p255

コバルト・ブルース
◇田口俊樹訳「ベスト・アメリカン・ミステリ ハーレム・ノクターン」早川書房 2005（ハヤカワ・ミステリ）p301

ブルース・イン・ザ・カブール・ナイト
◇加賀山卓朗訳「18の罪―現代ミステリ傑作選」ヴィレッジブックス 2012（ヴィレッジブックス）p285

ホーン・マン
◇山本光伸訳「現代ミステリーの至宝 2」扶桑社 1997（扶桑社ミステリー）p249

道は墓場でおしまい
◇田島栄訳「ベスト・アメリカン・短編ミステリ 2014」DHC 2015 p149

容疑者
◇芹澤恵訳「アメリカミステリ傑作選 2003」DHC 2003（アメリカ文芸「年間」傑作選）p213

ハワード, リンダ　Howard, Linda（1950～　アメリカ）
愛していると伝えたい
◇沢田由美子訳「真夏の恋の物語―サマー・シズラー 2002」ハーレクイン 2002 p7

◇沢田由美子訳「夏に恋したシンデレラ」ハーパーコリンズ・ジャパン 2016（サマーシズラーVB）p165

クリスマスの青い鳥
　◇寺尾なつ子訳「四つの愛の物語―クリスマス・ストーリー 2000」ハーレクイン 2000 p5
マッケンジーの娘
　◇扇田モナ訳「四つの愛の物語―クリスマス・ストーリー '97」ハーレクイン 1997 p95
　◇扇田モナ訳「シーズン・フォー・ラヴァーズ―クリスマス短編集」ハーレクイン 2005（Mira文庫）p7

ハワード, ロバート・E.　Howard, Robert Ervin（1906〜1936　アメリカ）
彼方よりの挑戦（ムーア, C.L.／メリット, エイブラム／ラヴクラフト, H.P.／ロング, F.B.）
　◇浅間健訳「新編 真ク・リトル・リトル神話大系 2」国書刊行会 2007 p191
黒の詩人（ダーレス, オーガスト）
　◇佐藤嗣二訳「新編 真ク・リトル・リトル神話大系 5」国書刊行会 2008 p165
灰色の神が通る
　◇三浦玲子訳「ダーク・ファンタジー・コレクション 5」論創社 2007 p137
墓からの悪魔
　◇三浦玲子訳「吸血鬼伝説―ドラキュラの末裔たち」原書房 1997 p211
不死鳥の剣
　◇中村融訳「不死鳥の剣―剣と魔法の物語傑作選」河出書房新社 2003（河出文庫）p35
闇に潜む顎（あぎと）
　◇山本明訳「新編 真ク・リトル・リトル神話大系 5」国書刊行会 2008 p79

潘 雨桐　はん・うとう（1937〜）
この海はるかに
　◇今泉秀人訳「台湾熱帯文学 4」人文書院 2011 p247

バン, オースティン
瓶詰め仔猫
　◇古屋美登里訳「モンスターズ―現代アメリカ傑作短篇集」白水社 2014 p129

ハーン, キャンディス
これからずっと
　◇嵯峨静江訳「めぐり逢う四季（きせつ）」二見書房 2009（二見文庫）p405

バン・シアンリー（中国）
謝秋娘よ、いつまでも
　◇桑島道夫訳「天国の風―アジア短篇ベスト・セレクション」新潮社 2011 p153

韓 雪野　ハン・ソルヤ（1900〜1962　朝鮮）
過渡期（一名夜明け）
　◇劉光石訳「20世紀民衆の世界文学 7」三友社出版 1990 p137

韓 東　ハン・トン
　⇒韓東（かん・とう）を見よ

ハーン, マルギット　Hahn, Margit（1960〜　オーストリア）
顎と鎖骨のあいだ
　◇松永美穂訳「ドイツ文学セレクション ひとりぼっちの欲望」三修社 1997 p93
一方通行
　◇松永美穂訳「ドイツ文学セレクション ひとりぼっちの欲望」三修社 1997 p45
色気のないお話
　◇松永美穂訳「ドイツ文学セレクション ひとりぼっちの欲望」三修社 1997 p58
陰謀
　◇松永美穂訳「ドイツ文学セレクション ひとりぼっちの欲望」三修社 1997 p78
エナメルのコート
　◇松永美穂訳「ドイツ文学セレクション ひとりぼっちの欲望」三修社 1997 p9
会話
　◇松永美穂訳「ドイツ文学セレクション ひとりぼっちの欲望」三修社 1997 p73
傘が届く距離
　◇松永美穂訳「ドイツ文学セレクション ひとりぼっちの欲望」三修社 1997 p53
久遠の秋
　◇松永美穂訳「ドイツ文学セレクション ひとりぼっちの欲望」三修社 1997 p33
鮫
　◇松永美穂訳「ドイツ文学セレクション ひとりぼっちの欲望」三修社 1997 p41
自助努力
　◇松永美穂訳「ドイツ文学セレクション ひとりぼっちの欲望」三修社 1997 p123
情熱の対象
　◇松永美穂訳「ドイツ文学セレクション ひとりぼっちの欲望」三修社 1997 p144
セックスについての考え
　◇松永美穂訳「ドイツ文学セレクション ひとりぼっちの欲望」三修社 1997 p138
ひとりぼっちの欲望
　◇松永美穂訳「ドイツ文学セレクション ひとり

ぼっちの欲望」三修社 1997 p7
婦人科医の胸
　◇松永美穂訳「ドイツ文学セレクション　ひとりぼっちの欲望」三修社 1997 p164
フランツと血
　◇松永美穂訳「ドイツ文学セレクション　ひとりぼっちの欲望」三修社 1997 p176
窓の前の雪
　◇松永美穂訳「ドイツ文学セレクション　ひとりぼっちの欲望」三修社 1997 p66
未来の誘惑
　◇松永美穂訳「ドイツ文学セレクション　ひとりぼっちの欲望」三修社 1997 p106
やり直しの人生
　◇松永美穂訳「ドイツ文学セレクション　ひとりぼっちの欲望」三修社 1997 p130
欲望のちいさな罠
　◇松永美穂訳「ドイツ文学セレクション　ひとりぼっちの欲望」三修社 1997 p91
ライン入りストッキング
　◇松永美穂訳「ドイツ文学セレクション　ひとりぼっちの欲望」三修社 1997 p27

韓 末淑　ハン・マルスク

神話の断崖
　◇朴暻恩, 真野保久編訳「王陵と駐屯軍―朝鮮戦争と韓国の戦後派文学」凱風社 2014 p286

韓 龍雲　ハン・ヨンウン（1879〜1944　朝鮮）

愛
　◇安宇植(アンウーシク)訳「韓国文学名作選　ニムの沈黙」講談社 1999 p133
「愛」を愛しています
　◇安宇植(アンウーシク)訳「韓国文学名作選　ニムの沈黙」講談社 1999 p106
愛する理由
　◇安宇植(アンウーシク)訳「韓国文学名作選　ニムの沈黙」講談社 1999 p82
愛の終局
　◇安宇植(アンウーシク)訳「韓国文学名作選　ニムの沈黙」講談社 1999 p126
愛の測量
　◇安宇植(アンウーシク)訳「韓国文学名作選　ニムの沈黙」講談社 1999 p40
愛の存在
　◇安宇植(アンウーシク)訳「韓国文学名作選　ニムの沈黙」講談社 1999 p50
愛の炎
　◇安宇植(アンウーシク)訳「韓国文学名作選　ニムの沈黙」講談社 1999 p105
あなたを見ました
　◇安宇植(アンウーシク)訳「韓国文学名作選　ニムの沈黙」講談社 1999 p58
あなたが身罷られたとき
　◇安宇植(アンウーシク)訳「韓国文学名作選　ニムの沈黙」講談社 1999 p109
あなたでなければ
　◇安宇植(アンウーシク)訳「韓国文学名作選　ニムの沈黙」講談社 1999 p36
あなたのお手紙
　◇安宇植(アンウーシク)訳「韓国文学名作選　ニムの沈黙」講談社 1999 p83
あなたの気持ち
　◇安宇植(アンウーシク)訳「韓国文学名作選　ニムの沈黙」講談社 1999 p111
あなたは
　◇安宇植(アンウーシク)訳「韓国文学名作選　ニムの沈黙」講談社 1999 p45
あの人を見送りつつ
　◇安宇植(アンウーシク)訳「韓国文学名作選　ニムの沈黙」講談社 1999 p68
雨
　◇安宇植(アンウーシク)訳「韓国文学名作選　ニムの沈黙」講談社 1999 p59
雨風
　◇安宇植(アンウーシク)訳「韓国文学名作選　ニムの沈黙」講談社 1999 p132
行かないで
　◇安宇植(アンウーシク)訳「韓国文学名作選　ニムの沈黙」講談社 1999 p17
いずれがまことか
　◇安宇植(アンウーシク)訳「韓国文学名作選　ニムの沈黙」講談社 1999 p62
いっそのこと
　◇安宇植(アンウーシク)訳「韓国文学名作選　ニムの沈黙」講談社 1999 p33
因果律
　◇安宇植(アンウーシク)訳「韓国文学名作選　ニムの沈黙」講談社 1999 p87
疑わないで
　◇安宇植(アンウーシク)訳「韓国文学名作選　ニムの沈黙」講談社 1999 p43
おいでなさい
　◇安宇植(アンウーシク)訳「韓国文学名作選　ニムの沈黙」講談社 1999 p120

蚊
　◇安宇植（アンウーシク）訳「韓国文学名作選　ニムの沈黙」講談社 1999 p151
海棠の花
　◇安宇植（アンウーシク）訳「韓国文学名作選　ニムの沈黙」講談社 1999 p57
快楽
　◇安宇植（アンウーシク）訳「韓国文学名作選　ニムの沈黙」講談社 1999 p122
哀しみ三昧
　◇安宇植（アンウーシク）訳「韓国文学名作選　ニムの沈黙」講談社 1999 p42
漢江で
　◇安宇植（アンウーシク）訳「韓国文学名作選　ニムの沈黙」講談社 1999 p133
桂月香に
　◇安宇植（アンウーシク）訳「韓国文学名作選　ニムの沈黙」講談社 1999 p90
芸術家
　◇安宇植（アンウーシク）訳「韓国文学名作選　ニムの沈黙」講談社 1999 p24
茎草
　◇安宇植（アンウーシク）訳「韓国文学名作選　ニムの沈黙」講談社 1999 p145
玄鶴琴を奏でるとき
　◇安宇植（アンウーシク）訳「韓国文学名作選　ニムの沈黙」講談社 1999 p119
後悔
　◇安宇植（アンウーシク）訳「韓国文学名作選　ニムの沈黙」講談社 1999 p81
コスモス
　◇安宇植（アンウーシク）訳「韓国文学名作選　ニムの沈黙」講談社 1999 p131
金剛山
　◇安宇植（アンウーシク）訳「韓国文学名作選　ニムの沈黙」講談社 1999 p69
最初のニム
　◇安宇植（アンウーシク）訳「韓国文学名作選　ニムの沈黙」講談社 1999 p98
錯認
　◇安宇植（アンウーシク）訳「韓国文学名作選　ニムの沈黙」講談社 1999 p47
山間のせせらぎ
　◇安宇植（アンウーシク）訳「韓国文学名作選　ニムの沈黙」講談社 1999 p141
山居
　◇安宇植（アンウーシク）訳「韓国文学名作選　ニムの沈黙」講談社 1999 p134
讃頌
　◇安宇植（アンウーシク）訳「韓国文学名作選　ニムの沈黙」講談社 1999 p76
幸せ
　◇安宇植（アンウーシク）訳「韓国文学名作選　ニムの沈黙」講談社 1999 p46
沈んでいく陽
　◇安宇植（アンウーシク）訳「韓国文学名作選　ニムの沈黙」講談社 1999 p138
自由な貞操
　◇安宇植（アンウーシク）訳「韓国文学名作選　ニムの沈黙」講談社 1999 p30
繡の秘密
　◇安宇植（アンウーシク）訳「韓国文学名作選　ニムの沈黙」講談社 1999 p103
情天恨海
　◇安宇植（アンウーシク）訳「韓国文学名作選　ニムの沈黙」講談社 1999 p63
職業婦人
　◇安宇植（アンウーシク）訳「韓国文学名作選　ニムの沈黙」講談社 1999 p138
序─贅言〔ニムの沈黙〕
　◇安宇植（アンウーシク）訳「韓国文学名作選　ニムの沈黙」講談社 1999 p11
真珠
　◇安宇植（アンウーシク）訳「韓国文学名作選　ニムの沈黙」講談社 1999 p41
尋牛荘
　◇安宇植（アンウーシク）訳「韓国文学名作選　ニムの沈黙」講談社 1999 p130
聖誕
　◇安宇植（アンウーシク）訳「韓国文学名作選　ニムの沈黙」講談社 1999 p152
生命
　◇安宇植（アンウーシク）訳「韓国文学名作選　ニムの沈黙」講談社 1999 p38
生命の芸術
　◇安宇植（アンウーシク）訳「韓国文学名作選　ニムの沈黙」講談社 1999 p117
禅師の説法
　◇安宇植（アンウーシク）訳「韓国文学名作選　ニムの沈黙」講談社 1999 p67
堪えて下さい
　◇安宇植（アンウーシク）訳「韓国文学名作選　ニムの沈黙」講談社 1999 p61
タゴールの詩「GARDENISTO」を読んで

ハン

◇安宇植(アンウーシク)訳「韓国文学名作選 ニムの沈黙」講談社 1999 p102

七夕
◇安宇植(アンウーシク)訳「韓国文学名作選 ニムの沈黙」講談社 1999 p114

男児
◇安宇植(アンウーシク)訳「韓国文学名作選 ニムの沈黙」講談社 1999 p130

月を眺めつ
◇安宇植(アンウーシク)訳「韓国文学名作選 ニムの沈黙」講談社 1999 p86

手植えの枝垂れ柳
◇安宇植(アンウーシク)訳「韓国文学名作選 ニムの沈黙」講談社 1999 p72

読者に〔ニムの沈黙〕
◇安宇植(アンウーシク)訳「韓国文学名作選 ニムの沈黙」講談社 1999 p127

どこにでも
◇安宇植(アンウーシク)訳「韓国文学名作選 ニムの沈黙」講談社 1999 p96

泣くとき
◇安宇植(アンウーシク)訳「韓国文学名作選 ニムの沈黙」講談社 1999 p101

涙
◇安宇植(アンウーシク)訳「韓国文学名作選 ニムの沈黙」講談社 1999 p94

ニムのお顔
◇安宇植(アンウーシク)訳「韓国文学名作選 ニムの沈黙」講談社 1999 p70

ニムの沈黙
◇金炳三, 李春穆, 金潤訳「20世紀民衆の世界文学 7」三友社出版 1990 p186
◇安宇植(アンウーシク)訳「韓国文学名作選 ニムの沈黙」講談社 1999 p9
◇安宇植(アンウーシク)訳「韓国文学名作選 ニムの沈黙」講談社 1999 p13

ニムの手
◇安宇植(アンウーシク)訳「韓国文学名作選 ニムの沈黙」講談社 1999 p55

寝言
◇安宇植(アンウーシク)訳「韓国文学名作選 ニムの沈黙」講談社 1999 p88

鼠
◇安宇植(アンウーシク)訳「韓国文学名作選 ニムの沈黙」講談社 1999 p149

眠りなき夢
◇安宇植(アンウーシク)訳「韓国文学名作選 ニムの沈黙」講談社 1999 p37

蝿
◇安宇植(アンウーシク)訳「韓国文学名作選 ニムの沈黙」講談社 1999 p147

初めての口づけ
◇安宇植(アンウーシク)訳「韓国文学名作選 ニムの沈黙」講談社 1999 p66

花が先に知り
◇安宇植(アンウーシク)訳「韓国文学名作選 ニムの沈黙」講談社 1999 p76

花戦争
◇安宇植(アンウーシク)訳「韓国文学名作選 ニムの沈黙」講談社 1999 p118

反比例
◇安宇植(アンウーシク)訳「韓国文学名作選 ニムの沈黙」講談社 1999 p93

一つになって下さい
◇安宇植(アンウーシク)訳「韓国文学名作選 ニムの沈黙」講談社 1999 p31

日の出
◇安宇植(アンウーシク)訳「韓国文学名作選 ニムの沈黙」講談社 1999 p136

誹謗
◇安宇植(アンウーシク)訳「韓国文学名作選 ニムの沈黙」講談社 1999 p53

秘密
◇安宇植(アンウーシク)訳「韓国文学名作選 ニムの沈黙」講談社 1999 p49

服従
◇安宇植(アンウーシク)訳「韓国文学名作選 ニムの沈黙」講談社 1999 p60

葡萄酒
◇安宇植(アンウーシク)訳「韓国文学名作選 ニムの沈黙」講談社 1999 p52

別離
◇安宇植(アンウーシク)訳「韓国文学名作選 ニムの沈黙」講談社 1999 p25

別離は美の創造
◇安宇植(アンウーシク)訳「韓国文学名作選 ニムの沈黙」講談社 1999 p14

不如帰
◇安宇植(アンウーシク)訳「韓国文学名作選 ニムの沈黙」講談社 1999 p99

まことでしょうか
◇安宇植(アンウーシク)訳「韓国文学名作選 ニムの沈黙」講談社 1999 p74

待ち焦がれる

真夏の夜の長いこと
　◇安宇植（アンウーシク）訳「韓国文学名作選　ニムの沈黙」講談社　1999　p112

魔法
　◇安宇植（アンウーシク）訳「韓国文学名作選　ニムの沈黙」講談社　1999　p110

満足
　◇安宇植（アンウーシク）訳「韓国文学名作選　ニムの沈黙」講談社　1999　p92

見棄てなければ
　◇安宇植（アンウーシク）訳「韓国文学名作選　ニムの沈黙」講談社　1999　p108

道がふさがれ
　◇安宇植（アンウーシク）訳「韓国文学名作選　ニムの沈黙」講談社　1999　p28

矛盾
　◇安宇植（アンウーシク）訳「韓国文学名作選　ニムの沈黙」講談社　1999　p146

無題
　◇安宇植（アンウーシク）訳「韓国文学名作選　ニムの沈黙」講談社　1999　p154

瞑想
　◇安宇植（アンウーシク）訳「韓国文学名作選　ニムの沈黙」講談社　1999　p113

山里の夏の夕べ
　◇安宇植（アンウーシク）訳「韓国文学名作選　ニムの沈黙」講談社　1999　p140

弓張り月と少女
　◇安宇植（アンウーシク）訳「韓国文学名作選　ニムの沈黙」講談社　1999　p143

夢さめて
　◇安宇植（アンウーシク）訳「韓国文学名作選　ニムの沈黙」講談社　1999　p23

夢と愁い
　◇安宇植（アンウーシク）訳「韓国文学名作選　ニムの沈黙」講談社　1999　p51

夢ならば
　◇安宇植（アンウーシク）訳「韓国文学名作選　ニムの沈黙」講談社　1999　p85

夜は静まり
　◇安宇植（アンウーシク）訳「韓国文学名作選　ニムの沈黙」講談社　1999　p48

楽園は野いばらの藪から
　◇安宇植（アンウーシク）訳「韓国文学名作選　ニムの沈黙」講談社　1999　p73

落花
　◇安宇植（アンウーシク）訳「韓国文学名作選　ニムの沈黙」講談社　1999　p144

論介の愛人となってその墓に
　◇安宇植（アンウーシク）訳「韓国文学名作選　ニムの沈黙」講談社　1999　p77

わが道
　◇安宇植（アンウーシク）訳「韓国文学名作選　ニムの沈黙」講談社　1999　p21

わが夢
　◇安宇植（アンウーシク）訳「韓国文学名作選　ニムの沈黙」講談社　1999　p100

わかりかねます
　◇安宇植（アンウーシク）訳「韓国文学名作選　ニムの沈黙」講談社　1999　p15

別れのお芝居
　◇安宇植（アンウーシク）訳「韓国文学名作選　ニムの沈黙」講談社　1999　p84

別れるときのニムのお顔
　◇安宇植（アンウーシク）訳「韓国文学名作選　ニムの沈黙」講談社　1999　p97

わたしの歌
　◇安宇植（アンウーシク）訳「韓国文学名作選　ニムの沈黙」講談社　1999　p34

渡し舟と旅人
　◇安宇植（アンウーシク）訳「韓国文学名作選　ニムの沈黙」講談社　1999　p32

わたしは忘れたい
　◇安宇植（アンウーシク）訳「韓国文学名作選　ニムの沈黙」講談社　1999　p16

わびしい夜
　◇安宇植（アンウーシク）訳「韓国文学名作選　ニムの沈黙」講談社　1999　p20

〈？〉
　◇安宇植（アンウーシク）訳「韓国文学名作選　ニムの沈黙」講談社　1999　p54

ハーン、ラフカディオ　Hearn, Patrick Lafcadio
　（1850～1904　イギリス）
きみ子
　◇平井呈一訳「百年文庫 31」ポプラ社　2010　p67

ひまわり
　◇平川祐弘訳「魔術師」角川書店　2001　（角川ホラー文庫）p393

バンヴィル, ジョン　Banville, John（1945〜アイルランド）
コペルニクス博士
◇斎藤兆史訳「新しいイギリスの小説 コペルニクス博士」白水社 1992 p1

バンク, メリッサ
小さな奇跡が起こる場所
◇土屋晃訳「天使だけが聞いている12の物語」ソニー・マガジンズ 2001 p29
娘たちのための狩りと釣りの手引き
◇ウィリアム N.伊藤訳「ゾエトロープ Pop」角川書店 2001（Bookplus）p33

バンクス, ラッセル
ムーア人
◇村上春樹編訳「バースデイ・ストーリーズ」中央公論新社 2002 p9
ロブスター・ナイト
◇沖本昌郎訳「アメリカミステリ傑作選 2003」DHC 2003（アメリカ文芸「年間」傑作選）p53

バンクス, リアン
波打ち際のロマンス
◇松村和紀子訳「真夏の恋の物語——サマー・シズラー 2014」ハーレクイン 2014 p163

パンケーク, ブリース・D'J.
冬のはじまる日
◇柴田元幸編訳「いずれは死ぬ身」河出書房新社 2009 p59

ハンシッカー, ハリー
名もなき西の地で
◇髙橋尚子訳「ベスト・アメリカン・短編ミステリ 2012」DHC 2012 p323

バーンズ, エリック
きれいなもの、美しいもの
◇髙橋尚子訳「ベスト・アメリカン・短編ミステリ 2012」DHC 2012 p41

バーンズ, ジュリアン　Barnes, Julian（1946〜イギリス）
海峡トンネル
◇中野康司訳「英国鉄道文学傑作選」筑摩書房 2000（ちくま文庫）p151
共犯関係
◇桃尾美佳訳「ベスト・ストーリーズ 3」早川書房 2016 p299
太陽をみつめて
◇加藤光也訳「新しいイギリスの小説 太陽をみつめて」白水社 1992 p1
リバイバル
◇柴田元幸訳「いまどきの老人」朝日新聞社 1998 p45
TDFチェス世界チャンピオン戦
◇渡辺佐智江訳「モーフィー時計の午前零時——チェス小説アンソロジー」国書刊行会 2009 p233

バーンズ, デューナ
無化
◇利根川真紀編訳「レズビアン短編小説集——女たちの時間」平凡社 2015（平凡社ライブラリー）p253

バーンズ, リンダ　Barnes, Linda（アメリカ）
ミス・ギブソン
◇羽田詩津子訳「ウーマンズ・ケース 上」早川書房 1998（ハヤカワ・ミステリ文庫）p351
ラッキー・ペニー
◇田邊亜木訳「現代ミステリーの至宝 1」扶桑社 1997（扶桑社ミステリー）p157

ハンセン, ジョゼフ　Hansen, Joseph（1923〜アメリカ）
女の声
◇新庄裕子, 野口京子訳「本の殺人事件簿——ミステリ傑作20選 1」バベル・プレス 2001 p195
サバイバル
◇山邊千津子訳「アメリカミステリ傑作選 2001」DHC 2001（アメリカ文芸「年間」傑作選）p303
懺悔
◇宮脇孝雄訳「探偵稼業はやめられない——女探偵 vs.男探偵」光文社 2003（光文社文庫）p253

ハンチントン, シドニー
灰色熊（グリズリー）に槍で立ち向かった男たち
◇和田穹男訳「狩猟文学マスターピース」みすず書房 2011（大人の本棚）p155

ハント, アンドルー・E.
感謝の気持ち
◇浅倉久志選訳「極短小説」新潮社 2004（新潮文庫）p90
伝説の崩壊
◇浅倉久志選訳「極短小説」新潮社 2004（新潮文庫）p154
バス停留所
◇浅倉久志選訳「極短小説」新潮社 2004（新潮

ハント, ヴァイオレット　Hunt, Violet（1866～1942　イギリス）
　祈り
　　◇川本静子訳「ゴースト・ストーリー傑作選―英米女性作家8短篇」みすず書房 2009 p91

ハント, L.G.
　論より証拠
　　◇浅倉久志選訳「極短小説」新潮社 2004（新潮文庫）p225

バンドヴィーユ神父
　最悪のもの
　　◇牛島信明訳「アンデスの風叢書 天国・地獄百科」書肆風の薔薇 1982 p19

ハントケ, ペーター　Handke, Peter（1942～　オーストリア）
　空爆下のユーゴスラビアで―涙の下から問いかける
　　◇元吉瑞枝訳「『新しいドイツの文学』シリーズ 11」同学社 2001 p1
　こどもの物語
　　◇阿部卓也訳「『新しいドイツの文学』シリーズ 13」同学社 2004 p1
　幸せではないが、もういい
　　◇元吉瑞枝訳「『新しいドイツの文学』シリーズ 12」同学社 2002 p5
　私たちがたがいをなにも知らなかった時
　　◇鈴木仁子訳「ドイツ現代戯曲選30 13」論創社 2006 p7

バーンハイマー, ケイト
　森の中の女の子たち
　　◇古屋美登里訳「モンスターズ―現代アメリカ傑作短篇集」白水社 2014 p245

バーンハート, ウィリアム
　クリスマスの正義
　　◇宮脇孝雄訳「双生児―EQMM90年代ベスト・ミステリー」扶桑社 2000（扶桑社ミステリー）p321

バーンフォード, シーラ
　神秘の犬
　　◇務台夏子訳「あの犬この犬そんな犬―11の物語」東京創元社 1998 p81

【ヒ】

ビアス, アンブローズ　Bierce, Ambrose Gwinnett（1842～1914頃　アメリカ）
　アウル・クリーク鉄橋での出来事
　　◇大澤栄一郎訳「吊るされた男」角川書店 2001（角川ホラー文庫）p11
　アウル・クリーク橋の一事件
　　◇中村能三訳「幻想小説神髄」筑摩書房 2012（ちくま文庫）p252
　　◇中西秀男訳「30の神品―ショートショート傑作選」扶桑社 2016（扶桑社文庫）p167
　怪物
　　◇大西尹明訳「怪奇小説傑作集新版 3」東京創元社 2006（創元推理文庫）p369
　自動チェス人形
　　◇奥田俊介訳「ロボット・オペラ―An Anthology of Robot Fiction and Robot Culture」光文社 2004 p44
　小説
　　◇猪狩博訳「超短編アンソロジー」筑摩書房 2002（ちくま文庫）p41
　空に浮かぶ騎士
　　◇吉田甲子太郎訳「もう一度読みたい教科書の泣ける名作」学研教育出版 2013 p171
　蔓草の家―一九〇五
　　◇藤井光訳「ゴシック短編小説集」春風社 2012 p381
　哲人パーカー・アダスン
　　◇西川正身訳「賭けと人生」筑摩書房 2011（ちくま文学の森）p449
　人間と蛇
　　◇西川正身訳「百年文庫 17」ポプラ社 2010 p57
　　◇西川正身訳「思いがけない話」筑摩書房 2010（ちくま文学の森）p267
　ふさがれた窓
　　◇村上和久訳「乱歩の選んだベスト・ホラー」筑摩書房 2000（ちくま文庫）p151
　モッキングバード
　　◇利根川真紀訳「クィア短編小説集―名づけえぬ欲望の物語」平凡社 2016（平凡社ライブラリー）p59
　妖物

◇岡本綺堂編訳「世界怪談名作集 上」河出書房新社 2002（河出文庫）p111

ピアスン, リドリー　Pearson, Ridley（1953～　アメリカ）
クイニー公園
◇菊地よしみ訳「殺しが二人を別つまで」早川書房 2007（ハヤカワ・ミステリ文庫）p11

ピアード, スティーヴ
毒都
◇小川隆訳「ディスコ2000」アーティストハウス 1999 p183

ピアボーム, マックス　Beerbohm, Max（1872～1956　イギリス）
ズリイカ・ドブソン
◇佐々木徹訳「20世紀イギリス小説個性派セレクション 3」新人物往来社 2010 p3
A.V.レイダー
◇中田耕治訳「世界100物語 5」河出書房新社 1997 p107

ピーアマン, ピーケ
7.62
◇菅沼裕乃訳「ウーマンズ・ケース 下」早川書房 1998（ハヤカワ・ミステリ文庫）p71

ビアンチン, ヘレン
真夏のサンタクロース
◇柿原日出子訳「四つの愛の物語―クリスマス・ストーリー 恋と魔法の季節 2004」ハーレクイン 2004 p5
誘惑の季節
◇伊坂奈々訳「四つの愛の物語―クリスマス・ストーリー 2000」ハーレクイン 2000 p119

ピィ, オリヴィエ　Py, Olivier（1965～　フランス）
お芝居
◇佐伯隆幸訳「コレクション現代フランス語圏演劇 11」れんが書房新社 2010 p7
若き俳優たちへの書翰―《発語＝行為》がその力をとり戻さんがために
◇斎藤公一, 根岸徹郎訳「コレクション現代フランス語圏演劇 11」れんが書房新社 2010 p73

ピエール, ジョゼ
サンタクロースと四人の娘たち
◇大磯仁志訳「フランス式クリスマス・プレゼント」水声社 2000 p255

ビオイ＝カサレス, アドルフォ　Bioy Casares, Adolfo（1914～1999　アルゼンチン）
烏賊（いか）はおのれの墨を選ぶ
◇内田吉彦訳「バベルの図書館 20」国書刊行会 1990 p35
◇内田吉彦訳「新編 バベルの図書館 6」国書刊行会 2013 p33
プロローグ〔天国・地獄百科〕（ボルヘス, ホルヘ・ルイス）
◇牛島信明訳「アンデスの風叢書 天国・地獄百科」書肆風の薔薇 1982 p5
もっともな罰
◇牛島信明訳「アンデスの風叢書 天国・地獄百科」書肆風の薔薇 1982 p19
モレルの発明
◇清水徹, 牛島信明訳「アンデスの風叢書 モレルの発明」書肆風の薔薇 1990 p15

ピカソ, パブロ　Picasso, Pablo（1881～1973　スペイン）
パブロ・ピカソ
◇曽根元吉訳「黒いユーモア選集 2」河出書房新社 2007（河出文庫）p143

ピカード, ナンシー　Pickard, Nancy（1945～　アメリカ）
いつもこわくて
◇宇佐川晶子訳「現代ミステリーの至宝 2」扶桑社 1997（扶桑社ミステリー）p367
カウチ先生, 大統領を救う フランクリン・カウチ先生とフランキーのお話
◇青木多香子訳「ホワイトハウスのペット探偵」講談社 2009（講談社文庫）p377
口を閉ざす女
◇宇佐川晶子訳「双生児―EQMM90年代ベスト・ミステリー」扶桑社 2000（扶桑社ミステリー）p377
殺しをやってた
◇森嶋マリ訳「18の罪―現代ミステリ傑作選」ヴィレッジブックス 2012（ヴィレッジブックス）p385
先制攻撃
◇宇佐川晶子訳「ウーマンズ・ケース 上」早川書房 1998（ハヤカワ・ミステリ文庫）p61
愉しいドライヴ
◇田口俊樹訳「主婦に捧げる犯罪―書下ろしミステリ傑作選」武田ランダムハウスジャパン 2012（RHブックス＋プラス）p151
電球

◇鈴木喜美訳「ベスト・アメリカン・短編ミステリ 2014」DHC 2015 p389
ドクター・カウチ、猫を救う
◇宇佐川晶子訳「子猫探偵ニックとノラ―The Cat Has Nine Mysterious Tales」光文社 2004（光文社文庫）p279
Dr.カウチ、大統領を救う
◇宇佐川晶子訳「夜明けのフロスト」光文社 2005（光文社文庫）p39

ピカビア, フランシス　Picabia, Francis（1879～1953　フランス）
フランシス・ピカビア
◇宮川淳訳「黒いユーモア選集 2」河出書房新社 2007（河出文庫）p119

ピカール, エドモン
陪審員
◇松下和美訳「幻想の坩堝―ベルギー・フランス語幻想短編集」松籟社 2016 p47

ピクシリリー, トム
死が我らを分かつまで
◇濱田大道訳「18の罪―現代ミステリ傑作選」ヴィレッジブックス 2012（ヴィレッジブックス）p369

ピクスビイ, ジェローム
きょうも上天気
◇浅倉久志訳「きょうも上天気―SF短編傑作選」角川書店 2010（角川文庫）p87

ピクセル, ペーター
ケーバ
◇寺島政子訳「現代スイス短篇集」鳥影社・ロゴス企画部 2003 p141
机は机
◇寺島政子訳「現代スイス短篇集」鳥影社・ロゴス企画部 2003 p145

ピゲネット, ジョン
ベフカルに雨は降りつづける
◇藤田佳澄訳「ベスト・アメリカン・ミステリ ハーレム・ノクターン」早川書房 2005（ハヤカワ・ミステリ）p19

ピサルニク, アレハンドラ　Pizarnik, Alejandra（1936～1972　アルゼンチン）
血まみれの伯爵夫人―一九六八
◇藤井光訳「ゴシック短編小説集」春風社 2012 p505

ビショップ, ゼリア　Bishop, Zealia（アメリカ）
俘囚の塚
◇渡辺健一郎訳「新編 真ク・リトル・リトル神話大系 1」国書刊行会 2007 p99
墳丘の怪
◇東谷真知子訳「クトゥルー 12」青心社 2002（暗黒神話大系シリーズ）p211
メデューサの呪い
◇那智史郎訳「新編 真ク・リトル・リトル神話大系 3」国書刊行会 2008 p133

ビショップ, マイクル　Bishop, Michael（1945～　アメリカ）
つややかな猫たちのジグソー・パズルに見立てた人生
◇浅倉久志訳「不思議な猫たち」扶桑社 1999（扶桑社ミステリー）p29
情けを分かつ者たちの館
◇山岸真訳「20世紀SF 4」河出書房新社 2001（河出文庫）p187
ぼくと犬の物語
◇岩本巌訳「幻想の犬たち」扶桑社 1999（扶桑社ミステリー）p227

ピース, デイヴィッド　Peace, David（1967～　イギリス）
惨事のあと、惨事のまえ
◇山辺弦訳「それでも三月は、また」講談社 2012 p261

ヒースコック, アラン
平和を守る
◇操上恭子訳「ベスト・アメリカン・ミステリ クラック・コカイン・ダイエット」早川書房 2007（ハヤカワ・ミステリ）p153

ビーソン, ジェーン
狼と猫
◇月村澄枝訳「猫は九回生きる―とっておきの猫の話」心交社 1997 p225

ピーターズ, エリス　Peters, Ellis（1913～1995　イギリス）
カマフォード村の哀惜
◇土屋元子訳「海外ミステリ Gem Collection 16」長崎出版 2010 p3

ピーターソン, オードリー
シンデレラを狙うのはだあれ？
◇興津礼訳「赤ずきんの手には拳銃」原書房 1999 p109

ヒチエ

ヒチェンズ, ロバート Hichens, Robert
未亡人と物乞い
◇夏来健次訳「怪奇文学大山脈 2」東京創元社 2014 p37

ピチグリッリ Pitigrilli（1893〜1975 イタリア）
幸福の塩化物
◇五十嵐仁訳「おかしい話」筑摩書房 2010（ちくま文学の森）p325

ビーチクロフト, トーマス Beachcroft, Thomas Owen（1902〜1988 イギリス）
やるんなら用心しろ
◇小野寺健訳「世界100物語 8」河出書房新社 1997 p175

畢 飛宇 ひつ・ひう
妹、小青を憶う
◇金子わこ訳「じゃがいも―中国現代文学短編集」小学館スクウェア 2007 p213
◇金子わこ訳「じゃがいも―中国現代文学短編集」鼎書房 2012 p213
雲の上の暮らし
◇金子わこ訳「じゃがいも―中国現代文学短編集」小学館スクウェア 2007 p119
◇金子わこ訳「じゃがいも―中国現代文学短編集」鼎書房 2012 p119

ビッカム, ジャック・M. Bickham, Jack M.
タイプレーク
◇泉湧訳「MYSTERY & ADVENTURE タイプレーク」至誠堂 1995 p1

ビッスン, テリー Bisson, Terry（1942〜 アメリカ）
穴のなかの穴
◇中村融編訳「奇想コレクション ふたりジャネット」河出書房新社 2004 p175
アンを押してください
◇中村融編訳「奇想コレクション ふたりジャネット」河出書房新社 2004 p27
宇宙のはずれ
◇中村融編訳「奇想コレクション ふたりジャネット」河出書房新社 2004 p235
英国航行中
◇中村融編訳「奇想コレクション ふたりジャネット」河出書房新社 2004 p69
カールの園芸と造園
◇中村融編訳「奇想コレクション 平ら山を越えて」河出書房新社 2010 p233

謹啓
◇中村融編訳「奇想コレクション 平ら山を越えて」河出書房新社 2010 p251
熊が火を発見する
◇中村融編訳「奇想コレクション ふたりジャネット」河出書房新社 2004 p7
ザ・ジョー・ショウ
◇中村融編訳「奇想コレクション 平ら山を越えて」河出書房新社 2010 p119
時間どおりに教会へ
◇中村融編訳「奇想コレクション ふたりジャネット」河出書房新社 2004 p289
ジョージ
◇中村融編訳「奇想コレクション 平ら山を越えて」河出書房新社 2010 p33
スカウトの名誉
◇中村融編訳「奇想コレクション 平ら山を越えて」河出書房新社 2010 p159
平ら山を越えて
◇中村融訳「20世紀SF 6」河出書房新社 2001（河出文庫）p291
◇中村融編訳「奇想コレクション 平ら山を越えて」河出書房新社 2010 p7
ちょっとだけちがう故郷
◇中村融編訳「奇想コレクション 平ら山を越えて」河出書房新社 2010 p47
光を見た
◇中村融編訳「奇想コレクション 平ら山を越えて」河出書房新社 2010 p185
ふたりジャネット
◇中村融編訳「奇想コレクション ふたりジャネット」河出書房新社 2004 p109
マックたち
◇中村融訳「90年代SF傑作選 下」早川書房 2002（ハヤカワ文庫）p7
◇中村融編訳「奇想コレクション 平ら山を越えて」河出書房新社 2010 p215
未来からきたふたり組
◇中村融編訳「奇想コレクション ふたりジャネット」河出書房新社 2004 p45
冥界飛行士
◇中村融編訳「奇想コレクション ふたりジャネット」河出書房新社 2004 p125

ビッセル, トム
復讐人(アベンジャー)へのインタビュー
◇高みつば訳「ベスト・アメリカン・短編ミステリ」DHC 2010 p53

ピッソラット, ニック
お尋ね者
◇ゴマル美保訳「ベスト・アメリカン・短編ミステリ」DHC 2010 p383
この場所と黄海のあいだ
◇東野さやか訳「ミステリアス・ショーケース」早川書房 2012（Hayakawa pocket mystery books）p57

ヒッチコック, アルフレッド　Hitchcock, Alfred Joseph（1899〜1980　イギリス）
クミン村の賢人
◇各務三郎訳「30の神品―ショートショート傑作選」扶桑社 2016（扶桑社文庫）p9

ビーティ, アン
大切にする―パーティしみじみ
◇橋本安央訳「しみじみ読むアメリカ文学―現代文学短編作品集」松柏社 2007 p77
蛇の靴
◇宮脇孝雄訳「ベスト・ストーリーズ 2」早川書房 2016 p181

ピーティー, イーリア・ウィルキンソン
なかった家
◇梅田正彦訳「ざくろの実―アメリカ女流作家怪奇小説選」鳥影社 2008 p103

ビーティ, デイヴィッド
幽霊
◇高橋道子訳「アメリカミステリ傑作選 2002」DHC 2002（アメリカ文芸「年間」傑作選）p63

ヒーニー, シェイマス　Heaney, Seamus（1939〜2013　イギリス）
清算―母と息子しみじみ
◇岩田美喜訳「しみじみ読むイギリス・アイルランド文学―現代文学短編作品集」松柏社 2007 p61

ピニェーラ, ビルヒリオ　Piñera, Virgilio（1912〜1979　キューバ）
地獄
◇内田吉彦訳「アンデスの風叢書　天国・地獄百科」書肆風の薔薇 1982 p58

ピム, バーバラ　Pym, Barbara（1913〜1980　イギリス）
なついた羚羊（かましし）
◇井伊順彦訳「20世紀英国モダニズム小説集成 なついた羚羊（かましし）」風濤社 2014 p5

ヒメーネス, フワン・ラモン
プラテーロ
◇長南実訳「ファイン／キュート素敵かわいい作品選」筑摩書房 2015（ちくま文庫）p14

ヒューイット, ケイト
異国のボス
◇杉本ユミ訳「真夏の恋の物語―サマー・シズラー 2012」ハーレクイン 2012 p111

ビュキート, メルヴィン・ジュールズ
同郷人会
◇柴田元幸編訳「いずれは死ぬ身」河出書房新社 2009 p209

ヒューズ, トマス・パトリック　Hughes, Thomas（1822〜1896　イギリス）
馬は神のように支配する
◇内田吉彦訳「アンデスの風叢書　天国・地獄百科」書肆風の薔薇 1982 p65
すべては予見されていた
◇内田吉彦訳「アンデスの風叢書　天国・地獄百科」書肆風の薔薇 1982 p64
情深い注釈者
◇内田吉彦訳「アンデスの風叢書　天国・地獄百科」書肆風の薔薇 1982 p64

ヒューズ, ドロシー・B.　Hughes, Dorothy B.（1904〜1993　アメリカ）
同窓会
◇荒井公代訳「ブルー・ボウ・シリーズ 殺人コレクション」青弓社 1992 p7

ヒューストン, パム
最高のガールフレンドみたいな存在
◇木村ふみえ訳「アメリカ短編小説傑作選 2001」DHC 2001（アメリカ文芸「年間」傑作選）p241

ビューヒナー, ゲオルク　Büchner, Georg（1813〜1837　ドイツ）
ダントンの死
◇山下純照訳「ベスト・プレイズ―西洋古典戯曲12選」論創社 2011 p549

ビューヒナー, バルバラ　Büchner, Barbara（1950〜　オーストリア）
人形を憎んだ子
◇伊藤直子訳「現代ウィーン・ミステリー・シリーズ 9」水声社 2002 p179

ビューモン
調弦

ヒユル

◇南田みどり編訳「二十一世紀ミャンマー作品集」大同生命国際文化基金 2015（アジアの現代文芸）p13

ビュルガー, ゴットフリート・アウグスト Bürger, Gottfried August（1747〜1794　ドイツ）

レノーレ
◇南條竹則訳「怪奇文学大山脈 1」東京創元社 2014 p47

ビョルンソン, ビョルンスチェルネ Bjørnson, Bjørnstjerne（1832〜1910　ノルウェー）

父親
◇山室静訳「百年文庫 51」ポプラ社 2010 p43

玄 相允　ヒョン・サンユン

逼迫
◇布袋敏博訳「小説家仇甫氏の一日―ほか十三編 短編小説集」平凡社 2006（朝鮮近代文学選集）p5

玄 鎮健　ヒョン・ジンゴン（1900〜1943　朝鮮）

おばあさんの死
◇白川豊訳「小説家仇甫氏の一日―ほか十三編 短編小説集」平凡社 2006（朝鮮近代文学選集）p15

故郷
◇梁民基訳「20世紀民衆の世界文学 7」三友社出版 1990 p73

ヒラーマン, トニイ Hillerman, Tony（1925〜アメリカ）

ガス処刑記事第一信
◇井上泰雄訳「巨匠の選択」早川書房 2001（ハヤカワ・ミステリ）p323

チーの呪術師
◇大庭忠男訳「現代ミステリーの至宝 1」扶桑社 1997（扶桑社ミステリー）p85

ピランデッロ, ルイジ Pirandello, Luigi（1867〜1936　イタリア）

真実
◇武谷なおみ編訳「短篇で読むシチリア」みすず書房 2011（大人の本棚）p42

蝿
◇山口清訳「恐ろしい話」筑摩書房 2011（ちくま文学の森）p41

訪問
◇内山寛訳「百年文庫 26」ポプラ社 2010 p72

ホテルで誰かが死んだので…
◇武谷なおみ編訳「短篇で読むシチリア」みすず書房 2011（大人の本棚）p56

免許証
◇武谷なおみ編訳「短篇で読むシチリア」みすず書房 2011（大人の本棚）p69

山小屋―シチリア小景
◇香川真澄訳「ぶどう酒色の海―イタリア中短編小説集」イタリア文藝叢書刊行委員会 2013（イタリア文藝叢書）p33

よその家のあかり
◇内山寛訳「百年文庫 26」ポプラ社 2010 p44

ヒーリイ, ジェレマイア Healy, Jeremiah（1948〜　アメリカ）

石の家の悲劇
◇本戸淳子訳「夜汽車はバビロンへ―EQMM90年代ベスト・ミステリー」扶桑社 2000（扶桑社ミステリー）p117

嚙み合わない視線
◇中井京子訳「探偵稼業はやめられない―女探偵vs.男探偵」光文社 2003（光文社文庫）p127

ケルズの書
◇菊地よしみ訳「アメリカミステリ傑作選 2003」DHC 2003（アメリカ文芸「年間」傑作選）p151

職務遂行中に
◇菊地よしみ訳「フィリップ・マーロウの事件」早川書房 2007（ハヤカワ・ミステリ文庫）p413

父祖の肖像
◇菊地よしみ訳「ポーに捧げる20の物語」早川書房 2009（Hayakawa pocket mystery books）p183

ピリニャーク, ボリス Pil'nyak, Boris Andreevich（1894〜1937　ロシア）

手についた土
◇和久利誓一訳「世界100物語 4」河出書房新社 1997 p382

ヒル, サム

元手
◇黒木章人訳「ポーカーはやめられない―ポーカー・ミステリ書下ろし傑作選」ランダムハウス講談社 2010 p257

ヒル, ジョー Hill, Joe（1972〜　アメリカ）

スロットル（キング, スティーヴン）
◇白石朗訳「ヒー・イズ・レジェンド」小学館 2010（小学館文庫）p17

ポップ・アート

◇大森望訳「不思議の扉 午後の教室」角川書店 2011（角川文庫）p187

ピール, デヴィッド
壁に書かれた目録
◇飯城勇三編訳「エラリー・クイーンの災難」論創社 2012（論創海外ミステリ）p255

ヒル, ボニー・ハーン
かすかな光、わずかな記憶
◇茅律子訳「殺しが二人を別つまで」早川書房 2007（ハヤカワ・ミステリ文庫）p115

ピール, リディア
倦怠の地に差す影
◇岩瀬徳子訳「アメリカ新進作家傑作選 2007」DHC 2008 p67

ヒル, レジナルド　Hill, Reginald（1936～　イギリス）
イタリアのシャーロック・ホームズ
◇日暮雅通訳「シャーロック・ホームズ クリスマスの依頼人」原書房 1998 p395
犬のゲーム
◇松下祥子訳「ミステリマガジン700―創刊700号記念アンソロジー 海外篇」早川書房 2014（ハヤカワ・ミステリ文庫）p411
お宝の猿
◇宮脇孝雄訳「夜明けのフロスト」光文社 2005（光文社文庫）p117
この葬儀取りやめ
◇宮脇孝雄訳「夜汽車はバビロンへ―EQMM90年代ベスト・ミステリー」扶桑社 2000（扶桑社ミステリー）p205
脱出経路―Exit Line
◇秋津知子訳「法月綸太郎の本格ミステリ・アンソロジー」角川書店 2005（角川文庫）p290

ピールカロ, スヴィトラーナ
彼と彼女の話―いくつかの行動で異なる価値観を見せる幕間の多い喜劇
◇藤井悦子, オリガ・ホメンコ訳「現代ウクライナ短編集」群像社 2005（群像社ライブラリー）p225

ピールザード, ゾヤ
染み
◇藤元優子編訳「天空の家―イラン女性作家選」段々社 2014（現代アジアの女性作家秀作シリーズ）p133

ヒルズ, ギャヴィン
ホワイト・バーガーのダニー
◇渡辺健吾訳「ディスコ・ビスケッツ」早川書房 1998 p83

ヒールド, H.　Heald, Hazel
墓地に潜む恐怖
◇渡辺健一郎訳「新編 真ク・リトル・リトル神話大系 3」国書刊行会 2008 p43

ヒルビッヒ, ヴォルフガング
ゆるぎない土地
◇園田みどり訳「夢のかけら」岩波書店 1997（世界文学のフロンティア）p175

ビルマン, ジョン
月曜日のカスター将軍
◇ウィリアム N.伊藤訳「ゾエトロープ Biz」角川書店 2001（Bookplus）p137

ピンカートン, ダン
ヘッドロック
◇東梅亜希子訳「アメリカ新進作家傑作選 2008」DHC 2009 p253

ビンガム, テイラー
ミッシング・リンク
◇浅倉久志選訳「極短小説」新潮社 2004（新潮文庫）p234

ビンズ, アーチー
深夜の自動車
◇妹尾韶夫訳「怪樹の腕―〈ウィアード・テールズ〉戦前邦訳傑作選」東京創元社 2013 p9

ヒンターベルガー, エルンスト　Hinterberger, Ernst（1931～　オーストリア）
小さな花
◇鈴木隆雄訳「現代ウィーン・ミステリー・シリーズ 6」水声社 2001 p3

ヒントン, チャールズ・ハワード　Hinton, Charles Howard（1853～1907）
第四の次元とは何か
◇宮川雅訳「バベルの図書館 25」国書刊行会 1990 p15
◇宮川雅訳「新編 バベルの図書館 3」国書刊行会 2013 p335
平面世界
◇宮川雅訳「バベルの図書館 25」国書刊行会 1990 p59
◇宮川雅訳「新編 バベルの図書館 3」国書刊行会 2013 p364

ヒンヤ

ペルシアの王
◇宮川雅訳「バベルの図書館 25」国書刊行会 1990 p103
◇宮川雅訳「新編 バベルの図書館 3」国書刊行会 2013 p395

ビンヤザル, アドナン
ケレムとアスル─第1章「ズィヤード・ハーンと司祭」
◇佐藤悠香訳「現代トルコ文学選 2」東京外国語大学外国語学部トルコ語専攻研究室 2012 (TUFS Middle Eastern studies) p108

ピンラー・サンカーラーキーリー
虹の八番目の色
◇宇戸清治編訳「現代タイのポストモダン短編集」大同生命国際文化基金 2012（アジアの現代文芸）p187

平路　ピンルー
⇒平路（へいろ）を見よ

【フ】

蒲 松齢　プー・スンリン
⇒蒲松齢（ほ・しょうれい）を見よ

傅 大為　ふ・たいい（台湾）
パイランの森に住む文字の猟人─台湾原住民の漢文による記述の試読
◇松尾直太訳「台湾原住民文学選 9」草風館 2007 p77

ファイフィールド, フランセス　Fyfield, Frances（1948〜　イギリス）
失うものはない
◇猪俣美江子訳「ウーマンズ・ケース 上」早川書房 1998（ハヤカワ・ミステリ文庫）p199

ファイラー, バート・K.
時のいたみ
◇中村融訳「時の娘─ロマンティック時間SF傑作選」東京創元社 2009（創元SF文庫）p135

ファウラー, カレン・ジョイ　Fowler, Karen Joy（1950〜　アメリカ）
王様ネズミ
◇岸本佐知子編訳「コドモノセカイ」河出書房新社 2015 p15

ファウラー, クリストファー　Fowler, Christopher（1953〜　イギリス）
はまり役
◇田口俊樹訳「ロンドン・ノワール」扶桑社 2003（扶桑社ミステリー）p11

ファース, コリン
なんでもあるけどなんにもない世界
◇近藤隆文訳「天使だけが聞いている12の物語」ソニー・マガジンズ 2001 p85

ファスビンダー, ライナー・ヴェルナー　Fassbinder, Rainer Werner（1945〜1982　ドイツ）
ゴミ、都市そして死
◇渋谷哲也訳「ドイツ現代戯曲選30 25」論創社 2006 p7
ブレーメンの自由─ゲーシェ・ゴットフリート夫人 ある市民悲劇
◇渋谷哲也訳「ドイツ現代戯曲選30 2」論創社 2005 p7

フアナ・イネス・デ・ラ・クルス, ソル
神聖なるナルシソ
◇中井博康訳「スペイン黄金世紀演劇集」名古屋大学出版会 2003 p447

ファーバー, エドナ
ミニック老人
◇中田耕治訳「世界100物語 6」河出書房新社 1997 p193

ファーマー, フィリップ・ホセ　Farmer, Philip José（1918〜2009　アメリカ）
切り裂きジャックはわたしの父
◇仁賀克雄編・訳「新・幻想と怪奇」早川書房 2009（Hayakawa pocket mystery books）p103

ファーマー, ペネロピ　Farmer, Penelope（1939〜　イギリス）
イヴの物語
◇金原瑞人訳「シリーズ百年の物語 1」トパーズプレス 1996 p1
作者あとがき〔イヴの物語〕
◇金原瑞人訳「シリーズ百年の物語 1」トパーズプレス 1996 p269

ファーリー, ラルフ・ミルン　Farley, Ralph Milne（1887〜1963　アメリカ）
成層圏の秘密
◇妹尾アキ夫訳「怪樹の腕─〈ウィアード・テールズ〉戦前邦訳傑作選」東京創元社 2013 p403

ファリス, グレゴリー
　馬だって歌うかもしれない
　　◇倉康子訳「アメリカミステリ傑作選 2001」DHC 2001（アメリカ文芸「年間」傑作選）p213

ファリス, ジョン
　ランサムの女たち
　　◇中川聖訳「十の罪業 Red」東京創元社 2009（創元推理文庫）p255

ファルコ, エドワード
　平和の道具
　　◇熊谷小百合訳「アメリカミステリ傑作選 2002」DHC 2002（アメリカ文芸「年間」傑作選）p249

ファレール, クロード　Farrère, Claude（1876～1957　フランス）
　幽霊船
　　◇青柳瑞穂訳「怪奇小説傑作集新版 4」東京創元社 2006（創元推理文庫）p411

黄 世鳶　ファン・セヨン
　本当の復讐
　　◇祖田律男訳「コリアン・ミステリ―韓国推理小説傑作選」バベル・プレス 2002 p9

黄 美英　ファン・ミヨン
　疑心の代償
　　◇祖田律男訳「コリアン・ミステリ―韓国推理小説傑作選」バベル・プレス 2002 p141

ファンテ, ダン　Fante, Dan（1944～）
　天使はポケットに何も持っていない
　　◇中川五郎訳「Modern & Classic 天使はポケットに何も持っていない」河出書房新社 2004 p1

方方　ファンファン
　⇒方方（ほうほう）を見よ

フィースト, レイモンド・E.　Feist, Raymond E.（1945～　アメリカ）
　薪運びの少年―リフトウォー小話
　　◇岩原明子訳「ファンタジイの殿堂 伝説は永遠に 1」早川書房 2000（ハヤカワ文庫FT）p337
　リフトウォー・サーガ
　　◇岩原明子訳「ファンタジイの殿堂 伝説は永遠に 1」早川書房 2000（ハヤカワ文庫FT）p329

フィツォフスキ, イェジー　Ficowski, Jerzy（1924～　ポーランド）
　輪回し
　　◇吉上昭三訳「文学の贈物―東中欧文学アンソロジー」未知谷 2000 p6

フィック, アルヴィン・S.
　荒野の墓標
　　◇佐々田雅子訳「ミニ・ミステリ100」早川書房 2005（ハヤカワ・ミステリ文庫）p633
　ポンコツ
　　◇田村義進訳「ミニ・ミステリ100」早川書房 2005（ハヤカワ・ミステリ文庫）p314
　行きどまり
　　◇山本俊子訳「ミニ・ミステリ100」早川書房 2005（ハヤカワ・ミステリ文庫）p181

フィッシャー, ピーター・S.　Fischer, Peter S.（1935～　アメリカ）
　奇妙なお茶会の冒険
　　◇飯城勇三編「ミステリの女王の冒険―視聴者への挑戦」論創社 2010（論創海外ミステリ）p141
　慎重な証人の冒険
　　◇飯城勇三編「ミステリの女王の冒険―視聴者への挑戦」論創社 2010（論創海外ミステリ）p211
　ミステリの女王の冒険
　　◇飯城勇三編「ミステリの女王の冒険―視聴者への挑戦」論創社 2010（論創海外ミステリ）p277

フィッシュ, ロバート・L.　Fish, Robert L.（1912～1981　アメリカ）
　アスコット・タイ事件
　　◇吉田誠一訳「51番目の密室―世界短篇傑作集」早川書房 2010（Hayakawa pocket mystery books）p245
　橋は別にして
　　◇伊藤典夫訳「贈る物語Terror」光文社 2002 p239

フィッツジェラルド, F.スコット　Fitzgerald, Francis Scott Key（1896～1940　アメリカ）
　金持の青年
　　◇野崎孝訳「世界100物語 7」河出書房新社 1997 p319
　クラブ・トゥエンティー・ワンからきた女
　　◇萩岡典夫訳「ブルー・ボウ・シリーズ 結婚まで」青弓社 1992 p7
　眠っては覚め
　　◇上田麻由子訳「病短編小説集」平凡社 2016（平凡社ライブラリー）p193
　冬の夢

フイニ

◇佐伯泰樹訳「百年文庫 29」ポプラ社 2010 p5

ベンジャミン・バトン

◇永山篤一訳「不思議の扉 時間がいっぱい」角川書店 2010（角川文庫）p221

フィニー, アーネスト・J.

人生の教訓

◇曽根寛樹訳「ベスト・アメリカン・短編ミステリ 2012」DHC 2012 p195

フィニー, ベティー

ひらけ、ゴマ！

◇浅倉久志選訳「極短小説」新潮社 2004（新潮文庫）p277

フィニイ, ジャック　Finney, Jack（1911～1995　アメリカ）

愛の手紙

◇福島正実訳「贈る物語Wonder」光文社 2002 p35

おかしな隣人

◇福島正実訳「異色作家短篇集 13」早川書房 2006 p15

雲のなかにいるもの

◇福島正実訳「異色作家短篇集 13」早川書房 2006 p89

こわい

◇福島正実訳「異色作家短篇集 13」早川書房 2006 p41

潮時

◇福島正実訳「異色作家短篇集 13」早川書房 2006 p109

死者のポケットの中には

◇福島正実訳「謎のギャラリー――こわい部屋」新潮社 2002（新潮文庫）p179

◇福島正実訳「こわい部屋」筑摩書房 2012（ちくま文庫）p179

失踪人名簿

◇福島正実訳「異色作家短篇集 13」早川書房 2006 p65

死人のポケットの中には

◇福島正実訳「異色作家短篇集 13」早川書房 2006 p231

青春を少々

◇福島正実訳「異色作家短篇集 13」早川書房 2006 p185

世界最初のパイロット

◇福島正実訳「異色作家短篇集 13」早川書房 2006 p159

台詞指導

◇中村融訳「時の娘――ロマンティック時間SF傑作選」東京創元社 2009（創元SF文庫）p67

第二のチャンス

◇福島正実訳「異色作家短篇集 13」早川書房 2006 p203

机の中のラブレター

◇大森望訳「不思議の扉 時をかける恋」角川書店 2010（角川文庫）p249

二度目のチャンス

◇野村芳夫訳「死のドライブ」文藝春秋 2001（文春文庫）p75

ニュースの陰に

◇福島正実訳「異色作家短篇集 13」早川書房 2006 p137

リノで途中下車

◇浅倉久志訳「ミステリマガジン700――創刊700号記念アンソロジー 海外篇」早川書房 2014（ハヤカワ・ミステリ文庫）p289

レベル3

◇福島正実訳「異色作家短篇集 13」早川書房 2006 p5

フィニョレ, ジャン＝クロード

スキゾフレニア

◇星埜守之訳「月光浴――ハイチ短篇集」国書刊行会 2003（Contemporary writers）p171

フィリップ, シャルル＝ルイ　Philippe, Charles-Louis（1874～1909　フランス）

いちばん罪深い者

◇山田稔訳「百年文庫 43」ポプラ社 2010 p30

帰宅

◇山田稔訳「百年文庫 43」ポプラ社 2010 p6

強情な娘

◇山田稔訳「百年文庫 43」ポプラ社 2010 p53

小さな弟

◇山田稔訳「百年文庫 43」ポプラ社 2010 p20

ふたりの乞食

◇山田稔訳「百年文庫 43」ポプラ社 2010 p44

老人の死

◇淀野隆三訳「生の深みを覗く――ポケットアンソロジー」岩波書店 2010（岩波文庫別冊）p313

◇山田稔訳「百年文庫 43」ポプラ社 2010 p64

フィリップス, カーリー

週末は終わらない

◇小泉まや訳「真夏の恋の物語―サマー・シズラー 2005」ハーレクイン 2005 p231

フィリップス, ジェイン・アン　Phillips, Jayne Anne（1952〜　アメリカ）

ある結婚記念日
　◇篠目清美訳「新しいアメリカの小説　ファスト・レーンズ」白水社 1989 p159

ファスト・レーンズ
　◇篠目清美訳「新しいアメリカの小説　ファスト・レーンズ」白水社 1989 p87

ブルーギル
　◇篠目清美訳「新しいアメリカの小説　ファスト・レーンズ」白水社 1989 p71

ブルー・ムーン
　◇篠目清美訳「新しいアメリカの小説　ファスト・レーンズ」白水社 1989 p7

ベス
　◇篠目清美訳「新しいアメリカの小説　ファスト・レーンズ」白水社 1989 p173

ミッキーの処世術
　◇篠目清美訳「新しいアメリカの小説　ファスト・レーンズ」白水社 1989 p133

レイミー
　◇篠目清美訳「新しいアメリカの小説　ファスト・レーンズ」白水社 1989 p53

フィリップス, スコット　Phillips, Scott（アメリカ）

とどめの一撃
　◇細美遙子訳「ベスト・アメリカン・ミステリ　ジュークボックス・キング」早川書房 2005（ハヤカワ・ミステリ）p363

フィリップス, マリー

チェンジ
　◇角田光代訳「わたしは女の子だから」英治出版 2012 p139

フィールディング, ヘレン　Fielding, Helen（1958〜　イギリス）

殺しても死なない女
　◇亀井よし子訳「天使だけが聞いている12の物語」ソニー・マガジンズ 2001 p201

フィールディング, リズ　Fielding, Liz（イギリス）

噂の傲慢社長
　◇松村和紀子訳「真夏のシンデレラ・ストーリー――サマー・シズラー2015」ハーパーコリンズ・ジャパン 2015 p59

シンデレラの願い
　◇川井蒼子訳「マイ・バレンタイン―愛の贈りもの 2009」ハーレクイン 2009 p227

ハッピーエンドをもう一度
　◇小池桂訳「愛は永遠に―ウエディング・ストーリー 2011」ハーレクイン 2011 p109

プリンセスに選ばれて
　◇矢部真理訳「真夏の恋の物語―サマー・シズラー 2009」ハーレクイン 2009 p249

フィルポッツ, イーデン　Phillpotts, Eden（1862〜1960　イギリス）

赤毛のレドメイン家
　◇安藤由紀子訳「乱歩が選ぶ黄金時代ミステリーBEST10 1」集英社 1999（集英社文庫）p7

フィン, パトリック・マイケル

美しいご婦人が貴方のために踊ります
　◇河野純治訳「ベスト・アメリカン・ミステリ　スネーク・アイズ」早川書房 2005（ハヤカワ・ミステリ）p161

フィンガーズ, トゥー

ぷかり
　◇渡辺佐智江訳「ディスコ・ビスケッツ」早川書房 1998 p249

フィンク, クリスチャン

彼女の残した料理本
　◇浅倉久志選訳「極短小説」新潮社 2004（新潮文庫）p213

フィンダー, ジョゼフ

有効にして有益な約因（チャイルド, リー）
　◇田口俊樹訳「フェイスオフ対決」集英社 2015（集英社文庫）p503

馮　夢龍　ふう・むりょう（1574〜1646　中国）

笑府（しょうふ）
　◇大木康著「中国古典小説選 12（歴代笑話）」明治書院 2008 p207

ブウテ, F.（フランス）

嫉妬
　◇堀口大學訳「思いがけない話」筑摩書房 2010（ちくま文学の森）p47

フェアスタイン, リンダ　Fairstein, Linda A.（アメリカ）

黒ヒョウに乗って（マルティニ, スティーヴ）
　◇田口俊樹訳「フェイスオフ対決」集英社 2015（集英社文庫）p175

フエイ

フェイ, リンジー
ウォーバートン大佐の狂気
◇日暮雅通訳「シャーロック・ホームズ アメリカの冒険」原書房 2012 p7

柳細工のかご
◇日暮雅通訳「シャーロック・ホームズ アンダーショーの冒険」原書房 2016 p189

フェイエシ・エンドレ　Fejes Endre（1923～2015　ハンガリー）
くず鉄墓場
◇羽仁協子訳「東欧の文学 ブダペストに春がきた 他」恒文社 1966 p27

フェインライト, ルース
メイマ＝ブハ
◇小田稔訳「残響―英・米・アイルランド短編小説集」九州大学出版会 2011 p77

フェーダーシュピール, ユルク
心の森のなかで
◇岩村行雄訳「現代スイス短篇集」鳥影社・ロゴス企画部 2003 p109

フェーダーマン, ラインハルト　Federmann, Reinhard（1923～　オーストリア）
声
◇中野京子訳「シリーズ現代ドイツ文学 4」早稲田大学出版部 1993 p176

フェダマン, レイモンド　Federman, Raymond（1928～　アメリカ）
ワシントン広場で微笑んで
◇今村楯夫訳「アメリカ文学ライブラリー ワシントン広場で微笑んで」本の友社 1997 p5

フェダレンカ, アンドレイ
ブリャハ
◇越野剛訳「時間はだれも待ってくれない―21世紀東欧SF・ファンタスチカ傑作集」東京創元社 2011 p76

フェニコフスキ, フランチシェク
マリア教会の時計
◇前田理絵訳「ポケットのなかの東欧文学―ルネッサンスから現代まで」成文社 2006 p277

フェネリー, ベス・アン
彼の手が求めしもの（フランクリン, トム）
◇竹内要江訳「ベスト・アメリカン・短編ミステリ 2012」DHC 2012 p177

フェノラバート, フレデリカ
複雑系少女
◇大磯仁志訳「フランス式クリスマス・プレゼント」水声社 2000 p87

フェヒナー, グスタフ・テオドル　Fechner, Gustav Theodor（1801～1887　ドイツ）
拡張解釈
◇斎藤博士訳「アンデスの風叢書 天国・地獄百科」書肆風の薔薇 1982 p118

フェラーズ, エリザベス　Ferrars, Elizabeth（1907～1995　イギリス）
嘘は刻む
◇川口康子訳「海外ミステリ Gem Collection 4」長崎出版 2007 p1

フェラレーラ, マリー　Ferrarella, Marie（アメリカ）
赤ちゃんがかけた魔法
◇藤倉詩音訳「輝きのとき―ウエディング・ストーリー 2016」ハーパーコリンズ・ジャパン 2016 p141

恋のレッスン引き受けます
◇瀬野莉子訳「マイ・バレンタイン―愛の贈りもの 2016」ハーパーコリンズ・ジャパン 2016 p43

夏色のトレイシー
◇山田沙羅訳「真夏の恋の物語―サマー・シズラー '99」ハーレクイン 1999 p245

パリでの出来事
◇小池桂訳「愛は永遠に―ウエディング・ストーリー 2008」ハーレクイン 2008 p165

フェリー, ジャン　Ferry, Jean
ジャン・フェリイ
◇宮川明子訳「黒いユーモア選集 2」河出書房新社 2007（河出文庫）p297

虎紳士
◇生田耕作訳「北村薫のミステリー館」新潮社 2005（新潮文庫）p65

フェリクス, ミヌシオ
特別な火
◇内田吉彦訳「アンデスの風叢書 天国・地獄百科」書肆風の薔薇 1982 p69

フェリス, ジョシュア
深まる孤独
◇荒谷牧裕訳「アメリカ新進作家傑作選 2005」DHC 2006 p175

フェルナン・ゴメス, フェルナンド　Fernán Gómez, Fernando（1921〜2007　スペイン）
　自転車は夏のために
　　◇田尻陽一, 古屋雄一郎訳「現代スペイン演劇選集 1」カモミール社 2014 p13

フェルナンデス, ハイメ　Fernandez, Jaime（1938〜　スペイン）
　あとがき〔ドン・キホーテへの招待〕
　　◇柴田純子訳「西和リブロス 4」西和書林 1985 p291
　ドン・キホーテへの招待―夢、挫折そして微笑（ほほえみ）
　　◇柴田純子訳「西和リブロス 4」西和書林 1985 p41

フェルバー, クリスティアン　Ferber, Christian（1919〜1992　ドイツ）
　七月のミモザ
　　◇神崎巌訳「シリーズ現代ドイツ文学 4」早稲田大学出版部 1993 p269

フェルプス, アントニー
　昨日、昨日はまだ…
　　◇澤田直訳「月光浴―ハイチ短篇集」国書刊行会 2003（Contemporary writers）p29

フェルフルスト, ディミトリ
　美しい子ども
　　◇長山さき, 藤井光訳「美しい子ども」新潮社 2013（CREST BOOKS）p129

フエンテス, カルロス　Fuentes, Carlos（1928〜2012　メキシコ）
　セルバンテスまたは読みの批判
　　◇牛島信明訳「アンデスの風叢書 セルバンテスまたは読みの批判」書肆風の薔薇 1982 p1
　はしがき〔セルバンテスまたは読みの批判〕
　　◇牛島信明訳「アンデスの風叢書 セルバンテスまたは読みの批判」書肆風の薔薇 1982 p7
　二人のエレーナ
　　◇安藤哲行訳「ラテンアメリカ五人集」集英社 2011（集英社文庫）p129

フォアマン, ジェームズ
　宇宙の熱的死
　　◇旦紀子訳「マシン・オブ・デス―A Collection of Stories about People who Know How They Will DIE」アルファポリス 2012 p514

フォークト, ヴァルター
　狂った青年とその医師
　　◇小林貴美子訳「現代スイス短篇集」鳥影社・ロゴス企画部 2003 p49

フォークナー, ウィリアム　Faulkner, William（1897〜1962　アメリカ）
　あの夕陽
　　◇平石貴樹編訳「アメリカ短編ベスト10」松柏社 2016 p169
　エミリーの薔薇
　　◇龍口直太郎訳「美しい恋の物語」筑摩書房 2010（ちくま文学の森）p187
　急転回
　　◇佐伯彰一訳「世界100物語 8」河出書房新社 1997 p17
　サンクチュアリ
　　◇加島祥造訳「栞子さんの本棚―ビブリア古書堂セレクトブック」角川書店 2013（角川文庫）p57

フォーサイス, フレデリック　Forsyth, Frederick（1938〜　イギリス）
　羊飼い
　　◇伏見威蕃訳「翼を愛した男たち」原書房 1997 p145

フォス, リニャルト
　降霊会奇譚
　　◇前川道介訳「独逸怪奇小説集成」国書刊行会 2001 p242

フォスター, アラン・ディーン　Foster, Alan Dean（1946〜　アメリカ）
　最後のレース
　　◇野村芳夫訳「死のドライブ」文藝春秋 2001（文春文庫）p283

フォースター, スザンヌ
　ラブハント講座
　　◇平江まゆみ訳「真夏の恋の物語」ハーレクイン 1998（サマー・シズラー）p237

フォスター, ローリー　Foster, Lori（1958〜　アメリカ）
　愛は止まらない
　　◇寺田ちせ訳「スウィート・サマー・ラブ」ハーパーコリンズ・ジャパン 2015（サマーシズラーVB）p5
　熱い砂の上で
　　◇三浦万里訳「真夏の恋の物語―サマー・シズラー 2002」ハーレクイン 2002 p103
　素直になれなくて
　　◇石原未奈子訳「キス・キス・キス―素直にな

フォス

れなくて」ヴィレッジブックス 2008（ヴィレッジブックス）p201

セクシーな隣人
◇平江まゆみ訳「真夏の恋の物語——サマー・シズラー 2013」ハーレクイン 2013 p5

抱きしめるほどせつなくて
◇石原未奈子訳「キス・キス・キス——抱きしめるほどせつなくて」ヴィレッジブックス 2009（ヴィレッジブックス）p243

チェリーな気持ちで
◇石原未奈子訳「キス・キス・キス——チェリーな気持ちで」ヴィレッジブックス 2009（ヴィレッジブックス）p253

プレゼントは愛
◇川井蒼子訳「マイ・バレンタイン——愛の贈りもの 2009」ハーレクイン 2009 p117

フォースター, E.M. Forster, Edward Morgan（1879～1970　イギリス）

アビー夫妻の苦労
◇松村達雄訳「世界100物語 5」河出書房新社 1997 p259

永遠の生命
◇三原芳秋訳「ゲイ短編小説集」平凡社 1999（平凡社ライブラリー）p285

フォックス, スーザン

生涯で一度のチャンス
◇高木晶子訳「愛は永遠に——ウエディング・ストーリー 2013」ハーレクイン 2013 p257

フォード, コーリー

蛇踊り
◇竹内俊夫訳「教えたくなる名短篇」筑摩書房 2014（ちくま文庫）p263

望郷の犬ニック
◇務台夏子訳「あの犬この犬そんな犬——11の物語」東京創元社 1998 p163

フォード, ジョン・M. Ford, John M.（アメリカ）

幻燈
◇夏来健次訳「シルヴァー・スクリーム 上」東京創元社 2013（創元推理文庫）p27

フォード, トム

事故を報告します
◇浅倉久志選訳「極短小説」新潮社 2004（新潮文庫）p36

名探偵と謎
◇浅倉久志選訳「極短小説」新潮社 2004（新潮文庫）p28

録音メッセージ
◇浅倉久志選訳「極短小説」新潮社 2004（新潮文庫）p103

フォード, フォード・マドックス Ford, Ford Madox（1873～1939　イギリス）

世を騒がす嘘つき男——ある戦時下の物語
◇肥留川尚子訳「20世紀英国モダニズム小説集成 世を騒がす嘘つき男」風濤社 2014 p56

フォード, リチャード Ford, Richard（1944～　アメリカ）

モントリオールの恋人
◇村上春樹編訳「恋しくて——Ten Selected Love Stories」中央公論新社 2013 p273
◇村上春樹編訳「恋しくて——Ten Selected Love Stories」中央公論新社 2016（中公文庫）p275

フォールク, E.カール, Jr.

失われた言葉
◇浅倉久志選訳「極短小説」新潮社 2004（新潮文庫）p100

フォルサム, アラン Folsom, Allan（1941～　アメリカ）

十二階特急の冒険（バルカン、デヴィッド・H.）
◇飯城勇三編「ミステリの女王の冒険——視聴者への挑戦」論創社 2010（論創海外ミステリ）p5

フォルヌレ, グザヴィエ Forneret, Xavier（1809～1884　フランス）

グザヴィエ・フォルヌレ
◇弓削三男訳「黒いユーモア選集 1」河出書房新社 2007（河出文庫）p181

草叢のダイアモンド
◇澁澤龍彦訳「怪奇小説傑作集新版 4」東京創元社 2006（創元推理文庫）p167
◇澁澤龍彦訳「澁澤龍彦訳暗黒怪奇短篇集」河出書房新社 2013（河出文庫）p7

ブキャナン, エドナ

赤い靴
◇大槻寿美枝訳「殺さずにはいられない 1」早川書房 2002（ハヤカワ・ミステリ文庫）p37

ブクン・イシマハサン・イシリトアン（台湾）

大地の歌〈ブヌン〉
◇野島本泰訳「台湾原住民文学選 4」草風館 2004 p152

ブコウスキー, チャールズ　Bukowski, Henry Charles（1920～1994　アメリカ）

町でいちばんの美女
◇青野聰訳「甘やかな祝祭―恋愛小説アンソロジー」光文社 2004（光文社文庫）p195

プーサン, L. ド・ラ・ヴァレ　Poussin, Louis de la Vallée（1869～1938　ベルギー）

迷妄の連鎖
◇内田吉彦訳「アンデスの風叢書 天国・地獄百科」書肆風の薔薇 1982 p47

プーシキン, アレクサンドル　Pushkin, Aleksandr Sergeevich（1799～1837　ロシア）

石の客
◇郡伸哉訳「青銅の騎士―小さな悲劇」群像社 2002（ロシア名作ライブラリー）p81

駅長
◇神西清訳「百年文庫 37」ポプラ社 2010 p109

けちな騎士
◇郡伸哉訳「青銅の騎士―小さな悲劇」群像社 2002（ロシア名作ライブラリー）p47

スペードの女王
◇岡本綺堂編訳「世界怪談名作集 上」河出書房新社 2002（河出文庫）p57
◇神西清訳「賭けと人生」筑摩書房 2011（ちくま文学の森）p167
◇神西清訳「怪奇小説精華」筑摩書房 2012（ちくま文庫）p77

青銅の騎士―ペテルブルグの物語
◇郡伸哉訳「青銅の騎士―小さな悲劇」群像社 2002（ロシア名作ライブラリー）p135

葬儀屋
◇田口俊樹訳「ディナーで殺人を 上」東京創元社 1998（創元推理文庫）p307

ペスト蔓延下の宴
◇郡伸哉訳「青銅の騎士―小さな悲劇」群像社 2002（ロシア名作ライブラリー）p27

モーツァルトとサリエーリ
◇郡伸哉訳「青銅の騎士―小さな悲劇」群像社 2002（ロシア名作ライブラリー）p7

フジッリ, ジム　Fusilli, Jim（1953～　アメリカ）

次善の策
◇田口俊樹, 高山真由美訳「マンハッタン物語」二見書房 2008（二見文庫）p137

チェッリーニの解決策
◇公手成幸訳「殺しが二人を別つまで」早川書房 2007（ハヤカワ・ミステリ文庫）p377

プシブィシェフスキ, スタニスワフ

両性具有者
◇西野常夫訳「文学の贈物―東中欧文学アンソロジー」未知谷 2000 p60

フース, アンジェラ

最後の愛
◇小田稔訳「残響―英・米・アイルランド短編小説集」九州大学出版会 2011 p159

ブース, チャールズ・G.

蘭の女
◇飯城勇三編「ミステリ・リーグ傑作選 下」論創社 2007（論創海外ミステリ）p310

ブース, マシュー

死を招く詩
◇日暮雅通訳「シャーロック・ホームズ アンダーショーの冒険」原書房 2016 p129

フスリツァ, シチェファン

カウントダウン
◇阿部賢一訳「時間はだれも待ってくれない―21世紀東欧SF・ファンタスチカ傑作集」東京創元社 2011 p130

三つの色
◇木村英明訳「時間はだれも待ってくれない―21世紀東欧SF・ファンタスチカ傑作集」東京創元社 2011 p115

ブッシュ, ジェフリー

誰がベイカーを殺したか？―Who killed Baker？（クリスピン, エドマンド）
◇望月和彦訳「法月綸太郎の本格ミステリ・アンソロジー」角川書店 2005（角川文庫）p209

ブッソン, パウル

トルメントの宝石
◇前川道介訳「独逸怪奇小説集成」国書刊行会 2001 p47

ブッチャー, グレイス

ひとりでも生きていける
◇吉田利子訳「間違ってもいい, やってみたら―想いがはじける28の物語」講談社 1998 p23

ブッチャー, ティム

彼女の夢
◇角田光代訳「わたしは女の子だから」英治出版 2012 p43

フツツ

ブッツァーティ, ディーノ　Buzzati, Dino
（1906〜1972　イタリア）
タタール人の砂漠
◇脇功訳「イタリア叢書 9」松籟社 1992 p1
七階
◇脇功訳「謎のギャラリー――こわい部屋」新潮社 2002（新潮文庫）p32
◇脇功訳「謎の物語」筑摩書房 2012（ちくま文庫）p355
◇脇功訳「こわい部屋」筑摩書房 2012（ちくま文庫）p32
なにかが起こった
◇脇功訳「綾辻行人と有栖川有栖のミステリ・ジョッキー 2」講談社 2009 p146
待っていたのは
◇脇功訳「謎のギャラリー――こわい部屋」新潮社 2002（新潮文庫）p58
◇脇功訳「こわい部屋」筑摩書房 2012（ちくま文庫）p58

フッド, T.
亡霊の影
◇小山太一訳「憑かれた鏡―エドワード・ゴーリーが愛する12の怪談」河出書房新社 2006 p193
◇小山太一訳「エドワード・ゴーリーが愛する12の怪談―憑かれた鏡」河出書房新社 2012（河出文庫）p219

フットレル, ジャック
13号独房の問題
◇押川曠訳「巨匠の選択」早川書房 2001（ハヤカワ・ミステリ）p143

プトゥラーメント, イェジー
復活祭
◇内田莉莎子訳「文学の贈物―東中欧文学アンソロジー」未知谷 2000 p13

ブニュエル, ルイス
麒麟
◇種村季弘訳「怪奇・幻想・綺想文学集―種村季弘翻訳集成」国書刊行会 2012 p505

ブーニン, イワン・アレクセーエヴィチ
イーダ
◇田辺佐保子訳「ロシアのクリスマス物語」群像社 1997 p41
日射病
◇和久利誓一訳「世界100物語 4」河出書房新社 1997 p201

フニンウェーニェイン
第一の妻
◇南田みどり編訳「ミャンマー現代女性短編集」大同生命国際文化基金 2001（アジアの現代文芸）p68

フーバー, ミシェル
胎動
◇丹生谷健二郎訳「アメリカ新進作家傑作選 2004」DHC 2005 p319

ブーフ, ハンス・クリストファー
牧神の午後
◇前川道介訳「独逸怪奇小説集成」国書刊行会 2001 p177

フーフ, リカルダ・オクターヴィア　Huch, Ricarda Octavia（1864〜1947　ドイツ）
歌手
◇辻理訳「百年文庫 64」ポプラ社 2011 p81

フブダ, アブ・トゥドバ・イムラヒム・b.
タンタロス
◇内田吉彦訳「アンデスの風叢書 天国・地獄百科」書肆風の薔薇 1982 p67

フラー, ジョン　Fuller, John Leopold（1937〜イギリス）
亀の悲しみ アキレスの回想録
◇柴田元幸編訳「燃える天使」角川書店 2009（角川文庫）p171

フラー, ティモシー　Fuller, Timothy（1914〜1971　アメリカ）
ハーバード大学殺人事件
◇高橋淑子訳「ブルー・ボウ・シリーズ ハーバード大学殺人事件」青弓社 1993 p3

プライアー, ジョシュ
間違い電話
◇浅尾貴子訳「アメリカミステリ傑作選 2002」DHC 2002（アメリカ文芸「年間」傑作選）p605

ブライアン, リン
猫の話
◇月村澄枝訳「猫は九回生きる―とっておきの猫の話」心交社 1997 p47

ブライアント, ウィリアム・カレン　Bryant, William Cullen（1906〜1972　イタリア）
死への瞑想
◇渡辺信二訳「アメリカ文学ライブラリー アメリカ名詩選」本の友社 1997 p110

ブライアント, エドワード　Bryant, Edward
　愛につぶされて
　　◇田中一江訳「999（ナインナインナイン）―聖金曜日」東京創元社 2000（創元推理文庫）p279
　カッター
　　◇田中一江訳「シルヴァー・スクリーム 下」東京創元社 2013（創元推理文庫）p271
　彼女のお出かけ
　　◇大森望訳「現代ミステリーの至宝 2」扶桑社 1997（扶桑社ミステリー）p213
　ジェイド・ブルー
　　◇大森望訳「魔法の猫」扶桑社 1998（扶桑社ミステリー）p253
　地獄のレストランにて、悲しき最後の逢瀬
　　◇夏来健次訳「死霊たちの宴 上」東京創元社 1998（創元推理文庫）p165
　闇の天使
　　◇真野明裕訳「闇の展覧会 罠」早川書房 2005（ハヤカワ文庫）p27

ブライシュ, アブドゥッサラーム
　臆病
　　◇越川芳明訳「モロッコ幻想物語」岩波書店 2013 p35
　愚鈍
　　◇越川芳明訳「モロッコ幻想物語」岩波書店 2013 p37
　トラック運転手ウマル
　　◇越川芳明訳「モロッコ幻想物語」岩波書店 2013 p43
　貪欲
　　◇越川芳明訳「モロッコ幻想物語」岩波書店 2013 p39

プライス, スーザン　Price, Susan（1955～　イギリス）
　荒れ野を越えて
　　◇夏目道子訳「メグ・アウル」パロル舎 2002（ミステリアス・クリスマス）p143
　果たされた約束
　　◇西村醇子訳「ミステリアス・クリスマス」パロル舎 1999 p69

プライス, E.ホフマン　Price, Edgar Hoffmann（1898～1988　アメリカ）
　悪魔の娘
　　◇夏来健次訳「怪奇文学大山脈 3」東京創元社 2014 p363

ブライト, ポピー・Z.
　ドクター・ペッパーが好きなのか？
　　◇佐竹史子訳「ディスコ2000」アーティストハウス 1999 p59

プラウトゥス　Plautus, Titus Maccius（前254頃～前184　ローマ）
　三文銭
　　◇上村健二訳「ローマ喜劇集 4」京都大学学術出版会 2002（西洋古典叢書）p391
　スティクス
　　◇小林標訳「ローマ喜劇集 4」京都大学学術出版会 2002（西洋古典叢書）p303
　綱引き
　　◇小林標訳「ローマ喜劇集 4」京都大学学術出版会 2002（西洋古典叢書）p141
　トルクレントゥス
　　◇宮城徳也訳「ローマ喜劇集 4」京都大学学術出版会 2002（西洋古典叢書）p495
　プセウドルス
　　◇高橋宏幸訳「ローマ喜劇集 4」京都大学学術出版会 2002（西洋古典叢書）p3
　旅行かばん
　　◇藤谷道夫訳「ローマ喜劇集 4」京都大学学術出版会 2002（西洋古典叢書）p573

ブラウニング, ロバート　Browning, Robert（1812～1889　イギリス）
　男から女へ
　　◇牛島信明訳「アンデスの風叢書 天国・地獄百科」書肆風の薔薇 1982 p30

ブラウン, エリック
　アトキンスン兄弟の失踪
　　◇日暮雅通訳「シャーロック・ホームズの大冒険 上」原書房 2009 p281
　火星人大使の悲劇
　　◇尾之上浩司訳「シャーロック・ホームズとヴィクトリア朝の怪人たち 2」扶桑社 2015（扶桑社ミステリー）p71

ブラウン, ステファニー
　シングル・マザー
　　◇吉田利子訳「間違ってもいい、やってみたら―想いがはじける28の物語」講談社 1998 p106

ブラウン, フォルカー　Braun, Volker（1939～　ドイツ）
　自由の国のイフィゲーニエ
　　◇中島裕昭訳「ドイツ現代戯曲選30 15」論創社 2006 p7

フラウ

ブラウン, フレドリック　Brown, Fredric
（1906〜1972　アメリカ）

アイネ・クライネ・ナハトムジーク
◇秋津知子訳「幻想と怪奇―おれの夢の女」早川書房 2005（ハヤカワ文庫）p9

闘技場（アリーナ）
◇南山宏, 尾之上浩司訳「地球の静止する日」角川書店 2008（角川文庫）p299

うしろをみるな
◇夏来健次訳「厭な物語」文藝春秋 2013（文春文庫）p263

後ろを見るな
◇曽我四郎訳「天外消失―世界短篇傑作集 Off the face of the earth and other stories」早川書房 2008（ハヤカワ・ミステリ）p103

後ろで声が
◇中村保男訳「30の神品―ショートショート傑作選」扶桑社 2016（扶桑社文庫）p113

おそるべき坊や
◇星新一訳「異色作家短篇集 2」早川書房 2005 p37

さあ、気ちがいになりなさい
◇星新一訳「異色作家短篇集 2」早川書房 2005 p197

シャム猫
◇谷崎由依訳「モーフィー時計の午前零時―チェス小説アンソロジー」国書刊行会 2009 p83

終列車
◇稲葉明雄訳「ミステリマガジン700―創刊700号記念アンソロジー　海外篇」早川書房 2014（ハヤカワ・ミステリ文庫）p67

シリウス・ゼロ
◇星新一訳「異色作家短篇集 2」早川書房 2005 p125

沈黙と叫び
◇星新一訳「異色作家短篇集 2」早川書房 2005 p187

電獣ヴァヴェリ
◇星新一訳「異色作家短篇集 2」早川書房 2005 p51

ノック
◇星新一訳「異色作家短篇集 2」早川書房 2005 p87

不死鳥への手紙
◇星新一訳「異色作家短篇集 2」早川書房 2005 p171

ぶっそうなやつら
◇星新一訳「異色作家短篇集 2」早川書房 2005 p21

古屋敷
◇中村融訳「街角の書店―18の奇妙な物語」東京創元社 2015（創元推理文庫）p273

帽子の手品
◇星新一訳「異色作家短篇集 2」早川書房 2005 p159

星ねずみ
◇安野玲訳「20世紀SF 1」河出書房新社 2000（河出文庫）p7

町を求む
◇星新一訳「異色作家短篇集 2」早川書房 2005 p151

みどりの星へ
◇星新一訳「異色作家短篇集 2」早川書房 2005 p5

ユーディの原理
◇星新一訳「異色作家短篇集 2」早川書房 2005 p105

ブラウン, モリー

エンジェルの一日
◇田口俊樹訳「ロンドン・ノワール」扶桑社 2003（扶桑社ミステリー）p305

ブラウン, リリアン・ジャクスン

マダム・フロイの罪
◇羽田詩津子訳「不思議な猫たち」扶桑社 1999（扶桑社ミステリー）p199

ブラウン, レベッカ

悲しみ
◇柴田元幸編訳「僕の恋、僕の傘」角川書店 1999 p25

魔法
◇柴田元幸編訳「どこにもない国―現代アメリカ幻想小説集」松柏社 2006 p159

ブラウンズ, アクセル　Brauns, Axel（1963〜）

ノック人とツルの森
◇浅井晶子訳「Modern & Classic ノック人とツルの森」河出書房新社 2008 p3

ブラウンベック, ゲイリー・A.

お墓に入ったかわいそうな坊や
◇七搦理美子訳「赤ずきんの手には拳銃」原書房 1999 p87

生存者
◇田中一江訳「サイコ―ホラー・アンソロジー」

祥伝社 1998（祥伝社文庫）p545
◇田中一江訳「アメリカミステリ傑作選 2001」DHC 2001（アメリカ文芸「年間」傑作選）p61

プラクタ, ダニー　Plachta, Dannie
何時からおいでで
◇中村融訳「20世紀SF 3」河出書房新社 2001（河出文庫）p391

プラシノス, ジゼール　Prassinos, Gisele（1920～）
ジゼール・プラシノス
◇阿部弘一訳「黒いユーモア選集 2」河出書房新社 2007（河出文庫）p317

プラス, シルヴィア　Plath, Sylvia（1932～1963　アメリカ）
ベル・ジャー
◇青柳祐美子訳「Modern & Classic ベル・ジャー」河出書房新社 2004 p1

プラスキー, ジャック
メリーゴーラウンド
◇柴田元幸編訳「燃える天使」角川書店 2009（角川文庫）p153

プラチェット, テリー　Prachett, Terry（1948～　イギリス）
海は小魚でいっぱい
◇矢口悟訳「ファンタジイの殿堂 伝説は永遠に 3」早川書房 2000（ハヤカワ文庫FT）p399
ディスクワールド
◇矢口悟訳「ファンタジイの殿堂 伝説は永遠に 3」早川書房 2000（ハヤカワ文庫FT）p393

ブラック, マイケル・A.
黄金虫
◇横山啓明訳「ポーに捧げる20の物語」早川書房 2009（Hayakawa pocket mystery books）p37

ブラッグ, マーゴ
箱入り娘
◇浅倉久志選訳「極短小説」新潮社 2004（新潮文庫）p255

ブラックウッド, アルジャーノン　Blackwood, Algernon（1869～1951　イギリス）
空家
◇小山太一訳「憑かれた鏡―エドワード・ゴーリーが愛する12の怪談」河出書房新社 2006 p5
◇小山太一訳「エドワード・ゴーリーが愛する12の怪談―憑かれた鏡」河出書房新社 2012（河出文庫）p7
囁く者
◇中野善夫訳「怪奇礼讃」東京創元社 2004（創元推理文庫）p159
地獄
◇南條竹則、坂本あおい訳「地獄―英国怪談中篇傑作集」メディアファクトリー 2008（幽books）p175
窃盗の意図をもって
◇南條竹則編訳「イギリス恐怖小説傑作選」筑摩書房 2005（ちくま文庫）p251
秘書奇譚
◇平井呈一訳「怪奇小説傑作集新版 1」東京創元社 2006（創元推理文庫）p307

ブラックマン, サラ
ジュピターズイン
◇福井美緒子訳「アメリカ新進作家傑作選 2006」DHC 2007 p173

ブラックマン, デニス・M.
大きな悪、小さな悪
◇玉木亨訳「サイコホラー・アンソロジー」祥伝社 1998（祥伝社文庫）p151

ブラッシュ, トーマス　Brasch, Thomas（1945～2001）
女たち。戦争。悦楽の劇
◇四ツ谷亮子訳「ドイツ現代戯曲選30 6」論創社 2006 p7

ブラッシンゲーム, ワイアット　Blassingame, Wyatt Rainey
責め苦の申し子
◇夏来健次訳「怪奇文学大山脈 3」東京創元社 2014 p389

ブラッティ, ウィリアム・ピーター
別天地館
◇夏来健次訳「999（ナインナインナイン）―狂犬の夏」東京創元社 2000（創元推理文庫）p269

プラット, フレッチャー　Pratt, Fletcher（アメリカ）
おいで、パッツィ！（キャンプ, L.スプレイグ・ディ）
◇安野玲訳「幻想の犬たち」扶桑社 1999（扶桑社ミステリー）p265

フラツ

ブラッドストリート, アン Bradstreet, Anne
（1612頃～1672 アメリカ）

アン・ブラッドストリートの思い出に
　◇渡辺信二訳「アメリカ文学ライブラリー アメリカ名詩選」本の友社 1997 p58

エリザベス・ブラッドストリートの思い出に
　◇渡辺信二訳「アメリカ文学ライブラリー アメリカ名詩選」本の友社 1997 p56

荒野に祈る母
　◇渡辺信二訳「アメリカ文学ライブラリー アメリカ名詩選」本の友社 1997 p27

公用で不在の夫へ宛てた手紙
　◇渡辺信二訳「アメリカ文学ライブラリー アメリカ名詩選」本の友社 1997 p48

子どもたちのこと
　◇渡辺信二訳「アメリカ文学ライブラリー アメリカ名詩選」本の友社 1997 p50

この世のものすべての虚しさ
　◇渡辺信二訳「アメリカ文学ライブラリー アメリカ名詩選」本の友社 1997 p40

サイモン・ブラッドストリートへ
　◇渡辺信二訳「アメリカ文学ライブラリー アメリカ名詩選」本の友社 1997 p60

出産の前に
　◇渡辺信二訳「アメリカ文学ライブラリー アメリカ名詩選」本の友社 1997 p46

序詩
　◇渡辺信二訳「アメリカ文学ライブラリー アメリカ名詩選」本の友社 1997 p30

拙著に
　◇渡辺信二訳「アメリカ文学ライブラリー アメリカ名詩選」本の友社 1997 p38

父へ詩を捧げる
　◇渡辺信二訳「アメリカ文学ライブラリー アメリカ名詩選」本の友社 1997 p44

疲れた巡礼が
　◇渡辺信二訳「アメリカ文学ライブラリー アメリカ名詩選」本の友社 1997 p67

病気の発作の際に
　◇渡辺信二訳「アメリカ文学ライブラリー アメリカ名詩選」本の友社 1997 p35

わが家の火事の後
　◇渡辺信二訳「アメリカ文学ライブラリー アメリカ名詩選」本の友社 1997 p63

わたしの大切な愛する夫へ
　◇渡辺信二訳「アメリカ文学ライブラリー アメリカ名詩選」本の友社 1997 p28

わたしの大切な子どもたちへ
　◇渡辺信二訳「アメリカ文学ライブラリー アメリカ名詩選」本の友社 1997 p62

ブラッドフォード, メアリ

オフィス・パーティ
　◇山本俊子訳「ミニ・ミステリ100」早川書房 2005（ハヤカワ・ミステリ文庫）p131

ブラッドベリ, レイ Bradbury, Ray（1920～2012 アメリカ）

雨降りしきる日
　◇吉田誠一訳「異色作家短篇集 15」早川書房 2006 p285

イカロス・モンゴルフィエ・ライト
　◇吉田誠一訳「異色作家短篇集 15」早川書房 2006 p135

いちご色の窓
　◇吉田誠一訳「異色作家短篇集 15」早川書房 2006 p271

贈りもの
　◇吉田誠一訳「異色作家短篇集 15」早川書房 2006 p227

穏やかな一日
　◇吉田誠一訳「異色作家短篇集 15」早川書房 2006 p7

女
　◇伊藤典夫訳「幻想と怪奇―ポオ蒐集家」早川書房 2005（ハヤカワ文庫）p55

かつら
　◇吉田誠一訳「異色作家短篇集 15」早川書房 2006 p145

火龍
　◇吉田誠一訳「異色作家短篇集 15」早川書房 2006 p17

金色の目
　◇吉田誠一訳「異色作家短篇集 15」早川書房 2006 p159

結婚改良家
　◇吉田誠一訳「異色作家短篇集 15」早川書房 2006 p99

月曜日の大椿事
　◇吉田誠一訳「異色作家短篇集 15」早川書房 2006 p233

小ねずみ夫婦
　◇吉田誠一訳「異色作家短篇集 15」早川書房 2006 p245

サルサのにおい

◇吉田誠一訳「異色作家短篇集 15」早川書房 2006 p123

四旬節の最初の夜
◇吉田誠一訳「異色作家短篇集 15」早川書房 2006 p193

死人使い
◇遠川宇訳「幻想と怪奇―おれの夢の女」早川書房 2005 (ハヤカワ文庫) p195

十月の西
◇伊藤典夫訳「ヴァンパイア・コレクション」角川書店 1999 (角川文庫) p429

趣味の問題―「イット・ケイム・フロム・アウタースペース」原作
◇中村融訳「地球の静止する日―SF映画原作傑作選」東京創元社 2006 (創元SF文庫) p13

すばらしき白服
◇吉田誠一訳「異色作家短篇集 15」早川書房 2006 p51

すべての夏をこの一日に
◇吉田誠一訳「異色作家短篇集 15」早川書房 2006 p217

たそがれの浜辺
◇吉田誠一訳「異色作家短篇集 15」早川書房 2006 p255

旅立つ時
◇吉田誠一訳「異色作家短篇集 15」早川書房 2006 p205

誰も降りなかった町
◇吉田誠一訳「異色作家短篇集 15」早川書房 2006 p109

トランク詰めの女
◇中上守訳「幻想と怪奇―宇宙怪獣現わる」早川書房 2005 (ハヤカワ文庫) p227

熱にうかされて
◇吉田誠一訳「異色作家短篇集 15」早川書房 2006 p87

初めの終わり
◇中村融訳「20世紀SF 2」河出書房新社 2000 (河出文庫) p7
◇吉田誠一訳「異色作家短篇集 15」早川書房 2006 p41

ほほえみ
◇吉田誠一訳「異色作家短篇集 15」早川書房 2006 p183

万華鏡
◇安野玲訳「20世紀SF 1」河出書房新社 2000 (河出文庫) p101

見えざる棘
◇広瀬順弘訳「闇の展覧会 罠」早川書房 2005 (ハヤカワ文庫) p209

見えない少年
◇大友香奈子訳「魔法使いになる14の方法」東京創元社 2003 (創元推理文庫) p215

みずうみ
◇伊藤典夫訳「30の神品―ショートショート傑作選」扶桑社 2016 (扶桑社文庫) p89

メランコリイの妙薬
◇吉田誠一訳「異色作家短篇集 15」早川書房 2006 p25

夜汽車はバビロンへ
◇深町眞理子訳「夜汽車はバビロンへ―EQMM90年代ベスト・ミステリー」扶桑社 2000 (扶桑社ミステリー) p341

ブラッドリー, マリオン・ジマー

もうひとつのイヴ物語 (ウェルズ, ジョン・ジェイ)
◇利根川真紀訳「古典BL小説集」平凡社 2015 (平凡社ライブラリー) p269

ブラッドン, メアリ・エリザベス

クライトン館の秘密
◇松岡光治編訳「ヴィクトリア朝幽霊物語―短篇集」アティーナ・プレス 2013 p261

冷たい抱擁
◇倉阪鬼一郎訳「淑やかな悪夢―英米女流怪談集」東京創元社 2000 p147
◇川本静子訳「ゴースト・ストーリー傑作選―英米女性作家8短篇」みすず書房 2009 p41

昔馴染みの鳥
◇中野善夫訳「怪奇礼讃」東京創元社 2004 (創元推理文庫) p297

ブラトーヴィッチ, ミオドラグ Bulatović, Miodrag (1930〜1991 ユーゴスラビア)

ろばに乗った英雄
◇大久保和郎訳「東欧の文学 ろばに乗った英雄」恒文社 1966 p23

プラトーノフ, アンドレイ・プラトーノヴィチ

帰還
◇原卓也訳「百年文庫 33」ポプラ社 2010 p91
◇原卓也訳「この愛のゆくえ―ポケットアンソロジー」岩波書店 2011 (岩波文庫別冊) p303

プラトン Platōn (前427〜前347 ギリシア)

アルメニオスの子、エル

フラナ

◇内田吉彦訳「アンデスの風叢書 天国・地獄百科」書肆風の薔薇 1982 p86

風――大地をめぐる、空気の運動。―「定義集」四一一C
◇北嶋美雪訳「超短編アンソロジー」筑摩書房 2002（ちくま文庫）p115

ブラナー, ジョン

思考の谺
◇伊藤典夫訳「ボロゴーヴはミムジイ―伊藤典夫翻訳SF傑作選」早川書房 2016（ハヤカワ文庫SF）p283

フラナガン, トマス　Flanagan, Thomas（1923～　アメリカ）

北イタリア物語
◇宇野利泰訳「密室殺人傑作選」早川書房 2003（ハヤカワ・ミステリ文庫）p487

ブラナック, マイケル

たそがれの歌
◇日暮雅通訳「シャーロック・ホームズ アメリカの冒険」原書房 2012 p403

フラバル, ボフミル　Hrabal, Bohumil（1914～1997　チェコ）

黄金のプラハをお見せしましょうか？
◇橋本聡訳「ポケットのなかの東欧文学――ルネッサンスから現代まで」成文社 2006 p326

魔法のフルート
◇赤塚若樹訳「夢のかけら」岩波書店 1997（世界文学のフロンティア）p189

ブラハルツ, クルト　Bracharz, Kurt（1947～　オーストリア）

カルトの影
◇郷正文訳「現代ウィーン・ミステリー・シリーズ 7」水声社 2002 p5

作者のあとがき〔カルトの影〕
◇郷正文訳「現代ウィーン・ミステリー・シリーズ 7」水声社 2002 p145

ブラムライン, マイケル　Blumlein, Michael（1948～　アメリカ）

暖かさの約束
◇山形浩生訳「ライターズX 器官切除」白水社 1994 p123

ウェットスーツ
◇山形浩生訳「ライターズX 器官切除」白水社 1994 p143

男の恩寵を捨てて
◇山形浩生訳「ライターズX 器官切除」白水社 1994 p89

溺れてしまえ
◇山形浩生訳「ライターズX 器官切除」白水社 1994 p71

家事
◇山形浩生訳「ライターズX 器官切除」白水社 1994 p101

華麗なる魅惑
◇山形浩生訳「ライターズX 器官切除」白水社 1994 p112

器官切除
◇山形浩生訳「ライターズX 器官切除」白水社 1994 p1

器官切除と変異体再生―症例報告
◇山形浩生訳「ライターズX 器官切除」白水社 1994 p29

そのもの
◇山形浩生訳「ライターズX 器官切除」白水社 1994 p165

ドミノ・マスター
◇山形浩生訳「ライターズX 器官切除」白水社 1994 p46

ベストセラー
◇山形浩生訳「ライターズX 器官切除」白水社 1994 p186

ラットの脳
◇山形浩生訳「ライターズX 器官切除」白水社 1994 p7

CWとのインタビュー
◇山形浩生訳「ライターズX 器官切除」白水社 1994 p82

ブランカーティ

幸せな家
◇武谷なおみ編訳「短篇で読むシチリア」みすず書房 2011（大人の本棚）p89

二度とも笑わなかった男の話
◇武谷なおみ編訳「短篇で読むシチリア」みすず書房 2011（大人の本棚）p84

フランク, ブルーノ

きんおさ虫
◇伊藤利男訳「世界100物語 6」河出書房新社 1997 p226

フランク, レーオンハルト

最後の瞬間
◇吉田正己訳「世界100物語 5」河出書房新社 1997 p327

フランクリン, トム　Franklin, Thomas Gerald（1963〜　アメリカ）
彼の手が求めしもの（フェネリー, ベス・アン）
　◇竹内要江訳「ベスト・アメリカン・短編ミステリ 2012」DHC 2012 p177
彼の両手がずっと待っていたもの
　◇伏見威蕃訳「ミステリアス・ショーケース」早川書房 2012（Hayakawa pocket mystery books）p85
研磨粒
　◇絵鳩文行訳「アメリカミステリ傑作選 2002」DHC 2002（アメリカ文芸「年間」傑作選）p275
密猟者たち
　◇伏見威蕃訳「エドガー賞全集―1990〜2007」早川書房 2008（ハヤカワ・ミステリ文庫）p327

フランケチエンヌ　Franketienne（1936〜　ハイチ）
私を産んだ私
　◇塚本昌則訳「月光浴―ハイチ短篇集」国書刊行会 2003（Contemporary writers）p267

フランコ, ホルヘ　Franco Ramos, Jorge（1962〜　コロンビア）
ロサリオの鋏
　◇田村さと子訳「Modern & Classic ロサリオの鋏」河出書房新社 2003 p1

フランコ, ラファ
ピアノ
　◇旦紀子訳「マシン・オブ・デス―A Collection of Stories about People who Know How They Will DIE」アルファポリス 2012 p184
　◇旦紀子訳「マシン・オブ・デス」アルファポリス 2013（アルファポリス文庫）p10

フランシス, トム
爆発
　◇旦紀子訳「マシン・オブ・デス―A Collection of Stories about People who Know How They Will DIE」アルファポリス 2012 p194

フランス, アナトール　France, Anatole（1844〜1924　フランス）
金色の目のマルセル
　◇山田佳志子訳「五つの小さな物語―フランス短篇集」彩流社 2011 p83
白い服の婦人
　◇日仏言語文化協会「エチュード月曜クラス」訳「掌中のエスプリ―フランス文学短篇名作集」弘学社 2013 p41
聖餐祭
　◇岡本綺堂編訳「世界怪談名作集 下」河出書房新社 2002（河出文庫）p93
聖母の軽業師
　◇日仏言語文化協会「エチュード月曜クラス」訳「掌中のエスプリ―フランス文学短篇名作集」弘学社 2013 p67
聖母の曲芸師
　◇堀口大學訳「心洗われる話」筑摩書房 2010（ちくま文学の森）p129
薪
　◇伊吹武彦訳「書物愛 海外篇」晶文社 2005 p35
　◇伊吹武彦訳「書物愛 海外篇」東京創元社 2014（創元ライブラリ）p31
亡霊（モウジャ）のお彌撒（ミサ）
　◇西本晃二編訳「南欧怪談三題」未來社 2011（転換期を読む）p59
ユダヤの太守
　◇内藤濯訳「百年文庫 57」ポプラ社 2010 p63
ユマニテ
　◇日仏言語文化協会「エチュード月曜クラス」訳「掌中のエスプリ―フランス文学短篇名作集」弘学社 2013 p53

フランゼン, ジョナサン　Franzen, Jonathan（1959〜　アメリカ）
気の合う二人
　◇森慎一郎訳「ベスト・ストーリーズ 3」早川書房 2016 p221

ブランチ, パミラ　Branch, Pamela（1920〜1967）
殺人狂躁曲
　◇小林晋訳「ヴィンテージ・ミステリ 2」ハッピー・フュー・プレス 1993 p3

フランツ, オナ
私と犬
　◇住谷春也訳「時間はだれも待ってくれない―21世紀東欧SF・ファンタスチカ傑作集」東京創元社 2011 p41

ブランツ, マーク
歯科医のステージ
　◇浅倉久志選訳「極短小説」新潮社 2004（新潮文庫）p170

ブランデル, ウィリアム・E.
事件の急転

◇浅倉久志選訳「極短小説」新潮社 2004（新潮文庫）p41

ブランド, エレナー・テイラー
鬼火
◇飯泉恵美子訳「ウーマンズ・ケース 上」早川書房 1998（ハヤカワ・ミステリ文庫）p149

ブランド, クリスチアナ Brand, Christianna（1907～1988 イギリス）
ジェミニイ・クリケット事件
◇深町眞理子訳「51番目の密室―世界短篇傑作集」早川書房 2010（Hayakawa pocket mystery books）p321
ジェミニー・クリケット事件
◇深町眞理子訳「北村薫の本格ミステリ・ライブラリー」角川書店 2001（角川文庫）p331
拝啓、編集長様
◇山本俊子訳「ミステリマガジン700―創刊700号記念アンソロジー 海外篇」早川書房 2014（ハヤカワ・ミステリ文庫）p175
未亡人に乾杯
◇本田紀久子訳「ワイン通の復讐―美酒にまつわるミステリー選集」心交社 1998 p141

ブランド, フィオナ
千年の恋
◇高山真由美訳「真夏の恋の物語―サマー・シズラー 2003」ハーレクイン 2003 p247

ブランド, マックス Brand, Max
ジョン・オヴィントンの帰還
◇夏来健次訳「怪奇文学大山脈 3」東京創元社 2014 p323

ブランドナー, ゲイリイ
忌まわしきもの
◇夏来健二訳「ラヴクラフトの遺産」東京創元社 2000（創元推理文庫）p183
探偵三七五号
◇佐々田雅子訳「ミニ・ミステリ100」早川書房 2005（ハヤカワ・ミステリ文庫）p654
流れ弾
◇山本俊子訳「ミニ・ミステリ100」早川書房 2005（ハヤカワ・ミステリ文庫）p114

ブランドン, ジェイ
凄まじい力に追われて
◇漆原敦子訳「殺しが二人を別つまで」早川書房 2007（ハヤカワ・ミステリ文庫）p473

ブランハム, R.V.
草の色、血の色
◇新藤純子訳「不思議な猫たち」扶桑社 1999（扶桑社ミステリー）p265

フーリエ, シャルル Fourier, François Marie Charles（1772～1837 フランス）
シャルル・フーリエ
◇山田直訳「黒いユーモア選集 1」河出書房新社 2007（河出文庫）p93

プリースト, クリストファー Priest, Christopher（1943～ イギリス）
限りなき夏
◇古沢嘉通訳「20世紀SF 4」河出書房新社 2001（河出文庫）p255
◇古沢嘉通訳「ここがウィネトカなら、きみはジュディ―時間SF傑作選 SFマガジン創刊50周年記念アンソロジー」早川書房 2010（ハヤカワ文庫 SF）p61
魔法
◇古沢嘉通訳「夢の文学館 5」早川書房 1995 p1

フリーズナー, エスター・M.
熊さんの迷惑
◇青木多香子訳「ホワイトハウスのペット探偵」講談社 2009（講談社文庫）p285
誕生日
◇幹遙子訳「90年代SF傑作選 下」早川書房 2002（ハヤカワ文庫）p129
誘惑
◇金子浩訳「サイコ―ホラー・アンソロジー」祥伝社 1998（祥伝社文庫）p253

プリチェット, V.S. Pritchett, Sir Victor Sawdon（1900～1997 イギリス）
床屋の話
◇柴田元幸編訳「僕の恋、僕の傘」角川書店 1999 p36
◇柴田元幸編訳「燃える天使」角川書店 2009（角川文庫）p27
ドン・ファンの生涯における一挿話
◇中野善夫訳「英国短篇小説の愉しみ 3」筑摩書房 1999 p125
梯子
◇桃尾美佳訳「ベスト・ストーリーズ 1」早川書房 2015 p163

ブリッジ, アン Bridge, Ann（イギリス）
遭難

◇高山直之, 西崎憲訳「怪奇小説日和―黄金時代傑作選」筑摩書房 2013（ちくま文庫）p239

ブリッシュ, ジェイムズ Blish, James Benjamin（1921～1975　アメリカ）

芸術作品
◇白石朗訳「20世紀SF 2」河出書房新社 2000（河出文庫）p329

フリッシュムート, バーバラ Frischmuth, Barbara（1941～　オーストリア）

室内楽のための三つのテキスト
◇入谷幸江訳「シリーズ現代ドイツ文学 5」早稲田大学出版部 1993 p179

ブリッセ, ジャン＝ピエール Brisset, Jean-Pierre（1837～1919　フランス）

ジャン＝ピエール・ブリッセ
◇高橋彦明訳「黒いユーモア選集 2」河出書房新社 2007（河出文庫）p9

フリードソン, マット

自由の女神
◇土肥貴栄訳「アメリカ新進作家傑作選 2006」DHC 2007 p213

フリードマン, フィリップ

ドッグ・デイズ
◇延原泰子訳「殺さずにはいられない 1」早川書房 2002（ハヤカワ・ミステリ文庫）p111

フリノー, フィリップ Freneau, Philip（1752～1832　アメリカ）

インディアンの埋葬墓地
◇渡辺信二訳「アメリカ文学ライブラリー　アメリカ名詩選」本の友社 1997 p106

野生のスイカズラ
◇渡辺信二訳「アメリカ文学ライブラリー　アメリカ名詩選」本の友社 1997 p104

フリーマン, アリス

年下の男を愛して
◇吉田利子訳「間違ってもいい、やってみたら―想いがはじける28の物語」講談社 1998 p182

フリーマン, メアリー・ウィルキンズ Freeman, Mary Eleanor（1852～1930　アメリカ）

壁にうつる影
◇梅田正彦訳「ざくろの実―アメリカ女流作家怪奇小説」鳥影社 2008 p25

南西の部屋
◇平井呈一編「壁画の中の顔―こわい話気味のわるい話 3」沖積舎 2012 p321

ルエラ・ミラー
◇佐藤宏子訳「ゴースト・ストーリー傑作選―英米女性作家8短篇」みすず書房 2009 p171

フリーマン, R.オースティン Freeman, Richard Austin（1862～1943　イギリス）

青いスパンコール
◇大久保康雄訳「有栖川有栖の鉄道ミステリ・ライブラリー」角川書店 2004（角川文庫）p7

猿の肖像
◇青山万里子訳「海外ミステリ Gem Collection 11」長崎出版 2008 p1

人類学講座
◇藤沢透訳「20世紀英国モダニズム小説集成 自分の同類を愛した男」風濤社 2014 p72

謎の訪問者
◇井伊順彦訳「20世紀英国モダニズム小説集成 自分の同類を愛した男」風濤社 2014 p103

不思議な宝石箱
◇西川直子訳「20世紀英国モダニズム小説集成 世を騒がす嘘つき男」風濤社 2014 p160

ペンローズ失踪事件
◇美藤健哉訳「海外ミステリ Gem Collection 8」長崎出版 2007 p1

ブリヤンテス, グレゴリオ・C.

アンドロメダ星座まで
◇宮本靖介, 土井一宏訳「天国の風―アジア短篇ベスト・セレクション」新潮社 2011 p185

ブリーン, ジョン・L. Breen, Jon L.（1943～　アメリカ）

"熱きまなざしの歩哨"事件
◇日暮雅通訳「シャーロック・ホームズ ワトソンの災厄」原書房 2003 p93

犬の腹話術師
◇日暮雅通訳「シャーロック・ホームズ クリスマスの依頼人」原書房 1998 p185

ウィリアム・アラン・ウィルソン
◇満備真木訳「ポーに捧げる20の物語」早川書房 2009（Hayakawa pocket mystery books）p65

失われたスリー・クォーターズの事件
◇日暮雅通訳「シャーロック・ホームズ アメリカの冒険」原書房 2012 p375

かしこいハンス
◇門関集訳「白雪姫、殺したのはあなた」原書房 1999 p199

フリン

画期なき男
◇飯城勇三編訳「エラリー・クイーンの災難」論創社 2012（論創海外ミステリ）p247

推理は二人で
◇山本やよい訳「ホロスコープは死を招く」ソニー・マガジンズ 2006（ヴィレッジブックス）p317

"チェシャーチーズ"亭事件
◇日暮雅通訳「シャーロック・ホームズ ベイカー街の殺人」原書房 2002 p287

猫ミステリー、犬ミステリー
◇中井京子訳「子猫探偵ニックとノラ―The Cat Has Nine Mysterious Tales」光文社 2004（光文社文庫）p223

博物学者のピン
◇日暮雅通訳「シャーロック・ホームズ 四人目の賢者―クリスマスの依頼人 2」原書房 1999 p247

ブリン, デイヴィッド　Brin, David（1950～ アメリカ）

存在の系譜
◇酒井昭伸訳「90年代SF傑作選 上」早川書房 2002（ハヤカワ文庫）p399

知性化宇宙
◇酒井昭伸訳「SFの殿堂 遙かなる地平 1」早川書房 2000（ハヤカワ文庫SF）p247

有意水準の石
◇中原尚哉訳「スティーヴ・フィーヴァー―ポストヒューマンSF傑作選 SFマガジン創刊50周年記念アンソロジー」早川書房 2010（ハヤカワ文庫 SF）p395

誘惑
◇酒井昭伸訳「SFの殿堂 遙かなる地平 1」早川書房 2000（ハヤカワ文庫SF）p253

フリン, ブライアン　Flynn, Brian（1885～? イギリス）

角のあるライオン
◇飯城勇三編「ミステリ・リーグ傑作選 下」論創社 2007（論創海外ミステリ）p6

ブリンコウ, ニコラス

アードウィック・グリーン
◇渡辺佐智江訳「ディスコ・ビスケッツ」早川書房 1998 p15

プリンチャード, I.C.

星辰は魂である
◇斎藤博士訳「アンデスの風叢書 天国・地獄百科」書肆風の薔薇 1982 p158

ブルー, アニー

足下は泥だらけ
◇上岡伸雄訳「ベスト・ストーリーズ 3」早川書房 2016 p103

世界の果てにはバンチグラスが生えている
◇竹迫仁子訳「アメリカ短編小説傑作選 2001」DHC 2001（アメリカ文芸「年間」傑作選）p459

プール, ロメオ

蟹人
◇大川清一郎翻案「怪樹の腕―〈ウィアード・テールズ〉戦前邦訳傑作選」東京創元社 2013 p259

ブルアン・ワンナシー

みえるのは貧しき者ばかり
◇吉岡みね子編訳「タイの大地の上で―現代作家・詩人選集」大同生命国際文化基金 1999（アジアの現代文芸）p243

ブルイチョフ

青ひげ
◇吉田差和子訳「雑話集―ロシア短編集 3」ロシア文学翻訳グループクーチカ 2014 p96

ブルーエン, ケン

美徳の書
◇杉江松恋訳「BIBLIO MYSTERIES 1」ディスカヴァー・トゥエンティワン 2014 p91

ブルガー, ヘルマン

パック―氷のメルヒェン
◇新本史斉訳「現代スイス短篇集」鳥影社・ロゴス企画部 2003 p157

ブルガーコフ, ミハイル　Bulgakov, Mikhail（1891～1940　ウクライナ）

アダムとイヴ
◇石原公道訳「アダムとイヴ／至福郷」群像社 2011（群像社ライブラリー）p7

アレクサンドル・プーシキン
◇石原公道訳「アレクサンドル・プーシキン／バトゥーム」群像社 2009（群像社ライブラリー）p7

さまよえるオランダ人
◇中村栄子訳「雑話集―ロシア短編集 2」「雑話集」の会 2009 p48

至福郷
◇石原公道訳「アダムとイヴ／至福郷」群像社 2011（群像社ライブラリー）p119

バトゥーム

◇石原公道訳「アレクサンドル・プーシキン／バトゥーム」群像社 2009（群像社ライブラリー）p105

ブルカルト, エーリカ
　さまざまな例／戯れながら
　　◇若林恵訳「現代スイス短篇集」鳥影社・ロゴス企画部 2003 p22
　灰色のアウラ
　　◇若林恵訳「現代スイス短篇集」鳥影社・ロゴス企画部 2003 p7

フルーク, ジョアン　Fluke, Joanne（アメリカ）
　クリスマス・デザートは恋してる
　　◇上條ひろみ訳「シュガー＆スパイス」ヴィレッジブックス 2007（ヴィレッジブックス）p441

ブルク, パウル・H.
　日々是好日
　　◇前川道介訳「独逸怪奇小説集成」国書刊行会 2001 p174

ブルジャッド, ピエール
　メリークリスマス
　　◇にむらじゅんこ訳「フランス式クリスマス・プレゼント」水声社 2000 p5

ブルース, コリン
　瀕死のドクター
　　◇日暮雅通訳「シャーロック・ホームズ ワトソンの災厄」原書房 2003 p9

ブルース, レオ　Bruce, Leo（1903〜1979 イギリス）
　死体のない事件
　　◇小林晋訳「ヴィンテージ・ミステリ 1」ハッピー・フュー・プレス 1992 p3
　ロープとリングの事件
　　◇小林晋訳「世界探偵小説全集 8」国書刊行会 1995 p5

ブルースト, マルセル　Proust, Marcel（1871〜1922 フランス）
　乙女の告白
　　◇鈴木道彦訳「百年文庫 72」ポプラ社 2011 p117
　若い娘の告白
　　◇岩崎力訳「生の深みを覗く―ポケットアンソロジー」岩波書店 2010（岩波文庫別冊）p71

ブルック, ジョナサン
　アイデンティティ
　　◇佐竹史子訳「ディスコ2000」アーティストハウス 1999 p40
　サングリア
　　◇渡辺健吾訳「ディスコ・ビスケッツ」早川書房 1998 p145

ブルック, ルーパート　Brooke, Rupert Chawner（1887〜1915　イギリス）
　夜汽車行
　　◇沢崎順之助訳「英国鉄道文学傑作選」筑摩書房 2000（ちくま文庫）p199

ブルックス, ドロシー・ハウ
　生命維持装置
　　◇吉田利子訳「間違ってもいい、やってみたら―想いがはじける28の物語」講談社 1998 p130

ブルックス, ヘレン
　せつないバレンタイン
　　◇南和子訳「マイ・バレンタイン―愛の贈りもの 2003」ハーレクイン 2003 p5

ブルテン, ウィリアム
　ジョン・ディクスン・カーを読んだ男
　　◇伊吹守男訳「密室殺人傑作選」早川書房 2003（ハヤカワ・ミステリ文庫）p307
　ダシール・ハメットを捜せ
　　◇近藤るみ子訳「本の殺人事件簿―ミステリ傑作20選 2」バベル・プレス 2001 p101

ブルトン, アンドレ　Breton, André（1896〜1966　フランス）
　避雷針
　　◇小海永二訳「黒いユーモア選集 1」河出書房新社 2007（河出文庫）p9

ブルネット, マルタ
　鏡
　　◇鈴木邦夫訳「ラテンアメリカ短編集―モデルニズモから魔術的レアリズモまで」彩流社 2001 p171

ブルマン, フィリップ　Pullman, Philip（1946〜　イギリス）
　何か読むものを
　　◇大友香奈子訳「魔法使いになる14の方法」東京創元社 2003（創元推理文庫）p243

ブルーム, エイミー
　門が閉まる
　　◇ウィリアム N.伊藤訳「ゾエトロープ Pop」角

川書店 2001（Bookplus）p5

ブルーム, リチャード　Brome, Richard（1590頃〜1652頃　イギリス）

アンティポディス
◇小野正和訳「イギリス・ルネサンス演劇集 1」早稲田大学出版部 2002 p1

ブルリッチ＝マジュラニッチ, イヴァーナ

ストリボールの森
◇栗原成郎訳「文学の贈物—東中欧文学アンソロジー」未知谷 2000 p396

漁師パルンコとその妻
◇栗原成郎訳「ポケットのなかの東欧文学—ルネッサンスから現代まで」成文社 2006 p157

ブルワー＝リットン, エドワード　Bulwer-Lytton, Edward（1803〜1873　イギリス）

開巻驚奇 龍動鬼談
◇井上勤訳「西洋伝奇物語—ゴシック名訳集成」学習研究社 2004（学研M文庫）p225

貸家
◇岡本綺堂編訳「世界怪談名作集 上」河出書房新社 2002（河出文庫）p9

モノスとダイモノス
◇南條竹則訳「怪奇文学大山脈 1」東京創元社 2014 p229

幽霊屋敷
◇平井呈一訳「怪奇小説傑作集新版 1」東京創元社 2006（創元推理文庫）p9
◇平井呈一訳「怪奇小説精華」筑摩書房 2012（ちくま文庫）p174

ブルンク, ジークリト　Brunk, Sigrid

ともだち
◇浅岡泰子訳「シリーズ現代ドイツ文学 5」早稲田大学出版部 1993 p71

ブルンク, ハンス　Blunck, Hans Friedrich（1888〜1961　ドイツ）

農場の出来事
◇手塚富雄訳「世界100物語 7」河出書房新社 1997 p7

ブルンチェアヌ, ロクサーナ

女性成功者
◇住谷春也訳「時間はだれも待ってくれない—21世紀東欧SF・ファンタスチカ傑作集」東京創元社 2011 p58

ブルンナー, クリスティーナ

花嫁
◇大串紀代子訳「氷河の滴—現代スイス女性作家作品集」鳥影社・ロゴス企画 2007 p191

ブレイク, ジェニファー

夏至の魔法
◇江田さだえ訳「真夏の恋の物語—サマー・シズラー 2004」ハーレクイン 2004 p255

ブレイク, ニコラス

暗殺者クラブ
◇深町真理子訳「ディナーで殺人を 下」東京創元社 1998（創元推理文庫）p139

フレイザー, アントニア　Fraser, Lady Antonia, née Pakenham（1932〜　イギリス）

魔女と猫
◇猪俣美江子訳「ウーマンズ・ケース 下」早川書房 1998（ハヤカワ・ミステリ文庫）p249

わたしの車に誰が坐ってたの？
◇野村芳夫訳「死のドライブ」文藝春秋 2001（文春文庫）p167

フレイジャー, イアン

お母さん攻略法
◇岸本佐知子編訳「変愛小説集」講談社 2008 p113
◇岸本佐知子編訳「変愛小説集」講談社 2014（講談社文庫）p115

プレヴェール, ジャック　Prévert, Jacques（1900〜1977　フランス）

ジャック・プレヴェール
◇大岡信訳「黒いユーモア選集 2」河出書房新社 2007（河出文庫）p271

プレヴォー, アベ　Prévost, l'abbé（1697〜1763　フランス）

マノン
◇石井洋二郎, 石井啓子訳「〈新訳・世界の古典〉シリーズ マノン」新書館 1998 p5

プレヴォー, マルセル　Prévost, Marcel（1862〜1941　フランス）

田舎
◇森鷗外訳「百年文庫 6」ポプラ社 2010 p101

フレッチャー, ジョン　Fletcher, John（1579〜1625　イギリス）

二人の貴公子（シェイクスピア, ウィリアム）
◇大井邦雄訳「イギリス・ルネサンス演劇集 2」早稲田大学出版部 2002 p1

ブレット, サイモン

はだかの"皇帝"

◇米山裕紀訳「赤ずきんの手には拳銃」原書房 1999 p33
ライブラリアン
◇山本やよい訳「ホロスコープは死を招く」ソニー・マガジンズ 2006（ヴィレッジブックス）p495

ブレット, リリー
休暇
◇佐藤渉訳「ダイヤモンド・ドッグ―《多文化を映す》現代オーストラリア短編小説集」現代企画室 2008 p33

ブレナン, ジョゼフ・ペイン　Brennan, Joseph Payne（1918～1990 アメリカ）
帰ってきて、ベンおじさん！
◇三浦玲子訳「ダーク・ファンタジー・コレクション 5」論創社 2007 p37
第七の呪文
◇小林勇次訳「新編 真ク・リトル・リトル神話大系 4」国書刊行会 2008 p239
沼の怪
◇市田泉訳「千の脚を持つ男―怪物ホラー傑作選」東京創元社 2007（創元推理文庫）p9

ブレナン, モーヴ
こっち向いて、ビアンカ
◇岸本佐和子訳「猫好きに捧げるショート・ストーリーズ」国書刊行会 1997 p391

フレニケン, トルーディー
臨終のメッセージ
◇浅倉久志選訳「極短小説」新潮社 2004（新潮文庫）p309

フレーブ, イアン・デイヴィッド
宇宙飛行士
◇荒谷牧裕訳「アメリカ新進作家傑作選 2005」DHC 2006 p387

プレブ, サンジーン
影が騒ぐとき
◇柴内秀司訳「モンゴル近現代短編小説選」パブリック・ブレイン 2013 p181

プレブスレン, プレブジャビン
復讐
◇柴内秀司訳「モンゴル近現代短編小説選」パブリック・ブレイン 2013 p154

フレミング, ピーター
獲物
◇吉川昌一訳「贈る物語Terror」光文社 2002 p167

フレムリン, シリア
特殊才能
◇秋津知子編訳「幻想と怪奇―おれの夢の女」早川書房 2005（ハヤカワ文庫）p291

プレモンズ, グレゴリー
双子未満
◇土持貴栄訳「アメリカ新進作家傑作選 2006」DHC 2007 p249

ブレンチリー, チャズ
少年たちを探して
◇田口俊樹訳「ロンドン・ノワール」扶桑社 2003（扶桑社ミステリー）p159

プレンティス, フランセス
オクラホマ人種暴動
◇小島信夫訳「世界100物語 8」河出書房新社 1997 p373

ブレンド, ギャヴィン
コンク―シングルトン偽造事件
◇北原尚彦編訳「シャーロック・ホームズの栄冠」論創社 2007（論創海外ミステリ）p233

ブレンナー, ハンス・ゲオルク　Brenner, Hans Georg（1903～1961 ドイツ）
奇跡
◇中野京子訳「シリーズ現代ドイツ文学 4」早稲田大学出版部 1993 p78

フロイド, リンダ・ケネディ
出会い系サイト
◇浅倉久志選訳「極短小説」新潮社 2004（新潮文庫）p211

プロヴォースト, アンネ
一発の銃弾
◇板屋嘉代子訳「フランダースの声―現代ベルギー小説アンソロジー」松籟社 2013 p33

プローズ, フランシーヌ
魔女―あるチェーホフの物語にちなんで
◇小原亜美訳「ゾエトロープ Noir」角川書店 2003（Bookplus）p243

フロスト, ジョージ・ローリング
適応
◇斎藤博士訳「アンデスの風叢書 天国・地獄百科」書肆風の薔薇 1982 p128

フロチ

プロチノス　Plōtinos（205頃～270頃　ギリシア）
　形よりなる世界
　　◇斎藤博士訳「アンデスの風叢書　天国・地獄百科」書肆風の薔薇 1982 p132

ブロック, ロバート　Bloch, Robert（1917～1994　アメリカ）
　嘲嗤う屍食鬼（グール）
　　◇加藤幹也訳「新編 真ク・リトル・リトル神話大系 2」国書刊行会 2007 p265
　窖に潜むもの
　　◇三宅初江訳「クトゥルー 11」青心社 1998（暗黒神話大系シリーズ）p81
　あの豪勢な墓を掘れ！
　　◇小笠原豊樹訳「異色作家短篇集 8」早川書房 2006 p77
　暗黒の口づけ（ブロック, R.）
　　◇三宅初江訳「クトゥルー 11」青心社 1998（暗黒神話大系シリーズ）p45
　暗黒の接吻（ブロック, ロバート）
　　◇真島光訳「新編 真ク・リトル・リトル神話大系 3」国書刊行会 2008 p67
　うららかな昼さがりの出来事
　　◇小笠原豊樹訳「異色作家短篇集 8」早川書房 2006 p185
　夫を殺してはみたけれど
　　◇小沢瑞穂訳「30の神品―ショートショート傑作選」扶桑社 2016（扶桑社文庫）p345
　顔のない神
　　◇片岡しのぶ訳「新編 真ク・リトル・リトル神話大系 2」国書刊行会 2007 p237
　影へのキス
　　◇三浦玲子訳「ダーク・ファンタジー・コレクション 5」論創社 2007 p5
　火星への片道切符
　　◇森茂里訳「ブルー・ボウ・シリーズ 夢魔」青弓社 1993 p135
　恐怖が追ってくる
　　◇中田耕治訳「ブルー・ボウ・シリーズ 夢魔」青弓社 1993 p155
　首切り入江の恐怖
　　◇三宅初江訳「クトゥルー 12」青心社 2002（暗黒神話大系シリーズ）p73
　クリスマスの前夜
　　◇広瀬順弘訳「闇の展覧会 敵」早川書房 2005（ハヤカワ文庫）p19

　哄笑する食屍鬼
　　◇三宅初江訳「クトゥルー 13」青心社 2005（暗黒神話大系シリーズ）p115
　こころ変わり
　　◇仁賀克雄訳「幻想と怪奇―おれの夢の女」早川書房 2005（ハヤカワ文庫）p81
　湖畔
　　◇吉田誠一訳「現代ミステリーの至宝 1」扶桑社 1997（扶桑社ミステリー）p103
　こわれた夜明け
　　◇小笠原豊樹訳「異色作家短篇集 8」早川書房 2006 p27
　最後の演技
　　◇小笠原豊樹訳「異色作家短篇集 8」早川書房 2006 p165
　芝居をつづけろ
　　◇小笠原豊樹訳「異色作家短篇集 8」早川書房 2006 p7
　蛇母神
　　◇金子絵美訳「ブルー・ボウ・シリーズ 夢魔」青弓社 1993 p119
　修道院の晩餐
　　◇田口俊樹訳「ディナーで殺人を 上」東京創元社 1998（創元推理文庫）p279
　ショウ・ビジネス
　　◇小笠原豊樹訳「異色作家短篇集 8」早川書房 2006 p41
　小惑星の力学
　　◇北原尚彦編訳「シャーロック・ホームズの栄冠」論創社 2007（論創海外ミステリ）p291
　女優魂
　　◇夏来健次訳「シルヴァー・スクリーム 上」東京創元社 2013（創元推理文庫）p105
　真実の眼鏡
　　◇堀田碧訳「ブルー・ボウ・シリーズ 夢魔」青弓社 1993 p67
　スクリーンの陰に
　　◇仁賀克雄編・訳「新・幻想と怪奇」早川書房 2009（Hayakawa pocket mystery books）p187
　セベックの秘密
　　◇木花開那訳「新編 真ク・リトル・リトル神話大系 3」国書刊行会 2008 p99
　大修道院の宴
　　◇山本悦子訳「ブルー・ボウ・シリーズ 夢魔」青弓社 1993 p107
　治療

◇小笠原豊樹訳「異色作家短篇集 8」早川書房 2006 p15
血は冷たく流れる
◇小笠原豊樹訳「異色作家短篇集 8」早川書房 2006
強い刺激
◇小笠原豊樹訳「異色作家短篇集 8」早川書房 2006 p279
燈台(ポー, エドガー・アラン)
◇吉田誠一訳「51番目の密室―世界短篇傑作集」早川書房 2010（Hayakawa pocket mystery books）p193
針
◇小笠原豊樹訳「異色作家短篇集 8」早川書房 2006 p241
フェル先生、あなたは嫌いです
◇小笠原豊樹訳「異色作家短篇集 8」早川書房 2006 p263
ブバスティスの子ら
◇三宅初江訳「クトゥルー 13」青心社 2005（暗黒神話大系シリーズ）p133
ベッツィーは生きている
◇小笠原豊樹訳「異色作家短篇集 8」早川書房 2006 p123
ポオ蒐集家
◇仁賀克雄訳「幻想と怪奇―ポオ蒐集家」早川書房 2005（ハヤカワ文庫）p27
ほくそ笑む場所
◇小笠原豊樹訳「異色作家短篇集 8」早川書房 2006 p225
本音
◇小笠原豊樹訳「異色作家短篇集 8」早川書房 2006 p131
マント
◇仁賀克雄訳「吸血鬼伝説―ドラキュラの末裔たち」原書房 1997 p369
夢魔
◇佐藤知津子訳「ブルー・ボウ・シリーズ 夢魔」青弓社 1993 p47
名画
◇小笠原豊樹訳「異色作家短篇集 8」早川書房 2006 p51
野牛のさすらう国にて
◇小笠原豊樹訳「異色作家短篇集 8」早川書房 2006 p99
妖術師の宝石
◇岩村光博訳「クトゥルー 10」青心社 1997（暗黒神話大系シリーズ）p15
妖蛆(ようしゅ)の秘密
◇松村三生訳「新編 真ク・リトル・リトル神話大系 2」国書刊行会 2007 p219
ルーシーがいるから
◇各務三郎訳「幻想と怪奇―宇宙怪獣現わる」早川書房 2005（ハヤカワ文庫）p109
蠟人形館
◇小牧園子訳「ブルー・ボウ・シリーズ 夢魔」青弓社 1993 p7
わたしの好みはブロンド
◇小笠原豊樹訳「異色作家短篇集 8」早川書房 2006 p59

ブロック, ローレンス Block, Lawrence（1938 ～ アメリカ）
言えないわけ
◇田口俊樹訳「復讐の殺人」早川書房 2001（ハヤカワ・ミステリ文庫）p13
◇田口俊樹訳「厭な物語」文藝春秋 2013（文春文庫）p179
ケラーのカルマ
◇田口俊樹訳「殺しのグレイテスト・ヒッツ」早川書房 2007（ハヤカワ・ミステリ文庫）p11
ケラーの最後の逃げ場
◇田口俊樹訳「アメリカミステリ傑作選 2001」DHC 2001（アメリカ文芸「年間」傑作選）p23
ケラーの責任
◇田口俊樹訳「エドガー賞全集―1990～2007」早川書房 2008（ハヤカワ・ミステリ文庫）p285
ケラーの治療法
◇田口俊樹訳「エドガー賞全集―1990～2007」早川書房 2008（ハヤカワ・ミステリ文庫）p129
ケラーの適応能力
◇田口俊樹訳「十の罪業 Red」東京創元社 2009（創元推理文庫）p575
ケラーのホロスコープ
◇山本やよい訳「ホロスコープは死を招く」ソニー・マガジンズ 2006（ヴィレッジブックス）p367
最後には微笑みを
◇小松佳代子訳「本の殺人事件簿―ミステリ傑作20選 2」バベル・プレス 2001 p199
自由への一撃
◇佐藤耕士訳「現代ミステリーの至宝 1」扶桑

フロツ

社 1997（扶桑社ミステリー）p265

純白の美少女
◇田口俊樹訳「18の罪―現代ミステリ傑作選」ヴィレッジブックス 2012（ヴィレッジブックス）p7

住むところはいいところ
◇田口俊樹, 高山真由美訳「マンハッタン物語」二見書房 2008（二見文庫）p377

清算
◇二瓶邦夫訳「ベスト・アメリカン・短編ミステリ 2012」DHC 2012 p71

ダヴィデを探して
◇田口俊樹訳「双生児―EQMM90年代ベスト・ミステリー」扶桑社 2000（扶桑社ミステリー）p11

どこまで行くか
◇宮脇孝雄訳「巨匠の選択」早川書房 2001（ハヤカワ・ミステリ）p351

レッツ・ゲット・ロスト
◇田口俊樹訳「探偵稼業はやめられない―女探偵vs.男探偵」光文社 2003（光文社文庫）p431

ブロックマン, ローレンス・G. Blochman, Lawrence G.（1900～1975 アメリカ）

執行猶予
◇山本俊子訳「密室殺人傑作選」早川書房 2003（ハヤカワ・ミステリ文庫）p373

ディナーにラム酒を
◇田口俊樹訳「ディナーで殺人を 下」東京創元社 1998（創元推理文庫）p227

やぶへび
◇志摩隆訳「北村薫の本格ミステリ・ライブラリー」角川書店 2001（角川文庫）p137

ワイン探偵ベリング
◇西井敏世訳「ワイン通の復讐―美酒にまつわるミステリー選集」心交社 1998 p239

ブロッツ, チャールズ・M.

神の恵み（トリート, ローレンス）
◇山本俊子訳「ミニ・ミステリ100」早川書房 2005（ハヤカワ・ミステリ文庫）p63

ブローディ, キャスリン

サタデーナイト・ブルース
◇丘えりか訳「ブルー・ボウ・シリーズ 結婚まで」青弓社 1992 p115

ブローティガン, リチャード Brautigan, Richard（1935～1984 アメリカ）

東オレゴンの郵便局

◇平石貴樹編訳「アメリカ短編ベスト10」松柏社 2016 p311

ブロデリック, ダミアン

わたしは愛するものをスペースシャトル・コロンビアに奪われた
◇佐田千織訳「幻想の犬たち」扶桑社 1999（扶桑社ミステリー）p305

ブロート, マックス

無気味なもの
◇種村季弘訳「怪奇・幻想・綺想文学集―種村季弘翻訳集成」国書刊行会 2012 p185

ブロドキー, ハロルド Brodkey, Harold（1930～1996 アメリカ）

いさかい
◇森田義信訳「シリーズ・永遠のアメリカ文学 5」東京書籍 1991 p85

少年期
◇森田義信訳「シリーズ・永遠のアメリカ文学 5」東京書籍 1991 p7

センチメンタル・エデュケイション
◇森田義信訳「シリーズ・永遠のアメリカ文学 5」東京書籍 1991 p119

ソネットの女
◇森田義信訳「シリーズ・永遠のアメリカ文学 5」東京書籍 1991 p225

ドレスを着るローリー
◇森田義信訳「シリーズ・永遠のアメリカ文学 5」東京書籍 1991 p167

初恋、その他の悲しみ
◇森田義信訳「シリーズ・永遠のアメリカ文学 5」東京書籍 1991 p29

ホフステッドとジーニーおよび、他者たち
◇小林久美子訳「ベスト・ストーリーズ 2」早川書房 2016 p119

三つの優しい声のトリオ
◇森田義信訳「シリーズ・永遠のアメリカ文学 5」東京書籍 1991 p191

緑の谷を笛ふいて
◇森田義信訳「シリーズ・永遠のアメリカ文学 5」東京書籍 1991 p207

ローラ
◇森田義信訳「シリーズ・永遠のアメリカ文学 5」東京書籍 1991 p179

ブロードリック, アネット

かわいい訪問者
◇佐々木真澄訳「マイ・バレンタイン―愛の贈

りもの 2000」ハーレクイン 2000 p105
結婚式はそのままに
　◇江田さだえ訳「恋人たちの夏物語」ハーレクイン 2010（サマー・シズラー・ベリーベスト）p105

フローベール, ギュスターヴ　Flaubert, Gustave（1821～1880　フランス）
愛書狂
　◇生田耕作訳「書物愛 海外篇」晶文社 2005 p11
　◇生田耕作訳「書物愛 海外篇」東京創元社 2014（創元ライブラリ）p7
　◇生田耕作訳「愛書狂」平凡社 2014（平凡社ライブラリー）p7
アルジェリア・チュニジア旅行手帳：芸術への祈り〔一八五八年六月十二日－十三日〕
　◇山崎敦訳「ポケットマスターピース 7」集英社 2016（集英社文庫ヘリテージシリーズ）p751
非人称性（アンペルソナリテ）ルロワイエ・ド・シャントピー嬢宛〔一八五七年三月十八日〕
　◇山崎敦訳「ポケットマスターピース 7」集英社 2016（集英社文庫ヘリテージシリーズ）p744
うわべではなく魂 エルネスト・フェドー宛〔一八五七年七月二十六日（？）〕
　◇山崎敦訳「ポケットマスターピース 7」集英社 2016（集英社文庫ヘリテージシリーズ）p749
大真面目で恐るべきもの イワン・ツルゲーネフ宛〔一八七四年七月二十九日付〕
　◇山崎敦訳「ポケットマスターピース 7」集英社 2016（集英社文庫ヘリテージシリーズ）p766
夥しい資料 エドマ・ロジェ・デ・ジュネット宛〔一八八〇年一月二十五日〕
　◇山崎敦訳「ポケットマスターピース 7」集英社 2016（集英社文庫ヘリテージシリーズ）p770
科学における方法の欠如／近代思想の総点検 ガートルード・テナント宛〔一八七九年十二月十六日〕
　◇山崎敦訳「ポケットマスターピース 7」集英社 2016（集英社文庫ヘリテージシリーズ）p770
書くことの悦楽 ルイーズ・コレ宛〔一八五三年十二月二十三日〕
　◇山崎敦訳「ポケットマスターピース 7」集英社 2016（集英社文庫ヘリテージシリーズ）p743
書くことの不可能性 ルイーズ・コレ宛〔一八五三年四月十日〕
　◇山崎敦訳「ポケットマスターピース 7」集英社 2016（集英社文庫ヘリテージシリーズ）p739
壁としての書物 ジョルジュ・サンド宛〔一八七六年四月三日〕
　◇山崎敦訳「ポケットマスターピース 7」集英社 2016（集英社文庫ヘリテージシリーズ）p767
感傷と恋心のごった煮（ラタトゥイユ）グルゴー＝デュガゾン宛〔一八四二年一月二十二日付〕
　◇山崎敦訳「ポケットマスターピース 7」集英社 2016（集英社文庫ヘリテージシリーズ）p726
極限に達した喜劇（コミック）ルイーズ・コレ宛〔一八五二年五月八日〕
　◇山崎敦訳「ポケットマスターピース 7」集英社 2016（集英社文庫ヘリテージシリーズ）p736
刑苦としての文学 シャルル・ドスモワ宛〔一八五七年七月二十二日〕
　◇山崎敦訳「ポケットマスターピース 7」集英社 2016（集英社文庫ヘリテージシリーズ）p748
〈芸術〉は芸術家になんのかかわりもない。ルイーズ・コレ宛〔一八五二年七月二十六日〕
　◇山崎敦訳「ポケットマスターピース 7」集英社 2016（集英社文庫ヘリテージシリーズ）p738
結論の愚かさ ルロワイエ・ド・シャントピー嬢宛〔一八五七年五月十八日〕
　◇山崎敦訳「ポケットマスターピース 7」集英社 2016（集英社文庫ヘリテージシリーズ）p764
現代生活への嫌悪 エルネスト・フェドー宛〔一八五九年十一月二十九日〕
　◇山崎敦訳「ポケットマスターピース 7」集英社 2016（集英社文庫ヘリテージシリーズ）p753
現代世界からの脱出 ルロワイエ・ド・シャントピー嬢宛〔一八五七年三月十八日〕
　◇山崎敦訳「ポケットマスターピース 7」集英社 2016（集英社文庫ヘリテージシリーズ）p748
幻滅 アルフレッド・ル・ポワトヴァン宛〔一八四五年四月二日付〕
　◇山崎敦訳「ポケットマスターピース 7」集英社 2016（集英社文庫ヘリテージシリーズ）p727
交響楽の効果 ルイーズ・コレ宛〔一八五三年十月十二日〕
　◇山崎敦訳「ポケットマスターピース 7」集英社 2016（集英社文庫ヘリテージシリーズ）p742
古代人の憂鬱（メランコリー）・黒い穴 エドマ・ロジェ・デ・ジュネット宛〔一八六一年（？）〕
　◇山崎敦訳「ポケットマスターピース 7」集英社

フロヘ

  2016（集英社文庫ヘリテージシリーズ）p754
挿絵の拒否 エルネスト・デュプラン宛〔一八六二年六月十二日〕
  ◇山崎敦訳「ポケットマスターピース 7」集英社 2016（集英社文庫ヘリテージシリーズ）p755
サランボー 抄
  ◇笠間直穂子訳「ポケットマスターピース 7」集英社 2016（集英社文庫ヘリテージシリーズ）p373
歴史感覚(サンス・イストリック) ルロワイエ・ド・シャントピー嬢宛〔一八五九年二月十八日付〕
  ◇山崎敦訳「ポケットマスターピース 7」集英社 2016（集英社文庫ヘリテージシリーズ）p752
サント＝ブーヴに反駁する サント＝ブーヴ宛〔一八六二年十二月二十三日─二十四日〕
  ◇山崎敦訳「ポケットマスターピース 7」集英社 2016（集英社文庫ヘリテージシリーズ）p756
散文としての小説 ルイーズ・コレ宛〔一八五二年七月二十二日〕
  ◇山崎敦訳「ポケットマスターピース 7」集英社 2016（集英社文庫ヘリテージシリーズ）p737
散文の理想 ルイーズ・コレ宛〔一八五二年六月十三日〕
  ◇山崎敦訳「ポケットマスターピース 7」集英社 2016（集英社文庫ヘリテージシリーズ）p737
散文は昨日生まれた。 ルイーズ・コレ宛〔一八五二年四月二十四日〕
  ◇山崎敦訳「ポケットマスターピース 7」集英社 2016（集英社文庫ヘリテージシリーズ）p734
自然のように人に夢見させる芸術 ルイーズ・コレ宛〔一八五三年八月二十六日〕
  ◇山崎敦訳「ポケットマスターピース 7」集英社 2016（集英社文庫ヘリテージシリーズ）p741
思想の喜劇(コミック) エドマ・ロジェ・デ・ジュネット宛〔一八七七年四月二日〕
  ◇山崎敦訳「ポケットマスターピース 7」集英社 2016（集英社文庫ヘリテージシリーズ）p768
自伝と虚構 ルイーズ・コレ宛〔一八四六年八月十五日〕
  ◇山崎敦訳「ポケットマスターピース 7」集英社 2016（集英社文庫ヘリテージシリーズ）p728
十一月
  ◇笠間直穂子訳「ポケットマスターピース 7」集英社 2016（集英社文庫ヘリテージシリーズ）p7

主題の通俗性 ルイーズ・コレ宛〔一八五三年七月十二日〕
  ◇山崎敦訳「ポケットマスターピース 7」集英社 2016（集英社文庫ヘリテージシリーズ）p740
純粋芸術 ルロワイエ・ド・シャントピー嬢宛〔一八五八年一月二十三日付〕
  ◇山崎敦訳「ポケットマスターピース 7」集英社 2016（集英社文庫ヘリテージシリーズ）p750
純な心
  ◇太田浩一訳「諸国物語─stories from the world」ポプラ社 2008 p625
少年ギュスターヴと愚言(ベティーズ) エルネスト・シュヴァリエ宛〔一八三一年一月一日以前〕
  ◇山崎敦訳「ポケットマスターピース 7」集英社 2016（集英社文庫ヘリテージシリーズ）p759
人生の完全な予感 マクシム・デュ・カン宛〔一八四六年四月七日〕
  ◇山崎敦訳「ポケットマスターピース 7」集英社 2016（集英社文庫ヘリテージシリーズ）p728
聖ジュリアン伝
  ◇太田浩一訳「百年文庫 7」ポプラ社 2010 p105
青春を締めくくる小説 ルイーズ・コレ宛〔一八四六年十二月二日〕
  ◇山崎敦訳「ポケットマスターピース 7」集英社 2016（集英社文庫ヘリテージシリーズ）p730
世界をあざけり笑う エルネスト・シュヴァリエ宛〔一八三八年九月十三日付〕
  ◇山崎敦訳「ポケットマスターピース 7」集英社 2016（集英社文庫ヘリテージシリーズ）p724
第二巻の構想 エドマ・ロジェ・デ・ジュネット宛〔一八七九年四月七日〕
  ◇山崎敦訳「ポケットマスターピース 7」集英社 2016（集英社文庫ヘリテージシリーズ）p769
黄昏の感覚 エルネスト・シュヴァリエ宛〔一八四一年九月二十一日〕
  ◇山崎敦訳「ポケットマスターピース 7」集英社 2016（集英社文庫ヘリテージシリーズ）p725
だれもかれもうんざりさせる男色家にして食人種 エルネスト・フェドー宛〔一八六一年八月十七日〕
  ◇山崎敦訳「ポケットマスターピース 7」集英社 2016（集英社文庫ヘリテージシリーズ）p753
人間の〈愚かさ(ベティーズ)〉の百科事典 ラウル＝デュヴァル宛〔一八七九年二月十三日〕

◇山崎敦訳「ポケットマスターピース 7」集英社 2016（集英社文庫ヘリテージシリーズ）p768
人間＝ペン ルイーズ・コレ宛〔一八五二年一月三十一日〕
　◇山崎敦訳「ポケットマスターピース 7」集英社 2016（集英社文庫ヘリテージシリーズ）p733
濃厚かつ迅速 エルネスト・フェドー宛〔一八五七年十一月二十四日（？）〕
　◇山崎敦訳「ポケットマスターピース 7」集英社 2016（集英社文庫ヘリテージシリーズ）p750
バルザックの死 ルイ・ブイエ宛〔一八五〇年十一月十四日〕
　◇山崎敦訳「ポケットマスターピース 7」集英社 2016（集英社文庫ヘリテージシリーズ）p731
反–散文、反–理性、反–真理 エルネスト・シュヴァリエ宛〔一八三七年六月二十四日〕
　◇山崎敦訳「ポケットマスターピース 7」集英社 2016（集英社文庫ヘリテージシリーズ）p723
笑劇（ファルス）風の批評的百科事典 エドマ・ロジェ・デ・ジュネット宛〔一八七二年八月十九日〕
　◇山崎敦訳「ポケットマスターピース 7」集英社 2016（集英社文庫ヘリテージシリーズ）p765
ブヴァールとペキュシェ 抄
　◇菅谷憲興訳「ポケットマスターピース 7」集英社 2016（集英社文庫ヘリテージシリーズ）p547
複雑な機構（メカニック） ルイーズ・コレ宛〔一八五二年四月十五日〕
　◇山崎敦訳「ポケットマスターピース 7」集英社 2016（集英社文庫ヘリテージシリーズ）p734
ふたつの自我 ルイーズ・コレ宛〔一八四六年八月三十一日〕
　◇山崎敦訳「ポケットマスターピース 7」集英社 2016（集英社文庫ヘリテージシリーズ）p729
文学創造と心理 ルイーズ・コレ宛〔一八五三年八月十四日〕
　◇山崎敦訳「ポケットマスターピース 7」集英社 2016（集英社文庫ヘリテージシリーズ）p740
文体組織 ルイーズ・コレ宛〔一八五三年十月二十八日〕
　◇山崎敦訳「ポケットマスターピース 7」集英社 2016（集英社文庫ヘリテージシリーズ）p730
ボヴァリー夫人 抄
　◇菅野昭正訳「ポケットマスターピース 7」集英社 2016（集英社文庫ヘリテージシリーズ）p127
真の、ゆえに詩的な東方（オリエンテ） ルイーズ・コレ宛〔一八五三年三月二十七日〕
　◇山崎敦訳「ポケットマスターピース 7」集英社 2016（集英社文庫ヘリテージシリーズ）p745
見せ掛けの筋立て（アクション） エドマ・ロジェ・デ・ジュネット宛〔一八七五年四月十五日（？）〕
　◇山崎敦訳「ポケットマスターピース 7」集英社 2016（集英社文庫ヘリテージシリーズ）p766
無限としてのブルジョワ アルフレッド・ル・ポワトヴァン宛〔一八四五年九月十六日〕
　◇山崎敦訳「ポケットマスターピース 7」集英社 2016（集英社文庫ヘリテージシリーズ）p759
紋切型辞典Ⅰ ルイ・ブイエ宛〔一八五〇年九月四日付〕
　◇山崎敦訳「ポケットマスターピース 7」集英社 2016（集英社文庫ヘリテージシリーズ）p760
紋切型辞典Ⅱ ルイーズ・コレ宛〔一八五二年十二月十六日〕
　◇山崎敦訳「ポケットマスターピース 7」集英社 2016（集英社文庫ヘリテージシリーズ）p761
揺るぎなき愚の遺跡（モニュメント） 叔父パラン宛〔一八五〇年十月六日付〕
　◇山崎敦訳「ポケットマスターピース 7」集英社 2016（集英社文庫ヘリテージシリーズ）p760
何についてでもない書物（リーヴル・シュール・リアン）／事物の絶対的な見方としての文体 ルイーズ・コレ宛〔一八五二年一月十六日〕
　◇山崎敦訳「ポケットマスターピース 7」集英社 2016（集英社文庫ヘリテージシリーズ）p732
良俗の紊乱者 エルネスト・シュヴァリエ宛〔一八三九年二月二十四日付〕
　◇山崎敦訳「ポケットマスターピース 7」集英社 2016（集英社文庫ヘリテージシリーズ）p725
輪廻転生 ジョルジュ・サンド宛〔一八六六年九月二十九日〕
　◇山崎敦訳「ポケットマスターピース 7」集英社 2016（集英社文庫ヘリテージシリーズ）p758

フローラ, フレッチャー　Flora, Fletcher
（1914〜1968　アメリカ）
お仕置きはあとから
　◇立石光子訳「ブルー・ボウ・シリーズ キスの代償」青弓社 1994 p55

フローロフ
原因究明
　◇尾家順子訳「雑話集―ロシア短編集 3」ロシ

ア文学翻訳グループクーチカ 2014 p85
電報語
　◇尾家順子訳「雑話集―ロシア短編集 3」ロシア文学翻訳グループクーチカ 2014 p80

ブロワ, レオン Bloy, Léon（1846〜1917 フランス）

ある歯医者へのおそろしい罰
　◇田辺保訳「バベルの図書館 13」国書刊行会 1989 p91
　◇田辺保訳「新編 バベルの図書館 4」国書刊行会 2012 p338
あんたの欲しいことはなんでも
　◇田辺保訳「バベルの図書館 13」国書刊行会 1989 p103
　◇田辺保訳「新編 バベルの図書館 4」国書刊行会 2012 p346
うちの年寄り
　◇田辺保訳「バベルの図書館 13」国書刊行会 1989 p27
　◇田辺保訳「新編 バベルの図書館 4」国書刊行会 2012 p298
エデンの園の範囲
　◇内田吉彦訳「アンデスの風叢書 天国・地獄百科」書肆風の薔薇 1982 p66
王党派
　◇斎藤博士訳「アンデスの風叢書 天国・地獄百科」書肆風の薔薇 1982 p155
カインのもっともすばらしい見つけもの
　◇田辺保訳「バベルの図書館 13」国書刊行会 1989 p163
　◇田辺保訳「新編 バベルの図書館 4」国書刊行会 2012 p383
最後に焼くもの
　◇田辺保訳「バベルの図書館 13」国書刊行会 1989 p117
　◇田辺保訳「新編 バベルの図書館 4」国書刊行会 2012 p354
さかしま
　◇斎藤博士訳「アンデスの風叢書 天国・地獄百科」書肆風の薔薇 1982 p156
殉教者の女
　◇田辺保訳「バベルの図書館 13」国書刊行会 1989 p129
　◇田辺保訳「新編 バベルの図書館 4」国書刊行会 2012 p362
白目になって
　◇田辺保訳「バベルの図書館 13」国書刊行会 1989 p143
　◇田辺保訳「新編 バベルの図書館 4」国書刊行会 2012 p371
煎じ薬
　◇田辺保訳「バベルの図書館 13」国書刊行会 1989 p15
　◇田辺保訳「新編 バベルの図書館 4」国書刊行会 2012 p291
だれも完全ではない
　◇田辺保訳「バベルの図書館 13」国書刊行会 1989 p153
　◇田辺保訳「新編 バベルの図書館 4」国書刊行会 2012 p377
陳腐な思いつき
　◇田辺保訳「バベルの図書館 13」国書刊行会 1989 p75
　◇田辺保訳「新編 バベルの図書館 4」国書刊行会 2012 p328
プルール氏の信仰
　◇田辺保訳「バベルの図書館 13」国書刊行会 1989 p41
　◇田辺保訳「新編 バベルの図書館 4」国書刊行会 2012 p307
ロンジュモーの囚人たち
　◇田辺保訳「バベルの図書館 13」国書刊行会 1989 p61
　◇田辺保訳「新編 バベルの図書館 4」国書刊行会 2012 p320
　◇田辺保訳「世界堂書店」文藝春秋 2014（文春文庫）p39

プロンジーニ, ビル Pronzini, Bill（1943〜アメリカ）

当たりくじ
　◇加賀山卓朗訳「18の罪―現代ミステリ傑作選」ヴィレッジブックス 2012（ヴィレッジブックス）p441
甘いたぎり
　◇田村義進訳「ミニ・ミステリ100」早川書房 2005（ハヤカワ・ミステリ文庫）p382
アローモント監獄の謎―首吊り台の人間消失
　◇森慎一訳「有栖川有栖の本格ミステリ・ライブラリー」角川書店 2001（角川文庫）p187
大きなひと嚙み
　◇黒原敏之訳「アメリカミステリ傑作選 2003」DHC 2003（アメリカ文芸「年間」傑作選）p417
シャーロック・ホームズなんか恐くない

◇北原尚彦編訳「シャーロック・ホームズの栄冠」論創社 2007（論創海外ミステリ）p315

生と死の問題（マルツバーグ, バリー・N.）
◇山本俊子訳「ミニ・ミステリ100」早川書房 2005（ハヤカワ・ミステリ文庫）p24

魂が燃えている
◇黒原敏行訳「巨匠の選択」早川書房 2001（ハヤカワ・ミステリ）p301

弾薬通り
◇吉田結訳「ベスト・アメリカン・短編ミステリ 2014」DHC 2015 p409

近くの酒場での事件
◇田口俊樹訳「現代ミステリーの至宝 1」扶桑社 1997（扶桑社ミステリー）p311

どういう奴なんだ、おまえは（マルツバーグ, バリー・N.）
◇田村義進訳「ミニ・ミステリ100」早川書房 2005（ハヤカワ・ミステリ文庫）p350

パルプマガジン・コレクター
◇拝師照代訳「本の殺人事件簿—ミステリ傑作20選 1」バベル・プレス 2001 p45

複製の店（ウォールマン, ジェフリイ）
◇佐々田雅子訳「ミニ・ミステリ100」早川書房 2005（ハヤカワ・ミステリ文庫）p681

ホテルで早わざ
◇佐々田雅子訳「ミニ・ミステリ100」早川書房 2005（ハヤカワ・ミステリ文庫）p585

みーつけた
◇松本明良訳「安らかに眠りたまえ—英米文学短編集」海苑社 1998 p151

わかちあう季節（マラー, マーシャ）
◇宇佐川晶子訳「夜明けのフロスト」光文社 2005（光文社文庫）p157

フロンスキー, ヨゼフ・ツィーゲル Hronský, Jozef Cíger（1896〜1960 スロヴァキア）

マグダレーンカとヴァヴリネツじいさん
◇木村英明訳「文学の贈物—東中欧文学アンソロジー」未知谷 2000 p313

ブロンテ, アン Brontë, Anne（1820〜1849 イギリス）

アグネス・グレイ
◇田中晏男訳「ブロンテ姉妹集 1」京都修学社 2001
◇侘美真理訳「ポケットマスターピース 12」集英社 2016（集英社文庫ヘリテージシリーズ）p371

ブロンテ, エミリー Brontë, Emily Jane（1818〜1848 イギリス）

嵐が丘（上巻）
◇田中晏男訳「ブロンテ姉妹集 2」京都修学社 2001

嵐が丘（下巻）
◇田中晏男訳「ブロンテ姉妹集 3」京都修学社 2002

ウーデナルドの包囲
◇中岡洋, 芦沢久江訳「ブロンテ姉妹エッセイ全集」彩流社 2016 p203

孝心
◇中岡洋, 芦沢久江訳「ブロンテ姉妹エッセイ全集」彩流社 2016 p307

詩選集
◇田代尚路訳「ポケットマスターピース 12」集英社 2016（集英社文庫ヘリテージシリーズ）p9

死神の宮殿
◇中岡洋, 芦沢久江訳「ブロンテ姉妹エッセイ全集」彩流社 2016 p389

囚人（断章）
◇田代尚路訳「ポケットマスターピース 12」集英社 2016（集英社文庫ヘリテージシリーズ）p23

詩連
◇田代尚路訳「ポケットマスターピース 12」集英社 2016（集英社文庫ヘリテージシリーズ）p36

信念と失意
◇田代尚路訳「ポケットマスターピース 12」集英社 2016（集英社文庫ヘリテージシリーズ）p11

蝶
◇中岡洋, 芦沢久江訳「ブロンテ姉妹エッセイ全集」彩流社 2016 p330

追憶
◇田代尚路訳「ポケットマスターピース 12」集英社 2016（集英社文庫ヘリテージシリーズ）p20

手紙 弟から兄へ
◇中岡洋, 芦沢久江訳「ブロンテ姉妹エッセイ全集」彩流社 2016 p316

手紙（マダム）
◇中岡洋, 芦沢久江訳「ブロンテ姉妹エッセイ全集」彩流社 2016 p291

手紙（わたしの親愛なるママ）
◇中岡洋, 芦沢久江訳「ブロンテ姉妹エッセイ全

フロン

集」彩流社 2016 p300
猫
　◇中岡洋, 芦沢久江訳「ブロンテ姉妹エッセイ全集」彩流社 2016 p191
白昼夢
　◇田代尚路訳「ポケットマスターピース 12」集英社 2016（集英社文庫ヘリテージシリーズ）p28
星
　◇田代尚路訳「ポケットマスターピース 12」集英社 2016（集英社文庫ヘリテージシリーズ）p16
ポートレート、ヘイスティングズ戦闘前夜のハロルド王
　◇中岡洋, 芦沢久江訳「ブロンテ姉妹エッセイ全集」彩流社 2016 p235
　◇中岡洋, 芦沢久江訳「ブロンテ姉妹エッセイ全集」彩流社 2016 p239
　◇中岡洋, 芦沢久江訳「ブロンテ姉妹エッセイ全集」彩流社 2016 p246
老克己主義者
　◇田代尚路訳「ポケットマスターピース 12」集英社 2016（集英社文庫ヘリテージシリーズ）p34

ブロンテ, シャーロット　Brontë, Charlotte
（1816～1855　イギリス）
アン・アスキュー 模擬文
　◇中岡洋, 芦沢久江訳「ブロンテ姉妹エッセイ全集」彩流社 2016 p216
インド人寡婦の生け贄
　◇中岡洋, 芦沢久江訳「ブロンテ姉妹エッセイ全集」彩流社 2016 p122
ウーデナルドの包囲
　◇中岡洋, 芦沢久江訳「ブロンテ姉妹エッセイ全集」彩流社 2016 p206
神の無限性
　◇中岡洋, 芦沢久江訳「ブロンテ姉妹エッセイ全集」彩流社 2016 p181
毛虫
　◇中岡洋, 芦沢久江訳「ブロンテ姉妹エッセイ全集」彩流社 2016 p334
詩歌によって救われたアテネ
　◇中岡洋, 芦沢久江訳「ブロンテ姉妹エッセイ全集」彩流社 2016 p523
ジェイン・エア 抄
　◇佗美真理訳「ポケットマスターピース 12」集英社 2016（集英社文庫ヘリテージシリーズ）p43
ジェーン・エア（上巻）
　◇田中晏男訳「ブロンテ姉妹集 4」京都修学社 2002
ジェーン・エア（下巻）
　◇田中晏男訳「ブロンテ姉妹集 5」京都修学社 2002
死神の宮殿
　◇中岡洋, 芦沢久江訳「ブロンテ姉妹エッセイ全集」彩流社 2016 p378
人生の目的
　◇中岡洋, 芦沢久江訳「ブロンテ姉妹エッセイ全集」彩流社 2016 p352
巣
　◇中岡洋, 芦沢久江訳「ブロンテ姉妹エッセイ全集」彩流社 2016 p168
船上の晩禱
　◇中岡洋, 芦沢久江訳「ブロンテ姉妹エッセイ全集」彩流社 2016 p157
手紙 聖職者への招待状
　◇中岡洋, 芦沢久江訳「ブロンテ姉妹エッセイ全集」彩流社 2016 p294
手紙（わたしの親愛なるジェイン）
　◇中岡洋, 芦沢久江訳「ブロンテ姉妹エッセイ全集」彩流社 2016 p432
ナポレオンの死
　◇中岡洋, 芦沢久江訳「ブロンテ姉妹エッセイ全集」彩流社 2016 p446
ナポレオンの死について〔エジェのヴァージョン〕
　◇中岡洋, 芦沢久江訳「ブロンテ姉妹エッセイ全集」彩流社 2016 p475
二匹の犬
　◇中岡洋, 芦沢久江訳「ブロンテ姉妹エッセイ全集」彩流社 2016 p194
人間の正義
　◇中岡洋, 芦沢久江訳「ブロンテ姉妹エッセイ全集」彩流社 2016 p362
猫の言い訳
　◇中岡洋, 芦沢久江訳「ブロンテ姉妹エッセイ全集」彩流社 2016 p194
病気の若い娘
　◇中岡洋, 芦沢久江訳「ブロンテ姉妹エッセイ全集」彩流社 2016 p136
貧乏絵描きから大領主への手紙
　◇中岡洋, 芦沢久江訳「ブロンテ姉妹エッセイ全集」彩流社 2016 p565

ポートレート 隠修士ピエール
◇中岡洋, 芦沢久江訳「ブロンテ姉妹エッセイ全集」彩流社 2016 p262
貧しい娘
◇中岡洋, 芦沢久江訳「ブロンテ姉妹エッセイ全集」彩流社 2016 p140
模擬文 ポートレート 隠修士ピエール
◇中岡洋, 芦沢久江訳「ブロンテ姉妹エッセイ全集」彩流社 2016 p274
モーセの死
◇中岡洋, 芦沢久江訳「ブロンテ姉妹エッセイ全集」彩流社 2016 p495
〔モーセの死についてのノート〕
◇中岡洋, 芦沢久江訳「ブロンテ姉妹エッセイ全集」彩流社 2016 p511
野営の晩禱
◇中岡洋, 芦沢久江訳「ブロンテ姉妹エッセイ全集」彩流社 2016 p151
文体についてのエッセイ 落葉
◇中岡洋, 芦沢久江訳「ブロンテ姉妹エッセイ全集」彩流社 2016 p406

フワン, フランシス
ガーデンシティー
◇中村祐子訳「アメリカ新進作家傑作選 2005」DHC 2006 p51
透明
◇福間恵訳「アメリカ新進作家傑作選 2003」DHC 2004 p219

【 へ 】

ベア, グレッグ　Bear, Greg（1951〜　アメリカ）
姉妹たち
◇山岸真訳「20世紀SF 5」河出書房新社 2001（河出文庫）p151
タンジェント
◇酒井昭伸訳「ハッカー／13の事件」扶桑社 2000（扶桑社ミステリー）p403
ナイトランド―〈冠毛〉の神話
◇酒井昭伸訳「SFの殿堂 遙かなる地平 2」早川書房 2000（ハヤカワ文庫SF）p383
道
◇酒井昭伸訳「SFの殿堂 遙かなる地平 2」早川書房 2000（ハヤカワ文庫SF）p379

ヘアー, シリル　Hare, Cyril（1900〜1958　イギリス）
英国風の殺人
◇佐藤弓生訳「世界探偵小説全集 6」国書刊行会 1995 p7
自殺じゃない！
◇富塚由美訳「世界探偵小説全集 32」国書刊行会 2000 p9

ベアリング＝グールド, S.
死は素敵な別れ
◇吉村満美子訳「怪奇礼讃」東京創元社 2004（創元推理文庫）p275

ヘイウッド, トマス　Heywood, Thomas（1574頃〜1641　イギリス）
イギリスの旅人
◇岡崎凉子訳「イギリス・ルネサンス演劇集 1」早稲田大学出版部 2002 p135

ベイカー, アリソン
私が西部にやって来て、そこの住人になったわけ
◇岸本佐知子編訳「変愛小説集 2」講談社 2010 p91

ベイカー, ジェフ
時間をさかのぼって（ボグナー, ジョン）
◇浅倉久志選訳「極短小説」新潮社 2004（新潮文庫）p357

ベイカー, ジェフリー・スコット
愚者の贈り物
◇浅倉久志選訳「極短小説」新潮社 2004（新潮文庫）p220

ベイカー, ニコルソン
柿右衛門の器
◇岸本佐知子編訳「変愛小説集」講談社 2008 p215
◇岸本佐知子編訳「変愛小説集」講談社 2014（講談社文庫）p221
下層土
◇柴田元幸編訳「どこにもない国―現代アメリカ幻想小説集」松柏社 2006 p209
シュノーケリング
◇岸本佐知子訳「ベスト・ストーリーズ 2」早川書房 2016 p293

ヘイズ, ダニエル
不滅の愛
◇浅倉久志選訳「極短小説」新潮社 2004（新潮

文庫）p264

ヘイズ, M.M.M.
それまでクェンティン・グリーは
◇高橋健治訳「ベスト・アメリカン・短編ミステリ」DHC 2010 p227

ヘイズリット, アダム Haslett, Adam（1970～ アメリカ）
献身的な愛
◇古屋美登里訳「記憶に残っていること―新潮クレスト・ブックス短篇小説ベスト・コレクション」新潮社 2008（Crest books）p55

ヘイター, スパークル Hayter, Sparkle（1958～ カナダ）
こんなふうにあなたのパパと出会ったの
◇井上千里訳「バースデー・ボックス」メタローグ 2004 p85

ベイツ, ハリー
主人への告別―「地球の静止する日」原作
◇中野善夫訳「地球の静止する日―SF映画原作傑作選」東京創元社 2006（創元SF文庫）p213
地球の静止する日
◇南山宏, 尾之上浩司訳「地球の静止する日」角川書店 2008（角川文庫）p7

ベイツ, H.E. Bates, Herbert Ernest（1905～1974 イギリス）
休憩所
◇松村達雄訳「世界100物語 8」河出書房新社 1997 p356
決して
◇西崎憲編訳「短篇小説日和―英国異色傑作選」筑摩書房 2013（ちくま文庫）p79
世界でいちばんすばらしい人々
◇林雅代訳「翼を愛した男たち」原書房 1997 p107
勇者かく瞑れり
◇阿尾正子訳「翼を愛した男たち」原書房 1997 p261

ヘイデン, G.ミキ Hayden, G.Miki（1944～ アメリカ）
メイドたち
◇東野さやか訳「エドガー賞全集―1990～2007」早川書房 2008（ハヤカワ・ミステリ文庫）p545

ヘイドゥク, ブロニスワフ
英雄クラクス伝説
◇土谷直人訳「文学の贈物―東中欧文学アンソロジー」未知谷 2000 p46

ヘイニング, ピーター
死の車
◇野村芳夫訳「死のドライブ」文藝春秋 2001（文春文庫）p227

ヘイバー, カレン
四行詩第一番・サラの書
◇佐田千織訳「ノストラダムス秘録」扶桑社 1999（扶桑社ミステリー）p9

ベイリー, バリントン・J. Bayley, Barrington J.（1937～ イギリス）
洞察鏡奇譚
◇浅倉久志訳「20世紀SF 4」河出書房新社 2001（河出文庫）p293
四色問題
◇小野田和子訳「ベータ2のバラッド」国書刊行会 2006（未来の文学）p125

ベイリー, H.C.
長いメニュー
◇永井淳訳「ディナーで殺人を 下」東京創元社 1998（創元推理文庫）p79
羊皮紙の穴
◇永井淳訳「書物愛 海外篇」晶文社 2005 p191
◇永井淳訳「書物愛 海外篇」東京創元社 2014（創元ライブラリ）p193

ヘイル, ケリー
ペニーロイヤルミント協会
◇尾之上浩司訳「シャーロック・ホームズとヴィクトリア朝の怪人たち 2」扶桑社 2015（扶桑社ミステリー）p135

平路　へいろ（台湾）
奇跡の台湾
◇池上貞子訳「新しい台湾の文学 台北ストーリー」国書刊行会 1999 p215

ペイロウ, マヌエル Peyrou, Manuel（1902～1974 アルゼンチン）
わが身にほんとうに起こったこと
◇内田吉彦訳「バベルの図書館 20」国書刊行会 1990 p137
◇内田吉彦訳「北村薫の本格ミステリ・ライブラリー」角川書店 2001（角川文庫）p311
◇内田吉彦訳「新編 バベルの図書館 6」国書刊行会 2013 p95

ヘインズワース, スティーヴン
阿弥陀6
◇本兌有, 杉ライカ訳「ハーン・ザ・ラストハンター――アメリカン・オタク小説集」筑摩書房 2016 p119

ペインター, パメラ
賢いわたし
◇岩元巌訳「猫好きに捧げるショート・ストーリーズ」国書刊行会 1997 p9

ベインブリッジ, ベリル
誰かに話した方がいい――思春期しみじみ
◇阿部公彦訳「しみじみ読むイギリス・アイルランド文学――現代文学短編作品集」松柏社 2007 p1

ヘインミャッゾー
この詩はこれにて終わる
◇南田みどり編訳「二十一世紀ミャンマー作品集」大同生命国際文化基金 2015（アジアの現代文芸）p120

ベーガ, ロペ・デ
オルメードの騎士
◇牛島信明訳「スペイン黄金世紀演劇集」名古屋大学出版会 2003 p71

農場の番犬
◇稲本健二訳「スペイン黄金世紀演劇集」名古屋大学出版会 2003 p133

白 信愛　ベク・シンエ（1908～1939　朝鮮）
赤貧
◇朴海錫, 李恢成訳「20世紀民衆の世界文学 7」三友社出版 1990 p213

白 石　ベク・ソク（朝鮮）
故郷
◇金炳三, 李春穆, 金潤訳「20世紀民衆の世界文学 7」三友社出版 1990 p200

ヘクスト, ハリントン　Hext, Harrington（1862～1960　イギリス）
テンプラー家の惨劇
◇高田朔訳「世界探偵小説全集 42」国書刊行会 2003 p7

ヘクト, ベン　Hecht, Ben（1893～1964　アメリカ）
恋がたき
◇宇野利泰訳「怪奇小説傑作集新版 2」東京創元社 2006（創元推理文庫）p255

十五人の殺人者たち
◇橋本福夫訳「世界堂書店」文藝春秋 2014（文春文庫）p249

ベサント, ウォルター
ルークラフト氏の事件（ライス, ジェイムズ）
◇高田恵子訳「ディナーで殺人を 上」東京創元社 1998（創元推理文庫）p377

ヘス, ジョーン　Hess, Joan（1949～　アメリカ）
買い手責任
◇近藤麻理子訳「復讐の殺人」早川書房 2001（ハヤカワ・ミステリ文庫）p153

死体のお出迎え
◇吉浦澄子訳「現代ミステリーの至宝 2」扶桑社 1997（扶桑社ミステリー）p53

七人の…？
◇白須清美訳「白雪姫、殺したのはあなた」原書房 1999 p83

もうひとつの部屋
◇藤田佳澄訳「巨匠の選択」早川書房 2001（ハヤカワ・ミステリ）p253

ペスコフ, ゲオルギー　Peskov, Georgiy（1885～1977　フランス）
顧客
◇小野協一訳「世界100物語 4」河出書房新社 1997 p416

ベスター, アルフレッド　Bester, Alfred（1913～1987　アメリカ）
イヴのいないアダム
◇中村融編訳「奇想コレクション 願い星、叶い星」河出書房新社 2004 p93

選り好みなし
◇中村融編訳「奇想コレクション 願い星、叶い星」河出書房新社 2004 p117

オッディとイド
◇伊藤典夫編・訳「冷たい方程式」早川書房 2011（ハヤカワ文庫SF）p215

ごきげん目盛り
◇中村融編訳「影が行く――ホラーSF傑作選」東京創元社 2000（創元SF文庫）p351
◇中村融編訳「奇想コレクション 願い星、叶い星」河出書房新社 2004 p7

ジェットコースター
◇中村融編訳「奇想コレクション 願い星、叶い星」河出書房新社 2004 p43

地獄は永遠に
◇中村融編訳「奇想コレクション 願い星、叶い

星」河出書房新社 2004 p225
消失トリック
　◇伊藤典夫訳「20世紀SF 2」河出書房新社 2000（河出文庫）p295
時と三番街と
　◇中村融編訳「奇想コレクション　願い星、叶い星」河出書房新社 2004 p209
願い星、叶い星
　◇中村融編訳「奇想コレクション　願い星、叶い星」河出書房新社 2004 p59
昔を今になすよしもがな
　◇中村融編訳「奇想コレクション　願い星、叶い星」河出書房新社 2004 p145

ベストン, ヘンリー　Beston, Henry（1888～1968　アメリカ）
ケープコッドの海辺に暮らして─大いなる浜辺における1年間の生活
　◇村上清敏訳「アメリカ文学ライブラリー　ケープコッドの海辺に暮らして」本の友社 1997 p1

ベズモーズギス, デイヴィッド
マッサージ療法士ロマン・バーマン
　◇小竹由美子訳「記憶に残っていること─新潮クレスト・ブックス短篇小説ベスト・コレクション」新潮社 2008（Crest books）p5

ペソア, フェルナンド
だれでもない人々
　◇管啓次郎選訳「私の謎」岩波書店 1997（世界文学のフロンティア）p17

ベタンコート, ジョン・グレゴリー
アマチュア物乞い団事件
　◇日暮雅通訳「シャーロック・ホームズの大冒険　上」原書房 2009 p193

ペチシュカ, エドゥアルド
白人とインディアン
　◇村上健太訳「文学の贈物─東中欧文学アンソロジー」未知谷 2000 p245

ベックフォード, ウィリアム　Beckford, William（1759～1844　イギリス）
アラーシー王子とフィルーズカー王女の物語
　◇私市保彦訳「バベルの図書館 23下」国書刊行会 1990 p9
ヴァテック
　◇私市保彦訳「バベルの図書館 23上」国書刊行会 1990 p15
　◇私市保彦訳「新編 バベルの図書館 3」国書刊行会 2013 p499
バルキアローフ王子の物語
　◇私市保彦訳「バベルの図書館 23下」国書刊行会 1990 p93

ベッケル, グスタボ・アドルフォ　Bécquer, Gustavo Adolfo（1836～1870　スペイン）
枯葉
　◇高橋正武訳「百年文庫 54」ポプラ社 2010 p51

ヘッセ, ヘルマン　Hesse, Hermann（1877～1962　ドイツ）
アヤメ
　◇高橋健二訳「百年文庫 75」ポプラ社 2011 p93
少年の日の思い出
　◇高橋健二訳「もう一度読みたい教科書の泣ける名作 再び」学研教育出版 2014 p117
　◇高橋健二訳「教科書名短篇 少年時代」中央公論新社 2016（中公文庫）p9
ラテン語学校生
　◇高橋健二訳「美しい恋の物語」筑摩書房 2010（ちくま文学の森）p73

ベッソン, パトリック　Besson, Patrick（1956～　フランス）
孤独な若者の家
　◇小林茂訳「新しいフランスの小説 孤独な若者の家」白水社 1995 p1

ベッツ, ハイディ
恋は竜巻のように
　◇竹内喜訳「灼熱の恋人たち─サマー・シズラー2008」ハーレクイン 2008 p197

ヘッド, ベッシー　Head, Bessie（1937～1986　南アフリカ）
アクサン将軍
　◇くぼたのぞみ訳「アフリカ文学叢書 優しさと力の物語」スリーエーネットワーク 1996 p157
アメリカからきた女
　◇くぼたのぞみ訳「アフリカ文学叢書 優しさと力の物語」スリーエーネットワーク 1996 p79
幼子キリストの降誕
　◇くぼたのぞみ訳「アフリカ文学叢書 優しさと力の物語」スリーエーネットワーク 1996 p207
オレンジとレモン

◇くぼたのぞみ訳「アフリカ文学叢書 優しさと力の物語」スリーエーネットワーク 1996 p13
権力争い
　◇くぼたのぞみ訳「アフリカ文学叢書 優しさと力の物語」スリーエーネットワーク 1996 p106
恋人たち
　◇くぼたのぞみ訳「アフリカ文学叢書 優しさと力の物語」スリーエーネットワーク 1996 p128
さあ、話をはじめましょうか……
　◇くぼたのぞみ訳「アフリカ文学叢書 優しさと力の物語」スリーエーネットワーク 1996 p7
財産
　◇くぼたのぞみ訳「アフリカ文学叢書 優しさと力の物語」スリーエーネットワーク 1996 p95
スノーボール
　◇くぼたのぞみ訳「アフリカ文学叢書 優しさと力の物語」スリーエーネットワーク 1996 p29
セコト首長が法廷を開く
　◇くぼたのぞみ訳「アフリカ文学叢書 優しさと力の物語」スリーエーネットワーク 1996 p88
タオ
　◇くぼたのぞみ訳「アフリカ文学叢書 優しさと力の物語」スリーエーネットワーク 1996 p65
チブクビールと独立
　◇くぼたのぞみ訳「アフリカ文学叢書 優しさと力の物語」スリーエーネットワーク 1996 p46
土の息子
　◇くぼたのぞみ訳「アフリカ文学叢書 優しさと力の物語」スリーエーネットワーク 1996 p180
夏の太陽
　◇くぼたのぞみ訳「アフリカ文学叢書 優しさと力の物語」スリーエーネットワーク 1996 p58
冷や飯ぐい
　◇くぼたのぞみ訳「アフリカ文学叢書 優しさと力の物語」スリーエーネットワーク 1996 p36
緑の木
　◇くぼたのぞみ訳「アフリカ文学叢書 優しさと力の物語」スリーエーネットワーク 1996 p61
村の人びと
　◇くぼたのぞみ訳「アフリカ文学叢書 優しさと力の物語」スリーエーネットワーク 1996 p52
眼鏡をかけた囚人
　◇くぼたのぞみ訳「アフリカ文学叢書 優しさと力の物語」スリーエーネットワーク 1996 p196
優しさと力の物語
　◇くぼたのぞみ訳「アフリカ文学叢書 優しさと力の物語」スリーエーネットワーク 1996 p1
闇の時代
　◇くぼたのぞみ訳「アフリカ文学叢書 優しさと力の物語」スリーエーネットワーク 1996 p117
夢を語って歩く人
　◇くぼたのぞみ訳「アフリカ文学叢書 優しさと力の物語」スリーエーネットワーク 1996 p224
老女
　◇くぼたのぞみ訳「アフリカ文学叢書 優しさと力の物語」スリーエーネットワーク 1996 p55

ヘッベル, フリードリヒ Hebbel, Christian Friedrich（1813〜1863　ドイツ）
後のゲノヴェーヴァ
　◇吹田順助訳「ゲノヴェーヴァ」ゆまに書房 2008（昭和初期世界名作翻訳全集）p210
ゲノヴェーヴァ
　◇吹田順助訳「ゲノヴェーヴァ」ゆまに書房 2008（昭和初期世界名作翻訳全集）p19
マリア・マグダレーネ
　◇吹田順助訳「マリア・マグダレーネ」ゆまに書房 2007（昭和初期世界名作翻訳全集）p9
ユーディット
　◇吹田順助訳「ユーディット」ゆまに書房 2007（昭和初期世界名作翻訳全集）p5

ベティ, モンゴ Beti, Mongo（1932〜2001　カメルーン）
ボンバの哀れなキリスト
　◇砂野幸稔訳「シリーズ【越境の文学／文学の越境】　ボンバの哀れなキリスト」現代企画室 1995 p5

ペーテル, エステルハージ
ハーン゠ハーン伯爵夫人のまなざし
　◇早稲田みか訳「夢のかけら」岩波書店 1997（世界文学のフロンティア）p231

ベドナール, アルフォンス Bednár, Alfonz（1914〜1989　チェコスロバキア）
時間と分
　◇栗栖継訳「東欧の文学　時間と分」恒文社 1967 p93
建ちかけの家
　◇栗栖継訳「東欧の文学　時間と分」恒文社 1967 p181

揺籃
　◇栗栖継訳「東欧の文学 時間と分」恒文社 1967 p25

ペトルシェフスカヤ, リュドミラ　Petrushevskaia, Liudmila（1938～　ロシア）
薄暗い運命
　◇村上春樹編訳「恋しくて―Ten Selected Love Stories」中央公論新社 2013 p181
　◇村上春樹編訳「恋しくて―Ten Selected Love Stories」中央公論新社 2016（中公文庫）p183
鼻
　◇佐藤芳子訳「雑話集―ロシア短編集 2」「雑話集」の会 2009 p13
身内
　◇沼野恭子訳「魔女たちの饗宴―現代ロシア女性作家選」新潮社 1998 p209

ペドレッティ, エリカ
明るい地のうえに黒々と
　◇新本史斉訳「氷河の滴―現代スイス女性作家作品集」鳥影社・ロゴス企画 2007 p49

ペドレロ, パロマ　Pedrero, Paloma（1957～　スペイン）
あたし、天国には行きたくないの（ある女流劇作家の裁判）
　◇田尻陽一訳「現代スペイン演劇選集 2」カモミール社 2015 p317
キス、キス、キス
　◇岡本淳子訳「現代スペイン演劇選集 2」カモミール社 2015 p223

ペトロフ, イヴァイロ　Petrov, Ivailo（1923～　ブルガリア）
ノンカの愛
　◇松永緑弥訳「東欧の文学 ノンカの愛 他」恒文社 1971 p23

ペトロフ, エフゲーニー
　⇒イリフ＝ペトロフ を見よ

ペナック, ダニエル　Pennac, Daniel（1944～　フランス）
人喰い鬼のお愉しみ
　◇中条省平訳「新しいフランスの小説 人喰い鬼のお愉しみ」白水社 1995 p1

ペナボウラ, アメル
ただの女に
　◇興津真理子訳「ウーマンズ・ケース 上」早川書房 1998（ハヤカワ・ミステリ文庫）p265

ベナルド, マシュー
飢餓
　◇旦紀子訳「マシン・オブ・デス―A Collection of Stories about People who Know How They Will DIE」アルファポリス 2012 p117
　◇旦紀子訳「マシン・オブ・デス」アルファポリス 2013（アルファポリス文庫）p56

ペニー, ルーパート　Penny, Rupert（イギリス）
甘い毒
　◇好野理恵訳「世界探偵小説全集 19」国書刊行会 1997 p7

ベニオフ, デイヴィッド
悪魔がオレホヴォにやってくる
　◇田口俊樹訳「ミステリアス・ショーケース」早川書房 2012（Hayakawa pocket mystery books）p107
それぞれの獣の営み
　◇小原亜美訳「ゾエトロープ Noir」角川書店 2003（Bookplus）p159

ベネ, スティーヴン・ヴィンセント
いかさま師
　◇柳瀬尚紀訳「犯罪は詩人の楽しみ―詩人ミステリ集成」東京創元社 2012（創元推理文庫）p262

ヘネシー, メアリー・ベス
リバウンド
　◇浅倉久志選訳「極短小説」新潮社 2004（新潮文庫）p46

ベネット, アーノルド　Bennett, Arnold（1867～1931　イギリス）
クラリベル
　◇浦辺千鶴訳「20世紀英国モダニズム小説集成 自分の同類を愛した男」風濤社 2014 p144
ヒルダ・レスウェイズの青春
　◇小野寺健訳「ヒロインの時代 ヒルダ・レスウェイズの青春」国書刊行会 1989 p1

ベネット, ジル
また会おう
　◇嶋田のぞみ訳「メグ・アウル」パロル舎 2002（ミステリアス・クリスマス）p73

ベネット, ロジャー
アップ・ザ・ラダー
　◇佐和田敬司訳「アップ・ザ・ラダー／レイ

ベネディクト, ピンクニー
ゾグ19
◇ウィリアム N.伊藤訳「ゾエトロープ Pop」角川書店 2001（Bookplus）p313

ヘネピン, ポール
ガートルードの独白
◇浅倉久志選訳「極短小説」新潮社 2004（新潮文庫）p297

ヘーベル, ヨーハン・ペーター
蛙の雨
◇木下康光訳「超短編アンソロジー」筑摩書房 2002（ちくま文庫）p54
奇妙な幽霊物語
◇種村季弘訳「怪奇・幻想・綺想文学集――種村季弘翻訳集成」国書刊行会 2012 p9

ペマン, ホセ・マリーヤ
小さな少年のおぼえがき
◇会田由訳「謎のギャラリー――愛の部屋」新潮社 2002（新潮文庫）p29

ペーミン
富豪と守護神談合す
◇南田みどり編訳「ミャンマー現代短編集 2」大同生命国際文化基金 1998（アジアの現代文芸）p161

ヘミングウェイ, アーネスト　Hemingway, Ernest Miller（1899～1961　アメリカ）
ある新聞読者の手紙
◇上田麻由子訳「病短編小説集」平凡社 2016（平凡社ライブラリー）p127
汽車の旅
◇高見浩訳「鉄路に咲く物語――鉄道小説アンソロジー」光文社 2005（光文社文庫）p249
五万ドル
◇鮎川信夫訳「賭けと人生」筑摩書房 2011（ちくま文学の森）p249
殺し屋
◇西川正身訳「世界100物語 7」河出書房新社 1997 p27
◇鮎川信夫訳「悪いやつの物語」筑摩書房 2011（ちくま文学の森）p223
清潔な、明かりのちょうどいい場所
◇上田麻由子訳「病短編小説集」平凡社 2016（平凡社ライブラリー）p185

何かの終わり
◇平石貴樹編訳「アメリカ短編ベスト10」松柏社 2016 p209
フランシス・マカンバーの短い幸福な生涯
◇高見浩訳「百年文庫 42」ポプラ社 2010 p45

ヘミングス, カウイ・ハート
アウトラインから始めなさい
◇仲嶋雅子訳「アメリカ新進作家傑選 2006」DHC 2007 p303

ヘムリ, ロビン　Hemley, Robin（1958～　アメリカ）
赤ん坊を落とす
◇小川高義訳「新しいアメリカの小説　食べ放題」白水社 1989 p83
雨に歩けば
◇小川高義訳「新しいアメリカの小説　食べ放題」白水社 1989 p185
裏庭の穴
◇小川高義訳「新しいアメリカの小説　食べ放題」白水社 1989 p113
思い出の狼
◇小川高義訳「新しいアメリカの小説　食べ放題」白水社 1989 p135
芸術の設営（インスタレーション）
◇小川高義訳「新しいアメリカの小説　食べ放題」白水社 1989 p197
食べ放題
◇小川高義訳「新しいアメリカの小説　食べ放題」白水社 1989 p7
手がかり
◇小川高義訳「新しいアメリカの小説　食べ放題」白水社 1989 p41
同類探し
◇小川高義訳「新しいアメリカの小説　食べ放題」白水社 1989 p63
トランペットを吹く男、その妻
◇小川高義訳「新しいアメリカの小説　食べ放題」白水社 1989 p159
何だい、そんなの、耳につけて
◇小川高義訳「新しいアメリカの小説　食べ放題」白水社 1989 p161
ネズミの町
◇小川高義訳「新しいアメリカの小説　食べ放題」白水社 1989 p23
ホイップに乗る
◇小川高義訳「新しいアメリカの小説　食べ放

ヘモン

題」白水社 1989 p57
ポーランド袋
◇小川高義訳「新しいアメリカの小説 食べ放題」白水社 1989 p91

ヘモン, A.
島々
◇正来紀子訳「アメリカ短編小説傑作選 2001」DHC 2001（アメリカ文芸「年間」傑作選）p221

ペリー, アン　Perry, Anne（1938〜　イギリス）
青い蠍
◇山本やよい訳「ホロスコープは死を招く」ソニー・マガジンズ 2006（ヴィレッジブックス）p579
イヴの鐘
◇日暮雅通訳「シャーロック・ホームズ クリスマスの依頼人」原書房 1998 p215
英雄たち
◇浅羽莢子訳「殺さずにはいられない 2」早川書房 2002（ハヤカワ・ミステリ文庫）p297
◇浅羽莢子訳「エドガー賞全集―1990〜2007」早川書房 2008（ハヤカワ・ミステリ文庫）p405
クリスマスの贈り物
◇日暮雅通訳「シャーロック・ホームズ 四人目の賢者―クリスマスの依頼人 2」原書房 1999 p39
ハイランドの虚報事件（サクソン, マラカイ）
◇日暮雅通訳「シャーロック・ホームズ ワトソンの災厄」原書房 2003 p207
人質
◇白石朗, 田口俊樹訳「十の罪業 Black」東京創元社 2009（創元推理文庫）p589
巻物
◇杉江松恋訳「BIBLIO MYSTERIES 3」ディスカヴァー・トゥエンティワン 2014 p161
真っ白な靴下
◇日暮雅通訳「シャーロック・ホームズ ベイカー街の殺人」原書房 2002 p133
ゆすり屋
◇吉沢康子訳「愛の殺人」早川書房 1997（ハヤカワ・ミステリ文庫）p451

ペリー, クラーク
地の底
◇金子浩訳「サイコ―ホラー・アンソロジー」祥伝社 1998（祥伝社文庫）p365

ベリー, ジェディディア
遺産
◇黒澤桂子訳「アメリカ新進作家傑作選 2008」DHC 2009 p63
受け継がれたもの
◇古屋美登里訳「モンスターズ―現代アメリカ傑作短篇集」白水社 2014 p110

ベリー, スティーブ
悪魔の骨（ロリンズ, ジェームズ）
◇田口俊樹訳「フェイスオフ対決」集英社 2015（集英社文庫）p465

ヘリオット, ジェイムス　Herriot, James（1916〜1995　イギリス）
オリーとジニー
◇月村澄枝訳「猫は九回生きる―とっておきの猫の話」心交社 1997 p83

ベリオールト, ジーナ
フェリス・カトゥス
◇岩元巌訳「猫好きに捧げるショート・ストーリーズ」国書刊行会 1997 p303

ベリスフォード, エリザベス
猫は九回生きる
◇月村澄枝訳「猫は九回生きる―とっておきの猫の話」心交社 1997 p91

ベリズフォード, J.D.　Beresford, John Davys（1873〜1947　イギリス）
ストリックランドの息子の生涯
◇西崎憲訳「怪奇文学大山脈 2」東京創元社 2014 p183
人間嫌い
◇中村能三訳「怪奇小説傑作集新版 2」東京創元社 2006（創元推理文庫）p347
のど斬り農場
◇平井呈一訳「贈る物語Terror」光文社 2002 p206
◇吉村満美子訳「怪奇礼讃」東京創元社 2004（創元推理文庫）p387
喉切り農場
◇西崎憲訳「怪奇小説日和―黄金時代傑作選」筑摩書房 2013（ちくま文庫）p309

ベリドール, ジョルジュ
屋根の上の天使
◇大磯仁志訳「フランス式クリスマス・プレゼント」水声社 2000 p241

ヘリントン, パトリック
    職業倫理
        ◇浅倉久志選訳「極短小説」新潮社 2004（新潮文庫）p240

ベル, ハインリヒ　Böll, Heinrich Theodor（1917～1985　ドイツ）
    笑い屋
        ◇青木順三訳「生の深みを覗く──ポケットアンソロジー」岩波書店 2010（岩波文庫別冊）p321

ペルゴー, ルイ　Pergaud, Louis（1882～1915　フランス）
    グーピの悲劇
        ◇河盛好蔵訳「世界100物語 6」河出書房新社 1997 p7

ペルコヴィシ, コンラッド
    お嬢样オフィーリア
        ◇務台夏子訳「あの犬この犬そんな犬──11の物語」東京創元社 1998 p91

ヘルコヴィッツ, アンナ　Hercovicz, Anna（オーストリア）
    危険な読書の秋に
        ◇須藤直子訳「現代ウィーン・ミステリー・シリーズ 9」水声社 2002 p13

ベルコム, エド・ヴァン
    敷物
        ◇田中一江訳「サイコ─ホラー・アンソロジー」祥伝社 1998（祥伝社文庫）p449

ヘルタイ・イェネー　Heltai Jenő（1871～1957　ハンガリー）
    運命
        ◇徳永康元訳「おかしい話」筑摩書房 2010（ちくま文学の森）p247

ペルツァー, フェデリコ　Peltzer, Federico（アルゼンチン）
    チェスの師匠
        ◇内田吉彦訳「バベルの図書館 20」国書刊行会 1990 p131
        ◇内田吉彦訳「新編 バベルの図書館 6」国書刊行会 2013 p92

ペルッツ, レーオ　Perutz, Leo（1882～1957　オーストリア）
    月は笑う
        ◇前川道介訳「独逸怪奇小説集成」国書刊行会 2001 p163

ペルティーノ, マリー＝ヘレン
    ノース・オブ
        ◇岸本佐知子編訳「楽しい夜」講談社 2016 p7

ヘルド, ジョン, Jr.　Held, John, Jr.（1889～1958　アメリカ）
    仲裁犬マック
        ◇務台夏子訳「あの犬この犬そんな犬──11の物語」東京創元社 1998 p5

ベルナベ, ジャン　Bernabé, Jean（1942～　フランス）
    実存(エクジスタンス)の主題系（シャモワゾー, パトリック／コンフィアン, ラファエル）
        ◇恒川邦夫訳「新しい〈世界文学〉シリーズ クレオール礼賛」平凡社 1997 p58
    口承(オラル)に根をおろす（シャモワゾー, パトリック／コンフィアン, ラファエル）
        ◇恒川邦夫訳「新しい〈世界文学〉シリーズ クレオール礼賛」平凡社 1997 p51
    クレオール性（シャモワゾー, パトリック／コンフィアン, ラファエル）
        ◇恒川邦夫訳「新しい〈世界文学〉シリーズ クレオール礼賛」平凡社 1997 p37
    クレオール性と政治（シャモワゾー, パトリック／コンフィアン, ラファエル）
        ◇恒川邦夫訳「新しい〈世界文学〉シリーズ クレオール礼賛」平凡社 1997 p89
    クレオール礼賛（シャモワゾー, パトリック／コンフィアン, ラファエル）
        ◇恒川邦夫訳「新しい〈世界文学〉シリーズ クレオール礼賛」平凡社 1997 p9
    言葉の選択（シャモワゾー, パトリック／コンフィアン, ラファエル）
        ◇恒川邦夫訳「新しい〈世界文学〉シリーズ クレオール礼賛」平凡社 1997 p66
    真の記憶の現在化（シャモワゾー, パトリック／コンフィアン, ラファエル）
        ◇恒川邦夫訳「新しい〈世界文学〉シリーズ クレオール礼賛」平凡社 1997 p56
    内観と自己容認へ向けて（シャモワゾー, パトリック／コンフィアン, ラファエル）
        ◇恒川邦夫訳「新しい〈世界文学〉シリーズ クレオール礼賛」平凡社 1997 p17
    不断のダイナミズム（シャモワゾー, パトリック／コンフィアン, ラファエル）
        ◇恒川邦夫訳「新しい〈世界文学〉シリーズ クレオール礼賛」平凡社 1997 p79

序言（プロローグ）〔クレオール礼賛〕（シャモワゾー, パトリック／コンフィアン, ラファエル）
　◇恒川邦夫訳「新しい〈世界文学〉シリーズ クレオール礼賛」平凡社 1997 p11
モデルニテへの突入（シャモワゾー, パトリック／コンフィアン, ラファエル）
　◇恒川邦夫訳「新しい〈世界文学〉シリーズ クレオール礼賛」平凡社 1997 p64

ベルナルダン・ド・サン＝ピエール, ジャック・アンリ　Bernardin de Saint-Pierre, Jacques Henri（1737〜1814　フランス）
アルカディア
　◇山内淳訳「啓蒙のユートピア 3」法政大学出版局 1997 p345

ベルビン, デイヴィド
切ってやろうか？
　◇依田和子訳「ミステリアス・クリスマス」パロル舎 1999 p35

ヘルファース, ジョン
狼は理由なく襲わない
　◇吉岡裕一訳「赤ずきんの手には拳銃」原書房 1999 p167

ヘルプリン, マーク　Helprin, Mark（1947〜　アメリカ）
シュロイダーシュピッツェ
　◇斎藤英治訳「新しいアメリカの小説 世界の肌ざわり」白水社 1993 p119
太平洋の岸辺で
　◇柴田元幸編訳「燃える天使」角川書店 2009（角川文庫）p121
マル・ヌエバ
　◇藤井光訳「ベスト・ストーリーズ 2」早川書房 2016 p329

ベルベース, サブハドラ
返答
　◇角田光代訳「わたしは女の子だから」英治出版 2012 p178

ヘルマン, ユーディット　Hermann, Judith（1970〜　ドイツ）
オーダー川のこちら側
　◇松永美穂訳「Modern & Classic 夏の家、その後」河出書房新社 2005 p175
カメラ＝オブスキュラ
　◇松永美穂訳「Modern & Classic 夏の家、その後」河出書房新社 2005 p165

ソニヤ
　◇松永美穂訳「Modern & Classic 夏の家、その後」河出書房新社 2005 p55
夏の家、その後
　◇松永美穂訳「Modern & Classic 夏の家、その後」河出書房新社 2005 p143
何かの終わり
　◇松永美穂訳「Modern & Classic 夏の家、その後」河出書房新社 2005 p87
ハリケーン（サヨナラのかたち）
　◇松永美穂訳「Modern & Classic 夏の家、その後」河出書房新社 2005 p27
バリの女（ひと）
　◇松永美穂訳「Modern & Classic 夏の家、その後」河出書房新社 2005 p99
ハンター・ジョンソンの音楽
　◇松永美穂訳「Modern & Classic 夏の家、その後」河出書房新社 2005 p117
紅珊瑚
　◇松永美穂訳「Modern & Classic 夏の家、その後」河出書房新社 2005 p7

ベルリン, ルシア
火事
　◇岸本佐知子訳「楽しい夜」講談社 2016 p41

ベルンハルト, トーマス　Bernhard, Thomas（1931〜1989　オーストリア）
座長ブルスコン
　◇池田信雄訳「ドイツ現代戯曲選30 29」論創社 2008 p7
ヘルデンプラッツ
　◇池田信雄訳「ドイツ現代戯曲選30 30」論創社 2008 p7

ペレ, バンジャマン　Péret, Benjamin（1899〜1959　フランス）
バンジャマン・ペレ
　◇飯島耕一訳「黒いユーモア選集 2」河出書房新社 2007（河出文庫）p245

ペレグリマス, マーカス
仕事に適った道具
　◇藤田佳澄訳「殺しのグレイテスト・ヒッツ」早川書房 2007（ハヤカワ・ミステリ文庫）p401

ペレケーノス, ジョージ・P.　Pelecanos, George P.（1957〜　アメリカ）
哀願する死者の眼
　◇横山啓明訳「ベスト・アメリカン・ミステリ

ジュークボックス・キング」早川書房 2005（ハヤカワ・ミステリ）p341

ベレスフォード, J.D.
⇒ベリズフォード, J.D. を見よ

ペレマイヤー, シェリー
眺望絶佳
◇浅倉久志選訳「極短小説」新潮社 2004（新潮文庫）p299

ペレミアー, シェリー
代役
◇浅倉久志選訳「極短小説」新潮社 2004（新潮文庫）p24

ベレム, ロバート・レスリー Bellem, Robert Leslie（1902〜1968）
死を売る男
◇夏来健次訳「怪奇文学大山脈 3」東京創元社 2014 p411

ペレメイヤー, シェリー
夢
◇浅倉久志選訳「極短小説」新潮社 2004（新潮文庫）p53

ペレルマン, S.J. Perelman, Sidney Joseph（1904〜1979 アメリカ）
お静かに願いません、只今方向転換中！
◇喜志哲雄訳「ベスト・ストーリーズ 2」早川書房 2016 p167

ペロー, シャルル Perrault, Charles（1628〜1703 フランス）
シンデレラ
◇和佐田道子編訳「シンデレラ」竹書房 2015（竹書房文庫）p4
長靴をはいた猫
◇月村澄枝訳「猫は九回生きる―とっておきの猫の話」心交社 1997 p189

ベロウ, ノーマン Berrow, Norman
魔王の足跡
◇武藤崇恵訳「世界探偵小説全集 43」国書刊行会 2006 p7

ペロウン, B.
穴のあいた記憶
◇稲井嘉正訳「謎の物語」筑摩書房 2012（ちくま文庫）p167

ペロタード
白紙

◇旦紀子訳「マシン・オブ・デス―A Collection of Stories about People who Know How They Will DIE」アルファポリス 2012 p379

ヘロン, E.
荒乱道の事件（ヘロン, H）
◇西崎憲訳「淑やかな悪夢―英米女流怪談集」東京創元社 2000 p163
血を吸う怪（ヘロン, H.）
◇松居松葉訳「血と薔薇の誘う夜に―吸血鬼ホラー傑作選」角川書店 2005（角川ホラー文庫）p305

ヘロン, H.
荒乱道の事件（ヘロン, E.）
◇西崎憲訳「淑やかな悪夢―英米女流怪談集」東京創元社 2000 p163
血を吸う怪（ヘロン, E.）
◇松居松葉訳「血と薔薇の誘う夜に―吸血鬼ホラー傑作選」角川書店 2005（角川ホラー文庫）p305

ベンヴェヌーティ, ユルゲン Benvenuti, Jürgen（1972〜 オーストリア）
消えた心臓
◇唐沢徹訳「現代ウィーン・ミステリー・シリーズ 5」水声社 2001 p3

ベン・ジェルーン, タハール Ben Jelloun, Tahar（1944〜 フランス）
気狂いモハ、賢人モハ
◇澤田直訳【シリーズ〈越境の文学／文学の越境〉 気狂いモハ、賢人モハ」現代企画室 1996 p1

ベンジャミン, キャロル・リー
最後の晩餐
◇田口俊樹, 高山真由美訳「マンハッタン物語」二見書房 2008（二見文庫）p101

ヘンズリー, ジョー・L. Hensley, Joe L.（1926〜 アメリカ）
チキン・プレイヤー
◇山本俊子訳「ミニ・ミステリ100」早川書房 2005（ハヤカワ・ミステリ文庫）p284

ベンスン, E.F. Benson, Edward Frederic（1867〜1940 イギリス）
跫音
◇中野善夫訳「怪奇礼讃」東京創元社 2004（創元推理文庫）p57
歩く疫病
◇西崎憲訳「乱歩の選んだベスト・ホラー」筑

ヘンセ

摩書房 2000（ちくま文庫）p103

いも虫
◇平井呈一訳「怪奇小説傑作集 新版 1」東京創元社 2006（創元推理文庫）p289

怪奇譚 妖蟲
◇今日泊亜蘭訳「幽霊船―今日泊亜蘭翻訳怪奇小説コレクション」我刊我書房 2015（盛林堂ミステリアス文庫）p41

チャールズ・リンクワースの懺悔
◇平井呈一編「ミセス・ヴィールの幽霊―こわい話気味のわるい話 1」沖積舎 2011 p115

つちけむり
◇野村芳夫訳「死のドライブ」文藝春秋 2001（文春文庫）p51

ヘンゼル, ゲオルク　Hensel, Georg（1923～ドイツ）

長い休み時間に
◇中野京子訳「シリーズ現代ドイツ文学 4」早稲田大学出版部 1993 p67

ベンソン, ステラ

無人島に生きる
◇松村達雄訳「世界100物語 7」河出書房新社 1997 p175

ベンソン, マイク

天使がいっぱい
◇渡辺佐智江訳「ディスコ・ビスケッツ」早川書房 1998 p35

ベンソン, R.ヒュー

シャーロットの鏡
◇平井呈一編「壁画の中の顔―こわい話気味のわるい話 3」沖積舎 2012 p193

ベンダー, エイミー

あらゆるものにまちがったラベルのついた王国
◇管啓次郎訳「ろうそくの炎がささやく言葉」勁草書房 2011 p112

わたしたちのなかに
◇古屋美登里訳「モンスターズ―現代アメリカ傑作短篇集」白水社 2014 p102

ベンダー, カレン・E.

金のためなら
◇小原亜美訳「ゾエトロープ Noir」角川書店 2003（Bookplus）p69

船旅
◇遠藤真弓訳「ベスト・アメリカン・ミステリクラック・コカイン・ダイエット」早川書房 2007（ハヤカワ・ミステリ）p21

ヘンダースン, ゼナ　Henderson, Zenna（1917～1983 アメリカ）

いちばん近い学校
◇安野玲訳「奇想コレクション ページをめくれば」河出書房新社 2006 p103

おいで、ワゴン！
◇安野玲訳「奇想コレクション ページをめくれば」河出書房新社 2006 p237

鏡にて見るごとく―おぼろげに
◇山田順子訳「奇想コレクション ページをめくれば」河出書房新社 2006 p305

グランダー
◇安野玲訳「奇想コレクション ページをめくれば」河出書房新社 2006 p255

しーッ！
◇安野玲訳「奇想コレクション ページをめくれば」河出書房新社 2006 p127

小委員会
◇安野玲訳「奇想コレクション ページをめくれば」河出書房新社 2006 p165

信じる子
◇安野玲訳「奇想コレクション ページをめくれば」河出書房新社 2006 p207

先生、知ってる？
◇山田順子訳「奇想コレクション ページをめくれば」河出書房新社 2006 p145

なんでも箱
◇深町眞理子訳「20世紀SF 2」河出書房新社 2000（河出文庫）p109
◇深町眞理子訳「幻想と怪奇―宇宙怪獣現わる」早川書房 2005（ハヤカワ文庫）p25

光るもの
◇山田順子訳「奇想コレクション ページをめくれば」河出書房新社 2006 p71

ページをめくれば
◇山田順子訳「奇想コレクション ページをめくれば」河出書房新社 2006 p291

闇が遊びにやってきた
◇仁賀克雄編・訳「新・幻想と怪奇」早川書房 2009（Hayakawa pocket mystery books）p21

忘れられないこと
◇山田順子訳「奇想コレクション ページをめくれば」河出書房新社 2006 p7

ヘンダースン, ディオン
狩猟の終わりの日
◇田村義進訳「ミニ・ミステリ100」早川書房 2005（ハヤカワ・ミステリ文庫）p416

ベンチリー, ロバート
人はなぜ笑うのか――そもそもほんとに笑うのか？
◇柴田元幸訳「ベスト・ストーリーズ 1」早川書房 2015 p47

ペントコースト, ヒュー
二十三号室の謎
◇田中潤司訳「北村薫のミステリー館」新潮社 2005（新潮文庫）p177

ベントリー, チャールズ・E., Ⅲ
誘拐犯との待ち合わせ
◇浅倉久志選訳「極短小説」新潮社 2004（新潮文庫）p314

ベントリー, E.C.　Bentley, Edmund Clerihew
（1875〜1956　イギリス）
ありふれたヘアピン
◇好野理恵訳「ミステリーの本棚 トレント乗り出す」国書刊行会 2000 p283
安全なリフト
◇好野理恵訳「ミステリーの本棚 トレント乗り出す」国書刊行会 2000 p139
隠遁貴族
◇好野理恵訳「ミステリーの本棚 トレント乗り出す」国書刊行会 2000 p259
消えた弁護士
◇好野理恵訳「ミステリーの本棚 トレント乗り出す」国書刊行会 2000 p87
逆らえなかった大尉
◇好野理恵訳「ミステリーの本棚 トレント乗り出す」国書刊行会 2000 p109
時代遅れの悪党
◇好野理恵訳「ミステリーの本棚 トレント乗り出す」国書刊行会 2000 p163
失踪
◇古久保美恵子訳「ワイン通の復讐――美酒にまつわるミステリー選集」心交社 1998 p172
絶妙のショット
◇好野理恵訳「ミステリーの本棚 トレント乗り出す」国書刊行会 2000 p33
ちょっとしたミステリー
◇好野理恵訳「ミステリーの本棚 トレント乗り出す」国書刊行会 2000 p235
トレント最後の事件
◇大西央士訳「乱歩が選ぶ黄金時代ミステリー BEST10 5」集英社 1999（集英社文庫）p9
トレントと行儀の悪い犬
◇好野理恵訳「ミステリーの本棚 トレント乗り出す」国書刊行会 2000 p189
トレント乗り出す
◇好野理恵訳「ミステリーの本棚 トレント乗り出す」国書刊行会 2000
名のある篤志家
◇好野理恵訳「ミステリーの本棚 トレント乗り出す」国書刊行会 2000 p211
ほんもののタバード
◇好野理恵訳「ミステリーの本棚 トレント乗り出す」国書刊行会 2000 p7
りこうな鸚鵡
◇好野理恵訳「ミステリーの本棚 トレント乗り出す」国書刊行会 2000 p55
ワトスン博士の友人
◇北原尚彦編訳「シャーロック・ホームズの栄冠」論創社 2007（論創海外ミステリ）p29

ヘンドリクス, ジェイムズ・B.
定期巡視
◇桂英二訳「謎のギャラリー――謎の部屋」新潮社 2002（新潮文庫）p175
◇桂英二訳「謎の部屋」筑摩書房 2012（ちくま文庫）p175

ヘンドリックス, ヴィッキー　Hendricks, Vicki
（1952〜　アメリカ）
ウエスト・エンド
◇三好一美訳「復讐の殺人」早川書房 2001（ハヤカワ・ミステリ文庫）p131
パージー、ベイビー
◇田口俊樹訳「主婦に捧げる犯罪――書下ろしミステリ傑作選」武田ランダムハウスジャパン 2012（RHブックス＋プラス）p297

ベンニ, ステーファノ
最後の涙
◇和田忠彦訳「夢のかけら」岩波書店 1997（世界文学のフロンティア）p67

ベンフォード, グレゴリイ　Benford, Gregory
（1941〜　アメリカ）
銀河の中心
◇小野田和子訳「SFの殿堂 遙かなる地平 2」早川書房 2000（ハヤカワ文庫SF）p229
無限への渇望

ヘンフ

◇小野田和子訳「SFの殿堂 遙かなる地平 2」早川書房 2000（ハヤカワ文庫SF）p237

ペンフォールド, ニタ
そこから先へは行けない
　◇吉田利子訳「間違ってもいい、やってみたら——想いがはじける28の物語」講談社 1998 p195

ヘンペル, エイミー
屍灰に帰したナッシュヴィル
　◇岩元巌訳「猫好きに捧げるショート・ストーリーズ」国書刊行会 1997 p193

ヘンリー, チャーリー
ミシシッピの黄金軍団
　◇寺西由美子訳「アメリカ新進作家傑作選 2005」DHC 2006 p19

【 ホ 】

ポー, エドガー・アラン　Poe, Edgar Allan
（1809～1849　アメリカ）
アーサー・ゴードン・ピムの冒険
　◇巽孝之訳「ポケットマスターピース 9」集英社 2016（集英社文庫ヘリテージシリーズ）p479
アッシャ家の崩没
　◇龍膽寺旻訳「怪奇小説精華」筑摩書房 2012（ちくま文庫）p241
アッシャ屋形崩るるの記
　◇日夏耿之介訳「西洋伝奇物語——ゴシック名訳集成」学習研究社 2004（学研M文庫）p63
アッシャ屋形崩るるの記——一八三九
　◇日夏耿之介訳「ゴシック短編小説集」春風社 2012 p553
アッシャー家の崩壊
　◇鴻巣友季子訳「ポケットマスターピース 9」集英社 2016（集英社文庫ヘリテージシリーズ）p299
アッシャー館の崩壊
　◇岡野柊訳「STORY REMIX ポーの黒夢城」大栄出版 1996 p19
アナベル・リー
　◇渡辺信二訳「アメリカ文学ライブラリー　アメリカ名詩選」本の友社 1997 p130
アナベル・リイ
　◇日夏耿之介訳「ポケットマスターピース 9」集英社 2016（集英社文庫ヘリテージシリーズ）p19

アモンティリァードの酒樽
　◇鴻巣友季子訳「ポケットマスターピース 9」集英社 2016（集英社文庫ヘリテージシリーズ）p407
アモンティリァードの樽
　◇堀たほ子訳「ワイン通の復讐——美酒にまつわるミステリー選集」心交社 1998 p31
ヴァルデマー氏の病状の真相
　◇平石貴樹編訳「アメリカ短編ベスト10」松柏社 2016 p1
ヴァルドマル氏の病症の真相
　◇富士川義之訳「バベルの図書館 11」国書刊行会 1989 79
　◇富士川義之訳「新編 バベルの図書館 1」国書刊行会 2012 p161
ウィリアム・ウィルスン
　◇江戸川乱歩訳「百年文庫 17」ポプラ社 2010 p79
ウィリアム・ウィルソン
　◇岡野柊訳「STORY REMIX ポーの黒夢城」大栄出版 1996 p103
　◇鴻巣友季子訳「ポケットマスターピース 9」集英社 2016（集英社文庫ヘリテージシリーズ）p373
ウォール・ストリートへの警句
　◇渡辺信二訳「アメリカ文学ライブラリー　アメリカ名詩選」本の友社 1997 p140
エドガー・ポー
　◇入沢康夫訳「黒いユーモア選集 1」河出書房新社 2007（河出文庫）p171
F——へ
　◇渡辺信二訳「アメリカ文学ライブラリー　アメリカ名詩選」本の友社 1997 p120
大烏
　◇渡辺信二訳「アメリカ文学ライブラリー　アメリカ名詩選」本の友社 1997 p122
大鴉
　◇日夏耿之介訳「西洋伝奇物語——ゴシック名訳集成」学習研究社 2004（学研M文庫）p53
　◇中里友香訳「ポケットマスターピース 9」集英社 2016（集英社文庫ヘリテージシリーズ）p11
落し穴と振子
　◇富士川義之訳「バベルの図書館 11」国書刊行会 1989 p119
　◇富士川義之訳「新編 バベルの図書館 1」国書刊行会 2012 p187

「お前が犯人だ」
◇丸谷才一訳「恐ろしい話」筑摩書房 2011（ちくま文学の森）p103

お前が犯人だ！（You are the woman）――ある人のエドガーへの告白
◇桜庭一樹翻案「ポケットマスターピース 9」集英社 2016（集英社文庫ヘリテージシリーズ）p243

影――ある寓話
◇池末陽子訳「ポケットマスターピース 9」集英社 2016（集英社文庫ヘリテージシリーズ）p433

黄金郷（くがねのさと）
◇日夏耿之介訳「ポケットマスターピース 9」集英社 2016（集英社文庫ヘリテージシリーズ）p22

黒猫
◇岡田柊訳「STORY REMIX ポーの黒夢城」大栄出版 1996 p5
◇鴻巣友季子訳「ポケットマスターピース 9」集英社 2016（集英社文庫ヘリテージシリーズ）p331

群集の人
◇富士川義之訳「バベルの図書館 11」国書刊行会 1989 p99
◇富士川義之訳「新編 バベルの図書館 1」国書刊行会 2012 p174

黄金虫
◇丸谷才一訳「ポケットマスターピース 9」集英社 2016（集英社文庫ヘリテージシリーズ）p183

詩選集
◇「ポケットマスターピース 9」集英社 2016（集英社文庫ヘリテージシリーズ）p9

鐘楼の悪魔
◇池末陽子訳「ポケットマスターピース 9」集英社 2016（集英社文庫ヘリテージシリーズ）p439

西洋怪談／黒猫
◇饗庭篁村訳「明治の翻訳ミステリー――翻訳編 第1巻」五月書房 2001（明治文学復刻叢書）p83

楕円形の肖像画
◇岡田柊訳「STORY REMIX ポーの黒夢城」大栄出版 1996 p67

宝ほり
◇山県五十雄訳「明治の翻訳ミステリー――翻訳編 第2巻」五月書房 2001（明治文学復刻叢書）p209

告げ口心臓
◇中里友香訳「ポケットマスターピース 9」集英社 2016（集英社文庫ヘリテージシリーズ）p421

燈台（ブロック, ロバート）
◇吉田誠一訳「51番目の密室――世界短篇傑作集」早川書房 2010（Hayakawa pocket mystery books）p193
◇鴻巣友季子訳「ポケットマスターピース 9」集英社 2016（集英社文庫ヘリテージシリーズ）p473

盗まれた手紙
◇富士川義之訳「バベルの図書館 11」国書刊行会 1989 p15
◇富士川義之訳「新編 バベルの図書館 1」国書刊行会 2012 p121
◇丸谷才一訳「ポケットマスターピース 9」集英社 2016（集英社文庫ヘリテージシリーズ）p151

鋸山奇譚（のこぎりやまきたん）
◇池末陽子訳「ポケットマスターピース 9」集英社 2016（集英社文庫ヘリテージシリーズ）p455

母へ
◇渡辺信二訳「アメリカ文学ライブラリー アメリカ名詩選」本の友社 1997 p138

早まった埋葬
◇鴻巣友季子訳「ポケットマスターピース 9」集英社 2016（集英社文庫ヘリテージシリーズ）p349

ハンス・プファールという人物の無類の冒険
◇鈴木恵訳「翼を愛した男たち」原書房 1997 p19

秘密書類
◇森田思軒訳「明治の翻訳ミステリー――翻訳編 第2巻」五月書房 2001（明治文学復刻叢書）p183

壜のなかの手記
◇富士川義之訳「バベルの図書館 11」国書刊行会 1989 p55
◇富士川義之訳「新編 バベルの図書館 1」国書刊行会 2012 p147

復讐譚――樽詰めのアモンティリャード
◇清水武雄訳「安らかに眠りたまえ――英米文学短編集」海苑社 1998 p5

ベレニス
◇岡田柊訳「STORY REMIX ポーの黒夢城」

ホ

大栄出版 1996 p79

ヘレンへ
◇渡辺信二訳「アメリカ文学ライブラリー アメリカ名詩選」本の友社 1997 p118
◇渡辺信二訳「アメリカ文学ライブラリー アメリカ名詩選」本の友社 1997 p133

ポーの黒夢城
◇岡田柊訳「STORY REMIX ポーの黒夢城」大栄出版 1996 p1

マリー・ロジェの謎─『モルグ街の殺人』の続編
◇丸谷才一訳「ポケットマスターピース 9」集英社 2016（集英社文庫ヘリテージシリーズ）p77

メエルシュトレエムに呑まれて
◇小川和夫訳「十話」ランダムハウス講談社 2006 p149

メルツェルさんのチェス人形─エドガーによる "物理的からくり (モーダスオペランディ)" の考察
◇桜庭一樹翻案「ポケットマスターピース 9」集英社 2016（集英社文庫ヘリテージシリーズ）p271

モルグ街の殺人
◇柴田元幸編訳「アメリカン・マスターピース 古典篇」スイッチ・パブリッシング 2013（SWITCH LIBRARY）p25
◇丸谷才一訳「ポケットマスターピース 9」集英社 2016（集英社文庫ヘリテージシリーズ）p25

モレーラ
◇岡田柊訳「STORY REMIX ポーの黒夢城」大栄出版 1996 p57

ルーモルグの人殺し
◇饗庭篁村訳「明治の翻訳ミステリー─翻訳編 第1巻」五月書房 2001（明治文学復刻叢書）p92

蒲 松齢 ほ・しょうれい (1640〜1715 中国)

愛奴 (あいど)
◇竹田晃, 黒田真美子著「中国古典小説選 10（清代 2）」明治書院 2009 p118

暗黒地獄
◇中野美代子訳「バベルの図書館 10」国書刊行会 1988 p53
◇中野美代子訳「新編 バベルの図書館 6」国書刊行会 2013 p439

医術
◇竹田晃, 黒田真美子著「中国古典小説選 10（清代 2）」明治書院 2009 p78

氏神試験
◇中野美代子訳「バベルの図書館 10」国書刊行会 1988 p13
◇中野美代子訳「新編 バベルの図書館 6」国書刊行会 2013 p416

雲翠仙 (うんすいせん)
◇黒田真美子著「中国古典小説選 9（清代 1）」明治書院 2009 p363

嬰寧 (えいねい)
◇黒田真美子著「中国古典小説選 9（清代 1）」明治書院 2009 p146

王成 (おうせい)
◇黒田真美子著「中国古典小説選 9（清代 1）」明治書院 2009 p105

丐仙 (かいせん)
◇竹田晃, 黒田真美子著「中国古典小説選 10（清代 2）」明治書院 2009 p336

郭秀才 (かくしゅうさい)
◇竹田晃, 黒田真美子著「中国古典小説選 10（清代 2）」明治書院 2009 p6

夏雪 (かせつ)
◇竹田晃, 黒田真美子著「中国古典小説選 10（清代 2）」明治書院 2009 p87

化男 (男に化す)
◇竹田晃, 黒田真美子著「中国古典小説選 10（清代 2）」明治書院 2009 p93

画皮 (がひ)
◇黒田真美子著「中国古典小説選 9（清代 1）」明治書院 2009 p128

画壁
◇黒田真美子著「中国古典小説選 9（清代 1）」明治書院 2009 p24

顔氏 (がんし)
◇黒田真美子著「中国古典小説選 9（清代 1）」明治書院 2009 p385

鬼妻 (きさい)
◇竹田晃, 黒田真美子著「中国古典小説選 10（清代 2）」明治書院 2009 p72

鬼津 (きしん)
◇竹田晃, 黒田真美子著「中国古典小説選 10（清代 2）」明治書院 2009 p59

橘樹 (きつじゅ)
◇竹田晃, 黒田真美子著「中国古典小説選 10（清代 2）」明治書院 2009 p14

嬌娜 (きょうだ)

◇黒田真美子著「中国古典小説選 9（清代 1）」明治書院 2009 p79

金貨迅流
　◇中野美代子訳「バベルの図書館 10」国書刊行会 1988 p65
　◇中野美代子訳「新編 バベルの図書館 6」国書刊行会 2013 p446

幻術道士
　◇中野美代子訳「バベルの図書館 10」国書刊行会 1988 p41
　◇中野美代子訳「新編 バベルの図書館 6」国書刊行会 2013 p433

黄英（こうえい）
　◇竹田晃, 黒田真美子著「中国古典小説選 10（清代 2）」明治書院 2009 p210

紅玉（こうぎょく）
　◇黒田真美子著「中国古典小説選 9（清代 1）」明治書院 2009 p214

香玉（こうぎょく）
　◇竹田晃, 黒田真美子著「中国古典小説選 10（清代 2）」明治書院 2009 p271

孝子入冥
　◇中野美代子訳「バベルの図書館 10」国書刊行会 1988 p25
　◇中野美代子訳「新編 バベルの図書館 6」国書刊行会 2013 p423

恒娘（こうじょう）
　◇竹田晃, 黒田真美子著「中国古典小説選 10（清代 2）」明治書院 2009 p194

紅毛氈（こうもうせん）
　◇竹田晃, 黒田真美子著「中国古典小説選 10（清代 2）」明治書院 2009 p147

狐嫁女（こかじょ）
　◇黒田真美子著「中国古典小説選 9（清代 1）」明治書院 2009 p67

狐仙女房
　◇中野美代子訳「バベルの図書館 10」国書刊行会 1988 p69
　◇中野美代子訳「新編 バベルの図書館 6」国書刊行会 2013 p447

虎妖宴遊
　◇中野美代子訳「バベルの図書館 10」国書刊行会 1988 p77
　◇中野美代子訳「新編 バベルの図書館 6」国書刊行会 2013 p451

采薇翁（さいびおう）
　◇竹田晃, 黒田真美子著「中国古典小説選 10（清代 2）」明治書院 2009 p110

蛇人（じゃじん）
　◇黒田真美子著「中国古典小説選 9（清代 1）」明治書院 2009 p56

周克昌（しゅうこくしょう）
　◇竹田晃, 黒田真美子著「中国古典小説選 10（清代 2）」明治書院 2009 p95

酒虫（しゅちゅう）
　◇黒田真美子著「中国古典小説選 9（清代 1）」明治書院 2009 p349

小謝（しょうしゃ）
　◇黒田真美子著「中国古典小説選 9（清代 1）」明治書院 2009 p399

聶小倩（じょうしょうせん）
　◇黒田真美子著「中国古典小説選 9（清代 1）」明治書院 2009 p185

小猟犬
　◇柴田天馬訳「怪奇小説精華」筑摩書房 2012（ちくま文庫） p52

書痴（しょち）
　◇竹田晃, 黒田真美子著「中国古典小説選 10（清代 2）」明治書院 2009 p236

人虎報仇
　◇中野美代子訳「バベルの図書館 10」国書刊行会 1988 p103
　◇中野美代子訳「新編 バベルの図書館 6」国書刊行会 2013 p465

申子（しんし）
　◇竹田晃, 黒田真美子著「中国古典小説選 10（清代 2）」明治書院 2009 p180

人皮女装
　◇中野美代子訳「バベルの図書館 10」国書刊行会 1988 p109
　◇中野美代子訳「新編 バベルの図書館 6」国書刊行会 2013 p469

瑞雲（ずいうん）
　◇竹田晃, 黒田真美子著「中国古典小説選 10（清代 2）」明治書院 2009 p167

青娥（せいが）
　◇竹田晃, 黒田真美子著「中国古典小説選 10（清代 2）」明治書院 2009 p20

石清虚
　◇柴田天馬訳「怪奇小説精華」筑摩書房 2012（ちくま文庫） p46

僧術（そうじゅつ）
　◇竹田晃, 黒田真美子著「中国古典小説選 10（清代 2）」明治書院 2009 p62

ホ

竹青(ちくせい)
　◇竹田晃, 黒田真美子著「中国古典小説選 10 (清代 2)」明治書院 2009 p254

偸桃(桃を偸む)
　◇黒田真美子著「中国古典小説選 9 (清代 1)」明治書院 2009 p34

聴鏡(ちょうきょう)
　◇竹田晃, 黒田真美子著「中国古典小説選 10 (清代 2)」明治書院 2009 p54

褚遂良(ちょすいりょう)
　◇竹田晃, 黒田真美子著「中国古典小説選 10 (清代 2)」明治書院 2009 p308

天宮(てんきゅう)
　◇竹田晃, 黒田真美子著「中国古典小説選 10 (清代 2)」明治書院 2009 p149

田七郎(でんしちろう)
　◇黒田真美子著「中国古典小説選 9 (清代 1)」明治書院 2009 p317

瞳人語(瞳人語らふ)
　◇黒田真美子著「中国古典小説選 9 (清代 1)」明治書院 2009 p14

生首交換
　◇中野美代子訳「バベルの図書館 10」国書刊行会 1988 p121
　◇中野美代子訳「新編 バベルの図書館 6」国書刊行会 2013 p477

二班(にはん)
　◇竹田晃, 黒田真美子著「中国古典小説選 10 (清代 2)」明治書院 2009 p299

武技(ぶぎ)
　◇黒田真美子著「中国古典小説選 9 (清代 1)」明治書院 2009 p341

粉蝶(ふんちょう)
　◇竹田晃, 黒田真美子著「中国古典小説選 10 (清代 2)」明治書院 2009 p317

牡丹と耐冬
　◇増田渉訳「変身のロマン」学習研究社 2003 (学研M文庫) p195

魔術街道
　◇中野美代子訳「バベルの図書館 10」国書刊行会 1988 p47
　◇加藤栄編訳「ベトナム現代短編集 2」大同生命国際文化基金 2005 (アジアの現代文芸) p195
　◇中野美代子訳「新編 バベルの図書館 6」国書刊行会 2013 p436

猛虎贖罪
　◇中野美代子訳「バベルの図書館 10」国書刊行会 1988 p87
　◇中野美代子訳「新編 バベルの図書館 6」国書刊行会 2013 p456

薬僧(やくそう)
　◇竹田晃, 黒田真美子著「中国古典小説選 10 (清代 2)」明治書院 2009 p143

姚安(ようあん)
　◇竹田晃, 黒田真美子著「中国古典小説選 10 (清代 2)」明治書院 2009 p103

雷曹(らいそう)
　◇黒田真美子著「中国古典小説選 9 (清代 1)」明治書院 2009 p264

羅刹海市(羅刹の海市)
　◇黒田真美子著「中国古典小説選 9 (清代 1)」明治書院 2009 p280

菱角(りょうかく)
　◇黒田真美子著「中国古典小説選 9 (清代 1)」明治書院 2009 p429

聊斎志異
　◇中野美代子訳「バベルの図書館 10」国書刊行会 1988
　◇中野美代子訳「新編 バベルの図書館 6」国書刊行会 2013

聊斎志異(1)
　◇黒田真美子著「中国古典小説選 9 (清代 1)」明治書院 2009

聊斎志異(2)
　◇竹田晃, 黒田真美子著「中国古典小説選 10 (清代 2)」明治書院 2009

聊斎自誌(りょうさいじし)
　◇黒田真美子著「中国古典小説選 9 (清代 1)」明治書院 2009 p6

竜肉
　◇柴田天馬訳「怪奇小説精華」筑摩書房 2012 (ちくま文庫) p52

緑衣女(緑衣の女)
　◇黒田真美子著「中国古典小説選 9 (清代 1)」明治書院 2009 p354

連瑣(れんさ)
　◇黒田真美子著「中国古典小説選 9 (清代 1)」明治書院 2009 p239

狼虎夢占
　◇中野美代子訳「バベルの図書館 10」国書刊行会 1988 p93
　◇中野美代子訳「新編 バベルの図書館 6」国書刊行会 2013 p459

労山道士（労山の道士）
◇黒田真美子著「中国古典小説選 9（清代 1）」明治書院 2009 p44

老僧再生
◇中野美代子訳「バベルの図書館 10」国書刊行会 1988 p19
◇中野美代子訳「新編 バベルの図書館 6」国書刊行会 2013 p420

禄数（ろくすう）
◇竹田晃, 黒田真美子著「中国古典小説選 10（清代 2）」明治書院 2009 p69

浦 忠成　ほ・ちゅうせい（台湾）
原住民文学の発展過程におけるいくたびかの転換—日本統治時代から現在までの観察
◇魚住悦子訳「台湾原住民文学選 8」草風館 2006 p117

なにが原住民族文学か
◇魚住悦子訳「台湾原住民文学選 8」草風館 2006 p149

ボアロー, ピエール
⇒ボアロー・ナルスジャック を見よ

ボアロー＝ナルスジャック　Boileau–Narcejac（フランス）
すばらしき誘拐（ボアロー／ナルスジャック）
◇日影丈吉訳「ミステリマガジン700—創刊700号記念アンソロジー 海外篇」早川書房 2014（ハヤカワ・ミステリ文庫）p193

ボイエット, スティーヴン・R.
アンサー・ツリー
◇田中一江訳「シルヴァー・スクリーム 上」東京創元社 2013（創元推理文庫）p277

パヴロフの犬のように
◇夏来健次訳「死霊たちの宴 下」東京創元社 1998（創元推理文庫）p33

ホイケンカンプ, ウルズラ　Heukenkamp, Ursula（ドイツ）
叙情詩における詩的主体と女性のものの見方—東ドイツの女性詩人たち
◇浅岡泰子訳「シリーズ現代ドイツ文学 3」早稲田大学出版部 1991 p93

ポイサント, デイヴィッド・ジェームズ
ベン図
◇小木曽圭子訳「アメリカ新進作家傑作選 2008」DHC 2009 p393

ポイス, T.F.　Powys, Theodore Francis（1875～1953 イギリス）
海草と郭公時計
◇瀧口直太郎訳「おかしい話」筑摩書房 2010（ちくま文学の森）p261

バケツと綱
◇瀧口直太郎訳「思いがけない話」筑摩書房 2010（ちくま文学の森）p143

ピム氏と聖なるパン
◇西崎憲編訳「短篇小説日和—英国異色傑作選」筑摩書房 2013（ちくま文庫）p167

ホイットマン, ウォルト　Whitman, Walt（1819～1892 アメリカ）
一度きりの邪な衝動！
◇柳瀬尚紀訳「犯罪は詩人の楽しみ—詩人ミステリ集成」東京創元社 2012（創元推理文庫）p102

いつまでも揺れやまぬ揺りかごから
◇渡辺信二訳「アメリカ文学ライブラリー アメリカ名詩選」本の友社 1997 p188

じぶん自身を わたしはうたう
◇渡辺信二訳「アメリカ文学ライブラリー アメリカ名詩選」本の友社 1997 p149

世界を讃える、自己を讃える
◇渡辺信二訳「アメリカ文学ライブラリー アメリカ名詩選」本の友社 1997 p147

探求を始めた時
◇渡辺信二訳「アメリカ文学ライブラリー アメリカ名詩選」本の友社 1997 p150

ひとりの女がおれを待っている
◇渡辺信二訳「アメリカ文学ライブラリー アメリカ名詩選」本の友社 1997 p184

ぼくにはアメリカのうた声が聞こえる
◇渡辺信二訳「アメリカ文学ライブラリー アメリカ名詩選」本の友社 1997 p151

ポーマノックから旅だって わたしは鳥のように飛ぶ
◇渡辺信二訳「アメリカ文学ライブラリー アメリカ名詩選」本の友社 1997 p201

喜びだ 乗組員よ 喜びだ！
◇渡辺信二訳「アメリカ文学ライブラリー アメリカ名詩選」本の友社 1997 p202

わたし自身のうた1
◇渡辺信二訳「アメリカ文学ライブラリー アメリカ名詩選」本の友社 1997 p152

わたし自身のうた2
◇渡辺信二訳「アメリカ文学ライブラリー アメ

ホイト

リカ名詩選」本の友社 1997 p154
わたし自身のうた6
　◇渡辺信二訳「アメリカ文学ライブラリー　アメリカ名詩選」本の友社 1997 p156
わたし自身のうた9
　◇渡辺信二訳「アメリカ文学ライブラリー　アメリカ名詩選」本の友社 1997 p160
わたし自身のうた11
　◇渡辺信二訳「アメリカ文学ライブラリー　アメリカ名詩選」本の友社 1997 p161
わたし自身のうた21
　◇渡辺信二訳「アメリカ文学ライブラリー　アメリカ名詩選」本の友社 1997 p163
わたし自身のうた24
　◇渡辺信二訳「アメリカ文学ライブラリー　アメリカ名詩選」本の友社 1997 p166
わたし自身のうた25
　◇渡辺信二訳「アメリカ文学ライブラリー　アメリカ名詩選」本の友社 1997 p171
わたし自身のうた28
　◇渡辺信二訳「アメリカ文学ライブラリー　アメリカ名詩選」本の友社 1997 p173
わたし自身のうた29
　◇渡辺信二訳「アメリカ文学ライブラリー　アメリカ名詩選」本の友社 1997 p175
わたし自身のうた44
　◇渡辺信二訳「アメリカ文学ライブラリー　アメリカ名詩選」本の友社 1997 p176
わたし自身のうた51
　◇渡辺信二訳「アメリカ文学ライブラリー　アメリカ名詩選」本の友社 1997 p180
わたし自身のうた52
　◇渡辺信二訳「アメリカ文学ライブラリー　アメリカ名詩選」本の友社 1997 p182

ホイート, キャロライン

"驚くべき虫"の事件
　◇日暮雅通訳「シャーロック・ホームズ ベイカー街の殺人」原書房 2002 p231
天使のトランペット
　◇日暮雅通訳「シャーロック・ホームズ クリスマスの依頼人」原書房 1998 p363
ラージャのエメラルド
　◇日暮雅通訳「シャーロック・ホームズ 四人目の賢者―クリスマスの依頼人 2」原書房 1999 p139

ボイラン, クレア

処女について
　◇中尾幸子訳「現代アイルランド女性作家短編集」新水社 2016 p182
架空の娘
　◇中尾幸子訳「現代アイルランド女性作家短編集」新水社 2016 p193
盗んだ子供
　◇柴田元幸編訳「いずれは死ぬ身」河出書房新社 2009 p105

ボイル, ケイ

回復期
　◇橋口稔訳「世界100物語 8」河出書房新社 1997 p345

彭 小妍　ほう・しょうけん（台湾）

族群（エスニック・グループ）のエクリチュールと国民／国家―原住民文学について
　◇橋本恭子訳「台湾原住民文学選 9」草風館 2007 p17
客家(ハッカ)村から来た花嫁
　◇安部悟訳「新しい台湾の文学 客家の女たち」国書刊行会 2002 p113

彭 瑞金　ほう・ずいきん（台湾）

迷霧を払って祖先の魂を取り戻せ―台湾原住民文学問題初探
　◇井手勇訳「台湾原住民文学選 9」草風館 2007 p242

ホウィティカー, アーサー　Whitaker, Arthur

シェフィールドの銀行家
　◇佐藤明子訳「推理探偵小説文学館 2」勉誠社 1996 p13

ホーヴェ, チェンジェライ　Hove, Chenjerai
（1954～　ジンバブエ）

影たち
　◇福島富士男訳「アフリカ文学叢書 影たち」スリーエーネットワーク 1994 p1

ボウエン, エリザベス　Bowen, Elizabeth
Dorothea Cole（1899～1973　イギリス）

陽気なる魂
　◇西崎憲訳「怪奇小説日和―黄金時代傑作選」筑摩書房 2013（ちくま文庫）p71
林檎の木
　◇中平洋子訳「古今英米幽霊事情 2」新風舎 1999 p223

ボウエン, マージョリー　Bowen, Marjorie
（1886〜1952　イギリス）
　色絵の皿
　　◇平井呈一編「ラント夫人―こわい話気味のわるい話 2」沖積舎 2012 p75
　追いつめられて
　　◇松村達雄訳「世界100物語 8」河出書房新社 1997 p90
　看板描きと水晶の魚
　　◇西崎憲編訳「短篇小説日和―英国異色傑作選」筑摩書房 2013（ちくま文庫）p129
　罌粟の香り
　　◇南條竹則編訳「イギリス恐怖小説傑作選」筑摩書房 2005（ちくま文庫）p299
　故障
　　◇倉阪鬼一郎訳「淑やかな悪夢―英米女流怪談集」東京創元社 2000 p187
　二時半ちょうどに
　　◇吉村満美子訳「怪奇礼讃」東京創元社 2004（創元推理文庫）p189
　フローレンス・フラナリー
　　◇佐藤弓生訳「怪奇小説日和―黄金時代傑作選」筑摩書房 2013（ちくま文庫）p35

方方　ほうほう（1955〜　中国）
　父のなかの祖父
　　◇渡辺新一訳「コレクション中国同時代小説 8」勉誠出版 2012 p77
　待ち伏せ
　　◇渡辺新一訳「コレクション中国同時代小説 8」勉誠出版 2012 p1
　落日―とかく家族は
　　◇渡辺新一訳「コレクション中国同時代小説 8」勉誠出版 2012 p141

ボウマン, ジェフリー・ロバート
　鉄の心臓
　　◇吉田薫訳「ベスト・アメリカン・ミステリ　スネーク・アイズ」早川書房 2005（ハヤカワ・ミステリ）p45

ボウモント, チャールズ
　⇒ボーモント, チャールズ を見よ

ボウルズ, ジェイン
　なにもかも素敵
　　◇利根川真紀編訳「レズビアン短編小説集―女たちの時間」平凡社 2015（平凡社ライブラリー）p313

ボウルズ, ポール
　故郷から遠く離れすぎて
　　◇越川芳明訳「怒りと響き」岩波書店 1997（世界文学のフロンティア）p267

ボカージ, ポール
　蒼白の貴婦人（デュマ, アレクサンドル）
　　◇浜野アキオ訳「ヴァンパイア・コレクション」角川書店 1999（角川文庫）p73

ホーガン, チャック　Hogan, Chuck（アメリカ）
　二千ボルト
　　◇スコジ泉訳「ベスト・アメリカン・短編ミステリ」DHC 2010 p239

朴 芽枝　ぼく・がし
　⇒朴芽枝（パク・アジ）を見よ

朴 花城　ぼく・かじょう
　⇒朴花城（パク・ファソン）を見よ

ボーク, ゲイリー
　分別第一？
　　◇浅倉久志選訳「極短小説」新潮社 2004（新潮文庫）p243

朴 趾源　ぼく・しげん
　⇒朴趾源（パク・チウォン）を見よ

ボグダーノフ, アレクサンドル
　不死の祭日
　　◇西周成編訳「ロシアSF短編集」アルトアーツ 2016 p13

ボグナー, ジョン
　時間をさかのぼって（ベイカー, ジェフ）
　　◇浅倉久志選訳「極短小説」新潮社 2004（新潮文庫）p357

ポクロフスキイ
　昨日は誕生日
　　◇宮風耕治訳「雑話集―ロシア短編集 3」ロシア文学翻訳グループクーチカ 2014 p48

ポージス, アーサー　Porges, Arthur（1915〜2006　アメリカ）
　イギリス寒村の謎
　　◇風見潤訳「山口雅也の本格ミステリ・アンソロジー」角川書店 2007（角川文庫）p139
　　◇飯城勇三編訳「エラリー・クイーンの災難」論創社 2012（論創海外ミステリ）p217
　インドヤの謎
　　◇熊井ひろ美訳「密室殺人コレクション」原書

房 2001 p251
ステイトリー・ホームズと金属箱事件
　◇北原尚彦編訳「シャーロック・ホームズの栄冠」論創社 2007（論創海外ミステリ）p141
ステイトリー・ホームズの新冒険
　◇北原尚彦編訳「シャーロック・ホームズの栄冠」論創社 2007（論創海外ミステリ）p125
ステイトリー・ホームズの冒険
　◇北原尚彦編訳「シャーロック・ホームズの栄冠」論創社 2007（論創海外ミステリ）p113

ホジスン, ウィリアム・ホープ　Hodgson, William Hope（1877〜1918　イギリス）
失われた子供たちの谷
　◇中野善夫訳「怪奇礼讃」東京創元社 2004（創元推理文庫）p27
ミドル小島に棲むものは
　◇三浦玲子訳「ダーク・ファンタジー・コレクション 5」論創社 2007 p117
闇の声
　◇大門一男訳「怪獣文学大全」河出書房新社 1998（河出文庫）p108

ポシフィヤトフスカ, ハリナ
ポシフィヤトフスカ詩選
　◇津田晃岐訳「ポケットのなかの東欧文学—ルネッサンスから現代まで」成文社 2006 p240

ボーシュ, アンリ
幻覚の実験室（ロルド, アンドレ・ド）
　◇真野倫平訳「グラン＝ギニョル傑作選—ベル・エポックの恐怖演劇」水声社 2010 p39

ボーシュ, リチャード　Bausch, Richard（1945〜）
世界の肌ざわり
　◇斎藤英治訳「新しいアメリカの小説 世界の肌ざわり」白水社 1993 p24
二人の聖職者—老いしみじみ
　◇本城誠二訳「しみじみ読むアメリカ文学—現代文学短編作品集」松柏社 2007 p111

ホーズ, ダグ
リアリティNo.2—僕が一番恐れている場所
　◇市川京子訳「ディスコ2000」アーティストハウス 1999 p89

ボズウェル, ジェームズ　Boswell, James（1740〜1795　イギリス）
福者たちと親子関係
　◇斎藤博士訳「アンデスの風叢書 天国・地獄百科」書肆風の薔薇 1982 p138

ボスク, ファレル・デュ
語源
　◇斎藤博士訳「アンデスの風叢書 天国・地獄百科」書肆風の薔薇 1982 p110

ポースト, メルヴィル・デイヴィスン　Post, Melville Davisson（1869〜1930　アメリカ）
ウィリアム・バン・ブルームの過ち
　◇高橋朱美訳「海外ミステリ Gem Collection 13」長崎出版 2008 p103
ウッドフォードの共同出資者
　◇高橋朱美訳「海外ミステリ Gem Collection 13」長崎出版 2008 p69
ガルモアの郡保安官
　◇高橋朱美訳「海外ミステリ Gem Collection 13」長崎出版 2008 p147
罪体
　◇高橋朱美訳「海外ミステリ Gem Collection 13」長崎出版 2008 p9
ドゥームドーフの謎
　◇吉田誠一訳「密室殺人傑作選」早川書房 2003（ハヤカワ・ミステリ文庫）p283
はじめに〔ランドルフ・メイスンと7つの罪〕
　◇高橋朱美訳「海外ミステリ Gem Collection 13」長崎出版 2008 p1
バールを持った男たち
　◇高橋朱美訳「海外ミステリ Gem Collection 13」長崎出版 2008 p123
犯意
　◇高橋朱美訳「海外ミステリ Gem Collection 13」長崎出版 2008 p181
マンハッタンの投機家
　◇高橋朱美訳「海外ミステリ Gem Collection 13」長崎出版 2008 p51
ランドルフ・メイスンと7つの罪
　◇高橋朱美訳「海外ミステリ Gem Collection 13」長崎出版 2008

ボストン, ブルース
一芸の犬
　◇中村融訳「幻想の犬たち」扶桑社 1999（扶桑社ミステリー）p369

ボスムイシ, ゾフィア　Posmysz, Zofia（ポーランド）
パサジェルカ〈女船客〉
　◇佐藤清郎訳「東欧の文学 パサジェルカ〈女船客〉他」恒文社 1966 p279

ホスルマン・ヴァヴァ（1958～2007　台湾）
　生の祭〈ブヌン〉
　　◇松本さち子訳「台湾原住民文学選 4」草風館 2004 p115
　晴乞い祭り〈ブヌン〉
　　◇松本さち子訳「台湾原住民文学選 6」草風館 2008 p5
　フ、ブヌン〈ブヌン〉
　　◇松本さち子訳「台湾原住民文学選 6」草風館 2008 p33

ホーソーン, ジュリアン
　白い肩の女
　　◇風間賢二訳「ヴァンパイア・コレクション」角川書店 1999（角川文庫）p135

ホーソーン, ナサニエル　Hawthorne, Nathaniel（1804～1864　アメリカ）
　ウェイクフィールド
　　◇酒本雅之訳「バベルの図書館 3」国書刊行会 1988 p15
　　◇酒本雅之訳「新編 バベルの図書館 1」国書刊行会 2012 p19
　　◇柴田元幸編訳「アメリカン・マスターピース 古典篇」スイッチ・パブリッシング 2013（SWITCH LIBRARY）p7
　人面の大岩
　　◇竹村和子訳「バベルの図書館 3」国書刊行会 1988 p35
　　◇竹村和子訳「新編 バベルの図書館 1」国書刊行会 2012 p31
　随想―雪舞い
　　◇湯澤博訳「安らかに眠りたまえ―英米文学短編集」海苑社 1998 p43
　地球の大燔祭
　　◇竹村和子訳「バベルの図書館 3」国書刊行会 1988 p73
　　◇竹村和子訳「新編 バベルの図書館 1」国書刊行会 2012 p55
　泊まり客
　　◇小塚正樹訳「安らかに眠りたまえ―英米文学短編集」海苑社 1998 p53
　ヒギンボタム氏の災難
　　◇竹村和子訳「バベルの図書館 3」国書刊行会 1988 p111
　　◇竹村和子訳「謎の物語」筑摩書房 2012（ちくま文庫）p193
　　◇竹村和子訳「新編 バベルの図書館 1」国書刊行会 2012 p79
　牧師の黒いベール
　　◇酒本雅之訳「新編 バベルの図書館 1」国書刊行会 2012 p95
　牧師の黒いベール――一つの寓話
　　◇酒本雅之訳「バベルの図書館 3」国書刊行会 1988 p137
　牧師の黒のベール
　　◇坂下昇訳「百年文庫 32」ポプラ社 2010 p5
　胸の蛇
　　◇多賀谷弘孝訳「安らかに眠りたまえ―英米文学短編集」海苑社 1998 p19
　ラパチーニの娘
　　◇岡本綺堂編訳「世界怪談名作集 上」河出書房新社 2002（河出文庫）p239
　　◇橋本福夫訳「怪奇小説傑作集 新版 3」東京創元社 2006（創元推理文庫）p9

ポーター, キャサリン・アン
　マリア・コンセプシオン
　　◇野崎孝訳「世界100物語 8」河出書房新社 1997 p111

ポーター, ジェイン　Porter, Jane（アメリカ）
　愛を忘れた伯爵
　　◇藤倉詩音訳「四つの愛の物語―クリスマス・ストーリー 2011」ハーレクイン 2011 p207
　運命がくれた愛
　　◇木内重子訳「スウィート・サマー・ラブ」ハーパーコリンズ・ジャパン 2015（サマーシズラーVB）p383
　2月14日の約束
　　◇上村悦子訳「マイ・バレンタイン―愛の贈りもの 2015」ハーレクイン 2015 p177
　復讐の楽園
　　◇藤村華奈美訳「四つの愛の物語―クリスマス・ストーリー 情熱の贈り物 2005」ハーレクイン 2005 p117

ホダー, マーク
　失われた第二十一章
　　◇尾之上浩司訳「シャーロック・ホームズとヴィクトリア朝の怪人たち 1」扶桑社 2015（扶桑社ミステリー）p11

ホータラ, リック
　ノックの音
　　◇金子浩訳「999（ナインナインナイン）―聖金曜日」東京創元社 2000（創元推理文庫）p173

ボッカッチョ, ジョヴァンニ　Boccaccio, Giovanni（1313～1375　イタリア）
フィローストラト
　◇岡三郎訳「トロイア叢書 3」国文社 2004 p5

ホック, エドワード・D.　Hoch, Edward Dentinger（1930～　アメリカ）
インクの輪
　◇飯城勇三編訳「エラリー・クイーンの災難」論創社 2012（論創海外ミステリ）p37
クリスマスツリー殺人事件
　◇中井京子訳「夜明けのフロスト」光文社 2005（光文社文庫）p9
クリスマスの依頼人
　◇日暮雅通訳「シャーロック・ホームズ クリスマスの依頼人」原書房 1998 p9
クリスマスの陰謀
　◇日暮雅通訳「シャーロック・ホームズ 四人目の賢者―クリスマスの依頼人 2」原書房 1999 p171
五人目の男
　◇山本俊子訳「ミニ・ミステリ100」早川書房 2005（ハヤカワ・ミステリ文庫）p697
サーカス美女ヴィットーリアの事件
　◇日暮雅通訳「シャーロック・ホームズの大冒険 上」原書房 2009 p125
サーティーン
　◇佐々田雅子訳「ミニ・ミステリ100」早川書房 2005（ハヤカワ・ミステリ文庫）p646
一六号独房の問題
　◇森英俊訳「これが密室だ!」新樹社 1997 p11
白雪姫と11人のこびとたち
　◇加賀山卓朗訳「白雪姫、殺したのはあなた」原書房 1999 p5
ダイヤモンドで一儲け
　◇田村義進訳「ミニ・ミステリ100」早川書房 2005（ハヤカワ・ミステリ文庫）p408
黄昏の阪神タイガース
　◇木村二郎訳「新本格猛虎会の冒険」東京創元社 2003 p67
長方形の部屋
　◇木村二郎訳「贈る物語Mystery」光文社 2002 p183
　◇山本俊子訳「51番目の密室―世界短篇傑作集」早川書房 2010（Hayakawa pocket mystery books）p305
動物病院の怪事件
　◇中井京子訳「探偵稼業はやめられない―女探偵vs.男探偵」光文社 2003（光文社文庫）p203
東洋の精
　◇木村二郎訳「フィリップ・マーロウの事件」早川書房 2007（ハヤカワ・ミステリ文庫）p385
匿名作家の事件
　◇日暮雅通訳「シャーロック・ホームズ ベイカー街の殺人」原書房 2002 p271
長い墜落
　◇山本俊子訳「密室殺人傑作選」早川書房 2003（ハヤカワ・ミステリ文庫）p321
謎のカード事件
　◇村社伸訳「山口雅也の本格ミステリ・アンソロジー」角川書店 2007（角川文庫）p255
二十五年目のクラス会
　◇田口俊樹訳「ミステリマガジン700―創刊700号記念アンソロジー 海外篇」早川書房 2014（ハヤカワ・ミステリ文庫）p127
二度目のチャンス
　◇喜多元子訳「現代ミステリーの至宝 1」扶桑社 1997（扶桑社ミステリー）p195
犯罪作家とスパイ
　◇柏倉美穂訳「本の殺人事件簿―ミステリ傑作20選 1」バベル・プレス 2001 p97
ブリキの鶯鳥の問題
　◇村上和久訳「密室殺人大百科 下」原書房 2000 p509
ポー・コレクター
　◇嵯峨静江訳「ポーに捧げる20の物語」早川書房 2009（Hayakawa pocket mystery books）p203
マーサのオウム
　◇青木多香子訳「ホワイトハウスのペット探偵」講談社 2009（講談社文庫）p11
見えないアクロバットの謎
　◇森英俊訳「これが密室だ!」新樹社 1997 p37
めぐりあわせ
　◇田村義進訳「ミニ・ミステリ100」早川書房 2005（ハヤカワ・ミステリ文庫）p466
ライツヴィルのカーニバル
　◇飯城勇三編訳「エラリー・クイーンの災難」論創社 2012（論創海外ミステリ）p79

ホッグ, ジェイムズ
地獄への旅
　◇中野善夫訳「怪奇礼讃」東京創元社 2004（創元推理文庫）p171

ボッグス, ベル
　ビアトリスは何者？
　　◇島津千恵子訳「アメリカ新進作家傑作選 2003」DHC 2004 p251

ボックス, C.J.
　ナチス・ドイツと書斎の秘密
　　◇杉江松恋訳「BIBLIO MYSTERIES 1」ディスカヴァー・トゥエンティワン 2014 p131
　パイレーツ・オブ・イエローストーン
　　◇高山真由美訳「ベスト・アメリカン・ミステリ クラック・コカイン・ダイエット」早川書房 2007（ハヤカワ・ミステリ）p47

ホッケンスミス, スティーヴ　Hockensmith, Steve（1968〜　アメリカ）
　引退した役者の家の地下から発見された未公開回想録からの抜粋
　　◇日暮雅通訳「シャーロック・ホームズ アメリカの冒険」原書房 2012 p65
　エリーの最後の一日
　　◇熊谷公妙訳「アメリカミステリ傑作選 2003」DHC 2003（アメリカ文芸「年間」傑作選）p181
　よた話
　　◇日暮雅通訳「殺しが二人を別つまで」早川書房 2007（ハヤカワ・ミステリ文庫）p137

ホッジ, ブライアン　Hodge, Brian（1960〜　アメリカ）
　がっちり食べまショー
　　◇夏来健次訳「死霊たちの宴 下」東京創元社 1998（創元推理文庫）p146

ボッシュ, フアン
　その女
　　◇野替みさ子訳「ラテンアメリカ傑作短編集─中南米スペイン語圏文学史を辿る」彩流社 2014 p167

ホッディス, ジャコブ・ヴァン　Hoddis, Jakob van（1887〜1942　ドイツ）
　ジャコブ・ヴァン・ホッディス
　　◇桜木泰行訳「黒いユーモア選集 2」河出書房新社 2007（河出文庫）p185

ポートリー, フラン
　甘くほろにがく
　　◇吉田利子訳「間違ってもいい、やってみたら─想いがはじける28の物語」講談社 1998 p214

ボードレール, シャルル　Baudelaire, Charles Pierre（1821〜1867　フランス）
　気前のよい賭け事師
　　◇内田善孝訳「百年文庫 58」ポプラ社 2010 p73
　シャルル・ボードレール
　　◇村上菊一郎訳「黒いユーモア選集 1」河出書房新社 2007（河出文庫）p199
　どこへでも此世の外へ
　　◇三好達治訳「超短編アンソロジー」筑摩書房 2002（ちくま文庫）p134

ホートン, ハル
　一年が一日に
　　◇白木律子訳「アメリカ新進作家傑作選 2003」DHC 2004 p121

ホートン, ビル
　ハリーの愛
　　◇浅倉久志選訳「極短小説」新潮社 2004（新潮文庫）p109

ボナヴェントゥラ
　夜警（抄）
　　◇種村季弘訳「怪奇・幻想・綺想文学集─種村季弘翻訳集成」国書刊行会 2012 p63

ホーニグ, ドナルド
　二十六階の恐怖
　　◇稲葉迪子訳「謎のギャラリー──こわい部屋」新潮社 2002（新潮文庫）p211
　　◇稲葉迪子訳「こわい部屋」筑摩書房 2012（ちくま文庫）p211

ポノマレンコ, リュボーフ
　イロンカのための青リンゴ
　　◇藤井悦子, オリガ・ホメンコ訳「現代ウクライナ短編集」群像社 2005（群像社ライブラリー）p77

ホーバン, ラッセル
　暗黒のオリバー
　　◇大友香奈子訳「魔法使いになる14の方法」東京創元社 2003（創元推理文庫）p97

ボビス, マーリンダ
　舌（タン）の寓話
　　◇有満保江訳「ダイヤモンド・ドッグ─《多文化を映す》現代オーストラリア短編小説集」現代企画室 2008 p153

ホープ, ウォレン
　究極的復帰

ホフ

◇牛島信明訳「アンデスの風叢書 天国・地獄百科」書肆風の薔薇 1982 p38

ポープ, ダン
カラオケ・ナイト
◇越前亜紀子訳「アメリカ新進作家傑作選2007」DHC 2008 p325

ホプキンズ, ブラッド・D.
銀の弾丸
◇浅倉久志選訳「極短小説」新潮社 2004（新潮文庫）p304

ホフマン, ケイト
秘密のバレンタイン
◇高田恵子訳「マイ・バレンタイン—愛の贈りもの '97」ハーレクイン 1997 p121

ホフマン, デイヴィッド
また会う日まで
◇浅倉久志選訳「極短小説」新潮社 2004（新潮文庫）p151

ホフマン, ニーナ・キリキ
平和行動
◇佐木千織訳「ノストラダムス秘録」扶桑社 1999（扶桑社ミステリー）p273

ホフマン, E.T.A.　Hoffmann, Ernst Theodor Amadeus（1776〜1822　ドイツ）
イグナーツ・デンナー
◇植田敏郎訳「怪奇小説傑作集 新版 5」東京創元社 2006（創元推理文庫）p67

黄金宝壺
◇石川道雄訳「幻想小説神髄」筑摩書房 2012（ちくま文庫）p98

吸血鬼の女
◇種村季弘訳「怪奇・幻想・綺想文学集—種村季弘翻訳集成」国書刊行会 2012 p15

クレスペル顧問官
◇池内紀訳「百年文庫 13」ポプラ社 2010 p69

砂男
◇種村季弘訳「諸国物語—stories from the world」ポプラ社 2008 p139
◇種村季弘訳「思いがけない話」筑摩書房 2010（ちくま文学の森）p389

廃宅
◇岡本綺堂編訳「世界怪談名作集 下」河出書房新社 2002（河出文庫）p53

ファールンの鉱山
◇今泉文子編訳「ドイツ幻想小説傑作選—ロマン派の森から」筑摩書房 2010（ちくま文庫）p213

ファルンの鉱山
◇種村季弘訳「怪奇・幻想・綺想文学集—種村季弘翻訳集成」国書刊行会 2012 p31

ホーフマンスタール, フーゴー・フォン　Hofmannsthal, Hugo Hofmann, Edler von（1874〜1929　オーストリア）
騎兵隊物語
◇辻瑆訳「世界100物語 5」河出書房新社 1997 p175

第六七二夜の物語
◇富士川英郎訳「百年文庫 23」ポプラ社 2010 p113

バッソンピエール元帥の回想記から
◇大山定一訳「恐ろしい話」筑摩書房 2011（ちくま文学の森）p21

バッソンピエール元帥の体験
◇前川道介訳「独逸怪奇小説集成」国書刊行会 2001 p60

ボヘンスキ, ヤツェック　Bocheński, Jacek（1926〜　ポーランド）
タブー
◇米川和夫訳「東欧の文学 天国の門」恒文社 1985 p137

ポポワ, エレーナ（ベラルーシ）
女流詩人の為に夫が必要です—二幕の喜劇
◇古沢晃訳「海外戯曲アンソロジー—海外現代戯曲翻訳集〈国際演劇交流セミナー記録〉1」日本演出者協会 2007 p99

ボーマルシェ, ピエール＝オギュスタン・カロン・ド　Beaumarchais, Pierre-Augustin Caron de（1732〜1799　フランス）
登場人物、およびその性格と衣裳
◇石井宏訳「〈新訳・世界の古典〉シリーズ フィガロの結婚」新書館 1998 p7

フィガロの結婚
◇石井宏訳「〈新訳・世界の古典〉シリーズ フィガロの結婚」新書館 1998 p5
◇佐藤実枝訳「ベスト・プレイズ—西洋古典戯曲12選」論創社 2011 p455

ホームズ, ルパート
ヴィクトリア修道会
◇田口俊樹訳「ポーカーはやめられない—ポーカー・ミステリ書下ろし傑作選」ランダムハウス講談社 2010 p347

夜の放浪者
　◇仁木めぐみ訳「ポーに捧げる20の物語」早川書房 2009（Hayakawa pocket mystery books）p221

ホームズ, ロン
心臓移植
　◇金井美子訳「ダーク・ファンタジー・コレクション 8」論創社 2008 p123

ホームズ, A.M.　Homes, A.M.（アメリカ）
リアル・ドール
　◇岸本佐知子編訳「変愛小説集」講談社 2008 p121
　◇岸本佐知子編訳「変愛小説集」講談社 2014（講談社文庫）p123

ポムラ, ジョエル　Pommerat, Joël（1963〜　フランス）
うちの子は
　◇横山義志, 石井恵訳「コレクション現代フランス語圏演劇 10」れんが書房新社 2011 p97
時の商人
　◇横山義志, 石井恵訳「コレクション現代フランス語圏演劇 10」れんが書房新社 2011 p7

ホメロス　Homēros（前750頃〜前700頃　ギリシア）
夢の門―『オデュッセイア』より
　◇北嶋美雪訳「超短編アンソロジー」筑摩書房 2002（ちくま文庫）p18

ボーモント, チャールズ　Beaumont, Charles（1929〜1967　アメリカ）
犬の毛
　◇仁賀克雄訳「ダーク・ファンタジー・コレクション 7」論創社 2007 p353
飢え
　◇仁賀克雄訳「ダーク・ファンタジー・コレクション 7」論創社 2007 p261
お父さん、なつかしいお父さん
　◇小笠原豊樹訳「異色作家短篇集 12」早川書房 2006 p129
お得意先
　◇仁賀克雄訳「ダーク・ファンタジー・コレクション 7」論創社 2007 p167
会合場所
　◇仁賀克雄訳「吸血鬼伝説―ドラキュラの末裔たち」原書房 1997 p393
かりそめの客（チャド・オリヴァーと共作）
　◇小笠原豊樹訳「異色作家短篇集 12」早川書房 2006 p203
黄色い金管楽器の調べ
　◇小笠原豊樹訳「異色作家短篇集 12」早川書房 2006 p7
消えたアメリカ人
　◇神野志季三江訳「ブルー・ボウ・シリーズ 死体のささやき」青弓社 1993 p133
消えゆくアメリカ人
　◇仁賀克雄訳「ダーク・ファンタジー・コレクション 7」論創社 2007 p35
越して来た夫婦
　◇小笠原豊樹訳「異色作家短篇集 12」早川書房 2006 p53
古典的な事件
　◇小笠原豊樹訳「異色作家短篇集 12」早川書房 2006 p31
子守唄
　◇小倉多加志訳「幻想と怪奇―おれの夢の女」早川書房 2005（ハヤカワ文庫）p257
　◇仁賀克雄訳「ダーク・ファンタジー・コレクション 7」論創社 2007 p217
昨夜は雨
　◇仁賀克雄訳「ダーク・ファンタジー・コレクション 7」論創社 2007 p185
叫ぶ男
　◇小笠原豊樹訳「異色作家短篇集 12」早川書房 2006 p279
残酷な童話
　◇仁賀克雄訳「ダーク・ファンタジー・コレクション 7」論創社 2007 p3
鹿狩り
　◇小笠原豊樹訳「異色作家短篇集 12」早川書房 2006 p85
地獄のブイヤベース
　◇仁賀克雄訳「ダーク・ファンタジー・コレクション 7」論創社 2007 p303
自宅参観日
　◇仁賀克雄訳「ダーク・ファンタジー・コレクション 7」論創社 2007 p105
淑女のための唄
　◇小笠原豊樹訳「異色作家短篇集 12」早川書房 2006 p155
性愛教授
　◇小笠原豊樹訳「異色作家短篇集 12」早川書房 2006 p229
ダーク・ミュージック
　◇仁賀克雄訳「ダーク・ファンタジー・コレク

ション 7」論創社 2007 p143
ただの土
　◇仁賀克雄訳「ダーク・ファンタジー・コレクション 7」論創社 2007 p87
引き金
　◇小笠原豊樹訳「異色作家短篇集 12」早川書房 2006 p181
人を殺そうとする者は
　◇仁賀克雄訳「ダーク・ファンタジー・コレクション 7」論創社 2007 p233
人里離れた死
　◇小笠原豊樹訳「異色作家短篇集 12」早川書房 2006 p245
フェア・レディ
　◇仁賀克雄訳「ダーク・ファンタジー・コレクション 7」論創社 2007 p77
不眠の一夜
　◇仁賀克雄編・訳「新・幻想と怪奇」早川書房 2009（Hayakawa pocket mystery books）p51
ブラック・カントリー
　◇仁賀克雄訳「ダーク・ファンタジー・コレクション 7」論創社 2007 p315
変態者
　◇仁賀克雄訳「ダーク・ファンタジー・コレクション 7」論創社 2007 p201
魔術師
　◇小笠原豊樹訳「魔術師」角川書店 2001（角川ホラー文庫）p225
　◇小笠原豊樹訳「異色作家短篇集 12」早川書房 2006 p101
マドンナの涙
　◇仁賀克雄訳「ダーク・ファンタジー・コレクション 7」論創社 2007 p285
無料の土
　◇曽根忠穂訳「幻想と怪奇―ポオ蒐集家」早川書房 2005（ハヤカワ文庫）p209
名誉の問題
　◇仁賀克雄訳「ダーク・ファンタジー・コレクション 7」論創社 2007 p53
夢と偶然と
　◇小笠原豊樹訳「異色作家短篇集 12」早川書房 2006 p139
夢列車
　◇仁賀克雄訳「ダーク・ファンタジー・コレクション 7」論創社 2007 p127
夜の旅
　◇小笠原豊樹訳「異色作家短篇集 12」早川書房 2006 p305
隣人たち
　◇小笠原豊樹訳「異色作家短篇集 12」早川書房 2006 p265

ホーラー, フランツ
奪回
　◇岩村行雄訳「現代スイス短篇集」鳥影社・ロゴス企画部 2003 p181

ポラーチェク, カレル　Poláček, Karel（1892～1945　チェコ）
医者の見立て
　◇元井夏彦訳「ポケットのなかの東欧文学―ルネッサンスから現代まで」成文社 2006 p209

ポーラン, ジャン
よき夕べ
　◇笠間直穂子訳「ろうそくの炎がささやく言葉」勁草書房 2011 p55

ボーランド, イーヴァン
郊外に住む女　さらなる点描―母娘しみじみ
　◇田村斉敏訳「しみじみ読むイギリス・アイルランド文学―現代文学短編作品集」松柏社 2007 p105
小包―母娘しみじみ
　◇田村斉敏訳「しみじみ読むイギリス・アイルランド文学―現代文学短編作品集」松柏社 2007 p102
呼ばれて―母娘しみじみ
　◇田村斉敏訳「しみじみ読むイギリス・アイルランド文学―現代文学短編作品集」松柏社 2007 p99

ホーリー, チャド
川に浮かぶ島
　◇泉佳奈子訳「アメリカミステリ傑作選 2002」DHC 2002（アメリカ文芸「年間」傑作選）p443

ホーリー, ローラ
理想の生活
　◇宮島奈々訳「アメリカ新進作家傑作選 2003」DHC 2004 p341

ポリゾッティ, マーク　Polizzotti, Mark（フランス）
人類詩学
　◇高頭麻子訳「新しいフランスの小説　シュザンヌの日々」白水社 1995 p125

ポリドリ, ジョン
　バイロンの吸血鬼
　　◇佐藤春夫訳「吸血妖鬼譚―ゴシック名訳集成」学習研究社 2008（学研M文庫）p123

ポール, エリオット　Paul, Elliot Harold（1891～1958　アメリカ）
　親愛なる読者の皆さんへ〔不思議なミッキー・フィン〕
　　◇今本渉訳「KAWADE MYSTERY 不思議なミッキー・フィン」河出書房新社 2008 p1
　不思議なミッキー・フィン
　　◇今本渉訳「KAWADE MYSTERY 不思議なミッキー・フィン」河出書房新社 2008 p9

ホール, ジェイムズ・W.　Hall, James Wilson（1947～　アメリカ）
　隠れた条件
　　◇延原泰子訳「殺しのグレイテスト・ヒッツ」早川書房 2007（ハヤカワ・ミステリ文庫）p61
　　◇延原泰子訳「エドガー賞全集―1990～2007」早川書房 2008（ハヤカワ・ミステリ文庫）p573
　壁の割れ目
　　◇延原泰子訳「殺さずにはいられない 1」早川書房 2002（ハヤカワ・ミステリ文庫）p285
　ベル
　　◇延原泰子訳「ポーに捧げる20の物語」早川書房 2009（Hayakawa pocket mystery books）p161

ホール, チャーリー
　ザ・ボックス
　　◇渡辺健吾訳「ディスコ・ビスケッツ」早川書房 1998 p175
　ミレニアム・ループ
　　◇村井智之訳「ディスコ2000」アーティストハウス 1999 p69

ホール, パーネル　Hall, Parnell（1944～　アメリカ）
　ポーカーはやめられない
　　◇喜須海理子訳「ポーカーはやめられない―ポーカー・ミステリ書下ろし傑作選」ランダムハウス講談社 2010 p291

ポール, バーバラ
　過去のクリスマスの探偵
　　◇日暮雅通訳「シャーロック・ホームズ クリスマスの依頼人」原書房 1998 p57
　慈善的なことだよ、ワトソン君
　　◇日暮雅通訳「シャーロック・ホームズ 四人目の賢者―クリスマスの依頼人 2」原書房 1999 p77

ポール, フレデリック　Pohl, Frederik（1919～2013　アメリカ）
　いつまでも生きる少年
　　◇矢野徹訳「SFの殿堂 遙かなる地平 2」早川書房 2000（ハヤカワ文庫SF）p127
　虚影の街
　　◇伊藤典夫訳「ボロゴーヴはミムジイ―伊藤典夫翻訳SF傑作選」早川書房 2016（ハヤカワ文庫 SF）p135
　グラーグのマント（ドクワイラー, H.／ロウンデズ, ロバート・W.）
　　◇岩村光博訳「クトゥルー 10」青心社 1997（暗黒神話大系シリーズ）p79
　ゲイトウエイ
　　◇矢野徹訳「SFの殿堂 遙かなる地平 2」早川書房 2000（ハヤカワ文庫SF）p121
　幻影の街
　　◇伊藤典夫訳「20世紀SF 2」河出書房新社 2000（河出文庫）p177

ホール, ラドクリフ
　ミス・オグルヴィの目覚め
　　◇利根川真紀編訳「レズビアン短編小説集―女たちの時間」平凡社 2015（平凡社ライブラリー）p187

ポール, ルイス　Paul, Louis（1901～1944　アメリカ）
　ジェドウィックもう大丈夫だ
　　◇小野寺健訳「世界100物語 8」河出書房新社 1997 p158

ポール, ロバート
　ユタの花
　　◇日暮雅通訳「シャーロック・ホームズ アメリカの冒険」原書房 2012 p107

ポルガー, アルフレート　Polgar, Alfred（1873～1955　オーストリア）
　すみれの君
　　◇池内紀訳「百年文庫 42」ポプラ社 2010 p5

ボルガル, ボヤン
　日本への旅
　　◇佐藤純一訳「ポケットのなかの東欧文学―ルネッサンスから現代まで」成文社 2006 p263

ホルスト, スペンサー　Holst, Spencer（1926〜2001　アメリカ）
　ヴェルサイユ宮殿の誰も知らない舞踏室
　　◇吉田利子訳「謎のギャラリー――愛の部屋」新潮社 2002（新潮文庫）p254
　サンタクロース殺人犯
　　◇柴田元幸編訳「燃える天使」角川書店 2009（角川文庫）p191
　ほら吹きシマウマ
　　◇吉田利子訳「謎のギャラリー――愛の部屋」新潮社 2002（新潮文庫）p247
　ミス・レディ
　　◇吉田利子訳「謎のギャラリー――愛の部屋」新潮社 2002（新潮文庫）p250
　モナ・リザとお釈迦さまが会いました
　　◇吉田利子訳「謎のギャラリー――愛の部屋」新潮社 2002（新潮文庫）p249

ホールダー, ナンシー
　禁じられた艦隊の最期
　　◇常田景子訳「ノストラダムス秘録」扶桑社 1999（扶桑社ミステリー）p157

ポルチャク, ワシーリ
　脱出
　　◇藤井悦子, オリガ・ホメンコ訳「現代ウクライナ短編集」群像社 2005（群像社ライブラリー）p181

ボールディ, ブライアン
　彼女が東京を救う
　　◇古屋美登里訳「モンスターズ――現代アメリカ傑作短篇集」白水社 2014 p99

ホールディング, ジェイムズ　Holding, James（1907〜1997　アメリカ）
　アフリカ川魚の謎
　　◇飯城勇三編訳「エラリー・クイーンの災難」論創社 2012（論創海外ミステリ）p317
　最後の決め手
　　◇佐々田雅子訳「ミニ・ミステリ100」早川書房 2005（ハヤカワ・ミステリ文庫）p517
　保険の練習
　　◇田村義進訳「ミニ・ミステリ100」早川書房 2005（ハヤカワ・ミステリ文庫）p309
　別れる理由
　　◇山本俊子訳「ミニ・ミステリ100」早川書房 2005（ハヤカワ・ミステリ文庫）p198

ボルト, ボブ
　うまいバナナと腐ったリンゴ
　　◇浅倉久志選訳「極短小説」新潮社 2004（新潮文庫）p244

ホルト, T.E.
　'Ο Λογος―筆者は死亡したものと推定される
　　◇小原亜美訳「ゾエトロープ Blanc」角川書店 2003（Bookplus）p261

ボールドウィン, ジェイムズ
　サニーのブルース
　　◇平石貴樹編訳「アメリカ短編ベスト10」松柏社 2016 p233
　サニーのブルース――兄弟しみじみ
　　◇堀内正規訳「しみじみ読むアメリカ文学――現代文学短編作品集」松柏社 2007 p177

ホールドマン, ジョー　Haldeman, Joe William（1943〜　アメリカ）
　終りなき戦い
　　◇中原尚哉訳「SFの殿堂 遙かなる地平 1」早川書房 2000（ハヤカワ文庫SF）p113
　もうひとつの戦い
　　◇中原尚哉訳「SFの殿堂 遙かなる地平 1」早川書房 2000（ハヤカワ文庫SF）p119
　リンゼイと赤い都のブルース
　　◇広瀬順弘訳「闇の展覧会 敵」早川書房 2005（ハヤカワ文庫）p359

ホールバーグ, ガース・リスク
　アーリー・ヒューマンズ
　　◇岩崎たまえ訳「アメリカ新進作家傑作選 2008」DHC 2009 p171

ボルヘス, ホルヘ・ルイス　Borges, Jorge Luis（1899〜1986　アルゼンチン）
　青い虎
　　◇鼓直訳「バベルの図書館 22」国書刊行会 1990 p39
　　◇鼓直訳「新編 バベルの図書館 6」国書刊行会 2013 p607
　アレフ
　　◇牛島信明訳「幻想小説神髄」筑摩書房 2012（ちくま文庫）p581
　エマヌエル・スウェデンボルグ
　　◇木村榮一訳「アンデスの風叢書 ボルヘス, オラル」書肆風の薔薇 1987 p65
　記憶の人、フネス

◇鼓直訳「生の深みを覗く―ポケットアンソロジー」岩波書店 2010（岩波文庫別冊）p187

幻影の炎（インヘニエロス, デリア）
◇内田吉彦訳「アンデスの風叢書 天国・地獄百科」書肆風の薔薇 1982 p68

好戦的な天国（インヘニエロス, デリア）
◇牛島信明訳「アンデスの風叢書 天国・地獄百科」書肆風の薔薇 1982 p17

時間
◇木村榮一訳「アンデスの風叢書 ボルヘス、オラル」書肆風の薔薇 1987 p121

地獄と天国と
◇斎藤博士訳「アンデスの風叢書 天国・地獄百科」書肆風の薔薇 1982 p115

死とコンパス―Peath And The Compass
◇牛島信明訳「法月綸太郎の本格ミステリ・アンソロジー」角川書店 2005（角川文庫）p347

序言〔ボルヘス、オラル〕
◇木村榮一訳「アンデスの風叢書 ボルヘス、オラル」書肆風の薔薇 1987 p11

序文〔アーサー・マッケン〕
◇南條竹則訳「新編 バベルの図書館 3」国書刊行会 2013 p221

序文〔アルゼンチン短篇集〕
◇内田吉彦訳「新編 バベルの図書館 6」国書刊行会 2013 p17

序文〔ウィリアム・ベックフォード〕
◇私市保彦訳「新編 バベルの図書館 3」国書刊行会 2013 p495

序文〔ヴィリエ・ド・リラダン〕
◇釜山健, 井上輝夫訳「新編 バベルの図書館 4」国書刊行会 2012 p187

序文〔ヴォルテール〕
◇川口顕弘訳「新編 バベルの図書館 4」国書刊行会 2012 p15

序文〔エドガー・アラン・ポー〕
◇富士川義之訳「新編 バベルの図書館 1」国書刊行会 2012 p117

序文〔オスカー・ワイルド〕
◇矢川澄子, 小野協一訳「新編 バベルの図書館 2」国書刊行会 2012 p125

序文〔グスタフ・マイリンク〕
◇種村季弘訳「新編 バベルの図書館 5」国書刊行会 2013 p259

序文〔サキ〕
◇中西秀男訳「新編 バベルの図書館 2」国書刊行会 2012 p243

序文〔ジャック・カゾット〕
◇渡辺一夫, 平岡昇訳「新編 バベルの図書館 4」国書刊行会 2012 p397

序文〔ジャック・ロンドン〕
◇井上謙治訳「新編 バベルの図書館 1」国書刊行会 2012 p213

序文〔ジョヴァンニ・パピーニ〕
◇河島英昭訳「新編 バベルの図書館 5」国書刊行会 2013 p319

序文〔千夜一夜物語 ガラン版〕
◇井上輝夫訳「新編 バベルの図書館 6」国書刊行会 2013 p117

序文〔千夜一夜物語 バートン版〕
◇由良君美訳「新編 バベルの図書館 6」国書刊行会 2013 p271

序文〔ダンセイニ卿〕
◇原葵訳「新編 バベルの図書館 3」国書刊行会 2013 p123

序文〔チャールズ・ハワード・ヒントン〕
◇宮川雅訳「新編 バベルの図書館 3」国書刊行会 2013 p331

序文〔ナサニエル・ホーソーン〕
◇酒本雅之, 竹村和子訳「新編 バベルの図書館 1」国書刊行会 2012 p15

序文〔ハーマン・メルヴィル〕
◇酒本雅之訳「新編 バベルの図書館 1」国書刊行会 2012 p495

序文〔フランツ・カフカ〕
◇池内紀訳「新編 バベルの図書館 5」国書刊行会 2013 p15

序文〔ペドロ・アントニオ・デ・アラルコン〕
◇桑名一博, 菅愛子訳「新編 バベルの図書館 5」国書刊行会 2013 p431

序文〔ヘンリー・ジェイムズ〕
◇大津栄一郎, 林節雄訳「新編 バベルの図書館 1」国書刊行会 2012 p313

序文〔蒲松齢〕
◇中野美代子訳「新編 バベルの図書館 6」国書刊行会 2013 p413

序文〔ホルヘ・ルイス・ボルヘス〕
◇鼓直訳「新編 バベルの図書館 6」国書刊行会 2013 p591

序文〔ラドヤード・キプリング〕
◇土岐恒二, 土岐知子訳「新編 バベルの図書館 2」国書刊行会 2012 p471

序文〔レオポルド・ルゴーネス〕
◇牛島信明訳「新編 バベルの図書館 6」国書刊

行会 2013 p501
序文〔レオン・ブロワ〕
　◇田辺保訳「新編 バベルの図書館 4」国書刊行会 2012 p287
序文〔ロシア短篇集〕
　◇川端香男里, 望月哲男, 金沢美知子訳「新編 バベルの図書館 5」国書刊行会 2013 p91
序文〔ロバート・ルイス・スティーヴンソン〕
　◇高松雄一, 高松禎子訳「新編 バベルの図書館 3」国書刊行会 2013 p15
序文〔G.K.チェスタトン〕
　◇富士川義之訳「新編 バベルの図書館 2」国書刊行会 2012 p345
序文〔H.G.ウェルズ〕
　◇小野寺健訳「新編 バベルの図書館 2」国書刊行会 2012 p15
書物
　◇木村榮一訳「アンデスの風叢書 ボルヘス、オラル」書肆風の薔薇 1987 p13
一九八三年八月二十五日
　◇鼓直訳「バベルの図書館 22」国書刊行会 1990 p13
　◇鼓直訳「新編 バベルの図書館 6」国書刊行会 2013 p593
探偵小説
　◇木村榮一訳「アンデスの風叢書 ボルヘス、オラル」書肆風の薔薇 1987 p93
疲れた男のユートピア
　◇鼓直訳「バベルの図書館 22」国書刊行会 1990 p63
　◇鼓直訳「新編 バベルの図書館 6」国書刊行会 2013 p620
等身大のボルヘス
　◇マリア・エステル・バスケスインタヴュアー「新編 バベルの図書館 6」国書刊行会 2013 p629
パラケルススの薔薇
　◇鼓直訳「バベルの図書館 22」国書刊行会 1990 p27
　◇鼓直訳「新編 バベルの図書館 6」国書刊行会 2013 p601
不死性
　◇木村榮一訳「アンデスの風叢書 ボルヘス、オラル」書肆風の薔薇 1987 p37
プロローグ〔天国・地獄百科〕(ビオイ=カサーレス, アドルフォ)
　◇牛島信明訳「アンデスの風叢書 天国・地獄百科」書肆風の薔薇 1982 p5
ボルヘス、オラル
　◇木村榮一訳「アンデスの風叢書 ボルヘス、オラル」書肆風の薔薇 1987 p5

ポールマン, キャサリン
ボナペティ
　◇浅倉久志選訳「極短小説」新潮社 2004（新潮文庫）p274

ホルム, クリス・F.
殺し屋
　◇二瓶邦夫訳「ベスト・アメリカン・短編ミステリ 2012」DHC 2012 p285

ホルムズ, エモリー（2世）
別名モーゼ・ロッカフェラ
　◇玉木雄策訳「ベスト・アメリカン・ミステリ クラック・コカイン・ダイエット」早川書房 2007（ハヤカワ・ミステリ）p181

ポレシュ, ルネ　Pollesch, René（1962〜　ドイツ）
餌食としての都市
　◇新野守広訳「ドイツ現代戯曲選30 10」論創社 2006 p7

ボレル, ペトリュス　Borel d'Hauterive, Pétrus（1809〜1859　フランス）
解剖学者アンドレアス・ヴェサリウス—一八三三
　◇下楠昌哉, 大沼由布訳「ゴシック短編小説集」春風社 2012 p141
解剖学者ドン・ベサリウス—悖徳(はいとく)物語マドリッドの巻
　◇澁澤龍彥訳「怪奇小説傑作集新版 4」東京創元社 2006（創元推理文庫）p137
解剖学者ドン・ベサリウス—悖徳物語 マドリッドの巻
　◇澁澤龍彥訳「澁澤龍彥訳幻想怪奇短篇集」河出書房新社 2013（河出文庫）p127
ペトリュス・ボレル
　◇天沢退二郎訳「黒いユーモア選集 1」河出書房新社 2007（河出文庫）p155

ホワイト, エドマンド　White, Edmund（1940〜　アメリカ）
螺旋
　◇浅羽莢子訳「夢の文学館 2」早川書房 1995 p1

ホワイト, エドワード・ルーカス　White, Edward Lucas（1866〜1934　アメリカ）
こびとの呪
◇中村能三訳「怪奇小説傑作集新版 2」東京創元社 2006（創元推理文庫）p401
鼻面
◇西崎憲訳「怪奇文学大山脈 2」東京創元社 2014 p109

ホワイト, E.B.　White, Elwyn Brooks（1899〜1985　アメリカ）
ウルグアイの世界制覇
◇柴田元幸訳「ベスト・ストーリーズ 1」早川書房 2015 p29

ホワイトヒル, ヘンリー・W.
河岸の怪人
◇辺見素雄翻案「怪樹の腕―〈ウィアード・テールズ〉戦前邦訳傑作選」東京創元社 2013 p223

ホワイトヘッド, H.S.　Whitehead, Henry St. Clair（1882〜1932　アメリカ）
お茶の葉
◇荒俣宏訳「百年文庫 50」ポプラ社 2010 p51
唇
◇夏来健次訳「怪奇文学大山脈 3」東京創元社 2014 p345
わな
◇荒俣宏訳「魔術師」角川書店 2001（角川ホラー文庫）p51

黄 春明　ホワン・チュンミン
⇒黄春明（こう・しゅんめい）を見よ

黄 凡　ホワン・ファン
⇒黄凡（こう・ぼん）を見よ

洪 元基　ホン・ウォンギ
エビ大王
◇馬政熙訳「韓国現代戯曲集 2」日韓演劇交流センター 2005 p135

彭 小妍　ポン・シャオイエン
⇒彭小妍（ほう・しょうけん）を見よ

ボーン, マーク
探偵の微笑み事件
◇堤朝子訳「シャーロック・ホームズのSF大冒険―短篇集 上」河出書房新社 2006（河出文庫）p40

洪 凌　ホン・リン（1971〜　台湾）
受難
◇櫻庭ゆみ子訳「台湾セクシュアル・マイノリティ文学 3」作品社 2009 p213
蕾絲（レズ）と鞭子（ビアン）の交歓―現代台湾小説から読み解くレズビアンの欲望
◇須藤瑞代訳「台湾セクシュアル・マイノリティ文学 4」作品社 2009 p249

ホンゴー, ギャレット
『ヴォルケイノ』より
◇管啓次郎訳「私の謎」岩波書店 1997（世界文学のフロンティア）p97

ボーンステル, ジェイ
第二のチャンス
◇浅倉久志選訳「極短小説」新潮社 2004（新潮文庫）p60

ホーンズビー, ウェンディ　Hornsby, Wendy
九人の息子たち
◇宇佐川晶子訳「エドガー賞全集―1990〜2007」早川書房 2008（ハヤカワ・ミステリ文庫）p65
少年
◇宇佐川晶子訳「現代ミステリーの至宝 1」扶桑社 1997（扶桑社ミステリー）p289
砂嵐の追跡
◇玉木雄策訳「ベスト・アメリカン・ミステリ　クラック・コカイン・ダイエット」早川書房 2007（ハヤカワ・ミステリ）p209

ボンテンペルリ, マッシモ　Bontempelli, Massimo（1878〜1960　イタリア）
アフリカでの私
◇柏熊達生訳「賭けと人生」筑摩書房 2011（ちくま文学の森）p119
頭蓋骨に描かれた絵
◇下位英一訳「思いがけない話」筑摩書房 2010（ちくま文学の森）p289
太陽の中の女
◇岩崎純孝訳「おかしい話」筑摩書房 2010（ちくま文学の森）p11
便利な治療
◇岩崎純孝訳「30の神品―ショートショート傑作選」扶桑社 2016（扶桑社文庫）p229
私の民事死について
◇マッシモ・スマレ訳「怪奇文学大山脈 2」東京創元社 2014 p173

ボンド, ステファニー
ダイヤモンドの罠
◇井上きこ訳「マイ・バレンタイン―愛の贈り

もの 2004」ハーレクイン 2004 p139
渚の熱い罠
  ◇竹内喜訳「灼熱の恋人たち―サマー・シズ
  ラー2008」ハーレクイン 2008 p121
ボンド, ネルスン
街角の書店
  ◇中村融訳「街角の書店―18の奇妙な物語」東
  京創元社 2015（創元推理文庫）p367
見よ, かの巨鳥を！
  ◇浅倉久志編訳「グラックの卵」国書刊行会
  2006（未来の文学）p5
ボンドパッダエ, タラションコル
  Bandyopadhyay, Tarasankar（1898～1971 イ
  ンド）
供養バラモン
  ◇大西正幸訳「現代インド文学選集 7(ベンガ
  リー）」めこん 2016 p95
船頭タリニ
  ◇大西正幸訳「現代インド文学選集 7(ベンガ
  リー）」めこん 2016 p5
花環と白檀
  ◇大西正幸訳「現代インド文学選集 7(ベンガ
  リー）」めこん 2016 p195
やぶにらみ
  ◇大西正幸訳「現代インド文学選集 7(ベンガ
  リー）」めこん 2016 p65
郵便配達夫
  ◇大西正幸訳「現代インド文学選集 7(ベンガ
  リー）」めこん 2016 p33
ラエ家
  ◇大西正幸訳「現代インド文学選集 7(ベンガ
  リー）」めこん 2016 p159
ラカル・バルッジェ
  ◇大西正幸訳「現代インド文学選集 7(ベンガ
  リー）」めこん 2016 p125
ボンバル, マリア・ルイサ
新しい島々
  ◇足立成子訳「ラテンアメリカ傑作短編集―中
  南米スペイン語圏文学史を辿る」彩流社 2014
  p243
ホーンビィ, ニック　Hornby, Nick（1957～
  イギリス）
乳首のイエス様
  ◇土屋晃訳「天使だけが聞いている12の物語」
  ソニー・マガジンズ 2001 p147

【マ】

マ・イ
こだわり
  ◇南田みどり編訳「二十一世紀ミャンマー作品
  集」大同生命国際文化基金 2015（アジアの
  現代文芸）p81
麦家　マイ・ジャー
また人を殺してしまった
  ◇道上知弘訳「現代中国青年作家秀作選」鼎書
  房 2010 p5
マイアー, ヘレン
旅行プラン
  ◇寺島政子訳「氷河の滴―現代スイス女性作家
  作品集」鳥影社・ロゴス企画 2007 p115
マイエンブルク, マリウス・フォン
  Mayenburg, Marius von（1972～　ドイツ）
火の顔
  ◇新野守広訳「ドイツ現代戯曲選30 1」論創社
  2005 p7
マイケル, ボニー
想像上の絆
  ◇吉田利子訳「間違ってもいい、やってみたら―
  想いがはじける28の物語」講談社 1998 p155
マイケルズ, ケイシー
最初で最後のお客さま
  ◇響遼子訳「マイ・バレンタイン―愛の贈りも
  の '98」ハーレクイン 1998 p5
マイケルズ, ファーン　Michaels, Fern（アメリ
  カ）
ツリーがくれた贈り物
  ◇島村浩子訳「シュガー＆スパイス」ヴィレッジ
  ブックス 2007（ヴィレッジブックス）p145
マイケルズ, レナード　Michaels, Leonard
  （1933～2003　アメリカ）
取り引き
  ◇城福真紀訳「ブルー・ボウ・シリーズ レイ
  チェルの夏」青弓社 1994 p89
ミルドレッド
  ◇岸本佐知子編訳「変愛小説集 2」講談社 2010
  p205

マイ・ソン・ソティアリー
　なぜ
　　◇岡田知子編訳「現代カンボジア短編集」大同生命国際文化基金 2001（アジアの現代文芸）p169
　姉さん
　　◇岡田知子編訳「現代カンボジア短編集」大同生命国際文化基金 2001（アジアの現代文芸）p153

マイノット, スーザン　Minot, Susan（1956〜　アメリカ）
　消えない男
　　◇森田義信訳「シリーズ・永遠のアメリカ文学 3」東京書籍 1990 p187
　シティ・ナイト
　　◇森田義信訳「シリーズ・永遠のアメリカ文学 3」東京書籍 1990 p71
　セシュ島にて
　　◇森田義信訳「シリーズ・永遠のアメリカ文学 3」東京書籍 1990 p169
　庭園の白鳥
　　◇森田義信訳「シリーズ・永遠のアメリカ文学 3」東京書籍 1990 p117
　逃亡者
　　◇森田義信訳「シリーズ・永遠のアメリカ文学 3」東京書籍 1990 p61
　ときめきの人生
　　◇森田義信訳「シリーズ・永遠のアメリカ文学 3」東京書籍 1990 p151
　破局
　　◇森田義信訳「シリーズ・永遠のアメリカ文学 3」東京書籍 1990 p103
　羽飾りのある帽子
　　◇森田義信訳「シリーズ・永遠のアメリカ文学 3」東京書籍 1990 p131
　ハリーとの昼食
　　◇森田義信訳「シリーズ・永遠のアメリカ文学 3」東京書籍 1990 p89
　火花
　　◇森田義信訳「シリーズ・永遠のアメリカ文学 3」東京書籍 1990 p33
　むすびつき
　　◇森田義信訳「シリーズ・永遠のアメリカ文学 3」東京書籍 1990 p141
　欲望
　　◇森田義信訳「シリーズ・永遠のアメリカ文学 3」東京書籍 1990 p9

マイヤー, クレメンス
　老人が動物たちを葬る
　　◇杵渕博樹訳「美しい子ども」新潮社 2013（CREST BOOKS）p117

マイヤーズ, アネット
　あたしのこと、わかってない
　　◇漆原敦子訳「ベスト・アメリカン・ミステリ　ハーレム・ノクターン」早川書房 2005（ハヤカワ・ミステリ）p439

マイヤーズ, エイミー
　忠臣への手紙
　　◇日暮雅通訳「シャーロック・ホームズの大冒険 下」原書房 2009 p203

マイヤーズ, マアン
　オルガン弾き
　　◇田口俊樹, 高山真由美訳「マンハッタン物語」二見書房 2008（二見文庫）p235

マイヤーズ, マーティン
　どうして叩かずにいられないの？
　　◇田口俊樹, 高山真由美訳「マンハッタン物語」二見書房 2008（二見文庫）p263

マイヤース, G.　Myers, Gary
　妖蛆（ようしゅ）の館
　　◇小林勇次訳「新編 真ク・リトル・リトル神話大系 5」国書刊行会 2008 p63

マイヤー＝フェルスター　Meyer-Förster, Wilhelm（1862〜1934　ドイツ）
　思ひ出
　　◇木村謹治訳「思ひ出」ゆまに書房 2008（昭和初期世界名作翻訳全集）p1

マイリンク, グスタフ　Meyrink, Gustav（1868〜1932　オーストリア）
　こおろぎ遊び
　　◇種村季弘訳「怪奇・幻想・綺想文学集—種村季弘翻訳集成」国書刊行会 2012 p101
　チンデレッラ博士の植物
　　◇種村季弘訳「怪奇・幻想・綺想文学集—種村季弘翻訳集成」国書刊行会 2012 p129
　月の四兄弟
　　◇種村季弘訳「新編 バベルの図書館 5」国書刊行会 2013 p292
　月の四兄弟—ある文書
　　◇種村季弘訳「バベルの図書館 12」国書刊行会 1989 p63
　ナペルス枢機卿

マイル

　◇種村季弘訳「バベルの図書館 12」国書刊行会 1989 p37
　◇種村季弘訳「新編 バベルの図書館 5」国書刊行会 2013 p276
紫色の死
　◇垂野創一郎訳「怪奇文学大山脈 2」東京創元社 2014 p153
ヨブ・パウペルスム博士はいかにしてその娘に赤い薔薇をもたらしたか
　◇種村季弘訳「怪奇・幻想・綺想文学集―種村季弘翻訳集成」国書刊行会 2012 p117
レオンハルト師
　◇種村季弘訳「怪奇・幻想・綺想文学集―種村季弘翻訳集成」国書刊行会 2012 p143
蠟人形小屋
　◇垂野創一郎訳「怪奇文学大山脈 3」東京創元社 2014 p139
J.H.オーベライト、時間―蛭を訪ねる
　◇種村季弘訳「バベルの図書館 12」国書刊行会 1989 p15
　◇種村季弘訳「新編 バベルの図書館 5」国書刊行会 2013 p263

マイルズ, トレヴォー・S.
ハーン：ザ・デストロイヤー
　◇本兌有, 杉ライカ訳「ハーン・ザ・ラストハンター――アメリカン・オタク小説集」筑摩書房 2016 p43
ハーン：ザ・ラストハンター
　◇本兌有, 杉ライカ訳「ハーン・ザ・ラストハンター――アメリカン・オタク小説集」筑摩書房 2016 p9

マインキー, ピーター
ポノたち
　◇岸本佐知子編訳「コドモノセカイ」河出書房新社 2015 p57

マ・ウィン
雲間の薔薇
　◇南田みどり編訳「ミャンマー現代短編集 2」大同生命国際文化基金 1998（アジアの現代文芸）p106

マーヴェル, ジョン
偉大なるバーリンゲーム氏
　◇白須清美訳「ミステリ・リーグ傑作選 上」論創社 2007（論創海外ミステリ）p8

マウ・ソムナーン
黒い海
　◇岡田知子編訳「現代カンボジア短編集」大同生命国際文化基金 2001（アジアの現代文芸）p191

マウン・ティンカイン
鐘を打つ音が聞こえるか
　◇南田みどり編訳「二十一世紀ミャンマー作品集」大同生命国際文化基金 2015（アジアの現代文芸）p181

マウン・ティンスィン
一頭の馬
　◇南田みどり編訳「ミャンマー現代短編集 2」大同生命国際文化基金 1998（アジアの現代文芸）p15

マウン・トゥエーチュン
クンプワーパラー国の民
　◇南田みどり編訳「ミャンマー現代短編集 2」大同生命国際文化基金 1998（アジアの現代文芸）p201

マウントフォード, ピーター
ホライズン
　◇木下朋子訳「アメリカ新進作家傑作選 2008」DHC 2009 p205

マウン・ニョウピャー
マンゴー女
　◇南田みどり編訳「ミャンマー現代短編集 2」大同生命国際文化基金 1998（アジアの現代文芸）p97

マウン・ピエミン
いまおまえに見える星たちは
　◇南田みどり編訳「二十一世紀ミャンマー作品集」大同生命国際文化基金 2015（アジアの現代文芸）p79

マウン・ピーラー
詩
　◇南田みどり編訳「二十一世紀ミャンマー作品集」大同生命国際文化基金 2015（アジアの現代文芸）p122

マーカス, ダニエル
マイクルとの対話
　◇内田昌之訳「ハッカー／13の事件」扶桑社 2000（扶桑社ミステリー）p329

マーカム, デイヴィッド
質屋の娘の冒険
　◇日暮雅通訳「シャーロック・ホームズ アンダーショーの冒険」原書房 2016 p23

マーカム, マリオン・M.
器用な男
◇田村義進訳「ミニ・ミステリ100」早川書房 2005（ハヤカワ・ミステリ文庫）p370

マカリスター, ヘザー
地下室のシンデレラ
◇遠坂恵子訳「マイ・バレンタイン—愛の贈りもの 2002」ハーレクイン 2002 p79

マギー, ジェームズ　McGee, James（1950～　イギリス）
海狼の巣
◇出光宏訳「MYSTERY & ADVENTURE 海狼の巣」至誠堂 1993 p1

マーキス, ドン
花形犬スポット
◇務台夏子訳「あの犬この犬そんな犬—11の物語」東京創元社 1998 p143

マキナニー, ラルフ
ホール・イン・ツー
◇阿部里美訳「夜汽車はバビロンへ—EQMM90年代ベスト・ミステリー」扶桑社 2000（扶桑社ミステリー）p7

マキャフリイ, アン　McCaffrey, Anne（1926～　アメリカ）
歌う船
◇嶋田洋一訳「SFの殿堂 遙かなる地平 2」早川書房 2000（ハヤカワ文庫SF）p307
還る船
◇嶋田洋一訳「SFの殿堂 遙かなる地平 2」早川書房 2000（ハヤカワ文庫SF）p311
パーンの走り屋
◇幹遙子訳「ファンタジイの殿堂 伝説は永遠に 2」早川書房 2000（ハヤカワ文庫FT）p301
パーンの竜騎士
◇幹遙子訳「ファンタジイの殿堂 伝説は永遠に 2」早川書房 2000（ハヤカワ文庫FT）p295

マキャモン, ロバート・R.　McCammon, Robert R.（1952～　アメリカ）
夜はグリーン・ファルコンを呼ぶ
◇田中一江訳「シルヴァー・スクリーム 下」東京創元社 2013（創元推理文庫）p9
私を食べて
◇夏来健次訳「死霊たちの宴 下」東京創元社 1998（創元推理文庫）p321

マクガハン, ジョン　McGahern, John（1934～　アイルランド）
僕の恋、僕の傘
◇柴田元幸編訳「僕の恋、僕の傘」角川書店 1999 p5
◇柴田元幸編訳「燃える天使」角川書店 2009（角川文庫）p7

マクギネス, フランク　McGuinness, Frank（1953～　アイルランド）
イノセンス—ミケランジェロ・メリージ・カラヴァッジョの生と死
◇三神弘子訳「現代アイルランド演劇 5」新水社 2001 p77
有為転変の物語
◇三神弘子訳「現代アイルランド演劇 5」新水社 2001 p211
ソンムに向かって行進するアルスターの息子たちに照覧あれ
◇清水重夫訳「現代アイルランド演劇 5」新水社 2001 p3
私を見守ってくれる人
◇的場淳子訳「現代アイルランド演劇 5」新水社 2001 p141

マクシェーン, マーク　McShane, Mark（1929～　イギリス）
雨の午後の降霊術
◇北澤和彦訳「シリーズ百年の物語 2」トパーズプレス 1996 p3

マークス, ジェフリー
ひづめの下に
◇青木多香子訳「ホワイトハウスのペット探偵」講談社 2009（講談社文庫）p167

マクダーミッド, ヒュー
よそ者
◇吉村満美子訳「怪奇礼讃」東京創元社 2004（創元推理文庫）p47

マクダーミド, ヴァル
善行
◇森沢麻里訳「双生児—EQMM90年代ベスト・ミステリー」扶桑社 2000（扶桑社ミステリー）p221

マクデヴィット, ジャック　McDevitt, Jack（1935～　アメリカ）
標準ローソク
◇浅倉久志訳「90年代SF傑作選 下」早川書房 2002（ハヤカワ文庫）p211

マクドナルド, アン=マリー　MacDonald, Ann–Marie（1958～　カナダ）

ベル・モラル―自然進化史
◇佐藤アヤ子、小泉摩耶訳「海外戯曲アンソロジー―海外現代戯曲翻訳集〈国際演劇交流セミナー記録〉3」日本演出者協会 2009 p181

マクドナルド, イアン　McDonald, Ian（1960～　イギリス）

キャサリン・ホイール（タルシスの聖女）
◇古沢嘉通訳「スティーヴ・フィーヴァー―ポストヒューマンSF傑作選 SFマガジン創刊50周年記念アンソロジー」早川書房 2010（ハヤカワ文庫 SF）p71

キリマンジャロへ
◇酒井昭伸訳「20世紀SF 6」河出書房新社 2001（河出文庫）p385

フローティンフ・ドッグズ
◇古沢嘉通訳「90年代SF傑作選 下」早川書房 2002（ハヤカワ文庫）p163

耳を澮まして
◇古沢嘉通訳「SFマガジン700―創刊700号記念アンソロジー 海外篇」早川書房 2014（ハヤカワ文庫 SF）p231

マクドナルド, ジョージ　MacDonald, George（1824～1905　スコットランド）

狼娘の島
◇大貫昌子訳「狼女物語―美しくも妖しい短編傑作選」工作舎 2011 p147

鏡中の美女
◇岡本綺堂編訳「世界怪談名作集 下」河出書房新社 2002（河出文庫）p257

魔法の鏡
◇白須清美訳「乱歩の選んだベスト・ホラー」筑摩書房 2000（ちくま文庫）p293

マクドナルド, ジョン・D.　MacDonald, John Dann（1916～1986　アメリカ）

薄灰色に汚れた罪
◇板垣節子訳「海外ミステリ Gem Collection 3」長崎出版 2007 p1

懐郷病のビュイック
◇井上一夫訳「天外消失―世界短篇傑作集 Off the face of the earth and other stories」早川書房 2008（ハヤカワ・ミステリ）p175

マクドナルド, フィリップ　MacDonald, Philip（1899～1981　アメリカ）

Xに対する逮捕状
◇好野理恵訳「世界探偵小説全集 3」国書刊行会 1994 p5

マクドナルド, ラック

税関というものは
◇浅倉久志選訳「極短小説」新潮社 2004（新潮文庫）p111

マクドナルド, ロス　Macdonald, Ross（1915～1983　アメリカ）

南洋スープ会社事件
◇北原尚彦訳「シャーロック・ホームズの栄冠」論創社 2007（論創海外ミステリ）p105

マクナイト, ジョン・P.

小鳥の歌声
◇矢野徹訳「謎の部屋」筑摩書房 2012（ちくま文庫）p425

マクナリー, ジョン

クリーチャー・フィーチャー
◇古屋美登里訳「モンスターズ―現代アメリカ傑作短篇集」白水社 2014 p19

マクニーリー, トーマス・H.

羊
◇海野めぐみ訳「アメリカミステリ傑作選 2002」DHC 2002（アメリカ文芸「年間」傑作選）p521

マクノートン, ブライアン

食屍姫メリフィリア
◇夏来健二訳「ラヴクラフトの遺産」東京創元社 2000（創元推理文庫）p311

マクピー, チャールズ

イチジクの木の猫
◇月村澄枝訳「猫は九回生きる―とっておきの猫の話」心交社 1997 p163

マクヒュー, モーリーン・F.

獣
◇岸本佐知子編訳「変愛小説集」講談社 2008 p161

◇岸本佐知子編訳「変愛小説集」講談社 2014（講談社文庫）p165

マクファデン, デニス

ケリーの指輪
◇池田範子訳「ベスト・アメリカン・短編ミステリ 2014」DHC 2015 p289

ダイヤモンド小路
◇藤澤透訳「ベスト・アメリカン・短編ミステリ 2012」DHC 2012 p467

マクブライド, ジュール
　いとしのバレンタイン
　　◇西江璃子訳「マイ・バレンタイン—愛の贈りもの 2001」ハーレクイン 2001 p203

マクベイン, エド　McBain, Ed（1926〜2005　アメリカ）
　死の飛行
　　◇朝倉隆男訳「現代ミステリーの至宝 2」扶桑社 1997（扶桑社ミステリー）p111
　憎悪
　　◇木村二郎訳「十の罪業 Red」東京創元社 2009（創元推理文庫）p13
　即興
　　◇羽地和世訳「ベスト・アメリカン・ミステリ　クラック・コカイン・ダイエット」早川書房 2007（ハヤカワ・ミステリ）p287
　蝶に吠える
　　◇嵯峨静江訳「殺さずにはいられない 2」早川書房 2002（ハヤカワ・ミステリ文庫）p205
　レッグズから逃れて
　　◇井上一夫訳「愛の殺人」早川書房 1997（ハヤカワ・ミステリ文庫）p353

マクマハン, リック
　冷酷な真実
　　◇林香織訳「殺しが二人を別つまで」早川書房 2007（ハヤカワ・ミステリ文庫）p207

マクマリン, ジョーダン
　ねずみ
　　◇甲田裕子訳「アメリカ新進作家傑作選 2008」DHC 2009 p281

マクマーン, バーバラ　McMahon, Barbara（アメリカ）
　それぞれの秘密
　　◇八坂よしみ訳「愛と狂熱のサマー・ラブ」ハーレクイン 2014（サマーシズラーVB）p195
　ラブレター
　　◇堺谷ますみ訳「愛は永遠に—ウエディング・ストーリー 2011」ハーレクイン 2011 p153

マグラア, パトリック　McGrath, Patrick（1950〜　イギリス）
　悪臭
　　◇宮脇孝雄訳「奇想コレクション　失われた探険家」河出書房新社 2007 p321
　アーノルド・クロンベックの話
　　◇宮脇孝雄訳「奇想コレクション　失われた探険家」河出書房新社 2007 p107

　アンブローズ・サイム
　　◇宮脇孝雄訳「奇想コレクション　失われた探険家」河出書房新社 2007 p89
　失われた探険家
　　◇宮脇孝雄訳「奇想コレクション　失われた探険家」河出書房新社 2007 p31
　オナニストの手
　　◇宮脇孝雄訳「奇想コレクション　失われた探険家」河出書房新社 2007 p211
　オマリーとシュウォーツ
　　◇宮脇孝雄訳「奇想コレクション　失われた探険家」河出書房新社 2007 p361
　監視
　　◇宮脇孝雄訳「奇想コレクション　失われた探険家」河出書房新社 2007 p275
　吸血鬼クリーヴあるいはゴシック風味の田園曲
　　◇宮脇孝雄訳「奇想コレクション　失われた探険家」河出書房新社 2007 p297
　串の一突き
　　◇宮脇孝雄訳「奇想コレクション　失われた探険家」河出書房新社 2007 p159
　黒い手の呪い
　　◇宮脇孝雄訳「奇想コレクション　失われた探険家」河出書房新社 2007 p53
　蠱惑の聖餐
　　◇宮脇孝雄訳「奇想コレクション　失われた探険家」河出書房新社 2007 p247
　血と水
　　◇宮脇孝雄訳「奇想コレクション　失われた探険家」河出書房新社 2007 p257
　血の病
　　◇宮脇孝雄訳「奇想コレクション　失われた探険家」河出書房新社 2007 p129
　天使
　　◇宮脇孝雄訳「奇想コレクション　失われた探険家」河出書房新社 2007 p7
　長靴の物語
　　◇宮脇孝雄訳「奇想コレクション　失われた探険家」河出書房新社 2007 p229
　ブロードムアの少年時代
　　◇柴田元幸編訳「僕の恋、僕の傘」角川書店 1999 p85
　　◇柴田元幸編訳「燃える天使」角川書店 2009（角川文庫）p75
　マーミリオン
　　◇宮脇孝雄訳「奇想コレクション　失われた探険

家」河出書房新社 2007 p183
ミセス・ヴォーン
◇宮脇孝雄訳「奇想コレクション 失われた探険家」河出書房新社 2007 p369
もう一人の精神科医
◇宮脇孝雄訳「奇想コレクション 失われた探険家」河出書房新社 2007 p331
酔いどれの夢
◇宮脇孝雄訳「奇想コレクション 失われた探険家」河出書房新社 2007 p69

マクラウド, アリステア　MacLeod, Alistair （1936〜2014　カナダ）
島
◇中野恵津子訳「記憶に残っていること―新潮クレスト・ブックス短篇小説ベスト・コレクション」新潮社 2008（Crest books）p127

マクラウド, イアン・R.　MacLeod, Ian R. （1956〜　イギリス）
わが家のサッカーボール
◇宮内もと子訳「90年代SF傑作選 上」早川書房 2002（ハヤカワ文庫）p371

マクラウド, シャーロット　MacLeod, Charlotte （1922〜2005　アメリカ）
マーティンのように
◇高田恵子訳「現代ミステリーの至宝 2」扶桑社 1997（扶桑社ミステリー）p7

マクラウド, フィオナ　MacLoed, Fiona （1855〜1905　イギリス）
かなしき女王
◇松村みね子訳「短編 女性文学 近代 続」おうふう 2002 p97
精
◇松村みね子訳「幻想小説神髄」筑摩書房 2012（ちくま文庫）p267

マクラッチー, J.D.
一年後
◇ジェフリー・アングルス訳「それでも三月は、また」講談社 2012 p131

マクラム, シャーリン　McCrumb, Sharyn （1948〜　アメリカ）
恐ろしい女
◇浅羽莢子訳「現代ミステリーの至宝 1」扶桑社 1997（扶桑社ミステリー）p137
白い馬の谷
◇日暮雅通訳「シャーロック・ホームズ ワトソンの災厄」原書房 2003 p65

復活
◇中川聖訳「十の罪業 Red」東京創元社 2009（創元推理文庫）p469
「雪の女王」を探して
◇市川恵里訳「赤ずきんの手には拳銃」原書房 1999 p141

マクラリー, ドロシー
幼い花嫁
◇大島育子訳「ブルー・ボウ・シリーズ 結婚まで」青弓社 1992 p183

マクリーン, マイク
マクヘンリーの贈り物
◇木村二郎訳「ベスト・アメリカン・ミステリ クラック・コカイン・ダイエット」早川書房 2007（ハヤカワ・ミステリ）p311

マグルス, ポール
クリスマス・ホテルのハドソン夫人
◇尾之上浩司訳「シャーロック・ホームズとヴィクトリア朝の怪人たち 1」扶桑社 2015（扶桑社ミステリー）p183

マクレディ, R.G.
怪樹の腕
◇小幡昌甫翻案「怪樹の腕―〈ウィアード・テールズ〉戦前邦訳傑作選」東京創元社 2013 p351

マグレーン, トム
きびしい試練
◇浅倉久志選訳「極短小説」新潮社 2004（新潮文庫）p99

マクロイ, ヘレン　McCloy, Helen （1904〜1992　アメリカ）
燕京綺譚
◇田中西二郎訳「51番目の密室―世界短篇傑作集」早川書房 2010（Hayakawa pocket mystery books）p41
死者と機転
◇田村義進訳「ミニ・ミステリ100」早川書房 2005（ハヤカワ・ミステリ文庫）p298
東洋趣味
◇今本渉訳「世界堂書店」文藝春秋 2014（文春文庫）p67
割れたひづめ
◇好野理恵訳「世界探偵小説全集 44」国書刊行会 2002 p7

マクロフラン, アルフ
自転車スワッピング

◇柴田元幸編訳「いずれは死ぬ身」河出書房新社 2009 p241

マクローリー, モイ
奇妙な召命―神のお召ししみじみ
◇片山亜紀訳「しみじみ読むイギリス・アイルランド文学―現代文学短編作品集」松柏社 2007 p35

マケイブ, キャメロン　McCabe, Cameron
（1915〜1995　ドイツ）
編集室の床に落ちた顔
◇熊井ひろ美訳「世界探偵小説全集 14」国書刊行会 1999 p9

マコークル, ジル　McCorkle Alexander, Jill
（1958〜　アメリカ）
チア・リーダー
◇相原真理子訳「新しいアメリカの小説 チア・リーダー」白水社 1990 p1

マコーマック, エリック　McCormack, Eric
（1938〜　イギリス）
誕生祝い
◇若島正訳「異色作家短篇集 20」早川書房 2007 p211
地下堂の査察
◇柴田元幸編訳「どこにもない国―現代アメリカ幻想小説集」松柏社 2006 p1

マコーリイ, ポール・J.　McAuley, Paul J.
（1955〜　イギリス）
遺伝子戦争
◇公手成幸訳「ハッカー／13の事件」扶桑社 2000（扶桑社ミステリー）p357
◇公手成幸訳「20世紀SF 6」河出書房新社 2001（河出文庫）p453

マーゴリン, フィリップ　Margolin, Phillip
（1944〜　アメリカ）
アンジーの歓び
◇田口俊樹訳「復讐の殺人」早川書房 2001（ハヤカワ・ミステリ文庫）p255
ジェイルハウス・ローヤー
◇加賀山卓朗訳「アメリカミステリ傑作選 2001」DHC 2001（アメリカ文芸「年間」傑作選）p423

マコンネル, チャン
花盛り
◇夏来健次訳「死霊たちの宴 上」東京創元社 1998（創元推理文庫）p31

マサオ・アキ（台湾）
タイヤル人の七家湾渓（チージャーワンシー）〈タイヤル〉
◇松本さち子訳「台湾原住民文学選 4」草風館 2004 p96

マ・サンダー
鶏の値段
◇南田みどり編訳「ミャンマー現代短編集 2」大同生命国際文化基金 1998（アジアの現代文芸）p149

マシスン, シオドア
名探偵ガリレオ
◇山本俊子訳「ミステリマガジン700―創刊700号記念アンソロジー 海外篇」早川書房 2014（ハヤカワ・ミステリ文庫）p211

マシスン, リチャード　Matheson, Richard Burton（1926〜2013　アメリカ）
生き残りの手本
◇仁賀克雄訳「ダーク・ファンタジー・コレクション 2」論創社 2006 p247
一杯の水
◇仁賀克雄訳「ダーク・ファンタジー・コレクション 2」論創社 2006 p237
陰謀者の群れ
◇吉田誠一訳「異色作家短篇集 4」早川書房 2005 p163
男と女から生まれて
◇仁賀克雄訳「ダーク・ファンタジー・コレクション 2」論創社 2006 p3
おれの夢の女
◇秋津知子訳「幻想と怪奇―おれの夢の女」早川書房 2005（ハヤカワ文庫）p313
終わりの日
◇安野玲訳「20世紀SF 2」河出書房新社 2000（河出文庫）p79
顔
◇吉田誠一訳「異色作家短篇集 4」早川書房 2005 p39
消えた少女
◇中村融編訳「影が行く―ホラーSF傑作選」東京創元社 2000（創元SF文庫）p9
機械仕掛けの神
◇仁賀克雄訳「ダーク・ファンタジー・コレクション 2」論創社 2006 p95
奇妙な子供
◇仁賀克雄訳「ダーク・ファンタジー・コレク

ション 2」論創社 2006 p207
休日の男
◇吉田誠一訳「異色作家短篇集 4」早川書房 2005 p129
決闘
◇野村芳夫訳「死のドライブ」文藝春秋 2001（文春文庫）p129
こおろぎ
◇柴崎希未子訳「幻想と怪奇―宇宙怪獣現わる」早川書房 2005（ハヤカワ文庫）p9
◇仁賀克雄訳「ダーク・ファンタジー・コレクション 2」論創社 2006 p27
次元断層
◇吉田誠一訳「異色作家短篇集 4」早川書房 2005 p179
死者のダンス
◇吉田誠一訳「異色作家短篇集 4」早川書房 2005 p139
死の宇宙船
◇吉田誠一訳「異色作家短篇集 4」早川書房 2005 p213
忍びよる恐怖
◇吉田誠一訳「異色作家短篇集 4」早川書房 2005 p193
13のショック
◇吉田誠一訳「異色作家短篇集 4」早川書房 2005
人生モンタージュ
◇吉田誠一訳「異色作家短篇集 4」早川書房 2005 p69
精神一到…（マシスン, リチャード・クリスチャン）
◇広瀬順弘訳「闇の展覧会 罠」早川書房 2005（ハヤカワ文庫）p65
生存テスト
◇仁賀克雄訳「ダーク・ファンタジー・コレクション 2」論創社 2006 p157
生命体
◇仁賀克雄訳「ダーク・ファンタジー・コレクション 2」論創社 2006 p41
種子(たね)まく男
◇吉田誠一訳「異色作家短篇集 4」早川書房 2005 p245
血の末裔
◇仁賀克雄訳「吸血鬼伝説―ドラキュラの末裔たち」原書房 1997 p35
◇仁賀克雄訳「ダーク・ファンタジー・コレ

ション 2」論創社 2006 p11
長距離電話
◇吉田誠一訳「異色作家短篇集 4」早川書房 2005 p49
天衣無縫
◇吉田誠一訳「異色作家短篇集 4」早川書房 2005 p101
賑やかな葬儀
◇仁賀克雄訳「ダーク・ファンタジー・コレクション 2」論創社 2006 p223
二年目の蜜月
◇小鷹信光訳「幻想と怪奇―ポオ蒐集家」早川書房 2005（ハヤカワ文庫）p191
二万フィートの悪夢
◇仁賀克雄訳「ダーク・ファンタジー・コレクション 2」論創社 2006 p121
濡れた藁
◇仁賀克雄訳「ダーク・ファンタジー・コレクション 2」論創社 2006 p109
狙われた獲物
◇仁賀克雄訳「ダーク・ファンタジー・コレクション 2」論創社 2006 p187
ノアの子孫
◇吉田誠一訳「異色作家短篇集 4」早川書房 2005 p7
服は人を作る
◇仁賀克雄訳「ダーク・ファンタジー・コレクション 2」論創社 2006 p149
不思議の森のアリス
◇仁賀克雄訳「ダーク・ファンタジー・コレクション 2」論創社 2006 p255
不法侵入
◇仁賀克雄訳「ダーク・ファンタジー・コレクション 2」論創社 2006 p273
レミング
◇吉田誠一訳「異色作家短篇集 4」早川書房 2005 p33

マシスン, リチャード・クリスチャン
Matheson, Richard Christian（1953〜　アメリカ）
赤
◇高木史緒訳「厭な物語」文藝春秋 2013（文春文庫）p173
一年のいのち
◇小鷹信光訳「30の神品―ショートショート傑作選」扶桑社 2016（扶桑社文庫）p65
ヴェンチュリ

◇風間賢二訳「ヒー・イズ・レジェンド」小学館 2010（小学館文庫）p257
サイレン
◇田中一江訳「シルヴァー・スクリーム 下」東京創元社 2013（創元推理文庫）p135
地獄
◇田中一江訳「シルヴァー・スクリーム 下」東京創元社 2013（創元推理文庫）p140
精神一到…（マシスン, リチャード）
◇広瀬順弘訳「闇の展覧会 罠」早川書房 2005（ハヤカワ文庫）p65
助けてくれ
◇金子浩訳「サイコ-ホラー・アンソロジー」祥伝社 1998（祥伝社文庫）p143
万能人形
◇仁賀克雄編・訳「新・幻想と怪奇」早川書房 2009（Hayakawa pocket mystery books）p175

マーシャル, アリス・J.
薔薇の香る庭
◇森澤美抄子訳「アメリカ新進作家傑作選 2007」DHC 2008 p19

マーシャル, ペイトン
バニームーン
◇平野真美訳「アメリカ新進作家傑作選 2004」DHC 2005 p99

マーシャル, ポーラ
クリスマス・ローズを捜して
◇小林綾子訳「四つの愛の物語―クリスマス・ストーリー 十九世紀の聖夜 2004」ハーレクイン 2004 p5

マーシュ, ナイオ　Marsh, Ngaio（1899〜1982　イギリス）
道化の死
◇清野泉訳「世界探偵小説全集 41」国書刊行会 2007 p11
ランプリイ家の殺人
◇浅羽莢子訳「世界探偵小説全集 17」国書刊行会 1996 p11

マーシュ, リチャード　Marsh, Richard（1857〜1915　イギリス）
仮面
◇青木悦子訳「怪奇文学大山脈 1」東京創元社 2014 p265

マシューズ, クリスティーン
救済の家
◇田口俊樹訳「主婦に捧げる犯罪―書下ろしミステリ傑作選」武田ランダムハウスジャパン 2012（RHブックス+プラス）p77
ドクター・サリヴァンの図書室
◇古賀弥生訳「殺しのグレイテスト・ヒッツ」早川書房 2007（ハヤカワ・ミステリ文庫）p337

マシューズ, パトリシア・A.
コレクター
◇田村義進訳「ミニ・ミステリ100」早川書房 2005（ハヤカワ・ミステリ文庫）p429

マシューズ, ハリー　Mathews, Harry（1930〜　アメリカ）
『ケベードの謎』
◇千葉文夫訳「新しいフランスの小説 シュザンヌの日々」白水社 1995 p101

マシューズ, バリー
すべて処分すべし
◇田中敦子訳「アメリカ新進作家傑作選 2003」DHC 2004 p321

マスア, ハロルド・Q.
ブーメラン
◇山本俊子訳「ミニ・ミステリ100」早川書房 2005（ハヤカワ・ミステリ文庫）p72

マスタートン, グレアム　Masterton, Graham（1946〜　イギリス）
シェイクスピア奇譚
◇夏来健二訳「ラヴクラフトの遺産」東京創元社 2000（創元推理文庫）p103

マスタロフ, ジョー
キャバレー
◇勝田安彦訳「キャバレー―ジョン・ヴァン・ドルーテンの戯曲とクリストファー・イシャーウッドの短編集に基づく」カモミール社 2006（勝田安彦ドラマシアターシリーズ）p1

マステロワー, ワレンティーナ
しぼりたての牛乳
◇藤井悦子, オリガ・ホメンコ訳「現代ウクライナ短編集」群像社 2005（群像社ライブラリー）p67

マーストン, エドワード
魔女の予言
◇山本やよい訳「ホロスコープは死を招く」ソニー・マガジンズ 2006（ヴィレッジブックス）p75

マセ, ジェラール　Macé, Gérard（1946〜　フランス）
　最後のエジプト人
　　◇千葉文夫訳「新しいフランスの小説 最後のエジプト人」白水社 1995 p1

マ・チューブィン
　傘係
　　◇南田みどり編訳「ミャンマー現代女性短編集」大同生命国際文化基金 2001（アジアの現代文芸）p32

マッカーシー, エリン
　土曜日はタキシードに恋して
　　◇鈴木美朋訳「キス・キス・キス—土曜日はタキシードに恋して」ヴィレッジブックス 2008（ヴィレッジブックス）p273

マッカーシー, ジョアン
　成熟こそがすべて
　　◇吉田利子訳「間違ってもいい、やってみたら—想いがはじける28の物語」講談社 1998 p28

マ・ティーダー
　新旧旧新
　　◇南田みどり編訳「ミャンマー現代女性短編集」大同生命国際文化基金 2001（アジアの現代文芸）p20

マドックス, トム
　夜のスピリット
　　◇小川隆訳「ハッカー／13の事件」扶桑社 2000（扶桑社ミステリー）p55

マートン, サンドラ
　サンタクロースの贈り物
　　◇星真由美訳「四つの愛の物語—クリスマス・ストーリー 2000」ハーレクイン 2000 p231
　誓いのキスを奪われて
　　◇桂真樹訳「マイ・バレンタイン—愛の贈りもの 2009」ハーレクイン 2009 p5
　プリンスの告白
　　◇小池桂ル訳「愛が燃える砂漠—サマー・シズラー 2011」ハーレクイン 2011 p225

マーナ, ダーヴィデ
　大帝国の大いなる地図
　　◇マッシモ・スマレ訳「魔地図」光文社 2005（光文社文庫）p315

マナーズ, マーガレット　Manners, Margaret（1914〜1974　イギリス）
　おばさまのマクベス殺人事件
　　◇中田耕治訳「ブルー・ボウ・シリーズ キスの代償」青弓社 1994 p139

マーハ, カレル＝ヒネク
　クルコノシェへの巡礼
　　◇阿部賢一訳「ポケットのなかの東欧文学—ルネッサンスから現代まで」成文社 2006 p25

マーバー, パトリック　Marber, Patrick（1964〜　イギリス）
　1978年のピーター・シェリー
　　◇近藤隆文訳「天使だけが聞いている12の物語」ソニー・マガジンズ 2001 p67

マーフィー, パット　Murphy, Pat（1955〜　アメリカ）
　守護犬
　　◇北原唯成訳「幻想の犬たち」扶桑社 1999（扶桑社ミステリー）p413

マフフーズ, ナギーブ　Mahfouz, Naguib（1911〜2006　エジプト）
　容疑者不明
　　◇今本渉訳「異色作家短篇集 20」早川書房 2007 p5

マブリ, ガブリエル・ボノ・ド　Mably, Gabriel Bonnet de（1709〜1785　フランス）
　フォシオン対談
　　◇貴田晃, 野沢協訳「啓蒙のユートピア 2」法政大学出版局 2008 p513

マーマー, マイク　Marmer, Mike（1925〜2002　アメリカ）
　テラスからの眺め
　　◇森茂里訳「ブルー・ボウ・シリーズ 死体のささやき」青弓社 1993 p7

ママタス, ニック
　シャイニー・カー・イン・ザ・ナイト
　　◇田島栄作訳「ベスト・アメリカン・短編ミステリ 2014」DHC 2015 p255

マメット, デーヴィット
　脚本と州博覧会
　　◇ウィリアム N.伊藤訳「ゾエトロープ Pop」角川書店 2001（Bookplus）p259

マヨルガ, フアン　Mayorga, Juan（1965〜　スペイン）
　スターリンへの愛の手紙
　　◇田尻陽一訳「現代スペイン演劇選集 2」カモミール社 2015 p47
　善き隣人

◇田尻陽一訳「現代スペイン演劇選集 2」カモミール社 2015 p115

マラー, マーシャ Muller, Marcia（1944〜 アメリカ）

温泉は飛行機で
◇本戸淳子訳「探偵稼業はやめられない―女探偵vs.男探偵」光文社 2003（光文社文庫）p235

彼はかく語りき…彼女もかく語りき
◇田口俊樹訳「主婦に捧げる犯罪―書下ろしミステリ傑作選」武田ランダムハウスジャパン 2012（RHブックス＋プラス）p343

単独飛行
◇小梨直訳「双生児―EQMM90年代ベスト・ミステリー」扶桑社 2000（扶桑社ミステリー）p111

道化師のブルース
◇竹本祐子訳「現代ミステリーの至宝 1」扶桑社 1997（扶桑社ミステリー）p329

わかちあう季節（プロンジーニ, ビル）
◇宇佐川晶子訳「夜明けのフロスト」光文社 2005（光文社文庫）p157

マライーニ, ダーチャ Maraini, Dacia（1936〜 イタリア）

嵐
◇香川真澄訳「ぶどう酒色の海―イタリア中短編小説集」イタリア文藝叢書刊行委員会 2013（イタリア文藝叢書）p153

バンクォーの血
◇香川真澄訳「ぶどう酒色の海―イタリア中短編小説集」イタリア文藝叢書刊行委員会 2013（イタリア文藝叢書）p165

マラパルテ, クルツィオ

そぞろ歩き
◇和田忠彦訳「怒りと響き」岩波書店 1997（世界文学のフロンティア）p119

マラマッド, バーナード Malamud, Bernard（1914〜1986 アメリカ）

殺し屋であるわが子よ
◇平石貴樹編訳「アメリカ短編ベスト10」松柏社 2016 p219

夏の読書―図書館しみじみ
◇本城誠二訳「しみじみ読むアメリカ文学―現代文学短篇作品集」松柏社 2007 p283

マラルメ, ステファヌ Mallarmé, Stéphane（1842〜1898 フランス）

白鳥
◇上田敏訳「創刊一〇〇年三田文学名作選」三田文学会 2010 p572

マリアス, ハヴィエル

執事によれば
◇ウィリアム N.伊藤訳「ゾエトロープ Pop」角川書店 2001（Bookplus）p239

マリヴォー, ピエール・カルル・ド・シャンブレン・ド Marivaux, Pierre Carlet de Chamblain de（1688〜1763 フランス）

奴隷島
◇木下健一訳「啓蒙のユートピア 2」法政大学出版局 2008 p1

マリエア, エドゥアルド

会話
◇鈴木宏吉訳「ラテンアメリカ傑作短編集―中南米スペイン語圏文学史を辿る」彩流社 2014 p209

マリーク, ヤン

ホップ・ステップ・ジャンプくん
◇加藤暁子訳「人形座脚本集」晩成書房 2005 p145

マリー・ド・フランス Marie de France（フランス）

フレーヌの詩
◇中世英国ロマンス研究会訳「中世英国ロマンス集 2」篠崎書林 1986 p189

マリーニ, ティム

死が二人を別つまで
◇木村二郎訳「殺しが二人を別つまで」早川書房 2007（ハヤカワ・ミステリ文庫）p189

マリネッリ, キャロル

一夜かぎりのエンゲージ―華麗なるシチリア
◇田村たつ子訳「愛は永遠に―ウエディング・ストーリー 2014」ハーレクイン 2014 p229

ドクターの意外な贈り物
◇高木晶子訳「五つの愛の物語―クリスマス・ストーリー2015」ハーパーコリンズ・ジャパン 2015 p107

マリヤット, フレデリック Marryat, Frederick（1792〜1848 イギリス）

人狼
◇宇野利泰訳「贈る物語Terror」光文社 2002 p131

◇宇野利泰訳「怪奇小説傑作集新版 2」東京創元社 2006（創元推理文庫）p205

マリ・L.
サンタクロースの墓
　◇にむらじゅんこ訳「フランス式クリスマス・プレゼント」水声社 2000 p19

マルキ, デーヴィッド
癌
　◇旦紀子訳「マシン・オブ・デス―A Collection of Stories about People who Know How They Will DIE」アルファポリス 2012 p266
　◇旦紀子訳「マシン・オブ・デス」アルファポリス 2013（アルファポリス文庫）p195

コカインと鎮痛薬
　◇旦紀子訳「マシン・オブ・デス―A Collection of Stories about People who Know How They Will DIE」アルファポリス 2012 p389
　◇旦紀子訳「マシン・オブ・デス」アルファポリス 2013（アルファポリス文庫）p310

マルキエル, マリア・ローサ・リダ・デ
鳥の時間
　◇斎藤博士訳「アンデスの風叢書 天国・地獄百科」書肆風の薔薇 1982 p136

マルギット, カフカ
新しいタイプの娘たち
　◇岩崎悦子訳「文学の贈物―東中欧文学アンソロジー」未知谷 2000 p348

淑女の世界
　◇岩崎悦子訳「ポケットのなかの東欧文学―ルネッサンスから現代まで」成文社 2006 p179

マルケス, レネー
扇窓
　◇佐竹謙一編訳「ラテンアメリカ現代演劇集」水声社 2005 p9

マルシャーク, サムイル　Marshak, Samuil Yakovlevich（1887～1964　ロシア）
小さいお城―民話と民謡のモチーフによる作品
　◇大井数雄訳「人形座脚本集」晩成書房 2005 p69

マルス, ケトリ
アンナと海…
　◇元木淳子訳「月光浴―ハイチ短篇集」国書刊行会 2003（Contemporary writers）p225

ローマ鳩
　◇元木淳子訳「月光浴―ハイチ短篇集」国書刊行会 2003（Contemporary writers）p209

マルセク, デイヴィッド
ウェディング・アルバム
　◇浅倉久志訳「スティーヴ・フィーヴァー―ポストヒューマンSF傑作選 SFマガジン創刊50周年記念アンソロジー」早川書房 2010（ハヤカワ文庫 SF）p285

マルツ, アルバート　Maltz, Albert（1908～1967　アメリカ）
短い人生の長い一日
　◇永原誠訳「20世紀民衆の世界文学 8」三友社出版 1991 p1

マルツバーグ, バリー・N.　Malzberg, Barry N.（1939～　アメリカ）
裏返し
　◇山本俊子訳「ミニ・ミステリ100」早川書房 2005（ハヤカワ・ミステリ文庫）p207

五人の積み荷
　◇日暮雅通訳「シャーロック・ホームズのSF大冒険―短篇集 下」河出書房新社 2006（河出文庫）p267

習慣への回帰（コージャ, キャシー）
　◇嶋田洋一訳「魔猫」早川書房 1999 p165

生と死の問題（プロンジーニ, ビル）
　◇山本俊子訳「ミニ・ミステリ100」早川書房 2005（ハヤカワ・ミステリ文庫）p24

せつない時代だぜ
　◇佐々田雅子訳「ミニ・ミステリ100」早川書房 2005（ハヤカワ・ミステリ文庫）p740

どういう奴なんだ、おまえは（プロンジーニ, ビル）
　◇田村義進訳「ミニ・ミステリ100」早川書房 2005（ハヤカワ・ミステリ文庫）p350

マルティニ, スティーヴ　Martini, Steve（1946～　アメリカ）
黒ヒョウに乗って（フェアスタイン, リンダ）
　◇田口俊樹訳「フェイスオフ対決」集英社 2015（集英社文庫）p175

マルティネス, アルバート・E.
役に立たない飾り, あるいはエスクワイア誌の「三十歳を過ぎた男の禁止事項」から
　◇小脇奈賀子訳「アメリカ新進作家傑作選 2006」DHC 2007 p157

マルティネス, リズ
フレディ・プリンスはあたしの守護天使
　◇田口俊樹, 高山真由美訳「マンハッタン物語」二見書房 2008（二見文庫）p209

マルティンス, ユーリア（オーストリア）
エウリディケの死
　◇須藤直子訳「現代ウィーン・ミステリー・シリーズ 9」水声社 2002 p187

マルナ, アフリザル
書くことの伝記
　◇四方田犬彦訳「怒りと響き」岩波書店 1997（世界文学のフロンティア）p55

マルヒヴィッツァ, ハンス　Marchwitza, Hans（1890〜1965　ドイツ）
クミアク家の流転
　◇上野修訳「20世紀民衆の世界文学 6」三友社出版 1990 p1

マルーフ, デイヴィッド　Malouf, David（1934〜　オーストラリア）
キョーグル線
　◇湊圭史訳「ダイヤモンド・ドッグ—《多文化を映す》現代オーストラリア短編小説集」現代企画室 2008 p53

マルホランド, ローザ　Mulholland, Rosa（1841〜1921　アイルランド）
「悪魔の館」奇譚
　◇吉村満美子訳「怪奇礼讚」東京創元社 2004（創元推理文庫）p125

マレー, ジョン
熱帯の蝶
　◇三上真奈美訳「アメリカ新進作家傑作選 2003」DHC 2004 p273

マレースミス, ジョアンナ　Murray-Smith, Joanna（1962〜　オーストラリア）
ラブ・チャイルド
　◇佐和田敬司訳「ラブ・チャイルド／アウェイ」オセアニア出版社 2006（オーストラリア演劇叢書）p9
リデンプション〜つぐない
　◇家田淳訳「海外戯曲アンソロジー 3」日本演出者協会 2009 p5

マレリー, スーザン　Mallery, Susan
シークに買われた花嫁
　◇平江まゆみ訳「愛が燃える砂漠—サマー・シズラー2011」ハーレクイン 2011 p5
花嫁の姉
　◇西江璃子訳「愛は永遠に—ウエディング・ストーリー 2013」ハーレクイン 2013 p5
ボスは放蕩社長
　◇西江璃子訳「あの夏の恋のきらめき—サマー・シズラー2016」ハーパーコリンズ・ジャパン 2016 p117
魅惑の花嫁
　◇山田沙羅訳「愛は永遠に—ウエディング・ストーリー 2007」ハーレクイン 2007 p5
楽園の花嫁
　◇高木明日香訳「真夏の恋の物語—サマー・シズラー 2003」ハーレクイン 2003 p7

マレル, デイヴィッド　Morrell, David（1943〜　アメリカ）
オレンジは苦悩、ブルーは狂気
　◇浅倉久志訳「贈る物語Terror」光文社 2002 p58
フロントマン
　◇山本光伸訳「復讐の殺人」早川書房 2001（ハヤカワ・ミステリ文庫）p273
リオ・グランデ・ゴシック
　◇渡辺庸子訳「999（ナインナインナイン）—聖金曜日」東京創元社 2000（創元推理文庫）p339

マーロウ, クリストファ
タムバレイン大王
　◇川﨑淳之助訳「エリザベス朝悲劇・四拍子による新訳三編—タムバレイン大王、マクベス、白い悪魔」英光社 2010 p1

マロック, ダイナ
窓をたたく音
　◇松岡光治編訳「ヴィクトリア朝幽霊物語—短篇集」アティーナ・プレス 2013 p47

マローン, マイケル
赤粘土の町
　◇高儀進訳「愛の殺人」早川書房 1997（ハヤカワ・ミステリ文庫）p277
　◇高儀進訳「エドガー賞全集—1990〜2007」早川書房 2008（ハヤカワ・ミステリ文庫）p251
捕まっていない狂人
　◇高儀進訳「ベスト・アメリカン・ミステリ ハーレム・ノクターン」早川書房 2005（ハヤカワ・ミステリ）p389
舞踏会への招待
　◇高儀進訳「殺さずにはいられない 2」早川書房 2002（ハヤカワ・ミステリ文庫）p133

マロン, マーガレット　Maron, Margaret（アメリカ）

ハラルド警部補と『宝島』の宝
　◇小島世津子訳「本の殺人事件簿―ミステリ傑作20選 1」バベル・プレス 2001 p127

不可能な銃撃
　◇垣内雪江訳「現代ミステリーの至宝 2」扶桑社 1997（扶桑社ミステリー）p93

マン, ジョージ

地を這う巨大生物事件
　◇尾之上浩司訳「シャーロック・ホームズとヴィクトリア朝の怪人たち 1」扶桑社 2015（扶桑社ミステリー）p239

マン, トーマス　Mann, Thomas（1875〜1955　ドイツ）

衣裳戸棚
　◇実吉捷郎訳「幻想小説神髄」筑摩書房 2012（ちくま文庫）p427

幸福への意志
　◇野田倬訳「百年文庫 98」ポプラ社 2011 p5

若き日の悲しみ
　◇伊藤利男訳「世界100物語 5」河出書房新社 1997 p210

マン, ハインリヒ　Mann, Heinrich（1871〜1950　ドイツ）

息吹き
　◇片岡啓治訳「東欧の文学 息吹き」恒文社 1972 p3

ピッポ・スパーノ
　◇吉田正己訳「世界100物語 5」河出書房新社 1997 p7

マンスフィールド, キャサリン　Mansfield, Katherine（1888〜1923　イギリス）

園遊会
　◇浅尾敦則訳「諸国物語―stories from the world」ポプラ社 2008 p999

郊外の妖精物語
　◇西崎憲訳「淑やかな悪夢―英米女流怪談集」東京創元社 2000 p203

ささやかな愛
　◇中村邦生訳「この愛のゆくえ―ポケットアンソロジー」岩波書店 2011（岩波文庫別冊）p71

しなやかな愛
　◇利根川真紀編訳「レズビアン短編小説集―女たちの時間」平凡社 2015（平凡社ライブラリー）p113

至福
　◇利根川真紀編訳「レズビアン短編小説集―女たちの時間」平凡社 2015（平凡社ライブラリー）p151

小さな家庭教師
　◇立石光子訳「ブルー・ボウ・シリーズ レイチェルの夏」青弓社 1994 p67

当世風の結婚
　◇立石光子訳「ブルー・ボウ・シリーズ 結婚まで」青弓社 1992 p31

パール・ボタンはどんなふうにさらわれたか
　◇西崎憲編訳「短篇小説日和―英国異色傑作選」筑摩書房 2013（ちくま文庫）p67

船の旅
　◇平戸喜文訳「イギリス名作短編集」近代文芸社 2003 p133

見知らぬ人
　◇土井治訳「世界100物語 7」河出書房新社 1997 p44
　◇浅尾敦則訳「百年文庫 75」ポプラ社 2011 p5

マンゾー, フレッド・W.

これでおあいこ
　◇浅倉久志選訳「極短小説」新潮社 2004（新潮文庫）p169

マンチェスター, ローズマリー

洋上にて
　◇浅倉久志選訳「極短小説」新潮社 2004（新潮文庫）p163

マンツォーニ, カルロ

ブレーキ
　◇種村季弘訳「怪奇・幻想・綺想文学集―種村季弘翻訳集成」国書刊行会 2012 p513

マンディアルグ, アンドレ・ピエール

死の劇場
　◇澁澤龍彦訳「澁澤龍彦訳暗黒怪奇短篇集」河出書房新社 2013（河出文庫）p303

マンディス, ジェロルド・J.

ニューヨーク、犬残酷物語
　◇新藤純子訳「幻想の犬たち」扶桑社 1999（扶桑社ミステリー）p35

マンデヴィル, ジョン　Mandeville, Sir John（1300〜1372　イギリス）

証人
　◇内田吉彦訳「アンデスの風叢書 天国・地獄百科」書肆風の薔薇 1982 p54

マンデル, エミリー・セイント・ジョン
漂泊者
　◇ベルチ加代子訳「ベスト・アメリカン・短編ミステリ 2014」DHC 2015 p269

マンナ, フラン
乾杯のとき
　◇浅倉久志選訳「極短小説」新潮社 2004（新潮文庫）p260

マンフッド, H.A.
うなる鞭
　◇金井美子訳「ダーク・ファンタジー・コレクション 8」論創社 2008 p211

マンリー, ドリス・ヴァンダーリップ
中途半端だらけでも
　◇吉田利子訳「間違ってもいい、やってみたら──想いがはじける28の物語」講談社 1998 p90

マンロー, アリス　　Munro, Alice（1931～　カナダ）
女たち
　◇小竹由美子訳「美しい子ども」新潮社 2013（CREST BOOKS）p219
記憶に残っていること
　◇小竹由美子訳「記憶に残っていること──新潮クレスト・ブックス短篇小説ベスト・コレクション」新潮社 2008（Crest books）p169
ジャック・ランダ・ホテル
　◇村上春樹編訳「恋しくて──Ten Selected Love Stories」中央公論新社 2013 p189
　◇村上春樹編訳「恋しくて──Ten Selected Love Stories」中央公論新社 2016（中公文庫）p191
セイヴ・ザ・リーパー
　◇近藤三峰訳「アメリカ短編小説傑作選 2001」DHC 2001（アメリカ文芸「年間」傑作選）p431
流されて
　◇若島正訳「ベスト・ストーリーズ 3」早川書房 2016 p31
フリーラジカル
　◇神崎朗子訳「ベスト・アメリカン・短編ミステリ」DHC 2010 p341

マンロー, ランダル
？
　◇旦紀子訳「マシン・オブ・デス──A Collection of Stories about People who Know How They Will DIE」アルファポリス 2012 p560

【 ミ 】

ミウォシュ, チェスワフ
私の忠実な言葉よ
　◇鳥居晃子訳「ポケットのなかの東欧文学──ルネッサンスから現代まで」成文社 2006 p342

ミェーモンルィン
紙飛行機
　◇南田みどり編訳「二十一世紀ミャンマー作品集」大同生命国際文化基金 2015（アジアの現代文芸）p205

ミストレル, ジャン
吸血鬼
　◇種村季弘訳「怪奇・幻想・綺想文学集──種村季弘翻訳集成」国書刊行会 2012 p471

ミチャンウェー
麻酔薬
　◇南田みどり編訳「ミャンマー現代女性短編集」大同生命国際文化基金 2001（アジアの現代文芸）p56

ミチンスキ, タデウシュ
薄闇の谷間
　◇小椋彩訳「ポケットのなかの東欧文学──ルネッサンスから現代まで」成文社 2006 p142
海眼湖の幽霊
　◇小椋彩訳「ポケットのなかの東欧文学──ルネッサンスから現代まで」成文社 2006 p147

ミツキェーヴィチ, アダム
一八二七年の詩論
　◇久山宏一訳「文学の贈物──東中欧文学アンソロジー」未知谷 2000 p157

ミッチェル, グラディス　　Mitchell, Gladys（1901～1983　イギリス）
ウォンドルズ・パーヴァの謎
　◇清野泉訳「KAWADE MYSTERY ウォンドルズ・パーヴァの謎」河出書房新社 2007 p5
ソルトマーシュの殺人
　◇宮脇孝雄訳「世界探偵小説全集 28」国書刊行会 2002 p7
デイジー・ベル
　◇渡辺育子訳「20世紀英国モダニズム小説集成 世を騒がす嘘つき男」風濤社 2014 p246

ミトラ

ワトスンの選択
　◇佐久間野百合訳「海外ミステリ Gem Collection 14」長崎出版 2008 p1

ミトラ, ケヤ

ポンペイ再び
　◇大下英津子訳「アメリカ新進作家傑作選 2007」DHC 2008 p303

ミドルトン, トマス　Middleton, Thomas（1570〜1627　イギリス）

おかしな世の中
　◇山田英教訳「イギリス・ルネサンス演劇集 2」早稲田大学出版部 2002 p147

ミドルトン, リチャード　Middleton, Richard Barham（1882〜1911　イギリス）

雨降りの日
　◇南條竹則訳「魔法の本棚 幽霊船」国書刊行会 1997 p220

ある本の物語
　◇南條竹則訳「魔法の本棚 幽霊船」国書刊行会 1997 p125

幼い日のドラマ
　◇南條竹則訳「魔法の本棚 幽霊船」国書刊行会 1997 p174

棺桶屋
　◇南條竹則訳「魔法の本棚 幽霊船」国書刊行会 1997 p43

奇術師
　◇南條竹則訳「魔法の本棚 幽霊船」国書刊行会 1997 p55

警官の魂
　◇南條竹則訳「魔法の本棚 幽霊船」国書刊行会 1997 p161

高貴の血脈
　◇南條竹則訳「魔法の本棚 幽霊船」国書刊行会 1997 p155

詩人の寓話
　◇南條竹則訳「魔法の本棚 幽霊船」国書刊行会 1997 p114

新入生
　◇南條竹則訳「魔法の本棚 幽霊船」国書刊行会 1997 p191

園生(そのう)の鳥
　◇南條竹則訳「魔法の本棚 幽霊船」国書刊行会 1997 p80

大芸術家
　◇南條竹則訳「魔法の本棚 幽霊船」国書刊行会 1997 p213

誰か言ふべき
　◇南條竹則訳「魔法の本棚 幽霊船」国書刊行会 1997 p87

小さな悲劇
　◇南條竹則訳「魔法の本棚 幽霊船」国書刊行会 1997 p101

超人の伝記
　◇南條竹則訳「魔法の本棚 幽霊船」国書刊行会 1997 p147

月の子たち
　◇南條竹則訳「魔法の本棚 幽霊船」国書刊行会 1997 p69

羊飼いの息子
　◇南條竹則訳「魔法の本棚 幽霊船」国書刊行会 1997 p39
　◇南條竹則訳「贈る物語Terror」光文社 2002 p202

ブライトン街道で
　◇南條竹則訳「魔法の本棚 幽霊船」国書刊行会 1997 p32
　◇平井呈一編「ミセス・ヴィールの幽霊—こわい話気味のわるい話 1」沖積舎 2011 p155

屋根の上の魚
　◇南條竹則訳「魔法の本棚 幽霊船」国書刊行会 1997 p94

幽霊船
　◇南條竹則訳「魔法の本棚 幽霊船」国書刊行会 1997 p15
　◇今日泊亜蘭訳「幽霊船—今日泊亜蘭翻訳怪奇小説コレクション」我刊我書房 2015（盛林堂ミステリアス文庫）p7

逝(ゆ)けるエドワード
　◇南條竹則訳「魔法の本棚 幽霊船」国書刊行会 1997 p62

ミトロヴィチ, スルバ　Mitrović, Srba（1931〜セルビア）

短詩
　◇田中一生訳「文学の贈物—東中欧文学アンソロジー」未知谷 2000 p384

ミーナ, デニーズ

見えないマイナス記号
　◇田口俊樹訳「主婦に捧げる犯罪—書下ろしミステリ傑作選」武田ランダムハウスジャパン 2012（RHブックス＋プラス）p281

ミャタンティン

ジャスミンはいかが

◇南田みどり編訳「ミャンマー現代短編集 2」大同生命国際文化基金 1998（アジアの現代文芸）p119

ミャッ
テーブルの下の足たち
◇南田みどり編訳「ミャンマー現代女性短編集」大同生命国際文化基金 2001（アジアの現代文芸）p166

ミュッセ, アルフレッド・ド　Musset, Alfred de（1810～1857　フランス）
ガミアニ
◇須賀慣訳「晶文社アフロディーテ双書 ガミアニ」晶文社 2003 p3
ミミ・パンソン
◇佐藤実枝訳「百年文庫 63」ポプラ社 2011 p67

ミュノーナ　Mynona（1871～1946　ドイツ）
黒・白・赤
◇前川道介訳「独逸怪奇小説集成」国書刊行会 2001 p115

ミューヘイム, ハリイ
埃だらけの抽斗
◇森郁夫訳「謎のギャラリー──謎の部屋」新潮社 2002（新潮文庫）p203
◇森郁夫訳「謎の部屋」筑摩書房 2012（ちくま文庫）p203

ミュラー, インゲ　Müller, Inge（1925～1966　ドイツ）
賃金を抑える者（一九五六）（ミュラー, ハイナー）
◇越部遅訳「シリーズ現代ドイツ文学 2」早稲田大学出版部 1991 p59

ミュラー, ハイナー　Müller, Heiner（1929～1995　ドイツ）
ゲルマーニア ベルリンの死（一九五七／七一）
◇越部遅訳「シリーズ現代ドイツ文学 2」早稲田大学出版部 1991 p117
指令─ある革命への追憶
◇谷川道子訳「ドイツ現代戯曲選30 17」論創社 2006 p7
戦い─ドイツの光景（一九五一／七四）
◇市川明訳「シリーズ現代ドイツ文学 2」早稲田大学出版部 1991 p1
賃金を抑える者（一九五六）（ミュラー, インゲ）
◇越部遅訳「シリーズ現代ドイツ文学 2」早稲田大学出版部 1991 p59
トラクター（一九五五／六一／七四）
◇市川明訳「シリーズ現代ドイツ文学 2」早稲田大学出版部 1991 p25
福の神─断章（一九五八）
◇越部遅訳「シリーズ現代ドイツ文学 2」早稲田大学出版部 1991 p207
ホラティ人（一九六八）
◇吉岡茂光訳「シリーズ現代ドイツ文学 2」早稲田大学出版部 1991 p235
モーゼル（一九七〇）
◇吉岡茂光訳「シリーズ現代ドイツ文学 2」早稲田大学出版部 1991 p255

ミュラー, ヘルタ　Müller, Herta（1953～　ドイツ）
狙われたキツネ
◇山本浩司訳「ドイツ文学セレクション 狙われたキツネ」三修社 1997 p1

ミュラー, マーシャ
ひび割れた舗道
◇高野裕美子訳「ウーマンズ・ケース 下」早川書房 1998（ハヤカワ・ミステリ文庫）p337

ミラー, カムロン
癌
◇旦紀子訳「マシン・オブ・デス─A Collection of Stories about People who Know How They Will DIE」アルファポリス 2012 p144

ミラー, マーガレット　Millar, Margaret（1915～1994　アメリカ）
谷の向こうの家
◇稲葉迪子訳「現代ミステリーの至宝 1」扶桑社 1997（扶桑社ミステリー）p7

ミラー, マーティン
神の空に燦然と輝く花
◇村井智之訳「ディスコ2000」アーティストハウス 1999 p162
サンシャイン・スター・トラヴェラーは如何に彼女を失ったか
◇渡辺健吾訳「ディスコ・ビスケッツ」早川書房 1998 p101

ミラー, リンダ・ラエル
恋人たちのシエスタ
◇内海規子訳「夏に恋したシンデレラ」ハーパーコリンズ・ジャパン 2016（サマーシズラーVB）p263

ミラ

ミラー, C.フランクリン
黒いカーテン
◇妹尾アキ夫訳「怪樹の腕―〈ウィアード・テールズ〉戦前邦訳傑作選」東京創元社 2013 p385

ミラー, P.スカイラー
アウター砂ıl に打ちあげられたもの
◇中村融訳「千の脚を持つ男―怪物ホラー傑作選」東京創元社 2007（創元推理文庫）p73

ミラ・デ・アメスクア, アントニオ
悪魔の奴隷
◇佐竹謙一訳「スペイン黄金世紀演劇集」名古屋大学出版会 2003 p203

ミラーニ, ミレーナ
エレベーター
◇香川真澄訳「ぶどう酒色の海―イタリア中短編小説集」イタリア文藝叢書刊行委員会 2013（イタリア文藝叢書）p57

ミル, ジョン・スチュアート　Mill, John Stuart（1806〜1873　イギリス）
創案者
◇斎藤博士訳「アンデスの風叢書 天国・地獄百科」書肆風の薔薇 1982 p156

ミルヴォワ, シャルル・フベール　Millevoye, Charles Hubert（1782〜1816　フランス）
落葉（ブロンテ, シャーロット〔書き取り〕）
◇中岡洋, 芦沢久江訳「ブロンテ姉妹エッセイ全集」彩流社 2016 p418

ミルトン, ジョン　Milton, John（1608〜1674　イギリス）
魔王(サタン)の告白
◇牛島信明訳「アンデスの風叢書 天国・地獄百科」書肆風の薔薇 1982 p32

ミルハウザー, スティーヴン　Millhauser, Steven（1943〜　アメリカ）
アウグスト・エッシェンブルク
◇柴田元幸訳「新しいアメリカの小説 イン・ザ・ペニー・アーケード」白水社 1990 p11
イン・ザ・ペニー・アーケード
◇柴田元幸訳「新しいアメリカの小説 イン・ザ・ペニー・アーケード」白水社 1990 p209
湖畔の一日
◇柴田元幸訳「新しいアメリカの小説 イン・ザ・ペニー・アーケード」白水社 1990 p159
橇滑りパーティー
◇柴田元幸訳「新しいアメリカの小説 イン・ザ・ペニー・アーケード」白水社 1990 p131
太陽に抗議する
◇柴田元幸訳「新しいアメリカの小説 イン・ザ・ペニー・アーケード」白水社 1990 p109
東方の国
◇柴田元幸訳「新しいアメリカの小説 イン・ザ・ペニー・アーケード」白水社 1990 p225
ハラド四世の治世に
◇柴田元幸訳「ベスト・ストーリーズ 3」早川書房 2016 p235
雪人間
◇柴田元幸訳「新しいアメリカの小説 イン・ザ・ペニー・アーケード」白水社 1990 p195
◇柴田元幸編訳「どこにもない国―現代アメリカ幻想小説集」松柏社 2006 p191

ミルバーン, ティナ
決断の瞬間
◇浅倉久志選訳「極短小説」新潮社 2004（新潮文庫）p77

ミルボー, オクターヴ　Mirbeau, Octave（1848〜1917　フランス）
ごくつぶし
◇河盛好蔵訳「恐ろしい話」筑摩書房 2011（ちくま文学の森）p429

ミルン, A.A.　Milne, Alan Alexander（1882〜1956　イギリス）
赤い館の秘密
◇柴田都志子訳「乱歩が選ぶ黄金時代ミステリーBEST10 8」集英社 1998（集英社文庫）p7
シャーロックの強奪
◇北原尚彦編訳「シャーロック・ホームズの栄冠」論創社 2007（論創海外ミステリ）p61

ミレット, ラリー
魔笛泥棒
◇日暮雅通訳「シャーロック・ホームズ アンダーショーの冒険」原書房 2016 p335

ミンウェーヒン
殿方よ, 愛がないならお捨てになって
◇南田みどり編訳「二十一世紀ミャンマー作品集」大同生命国際文化基金 2015（アジアの現代文芸）p62

ミーンズ, デイヴィッド
移動遊園地
◇岩泉くみ子訳「アメリカミステリ傑作選 2003」DHC 2003（アメリカ文芸「年間」傑作選）p305

ミントリング, プリシア
　午後の死
　　◇浅倉久志選訳「極短小説」新潮社 2004（新潮文庫）p26
ミンヌエーソウ
　マイクおやじの私生活
　　◇南田みどり編訳「ミャンマー現代短編集 2」大同生命国際文化基金 1998（アジアの現代文芸）p142
ミンヤナ, フィリップ　Minyana, Philippe（1946～　フランス）
　亡者の家—プロローグとエピローグのある俳優と人形のための六楽章に分かれた戯曲
　　◇斎藤公一訳「コレクション現代フランス語圏演劇 4」れんが書房新社 2011 p7

【ム】

ムーア, ウォード　Moore, Ward（1903～78　アメリカ）
　猫と話した少年
　　◇山口緑訳「不思議な猫たち」扶桑社 1999（扶桑社ミステリー）p129
　ロト
　　◇浅倉久志訳「きょうも上天気—SF短編傑作選」角川書店 2010（角川文庫）p125
　ロト—「性本能と原爆戦」原作
　　◇浅倉久志訳「地球の静止する日—SF映画原作傑作選」東京創元社 2006（創元SF文庫）p33
ムーア, ジョージ　Moore, George
　アルバート・ノッブスの人生
　　◇磯部哲也, 山田久美子訳「クィア短編小説集—名づけえぬ欲望の物語」平凡社 2016（平凡社ライブラリー）p229
　エスター・ウォーターズ
　　◇北條文緒訳「ヒロインの時代 エスター・ウォーターズ」国書刊行会 1988 p3
　懐郷
　　◇高松雄一訳「百年文庫 55」ポプラ社 2010 p85
ムーア, マーガレット　Moore, Margaret
　愛と喜びの讃歌
　　◇柿沼瑛子訳「四つの愛の物語 イブの星に願いを—クリスマス・ストーリー 2005」ハーレクイン 2005 p295
　美しき娘
　　◇石川園枝訳「マイ・バレンタイン—愛の贈りもの 2009」ハーレクイン 2009 p181
　聖夜の誓い
　　◇麻生ミキ訳「四つの愛の物語—クリスマス・ストーリー 2001」ハーレクイン 2001 p395
　谷に響くキャロル
　　◇田中淑子訳「四つの愛の物語—クリスマス・ストーリー 十九世紀の聖夜 2004」ハーレクイン 2004 p117
ムーア, ローリー　Moore, Lorrie（1957～　アメリカ）
　愛の生活
　　◇小梨直訳「新しいアメリカの小説 愛の生活」白水社 1991 p215
　アマールと夜の訪問者—愛の道（テノール）へのガイド
　　◇千刈あがた, 斎藤英治訳「新しいアメリカの小説 セルフ・ヘルプ」白水社 1989 p147
　奪われしもの
　　◇千刈あがた, 斎藤英治訳「新しいアメリカの小説 セルフ・ヘルプ」白水社 1989 p41
　男がふたり
　　◇小梨直訳「新しいアメリカの小説 愛の生活」白水社 1991 p7
　狩りをするヤダヤ人
　　◇小梨直訳「新しいアメリカの小説 愛の生活」白水社 1991 p167
　芸術に生きる
　　◇小梨直訳「新しいアメリカの小説 愛の生活」白水社 1991 p31
　心をさがす場所
　　◇小梨直訳「新しいアメリカの小説 愛の生活」白水社 1991 p133
　このようななりゆきで
　　◇千刈あがた, 斎藤英治訳「新しいアメリカの小説 セルフ・ヘルプ」白水社 1989 p103
　この喜び
　　◇小梨直訳「新しいアメリカの小説 愛の生活」白水社 1991 p71
　作家になる方法
　　◇千刈あがた, 斎藤英治訳「新しいアメリカの小説 セルフ・ヘルプ」白水社 1989 p177
　セルフ・ヘルプ
　　◇千刈あがた, 斎藤英治訳「新しいアメリカの小説 セルフ・ヘルプ」白水社 1989 p1
　そしてまた飢える

◇小梨直訳「新しいアメリカの小説 愛の生活」白水社 1991 p203
母親と対話する方法（覚え書き）
◇干刈あがた, 斎藤英治訳「新しいアメリカの小説 セルフ・ヘルプ」白水社 1989 p129
ひどい顔
◇小梨直訳「新しいアメリカの小説 愛の生活」白水社 1991 p97
不動産
◇濱田陽子訳「アメリカ短編小説傑作選 2001」DHC 2001（アメリカ文芸「年間」傑作選）p389
別の女になる方法
◇干刈あがた, 斎藤英治訳「新しいアメリカの小説 セルフ・ヘルプ」白水社 1989 p9
満たすこと
◇干刈あがた, 斎藤英治訳「新しいアメリカの小説 セルフ・ヘルプ」白水社 1989 p191
離婚家庭の子供のためのガイド
◇干刈あがた, 斎藤英治訳「新しいアメリカの小説 セルフ・ヘルプ」白水社 1989 p75
HOW
◇干刈あがた, 斎藤英治訳「新しいアメリカの小説 セルフ・ヘルプ」白水社 1989 p85

ムーア, C.L. Moore, Catherine L.（1911～1987 アメリカ）
暗黒の妖精
◇仁賀克雄訳「ダーク・ファンタジー・コレクション 9」論創社 2008 p221
イヴァラ―炎の美女
◇仁賀克雄訳「ダーク・ファンタジー・コレクション 9」論創社 2008 p285
失われた楽園
◇仁賀克雄訳「ダーク・ファンタジー・コレクション 9」論創社 2008 p329
狼女
◇仁賀克雄訳「ダーク・ファンタジー・コレクション 9」論創社 2008 p449
彼方よりの挑戦（メリット, エイブラム／ラヴクラフト, H.P.／ハワード, ロバート・E.／ロング, F.B.）
◇浅山健訳「新編 真ク・リトル・リトル神話大系 2」国書刊行会 2007 p191
神々の遺灰
◇仁賀克雄訳「ダーク・ファンタジー・コレクション 9」論創社 2008 p137
黒い渇望
◇仁賀克雄訳「ダーク・ファンタジー・コレクション 9」論創社 2008 p47
シャンブロウ
◇野田昌宏訳「火星ノンストップ」早川書房 2005（ヴィンテージSFセレクション）p159
◇仁賀克雄訳「ダーク・ファンタジー・コレクション 9」論創社 2008 p3
ジュリー異次元の女王
◇仁賀克雄訳「ダーク・ファンタジー・コレクション 9」論創社 2008 p175
スターストーンの探索
◇仁賀克雄訳「ダーク・ファンタジー・コレクション 9」論創社 2008 p403
生命の樹
◇仁賀克雄訳「ダーク・ファンタジー・コレクション 9」論創社 2008 p363
短調の歌
◇仁賀克雄訳「ダーク・ファンタジー・コレクション 9」論創社 2008 p485
冷たい灰色の神
◇仁賀克雄訳「ダーク・ファンタジー・コレクション 9」論創社 2008 p245
出会いのとき巡りきて
◇安野玲訳「時の娘―ロマンティック時間SF傑作選」東京創元社 2009（創元SF文庫）p247
緋色の夢
◇仁賀克雄訳「ダーク・ファンタジー・コレクション 9」論創社 2008 p101
美女ありき
◇小尾芙佐訳「20世紀SF 1」河出書房新社 2000（河出文庫）p161
◇小尾芙佐訳「ロボット・オペラ―An Anthology of Robot Fiction and Robot Culture」光文社 2004 p143
ヘルズガルド城
◇安野玲訳「不死鳥の剣―剣と魔法の物語傑作選」河出書房新社 2003（河出文庫）p135

ムアコック, マイケル Moorcock, Michael John（1939～ イギリス）
時を生きる種族
◇中村融訳「時を生きる種族―ファンタスティック時間SF傑作選」東京創元社 2013（創元SF文庫）p93
ドーセット街の下宿人
◇日暮雅通訳「シャーロック・ホームズの大冒険 上」原書房 2009 p341
翡翠男の眼

◇中村融訳「不死鳥の剣―剣と魔法の物語傑作選」河出書房新社 2003（河出文庫）p315

ムアワッド, ワジディ Mouawad, Wajdi（1968～）
沿岸―頼むから静かに死んでくれ
　◇山田ひろ美訳「コレクション現代フランス語圏演劇 13」れんが書房新社 2010 p3

ムシル, ローベルト Musil, Robert（1880～1942　オーストリア）
ポルトガルの女
　◇川村二郎訳「百年文庫 57」ポプラ社 2010 p5

ムーディ, リック
ラグーンから忍び寄る怪物
　◇小原亜美訳「ゾエトロープ Noir」角川書店 2003（Bookplus）p203

ムーニィ, ブライアン
ブリスクスの墓
　◇大瀧啓裕訳「インスマス年代記 下」学習研究社 2001（学研M文庫）p55

ムヒカ＝ライネス, マヌエル Mujica Láinez, Manuel（1910～1984　アルゼンチン）
駅馬車
　◇内田吉彦訳「バベルの図書館 20」国書刊行会 1990 p111
　◇内田吉彦訳「新編 バベルの図書館 6」国書刊行会 2013 p81

ムラヴョーワ, イリーナ
土壇場
　◇菅沼裕乃訳「ウーマンズ・ケース 上」早川書房 1998（ハヤカワ・ミステリ文庫）p131

ムラベ, モハメッド
声
　◇木村恵子訳「怒りと響き」岩波書店 1997（世界文学のフロンティア）p163

ムラーベト, ムハンマド
蟻
　◇越川芳明訳「モロッコ幻想物語」岩波書店 2013 p131
衣装箱
　◇越川芳明訳「モロッコ幻想物語」岩波書店 2013 p137
黒い鳥
　◇越川芳明訳「モロッコ幻想物語」岩波書店 2013 p121
狩猟家サイヤード
　◇越川芳明訳「モロッコ幻想物語」岩波書店 2013 p103
竪琴
　◇越川芳明訳「モロッコ幻想物語」岩波書店 2013 p87
ル・フェッラーフ
　◇越川芳明訳「モロッコ幻想物語」岩波書店 2013 p97

ムレーナ, エクトル・アルベルト Murena, Héctor Alberto（1924～1975　アルゼンチン）
地獄の中心
　◇内田吉彦訳「アンデスの風叢書 天国・地獄百科」書肆風の薔薇 1982 p53

ムロージェク, スワヴォーミル
犬
　◇芝田文乃訳「北村薫のミステリー館」新潮社 2005（新潮文庫）p55
残念です
　◇種村季弘訳「怪奇・幻想・綺想文学集―種村季弘翻訳集成」国書刊行会 2012 p547

ムンカダ, ジェズス Moncada, Jesús（1941～　スペイン）
引き船道
　◇田澤佳子, 田澤耕訳「シリーズ【越境の文学／文学の越境】 引き船道」現代企画室 1999 p7

ムンガン, ムラトハン
アーゼルとヤーディギャール
　◇篁日向子訳「現代トルコ文学選 2」東京外国語大学外国語学部トルコ語専攻研究室 2012（TUFS Middle Eastern studies）p65
ボヤジュキョイで愛の流血殺人事件
　◇篁日向子訳「現代トルコ文学選 2」東京外国語大学外国語学部トルコ語専攻研究室 2012（TUFS Middle Eastern studies）p3
ムラドハンとセルヴィハン もしくは水晶の館の一物語
　◇篁日向子訳「現代トルコ文学選 2」東京外国語大学外国語学部トルコ語専攻研究室 2012（TUFS Middle Eastern studies）p90

ムンゴシ, チャールズ Mungoshi, Charles（1947～　ジンバブエ）
兄
　◇平尾吉直訳「アフリカ文学叢書 乾季のおとずれ」スリーエーネットワーク 1995 p91
いつになったら
　◇佐藤杏子訳「アフリカ文学叢書 乾季のおとず

れ」スリーエーネットワーク 1995 p15
  壁に映った影
    ◇佐藤杏子訳「アフリカ文学叢書 乾季のおとずれ」スリーエーネットワーク 1995 p5
  乾季のおとずれ
    ◇溝口昭子訳「アフリカ文学叢書 乾季のおとずれ」スリーエーネットワーク 1995 p81
  傷いろいろ
    ◇溝口昭子訳「アフリカ文学叢書 乾季のおとずれ」スリーエーネットワーク 1995 p51
  犠牲者
    ◇福島富士男訳「アフリカ文学叢書 乾季のおとずれ」スリーエーネットワーク 1995 p177
  白い岩と赤い大地
    ◇平尾吉直訳「アフリカ文学叢書 乾季のおとずれ」スリーエーネットワーク 1995 p163
  奴隷貿易
    ◇溝口昭子訳「アフリカ文学叢書 乾季のおとずれ」スリーエーネットワーク 1995 p243
  逃げ場が必要
    ◇福島富士男訳「アフリカ文学叢書 乾季のおとずれ」スリーエーネットワーク 1995 p229
  パン屋のヴァンが来なかった日
    ◇福島富士男訳「アフリカ文学叢書 乾季のおとずれ」スリーエーネットワーク 1995 p141

【メ】

メーア, マリエラ
  石の時代
    ◇田ノ岡弘子訳「氷河の滴―現代スイス女性作家作品集」鳥影社・ロゴス企画 2007 p77
メーアマン, レナーテ　Möhrmann, Renate　（ドイツ）
  女性たちは新しい活動の場所として映画界を獲得する
    ◇西谷頼子訳「シリーズ現代ドイツ文学 3」早稲田大学出版部 1991 p63
メイ, シャロン
  カオイダンの魔法使い
    ◇徳地玲子訳「アメリカ新進作家傑作選 2008」DHC 2009 p369
メイク, ヴィヴィアン
  死の人形

    ◇金井美子訳「ダーク・ファンタジー・コレクション 8」論創社 2008 p321
メイス, フランク
  理想のタイプ
    ◇三浦玲子訳「ダーク・ファンタジー・コレクション 5」論創社 2007 p255
メイスフィールド, ジョン
  レインズ法
    ◇柳瀬尚紀訳「犯罪は詩人の楽しみ―詩人ミステリ集成」東京創元社 2012（創元推理文庫）p200
メイスン, A.E.W.　Mason, Alfred Edward Woodley（1865～1948　イギリス）
  薔薇荘にて
    ◇富塚由美訳「世界探偵小説全集 1」国書刊行会 1995 p7
メイソン, ボビー・アン　Mason, Bobbie Ann（1940～　アメリカ）
  土地っ子と流れ者
    ◇亀井よし子訳「猫好きに捧げるショート・ストーリーズ」国書刊行会 1997 p85
  ナンシー・ドルーの回想
    ◇亀井よし子訳「愛の殺人」早川書房 1997（ハヤカワ・ミステリ文庫）p311
メイヤー, F.M.
  アシャムのド・マネリング嬢――一九三五
    ◇大沼由布訳「ゴシック短編小説集」春風社 2012 p431
メイヤーズ, キャロル
  完璧すぎるカモ
    ◇山本俊子訳「ミニ・ミステリ100」早川書房 2005（ハヤカワ・ミステリ文庫）p31
メイヤーズ, デイヴィッド・W.
  若い恋人たち
    ◇浅倉久志選訳「極短小説」新潮社 2004（新潮文庫）p58
メイヨー, ウェンデル
  B・ホラー
    ◇古屋美登里訳「モンスターズ―現代アメリカ傑作短篇集」白水社 2014 p49
メカス, ジョナス　Mekas, Jonas（1922～　アメリカ）
  水辺で／森の中で
    ◇飯村昭子, 吉増剛造訳「怒りと響き」岩波書店 1997（世界文学のフロンティア）p65

メークナー, クリストファー
　最後のコテージ
　　◇山口祐子訳「ベスト・アメリカン・短編ミステリ 2012」DHC 2012 p491

メーセイ・ミクローシュ　Mészöly Miklós（1921〜2001　ハンガリー）
　脱出
　　◇羽仁協子訳「東欧の文学　ブダペストに春がきた 他」恒文社 1966 p385

メータ, ギータ　Mehta, Gita（1944〜　インド）
　リバー・スートラ
　　◇亀井よし子訳「VOICES OVERSEAS リバー・スートラ」講談社 1995 p5

メッシーナ, マリア
　移りゆく"時"
　　◇香川真澄訳「ぶどう酒色の海―イタリア中短編小説集」イタリア文藝叢書刊行委員会 2013（イタリア文藝叢書）p15

メーテルリンク, モーリス　Maeterlinck, Maurice Polydore Marie Bernard（1862〜1949　ベルギー）
　夢の研究
　　◇岩本和子訳「幻想の坩堝―ベルギー・フランス語幻想短編集」松籟社 2016 p3

メトカーフ, ジョン　Metcalfe, John（1891〜1965　イギリス）
　窯
　　◇三浦玲子訳「ダーク・ファンタジー・コレクション 5」論創社 2007 p269
　煙をあげる脚
　　◇横山茂雄訳「異色作家短篇集 19」早川書房 2007 p61
　二人提督
　　◇平井呈一編「壁画の中の顔―こわい話気味のわるい話 3」沖積舎 2012 p163
　ブレナー提督の息子
　　◇西崎憲訳「怪奇文学大山脈 2」東京創元社 2014 p301

メナール, ドミニク　Mainard, Dominique（1967〜　フランス）
　小鳥はいつ歌をうたう
　　◇北代美和子訳「Modern & Classic 小鳥はいつ歌をうたう」河出書房新社 2006 p1

メナンドロス　Menandros（前342頃〜前293頃　ギリシア）
　『アカイオイ（アカイアの人々）』または『ペロポンネーシオイ（ペロポンネーソスの人々）』
　　◇中務哲郎, 脇本由佳, 荒井直訳「ギリシア喜劇全集 6」岩波書店 2010 p93
　『アグロイコス（田舎者）』
　　◇中務哲郎, 脇本由佳, 荒井直訳「ギリシア喜劇全集 6」岩波書店 2010 p62
　『アッレーポロス（聖物を運ぶ少女）』または『アウレートリス（笛吹き女）』（または『アウレートリデス（笛吹き女たち）』）
　　◇中務哲郎, 脇本由佳, 荒井直訳「ギリシア喜劇全集 6」岩波書店 2010 p82
　『アデルポイ（兄弟）』第一
　　◇中務哲郎, 脇本由佳, 荒井直訳「ギリシア喜劇全集 6」岩波書店 2010 p62
　『アデルポイ（兄弟）』第二
　　◇中務哲郎, 脇本由佳, 荒井直訳「ギリシア喜劇全集 6」岩波書店 2010 p64
　『アナティテメネー』
　　◇中務哲郎, 脇本由佳, 荒井直訳「ギリシア喜劇全集 6」岩波書店 2010 p72
　『アネコメノス』（？）
　　◇中務哲郎, 脇本由佳, 荒井直訳「ギリシア喜劇全集 6」岩波書店 2010 p79
　『アネプシオイ（従兄弟たち）』
　　◇中務哲郎, 脇本由佳, 荒井直訳「ギリシア喜劇全集 6」岩波書店 2010 p79
　『アピストス（疑い深い男）』
　　◇中務哲郎, 脇本由佳, 荒井直訳「ギリシア喜劇全集 6」岩波書店 2010 p81
　『アプロディーシオス』（または『アプロディーシオン』または『アプロディーシア』）
　　◇中務哲郎, 脇本由佳, 荒井直訳「ギリシア喜劇全集 6」岩波書店 2010 p91
　『アンドリアー（アンドロス島の女）』
　　◇中務哲郎, 脇本由佳, 荒井直訳「ギリシア喜劇全集 6」岩波書店 2010 p73
　『アンドロギュノス（男女）』または『クレース（クレータ島の男）』
　　◇中務哲郎, 脇本由佳, 荒井直訳「ギリシア喜劇全集 6」岩波書店 2010 p77
　『インブリオイ（インブロス島の人々）』
　　◇中務哲郎, 脇本由佳, 荒井直訳「ギリシア喜劇

『エウヌーコス（宦官）』
　◇中務哲郎, 脇本由佳, 荒井直訳「ギリシア喜劇全集 6」岩波書店 2010 p136
『エパンゲッロメノス（約束する男）』
　◇中務哲郎, 脇本由佳, 荒井直訳「ギリシア喜劇全集 6」岩波書店 2010 p131
『エピクレーロス（女相続人）』第一、第二
　◇中務哲郎, 脇本由佳, 荒井直訳「ギリシア喜劇全集 6」岩波書店 2010 p133
『エペシオス（エペソスの男）』
　◇中務哲郎, 脇本由佳, 荒井直訳「ギリシア喜劇全集 6」岩波書店 2010 p138
『エンケイリディオン（短剣）』
　◇中務哲郎, 脇本由佳, 荒井直訳「ギリシア喜劇全集 6」岩波書店 2010 p125
『エンピンプラメネー（火をつけられる女）』
　◇中務哲郎, 脇本由佳, 荒井直訳「ギリシア喜劇全集 6」岩波書店 2010 p129
『オリュンティアー（オリュントスから来た女）』
　◇中務哲郎, 脇本由佳, 荒井直訳「ギリシア喜劇全集 6」岩波書店 2010 p256
『オルゲー（怒り）』
　◇中務哲郎, 脇本由佳, 荒井直訳「ギリシア喜劇全集 6」岩波書店 2010 p258
『カタプセウドメノス（虚偽の告発をする男）』
　◇中務哲郎, 脇本由佳, 荒井直訳「ギリシア喜劇全集 6」岩波書店 2010 p182
『カネーポロス（聖籠を運ぶ乙女）』
　◇中務哲郎, 脇本由佳, 荒井直訳「ギリシア喜劇全集 6」岩波書店 2010 p174
髪を切られた女
　◇広川直幸訳「ギリシア喜劇全集 5」岩波書店 2009 p197
『カーリーネー（カーリアの泣き女）』
　◇中務哲郎, 脇本由佳, 荒井直訳「ギリシア喜劇全集 6」岩波書店 2010 p175
『カルキス』
　◇中務哲郎, 脇本由佳, 荒井直訳「ギリシア喜劇全集 6」岩波書店 2010 p346
『カルケイア』
　◇中務哲郎, 脇本由佳, 荒井直訳「ギリシア喜劇全集 6」岩波書店 2010 p345
『カルケードニオス（カルターゴーの男）』
　◇中務哲郎, 脇本由佳, 荒井直訳「ギリシア喜劇全集 6」岩波書店 2010 p177
『キタリステース（竪琴弾き）』
　◇中務哲郎, 脇本由佳, 荒井直訳「ギリシア喜劇全集 6」岩波書店 2010 p184
『キュベルネータイ（舵取り人たち）』
　◇中務哲郎, 脇本由佳, 荒井直訳「ギリシア喜劇全集 6」岩波書店 2010 p207
『クセノロゴス（傭兵を集める男）』
　◇中務哲郎, 脇本由佳, 荒井直訳「ギリシア喜劇全集 6」岩波書店 2010 p255
『クニディアー（クニドスの女）』
　◇中務哲郎, 脇本由佳, 荒井直訳「ギリシア喜劇全集 6」岩波書店 2010 p194
『グリュケラー』
　◇中務哲郎, 脇本由佳, 荒井直訳「ギリシア喜劇全集 6」岩波書店 2010 p108
『クレーステー』
　◇中務哲郎, 脇本由佳, 荒井直訳「ギリシア喜劇全集 6」岩波書店 2010 p348
『ゲオールゴス（農夫）』
　◇中務哲郎, 脇本由佳, 荒井直訳「ギリシア喜劇全集 6」岩波書店 2010 p95
『ケクリュパロス（頭飾り）』
　◇中務哲郎, 脇本由佳, 荒井直訳「ギリシア喜劇全集 6」岩波書店 2010 p182
『ケーデイアー（縁組み）』
　◇中務哲郎, 脇本由佳, 荒井直訳「ギリシア喜劇全集 6」岩波書店 2010 p184
『ケーラー（寡婦）』
　◇中務哲郎, 脇本由佳, 荒井直訳「ギリシア喜劇全集 6」岩波書店 2010 p346
『コーネイアゾメナイ（毒ニンジンを飲む女たち）』
　◇中務哲郎, 脇本由佳, 荒井直訳「ギリシア喜劇全集 6」岩波書店 2010 p210
『コラクス（追従者）』
　◇中務哲郎, 脇本由佳, 荒井直訳「ギリシア喜劇全集 6」岩波書店 2010 p195
作品名不詳断片
　◇中務哲郎, 脇本由佳, 荒井直訳「ギリシア喜劇全集 6」岩波書店 2010 p353
サモスの女
　◇平山晃司訳「ギリシア喜劇全集 5」岩波書店 2009 p241
『シキュオーニオイ（シキュオーンの人々）』（または『シキュオーニオス（シキュオーンの男）』）

◇中務哲郎, 脇本由佳, 荒井直訳「ギリシア喜劇全集 6」岩波書店 2010 p286

『シュナーリストーサイ (食事を共にする女たち)』
◇中務哲郎, 脇本由佳, 荒井直訳「ギリシア喜劇全集 6」岩波書店 2010 p312

『シュネペーポイ (エペーボスの仲間たち)』
◇中務哲郎, 脇本由佳, 荒井直訳「ギリシア喜劇全集 6」岩波書店 2010 p316

『シュネーロサ (恋の手助けをする女)』
◇中務哲郎, 脇本由佳, 荒井直訳「ギリシア喜劇全集 6」岩波書店 2010 p316

証言
◇中務哲郎, 脇本由佳, 荒井直訳「ギリシア喜劇全集 6」岩波書店 2010 p3

『ストラティオータイ (兵士たち)』
◇中務哲郎, 脇本由佳, 荒井直訳「ギリシア喜劇全集 6」岩波書店 2010 p311

『ターイス』
◇中務哲郎, 脇本由佳, 荒井直訳「ギリシア喜劇全集 6」岩波書店 2010 p155

『ダクテュリオス (指輪)』
◇中務哲郎, 脇本由佳, 荒井直訳「ギリシア喜劇全集 6」岩波書店 2010 p109

楯
◇川上稔訳「ギリシア喜劇全集 5」岩波書店 2009 p83

『ダルダノス』
◇中務哲郎, 脇本由佳, 荒井直訳「ギリシア喜劇全集 6」岩波書店 2010 p110

辻裁判
◇吉武純夫訳「ギリシア喜劇全集 5」岩波書店 2009 p129

『デイシダイモーン (迷信家)』
◇中務哲郎, 脇本由佳, 荒井直訳「ギリシア喜劇全集 6」岩波書店 2010 p111

『ディス・エクサパトーン (二度の騙し)』
◇中務哲郎, 脇本由佳, 荒井直訳「ギリシア喜劇全集 6」岩波書店 2010 p115

『ティッテー (乳母)』
◇中務哲郎, 脇本由佳, 荒井直訳「ギリシア喜劇全集 6」岩波書店 2010 p316

『ディデュマイ (ふたごの姉妹)』
◇中務哲郎, 脇本由佳, 荒井直訳「ギリシア喜劇全集 6」岩波書店 2010 p114

『テオポルーメネー (神憑りの女)』
◇中務哲郎, 脇本由佳, 荒井直訳「ギリシア喜劇全集 6」岩波書店 2010 p157

『テーサウロス (宝蔵)』
◇中務哲郎, 脇本由佳, 荒井直訳「ギリシア喜劇全集 6」岩波書店 2010 p164

『テッサレー (テッサリアの女)』
◇中務哲郎, 脇本由佳, 荒井直訳「ギリシア喜劇全集 6」岩波書店 2010 p163

『デーミウールゴス (花嫁に付き添う女)』
◇中務哲郎, 脇本由佳, 荒井直訳「ギリシア喜劇全集 6」岩波書店 2010 p113

『テュローロス (門番)』
◇中務哲郎, 脇本由佳, 荒井直訳「ギリシア喜劇全集 6」岩波書店 2010 p168

『トラシュレオーン』
◇中務哲郎, 脇本由佳, 荒井直訳「ギリシア喜劇全集 6」岩波書店 2010 p166

『トラソーニデス』
◇中務哲郎, 脇本由佳, 荒井直訳「ギリシア喜劇全集 6」岩波書店 2010 p168

『トロポーニオス』
◇中務哲郎, 脇本由佳, 荒井直訳「ギリシア喜劇全集 6」岩波書店 2010 p318

『ナウクレーロス (船主)』
◇中務哲郎, 脇本由佳, 荒井直訳「ギリシア喜劇全集 6」岩波書店 2010 p252

人間嫌い
◇西村太良訳「ギリシア喜劇全集 5」岩波書店 2009 p1

『ネメシス (神罰)』
◇中務哲郎, 脇本由佳, 荒井直訳「ギリシア喜劇全集 6」岩波書店 2010 p254

『ノモテテース (立法家)』
◇中務哲郎, 脇本由佳, 荒井直訳「ギリシア喜劇全集 6」岩波書店 2010 p255

『パイディオン (子供)』
◇中務哲郎, 脇本由佳, 荒井直訳「ギリシア喜劇全集 6」岩波書店 2010 p261

『ハウトン・ティーモールーメノス (自虐者)』
◇中務哲郎, 脇本由佳, 荒井直訳「ギリシア喜劇全集 6」岩波書店 2010 p87

『ハウトン・ペントーン (わが身を悼む男)』
◇中務哲郎, 脇本由佳, 荒井直訳「ギリシア喜劇全集 6」岩波書店 2010 p87

『パスマ (幽霊)』
◇中務哲郎, 脇本由佳, 荒井直訳「ギリシア喜劇全集 6」岩波書店 2010 p332

『パッラケー (妾)』

メナン

　◇中務哲郎, 脇本由佳, 荒井直訳「ギリシア喜劇全集 6」岩波書店 2010 p263

『パーニオン』
　◇中務哲郎, 脇本由佳, 荒井直訳「ギリシア喜劇全集 6」岩波書店 2010 p329

『ハラエイス (ハライの人々)』
　◇中務哲郎, 脇本由佳, 荒井直訳「ギリシア喜劇全集 6」岩波書店 2010 p68

『パラカタテーケー (預託金)』
　◇中務哲郎, 脇本由佳, 荒井直訳「ギリシア喜劇全集 6」岩波書店 2010 p264

『ハリエウス (漁師)』(または『ハリエイス (漁師たち)』)
　◇中務哲郎, 脇本由佳, 荒井直訳「ギリシア喜劇全集 6」岩波書店 2010 p68

『ヒエレイア (女祭司)』
　◇中務哲郎, 脇本由佳, 荒井直訳「ギリシア喜劇全集 6」岩波書店 2010 p170

『ヒッポコモス (馬丁)』
　◇中務哲郎, 脇本由佳, 荒井直訳「ギリシア喜劇全集 6」岩波書店 2010 p173

『ヒュドリアー (水甕)』
　◇中務哲郎, 脇本由佳, 荒井直訳「ギリシア喜劇全集 6」岩波書店 2010 p320

『ヒュポボリマイオス (取り替えっ子)』または『アグロイコス (田舎者)』
　◇中務哲郎, 脇本由佳, 荒井直訳「ギリシア喜劇全集 6」岩波書店 2010 p324

『ヒュムニス』
　◇中務哲郎, 脇本由佳, 荒井直訳「ギリシア喜劇全集 6」岩波書店 2010 p322

『ピラデルポイ (恋する兄弟)』
　◇中務哲郎, 脇本由佳, 荒井直訳「ギリシア喜劇全集 6」岩波書店 2010 p343

『プセウデーラクレース (偽ヘーラクレース)』
　◇中務哲郎, 脇本由佳, 荒井直訳「ギリシア喜劇全集 6」岩波書店 2010 p348

『プソポデエース (臆病者)』
　◇中務哲郎, 脇本由佳, 荒井直訳「ギリシア喜劇全集 6」岩波書店 2010 p352

『プロエンカローン (先んじて告発する者)』
　◇中務哲郎, 脇本由佳, 荒井直訳「ギリシア喜劇全集 6」岩波書店 2010 p280

『プロガモーン (婚前に交わる者)』
　◇中務哲郎, 脇本由佳, 荒井直訳「ギリシア喜劇全集 6」岩波書店 2010 p280

『プロキオン (首飾り)』
　◇中務哲郎, 脇本由佳, 荒井直訳「ギリシア喜劇全集 6」岩波書店 2010 p273

『ヘーニオコス (御者)』
　◇中務哲郎, 脇本由佳, 荒井直訳「ギリシア喜劇全集 6」岩波書店 2010 p140

『ペリンティアー (ペリントスの女)』
　◇中務哲郎, 脇本由佳, 荒井直訳「ギリシア喜劇全集 6」岩波書店 2010 p266

『ヘーロース (守護霊)』
　◇中務哲郎, 脇本由佳, 荒井直訳「ギリシア喜劇全集 6」岩波書店 2010 p142

『ボイオーティアー (ボイオーティアの女)』
　◇中務哲郎, 脇本由佳, 荒井直訳「ギリシア喜劇全集 6」岩波書店 2010 p93

『ホモパトリオイ (腹違いの兄弟)』
　◇中務哲郎, 脇本由佳, 荒井直訳「ギリシア喜劇全集 6」岩波書店 2010 p257

『ポールーメノイ (売られる男たち)』
　◇中務哲郎, 脇本由佳, 荒井直訳「ギリシア喜劇全集 6」岩波書店 2010 p281

『ミーサントローポス (人間嫌い)』
　◇中務哲郎, 脇本由佳, 荒井直訳「ギリシア喜劇全集 6」岩波書店 2010 p222

『ミースーメノス (憎まれ者)』
　◇中務哲郎, 脇本由佳, 荒井直訳「ギリシア喜劇全集 6」岩波書店 2010 p226

『ミーソギュネース (女嫌い)』
　◇中務哲郎, 脇本由佳, 荒井直訳「ギリシア喜劇全集 6」岩波書店 2010 p223

『メッセーニアー (メッセーニアの女)』
　◇中務哲郎, 脇本由佳, 荒井直訳「ギリシア喜劇全集 6」岩波書店 2010 p220

『メテー (酩酊)』
　◇中務哲郎, 脇本由佳, 荒井直訳「ギリシア喜劇全集 6」岩波書店 2010 p217

『メーナギュルテース (托鉢僧)』
　◇中務哲郎, 脇本由佳, 荒井直訳「ギリシア喜劇全集 6」岩波書店 2010 p222

メナンドロス断片
　◇中務哲郎, 脇本由佳, 荒井直訳「ギリシア喜劇全集 6」岩波書店 2010 p1

『メーリアー (メーロス島の女)』
　◇中務哲郎, 脇本由佳, 荒井直訳「ギリシア喜劇全集 6」岩波書店 2010 p222

『ラピゾメネー (打たれる女)』
　◇中務哲郎, 脇本由佳, 荒井直訳「ギリシア喜劇

全集 6」岩波書店 2010 p283
『レウカディアー(レウカス島の女)』
　◇中務哲郎、脇本由佳、荒井直訳「ギリシア喜劇全集 6」岩波書店 2010 p211
『ロクロイ(ロクリスの人々)』
　◇中務哲郎、脇本由佳、荒井直訳「ギリシア喜劇全集 6」岩波書店 2010 p217

メーニェイン
ある母の詩
　◇南田みどり編訳「ミャンマー現代女性短編集」大同生命国際文化基金 2001 (アジアの現代文芸) p157

メノ, ジョー
薬の用法
　◇岸本佐知子編訳「コドモノセカイ」河出書房新社 2015 p137

メヒテル, アンゲリカ　Mechtel, Angelika
カトリン
　◇浅岡泰子訳「シリーズ現代ドイツ文学 5」早稲田大学出版部 1993 p101

メヘラ, デビカ
庭園
　◇佐藤正子訳「アメリカ新進作家傑作選 2004」DHC 2005 p273

メーマウン
注文…恋しがらないで
　◇南田みどり編訳「ミャンマー現代短編集 2」大同生命国際文化基金 1998 (アジアの現代文芸) p82

メリック, レナード　Merrick, Leonard (1864～1939　イギリス)
パリの審判
　◇井伊順彦訳「20世紀英国モダニズム小説集成　世を騒がす嘘つき男」風濤社 2014 p81

メリット, エイブラム　Merritt, Abraham (1884～1943　アメリカ)
彼方よりの挑戦 (ムーア, C.L./ラヴクラフト, H.P./ハワード, ロバート・E./ロング, F.B.)
　◇浅間健訳「新編 真ク・リトル・リトル神話大系 2」国書刊行会 2007 p191

メリメ, プロスペル　Mérimée, Prosper (1803～1870　フランス)
ヰギエの女神 (ヴェヌス)
　◇西本晃二編訳「南欧怪談三題」未來社 2011 (転換期を読む) p73

イールのヴィーナス
　◇杉捷夫訳「百年文庫 58」ポプラ社 2010 p83
　◇杉捷夫訳「怪奇小説精華」筑摩書房 2012 (ちくま文庫) p121
カルメン
　◇工藤庸子訳「〈新訳・世界の古典〉シリーズ カルメン」新書館 1997 p5
シャルル十一世の幻覚
　◇青柳瑞穂訳「怪奇小説傑作集新版 4」東京創元社 2006 (創元推理文庫) p111
すごろく将棋の勝負
　◇杉捷夫訳「教えたくなる名短篇」筑摩書房 2014 (ちくま文庫) p71

メリル, クリスティン
乙女の秘めやかな恋
　◇さとう史緒訳「愛と祝福の魔法─クリスマス・ストーリー2016」ハーパーコリンズ・ジャパン 2016 p103

メルヴィル, ハーマン　Melville, Herman (1819～1891　アメリカ)
書写人バートルビー─ウォール街の物語
　◇柴田元幸編訳「アメリカン・マスターピース 古典篇」スイッチ・パブリッシング 2013 (SWITCH LIBRARY) p77
代書人バートルビー
　◇酒本雅之訳「新編 バベルの図書館 1」国書刊行会 2012 p499
代書人バートルビー─壁の街の物語 (ウォール・ストリート)
　◇酒本雅之訳「バベルの図書館 9」国書刊行会 1988 p15
バイオリン弾き
　◇杉浦銀策訳「百年文庫 80」ポプラ社 2011 p5
バートルビー
　◇杉浦銀策訳「諸国物語─stories from the world」ポプラ社 2008 p711
　◇平石貴樹編訳「アメリカ短編ベスト10」松柏社 2016 p19
わしとわが煙突
　◇利根川真紀訳「クィア短編小説集─名づけえぬ欲望の物語」平凡社 2016 (平凡社ライブラリー) p9

メルキオー, イブ
デス・レース
　◇南山宏, 尾之上浩司訳「地球の静止する日」角川書店 2008 (角川文庫) p81

メルキ

デス・レース二〇〇〇年
◇野村芳夫訳「死のドライブ」文藝春秋 2001（文春文庫）p341

メルキオ, ファブリス　Melquiot, Fabrice（1972〜　フランス）

セックスは心の病いにして時間とエネルギーの無駄
◇友谷知己訳「コレクション現代フランス語圏演劇 15」れんが書房新社 2012 p61

ブリ・ミロ
◇友谷知己訳「コレクション現代フランス語圏演劇 15」れんが書房新社 2012 p7

メルシエ, マリオ

雪に恋した男の話
◇にむらじゅんこ訳「フランス式クリスマス・プレゼント」水声社 2000 p181

メルシエ, ルイ・セバスチャン　Mercier, Louis-Sébastien（1740〜1814　フランス）

紀元二四四〇年
◇原宏訳「啓蒙のユートピア 3」法政大学出版局 1997 p1

メルトン, フレッド

数を数える癖
◇阿部里美訳「ベスト・アメリカン・ミステリ ハーレム・ノクターン」早川書房 2005（ハヤカワ・ミステリ）p415

メレ, シャルル

安宿の一夜
◇真野倫平訳「グラン＝ギニョル傑作選——ベル・エポックの恐怖演劇」水声社 2010 p135

メロイ, マイリー

愛し合う二人に代わって
◇村上春樹編訳「恋しくて——Ten Selected Love Stories」中央公論新社 2013 p5
◇村上春樹編訳「恋しくて——Ten Selected Love Stories」中央公論新社 2016（中公文庫）p7

【モ】

莫　言　モー・イェン
⇒莫言（ばく・げん）を見よ

モウウェー

存在したくないわけ
◇南田みどり編訳「二十一世紀ミャンマー作品集」大同生命国際文化基金 2015（アジアの現代文芸）p189

モウザーマン, ビリー・スー

サイコ・インタビュー
◇白石朗訳「サイコ・ホラー・アンソロジー」祥伝社 1998（祥伝社文庫）p473

モウゾー

サムライ・キングダム
◇南田みどり編訳「二十一世紀ミャンマー作品集」大同生命国際文化基金 2015（アジアの現代文芸）p18

モウティッウェー

小さな四つ角
◇南田みどり編訳「二十一世紀ミャンマー作品集」大同生命国際文化基金 2015（アジアの現代文芸）p130

モウテッハン

空洞状態のままのその町
◇南田みどり編訳「二十一世紀ミャンマー作品集」大同生命国際文化基金 2015（アジアの現代文芸）p167

モガー, デボラ

店を運ぶ女
◇角田光代訳「わたしは女の子だから」英治出版 2012 p67

モーガン, サラ

愛と情熱の日々
◇竹内喜訳「マイ・バレンタイン——愛の贈りもの 2011」ハーレクイン 2011 p129

モーガン, サリー

手紙
◇渡邉大太訳「ダイヤモンド・ドッグ《多文化を映す》現代オーストラリア短編小説集」現代企画室 2008 p117

モーガン, バセット

狼女
◇森沢くみ子訳「吸血鬼伝説——ドラキュラの末裔たち」原書房 1997 p105

モーション, アンドリュー

屋根裏部屋で——母親しみじみ
◇田村斉敏訳「しみじみ読むイギリス・アイルランド文学——現代文学短編作品集」松柏社 2007 p171

モス, H.W.
街頭の死
◇浅倉久志選訳「極短小説」新潮社 2004（新潮文庫）p181

モスカレーツィイ, コスチャンティン
桜の樹の下で
◇藤井悦子, オリガ・ホメンコ訳「現代ウクライナ短編集」群像社 2005（群像社ライブラリー）p191

モスコヴィッチ, ハナ
ベルリンの東
◇吉原豊司訳「ベルリンの東」彩流社 2015（カナダ現代戯曲選）p5

モズリイ, ウォルター　Mosley, Walter（1952～　アメリカ）
アーチボルド―線上を歩く者
◇白石朗, 田口俊樹訳「十の罪業 Black」東京創元社 2009（創元推理文庫）p439

探偵人生
◇坂本憲一訳「ベスト・アメリカン・ミステリ　クラック・コカイン・ダイエット」早川書房 2007（ハヤカワ・ミステリ）p325

ミスター・ミドルマン
◇田口俊樹訳「ポーカーはやめられない―ポーカー・ミステリ書下ろし傑作選」ランダムハウス講談社 2010 p21

ラベンダー
◇坂本憲一訳「ベスト・アメリカン・ミステリ　ジュークボックス・キング」早川書房 2005（ハヤカワ・ミステリ）p275

モーティマー, キャロル　Mortimer, Carole（1960～　イギリス）
いきなり結婚？
◇麻生りえ訳「愛は永遠に―ウエディング・ストーリー 2001」ハーレクイン 2001 p219

億万長者の贈り物
◇古沢絵里訳「四つの愛の物語―クリスマス・ストーリー 2011」ハーレクイン 2011 p111

かけがえのない贈り物
◇八坂よしみ訳「愛と絆の季節―クリスマス・ストーリー2008」ハーレクイン 2008 p5

奇跡に満ちた一日
◇古沢絵里訳「マイ・バレンタイン―愛の贈りもの 2006」ハーレクイン 2006 p5

クリスマス嫌いの億万長者
◇高木晶子訳「五つの愛の物語―クリスマス・ストーリー2015」ハーパーコリンズ・ジャパン 2015 p5

クリスマスはあなたと
◇田村たつ子訳「四つの愛の物語―クリスマス・ストーリー 2007」ハーレクイン 2007 p5

高潔な公爵の魔性
◇上村悦子訳「真夏のシンデレラ・ストーリー―サマー・シズラー2015」ハーパーコリンズ・ジャパン 2015 p285

聖夜は億万長者と
◇高木晶子訳「四つの愛の物語―クリスマス・ストーリー 2010」ハーレクイン 2010 p167

地上に降りた天使
◇森山りつ子訳「四つの愛の物語―クリスマス・ストーリー '98」ハーレクイン 1998 p115

罪深き賭け
◇すなみ翔訳「愛は永遠に―ウエディング・ストーリー 2012」ハーレクイン 2012 p5

天使がくれたクリスマス
◇青海まこ訳「四つの愛の物語―クリスマス・ストーリー 2003」ハーレクイン 2003 p5

伯爵との消えない初恋
◇堺谷ますみ訳「真夏の恋の物語―サマー・シズラー 2014」ハーレクイン 2014 p5

伯爵の求愛
◇青山有未訳「マイ・バレンタイン―愛の贈りもの 2011」ハーレクイン 2011 p83

富豪のプロポーズ
◇竹内茱訳「愛は永遠に―ウエディング・ストーリー 2009」ハーレクイン 2009 p5

プレイボーイにご用心
◇霜月桂訳「四つの愛の物語―クリスマス・ストーリー 2012」ハーレクイン 2012 p213

放蕩伯爵と白い真珠
◇清水由貴子訳「愛は永遠に―ウエディング・ストーリー 2015」ハーレクイン 2015 p5

放蕩領主と美しき乙女
◇古沢絵里訳「四つの愛の物語―クリスマス・ストーリー 2014」ハーレクイン 2014 p5

ボスに恋した秘書
◇上村悦子訳「四つの愛の物語―クリスマス・ストーリー 2013」ハーレクイン 2013 p5

奔放な公爵の改心
◇高橋美友紀訳「輝きのとき―ウエディング・ストーリー 2016」ハーパーコリンズ・ジャパン 2016 p5

身も心も

モテイ

◇細郷妙子訳「マイ・バレンタイン―愛の贈りもの 2012」ハーレクイン 2012 p113

モーティマー, ジョン　Mortimer, John Clifford（1923〜2009　イギリス）

ランポールと跡継ぎたち
◇千葉康樹訳「KAWADE MYSTERY ランポール弁護に立つ」河出書房新社 2008 p5

ランポールと下院議員
◇千葉康樹訳「KAWADE MYSTERY ランポール弁護に立つ」河出書房新社 2008 p123

ランポールと学識深き同僚たち
◇千葉康樹訳「KAWADE MYSTERY ランポール弁護に立つ」河出書房新社 2008 p219

ランポールと子守たち
◇宮脇孝雄訳「双生児―EQMM90年代ベスト・ミステリー」扶桑社 2000（扶桑社ミステリー）p363

ランポールとヒッピーたち
◇千葉康樹訳「KAWADE MYSTERY ランポール弁護に立つ」河出書房新社 2008 p71

ランポールと人妻
◇千葉康樹訳「KAWADE MYSTERY ランポール弁護に立つ」河出書房新社 2008 p169

ランポールと闇の紳士たち
◇千葉康樹訳「KAWADE MYSTERY ランポール弁護に立つ」河出書房新社 2008 p283

ランポール弁護に立つ
◇千葉康樹訳「KAWADE MYSTERY ランポール弁護に立つ」河出書房新社 2008

モートリチ, カテリーナ

天空の神秘の彼方に
◇藤井悦子, オリガ・ホメンコ訳「現代ウクライナ短編集」群像社 2005（群像社ライブラリー）p101

モーナノン（1956〜　台湾）

帰っておいでよ、サウミ
◇下村作次郎編訳「台湾原住民文学選 1」草風館 2002 p33

鐘が鳴るとき―受難の山地の幼い妓女姉妹に
◇下村作次郎編訳「台湾原住民文学選 1」草風館 2002 p10

山地人
◇下村作次郎編訳「台湾原住民文学選 1」草風館 2002 p31

白い盲人杖の歌
◇下村作次郎編訳「台湾原住民文学選 1」草風館 2002 p42

遭遇
◇下村作次郎編訳「台湾原住民文学選 1」草風館 2002 p38

百歩蛇は死んだ
◇下村作次郎編訳「台湾原住民文学選 1」草風館 2002 p44

僕らの名前を返せ
◇下村作次郎編訳「台湾原住民文学選 1」草風館 2002 p7

もしもあなたが山地人なら
◇下村作次郎編訳「台湾原住民文学選 1」草風館 2002 p12

燃やせ
◇下村作次郎編訳「台湾原住民文学選 1」草風館 2002 p14

モナハン, ブレント

医師と弁護士とフットボールの英雄
◇白石朗訳「サイコーホラー・アンソロジー」祥伝社 1998（祥伝社文庫）p201

モハー, フランク

やとわれ仕事
◇吉原豊司訳「やとわれ仕事」彩流社 2011（カナダ現代戯曲選）p5

モーパッサン, ギ・ド　Maupassant, Guy de（1850〜1893　フランス）

オルラ
◇青柳瑞穂訳「怪奇小説精華」筑摩書房 2012（ちくま文庫）p402

くびかざり
◇杉捷夫訳「思いがけない話」筑摩書房 2010（ちくま文学の森）p27

酒樽―アルフォンス・タベルニエに
◇杉捷夫訳「悪いやつの物語」筑摩書房 2011（ちくま文学の森）p209

ジュール叔父
◇青柳瑞穂訳「怠けものの話」筑摩書房 2011（ちくま文学の森）p75

聖水授与者
◇河盛好蔵訳「心洗われる話」筑摩書房 2010（ちくま文学の森）p119

手
◇青柳瑞穂訳「怪奇小説傑作集新版 4」東京創元社 2006（創元推理文庫）p359

ひも
◇杉捷夫訳「恐ろしい話」筑摩書房 2011（ちくま文学の森）p365

悲恋
　◇青柳瑞穂訳「百年文庫 40」ポプラ社 2010 p67
宝石
　◇日仏言語文化協会「エチュード月曜クラス」訳「掌中のエスプリ―フランス文学短篇名作集」弘学社 2013 p25
未亡人
　◇青柳瑞穂訳「美しい恋の物語」筑摩書房 2010（ちくま文学の森）p175
メヌエット―ポール・ブールジェに捧ぐ
　◇高山鉄男訳「生の深みを覗く―ポケットアンソロジー」岩波書店 2010（岩波文庫別冊）p111
幽霊
　◇岡本綺堂編訳「世界怪談名作集 下」河出書房新社 2002（河出文庫）p241
　◇岡本綺堂訳「黒髪に恨みは深く―一髪の毛ホラー傑作選」角川書店 2006（角川ホラー文庫）p133
わら椅子直しの女
　◇杉捷夫訳「とっておきの話」筑摩書房 2011（ちくま文学の森）p309

モファット, グウェン　Moffat, Gwen（1924～　イギリス）
国境地方の冒険
　◇日暮雅通訳「シャーロック・ホームズ クリスマスの依頼人」原書房 1998 p321

モフィット, J.
女と虎と
　◇仁賀克雄訳「謎の物語」筑摩書房 2012（ちくま文庫）p53

モフェット, クリーヴランド
謎のカード
　◇深町眞理子訳「山口雅也の本格ミステリ・アンソロジー」角川書店 2007（角川文庫）p235
　◇深町眞理子訳「謎の物語」筑摩書房 2012（ちくま文庫）p109
謎のカード―続
　◇深町眞理子訳「謎の物語」筑摩書房 2012（ちくま文庫）p129

モフェット, マーサ
死んだロック・シンガー
　◇小竹由加里訳「アメリカミステリ傑作選 2002」DHC 2002（アメリカ文芸「年間」傑作選）p553

モーム, サマセット　Maugham, William Somerset（1874～1965　イギリス）
宴の前に
　◇山上龍子訳「ワイン通の復讐―美酒にまつわるミステリー選集」心交社 1998 p59
サナトリウム
　◇石塚久郎訳「病短編小説集」平凡社 2016（平凡社ライブラリー）p25
仕合せな男
　◇平戸喜輝訳「イギリス名作短編集」近代文芸社 2003 p89
獅子の皮
　◇田中西二郎訳「心洗われる話」筑摩書房 2010（ちくま文学の森）p193
手紙
　◇田中西二郎訳「悪いやつの物語」筑摩書房 2011（ちくま文学の森）p389
マウントドレイゴ卿の死
　◇田中西二郎訳「恐ろしい話」筑摩書房 2011（ちくま文学の森）p381
まさかの時の友
　◇和田唯訳「ゲイ短編小説集」平凡社 1999（平凡社ライブラリー）p343
マッキントッシュ
　◇河野一郎訳「百年文庫 47」ポプラ社 2010 p79
ルイーズ
　◇和田唯訳「ゲイ短編小説集」平凡社 1999（平凡社ライブラリー）p327

モラン, ポール　Morand, Paul（1889～1976　フランス）
カタローニュの夜
　◇青柳瑞穂訳「世界100物語 6」河出書房新社 1997 p275
ミスタア虞（ユウ）
　◇青柳瑞穂訳「怪奇小説傑作集新版 4」東京創元社 2006（創元推理文庫）p433
ものぐさ病
　◇堀口大學訳「怠けものの話」筑摩書房 2011（ちくま文学の森）p199

モーラン, A.R.
天国の条件
　◇佐々木信雄訳「魔猫」早川書房 1999 p15

モーリ, トリッシュ
孤島の伯爵
　◇仁嶋いずる訳「愛は永遠に―ウエディング・

モリエ

ストーリー 2012」ハーレクイン 2012 p115

モリエール Molière（1622〜1673 フランス）

ドン・ジュアン―または石像の宴
　◇一之瀬正興訳「ベスト・プレイズ―西洋古典戯曲12選」論創社 2011 p267

モリス, ウィリアム Morris, William（1834〜1896 イギリス）

天国または地獄の選択
　◇内田吉彦訳「アンデスの風叢書 天国・地獄百科」書肆風の薔薇 1982 p70

モリス, デイヴィッド

誘拐犯
　◇浅倉久志選訳「極短小説」新潮社 2004（新潮文庫）p279

モリス, ライト

絵の中の猫
　◇武藤脩二訳「猫好きに捧げるショート・ストーリーズ」国書刊行会 1997 p153

モリスン, グラント

エキストラ
　◇部谷真奈美訳「ディスコ2000」アーティストハウス 1999 p28

モリスン, トニ Morrison, Toni（1931〜 アメリカ）

記憶の場所
　◇斎藤文子訳「私の謎」岩波書店 1997（世界文学のフロンティア）p191

モリッシー, メアリー

斜視
　◇穴吹章子訳「現代アイルランド女性作家短編集」新水社 2016 p216

便宜的結婚
　◇穴吹章子訳「現代アイルランド女性作家短編集」新水社 2016 p230

モリーナ, ティルソ・デ

不信心ゆえ地獄堕ち
　◇中井博康訳「スペイン黄金世紀演劇集」名古屋大学出版会 2003 p273

モルクナー, イルムトラウト Morgner, Irmtraud

アマンダ―ある魔女の物語
　◇奈倉洋子訳「シリーズ現代ドイツ文学 5」早稲田大学出版部 1993 p214

モールズ, デイヴィッド

地帯兵器コロンビーン
　◇金子浩訳「THE FUTURE IS JAPANESE」早川書房 2012（ハヤカワSFシリーズJコレクション）p57

モールデン, R.H.

十三本目の木
　◇宮本朋子訳「憑かれた鏡―エドワード・ゴーリーが愛する12の怪談」河出書房新社 2006 p95
　◇柴田元幸訳「エドワード・ゴーリーが愛する12の怪談―憑かれた鏡」河出書房新社 2012（河出文庫）p105

モルナール・フェレンツ Molnár Ferenc（1878〜1952 ハンガリー）

チョーカイさん
　◇徳永康元訳「怠けものの話」筑摩書房 2011（ちくま文学の森）p93

賭博者
　◇徳永康元訳「賭けと人生」筑摩書房 2011（ちくま文学の森）p11

モレー, マクス

怪物を作る男（エラン, シャルル／デストク, ポル）
　◇真野倫平訳「グラン＝ギニョル傑作選―ベル・エポックの恐怖演劇」水声社 2010 p201

モレ, A.

エジプトの天
　◇斎藤博士訳「アンデスの風叢書 天国・地獄百科」書肆風の薔薇 1982 p124

モレリ Morelly（1720頃〜1769頃 フランス）

浮島の難破、またはバジリアード
　◇楠島重行訳「啓蒙のユートピア 2」法政大学出版局 2008 p105

自然の法典
　◇楠島重行訳「啓蒙のユートピア 2」法政大学出版局 2008 p391

モロー, W.C. Morrow, William Chambers（アメリカ）

アブサンのボトルをめぐって
　◇市岡隆訳「ワイン通の復讐―美酒にまつわるミステリー選集」心交社 1998 p126

不屈の敵
　◇青木悦子訳「怪奇文学大山脈 3」東京創元社 2014 p309

モンゴメリー, **L.M.**　Montgomery, Lucy Maud（1874〜1942　カナダ）
　争いの果て
　　◇村岡花子訳「諸国物語―stories from the world」ポプラ社 2008 p879
　ロイド老嬢
　　◇掛川恭子訳「百年文庫 18」ポプラ社 2010 p6

モンテルオーニ, トマス・**F.**　Monteleone, Thomas F.（1946〜　アメリカ）
　リハーサル
　　◇白石朗訳「999（ナインナインナイン）―狂犬の夏」東京創元社 2000（創元推理文庫）p193
　ルイーズ・ケアリーの日記
　　◇風間賢二訳「ヒー・イズ・レジェンド」小学館 2010（小学館文庫）p223

モンテローソ, アウグスト
　夢見るゴキブリ
　　◇安藤哲行訳「超短編アンソロジー」筑摩書房 2002（ちくま文庫）p14

モンマース, ヘルムート・**W.**
　ハーベムス・パーパム―新教皇万歳
　　◇識名章喜訳「時間はだれも待ってくれない―21世紀東欧SF・ファンタスチカ傑作集」東京創元社 2011 p17

モンロー, ルーシー
　シークの秘策
　　◇竹内喜訳「夏色の恋の誘惑」ハーレクイン 2013（サマー・シズラーVB）p111
　憂鬱なフィアンセ
　　◇松本トモミ訳「愛と狂熱のサマー・ラブ」ハーレクイン 2014（サマーシズラーVB）p5

【ヤ】

ヤアクービー, アフマド
　ゲーム
　　◇越川芳明訳「モロッコ幻想物語」岩波書店 2013 p11
　魚が魚を食べる夢を見た男
　　◇越川芳明訳「モロッコ幻想物語」岩波書店 2013 p1
　昨夜思いついたこと
　　◇越川芳明訳「モロッコ幻想物語」岩波書店 2013 p15

ヤグネマ, カール
　ジルコフスキの定理
　　◇小原亜美訳「ゾエトロープ Noir」角川書店 2003（Bookplus）p123

ヤーコープ
　暗闇の隅
　　◇吉岡みね子編訳「タイの大地の上で―現代作家・詩人選集」大同生命国際文化基金 1999（アジアの現代文芸）p185

ヤコブセン, シェリ
　うんざりのパートナー募集広告
　　◇旦紀子訳「マシン・オブ・デス―A Collection of Stories about People who Know How They Will DIE」アルファポリス 2012 p254

ヤコブセン, **J.P.**　Jacobsen, Jens Peter（1847〜1885　デンマーク）
　フェーンス夫人
　　◇山室静訳「百年文庫 98」ポプラ社 2011 p93

ヤシチク, タデウシ
　十字架を下ろす
　　◇小原雅俊訳「ポケットのなかの東欧文学―ルネッサンスから現代まで」成文社 2006 p309

ヤシーヌ, カテブ　Yacine, Kateb（1929〜1989 アルジェリア）
　ネジュマ
　　◇島田尚一訳「シリーズ【越境の文学／文学の越境】　ネジュマ」現代企画室 1994 p5

ヤーダヴ, ラージェンドラ
　仔犬
　　◇高橋明訳「天国の風―アジア短篇ベスト・セレクション」新潮社 2011 p63

ヤーテッパン
　鋼鉄の鎖をつける音
　　◇南田みどり編訳「ミャンマー現代女性短篇集」大同生命国際文化基金 2001（アジアの現代文芸）p183

ヤマシタ, カレン・テイ　Yamashita, Karen Tei（1951〜　アメリカ）
　シャム双生児と黄色人種 メタファーの不条理性を通して語る文化的専有とステレオタイプの脱構築
　　◇風間賢二訳「私の謎」岩波書店 1997（世界文学のフロンティア）p143
　著者覚書〔熱帯雨林の彼方へ〕
　　◇風間賢二訳「ライターズX 熱帯雨林の彼方

ヤン

へ」白水社 1994 p4
熱帯雨林の彼方へ
◇風間賢二訳「ライターズX 熱帯雨林の彼方へ」白水社 1994 p1

梁 貴子　ヤン・クィジャ（韓国）
雨降る日にはカリボンドンに行かねばならない
◇藤石貴代訳「現代韓国短篇選 下」岩波書店 2002 p97
沼
◇朴杓禮訳「韓国女性作家短編選」穂高書店 2004（アジア文化叢書）p183

梁 柱東　ヤン・ジュドン（1903～1977　朝鮮）
私はこの国の民の子孫です
◇金炳三, 李春穆, 金潤訳「20世紀民衆の世界文学 7」三友社出版 1990 p197

ヤーン, ハンス・ヘニー
北極星と牝虎
◇種村季弘訳「怪奇・幻想・綺想文学集—種村季弘翻訳集成」国書刊行会 2012 p199
無用の飼育者
◇種村季弘訳「怪奇・幻想・綺想文学集—種村季弘翻訳集成」国書刊行会 2012 p195

ヤンガー, デーモン
パーティーのはじまり
◇浅倉久志選訳「極短小説」新潮社 2004（新潮文庫）p64

ヤング, メアリー
隣人の死
◇浅倉久志選訳「極短小説」新潮社 2004（新潮文庫）p156

ヤング, ロバート・F.　Young, Robert F.
（1915～1986　アメリカ）
失われし時のかたみ
◇深町眞理子訳「奇想コレクション　たんぽぽ娘」河出書房新社 2013 p209
エミリーと不滅の詩人たち
◇山田順子訳「奇想コレクション　たんぽぽ娘」河出書房新社 2013 p47
神風
◇伊藤典夫訳「奇想コレクション　たんぽぽ娘」河出書房新社 2013 p69
河を下る旅
◇伊藤典夫訳「奇想コレクション　たんぽぽ娘」河出書房新社 2013 p25
荒寥の地より
◇伊藤典夫訳「奇想コレクション　たんぽぽ娘」河出書房新社 2013 p111
最後の地球人、愛を求めて彷徨す
◇伊藤典夫訳「奇想コレクション　たんぽぽ娘」河出書房新社 2013 p239
ジャンヌの弓
◇山田順子訳「奇想コレクション　たんぽぽ娘」河出書房新社 2013 p309
11世紀エネルギー補給ステーションのロマンス
◇伊藤典夫訳「奇想コレクション　たんぽぽ娘」河出書房新社 2013 p261
主従問題
◇伊藤典夫訳「奇想コレクション　たんぽぽ娘」河出書房新社 2013 p147
真鍮の都
◇山田順子訳「時を生きる種族—ファンタスティック時間SF傑作選」東京創元社 2013（創元SF文庫）p9
スターファインダー
◇伊藤典夫訳「奇想コレクション　たんぽぽ娘」河出書房新社 2013 p277
第一次火星ミッション
◇伊藤典夫訳「奇想コレクション　たんぽぽ娘」河出書房新社 2013 p191
たんぽぽ娘
◇伊藤典夫訳「奇想コレクション　たんぽぽ娘」河出書房新社 2013 p87
◇井上一夫訳「栞子さんの本棚—ビブリア古書堂セレクトブック」角川書店 2013（角川文庫）p217
時が新しかったころ
◇市田泉訳「時の娘—ロマンティック時間SF傑作選」東京創元社 2009（創元SF文庫）p149
特別急行がおくれた日
◇伊藤典夫訳「奇想コレクション　たんぽぽ娘」河出書房新社 2013 p7
妖精の棲む樹
◇深町眞理子訳「黒い破壊者—宇宙生命SF傑作選」東京創元社 2014（創元SF文庫）p155

ヤンチューク, ヴォロディーミル
十五分間の憩いのとき
◇藤井悦子, オリガ・ホメンコ訳「現代ウクライナ短編集」群像社 2005（群像社ライブラリー）p219

【ユ】

柳 禹提　ユ・ウジェ
　敵と同志
　　◇祖田律男訳「コリアン・ミステリー─韓国推理小説傑作選」バベル・プレス 2002 p197

喩 栄軍　ゆ・えいぐん
　カプチーノの味 The Taste of Cappuccino
　　◇中山文訳「中国現代戯曲集 第5集」晩成書房 2004 p145

柳 基洙　ユ・キス（1924～　韓国）
　郭公の故郷
　　◇加藤建二訳「郭公の故郷─韓国現代短編小説集」風媒社 2003 p7

柳 致眞　ユ・チジン（1905～1974　韓国）
　自鳴鼓（チャミョンゴ）
　　◇山内扶訳「韓国現代戯曲集 4」日韓演劇交流センター 2009 p215
　土幕（どまく）
　　◇明眞媛、朴泰圭、石川樹里訳「韓国近現代戯曲選─1930-1960年代」論創社 2011 p9
　土幕─全二場
　　◇梁民基訳「20世紀民衆の世界文学 7」三友社出版 1990 p155

柳 栄　ユ・ヨン（朝鮮）
　新しい光
　　◇金炳三、李春穆、金潤訳「20世紀民衆の世界文学 7」三友社出版 1990 p202

ユアグロー, バリー　Yourgrau, Barry（1949～　アメリカ）
　漁師の小舟で見た夢
　　◇柴田元幸訳「それでも三月は、また」講談社 2012 p201

ユーアート, トム
　野菜の真実
　　◇浅倉久志選訳「極短小説」新潮社 2004（新潮文庫）p205

ユイスマンス, ジョリス＝カルル　Huysmans, Joris Karl（1848～1907　フランス）
　ジョリス＝カルル・ユイスマンス
　　◇小島俊明訳「黒いユーモア選集 1」河出書房新社 2007（河出文庫）p287

ユーゴー, ヴィクトル　Hugo, Victor（1802～1885　フランス）
　恐怖の解釈
　　◇内田吉彦訳「アンデスの風叢書　天国・地獄百科」書肆風の薔薇 1982 p47
　壇上のミラボー（ブロンテ, シャーロット〔書き取り〕）
　　◇中岡洋, 芦沢久江訳「ブロンテ姉妹エッセイ全集」彩流社 2016 p248
　罪への道
　　◇牛島信明訳「アンデスの風叢書　天国・地獄百科」書肆風の薔薇 1982 p29

ユザンヌ, オクターヴ
　シジスモンの遺産
　　◇生田耕作訳「書物愛　海外篇」晶文社 2005 p115
　　◇生田耕作訳「百年文庫 14」ポプラ社 2010 p47
　　◇生田耕作訳「書物愛　海外篇」東京創元社 2014（創元ライブラリ）p115

ユッソン, アルベール　Husson, Albert（フランス）
　マカロニ金融─信用の哲学的考察　喜劇四幕
　　◇和田誠一訳「現代フランス戯曲名作選 1」カモミール社 2008 p201

ユパス・ナウキヒ（台湾）
　出草（しゅっそう）〈タイヤル〉
　　◇松本さち子訳「台湾原住民文学選 4」草風館 2004 p41

ユーラ, エリザベス
　美容院にて
　　◇浅倉久志選訳「極短小説」新潮社 2004（新潮文庫）p56

ユルスナール, マルグリット　Yourcenar, Marguerite（1903～1987　フランス）
　源氏の君の最後の恋
　　◇多田智満子訳「この愛のゆくえ─ポケットアンソロジー」岩波書店 2011（岩波文庫別冊）p443
　　◇多田智満子訳「世界堂書店」文藝春秋 2014（文春文庫）p9

尹 崑崗　ユン・ゴンガン（1911～1950　朝鮮）
　歳月
　　◇金炳三、李春穆、金潤訳「20世紀民衆の世界文学 7」三友社出版 1990 p195

伊 大星　ユン・デソン
離婚の条件
◇津川泉訳「韓国現代戯曲集 3」日韓演劇交流センター　2007　p143

尹 大寧　ユン・デニョン
星がひとつところに流れる
◇安宇植編訳「いま、私たちの隣りに誰がいるのか―Korean short stories」作品社　2007　p117

尹 東柱　ユン・ドンジュ　(1917〜1945　朝鮮)
序詩
◇金炳三, 李春穆, 金潤訳「20世紀民衆の世界文学 7」三友社出版　1990　p201

尹 厚明　ユン・フミョン（韓国）
狐狩り
◇三枝壽勝訳「現代韓国短篇選 上」岩波書店　2002　p215

ユン, プラープダー
崩れる光
◇宇戸清治編訳「現代タイのポストモダン短編集」大同生命国際文化基金　2012（アジアの現代文芸）p147

ユング, カール・グスタフ　Jung, Carl Gustav
（1875〜1961　スイス）
待つ人
◇内田吉彦訳「アンデスの風叢書　天国・地獄百科」書肆風の薔薇　1982　p49

【ヨ】

余 象斗　よ・しょうと（中国）
三台万用正宗・笑譃門（さんだいばんようせいそうしょうぎゃくもん）
◇大木康著「中国古典小説選 12（歴代笑話）」明治書院　2008　p195

余 心樂　よ・しんがく
生死線上
◇松田京子訳「有栖川有栖の本格ミステリ・ライブラリー」角川書店　2001（角川文庫）p225

楊 翠　よう・すい（台湾）
アイデンティティと記憶―アウーの創作から探る原住民女性の著作
◇魚住悦子訳「台湾原住民文学選 9」草風館　2007　p147

楊 渡　よう・と（台湾）
原住民に母語で詩を書かせよう―モーナノンの詩作をめぐる随想
◇魚住悦子訳「台湾原住民文学選 9」草風館　2007　p9

楊 南郡　よう・なんぐん（台湾）
どうしてケタガランなのか？〈平埔族・シラヤ〉
◇柳本通彦訳「台湾原住民文学選 4」草風館　2004　p87

葉 弥　よう・び
ピンク色の夜
◇金子わこ訳「じゃがいも―中国現代文学短編集」小学館スクウェア　2007　p291
◇金子わこ訳「じゃがいも―中国現代文学短編集」鼎書房　2012　p291

ヨウヴィル, ジャック
大物
◇大瀧啓裕訳「インスマス年代記 上」学習研究社　2001（学研M文庫）p241

ヨーク, レベッカ
バレンタイン・ダンス
◇藤峰みちか訳「マイ・バレンタイン―愛の贈りもの '98」ハーレクイン　1998　p217

ヨナ, キット
ファッジ
◇旦紀子訳「マシン・オブ・デス―A Collection of Stories about People who Know How They Will DIE」アルファポリス　2012　p29

ヨネ, ジャック
牝猫ミナ
◇長島良三訳「幻想と怪奇―おれの夢の女」早川書房　2005（ハヤカワ文庫）p277

ヨハンゼン, ハンナ　Johansen, Hanna（1939〜　ドイツ）
異国の町にて
◇岩村行雄訳「氷河の滴―現代スイス女性作家作品集」鳥影社・ロゴス企画　2007　p211
二、三の話
◇松永知子訳「シリーズ現代ドイツ文学 5」早稲田大学出版部　1993　p109

ヨーレン, ジェイン
南部の夜
◇浜野アキオ訳「サイコーホラー・アンソロジー」祥伝社　1998（祥伝社文庫）p525

バースデー・ボックス
◇西田登訳「バースデー・ボックス」メタローグ 2004 p173
ぺちゃんこの動物相
◇佐田千織訳「魔猫」早川書房 1999 p207

【ラ】

羅 稲香　ら・とうこう
雇い人の子
◇羅稲香訳「小説家仇甫氏の一日―ほか十三編 短編小説集」平凡社 2006（朝鮮近代文学選集）p33

羅 燁　ら・よう（中国）
新編酔翁談録・嘲戯綺語（しんぺんすいおうだんろく ちょうぎきご）
◇大木康著「中国古典小説選 12（歴代笑話）」明治書院 2008 p108

ライアンズ, メアリー
愛と称号
◇野木麻美訳「愛は永遠に―ウエディング・ストーリー 2000」ハーレクイン 2000 p5

ライ・ヴァン・ロン
善良な殺人者
◇加藤栄編訳「ベトナム現代短編集 2」大同生命国際文化基金 2005（アジアの現代文芸）p171

ライヴリー, ペネロピ　Lively, Penelope（1933～　イギリス）
黒犬
◇鈴木和子訳「古今英米幽霊事情 2」新風舎 1999 p7
テッド・ローパーを骨抜きにする
◇鈴木和子訳「猫好きに捧げるショート・ストーリーズ」国書刊行会 1997 p261

ライオンズ, ダニエル
バースデイ・ケーキ
◇村上春樹編訳「バースデイ・ストーリーズ」中央公論新社 2002 p75

ライス, アン　Rice, Anne（1941～　アメリカ）
インタビュー・ウィズ・ヴァンパイア―夜明けのヴァンパイア
◇田村隆一訳「ヴァンパイア・コレクション」角川書店 1999（角川文庫）p377

ライス, クレイグ　Rice, Craig（1908～1957　アメリカ）
うぶな心が張り裂ける
◇小笠原豊樹訳「密室殺人傑作選」早川書房 2003（ハヤカワ・ミステリ文庫）p173
◇小笠原豊樹訳「51番目の密室―世界短篇傑作集」早川書房 2010（Hayakawa pocket mystery books）p9
馬をのみこんだ男
◇吉田誠一訳「読まずにいられぬ名短篇」筑摩書房 2014（ちくま文庫）p213
煙の環
◇増田武訳「謎のギャラリー―こわい部屋」新潮社 2002（新潮文庫）p121
◇増田武訳「こわい部屋」筑摩書房 2012（ちくま文庫）p121
眠りをむさぼりすぎた男
◇森英俊訳「世界探偵小説全集 10」国書刊行会 1995 p5
ハイボールの罠
◇竹澤千恵子訳「ワイン通の復讐―美酒にまつわるミステリー選集」心交社 1998 p193

ライス, ジェイムズ
ルークラフト氏の事件（ベサント, ウォルター）
◇高田恵子訳「ディナーで殺人を 上」東京創元社 1998（創元推理文庫）p377

ライス, ベン　Rice, Ben（1972～　イギリス）
わたしを見て、きれいなんだから！
◇井上千里訳「バースデー・ボックス」メタローグ 2004 p49

ライト, シーウェル・ピースリー
博士を拾ふ
◇大川清一郎翻案「怪樹の腕―〈ウィアード・テールズ〉戦前邦訳傑作選」東京創元社 2013 p291

ライト, ベティ・レン
思い出は甘く
◇佐々田雅子訳「ミニ・ミステリ100」早川書房 2005（ハヤカワ・ミステリ文庫）p574

ライト, マーク
泥棒のもの
◇尾之上浩司訳「シャーロック・ホームズとヴィクトリア朝の怪人たち 2」扶桑社 2015（扶桑社ミステリー）p197

ライト

ライトフット, フリーダ Lightfoot, Freda（イギリス）

アンティーク・マーケットで
◇沢木あさみ訳「ティータイム・ストーリーズ はるかなる丘」花風社 1999 p83

カメリア
◇沢木あさみ訳「ティータイム・ストーリーズ はるかなる丘」花風社 1999 p103

孔雀の羽根
◇沢木あさみ訳「ティータイム・ストーリーズ はるかなる丘」花風社 1999 p59

最初の恋、最後の恋
◇沢木あさみ訳「ティータイム・ストーリーズ はるかなる丘」花風社 1999 p125

浜辺で会ったひと
◇沢木あさみ訳「ティータイム・ストーリーズ はるかなる丘」花風社 1999 p35

はるかなる丘
◇沢木あさみ訳「ティータイム・ストーリーズ はるかなる丘」花風社 1999 p7

ロンドンの夢
◇沢木あさみ訳「ティータイム・ストーリーズ はるかなる丘」花風社 1999 p147

ライナー, ウルリケ（オーストリア）

シンシア
◇伊藤直子訳「現代ウィーン・ミステリー・シリーズ 9」水声社 2002 p135

ライニヒ, クリスタ Reinig, Christa

ある父の履歴書
◇入谷幸江訳「シリーズ現代ドイツ文学 5」早稲田大学出版部 1993 p86

眠っている大女
◇入谷幸江訳「シリーズ現代ドイツ文学 5」早稲田大学出版部 1993 p94

やもめたち
◇入谷幸江訳「シリーズ現代ドイツ文学 5」早稲田大学出版部 1993 p79

ライバー, フリッツ Leiber, Fritz（1910〜1992 アメリカ）

アダムズ氏の邪悪の園
◇中村融訳「街角の書店―18の奇妙な物語」東京創元社 2015（創元推理文庫）p305

あの飛行船をつかまえろ
◇深町眞理子訳「20世紀SF 4」河出書房新社 2001（河出文庫）p361

王侯の死
◇中村融訳「奇想コレクション 跳躍者の時空」河出書房新社 2010 p249

キャット・ホテル
◇深町眞理子訳「奇想コレクション 跳躍者の時空」河出書房新社 2010 p85

三倍ぶち猫
◇深町眞理子訳「奇想コレクション 跳躍者の時空」河出書房新社 2010 p117

ジェフを探して
◇深町眞理子訳「異色作家短篇集 18」早川書房 2007 p5

地獄堕ちの朝
◇中村融訳「時を生きる種族―ファンタスティック時間SF傑作選」東京創元社 2013（創元SF文庫）p213

凄涼の岸
◇浅倉久志訳「不死鳥の剣―剣と魔法の物語傑作選」河出書房新社 2003（河出文庫）p243

跳躍者の時空
◇深町眞理子訳「魔法の猫」扶桑社 1998（扶桑社ミステリー）p15
◇深町眞理子訳「奇想コレクション 跳躍者の時空」河出書房新社 2010 p7

泣き叫ぶ塔
◇浅倉久志訳「幻想の犬たち」扶桑社 1999（扶桑社ミステリー）p117

猫たちの揺りかご
◇深町眞理子訳「奇想コレクション 跳躍者の時空」河出書房新社 2010 p51

猫の創造性
◇深町眞理子訳「不思議な猫たち」扶桑社 1999（扶桑社ミステリー）p9
◇深町眞理子訳「奇想コレクション 跳躍者の時空」河出書房新社 2010 p31

『ハムレット』の四人の亡霊
◇中村融訳「奇想コレクション 跳躍者の時空」河出書房新社 2010 p129

春の祝祭
◇深町眞理子訳「奇想コレクション 跳躍者の時空」河出書房新社 2010 p279

冬の蠅
◇浅倉久志訳「奇想コレクション 跳躍者の時空」河出書房新社 2010 p225

骨のダイスを転がそう
◇中村融訳「奇想コレクション 跳躍者の時空」河出書房新社 2010 p187

モーフィー時計の午前零時

◇若島正訳「モーフィー時計の午前零時—チェス小説アンソロジー」国書刊行会 2009 p15

歴戦の勇士
◇中村融編訳「影が行く—ホラーSF傑作選」東京創元社 2000（創元SF文庫）p69

若くならない男
◇伊藤典夫訳「ボロゴーヴはミムジイ—伊藤典夫翻訳SF傑作選」早川書房 2016（ハヤカワ文庫 SF）p235

ライヒー, ケヴィン

イリノイ州リモーラ
◇小澤緑訳「ベスト・アメリカン・短編ミステリ 2014」DHC 2015 p235

ライマー, ジェームズ・マルコム

吸血鬼の物語
◇浜野アキオ訳「ヴァンパイア・コレクション」角川書店 1999（角川文庫）p45

ライマン, ジェフ　Ryman, Geoff（1951〜　イギリス）

征(う)たれざる国
◇中村融訳「20世紀SF 5」河出書房新社 2001（河出文庫）p401

夢の終わりに…
◇古沢嘉通訳「夢の文学館 3」早川書房 1995 p1

リアリティ・チェック
◇古沢嘉通訳「夢の文学館 3」早川書房 1995 p423

ライヤーシー, ラルビー

異父兄弟
◇越川芳明訳「モロッコ幻想物語」岩波書店 2013 p55

磊磊生　らいらいせい

放牧地にて
◇岡田英樹訳「血の報復—「在満」中国人作家短篇集」ゆまに書房 2016 p223

ラインスター, マレイ

時の脇道
◇冬川亘訳「火星ノンストップ」早川書房 2005（ヴィンテージSFセレクション）p65

ラウ, ハイナー

廃墟のヘレン
◇小津薫訳「ベルリン・ノワール」扶桑社 2000 p111

ラヴ, マシュー

夜勤
◇真田由美子訳「アメリカ新進作家傑作選 2004」DHC 2005 p173

ラヴァーニープール, モニールー

長い夜
◇藤元優子編訳「天空の家—イラン女性作家選」段々社 2014（現代アジアの女性作家秀作シリーズ）p33

ラヴァリー, バーバラ

ママ、あたしのこと好き？
◇玉川みなみ訳「朗読劇台本集 5」玉川大学出版部 2002 p23

ラヴォー, サミュエル

妖精の子ども
◇水谷まさる訳「超短編アンソロジー」筑摩書房 2002（ちくま文庫）p84

ラヴクラフト, H.P.　Lovecraft, Howard Phillips（1890〜1937　アメリカ）

アウトサイダー
◇大瀧啓裕訳「綾辻行人と有栖川有栖のミステリ・ジョッキー 2」講談社 2009 p169

開かずの部屋（ダーレス, オーガスト）
◇波津博明訳「新編 真ク・リトル・リトル神話大系 4」国書刊行会 2008 p179

アルソフォカスの書（ワーネス, M.S.）
◇高橋三恵訳「新編 真ク・リトル・リトル神話大系 7」国書刊行会 2009 p85

アルハザードのランプ（ダーレス, オーガスト）
◇東谷真知子訳「クトゥルー 10」青心社 1997（暗黒神話大系シリーズ）p89

インスマスを覆う影
◇大瀧啓裕訳「インスマス年代記 上」学習研究社 2001（学研M文庫）p13

インスマスの彫像（ダーレス, オーガスト）
◇茅律子訳「新編 真ク・リトル・リトル神話大系 5」国書刊行会 2008 p201

彼方よりの挑戦（ムーア, C.L.／メリット, エイブラム／ハワード, ロバート・E.／ロング, F.B.）
◇浅間健訳「新編 真ク・リトル・リトル神話大系 2」国書刊行会 2007 p191

クトゥルフの呼び声
◇尾之上浩司訳「クトゥルフ神話への招待—遊星からの物体X」扶桑社 2012（扶桑社ミステリー）p269

ダンウィッチの怪
　◇大西尹明訳「怪奇小説傑作集[新版]3」東京創元社 2006（創元推理文庫）p275
チャールズ・デクスター・ウォード事件
　◇大瀧啓裕訳「クトゥルー 10」青心社 1997（暗黒神話大系シリーズ）p107
廃都
　◇波津博明訳「新編 真ク・リトル・リトル神話大系 1」国書刊行会 2007 p7
爬虫類館の相続人（ダーレス, オーガスト）
　◇那智史郎訳「新編 真ク・リトル・リトル神話大系 4」国書刊行会 2008 p145
ヒュプノス
　◇大瀧啓裕訳「クトゥルー 12」青心社 2002（暗黒神話大系シリーズ）p35
ファルコン岬の漁師（ダーレス, オーガスト）
　◇大瀧啓裕訳「クトゥルー 10」青心社 1997（暗黒神話大系シリーズ）p7
ポーの末裔（ダーレス, オーガスト）
　◇福岡洋一訳「新編 真ク・リトル・リトル神話大系 4」国書刊行会 2008 p341
魔界へのかけ橋（ダーレス, オーガスト）
　◇片岡しのぶ訳「新編 真ク・リトル・リトル神話大系 4」国書刊行会 2008 p389
魔女の谷（ダーレス, オーガスト）
　◇三浦玲子訳「ダーク・ファンタジー・コレクション 5」論創社 2007 p231

ラヴグローヴ, ジェイムズ
堕ちた銀行家の謎
　◇尾之上浩司訳「シャーロック・ホームズとヴィクトリア朝の怪人たち 2」扶桑社 2015（扶桑社ミステリー）p287
植物学者の手袋
　◇日暮雅通訳「シャーロック・ホームズ アンダーショーの冒険」原書房 2016 p301
月をぼくのポケットに
　◇中村融訳「ワイオミング生まれの宇宙飛行士―宇宙開発SF傑作選 SFマガジン創刊50周年記念アンソロジー」早川書房 2010（ハヤカワ文庫SF）p185

ラヴゼイ, ピーター　Lovesey, Peter（1936〜　イギリス）
クロンク夫人始末記
　◇中村保男訳「双生児―EQMM90年代ベスト・ミステリー」扶桑社 2000（扶桑社ミステリー）p91
殺しのくちづけ
　◇山本やよい訳「夜明けのフロスト」光文社 2005（光文社文庫）p185
十号船室の問題
　◇日暮雅通訳「ミステリマガジン700―創刊700号記念アンソロジー 海外篇」早川書房 2014（ハヤカワ・ミステリ文庫）p345
星に魅せられて
　◇山本やよい訳「ホロスコープは死を招く」ソニー・マガジンズ 2006（ヴィレッジブックス）p433
ミス・オイスター・ブラウンの犯罪
　◇中村保男訳「巨匠の選択」早川書房 2001（ハヤカワ・ミステリ）p73
世にも恐ろしい物語
　◇山本やよい訳「ポーに捧げる20の物語」早川書房 2009（Hayakawa pocket mystery books）p277
四人目の賢者
　◇日暮雅通訳「シャーロック・ホームズ 四人目の賢者―クリスマスの依頼人 2」原書房 1999 p7

ラウプ, ドロレス
冒険グルメ
　◇浅倉久志選訳「極短小説」新潮社 2004（新潮文庫）p32

ラエ, ブリジット
飾りのないクリスマス・ツリー
　◇にむらじゅんこ訳「フランス式クリスマス・プレゼント」水声社 2000 p229

ラエルティオス, ディオゲネス
ピュタゴラス―ギリシア哲学者列伝
　◇日下部吉信編・訳「超短編アンソロジー」筑摩書房 2002（ちくま文庫）p166

ラエンズ, ヤニック
ありふれた災難
　◇星埜守之訳「月光浴―ハイチ短篇集」国書刊行会 2003（Contemporary writers）p239
月光浴
　◇星埜守之訳「月光浴―ハイチ短篇集」国書刊行会 2003（Contemporary writers）p257

ラガルス, ジャン＝リュック　Lagarce, Jean-Luc（1957〜1995　フランス）
忘却の前の最後の後悔
　◇八木雅訳「コレクション現代フランス語圏演劇 8」れんが書房新社 2012 p127
まさに世界の終わり

ラーキン, フィリップ
聖霊降臨日の結婚式
　◇沢崎順之助訳「英国鉄道文学傑作選」筑摩書房 2000（ちくま文庫）p251

ラクーエ, リーイン
ダイイング・メッセージ
　◇飯城勇三編訳「エラリー・クイーンの災難」論創社 2012（論創海外ミステリ）p231

ラクーザ, イルマ
歩く
　◇新本史斉訳「氷河の滴―現代スイス女性作家作品集」鳥影社・ロゴス企画 2007 p259

ラクルテル　Lacretelle, Jacques de（1888〜1967　フランス）
うららかな日
　◇青柳瑞穂訳「世界100物語 6」河出書房新社 1997 p353

ラクレア, デイ　Leclaire, Day（アメリカ）
いたずらな天使
　◇竹内喜訳「四つの愛の物語―クリスマス・ストーリー 2010」ハーレクイン 2010 p67
スパイスはひかえめに
　◇高田映実訳「四つの愛の物語―クリスマス・ストーリー '99」ハーレクイン 1999 p95
謎の恋人
　◇渡辺千穂訳「マイ・バレンタイン―愛の贈りもの 2012」ハーレクイン 2012 p5
理想の恋かなえます
　◇森香夏子訳「愛は永遠に―ウエディング・ストーリー 2012」ハーレクイン 2012 p57

ラグワ, ジャグダリン
十七歳だった頃
　◇柴内秀司訳「モンゴル近現代短編小説選」パブリック・ブレイン 2013 p213
心臓の夢
　◇柴内秀司訳「モンゴル近現代短編小説選」パブリック・ブレイン 2013 p221
ラブレター
　◇柴内秀司訳「モンゴル近現代短編小説選」パブリック・ブレイン 2013 p218

ラーゲルレーヴ, セルマ　Lagerlöf, Selma（1858〜1940　スウェーデン）
ともしび
　◇斎藤公一訳「コレクション現代フランス語圏演劇 8」れんが書房新社 2012 p7

　◇イシガオサム訳「百年文庫 51」ポプラ社 2010 p53

ラサー, カティンカ
お気をつけて
　◇亀井よし子訳「猫好きに捧げるショート・ストーリーズ」国書刊行会 1997 p127

ラシード, ファーティマ
シーラ
　◇大下英津子訳「アメリカ新進作家傑作選 2007」DHC 2008 p183

ラシーヌ, ジャン　Racine, Jean Baptiste（1639〜1699　フランス）
フェードル（笹部博司〔著〕）
　◇「フェードル―ラシーヌより」メジャーリーグ 2008（笹部博司の演劇コレクション）p9
　◇伊藤洋訳「ベスト・プレイズ―西洋古典戯曲12選」論創社 2011 p315

ラシュコフ, ダグラス
マニュエルはスノーで逝った
　◇渡辺健吾訳「ディスコ・ビスケッツ」早川書房 1998 p221
みんなここにいるかい？
　◇村井智之訳「ディスコ2000」アーティストハウス 1999 p176

ラシュディ, サルマン　Rushdie, Salman（1947〜　イギリス）
クリストファー・コロンブスとスペイン女王イザベル、画竜点睛を施す（サンタ・フェ 一四九二年）
　◇寺門泰彦訳「新しい〈世界文学〉シリーズ 東と西」平凡社 1997 p105
コーター
　◇寺門泰彦訳「新しい〈世界文学〉シリーズ 東と西」平凡社 1997 p171
サダジット・レイ
　◇四方田犬彦訳「怒りと響き」岩波書店 1997（世界文学のフロンティア）p43
ジャガーの微笑―ニカラグアの旅
　◇飯島みどり訳「シリーズ【越境の文学／文学の越境】ジャガーの微笑」現代企画室 1995 p9
チェーホフとズールー
　◇寺門泰彦訳「新しい〈世界文学〉シリーズ 東と西」平凡社 1997 p145
天球の調和
　◇寺門泰彦訳「新しい〈世界文学〉シリーズ 東と西」平凡社 1997 p121

東と西
　◇寺門泰彦訳「新しい〈世界文学〉シリーズ 東と西」平凡社 1997
『真夜中の子どもたち』：失われた映画の物語
　◇ウィリアム N.伊藤訳「ゾエトロープ Biz」角川書店 2001（Bookplus）p73
無料のラジオ
　◇寺門泰彦訳「新しい〈世界文学〉シリーズ 東と西」平凡社 1997 p23
よい忠告は宝石よりも稀
　◇寺門泰彦訳「新しい〈世界文学〉シリーズ 東と西」平凡社 1997 p9
預言者の髪の毛
　◇寺門泰彦訳「新しい〈世界文学〉シリーズ 東と西」平凡社 1997 p39
ヨリック
　◇寺門泰彦訳「新しい〈世界文学〉シリーズ 東と西」平凡社 1997 p65
ルビーのスリッパの競売にて
　◇寺門泰彦訳「新しい〈世界文学〉シリーズ 東と西」平凡社 1997 p87

ラシルド　Rachilde（1860～1953　フランス）
アンティノウスの死
　◇熊谷謙介訳「古典BL小説集」平凡社 2015（平凡社ライブラリー）p41
自然を逸する者たち
　◇熊谷謙介抄訳「古典BL小説集」平凡社 2015（平凡社ライブラリー）p9

ラス, ジョアンナ　Russ, Joanna（1937～　アメリカ）
変革のとき
　◇小尾芙佐訳「20世紀SF 4」河出書房新社 2001（河出文庫）p113

ラスヴィッツ, クルト
シャボン玉の世界で
　◇前川道介訳「独逸怪奇小説集成」国書刊行会 2001 p139

ラス・カサス神父
十二月三十日、日曜日―『コロンブス航海誌』より
　◇林屋栄吉訳「超短編アンソロジー」筑摩書房 2002（ちくま文庫）p113

ラスキ, マーガニタ　Laski, Marghanita（1915～1988　イギリス）
ヴィクトリア朝の寝椅子
　◇横山茂雄訳「20世紀イギリス小説個性派セレクション 1」新人物往来社 2010 p1

塔
　◇大村三根子訳「塔の物語」角川書店 2000（角川ホラー文庫）p11
　◇吉村満美子訳「怪奇礼讃」東京創元社 2004（創元推理文庫）p13

ラスジェン, カール・ヘンリイ
故障中
　◇田village義進訳「ミニ・ミステリ100」早川書房 2005（ハヤカワ・ミステリ文庫）p363

ラストベーダー, エリック・ヴァン
Lustbader, Eric Van（アメリカ）
あやつり人形の復讐
　◇酒井武志訳「復讐の殺人」早川書房 2001（ハヤカワ・ミステリ文庫）p215
スロー・バーン
　◇七搦理美子訳「殺さずにはいられない 2」早川書房 2002（ハヤカワ・ミステリ文庫）p37
妖女たち
　◇金子浩訳「999（ナインナインナイン）―妖女たち」東京創元社 2000（創元推理文庫）p369

ラスネール, ピエール＝フランソワ
Lacenaire, Pierre François（1800～1836　フランス）
ピエール＝フランソワ・ラスネール
　◇小浜俊郎訳「黒いユーモア選集 1」河出書房新社 2007（河出文庫）p129

ラズボーン, ジュリアン　Rathbone, Julian（1935～　イギリス）
二十日鼠と男とふたりの女
　◇田口俊樹訳「ロンドン・ノワール」扶桑社 2003（扶桑社ミステリー）p273

ラズボーン, ベイジル
サセックスの白日夢
　◇北原尚彦編訳「シャーロック・ホームズの栄冠」論創社 2007（論創海外ミステリ）p305

ラーセン, トム
隣人
　◇坂本あおい訳「ベスト・アメリカン・ミステリ スネーク・アイズ」早川書房 2005（ハヤカワ・ミステリ）p313

ラッカー, ルーディ　Rucker, Rudy（1964～　アメリカ）
宇宙の恍惚
　◇大森望訳「20世紀SF 5」河出書房新社 2001（河出文庫）p105

ラッシュ, クリスティン・キャスリン　Rusch, Kristine Kathryn（アメリカ）
　Ｇメン
　　◇スコジ泉訳「ベスト・アメリカン・短編ミステリ」DHC 2010 p445
　シンデレラ殺し
　　◇樋口真理訳「白雪姫、殺したのはあなた」原書房 1999 p219
　代理人
　　◇森嶋マリ訳「18の罪―現代ミステリ傑作選」ヴィレッジブックス 2012（ヴィレッジブックス）p403
　二十年後、セパレーション・ピークで
　　◇北原唯訳「ノストラダムス秘録」扶桑社 1999（扶桑社ミステリー）p233
　ホロスコープ・マン
　　◇山本やよい訳「ホロスコープは死を招く」ソニー・マガジンズ 2006（ヴィレッジブックス）p527
　脇役
　　◇五十嵐加奈子訳「シャーロック・ホームズのSF大冒険―短篇集 下」河出書房新社 2006（河出文庫）p146

ラッセ
　しあわせ王国記
　　◇野沢協訳「啓蒙のユートピア 2」法政大学出版局 2008 p39

ラッセル, エリック・フランク　Russell, Eric Frank（1905〜1978　イギリス）
　証言
　　◇酒井昭伸訳「20世紀SF 2」河出書房新社 2000（河出文庫）p247

ラッセル, カレン
　悪しき交配
　　◇松田青子訳「ベスト・ストーリーズ 3」早川書房 2016 p387

ラッセル, バートランド　Russell, Bertrand Arthur William（1872〜1970　イギリス）
　永遠の幸福
　　◇牛島信明訳「アンデスの風叢書 天国・地獄百科」書肆風の薔薇 1982 p28

ラッセル, レイ　Russell, Ray（1924〜1999　アメリカ）
　嘲笑う男
　　◇永井淳訳「異色作家短篇集 16」早川書房 2006
　アルゴ三世の不幸
　　◇永井淳訳「異色作家短篇集 16」早川書房 2006 p85
　射手座
　　◇仁賀克雄編・訳「新・幻想と怪奇」早川書房 2009（Hayakawa pocket mystery books）p203
　宇宙怪獣現わる
　　◇永井淳訳「幻想と怪奇―宇宙怪獣現わる」早川書房 2005（ハヤカワ文庫）p359
　永遠の契約
　　◇永井淳訳「異色作家短篇集 16」早川書房 2006 p121
　おやじの家
　　◇永井淳訳「異色作家短篇集 16」早川書房 2006 p187
　檻
　　◇永井淳訳「異色作家短篇集 16」早川書房 2006 p73
　貸間
　　◇永井淳訳「異色作家短篇集 16」早川書房 2006 p163
　帰還
　　◇永井淳訳「異色作家短篇集 16」早川書房 2006 p169
　サルドニクス
　　◇永井淳訳「異色作家短篇集 16」早川書房 2006 p5
　深呼吸
　　◇永井淳訳「異色作家短篇集 16」早川書房 2006 p139
　愉しみの館
　　◇永井淳訳「異色作家短篇集 16」早川書房 2006 p151
　バベル
　　◇永井淳訳「異色作家短篇集 16」早川書房 2006 p179
　バラのつぼみ
　　◇永井淳訳「異色作家短篇集 16」早川書房 2006 p213
　防衛活動
　　◇永井淳訳「異色作家短篇集 16」早川書房 2006 p229
　モンタージュ
　　◇永井淳訳「異色作家短篇集 16」早川書房 2006 p105
　役者

ラツセ

　◇永井淳訳「異色作家短篇集 16」早川書房 2006 p67
　遺言
　◇永井淳訳「異色作家短篇集 16」早川書房 2006 p207
　レアーティーズの剣
　◇永井淳訳「異色作家短篇集 16」早川書房 2006 p93
　ロンドン氏の報告
　◇永井淳訳「異色作家短篇集 16」早川書房 2006 p219

ラッセル, ロリ
　もう一度だけ
　◇吉田利子訳「間違ってもいい、やってみたら—想いがはじける28の物語」講談社 1998 p71

ラッツ, ジョン　Lutz, John（1939〜　アメリカ）
　あなたにだって…
　◇佐々田雅子訳「ミニ・ミステリ100」早川書房 2005（ハヤカワ・ミステリ文庫）p241
　稲妻に乗れ
　◇田口俊樹訳「現代ミステリーの至宝 2」扶桑社 1997（扶桑社ミステリー）p327
　腐れイモ
　◇山本俊子訳「ミニ・ミステリ100」早川書房 2005（ハヤカワ・ミステリ文庫）p190
　スター・ブライト
　◇大井良純訳「フィリップ・マーロウの事件」早川書房 2007（ハヤカワ・ミステリ文庫）p299
　白鳥の歌
　◇吉岡裕一訳「白雪姫、殺したのはあなた」原書房 1999 p119
　法外な賭け
　◇藤原佳澄訳「巨匠の選択」早川書房 2001（ハヤカワ・ミステリ）p273
　ポー、ポー、ポー
　◇延原泰子訳「ポーに捧げる20の物語」早川書房 2009（Hayakawa pocket mystery books）p295
　ランドリールーム
　◇田口俊樹, 高山真由美訳「マンハッタン物語」二見書房 2008（二見文庫）p187

ラディゲ, レーモン　Radiguet, Raymond（1903〜1923　フランス）
　ドニイズ

　◇堀口大學訳「百年文庫 1」ポプラ社 2010 p85

ラードヴィチ, ドゥシャン
　泣き方講座
　◇中島由美子訳「文学の贈物—東中欧文学アンソロジー」未知谷 2000 p375

ラドクリフ, T.J.
　カッサンドラ
　◇旦紀子訳「マシン・オブ・デス—A Collection of Stories about People who Know How They Will DIE」アルファポリス 2012 p567

ラードナー, リング　Lardner, Ring Wilmer（1885〜1933　アメリカ）
　アリバイ・アイク
　◇加島祥造訳「百年文庫 52」ポプラ社 2010 p69
　ある家族のクリスマス
　◇田中雅徳訳「安らかに眠りたまえ—英米文学短編集」海苑社 1998 p183
　散髪
　◇大竹勝訳「世界100物語 6」河出書房新社 1997 p126
　チャンピオン
　◇大竹勝訳「世界100物語 6」河出書房新社 1997 p144
　ぴょんぴょんウサギ球
　◇森慎一郎訳「ベスト・ストーリーズ 1」早川書房 2015 p7

ラドニック, ポール　Rudnick, Paul（1957〜　アメリカ）
　あそぶが勝ちよ
　◇松岡和子訳「新しいアメリカの小説 あそぶが勝ちよ」白水社 1991 p1
　甘い言葉で誘う男—ポール・ラドニックへのインタヴュー
　◇松岡和子訳「新しいアメリカの小説 あそぶが勝ちよ」白水社 1991 p260
　これいただくわ
　◇小川高義訳「新しいアメリカの小説 これいただくわ」白水社 1990 p1

ラナガン, マーゴ　Lanagan, Margo（1960〜　オーストラリア）
　赤鼻の日
　◇佐田千織訳「奇想コレクション ブラックジュース」河出書房新社 2008 p45
　愛しいピピット
　◇佐田千織訳「奇想コレクション ブラック

ジュース」河出書房新社 2008 p71
大勢の家
　◇佐田千織訳「奇想コレクション ブラックジュース」河出書房新社 2008 p97
沈んでいく姉さんを送る歌
　◇佐田千織訳「奇想コレクション ブラックジュース」河出書房新社 2008 p7
俗世の働き手
　◇佐田千織訳「奇想コレクション ブラックジュース」河出書房新社 2008 p161
春の儀式
　◇佐田千織訳「奇想コレクション ブラックジュース」河出書房新社 2008 p237
ブラックジュース
　◇佐田千織訳「奇想コレクション ブラックジュース」河出書房新社 2008
無窮の光
　◇佐田千織訳「奇想コレクション ブラックジュース」河出書房新社 2008 p185
融通のきかない花嫁
　◇佐田千織訳「奇想コレクション ブラックジュース」河出書房新社 2008 p141
ヨウリンイン
　◇佐田千織訳「奇想コレクション ブラックジュース」河出書房新社 2008 p211
わが旦那様
　◇佐田千織訳「奇想コレクション ブラックジュース」河出書房新社 2008 p27

ラニアン, デイモン　Runyon, Damon（1884〜1946　アメリカ）
おい、しゃべらない気か！
　◇田口俊樹訳「ディナーで殺人を 上」東京創元社 1998（創元推理文庫）p179
ブロードウェイの天使
　◇加島祥造訳「百年文庫 40」ポプラ社 2010 p5

ラノワ, トム
完全殺人（スリラー）
　◇鈴木民子訳「フランダースの声―現代ベルギー小説アンソロジー」松籟社 2013 p57

ラピエール, ジャネット
ルミナリアでクリスマスを
　◇小梨直訳「夜汽車はバビロンへ―EQMM90年代ベスト・ミステリー」扶桑社 2000（扶桑社ミステリー）p399

ラヒリ, ジュンパ　Lahiri, Jhumpa（1967〜　アメリカ）
地獄／天国
　◇小川高義訳「美しい子ども」新潮社 2013（CREST BOOKS）p17
病気の通訳
　◇浦谷計子訳「アメリカ短編小説傑作選 2001」DHC 2001（アメリカ文芸「年間」傑作選）p361
ピルザダさんが食事に来たころ
　◇小川高義訳「記憶に残っていること―新潮クレスト・ブックス短篇小説ベスト・コレクション」新潮社 2008（Crest books）p81

ラーピン, ローシェル
主の恩寵
　◇浅倉久志選訳「極短小説」新潮社 2004（新潮文庫）p325

ラブ, マーゴ
物語の綴り方
　◇小原亜美訳「ゾエトロープ Blanc」角川書店 2003（Bookplus）p9

ラ・ファージ, オリヴァー
デュクロ風特別料理
　◇田口俊樹訳「ディナーで殺人を 上」東京創元社 1998（創元推理文庫）p99

ラファティ, R.A.　Lafferty, Raphael Aloysius（1914〜2002　アメリカ）
空（スカイ）
　◇大野万紀訳「20世紀SF 4」河出書房新社 2001（河出文庫）p337
素顔のユリーマ
　◇伊藤典夫訳「ロボット・オペラ―An Anthology of Robot Fiction and Robot Culture」光文社 2004 p450
浜辺にて
　◇浅倉久志訳「異色作家短篇集 18」早川書房 2007 p171
町かどの穴
　◇浅倉久志訳「20世紀SF 3」河出書房新社 2001（河出文庫）p237

ラフェーヴ, ダーリーン
愛のEXIT
　◇浅倉久志選訳「極短小説」新潮社 2004（新潮文庫）p259

ラ・フォンテーヌ　La Fontaine, Jean de（1621～1695　フランス）
　娘と小羊
　　◇市原豊太訳「超短編アンソロジー」筑摩書房 2002（ちくま文庫）p163

ラブチャルンサプ, ラタウット
　ファラン
　　◇馬場敏紀訳「アメリカ新進作家傑作選 2005」DHC 2006 p153

ラブレース, マリーン
　少佐の花嫁
　　◇真咲理央訳「愛は永遠に—ウエディング・ストーリー 2002」ハーレクイン 2002 p113
　女王が愛した海賊
　　◇有沢瞳子訳「四つの愛の物語—クリスマス・ストーリー 情熱の贈り物 2005」ハーレクイン 2005 p339
　フルスピードで追いかけて
　　◇麻生ミキ訳「真夏の恋の物語—サマー・シズラー 2000」ハーレクイン 2000 p7

ラボトー, エミリー
　スマイル
　　◇堀川志野舞訳「ベスト・アメリカン・ミステリ クラック・コカイン・ダイエット」早川書房 2007（ハヤカワ・ミステリ）p431

ラーマン, ロリー・S.
　イヌのしんぶんこうこく
　　◇山口文生訳「朗読劇台本集 4」玉川大学出版部 2002 p35

ラム, チャールズ　Lamb, Charles（1775～1834 イギリス）
　古陶器
　　◇山内義雄訳「百年文庫 38」ポプラ社 2010 p147
　天国に優るもの
　　◇牛島信明訳「アンデスの風叢書 天国・地獄百科」書肆風の薔薇 1982 p13
　年金生活者
　　◇山内義雄訳「百年文庫 38」ポプラ社 2010 p126

ラムジー, D.レイ
　救助員
　　◇浅倉久志選訳「極短小説」新潮社 2004（新潮文庫）p201

ラムレイ, ブライアン　Lumley, Brian（1937～　アメリカ）
　大いなる帰還
　　◇片岡しのぶ訳「新編 真ク・リトル・リトル神話大系 5」国書刊行会 2008 p23
　大いなる"C"
　　◇夏来健二訳「ラヴクラフトの遺産」東京創元社 2000（創元推理文庫）p137
　けがれ
　　◇立花圭一訳「古きものたちの墓—クトゥルフ神話への招待」扶桑社 2013（扶桑社ミステリー）p321
　深海の罠
　　◇山本明訳「新編 真ク・リトル・リトル神話大系 5」国書刊行会 2008 p7
　続・深海の罠
　　◇那智史郎訳「新編 真ク・リトル・リトル神話大系 5」国書刊行会 2008 p271
　ダゴンの鐘
　　◇大瀧啓裕訳「インスマス年代記 下」学習研究社 2001（学研M文庫）p255
　盗まれた眼
　　◇那智史郎訳「新編 真ク・リトル・リトル神話大系 5」国書刊行会 2008 p223
　木乃伊（ミイラ）の手
　　◇長部奈美訳「新編 真ク・リトル・リトル神話大系 6」国書刊行会 2009 p139

ラモス＝ペレア, ロベルト　Ramos-Perea, Robert（プエルトリコ）
　アヴァター
　　◇中川秀子訳「海外戯曲アンソロジー—海外現代戯曲翻訳集〈国際演劇交流セミナー記録〉2」日本演出者協会 2008 p5

ラモン・フェルナンデス, ホセ　Ramón Fernández, José（1962～　スペイン）
　研究室はミツバチの巣箱、もしくはネグリンのコーヒー
　　◇田尻陽一訳「現代スペイン演劇選集 3」カモミール社 2016 p5
　水の記憶
　　◇田尻陽一訳「現代スペイン演劇選集 3」カモミール社 2016 p119

藍霄　らん・しょう（1967～　台湾）
　錯誤配置
　　◇玉田誠訳「アジア本格リーグ 1（台湾）」講談社 2009 p3

ランガン, ルース
　ハイランドの勇者
　　◇有沢瞳子訳「四つの愛の物語―クリスマス・ストーリー 2003」ハーレクイン 2003 p293

ランキン, イアン　Rankin, Ian（1960～　イギリス）
　動いているハーバート
　　◇高儀進訳「双生児―EQMM90年代ベスト・ミステリー」扶桑社 2000（扶桑社ミステリー）p137
　すんでのところで（ジェイムズ, ピーター）
　　◇田口俊樹訳「フェイスオフ対決」集英社 2015（集英社文庫）p59
　ソフト・スポット
　　◇延原泰子訳「ミステリマガジン700―創刊700号記念アンソロジー 海外篇」早川書房 2014（ハヤカワ・ミステリ文庫）p371

ラング, アンドルー　Lang, Andrew（1844～1912　イギリス）
　愛書家煉獄
　　◇生田耕作訳「愛書狂」平凡社 2014（平凡社ライブラリー）p129

ラング, リチャード
　バンク・オブ・アメリカ
　　◇吉井知代子訳「ベスト・アメリカン・ミステリ スネーク・アイズ」早川書房 2005（ハヤカワ・ミステリ）p283
　幼児殺害犯
　　◇藤澤透訳「ベスト・アメリカン・短編ミステリ 2012」DHC 2012 p347

ラングフォード, デイヴィッド
　忌まわしい赤ヒル事件
　　◇日暮雅通訳「シャーロック・ホームズの大冒険 下」原書房 2009 p167
　ディープネット
　　◇大瀧啓裕訳「インスマス年代記 下」学習研究社 2001（学研M文庫）p187

ランコウ, パヴォル
　花を売る娘
　　◇木村英明訳「ポケットのなかの東欧文学―ルネッサンスから現代まで」成文社 2006 p520

ランジュラン, ジョルジュ　Langelaan, George（1908～1972）
　悪魔巡り
　　◇稲葉明雄訳「異色作家短篇集 5」早川書房 2006 p189

　安楽椅子探偵
　　◇稲葉明雄訳「異色作家短篇集 5」早川書房 2006 p177
　彼方（かなた）のどこにもいない女
　　◇稲葉明雄訳「異色作家短篇集 5」早川書房 2006 p101
　考えるロボット
　　◇稲葉明雄訳「異色作家短篇集 5」早川書房 2006 p221
　奇跡
　　◇稲葉明雄訳「異色作家短篇集 5」早川書房 2006 p61
　御しがたい虎
　　◇稲葉明雄訳「異色作家短篇集 5」早川書房 2006 p135
　最終飛行
　　◇稲葉明雄訳「異色作家短篇集 5」早川書房 2006 p207
　他人の手
　　◇稲葉明雄訳「異色作家短篇集 5」早川書房 2006 p151
　蠅
　　◇稲葉明雄訳「異色作家短篇集 5」早川書房 2006 p7
　忘却への墜落
　　◇稲葉明雄訳「異色作家短篇集 5」早川書房 2006 p83

ランズデール, ジョー・R.　Lansdale, Joe R.（1951～　アメリカ）
　追われた獲物
　　◇風間賢二訳「ヒー・イズ・レジェンド」小学館 2010（小学館文庫）p269
　キャデラック砂漠の奥地にて、使者たちと戯るの記
　　◇夏来健次訳「死霊たちの宴 下」東京創元社 1998（創元推理文庫）p169
　狂犬の夏
　　◇田中一江訳「999（ナインナインナイン）―狂犬の夏」東京創元社 2000（創元推理文庫）p9
　デトロイトにゆかりのない車
　　◇野村芳夫訳「死のドライブ」文藝春秋 2001（文春文庫）p187
　　◇野村芳夫訳「贈る物語Terror」光文社 2002 p219
　ナイト・オブ・ザ・ホラー・ショウ
　　◇高山真由美訳「厭な物語」文藝春秋 2013（文春文庫）p83

ランテ

星が落ちてゆく
◇富山浩昌訳「ベスト・アメリカン・短編ミステリ 2012」DHC 2012 p 375.

ミッドナイト・ホラー・ショウ
◇田中一江訳「シルヴァー・スクリーム 上」東京創元社 2013（創元推理文庫）p317

ラバ泥棒
◇七搦理美子訳「ベスト・アメリカン・ミステリ ハーレム・ノクターン」早川書房 2005（ハヤカワ・ミステリ）p361

ランディージ, ロバート・J.

おれの魂に
◇真崎義博訳「殺しのグレイテスト・ヒッツ」早川書房 2007（ハヤカワ・ミステリ文庫）p245

ロッカー246
◇菊地よしみ訳「フィリップ・マーロウの事件」早川書房 2007（ハヤカワ・ミステリ文庫）p329

ランディス, ジェフリー・A.　Landis, Geoffrey A.（1955〜　アメリカ）

死がふたりをわかつまで
◇山岸真訳「スティーヴ・フィーヴァー——ポストヒューマンSF傑作選 SFマガジン創刊50周年記念アンソロジー」早川書房 2010（ハヤカワ文庫 SF）p7

日の下を歩いて
◇公手成幸訳「20世紀SF 6」河出書房新社 2001（河出文庫）p145

ランド, トリシア

写真のなかの女
◇吉田利子訳「間違ってもいい、やってみたら——想いがはじける28の物語」講談社 1998 p197

ランド, ハンス

冬の王
◇森鷗外訳「文士の意地—車谷長吉撰短篇小説輯 上巻」作品社 2005 p15

ランドルフィ, トンマーゾ　Landolfi, Tommaso（1908〜1979　イタリア）

ジョヴァンニとその妻
◇橋本勝雄訳「異色作家短篇集 20」早川書房 2007 p161

月ノ石
◇中山エツコ訳「Modern & Classic 月ノ石」河出書房新社 2004 p3

附録 本作品に対するジャコモ・レオパルディ氏の評価から
◇中山エツコ訳「Modern & Classic 月ノ石」河出書房新社 2004 p178

ランピット, ダイナ

ピッコロ・マック
◇月村澄枝訳「猫は九回生きる——とっておきの猫の話」心交社 1997 p115

ランボー, アルチュール　Rimbaud, Arthur（1854〜1891　フランス）

アルチュール・ランボー
◇高橋彦明訳「黒いユーモア選集 1」河出書房新社 2007（河出文庫）p323

王威
◇堀口大學訳「超短編アンソロジー」筑摩書房 2002（ちくま文庫）p91

【 リ 】

李昂　リー・アン
⇒李昂（り・こう）を見よ

リー, アンドレア　Lee, Andrea（1953〜　アメリカ）

バースデイ・プレゼント
◇村上春樹編訳「バースデイ・ストーリーズ」中央公論新社 2002 p155

リー, イーユン

あまりもの
◇篠森ゆりこ訳「記憶に残っていること—新潮クレスト・ブックス短篇小説ベスト・コレクション」新潮社 2008（Crest books）p105

柿
◇田畑あや子訳「アメリカ新進作家傑作選 2007」DHC 2008 p95

リー, ヴァーノン　Lee, Varnon（1856〜1935　イギリス）

聖エウダイモンとオレンジの樹
◇西崎憲編訳「短篇小説日和—英国異色傑作選」筑摩書房 2013（ちくま文庫）p209

七短剣の聖女
◇西崎憲訳「怪奇小説日和—黄金時代傑作選」筑摩書房 2013（ちくま文庫）p141

リー, ウィリアム・M.

チャリティのことづて
◇安野玲訳「時の娘—ロマンティック時間SF傑

リ

作選」東京創元社 2009（創元SF文庫）p9

李 鋭　り・えい（1950〜　中国）
旧跡―血と塩の記憶
　◇関根謙訳「コレクション中国同時代小説 9」勉誠出版 2012 p1

李 永松　り・えいしょう（1972〜　台湾）
雪山の民〈タイヤル〉
　◇山本由紀子訳「台湾原住民文学選 6」草風館 2008 p201

李 永平　り・えいへい（1947〜）
吉陵鎮（きつりょうちん）ものがたり
　◇池上貞子, 及川茜訳「台湾熱帯文学 1」人文書院 2010 p7

リー, エドワード
われらが神の年2202年
　◇尾之上浩司訳「狙われた女」扶桑社 2014（扶桑社ミステリー）p191
ICU
　◇夏来健次訳「999（ナインナインナイン）―聖金曜日」東京創元社 2000（創元推理文庫）p123
　◇夏来健次訳「アメリカミステリ傑作選 2002」DHC 2002（アメリカ文芸「年間」傑作選）p459

李 海朝　り・かいちょう
　⇒李海朝（イ・ヘジョ）を見よ

李 箕永　り・きえい
　⇒李箕永（イ・ギヨン）を見よ

李 喬　り・きょう（1934〜　台湾）
家へ帰る方法
　◇明田川聡士訳「台湾郷土文学選集 5」研文出版 2014 p199
寒夜
　◇岡崎郁子, 三木直大訳「新しい台湾の文学 寒夜」国書刊行会 2005 p7
『寒夜』（寒夜三部曲）序文
　◇岡崎郁子, 三木直大訳「新しい台湾の文学 寒夜」国書刊行会 2005 p384
昨日のヒル
　◇三木直大訳「台湾郷土文学選集 5」研文出版 2014 p77
虚構と真実―日本語訳短篇集序文
　◇李喬著, 三木直大訳「台湾郷土文学選集 5」研文出版 2014 p3
幸運な苗―日本語版序文

　◇三木直大訳「新しい台湾の文学 寒夜」国書刊行会 2005 p1
皇民梅本一夫
　◇明田川聡士訳「台湾郷土文学選集 5」研文出版 2014 p105
曠野にひとり
　◇明田川聡士訳「台湾郷土文学選集 5」研文出版 2014 p9
『孤灯』（寒夜三部曲）後期
　◇岡崎郁子, 三木直大訳「新しい台湾の文学 寒夜」国書刊行会 2005 p386
「死産児」と私
　◇三木直大訳「台湾郷土文学選集 5」研文出版 2014 p175
慈悲の剣―李白を化度（けど）す
　◇三木直大訳「台湾郷土文学選集 5」研文出版 2014 p151
ジャック・ホー
　◇明田川聡士訳「台湾郷土文学選集 5」研文出版 2014 p59
知己に謝し, 書を後人に送る―『大地の母』序文
　◇岡崎郁子, 三木直大訳「新しい台湾の文学 寒夜」国書刊行会 2005 p381
父さんの新しい布団
　◇三木直大訳「台湾郷土文学選集 5」研文出版 2014 p125
人間のボール
　◇三木直大訳「台湾郷土文学選集 5」研文出版 2014 p37
母親
　◇三木直大訳「新しい台湾の文学 客家の女たち」国書刊行会 2002 p51
蕃仔林（ファンネーリム）の物語
　◇明田川聡士訳「台湾郷土文学選集 5」研文出版 2014 p19
山の女
　◇三木直大訳「新しい台湾の文学 客家の女たち」国書刊行会 2002 p85

李 鈺　り・ぎょく
　⇒李鈺（イ・オク）を見よ

李 垠　り・ぎん
　⇒李垠（イ・ウン）を見よ

李 景亮　り・けいりょう（中国）
李章武伝（りしょうぶでん）
　◇黒田真美子著「中国古典小説選 5（唐代 2）」

リ

明治書院 2006 p103

李 元　り・げん（中国）
纂異志（どくいし）（抄）
◇溝部良恵著「中国古典小説選 6（唐代 3）」明治書院 2008 p348

李 玫　り・こう（中国）
纂異記（さんいき）（抄）
◇溝部良恵著「中国古典小説選 6（唐代 3）」明治書院 2008 p270

李 昂　り・こう（1952〜　台湾）
自伝の小説
◇藤井省三編訳「新しい台湾の文学 自伝の小説」国書刊行会 2004 p9

セクシードール
◇藤井省三訳「異色作家短篇集 20」早川書房 2007 p169

迷いの園
◇櫻庭ゆみ子訳「新しい台湾の文学 迷いの園」国書刊行会 1999 p3

「迷いの園」序
◇櫻庭ゆみ子訳「新しい台湾の文学 迷いの園」国書刊行会 1999 p1

李 浩　り・こう
五人の国王とその領土
◇小笠原淳訳「9人の隣人たちの声―中国新鋭作家短編小説選」勉誠出版 2012 p291

父の木
◇小笠原淳訳「現代中国青年作家秀選」鼎書房 2010 p95

李 公佐　り・こうさ（中国）
謝小娥伝（しゃしょうがでん）
◇黒田真美子著「中国古典小説選 5（唐代 2）」明治書院 2006 p195

南柯太守伝（なんかたいしゅでん）
◇黒田真美子著「中国古典小説選 5（唐代 2）」明治書院 2006 p159

李 孝石　り・こうせき
⇒李孝石（イ・ヒョソク）を見よ

李 修文　り・しゅうぶん
夜中の銃声
◇多田麻美訳「9人の隣人たちの声―中国新鋭作家短編小説選」勉誠出版 2012 p233

李 壬癸　り・じんき（台湾）
台湾オーストロネシア諸語の分布と民族移動
◇多田恵訳「台湾原住民文学選 9」草風館 2007

p367

李 相和　り・そうわ
⇒李相和（イ・サンファ）を見よ

リー, タニス　Lee, Tanith（1947〜　イギリス）
青い壺の幽霊
◇安野玲訳「奇想コレクション 悪魔の薔薇」河出書房新社 2007 p317

悪魔の薔薇
◇安野玲訳「奇想コレクション 悪魔の薔薇」河出書房新社 2007 p43

黄金変成
◇安野玲訳「奇想コレクション 悪魔の薔薇」河出書房新社 2007 p173

顔には花、足には刺
◇佐田千織訳「魔猫」早川書房 1999 p349

彼女は三（死の女神）
◇安野玲訳「奇想コレクション 悪魔の薔薇」河出書房新社 2007 p87

愚者、悪者、やさしい賢者
◇市田泉訳「奇想コレクション 悪魔の薔薇」河出書房新社 2007 p231

蜃気楼と女呪者（マジア）
◇市田泉訳「奇想コレクション 悪魔の薔薇」河出書房新社 2007 p289

美女は野獣
◇市田泉訳「奇想コレクション 悪魔の薔薇」河出書房新社 2007 p125

ヒューマン・ミステリー
◇日暮雅通訳「シャーロック・ホームズ 四人目の賢者―クリスマスの依頼人 2」原書房 1999 p291

別離
◇市田泉訳「奇想コレクション 悪魔の薔薇」河出書房新社 2007 p7

焰の虎
◇酒井昭伸訳「不思議な猫たち」扶桑社 1999（扶桑社ミステリー）p65

魔女のふたりの恋人
◇市田泉訳「奇想コレクション 悪魔の薔薇」河出書房新社 2007 p147

李 喬　リー・チャオ
⇒李喬（り・きょう）を見よ

李 朝威　り・ちょうい（中国）
柳毅伝（りゅうきでん）
◇黒田真美子著「中国古典小説選 5（唐代 2）」明治書院 2006 p59

リー, テンポ
　写真の中の人
　　◇舛谷鋭訳「天国の風―アジア短篇ベスト・セレクション」新潮社 2011 p241

李 天葆　り・てんぽう（1969〜）
　二人の女の恋の歌
　　◇豊田周子訳「台湾熱帯文学 4」人文書院 2011 p277

リー, ナム
　エリーゼに会う
　　◇小川高義訳「美しい子ども」新潮社 2013（CREST BOOKS）p47

李 復言　り・ふくげん（中国）
　続玄怪録（ぞくげんかいろく）（抄）
　　◇溝部良恵著「中国古典小説選 6（唐代 3）」明治書院 2008 p287

李 文烈　り・ぶんれつ
　⇒李文烈（イ・ムニョル）を見よ

李 北鳴　り・ほくめい
　⇒李北鳴（イ・プクミョン）を見よ

リー, マンフレッド・B.
　⇒クイーン, エラリー を見よ

リー, ミランダ　Lee, Miranda（オーストラリア）
　借りもののハート
　　◇庭植奈穂子訳「愛は永遠に―ウエディング・ストーリー 2000」ハーレクイン 2000 p179

リー, メアリ・スーン
　引き潮
　　◇佐田千織訳「スティーヴ・フィーヴァー―ポストヒューマンSF傑作選 SFマガジン創刊50周年記念アンソロジー」早川書房 2010（ハヤカワ文庫 SF）p147

李 庸岳　り・ようがく
　⇒李庸岳（イ・ヨンアク）を見よ

リー, ヨナス　Lie, Jonas Lauritz Idemil（1833〜1908 ノルウェー）
　青い山脈の西で
　　◇中野善夫訳「魔法の本棚 漁師とドラウグ」国書刊行会 1996 p155
　あたしだよ
　　◇中野善夫訳「魔法の本棚 漁師とドラウグ」国書刊行会 1996 p173
　アンドヴァルの鳥
　　◇中野善夫訳「魔法の本棚 漁師とドラウグ」国書刊行会 1996 p87
　イサクと牧師
　　◇中野善夫訳「魔法の本棚 漁師とドラウグ」国書刊行会 1996 p97
　岩のひきだし
　　◇西崎憲訳「怪奇小説日和―黄金時代傑作選」筑摩書房 2013（ちくま文庫）p17
　岩の抽斗
　　◇中野善夫訳「魔法の本棚 漁師とドラウグ」国書刊行会 1996 p71
　風のトロル
　　◇中野善夫訳「魔法の本棚 漁師とドラウグ」国書刊行会 1996 p109
　スヨーホルメンのヨー
　　◇中野善夫訳「魔法の本棚 漁師とドラウグ」国書刊行会 1996 p25
　綱引き
　　◇中野善夫訳「魔法の本棚 漁師とドラウグ」国書刊行会 1996 p65
　妖魚
　　◇中野善夫訳「魔法の本棚 漁師とドラウグ」国書刊行会 1996 p123
　ラップ人の血
　　◇中野善夫訳「魔法の本棚 漁師とドラウグ」国書刊行会 1996 p133
　漁師とドラウグ
　　◇中野善夫訳「魔法の本棚 漁師とドラウグ」国書刊行会 1996 p7

李 陸史　り・りくし
　⇒李陸史（イ・ユクサ）を見よ

李 鋭　リー・ルイ
　⇒李鋭（り・えい）を見よ

リー, レベッカ
　フィアルタ
　　◇小原亜美訳「ゾエトロープ Blanc」角川書店 2003（Bookplus）p117

李 六乙　り・ろくおつ
　非常麻将（フェイチャン マージャン）
　　◇菊池領子, 飯塚容訳「中国現代戯曲集 第5集」晩成書房 2004 p5

リア, ノーマン
　登る（リア, ベン）
　　◇浅倉久志選訳「極短小説」新潮社 2004（新潮文庫）p301

リア, ベン
　登る（リア, ノーマン）
　　◇浅倉久志選訳「極短小説」新潮社 2004（新潮文庫）p301

リアムエーン
　北からの流れ
　　◇吉岡みね子編訳「タイの大地の上で—現代作家・詩人選集」大同生命国際文化基金 1999（アジアの現代文芸）p7

リーイ, ジョン・マーティン
　アムンゼンの天幕
　　◇小尾芙佐訳「幻想と怪奇—ポオ蒐集家」早川書房 2005（ハヤカワ文庫）p107

リヴァー, マイケル
　エレクトロヴードゥー
　　◇渡辺佐智江訳「ディスコ・ビスケッツ」早川書房 1998 p121

リヴィタン, モーティマー
　第三の拇指紋
　　◇延原謙訳「怪樹の腕—〈ウィアード・テールズ〉戦前邦訳傑作選」東京創元社 2013 p25

リエル, デュ
　死後
　　◇内田吉彦訳「アンデスの風叢書 天国・地獄百科」書肆風の薔薇 1982 p65

リオ, ミシェル　Rio, Michel（フランス）
　踏みはずし
　　◇堀江敏幸訳「新しいフランスの小説 踏みはずし」白水社 1994 p1

リカラッ・アウー（1969～　台湾）
　赤い唇のヴヴ
　　◇魚住悦子編訳「台湾原住民文学選 2」草風館 2003 p74
　あの時代
　　◇魚住悦子編訳「台湾原住民文学選 2」草風館 2003 p66
　医者をもとめて
　　◇魚住悦子編訳「台湾原住民文学選 2」草風館 2003 p109
　色あせた刺青
　　◇魚住悦子編訳「台湾原住民文学選 2」草風館 2003 p40
　ウェイハイ、病院に行く
　　◇魚住悦子編訳「台湾原住民文学選 2」草風館 2003 p143
　歌が好きなアミの少女
　　◇魚住悦子編訳「台湾原住民文学選 2」草風館 2003 p10
　永遠の恋人
　　◇魚住悦子編訳「台湾原住民文学選 2」草風館 2003 p100
　オンドリ実験
　　◇魚住悦子編訳「台湾原住民文学選 2」草風館 2003 p122
　傷口
　　◇魚住悦子編訳「台湾原住民文学選 2」草風館 2003 p46
　軍人村の母
　　◇魚住悦子編訳「台湾原住民文学選 2」草風館 2003 p14
　原住民文学創作における民族アイデンティティ—わたしの文学創作の歴程
　　◇魚住悦子編訳「台湾原住民文学選 8」草風館 2006 p263
　故郷を出た少年
　　◇魚住悦子編訳「台湾原住民文学選 2」草風館 2003 p59
　さよなら、巫婆
　　◇魚住悦子編訳「台湾原住民文学選 2」草風館 2003 p148
　姑と野菜畑
　　◇魚住悦子編訳「台湾原住民文学選 2」草風館 2003 p54
　白い微笑
　　◇魚住悦子編訳「台湾原住民文学選 2」草風館 2003 p20
　祖霊に忘れられた子ども
　　◇魚住悦子編訳「台湾原住民文学選 2」草風館 2003 p27
　大安渓岸の夜
　　◇魚住悦子編訳「台湾原住民文学選 2」草風館 2003 p140
　誰がこの衣装を着るのだろうか
　　◇魚住悦子編訳「台湾原住民文学選 2」草風館 2003 p7
　誕生
　　◇魚住悦子編訳「台湾原住民文学選 2」草風館 2003 p130
　父と七夕
　　◇魚住悦子編訳「台湾原住民文学選 2」草風館 2003 p63
　情深く義に厚い、あるパイワン姉妹

◇魚住悦子編訳「台湾原住民文学選 2」草風館 2003 p34
ムリダン
　◇魚住悦子編訳「台湾原住民文学選 2」草風館 2003 p97
山の子と魚
　◇魚住悦子編訳「台湾原住民文学選 2」草風館 2003 p117
離婚したい耳
　◇魚住悦子編訳「台湾原住民文学選 2」草風館 2003 p23
忘れられた怒り
　◇魚住悦子編訳「台湾原住民文学選 2」草風館 2003 p135

陸 杲　りく・こう（中国）
繋観世音応験記（けいかんぜおんおうけんき）
　◇佐野誠子著「中国古典小説選 2（六朝 1）」明治書院 2006

陸 氏　りくし（中国）
異林（いりん）
　◇佐野誠子著「中国古典小説選 2（六朝 1）」明治書院 2006

リクター, ステイシー
垣根の穴居人たち
　◇小原亜美訳「ゾエトロープ Blanc」角川書店 2003 (Bookplus) p219
彼氏島
　◇岸本佐知子編訳「変愛小説集 2」講談社 2010 p7

リゲット, バイロン
猫に憑かれた男
　◇中村融訳「魔法の猫」扶桑社 1998（扶桑社ミステリー）p185

リゴー, ジャック　Rigaut, Jacques（1899～1929 フランス）
ジャック・リゴー
　◇滝田文彦訳「黒いユーモア選集 2」河出書房新社 2007（河出文庫）p259

リゴッティ, トマス
影と闇
　◇渡辺庸子訳「999（ナインナインナイン）―狂犬の夏」東京創元社 2000（創元推理文庫）p123

リゴーニ・ステルン, マーリオ
猟の前夜
　◇志村啓子訳「狩猟文学マスターピース」みすず書房 2011（大人の本棚）p1

リコンダ, アンドリュー
ハートの風船
　◇彦田理矢子訳「ベスト・アメリカン・短編ミステリ 2012」DHC 2012 p509

リージ, ニコラ
塑像
　◇香川真澄訳「ぶどう酒色の海―イタリア中短編小説集」イタリア文藝叢書刊行委員会 2013（イタリア文藝叢書）p79

リシュタンベルジェ, アンドレ
ミリアーヌ姫
　◇堀内知子訳「五つの小さな物語―フランス短篇集」彩流社 2011 p5

リース, ジーン　Rhys, Jean（1894～1979 イギリス）
河の音
　◇西崎憲編訳「短篇小説日和―英国異色傑作選」筑摩書房 2013（ちくま文庫）p399
懐かしき我が家
　◇森田義信訳「謎のギャラリー―こわい部屋」新潮社 2002（新潮文庫）p131
　◇森田義信訳「こわい部屋」筑摩書房 2012（ちくま文庫）p131
ロータス
　◇中村邦生訳「生の深みを覗く―ポケットアンソロジー」岩波書店 2010（岩波文庫別冊）p339

リチャーズ, デイヴィッド
公式発表
　◇浅倉久志選訳「極短小説」新潮社 2004（新潮文庫）p134

リチャードソン, ヘンリー・ヘンデル
女どうしのふたり連れ
　◇利根川真紀編訳「レズビアン短編小説集―女たちの時間」平凡社 2015（平凡社ライブラリー）p281

リッチ, エリザヴィエッタ
最後の買い物
　◇吉田利子訳「間違ってもいい、やってみたら―想いがはじける28の物語」講談社 1998 p145

リッチー, ジャック　Ritchie, Jack（1922～1983 アメリカ）
いまから十分間

リツチ

◇好野理恵訳「KAWADE MYSTERY ダイアルAを回せ」河出書房新社 2007 p55

ウィリンガーの苦境
◇藤村裕美訳「KAWADE MYSTERY 10ドルだって大金だ」河出書房新社 2006 p231

動かぬ証拠
◇好野理恵訳「KAWADE MYSTERY ダイアルAを回せ」河出書房新社 2007 p81

円周率は殺しの番号
◇谷崎由依訳「KAWADE MYSTERY 10ドルだって大金だ」河出書房新社 2006 p127

カーデュラと昨日消えた男
◇駒月雅子訳「KAWADE MYSTERY ダイアルAを回せ」河出書房新社 2007 p183

カーデュラと盗癖者
◇駒月雅子訳「KAWADE MYSTERY ダイアルAを回せ」河出書房新社 2007 p143

カーデュラ野球場へ行く
◇駒月雅子訳「KAWADE MYSTERY ダイアルAを回せ」河出書房新社 2007 p169

可能性の問題
◇藤村裕美訳「KAWADE MYSTERY 10ドルだって大金だ」河出書房新社 2006 p213

キッド・カーデュラ
◇好野理恵訳「KAWADE MYSTERY 10ドルだって大金だ」河出書房新社 2006 p155

グリッグスビー文書
◇藤村裕美訳「KAWADE MYSTERY ダイアルAを回せ」河出書房新社 2007 p269

五月のマメ
◇田村義進訳「ミニ・ミステリ100」早川書房 2005(ハヤカワ・ミステリ文庫) p424

50セントの殺人
◇白須清美訳「KAWADE MYSTERY 10ドルだって大金だ」河出書房新社 2006 p73

殺し屋を探せ
◇藤村裕美訳「KAWADE MYSTERY ダイアルAを回せ」河出書房新社 2007 p239

殺人の環
◇藤村裕美訳「KAWADE MYSTERY 10ドルだって大金だ」河出書房新社 2006 p249

殺人はいかが?
◇武藤崇恵訳「KAWADE MYSTERY ダイアルAを回せ」河出書房新社 2007 p103

三階のクローゼット
◇好野理恵訳「KAWADE MYSTERY ダイアルAを回せ」河出書房新社 2007 p125

自縄自縛
◇佐々田雅子訳「ミニ・ミステリ100」早川書房 2005(ハヤカワ・ミステリ文庫) p554

しぶとい相手
◇田村義進訳「ミニ・ミステリ100」早川書房 2005(ハヤカワ・ミステリ文庫) p355

10ドルだって大金だ
◇谷崎由依訳「KAWADE MYSTERY 10ドルだって大金だ」河出書房新社 2006 p57

正義の味方
◇武藤崇恵訳「KAWADE MYSTERY ダイアルAを回せ」河出書房新社 2007 p7

政治の道は殺人へ
◇武藤崇恵訳「KAWADE MYSTERY ダイアルAを回せ」河出書房新社 2007 p33

世界の片隅で
◇好野理恵訳「KAWADE MYSTERY 10ドルだって大金だ」河出書房新社 2006 p109

ダイアルAを回せ
◇藤村裕美訳「KAWADE MYSTERY ダイアルAを回せ」河出書房新社 2007 p259

第五の墓
◇藤村裕美訳「KAWADE MYSTERY 10ドルだって大金だ」河出書房新社 2006 p267

大壜
◇田村義進訳「ミニ・ミステリ100」早川書房 2005(ハヤカワ・ミステリ文庫) p390

旅は道づれ
◇谷崎由依訳「30の神品―ショートショート傑作選」扶桑社 2016(扶桑社文庫) p251

誰が貴婦人を手に入れたか
◇白須清美訳「KAWADE MYSTERY 10ドルだって大金だ」河出書房新社 2006 p135

誰も教えてくれない
◇藤村裕美訳「KAWADE MYSTERY 10ドルだって大金だ」河出書房新社 2006 p177

貯金箱の殺人
◇田村義進訳「異色作家短篇集 18」早川書房 2007 p31

妻を殺さば
◇白須清美訳「KAWADE MYSTERY 10ドルだって大金だ」河出書房新社 2006 p7

毒薬であそぼう
◇谷崎由依訳「KAWADE MYSTERY 10ドルだって大金だ」河出書房新社 2006 p39

とっておきの場所
◇好野理恵訳「KAWADE MYSTERY 10ドル

だって大金だ」河出書房新社 2006 p93
二十三個の茶色の紙袋
　◇藤村裕美訳「KAWADE MYSTERY ダイアルAを回せ」河出書房新社 2007 p217
フェアプレイ
　◇好野理恵訳「KAWADE MYSTERY ダイアルAを回せ」河出書房新社 2007 p91
未決陪審
　◇藤村裕美訳「KAWADE MYSTERY ダイアルAを回せ」河出書房新社 2007 p197
みんなで抗議を！
　◇谷崎由依訳「モーフィー時計の午前零時―チェス小説アンソロジー」国書刊行会 2009 p45

リッチ, H.トンプソン
片手片足の無い骸骨
　◇大関花子訳「怪樹の腕―〈ウィアード・テールズ〉戦前邦訳傑作選」東京創元社 2013 p183
執念
　◇妹尾アキ夫訳「怪樹の腕―〈ウィアード・テールズ〉戦前邦訳傑作選」東京創元社 2013 p367

リットマン, エレン
カミシンスキイのこと
　◇江口和美訳「アメリカ新進作家傑作選 2007」DHC 2008 p41

リットン, エドワード・ブルワー
　⇒ブルワー＝リットン, エドワード を見よ

リップ, J.
運命の手にすべてを
　◇浅倉久志選訳「極短小説」新潮社 2004（新潮文庫）p176

リップマン, ローラ　Lippman, Laura（1959～　アメリカ）
絵本盗難事件
　◇杉江松恋訳「BIBLIO MYSTERIES 2」ディスカヴァー・トゥエンティワン 2014 p121
クラック・コカイン・ダイエット（あるいは、たった一週間で体重を激減させて人生を変える方法）
　◇三角和代訳「ベスト・アメリカン・ミステリ　クラック・コカイン・ダイエット」早川書房 2007（ハヤカワ・ミステリ）p269
心から愛するただひとりの人
　◇吉澤康子訳「殺しが二人を別つまで」早川書房 2007（ハヤカワ・ミステリ文庫）p405
ソフィアの信条
　◇井本由美子訳「ポーカーはやめられない―ポーカー・ミステリ書下ろし傑作選」ランダムハウス講談社 2010 p447
ポニーガール
　◇吉澤康子訳「18の罪―現代ミステリ傑作選」ヴィレッジブックス 2012（ヴィレッジブックス）p85

リデル, シャーロット　Riddell, Charlotte（1832～1906　イギリス）
ヴォクスホール通りの古家
　◇川本静子訳「ゴースト・ストーリー傑作選―英米女性作家8短篇」みすず書房 2009 p59

リデル, ロバート
セバスチャン・グロージャンに何が起こったか
　◇森澤美抄子訳「アメリカ新進作家傑作選 2007」DHC 2008 p261

リデル夫人
宿無しサンディ
　◇倉阪鬼一郎訳「淑やかな悪夢―英米女流怪談集」東京創元社 2000 p211

リード, キット　Reed, Kit（1932～　アメリカ）
オートマチックの虎
　◇浅倉久志訳「ロボット・オペラ―An Anthology of Robot Fiction and Robot Culture」光文社 2004 p330

リード, ミシェル
シチリア式結婚
　◇柿沼瑛子訳「四つの愛の物語―クリスマス・ストーリー 情熱の贈り物 2005」ハーレクイン 2005 p5

リード, ロバート　Reed, Robert（1956～　アメリカ）
棺
　◇中原尚哉訳「90年代SF傑作選 下」早川書房 2002（ハヤカワ文庫）p351

リトク, ラール・J.
オレンジ色の煙
　◇田村義進訳「ミニ・ミステリ100」早川書房 2005（ハヤカワ・ミステリ文庫）p276
猫的重罪
　◇田村義進訳「ミニ・ミステリ100」早川書房 2005（ハヤカワ・ミステリ文庫）p448
ミセズ・トゥイラーのお買い物
　◇佐々田雅子訳「ミニ・ミステリ100」早川書房

リトリ

2005（ハヤカワ・ミステリ文庫）p596

リドリー, エイブラハム
私の小さなぼうや
◇金井美子訳「ダーク・ファンタジー・コレクション 8」論創社 2008 p197

リトル, ベントリー
劇場
◇白石朗訳「999（ナインナインナイン）―妖女たち」東京創元社 2000（創元推理文庫）p343

リパルダ, ホアン・マルティネス・デ　Ripalda, Juan Martínez de（1594～1648　スペイン）
呪文による救済
◇斎藤博士訳「アンデスの風叢書 天国・地獄百科」書肆風の薔薇 1982 p158

リヒター, ハンス・ヴェルナー　Richter, Hans Werner（1908～1993　ドイツ）
木の十字架
◇中野京子訳「シリーズ現代ドイツ文学 4」早稲田大学出版部 1993 p31

リヒター, ハンス・ペーター　Richter, Hans Peter（1925～1993　ドイツ）
ベンチ
◇上田真而子訳「教科書に載った小説」ポプラ社 2008 p161
◇上田真而子訳「教科書に載った小説」ポプラ社 2012（ポプラ文庫）p145

リヒター, ファルク　Richter, Falk（1969～　ドイツ）
エレクトロニック・シティ―おれたちの生き方
◇内藤洋子訳「ドイツ現代戯曲選30 4」論創社 2006 p7

リヒテンベルク, ゲオルク・クリストフ　Lichtenberg, Georg Christoph（1742～1799　ドイツ）
ゲオルク・クリストフ・リヒテンベルク
◇清水茂訳「黒いユーモア選集 1」河出書房新社 2007（河出文庫）p77

リープマン, ウェンディ
最後の飛翔
◇浅倉久志選訳「極短小説」新潮社 2004（新潮文庫）p164

リベッカ, スザンヌ
伯父
◇権藤千恵訳「アメリカ新進作家傑作選 2008」DHC 2009 p83

リポイ, ライラ　Ripoll, Laila（1964～　スペイン）
あたしたちの生涯で一番幸せな日
◇田尻陽一訳「現代スペイン演劇選集 3」カモミール社 2016 p283
聖女ペルペトゥア
◇岡本淳子訳「現代スペイン演劇選集 3」カモミール社 2016 p195

リマー, クリスティン
大富豪の逃げた花嫁
◇高木晶子訳「輝きのとき―ウエディング・ストーリー 2016」ハーパーコリンズ・ジャパン 2016 p95
花嫁は家政婦
◇平江まゆみ訳「マイ・バレンタイン―愛の贈りもの 2015」ハーレクイン 2015 p5

リムイ・アキ（1962～　台湾）
山野の笛の音〈タイヤル〉
◇松本さち子訳「台湾原住民文学選 6」草風館 2008 p171
八人の男が添い寝〈タイヤル〉
◇松本さち子訳「台湾原住民文学選 6」草風館 2008 p177
プリンセス〈タイヤル〉
◇松本さち子訳「台湾原住民文学選 4」草風館 2004 p204
懐湘（ホアイシアン）〈タイヤル〉
◇松本さち子訳「台湾原住民文学選 6」草風館 2008 p153

リャオ, プイティン　Leow, Puay Tin（マレーシア）
「アンタウムイ」という名の現代女性
◇角田美知代訳「海外戯曲アンソロジー――海外現代戯曲翻訳集〈国際演劇交流セミナー記録〉2」日本演出者協会 2008 p207
三人の子供たち
◇はたやまくにお訳「海外戯曲アンソロジー――海外現代戯曲翻訳集〈国際演劇交流セミナー記録〉2」日本演出者協会 2008 p231

リャブチューク, ミコラ
ある恋の物語
◇藤井悦子, オリガ・ホメンコ訳「現代ウクライナ短編集」群像社 2005（群像社ライブラリー）p93

リューイン, マイクル・Z.
　強欲者たち
　　◇田口俊樹訳「ロンドン・ノワール」扶桑社 2003（扶桑社ミステリー）p347
　ザ・ヒット
　　◇中村安子訳「本の殺人事件簿—ミステリ傑作20選 1」バベル・プレス 2001 p163

柳 栄　りゅう・えい
　⇒柳栄（ユ・ヨン）を見よ

劉 恒　りゅう・かん
　こころ
　　◇徳間佳信訳「同時代の中国文学—ミステリー・イン・チャイナ」東方書店 2006 p167

劉 義慶　りゅう・ぎけい　（403〜444　中国）
　世説新語(せせつしんご)（選釈）
　　◇竹田晃著「中国古典小説選 3（六朝 2）」明治書院 2006 p1
　宣験記(せんけんき)
　　◇佐野誠子著「中国古典小説選 2（六朝 1）」明治書院 2006
　幽明録(ゆうめいろく)
　　◇佐野誠子著「中国古典小説選 2（六朝 1）」明治書院 2006

柳 基洙　りゅう・きしゅ
　⇒柳基洙（ユ・キス）を見よ

劉 敬叔　りゅう・けいしゅく　（中国）
　異苑(いえん)
　　◇佐野誠子著「中国古典小説選 2（六朝 1）」明治書院 2006

劉 慶邦　りゅう・けいほう　（1951〜　中国）
　あの子はどこの子
　　◇立松昇一訳「コレクション中国同時代小説 5」勉誠出版 2012 p121
　幻影のランタン
　　◇立松昇一訳「コレクション中国同時代小説 5」勉誠出版 2012 p47
　神木—ある炭鉱のできごと
　　◇渡辺新一訳「コレクション中国同時代小説 5」勉誠出版 2012 p267
　捨て難きもの—太平車(タイピンチョー)
　　◇立松昇一訳「コレクション中国同時代小説 5」勉誠出版 2012 p25
　葬送のメロディー
　　◇渡辺新一訳「コレクション中国同時代小説 5」勉誠出版 2012 p93

　ナイフを探せ！
　　◇立松昇一訳「コレクション中国同時代小説 5」勉誠出版 2012 p1
　羊を飼う娘
　　◇渡辺新一訳「コレクション中国同時代小説 5」勉誠出版 2012 p69
　街へ出る
　　◇渡辺新一訳「コレクション中国同時代小説 5」勉誠出版 2012 p143

リュウ, ケン　Liu, Ken　（1976〜　アメリカ）
　もののあはれ
　　◇古沢嘉通訳「THE FUTURE IS JAPANESE」早川書房 2012（ハヤカワSFシリーズJコレクション）p11

劉 索拉　りゅう・さくら　（1955〜　中国）
　君にはほかの選択はない
　　◇新谷雅樹訳「現代中国の小説 君にはほかの選択はない」新潮社 1997 p15
　スカイ・オブ・ブルー　シー・オブ・グリーン
　　◇新谷雅樹訳「現代中国の小説 君にはほかの選択はない」新潮社 1997 p133
　よけいものの歌
　　◇新谷雅樹訳「現代中国の小説 君にはほかの選択はない」新潮社 1997 p207

劉 深　りゅう・しん　（中国）
　独り芝居　俺は担ぎ屋
　　◇坂手日登美訳「海外戯曲アンソロジー—海外現代戯曲翻訳集〈国際演劇交流セミナー記録〉2」日本演出者協会 2008 p179

劉 索拉　リュウ・スウラ
　⇒劉索拉（りゅう・さくら）を見よ

柳 致眞　りゅう・ちしん
　⇒柳致眞（ユ・チジン）を見よ

劉 慶邦　リュウ・チンバン
　⇒劉慶邦（りゅう・けいほう）を見よ

劉 亮雅　りゅう・りょうが　（台湾）
　愛欲、ジェンダー及びエクリチュール—邱妙津のレズビアン小説
　　◇和泉司訳, 垂水千恵監修「台湾セクシュアル・マイノリティ文学 4」作品社 2009 p71

リュウ・ソン・ミン
　この世の渡し
　　◇加藤栄編訳「ベトナム現代短編集 2」大同生命国際文化基金 2005（アジアの現代文芸）p93

廖 咸浩　りょう・かんこう（台湾）
「漢」夜いまだ懼るるべからず、なんぞ炬を持ちて遊ばざらんや―原住民の新文化論述
◇山本由紀子訳「台湾原住民文学選 9」草風館 2007 p261

梁 暁声　りょう・ぎょうせい（1949～　中国）
秋の葬送
◇渋谷誉一郎訳「現代中国の小説　秋の葬送」新潮社 1997 p15
チョウザメ狩
◇渋谷誉一郎訳「現代中国の小説　秋の葬送」新潮社 1997 p171
滅頂
◇渋谷誉一郎訳「現代中国の小説　秋の葬送」新潮社 1997 p77

梁 柱東　りょう・ちゅうとう
⇒梁柱東（ヤン・ジュドン）を見よ

梁 放　りょう・ぼく（1953～）
煙霧の彼方二　垣根に繁る朝顔の花
◇荒井茂夫訳「台湾熱帯文学 4」人文書院 2011 p227
煙霧の彼方一　トタン屋根の上の月
◇荒井茂夫訳「台湾熱帯文学 4」人文書院 2011 p217
ブリーディングハート
◇荒井茂夫訳「台湾熱帯文学 4」人文書院 2011 p191
マラアタ
◇荒井茂夫訳「台湾熱帯文学 4」人文書院 2011 p201

廖 勇超　りょう・ゆうちょう（台湾）
アイデンティティを求め、幻想を横断する―『荒人手記』における（同性愛欲望の）トラウマ空間とアイデンティティ・ポリティックスとの対話
◇池上貞子訳「台湾セクシュアル・マイノリティ文学 4」作品社 2009 p113

リョウワーリン, ウィン　Lyovarin, Win（1956～　タイ）
僧子虎鶏虫のゲーム
◇宇戸清治編訳「現代タイのポストモダン短編集」大同生命国際文化基金 2012（アジアの現代文芸）p9

リラダン
⇒ヴィリエ・ド・リラダン, オーギュスト・ドを見よ

リーリエンクローン, デートレフ・フォン　Liliencron, Friedrich Detlev von（1844～1909　ドイツ）
ある兵士いわく
◇牛島信明訳「アンデスの風叢書　天国・地獄百科」書肆風の薔薇 1982 p13

リリョ, バルドメロ　Lillo, Baldomero（1867～1923　チリ）
十二番ゲート
◇早川明子訳「ラテンアメリカ傑作短編集―中南米スペイン語圏文学史を辿る」彩流社 2014 p53

リール, ヴィルヘルム・ハインリヒ　Riehl, Wilhelm Heinrich（1823～1897　ドイツ）
神様、お慈悲を！
◇山崎恒裕訳「百年文庫 93」ポプラ社 2011 p79

リルケ, ライナー・マリア　Rilke, Rainer Maria（1875～1926　オーストリア）
ポルトガル文
◇水野忠敏訳「美しい恋の物語」筑摩書房 2010（ちくま文学の森）p213
老人
◇森鴎外訳「百年文庫 33」ポプラ社 2010 p83

林 海音　りん・かいおん（1918～2001　中国）
お父さんの花が散った
◇杉野元子訳「現代中国の小説　城南旧事」新潮社 1997 p209
恵安館
◇杉野元子訳「現代中国の小説　城南旧事」新潮社 1997 p21
城南旧事
◇杉野元子訳「現代中国の小説　城南旧事」新潮社 1997
冬の太陽・幼年時代・駱駝隊
◇杉野元子訳「現代中国の小説　城南旧事」新潮社 1997 p17
まえがき〔城南旧事〕
◇杉野元子訳「現代中国の小説　城南旧事」新潮社 1997 p5
みんなで海を見に行こう
◇杉野元子訳「現代中国の小説　城南旧事」新潮社 1997 p109
妾の蘭さん
◇杉野元子訳「現代中国の小説　城南旧事」新潮

社 1997 p149
ロバのころげ回り
◇杉野元子訳「現代中国の小説 城南旧事」新潮社 1997 p183

林 俊明 りん・しゅんめい（1964〜 台湾）
挽歌〈アミ〉
◇中古苑生訳「台湾原住民文学選 6」草風館 2008 p181

林 白 リン・バイ
⇒林白（りん・はく）を見よ

林 海音 リン・ハイイン
⇒林海音（りん・かいおん）を見よ

林 白 りん・はく（1958〜 中国）
危険な飛翔
◇神谷まり子訳「コレクション中国同時代小説 10」勉誠出版 2012 p311
たったひとりの戦争
◇池上貞子訳「コレクション中国同時代小説 10」勉誠出版 2012 p1

林 和 りん・わ
⇒林和（イム・ファ）を見よ

リンク, ケリー Link, Kelly（1969〜 アメリカ）
ザ・ホルトラク
◇柴田元幸編訳「どこにもない国—現代アメリカ幻想小説集」松柏社 2006 p239
モンスター
◇古屋美登里訳「モンスターズ—現代アメリカ傑作短篇集」白水社 2014 p157

リンゲルナッツ, ヨアヒム Ringelnatz, Joachim（1883〜1934 ドイツ）
全生涯
◇板倉鞆音訳「賭けと人生」筑摩書房 2011（ちくま文学の森）p8

リンスコット, ギリアン Linscott, Gillian（1944〜 イギリス）
クロケット大佐のヴァイオリン
◇日暮雅通訳「シャーロック・ホームズ アメリカの冒険」原書房 2012 p193
冬の醜聞
◇日暮雅通訳「シャーロック・ホームズ クリスマスの依頼人」原書房 1998 p101
ホームズを乗せた辻馬車
◇日暮雅通訳「シャーロック・ホームズ ベイカー街の殺人」原書房 2002 p71

リンズコールド, ジェイン
蛇退治
◇山本やよい訳「ホロスコープは死を招く」ソニー・マガジンズ 2006（ヴィレッジブックス）p35

リンゼイ, イヴォンヌ
愛と夢のはざまで
◇皆川孝子訳「真夏の恋の物語—サマー・シズラー 2013」ハーレクイン 2013 p261

リンタイ
青い心の人
◇南田みどり編訳「二十一世紀ミャンマー作品集」大同生命国際文化基金 2015（アジアの現代文芸）p138

リンチ, トマス
残酷なスポーツ
◇枝松大介訳「アメリカミステリ傑作選 2003」DHC 2003（アメリカ文芸「年間」傑作選）p289

リンチェン, ビャムビン
怪物ドー最後の夢
◇柴内秀司訳「モンゴル近現代短編小説選」パブリック・ブレイン 2013 p41

リンド, エルビラ Lindo, Elvira（1962〜 スペイン）
死よりも意外な出来事
◇吉川恵美子訳「現代スペイン演劇選集 2」カモミール社 2015 p125
ロスコンケーキに隠された幸運の小さな人形
◇矢野明紘訳「現代スペイン演劇選集 2」カモミール社 2015 p209

【 ル 】

ルイシェハ, オレフ
暗い部屋の花たち
◇藤井悦子, オリガ・ホメンコ訳「現代ウクライナ短編集」群像社 2005（群像社ライブラリー）p59

ルイス, アンソニー・R.
不法滞在エイリアン事件
◇日暮雅通訳「シャーロック・ホームズのSF大冒険—短篇集 下」河出書房新社 2006（河出文庫）p255

ルイス

ルイス, サイモン
ゴルゴンゾーラ・シティー
◇渡辺健吾訳「ディスコ・ビスケッツ」早川書房 1998 p291

ルイス, ジム
神様がおれの心を愛で満たすとき
◇ウィリアム N.伊藤訳「ゾエトロープ Pop」角川書店 2001（Bookplus）p265

ルイス, パーシー・ウィンダム　Lewis, Percy Wyndham（1882～1957　イギリス）
フレンチプードル
◇今村楯夫訳「20世紀英国モダニズム小説集成　世を騒がす嘘つき男」風濤社 2014 p68

ルイス, ピエール　Louÿs, Pierre（1870～1925　フランス）
エスコリエ夫人の異常な冒険
◇小松清訳「思いがけない話」筑摩書房 2010（ちくま文学の森）p159

女と人形
◇生田耕作訳「晶文社アフロディーテ双書 女と人形」晶文社 2003 p3

ルーイス, D.F.
長靴
◇大瀧啓裕訳「インスマス年代記 上」学習研究社 2001（学研M文庫）p347

ルイトヘウ
扉をたたくジェームス・ボンド
◇吉川智代訳「雑話集―ロシア短編集 2」「雑話集」の会 2009 p198

ルィバコフ
イワン・イリイチの死
◇尾家順子訳「雑話集―ロシア短編集 2」「雑話集」の会 2009 p84

風と虚空
◇尾家順子訳「雑話集―ロシア短編集」「雑話集」の会 2005 p16

盧 文麗　ルウ・ウェンリィ
⇒盧文麗（ろ・ぶんれい）を見よ

ルヴェル, モーリス　Level, Maurice（1875～1926　フランス）
赤い光の中で
◇藤原真利子訳「怪奇文学大山脈 3」東京創元社 2014 p179

フェリシテ
◇田中早苗訳「厭な物語」文藝春秋 2013（文春文庫）p71

闇の中の接吻
◇真野倫平訳「グラン＝ギニョル傑作選―ベル・エポックの恐怖演劇」水声社 2010 p11

ルーカス, ジェニー
愛を知らない伯爵
◇早川麻百合訳「真夏の恋の物語―サマー・シズラー 2012」ハーレクイン 2012 p5

ルーカス, バーバラ
時の日溜まり
◇吉田利子訳「間違ってもいい、やってみたら―想いがはじける28の物語」講談社 1998 p143

ルキアノス　Lukianos（120頃～180頃　ギリシア）
嘘好き、または懐疑者
◇高津春繁訳「怪奇小説精華」筑摩書房 2012（ちくま文庫）p11

本当の話（抄）
◇呉茂一訳「おかしい話」筑摩書房 2010（ちくま文学の森）p459

ルキーン, E.
水ぎょうざ（ペリメン）（ルキーン, L.）
◇前田恵訳「雑話集―ロシア短編集 2」「雑話集」の会 2009 p67

ルキーン, L.
水ぎょうざ（ペリメン）（ルキーン, E.）
◇前田恵訳「雑話集―ロシア短編集 2」「雑話集」の会 2009 p67

ル＝グウィン, アーシュラ・K.　Le Guin, Ursula K.（1929～　アメリカ）
アカシア種子文書の著者をめぐる考察ほか、『動物言語学会誌』からの抜粋
◇安野玲訳「20世紀SF 4」河出書房新社 2001（河出文庫）p131

アソヌの沈黙
◇谷崎暁美訳「Modern & Classic なつかしく謎めいて」河出書房新社 2005 p28

ヴェクシの怒り
◇谷崎暁美訳「Modern & Classic なつかしく謎めいて」河出書房新社 2005 p54

オメラスから歩み去る人々
◇浅倉久志訳「きょうも上天気―SF短編傑作選」角川書店 2010（角川文庫）p5

教授のおうち
◇谷崎由依訳「ベスト・ストーリーズ 2」早川

書房 2016 p313

グレート・ジョイ
◇谷垣暁美訳「Modern & Classic なつかしく謎めいて」河出書房新社 2005 p151

ゲド戦記
◇小尾芙佐訳「ファンタジイの殿堂 伝説は永遠に 3」早川書房 2000（ハヤカワ文庫FT）p185

孤独
◇小尾芙佐訳「SFマガジン700―創刊700号記念アンソロジー 海外篇」早川書房 2014（ハヤカワ文庫SF）p301

シータ・ドゥリープ式次元間移動法
◇谷垣暁美訳「Modern & Classic なつかしく謎めいて」河出書房新社 2005 p7

しっちゃかめっちゃか
◇谷垣暁美訳「Modern & Classic なつかしく謎めいて」河出書房新社 2005 p257

シュレディンガーの猫
◇越智道雄訳「魔法の猫」扶桑社 1998（扶桑社ミステリー）p123

その人たちもここにいる
◇谷垣暁美訳「Modern & Classic なつかしく謎めいて」河出書房新社 2005 p40

立場を守る―中絶しみじみ
◇畔柳和代訳「しみじみ読むアメリカ文学―現代文学短編作品集」松柏社 2007 p31

翼人間の選択
◇谷垣暁美訳「Modern & Classic なつかしく謎めいて」河出書房新社 2005 p218

玉蜀黍（とうもろこし）の髪の女（ひと）
◇谷垣暁美訳「Modern & Classic なつかしく謎めいて」河出書房新社 2005 p14

ドラゴンフライ
◇小尾芙佐訳「ファンタジイの殿堂 伝説は永遠に 3」早川書房 2000（ハヤカワ文庫FT）p193

謎の建築物
◇谷垣暁美訳「Modern & Classic なつかしく謎めいて」河出書房新社 2005 p203

なつかしく謎めいて
◇谷垣暁美訳「Modern & Classic なつかしく謎めいて」河出書房新社 2005 p3

眠らない島
◇谷垣暁美訳「Modern & Classic なつかしく謎めいて」河出書房新社 2005 p171

ハイニッシュ・ユニヴァース
◇小尾芙佐訳「SFの殿堂 遙かなる地平 1」早川書房 2000（ハヤカワ文庫SF）p15

海星（ひとで）のような言語
◇谷垣暁美訳「Modern & Classic なつかしく謎めいて」河出書房新社 2005 p186

不死の人の島
◇谷垣暁美訳「Modern & Classic なつかしく謎めいて」河出書房新社 2005 p239

ふたり物語
◇杉崎和子訳「栞子さんの本棚―ビブリア古書堂セレクトブック」角川書店 2013（角川文庫）p199

古い音楽と女奴隷たち
◇小尾芙佐訳「SFの殿堂 遙かなる地平 1」早川書房 2000（ハヤカワ文庫SF）p21

ヘーニャの王族たち
◇谷垣暁美訳「Modern & Classic なつかしく謎めいて」河出書房新社 2005 p106

メイのクーガー
◇小尾芙佐訳「不思議な猫たち」扶桑社 1999（扶桑社ミステリー）p249

四つの悲惨な物語
◇谷垣暁美訳「Modern & Classic なつかしく謎めいて」河出書房新社 2005 p123

夜を通る道
◇谷垣暁美訳「Modern & Classic なつかしく謎めいて」河出書房新社 2005 p92

渡りをする人々
◇谷垣暁美訳「Modern & Classic なつかしく謎めいて」河出書房新社 2005 p66

ルグロ
ファーブルとデュルイ
◇平野威馬雄訳「心洗われる話」筑摩書房 2010（ちくま文学の森）p35

ルゴーネス, レオポルド　Lugones, Leopoldo
（1874〜1938　アルゼンチン）

アブデラの馬
◇牛島信明訳「バベルの図書館 18」国書刊行会 1989 p73
◇牛島信明訳「新編 バベルの図書館 6」国書刊行会 2013 p543

イスール
◇牛島信明訳「バベルの図書館 18」国書刊行会 1989 p15
◇内田吉彦訳「新編 バベルの図書館 6」国書刊行会 2013 p21
◇牛島信明訳「新編 バベルの図書館 6」国書刊行会 2013 p506

塩の像

ルサレ

ジュリエット祖母さん
- ◇牛島信明訳「バベルの図書館 18」国書刊行会 1989 p59
- ◇牛島信明訳「新編 バベルの図書館 6」国書刊行会 2013 p534

ジュリエット祖母さん
- ◇牛島信明訳「バベルの図書館 18」国書刊行会 1989 p129
- ◇牛島信明訳「諸国物語―stories from the world」ポプラ社 2008 p607
- ◇牛島信明訳「新編 バベルの図書館 6」国書刊行会 2013 p578

説明し難い現象
- ◇牛島信明訳「バベルの図書館 18」国書刊行会 1989 p89
- ◇牛島信明訳「新編 バベルの図書館 6」国書刊行会 2013 p553

火の雨
- ◇牛島信明訳「バベルの図書館 18」国書刊行会 1989 p35
- ◇牛島信明訳「百年文庫 95」ポプラ社 2011 p31
- ◇牛島信明訳「新編 バベルの図書館 6」国書刊行会 2013 p519

フランチェスカ
- ◇牛島信明訳「バベルの図書館 18」国書刊行会 1989 p109
- ◇牛島信明訳「新編 バベルの図書館 6」国書刊行会 2013 p565

ルサレータ, ピラール・デ　Lusarreta, Pilar de（アルゼンチン）

運命の神さまはどじなお方（カンセーラ, アルトゥーロ）
- ◇内田吉彦訳「バベルの図書館 20」国書刊行会 1990 p65
- ◇内田吉彦訳「新編 バベルの図書館 6」国書刊行会 2013 p52

ルーサン

聖地にて靴と靴下の着用を厳禁する
- ◇南田みどり編訳「二十一世紀ミャンマー作品集」大同生命国際文化基金 2015（アジアの現代文芸）p124

ルシュディ, サルマン
⇒ラシュディ, サルマン を見よ

魯迅　ルーシュン
⇒魯迅（ろじん）を見よ

ルース, ゲイリー・アラン

数の勝利
- ◇五十嵐加奈子訳「シャーロック・ホームズのSF大冒険―短篇集 下」河出書房新社 2006（河出文庫）p11

ルスティク, アルノシト　Lustig, Arnošt（1926～　チェコスロバキア）

少女カテジナのための祈り
- ◇栗栖継訳「東欧の文学 星のある生活 他」恒文社 1967 p245

一口の食べ物
- ◇栗栖継訳「東欧の文学 星のある生活 他」恒文社 1967 p429

闇に影はない
- ◇栗栖継訳「東欧の文学 星のある生活 他」恒文社 1967 p365

ルーセル, レイモン　Roussel, Raymond（1877～1933　フランス）

レイモン・ルーセル
- ◇嶋岡晨訳「黒いユーモア選集 2」河出書房新社 2007（河出文庫）p97

ルナール, ジュール　Renard, Jules（1864～1910　フランス）

蝶
- ◇岸田国士訳「超短編アンソロジー」筑摩書房 2002（ちくま文庫）p88

フィリップ一家の家風
- ◇岸田国士訳「百年文庫 33」ポプラ社 2010 p5

蛇
- ◇岸田国士訳「超短編アンソロジー」筑摩書房 2002（ちくま文庫）p179

ルニャール, ジャン=フランソワ

包括受遺者
- ◇鈴木康司訳「フランス十七世紀演劇集―喜劇」中央大学出版部 2010（中央大学人文科学研究所翻訳叢書）p498

ルノー, メアリー　Renault, Mary（1905～1983　イギリス）

馭者
- ◇片山亜紀抄訳「古典BL小説集」平凡社 2015（平凡社ライブラリー）p149

ルノアール, ラウル

死霊
- ◇安田専一訳「怪樹の腕―〈ウィアード・テールズ〉戦前邦訳傑作選」東京創元社 2013 p203

ルノード, ノエル　Renaude, Noëlle（1949～　フランス）
プロムナード
◇佐藤康訳「コレクション現代フランス語圏演劇 4」れんが書房新社 2011 p115

ルバイン, ポール　Levine, Paul J.（アメリカ）
奈落の底
◇服部理佳訳「ポーに捧げる20の物語」早川書房 2009（Hayakawa pocket mystery books）p265

ルヘイン, デニス　Lehane, Dennis（アメリカ）
犬を撃つ
◇酒井武志訳「殺さずにはいられない 1」早川書房 2002（ハヤカワ・ミステリ文庫）p305
◇酒井武志訳「アメリカミステリ傑作選 2002」DHC 2002（アメリカ文芸「年間」傑作選）p479

ルポフ, リチャード・A.
五等勲爵士の怪事件
◇関麻衣子訳「ベスト・アメリカン・ミステリ スネーク・アイズ」早川書房 2005（ハヤカワ・ミステリ）p371
12:01PM
◇大森望訳「ここがウィネトカなら、きみはジュディ―時間SF傑作選 SFマガジン創刊50周年記念アンソロジー」早川書房 2010（ハヤカワ文庫 SF）p337

ルーリー, アリソン　Lurie, Alison（1926～　アメリカ）
イルゼの家
◇宮澤邦子訳「古今英米幽霊事情 1」新風舎 1998 p217
プール・ピープル
◇畔柳和代訳「いまどきの老人」朝日新聞社 1998 p19
ベッツィおばさんの洋だんす
◇山内照子訳「古今英米幽霊事情 2」新風舎 1999 p105

ルーリー, ベン
トンネル
◇岸本佐知子編訳「コドモノセカイ」河出書房新社 2015 p105

ルルー, ガストン　Leroux, Gaston（1868～1927　フランス）
悪魔を見た男
◇藤田真利子訳「怪奇文学大山脈 3」東京創元社 2014 p193
悪魔に会った男
◇真野倫平訳「グラン＝ギニョル傑作選―ベル・エポックの恐怖演劇」水声社 2010 p77
斧
◇滝一郎訳「謎のギャラリー――こわい部屋」新潮社 2002（新潮文庫）p289
◇滝一郎訳「こわい部屋」筑摩書房 2012（ちくま文庫）p289
黄色い部屋の謎
◇長島良三訳「乱歩が選ぶ黄金時代ミステリーBEST10 2」集英社 1998（集英社文庫）p7
吸血鬼
◇池田眞紀訳「吸血妖鬼譚―ゴシック名訳集成」学習研究社 2008（学研M文庫）p319
胸像たちの晩餐
◇飯島宏訳「ディナーで殺人を 上」東京創元社 1998（創元推理文庫）p149

ルルフォ, ファン　Rulfo, Juan（1918～1986　メキシコ）
明け方に
◇杉山晃訳「アンデスの風叢書 燃える平原」書肆風の薔薇 1990 p52
アナクレト・モローネス
◇杉山晃訳「アンデスの風叢書 燃える平原」書肆風の薔薇 1990 p190
犬の声は聞こえんか
◇杉山晃訳「アンデスの風叢書 燃える平原」書肆風の薔薇 1990 p159
置いてきぼりにされた夜
◇杉山晃訳「アンデスの風叢書 燃える平原」書肆風の薔薇 1990 p134
大地震の日
◇杉山晃訳「アンデスの風叢書 燃える平原」書肆風の薔薇 1990 p168
覚えてねえか
◇杉山晃訳「アンデスの風叢書 燃える平原」書肆風の薔薇 1990 p153
おれたちのもらった土地
◇杉山晃訳「アンデスの風叢書 燃える平原」書肆風の薔薇 1990 p9
おれたちは貧しいんだ
◇杉山晃訳「アンデスの風叢書 燃える平原」書肆風の薔薇 1990 p30
追われる男
◇杉山晃訳「アンデスの風叢書 燃える平原」書肆風の薔薇 1990 p37

レイ

北の渡し
　◇杉山晃訳「アンデスの風叢書　燃える平原」書肆風の薔薇 1990 p141
コマドレス坂
　◇杉山晃訳「アンデスの風叢書　燃える平原」書肆風の薔薇 1990 p17
殺さねえでくれ
　◇杉山晃訳「アンデスの風叢書　燃える平原」書肆風の薔薇 1990 p107
タルパ
　◇杉山晃訳「アンデスの風叢書　燃える平原」書肆風の薔薇 1990 p61
マカリオ
　◇杉山晃訳「アンデスの風叢書　燃える平原」書肆風の薔薇 1990 p76
マティルデ・アルカンヘルの息子
　◇杉山晃訳「アンデスの風叢書　燃える平原」書肆風の薔薇 1990 p179
燃える平原
　◇杉山晃訳「アンデスの風叢書　燃える平原」書肆風の薔薇 1990 p84
ルビーナ
　◇杉山晃訳「アンデスの風叢書　燃える平原」書肆風の薔薇 1990 p119

【レ】

黎 紫書　れい・ししょ（1971～）
北の辺境
　◇荒井茂夫訳「台湾熱帯文学 4」人文書院 2011 p59
白蟻の夢魔（むま）
　◇荒井茂夫訳「台湾熱帯文学 4」人文書院 2011 p15
山の厄神
　◇荒井茂夫訳「台湾熱帯文学 4」人文書院 2011 p37
レイ, ジャン　Ray, Jean（1887～1964　ベルギー）
金歯
　◇平岡敦訳「異色作家短篇集 20」早川書房 2007 p191
闇の路地
　◇森茂太郎訳「怪奇小説精華」筑摩書房 2012（ちくま文庫）p529

夜の主
　◇三田順訳「幻想の坩堝—ベルギー・フランス語幻想短編集」松籟社 2016 p197
レイヴァー, ジェイムズ　Laver, James（1899～1975　イギリス）
誰が呼んだ？
　◇平井呈一編「壁画の中の顔—こわい話気味のわるい話 3」沖積舎 2012 p149
冷血　れいけつ
上海のシャーロック・ホームズ最初の事件
　◇樽本照雄編・訳「上海のシャーロック・ホームズ」国書刊行会 2016（ホームズ万国博覧会）p7
モルヒネ事件—上海のシャーロック・ホームズ第三の事件
　◇樽本照雄編・訳「上海のシャーロック・ホームズ」国書刊行会 2016（ホームズ万国博覧会）p127
レイシー, エド　Lacy, Ed（1911～1968　アメリカ）
ストア・コップ
　◇松野玲子訳「ブルー・ボウ・シリーズ　殺人コレクション」青弓社 1992 p51
レイニー, スティーヴン・M.
許されし者
　◇金子浩訳「サイコーホラー・アンソロジー」祥伝社 1998（祥伝社文庫）p529
レイノヴァ, ヴァニヤ
トランポリン
　◇山田友子訳「アメリカ新進作家傑作選 2006」DHC 2007 p125
レイモン, リチャード　Laymon, Richard（1947～2001　アメリカ）
出血者
　◇風間賢二訳「ヴァンパイア・コレクション」角川書店 1999（角川文庫）p551
狙われた女
　◇尾之上浩司訳「狙われた女」扶桑社 2014（扶桑社ミステリー）p75
森のレストラン
　◇夏来健次訳「死霊たちの宴 上」東京創元社 1998（創元推理文庫）p43
レイモンド, デレク
真新しい死
　◇田口俊樹訳「ロンドン・ノワール」扶桑社 2003（扶桑社ミステリー）p143

レイン, ジョエル
セーラ
◇嶋田洋一訳「魔猫」早川書房 1999 p299

レヴィ＝クワンツ, ステファン
本当の贈り物
◇にむらじゅんこ訳「フランス式クリスマス・プレゼント」水声社 2000 p67

レヴィーン, ステイシー
弟
◇岸本佐知子編訳「コドモノセカイ」河出書房新社 2015 p81
ケーキ
◇岸本佐知子編訳「居心地の悪い部屋」角川書店 2012 p171
◇岸本佐知子編訳「居心地の悪い部屋」河出書房新社 2015 (河出文庫) p145

レヴィンスン, ロバート・S. Levinson, Robert S. (アメリカ)
記憶の囚人
◇加賀山卓朗訳「18の罪―現代ミステリ傑作選」ヴィレッジブックス 2012 (ヴィレッジブックス) p139

レオ, エニッド・デ
人生の本質
◇渡邉大太訳「ダイヤモンド・ドッグ―《多文化を映す》現代オーストラリア短編小説集」現代企画室 2008 p67

レオニ, レオ Lionni, Leo (1910～1999 オランダ)
スイミー
◇谷川俊太郎訳「二時間目国語」宝島社 2008 (宝島社文庫) p32

レオーネ, ダン
家族
◇新熊富美子訳「アメリカミステリ傑作選 2003」DHC 2003 (アメリカ文芸「年間」傑作選) p269

レオポルド, トム Leopold, Tom (アメリカ)
君がそこにいるように
◇岸本佐知子訳「新しいアメリカの小説 君がそこにいるように」白水社 1989 p1
誰かが歌っている
◇岸本佐知子訳「新しいアメリカの小説 誰かが歌っている」白水社 1992 p1

レオン・ユット・モイ (マレーシア)
赤と白
◇「留学生文学賞作品集 2006」留学生文学賞委員会 2007 p41

レグラ, カトリン Röggla, Kathrin (1971～ オーストリア)
私たちは眠らない
◇植松なつみ訳「ドイツ現代戯曲選30 8」論創社 2006 p7

レシミャン, ボレスワフ
鋸
◇長谷見一雄訳「ポケットのなかの東欧文学―ルネッサンスから現代まで」成文社 2006 p193

レスクワ, ジョン
お遊びポーカー
◇濱野大道訳「ポーカーはやめられない―ポーカー・ミステリ書下ろし傑作選」ランダムハウス講談社 2010 p477
サイレント・ハント
◇田口俊樹訳「フェイスオフ対決」集英社 2015 (集英社文庫) p425

レスコ, ダヴィッド Lescot, David (1971～ フランス)
自分みがき
◇佐藤康訳「コレクション現代フランス語圏演劇 14」れんが書房新社 2010 p87
破産した男
◇奥平敦子訳「コレクション現代フランス語圏演劇 14」れんが書房新社 2010 p7

レスコフ, ニコライ・セミョーノヴィチ
かもじの美術家―墓のうえの物語
◇神西清訳「世界100物語 4」河出書房新社 1997 p90
真珠のネックレス
◇田辺佐保子訳「ロシアのクリスマス物語」群像社 1997 p195

レズニック, マイク Resnick, Mike (1942～ アメリカ)
オルドヴァイ峡谷七景
◇内田昌之訳「90年代SF傑作選 上」早川書房 2002 (ハヤカワ文庫) p255
天国の門の冒険
◇日暮雅通訳「シャーロック・ホームズのSF大冒険―短篇集 下」河出書房新社 2006 (河出文庫) p328

レズニック, ローラ
行方不明の棺
◇野下祥子訳「シャーロック・ホームズのSF大冒険―短篇集 上」河出書房新社 2006（河出文庫）p138

レセム, ジョナサン　Lethem, Jonathan（1964〜　アメリカ）
永遠に、とアヒルはいった
◇浅倉久志訳「90年代SF傑作選 上」早川書房 2002（ハヤカワ文庫）p347

スーパーゴートマン
◇渡辺佐智江訳「ベスト・ストーリーズ 3」早川書房 2016 p189

レッサー, ウェンディ
ラルフ
◇斎藤栄治訳「猫好きに捧げるショート・ストーリーズ」国書刊行会 1997 p361

列子　れっし
果ての国
◇小林勝人訳「超短編アンソロジー」筑摩書房 2002（ちくま文庫）p111

レッシング, ドリス　Lessing, Doris May（1919〜2013　イギリス）
彼
◇中村邦生訳「この愛のゆくえ―ポケットアンソロジー」岩波書店 2011（岩波文庫別冊）p371

十九号室へ
◇石塚久郎訳「病短編小説集」平凡社 2016（平凡社ライブラリー）p205

老女と猫
◇大社淑子訳「猫好きに捧げるショート・ストーリーズ」国書刊行会 1997 p335

レッタウ, ラインハルト
新時刻表
◇前川道介訳「独逸怪奇小説集成」国書刊行会 2001 p185

レット, キャシー
卵巣ルーレット
◇角田光代訳「わたしは女の子だから」英治出版 2012 p93

レッドフォード, ジョン　Redford, John（?〜1547　イギリス）
ウィット・知恵蔵とサイエンス・華子
◇冬木ひろみ訳「イギリス・ルネサンス演劇集 2」早稲田大学出版部 2002 p241

レッドベター, スーザン
義母の殺し方
◇田口俊樹訳「主婦に捧げる犯罪―書下ろしミステリ傑作選」武田ランダムハウスジャパン 2012（RHブックス＋プラス）p379

レティフ・ド・ラ・ブルトンヌ, ニコラ・エドム　Réstif de la Bretonne, Nicolas-Edme（フランス）
アンドログラフ
◇植田祐次訳「啓蒙のユートピア 3」法政大学出版局 1997 p697

南半球の発見
◇植田祐次訳「啓蒙のユートピア 3」法政大学出版局 1997 p429

レディング, サンドラ
罪なこと
◇吉田利子訳「間違ってもいい、やってみたら―想いがはじける28の物語」講談社 1998 p157

レドモンド, クリストファー
アメリカにやってきたシャーロック・ホームズの生みの親
◇日暮雅通訳「シャーロック・ホームズ アメリカの冒険」原書房 2012 p453

インターネット上のシャーロック・ホームズ
◇日暮雅通訳「シャーロック・ホームズ ワトソンの災厄」原書房 2003 p355

レトワール, クロード・ド
盗っ人たちの策略
◇鈴木康司訳「フランス十七世紀演劇集―喜劇」中央大学出版部 2010（中央大学人文科学研究所翻訳叢書）p224

レナード, エルモア　Leonard, Elmore（1925〜　アメリカ）
新しいメイド
◇高見浩訳「ベスト・アメリカン・ミステリ ジュークボックス・キング」早川書房 2005（ハヤカワ・ミステリ）p223

カレンが寝た男
◇高見浩訳「愛の殺人」早川書房 1997（ハヤカワ・ミステリ文庫）p241

火花
◇高見浩訳「殺さずにはいられない 2」早川書房 2002（ハヤカワ・ミステリ文庫）p7

ルーリーとプリティ・ボーイ
◇上條ひろみ訳「ベスト・アメリカン・ミステ

リ クラック・コカイン・ダイエット」早川書房 2007（ハヤカワ・ミステリ）p247

レナルズ, アレステア Reynolds, Alastair（1966〜　イギリス）
エウロパのスパイ
◇中原尚哉訳「90年代SF傑作選 上」早川書房 2002（ハヤカワ文庫）p61

レナルズ, マック Reynolds, Mack（1917〜83　アメリカ）
時は金
◇浅倉久志訳「きょうも上天気—SF短編傑作選」角川書店 2010（角川文庫）p175

レニエ, アンリ・ド Régnier, Henri François Joseph de（1864〜1936　フランス）
フォントフレード館の秘密
◇青柳瑞穂訳「怪奇小説傑作集新版 4」東京創元社 2006（創元推理文庫）p393

レノックス, マリオン
花嫁にメリー・クリスマス
◇上村悦子訳「四つの愛の物語—クリスマス・ストーリー 2014」ハーレクイン 2014 p187

レノン, ジョン Lennon, John（1940〜1980　イギリス）
蠅のいない日
◇金井美子訳「ダーク・ファンタジー・コレクション 8」論創社 2008 p117

レ・ファニュ, シェリダン Le Fanu, Joseph Sheridan（1814〜1873　アイルランド）
悪魔のディッコン
◇南條竹則訳「怪奇文学大山脈 1」東京創元社 2014 p241
オンジエ通りの怪
◇松岡光治編訳「ヴィクトリア朝幽霊物語—短篇集」アティーナ・プレス 2013 p165
吸血鬼カーミラ
◇清水みち, 鈴木万里訳「STORY REMIX 吸血鬼カーミラ」大栄出版 1996 p1
クロウル奥方の幽霊
◇平井呈一編「ミセス・ヴィールの幽霊—こわい話気味のわるい話 1」沖積舎 2011 p241
ティローンのある一族の歴史の一章——八三九
◇下楠昌哉訳「ゴシック短編小説集」春風社 2012 p165
妖精にさらわれた子供
◇佐藤弓生訳「怪奇小説日和—黄金時代傑作選」

筑摩書房 2013（ちくま文庫）p213
緑茶
◇平井呈一訳「怪奇小説傑作集新版 1」東京創元社 2006（創元推理文庫）p383

レフコート, ピーター
間引き
◇ウィリアム N.伊藤訳「ゾエトロープ Biz」角川書店 2001（Bookplus）p53

レフラー, シェリル・L.
千里眼
◇浅倉久志選訳「極短小説」新潮社 2004（新潮文庫）p270

レブリャーヌ, リビウ Rebreanu, Liviu（1885〜1944　ルーマニア）
大地への祈り
◇住谷春也訳「東欧の文学 大地への祈り」恒文社 1985 p3

レヘイン, デニス
レッド・アイ（コナリー, マイクル）
◇田口俊樹訳「フェイスオフ対決」集英社 2015（集英社文庫）p15

レーマン, ルート Rehman, Ruth（1922〜　ドイツ）
最初の衣装
◇中野京子訳「シリーズ現代ドイツ文学 4」早稲田大学出版部 1993 p206

レミゾフ, アレクセイ Remizov, Aleksei Mikhailovich（1877〜1957　ロシア）
犠牲
◇原卓也訳「怪奇小説傑作集新版 5」東京創元社 2006（創元推理文庫）p185

レ・ミン・クエ
遅すぎた午後
◇加藤栄編訳「ベトナム現代短編集 2」大同生命国際文化基金 2005（アジアの現代文芸）p23

レム, スタニスワフ
一分間
◇長谷見一雄訳「夢のかけら」岩波書店 1997（世界文学のフロンティア）p97

レーラー, クラウス Roehler, Klaus（1929〜　ドイツ）
冷えた足の患者
◇中野京子訳「シリーズ現代ドイツ文学 4」早稲田大学出版部 1993 p245

レルネット＝ホレーニア, アレクサンダー
　バッゲ男爵
　　◇前川道介訳「独逸怪奇小説集成」国書刊行会 2001 p195

レルミット, トリスタン　l'Hermite, Tristan（1601？〜1655　フランス）
　マリヤンヌ
　　◇橋本能訳「フランス十七世紀演劇集―悲劇」中央大学出版部 2011（中央大学人文科学研究所翻訳叢書）p178

レールモントフ　Lermontov, Mikhail Iurievich（1814〜1841　ロシア）
　「短剣」の三つの試訳
　　◇木村恭子訳「雑話集―ロシア短編集 2」「雑話集」の会 2009 p106

レレンバーグ, ジョン・L.
　さて、アーサー・コナン・ドイルから一語
　　◇日暮雅通訳「シャーロック・ホームズ ベイカー街の殺人」原書房 2002 p379
　シャーロッキアン・ライブラリ（スタシャワー, ダニエル）
　　◇日暮雅通訳「シャーロック・ホームズ ワトソンの災厄」原書房 2003 p377

レーン, アンドリュー
　無府主義者のトリック
　　◇日暮雅通訳「シャーロック・ホームズ アンダーショーの冒険」原書房 2016 p225

レーン, ダグラス・J.
　味方による誤爆
　　◇旦紀子訳「マシン・オブ・デス―A Collection of Stories about People who Know How They Will DIE」アルファポリス 2012 p357
　　◇旦紀子訳「マシン・オブ・デス」アルファポリス 2013（アルファポリス文庫）p284

任 徳耀　レン・トウヤオ
　魔法のお面―僕はつまらない
　　◇菱沼彬晁訳「中国現代戯曲集 第7集」晩成書房 2008 p75
　馬蘭花（マーランホァ）
　　◇菱沼彬晁訳「中国現代戯曲集 第7集」晩成書房 2008 p5

レンツ, ジークフリート　Lenz, Siegfried（1926〜　ドイツ）
　諦める好機
　　◇中野京子訳「シリーズ現代ドイツ文学 4」早稲田大学出版部 1993 p285

レンデル, ルース　Rendell, Ruth（1930〜　イギリス）
　衣装
　　◇小尾芙佐訳「夜汽車はバビロンへ―EQMM90年代ベスト・ミステリー」扶桑社 2000（扶桑社ミステリー）p97
　子守り
　　◇小尾芙佐訳「ミステリマガジン700―創刊700号記念アンソロジー 海外篇」早川書房 2014（ハヤカワ・ミステリ文庫）p247
　星座スカーフ
　　◇小尾芙佐訳「ウーマンズ・ケース 上」早川書房 1998（ハヤカワ・ミステリ文庫）p113
　銅の孔雀
　　◇角恭代訳「本の殺人事件簿―ミステリ傑作20選 2」バベル・プレス 2001 p151
　賄賂と堕落
　　◇深町眞理子訳「ディナーで殺人を 上」東京創元社 1998（創元推理文庫）p53

【 ロ 】

魯 敏　ろ・びん
　壁の上の父
　　◇加藤三由紀訳「9人の隣人たちの声―中国新鋭作家短編小説選」勉誠出版 2012 p131

盧 文麗　ろ・ぶんれい（1968〜　中国）
　西湖詩篇
　　◇佐藤普美子訳「中国現代文学選集 5」トランスビュー 2010
　三譚印月（サンタンインユエ）
　　◇佐藤普美子訳「中国現代文学選集 5」トランスビュー 2010 p2
　慕才亭（ムーツァイティン）
　　◇佐藤普美子訳「中国現代文学選集 5」トランスビュー 2010 p6
　柳浪聞鶯（リィウランウェンイン）
　　◇佐藤普美子訳「中国現代文学選集 5」トランスビュー 2010 p10
　龍井問茶（ロンジンウェンチャー）
　　◇佐藤普美子訳「中国現代文学選集 5」トランスビュー 2010 p14

魯 羊　ろ・よう
　青い模様のちりれんげ

◇金子わこ訳「じゃがいも―中国現代文学短編集」小学館スクウェア 2007 p99
◇金子わこ訳「じゃがいも―中国現代文学短編集」鼎書房 2012 p99
銀色の虎
◇金子わこ訳「じゃがいも―中国現代文学短編集」小学館スクウェア 2007 p43
◇金子わこ訳「じゃがいも―中国現代文学短編集」鼎書房 2012 p43

ローアー, デーア　Loher, Dea（1964～　ドイツ）
タトゥー
◇三輪玲子訳「ドイツ現代戯曲選30 21」論創社 2006 p7

ロア・バストス, アウグスト
捕虜
◇水町尚子訳「ラテンアメリカ傑作短編集―中南米スペイン語圏文学史を辿る」彩流社 2014 p279

阮 慶岳　ロアン・チンユエ
⇒阮慶岳（げん・けいがく）を見よ

ロイテンエッガー, ゲルトルート
シッピスのありがたい死者たち
◇田村久男訳「氷河の滴―現代スイス女性作家作品集」鳥影社・ロゴス企画 2007 p67

ロイド, デニス
緑の花瓶
◇三浦玲子訳「ダーク・ファンタジー・コレクション 5」論創社 2007 p285

ロイル, ニコラス
帰郷
◇大瀧啓裕訳「インスマス年代記 下」学習研究社 2001（学研M文庫）p149
サクソフォン
◇夏来健次訳「死霊たちの宴 下」東京創元社 1998（創元推理文庫）p247
スキン・ディープ
◇佐々木信雄訳「魔猫」早川書房 1999 p139

ロウ, ジャニス
銀幕のスター
◇戸田早紀訳「夜汽車はバビロンへ―EQMM90年代ベスト・ミステリー」扶桑社 2000（扶桑社ミステリー）p41

ローウェンタール, マイケル
あなたはここにいる
◇湯谷愛絵訳「アメリカ新進作家傑作選 2005」DHC 2006 p267

ロウグレン, カーン
人は見かけ
◇浅倉久志選訳「極短小説」新潮社 2004（新潮文庫）p114

老子　ろうし（中国）
老子
◇福永光司訳「世界古典文学全集 17」筑摩書房 2004 p3

ロウンデズ, ロバート・W.
グラーグのマント（ポール, フレデリック／ドクワイラー, H.）
◇岩村光博訳「クトゥルー 10」青心社 1997（暗黒神話大系シリーズ）p79
深淵の恐怖
◇岩村光博訳「クトゥルー 11」青心社 1998（暗黒神話大系シリーズ）p7

ロクティ, ディック
悪魔の犬
◇加賀山卓朗訳「18の罪―現代ミステリ傑作選」ヴィレッジブックス 2012（ヴィレッジブックス）p101
あばずれ
◇木村二郎訳「ベスト・アメリカン・ミステリ スネーク・アイズ」早川書房 2005（ハヤカワ・ミステリ）p343
悲しげな眼のブロンド
◇石田善彦訳「フィリップ・マーロウの事件」早川書房 2007（ハヤカワ・ミステリ文庫）p159

ロゲ・リポク（台湾）
リヴォクの日記〈アミ〉
◇柳本通彦訳「台湾原住民文学選 4」草風館 2004 p37

ローザイ, ペーター
オイレンシュピーゲル アメリカ
◇種村季弘訳「怪奇・幻想・綺想文学集―種村季弘翻訳集成」国書刊行会 2012 p331

ローザン, S.J.　Rozan, S.J.（1950～　アメリカ）
怒り
◇田口俊樹, 高山真由美訳「マンハッタン物語」二見書房 2008（二見文庫）p277
今度晴れたら

ロシヤ

◇田口俊樹訳「主婦に捧げる犯罪—書下ろしミステリ傑作選」武田ランダムハウスジャパン 2012（RHブックス＋プラス）p331

十一時のフィルム
◇宇佐川晶子訳「探偵稼業はやめられない—女探偵vs.男探偵」光文社 2003（光文社文庫）p303

チン・ヨンユン、事件を捜査す
◇彦田理矢子訳「ベスト・アメリカン・短編ミステリ 2012」DHC 2012 p535

春の月見
◇直良和美訳「ポーに捧げる20の物語」早川書房 2009（Hayakawa pocket mystery books）p327

ペテン師ディランシー
◇直良和美訳「エドガー賞全集—1990～2007」早川書房 2008（ハヤカワ・ミステリ文庫）p469

ロジャーズ, ジョエル・タウンズリー　Rogers, Joel Townsley（1896～1984　アメリカ）

赤い右手
◇夏来健次訳「世界探偵小説全集 24」国書刊行会 1997 p5

つなわたりの密室
◇夏来健次訳「密室殺人コレクション」原書房 2001 p9

魯迅　ろじん（1881～1936　中国）

明日
◇竹内好訳「諸国物語—stories from the world」ポプラ社 2008 p695

剣を鍛える話
◇竹内好訳「幻想小説神髄」筑摩書房 2012（ちくま文庫）p485

孔乙己
◇竹内好訳「人恋しい雨の夜に—せつない小説アンソロジー」光文社 2006（光文社文庫）p125

小さな出来事
◇竹内好訳「百年文庫 8」ポプラ社 2010 p17

ローズ, エミリー

愛を思い出して
◇後藤美香訳「愛は永遠に—ウエディング・ストーリー 2012」ハーレクイン 2012 p217

ロス, ジョアン

ホット・ショット
◇伊坂奈々訳「真夏の恋の物語—サマー・シズラー 2001」ハーレクイン 2001 p231

魔女のルール
◇鈴木美朋訳「キス・キス・キス—抱きしめるほどせつなくて」ヴィレッジブックス 2009（ヴィレッジブックス）p103

ローズ, ダン　Rhodes, Dan（1972～　イギリス）

悪霊
◇岸本佐知子編訳「変愛小説集 2」講談社 2010 p254

ウィージャ・ボード
◇岸本佐知子編訳「変愛小説集 2」講談社 2010 p250

会報
◇岸本佐知子編訳「変愛小説集 2」講談社 2010 p240

ガラス
◇岸本佐知子編訳「変愛小説集 2」講談社 2010 p244

キス
◇岸本佐知子編訳「変愛小説集 2」講談社 2010 p247

クラブ
◇岸本佐知子編訳「変愛小説集 2」講談社 2010 p241

警棒
◇岸本佐知子編訳「変愛小説集 2」講談社 2010 p256

元気
◇岸本佐知子編訳「変愛小説集 2」講談社 2010 p257

ジャム
◇岸本佐知子編訳「変愛小説集 2」講談社 2010 p247

趣味
◇岸本佐知子編訳「変愛小説集 2」講談社 2010 p245

人類学
◇岸本佐知子編訳「変愛小説集 2」講談社 2010 p239

そんなようなこと
◇岸本佐知子編訳「変愛小説集 2」講談社 2010 p255

沈没
◇岸本佐知子編訳「変愛小説集 2」講談社 2010 p253

眠る

◇岸本佐知子編訳「変愛小説集 2」講談社 2010 p254
パイロット
◇岸本佐知子編訳「変愛小説集 2」講談社 2010 p251
剥製
◇岸本佐知子編訳「変愛小説集 2」講談社 2010 p255
裸
◇岸本佐知子編訳「変愛小説集 2」講談社 2010 p250
花
◇岸本佐知子編訳「変愛小説集 2」講談社 2010 p244
美女
◇岸本佐知子編訳「変愛小説集 2」講談社 2010 p239
ビデオ
◇岸本佐知子編訳「変愛小説集 2」講談社 2010 p257
ひとりきり
◇岸本佐知子編訳「変愛小説集 2」講談社 2010 p245
部分
◇岸本佐知子編訳「変愛小説集 2」講談社 2010 p251
プルースト
◇岸本佐知子編訳「変愛小説集 2」講談社 2010 p252
ぺてん
◇岸本佐知子編訳「変愛小説集 2」講談社 2010 p256
ほこり
◇岸本佐知子編訳「変愛小説集 2」講談社 2010 p242
まさぐる
◇岸本佐知子編訳「変愛小説集 2」講談社 2010 p242
操
◇岸本佐知子編訳「変愛小説集 2」講談社 2010 p243
道しるべ
◇岸本佐知子編訳「変愛小説集 2」講談社 2010 p249
無関心
◇岸本佐知子編訳「変愛小説集 2」講談社 2010 p246

有料
◇岸本佐知子編訳「変愛小説集 2」講談社 2010 p241
リハーサル
◇岸本佐知子編訳「変愛小説集 2」講談社 2010 p252
レズビアン
◇岸本佐知子編訳「変愛小説集 2」講談社 2010 p248
笑う
◇岸本佐知子編訳「変愛小説集 2」講談社 2010 p248

ロス, マリリン
ダーク・シャドウズ
◇風間賢二訳「ヴァンパイア・コレクション」角川書店 1999 (角川文庫) p321

ロス, リリアン
ヘミングウェイの横顔─「さあ、皆さんのご意見はいかがですか？」
◇木原善彦訳「ベスト・ストーリーズ 1」早川書房 2015 p191

ローズ, ロイド
シャーロック・ホームズの百年
◇日暮雅通訳「シャーロック・ホームズ ベイカー街の殺人」原書房 2002 p353
幽霊と機械
◇日暮雅通訳「シャーロック・ホームズ アメリカの冒険」原書房 2012 p35

ローズ, M.J.　Rose, M.J.　(アメリカ)
笑うブッダ(ガードナー, リサ)
◇田口俊樹訳「フェイスオフ対決」集英社 2015 (集英社文庫) p123

ロズノー, ウェンディ
ハートの誘惑
◇藤倉詩音訳「マイ・バレンタイン─愛の贈りもの 2007」ハーレクイン 2007 p121

ロスマン, エレーン
形見
◇吉田利子訳「間違ってもいい、やってみたら─想いがはじける28の物語」講談社 1998 p93

ロースン, クレイトン　Rawson, Clayton (1906～1971　アメリカ)
天外消失
◇阿部主計訳「天外消失─世界短篇傑作集 Off the face of the earth and other stories」早川

書房 2008（ハヤカワ・ミステリ）p123
天井の足跡
　◇北見尚子訳「世界探偵小説全集 9」国書刊行会 1995 p9
どもりの六分儀の事件（ケンドリック, ベイナード）
　◇飯城勇三編訳「エラリー・クイーンの災難」論創社 2012（論創海外ミステリ）p303
世に不可能事なし
　◇森郁夫訳「密室殺人傑作選」早川書房 2003（ハヤカワ・ミステリ文庫）p119

ロセッティ, クリスティナ　Rossetti, Christina Georgina（1830〜1894　イギリス）
誕生日
　◇羽矢謙一訳「ファイン／キュート素敵かわいい作品選」筑摩書房 2015（ちくま文庫）p42

ロセッティ, ダンテ・ゲイブリエル　Rossetti, Dante Gabriel（1828〜1882　イギリス）
林檎の谷
　◇南條竹則編訳「イギリス恐怖小説傑作選」筑摩書房 2005（ちくま文庫）p7

ローゼンドルファー, ヘルベルト
公園での出会い
　◇前川道介訳「独逸怪奇小説集成」国書刊行会 2001 p108

ロックリー, スティーヴ
ペルシャのスリッパー
　◇尾之上浩司訳「シャーロック・ホームズとヴィクトリア朝の怪人たち 2」扶桑社 2015（扶桑社ミステリー）p173

ロッゲム, マヌエル・ヴァン
ある犬の生涯
　◇種村季弘訳「怪奇・幻想・綺想文学集―種村季弘翻訳集成」国書刊行会 2012 p523
窓の前の原始時代
　◇種村季弘訳「怪奇・幻想・綺想文学集―種村季弘翻訳集成」国書刊行会 2012 p517

ロット, ブレット
家族
　◇岸本佐知子編訳「楽しい夜」講談社 2016 p121

ローデン, バーバラ
怪しい使用人
　◇日暮雅通訳「シャーロック・ホームズの大冒険 上」原書房 2009 p177

ローデンバック, ジョルジュ　Rodenbach, Georges（1855〜1898　ベルギー）
肖像の一生
　◇高橋洋一訳「百年文庫 98」ポプラ社 2011 p51
時計
　◇村松定史訳「幻想の坩堝―ベルギー・フランス語幻想短編集」松籟社 2016 p29

ロード, オードリー
『ザミ 私の名の新しい綴り』より
　◇有満麻美子訳「私の謎」岩波書店 1997（世界文学のフロンティア）p163

ロード, ジョナサン　Lord, Jonathan
いつものこと
　◇荒井公代訳「ブルー・ボウ・シリーズ キスの代償」青弓社 1994 p103

ロード, ジョン　Rhode, John（1884〜1964　イギリス）
見えない凶器
　◇駒月雅子訳「世界探偵小説全集 7」国書刊行会 1996 p7

ロート, ヨーゼフ　Roth, Joseph（1894〜1939　オーストリア）
駅長ファルメライアー
　◇渡辺健訳「百年文庫 37」ポプラ社 2010 p5

ロート＝アヴィレス, ネーナ（オーストリア）
引っ掻かれたベートーヴェン
　◇伊藤直子訳「現代ウィーン・ミステリー・シリーズ 9」水声社 2002 p147

ロートマン, ラルフ　Rothmann, Ralf（1953〜ドイツ）
森のなかの夜
　◇宮田眞治訳「ドイツ文学セレクション 森のなかの夜」三修社 1997 p1

ロトルー, ジャン
真説聖ジュネ
　◇橋本能, 浅谷眞弓訳「フランス十七世紀演劇集―悲劇」中央大学出版部 2011（中央大学人文科学研究所翻訳叢書）p312

ロートレアモン　Lautréamont, Comte de（1846〜1870　フランス）
ロートレアモン伯爵／イジドール・デュカス
　◇栗田勇訳「黒いユーモア選集 1」河出書房新社 2007（河出文庫）p267

ロード・ワトスン
　真説シャーロック・ホームズの生還
　　◇北原尚彦編訳「シャーロック・ホームズの栄冠」論創社 2007（論創海外ミステリ）p67
ロハス, マヌエル　Rojas, Manuel（1896～1973　チリ）
　一杯のミルク
　　◇比井和子訳「ラテンアメリカ傑作短編集―中南米スペイン語圏文学史を辿る」彩流社 2014 p155
　泥棒の息子
　　◇今井洋子訳「20世紀民衆の世界文学 5」三友社出版 1989 p1
ロバーツ, キース
　降誕祭前夜
　　◇板倉厳一郎訳「ベータ2のバラッド」国書刊行会 2006（未来の文学）p179
　スカーレット・レイディ
　　◇中村融訳「千の脚を持つ男―怪物ホラー傑作選」東京創元社 2007（創元推理文庫）p297
　ボールターのカナリア
　　◇中村融編訳「影が行く―ホラーSF傑作選」東京創元社 2000（創元SF文庫）p99
ロバーツ, ギリアン　Roberts, Gillian（1939～　アメリカ）
　めでたしめでたしの後で
　　◇白須清美訳「赤ずきんの手には拳銃」原書房 1999 p295
ロバーツ, ネイサン
　これは皮膚ではない
　　◇平野真美訳「アメリカ新進作家傑作選 2004」DHC 2005 p225
ロバーツ, ノーラ　Roberts, Nora（1950～　アメリカ）
　夏のふれあい
　　◇菊池陽子訳「夏に恋したシンデレラ」ハーパーコリンズ・ジャパン 2016（サマーシズラーVB）p5
ロバーツ, バリー
　アドルトンの呪い
　　◇日暮雅通訳「シャーロック・ホームズの大冒険 上」原書房 2009 p387
ロバーツ, ミシェル　Roberts, Michele（Brigitte）（1949～　イギリス）
　イースターエッグ・ハント
　　◇ふなとよし子訳「バースデー・ボックス」メタローグ 2004 p69
ロバーツ, モーリー
　血の呪物
　　◇玉木亨訳「ヴァンパイア・コレクション」角川書店 1999（角川文庫）p193
ロバーツ, ラルフ
　時を超えた名探偵
　　◇五十嵐加奈子訳「シャーロック・ホームズのSF大冒険―短篇集 下」河出書房新社 2006（河出文庫）p207
　問題児（ニマーシャイム, ジャック）
　　◇常田景子訳「ノストラダムス秘録」扶桑社 1999（扶桑社ミステリー）p67
ロバーツ, レス
　いさましいちびの衣装デザイナー
　　◇花田知恵訳「白雪姫、殺したのはあなた」原書房 1999 p177
ロバーツ, S.C.
　トスカ枢機卿事件
　　◇北原尚彦編訳「シャーロック・ホームズの栄冠」論創社 2007（論創海外ミステリ）p239
ロビンズ, グレンヴィル
　放送された肉体
　　◇森英俊訳「これが密室だ！」新樹社 1997 p101
ロビンスン, ピーター　Robinson, Peter（1950～　イギリス）
　イーストヴェイル・レディーズ・ポーカー・サークル
　　◇田口俊樹訳「ポーカーはやめられない―ポーカー・ミステリ書下ろし傑作選」ランダムハウス講談社 2010 p389
　ミッシング・イン・アクション
　　◇巴妙子訳「アメリカミステリ傑作選 2003」DHC 2003（アメリカ文芸「年間」傑作選）p437
　　◇巴妙子訳「エドガー賞全集―1990～2007」早川書房 2008（ハヤカワ・ミステリ文庫）p431
　もうひとりの戦没者
　　◇愛甲悦子訳「アメリカミステリ傑作選 2001」DHC 2001（アメリカ文芸「年間」傑作選）p467
ロビンスン, フランク・M.
　バーバリー・コーストの幽霊

◇佐藤友紀訳「シャーロック・ホームズのSF大冒険―短篇集 上」河出書房新社 2006（河出文庫）p198

ロビンスン, ロクサーナ
フェイス・リフト
◇野間彩子訳「アメリカミステリ傑作選 2003」DHC 2003（アメリカ文芸「年間」傑作選）p463

ロビンソン, ルイス
潜水夫(ダイバー)
◇岸本佐知子編訳「居心地の悪い部屋」角川書店 2012 p103
◇岸本佐知子編訳「居心地の悪い部屋」河出書房新社 2015（河出文庫）p83

ロブサンツェレン, ペレンレイン
ノラムティン・ウヴルにて
◇柴内秀司訳「モンゴル近現代短編小説選」パブリック・ブレイン 2013 p114
水のような空色
◇柴内秀司訳「モンゴル近現代短編小説選」パブリック・ブレイン 2013 p99

ロペイト, フィリップ
猫を飼う
◇岩元巌訳「猫好きに捧げるショート・ストーリーズ」国書刊行会 1997 p15

ロペス・ポルティーリョ・イ・ロハス, ホセ
持ち主のない時計
◇有働恵子訳「ラテンアメリカ傑作短編集―中南米スペイン語圏文学史を辿る」彩流社 2014 p89

ローベル, アーノルド　Lobel, Arnold（1933～87　アメリカ）
世界がきれいになったわけ(河野宗一郎〔脚色〕)
◇河野宗一郎脚色「成城・学校劇脚本集―成城学園初等学校劇の会150回記念」成城学園初等学校出版部 2002（成城学園初等学校研究双書）p22

ローマー, サックス　Rohmer, Sax（1883頃～1959　イギリス）
チェリアピン
◇中村能三訳「怪奇小説傑作集新版 2」東京創元社 2006（創元推理文庫）p367

ロマーノフ, パンテレイモン　Romanov, Panteleimon（1884～1938　ロシア）
うわみずざくらの花なしに

◇和久利誓一訳「世界100物語 4」河出書房新社 1997 p313

ローマン, アイザック
鐘
◇山本俊子訳「ミニ・ミステリ100」早川書房 2005（ハヤカワ・ミステリ文庫）p215
箱
◇山本俊子訳「ミニ・ミステリ100」早川書房 2005（ハヤカワ・ミステリ文庫）p221
ふたつの後奏曲
◇田村義進訳「ミニ・ミステリ100」早川書房 2005（ハヤカワ・ミステリ文庫）p401

ロモンド
救世主の約束
◇内田吉彦訳「アンデスの風叢書 天国・地獄百科」書肆風の薔薇 1982 p45

ローラー, パトリック
ついに真実が
◇浅倉久志選訳「極短小説」新潮社 2004（新潮文庫）p281

ロラック, E.C.R.　Lorac, E.C.R.（1894～1958　イギリス）
死のチェックメイト
◇中島なすか訳「海外ミステリ Gem Collection 2」長崎出版 2007 p1
ジョン・ブラウンの死体
◇桐藤ゆき子訳「世界探偵小説全集 18」国書刊行会 1997 p7

ロラン, オリヴィエ　Rolin, Olivier（フランス）
閃光 そして闇
◇高頭麻子訳「新しいフランスの小説 シュザンヌの日々」白水社 1995 p145

ロラン, ジャン　Lorrain, Jean（1855～1906　フランス）
仮面の孔
◇澁澤龍彦訳「澁澤龍彦訳暗黒怪奇短篇集」河出書房新社 2013（河出文庫）p111
仮面の孔(あな)
◇澁澤龍彦訳「怪奇小説傑作集新版 4」東京創元社 2006（創元推理文庫）p379

ロラン, ロマン　Rolland, Romain（1866～1944　フランス）
信仰の悲劇
◇新城和一訳「信仰の悲劇」ゆまに書房 2006（昭和初期世界名作翻訳全集）p3

ローリーニ, ミリアム
　失われた夢
　　◇興津真理子訳「ウーマンズ・ケース 下」早川書房 1998（ハヤカワ・ミステリ文庫）p229

ロリンズ, ジェームズ　Rollins, James（1961～　アメリカ）
　悪魔の骨（ベリー, スティーブ）
　　◇田口俊樹訳「フェイスオフ対決」集英社 2015（集英社文庫）p465

ロールズ, エリザベス
　純情なシンデレラ
　　◇霜月桂訳「四つの愛の物語―クリスマス・ストーリー 2014」ハーレクイン 2014 p309
　悩める公爵
　　◇高木晶子訳「愛は永遠に―ウエディング・ストーリー 2015」ハーレクイン 2015 p237

ロールストン, W.R.S.
　バーバ・ヤガー
　　◇和佐田道子編訳「シンデレラ」竹書房 2015（竹書房文庫）p38

ロルド, アンドレ・ド　Lorde, André de（1871～1942　フランス）
　幻覚実験室
　　◇藤田真利子訳「怪奇文学大山脈 3」東京創元社 2014 p239
　幻覚の実験室（ボーシュ, アンリ）
　　◇真野倫平訳「グラン＝ギニョル傑作選―ベル・エポックの恐怖演劇」水声社 2010 p39
　最後の拷問
　　◇藤田真利子訳「怪奇文学大山脈 3」東京創元社 2014 p285
　わたしは告発…されている
　　◇藤田真利子訳「怪奇文学大山脈 3」東京創元社 2014 p231

ローレンス, アンドレア
　幸せまでのカウントダウン
　　◇高橋美友紀訳「愛は永遠に―ウエディング・ストーリー 2014」ハーレクイン 2014 p297

ローレンス, キム　Lawrence, Kim（イギリス）
　甘美な嘘
　　◇小長光弘美訳「マイ・バレンタイン―愛の贈りもの 2006」ハーレクイン 2006 p205
　気高きシーク
　　◇小林町子訳「真夏の恋の物語―サマー・シズラー 2010」ハーレクイン 2010 p5
　シークと乙女
　　◇高木晶子訳「真夏の恋の物語―サマー・シズラー 2009」ハーレクイン 2009 p5
　秘密に魅せられて
　　◇大森みち花訳「真夏の恋の物語―サマー・シズラー 2006」ハーレクイン 2006 p5

ローレンス, ステファニー
　ローグ・ジェラードの陥落
　　◇嵯峨静江訳「めぐり逢う四季（きせつ）」二見書房 2009（二見文庫）p7

ローレンス, D.H.　Lawrence, David Herbert（1885～1930　イギリス）
　菊の香り
　　◇河野一郎訳「百年文庫 30」ポプラ社 2010 p5
　菊のにおい
　　◇阿部知二訳「世界100物語 6」河出書房新社 1997 p49
　最後の笑い
　　◇中野善夫訳「英国短篇小説の愉しみ 3」筑摩書房 1999 p69
　乗車券を拝見
　　◇上田和夫訳「英国鉄道文学傑作選」筑摩書房 2000（ちくま文庫）p95
　プロシア士官
　　◇森岡実穂訳「ゲイ短編小説集」平凡社 1999（平凡社ライブラリー）p223
　木馬を駆る少年
　　◇矢野浩三郎訳「賭けと人生」筑摩書房 2011（ちくま文学の森）p217

ローレンス, K.M.
　絶望
　　◇旦紀子訳「マシン・オブ・デス―A Collection of Stories about People who Know How They Will DIE」アルファポリス 2012 p58

ローレンツ, アーサー　Laurents, Arthur（1920～2011　アメリカ）
　ウェスト・サイド・ストーリー
　　◇勝田安彦訳「ウェスト・サイド・ストーリー―ジェローム・ロビンズの原案に基づく」カモミール社 2006（勝田安彦ドラマシアターシリーズ）p1

ロロフソン, クリスティン
　ロマンスの贈り物
　　◇黒瀬みな訳「マイ・バレンタイン―愛の贈りもの 2002」ハーレクイン 2002 p5

ローワン, ヴィクター
　納骨堂に
　　◇大関花子訳「怪樹の腕—〈ウィアード・テールズ〉戦前邦訳傑作選」東京創元社 2013 p137

ローン, ランディ
　切り株に恋した男
　　◇本庄宏行訳「ベスト・アメリカン・短編ミステリ」DHC 2010 p429

ロング, ダグ
　キスを発明した男
　　◇浅倉久志選訳「極短小説」新潮社 2004（新潮文庫）p197
　時と金
　　◇浅倉久志選訳「極短小説」新潮社 2004（新潮文庫）p227

ロング, フランク・ベルナップ　Long, Frank Belknap（1903〜1994　アメリカ）
　暗黒の復活
　　◇遠藤勘也訳「新編 真ク・リトル・リトル神話大系 6」国書刊行会 2009 p189
　怪魔の森
　　◇波津博明訳「新編 真ク・リトル・リトル神話大系 1」国書刊行会 2007 p43
　彼方よりの挑戦（ムーア, C.L./メリット, エイブラム/ラヴクラフト, H.P./ハワード, ロバート・E.）
　　◇浅間健二訳「新編 真ク・リトル・リトル神話大系 2」国書刊行会 2007 p191
　恐怖の山
　　◇東谷真知子訳「クトゥルー 11」青心社 1998（暗黒神話大系シリーズ）p159
　月面植物殺人事件
　　◇野田昌宏編訳「太陽系無宿／お祖母ちゃんと宇宙海賊—スペース・オペラ名作選」東京創元社 2013（創元SF文庫）p127
　千の脚を持つ男
　　◇中村融訳「千の脚を持つ男—怪物ホラー傑作選」東京創元社 2007（創元推理文庫）p143
　脳を喰う怪物
　　◇渡辺健一郎訳「新編 真ク・リトル・リトル神話大系 2」国書刊行会 2007 p87
　漂流者の手記
　　◇「怪樹の腕—〈ウィアード・テールズ〉戦前邦訳傑作選」東京創元社 2013 p79
　夜歩く石像
　　◇根本政信訳「新編 真ク・リトル・リトル神話大系 1」国書刊行会 2007 p199

ロングフェロー, ヘンリー・ワズワース
　ペリゴーの公証人
　　◇柳瀬尚紀訳「犯罪は詩人の楽しみ—詩人ミステリ集成」東京創元社 2012（創元推理文庫）p92

ローンズ, R.A.W.　Lowndes, Robert Augustine Ward（1916〜1998　アメリカ）
　月に跳ぶ人
　　◇福岡洋一訳「新編 真ク・リトル・リトル神話大系 4」国書刊行会 2008 p7

ロンドン, ケイト
　熱い九カ月
　　◇井野上悦子訳「真夏の恋の物語—サマー・シズラー 2000」ハーレクイン 2000 p293

ロンドン, ジャック　London, Jack（1876〜1916　アメリカ）
　海の狼
　　◇関弘訳「シリーズ百年の物語 3」トパーズプレス 1996 p3
　影と光
　　◇井上謙治訳「バベルの図書館 5」国書刊行会 1988 p129
　　◇井上謙治訳「新編 バベルの図書館 1」国書刊行会 2012 p288
　コナの保安官
　　◇土屋陽子訳「病短編小説集」平凡社 2016（平凡社ライブラリー）p65
　死の同心円
　　◇井上謙治訳「バベルの図書館 5」国書刊行会 1988 p101
　　◇井上謙治訳「新編 バベルの図書館 1」国書刊行会 2012 p270
　生命の掟
　　◇井上謙治訳「バベルの図書館 5」国書刊行会 1988 p59
　　◇井上謙治訳「新編 バベルの図書館 1」国書刊行会 2012 p245
　焚き火
　　◇辻井栄滋訳「読まずにいられぬ名短篇」筑摩書房 2014（ちくま文庫）p157
　焚火
　　◇瀧川元男訳「百年文庫 20」ポプラ社 2010 p67
　恥っかき
　　◇井上謙治訳「バベルの図書館 5」国書刊行会

1988 p75
◇井上謙治訳「新編 バベルの図書館 1」国書刊行会 2012 p254
火をおこす
◇平石貴樹編訳「アメリカ短編ベスト10」松柏社 2016 p141
火を熾す
◇柴田元幸編訳「アメリカン・マスターピース 古典篇」スイッチ・パブリッシング 2013（SWITCH LIBRARY）p223
マプヒの家
◇井上謙治訳「バベルの図書館 5」国書刊行会 1988 p15
◇井上謙治訳「新編 バベルの図書館 1」国書刊行会 2012 p217
まん丸顔
◇辻井栄滋訳「読まずにいられぬ名短篇」筑摩書房 2014（ちくま文庫）p143

ロンム
ぼくの娘ナターシャ
◇前田恵訳「雑話集―ロシア短編集 3」ロシア文学翻訳グループクーチカ 2014 p104

【ワ】

ワイナー, スティーヴ　Weiner, Steve（1947～ アメリカ）
愛の博物館
◇葉月陽子訳「VOICES OVERSEAS 愛の博物館」講談社 1996 p1

ワイルド, オスカー　Wilde, Oscar（1854～1900 イギリス）
アーサー・サヴィル卿の犯罪
◇小野協一訳「新編 バベルの図書館 2」国書刊行会 2012 p129
アーサー・サヴィル卿の犯罪―義務の研究
◇小野協一訳「バベルの図書館 6」国書刊行会 1988 p15
革命婦人
◇内田魯庵訳「革命婦人」ゆまに書房 2004（昭和初期世界名作翻訳全集）p5
カンタヴィルの幽霊
◇小野協一訳「百年文庫 84」ポプラ社 2011 p5
◇小野協一訳「新編 バベルの図書館 2」国書刊行会 2012 p174

カンタヴィルの幽霊―物心論的ロマンス
◇小野協一訳「バベルの図書館 6」国書刊行会 1988 p83
幸福な王子
◇大橋洋一訳「ゲイ短編小説集」平凡社 1999（平凡社ライブラリー）p93
しあわせな王子
◇柴田元幸編訳「ブリティッシュ＆アイリッシュ・マスターピース」スイッチ・パブリッシング 2015（SWITCH LIBRARY）p69
幸せの王子
◇矢川澄子訳「バベルの図書館 6」国書刊行会 1988 p139
◇矢川澄子訳「新編 バベルの図書館 2」国書刊行会 2012 p211
ティルニー
◇大橋洋一訳「クィア短編小説集―名づけえぬ欲望の物語」平凡社 2016（平凡社ライブラリー）p141
弟子
◇西村孝次訳「超短編アンソロジー」筑摩書房 2002（ちくま文庫）p89
ナイチンゲールとばら
◇守屋陽一訳「悪いやつの物語」筑摩書房 2011（ちくま文学の森）p341
ナイチンゲールと薔薇
◇矢川澄子訳「バベルの図書館 6」国書刊行会 1988 p159
◇矢川澄子訳「新編 バベルの図書館 2」国書刊行会 2012 p224
秘密のないスフィンクス
◇平井程一訳「諸国物語―stories from the world」ポプラ社 2008 p29
漁師とかれの魂
◇長井那智子訳「人魚―mermaid & merman」皓星社 2016（紙礫）p18
わがままな大男
◇矢川澄子訳「バベルの図書館 6」国書刊行会 1988 p173
◇矢川澄子訳「新編 バベルの図書館 2」国書刊行会 2012 p233
W・H氏の肖像
◇清水晶子訳「ゲイ短編小説集」平凡社 1999（平凡社ライブラリー）p9

ワイルド, キャサリン
人生を変えた五十五語
◇浅倉久志選訳「極短小説」新潮社 2004（新潮

ワイル

文庫）p350

ワイルド, パーシヴァル　Wilde, Percival
（1887〜1953　アメリカ）

赤と黒
◇巴妙子訳「ミステリーの本棚　悪党どものお楽しみ」国書刊行会 2000 p95

アカニレの皮
◇巴妙子訳「ミステリーの本棚　悪党どものお楽しみ」国書刊行会 2000 p241

悪党どものお楽しみ
◇巴妙子訳「ミステリーの本棚　悪党どものお楽しみ」国書刊行会 2000

エピローグ
◇巴妙子訳「ミステリーの本棚　悪党どものお楽しみ」国書刊行会 2000 p293

カードの出方
◇巴妙子訳「ミステリーの本棚　悪党どものお楽しみ」国書刊行会 2000 p35

シンボル
◇巴妙子訳「ミステリーの本棚　悪党どものお楽しみ」国書刊行会 2000 p7

ビギナーズ・ラック
◇巴妙子訳「ミステリーの本棚　悪党どものお楽しみ」国書刊行会 2000 p159

火の柱
◇巴妙子訳「ミステリーの本棚　悪党どものお楽しみ」国書刊行会 2000 p207

ポーカー・ドッグ
◇巴妙子訳「ミステリーの本棚　悪党どものお楽しみ」国書刊行会 2000 p67

良心の問題
◇巴妙子訳「ミステリーの本棚　悪党どものお楽しみ」国書刊行会 2000 p125

ワインバーグ, ロバート

パリのジェントルマン（グレッシュ, ロイス・H.）
◇日暮雅通訳「シャーロック・ホームズの大冒険　下」原書房 2009 p7

黙示録の四行詩
◇佐脇洋平訳「ノストラダムス秘録」扶桑社 1999（扶桑社ミステリー）p379

若者　わかもの

レイモンド―断片――七九九
◇大沼由布訳「ゴシック短編小説集」春風社 2012 p65

ワグナー, カール・エドワード

裏切り
◇田中一江訳「シルヴァー・スクリーム　上」東京創元社 2013（創元推理文庫）p349

夏の終わるところ
◇真野明裕訳「闇の展覧会　敵」早川書房 2005（ハヤカワ文庫）p299

ワーグナー, リヒャルト　Wagner, Richard
（1813〜1883　ドイツ）

神々の黄昏―ニーベルングの指環
◇高橋康也, 高橋宣也訳「〈新訳・世界の古典〉シリーズ　神々の黄昏」新書館 1998 p7

ジークフリート―ニーベルングの指環
◇高橋康也, 高橋宣也訳「〈新訳・世界の古典〉シリーズ　ジークフリート」新書館 1998 p7

ベートーヴェンまいり
◇高木卓訳「百年文庫 13」ポプラ社 2010 p5

ラインの黄金―ニーベルングの指環
◇高橋康也, 高橋宣也訳「〈新訳・世界の古典〉シリーズ　ラインの黄金」新書館 1999 p1

ワルキューレ―ニーベルングの指環
◇高橋康也, 高橋迪訳「〈新訳・世界の古典〉シリーズ　ワルキューレ」新書館 1997 p7

ワグネル

少佐とコオロギ
◇片山ふえ訳「雑話集―ロシア短編集」「雑話集」の会 2005 p64

白樺
◇吉田差和子訳「雑話集―ロシア短編集」「雑話集」の会 2005 p54

ワグネル, ニコライ・ペトローヴィチ

うすのろ―過ぎし昔のクリスマス物語
◇田辺佐保子訳「ロシアのクリスマス物語」群像社 1997 p165

ワシレンコ, スヴェトラーナ

鳴り響く名前
◇沼野恭子訳「魔女たちの饗宴―現代ロシア女性作家選」新潮社 1998 p131

ワーズワース, ウィリアム　Wordsworth, William（1770〜1850　イギリス）

汽船、高架橋、鉄道
◇沢崎順之助訳「英国鉄道文学傑作選」筑摩書房 2000（ちくま文庫）p190

ケンドル・ウィンダミア間鉄道の計画を聞いて

◇沢崎順之助訳「英国鉄道文学傑作選」筑摩書房 2000（ちくま文庫）p191
山よ、なんじらには誇りがあった…
◇沢崎順之助訳「英国鉄道文学傑作選」筑摩書房 2000（ちくま文庫）p192

ワダム, J.
レディー・エルトリンガムあるいはラトクリフ・クロス城――一八三六
◇金谷益道訳「ゴシック短編小説集」春風社 2012 p159

ワット＝エヴァンズ, ローレンス
祖父の記念品
◇白石朗訳「サイコーホラー・アンソロジー」祥伝社 1998（祥伝社文庫）p235

ワーテンベイカー, ティンバーレイク
Wertenbaker, Timberlake（イギリス）
我らが祖国のために
◇勝田安彦訳「我らが祖国のために――トーマス・キニーリーの小説「プレイメイカー」に基づく」カモミール社 2006（勝田安彦ドラマシアターシリーズ）p1

ワトキンス, モーリーン・ダラス
束縛
◇池田範子訳「ベスト・アメリカン・短編ミステリ 2014」DHC 2015 p563

ワトスン
主婦殺害事件
◇樽本照雄編・訳「上海のシャーロック・ホームズ」国書刊行会 2016（ホームズ万国博覧会）p235
深く浅い事件
◇鴬水不因人訳「上海のシャーロック・ホームズ」国書刊行会 2016（ホームズ万国博覧会）p23

ワトスン, イアン　Watson, Ian（1943～　イギリス）
彼らの生涯の最愛の時（クアリア, ロベルト）
◇大森望訳「ここがウィネトカなら、きみはジュディ――時間SF傑作選 SFマガジン創刊50周年記念アンソロジー」早川書房 2010（ハヤカワ文庫 SF）p101
世界の広さ
◇小野田和子訳「20世紀SF 5」河出書房新社 2001（河出文庫）p375
乳のごとききみの血潮
◇野村芳夫訳「死のドライブ」文藝春秋 2001（文春文庫）p409
夕方、はやく
◇大森望訳「ここがウィネトカなら、きみはジュディ――時間SF傑作選 SFマガジン創刊50周年記念アンソロジー」早川書房 2010（ハヤカワ文庫 SF）p395

ワトソン, ジョン・H.
笑わない男の事件
◇日暮雅通訳「シャーロック・ホームズ クリスマスの依頼人」原書房 1998 p239

ワトソン, ブラッド
猟犬の神様
◇花輪照子訳「アメリカミステリ傑作選 2002」DHC 2002（アメリカ文芸「年間」傑作選）p673

ワーナー, F.T.C.
中国人による天部の四神
◇斎藤博士訳「アンデスの風叢書 天国・地獄百科」書肆風の薔薇 1982 p160

ワーネス, M.S.
アルソフォカスの書（ラヴクラフト, H.P.）
◇高橋三恵訳「新編 真ク・リトル・リトル神話大系 7」国書刊行会 2009 p85

ワリス・ノカン（1961～　台湾）
隘勇線
◇中古苑生訳「台湾原住民文学選 3」草風館 2003 p63
雨の中の紅い花
◇内山加代訳「台湾原住民文学選 3」草風館 2003 p11
家は国家公園のなか
◇中村ふじゑ, 山本芳美訳「台湾原住民文学選 3」草風館 2003 p210
奪われた一日
◇新井リンダかおり訳「台湾原住民文学選 3」草風館 2003 p117
烏来にて
◇中村ふじゑ訳「台湾原住民文学選 3」草風館 2003 p35
ウルガの恋
◇新井リンダかおり訳「台湾原住民文学選 3」草風館 2003 p131
永遠の山地
◇中古苑生ほか訳「台湾原住民文学選 3」草風館 2003 p59
永遠の部落

◇中古苑生ほか訳「台湾原住民文学選 3」草風館 2003 p107

延々十年、故郷へ帰る道
◇中村ふじゑ訳「台湾原住民文学選 3」草風館 2003 p236

汚名を背負って
◇中村ふじゑ訳「台湾原住民文学選 3」草風館 2003 p152

外省人の父
◇中古苑生訳「台湾原住民文学選 3」草風館 2003 p108

欠落感―知的障害をもつ子のために
◇内山加代訳「台湾原住民文学選 3」草風館 2003 p13

現代台湾原住民族文学の新しい視野
◇小林岳士訳「台湾原住民文学選 8」草風館 2006 p239

庚午霧社行
◇中村ふじゑ訳「台湾原住民文学選 3」草風館 2003 p40

荒野の呼び声
◇「台湾原住民文学選 3」草風館 2003 p209

故郷はどこ？
◇中村ふじゑ訳「台湾原住民文学選 3」草風館 2003 p120

最後の日本軍夫
◇中村ふじゑ訳「台湾原住民文学選 3」草風館 2003 p33

サングラスをかけたムササビ
◇中古苑生訳「台湾原住民文学選 3」草風館 2003 p93

三代
◇中村ふじゑ訳「台湾原住民文学選 3」草風館 2003 p32

汕尾の子どもの下校
◇内山加代訳「台湾原住民文学選 3」草風館 2003 p15

詩集
◇内山加代訳「台湾原住民文学選 3」草風館 2003 p25

終戦
◇中村ふじゑ訳「台湾原住民文学選 3」草風館 2003 p34

受難の歴史
◇「台湾原住民文学選 3」草風館 2003 p151

白の追憶
◇中村ふじゑ訳「台湾原住民文学選 3」草風館 2003 p159

神話の殿堂
◇山本芳美訳「台湾原住民文学選 3」草風館 2003 p225

ずる休み
◇内山加代訳「台湾原住民文学選 3」草風館 2003 p9

石碑に涙無し
◇新井リンダかおり訳「台湾原住民文学選 3」草風館 2003 p129

一九九六年一月一日の命名
◇新井リンダかおり訳「台湾原住民文学選 3」草風館 2003 p115

線路
◇内山加代訳「台湾原住民文学選 3」草風館 2003 p26

大安渓（ルリン・ベイノー）―原住民が通る祖先の道は、蕃刀でも断ち切れない
◇中古苑生訳「台湾原住民文学選 3」草風館 2003 p60

大同にて
◇中村ふじゑ訳「台湾原住民文学選 3」草風館 2003 p37

太陽イナの故郷をめぐって
◇山本芳美訳「台湾原住民文学選 3」草風館 2003 p264

台湾原住民文学から生態文化を再考する
◇山本由紀子訳「台湾原住民文学選 8」草風館 2006 p217

台湾原住民文学の脱植民―台湾原住民文学および社会の初歩的観察
◇山本由紀子訳「台湾原住民文学選 8」草風館 2006 p189

竹筒飯と地方記者
◇新井リンダかおり訳「台湾原住民文学選 3」草風館 2003 p126

旅へ
◇内山加代訳「台湾原住民文学選 3」草風館 2003 p12

途方に暮れる？
◇中古苑生訳「台湾原住民文学選 3」草風館 2003 p285

縄
◇内山加代訳「台湾原住民文学選 3」草風館 2003 p24

虹の橋

◇中村ふじゑ訳「台湾原住民文学選 3」草風館 2003 p137
「白色」追憶録
　◇中村ふじゑ訳「台湾原住民文学選 3」草風館 2003 p166
八雅鞍部を行く
　◇中村ふじゑ訳「台湾原住民文学選 3」草風館 2003 p44
母
　◇内山加代訳「台湾原住民文学選 3」草風館 2003 p22
火をつけるヤギ
　◇中古苑生訳「台湾原住民文学選 3」草風館 2003 p98
ホレマレ〈タイヤル〉
　◇柳本通彦訳「台湾原住民文学選 4」草風館 2004 p14
みどりの葉っぱは木の耳
　◇内山加代訳「台湾原住民文学選 3」草風館 2003 p8
霧社（一八九二〜一九三一）
　◇中村ふじゑ訳「台湾原住民文学選 3」草風館 2003 p50
目覚めへの路
　◇中村ふじゑ訳「台湾原住民文学選 3」草風館 2003 p252
黙思録
　◇内山加代訳「台湾原住民文学選 3」草風館 2003 p28
山への招待
　◇中古苑生訳「台湾原住民文学選 3」草風館 2003 p69
山霧
　◇中村ふじゑ訳「台湾原住民文学選 3」草風館 2003 p47
山の洗礼
　◇中村ふじゑ訳「台湾原住民文学選 3」草風館 2003 p78
山は学校―原住民の子どもたちへ
　◇内山加代訳「台湾原住民文学選 3」草風館 2003 p17
夢の顔
　◇新井リンダかおり訳「台湾原住民文学選 3」草風館 2003 p133
猟人
　◇三宅清子訳「台湾原住民文学選 3」草風館 2003 p83

老狩人が死んで
　◇新井リンダかおり訳「台湾原住民文学選 3」草風館 2003 p91
ロシン・ワタン
　◇中村ふじゑ訳「台湾原住民文学選 3」草風館 2003 p179
王 安憶　ワン・アンイー
　⇒王安憶（おう・あんおく）を見よ
王 小波　ワン・シャオポー
　⇒王小波（おう・しょうは）を見よ
王 禎和　ワン・チェンホー
　⇒王禎和（おう・ていわ）を見よ
王 拓　ワン・トゥオ
　⇒王拓（おう・たく）を見よ
ワンドレイ, D.　Wandrei, Donald（1908〜1987　アメリカ）
　足のない男
　　◇亀井勝行訳「新編 真ク・リトル・リトル神話大系 2」国書刊行会 2007 p65
　屍衣の花嫁
　　◇佐藤嗣二訳「新編 真ク・リトル・リトル神話大系 2」国書刊行会 2007 p165

【　ン　】

ンディアイ, マリー　NDiaye, Marie（フランス）
　パパも食べなきゃ
　　◇根岸徹郎訳「コレクション現代フランス語圏演劇 12」れんが書房新社 2013 p5
ンデベレ, ジャブロ・S.　Ndebele, Njabulo S.（1948〜　南アフリカ）
　おじさん
　　◇村田靖子訳「アフリカ文学叢書 愚者たち」スリーエーネットワーク 1995 p5
　愚者たち
　　◇福島富士男訳「アフリカ文学叢書 愚者たち」スリーエーネットワーク 1995 p99

作家名原綴索引

【 A 】

Achternbusch, Herbert →アハターンブッシュ, ヘルベルト 4
Acker, Kathy →アッカー, キャシー 3
Adams, Samuel Hopkins →アダムズ, S.H. 3
Adichie, Chimamanda Ngozi →アディーチェ, チママンダ・ンゴズィ 4
Æsop →イソップ 18
Afford, Max →アフォード, マックス 5
Agee, James →エイジー, ジェイムズ 42
Aickman, Robert Fordyce →エイクマン, ロバート 41
Aiken, Conrad →エイケン, コンラッド 42
Aiken, Joan →エイキン, ジョーン 41
Ainsworth, William Harrison →エインズワース, ウィリアム・ハリソン 42
Alarcón y Ariza, Pedro Antonio de →アラルコン, ペドロ・アントニオ・デ 6
Aldiss, Brian W. →オールディス, ブライアン・W. 53
Algren, Nelson →オルグレン, ネルソン・T. 53
Allais, Alphonse →アレー, アルフォンス 10
Allen, Woody →アレン, ウディ 10
Allingham, Margery →アリンガム, マージェリー 9
Allyn, Doug →アリン, ダグ 8
Alonso de Santos, José Luis →アロンソ・デ・サントス, ホセ・ルイス 11
Altenburg, Matthias →アルテンブルク, マティアス 9
Amanshauser, Martin →アマンスハウザー, マルティン 5
Amis, Martin →エイミス, マーティン 42
Anaya, Rudolfo →アナーヤ, ルドルフォ 4
Anderle, Helga →アンデルレ, ヘルガ 12
Andersch, Alfred →アンデルシュ, アルフレート 12
Andersen, Hans Christian →アンデルセン, ハンス・クリスチャン 12
Anderson, Frederick Irving →アンダースン, フレデリック・アーヴィング 11
Anderson, Poul William →アンダースン, ポール 11
Anderson, Sherwood →アンダーソン, シャーウッド 12
Andreev, Leonid Nikolaevich →アンドレーエフ, レオニード 13
Andrić, Ivo →アンドリッチ, イヴォ 12
Andrzejewski, Jerzy →アンジェイェフスキ, イェージイ 11
Anstey, F. →アンスティー, F. 11
Apollinaire, Guillaume →アポリネール, ギヨーム 5
Apperry, Yann →アペリ, ヤン 5
Aragon, Louis →アラゴン, ルイ 6
Ardai, Charles →アルダイ, チャールズ 9
Arguedas, José María →アルゲダス, ホセ・マリア 9
Aristophanes →アリストパネース 7
Armstrong, Charlotte →アームストロング, シャーロット 6
Arnim, Achim von →アルニム, アヒム・フォン 10
Arp, Hans →アルプ, ハンス 10
Arrabal, Fernando →アラバール, フェルナンド 6
Arthur, Robert →アーサー, ロバート 2
Artsybashev, Mikhail Petrovich →アルツィバーシェフ, ミハイル 9
Asimov, Isaac →アシモフ, アイザック 2
Asín Palacios, Miguel →アシン・パラシオス, M. 2
Asselineau, Charles →アスリノー, シャルル 3
Asturias, Miguel Àngel →アストゥリアス, ミゲル・アンヘル 3
Attanasio, Alfred Angero →アタナジオ, A.A. 3
Attār →アッタール 3
Augustinus, Aurelius →アウグスティヌス 1
Auster, Paul →オースター, ポール 50
Aymé, Marcel →エーメ, マルセル 44
Azama, Michel →アザマ, ミシェル 2

【 B 】

Babel', Isaak Emmanuilovich →バーベリ, イサーク 222
Bach, Richard →バック, リチャード 217
Bachér, Ingrid →バヒェーア, イングリット 221
Ballard, James Graham →バラード, J.G. 223
Balzac, Honoré de →バルザック, オノレ・ド 225
Bandyopadhyay, Tarasankar →ボンドパッダエ, タラションコル 304
Banville, John →バンヴィル, ジョン 232
Barbey d'Aurevilly, Jules Amédée →バルベエ・ドルヴィリ, J. 225
Barker, Clive →バーカー, クライヴ 210
Barker, Nugent →バーカー, ニュージェント 211
Barnes, Julian →バーンズ, ジュリアン 232
Barnes, Linda →バーンズ, リンダ 232
Barthelme, Donald →バーセルミ, ドナルド 215
Bass, Rick →バス, リック 215
Bassani, Giorgio →バッサーニ, ジョルジョ 217
Bates, Herbert Ernest →ベイツ, H.E. 272
Baudelaire, Charles Pierre →ボードレール, シャルル 295
Bauersima, Igor →バウアージーマ, イーゴル 208
Bausch, Richard →ボーシュ, リチャード 292
Baxter, Charles →バクスター, チャールズ 213
Baxter, Stephen →バクスター, スティーヴン 213
Bayley, Barrington J. →ベイリー, バリントン・J. 272
Beachcroft, Thomas Owen →ビーチクロフト, トーマス 236
Bear, Greg →ベア, グレッグ 271
Beaumarchais, Pierre-Augustin Caron de →ボーマルシェ, ピエール=オギュスタン・カロン・ド 296

Beaumont, Charles →ボーモント, チャールズ‥297
Beckford, William →ベックフォード, ウィリアム ……274
Bécquer, Gustavo Adolfo →ベッケル, グスタボ・アドルフォ ……274
Bednár, Alfonz →ベドナール, アルフォンス ……275
Beerbohm, Max →ビアボーム, マックス ……234
Bellem, Robert Leslie →ベレム, ロバート・レスリー ……281
Benford, Gregory →ベンフォード, グレゴリイ‥283
Ben Jelloun, Tahar →ベン・ジェルーン, タハール ……281
Bennett, Arnold →ベネット, アーノルド ……276
Benson, Edward Frederic →ベンスン, E.F.……281
Bentley, Edmund Clerihew →ベントリー, E.C. ……283
Benvenuti, Jürgen →ベンヴェヌーティ, ユルゲン ……281
Beresford, John Davys →ベリズフォード, J.D. ……278
Berkeley, Anthony →バークリー, アントニイ…214
Bernabé, Jean →ベルナベ, ジャン ……279
Bernardin de Saint-Pierre, Jacques Henri →ベルナルダン・ド・サン゠ピエール, ジャック・アンリ ……280
Bernhard, Thomas →ベルンハルト, トーマス…280
Berrow, Norman →ベロウ, ノーマン ……281
Besson, Patrick →ベッソン, パトリック ……274
Bester, Alfred →ベスター, アルフレッド ……273
Beston, Henry →ベストン, ヘンリー ……274
Beti, Mongo →ベティ, モンゴ ……275
Beyer, Marcel →バイアー, マルセル ……206
Bickham, Jack M. →ビッカム, ジャック・M.…236
Bierce, Ambrose Gwinnett →ビアス, アンブローズ ……233
Bioy Casares, Adolfo →ビオイ゠カサレス, アドルフォ ……234
Bishop, Michael →ビショップ, マイクル ……235
Bishop, Zealia →ビショップ, ゼリア ……235
Bisson, Terry →ビッスン, テリー ……236
Bjørnson, Bjørnstjerne →ビョルンソン, ビョルンスチェルネ ……238
Blackwood, Algernon →ブラックウッド, アルジャーノン ……251
Blassingame, Wyatt Rainey →ブラッシンゲーム, ワイアット ……251
Blish, James Benjamin →ブリッシュ, ジェイムズ ……257
Bloch, Robert →ブロック, ロバート ……262
Blochman, Lawrence G. →ブロックマン, ローレンス・G. ……264
Block, Lawrence →ブロック, ローレンス ……263
Bloy, Léon →ブロワ, レオン ……268
Blumlein, Michael →ブラムライン, マイケル…254
Blunck, Hans Friedrich →ブルンク, ハンス……260
Boccaccio, Giovanni →ボッカッチョ, ジョヴァンニ ……294
Bocheński, Jacek →ボヘンスキ, ヤツェック……296
Boileau-Narcejac →ボアロー゠ナルスジャック ……289

Böll, Heinrich Theodor →ベル, ハインリヒ ……279
Bontempelli, Massimo →ボンテンペルリ, マッシモ ……303
Borel d'Hauterive, Pétrus →ボレル, ペトリュス ……302
Borges, Jorge Luis →ボルヘス, ホルヘ・ルイス ……300
Boswell, James →ボズウェル, ジェームズ ……292
Boucher, Anthony →バウチャー, アントニー‥210
Bowen, Elizabeth Dorothea Cole →ボウエン, エリザベス ……290
Bowen, Marjorie →ボウエン, マージョリー ……291
Bracharz, Kurt →ブラハルツ, クルト ……254
Bradbury, Ray →ブラッドベリ, レイ ……252
Bradstreet, Anne →ブラッドストリート, アン‥252
Branch, Pamela →ブランチ, パミラ ……255
Brand, Christianna →ブランド, クリスチアナ‥256
Brand, Max →ブランド, マックス ……256
Brasch, Thomas →ブラッシュ, トーマス ……251
Braun, Volker →ブラウン, フォルカー ……249
Brauns, Axel →ブラウンズ, アクセル ……250
Brautigan, Richard →ブローティガン, リチャード ……264
Breen, Jon L. →ブリーン, ジョン・L.……257
Brennan, Joseph Payne →ブレナン, ジョゼフ・ペイン ……261
Brenner, Hans Georg →ブレンナー, ハンス・ゲオルク ……261
Breton, André →ブルトン, アンドレ ……259
Bridge, Ann →ブリッジ, アン ……256
Brin, David →ブリン, デイヴィッド ……258
Brisset, Jean-Pierre →ブリッセ, ジャン゠ピエール ……257
Brodkey, Harold →ブロドキー, ハロルド ……264
Brome, Richard →ブルーム, リチャード ……260
Brontë, Anne →ブロンテ, アン ……269
Brontë, Charlotte →ブロンテ, シャーロット ……270
Brontë, Emily Jane →ブロンテ, エミリー ……269
Brooke, Rupert Chawner →ブルック, ルーパート ……259
Brown, Fredric →ブラウン, フレドリック ……250
Browning, Robert →ブラウニング, ロバート……249
Bruce, Leo →ブルース, レオ ……259
Brunk, Sigrid →ブルンク, ジークリト ……260
Bryant, Edward →ブライアント, エドワード……249
Bryant, William Cullen →ブライアント, ウィリアム・カレン ……248
Buchan, John →バカン, ジョン ……211
Büchner, Barbara →ビューヒナー, バルバラ…237
Büchner, Georg →ビューヒナー, ゲオルク ……237
Bukowski, Henry Charles →ブコウスキー, チャールズ ……247
Bulatović, Miodrag →ブラトーヴィッチ, ミオドラグ ……253
Bulgakov, Mikhail →ブルガーコフ, ミハイル…258
Bulwer-Lytton, Edward →ブルワー゠リットン, エドワード ……260
Bunyan, John →バニヤン, ジョン ……220
Bürger, Gottfried August →ビュルガー, ゴットフリート・アウグスト ……238

Burgess, Anthony →バージェス, アントニー …… 214
Burke, Thomas →バーク, トマス …………… 212
Burrage, Alfred Mclelland →バレイジ, A.M.… 225
Burton, Sir Richard Francis →バートン, リ
　チャード・フランシス ……………………… 220
Butler, Samuel →バトラー, サミュエル …… 219
Buzzati, Dino →ブッツァーティ, ディーノ …… 248
Byatt, Antonia Susan →バイアット, A.S. …… 206
Byron, George Gordon Noel, 6th Baron →バイ
　ロン, ジョージ・ゴードン ……………………… 208
Brüder Grimm →グリム兄弟 ……………… 88

【C】

Caballero, Fernán →カバリェーロ, フェルナン …60
Cabrera Infante, Guillermo →カブレラ＝イン
　ファンテ, G. ……………………………………… 63
Cadigan, Pat →キャディガン, パット ………… 72
Calderón de la Barca, Pedro →カルデロン・デ・
　ラ・バルカ, ペドロ ……………………………… 66
Caldwell, Erskine Preston →コールドウェル,
　アースキン ……………………………………… 106
Callaghan, Morley Edward →キャラハン, モー
　リー ……………………………………………… 72
Calvino, Italo →カルヴィーノ, イタロ ……… 64
Calzada Pérez, Manuel →カルサダ・ペレス, マヌ
　エル ……………………………………………… 65
Cami, Pierre-Henri →カミ, ピエール＝アンリ …63
Campaux, François →カンポ, フランソワ …… 68
Campbell, John Wood, Jr. →キャンベル, ジョ
　ン・W., Jr. ……………………………………… 74
Campbell, Ramsey →キャンベル, ラムゼイ …… 74
Camus, Albert →カミュ, アルベール ………… 63
Cancela, Arturo →カンセーラ, アルトゥーロ …… 68
Cantù, Cesare →カントゥ, チェーザレ ……… 68
Čapek, Josef →チャペック, ヨゼフ ………… 169
Čapek, Karel →チャペック, カレル ………… 169
Capobianco, Michael →カポビアンコ, マイケル …63
Capote, Truman →カポーティ, トルーマン …… 63
Card, Orson Scott →カード, オースン・スコット
　……………………………………………………… 59
Carey, Peter →ケアリ―, ピーター …………… 93
Carl, Lillian Stewart →カール, リリアン・スチュ
　ワート …………………………………………… 64
Carlson, Ron →カールソン, ロン …………… 66
Carpentier, Alejo →カルペンティエル, アレホ …66
Carr, John Dickson →カー, ジョン・ディクスン …54
Carrère, Emmanuel →カレール, エマニュエル …66
Carrington, Leonora →キャリントン, レオノーラ
　……………………………………………………… 73
Carroll, Lewis →キャロル, ルイス …………… 73
Cartázar, Julio →コルタサル, フリオ ……… 105
Carter, Angela →カーター, アンジェラ ……… 57
Carter, Linwood →カーター, リン …………… 57
Carver, Raymond →カーヴァー, レイモンド …… 55
Cather, Willa →キャザー, ウィラ …………… 71
Cazotte, Jacques →カゾット, ジャック ……… 57
Cerf, Bennett Alfred →サーフ, ベネット …… 113
Cervantes Saavedra, Miguel de →セルバンテス,
　ミゲル・ア ……………………………………… 153
Césaire, Aimé →セゼール, エメ ……………… 152
Chambers, Robert William →チェンバース, ロ
　バート・W. ……………………………………… 168
Chamoiseau, Patrick →シャモワゾー, パトリック
　……………………………………………………… 123
Chandler, Raymond →チャンドラー, レイモンド
　……………………………………………………… 170
Chateaubriand, François-René de →シャトーブ
　リアン, フランソワ＝ルネ・ド ………………… 123
Chaucer, Geoffrey →チョーサー, ジェフリー …172
Chekhov, Anton Pavlovich →チェーホフ, アント
　ン ………………………………………………… 168
Chesterton, Gilbert Keith →チェスタトン, G.K.
　……………………………………………………… 167
Chestre, Thomas →チェスター, トマス ……… 167
Christie, Agatha →クリスティ, アガサ ……… 87
Cixous, Hélène →シクスー, エレーヌ ……… 119
Clark, Mary Higgins →クラーク, メアリ・ヒギン
　ズ ………………………………………………… 85
Clarke, Arthur C. →クラーク, アーサー・C. …… 84
Clason, Clyde B. →クレイスン, クライド・B. …… 90
Cleary, Beverly →クリアリー, ビヴァリー …… 86
Coben, Harlan →コーベン, ハーラン ……… 102
Cocteau, Jean →コクトー, ジャン …………… 98
Coe, Daniel →コー, ダニエル ………………… 96
Coetzee, John Maxwell →クッツェー, J.M. …… 82
Coleridge, Samuel Taylor →コールリッジ, サ
　ミュエル・テイラー ……………………………… 106
Collier, John →コリア, ジョン ……………… 103
Collins, Barbara →コリンズ, バーバラ ……… 105
Collins, Max Allan →コリンズ, マックス・アラン
　……………………………………………………… 105
Collins, William Wilkie →コリンズ, ウィルキー
　……………………………………………………… 104
Colonne, Guido delle →コロンネ, グイド・デッレ
　……………………………………………………… 107
Colwin, Laurie →コルウィン, ローリー ……… 105
Commings, Joseph →カミングス, ジョセフ …… 63
Condé, Maryse →コンデ, マリーズ ………… 107
Confiant, Raphaël →コンフィアン, ラファエル
　……………………………………………………… 107
Connell, Evan Shelby, Jr. →コネル, エヴァン・S.
　(ジュニア) ……………………………………… 102
Connelly, Michael →コナリー, マイクル …… 101
Connington, J.J. →コニントン, J.J. ………… 101
Conrad, Joseph →コンラッド, ジョゼフ …… 108
Conroy, Jack →コンロイ, ジャック ………… 108
Cook, Thomas H. →クック, トマス・H. ……… 82
Coover, Robert →クーヴァー, ロバート ……… 81
Coppard, Alfred Edgar →コッパード, A.E. …… 99
Copper, Basil →コッパー, ベイジル …………… 99
Corbière, Tristan →コルビエール, トリスタン …106
Cormann, Enzo →コルマン, エンゾ ………… 106
Counselman, Mary Elizabeth →カウンセルマン,
　メアリー・エリザベス …………………………… 55
Cover, Arthur Byron →コーバー, アーサー …… 102

Coward, Mat →カワード, マット ……………66
Cowper, Richard →カウパー, リチャード ………55
Cram, Ralph Adams →クラム, ラルフ・アダムス
　…………………………………………………86
Crane, Stephen →クレイン, スティーヴン ………90
Cravan, Arthur →クラヴァン, アルチュール ……84
Crawford, Francis Marion →クロフォード, F.マ
　リオン …………………………………………92
Crider, Bill →クライダー, ビル ………………84
Crispin, Edmund →クリスピン, エドマンド ……87
Crofts, Freeman Wills →クロフツ, F.W. ………92
Cronin, James E. →クローニン, ジェイムズ・E. ‥92
Cros, Charles →クロス, シャルル ………………92
Cross, John Keir →クロス, ジョン・キア ………92
Crowe, Catherine Anne →クロウ, キャサリン ‥‥91
Crowley, John →クロウリー, ジョン ……………91
Crumley, James →クラムリー, ジェイムズ ………86
Cunillé, Lluïsa →クニリェ, リュイサ ……………83
Czibulka, Alf von →チブルカ, アルフ・フォン ‥169

【D】

Daeninckx, Didier →デナンクス, ディディエ ‥‥185
Dahl, Roald →ダール, ロアルド ……………162
Dale, Septimus →デール, セプチマス ……………187
Dali, Salvador →ダリ, サルヴァドール …………162
Daly, Elizabeth →デイリー, エリザベス …………182
Daretis →ダーレス (フリュギア人) ……………163
Darley, Emmanuel →ダルレ, エマニュエル ……163
Daudet, Alphonse →ドーデ, アルフォンス ……193
David–Neel, Alexandra →デイヴィッド=ニール,
　アレクサンドラ ……………………………176
Davidson, Avram →デイヴィッドソン, アヴラム
　………………………………………………175
Davies, Robertson →デイヴィス, ロバートソン
　………………………………………………175
Davis, Dorothy Salisbury →デイヴィス, ドロ
　シー・ソールズベリ ……………………………175
Deaver, Jeffery →ディーヴァー, ジェフリー ……174
de Castro, Adolphe →デ・カストロ, A. ………184
de'Firenze, Rina →デ・フィレンツェ, リーナ ‥‥185
Defoe, Daniel →デフォー, ダニエル ……………185
Delafield, E.M. →デラフィールド, E.M. ………187
De La Mare, Walter John →デ・ラ・メア, ウォ
　ルター ………………………………………187
Delany, Samuel Ray →ディレイニー, サミュエ
　ル・R. ………………………………………183
Delay, Florence →ドゥレー, フロランス ………192
Deledda, Grazia →デレッダ, グラツィア ………188
Delibes, Miguel →デリベス, ミゲル ……………187
Del Stone Jr. →デル・ストーン・ジュニア ……188
Deming, Richard →デミング, リチャード ………185
Denevi, Marco →デネービ, マルコ ……………185
De Noux, O'Neil →デ・ノー, オニール ………185
De Quincey, Thomas →ド・クインシー, トマス
　………………………………………………192
Del Rey, Lester →デル・リー, レスター ………188

Derleth, August William →ダーレス, オーガスト
　………………………………………………163
Déry Tibor →デーリ・ティボル ………………187
Desai, Anita →デサイ, アニーター ……………184
Deschamps, Don →デシャン, ドン ……………184
Deville, Patrick →ドゥヴィル, パトリック ……190
Dick, Philip K. →ディック, フィリップ・K. ……180
Dickens, Charles John Huffam →ディケンズ,
　チャールズ …………………………………179
Dickinson, Emily Elizabeth →ディキンソン, エ
　ミリー …………………………………………176
Dickson, Carter →ディクスン, カーター ………179
Dickson, Gordon Rupert →ディクスン, ゴード
　ン・R. ………………………………………179
Dictys →ディクテュス (クレタの) ……………179
Diderot, Denis →ディドロ, ドニ ………………181
Di Filippo, Paul →ディ・フィリポ, ポール ……181
Dimov, Dimităr →ディーモフ, ディミートル ‥‥181
Diome, Fatou →ディオム, ファトゥ ……………176
Disch, Thomas Michael →ディッシュ, トーマス・
　M. ……………………………………………181
Donchev, Anton →ドンチェフ, アントン ………198
Donoso, José →ドノソ, ホセ …………………194
Dorst, Tankred →ドルスト, タンクレート ……196
Dostoevskii, Fëdor Mikhailovich →ドストエフス
　キー, フョードル・ミハイロヴィチ ……………192
Dowson, Ernest Christopher →ダウスン, アーネ
　スト …………………………………………160
Doyle, Sir Arthur Conan →ドイル, アーサー・コ
　ナン …………………………………………189
Dozois, Gardner →ドゾワ, ガードナー …………193
Dragunskii, Viktor IUzefovich →ドラグンスキイ
　………………………………………………196
Drake, David →ドレイク, D. …………………197
Dreiser, Theodore Herman Albert →ドライ
　サー, セオドア ………………………………195
Dryer, Stan →ドライヤー, スタン ………………195
DuBois, Brendan →デュボイズ, ブレンダン ……186
Duchamp, Marcel →デュシャン, マルセル ……186
Düffel, John von →デュッフェル, ジョン・フォン
　………………………………………………186
Dumas, Alexandre →デュマ, アレクサンドル ‥‥186
Dumas, Alexandre (fils) →デュマ, アレクサンド
　ル (フィス) ……………………………………186
Du Maurier, Daphne →デュ・モーリア, ダフネ
　………………………………………………186
Dunlap, Susan →ダンラップ, スーザン …………166
Dunn, Douglas →ダン, ダグラス ………………164
Dunsany, Lord →ダンセイニ卿 …………………165
Duprey, Jean–Pierre →デュプレー, ジャン=ピ
　エール …………………………………………186
Dürrenmatt, Friedrich →デュレンマット, フリー
　ドリヒ ………………………………………187
Dybek, Stuart →ダイベック, スチュアート ……160

【E】

Echenoz, Jean →エシュノーズ, ジャン …………43

Edwards, Amelia Ann Blanford →エドワーズ、アミーリア ……44
Effinger, George Alec →エフィンジャー、ジョージ・アレック ……44
Egan, Greg →イーガン、グレッグ ……17
Egan, Jennifer →イーガン、ジェニファー ……18
Eisenreich, Herbert →アイゼンライヒ、ヘルベルト ……1
Elizondo, Salvador →エリソンド、サルバドール ……45
Ellin, Stanley →エリン、スタンリイ ……45
Ellison, Harlan →エリスン、ハーラン ……45
Ellson, Hal →エルスン、ハル ……46
Ely, David →イーリイ、デイヴィッド ……20
Emerson, Ralph Waldo →エマソン、ラルフ・ウォルドー ……44
Emshwiller, Carol →エムシュウィラー、キャロル ……44
Endres, Elisabeth →エンドレース、エリーザベト ……47
Erckmann-Chatrian →エルクマン＝シャトリアン ……46
Erdős László →エルデーシュ・ラースロー ……46
Eroshenko, Vasilii →エロシェンコ、ワシーリー ……47
Erpenbeck, Jenny →エルペンベック、ジェニー ……47
Erskine, Barbara →アースキン、バーバラ ……2
Estleman, Loren D. →エスルマン、ローレン・D. ……43
Etchison, Dennis →エチスン、デニス ……43
Eulenburg, Kari zu →オイレンブルク、カール・ツー ……48
Eurīpidēs →エウリピデス ……42
Evanovich, Janet →イヴァノヴィッチ、ジャネット ……16
Ewers, Hanns Heinz →エーヴェルス、ハンス・ハインツ ……42

【F】

Fairstein, Linda A. →フェアスタイン、リンダ ……243
Fante, Dan →ファンテ、ダン ……241
Farley, Ralph Milne →ファーリー、ラルフ・ミルン ……240
Farmer, Penelope →ファーマー、ペネロービ ……240
Farmer, Philip José →ファーマー、フィリップ・ホセ ……240
Farrère, Claude →ファレール、クロード ……241
Fassbinder, Rainer Werner →ファスビンダー、ライナー・ヴェルナー ……240
Faulkner, William →フォークナー、ウィリアム ……245
Fechner, Gustav Theodor →フェヒナー、グスタフ・テオドル ……244
Federman, Raymond →フェダマン、レイモンド ……244
Federmann, Reinhard →フェーダーマン、ラインハルト ……244
Feist, Raymond E. →フィースト、レイモンド・E. ……241

Fejes Endre →フェイェシ・エンドレ ……244
Ferber, Christian →フェルバー、クリスティアン ……245
Fernandez, Jaime →フェルナンデス、ハイメ ……245
Fernán Gómez, Fernando →フェルナン・ゴメス、フェルナンド ……245
Ferrarella, Marie →フェラレーラ、マリー ……244
Ferrars, Elizabeth →フェラーズ、エリザベス ……244
Ferry, Jean →フェリー、ジャン ……244
Ficowski, Jerzy →フィツォフスキ、イェジー ……241
Fielding, Helen →フィールディング、ヘレン ……243
Fielding, Liz →フィールディング、リズ ……243
Finney, Jack →フィニイ、ジャック ……242
Fischer, Peter S. →フィッシャー、ピーター・S. ……241
Fish, Robert L. →フィッシュ、ロバート・L. ……241
Fitzgerald, Francis Scott Key →フィッツジェラルド、F.スコット ……241
Flanagan, Thomas →フラナガン、トマス ……254
Flaubert, Gustave →フローベール、ギュスターヴ ……265
Fletcher, John →フレッチャー、ジョン ……260
Flora, Fletcher →フローラ、フレッチャー ……267
Fluke, Joanne →フルーク、ジョアン ……259
Flynn, Brian →フリン、ブライアン ……258
Folsom, Allan →フォルサム、アラン ……246
Ford, Ford Madox →フォード、フォード・マドックス ……246
Ford, John M. →フォード、ジョン・M. ……246
Ford, Richard →フォード、リチャード ……246
Forneret, Xavier →フォルヌレ、グザヴィエ ……246
Forster, Edward Morgan →フォースター、E.M. ……246
Forsyth, Frederick →フォーサイス、フレデリック ……245
Foster, Alan Dean →フォスター、アラン・ディーン ……245
Foster, Lori →フォスター、ローリ ……245
Fourier, François Marie Charles →フーリエ、シャルル ……256
Fowler, Christopher →ファウラー、クリストファー ……240
Fowler, Karen Joy →ファウラー、カレン・ジョイ ……240
France, Anatole →フランス、アナトール ……255
Franco Ramos, Jorge →フランコ、ホルヘ ……255
Franketienne →フランケチエンヌ ……255
Franklin, Thomas Gerald →フランクリン、トム ……255
Franzen, Jonathan →フランゼン、ジョナサン ……255
Fraser, Lady Antonia, née Pakenham →フレイザー、アントニア ……260
Freeman, Mary Eleanor →フリーマン、メアリー・ウィルキンズ ……257
Freeman, Richard Austin →フリーマン、R.オースティン ……257
Freneau, Philip →フリノー、フィリップ ……257
Frischmuth, Barbara →フリッシュムート、バーバラ ……257
Fuentes, Carlos →フエンテス、カルロス ……245
Fuller, John Leopold →フラー、ジョン ……248

【G】

Gaiman, Neil →ゲイマン, ニール ……………94
Gale, Zona →ゲイル, ゾナ ………………94
Galin, Alexander →ガーリン, アレクサンドル ……64
Gallico, Paul William →ギャリコ, ポール ……72
Galsworthy, John →ゴールズワージー, ジョン ……105
García Márquez, Gabriel →ガルシア=マルケス, ガブリエル ……………65
García Pavón, Francisco →ガルシア・パボン, フランシスコ ……65
Garcilasso de la Vega →ガルシラソ・デ・ラ・ベーガ ……………65
Gardner, Craig Shaw →ガードナー, クレイグ・ショー ……………59
Gardner, Leonard →ガードナー, レナード ………59
Garland, Alex →ガーランド, アレックス ……………64
Garnett, David →ガーネット, デイヴィッド ……59
Garshin, Vsevolod Mikhailovich →ガルシン, V. M. ……………65
Gary, Romain →ガリー, ロマン ……………64
Gaskell, Elizabeth Cleghorn →ギャスケル, エリザベス ……72
Gaudé, Laurent →ゴデ, ロラン ……………100
Gautier, Théophile →ゴーティエ, テオフィル ……100
George, Catherine →ジョージ, キャサリン ……131
George, Elizabeth →ジョージ, エリザベス ……131
Gerrold, David →ジェロルド, デイヴィッド ……118
Ghelderode, Michel de →ゲルドロード, ミシェル・ド ……………95
Gibbon, Edward →ギボン, エドワード ………70
Gibbon, Lewis Grassic →ギボン, ルイス・グラシック ……………70
Gibran, Kahlil →ジブラン, カリール ……………119
Gibson, William →ギブスン, ウィリアム ……………70
Gide, André →ジッド, アンドレ ……………119
Gilbert, Anthony →ギルバート, アントニイ ……75
Gilbert, Elizabeth →ギルバート, エリザベス ……75
Gilbert, Michael Francis →ギルバート, マイケル ……………75
Gilford, Charles Bernard →ギルフォード, C.B. ……………76
Gilman, Charlotte Perkins →ギルマン, シャーロット・パーキンズ ……………76
Gilruth, Susan →ギラス, スーザン ……………76
Gischler, Victor →ギシュラー, ヴィクター ………69
Gissing, George Robert →ギッシング, ジョージ ……………69
Gläser, Ernst →グレーザー, エルンスト …………90
Godard, Jean-Luc →ゴダール, ジャン=リュック ……………99
Godwin, Tom →ゴドウィン, トム ……………100

Goebbels, Joseph →ゲッベルス, ヨーゼフ ………94
Goethe, Johann Wolfgang von →ゲーテ, ヨハン・ヴォルフガング ……………94
Goetz, Rainald →ゲッツ, ライナルト ……………94
Gogol', Nikolai Vasil'evich →ゴーゴリ, ニコライ ……………98
Gold, Michael →ゴールド, マイケル ……………106
Goldschmidt, Georges–Arthur →ゴルトシュミット, ジョルジュ=アルチュール ……………106
Goldsmith, Oliver →ゴールドスミス, オリヴァー ……………106
Gombrowicz, Witold →ゴンブロヴィッチ, ヴィトルド ……………108
Gómez de la Serna, Ramón →ゴメス・デ・ラ・セルナ, ラモン ……………102
Goodkind, Terry →グッドカインド, テリー ………83
Gordimer, Nadine →ゴーディマー, ナディン ……100
Gordon, Lucy →ゴードン, ルーシー ……………101
Gores, Joe →ゴアズ, ジョー ……………96
Gor'kii, Maksim →ゴーリキー, マクシム ……104
Gorman, Ed →ゴーマン, エド ……………102
Goudge, Elizabeth →ゴージ, エリザベス ………82
Goulart, Ron →グーラート, ロン ……………85
Gourmont, Remy de →グールモン, レミ・ド ……89
Grabbe, Christian Dietrich →グラッベ, クリスチャン=ディートリッヒ ……………85
Grady, James →グレイディ, ジェイムズ ……………90
Graffam, Elsin Ann →グラファム, エルシン・アン ……………86
Grafton, Cornelius Warren →グラフトン, C.W. ……………86
Graham, Heather →グレアム, ヘザー ……………89
Graham, Lynne →グレアム, リン ……………90
Grant, Linda →グラント, リンダ ……………86
Grape, Jan →グレープ, ジャン ……………91
Green, Sonia →グリーン, S. ……………89
Greene, Graham →グリーン, グレアム ……………88
Greenlee, Sonja →グリンリー, ソーニャ ……………89
Grin, Aleksandr →グリーン, アレクサンドル ……88
Grochowiak, Stanislaw →グロホヴィヤク, スタニスワフ ……………92
Grossman, Vassili →グロスマン, ヴァシリー ……92
Grubb, Davis →グラッブ, デイヴィス ……………85

【H】

Haas, Wolf →ハース, ヴォルフ ……………214
Hahn, Margit →ハーン, マルギット ……………227
Haldeman, Joe William →ホールドマン, ジョー ……………300
Hall, James Wilson →ホール, ジェイムズ・W. ……299
Hall, Parnell →ホール, パーネル ……………299
Halliday, Brett →ハリデイ, ブレット ……………224
Hamilton, Edmond Moore →ハミルトン, エドモンド ……………222
Hamilton, Patrick →ハミルトン, パトリック ……223
Hamilton, Steve →ハミルトン, スティーヴ ……223

Hamilton, Walker →ハミルトン, ウォーカー 222	Heywood, Thomas →ヘイウッド, トマス 271
Handke, Peter →ハントケ, ペーター 233	Hichens, Robert →ヒチェンズ, ロバート 236
Hansen, Joseph →ハンセン, ジョゼフ 232	Highsmith, Patricia →ハイスミス, パトリシア .. 206
Hardy, Thomas →ハーディ, トマス 218	Hill, Joe →ヒル, ジョー 238
Hare, Cyril →ヘアー, シリル 271	Hill, Reginald →ヒル, レジナルド 239
Harford, David K. →ハーフォード, デイヴィッ ド・K. 221	Hillerman, Tony →ヒラーマン, トニイ 238
Harness, Charles L. →ハーネス, チャールズ・L. 220	Hinterberger, Ernst →ヒンターベルガー, エルン スト 239
Harrar, George →ハーラー, ジョージ 223	Hinton, Charles Howard →ヒントン, チャール ズ・ハワード 239
Harris, Joanne →ハリス, ジョアン 224	Hitchcock, Alfred Joseph →ヒッチコック, アルフ レッド 237
Harris, Robert →ハリス, ロバート 224	Hoch, Edward Dentinger →ホック, エドワード・D. 294
Hartley, Leslie Poles →ハートリー, L.P. 219	Hockensmith, Steve →ホッケンスミス, スティー ヴ 295
Harvey, John →ハーヴェイ, ジョン 209	Hoddis, Jakob van →ホッディス, ジャコブ・ヴァ ン 295
Harvey, William Fryer →ハーヴィー, W.F. 208	Hodge, Brian →ホッジ, ブライアン 295
Haslett, Adam →ヘイズリット, アダム 272	Hodgson, William Hope →ホジスン, ウィリア ム・ホープ 292
Hasse, Henry →ハッセ, H. 217	Hoffmann, Ernst Theodor Amadeus →ホフマ ン, E.T.A. 296
Hauff, Wilhelm →ハウフ, ヴィルヘルム 210	Hofmannsthal, Hugo Hofmann, Edler von → ホーフマンスタール, フーゴー・フォン 296
Hauptmann, Gerhart →ハウプトマン, ゲアハル ト 210	Hogan, Chuck →ホーガン, チャック 291
Hawthorne, Nathaniel →ホーソーン, ナサニエル 293	Holding, James →ホールディング, ジェイムズ .. 300
Hayden, G.Miki →ヘイデン, G.ミキ 272	Holst, Spencer →ホルスト, スペンサー 300
Hayter, Sparkle →ヘイター, スパークル 272	Homēros →ホメロス 297
Head, Bessie →ヘッド, ベッシー 274	Homes, A.M. →ホームズ, A.M. 297
Heald, Hazel →ヒールド, H. 239	Hornby, Nick →ホーンビィ, ニック 304
Healy, Jeremiah →ヒーリイ, ジェレマイア 238	Hornsby, Wendy →ホーンズビー, ウェンディ ... 303
Heaney, Seamus →ヒーニー, シェイマス 237	Housman, Clemence →ハウスマン, クレメンス 210
Hearn, Patrick Lafcadio →ハーン, ラフカディオ 231	Hove, Chenjerai →ホーヴェ, チェンジェライ 290
Hebbel, Christian Friedrich →ヘッベル, フリー ドリヒ 275	Howard, Clark →ハワード, クラーク 226
Hecht, Ben →ヘクト, ベン 273	Howard, Linda →ハワード, リンダ 226
Heißenbüttel, Helmut →ハイセンビュッテル, ヘ ルムート 207	Howard, Robert Ervin →ハワード, ロバート・E. 227
Heine, Heinrich →ハイネ, ハインリヒ 208	Hrabal, Bohumil →フラバル, ボフミル 254
Heinlein, Robert Anson →ハインライン, ロバー ト・A. 208	Hronský, Jozef Cíger →フロンスキー, ヨゼフ・ツィーゲル 269
Held, John, Jr. →ヘルド, ジョン, Jr. 279	Hubbard, Lafayette Ronald →ハバード, L.ロン 221
Hello, Ernest →エロ, エルネスト 47	Huch, Ricarda Octavia →フーフ, リカルダ・オク ターヴィア 248
Helprin, Mark →ヘルプリン, マーク 280	Hughes, Dorothy B. →ヒューズ, ドロシー・B. .. 237
Heltai Jenő →ヘルタイ・イェネー 279	Hughes, Thomas →ヒューズ, トマス・パトリック 237
Hemingway, Ernest Miller →ヘミングウェイ, アーネスト 277	Hugo, Victor →ユーゴー, ヴィクトル 339
Hemley, Robin →ヘムリ, ロビン 277	Hunt, Violet →ハント, ヴァイオレット 233
Henderson, Zenna →ヘンダースン, ゼナ 282	Husson, Albert →ユッソン, アルベール 339
Hendricks, Vicki →ヘンドリックス, ヴィッキー 283	Hustvedt, Siri →ハストヴェット, シリ 215
Hensel, Georg →ヘンゼル, ゲオルク 282	Huxley, Aldous Leonard →ハクスリー, オルダス 213
Hensley, Joe L. →ヘンズリー, ジョー・L. 281	Huxley, Elspeth Joscelin →ハクスリー, エルスペス 213
Hercovicz, Anna →ヘルコヴィッツ, アンナ 279	Huysmans, Joris Karl →ユイスマンス, ジョリス=カルル 339
Hermann, Judith →ヘルマン, ユーディット 280	Hyland, Henry Stanley →ハイランド, スタンリー 208
Herriot, James →ヘリオット, ジェイムス 278	
Hershman, Morris →ハーシュマン, モリス 214	
Hess, Hans →ヘス, ジョーン 273	
Hesse, Hermann →ヘッセ, ヘルマン 274	
Heukenkamp, Ursula →ホイケンカンプ, ウルズラ 289	
Hext, Harrington →ヘクスト, ハリントン 273	
Heyse, Paul →ハイゼ, パウル 207	

【 I 】

Ibsen, Henrik Johan　→イプセン, ヘンリック……20
Il'f–Petrov　→イリフ＝ペトロフ………………20
Inber, Vera Mikhailovna　→インベル…………21
Indiana, Gary　→インディアナ, ゲイリー……21
Ingrisch, Lotte　→イングリッシュ, ロッテ……21
Innes, Michael　→イネス, マイケル……………18
Irish, William　→アイリッシュ, ウィリアム……1
Irving, Washington　→アーヴィング, ワシントン…1
Isherwood, Christopher　→イシャウッド, クリストファー……………………………………………18
Ishiguro, Kazuo　→イシグロ, カズオ……………18
Ivanov, Vsevolod Vyacheslavovich　→イワーノフ………………………………………………20
Iwaszkiewicz, Jaroslaw　→イヴァシュキェヴィッチ, ヤロスワフ…………………………………16

【 J 】

Jackson, Charles　→ジャクソン, チャールズ……122
Jackson, Shirley　→ジャクスン, シャーリイ……121
Jacobi, Carl　→ジャコビ, カール………………122
Jacobs, Harvey　→ジェイコブズ, ハーヴェイ……115
Jacobs, William Wymark　→ジェイコブズ, W.W.………………………………………………116
Jacobsen, Jens Peter　→ヤコブセン, J.P.………337
Jakes, John　→ジェイクス, ジョン……………115
James, Darius　→ジェームズ, ダリウス………118
James, Henry　→ジェイムズ, ヘンリー………116
James, Montague Rhodes　→ジェイムズ, M.R.………………………………………………117
James, Peter　→ジェイムズ, ピーター…………116
Jammes, Francis　→ジャム, フランシス………123
Jarry, Alfred　→ジャリ, アルフレッド…………124
Jattawaalak　→チャッタワーラック……………169
Jelinek, Elfriede　→イェリネク, エルフリーデ……17
Jens, Walter　→イェンス, ヴァルター……………17
Jin, Ha　→ジン, ハ…………………………135
Johansen, Hanna　→ヨハンゼン, ハンナ………340
Johnson, Adam　→ジョンソン, アダム…………133
Johnson, Denis　→ジョンソン, デニス…………133
Johnson, Diane　→ジョンソン, ダイアン………133
Johnston, Jennifer (Prudence)　→ジョンストン, ジェニファー………………………………133
Jones, Diana Wynne　→ジョーンズ, ダイアナ・ウィン……………………………………132
Jones, Ray　→ジョーンズ, R.…………………132
Jones, Raymond F.　→ジョーンズ, レイモンド・F.……………………………………………132
Jones, Tom　→ジョーンズ, トム………………132
Jordan, Penny　→ジョーダン, ペニー…………131
Jordan, Robert　→ジョーダン, ロバート………132

Jouhandeau, Marcel　→ジュアンドー, マルセル………………………………………………125
Joyce, James　→ジョイス, ジェイムズ…………129
July, Miranda　→ジュライ, ミランダ…………128
Jung, Carl Gustav　→ユング, カール・グスタフ……………………………………………340

【 K 】

Kadohata, Cynthia　→カドハタ, シンシア………59
Kafka, Franz　→カフカ, フランツ………………60
Kalchev, Kamen　→カルチフ, カメン……………66
Kalpana Swaminathan　→カルパナ・スワミナタン……………………………………………66
Kaminsky, Stuart M.　→カミンスキー, スチュアート・M.………………………………………63
Kapp, Colin　→キャップ, コリン………………72
Karinthy Ferenc　→カリンティ・フェレンツ……64
Karnezis, Panos　→カルネジス, パノス…………66
Karr, Alphonse　→カル, アルフォンス…………64
Kataev, Valentin Petrovich　→カターエフ, ワレンチン…………………………………………57
Kater, Fritz　→カーター, フリッツ………………57
Kavan, Anna　→カヴァン, アンナ………………55
Kazantzakes, Nikos　→カザンザキス, ニコス……56
Keating, Henry Reymond Fitzwalter　→キーティング, H.R.F.……………………………70
Keene, Daniel　→キーン, ダニエル………………77
Keller, David Henry　→ケラー, デイヴィッド・H.………………………………………………95
Kellerman, Faye　→ケラーマン, フェイ…………95
Kellerman, Jonathan　→ケラーマン, ジョナサン…95
Kemal, Orhan　→ケマル, オルハン………………95
Kendrick, Baynard　→ケンドリック, ベイナード…96
Kendrick, Sharon　→ケンドリック, シャロン……96
Kennedy, Milward　→ケネディ, ミルワード……95
Kenney, Susan　→ケニー, スザン…………………95
Kersh, Gerald　→カーシュ, ジェラルド…………56
Kertész Ákos　→ケルテース・アーコシュ………95
Kessel, Joseph　→ケッセル, ジョゼフ……………94
Keszi Imre　→ケシ・イムレ……………………94
Ketchum, Jack　→ケッチャム, ジャック…………94
Kháitov, Nikolái Aleksándrov　→ハイトフ, ニコライ…………………………………………207
Kilworth, Garry　→キルワース, ギャリー………76
Kincaid, Jamaica　→キンケイド, ジャメイカ……78
King, Charles Daly　→キング, C.デイリー………78
King, Stephen　→キング, スティーヴン…………77
Kipling, Joseph Rudyard　→キップリング, ラドヤード………………………………………69
Kirk, Russell　→カーク, ラッセル………………56
Kirsch, Sarah　→キルシュ, ザーラ………………75
Kiš, Danilo　→キシュ, ダニロ……………………69
Klavan, Andrew　→クラヴァン, アンドリュー……84
Kleeberg, Michael　→クレーベルク, ミヒャエル…91
Klein, T.E.D.　→クライン, T.E.D.………………84

Kleist, Heinrich von →クライスト, ハインリヒ・フォン ……83
Klíma, Ivan →クリーマ, イヴァン ……88
Kneale, Thomas Nigel →ニール, ナイジェル …202
Kneifl, Edith →クナイフル, エーディト ……83
Knox, Ronald Arbuthnott →ノックス, ロナルド・A. ……204
Koltsov, Mihail →コリツォーフ, ミハイル・エフィーモヴィチ ……104
Komroff, Manuel →コムロフ, マニュエル ……102
Königsdorf, Helga →ケーニヒスドルフ, ヘルガ ……95
Konrád György →コンラード・ジェルジュ ……108
Kornbluth, Cyril M. →コーンブルース, C.M. ……107
Körner, Theodor →ケルナー, テオドール ……96
Kotzwinkle, William →コツウィンクル, ウィリアム ……99
Kracht, Christian →クラハト, クリスティアン ……85
Krasicki, Ignacy →クラシツキ, イグナツィ ……85
Kress, Nancy →クレス, ナンシー ……90
Kroetz, Franz Xaver →クレッツ, フランツ・クサーファー ……91
Krohn, Leena →クローン, レーナ ……89
Krylov, Ivan Andreevich →クルイロフ, イヴァン ……89
Kuckart, Judith →クッカルト, ユーディット ……82
Kuprin, Aleksandr Ivanovich →クプリーン, アレクサンドル ……83
Kuttner, Henry →カットナー, ヘンリー ……58
Kuzwayo, Ellen →クズワヨ, エレン ……82
Kwahulé, Koffi →クワユレ, コフィ ……93

【L】

Lacenaire, Pierre François →ラスネール, ピエール=フランソワ ……346
Lacretelle, Jacques de →ラクルテル ……345
Lacy, Ed →レイシー, エド ……368
Lafferty, Raphael Aloysius →ラファティ, R.A. ……349
La Fontaine, Jean de →ラ・フォンテーヌ ……350
Lagarce, Jean-Luc →ラガルス, ジャン=リュック ……344
Lagerlöf, Selma →ラーゲルレーヴ, セルマ ……345
Lahiri, Jhumpa →ラヒリ, ジュンパ ……349
Lamb, Charles →ラム, チャールズ ……350
Lanagan, Margo →ラナガン, マーゴ ……348
Landis, Geoffrey A. →ランディス, ジェフリー・A. ……352
Landolfi, Tommaso →ランドルフィ, トンマーゾ ……352
Lang, Andrew →ラング, アンドルー ……351
Langelaan, George →ランジュラン, ジョルジュ ……351
Lansdale, Joe R. →ランズデール, ジョー・R. …351
Lardner, Ring Wilmer →ラードナー, リング ……348
Laski, Marghanita →ラスキ, マーガニタ ……346
Laurents, Arthur →ローレンツ, アーサー ……379

Lautréamont, Comte de →ロートレアモン ……376
Laver, James →レイヴァー, ジェイムズ ……368
Lawrence, David Herbert →ロレンス, D.H. …379
Lawrence, Kim →ローレンス, キム ……379
Laymon, Richard →レイモン, リチャード ……368
Leclaire, Day →ラクレア, デイ ……345
Lee, Andrea →リー, アンドレア ……352
Lee, Miranda →リー, ミランダ ……355
Lee, Tanith →リー, タニス ……354
Lee, Varnon →リー, ヴァーノン ……352
Le Fanu, Joseph Sheridan →レ・ファニュ, シェリダン ……371
Le Guin, Ursula K. →ル=グウィン, アーシュラ・K. ……364
Lehane, Dennis →ルヘイン, デニス ……367
Leiber, Fritz →ライバー, フリッツ ……342
Lennon, John →レノン, ジョン ……371
Lenz, Siegfried →レンツ, ジークフリート ……372
Leonard, Elmore →レナード, エルモア ……370
Leopold, Tom →レオポルド, トム ……369
Leow, Puay Tin →リャオ, プイティン ……360
Lermontov, Mikhail Iurievich →レールモントフ ……372
Leroux, Gaston →ルルー, ガストン ……367
Lescot, David →レスコ, ダヴィッド ……369
Lessing, Doris May →レッシング, ドリス ……370
Lethem, Jonathan →レセム, ジョナサン ……370
Level, Maurice →ルヴェル, モーリス ……364
Levine, Paul J. →ルバイン, ポール ……367
Levinson, Robert S. →レヴィンスン, ロバート・S. ……369
Lewis, Percy Wyndham →ルイス, パーシー・ウィンダム ……364
l'Hermite, Tristan →レルミット, トリスタン …372
Lichtenberg, Georg Christoph →リヒテンベルク, ゲオルク・クリストフ ……360
Lie, Jonas Lauritz Idemil →リー, ヨナス ……355
Lightfoot, Freda →ライトフット, フリーダ ……342
Liliencron, Friedrich Detlev von →リーリエンクローン, デートレフ・フォン ……362
Lillo, Baldomero →リリョ, バルドメロ ……362
Lindo, Elvira →リンド, エルビラ ……363
Link, Kelly →リンク, ケリー ……363
Linscott, Gillian →リンスコット, ギリアン ……363
Lionni, Leo →レオニ, レオ ……369
Lippman, Laura →リップマン, ローラ ……359
Liu, Ken →リュウ, ケン ……361
Lively, Penelope →ライヴリー, ペネロピ ……341
Lobel, Arnold →ローベル, アーノルド ……378
Loher, Dea →ローアー, デーア ……373
London, Jack →ロンドン, ジャック ……380
Long, Frank Belknap →ロング, フランク・ベルナップ ……380
Lorac, E.C.R. →ロラック, E.C.R. ……378
Lord, Jonathan →ロード, ジョナサン ……376
Lorde, André de →ロルド, アンドレ・ド ……379
Lorrain, Jean →ロラン, ジャン ……378
Louÿs, Pierre →ルイス, ピエール ……364

Lovecraft, Howard Phillips →ラヴクラフト, H.P. ……343
Lovesey, Peter →ラヴゼイ, ピーター ……344
Lowndes, Robert Augustine Ward →ローンズ, R.A.W. ……380
Lugones, Leopoldo →ルゴーネス, レオポルド …365
Lukianos →ルキアノス ……364
Lumley, Brian →ラムレイ, ブライアン ……350
Lurie, Alison →ルーリー, アリソン ……367
Lusarreta, Pilar de →ルサレータ, ピラール・デ ……366
Lustbader, Eric Van →ラストベーダー, エリック・ヴァン ……346
Lustig, Arnošt →ルスティク, アルノシト ……366
Lutz, John →ラッツ, ジョン ……348
Lyovarin, Win →リョウワーリン, ウィン ……362

【M】

Mably, Gabriel Bonnet de →マブリ, ガブリエル・ボノ・ド ……314
McDevitt, Jack →マクデヴィット, ジャック ……307
MacDonald, Ann-Marie →マクドナルド, アン=マリー ……308
MacDonald, George →マクドナルド, ジョージ ‥308
MacDonald, John Dann →マクドナルド, ジョン・D. ……308
MacDonald, Philip →マクドナルド, フィリップ ……308
Macdonald, Ross →マクドナルド, ロス ……308
Macé, Gérard →マセ, ジェラール ……314
McGahern, John →マクガハン, ジョン ……307
MacLeod, Alistair →マクラウド, アリステア ‥310
MacLeod, Charlotte →マクラウド, シャーロット ……310
MacLeod, Ian R. →マクラウド, イアン・R. ……310
MacLoed, Fiona →マクラウド, フィオナ ……310
McMahon, Barbara →マクマーン, バーバラ ‥309
Maeterlinck, Maurice Polydore Marie Bernard →メーテルリンク, モーリス ……327
Mahfouz, Naguib →マフフーズ, ナギーブ ……314
Mainard, Dominique →メナール, ドミニク ……327
Malamud, Bernard →マラマッド, バーナード …315
Mallarmé, Stéphane →マラルメ, ステファヌ …315
Mallery, Susan →マレリー, スーザン ……317
Malouf, David →マルーフ, デイヴィッド ……317
Maltz, Albert →マルツ, アルバート ……316
Malzberg, Barry N. →マルツバーグ, バリー・N. ……316
Mandeville, Sir John →マンデヴィル, ジョン …318
Mann, Heinrich →マン, ハインリヒ ……318
Mann, Thomas →マン, トーマス ……318
Manners, Margaret →マナーズ, マーガレット …314
Mansfield, Katherine →マンスフィールド, キャサリン ……318
Maraini, Dacia →マライーニ, ダーチャ ……315
Marber, Patrick →マーバー, パトリック ……314
Marchwitza, Hans →マルヒヴィッツァ, ハンス ……317
Margolin, Phillip →マーゴリン, フィリップ ……311
Marie de France →マリー・ド・フランス ……315
Marivaux, Pierre Carlet de Chamblain de →マリヴォー, ピエール・カルル・ド・シャンブレン・ド ……315
Marmer, Mike →マーマー, マイク ……314
Maron, Margaret →マロン, マーガレット ……318
Marryat, Frederick →マリヤット, フレデリック ……315
Marsh, Ngaio →マーシュ, ナイオ ……313
Marsh, Richard →マーシュ, リチャード ……313
Marshak, Samuil Yakovlevich →マルシャーク, サムイル ……316
Martini, Steve →マルティニ, スティーヴ ……316
Mason, Alfred Edward Woodley →メイスン, A.E.W. ……326
Mason, Bobbie Ann →メイソン, ボビー・アン ‥326
Masterton, Graham →マスタートン, グレアム ‥313
Matheson, Richard Burton →マシスン, リチャード ……311
Matheson, Richard Christian →マシスン, リチャード・クリスチャン ……312
Mathews, Harry →マシューズ, ハリー ……313
Maugham, William Somerset →モーム, サマセット ……335
Maupassant, Guy de →モーパッサン, ギ・ド ‥334
Mayenburg, Marius von →マイエンブルク, マリウス・フォン ……304
Mayorga, Juan →マヨルガ, フアン ……314
McAuley, Paul J. →マコーリイ, ポール・J. ……311
McBain, Ed →マクベイン, エド ……309
McCabe, Cameron →マケイブ, キャメロン ……311
McCafrey, Anne →マキャフリイ, アン ……307
McCammon, Robert R. →マキャモン, ロバート・R. ……307
McCloy, Helen →マクロイ, ヘレン ……310
McCorkle Alexander, Jill →マコークル, ジル ‥311
McCormack, Eric →マコーマック, エリック ……311
McCrumb, Sharyn →マクラム, シャーリン ……310
McDonald, Ian →マクドナルド, イアン ……308
McGee, James →マギー, ジェームズ ……307
McGrath, Patrick →マグラス, パトリック ……309
McGuinness, Frank →マクギネス, フランク ……307
McShane, Mark →マクシェーン, マーク ……307
Mechtel, Angelika →メヒテル, アンゲリカ ……331
Mehta, Gita →メータ, ギータ ……327
Mekas, Jonas →メカス, ジョナス ……326
Melquiot, Fabrice →メルキオ, ファブリス ……332
Melville, Herman →メルヴィル, ハーマン ……331
Menandros →メナンドロス ……327
Mercier, Louis-Sébastien →メルシエ, ルイ・セバスチャン ……332
Mérimée, Prosper →メリメ, プロスペル ……331
Merrick, Leonard →メリック, レナード ……331
Merritt, Abraham →メリット, エイブラム ……331
Mészöly Miklós →メーセイ・ミクローシュ ……327
Metcalfe, John →メトカーフ, ジョン ……327

Meyer–Förster, Wilhelm →マイヤー=フェルスター ………… 305
Meyrink, Gustav →マイリンク, グスタフ ……… 305
Michaels, Fern →マイケルズ, ファーン ……… 304
Michaels, Leonard →マイケルズ, レナード …… 304
Middleton, Richard Barham →ミドルトン, リチャード ………… 320
Middleton, Thomas →ミドルトン, トマス …… 320
Mill, John Stuart →ミル, ジョン・スチュアート ………… 322
Millar, Margaret →ミラー, マーガレット ……… 321
Millevoye, Charles Hubert →ミルヴォワ, シャルル・フベール ………… 322
Millhauser, Steven →ミルハウザー, スティーヴン ………… 322
Milne, Alan Alexander →ミルン, A.A. ……… 322
Milton, John →ミルトン, ジョン ……… 322
Minot, Susan →マイノット, スーザン ……… 305
Minyana, Philippe →ミンヤナ, フィリップ …… 323
Mirbeau, Octave →ミルボー, オクターヴ …… 322
Mitchell, Gladys →ミッチェル, グラディス …… 319
Mitrović, Srba →ミトロヴィチ, スルバ ……… 320
Moffat, Gwen →モファット, グウェン ……… 335
Möhrmann, Renate →メーアマン, レナーテ …… 326
Molière →モリエール ………… 336
Molnár Ferenc →モルナール・フェレンツ …… 336
Moncada, Jesús →ムンカダ, ジェズス ……… 325
Monteleone, Thomas F. →モンテルオーニ, トマス・F. ………… 337
Montgomery, Lucy Maud →モンゴメリー, L.M. ………… 337
Moorcock, Michael John →ムアコック, マイケル ………… 324
Moore, Catherine L. →ムーア, C.L. ……… 324
Moore, George →ムーア, ジョージ ……… 323
Moore, Lorrie →ムーア, ローリー ……… 323
Moore, Margaret →ムーア, マーガレット …… 323
Moore, Ward →ムーア, ウォード ……… 323
Morand, Paul →モラン, ポール ……… 335
Morelly →モレリ ………… 336
Morgner, Irmtraud →モルクナー, イルムトラウト ………… 336
Morrell, David →マレル, デイヴィッド ……… 317
Morris, William →モリス, ウィリアム ……… 336
Morrison, Toni →モリスン, トニ ……… 336
Morrow, William Chambers →モロー, W.C. …… 336
Mortimer, Carole →モーティマー, キャロル …… 333
Mortimer, John Clifford →モーティマー, ジョン ………… 334
Mosley, Walter →モズリイ, ウォルター ……… 333
Mouawad, Wajdi →ムアワッド, ワジディ …… 325
Mujica Láinez, Manuel →ムヒカ=ライネス, マヌエル ………… 325
Mulholland, Rosa →マルホランド, ローザ …… 317
Müller, Heiner →ミュラー, ハイナー ……… 321
Müller, Herta →ミュラー, ヘルタ ……… 321
Müller, Inge →ミュラー, インゲ ……… 321
Muller, Marcia →マラー, マーシャ ……… 315
Mungoshi, Charles →ムンゴシ, チャールズ …… 325
Munro, Alice →マンロー, アリス ……… 319

Murena, Héctor Alberto →ムレーナ, エクトル・アルベルト ………… 325
Murphy, Pat →マーフィー, パット ……… 314
Murray–Smith, Joanna →マレースミス, ジョアンナ ………… 317
Musil, Robert →ムシル, ローベルト ……… 325
Musset, Alfred de →ミュッセ, アルフレッド・ド ………… 321
Myers, Gary →マイヤース, G. ……… 305
Mynona →ミュノーナ ……… 321

【N】

Nabokov, Vladimir Vladimirovich →ナボコフ, ウラジミール ………… 200
Nadolny, Sten →ナドルニー, シュテン ……… 200
Nash, Ogden →ナッシュ, オグデン ……… 200
Ndebele, Njabulo S. →ンデベレ, ジャブロ・S. … 385
NDiaye, Marie →ンディアイ, マリー ……… 385
Neels, Betty →ニールズ, ベティ ……… 202
Nekro, Claudia →ネクロ, クラウディア …… 203
Némirovsky, Irène →ネミロフスキー, イレーヌ ………… 203
Nerval, Gérard de →ネルヴァル, ジェラール・ド ………… 203
Nesbit, Edith →ネズビット, イーディス …… 203
Nevins, Francis M., Jr. →ネヴィンズ, フランシス・M., Jr. ………… 202
Neweroff, Alexander Sergeevich →ネヴェーロフ, アレクサンドル ………… 202
Newman, Kim →ニューマン, キム ……… 201
Ngcobo, Lauretta →ゴッボ, ロレッタ …… 100
Nichols, Fan →ニコルズ, ファン ……… 201
Nicolaj, Aldo →ニコライ, アルド ……… 201
Nielsen, Helen →ニールセン, ヘレン ……… 202
Nietzsche, Friedrich Wilhelm →ニーチェ, フリードリヒ ………… 201
Night, Damon →ナイト, デーモン ……… 199
Niven, Larry →ニーヴン, ラリイ ……… 200
Nodier, Charles →ノディエ, シャルル …… 205
Nolan, William Francis →ノーラン, ウィリアム・F. ………… 205
Noll, Dieter →ノル, ディーター ……… 205
Noon, Jeff →ヌーン, ジェフ ……… 202
Northcote, Amyas →ノースコート, エイミアス ………… 204
Nourse, Alan E. →ナース, アラン・E. …… 199
Nouveau, Germain Marie Bernard →ヌーヴォー, ジェルマン ………… 202
Novalis →ノヴァーリス ……… 204
Novarina, Valère →ノヴァリナ, ヴァレール …… 204
Nowra, Louis →ナウラ, ルイス ……… 199
Nussbaum, Albert →ナスバウム, アル …… 199

【O】

Oates, Joyce Carol →オーツ, ジョイス・キャロル ……50
O'Brien, Fitz-James →オブライエン, フィッツ＝ジェイムズ ……52
O'Brien, Tim →オブライエン, ティム ……52
Ocampo, Silvina →オカンポ, シルビーナ ……49
O'Connell, Jack →オコネル, ジャック ……50
O'Connor, Flannery →オコナー, フラナリー ……49
O'Connor, Frank →オコナー, フランク ……49
O'Faolain, Julia →オフェイロン, ジュリア ……52
O'Hara, John →オハラ, ジョン ……52
O.Henry →O.ヘンリー ……52
Okri, Ben →オクリ, ベン ……49
Okudzhava, Bulat Shalvovich →オクジャワ ……49
Onions, Oliver →オニオンズ, オリヴァー ……51
Orczy, Emmuska Barstow, Baroness →オルツィ, エムスカ ……53
Orwell, George →オーウェル, ジョージ ……49
Osbourne, Lloyd →オズボーン, ロイド ……50
Oster, Christian →オステール, クリスチャン ……50
Ouchi, Mieko →オーウチ, ミエコ ……49
Ouyang Yu →ウーヤン・ユー ……40
Ovidius Naso, Publius →オウィディウス ……49
Ozick, Cynthia →オジック, シンシア ……50

【P】

Pacheco, José Emilio →パチェーコ, ホセ・エミリオ ……217
Palmer, Diana →パーマー, ダイアナ ……222
Palmer, Stuart →パーマー, ステュアート ……222
Panas, Henryk →パナス, ヘンリック ……220
Panizza, Oskar →パニッツァ, オスカル ……220
Panych, Morris →パニッチ, モーリス ……220
Papini, Giovanni →パピーニ, ジョヴァンニ ……221
Paretsky, Sara →パレツキー, サラ ……225
Parker, Dorothy →パーカー, ドロシー ……211
Parker, T.Jefferson →パーカー, T.ジェファーソン ……211
Parrish, P.J. →パリッシュ, P.J. ……224
Patch, Howard Rollin →パッチ, ハワード・ロリン ……218
Paul, Elliot Harold →ポール, エリオット ……299
Paul, Louis →ポール, ルイス ……299
Pavel, Ota →パヴェル, オタ ……209
Pavese, Cesare →パヴェーゼ, チェーザレ ……209
Paz, Octavio →パス, オクタビオ ……214
Peace, David →ピース, デイヴィッド ……235
Pearl, Matthew →パール, マシュー ……224
Pearson, Ridley →ピアスン, リドリー ……234
Pedrero, Paloma →ペドレロ, パロマ ……276
Pelecanos, George P. →ペレケーノス, ジョージ・P. ……280
Peltzer, Federico →ペルツァー, フェデリコ ……279
Pennac, Daniel →ペナック, ダニエル ……276
Penny, Rupert →ペニー, ルーパート ……276
Perelman, Sidney Joseph →ペレルマン, S.J. ……281
Péret, Benjamin →ペレ, バンジャマン ……280
Pergaud, Louis →ペルゴー, ルイ ……279
Perrault, Charles →ペロー, シャルル ……281
Perry, Anne →ペリー, アン ……278
Perutz, Leo →ペルッツ, レーオ ……279
Peskov, Georgiy →ペスコフ, ゲオルギー ……273
Peters, Ellis →ピーターズ, エリス ……235
Petrov, Ivailo →ペトロフ, イヴァイロ ……276
Petrushevskaia, Liudmila →ペトルシェフスカヤ, リュドミラ ……276
Peyrou, Manuel →ペイロウ, マヌエル ……272
Philippe, Charles-Louis →フィリップ, シャル＝ルイ ……242
Phillips, Jayne Anne →フィリップス, ジェイン・アン ……243
Phillips, Scott →フィリップス, スコット ……243
Phillpotts, Eden →フィルポッツ, イーデン ……243
Picabia, Francis →ピカビア, フランシス ……235
Picasso, Pablo →ピカソ, パブロ ……234
Pickard, Nancy →ピカード, ナンシー ……234
Pil'nyak, Boris Andreevich →ピリニャーク, ボリス ……238
Piñera, Virgilio →ピニェーラ, ビルヒリオ ……237
Pirandello, Luigi →ピランデッロ, ルイジ ……238
Pitigrilli →ピチグリッリ ……236
Pizarnik, Alejandra →ピサルニク, アレハンドラ ……235
Plachta, Dannie →プラクタ, ダニー ……251
Plath, Sylvia →プラス, シルヴィア ……251
Platōn →プラトン ……253
Plautus, Titus Maccius →プラウトゥス ……249
Plōtinos →プロチノス ……262
Poe, Edgar Allan →ポー, エドガー・アラン ……284
Pohl, Frederik →ポール, フレデリク ……299
Poláček, Karel →ポラーチェク, カレル ……298
Polgar, Alfred →ポルガー, アルフレート ……299
Polizzotti, Mark →ポリゾッティ, マーク ……298
Pollesch, René →ポレシュ, ルネ ……302
Pommerat, Joël →ポムラ, ジョエル ……297
Porges, Arthur →ポージス, アーサー ……291
Porter, Jane →ポーター, ジェイン ……293
Posmysz, Zofia →ポスムイシ, ゾフィア ……292
Post, Melville Davisson →ポスト, メルヴィル・デイヴィスン ……292
Poussin, Louis de la Vallée →プーサン, L.ド・ラ・ヴァレ ……247
Powell, James →パウエル, ジェイムズ ……209
Powys, Theodore Francis →ポイス, T.F. ……289
Prachett, Terry →プラチェット, テリー ……251
Prassinos, Gisele →プラシノス, ジゼール ……251
Pratt, Fletcher →プラット, フレッチャー ……251
Prévert, Jacques →プレヴェール, ジャック ……260
Prévost, l'abbé →プレヴォー, アベ ……260

Prévost, Marcel →プレヴォー, マルセル ………… 260
Price, Edgar Hoffmann →プライス, E.ホフマン
　………………………………………………………… 249
Price, Susan →プライス, スーザン …………… 249
Priest, Christopher →プリースト, クリストファー
　………………………………………………………… 256
Pritchett, Sir Victor Sawdon →プリチェット, V.
　S. …………………………………………………… 256
Pronzini, Bill →プロンジーニ, ビル …………… 268
Proust, Marcel →プルースト, マルセル ……… 259
Pullman, Philip →プルマン, フィリップ ……… 259
Pushkin, Aleksandr Sergeevich →プーシキン, ア
　レクサンドル ……………………………………… 247
Py, Olivier →ピィ, オリヴィエ ………………… 234
Pym, Barbara →ピム, バーバラ ………………… 237

【 Q 】

Queen, Ellery →クイーン, エラリー ……………… 79
Queneau, Raymond →クノー, レーモン ………… 83
Quentin, Patrick →クェンティン, パトリック … 81
Quevedo y Villegas, Francisco Gómez de →ケ
　ベード, フランシスコ・ゴメス・デ …………… 95
Quiller–Couch, Sir Arthur →キラ＝クーチ, アー
　サー ………………………………………………… 75
Quinn, Seabury →クイン, シーベリー …………… 80
Quiroga, Horacio →キローガ, オラシオ ………… 76

【 R 】

Rachilde →ラシルド ………………………………… 346
Racine, Jean Baptiste →ラシーヌ, ジャン …… 345
Radiguet, Raymond →ラディゲ, レーモン …… 348
Ramón Fernádez, José →ラモン・フェルナンデ
　ス, ホセ …………………………………………… 350
Ramos–Perea, Robert →ラモス＝ペレア, ロベル
　ト …………………………………………………… 350
Rankin, Ian →ランキン, イアン ………………… 351
Rathbone, Julian →ラズボーン, ジュリアン … 346
Rawson, Clayton →ローソン, クレイトン …… 375
Ray, Jean →レイ, ジャン ………………………… 368
Rebreanu, Liviu →レブリャーヌ, リビウ …… 371
Redford, John →レッドフォード, ジョン …… 370
Reed, Kit →リード, キット ……………………… 359
Reed, Robert →リード, ロバート ……………… 359
Régnier, Henri François Joseph de →レニエ, ア
　ンリ・ド …………………………………………… 371
Rehman, Ruth →レーマン, ルート ……………… 371
Reinig, Christa →ライニヒ, クリスタ ………… 342
Remizov, Aleksei Mikhailovich →レミゾフ, アレ
　クセイ ……………………………………………… 371
Renard, Jules →ルナール, ジュール …………… 366
Renaude, Noëlle →ルノード, ノエル …………… 367

Renault, Mary →ルノー, メアリー ……………… 366
Rendell, Ruth →レンデル, ルース ……………… 372
Resnick, Mike →レズニック, マイク …………… 369
Réstif de la Bretonne, Nicolas–Edme →レティ
　フ・ド・ラ・ブルトンヌ, ニコラ・エドム …… 370
Reynolds, Alastair →レナルズ, アレステア …… 371
Reynolds, Mack →レナルズ, マック …………… 371
Rhode, John →ロード, ジョン ………………… 376
Rhodes, Dan →ローズ, ダン …………………… 374
Rhys, Jean →リース, ジーン …………………… 357
Rice, Anne →ライス, アン ……………………… 341
Rice, Ben →ライス, ベン ………………………… 341
Rice, Craig →ライス, クレイグ ………………… 341
Richter, Falk →リヒター, ファルク …………… 360
Richter, Hans Peter →リヒター, ハンス・ペー
　ター ………………………………………………… 360
Richter, Hans Werner →リヒター, ハンス・ヴェ
　ルナー ……………………………………………… 360
Riddell, Charlotte →リデル, シャーロット …… 359
Riehl, Wilhelm Heinrich →リール, ヴィルヘル
　ム・ハインリヒ …………………………………… 362
Rigaut, Jacques →リゴー, ジャック …………… 357
Rilke, Rainer Maria →リルケ, ライナー・マリア
　………………………………………………………… 362
Rimbaud, Arthur →ランボー, アルチュール … 352
Ringelnatz, Joachim →リンゲルナッツ, ヨアヒム
　………………………………………………………… 363
Rio, Michel →リオ, ミシェル …………………… 356
Ripalda, Juan Martínez de →リパルダ, ホアン・
　マルティネス・デ ………………………………… 360
Ripoll, Laila →リポイ, ライラ ………………… 360
Ritchie, Jack →リッチー, ジャック …………… 357
Roberts, Gillian →ロバーツ, ギリアン ………… 377
Roberts, Michele (Brigitte) →ロバーツ, ミシェ
　ル …………………………………………………… 377
Roberts, Nora →ロバーツ, ノーラ …………… 377
Robinson, Peter →ロビンスン, ピーター …… 377
Rodenbach, Georges →ローデンバック, ジョル
　ジュ ………………………………………………… 376
Roehler, Klaus →レーラー, クラウス ………… 371
Rogers, Joel Townsley →ロジャーズ, ジョエル・
　タウンズリー ……………………………………… 374
Röggla, Kathrin →レグラ, カトリン …………… 369
Rohmer, Sax →ローマー, サックス …………… 378
Rojas, Manuel →ロハス, マヌエル …………… 377
Rolin, Olivier →ロラン, オリヴィエ …………… 378
Rolland, Romain →ロラン, ロマン …………… 378
Rollins, James →ロリンズ, ジェームズ ……… 379
Romanov, Panteleimon →ロマーノフ, パンテレ
　イモン ……………………………………………… 378
Rose, M.J. →ローズ, M.J. ……………………… 375
Rossetti, Christina Georgina →ロセッティ, クリ
　スティナ …………………………………………… 376
Rossetti, Dante Gabriel →ロセッティ, ダンテ・
　ゲイブリエル ……………………………………… 376
Roth, Joseph →ロート, ヨーゼフ ……………… 376
Rothmann, Ralf →ロートマン, ラルフ ………… 376
Roussel, Raymond →ルーセル, レイモン …… 366
Rozan, S.J. →ローザン, S.J. …………………… 373

Rucker, Rudy →ラッカー, ルーディ ……………346
Rudnick, Paul →ラドニック, ポール ……………348
Rulfo, Juan →ルルフォ, ファン ………………367
Runyon, Damon →ラニアン, デイモン …………349
Rusch, Kristine Kathryn →ラッシュ, クリスティン・キャスリン ………………………347
Rushdie, Salman →ラシュディ, サルマン ………345
Russ, Joanna →ラス, ジョアンナ ………………346
Russell, Bertrand Arthur William →ラッセル, バートランド ………………………347
Russell, Eric Frank →ラッセル, エリック・フランク ………………………347
Russell, Ray →ラッセル, レイ ………………347
Ryman, Geoff →ライマン, ジェフ ………………343

【S】

Sacy, Isaac Le Maistre de →サシ, ル・メートル・ド ………………………111
Sade, Marquis de →サド, マルキ・ド …………111
Sait Faik Abasiyanik →サイト・ファイク ……109
Saki →サキ ……………………109
Sanchis Sinisterra, José →サンチス・シニステーラ, ホセ ………………………114
Sand, George →サンド, ジョルジュ …………115
Sandford, John →サンドフォード, ジョン ……115
Sansom, William →サンソム, ウィリアム ……114
Sánta Ferenc →シャーンタ・フェレンツ ……125
Santayana, George →サンタヤナ, ジョージ …114
Sanzol, Alfredo →サンソル, アルフレド ………114
Sargent, Pamela →サージェント, パメラ ……111
Saroyan, William →サローヤン, ウィリアム …114
Sastre, Alfonso →サストレ, アルフォンソ ……111
Saunders, George →ソーンダーズ, ジョージ …159
Savage, Tom →サヴェージ, トム ………………109
Savinio, Alberto →サヴィニオ, アルベルト ……109
Sawyer, Robert J. →ソウヤー, ロバート・J. …156
Sayers, Dorothy Leigh →セイヤーズ, ドロシー・L. ………………………151
Schaeffer, Susan Fromberg →シェイファー, スーザン・フロムバーグ ………………………116
Schallück, Paul →シャリュック, パウル ………124
Schiller, Johann Christoph Friedrich von →シラー, フリードリヒ・フォン ………………133
Schimmelpfennig, Roland →シンメルプフェニヒ, ローラント ………………………136
Schleef, Einar →シュレーフ, アイナー …………129
Schlink, Bernhard →シュリンク, ベルンハルト ………………………128
Schmidtbonn, Wilhelm →シュミットボン, ウィルヘルム ………………………128
Schneider, Franz Joseph →シュナイダー, フランツ・ヨーゼフ ………………………127
Schnitzler, Arthur →シュニッツラー, アルトゥーア ………………………127
Schnurre, Wolfdietrich →シュヌレ, ヴォルフディートリヒ ………………………128

Schorer, Mark →スコラー, M. ………………138
Schow, David J. →スカウ, デイヴィッド・J. …137
Schulberg, Budd →シュールバーグ, バッド ……129
Schulz, Bruno →シュルツ, ブルーノ …………128
Schwab, Werner →シュヴァーブ, ヴェルナー …125
Schwob, Marcel →シュウォッブ, マルセル ……126
Sciascia, Leonardo →シャーシャ, レオナルド …122
Scott, Justin →スコット, ジャスティン …………138
Scott, Walter →スコット, ウォルター …………138
Scott, Will →スコット, ウィル …………………138
Seager, Allan →シーガー, アラン ………………119
Searight, Richard Franklyn →シーライト, リチャード・F. ………………………134
Secci, Lia →セッチ, リア …………………152
Segalen, Victor →セガレン, ヴィクトル ………152
Seghers, Anna →ゼーガース, アンナ …………151
Self, Will →セルフ, ウィル ………………153
Sender, Ramón José →センデール, ラモン ……154
Serling, Rod →サーリング, ロッド ……………114
Serote, Mongane Wally →セローテ, モンガーン ………………………154
Seton, Ernest Thompson →シートン, アーネスト・トンプソン ………………………119
Seyfettin, Ömer →セイフェッティン, オメル …151
Shakespeare, William →シェイクスピア, ウィリアム ………………………115
Sharp, Margery →シャープ, マージェリー ……123
Shaw, George Bernard →ショー, ジョージ・バーナード ………………………129
Shaw, Irwin →ショー, アーウィン ……………129
Sheckley, Robert →シェクリイ, ロバート ……117
Sheedy, Edna C. →シーディ, E.C. ……………119
Shelley, Mary →シェリー, メアリ ……………118
Shepard, Lucius →シェパード, ルーシャス ……118
Shepherd, Jean →シェパード, ジーン …………118
Shiel, Matthew Phipps →シール, M.P. ………134
Shiomi, Rick →シオミ, リック …………………119
Sienkiewicz, Henryk →シェンキェヴィチ, ヘンリク ………………………119
Siler, Jenny →サイラー, ジェニー ……………109
Silesius, Angelus →ジレージウス, アンゲルス …135
Silverberg, Robert →シルヴァーバーグ, ロバート ………………………134
Silverstein, Shel →シルヴァスタイン, シェル …134
Simak, Clifford Donald →シマック, クリフォード・D. ………………………120
Simenon, Georges →シムノン, ジョルジュ ……120
Simmons, Dan →シモンズ, ダン ………………120
Sinclair, Clive →シンクレア, クライヴ ………136
Singer, Isaac Bashevis →シンガー, アイザック・バシェヴィス ………………………135
Skipp, John →スキップ, ジョン ………………137
Škvorecký, Josef →シュクヴォレツキー, ヨゼフ ………………………126
Sladek, John →スラデック, ジョン ……………148
Sleator, William →スリーター, ウィリアム ……149
Slesar, Henry →スレッサー, ヘンリー …………149
Sloboda, Rudolf →スロボダ, ルドルフ …………151
S.Mara Gd →S.マラ・Gd ……………………43

Smith, Ali →スミス、アリ ……………… 146
Smith, Clark Ashton →スミス、クラーク・アシュトン ……………………………………… 147
Smith, Cordwainer →スミス、コードウェイナー ……………………………………… 147
Smith, Derek Howe →スミス、デレック …… 147
Smith, Eleanor →スミス、L.E. ……………… 148
Smith, Michael Marshall →スミス、マイケル・マーシャル ……………………………… 148
Smith, Peter Moore →スミス、ピーター・ムーア ……………………………………… 148
Smith, Zadie →スミス、ゼイディー ………… 147
Soames, Enoch →ソームズ、E. …………… 157
Sohl, Jerry →ソール、ジェリイ ……………… 157
Söhring, Hans Jürgen →ゼーリング、ハンス・ユルゲン ……………………………… 153
Sologup, Fyodor Kuz'mich →ソログープ、フョードル ……………………………… 158
Solórzano, Carlos →ソルソラノ、カルロス …… 158
Sombart, Nicolaus →ゾンバルト、ニコラウス … 159
Sophoklēs →ソフォクレス ……………………… 157
Soth Polin →ソット・ポーリン ……………… 157
Spark, Muriel →スパーク、ミュリエル ……… 145
Spector, Craig →スペクター、クレイグ …… 146
Spencer, William Browning →スペンサー、ウィリアム・ブラウニング ……………………… 146
Springer, Nancy →スプリンガー、ナンシー … 146
Stancu, Zaharia →スタンク、ザハリア ……… 141
Stanev, Emilian →スターネフ、エミリヤン …… 141
Stanisław Leszczyński →スタニスワフ・レシチンスキ ……………………………… 141
Stashower, Daniel →スタシャワー、ダニエル … 139
Steele, Allen M. →スティール、アレン ……… 143
Stein, Gertrude →スタイン、ガートルード …… 138
Steinbeck, John →スタインベック、ジョン …… 139
Steiner, Rudolf →シュタイナー、ルドルフ …… 126
Stendhal →スタンダール ……………………… 141
Stephenson, Neal →スティーヴンスン、ニール … 142
Sterling, Bruce →スターリング、ブルース …… 141
Stern, Steve →スターン、スティーヴ ………… 141
Stevenson, Robert Louis Balfour →スティーヴンソン、ロバート・ルイス ………………… 142
Stiegler, Marc →スティーグラー、マーク …… 143
Stifter, Adalbert →シュティフター、アーダルベルト ……………………………………… 127
Stockton, Frank Richard →ストックトン、フランク・R. ……………………………… 144
Stoker, Bram →ストーカー、ブラム ………… 143
Storm, Theodor →シュトルム、テーオドール … 127
Stout, Rex →スタウト、レックス ……………… 139
Straub, Peter →ストラウブ、ピーター ……… 144
Strauss, Botho →シュトラウス、ボート ……… 127
Stribling, Thomas Sigismund →ストリブリング、T.S. ……………………………… 144
Strindberg, Johan August →ストリンドベリ、ヨハン・アウグスト ……………………… 145
Strobl, Karl Hans →シュトローブル、カール・ハンス ……………………………………… 127
Strong, Leonard →ストロング、レオナルド …… 145
Stross, Charles →ストロス、チャールズ ……… 145

Struck, Karin →シュトルック、カーリン …… 127
Struther, Jan →ストラザー、ジャン ………… 144
Stuart, Anne Kristine →スチュアート、アン … 141
Sturgeon, Theodore →スタージョン、シオドア … 139
Suckow, Ruth →サッコウ、ルース …………… 111
Sulaiman, Huzir →スライマン、フジル ……… 148
Supervielle, Jules Louis →シュペルヴィエル、ジュール ……………………………… 128
Swanwick, Michael →スワンウィック、マイクル ……………………………………… 151
Swedenborg, Emanuel →スウェデンボルイ、エマヌエル ……………………………… 137
Swift, Graham →スウィフト、グレアム ……… 136
Swift, Jonathan →スウィフト、ジョナサン …… 136
Swinburne, Algernon Charles →スウィンバーン、A.C. ………………………………… 137
Symons, Julian Gustave →シモンズ、ジュリアン ……………………………………… 120
Synge, John Millington →シング、ジョン＝ミリントン ……………………………… 136
Szabó Magda →サボー・マグダ ……………… 113
Szymborska, Wisława →シンボルスカ、ヴィスワヴァ ……………………………… 136

【T】

Tabori, George →タボーリ、ジョージ ……… 161
Tagore, Rabindranāth →タゴール、ラビンドラナート ……………………………… 160
Talbot, Hake →タルボット、ヘイク ………… 163
Talev, Dimitur →ターレフ、ディミートル …… 164
Tallement des Réaux, Gédeon →タルマン・デ・レオー、G. ……………………………… 163
Talley, Marcia Dutton →タリー、マーシャ …… 162
Tamaro, Susanna →タマーロ、スザンナ ……… 162
Tartt, Donna →タート、ドナ ………………… 161
Taylor, Andrew →テイラー、アンドリュー …… 182
Taylor, Edward →テイラー、エドワード …… 182
Taylor, Jeremy →テイラー、ジェレミー ……… 182
Taylor, Peter →テイラー、ピーター ………… 182
Taylor, Sam S. →テイラー、サム・S. ……… 182
Teffi →テッフィ ……………………………… 184
Teilhet, Darwin L. →ティーレット、ダーウィン・L. ……………………………… 183
Tejasvi, Purna Chandra →テージャスウィ、K.P. プールナ・チャンドラ ……………… 184
Tenn, William →テン、ウィリアム ………… 188
Tennant, Emma →テナント、エマ …………… 185
Tennyson, Alfred →テニスン、アルフレッド … 185
Terentius Afer, Publius →テレンティウス …… 188
Terhune, Albert Payson →ターヒューン、アルバート・ペイスン ……………………… 161
Theroux, Paul →セロー、ポール ……………… 154
Thomas, Dylan Marlais →トマス、ディラン … 195
Thomas, Robert →トマ、ロベール …………… 194
Thomas Aquinas →トマス・アクィナス ……… 195
Thompson, C.Hall →トンプソン、C.H. ……… 199

Thompson, Vicki Lewis →トンプソン, ヴィッキー・L. 198
Thoreau, Hennry David →ソロー, ヘンリー・デイヴィド 158
Thurber, James →サーバー, ジェイムズ ... 112
Tieck, Ludwig →ティーク, ルートヴィヒ 179
Tillman, Lynne →ティルマン, リン 183
Timlin, Mark →ティムリン, マーク 181
Timm, Uwe →ティム, ウーヴェ 181
Timperley, Rosemary →ティンバリー, ローズマリー 183
Tiphaigne de la Roche, Charles–François → ティフェーニュ・ド・ラ・ロシュ, シャルル=フランソワ 181
Tiptree, James, Jr. →ティプトリー, ジェイムズ, Jr. 181
Todd, Charles →トッド, チャールズ 193
Tolstoi, Aleksei Nikolaevich →トルストイ, アレクセイ・ニコラエヴィチ 196
Tolstoi, Lev Nikolaevich →トルストイ, レフ 196
Tolstoy, Aleksey Konstantinovich →トルストイ, アレクセイ・コンスタンチノヴィッチ 196
Tomasi di Lampedusa, Giuseppe →トマージ・ディ・ランペドゥーザ, ジュゼッペ 194
Toulet, Paul–Jean →トゥーレ 192
Toussaint, Jean–Philippe →トゥーサン, ジャン=フィリップ 191
Trakl, Georg →トラークル, ゲオルク 195
Treat, Lawrence →トリート, ローレンス 196
Tremayne, Peter →トレメイン, ピーター 197
Tret'yakov, Sergei Mikhailovich →トレチヤコフ, セルゲイ 197
Trevor, William →トレヴァー, ウィリアム 197
Trocchi, Alexander →トロッキ, アレグザンダー 198
Troyat, Henri →トロワイヤ, アンリ 198
Tsering Norbu →ツェリンノルブ 174
Tsiolkovskii, Konstantin Eduardovich →ツィオルコフスキー, コンスタンチン・エドアルドヴィチ 173
Tunner, Erika →トゥナー, エリカ 191
Turani, Giuseppe →トゥラーニ, ジュゼッペ 191
Turgenev, Ivan Sergeevich →ツルゲーネフ, イワン 174
Turrini, Peter →トゥリーニ, ペーター 192
Tuttle, Lisa →タトル, リサ 161
Twain, Mark →トウェイン, マーク 190
Twohy, Robert →トゥーイ, ロバート 190

【 U 】

Ulitskaia, Liudmila →ウリツカヤ, リュドミラ 40
Unamuno y Jugo, Miguel de →ウナムーノ, ミゲル・デ 39
Undset, Sigrid →ウンセット, S. 41
Updike, John →アップダイク, ジョン 3
Urmuz →ウルムズ 41

【 V 】

Vaché, Jacques →ヴァシェ, ジャック 22
Vachss, Andrew →ヴァクス, アンドリュー 22
Valle–Inclán, Ramón del →バリェ=インクラン, ラモン・デル 224
Vance, Jack →ヴァンス, ジャック 23
Van Dine, S.S. →ヴァン・ダイン, S.S. 23
Van Vogt, Alfred Elton →ヴァン・ヴォークト, A.E. 22
Vargas Llosa, Mario →バルガス=リョサ, マリオ 224
Varley, John →ヴァーリイ, ジョン 22
Vautrin, Jean →ヴォートラン, ジャン 34
Vazov, Ivan →ヴァーゾフ, イワン 22
Vazquez, Maria Esther →バスケス, マリア・エステル 215
Vázquez Montalbán, Manuel →バスケス・モンタルバン, マヌエル 215
Verga, Giovanni →ヴェルガ, ジョヴァンニ 31
Vickers, Roy →ヴィカーズ, ロイ 23
Vidal, Gore →ヴィダル, ゴア 24
Villiers de L'Isle–Adam, Auguste de →ヴィリエ・ド・リラダン, オーギュスト・ド 25
Vinaver, Michel →ヴィナヴェール, ミシェル 24
Vittolini, Elio →ヴィットリーニ, エリオ 24
Vollmann, William T. →ヴォルマン, ウィリアム・T. 37
Volodine, Antoine →ヴォロディーヌ, アントワーヌ 39
Volponi, Paolo →ヴォルポーニ, パオロ 36
Voltaire →ヴォルテール 35
Vonnegut, Kurt →ヴォネガット, カート 34
Vukcevich, Ray →ヴクサヴィッチ, レイ 39

【 W 】

Wade, Henry →ウエイド, ヘンリー 30
Wagner, Richard →ワーグナー, リヒャルト 382
Wakefield, Herbert Russell →ウェイクフィールド, ハーバート・ラッセル 29
Walker, Kate →ウォーカー, ケイト 33
Wallace, David Foster →ウォレス, デイヴィッド・フォスター 38
Wallace, Edgar →ウォーレス, エドガー 38
Walpole, Hugh Seymour →ウォルポール, ヒュー 36
Walser, Martin →ヴァルザー, マルティーン 22
Walsh, Donald J., Jr. →ウォルシュ, D.J. 35
Wandrei, Donald →ワンドレイ, D. 385
Warner, Alan →ウォーナー, アラン 34
Warner, Sylvia Townsend →ウォーナー, シルヴィア・タウンゼンド 34

Warren, Robert Penn →ウォレン, ロバート・ペン……39
Wassermann, Jakob →ヴァッサーマン, ヤーコブ……22
Watson, Ian →ワトスン, イアン……383
Waugh, Evelyn →ウォー, イーヴリン……33
Way, Margaret →ウェイ, マーガレット……29
Weatherhead, Leslie Dixon →ウェザーヘッド, レスリー・D.……30
Webster, John →ウェブスター, ジョン……31
Weil, Jiří →ヴァイル, イージー……22
Weiner, Richard →ヴァイネル, リハルト……22
Weiner, Steve →ワイナー, スティーヴ……381
Weldon, Fay →ウェルドン, フェイ……32
Wellman, Manly Wade →ウェルマン, マンリー・ウェイド……33
Wells, Herbert George →ウェルズ, H.G.……32
Welsh, Irvine →ウェルシュ, アーヴィン……31
Wertenbaker, Timberlake →ワーテンベイカー, ティンバーレイク……383
Westlake, Donald Edwin →ウェストレイク, ドナルド・E.……31
Weyrauch, Wolfgang →ヴァイラオホ, ヴォルフガング……22
Wharton, Edith Newbold →ウォートン, イーディス……34
Wheat, Carolyn →ウィート, キャロリン……24
Whitaker, Arthur →ホウィティカー, アーサー……290
White, Edmund →ホワイト, エドマンド……302
White, Edward Lucas →ホワイト, エドワード・ルーカス……303
White, Elwyn Brooks →ホワイト, E.B.……303
Whitehead, Henry St.Clair →ホワイトヘッド, H.S.……303
Whitman, Walt →ホイットマン, ウォルト……289
Wiechert, Ernst Emil →ヴィーヒェルト, エルンスト……25
Wieninger, Peter R. →ヴィーニンガー, ペーター・R.……25
Wiggershaus, Renate →ヴィガースハウス, レナーテ……23
Wilde, Oscar →ワイルド, オスカー……381
Wilde, Percival →ワイルド, パーシヴァル……382
Wilhelm, Kate →ウィルヘルム, ケイト……28
Willeford, Charles →ウィルフォード, チャールズ……28
Williams, Cathy →ウィリアムズ, キャシー……25
Williams, Sean →ウィリアムズ, ショーン……25
Williams, Tad →ウィリアムズ, タッド……25
Williams, Tennessee →ウィリアムズ, テネシー……25
Williams, Timothy →ウィリアムズ, ティモシー……25
Williams, Walter Jon →ウィリアムズ, ウォルター・ジョン……25
Williamson, Jack →ウィリアムスン, ジャック……25
Willis, Connie →ウィリス, コニー……26
Wilson, F.Paul →ウィルスン, F.ポール……27
Wilson, Gahan →ウィルスン, ゲイアン……27
Wilson, Jacqueline →ウィルソン, ジャクリーン……27
Wilson, Robert Charles →ウィルスン, ロバート・チャールズ……27

Wilson, Sir Angus Frank Johnstone →ウィルスン, アンガス……27
Winslow, Don →ウィンズロウ, ドン……28
Winslow, Thyra Samter →ウィンズロー, ザイラ・サムター……28
Winter, Douglas E. →ウィンター, ダグラス・E.……28
Winters, Rebecca →ウィンターズ, レベッカ……28
Winterson, Jeanette →ウィンターソン, ジャネット……29
Wodehouse, Pelham Grenville →ウッドハウス……39
Wohmann, Gabriele →ヴォーマン, ガブリエーレ……34
Wojdowski, Bogdan →ヴォイドフスキ, ボグダン……33
Wolf, Christa →ヴォルフ, クリスタ……36
Wolfe, Gene →ウルフ, ジーン……40
Wolff, Tobias →ウルフ, トバイアス……41
Wolker, Jiří →ヴォルケル, イジー……35
Wollheim, Donald Allen →ウォルハイム, ドナルド・A.……36
Wolven, Scott →ウォルヴン, スコット……35
Woolf, Virginia →ウルフ, ヴァージニア……40
Woolrich, Cornell →ウールリッチ, コーネル……41
Wordsworth, William →ワーズワース, ウィリアム……382
Wyndham, John →ウィンダム, ジョン……29

【X】

Xanthoulis, Yannis →クサンスリス, ヤニス……82
Xenophanēs →クセノファネス・デ・コロフォン……82

【Y】

Yacine, Kateb →ヤシーヌ, カテブ……337
Yamashita, Karen Tei →ヤマシタ, カレン・テイ……337
Y Ban →イ・バン……20
Yeats, William Butler →イェイツ, ウィリアム・バトラー……16
Yehoshua, Abraham B. →イェホシュア, アブラハム・B.……17
Young, Robert F. →ヤング, ロバート・F.……338
Yourcenar, Marguerite →ユルスナール, マルグリット……339
Yourgrau, Barry →ユアグロー, バリー……339

【Z】

Zelazny, Roger →ゼラズニイ, ロジャー……153
Zenker, Helmut →ツェンカー, ヘルムート……174

Zimmerman, Bruce →チマーマン, ブルース ····· 169
Zola, Emile Edouard Charles Antoine →ゾラ,
　エミール ·· 157
Zoshchenko, Mikhail Mikhailovich →ゾーシチェ
　ンコ, ミハイル ·· 156
Zozulya, Efim D. →ゾズーリャ, エフィム ········ 157
Zschokke, Matthias →チョッケ, マティアス ····· 172
Zweig, Stefan →ツヴァイク, シュテファン ······ 173

作家名から引ける
世界文学全集案内 第Ⅲ期

2019年7月25日　第1刷発行

発　行　者／大高利夫
編集・発行／日外アソシエーツ株式会社
　　　　　　〒140-0013 東京都品川区南大井6-16-16 鈴中ビル大森アネックス
　　　　　　電話 (03)3763-5241（代表）　FAX(03)3764-0845
　　　　　　URL http://www.nichigai.co.jp/
発　売　元／株式会社紀伊國屋書店
　　　　　　〒163-8636 東京都新宿区新宿 3-17-7
　　　　　　電話 (03)3354-0131（代表）
　　　　　　ホールセール部（営業）電話 (03)6910-0519

　　　　　　電算漢字処理／日外アソシエーツ株式会社
　　　　　　印刷・製本／株式会社平河工業社

不許複製・禁無断転載　　　《中性紙北越淡クリームラフ書籍使用》
＜落丁・乱丁本はお取り替えいたします＞
ISBN978-4-8169-2790-4　　Printed in Japan,2019

本書はディジタルデータでご利用いただくことができます。詳細はお問い合わせください。

作品名から引ける日本文学全集案内 第Ⅲ期
A5・940頁　定価（本体13,500円＋税）　2018.7刊

作品名から引ける世界文学全集案内 第Ⅲ期
A5・400頁　定価（本体8,200円＋税）　2018.8刊

ある作品がどの全集・アンソロジーに収録されているかがわかる総索引。

作家名から引く 短編小説作品総覧
短編小説の作家名から、作品名と収録図書を調べることができる図書目録。読みたい作家の短編小説が、どの本に載っているかがわかる。「作品名索引」付き。

日本のSF・ホラー・ファンタジー
A5・510頁　定価（本体9,250円＋税）　2018.1刊

夏目漱石、星新一、栗本薫、上橋菜穂子など1,025人の作品を収録。

日本のミステリー
A5・520頁　定価（本体9,250円＋税）　2018.2刊

江戸川乱歩、松本清張、夏樹静子、湊かなえなど609人の作品を収録。

海外の小説
A5・720頁　定価（本体9,250円＋税）　2018.2刊

O. ヘンリー、サキ、カズオ・イシグロ、莫言など2,052人の作品を収録。

歴史時代小説 文庫総覧
歴史小説・時代小説の文庫本を、作家ごとに一覧できる図書目録。他ジャンルの作家が書いた歴史小説も掲載。書名・シリーズ名から引ける「作品名索引」付き。

昭和の作家
A5・610頁　定価（本体9,250円＋税）　2017.1刊

吉川英治、司馬遼太郎、池波正太郎、平岩弓枝など作家200人を収録。

現代の作家
A5・670頁　定価（本体9,250円＋税）　2017.2刊

佐伯泰英、鳴海丈、火坂雅志、宮部みゆきなど平成の作家345人を収録。

データベースカンパニー
日外アソシエーツ　〒140-0013　東京都品川区南大井6-16-16
TEL.(03)3763-5241　FAX.(03)3764-0845　http://www.nichigai.co.jp/